KB018770

VICTOR HUGO

L'HOMME QUI RIT

TOME TROISIÈME

PARIS

LIBRAIRIE INTERNATIONALE

15, BOULEVARD MONTMARTRE

A. LACROIX, VERBOECKHOVEN & Cie, ÉDITEURS

A Bruxelles, à Leipzig et à Livourne

1869

웃는 남자

빅토르 위고 지음 | 백연주 옮김

더스토리

차례

제1편 바다와 밤

제3부 어둠 속의 아이

제2편 왕의 명령에 의해서

제1부 인류의 영원한 과거가 인간을 보여 준다

제2부 그윈플렌과 데아

제3부 균열의 시작

제4부 지하 고문실

제5부 바다와 운명은 같은 숨결에 따라 움직인다

제6부 우르수스의 다양한 모습

제7부 타이탄 여신

제8부 의회와 그 주변

제9부 붕괴

결말 밤과 바다

| 일러두기 |

※ 인명, 지명 등은 옮긴이가 번역한 대로 현지 발음을 기준으로 삼아 표기했습니다.

제1편
바다와 밤

예비 이야기

1. 우르수스

*

우르수스와 호모는 깊은 우정으로 맺어진 관계다. 우르수스는 사람, 호모는 늑대였다. 그들은 서로 기질이 잘 맞았다. 우르수스가 늑대의 이름을 지었다. 늑대에게는 호모가, 자기에게는 우르수스라는 이름이 잘 어울린다고 생각해서 그는 아마 자신의 이름도 스스로 선택했을 것이다. 사람과 늑대는 함께 장터나 지방 축제, 사람들이 몰려드는 거리 모퉁이를 다니며 어디에서든 하찮은 이야기를 듣고 싶어 하고 엉터리 묘약을 구입하려는 사람들의 충동을 이용해 돈을 벌었다. 늑대는 온순하고 우아하여 구경꾼들의 호감을 샀다.

길들이기를 구경하는 것은 흥미로운 일이다. 다양한 종류의 지배를 바라보는 것이 우리에게는 최상의 즐거움이다. 왕이 행차할 때 수많은 사람이 몰려드는 것도 그런 이유에서다. 우르수스와 호모는, 이 사거리에서 저 사거리로, 애버리스트위스 광장에서 예드버그 광장으로, 이 고장에서 저 고장으로, 이 백작령(領)에서 저 백작령으로, 이 도시에서 저 도시로 함께 떠돌곤 했다. 장이 섰다가 끝나면 다른 장터를 찾아 움직였다. 우르수스는 바퀴 달린 오두막에서 살았는데, 낮에는 훈련이 잘 된 호모가 그것을 끌고 다녔고 밤에는 보초를 섰다. 험하고 비탈진 길이나, 홈이 너무 깊거나, 진흙이 너무 많을 때는 우르수스도 멜빵을 목덜미에 걸고 늑대와 나란히 서서 사이좋게 끌기도 했다. 그렇게 둘은 함께 늙어 갔다. 그들은 황무지나 숲속의 빈터, 도로가 교차하는 분기점, 작은 마을 입구, 읍내로 들어가는 길목, 장터, 산책로, 공원 변두리, 교회 앞뜰 등 어디서나 야영을 했다. 작은 마차가 장터에 멈춰 서고 눈을 크게 뜬 아낙네들이 달려오거나 호기심 많은 사람들이 주변을 둥그렇게 둘러싸면, 우르수스는 침을 튀기며 연설했다. 호모는 그것에 동조하면서 작은 쪽박 하나를 물고 공손히 사람들 앞을 지나가며 동냥했다. 그들은 그렇게 생계를 유지했다. 늑대도 사람도 교양이 있었다. 사람에 의해 길들여진 것인지 아니면 스스로 길들었는지 늑대의 친절함은 돈을 버는 데 도움이 되었다.

"절대 인간으로 퇴화하지는 마라."

친구는 늑대에게 이런 말을 했다.

호모는 절대 누구도 물지 않았지만, 우르수스는 가끔 물곤 했다. 적어도 무는 것이 우르수스의 특권이었다. 우르수스는 인간 혐오자였으며 그것을 강조하기 위해 곡예사가 되었다. 생계 탓이기도 했다. 먹고사는 일이 사람의 신분을 결정짓기도 하는 법이다. 게다가 인간 혐오자인 곡예사는 자신을 더 복잡하게 만들기 위해 혹은 자신을 완성시키기 위해 의사 노릇도 했다. 하지만 의사 노릇쯤은 아무것도 아니었다. 우르수스는 복화술을 할 줄 알았다. 사람들은 그가 입술을 움직이지 않고 말하는 것을 종종 볼 수 있었다. 그는 누구의 억양이나 발음이라도 완벽하게 흉내 내서 듣는 사람을 착각하게 만들었다. 그가 누구의 목소리를 흉내 내든 그 사람이 직접 말하는 것 같았다. 그는 혼자서도 군중의 웅성거리는 소리를 흉내 낼 수 있었기 때문에 그에게 앙가스트리미트*라는 칭호를 붙일 만했고 그는 그 칭호를 받아들였다. 그는 지빠귀, 발구지, 흔히 꾀꼬리라고도 부르는 수다꾼 종달새, 흰 가슴 티티새 등 자기처럼 계절 따라 이동하는 온갖 새들의 소리를 흉내 냈으며 가끔 사람들의 웅성거림이 가득한 광장이나, 초원에서 들려오는 짐승들의 울부짖음을

* 입 대신 배로 말하는 사람, 즉 복화술사라는 뜻이다.

사람들에게 들려주곤 했다. 그 소리는 거대한 군중처럼 소란스럽기도 했고 때로는 새벽녘처럼 차분하고 평온했다. 아주 드물긴 하지만 그런 재능을 가진 사람들이 실제로 존재한다. 전세기에 투젤이라는 사람은 사람과 짐승이 뒤섞여 내는 요란한 소음과 모든 짐승의 울부짖는 소리를 흉내 낼 수 있었다.

그는 뷔퐁* 밑에서 동물 사육장 관리원으로 일했다. 우르수스는 예민하고 독특했다. 호기심이 많고 우리가 흔히 우화라고 부르는 괴이한 이야기를 좋아했으며 그것을 믿는 척했다. 그런 뻔뻔스러움조차 그가 즐기는 장난의 하나였다. 그는 사람들의 손금을 신중하게 살펴보고 책 몇 권을 뒤적거리고는 결론을 얻은 것처럼 점괘를 알려 주었다. 그의 점괘란 예를 들어 검은 암말을 보게 되면 위험한 일이 닥친다거나, 혹은 여행을 떠나는 순간에 목적지를 모르는 이가 자신을 부르는 소리가 들리면 재앙이 닥칠 것이라는 따위의 예언이었다. 그는 스스로를 '미신의 장사꾼'이라고 칭했다. 그는 자주 이런 말도 했다. "캔터베리 대주교와 나 사이에는 다른 점이 딱 하나 있다. 나는 자백한다." 이에 분노한 대주교는 그를 소환했다. 그러나 영리한 우르수스는 자신이 지은 성탄절에 관한 강론을 읊조렸고 그 강론에 매혹된 대주교는 그것을 암기해 두었다가 마치 자기 것처럼 강

* 자연 연구가이자 문필가다.

단에서 널리 퍼뜨렸다. 그 덕분에 그는 용서를 받았다.

우르수스는 이유와 상관없이 사람들을 치료했다. 그는 능숙하게 약초를 사용했다. 개암나무 순이나 흰 갈매나무, 아르도, 가막살나무, 가시갈매나무, 사위질빵, 흑갈매나무 등 하찮은 식물 속에 있는 오묘한 효능을 이용했다. 그는 끈끈이주걱으로 폐병을 다스렸는데, 줄기 아래쪽에서 딴 잎은 하제(下劑)작용에, 위쪽에서 딴 잎은 토사제로 사용했다. 보통 '유대인의 귀'라고 부르는 나무의 혹으로 인후 통증을 잡았고, 어떤 골풀로 소의 병을 고치는지, 어떤 종류의 박하로 말의 병을 고치는지도 잘 알았다. 그는 양성을 지닌 맨드레이크의 아름다움과 효능 등 그 외에도 많은 비결을 알고 있었다. 불도마뱀의 털로 화상을 치료하기도 했는데, 플리니우스의 말에 의하면, 네로는 그 털로 만든 수건을 가지고 있었다고 한다. 우르수스는 증류기와 목이 긴 유리 플라스크를 사용해 물질의 성질을 마음대로 바꾸어 만병통치약을 만들어서 팔았다. 오래전에 그가 베들램 정신병원에 잠시 유폐된 적이 있다는 소문도 있었다. 그를 정신 이상자로 보았으나 그저 시인에 불과한 것을 안 뒤로 즉시 풀어주었다고 하는데 이 이야기는 아마 사실이 아닐 것이다. 우리는 누구나 스스로 감내하는 전설들을 가지고 있다.

분명한 것은 우르수스가 현학자에, 고상한 취향을 가진 늙은 라틴 시인이었다는 사실이다. 그는 히포크라테스와 핀다로스에 조예가 깊었다. 라팽이나 비다 등과도 능히 겨룰 만큼 허풍을 떨었고 부우르 신부에 견줄 만큼 의기양양하게 예수회 양식풍의 비극 작품도 쓸 수 있을 것이다. 옛사람들의 존경할 만한 리듬과 운율에 익숙해진 탓에 그는 고유한 이미지와 고전적 은유를 갖게 되었다. 그리하여 어머니가 딸 둘을 앞세우고 가는 모습을 가리켜 닥틸로스, 아버지 뒤를 두 아들이 따르는 모습은 아나파이스토스 그리고 어린아이가 할아버지와 할머니 사이에 서서 걷는 모습은 암피마크로스라고 했다.* 이토록 풍부한 학식은 굶주림으로만 얻을 수 있었다. 살레르노 의학전문학교에서는 '조금씩 자주 먹어라'라고 말하지만 우르수스는 조금씩 가끔 먹으며 가르침의 반만 따랐다. 하지만 그것은 꾸준히 몰려오지도 않고 물건을 자주 사지도 않는 구경꾼들의 잘못이었다. 우르수스는 이렇게 말하곤 했다.

"말 한마디를 뱉으면 마음이 진정된다. 늑대는 울부짖음으로, 양은 털로, 숲은 꾀꼬리로, 여인은 사랑으로, 철학자는 감탄적 종결어로 위안을 삼는다."

우르수스는 필요할 때면 손수 희극 몇 편을 써서 대충 공연도 했는데 그것은 약을 파는 데 도움이 되었다. 그런 작품을 쓰는 와중에도 1608년에 런던으로 호수를 끌어온 기사 휴 미들

* 닥틸로스, 아나파이스토스, 암피마크로스는 모두 고대 운율학 용어다.

턴을 찬양하는 영웅적 목가 한 수를 지었다. 런던에서 95킬로미터쯤 떨어진 하트포드 백작령에서 평화롭게 흐르고 있던 호수에 미들턴 기사가 삽과 곡괭이로 무장한 사나이 600여 명을 이끌고 와서는 땅을 뒤집어엎어 어떤 곳은 깊게 파고 어떤 곳은 들어 올렸다. 지형에 따라 6미터 정도 높이로 올리기도 하고 9미터 정도로 깊이 파기도 했다. 그러고 난 후 허공에 목제 수로를 설치하고, 돌과 벽돌과 두꺼운 널판으로 여기저기에 다리 800개를 놓았다. 그렇게 어느 날 갑자기 항상 물 부족에 시달리던 런던에 호수가 생겨났다. 우르수스는 그 평범한 이야기를 템스강과 서펜타인 호수의 사랑 이야기인 것처럼 아름다운 목가로 바꾸어 놓았다. 서펜타인 호수를 자기 집으로 초대한 템스강이 침대를 권하며 "나는 여인의 마음에 들기에는 너무 늙었다오. 하지만 부자라서 돈을 주고 살 수는 있소"라고 말했다는 것이다. 휴 미들턴 경이 모든 공사 비용을 자신의 돈으로 부담했다는 뜻이 담긴 독특하고 대담한 문장이었다.

우르수스는 독백에 뛰어났다. 비사교적이지만 수다스러운 기질을 타고나, 아무도 만나기 싫어하면서도 누군가에게 말을 하고 싶어 했기 때문에 자기에게 말을 하는 것으로 욕구를 충족시켰다. 누구든지 혼자서 살아 본 사람이라면 독백이 얼마나 자연스러운 것인지를 안다. 자기 내면의 말은 못 견딜 정도로 근질거린다. 허공을 향해 말을 내뱉는 것이 곧 배출이다. 큰 소리로 혼자 말하는 것은 자신의 내면에 있는 신과 대화하는 것 같은 효과를 낸다. 다 알고 있겠지만 그것은 소크라테스의 버릇이었다. 소크라테스는 거드름을 피우며 떠들곤 했다. 루터 역시 마찬가지였다. 우르수스는 그 위인들과 비슷했다. 그는 자신의 청중이 되는 양성적 능력을 가지고 있었다. 자신에게 질문을 던지고 스스로 대답하는가 하면, 자신을 치켜세우다가도 욕설을 퍼부었다. 그가 오두막 안에서 혼자 떠드는 소리는 길에서도 들렸다. 각기 자기들만의 방식으로 사상가들을 평가하던 행인들은 그를 두고 이렇게 말했다.

"저런 얼간이!"

조금 전에 말한 것처럼, 그는 가끔 자신에게 욕을 하기도 했지만 자신이 옳다고 인정할 때도 있었다. 어느 날, 평소와 다름없이 자신에게 연설을 하던 그의 목소리가 순간 높아졌다.

"나는 식물의 줄기, 싹, 꽃받침, 꽃잎, 수술, 심피, 배젖, 자낭, 홀씨주머니, 지의류 등 모든 비밀을 연구했지. 또 크로마티코스, 오스모스, 키모스를 연구했다고. 다시 말하면 색깔과 냄새와 맛의 형성 과정을 세밀하게 연구한 거야."

우르수스가 스스로에게 발급한 자격증에는 물론 자만이 약간 섞여 있었다. 크로마티코스, 오스모스, 키모스를 모르는 사람들은 그를 비난했다.

다행히 우르수스는 네덜란드에는 한 번도 가 본 적이 없었다. 만약 그곳에 갔다면, 네덜란드인들은 그가 표준 체중인지 확인하기 위해 저울에 달았을 것이다. 그곳은 표준 체중을 초과하거나 미달하면 마법사로 간주하는 곳이다. 표준 체중은 분별 있게 법으로 정해져 있었는데, 그것보다 더 간단하고 독창적인 것은 없었다. 일종의 확인 절차였는데 사람을 저울 위에 올려놓는 순간 균형이 깨지면 진실이 분명하게 드러났다. 체중이 초과되면 교수형으로, 미달인 경우는 불에 태워 죽였다. 요즘도 오우데바테르에 가면 마법사들의 체중을 달던 저울을 볼 수 있는데, 지금은 치즈 무게를 다는 용도로 사용한다. 종교가 그만큼 쇠퇴한 것이다! 우르수스도 틀림없이 그 저울과 한바탕 싸워야만 했을 것이다. 그는 떠돌아다니면서도 네덜란드에 가는 것만은 조심했다. 잘한 일이었다. 게다가 그는 그레이트브리튼 밖으로 나간 적이 없는 것으로 알려져 있다.

아무튼 몹시 가난하고 성품도 괴팍한 그는 어느 숲속에서 호모와 사귀게 된 후로 떠돌이 생활에 대한 취미가 생겼다. 그는 늑대를 동업자로 삼고 함께 정해진 곳 없이 떠돌면서 자유로운 공기 속에서 운명에 삶을 맡긴 채 살았다. 그는 재능이 많았고 모든 일에서 뛰어난 솜씨를 보여, 치유하거나 수술을 하는 것으로 사람들을 병고에서 구해 내는 등 놀랍고 특이한 일들을 해 냈다. 사람들은 그를 착한 곡예사이자 훌륭한 의사로 생각했다. 또한 마법사로 여기기도 했다. 하지만 그 시절에는 악마의 친구로 여겨지는 것이 해로웠기 때문에 드러내지는 않았다.

사실 우르수스는 좋은 약을 만드는 것에 열중하고 식물을 사랑한 탓에 자신을 위태로운 처지에 빠지게 만들었다. 그는 풀을 뜯기 위해 루시퍼의 샐러드가 있는 거친 숲속으로 자주 들어갔다. 고등법원 판사 드 랑크르의 말에 의하면, 저녁 무렵 안개가 질을 때 나온다는 '오른쪽 눈이 먼 애꾸눈에 외투도 없이, 허리에 검을 차고, 맨발에 샌들을 신은 남자'와 마주칠 위험이 있었다. 하지만 우르수스는, 비록 괴상한 행동을 하고 성질은 기이해도 매우 점잖은 사람이었기 때문에, 우박이 쏟아지다가 멈추게 한다든지, 유령들을 나타나게 한다든지, 어떤 남자를 지나치게 춤추게 만들어 죽음으로 몰아넣는다든지, 선명하고 구슬프며 공포로 가득한 꿈을 꾸게 한다든지, 혹은 날개 넷 달린 수탉이 태어나게 하는 등의 짓은 하지 않았다. 그에게는 그런 짓을 할 만한 나쁜 의도 따위는 없었다. 특히 몇 가지 혐오스러운 짓은 결코 저지를 수 없었다. 예를 들면, 독일어나 히브리어 혹은 그리스어를 전혀 배운 적이 없음에도 유창하게 말하는 행위는 저주받은 악행의 징후이거나, 어떤 우울한 기분에서 비롯된 자연적인 질병의 표시다. 물론 우르수스는 라틴어를 말할 수 있었지만 그것은 그가 라틴어를 알고 있었기 때문이다. 그는 결코 시리아 말을 하려 하지 않았을 것이다. 그 말을 몰랐기도 했지만 마녀 집회의 언어라는 것이 확인되었기 때문이다. 의학에서는 카르다노*보다 갈레노스를 선호했다. 카르다노도 유식하기는 했으나, 갈레노스에 비하면 보잘것없었기 때문이다. 요컨대 우르수스는 경찰 때문에 불안해할 이유가 없는 사람이었다. 그의 오두막 안은 상당히 넓어서 수수한 누더기들이 담긴 큰 궤짝을 들여놓고, 그 위에 누워 자기에 충분했다. 그는 초롱 하나와 가발 몇 개 그리고 식기 몇 개를 가지고 있었다. 식기들은 벽에 못을 박아 걸어 두었고, 그것들 사이에 악기들도 함께 걸어 두었다. 그 밖에 곰 모피도 가지고 있었는데, 그는 큰 공연이 있는 날에는 그것을 두르면서 정장을 차려입는다고 했다.

그는 "나에게는 껍데기가 둘 있는데 이것이 내 진짜 껍데기지"라고 말하면서 곰 모피를 보여 주었다. 바퀴 달린 오두막은 그와 늑대의 공동 소유물이었다. 오두막과 증류기 그리고 늑대 말고도 그에게는 플루트와 비올라 다 감바** 하나가 있었으며 그것을 듣기 좋게 연주했다. 그는 필요한 영약(靈藥)들을 직접 만들었다. 가끔 솜씨를 발휘해서 야식을 만들기도 했다. 오두막 천장에 난 구멍으로 궤짝 옆에 놓인 주물(鑄物) 난로 연통을 뽑았는데 그것이 궤짝을 그을리게 만들었다. 난로는 두 칸으로 나뉘어 있었다. 한쪽에서는 연금술을 했고 다른 한쪽에서는 감

* 16세기 이탈리아의 철학자이자 의사다.

** 첼로의 전신이다.

자를 삶았다. 늑대는 밤이 되면 다정하게 사슬에 묶인 채 오두막 밑에서 잤다. 호모의 털은 검은색, 우르수스의 털은 회색이었다. 우르수스의 나이는 아직 예순이 되지 않았으니 쉰쯤이었다. 그는 인간의 운명을 받아들이며 앞에서 본 것처럼 감자로 끼니를 때웠다. 돼지나 도형수에게 주는 쓰레기였다. 그는 분노하고 체념하면서 그것을 먹었다. 그는 크지 않은 키에 그저 길쭉하기만 했다. 그는 이미 구부정하고 우울해 보였다. 노인의 구부러진 몸은 삶의 무게에 짓눌린 것을 상징한다. 그는 천성적으로 슬픈 사람이었다. 그는 웃는 것이 굉장히 어려웠고, 우는 것도 역시 불가능했다. 그에게는 눈물이라는 위안도, 즐거움이라는 일시적인 방법도 없었다. 늙은이란 생각하는 폐허인데 우르수스는 바로 그런 폐허였다. 돌팔이의 수다스러움과 선지자의 야윔, 초조한 얼굴의 조급함 등이 우르수스였다. 젊은 시절에는 어느 귀족 가문의 철학자로 있었다.

지금으로부터 180년 전, 사람들이 지금보다 조금 더 늑대 같던 시절의 이야기이다.

하지만 아주 많이 늑대 같은 것은 아니었다.

*

호모는 흔히 볼 수 있는 늑대가 아니었다. 서양 모과와 사과를 달게 먹는 것을 볼 때는 초원의 늑대와 같았고, 색이 짙은 털은 리카온을 연상시켰으며, 조심스럽게 울부짖는 걸 들으면 쿨페오 같기도 했다. 하지만 아직까지 아무도 쿨페오의 동공을 충분히 관찰하지 못했기 때문에 쿨페오가 여우가 아니라는 확신은 없다. 그러므로 호모는 진정한 늑대였다. 몸길이는 1미터 50센티미터 정도 되었는데 그 정도면 리투아니아에서도 큰 늑대 축에 들 것이다. 힘은 무척 센 편이었으며 눈은 사시였지만 그게 호모의 탓은 아니었다. 호모는 혀가 매우 부드러웠고 가끔 부드러운 혀로 우르수스를 핥았다. 등줄기 털은 짧고 촘촘했으며, 숲속에 사는 늑대처럼 몸이 말랐다. 우르수스를 만나서 마차를 끄는 일을 하기 전에는 하룻밤에 400리 정도는 가뿐하게 달리곤 했다. 우르수스는 늑대를 총림에서 만났는데 맑은 물이 흐르는 냇가에서 지혜롭고 신중하게 가재를 잡는 것을 보고 호감을 느꼈고, 그가 게잡이 개의 일종인 정직하고 진정한 쿠파라 늑대라는 것을 알았다.

우르수스는 당나귀보다는 호모를 선호했다. 당나귀에게 자신의 오두막을 끌게 하는 것은 혐오스러운 일이었다. 그런 일을 시키기에 그는 당나귀를 매우 존경했다. 그는 사람들에게 별로 이해받지 못하는 네 발 달린 몽상가인 당나귀가 철학자들이 어리석은 말을 할 때마다 불안한 듯 이따금 귀를 쫑긋 세우곤 하는 것을 이미 본 적이 있었다. 일상생활에서 당나귀는 우리와 우리의 생각 사이에 끼어 있는 제삼자로 매우 거북한 존재이다. 우르수스는 개보다도 호모를 더 좋아했는데 늑대가 우정을 찾아 더 먼 곳에서 왔다고 생각했기 때문이다.

그런 이유 탓에 우르수스는 호모로 만족했다. 호모는 우르수스에게 동료 이상의 존재, 그의 상사체(相似體)였다. 우르수스는 호모의 홀쭉한 옆구리를 툭툭 치며 말하곤 했다.

"또 다른 나를 찾은 거야."

또 이렇게 말하기도 했다.

"내가 죽은 다음에 내가 궁금한 사람들은 호모를 연구하면 될 거야. 내가 그를 분신으로 남길 테니까."

숲에 사는 짐승들에게 별로 애정이 없는 영국의 법이 호모에게 싸움을 걸거나 거리낌 없이 여러 도시를 어슬렁거리는 늑대의 대담성을 트집 잡을 수도 있었을 테지만 호모는 에드워드 4세가 '하인들에게' 부여한 불가침권의 혜택을 이용했다.

"주인을 받드는 하인은 누구든 자유롭게 왕래할 수 있다."

게다가 스튜어트 왕조 말기에 궁정 여인들이 비싼 값을 주고 아시아에서 들여온 아디브라고도 하는 고양이 크기의 코르삭 늑대를 개 대신 데리고 다니던 유행이 있었기에 늑대에 대한 통제 또한 제법 느슨했다.

우르수스는 호모에게 두 다리로 서기, 노여움을 불쾌감으로 완화시키기, 울부짖는 대신 투덜대기 등 자신의 재능 일부를 전수해 주었고, 늑대는 사람에게 지붕과 빵, 불 없이도 견디는 일, 궁궐 속에서의 노예 생활을 하느니 숲속에서의 배고픔을 택하는 법 등을 가르쳐 주었다.

온갖 이정표를 따라 다니면서도, 영국과 스코틀랜드를 결코 벗어나지 않던 오두막 겸 마차에는 네 개의 바퀴와 늑대를 위한 들것 하나 그리고 사람을 위한 가로장 하나가 있었다. 가로장은 험한 길을 대비한 것이었다. 벽 속의 간주(間柱)처럼 얇은 널빤지로 만들었지만 오두막은 튼튼했다. 오두막 앞쪽에는 유리를 끼운 문과 연설할 때 사용하는 작은 발코니 하나가 있었는데 계단석과 강단을 절충한 것이었다. 그리고 오두막 뒤쪽에는 여닫는 창문이 뚫린 문이 있었다. 그 뒤로 경첩을 달아 문 뒤로 걸어 올린 세 계단 디딤대를 내려 그것을 발판 삼아 오두막 안으로 들어가게 되어 있었다. 밤이면 빗장과 자물쇠를 이용해서 문을 단단히 잠갔다. 오두막 위로 많은 비와 눈이 지나갔다. 분명히 색칠을 한 적이 있지만 더는 무슨 색인지조차 분간하기 어려웠다. 마차들에게 계절의 변화라는 것은 궁정인들에게 닥치는 통치의 변화와 매한가지이기 때문이다. 옛날에는 마차 앞쪽 바깥 정면에 간판처럼 붙인 얇은 판자에서 흰색 바탕에 검은색 글씨로 쓴 다음 구절을 읽을 수 있었지만 지금은 글자가 조금씩 뒤섞여 흐릿해져 있었다.

금은 매년 마찰 때문에 부피의 100분의 14를 잃는다. 흔히 마손(磨損)이라 부르는 것이 바로 그것이다. 따라서 이 지구상에 1,400만의 금이 유통 중이라면 그중 100만이 해마다 없어진다. 이 금 100만은 먼지가 되어 둥둥 떠다니다가 원자 상태로 변해 호흡으로 들이마실 수 있고, 무게가 실리고, 쌓이고, 의식을 무겁게 만든다. 부자들의 영혼과 섞이면 그들을 오만하게 만들고, 가난한 자들의 영혼과 섞이면 그들을 사납게 만든다.

비와 신의 선한 마음으로 지워지고 없어진 그 문구는 다행히 더는 읽을 수 없었다. 수수께끼 같으면서도 솔직한 이 금의 철학은 보안관, 관료 또는 법관, 경찰 간부 등 법조인들의 취향에는 맞지 않았다. 영국의 법은 농담이라는 것을 몰랐고 툭하면 반역자로 몰렸다. 사법관들은 전통에 따라 가차 없었고 잔혹함이 관례였다. 종교 재판관처럼 엄밀히 조사하는 판사들이 넘쳐났다. 제프리스*가 이미 새끼를 친 것이다.

*

오두막 안에도 다른 두 종류의 문구가 있었다. 석회수를 바른 궤짝 위쪽 판자벽에서는 잉크로 쓴 다음 문구를 읽을 수 있었다.

---

* 억압 정치로 악명이 높은 영국의 고관이다.

알아야 할 유일한 것들

- 영국 귀족 중에 남작인 사람은 진주가 여섯 개 박힌 남작 관을 쓴다.
- 관은 자작부터 쓴다.
- 자작의 관은 진주의 수를 따로 정하지 않는다. 백작의 관은 끝부분에 진주를 장식하며 아래쪽에는 딸기나무의 잎을 섞는다. 후작은 진주와 잎이 같은 높이로 배치된 관을 쓴다. 공작의 관에는 진주는 없고 꽃 장식만 있다. 왕족인 공작은 십자가와 백합으로 관 둘레를 장식한다. 웨일스 대공*은 왕관과 비슷하지만 닫히지 않은 관을 쓴다.
- 공작은 '대단히 높고 대단히 세력 있는 왕족'이다. 후작과 백작은 '대단히 고귀하며 세력 있는 영주'이다. 자작은 '고귀하며 세력 있는 영주'이다. 남작은 '진정한 영주'이다.
- 공작은 폐하라 칭하고 나머지 다른 중신들은 각하라 부른다.
- 귀족은 신성하다.
- 귀족은 의회이며 조정(朝廷)이다. 콩실리엄 에 퀴리아 (concilium et curia), 다른 말로 입법과 사법이다.
- 모스트 오너러블은 라이트 오너러블보다 높다.**

---

* 영국의 황태자다.

** 'most honorable'은 후작 및 훈위를 가진 사람에 대한 존칭, 'right honorable'은 정부 각료, 추밀 고문관, 후작 이하 귀족에 쓰이는 경칭이다.

- 상원은 '정당한 귀족', 상원이 아닌 귀족은 '의례적 귀족'일 뿐이니 중신만이 귀족이다.
- 귀족은 국왕 앞에서도 사법 앞에서도 결코 선서하지 않는다. 그저 '나의 명예를 걸고'라는 말로 충분하다.
- 하원 의원은 평민으로, 상원 의원의 부름을 받을 경우 모자를 쓴 귀족 앞에서 공손히 모자를 벗어야 한다.
- 하원은 의원 40인을 통해 상원에 법안을 전달하며 깊숙이 허리 숙여 세 번 예를 갖추어야 한다.
- 상원은 평범한 서기 한 사람을 통해 하원에 법안을 전달한다.
- 대립이 생길 때 상원과 하원 의원은 채색된 홀에 모여 상의하는데, 귀족은 모자를 쓴 채 앉아서 말하고 평민은 모자를 벗고 서서 말한다.
- 에드워드 6세가 내린 법령에 따라 귀족은 단순한 살인에 대한 혜택을 받는다. 누군가를 단순히 죽인 귀족은 체포당하지 않는다.
- 남작은 주교와 같은 서열이다.
- 상원의 남작이 되려면 남작령 전부를 국왕에게 예속시켜야 한다.
- 남작령은 13과 4분의 1개의 봉토이며, 각 봉토의 조세가 20파운드이니 모두 400마르크이다.
- 남작의 지위는 상속권에 따라 지배되는 성채(城砦)이다. 즉

아들이 없을 경우에만 맏딸에게 귀속된다.(다른 딸들에게는 형편에 따라 마련해 준다. 우르수스가 벽 여백에 써 놓은 주석이다.)

- 남작은 로드(lord)의 자격을 가진다. 로드는 색슨어로 laford, 고전 라틴어로 dominus, 후기 라틴어로 lordus이다.
- 자작과 남작의 장자와 차자는 모두 왕국의 예비 기사이다.
- 상원의 장자는 가터 훈장을 받은 기사보다 우위에 서지만 차자는 아니다.
- 자작의 장자는 행렬에서 모든 남작의 뒤에, 모든 준남작의 앞에 선다.
- 귀족의 딸은 모두 레이디라 부르며 평범한 영국의 딸들은 모두 미스이다.
- 모든 판사는 상원 의원보다 하위이다. 집달리(執達吏)는 어린 양의 모피로 만든 두건을, 판사는 다람쥐 모피로 만든 두건을 쓰며 흰 담비를 제외한 모든 종류의 작은 백색 모피를 가질 수 있다. 흰 담비는 상원과 왕만이 가질 수 있다.
- 귀족을 때릴 수 없다.
- 귀족의 신체적 자유는 구속될 수 없다. 런던탑에 갇히는 경우만 예외이다.
- 귀족은 왕의 초대를 받았을 때 왕의 사냥터에서 흰 점박이 사슴 한두 마리를 죽일 수 있다.

- 귀족은 자신의 성에서 제후 회의를 열 수 있다.
- 귀족이 외투를 입고 하인 둘만 뒤따르게 한 채 거리를 활보하는 것은 체통에 어울리지 않는다. 다수의 개인 시종들과 함께할 때만 사람들에게 모습을 보일 수 있다.
- 상원 의원은 화려한 사륜마차를 타고 행렬을 따라 의회에 간다. 평민들(하원 의원들)은 그러지 못한다. 몇몇 의원들은 웨스트민스터에 갈 때, 바퀴 넷 달린 가마를 탄다. 가문의 문장과 왕관이 장식된 가마와 사륜마차는 오직 귀족만 탈 수 있고, 이것은 권위의 일부이다.
- 귀족은 오직 귀족에 의해서만 벌금형에 처할 수 있으나 액수는 5실링을 초과하지 못한다. 공작은 예외로 10실링까지 부과할 수 있다.
- 귀족은 집에 외국인 여섯 사람을, 다른 모든 영국 사람은 그 수를 넷으로 한정하여 유숙시킬 수 있다.
- 귀족은 포도주 여덟 통까지 면세로 구입할 수 있다.
- 오직 귀족만이 순회 집정관 앞에 출두할 의무를 가지지 않는다.
- 전쟁 비용을 충당시키기 위해 귀족에게 세금을 부과할 수 없다. 아솔 공작과 해밀턴 공작, 노섬벌랜드 공작 등이 그랬듯이 귀족은 원할 때 병력 일개 연대를 일으켜 국왕에게 바칠 수 있다.

- 귀족은 오직 귀족에게만 의존한다.
- 귀족은 민사 재판에서 재판관 중 기사가 단 한 명도 없을 경우 사건을 다른 법원으로 이송해 달라고 요청할 수 있다.
- 귀족은 자신의 전속 사제를 지명한다.
- 남작은 전속 사제 세 명, 자작은 네 명, 백작과 후작은 다섯 명, 공작은 여섯 명을 임명할 수 있다.
- 귀족은 대역죄의 혐의가 있어도 고문당하지 않는다.
- 귀족을 손가락으로 가리킬 수 없다.
- 귀족은 글을 몰라도 식자(識者)다. 아는 것은 귀족의 당연한 권리다.
- 공작은 국왕이 없는 곳이면 어디든지 닫집을 대동할 수 있다. 자작은 저택에 닫집 하나를 소유할 수 있다. 남작은 임시 뚜껑 하나를 가질 수 있고, 술을 마시는 동안 술잔을 받쳐 드는 시중을 받을 수 있다. 남작 부인은 자작 부인 앞에서 드레스 뒷자락을 남자에게 받쳐 들게 할 권리를 갖는다.
- 귀족이나 귀족의 장자 86명이 식탁 86개를 주관하고, 각 식탁마다 500명이 식사를 할 수 있는데, 국왕 폐하를 위해 차리는 식사 비용은 행궁 근처 지역에서 치른다.
- 평민이 귀족을 공격하면 손목을 자른다.
- 귀족은 국왕에 버금간다.
- 국왕은 신에 버금간다.

- 땅은 귀족의 통치 아래에 있다.
- 영국 사람들은 신을 마이로드*라고 부른다.

이 맞은편에 같은 방식으로 쓴 두 번째 문구가 있었는데, 내용은 다음과 같다.

가진 것 없는 이들을 충족시킬 만한 보상

- 그랜섬의 백작으로, 상원 회의실에서 저지 백작과 그리니치 백작 사이에 앉는 헨리 오버쿼크의 임대료 수입은 10만 파운드이다. 그의 소유인 그랜섬 테라스 궁은 대리석으로 지었으며 사람들이 복도의 미로라고 부르는 곳을 통해 널리 알려졌다. 호기심을 자극하는 그곳에는 사란콜린 대리석으로 장식한 선홍색 복도, 아스트라칸의 루마첼라 대리석으로 장식한 갈색 복도, 라니의 대리석으로 장식한 흰색 복도, 알라반다의 대리석으로 장식한 검은색 복도, 스타렘마의 대리석으로 장식한 회색 복도, 헤세의 대리석으로 장식한 노란색 복도, 티롤의 대리석으로 장식한 초록색 복도, 보헤미아의 적색 대리석과 코르도바의 루마첼라 대리석으로 반반 장식한 붉은색 복도, 제노바의 백문 청대리석으로

* milord, 프랑스식 발음은 밀로르이며 경, 각하라는 뜻이다.

장식한 파란색 복도, 카탈루냐의 화강암으로 장식한 보라색 복도, 무르비에드로 편암(片岩)으로 장식해 흰색과 검은색 결이 교차로 보이는 음산한 복도, 알프스의 운모 대리석으로 장식한 분홍색 복도, 노네트의 루마첼라 대리석으로 장식한 진주빛 복도 그리고 마름모꼴 각력암(角礫岩)으로 장식하여 일명 조신(朝臣)의 복도라고 불리는 다양한 색깔을 가진 복도가 있다.

- 론즈데일 자작인 리처드 로더는 웨스트멀랜드에 로더 궁을 가지고 있는데, 주변이 화려해서 현관 앞 층계는 왕들을 부르는 것 같다.
- 스카버러의 백작, 럼리 자작이자 남작, 아일랜드 워터퍼드의 자작 노섬벌랜드와 더럼의 백작령에서 주지사이며 해군 부제독이기도 한 리처드는, 고색창연하면서도 근대적인 스댄스티드 성을 가지고 있는데, 그곳에는 반원형의 아름다운 철책으로 둘러싸인 무엇과도 비교할 수 없는 분수가 있다. 그는 이에 더해 럼리 성까지 소유하고 있다.
- 홀더니스에 영지를 가지고 있는 백작 로버트 다르시는 조망탑들과 끝이 보이지 않는 프랑스풍 정원을 소유하고 있다. 그는 말 여섯 필이 끄는 화려한 사륜마차를 타고 정원을 둘러보는데, 말 탄 하인 둘이 앞에서 길을 열어 준다. 이것은 잉글랜드의 상원 의원에게 어울리는 일이다.

- 세인트앨번스 공작이며 버퍼드 백작, 헤딩턴 남작인 찰스 보클러크는 잉글랜드 왕실의 매사냥을 관장하는 관리인데 윈저에 저택을 가지고 있다. 왕궁 근처에 있으며 왕궁 못지 않다.
- 트루로 남작이며 바드민 자작인 로발리 경 찰스 보드빌은 케임브리지에 윔플 궁을 가지고 있는데 세 개의 전각을 갖췄으며, 그중 한 전각의 전면은 활처럼 휘었고, 다른 둘은 삼각형이다. 궁 입구에는 네 줄로 나무를 심었다.
- 매우 고귀하고 매우 세력 있는 필립 허버트 경은 카디프 자작, 몽고메리 백작, 펨브룩 백작인데, 캔들, 마미온, 세인트 퀸틴, 슈어랜드의 사나운 영주이자, 코르누아이와 데본 백작령의 주석 도금소 관리인, 예수회 학교의 세습 감독관이다. 그가 소유한 놀라우리만큼 아름다운 월턴 정원에는 분수를 갖춘 두 개의 연못이 있는데 기독교의 영향을 받았던 루이 14세의 베르사유보다 더 아름답다.
- 서머셋 공작인 찰스 시모어가 소유한 템스강의 서머셋 하우스는 로마의 빌라 팜필리에 맞먹는다. 커다란 벽난로 위에 놓여 있는 중국 원(元)왕조 시대의 커다란 자기 항아리 두 개의 가격만도 50만 프랑이 넘는다.
- 어윈 자작인 잉그램 경 아서는 요크셔에 템플 뉴섬 궁을 가지고 있는데 입구는 개선문 형태이며 평평하고 넓은 지붕

은 모리스코식 테라스와 비슷하다.

- 차틀리, 바우처, 루베인의 영주인 페러스 경 로버트는 레스터셔에 스턴튼 해럴드 궁을 가지고 있는데, 그 실측도는 사원 모양을 닮았다. 연못 앞에 있는 정방형 종각을 갖춘 거대한 교회당도 그의 소유이다.
- 선덜랜드 백작이며 국왕 폐하의 고문 중 한 명인 찰스 스펜서는 상단에 군상(群像)을 조각한 대리석 기둥 넷이 서 있는 쇠창살 대문을 통해 들어갈 수 있는 앨스로프 궁을 소유하고 있다.
- 로체스터 백작 로렌스 하이드는 서리에 뉴파크 궁을 가지고 있는데, 아름답게 조각된 아크로테리온(받침돌), 나무로 둘러싸인 잔디밭, 그 바깥쪽으로 이어지는 숲 등이 어울려 더욱 근사하다. 숲 끝에는 예술적으로 둥글게 만든 것 같은 작은 동산 하나가 있고, 그 정상에는 멀리서도 잘 보이는 커다란 떡갈나무 한 그루가 서 있다.
- 체스터필드 백작 필립 스탠호프는 더비셔에 브렛비 궁을 가지고 있다. 그 궁에는 화려한 시계탑, 매 조련사들, 사냥용 토끼 사육장, 사각형이나 타원형의 긴 연못들이 있는데 그중 거울 모양 연못에는 아주 높게 치솟아 오르는 분수가 두 개 있다.
- 아이 남작 콘윌리스 경은 14세기의 궁궐인 브롬 홀을 가지

고 있다.

- 몰던 자작, 에식스 백작인 지극히 고귀한 앨저넌 카펠은 하트퍼드셔에 사냥감이 풍부한 사냥터가 구비된 커다란 H자 형태의 캐시오베리 궁을 가지고 있다.
- 오술스턴 경 찰스는 미들섹스에 이탈리아풍 정원을 통해 들어가는 단리 궁을 가지고 있다.
- 샐리스버리 백작 제임스 세실은 런던에서 70리 떨어진 곳에 해트필드 하우스를 가지고 있다. 영주의 거처로 사용되는 전각 네 개와, 생제르맹 궁처럼 중앙에 망루 및 바닥을 검은색과 흰색 포석으로 깐 안뜰이 있다. 전면 폭이 80여 미터 정도 되는 그 궁은 제임스 1세 때 영국 왕실 재정관이 지었는데 그 재정관은 현 백작의 증조부이다. 그 궁에는 역대 샐리스버리 백작 부인 중 한 사람이 쓰던 침대가 있고 그 가격은 어마어마하며, 독사들에게 물렸을 경우 특효가 있다는 브라질산 나무로 만들었는데, 그 독사를 가리켜 흔히들 남자 1,000명이라는 뜻을 가진 밀옴브레스라 부른다. 침대에는 황금 글자로 다음과 같은 문구가 적혀 있다.

  "사념(邪念)을 품은 자에게 화가 있을지어다."
- 워릭과 홀런드의 백작 에드워드 리치는 벽난로에 떡갈나무 한 그루가 통째로 들어가는 워릭 성을 가지고 있다.
- 벅허스트 남작, 크랜필드 자작, 도셋과 미들섹스의 백작인

찰스 색빌은 세븐오크스 교궤 노올 궁을 가지고 있다. 그 궁은 도시처럼 크고 보병 대원들처럼 꼬리를 물고 늘어서 있는 전각 세 개로 구성되어 있다. 정면에는 계단형 합각머리 열 개가 있고, 네 개의 탑으로 구성된 망루 아래에는 문이 있다.

- 웨이머스 자작이자 워민스터 남작인 토머스 사인은 롱리트 궁을 가지고 있는데, 그곳에는 국왕 소유인 프랑스 샹보르 성에 버금가는 많은 굴뚝과 정탑(頂搭), 정각, 원추형의 망루, 별채, 작은 탑들이 있다.
- 서펙 백작 헨리 하워드는 런던에서 120리 떨어진 미들섹스에 크기나 웅장함으로 볼 때 스페인 왕이 소유한 에스코리알 궁에 뒤지지 않는 오들리 궁을 가지고 있다.
- 전체가 해자와 성벽으로 둘러싸여 있고 숲과 개천과 동산을 두루 갖추고 있는 베드퍼드셔의 레스트 하우스 앤드 파크는 켄트 후작인 헨리의 소유이다.
- 망루가 튼튼하고 감시구가 잘 뚫려 있으며 연못 한 개가 그 정원과 둘레의 숲을 갈라놓고 있는 헤리퍼드셔의 햄프턴 코트 궁은 코닝스비 경인 토머스의 소유이다.
- 방패꼴로 장식된 높은 망루, 정원과 늪과 꿩 사육장, 양 우리, 잔디밭, 주사위의 5점 눈 모양으로 나무를 심은 산책로와 큰 나무숲, 꽃으로 네모꼴과 마름모꼴 수를 놓아 커다란

융단처럼 보이는 화단, 경마장용 풀밭, 사륜마차가 궁으로 들어가기 전에 한 바퀴 돌아야 하는 거대한 원형 광장 등을 갖춘 링컨셔의 그림소프 궁은 윌샘숲의 세습 영주이며 린지 백작인 로버트의 소유이다.

- 잘 어우러지는 두 개의 전각과 안뜰 양쪽에 망루가 배치된 서섹스의 업 파크는 글렌데일 자작이며 탱커빌 백작인 명예로운 그레인 경, 포드의 소유이다.
- 사각형의 양어장과 네 폭의 색 유리창을 끼운 합각머리를 갖추고 있는 워릭셔의 뉴냄 패독스 궁은 독일에서는 라인펠멘 백작으로 알려진 벤비 백작의 소유이다.
- 버크 백작령에 있는 윗섬 궁은 석조 정자 네 개와 감시구가 뚫린 높은 망루가 있는 프랑스풍 정원을 갖추고 있다. 망루 양쪽에는 거대한 전함 두 척을 바싹 대 놓았다. 궁은 애빙던 백작이며 리콧 남작인 몬터규 경의 소유이다. 그 정문에는 다음과 같은 격언이 새겨져 있다.

  "Virtus ariete fortior(용기는 성을 파괴하는 철퇴보다 강하다)."
- 데번셔 공작 윌리엄 캐번디시는 여섯 개의 성채를 소유하고 있는데 그중 2층으로 지은 체스워스 성은 그리스풍의 아름다운 조화미를 자랑한다. 더불어 왕궁 쪽으로 등 돌린 사자 조각상이 있는 런던의 저택도 그의 것이다.

- 아일랜드의 코크 백작이기도 한 키널미키 자작은 정원이 매우 넓어 런던 외곽의 전원 지역과 맞닿아 있는 피카딜리의 벌링턴 하우스와 화려한 아홉 개의 전각이 있는 치스윅 궁을 가지고 있다. 또한 옛 궁궐 옆에는 새 저택 런데스버러를 지었다.
- 보포트 공작의 첼시 궁은 고딕 양식으로 지은 전각 두 채와 피렌체풍으로 지은 한 개의 전각으로 구성되어 있다. 또한 글로스터에 배드민턴 궁이 있는데 별 하나에서 빛이 사방으로 퍼져 나가듯 거처로 사용되는 그곳에서 무수한 길이 뻗어 나온다. 대단히 고귀하고 강력한 왕족인 보포트 공작 헨리는 우스터의 후작이며 백작이고 래글랜드 남작, 파워 남작 그리고 챕스토우의 허버트 남작이기도 하다.
- 뉴캐슬의 공작이며 클레어의 후작인 존 홀스는 사각형 망루가 상당히 웅장한 볼소버 궁을 가지고 있다. 그 외에 연못 중앙에 바벨탑을 모방해 만든 둥근 피라미드 하나가 있는 노팅엄의 호턴 궁도 소유한다.
- 햄스테드의 그레이븐 남작인 크레이븐 경 윌리엄은 워릭셔에 영국에서 가장 아름다운 분수를 구경할 수 있는 콤 애비 저택을 가지고 있으며 버크셔에 남작령 성 둘이 있는데, 정면에 고딕 양식의 채광창 다섯 개가 벽에 깊숙이 파여 있는 햄스테드 마셜 궁과 숲속 교차로의 교차점 위에 애시다

운 파크 궁이다.

- 클랜찰리와 헌커빌의 남작이며 시칠리아에서는 코를레오네 후작인 린네우스 클랜찰리 경은 914년에 늙은 에드워드가 덴마크인들을 막기 위해 지은 클랜찰리 성에 지배권을 가지고 있다. 그 외에 궁궐인 런던의 헌커빌 하우스와 윈저에 있는 코를레오네 로지도 그의 소유이다. 그리고 여덟 개의 영지가 있는데, 그 하나는 버턴온트렌트 유역으로 그곳의 백색 대리석 채석장에 대한 권리 일부가 영지에 귀속된다. 다른 영지들에는 검드레이스, 험블, 모리캠브, 트레워드레이스, 경이로운 우물 한 개와 필린모어 늪지대의 이탄(泥炭)을 가지고 있는 헬커터스, 배그니액 고도(古都) 근처 리컬버, 모일엔라이 산 위에 있는 비니카운턴 등이 있다. 또한 영주 예하의 법관이 있는 열아홉 곳의 읍과 마을, 펜네스 체이스 전 지역이 있는데 그곳에서 4만 파운드의 임대 수입을 거둔다.
- 제임스 2세 때 세력을 떨치는 172명의 귀족에게 들어오는 수입은 대략 127만 2,000파운드에 달하며, 그것은 영국 전체 수입의 11분의 1에 해당하는 금액이다.

마지막 이름인 린네우스 클랜찰리 경 이름 옆에는 우르수스가 직접 쓴 짧은 문구가 있었다.

반역자, 망명 중임, 재산 및 성채와 영지 압류, 잘된 일임.

*

우르수스는 호모를 칭찬했다. 자기 동류는 칭찬하기 마련인데 그것은 자연의 법칙이다. 항상 소리 없이 화를 내는 것은 우르수스의 내면이고 으르렁거리는 것은 그의 외면이었다. 우르수스는 천성적으로 불평꾼이었다. 그는 자연히 반대를 일삼았고 우주를 나쁜 의미로 이해했다. 그는 그 누구에게도, 그 무엇에도 상을 주지 않았다. 꿀을 만든다고 꿀벌이 사람 쏘는 것을 용서하지 않았고 장미가 꽃을 활짝 피운다고 황열병과 보미토 네그로*의 원인이 되는 태양을 용서하지도 않았다. 우르수스는 아마 속으로 신에게 많은 비난을 퍼부었을 것이다. 그는 자주 이렇게 말했다.

"물론 마귀는 용수철이다. 하지만 그것을 놓아 버린 것은 신의 잘못이다."

그는 군주나 왕자들에게만 동감을 표현하거나 박수를 보냈다. 어느 날 제임스 2세가 한 아일랜드 가톨릭 성당의 성모에게 순금 램프 하나를 봉헌했는데 매사에 무관심한 호모와 함께 그곳을 지나던 우르수스가 많은 사람 앞에서 찬사를 터뜨렸다.

---

* 흑인들의 구토 증세를 말한다.

“성모님은 저기 맨발로 서 있는 어린아이들이 신발을 원하는 것보다 순금 램프를 더욱 절실히 원하신 게 틀림없어.”

그러한 그의 ‘충성’의 증거와 기성 권력에 대한 명백한 존경도 사법관이 늑대와 함께 떠돌이 생활을 하는 그를 너그럽게 봐주는 데는 도움을 주지 못했다. 그는 가끔 저녁 무렵 우정에 이끌려 호모가 다리를 쭉 뻗어 기지개를 좀 켜고 자유롭게 오두막 주위를 돌아다니도록 내버려 두곤 했다. 늑대는 신뢰를 악용할 줄은 모르기 때문에 ‘사회 속에서’, 즉 사람들과 어울렸을 때는 푸들처럼 조심스럽게 행동했다. 하지만 심술궂은 사법관들과 엮이면 매우 성가신 결과를 가져올 수 있었다. 그래서 우르수스는 가능하면 늑대를 사슬로 매어 두었다. 정치적인 관점에서 볼 때도 그가 벽에 써 놓은 황금에 관한 글은 읽을 수도 없을뿐더러 이해하기도 힘들었던 탓에, 벽의 낙서 정도로 취급되어 위험하지는 않았다. 제임스 2세의 퇴위 후 윌리엄과 메리의 ‘존경스러운’ 치세 아래서도 영국의 여러 지방 소도시에서 평화롭게 돌아다니는 그의 마차를 볼 수 있었다. 그는 손수 만든 묘약이나 자질구레한 약을 팔거나 늑대와 함께 돌팔이 의사처럼 유치한 연기를 하며 그레이트브리튼의 방방곡곡을 자유롭게 돌아다녔다. 또한 떠돌이 패거리를 가려내기 위한, 특히 길목에서 ‘콤프라치코스’를 체포하기 위해 당시 영국 전역에 확장된 경찰의 경비망을 유유히 뚫고 다녔다.

아무튼 당연한 일이었다. 우르수스는 어떤 무리에도 속하지 않았다. 오직 우르수스와 함께 살았다. 자신과 마주하고 자신을 친구로 삼아 살아가는데 늑대 한 마리가 그 속으로 다정하게 주둥이를 집어넣은 것뿐이다. 우르수스는 카리브 지역 인디언이 되는 것을 꿈꾸었는지도 모른다. 그것이 불가능했기 때문에 그는 혼자 사는 사람이 되었다. 혼자 사는 사람은 문명 세계가 인정한 야만인의 축소판이다. 사람이란 떠돌면 떠돌수록 그만큼 더 외로워지며 그것에서 끊임없는 이동이 시작된다. 그는 어디에 정착한다는 것을 길들여진다는 의미로 받아들였다. 그는 자신의 길을 계속 가면서 인생을 보냈다. 도시들을 볼 때마다 그의 안에서는 잡목림과 빽빽한 나무들, 가시덤불, 바위굴 등에 대한 그리움이 더욱 진해졌다. 그의 진정한 고향 집은 숲이었다. 광장의 소음은 나무들의 합성과 비슷해 타향에 왔다는 느낌이 크게 들지 않았다. 군중이 사막에 대한 욕구를 어느 정도까지는 충족시켜 주는 것이다. 그는 문과 창문이 있어서 일반 주택을 닮은 오두막이 불만이었다. 동굴 하나를 네 바퀴 위에 올려놓고 유랑했다면 만족했을 것이다.

앞에서 말한 대로 그는 미소 짓지 않았지만 웃었다. 가끔, 아니 상당히 자주, 씁쓸하게 웃었다. 미소는 동의의 표시이지만 웃음은 대개 거부의 의미가 담겨 있다.

그가 하는 가장 중요한 일은 인간을 증오하는 것이었다. 그의 그러한 증오는 집요했다. 사람들이 그에게 데려오는 환자들에게 그는 인간의 삶이 끔찍하다는 것을 확실하게 밝혀 주고 백성을 짓누르는 것은 군주, 군주를 억누르는 것은 전쟁, 전쟁을 짓누르는 것은 흑사병, 흑사병을 덮치는 것은 기근이다 등 모든 재앙은 어리석음으로 초래된다는 것을 말해 준 뒤, 존재한다는 것만으로도 벌의 요소가 있다는 것을 증명하고, 죽음이 해방이라는 것을 인정한 다음에야 치료를 했다. 그는 심장 기능 강화제와 노인의 생명을 연장시켜 주는 다양한 탕약도 가지고 있었다. 그는 앉은뱅이를 치료해 두 발로 서게 한 다음 빈정거리며 한마디를 했다.

"자, 이제 두 다리로 걷게 되었구려. 눈물의 골짜기에서 오래도록 걷기를 바라네!"

굶어 죽어 가는 가난한 사람을 보면 갖고 있던 동전까지 몽땅 털어서 건네주며 입속말로 투덜거리기도 했다.

"살아라, 불쌍한 것! 먹어라! 오래도록 살아라! 너의 도형수 신세를 짧게 끝내 줄 사람은 내가 아니지!"

그러고는 자신의 손을 비비면서 말했다.

"나는 사람들에게 내 능력껏 못된 짓을 저지르지."

지나던 사람들은 밖에서도 뒤쪽에 나 있는 창을 통해 오두막 천장에 목탄으로 굵게 써 놓은 글귀를 읽을 수 있었다.

철학자 우르수스

2. 콤프라치코스

*

요즘 콤프라치코스라는 단어를 누가 알 것이며, 누가 그 의미를 알 수 있을까?

콤프라치코스 또는 콤프라페케뇨스는 흉측하고 이상한 떠돌이 집단이었는데, 17세기에 널리 알려졌다가 18세기에는 잊혔으며, 요즘은 아무도 모른다. 콤프라치코스는 '독약 사건'처럼 전형적인 옛 사회를 드러내 주는 하나의 단면이다. 그것들 모두 오래된 인간의 추태를 보여 준다.

역사적인 커다란 관점으로 바라보면, 콤프라치코스는 노예제도와 깊은 연관이 있다. 형제들에 의해 팔려 간 요셉의 이야기는 콤프라치코스의 전설 중 하나다. 콤프라치코스는 스페인과 영국의 형법에도 흔적을 남겼다. 숲속에서 야만인의 발자국을 발견하듯 영국 법률의 모호한 혼란 속 곳곳에서도 그 흉악한 일들의 발자취를 발견하는 것이다.

콤프라치코스는 콤프라페케뇨스처럼 스페인어인데 '어린 아이들을 사는 것'을 의미하는 합성어다.

콤프라치코스는 어린아이 장사를 했다.

아이들을 사거나 팔았다.

납치하지는 않았다. 납치는 또 다른 사업이다.

그 아이들로 무엇을 했을까?

괴물을 만들었다.

왜 괴물을 만든 것일까?

웃기 위해서였다.

백성들은 웃기를 원했다. 왕들도 역시 그랬다. 거리 광장에는 곡예사가 있어야 하고, 왕궁에는 궁중 광대가 있어야 한다. 앞은 튀를뤼팽이라 부르고 다른 하나는 트리불레라고 한다.

인간이 즐거움을 얻기 위해 기울이는 노력 가운데 어떤 것은 가끔 철학자의 관심을 끌기도 한다.

이 처음 몇 장을 통해 우리가 희미한 윤곽이나마 잡아 보려는 것은 무엇인가? 그것은 다음과 같은 제목을 붙여도 될 것 같은, 이 책에서 가장 무시무시한 한 장이다.

운수 좋은 이들이 벌이는 불운한 자들에 대한 착취

*

사람들의 장난감이 되어야 할 운명에 놓인 아이, 그런 일은 실제로 있었고 오늘날에도 일어난다. 무지하고 잔인한 시절에는 그것이 하나의 특별한 사업이었다. 위대한 세기라 부르는 17세기가 그런 시절 중 하나였다. 매우 비잔틴적인 세기여서 부패한 순진함과 잔인한 섬세함을 동시에 간직하고 있었다. 이를테면 문명의 변종인 것이다. 호랑이는 입이 짧은 척했고 세비녜 부인*은 화형과 차형(車刑) 이야기를 하면서 선웃음을 쳤다. 그 세기는 아이들을 마구 착취했으며 그 세기의 아첨꾼들인 역사가들은 그 상처를 감추면서도 그 상처의 치료사인 뱅상 드 폴**은 드러나도록 내버려 두었다.

장난감 인간이 성공하려면 어린 나이에 시작해야만 한다. 난쟁이를 만들려면 어릴 때 착수해야 했는데 사람들은 그렇게 인간의 유년기를 이용했다. 몸이 반듯한 아이는 별로 재미가 없으며 꼽추가 훨씬 더 즐겁다.

그래서 전문 기술이 생겼고 양성하는 사람들도 있었다. 멀쩡한 인간을 데려다가 미숙아로 만들었으며 멀쩡한 얼굴을 짐승의 얼굴로 변형해 버렸다. 압박을 해서 성장을 막았고 표정을 마음대로 빚어냈다. 인위적으로 기괴한 인간을 만드는 일에는 나름대로의 법칙이 있었으며 일종의 과학이었다. 정반대 방향을 추구하는 정형외과를 상상해 보면 될 것이다. 신이 시선

---

* 프랑스의 서간문 작가다.

** 버려진 아이들의 구호와 교육에 힘쓴 17세기경 프랑스의 사제다.

을 만들어 놓은 자리에 그 기술은 사시를 가져다 놓았다. 신이 조화롭게 만든 것을 기형으로 대체해 버렸다. 신이 완성품으로 만들어 놓은 것을 초벌작으로 되돌려 놓았는데 감식가들의 눈에는 이 초벌이 완벽하게 보였다. 짐승을 대상으로 기초부터 시작하는 작업도 있었다. 얼룩빼기 말도 그렇게 고안해 냈고 튀렌*도 그 말을 타고 다녔다. 오늘날에도 사람들이 개를 푸른색과 초록색으로 물들이지 않는가? 자연은 우리의 캔버스이다. 인간은 항상 신이 만들어 놓은 것에 무언가를 덧붙이고 싶어 했다. 때로는 선의로, 때로는 악의로 신의 창조물을 바꾸는 것이다. 궁궐의 광대는 인간을 원숭이로 되돌려 놓으려는 시도와 마찬가지다. 뒤로 가는 진보이며 퇴보하는 걸작이다. 그러면서 사람들은 인간 같은 원숭이를 만들려고 노력했다. 클리블랜드 공작 부인이며 사우샘프턴 백작 부인인 바버라는 거미원숭이 한 마리를 시동으로 데리고 있었다.

남작석에서 서열 8위인 여귀족 더들리 남작 부인 프랜시스 서턴은 금란으로 지은 옷을 입힌 비비에게 차 시중을 들게 만들었다. 레이디 더들리는 그 원숭이를 가리켜 '나의 검둥이'라고 부르곤 했다. 도체스터 백작 부인 캐서린 시들리는 가문 문장이 새겨진 사륜마차를 타고 의회에 가곤 했는데 그럴 때마다

---

* 17세기 프랑스 대원수다.

마차 뒤편에는 하인 제복을 입은 비비 세 마리가 주둥이를 보란 듯이 쳐들고 서 있었다. 메디나코엘리 백작 부인은 폴루스추기경이 아침 문안을 하러 갈 때마다 오랑우탄 한 마리의 시중을 받아 스타킹을 신고 있었다고 한다. 인간으로 진급한 그 원숭이들은 학대를 받아 짐승처럼 변한 인간들과 균형을 이룬 셈이다. 대귀족들이 원하던 인간과 짐승의 그러한 뒤섞임은 특히 난쟁이와 개를 통해 강조되었다. 난쟁이는 자신보다 큰 개의 곁에서 떠나지 않았다. 개는 난쟁이의 짝으로 목걸이 두 개를 겹쳐 놓은 것과 같았다. 인간과 짐승의 동등한 위치는 다양한 기념품을 통해 확인되는데, 제프리 허드슨의 초상화가 그 대표적인 예다. 그는 앙리 4세의 딸이자 찰스 1세의 아내인 앙리에트 드 프랑스를 모시던 난쟁이였다.

인간을 훼손하는 행위는 보기 흉하게 변형시키는 것으로 완성된다. 모습을 흉하게 변형시켜 신분도 지워 버리곤 했다. 그 시절의 몇몇 생체 해부학자들은 인간의 얼굴에서 신성한 초상을 지워 버리는 일을 손쉽게 했다. 아멘스트리트 대학의 일원이자 런던의 화학 약품상 검사관인 콘퀘스트 박사는 거꾸로 가는 외과술에 대해 라틴어로 책 한 권을 썼는데, 그 책에서 그 수술 방법에 대해 자세히 묘사하고 있다. 저스터스 드 캐릭퍼거스의 말에 따르면 그 외과술을 고안한 이는 아벤모어라고 하는 어느 수도사인데 그 이름은 아일랜드어로 '큰 강'이라는 뜻을 가졌다고 한다.

하이델베르크의 지하 카바레에서는 팔라티나의 선거후인 페르케오의 난쟁이 모습을 본떠 만든 인형—혹은 유령—이사람들을 놀래기 위해 만든 장난감 상자에서 불쑥 튀어나오곤 했는데, 이것은 매우 다양하게 응용할 수 있는 대표적인 기술이었다.

이로 인해, 고통에 대한 허가와 즐거움의 이치라는 잔혹하게 간결한 생존 법칙에 묶인 많은 사람들이 생겨났다.

*

괴물 제조 작업은 대규모로 이루어졌으며, 만들어 내는 괴물의 종류 또한 다양했다.

괴물은 술탄에게도 필요했고, 교황에게도 필요했다. 술탄은 여인들을 관리하기 위한 목적이었으며, 교황은 그를 대신해 기도를 하도록 시키기 위해서였다. 그런 괴물들은 스스로 번식할 수 없는 정말 특별한 종류였다. 그 유사 인간들은 관능적 쾌락과 종교에 유용했다. 하렘과 시스티나 성당에서도 같은 종류의 괴물을 사용했는데 한쪽에서는 사나운 괴물, 다른 쪽에서는 나긋나긋한 괴물이 필요했다.

지금은 더는 생산하지 못하는 것들을 그때는 만들어 냈다. 우리에게는 없는 재주를 가지고 있었던 것이다. 그러니 탁월한 지성들이 기술의 쇠퇴라고 이야기하는 것도 무리는 아니다. 우리는 이제 더는 인간의 살아 있는 육체에 조각을 할 줄 모른다. 고문 기술이 사라진다는 사실과도 관련된 일이다. 우리는 그런 일에 달인이었지만 이제 더는 그렇지 않다. 그 기술을 얼마나 단순화시켰는지 그것은 아마 머지않은 장래에 완전히 사라질 것이다. 살아 있는 사람의 팔과 다리를 자르고, 배를 가르고, 내장을 들어내면서 우리는 많은 현상을 알아냈고, 새로운 사실을 발견할 수 있었다. 하지만 이제 그런 일은 포기해야 한다. 또한 사형 집행자가 외과학에 가져다준 발전도 더는 기대할 수 없다.

과거에 생체 해부학은 거리 광장에 구경거리로 내놓을 기괴한 사람들이나, 궁궐에 바칠 광대 그리고 술탄과 교황을 위한 내시를 만들어 내는 것으로 그치지 않았다. 다른 형태의 제조도 많았는데 그 성공적인 제조 작업 중에 하나가 영국의 왕을 위해 수탉을 만드는 일이었다.

왕의 궁궐에서는 수탉처럼 노래를 부르는 일종의 야행성 인간을 궁 안에 두는 것이 관례였다. 사람들이 모두 자는 동안에 그 사람은 깨어 있으면서 궁궐 안을 배회하며 매시간 종소리를 대신할 수 있도록 가금류들이 내는 소리를 필요한 횟수만큼 반복해 질러 댔다. 수탉으로 승진한 사람이 어릴 때 받은 인두 수술 또한 콘퀘스트 박사가 자세히 묘사해 놓은 기술 중 하나이다. 찰스 2세 때 그 수술로 생기는 타액 분비증이 포츠머스 공작 부인의 비위를 상하게 한 탓에, 왕권의 화려함을 조금이라도 퇴색시키지 않기 위해 그 관직은 유지시키되, 수술 받지 않은 남자에게 수탉 소리를 내게 했다. 그 명예로운 직책에는 보통 퇴역 장교를 선발하여 임명했다. 제임스 2세 재위 시절에 윌리엄 샘슨 콕이라는 사람이 그 자리에 임명되었는데, 그 노래를 하는 대가로 매년 그가 받은 돈의 액수는 9파운드 2실링 6수였다.

불과 100년 전, 페테르부르크에서는 러시아 황제 혹은 황후가 어느 귀족을 몹시 못마땅하게 여겨 궁궐의 커다란 대기실에 쭈그리고 앉아 있게 했다고 한다. 예카테리나 2세의 회고록에 나오는 이야기인데 그 귀족은 명령에 따라서 고양이처럼 야옹거리거나 알을 품고 있는 암탉처럼 바닥에 떨어진 음식을 꼬꼬거리며 입으로 쪼아 먹었고, 그런 상태로 며칠을 대기실에서 보냈다고 한다.

그런 풍습은 이제 유행이 지났지만 사람들이 생각하는 것만큼 크게 지나간 것도 아니다. 오늘날에는 궁정인들이 주인의 환심을 사기 위해 꼬꼬거리면서 억양을 조금씩 흉내 낸다. 먹을 것을 진흙탕에서 줍는다고까지는 말할 수 없지만 그것을 땅바닥에서 줍는 사람이 한둘이 아니다.

왕들이 결코 실수를 저지르지 않는다고 믿는 것은 매우 다행스러운 일이다. 그렇기 때문에 그들의 모순된 말이 누구를 당혹스럽게 하는 법은 절대 없다. 끊임없이 찬성만 하면 옳은 말을 한다고 확실하게 인정받을 테니 매우 기분 좋은 일이다. 루이 14세는 베르사유 궁에서 수탉 흉내를 내는 장교나 칠면조 흉내를 내는 귀족을 보는 일을 좋아하지 않았을 것이다. 영국이나 러시아에서 왕이나 황제의 권위를 높여 주던 일이 위대한 루이 왕이 볼 때는 성왕 루이의 왕국에는 맞지 않는다고 생각했을 것이다. 앙리에트 부인이 어느 날 밤 신분에 어울리지 않게 꿈속에서 암탉 한 마리를 보았다는 사실로 그가 몹시 불쾌해했다는 것은 잘 알려진 사실이다. 사실, 궁정인에게는 어울리지 않는 중대한 결례이다. 지체 높은 사람이라면 천박한 것을 꿈속에서라도 보면 안 되는 것이다. 모두들 기억하겠지만 보쉬에도 루이 14세의 불쾌감에 긍정의 뜻을 보냈다.

*

이미 설명한 대로 17세기에는 아이들을 사고파는 거래가 일종의 산업으로 완성되었다. 콤프라치코스는 한쪽으로 거래를 하고 다른 쪽으로는 그 제조업에 종사했다. 그들은 아이들을 사서 원자재를 약간 손본 다음 바로 되팔았다.

아이를 파는 사람들은 밥 먹는 입을 줄이려는 가난한 아비부터 노예를 사육하는 주인에 이르기까지 매우 다양했다. 인간을 파는 것만큼 간단한 일은 없었다. 오늘날에도 그런 권리를 유지하기 위해 싸움이 벌어진 적이 있다. 겨우 한 세기 전에 아메리카에 가서 죽어 줄 사내들이 필요했던 영국의 왕에게 헤센 지역 선거후가 종들을 팔아넘긴 일을 우리 모두 기억한다. 푸줏간에서 고기를 사듯 헤센의 선거후는 대포에 장전할 고기를 비치해 놓고 팔았다. 그는 자기 종들을 점포에 매달아 진열했다.

"팔 물건이니 흥정하시오."

제프리스가 기세를 떨치던 시절 영국에서는 몬머스*의 비극적인 사건이 일어난 뒤 많은 영주들과 귀족들이 참수되거나 능지처참되었다. 그렇게 처형된 이들이 남겨 둔 아내들과 딸들, 즉 미망인들과 졸지에 고아가 되어 버린 여자아이들을 제임스 2세가 왕비에게 넘겼다. 왕비는 그 레이디들을 윌리엄 펜**에게 팔았는데 왕도 아마 수수료 몇 퍼센트 정도는 받았을 것이다. 제임스 2세가 그 레이디들을 팔았다는 사실보다 윌리엄 펜이 그녀들을 샀다는 사실이 더 놀라운 일이다.

펜은 인간을 뿌려 퍼뜨려야 할 황무지를 가지고 있으니 당연히 여인들이 필요했다는 변명을 했다. 결국 여인들이 황무지를 개간하는 데 필요한 장비였다는 뜻이다.

우아하고 자애로운 왕비 전하에게는 그 레이디들을 파는 일

* 영국 찰스 2세의 사생아다.

** 영국에서 도망하여 미국에 식민지를 건설한 퀘이커교도다.

이 짭짤한 사업이었다. 젊은 레이디들은 비싼 값에 팔렸는데 펜이 아마도 늙은 공작 부인들은 싸게 샀을 것이라는 생각이 떠오를 때마다 복잡한 추문을 들을 때처럼 마음이 좋지 않다.

콤프라치코스들은 자신들을 체일러스(Cheylas)라고도 불렀는데 그 말은 아이들을 둥지에서 꺼내는 사람들이라는 뜻을 가진 힌두어다.

오랜 세월 동안 콤프라치코스는 자신들을 반 정도만 감추었다. 사회에는 가끔씩 범죄적 산업에 호의를 보이는 어두운 이면이 있기 때문에 그 속에서 목숨을 부지하는 것이다. 우리는 최근에도 이런 일을 목격했다. 산적 라몬 셀레스가 이끄는 집단이 1834년부터 1866년까지 발렌시아, 알리칸테, 무르시아 이 세 지방을 점령하며 공포 속에 몰아넣었다.

스튜어트 왕조 통치하에서는 콤프라치코스가 총애를 잃지 않았기에 필요에 따라 국가적인 구실을 붙여서 그들을 이용했다. 제임스 2세에게는 그들이 하나의 인스트루멘툼 레그니*였다. 거추장스럽거나 반항적인 가문은 가차 없이 제거하고 혈통을 끊고, 상속자들을 갑작스럽게 없애 버리던 시절이었다. 어떨 때는 한 가계(家系)를 위해 다른 가계를 정리하기도 했다. 콤프라치코스에게는 한 가지 재주가 있었는데 그것은 사람 얼굴

* '통치 수단'이라는 뜻이다.

을 바꾸어 놓는 재주였고, 그 재주 덕분에 정치적 집단에 천거되었다. 얼굴을 흉하게 바꾸어 놓는 것이 죽이는 것보다는 낫다. 물론 철가면이 있었지만 그것은 힘든 방법이다. 전 유럽을 철가면으로 가득 차게 만들 수는 없다. 얼굴이 흉측한 곡예사들은 거리를 자연스럽게 오간다. 게다가 철가면은 벗길 수 있지만 살가면은 벗길 수 없는 노릇이다. 한 사람 얼굴에 그 사람 얼굴로 만든 가면을 씌우는 것보다 기발한 방법은 없을 것이다. 콤프라치코스는 중국인들이 목재를 다루는 것처럼 인간을 다루었다. 이미 말한 것처럼 그들에게는 비밀이 있었다. 이제는 사라졌지만 비술이 있었다. 일부 잘못된 발육이 그들의 손을 통해서 탄생했다. 우스웠지만 놀라운 일이었다. 그들이 어린 생명에게 얼마나 묘하게 손을 댔던지 아비도 자기 자식을 알아보지 못할 지경이었다. 그들은 가끔 척추는 곧은 상태로 두고 얼굴만 다시 만들었다. 손수건의 상표를 없애듯이 아이가 가진 모든 특징을 지워 버렸다.

곡예사로 쓰일 제품일 때는 교묘한 방법으로 관절을 탈구시켰다. 모든 뼈가 제거된 사람과도 같았는데 그것이 그들을 곡예사로 만들었다.

콤프라치코스는 아이에게서 얼굴만이 아니라 기억까지도 없애 버렸다. 적어도 그들이 할 수 있는 만큼은 완벽하게 기억을 지웠다. 아이는 자기가 무슨 변화를 겪었는지도 전혀 의식하지 못했다. 무시무시한 외과 수술이 얼굴에는 흔적을 남겼지만 뇌리에는 어떤 흔적도 남기지 않았다. 자신이 어느 날 사람들에게 붙잡혔고 잠들었으며 누군가가 자신을 치료해 주었다는 사실만이 그가 기억해 낼 수 있는 전부였다. 무엇을 치료했을까? 아이는 새까맣게 몰랐다. 유황으로 지지고 칼로 자르고 했다는 사실을 기억해 내지 못했다. 콤프라치코스는 수술을 하는 동안 통증을 없애 주며 마법의 약으로도 통하는 일종의 마취용 가루약으로 어린 환자를 잠들게 만들었다. 그 가루는 중국에서는 오래전부터 잘 알려진 것이며 그곳에서는 지금도 사용한다. 중국은 인쇄술, 대포, 기구, 클로로포름 등 우리의 발명품들을 우리보다 훨씬 오래전부터 가지고 있었다. 다만, 유럽에서의 발견은 바로 활기를 얻어 성장한 후 기적과 경이로움이 되는 데 반해, 중국에서는 초기 상태로 남아 사라졌다. 중국은 하나의 태아표본병이다.

중국 이야기가 나온 김에 잠깐 시시한 이야기 하나만 더 하자. 예부터 중국에서 발전시켜 온 기술과 산업이 하나 있는데 그것은 살아 있는 사람을 주형(鑄型)에 넣었다가 다시 만들어 내는 일이다. 그들은 두세 살쯤 된 아이를 골라서 뚜껑도 밑바닥도 없는 상당히 괴상한 자기 항아리 속에 넣고 머리와 다리만 밖으로 나오게 한다. 낮에는 항아리를 세워 놓았다가 밤이 되면 아이가 잘 수 있도록 눕혔다. 그렇게 하면 아이의 키는 크지 않고 몸집만 불어나게 되어 아이의 압축된 살과 뒤틀린 뼈들이 항아리의 불룩한 공간을 채운다. 그런 항아리 속에서의 성장은 여러 해 동안 계속되며 일정한 시간이 지나면 성장의 형태를 바꿀 수 없게 된다. 모양이 잡혀 괴물이 완성되었다고 생각되면 항아리를 깨뜨리고 아이를 꺼내 항아리 모양의 사람을 얻었다.

원하는 형태의 난쟁이를 미리 주문할 수 있으니 아주 편리한 방법이다.

*

제임스 2세는 그럴듯한 이유로 콤프라치코스를 이용했기 때문에 그들에게 관대했다. 한두 번 이용한 것이 아니었다. 누구든 자기가 멸시하는 것을 매번 무시하지만은 않는다. 흔히 정치라고 불리는 상류 계층 산업에 가끔 탁월한 방법이 되어 주는 밑바닥 계층 산업은 당연히 비참한 처지에 있었지만 그렇다고 해서 박해를 받지는 않았다. 감시는 전혀 없었지만 어느 정도의 관심은 보였는데 그렇게 하는 것이 여러모로 유용할 수 있었다. 법이 한쪽 눈을 감은 대신 왕은 다른 눈을 뜨고 있었다.

가끔 왕은 스스로 공모했다는 사실을 인정하기도 했다. 이것이 바로 군주가 저지르는 공포 정치의 뻔뻔스러움이다. 얼굴을 흉측하게 만든 아이 얼굴에 백합 모양의 낙인을 찍기도 했다.

얼굴에서 신의 표시를 지워 버리는 대신 왕의 표시를 새긴 것이다. 노퍽주의 고위 경찰관, 멜턴의 영주, 기사이자 준남작인 자콥 애스틀리는 달군 쇠로 이마에 백합 모양의 낙인을 찍혀 팔려 온 아이 하나를 집 안에 데리고 있었다. 아이에게 닥친 그 일이 국왕의 뜻이라는 것을 어떤 이유에서든 증명하고 싶을 때 흔히들 그런 방법을 사용했다. 영국은 개인적인 용도를 목적으로 한 백합의 사용으로 항상 우리에게 명예를 안겨 준다.

하나의 산업과 광신주의를 구별시켜 주는 미묘한 특징이 있는 콤프라치코스는 인도의 직업 암살단과 비슷했다. 그들은 자기들끼리 무리를 지어 살면서 가끔 거리에서 곡예사 노릇도 했지만 그것은 쉽게 왕래하기 위한 구실일 뿐이었다. 그들은 되는 대로 아무 곳에서나 야영했지만 엄숙하고 경건한 것이 다른 떠돌이들과는 전혀 달랐고 도둑질 따위를 하지도 않았다. 스페인의 무슬림들은 위폐범이었고 중국의 무슬림들은 소매치기였는데 사람들은 오랫동안 그들을 스페인이나 중국의 무슬림들로 착각하는 과오를 범했다. 콤프라치코스에게 그런 점은 없었다. 그들을 어떻게 생각하든 각자의 자유지만 그들은 정직한 사람들이었다. 그들은 때로 진정 양심적이었다. 그들은 정확하고 예의 바르게 대문을 통해서 집으로 들어가 아이의 가격을 흥정하고 돈을 지불하고 아이를 데리고 떠나곤 했다.

영국인, 프랑스인, 카스티야인, 독일인, 이탈리아인 등 온갖 나라에서 온 사람들이 '콤프라치코스'라는 이름 아래에서 서로 간에 우의를 다지고 있었다. 같은 생각, 같은 미신, 같은 직업을 공동으로 영위하면서 그런 화합을 만들어 냈다. 산적들처럼 우애가 돈독한 그 집단에서는 해 뜨는 쪽에서 온 사람들은 동양을, 해 지는 쪽에서 온 이들은 서양을 대표했다. 많은 바스크인이 많은 아일랜드인과 대화를 나누었다. 바스크인과 아일랜드인은 말이 통하는데 그들 모두 옛 카르타고어에서 파생되고 변질된 언어를 사용한다. 더불어 가톨릭을 믿는 아일랜드와 스페인 간의 관계는 친밀했다. 그들의 관계로 인해 레트림 백작령의 창시자이자 아일랜드 왕이나 다름없는 웨일스의 브레이니 경이 런던에서 교수형을 당하고 말았다.

콤프라치코스는 작은 이주민 집단이라기보다는 일종의 조직이었고, 조직이라기보다 나머지 집단이었다. 범죄를 직업으로 택한 세계의 거지들 집합 그 자체였다. 온갖 누더기로 만든 일종의 익살 광대 집단이었다. 한 사람을 집단에 가입시키는 것은 누더기 한 조각을 더 꿰매어 붙이는 것과 같았다.

떠도는 것은 콤프라치코스의 생존 법칙이었다. 나타났다가는 금세 사라지는 것이다. 애를 써야 겨우 묵인되는 존재인 사람은 뿌리를 내릴 수가 없다. 그들의 산업이 암암리에 밀매되고, 필요할 때면 왕권의 보조자 역할을 했던 왕국에서도 그들은 가끔 생각지도 못한 학대를 받기도 했다. 왕들은 그들의 기술을 이용한 후에 기술자들을 노예선에 실어 버렸다. 왕들의 변덕 속에 이런 모순이 존재한다. 그것이 인간의 즐거움이기 때문이다.

구르는 돌과 떠도는 직업에는 이끼가 낄 틈이 없다. 콤프라치코스는 가난했다. 비쩍 마르고 누더기를 걸친 어느 마녀가 화형대 횃불이 타오르기 시작하는 것을 바라보면서 "쓸데없는 낭비를 하고 있군"이라고 했던 말을 그들도 할 법했다. 아마도 아니 거의 확실하게 대규모로 아이를 거래하면서 신분을 감추었던 그들의 두목들은 부자였을 것이다. 두 세기가 지난 다음에 사실을 밝히는 것은 쉽지 않을 것이다.

이미 말한 것처럼 그것은 일종의 연맹이었고 그들만의 규율과 선서와 의식도 있었다. 거의 강신술과 같은 것도 가지고 있었다. 오늘날 콤프라치코스에 관해 자세히 알고 싶으면 비스카야와 갈리시아로 가면 된다. 그들 중에 바스크인이 많았던 탓에 그 산악 지역에 그들의 전설이 남아 있다. 지금도 오야르순, 우르비스톤도, 레소, 아스티가라가 등지에서는 콤프라치코스에 대한 이야기를 한다.

"조심해라, 콤프라치코스를 부를 테니!"

그 고장에서 어머니들이 아이들에게 겁줄 때 이런 말을 쓴다.

콤프라치코스는 보헤미안이나 집시처럼 은밀히 회합을 갖곤 했다. 그들의 우두머리들은 가끔 만나서 토론도 했다. 그들은 17세기에 네 개의 주요 회동 장소를 가지고 있었다. 하나는 스페인의 판코르보에 있었고, 독일의 디키르슈 근처 못된 여인이라는 별명을 가진 숲속 공터에도 하나 있었다.

디키르슈에는 머리가 있는 여인상과 머리가 없는 남자상이 함께 조각된 수수께끼 같은 저부조(低浮彫)가 두 개 있다. 프랑스의 회동 장소는 부르본 레 방 근처의 신성한 숲 보르보 토모나 속 거대한 조각상 마쉬 라 프로메스가 서 있던 언덕이었다. 그리고 영국 요크 지방 클리블랜드에 살던 지스브로 예비 기사 윌리엄 첼로너의 정원 담장 뒤 정방형 탑과 고딕식 첨두형 출입문이 있는 커다란 합각머리 건물 사이가 회동 장소 중 마지막 하나였다.

*

유랑자들에 관한 영국의 법은 늘 엄했다. 영국은 고딕식 입법 과정의 '떠돌아다니는 인간은 떠돌이 야수보다 더 위험하다'는 원칙에서 영감을 얻은 듯 보인다. 그들의 특별 법령 중 하나는 거처가 없는 사람을 '코브라, 용, 스라소니, 바실리코스*보다 더 위험하다'고 정의한다. 영국은 오래전에 깨끗이 쓸어버린 늑대들만큼 집시 때문에 골치를 썩고 있었다.

그 점에 있어서는 성자들에게 늑대의 건강을 빌며 늑대를

* 그리스 전설 속 뱀이다.

'나의 대부'라 부르는 아일랜드인들과는 다르다.

그런데 영국의 법률은 앞서 말했듯이 길들여서 일종의 개처럼 변해 버린 늑대는 묵인하듯이 일정한 직업을 가지고 있으면서 떠도는 유랑인은 용인했다. 곡예사, 떠돌이 이발사, 행상인, 떠돌이 현학자 같은 이들은 생계를 위한 직업이 있기 때문에 걱정할 필요가 없었다. 그런 사람들을 제외하고 자유인 부류에 속하는 유랑인은 법이 경계하는 대상이었다. 길을 지나는 사람은 누구든 공공의 적이 될 수 있었다. 현대적인 개념인 산책이라는 것을 알지 못하던 시절이었다. 그저 수상하게 어슬렁거리는 고전적인 행동일 뿐이었다. 모든 사람이 이해는 하면서도 아무도 선뜻 정의를 내릴 수 없는 말인 '수상한 외모'라는 말 한마디가 한 사람을 잡아넣기에 충분했다. 어디에 사나? 직업은? 그런 질문에 대답을 하지 못하는 경우에는 아주 가혹한 벌이 기다렸다. 철과 불이 합법이었기에 유랑자들에게 소작법(燒灼法)을 시행했다.

그렇게 해서 실제로 영국 전역에 떠돌이들, 일반적인 범죄를 저지른 자들, 특히 집시들에게 해당되는 용의자 체포령이 떨어졌다. 이러한 집시의 추방은 스페인에서의 유대인 추방이나 무슬림 추방, 프랑스에서의 신교도 추방과 비교되곤 하지만 그것은 잘못된 비교이다. 우리 입장에서 말하자면 몰이꾼을 동원하는 사냥과 박해를 혼동할 수 없다.

다시 말하지만 콤프라치코스와 집시는 공통점이 전혀 없었다. 집시는 하나의 민족이었지만 콤프라치코스는 앞서 말했듯이 여러 민족이 모여 있는 복합체이자 일종의 잔재였다. 더러운 물이 가득한 끔찍한 대야였다. 콤프라치코스는 집시가 가진 고유의 언어가 없었다. 여러 언어가 뒤섞인 은어가 그들의 언어였고 그것은 무질서 그 자체였다. 그들 역시 집시처럼 사람들 사이로 뱀처럼 기어 다니는 집단이었지만 종족의 끈으로 묶인 게 아니라 연맹의 끈으로 묶인 집단이었다. 역사의 어느 시기에서나 인류라고 하는 거대한 액체의 흐름 속에 독성이 강한 사람들로 이루어진 냇물 줄기들이 주위를 중독시키며 따로 흐르고 있다는 것을 알 수 있다. 집시는 하나의 가족이었으나 콤프라치코스는 일종의 프리메이슨단이었다. 엄숙한 목적을 가진 게 아니라 흉악한 산업을 하는 연맹이었다. 마지막으로 집시는 이교도였지만 콤프라치코스는 기독교도라는 점이 달랐다. 그것도 아주 독실한 기독교도였다. 비록 온갖 민족이 모두 섞인 연맹이지만 종교를 숭배하는 스페인에서 만들어져 썩 어울리는 일이다.

그들은 기독교도, 더 나아가 가톨릭교도, 아니 가톨릭교도 그 이상으로 로마 가톨릭교도였다. 신앙이 얼마나 세심하고 순수했던지 페스트 지역 헝가리 떠돌이들과는 연합하는 것을 거부했다. 그 떠돌이들은 둥근 은 손잡이 위에 머리가 둘인 오스트리아 독수리 상을 얹은 막대기를 홀(笏)처럼 양손에 든 어느 늙은이의 지배를 받았다. 그 헝가리인들은 교회 분리주의자들이라서 성모 승천일 의식을 8월 27일에 거행하는데 이것은 아주 고약한 일이다.

영국에서는 이미 짐작하는 대로 스튜어트 왕조 때 콤프라치코스 집단이 거의 보호를 받다시피 했다. 유대인과 집시를 박해하던 제임스 2세는 열성적인 사람으로 콤프라치코스에게는 착한 왕이었다. 그 이유는 앞에서 이미 말한 그대로다. 콤프라치코스는 인간을 상품으로 사들이는 사람들이었고 왕은 그것을 조달해 주는 상인이었다. 그들은 제거에 탁월한 재주를 가지고 있었다. 국가는 이득을 위해 종종 누군가가 사라지기를 원한다. 성가신 상속자는 어린 나이에 그들 손에 들어가 새롭게 바뀌어 자신의 본래 모습을 잃었으며 그것이 압류를 쉽게 만들어 주었다. 영지 소유권을 총애하는 신하에게 안겨 주는 일도 쉬워졌다. 게다가 콤프라치코스는 매우 은밀하고 과묵했으며 조용히 일을 맡았고 약속을 지켰다. 국가와 관련한 일에는 필수적인 부분이다. 그들이 왕의 비밀을 발설한 일은 거의 없었으며 그것이 곧 그들에게 이익을 가져다주었다. 그들에 대한 왕의 신뢰가 사라진다면 심각한 위험에 빠질 수도 있었다. 따라서 그것이 그들이 갖는 정치적인 수단이었다. 그 외에 그 기술자들은 로마 교황에게 성가대원들을 공급했다. 콤프라치코스는 알레그리*가 작곡한 찬송가에 유용했다. 그들은 특히 마리아에 대해 독실한 신앙심을 보였다. 그 모든 점이 가톨릭교도였던 스튜어트 왕조에게 좋은 인상을 주었다. 제임스 2세는 내시들을 만들어 바칠 만큼 성처녀를 숭배하던 그 신앙심 깊은 사람들을 적대시할 수 없었다. 1688년 영국의 왕조가 바뀌었다. 오라녜 가문이 스튜어트 가문을 대신하고 윌리엄 3세가 제임스 2세를 대신해 왕좌에 올랐다.

제임스 2세는 망명지에서 세상을 떠났다. 그의 무덤 위에서 많은 기적이 일어났는데 특히 그의 유골로 오텅의 주교가 앓던 누관 질환이 치유되었다고 한다. 그 군주의 기독교적 미덕에 알맞은 보상이다. 윌리엄은 생각이나 행동하는 것이 제임스와 달라서 콤프라치코스를 엄하게 다루었으며 사회의 벌레들을 없애 버리는 일에 열성을 다했다.

윌리엄과 메리의 통치 초기 공포된 법령 중 하나가 아이 구매자들에게 심한 타격을 주었다. 그것은 콤프라치코스에게 철퇴를 휘둘렀고 그 이후로 그들은 가루가 되어 흩어졌다. 그 법령에 의해 체포되고 죄가 충분히 입증되면 연맹 가입자들 어깨에 쇠를 달구어 부랑배(Rogue)를 뜻하는 R자 낙인을 찍었다. 또한 왼손에는 도둑(Thief)을 뜻하는 T자 낙인을, 오른손에는

---

* 카스트라토의 음역을 포함하는 유명한 '미제레레(Miserere)'를 만든 이탈리아의 작곡가다.

살인범(Man slay)을 뜻하는 M자 낙인을 찍었다. 비록 거지처럼 보이지만 부자로 추정되는 우두머리들은 콜리스트리기움, 즉 죄인공시대(罪人公示臺)에 묶어서 처벌했으며, 그런 벌(Pilori)을 받았다는 표시로 이마에 P자 낙인을 찍고 재산을 압류한 다음 그들 소유의 숲에 있는 나무를 몽땅 뽑아 버렸다. 콤프라치코스를 고발하지 않는 사람들에게는 무고죄를 적용해서 재산을 압류하고 종신징역형을 내렸다. 그들과 함께 사는 여자들은 커킹스툴형을 받았다. 커킹스툴은 일종의 대형 투석기로 프랑스어 'coquine'와 독일어 'Stuhl'의 합성어다. 그 명칭은 'P의 의자'를 뜻한다.* 영국의 법률은 이상하게도 수명이 길어서 그런 형벌이 아직까지도 이어지고 있으며 지금은 '싸움하기 좋아하는 여인들'에게 적용한다. 커킹스툴을 개천이나 연못 위에 장착시키고 그 속에 죄인을 앉힌 다음에 의자를 물속으로 떨어뜨렸다가 다시 꺼내는 것을 세 번 반복한다. '여인의 노여움을 식히기 위해서다'라는 것이 체임벌린의 설명이다.

* 매춘부를 뜻하는 말인데 축약형으로 P로 표기했다.

제1부
인간보다 덜 어두운 밤

1. 포틀랜드 남부

1689년 12월에서 1690년 1월 내내 북쪽의 고집스러운 삭풍이 유럽 대륙 위로 끊임없이 불어 댔으며, 특히 영국으로 더욱 혹독하게 불어닥쳤다. 그로 인해 재앙 같은 추위가 찾아와 런던에 있는 넌쥬러스 장로교회의 낡은 성서 구석에는 그 겨울이 '가난한 이들에게는 잊지 못할 겨울'이었다고 짧게 적혀 있다. 공식 장부에 사용된 견고하고 고풍스러운 왕실 양피지 덕분에 배고픔과 헐벗음으로 죽은 극빈자들의 긴 명단을 오늘날까지도 많은 지역의 총람에서 살펴볼 수 있다. 특히 서더크주의 클링크 리버티 재판소와 가루투성이 발들을 위한 재판소라는 뜻을 가진 파이 파우더 재판소, 스테프니 마을에서 영주 예하 대법관이 주재하는 화이트 채플 재판소 등에 있는 재산 대장에서 더욱 잘 드러난다. 바다의 동요로 인해 잘 얼지 않는 템스강의 물도 얼었는데 한 세기에 채 한 번도 생기지 않는 일이다. 얼어붙은 강 위로 수레들이 왕래했다. 템스강 얼음 위에 텐트를 치고 장터가 생겨났으며 곰 싸움과 소싸움이 벌어졌다. 얼음 위에서 소 한 마리를 통째로 굽기도 했다. 두꺼운 얼음은 두 달 동안이나 지속됐다. 그해 1690년, 고통스러움은 17세기 초 유명했던 혹독한 겨울들을 능가했다. 그 겨울들의 실상은 제임스 1세의 약제사였던 기디언 딜레인이 상세히 관찰해 기록했는데 런던은 작은 받침대를 갖춘 그의 흉상 하나를 제작해 그에게 감사 표시를 했다.

1690년 1월 한파가 몰아친 어느 날 저녁 무렵 포틀랜드만의 삭막한 내포(內浦) 중 하나에서는 평소와 다른 일이 벌어지기라도 한 것처럼 갈매기들과 바다 거위들이 선불리 내포 안쪽으로 들어오지 못하고 입구 상공을 선회하며 소란스럽게 울부짖고 있었다.

바람이 유난히 불어올 때는 그 만의 모든 내포 중 가장 위험하며, 그래서 가장 한적하고, 그 이유로 선박들이 숨기에 적합한 어느 내포에, 깊은 수심을 이용해 절벽 가까이까지 접근한 작은 배 한 척이 바위 끝에 잇대어 정박하고 있었다. 보통 밤이 내린다고 말하지만 어둠이 땅에서 비롯되기 때문에 밤이 피어오른다고 하는 편이 옳을 것이다. 절벽 아래쪽에는 이미 밤이 찾아왔지만 위쪽은 아직도 낮이었다. 정박하고 있는 배 쪽으로 다가가서 보면 그것이 비스카야의 우르카*라는 것을 쉽게 알아볼 수 있었을 것이다.

하루 종일 안개 속에 숨어 있던 해가 막 지고 나서 해 진 후의 근심이라 부를 만한 그 깊고 어두운 불안을 느끼기 시작할 때였다. 바다에서 바람이 불어오지 않아 포구의 물은 잔잔했다.

특히 겨울에는 드문 행복한 현상이었다. 포틀랜드의 포구들은 거의 대부분 거센 파도가 몰아치는 항구였다. 거친 날씨에는 바다가 심하게 요동쳐서 그곳을 안전하게 지나기 위해서는 숙련된 솜씨와 경험이 필요했다.

실용적이기보다 겉모습만 그럴듯한 작은 항구들은 선박들에 큰 도움이 되지 못한다. 항구 안으로 들어가는 것도 다시 나오는 것도 무서운데 그날 저녁에는 신기하게도 아무 위험도 없었다.

비스카야의 우르카는 이제는 사용하지 않는 옛날 짐배이다. 하지만 지난날 많은 공을 세웠으며, 해군에서도 사용한 적이 있는 선체가 매우 튼튼한 배로 크기는 나룻배지만 견고함을 따지자면 전함이었다. 그 우르카는 아르마다** 일원이기도 했

* 화물 운반용 소형 범선이다.

** 스페인 무적함대다.

다. 전함으로 사용되던 우르카 중에 중량급에 이르는 것도 있었다. 예를 들면, 로페 데 메디나가 타던 함장선 대 그리핀 호는 배수량이 650톤에 이르렀고, 대포 40문을 적재할 수 있었다. 그러나 상선이나 밀수선으로 쓰는 우르카는 선체가 매우 작았다. 바닷사람들은 그 하찮은 짐배를 소중하게 생각했다. 우르카의 동아줄은 대마를 꼬아 만들었다. 가끔은 그 속에 철사를 넣었는데 과학적인 것은 아니지만 자력이 있는 경우에 방향을 지시해 주는 단서를 얻으려는 의도였던 듯하다. 그 삭구들이 아무리 정교하더라도, 굵은 닻줄과 스페인 갤리선 특유의 기중기, 3층으로 노를 배치한 로마식 전함의 부양 장치 등도 소홀히 하지 않았다. 키의 손잡이가 매우 길어서 지렛대 손잡이라는 이점이 있었지만 활처럼 휘는 단점도 있었다. 키 손잡이 끝에 달린 도르래 두 개가 단점을 보완하고 힘의 손실을 조금이나마 막아 주었다. 나침반은 완벽한 정방형 나침함 속에 반듯하게 들어가 있었으며, 카르다노의 진공관 속에서처럼 작은 볼트들 위에 수평으로 끼워 넣은 두 개의 구리 틀로 균형을 유지했다. 우르카를 만드는 데는 과학과 교묘함이 동원되었다. 그러나 과학은 무지했으며 교묘함은 야만스러웠다. 우르카는 너벅선이나 카누처럼 원시적이었다. 안정성에서 보면 너벅선을 닮았고, 속도 면에서 보면 카누를 닮았다. 그리고 해적과 어부의 본능에서 만들어진 다른 소형 선박처럼 바다에 적응하는 탁월한 기능이 있었다. 내수(內水)든 바다든 어느 곳이나 적합했다. 버팀줄이 복잡하고 특이한 돛을 조작하면, 예컨대 파사헤스*처럼 거의 연못과 마찬가지인 아스투리아스의 닫힌 포구들 안에서는 천천히 움직일 수 있고, 거친 바다에서는 시원하게 달릴 수 있었다. 다시 말하면 호수를 한 바퀴 도는 것도, 세계 일주를 하는 것도 가능했다. 연못에도 알맞고 바다의 폭풍우를 헤쳐 나가기에도 알맞은 두 가지 용도를 가진 독특한 배였다. 우르카는 새들 중 가장 작고 대담한 편으로 앉으면 갈대 한줄기가 겨우 휠 정도일 뿐이지만 날아오르면 대양을 건너가는 할미새와도 같았다.

비스카야 지방의 우르카는 비록 가장 소박한 것이라도 금박을 입히고 색칠을 했다. 이런 습관은 조금 원시적이지만 매력적인 그곳 사람들의 기질에서 비롯된다. 눈과 초원이 바둑판무늬를 그려 놓은, 그곳 산악 지역의 표현할 수 없을 만큼 다양한 빛깔이 그들에게 장식의 거친 매력을 알려 준다. 그들은 소박하면서도 화려한 것을 좋아한다. 자기들의 초가집에 가문의 문장을 내걸고, 커다란 당나귀를 방울로 요란하게 장식하고, 커다란 황소 머리에도 깃털을 꽂아 준다. 삐걱거리는 바퀴 소리를 20리 밖에서도 들을 수 있는 그들의 짐수레도 색칠을 하고 조

* 산세바스티안 근처에 있는 스페인의 도시다.

각하고 리본을 달아 장식했다. 일개 구두 수선공도 자기 집 출입문에 성자 크리스핀*과 헌 신발을 돌에 새겼다. 그들은 가죽 상의에 장식용 줄을 붙이고, 해진 옷은 꿰매는 대신 수를 놓는다. 이 얼마나 심오하고 숭고한 쾌활함인가! 그리스인처럼 바스크인도 태양의 아들이다. 발렌시아 지역 사람들이 다갈색 양모로 짠 천을 머리를 내놓기 위한 구멍 하나만 뚫어 서글프게 알몸 위에 두르는 반면, 갈리시아와 비스카야 지역 사람들은 이슬을 맞혀 하얗게 표백한 천으로 지은 셔츠를 즐겨 입는다. 옥수수를 화환처럼 엮어 매단 그들의 출입문과 창문 아래에서는 담황색의 싱싱한 얼굴들이 웃는다. 쾌활하지만 의젓한 평온함이 그들의 소박한 예술과 일, 관습, 소녀들의 몸치장, 노래에서 자연스럽게 드러난다. 거대한 오두막인 산도 비스카야에서는 온통 빛으로 가득하다. 모든 틈새마다 햇살이 드나들고 사나운 하이스키벨도 목가로 가득하다. 알프스의 맵시가 사부아라면, 피레네의 맵시는 비스카야이다. 산세바스티안과 레소, 폰타라비아 근처에 있는 포구들은 폭풍과 구름과 골짜기들을 넘나드는 포말과 파도와 미친 듯한 바람과 전율과 굉음에, 장미꽃 화환을 머리에 걸친 뱃사공들을 뒤죽박죽으로 만든다. 바스크 지방을 한 번 보면 다시 보고 싶어 한다. 축복받은 땅이다.

* 중세 신발 수선공들의 수호성인이다.

한 해에 두 번 수확하는 땅, 명랑하고 항상 흥겨운 소리가 들리는 마을, 품위 있는 가난, 일요일이면 들리는 기타 소리, 춤, 캐스터네츠, 사랑, 깔끔하고 밝은 집들, 종각 위의 황새들이 있는 땅이다.

이제 바다의 거친 산 포틀랜드로 다시 돌아오자.

작은 반도인 포틀랜드는 지형적으로는 새의 머리를 닮았는데, 부리는 대양을 향하고 있으며 머리 뒤쪽은 웨이머스를 향하고 지협은 목에 해당한다.

포틀랜드는 야만성으로 큰 손상을 입고 지금은 산업을 위해 존재한다. 포틀랜드의 해안은 18세기 중엽 채석장 소유주들과 석고 채굴인들에 의해 발견되었다. 그 이후 사람들은 포틀랜드의 암석으로 로마인들이 시멘트라고 부르는 것을 만들어 냈다. 고장을 풍요롭게 만드는 대신 포구의 모습을 흉측하게 바꾸는 개발이다. 200년 전에는 그 해안이 다른 절벽처럼 자연스럽게 무너졌고 오늘날에는 채석장처럼 무너져 간다. 곡괭이는 조금씩 깨뜨리고, 파도는 덩어리째 깨뜨린다. 그로 인해 아름다움이 줄어든다. 바다의 허비를 인간의 절단이 대체했다. 비스카야의 우르카가 정박해 있던 그 포구 역시 인간의 규칙적인 작업으로 사라졌다. 무너진 작은 정박지의 흔적이라도 찾으려면 반도의 동쪽 해안, 반도의 끝자락, 폴리피어와 디들피어 너머, 웨이크엄 너머, 처치합이라는 곳과 사우스웰이라는 곳의 중간까지 뒤져야 할 것이다.

급경사로 사방이 둘러싸인 포구는 조금씩 저녁 빛으로 물들고 있었다. 황혼에만 볼 수 있는 불안한 안개가 점점 쌓이고 있었는데, 우물 밑으로 내려갈수록 짙어지는 어둠 같았다. 좁은 통로인 바다로 향하는 포구의 출입구는 물결 일렁이는 어두운 안쪽에 희미한 균열을 그려 놓았다. 바위에 밧줄로 묶여 있고 어둠의 거대한 외투 자락 속에 숨겨진 것 같은 우르카를 발견하기 위해서는 아주 가까이 다가가야만 했다. 배와 육지를 연결해 주는 것이라곤 절벽으로 발을 디딜 수 있는 유일한 지점인 낮고 평평한 돌출부와 선박 사이에 던져 놓은 널빤지 하나가 전부였다. 검은 형체들이 널빤지 위를 부지런히 오가며 어둠 속에서 승선하고 있었다. 포구 북쪽에 드리운 바위 장막 덕분에 포구 안은 바다보다 덜 추웠지만 사람들이 오들오들 떠는 것을 막아 줄 정도는 되지 못했다. 그들은 서두르고 있었다.

황혼 때문에 모든 형체가 끌로 조각해 놓은 것 같았다. 영국에서 래기드, 즉 누더기 걸친 사람들이라고 불리는 계층에 속한다는 것을 그들이 입은 톱니 모양 장식 옷으로 알 수 있었다.

절벽 여기저기로 나 있는 돌출부를 따라 구불구불 뚫려 있는 오솔길이 흐릿하게 보였다. 절벽과 산에 있는 거의 모든 오솔길은 마치 처녀가 코르셋 끈을 안락의자의 등받이에 걸려 늘어지게 내버려 둔 것 같았다. 굴곡과 혹투성이에, 거의 수직으로 선, 사람보다는 염소가 다니기에 좋은 포구의 오솔길은 널빤지 한쪽 끝이 닿아 있는 돌출부로 연결되어 있었다. 보통 절벽의 오솔길은 그 경사도로 인해 선뜻 내키지 않는 길이다. 길이라기보다 투신 장소로 더 알맞다. 그 길들은 내려간다기보다는 굴러 내린다. 평지 어느 도로에서 찢겨 나온 것만 같은 오솔길은 바라보기만 해도 불쾌할 정도로 너무나 수직적이었다. 밑에서 올려다보면 오솔길은 갈지자 모양으로 구부러졌는데, 절벽 꼭대기에 이르러 함몰된 바위 무더기 사이 고원 지대로 이어져 있었다. 포구 안에서 기다리고 있던 선박의 승객들은 오솔길을 통해 온 것이 확실했다.

눈에 띄게 당황한 듯하고 불안한 움직임을 보이는 출항 준비와는 대조적으로 주위는 온통 조용하기만 했다. 발걸음 소리나 작은 소음, 숨소리도 들리지 않았다. 정박지 건너편 링스테드만 입구에 틀림없이 항로를 잘못 들어서 들어온 상어잡이 소형 어선만 보였다. 극지를 오가는 그 배들은 바다의 심술로 인해 덴마크 해역에서 영국 해역으로 밀려온 것들이었다. 북풍이 어부들에게 그런 장난을 치기 때문에 어부들이 악천후와 난바다의 위험을 피해 포틀랜드의 정박지로 대피한 것이다. 그들은 열심히 닻을 내렸다. 노르웨이 선단의 전통 관습에 따라 초계 위치에 있던 지휘선의 선구(船具)들이 희미한 바다 위로 검은 윤곽을 드러냈다. 배 앞쪽에는 세임누스 글라키알리스 상어, 아칸티

아스 상어, 스피낙스 니게르 상어 등을 잡는 데 사용되는 다양한 갈고리와 작살, 기타 연골어류를 잡을 때 쓰는 그물이 보였다. 한구석에 몰려 있는 배 몇 척을 빼고는 포틀랜드의 넓은 수평선은 깨끗했다. 집 한 채, 배 한 척 보이지 않았다. 그 시절, 그 해안에는 주민이 살지 않았고 특히 그 계절에는 사람이 살기 어려웠다.

날씨가 어떻든 간에 비스카야 범선이 실어 가야 할 사람들은 출발을 서둘렀다. 그들은 해변에서 분주하고 혼란스러운 무리를 이루면서 재빠르게 움직였다. 그들 모습을 하나하나 분간하는 것은 어려운 일이었다. 그들이 젊었는지 늙었는지 알 수도 없었다. 황혼이 몰려와 그들을 뒤섞어 뭉뚱그려 놓았다. 그들 얼굴 위로 어둠이라는 가면을 덮어 씌웠다. 그들은 어둠 속의 그림자들이었다. 그들은 모두 여덟 사람으로 아마 여인도 두세 명 있었을 테지만 찢기고 조각난 옷을 걸친 탓에 분간하기가 쉽지 않았다. 모두가 여자 옷도 남자 옷도 아닌 괴상한 옷차림을 하고 있었다. 누더기에는 남녀 구별이 없다.

커다란 그림자들 사이로 난쟁이거나 어린아이임이 분명한 작은 그림자 하나가 바쁘게 오가는 것이 보였다.

그것은 어린아이였다.

2. 고립

가까이에서 살펴보면 다음처럼 쓸 수 있을 것이다.

모두 뚫어져 헝겊을 덧댄 흔적이 있지만 두건이 달린 긴 망토를 입고 있었다. 그래서 필요할 경우에는 눈 밑까지 얼굴을 감출 수 있었다. 삭풍과 타인의 호기심을 막는 데 좋은 물건이었다. 그런 외투를 뒤집어쓰고도 그들은 민첩하게 행동했다. 대부분은 손수건을 하나씩 머리에 감고 있었는데 터번이 스페인에서 비롯되었다는 것을 알게 해 주는 흔적이다. 머리에 그런 치장을 하는 것이 영국에서도 전혀 이상하게 여겨지지 않았다. 그 시절에는 유럽 남부의 것이 북부에서 유행했는데 그런 현상은 아마도 북부가 남부와 싸워 승리한 것과 관련이 있을 것이다. 북부는 패배자임을 인정했다. 무적함대의 패배 이후 엘리자베스의 궁정에서는 카스티야어가 우아한 은어로 변신했다. 영국 여왕의 궁정에서 영어로 말한다는 것은 거의 '충격적'인 일이었다. 지배를 당한 사람들의 풍습을 조금 따르는 것은 세련된 피정복자를 대하는 뒤떨어진 문명을 가진 정복자의 버릇이다. 타타르인은 중국인을 찬탄하며 바라보다가 모방했다. 그런 식으로 카스티야의 유행이 영국에 도착했고 대신 스페인에는 영국의 욕심이 스며들었다.

승선하던 무리 중에 하나가 우두머리로 보였다. 그는 알파르가타*를 신었고, 장식 끈과 금박을 입힌 누더기와 외투 자락 사이로 물고기 배처럼 번쩍이는 금속 조각을 단 조끼로 지나치게 치장을 했다. 다른 남자 하나는 챙이 넓은 펠트 모자를 깊숙이 눌러 써서 얼굴을 감추었는데 그 모자에 파이프를 꽂는 구멍이 없는 것으로 보아 학식 있는 사람임을 짐작할 수 있었다.

어른 상의가 아이 외투가 된다는 원칙에 따라 무릎까지 내려오는 조종 담당 선원의 거친 반코트를 입은 아이는 몸집이나 키로 봤을 때 열 살이나 열한 살쯤으로 보였다. 그는 맨발이었다.

선장 하나와 선원 둘이 우르카의 선원 전부였다. 우르카는 스페인에서 왔다가 그곳으로 다시 돌아가는 것 같았는데 그 배는 두 해안 사이를 몰래 운항하는 것이 틀림없었다.

배에 승선하는 사람들은 자기들끼리 여러 언어가 섞인 말로 속삭이고 있었다. 카스티야어가 들리는가 싶으면 독일어가 들렸고, 또 프랑스어도 들렸다. 웨일스어와 바스크어도 가끔 섞여 들렸다. 일종의 은어 혹은 사투리였다.

그들은 여러 민족 출신이지만 같은 집단 소속처럼 보였다. 선원들도 그들과 가까워 보였다. 그들이 출항하는 데에는 약간의 공모가 있었을 것이다.

색깔이 다양한 그 무리는 동료 집단처럼 보였지만 아마도 공

---

* 골풀과 노끈으로 엮은 투박한 신발이다.

범자 무리였을지 모른다.

해가 좀 더 밝아서 좀 더 관심을 가지고 관찰했다면 그 사람들이 묵주와 스카풀라레*를 누더기 옷자락 밑에 반쯤 감추고 있다는 것을 알아차렸을 것이다. 무리 속에 여인처럼 보이는 사람은 묵주 알 크기가 이슬람교 수도승들의 것과 비슷한 로사리오를 끼고 있었는데, 래님세프리**의 아일랜드 로사리오라는 것을 쉽게 알아차릴 수 있었다.

또 조금 덜 어두웠다면 우르카 뱃머리에 있는 성모와 성자의 황금색 조각상도 볼 수 있었을 것이다. 그것은 바스크인들의 노트르담, 옛 칸타브리아인들의 파나기아와 비슷한 것이었던 모양이다. 뱃머리 밧줄을 매는 기둥으로 사용되는 조각상 아래에는 아직 불을 밝히지 않은 초롱 하나가 있는 것으로 보아 자신들을 감추려고 상당히 조심한다는 것을 알게 해 주었다. 초롱은 불을 밝히면 성처녀에게 촛불을 바치는 동시에 바닷길을 비추는 두 가지 용도로, 제단의 촛불 역할을 하는 신호등인 셈이었다.

선수(船首)의 기울어진 돛대 아래에 있는 길고 굽었으며 날카로운 타이메르***는 초승달의 뿔처럼 전면에 튀어나와 있었다.

* 수도사 복장이다.

** 래넌디프리라고도 한다.

*** 뱃머리 끝의 물결 헤치는 부분이다.

타이메르가 시작되는 부분인 성처녀 발아래 역시 성모처럼 황금빛으로 칠한 천사 하나가 날개를 접고 무릎을 꿇은 채 등을 선수 나무판에 기대고 망원경으로 수평선을 바라보고 있었다.

금칠을 하거나 아라베스크 문양을 그려 넣은 타이메르에는 물결이 잘 통과하도록 뚫어 놓은 커다란 틈과 구멍처럼 낸 창이 있었다.

성모상 아래에는 황금색 대문자로 'MATUTINA'(새벽별)라고 써 놓았는데 마투티나는 이 우르카의 이름으로 어둠 때문에 뚜렷하게 보이지 않았다.

절벽 아래에는 여행객들이 가져갈 짐들이 출발을 기다리며 무질서하게 쌓여 있었는데 다리로 사용하는 널빤지 덕분에 선박으로 재빠르게 옮길 수 있었다. 비스킷 몇 포대, 소금에 절인 대구 한 통, 휴대용 수프 한 상자, 화약 세 통, 식수 한 통, 맥아 한 통, 타르 한 통, 맥주 너댓 병, 여러 가닥의 가죽끈으로 단단히 묶인 옷걸이, 작은 여행 가방들, 궤짝들, 횃불을 밝히거나 신호를 보낼 때 쓸 밧줄 부스러기 한 뭉치 등 그런 짐들이었다. 누더기를 걸친 사람들은 유랑 생활의 징표처럼 각자 저마다 여행 가방을 가지고 있었다. 떠돌아다니는 유랑인들은 무엇인가를 항상 소지할 수밖에 없다. 그들도 가끔은 새들처럼 훌쩍 날아가고 싶겠지만 끼니를 이을 수단을 팽개치지 않는 한 불가능한 일이다. 떠돌아다니는 그들은 직업이 무엇이든 연장 궤짝이나 기타 작업 도구를 갖고 다닐 수밖에 없다. 배를 타려는 사람들도 그런 보따리를 지고 있었는데 그것이 거추장스러웠던 건 한두 번이 아니었을 것이다.

그 보따리들을 절벽 아래로 옮기는 것은 결코 쉬운 일은 아니었을 것이고 그런 사실이 이곳을 영영 떠나 버리려는 그들의 뜻을 알게 했다.

그들은 시간을 낭비하지 않았다. 해안에서 배로, 다시 배에서 해안으로 끊임없이 왕래했다. 어떤 사람은 포대 한 자루를, 어떤 사람은 궤짝 하나를 운반하는 식으로 각자 자기 몫의 일을 했다. 여자로 보이는 사람들도 다른 이들처럼 그 무리에 섞여 일을 했다. 아이에게도 벅찬 일을 시켰다.

무리 가운데 아이의 아버지와 어머니가 있는지는 의문이었다. 누구도 말을 건네지 않았고 그저 일만 시켰다. 아이는 가족 속에 섞인 아이가 아니라 어느 종족에게 잡혀 온 노예처럼 보였다. 아이는 모든 사람을 도왔지만 아무도 그에게 말을 시키지 않았다.

아이 역시 서두르고 있었다. 자기가 속해 있는 정체 모를 무리의 다른 사람처럼 아이도 그저 빨리 출항하고 싶은 생각뿐인 것 같았다. 이유는 알았을까? 아마 몰랐을 것이다. 그저 다른 사람들이 서두르는 것을 보고 기계적으로 서둘렀다.

우르카의 갑판에 화물이 적재되었다. 마지막 짐까지 차곡차곡 갑판 위로 옮겨졌으며 이제 사람들이 승선하는 일만 남았다. 무리 중 여자로 보이는 사람 둘은 벌써 배에 올라가 있었고 아이를 포함한 여섯 명은 아직도 절벽 밑 낮은 승강대 위에 있었다. 배 안에서는 출항을 위한 분주한 움직임이 있었다. 선장이 키의 손잡이를 잡았고, 선원 하나가 닻줄을 끊기 위해 도끼를 집어 들었다. 시간이 넉넉할 경우에는 끊지 않고 풀기 때문에, 끊는다는 것은 서두른다는 뜻이다.

"서두르자!"

여섯 명 중에 우두머리처럼 보이고 누더기 위에 번쩍이는 금속 조각을 단 사람이 낮은 목소리로 말했다. 아이가 먼저 건너가려고 널빤지 쪽으로 달려들었다. 아이 발이 널빤지에 닿는 순간에 두 남자가 달려들더니 아이보다 먼저 배 안으로 들어가는 바람에 아이는 물속으로 처박힐 뻔했다.

세 번째 남자가 아이를 팔꿈치로 밀어젖히면서 지나가고, 네 번째 남자도 그를 주먹으로 밀쳐 버리고 세 번째 남자 뒤를 따랐으며, 우두머리인 다섯 번째 남자는 껑충 뛰어서 배 안으로 들어갔다. 배 안으로 뛰어들면서 발꿈치로 널빤지를 밀어 바다에 떨어뜨렸기 때문에 도끼를 맞은 닻줄은 한 번에 끊겼으며 키 손잡이가 빙그르르 돌며 배는 해안을 떠났고, 아이는 육지에 남겨졌다.

3. 고독

아이는 배를 바라보며 바위 위에서 꼼짝하지 않고 앉아 있었다. 소리쳐 누구를 부르지도 않았으며 항의 따위도 하지 않았다. 예상치 못했던 일이지만 아이는 단 한마디 말도 하지 않았고 선박 안에도 역시 침묵이 흘렀다. 그 사람들에게 보내는 아이의 고함도, 아이에게 던지는 그들의 인사도 없었다. 점점 멀어지는 간격을 양쪽이 묵묵히 받아들이고 있었다. 스틱스 강변에서 망자의 영혼이 육체와 이별하는 장면과도 같았다. 밀물에 잠기기 시작한 바위에 못 박힌 듯 서서 아이는 멀어져 가는 배를 쳐다보기만 했다. 아이는 이해하는 것 같았다. 무엇을 이해했을까?

잠시 후 우르카는 포구에서 바다로 이어지는 해협으로 들어섰다. 해협은 바윗덩이들 사이로 마치 장벽 사이를 지나듯 구불구불 이어졌고, 갈라진 바위들 위로 밝은 하늘에 돛대 끝이 보였다. 돛대 끝은 바위들 위를 떠돌더니 그 속으로 처박힌 것 같았다. 돛대 끝이 더는 보이지 않았다. 그것으로 끝이었다. 배는 항해를 시작한 것이다.

아이는 그러한 과정을 뚫어져라 바라보았다.

놀라긴 했지만 깊은 생각에 잠겼다.

아이는 삶의 어두운 부분을 확인한 것 때문에 놀라움이 더욱 커져만 갔다. 이제 막 인생을 시작하는 이 어린아이 속에 이미 상당한 경험이 있었던 것 같았다. 이미 평가가 시작된 것일지도 모른다. 너무 일찍 다가온 시련은 가끔씩 아이들의 모호한 생각 밑바닥에 무엇인지 모를 무서운 저울을 만들게 하고 가엾은 어린 영혼들은 그런 것으로 신을 평가하게 되는 것이다.

스스로 무고하다고 느끼면서 아이는 받아들였다. 단 한마디 원망도 없었다. 나무랄 데 없는 사람은 나무라지 않는 법이다. 그렇게 급격하게 그를 내쳤지만 아이는 아무 반응도 보이지 않았다. 내면의 냉각 같은 것을 느낄 뿐이다. 자신의 삶을 시작도 하기 전에 종지부를 찍으려 드는 운명의 난폭함 앞에서도 아이는 굽히지 않았다. 아이는 선 채로 그런 운명의 벼락을 받아들였다.

비참한 일을 당하면서도 실망하지 않고 살아온 사람으로서 아이는 그를 버린 무리 중에 아무도 아이를 좋아하지 않았으며 아이도 역시 그러했다는 것을 확실하게 알 수 있었을 것이다.

아이는 생각하느라 추위를 잊고 있었는데 갑자기 물이 그의 발을 적셨다. 밀물이었다. 조용한 숨결이 머리카락 사이로 지나갔다. 삭풍이 불고 있었다. 머리끝부터 발끝까지 전율이 이어져 아이는 온몸을 으스스 떨었다.

아이는 주위를 둘러보았다.

그는 혼자였다.

아이에게는 그날까지 이 지구상에 바로 그때 우르카 속에 있던 사람들 말고는 다른 사람들은 없었는데 그 사람들이 사라진 것이다.

이상하게 들리겠지만, 아이가 유일하게 알고 있었던 그 사람들이 그를 모르고 있었다는 사실을 덧붙여 두기로 하자. 그들이 누구였는지 아이도 말할 수 없었을 것이다.

그의 유년 시절을 그들 속에서 지나쳐 왔지만 아이는 자기가 그들에게 속해 있었다고 느낀 적은 한 번도 없었다. 단지 그들 옆에 나란히 놓여 있었을 뿐이었다. 그 이상은 아무것도 아니었다.

이제 막 그는 그들에게 잊혔다.

아이는 돈 한 푼 가지고 있지 않았다. 신발도 없이 몸에 걸친 옷 한 벌이 전부였으며 주머니에는 빵 한 조각도 없었다.

겨울이었고 저녁이었다. 인가가 있는 곳으로 가려면 수십 리를 걸어야 했다. 그는 자신이 있는 곳이 어디인지도 몰랐다. 자기와 함께 그 바닷가로 왔던 사람들이 자신을 버리고 떠났다는 사실만을 알고 있을 뿐이었다.

그는 자신이 삶의 밖으로 밀려난 느낌을 받았다.

그는 자신 내면에서 인간다움이 사라짐을 느꼈다.

그의 나이 열 살이었다. 아이는 어둠이 올라오는 것이 보이는 심연과 파도가 으르렁대는 소리가 들리는 심연 사이 사막에 있었다.

아이는 마르고 가냘픈 두 팔을 뻗어 기지개를 켜면서 하품했다.

그러더니 갑자기, 뭔가를 결심한 사람처럼 과감하게, 활기를 되찾은 듯 다람쥐처럼 혹은 광대처럼 날렵하게 포구 쪽으로 등을 돌리고 절벽을 기어오르기 시작했다. 사다리를 타듯 가파른 오솔길을 오르다가 다시 벗어났다가 또 재빠르고 아슬아슬하게 길을 찾았다. 아이는 정해진 여정이라도 있는 것처럼 육지를 향해 걸음을 빨리 했는데 정해진 곳은 아무 데도 없었다.

그는 갈 곳도 딱히 없으면서 걸음을 재촉하고 있었다. 운명에게 쫓기는 도망자였다.

걸어서 오르는 것은 인간이고 기어서 오르는 것은 짐승인데, 아이는 때에 따라 걷기도 하고 기기도 했다. 포틀랜드의 날카로운 절벽은 남향이라 오솔길에는 눈이 거의 없었다. 하지만 맹렬한 추위가 눈을 먼지로 바꿔 놓아 걷기에 상당히 불편했다. 아이는 그 어려움을 잘 헤쳐 나갔다. 입고 있던 어른 옷이 너무 커서 불편하고 거추장스러웠다. 가끔 튀어나온 곳이나 경사면에 남아 있던 얼음 때문에 미끄러져 넘어지기도 했다. 그럴 때마다 낭떠러지에 잠깐 매달려 있다가 마른 가지나 돌 한 귀퉁이를 잡고 오솔길 위로 다시 올라서곤 했다. 어느 순간에는 각력암층이 발밑에서 순식간에 무너지기도 했다. 각력암의 붕괴는 예측할 수가 없어서 아이는 한순간 지붕에서 미끄러져 떨어지는 기왓장처럼 되었다. 지붕의 물매 끝자락까지 굴러갔다가 우연히 움켜잡은 풀 한 포기로 살아났다. 사람들 앞에서 소리 지르지 않았던 것처럼, 심연 앞에서도 비명을 지르는 일은 없었다. 스스로를 추스르며 묵묵히 다시 올라갔다. 깎아지른 바위산은 높았으며 그 때문에 예측 불가능한 일들을 겪었다. 절벽은 점점 어두워지고 날카로운 바위산은 끝이 없었다. 아이에게서 도망이라도 가는 것처럼 위쪽 심연으로 끊임없이 물러섰다. 아이가 올라가면 갈수록 정상도 함께 오르는 것 같았다. 아이는 올라가면서 하늘과 자신 사이에 둑처럼 가로놓인 검은 갓돌을 뚫어져라 바라보았고 결국 도착했다.

아이는 고원 위로 껑충 뛰어 올라섰다. 상륙했다고 표현해도 무리는 아닌 것이 절벽에서 솟아올랐기 때문이다.

절벽에서 빠져나오자마자 아이는 바들바들 떨었다. 밤이면 더욱 심하게 몰아치는 삭풍이 얼굴을 물어뜯는 것 같았다. 살을 에는 것 같은 북서풍이 불어와 아이는 걸치고 있던 거친 선원 작업복을 여몄다. 선원들은 그 옷을 쉬루아라고 부르는데, 남서풍에 실려 오는 비가 옷 속으로는 스며들지 못하기 때문이었다. 그것은 좋은 옷이었다.

고원에 도착한 아이는 갑자기 걸음을 멈추고 언 땅 위에 맨발로 딛고 서서 사방을 둘러보았다. 뒤에는 바다, 앞에는 대지,

머리 위에는 두꺼운 안개가 가려 별 하나 없는 하늘이 있었다.

암벽 꼭대기에 도착했을 때 아이는 대지 앞에 서 있었다. 그는 대지를 물끄러미 바라보았다. 평평하고, 얼어붙고, 눈에 덮인 대지가 광활히 펼쳐져 있었다. 헤더 몇 무더기가 파르르 떨고 있을 뿐 길은 보이지 않았다. 무엇 하나, 하다못해 목동의 오두막조차 보이지 않았다. 여기저기에 창백한 나선형 소용돌이가 보였는데 바람에 휩쓸려 땅바닥에서 날아 올라가는 눈 회오리였다. 안개에 덮이며 지평선에서 주름을 만들고 있는 대지의 물결이 새하얀 안개 속으로 희미하게 사라지고 있었다. 깊은 고요. 그것은 영겁처럼 퍼지고 무덤처럼 침묵했다.

아이는 바다를 향해 돌아섰다. 바다 또한 눈과 포말로 인해 육지처럼 희었다. 그 두 가지 하얀색이 만들어 내는 빛만큼 구슬픈 것은 없다. 밤에 뿜어내는 빛 가운데 어떤 것은 매우 선명한 견고함을 보여 준다. 그 탓에 바다는 강철 같았고, 절벽은 흑단 같았다. 아이가 서 있던 높이에서 보면 포틀랜드만이 지도에서 보듯 허연 반원으로 이루어진 둔덕처럼 보였다.

밤 풍경은 꿈속 풍경을 떠오르게 했다. 어두운 초승달 속에 끼어든 창백한 둥근 형태. 달이 가끔 만들어 내는 풍경이다. 만의 이쪽 갑에서 저쪽 갑까지 해안을 샅샅이 둘러보아도 불 지핀 아궁이나 불 밝힌 창문, 사람이 사는 집이 있다는 것을 알려 주는 반짝임이 단 한 개도 없었다. 하늘에도 땅 위에도 빛이라곤 없었다. 등불 하나, 별 하나 없었다. 만 안으로 넓게 펼쳐진 수면 여기저기에서 이따금씩 파도가 솟아올랐다. 바람이 거대한 미사포가 펼쳐지는 것을 방해하여 주름을 만들고 있었다. 도망을 치고 있는 우르카가 아직도 만 안에 있는 것이 보였다.

우르카는 창백한 납빛 위를 미끄러져 가고 있는 검은 삼각형이었다. 멀리 광활한 공간의 음산하고 희미한 어둠 속에서 넓게 펼쳐진 수면이 약하게 움직였다. 마투티나 호는 빠르게 도망치고 있었다. 윤곽이 매 순간마다 작아졌다. 바다 멀리에서 배의 모습이 녹아 없어지는 것보다 더 빠른 것은 없다.

어느 순간에 우르카가 뱃머리 등을 밝혔다. 염려스러울 정도로 주위가 어두워져 선장이 불을 밝힐 필요를 느꼈던 모양이다. 그 빛을 발하는 점, 멀리서도 보이는 반짝임은 선박의 높고 긴 형태에 음산하게 들러붙었다. 시신 덮는 천이 일어나 바다 한가운데를 걷는데 손에 별 하나를 든 어떤 사람이 그 밑에서 어슬렁대는 듯 보였다.

공기 중에는 금방이라도 폭풍우가 몰아칠 것 같은 긴장감이 감돌았다. 아이로서는 그런 것을 깨달을 도리가 없었지만 선원이라면 누구나 두려워 떨었을 것이다. 자연의 모든 구성 요소들이 각각 무엇인가로 변하고, 평범했던 바람이 사나운 북풍으로 바뀌는 신비한 변화를 직접 볼 것만 같은 불안한 예감에 사로잡히는 순간이었다. 바다가 대양이 되고, 모든 힘이 자신의 의지를 드러내며 하찮은 사물이 영혼으로 변하는 것을 곧 보게 될 것이다. 그것에서 공포가 시작된다. 인간의 영혼은 자연의 영혼과 맞닥뜨리는 것을 겁낸다.

하나의 대혼돈이 나타나려 하고 있었다. 바람은 안개를 강타하면서 자기 뒤에 구름을 쌓아 올리고, 보통 눈 폭풍이라 부르는 파도와 겨울의 무시무시한 비극을 위한 무대 장치를 만들고 있었다.

선박들이 귀항하려는 움직임이 점점 활발해졌다. 어느 순간 이후부터 정박지는 더는 한적하지 않았다. 매 순간 불안한 듯 정박지로 서둘러 돌아오는 선박들이 갑 뒤에서 갑작스럽게 나타나곤 했다. 어떤 배들은 포틀랜드 빌을 돌아왔고, 다른 배들은 세인트 앨번스 헤드를 돌아왔다. 아주 먼 곳에서도 범선들이 돌아오고 있었다. 모두들 앞다퉈 피난처를 찾고 있었다. 남쪽에서는 어둠이 더욱 짙어졌으며, 먹구름이 바다로 가까이 다가왔다. 앞으로 불쑥 튀어나온 묵직한 폭풍우의 무게가 물결을 음산하게 잠재우고 있었다. 결코 떠날 때가 아니었지만 우르카는 떠났다.

우르카는 뱃머리를 남쪽으로 돌려 이미 만을 벗어나 바다 한가운데 도착한 즈음이었다. 갑자기 질풍이 일어 아직도 선명히 보이는 마투티나 호가 바람을 이용하려는 것처럼 돛으로 몸을 감추었다. 음흉하고 사나운 삭풍, 옛사람들이 갈레른이라고 부르곤 하던 노루아였다. 노루아는 곧바로 우르카에게 열정을 가진 듯했다. 옆면을 잡힌 우르카는 한쪽으로 기울었지만 조금도 망설이지 않고 바다 한가운데를 향해 계속 달려갔다. 여행보다는 탈주가 어울렸고, 육지보다는 바다를 덜 무서워하고, 바람이 추격하는 것보다 인간이 따라오는 것이 더 무서워서 택한 길이었다.

우르카는 조금씩 작아지면서 수평선으로 깊이 들어갔다. 어둠 속에서 달고 가던 작은 별도 희미해졌다. 우르카는 점점 더 밤과 하나가 되더니 결국은 사라져 버렸다.

이번에는 영원히 사라졌다.

아이는 적어도 그렇게 이해한 것 같았다. 그는 바다를 바라보던 시선을 거두어 평원으로, 황무지로, 동산들로 돌렸다. 즉 혹시라도 살아 있는 존재와 만남의 가능성이 있는 공간들을 바라보기 시작했다. 그는 알 수 없는 세계 속에서 걷기 시작했다.

4. 의문들

아이를 버리고 도망간 사람들은 누구였을까? 그 도망자들이 콤프라치코스였을까?

우리는 앞에서 콤프라치코스, 콤프라페케뇨스, 체일러스 등으로 불리는 남녀 악당들에 대해 윌리엄 3세가 취한 대책과 의회에서 가결한 상세 법안 내용을 이미 이야기했다.

법률은 널리 퍼져 있었다. 콤프라치코스 머리 위로 떨어진 법령으로 대대적인 탈주가 시작되었다. 콤프라치코스뿐만 아니라 온갖 떠돌이들이 다 도망쳤다. 각자 앞다퉈 재주껏 빠져나가고 배를 탔다. 콤프라치코스 대부분은 스페인으로 돌아갔다. 언급한 대로 대다수는 바스크인들이었다.

아동 보호법은 초기에 갑자기 아동 유기가 증가되는 특이한 결과를 가져왔다. 그 처벌 법령이 많은 유기아를 만들어 냈는데 쉽게 이해되는 일이었다. 어떤 유랑민 집단이든 아이를 데리고 있으면 의심을 받았으며 아이가 있다는 사실 하나만으로도 고발을 당할 수 있었다.

'아마 콤프라치코스일 거야.'

이것이 주 집정관이나 재판관, 경찰관들 뇌리에 제일 먼저 스치는 생각이었다. 그런 까닭에 마구잡이로 체포와 수색이 이루어졌다. 그저 가난했기 때문에 떠돌며 구걸할 처지인 사람들도 억울하게 콤프라치코스로 몰릴까 봐 두려워했다. 비록 콤프라치코스가 아니더라도 힘없는 사람들은 사법의 실수가 없을 거라고 안심할 상황이 아니었다. 게다가 떠돌이 가족들은 무의식적으로 당황하기 마련이다. 콤프라치코스가 규탄받았던 것은 그들이 타인의 아이들을 무자비하게 이용한 탓이다. 하지만 절망과 가난이 너무나 심하게 겹쳐서 아비와 어미라도 아이가 자기 아이라는 걸 증명하기가 쉽지 않았다. 아이를 어떻게 얻었냐는 질문에 신에게서 받은 아이라는 걸 어떤 방법으로 증명할 수 있단 말인가? 아이는 위험물이 되었고 결국 아이를 처분하는 지경에 이르렀다. 혼자 도망치는 것이 훨씬 쉽다. 아비와 어미는 아이를 처분하기로 마음먹고 숲이나 바닷가 모래톱, 혹은 우물 속에 아이를 버렸다. 저수통 속에서 빠져 죽은 아이들이 발견되기도 했다.

덧붙일 것은 콤프라치코스가 이제는 온 유럽에서 몰이꾼들에게 쫓기는 신세가 되었다는 사실이다. 그들을 추격하려는 엄청난 움직임이 시작된 것인데 말 그대로 비로소 경종이 울린 것이다. 모든 경찰은 서로 그들을 많이 잡겠다는 경쟁심이 불타올랐다. 그리하여 스페인의 경찰이라 해서 영국의 경찰관보다 느슨한 감시를 하지는 않았다. 23년 전에 오테로 성 정문에는 번역하기 민망한(정중함을 무시한 법령의 용어들 때문이다.) 문구 하나가 돌에 새겨져 있는데 지금도 읽을 수 있다. 그 문구에는 아동 매매 상인과 아동 절도범 간의 미묘한 차이가 형벌을 통해 드러나 있다. 약간 상스러운 카스티야 지방 말로 다음과 같이 적혀 있다.

아동 매매를 한 상인의 귀와 아이들을 훔쳐 갤리선으로 가는 절도범의 음낭은 모두 이곳에 남는다.

이것으로 귀와 음낭을 잘리고도 갤리선으로 끌려갔다는 것을 알 수 있다. 이런 이유로 유랑인들은 앞다퉈 피신하는 일이 생긴 것이다. 그들은 공포에 사로잡혀 떠났고 어딘가에 도착해서도 두려움에 덜덜 떨었다. 모든 유럽의 해안에서는 밀항자를 감시했다. 아이와 함께 상륙하는 것은 너무나 위험했기 때문에 어느 무리든 아이를 데리고 출항하는 것은 불가능한 일이었다.

아이를 버리는 게 훨씬 쉬웠다.

우리가 황량한 포틀랜드의 저녁 빛 속에서 잠시 보았던 그 아이는 누가 버린 것일까?

일단 보기에는 콤프라치코스임이 틀림없다.

5. 인간이 만들어 낸 나무

저녁 7시 정도 된 것 같았다. 바람이 어느 정도 약해졌는데 이것은 곧 다시 시작되리라는 예고였다. 아이는 포틀랜드곶의 남쪽 고원에 있었다.

포틀랜드는 작은 반도였지만 아이는 반도가 어떤 것인지도 몰랐으며 포틀랜드라는 말이 있다는 것도 알지 못했다. 그저 자신이 쓰러질 때까지 걸을 수 있다는 것 하나만을 알고 있을 뿐이었다. 지식은 행동할 수 있는 방법을 제시해 주는데 아이에게는 아무 지식도 없었다. 사람들이 그를 그곳에 데려왔고 그를 거기에 버려두었다. 사람들과 그곳, 이 두 가지 수수께끼가 그의 모든 운명을 표현하는 것이었다. 사람들은 인류, 그곳은 우주였다. 그는 이 땅에 자신의 발꿈치가 딛고 선 아주 적은 흙, 그의 맨발에는 너무나 거칠고 차갑게 느껴지는 그 흙 말고는, 다른 아무것도 의지할 게 없었다. 모두에게 열린 쇠퇴한 이 세계에, 아이를 위한 무언가가 있었을까? 아무것도 없었다.

아이는 아무것도 없는 것을 향해 걷고 있었다.

인간으로부터 버려진 광활함이 그를 둘러싸고 있었다.

그는 첫 번째 고원을 가로질러 건너고 다시 두 번째, 세 번째 고원을 지났다. 각 고원 끝에 도착할 때마다 아이 앞에 땅이 균열된 부분이 나타났다. 경사면은 때로는 몹시 가팔랐지만 길이는 언제나 짧았다. 포틀랜드의 스산한 고원은 상하로 반쯤 맞물려 놓은 거대한 포석과 같았다. 그래서 아이가 쉽게 건널 수 있는 경사가 생겼다. 아이는 가끔 걸음을 멈추고 생각에 잠기는 것처럼 보였다. 몹시 어두워지고 있었고 가시거리 또한 짧아졌다. 몇 걸음 앞까지만 겨우 볼 수 있었다.

아이가 갑자기 걸음을 멈추고 잠깐 귀를 기울이고는 이내 만족한 듯 단 한 번 눈에 띄지 않을 만큼 미미하게 머리를 끄덕였다. 기운차게 돌아서고 나서 자기 오른편에 희미하게 보이는 높지 않은 둔덕을 향해 가기 시작했다. 절벽에서 가장 가까운 평지였다. 둔덕 위에 어떤 윤곽 하나가 있었는데, 안개 속에 한 그루 나무가 서 있는 듯 보였다. 아이는 거기서 나는 소리를 들었던 것이다. 바람 소리도 파도 소리도 아니었으며 짐승의 소리 또한 아니었다. 아이는 그곳에 누가 있는 것이라고 생각했다.

성큼성큼 걸어 단 몇 걸음 만에 그는 언덕 밑에 도착했다. 정말 누군가가 있었다.

언덕 위에 있던 희미한 것이 이제는 뚜렷해졌다. 큰 팔처럼 생긴 것이 땅속에서 솟아올라 있었다. 팔 위쪽에는 집게손가락 같은 것이 엄지손가락으로 밑을 받친 채 수평으로 뻗어 있었다. 팔과 엄지손가락 그리고 집게손가락이 하늘에 직각 형태를 만들어 내고 있었다. 집게손가락과 엄지손가락이 만나는 부분에는 줄이 한 가닥이 있었는데, 줄에는 검고 모양을 정확히 알 수 없는 무언가가 매달려 있었다. 줄이 바람에 흔들려 소리를 내고 있었다. 아이가 들은 것이 바로 그 소리였다. 줄은 가까이에서 보니 소리로 보아 짐작 가능했던 것, 즉 쇠사슬이었다. 고리가 갸름한 선박용 쇠사슬이었다.

자연 속에서 외관에 실체를 중첩시켜 놓는 신비한 혼합 법칙에 따라 장소와 시각, 안개, 비탄에 빠진 바다, 수평선의 환상과 같은 아득함이 윤곽에 달라붙어 그것의 모습을 거대하게 만들어 놓았다.

쇠사슬에 매달린 그 거대한 덩어리는 칼집처럼 보였다. 그리고 어린아이처럼 포대기에 둘둘 말려 있었으며 어른처럼 길쭉했다. 위쪽으로 둥글게 불룩 나온 부분에는 쇠사슬 끝 부분이 감고 있었다. 칼집 밑부분은 너덜너덜 찢겨 있었으며 앙상한 것들이 찢어진 부분에서 삐져나온 게 보였다.

약한 바람이 쇠사슬을 흔들자 쇠사슬에 매달려 있던 것도 천천히 흔들렸다. 그 덩어리는 고분고분하게 황량한 평원으로 왔다 갔다 하는 운동에 복종하고 있었다. 그것이 뭔지 모를 공포를 불러왔으며 사물의 부조화를 느끼게 하는 혐오스러움 때문에 실제적인 크기를 알 수 없었다. 그저 형체가 있는 검은색 응축물로 안과 밖 모두에 밤이 깃들어 있었다. 그것은 점점 커져 가는 무덤에 사로잡혀 있었다. 지는 해, 뜨는 달, 절벽 뒤로 사라지는 별들, 공기 중에 떠다니는 부유물들, 구름, 모든 방향에서 불어오는 바람 등이 눈에 보이는 이 허무의 공간에 들어갔다. 바람 속에 매달려 있는 보잘것없는 이 덩어리는 멀리 바다 위와 하늘에 흩어져 있는 보편성을 닮아 가고 있었으며, 한때는 인간이었던 그것을 어둠이 삼키고 있었다.

그것은 더는 존재하지 않는 것이었다.

나머지로 존재한다는 것은 인간의 언어로 표현할 수 없다. 더는 존재하지 않지만 존재하며, 구덩이 속에 있지만 구덩이

밖에 있고, 가라앉을 수 없는 물체처럼 죽음 위로 다시 떠오르지만 그러한 현실 속에는 어느 정도 불가능이 섞여 있다. 그래서 설명이 불가능하다. 그 존재는 과연 하나의 존재였을까? 그 검은 증인은 하나의 잔재, 더구나 무시무시한 잔재였다. 무엇의 잔재일까? 우선 자연의 잔재이며 사회로부터의 잔재였다. 무(無)이며 동시에 전부였다.

그는 절대적인 무자비 속에 맡겨졌다. 적막의 깊은 망각이 그를 둘러싸고 아무도 모르는 존재의 변덕스러움에 내맡겨져 있었다. 그는 자신을 멋대로 다루는 어둠의 횡포에 대항할 수 없었다. 바람이 음산한 역할을 맡아 폭풍이 그를 짓누르고 있었지만 그는 영원한 수형자로 당하고만 있었다.

그 망령은 온갖 약탈에 내맡겨져 있었다. 그는 바람 속에서 부패라는 폭력을 참아 냈다. 무덤 밖에 있으니 그에게는 평화 없는 소멸만 있을 뿐이었다. 여름에는 재가 되어, 겨울에는 진흙이 되어 사라지고 있었다. 죽음에는 수의가 필요하고, 무덤에는 경건함이 있어야 하는데 이곳에는 수의도 경건함도 없다. 냉소적이고 적나라한 부패만 있다. 죽음이 자신의 일을 보여주는 것에는 약간의 뻔뻔스러움이 있다. 자신의 실험실인 무덤 밖에서 일을 할 때 죽음은 죽은 자의 평온 같은 것은 무시하고 모욕을 가하는 것이다.

숨을 거둔 그 존재는 이미 약탈을 당해 앙상한 뼈만 남았다.

그런 데서 뭔가를 빼앗아 간다는 것은 불가사의한 마무리이다. 그의 골수는 더는 뼛속에 있지 않았고, 그의 내장도 더는 배 속에 있지 않았으며, 목소리 또한 더는 목구멍 속에 있지 않았다. 시신이란 건 죽음이 몽땅 뒤집어 비워 버린 하나의 주머니이다. 그에게 자아가 있었다면 그것은 어디에 가 있는 걸까? 아마 그 자리에 있을지도 모른다. 그런 생각만으로도 끔찍하다. 사슬에 묶여 있는 그 어떤 것 주위를 방황하는 어떤 것이라니. 어둠 속에서 그보다 더 음산하게 떠도는 형상을 떠올릴 수 있을까? 이 땅에는 미지의 세계로 통하는 출구와 같은 현실이 있다. 그런 출구를 통해서 생각이 들락거리는 것도 가능해 보이고, 가설이 그곳으로 돌진하기도 하며 추측도 그곳으로 가려 한다. 우리는 누구든 특정 장소에서 특정 사물 앞을 지날 때는 몽상에 사로잡혀 그 자리에 설 수밖에 없으며, 자신의 영혼이 그 속으로 들어가는 것을 지켜볼 수밖에 없다. 눈으로 볼 수 없는 것에는 반쯤 열린 어두운 문들이 있다. 깊은 명상에 잠기지 않고 저 세상으로 건너간 존재와 마주칠 사람은 아무도 없을 것이다.

여기저기로 흩어지면서 그는 조용히 닳아 없어지고 있었다. 그에게도 피와 가죽과 살이 있었건만 모두가 그것들을 마시고 먹고 훔쳐 갔다. 그에게서 어떤 것이든 가져가지 않고 지나간 것은 없다. 12월은 그에게서 추위를, 자정은 공포를, 쇠는 녹을, 흑사병은 독기를, 꽃은 향기를 빌려 갔다. 서서히 진행된 그의 분열은 시신이 폭풍과 비, 이슬, 파충류와 새들에게 지불해 준 통행세였다. 밤의 모든 어두운 손이 그 주검을 남김없이 뒤졌다. 정체를 알 수 없는 이상한 주민, 밤의 주민이었다. 그는 평원과 동산 위에 있기도 했고 그곳에 있지 않기도 했다. 그는 만질 수 있었지만 자취도 없이 사라져 버렸다. 암흑을 보완해 주는 그림자였다. 해가 사라진 다음 침묵만이 가득한 광막한 어둠 속에서 그는 모든 것과 음산한 조화를 만들어 냈다. 오직 그곳에 있다는 이유만으로 폭풍우의 슬픔과 별들의 침묵이 더욱 커졌다. 황야에 존재하는 말로 표현하기 힘든 것이 그의 속에서 응축되었다. 알려지지 않은 운명의 잔해인 그는 밤의 모든 완강한 침묵에 녹아들고 있었다. 신비 속으로 모든 수수께끼가 넓게 퍼지고 있었다.

그의 주위에서 심연까지 닿을 것만 같은 생명의 쇠퇴감이 풍겨 나왔다. 그를 둘러싸고 있는 넓은 평지에는 확신과 신뢰가 점점 사라지고 있었다. 덤불과 풀들의 떨림, 절망적인 우울함, 마치 의식을 가지고 있는 것 같은 불안 같은 것들이 모든 경치와 쇠사슬에 매달려 있는 검은 형체에 어우러졌다. 눈에 보이는 유령은 고독을 더욱 심화시킨다.

그는 환영이었다. 진정시킬 수 없는 바람이 지나가자 그는 달랠 수 없는 존재가 되었다. 끊이지 않는 떨림이 그를 끔찍하게 만들었다. 말하기는 무섭지만 그가 공간 속에 있는 하나의 중심이고 거대한 무엇이 그에게 기대고 있었다. 누가 알 수 있을까? 아마 우리의 정의 저 너머에 있는, 희미하게 보이긴 했지만 무시되었던 공정성이었을지도 모른다. 무덤 밖에서 그러고 있는 동안 인간들의 복수와 그가 자신에게 행하는 복수가 있었다. 그는 석양이 드리운 이 사막에서 증언을 하고 있었다. 그는 사람들을 불안하게 하는 형상의 증거였다. 사람들은 영혼이 사라진 육체 앞에 서면 두려움에 떨기 때문이다. 죽은 형상이 우리를 뒤흔들기 위해서는 그 속에 살았던 영혼이 있어야 한다. 그는 이 지상의 법을 저 하늘의 법에 고발하고 있었다. 인간에 의해 그곳에 놓인 채 신을 기다리고 있었다. 그의 머리 위로 뒤엉키고 꼬여 선명하지 못한 구름과 파도와 함께 그림자의 거대한 몽상이 둥둥 떠다녔다. 그 환영 뒤에는 뭔가 확실하지 않은 음산한 폐쇄가 있었다. 한 그루 나무나 지붕, 한 명의 행인이나 그 무엇에 의해서도 한정되지 않은 무한이 그 주검 둘레에 있었다. 하늘과 심연과 생명과 무덤과 영겁 등 우리를 지배하는 진실들이 명백하게 보이지만 그 순간에 우리는 모든 것에 다가갈 수 없고 금지되었으며 벽으로 둘러싸였다고 느낀다. 무한의 세계가 열리는 순간보다 더 무시무시한 폐쇄는 없다.

6. 죽음과 밤의 전투

아이는 그 물건 앞에서 말없이 놀란 채, 눈을 못 떼고 서 있었다. 어른은 분명 교수대로 보았겠지만 아이에게는 환영이었다. 어른이라면 시체를 보았겠지만 아이는 유령을 보고 있었다. 더구나 아이는 뭐가 뭔지 알 수 없었다. 심연이 끌어당기는 힘에는 여러 종류가 있는데 그 둔덕 위에도 그런 인력이 작용했다. 아이는 한 걸음 또 한 걸음 걸었다. 그는 내려가고 싶었지만 올라갔고, 물러서고 싶었지만 다가갔다. 그는 과감하게, 하지만 두려움에 떨며 유령을 확인하려고 가까이 다가갔다.

말뚝 밑에서 그는 머리를 들고 자세히 살펴보았다. 유령에게는 역청(瀝靑)이 칠해져 있어서 여기저기가 번득였다. 아이는 유령의 얼굴을 가려냈다. 얼굴에도 역청이 칠해져 있어 점액질로 끈적거리는 듯한 그 가면이 희미한 밤의 반사광 속에서 모습을 드러냈다. 아이는 입을 보았다. 하나의 구멍이었다. 코를 보았다. 그 또한 하나의 구멍이었다. 두 눈 역시 구멍들이었다. 몸뚱이는 나프타를 먹인 거친 천으로 대충 감아 놓았는데 천에는 곰팡이가 슬었으며 찢어져 너덜거렸다. 한쪽 무릎이 천을 뚫고 나왔고 찢긴 틈으로 옆구리가 보였다. 어떤 부분은 살이 붙어 있었고 다른 부분은 뼈만 남았다. 얼굴은 흙빛이었는데, 민달팽이들이 그 위로 돌아다니며 희미한 은빛 띠를 두른 것처럼 만들어 놓았다. 뼈에 들러붙은 천은 조각상에 가운을 입힌 것처럼 울퉁불퉁한 기복을 만들어 냈다. 금이 가고 갈라진 두개골에는 썩은 과일처럼 구멍이 나 있었다. 치아는 인간적인 모습이 남아 웃음을 간직한 듯 보였다. 미처 새어 나가지 못한 비명이 열린 입속에서 희미한 소리를 내는 것 같았다. 뺨에는 수염이 몇 가닥 남아 있고 앞으로 숙인 머리는 무엇엔가 집중하고 있는 모습이었다.

사람들이 최근에 다시 손질을 한 듯 보였다. 얼굴과 천을 뚫고 나온 무릎, 옆구리에 새로 역청을 칠한 흔적이 있었다. 발은 밑으로 삐져나왔고 바로 밑 풀 속에 신발 한 켤레가 있었는데, 눈과 비로 형태가 엉망이 되어 있었다. 죽은 이에게서 떨어진 신발이었다.

맨발인 아이는 그 신발을 유심히 바라보았다.

불안감을 점점 증폭시키던 바람은 폭풍의 전야에 항상 그렇듯 조용해져 잠시 전부터 완전히 멈추었다. 시신도 더는 움직이지 않았다. 쇠사슬은 납덩이를 달아 놓은 듯 수직 상태에서 아무런 움직임도 보이지 않았다.

인생의 초년기를 지나는 모든 생명체처럼 자기 운명의 특별한 압력을 느끼면서 아이는 틀림없이 마음속에서 유년기에 어울리는 각성을 겪고 있었을 것이다. 그런 각성은 뇌를 열려는 노력이며 어린 새가 알 속에서 부리로 껍데기를 쪼아 나오려는 것과 비슷하다. 하지만 그 작은 의식 속에 있던 모든 것은 그 순간에는 두려움으로 한데 뒤섞여 버렸다. 느낌이 어느 선을 넘으면 향유를 너무 많이 사용했을 때처럼 사유의 질식으로 변해버린다. 어른이었다면 스스로에게 이런저런 질문을 던지겠지만 아이는 아무것도 못하고 그저 바라볼 뿐이었다.

역청 때문에 시신의 얼굴은 젖어 있는 것처럼 보였다. 눈이 있던 자리에 방울진 채 굳어 버린 역청은 눈물과 비슷했다. 역청은 시신의 훼손을 완전히 멈출 수는 없었지만 덕분에 상당히 지연되어 최소한의 파손만이 진행되었다. 아이 앞에 있던 것은 누군가 정성스럽게 돌보는 것이었다. 귀중한 사람임에 틀림없었다. 그가 살았을 때 관심이 없었더라도 죽은 그를 간수하는 일을 중요하게 생각한 것이다.

교수대 말뚝은 낡고 벌레 먹었지만 아직 튼튼해서 몇 해 전부터 사용되던 것이었다. 밀수꾼들의 시신에 역청을 바르는 것은 영국의 오래된 관습 중 하나이다. 그들을 해변에서 교수형을 처하게 한 다음, 시신에 역청을 발라 현장에 매달린 채로 내버려 두었다. 본보기는 훤히 보이는 곳에 두어야 했다. 역청 바른 본보기는 더 오래 보존된다. 역청을 칠하는 관습은 상당히 인간적이다. 그것을 사용한 뒤로 목매다는 빈도가 줄어든 것이다. 오늘날에 가로등 세우는 것처럼 교수대 말뚝을 해안에 띄엄띄엄 세웠고 목이 매달린 사람이 가로등이 되는 식이다. 그가 자기 방식대로 밀수꾼 동료들에게 길을 밝혀 주었다. 밀수꾼들은 바다 멀리에서 말뚝들을 알아보았다. 말뚝 하나가 첫 번째 경고였고, 말뚝 둘은 두 번째 경고였다. 그것이 밀수를 막지는 못했다. 하지만 법이라는 것은 그런 식으로 구성되는 것이다. 영국에서는 이런 방법이 금세기 초까지 계속되었다. 1822년에도 도버 성 앞 해변에서 역청을 발라 매달아 놓은 세 구의 시신이 발견되었다. 게다가 그러한 보존 방식은 밀수꾼들의 경우에만 한정되지 않고 절도범과 방화범, 살인범에게도 적용됐다. 포츠머스 해안 창고에 불을 지른 존 페인터는 1776년에 교수형에 처해져 역청이 발라졌다. 그를 장 르 팽트르라고 부르는 쿠아예 사제는 1777년에도 그를 보았다고 한다. 존 페인터는 자신이 만들어 놓은 폐허 위에서 쇠사슬에 묶여 매달려 있었고, 이따금 역청이 다시 발라졌다. 그의 시신은 14년 동안이나 존속되었는데, 살았다고 할 수도 있을 정도였다. 그는 1788년에도 임무를 훌륭하게 수행하고 있었다. 하지만 1790년에 다른 사람으로 대체됐다. 이집트인들은 왕의 미라를 귀하게 여겼다지만 이름 없는 백성의 미라도 역시 유용한 것 같다.

강한 바람이 둔덕 위의 눈을 모두 쓸어 가 버렸다. 풀이 모습을 드러냈고 여기저기 엉겅퀴가 보였다. 둔덕은 짧고 빽빽한 바다풀로 덮여 있었는데 잔디가 모든 절벽의 윗부분을 초록색 융단처럼 보이게 했다. 교수대 말뚝 아래 처형된 이의 발이 늘어져 있던 곳에는 키가 크고 잘 자란 풀포기가 있었다. 척박한 흙에서 자란 풀포기라는 것을 생각한다면 상당히 놀라운 일이다. 수세기 전부터 그곳에 분해되어 떨어진 시체들이 그처럼 풀을 무성하게 자라게 했다는 것을 알려 준다. 흙이 인간에게서 영양분을 취하는 것이다.

아이는 음산한 기운에 홀려 멍하니 그곳에 서 있을 뿐이었다. 아이는 다리를 찌르는 쐐기풀 때문에 한 마리 짐승처럼 잠시 고개를 숙였다가 다시 머리를 벌떡 들어 위에서 자기를 바라보고 있던 얼굴을 쳐다보았다. 그 얼굴은 눈이 없는데도 그를 뚫어져라 바라보고 있었다. 희미한 빛과 어둠이 공존하고 두개골과 치아와 텅 빈 눈썹 자리로부터 나오는, 뭐라 말하기 힘들 만큼 확고한 시선이었다. 죽은 이의 얼굴과 머리 전체가 시선이다. 그것은 무시무시했다. 눈동자가 없지만 누구든 그것이 자신을 바라본다고 느낄 것이다. 악령을 보는 것처럼 무섭다.

아이 자신도 조금씩 무서워졌다. 무감각 상태가 그를 점령해 더는 움직이지 않았다. 그는 자신이 의식을 잃고 있음을 알지 못했다. 온몸이 마비되고 관절이 빳빳해졌다. 배신자의 모습을 지닌 겨울이 그를 조용히 밤에 넘겨주었다. 아이는 거의 조각상이 되었다. 돌같이 차가운 냉기가 그의 뼛속으로 스며들었고, 어둠이라는 파충류가 그의 몸속으로 미끄러져 들어오는 중이었다. 눈[雪]에서 뿜어 나오는 졸음은 어두운 조수처럼 사람 몸

속으로 올라온다. 아이는 시신의 부동성을 닮은 미지의 부동성에 서서히 잠식당했다. 잠이 들고 있었다.

졸음의 손에는 죽음의 손가락이 있는데 아이는 자신이 그 손에 잡혔다는 것을 느꼈다. 그는 교수대 밑에 쓰러지기 직전이었다. 이미 자기가 서 있는지도 느끼지 못했다.

항상 절박한 종말, 존재 상태에서 존재 중단으로 전이되는 과정의 사라짐, 도가니 속으로의 귀환, 어느 순간에건 미끄러질 수 있는 가능성 등이 삼라만상의 실상이다. 한순간만 지나면 아이와 죽은 사람, 생명의 태동기에 있는 자와 폐허로 변한 생명이 함께 지워지고 뒤섞일 순간이었다.

망령은 그런 사실을 깨닫고 그것을 원치 않는다는 듯 별안간 움직이기 시작했다. 아이에게 경고를 보내듯 바람이 다시 불기 시작했다.

움직이는 주검처럼 기이한 것은 없다.

쇠사슬 끝에 매달린 시신은 보이지 않는 숨결에 밀려 비스듬한 자세가 되었고 시계추가 움직이는 것처럼 느리고 음산한 정확성으로 왼쪽으로 올라갔다가 다시 떨어지고, 오른쪽으로 올라갔다가 다시 떨어지기를 반복했다. 고집스러운 왕복 운동이었다. 어둠 속에서 영겁을 재는 시계추를 보는 것 같았다.

그런 움직임이 잠시 계속되었다. 아이는 죽은 이의 움직임 앞에서 자신이 문득 깨어나는 것을 느꼈고, 자신을 덮친 오한으로 두려움을 분명하게 느꼈다. 쇠사슬은 흔들릴 때마다 흉측스러우리만큼 규칙적으로 삐걱거렸다. 가끔 숨을 고르는 듯하다가 다시 움직였다. 그 삐걱거림은 매미 노래를 흉내 냈다. 미친 듯한 바람이 접근해 점점 더 바람의 세기를 바꿔 놓았다. 별안간 미풍이 삭풍으로 변했다. 시신의 흔들거림이 더욱 음산하고 강렬해졌다. 시계추의 움직임이 아닌 격렬한 뒤흔들림이었다. 삐걱거리던 쇠사슬이 울부짖었다.

그 울부짖음이 누군가에게 들린 것 같았다. 그것이 일종의 부름이라고 한다면 그 부름에 누군가가 응했다. 지평선 끝에서 날갯짓을 하는 거대한 소음이 달려오며 갑자기 말썽이 일어났다. 무덤과 인적이 없는 곳에서 일어난 요란한 말썽이었다. 까마귀 떼가 나타났다.

날아다니는 검은 점들이 구름을 찌르고 안개를 뚫으며 수가 불어나더니, 점점 다가와 뒤섞이고 둔덕을 향해 급히 날아가고 소리 지르며 짙은 한 덩어리가 되었다. 일개 군단이 몰려온 것 같았다. 날개 달린 암흑세계 기생충들이 교수대 말뚝으로 덤벼들었다.

아이는 기겁하고 흠칫 물러섰다. 까마귀들은 말뚝 위에 모여 있었다. 시신 위에는 단 한 마리도 앉지 않았다. 자기들끼리 이야기를 나누었는데 깍깍거리는 소리가 끔찍했다. 고함지르고, 식식거리고, 날카로운 소리를 내는 것이 삶이다. 깍깍거리는 소리는 부패를 기꺼이 받아들이겠다는 뜻이다. 무덤의 고요가 깨지면서 만드는 소리를 듣는 것 같았다. 까마귀 울음소리는 속에 밤이 들어 있는 목소리다. 아이는 추위보다 두려움 때문에 꽁꽁 얼었다.

까마귀들이 갑자기 조용해졌다. 무리 중에 한 마리가 해골 위로 성큼 뛰어오르는 것을 신호로 모두들 다투어 달려들자 날개들이 구름처럼 보였다. 그다음에는 모든 날개가 다시 접혔다. 그러자 매달린 이는 어둠 속에서 움직이는 검은 수포들의 북적거림 속으로 사라졌다.

그 순간, 죽은 이가 몸을 흔들었는데 그였을까? 바람이었을까? 그가 소름 끼치게 한 번 도약했다. 마침 거세지던 폭풍우가 그를 도왔다. 유령이 발작을 일으켰다. 이미 난폭해진 돌풍이 그를 손안에 쥐고 마구 뒤흔들었다. 무시무시해진 모습으로 그가 날뛰기 시작했다. 교수대의 쇠사슬을 조종 끈으로 하는 무시무시한 인형이었다. 어느 어둠의 모방꾼이 그 끈을 낚아채어 미라 놀이를 하는 중이었다. 미라는 준비가 다 된 곡예사처럼 빙글빙글 돌고 마구 껑충거렸다. 새들이 겁을 먹고 일제히 날아오르자 그 더러운 짐승들이 한꺼번에 뿜어져 나오는 것 같았다. 그들은 다시 몰려들었다.

그러자 싸움이 시작되어 죽은 이가 기이한 생명을 얻은 것처럼 보였다. 아예 가져가기로 작정한 듯 바람이 그를 마구 들어

올렸다. 죽은 이는 몸부림을 치며 도망치려 애쓰는 것 같았지만 목에 걸린 쇠고리가 그를 붙잡았다. 새들은 화가 나고 악착스러워져서 물러섰다가는 다시 덤벼들면서 그가 보이는 모든 움직임에 반응했다. 한쪽에서는 도망치려고 하고 다른 한편에서는 사슬에 묶인 이가 쫓아가는 일이 반복됐다. 죽은 이는 삭풍의 대대적인 공격에 요동치고 충격을 주고, 분노를 폭발시키며, 오가고 올라가고 내려오면서, 흩어진 까마귀 떼를 물리치고 있었다. 죽은 이는 곤봉, 까마귀 떼는 먼지였다. 공격하는 사나운 새 떼는 포기를 모르고 악착스럽게 들러붙었다. 죽은 이는 떼 지어 몰려드는 무리들로 갑자기 광기에 사로잡힌 듯 투석기 끝에 매달린 돌을 휘두르듯이 허우적대며 수없이 허공을 때렸다. 가끔씩 모든 발톱과 날개가 그를 몽땅 뒤덮다가 깨끗이 사라지기를 반복했다. 떼거리는 자취를 감춘 듯했다가 다시 맹렬한 기세로 돌아오곤 했다.

삶이 끝난 후에도 계속되는 무시무시한 고문이다. 새들은 미쳐서 날뛰는 것 같았다. 지옥의 채광창으로 그런 새 떼들이 드나드는 게 분명하다. 발톱질, 부리질, 깍깍대기, 더는 살이 아닌 누더기 찢기, 삐걱대는 말뚝, 뼈끼리 부딪는 소리, 쇠사슬이 덜그럭대는 소리, 질풍의 포효. 이런 소동보다 더 음산한 전쟁은 없을 것이다. 악마들을 상대로 싸우는 죽음의 유령이었다.

가끔 삭풍이 두 배로 강해져 매달린 이가 자신을 축으로 삼아 회전했고, 뒤틀리며 몸뚱이가 다 드러나기도 했다. 그럴 때마다 그가 새들을 추격하는 것처럼 보였고 이빨로 새들을 물려고 하는 듯했다. 마치 검은 신들이 개입한 듯 바람은 그의 편이었고 쇠사슬은 그의 적이었다. 태풍도 전투에 가담해 죽은 이는 자신을 비틀어 꼬고 있었으며, 새 떼는 그의 몸 위에서 나선형으로 굴렀다. 회오리바람 속에서 소용돌이가 일어났다.

아래쪽에서 바다가 거대하게 포효하는 소리가 들려왔다. 아이는 그런 꿈을 보고 있었다. 문득 온몸을 떨기 시작했고 물이 흐르듯 경련이 일어났다. 그는 비틀거리고, 소스라치게 놀랐고, 넘어질 듯하다가 몸을 돌려 마치 지지대라도 되는 것처럼 이마를 두 손으로 눌렀다. 그러고는 정신을 잃어버린 듯 바람에 머리카락을 날리면서 눈을 감은 채 성큼성큼 둔덕을 내려왔다. 거의 유령 같은 모습으로 뒤에 있는 어둠 속에 고통을 팽개치고 달아났다.

7. 포틀랜드 북부

그는 숨이 턱에 닿을 때까지 뛰었다. 무작정 미친 듯이 눈 속으로, 평원 속으로, 허공 속으로 뛰었다. 그것이 몸을 데워 주었다. 그에게는 그게 필요했다. 질주와 공포감이 아니었다면 그는 죽고 말았을 것이다.

숨이 턱까지 차올라 그는 걸음을 멈추었지만 감히 뒤를 돌아볼 생각은 하지 못했다. 분명히 새들이 자신을 쫓아오는 것 같았고, 죽은 이도 쇠사슬을 풀고 자신과 같은 방향으로 걸어올 거라고 생각했으며 교수대까지도 틀림없이 죽은 이를 뒤쫓아 달리며 둔덕을 내려오고 있으리라 생각했다. 뒤돌아보면 그러한 것들을 보게 될까 봐 겁이 났다. 잠시 숨을 가다듬고 아이는 다시 도망쳤다.

실상을 파악하는 것은 아이가 할 수 있는 일이 아니다. 두려움이 커질 때마다 그는 여러 인상을 받았지만 그것을 사고와 연관 지어 결론을 내리지는 못했다. 그는 어디든지 아무렇게나 무작정 가고 있었다. 꿈속에서 흔히 겪는 불안과 괴로움 속에서 달리고 있었다. 세 시간 전에 버려진 뒤로 막연하기는 했으나 그가 향하던 목표는 이제 완전히 바뀐 상태였다. 처음에는 그저 무엇인가를 찾아 떠났지만 이제는 피하고 있었다. 더는 배고픔이나 추위도 느끼지 못하고 그저 두려울 뿐이었다. 하나의 본능이 다른 본능과 자리를 바꾼 것이다. 그의 유일한 생각은 피해야 한다는 것이다. 무엇으로부터? 모든 것으로부터. 주위 어디로 눈을 돌려 보아도 삶은 두꺼운 벽 같다는 생각이 들었다. 가능하다면 그 역시 모든 사물로부터 도망쳤을 테지만 아이들은 흔히 자살이라고 부르는 돌풍의 감옥을 모른다.

그는 달렸다.

한동안은 그저 달렸다. 하지만 숨이 찼으며 두려움도 사라졌다.

갑자기 뜻하지 않던 기력과 지혜가 생긴 것처럼 그가 우뚝 멈춰 섰다. 도망치는 것을 부끄럽게 여기는 듯 그의 태도가 굳어지는 듯하더니, 발로 땅을 구르고 단호하게 머리를 번쩍 쳐들며 고개를 돌렸다.

안개가 다시 지평선을 차지해 둔덕도, 교수대도, 까마귀들의 날갯짓도 더는 보이지 않았다. 아이는 가던 길을 향해 다시 걸었다. 이제 그는 더는 달리지 않았다. 시체를 보게 된 일이 그를 어른으로 만들어 놓았다고 말한다면 그가 받은 복합적이고 혼란스러운 인상을 제대로 표현하지 못하는 것이다. 거기에는 그보다 훨씬 많은 것이 있었고 그 이하의 것도 있었다. 초보 수준의 이해 단계에 있던 그의 생각 속에서 이해하기 어려웠던 교수대는 그에게 하나의 환영으로 남았다. 만약 그가 자신의 내면을 들여다볼 줄 아는 나이였다면 자신 속에서 다른 수천 가지 사고의 실마리를 찾을 수 있었을 것이다. 그러나 아이들의 생각이란 틀이 잡혀 있지 않기 때문에 기껏해야 먼 훗날 어른이 되어 분개라고 부르는 그 모호한 것의 씁쓸한 뒷맛만을 느낄 뿐이다.

아이에게는 감각의 끝을 아주 빨리 받아들이는 재능이 있다는 사실을 덧붙여 두자. 확산되는 고통스러움이나 멀리서 스쳐 지나가는 윤곽들은 아이에게 포착되지 않는다. 아이는 자신이 가진 나약함이라는 한계 덕분으로 지나치게 복잡한 감정으로부터 보호를 받는다. 그는 사실을 보지만 곁에 남는 것은 거의 없다. 부분적인 생각들로 만족해야 하는 어려움 따위는 없다.

인생에 관한 소송에서 그 심리(審理)란 훨씬 나중에 경험이 서류를 가지고 도착하고 나서야 비로소 시작된다. 그러면 겪은 사실과 대질심문이 이루어지는데 견문을 넓히고 성숙해진 지성이 비교 작업을 맡는다. 그 순간 젊은 시절의 추억이 표면을 깎은 양피지 초고처럼 숱한 정열 아래서 다시 모습을 나타낸다. 그러한 추억이 논리를 뒷받침하며 아이의 뇌리에서는 공상이었던 것이 어른의 뇌리에서는 삼단논법으로 변한다. 게다가 경험이라는 것 자체가 다양하고 경험 당사자의 본성에 따라 호전되기도 하고 악화되기도 한다. 좋은 천성은 무르익지만 나쁜 천성은 썩는다. 아이는 1킬로미터 정도 되는 거리를 뛰어왔고 그만큼을 또 걸었다. 갑자기 그는 배가 몹시 고프다는 생각, 둔덕 위에 있던 유령까지도 즉각 지워 버릴 정도로 먹어야겠다는 생각이 강하게 고개를 들었다. 다행스럽게도 인간 안에는 한 마리 짐승이 있어 인간을 현실로 다시 데려올 수 있다.

하지만 무엇을 먹지? 어디에 가서 어떻게 먹는단 말인가?

그는 주머니가 비어 있다는 것을 잘 알면서도 습관적으로 호주머니를 더듬어 보았다.

그런 뒤 그는 걸음을 재촉했다. 어디로 가는지도 모르는 채 혹시 있을지도 모를 인가를 향해 바삐 걸었다. 여인숙에 대한 그런 믿음은 인간의 내면에 형성된 구세주에 대한 근원적인 뿌리의 일부다. 눈으로 뒤덮인 평원에 지붕을 닮은 것이라고는 아무것도 없는 곳에서 거처에 대한 믿음은 곧 신을 믿는 것이다. 아이는 계속 걸었다. 헐벗은 황야도 끝없이 이어졌다. 그 고원에 한 번도 인간의 거처가 있었던 적이 없었다. 물론 오두막을 지을 목재가 없어 고대 원주민들이 절벽 아래 동굴에서 살았던 적은 있다. 그들의 무기는 기껏 팔매질용 가죽띠뿐이었고, 말린 소 배설물을 땔감으로 사용했으며, 종교라고는 도체스터 숲속 어느 공터에 서 있는 하일의 조각상을 모시는 정도였다. 웨일스 지방 사람들이 '플린'으로, 그리스인들이 '이시디스 플로카모스'라고 부르던 회색 산호를 채취하는 것이 생업이었다.

아이는 나름대로 최선을 다해 갈 길을 정했다. 모든 운명은 하나의 교차로이다. 방향을 선택한다는 것은 언제나 두렵다. 그 어린 것은 일찍부터 모호한 가능성 중에 하나를 선택해야만 했다. 그는 어쨌거나 앞으로 나아갔다. 그러나 다리가 무거워졌고 피로를 느끼기 시작했다. 벌판에는 오솔길도 하나 없었는데 있더라도 눈에 덮였을 것이다. 아이는 본능적으로 계속 동쪽으로 방향을 틀었다. 날카로운 돌들이 그의 발뒤꿈치를 찢었다. 밝았다면 그가 눈 위에 남긴 발자국에서 그의 피가 남긴 발그스름한 점을 볼 수 있었을 것이다.

아이에게는 모든 것이 낯설었다. 그는 포틀랜드 고원을 남쪽에서 북쪽으로 질러가고 있었는데, 그를 데리고 왔던 사람들은 행여 누구와 마주치는 것을 꺼려 서쪽에서 동쪽으로 가로질렀던 것 같았다. 그 무리는 아마 우르카가 자신들을 기다리고 있던 포틀랜드로 가기 위해 소형 어선이나 밀수선을 타고 세인트캐서린챔이나 스웬크리 등 어게스쿨 해안의 어느 지점에서 출발했을 것이다. 그리고 웨스턴의 어느 작은 포구에 상륙해서 에스턴의 내포 중 하나에서 다시 배를 탔을 것이다. 그 이동 경로는 아이가 움직이는 경로와 십자형으로 교차했다. 사정이 이러니 아이가 낯익은 길을 찾는 것은 불가능한 일이었다.

포틀랜드 고원에는 해안 쪽이 무너져 낭떠러지가 된 수종 모양의 높은 언덕들이 곳곳에 있다. 아이는 길을 찾아 헤매 다니다가 언덕 중 하나의 꼭대기에서 걸음을 멈추었다. 탁 트인 곳에서 보면 어떤 실마리라도 찾을 수 있지 않을까 하는 기대에서였다. 그의 앞에 펼쳐진 지평선 위에는 막막한 납빛 어둠만이 가득했다. 그는 어둠을 신중하게 관찰했다. 그러자 끈질긴 그의 시선 아래에서 어둠도 조금씩 바래는 것 같았다. 평원 멀리 동쪽 끝 구릉 지대의 창백한 어둠 아래에, 밤의 절벽을 닮은 창백하고 움직이는 절벽 아래에, 검은 조각들이 어렴풋하게 기어 다니기도 하고 둥둥 떠다니기도 하는 것이 마치 산사태가 흘러내리는 것과 비슷했다. 창백한 어둠은 안개였고, 검은 조각들은 연기였다. 연기가 있는 곳에는 사람이 있는 법이다. 아이는 그쪽을 향해 발걸음을 옮겼다.

꽤 먼 곳에 내리막 경사지가 희미하게 보였는데 경사지의 아래쪽 끝에는 안개에 가려 형체가 불분명한 암석 사이로, 모래톱 또는 가늘게 생긴 반도 같은 것이 있었다. 아마 그가 건너온 고원과 지평선 쪽의 평원을 연결해 주는 부분인 듯했다. 그는 반드시 그곳을 지나야 할 것 같았다.

아이는 얼마 후 정말 포틀랜드의 지협에 도착했다. 홍수 때문에 만들어진 체스힐이라고 부르는 충적지였다.

그는 고원의 경사면으로 들어섰으나 굉장히 험해 내려가기가 힘들었다. 포구에서 빠져나오려고 산을 오르던 것과는 정반대의 고역이었지만 그보다는 덜 고되었다. 모든 등반은 항상 내려가는 것을 수반한다. 그는 한동안 기어오르다가 다시 굴러 떨어지곤 했다.

발을 삐거나 잘 보이지 않는 구렁텅이로 떨어질 위험을 안고도 아이는 이 바위에서 저 바위로 건너뛰었다. 바위나 얼음덩이에서 미끄러지지 않기 위해 황무지에서 자라는 긴 넝쿨이나 가시투성이 아종을 가득 움켜잡았는데 그럴 때마다 가시가 손가락을 파고들었다. 가끔 경사가 조금 완만한 지점이 나타나면 쉴 수 있었지만 급경사가 다시 시작되면 걸음을 옮길 때마다 새로운 방법을 찾아야만 했다. 절벽을 내려갈 때는 동작 하나가 곧 문제의 해결책이었다. 죽지 않으려면 능수능란해야만 한다. 아이는 그 문제를 원숭이가 놀랄 만한 본능과 곡예사가 감탄할 만한 재주로 모두 해결했다. 경사면은 가파르고 길었지만 아이는 거뜬히 그 끝에 다다랐다.

어렴풋이 본 지협의 땅에 도착할 순간이 다가오고 있었다.

이 바위에서 저 바위로 건너뛰며 무너질 듯 급하게 내려오다가도, 가끔씩 조심성 많은 사슴처럼 귀를 쫑긋 세우곤 했다. 특히 왼쪽 멀리서 들려오는 은은한 나팔 소리와 비슷하고 깊지만 약한 소리에 귀를 기울였다. 그 순간 공기 중에는 무시무시한 북풍에 앞서 나타나는 미미한 바람의 움직임이 감지되었다. 북풍이 북극에서 오는 소리는 대부분 멀리서 들려오는 트럼펫 소리와 비슷하다. 또한 동시에, 아이는 이마와 눈과 볼 등 얼굴에 차가운 손바닥 같은 것이 이따금 닿는 느낌을 받았다. 그것은 처음에는 허공에 부드럽게 뿌려졌다가 그다음 빙글빙글 돌면서 눈 폭풍이 일어날 것을 알리는 큰 눈송이였다. 아이는 눈으로 뒤덮였다. 이미 한 시간 전부터 바다에 일던 눈 폭풍이 육지로 퍼지기 시작했다. 눈 폭풍은 서서히 평원으로 몰려들어 북서쪽에서 비스듬히 포틀랜드 고원으로 들어오고 있었다.

제2부
바다 위의 우르카

1. 인간의 영역 밖 법칙

눈 폭풍은 바다에서 일어나는 알 수 없는 현상 중에 하나이다. 대기에서 일어나는 현상 중 가장 모호한 현상이며 모든 의미에서도 그러하다. 안개와 폭풍의 결합으로 오늘날에도 그 현상이 정확히 무엇인지 파악을 못하고 있다. 그래서 많은 재난이 발생한다.

사람들은 바람과 파도만으로 모든 것을 설명하려 하지만 대기 중에는 바람 이외의 다른 힘이 있으며, 물속에도 파도 아닌 다른 힘이 존재한다. 이 힘, 대기 중과 물속에 있는 하나의 힘, 그것은 에플루비움*이다. 공기와 물은 거의 비슷하며 응축이나

* 유기체의 발산물이라는 뜻이다.

팽창을 통해 서로에게 순환될 수 있는 두 액체 덩어리이다. 그래서 호흡한다는 것은 곧 마신다는 뜻이다. 오직 에플루비움만이 유체(流體)이다. 바람과 파도는 부유물에 불과하지만 에플루비움은 하나의 조류이다. 바람은 구름으로 볼 수 있으며 파도는 포말을 통해 볼 수 있다. 그러나 가끔 "나 여기 있소!" 하고 에플루비움이 말하는데 그것이 곧 천둥이다.

눈 폭풍은 비를 동반하지 않는 마른 안개와 비슷한 문제를 제시한다. 만약 스페인 사람들이 칼리나라고 부르며 에티오피아 사람들이 쿼바르라고 부르는 안개를 설명할 수 있다면 틀림없이 자기류의 세심한 관찰을 통해 이루어질 것이다.

자기류가 없다면 많은 현상이 수수께끼로 남을 것이다. 엄밀히 따지면 폭풍이 일어날 때 풍속이 초속 3피에*에서 220피에로 변하면, 파고 3푸스**의 잔잔한 바다가 파고 36피에의 노한 바다로 변하는 원인이 된다. 또한 비록 광풍이 불 때라도 높이 30피에인 물결이 어떻게 1,500피에가 되는지는 바람의 수평 상태를 통해 알 수 있다. 그러나 태평양의 파도가 아시아 근해보다 아메리카 근해에서 네 배나 더 높은 이유는 무엇일까? 다시 말해 동쪽보다 서쪽에서 더 높은 이유는 무엇일까? 대서양

---

* 1피에는 32.4센티미터다.

** 1푸스는 27밀리미터다.

에서는 왜 그 반대 현상이 나타나는 것일까? 적도 해역에서는 왜 바다 한가운데가 가장 높을까? 대양의 부어오름 현상이 이동하는 이유는 무엇일까? 지구의 자전 및 항성의 인력 등과 결합된 자기류만이 이런 현상을 설명할 수 있다.

예를 들어, 서반부에서, 남동쪽에서 북동쪽으로 움직이다가 갑자기 크게 선회해 북동쪽에서 남동쪽으로 되돌아와 결국 서른여섯 시간 동안 놀랍게도 560도를 일주하는 바람의 왕복 운동을 설명하려면, 그 신비한 뒤틀림 현상이 필요하지 않겠는가? 그러한 바람의 왕복 운동이 1867년 3월 19일에 일어난 눈 폭풍의 전조였던 것이다.

오스트레일리아에서는 폭풍이 불 때 파도 높이가 80피에에 다다른다. 그것은 남극과 가깝기 때문이다. 그런 위도에서 일어나는 급작스러운 폭풍은 바람의 격변보다 지속적으로 해저에서 전기를 발생시키는 데서 기인한다. 1866년에는 대서양 횡단 해저 케이블이 정오부터 오후 2시까지 하루 두 시간씩 일종의 간헐적인 흥분 상태로 인한 기능 장애를 규칙적으로 일으켰다. 힘의 일정한 조합과 분해가 그러한 현상을 일으키며, 항해사의 계산에 필수 불가결한 그 현상을 등한히 하게 되면 난파의 위험이 뒤따른다. 지금은 하나의 숙련된 기술인 항해가 일종의 수학이 되는 날, 우리 지역의 경우 왜 북쪽에서 더운 바람이 불고 남쪽에서 찬바람이 부는지 그 이유를 알려고 노력하는 날,

온도 저하가 바다 깊이에 비례한다는 사실을 이해하게 되는 날, 지구가 그 중심부에서 교차하는 자전축과 자기축을 가지고 있어 자기극은 항상 자전축 양쪽 끝 주변을 맴돌고 광막한 자기장 내에서 분극된 하나의 거대한 자석이라는 사실을 항상 염두에 두게 되는 날, 목숨을 거는 이들이 그것을 과학적으로 걸게 될 때, 사람들이 이미 연구된 위험 위를 항해하게 될 때, 선장이 기상학자일 때, 항해사가 화학자일 때, 그런 때가 오면 수많은 재난을 피하게 될 것이다.

바다는 물의 성질과 함께 자석의 성질도 가지고 있다. 강한 힘을 가진 미지의 대양이 물결로 이루어진 대양 속을 떠다닌다. 즉 물결을 따라 흐른다. 바다에서 하나의 거대한 물만을 본다면 바다를 제대로 보는 것이 아니다. 바다란 밀물과 썰물 운동뿐만 아니라 유체의 왕복 운동이다. 그리하여 온갖 폭풍보다 여러 가지 인력이 바다를 더 복잡하게 만든다. 여러 다른 현상 중 모세관 인력을 통해 나오는 분자 접착(分子 接着) 현상은 비록 현미경을 통해서만 볼 수 있는 미세한 것이지만, 대양 속에서는 면적의 크기에 연관된다. 자기파는 공기의 파동과 물의 파동을 돕는 한편 억제하는 역할도 한다. 전력의 법칙을 모르면 수력의 법칙을 알 수 없다. 그 둘이 서로 깊숙이 연관되어 있기 때문이다. 사실 그보다 더 까다롭고 애매한 연구는 없을 것이다. 그 연구와 경험주의와의 관계는 천문학과 점성술과의 관계와 비슷하다. 하지만 그 연구가 없다면 항해도 없다.

이쯤 이야기했으니 그만 넘어가자.

바다에서 가장 가공할 만한 합성물 중 하나는 눈 폭풍이다. 특히 눈 폭풍은 자기를 띠고 있는데 자극(磁極)이 북극광뿐만 아니라 눈 폭풍도 만들기 때문에 자극은 눈 폭풍이라는 안개 속에도 있다. 또한 섬광 속에서처럼 눈송이 속에서도 자기류가 보인다. 폭풍이란 바다의 신경 발작이고 정신 착란이다. 바다도 두통을 앓는다. 폭풍을 여러 질병에 비교할 수 있는데 어떤 것은 치명적이지만 다른 것은 그렇지 않다. 어떤 것에서는 탈출이 가능하지만 어떤 것에서는 영영 빠져나오지 못한다. 눈 폭풍은 오래전부터 치명적인 것으로 알려져 있다. 마젤란 휘하 항해사 중 하나였던 하라비하는 눈 폭풍을 '악마의 못된 측면에서 나온 구름'이라고 말했다. 쉬르쿠프*는 눈 폭풍 속에는 급살병이 있다고 말하기도 했다. 옛 스페인 뱃사람들은 눈송이가 날리면 그 폭풍을 라 네바다라고 불렀고, 우박이 쏟아지는 순간에는 라 엘라다라고 불렀으며 하늘에서 눈과 함께 박쥐들이 떨어진다는 생각을 했다.

눈 폭풍은 북극권 특유의 기상 현상이다. 하지만 때로는 그것이 우리의 기후 영역까지 미끄러져 내려온다. 아니, 그것이

---

* 프랑스의 유명한 항해사이자 해적이다.

무너져 내린다고 해도 틀린 말은 아닐 것이다. 그 무너짐이 대기의 변덕과 큰 관련이 있기 때문이다. 이미 우리가 본 것처럼 마투티나 호는 포틀랜드를 떠나는 순간 폭풍의 접근으로 인해 더욱 위험해진 밤의 엄청난 위험 속으로 결연히 들어섰다. 일종의 비극적 대담성을 보이며 들어갔다. 그러나 경고는 틀리지 않았다는 점을 강조해 두자.

2. 고정된 처음의 모습들

우르카가 포틀랜드만 안에 있는 동안은 파도가 잔잔했다. 물결은 거의 움직이지 않았다. 대양은 비록 거무스름한 기운이 있었지만 하늘은 아직 밝았다. 바람도 그다지 배에 와 부딪히지 않았다. 우르카는 바람을 막아 주는 역할을 해 주는 절벽 아래로 최대한 가까이 접근해 항해했다.

비스카야 지방 소형 범선에는 열 명이 타고 있었다. 선원 셋과 일곱 명의 승객이었는데, 승객 중에 여자가 두 명 있었다. 난바다는 황혼이 되어 다시 밝아졌고 사람들의 얼굴이 선명하게 보였다. 더구나 모두들 더는 자신을 감추지 않았고 부담스러워하지도 않았다. 출발이란 해방이기 때문에 각자 자유로운 행동을 되찾았고, 소리를 지르기도 했으며 얼굴을 당당히 들기도 했다.

무리의 다양한 색채가 훤히 드러났다. 여인들은 나이를 짐작하기 어려웠는데 방랑 생활은 노화를 앞당기고 빈곤은 주름살을 만들기 때문이었다. 두 여인 중 하나는 피레네 산악 지역 출신 바스크족 여인이었고, 굵은 로사리오를 가진 다른 여자는 아일랜드 여인이었다. 그녀들은 함께 배에 오른 가엾은 사내들에게 관심이 없는 듯했다. 이미 말한 것처럼 아일랜드어와 바스크어는 친족어라 배에 오르는 순간부터 두 여인은 돛대 밑에 있는 큰 고리짝 위에 나란히 앉아 한가하게 대화를 나누었다. 바스크 여인의 머리에서는 양파와 바질 향기가 풍겼다. 우르카 선장은 기푸스코아 지방 출신의 바스크인이었다. 선원 한 명은 피레네산맥 북쪽 사면 지역 출신 바스크인이었고, 나머지 선원은 남쪽 사면 지역 출신의 바스크인이었다. 다시 말하면 같은 민족, 같은 지방 사람이긴 하지만 한 명은 프랑스인, 또 한 명은 스페인인이었다. 바스크인은 공식적인 경계 따위는 인정하지 않는다. '나의 어머니 이름은 몽타뉴이다'라는 말을 노새 몰이꾼 살라레우스가 자주 할 정도였다. 두 여인과 동행한 다섯 남자 중 한 사람은 랑그독 출신의 프랑스인이었고, 또 한 사람은 프로방스 출신의 프랑스인이었으며, 다른 한 사람은 제노바 출신이었다. 파이프 꽂이가 없는 챙 넓은 펠트 모자를 쓴 늙은이는 독일인처럼 보였으며, 무리의 우두머리인 다섯 번째 남자는

랑드 지방 소읍 비스카로스 출신의 바스크인이었다. 아이가 우르카에 오르려 할 때 발뒤꿈치로 널빤지를 바다에 빠뜨린 사람이 바로 그다. 그는 건장한 몸에 돌발적이고 재빠르며 장식 끈들과 금은 자수, 금박 등으로 화려하게 타오르는 듯한 누더기를 걸치고는 한 자리에 앉아 있지를 못했다. 그는 조금 전 자신이 저지른 일과 앞으로 닥쳐올 일이 불안한 것처럼 앉았다가는 일어섰고, 다시 선박의 앞뒤 끝을 계속 왕복했다.

우두머리와 우르카의 선장 그리고 두 선원 모두 바스크인이라서 그들은 어떤 때는 바스크어로, 어떤 때는 프랑스어로, 또 어떤 때는 스페인어로 이야기를 나누었다. 그 세 언어가 피레네산맥 양쪽 사면 지역에 뒤섞여 퍼져 있었기 때문이다. 두 여인을 빼고는 모든 사람이 거의 프랑스어로 대화했다. 그 무리에서 사용하는 은어의 밑바탕은 프랑스어였다. 그 무렵부터 여러 나라에서 프랑스어를 선호하기 시작했는데, 프랑스어에는 북유럽 언어에 나타나는 자음의 남발과 남부 유럽 언어에 보이는 모음 남발 현상이 없기 때문이었다. 유럽 상인들은 모두 프랑스어를 사용했으며 사정은 도둑들도 마찬가지였다. 런던 도둑이었던 기비가 카르투슈*의 말을 알아들었다는 것은 잘 알려진 일이다.

---

* 프랑스 강도 무리의 두목이다.

열 사람과 보따리들까지 더해졌지만 훌륭한 범선인 우르카는 빠르게 전진했다. 그 배로 어떤 집단을 탈출시키긴 했지만 선원들과 그 집단이 반드시 같은 패거리였던 것은 아니다. 배의 선장과 집단의 우두머리가 바스크인일 때 서로 돕는 것은 하나의 의무였으며 여기에는 어떤 예외도 없다. 이미 말한 바대로 한 사람의 바스크인은 스페인인도 프랑스인도 아닌, 그저 바스크인일 뿐이다. 피레네 지역 특유의 형제애로 언제 어디에서나 바스크인은 무조건 구출해야 한다.

우르카가 포틀랜드만 안쪽에 있을 때에는 비록 하늘이 잔뜩 찌푸리긴 했지만 도망자들이 걱정할 정도로 악화된 상태는 아니었다. 탈출하고 목숨을 구했다 생각하니 모두들 갑자기 쾌활해졌다. 어떤 사람은 크게 웃고 어떤 이는 노래를 불렀다. 메마른 웃음이었으나 자유스러웠고 나지막했으나 태평한 노래였다.

"카우카뇨."

"코카뉴!"

랑그독 지방 출신이 외쳤다. 나르본 사람들이 아주 만족스러울 때 지르는 소리였다. 그는 얼치기 선원이었는데 클라프 봉 남쪽 사면 해안에 있는 그뤼상 마을 출신으로 항해 선원이라기보다는 나룻배 사공이었다. 바주 늪에서 카누 젓는 일과, 생트뤼시 해변 소금기 많은 모래 위에서 물고기가 잔뜩 들어 있는 그물을 끄는 일이 더 익숙한 사람이었다. 또한 붉은 모자를 쓰고 스페인식으로 복잡한 성호를 그었으며, 포도주를 염소 가죽으로 만든 병에 담아 마시고, 가죽으로 만든 술 주머니를 빨아 대면서, 절인 돼지 허벅지 고기를 깎듯이 저며 먹는 부류의 사람이었다. 기도를 하노라고 무릎을 꿇으면 불경한 말을 마구 뱉으며 자기가 믿는 수호성인에게 위협적인 탄원을 하는 사람 중 하나였는데, 그들의 기도는 이러했다.

"위대한 성자시여, 저의 청을 들어주십시오. 만약에 그러지 않으신다면 당신 머리에 돌을 던지거나 당신을 찌르고 말겠습니다."

그는 필요할 때 선원들에게 요긴한 도움을 줄 수 있었다. 프로방스 출신 남자는 허름한 주방에서 무쇠솥 밑에 불을 열심히 지피며 수프를 끓였다. 수프는 일종의 푸체로로, 고기 대신 생선을 넣고 병아리 콩과 네모꼴로 잘게 썬 비계, 붉은 고추 나부랭이들을 던져 넣었다. 부이야베스를 먹는 사람이 오야 포드리다를 먹는 사람들에게 양보를 하는 꼴이었다.* 식료품 자루 하나가 풀어져 그의 곁에 놓여 있었다. 그의 머리 위 주방 천장 고리에는 철과 활석 유리로 만든 등에 불을 밝혀 놓았다. 그 옆 다른 고리에는 물총새 풍향기가 걸려 흔들거렸다. 사람들은 죽은 물총새의 부리를 끈으로 묶어 매달아 두면 새의 가슴이 항상

* 부이야베스는 생선국의 일종, 오야 포드리다는 여러 종류 고기와 향신료를 넣은 전골의 일종이다.

바람이 불어오는 방향을 가리킨다고 믿었다.

수프를 끓이는 중간중간 프로방스 남자는 호리병 주둥이를 입에 밀어 넣고, 아구아르디엔테*를 한 모금씩 마셨다. 투구 귀덮개 모양을 한 넓고 납작하며 고리버들로 감싼 호리병으로 가죽띠를 이용해 허리에 차고 다닐 수도 있기 때문에 '허리 호리병'이라고도 했다. 한 모금을 마실 때마다 그는 별 내용도 없는 촌스러운 노래 한 소절을 웅얼거렸다. 주제라고 해 봐야 겨우 움푹 팬 시골길이나 울타리에 석양을 받은 시골 풍경을 노래하는 것 정도였다. 떠나는 것은 가슴속이나 머리에 간직하고 있는 것에 따라 위안이 될 수도, 낙담이 될 수도 있다. 모두들 홀가분한 모습인데 무리 중 가장 나이가 많고 파이프 꽂이 없는 모자를 쓴 사람만은 달랐다. 원래 모습이 사라져 민족적 특색이 희미해지긴 했어도 독일 사람임이 분명한 노인은 머리카락이 없고 매우 엄숙해서 그의 대머리는 마치 삭발례를 받은 성직자 머리로 여겨졌다. 그는 뱃머리에 있는 성처녀상 앞을 지날 때마다 모자를 조금 쳐들고 예를 차렸는데 그때마다 나이 들어 불뚝 솟은 두개골 혈관이 보였다. 그가 두르고 있던 도체스터산 갈색 서지로 지은 낡고 닳은 긴 외투는 몸에 꼭 낄 정도로 좁은 데다 사제 법의처럼 목까지 고리단추를 채운 상의

---

* 증류주의 일종이다.

를 절반 정도밖에 가리지 못했다. 그는 두 손을 교차해서 뻗으려고 하다가 기계적으로 두 손을 모았다. 그는 창백한 편이었다. 용모는 특히 하나의 반영(反影)이므로 생각에 색깔이 없다고 믿는다면 잘못이다. 그의 그러한 용모는 분명 특이한 내적 상태를 나타내는 것이었다. 각기 선과 악으로 빠져들기도 하는 서로 모순된 것들의 복합에서 나오는 잔여물이었다. 그리하여 관찰자가 보기에 인간성 비슷한 것이 그에게서 언뜻 발견된다 해도 그것이 인간 이하로 보일 수도 있고, 인간 이상으로 보일 수도 있었다. 영혼의 대혼돈은 틀림없이 존재한다. 그의 얼굴에는 읽어 낼 수 없는 것이 있었다. 그 비밀스러움은 추상의 세계에 이르렀다. 그 사람이 이미 계산이라는 악의 예감, 제로라는 악의 뒷맛을 이미 맛보았다는 것을 모두 예측하고 있었다. 아마 겉으로만 그런 것일지도 모를 그의 냉정함에는 두 가지 무감각이 새겨져 있었다. 그중 하나는 망나니만이 가지고 있는 감정의 무감각이고, 다른 하나는 고위 관리만이 가지는 정신의 무감각이었다. 그에게는 모든 것이, 심지어 감동하는 것조차 가능하다고 확신할 수 있었다. 극악무도한 것도 나름대로 완전해지는 방법을 가지고 있기 때문이다. 학식이 깊은 사람은 약간 시체와 같다. 그런 면에서 보면 그는 학자였다. 그를 흘깃 쳐다보기만 해도 깊은 학식이 그의 모든 동작과 그가 입은 옷의 주름에 드러난다는 것을 짐작할 수 있었다. 얼굴은 일종의 화석이 된 얼굴이었는데, 그 진지함을 다양한 얼굴 표정을 지을 수 있게 해 주는 유동적인 주름이 방해했다. 게다가 준엄했으며 위선은 흔적도 찾을 수 없었고 냉소적이지도 않았다. 비극적인 몽상가였고 죄를 짓고 깊은 생각에 잠긴 사람이었다. 대주교의 눈총을 받고 누그러진 말썽꾼의 눈썹이었고, 몇 가닥 안 되는 회색 머리카락 중 관자놀이 위로 늘어진 것은 모두 백발이었다. 그에게서는 터키인의 숙명론이 복잡하게 뒤얽힌 기독교도 이미지가 풍겼다. 여위어 이미 가늘어진 손가락은 통풍 결절로 인해 형체를 알아보기 힘들었다. 키가 큰 데다 몸매가 꿋꿋해서 희극적으로 보였다. 그는 움직이는 배 위에서도 확신에 차고 음산한 기색으로, 아무도 쳐다보지 않으며 갑판 위를 자유롭게 천천히 걸어 다녔다. 그의 눈동자는 암흑을 조심하고 의식의 흐름이 드러나는 영혼의 미동도 하지 않는 단호함으로 가득 차 있었다.

무리의 우두머리가 가끔 빠른 갈지자걸음으로 거칠고 민첩하게 다가와 그에게 귓속말로 뭔가를 소곤거리곤 했는데 그럴 때면 노인은 고개를 젓는 것으로 대꾸를 대신했다. 어둠에게 조언을 구하는 번개 같았다.

3. 불안한 바다 위의 불안한 사람들

배에 타고 있던 사람 중 두 남자, 즉 노인과 우르카 선장만이 딴생각을 하지 않았다. 선장은 바다를, 노인은 하늘을 살피느라고 분주했다. 한 사람은 물결에서 눈을 떼지 않았고, 다른 사람은 구름을 감시했다. 선장의 근심은 물결의 움직임이었다. 노인은 수상하다는듯 구름 틈으로 별들을 주시했다.

여전히 낮의 밝음이 남아 있는 가운데 몇몇 별들이 밝은 초저녁 하늘에 약하게 빛나기 시작할 무렵이었다.

수평선이 묘한 기운을 뿜어냈다. 안개가 변화무쌍했다. 육지에도 안개가 사라졌고 바다 위 구름도 걷혔다.

포틀랜드만을 떠나기 전부터 선장은 물결에 온 신경을 쏟으며 조종에 세심한 주의를 기울였다. 그는 배가 갑을 벗어나 난바다로 나갈 때까지 기다리지도 않았다. 그는 좌현과 우현의 돛대 버팀줄들을 서로 묶어 주는 밧줄을 다시 세심하게 살폈고, 아래쪽 돛대 버팀줄을 제대로 묶었는지를 확인했으며, 장루 버팀줄의 켕김줄을 단단히 눌러 보았다. 무모하게 속도를 내기 전에 신중한 준비를 한 것이었다.

우르카는 앞쪽이 뒤쪽보다 반 바라* 정도 더 물속에 잠겼는

* 약 0.835미터다.

데 그것이 우르카가 가진 단점이었다. 선장은 사물의 움직임을 보고 바람의 방향을 확인하기 위해서 항로 컴퍼스에서 편차 측정용 컴퍼스로 자주 눈을 돌리곤 했다. 그리고 두 개의 조준의로 해안에 있는 사물을 관찰했다. 처음에는 비스듬히 불어오는 미풍이 확실하게 보였고 그 바람이 비록 항로에서 5포인트 벗어났어도 그는 크게 신경 쓰지 않는 것 같았다. 키의 작용이 빠른 항진 속도를 통해 유지되기 때문에 그는 가능하면 자신이 몸소 키를 잡았다. 약간의 힘이라도 낭비하지 않으려 오직 키에 의존하는 것 같았다.

실제 방위와 외견상으로 보이는 방위 간 차이는 선박의 항속이 커질수록 그만큼 커지기 때문에 우르카 역시 실제보다 더 바람의 시발점을 향해 거슬러 항해하는 것처럼 보였다. 우르카는 옆에서 불어오는 바람을 받아내지 못했기 때문에 바람을 타고 달리지 못했으며, 순풍을 만났을 때만 실제 방위를 알 수 있었다. 긴 구름 띠 한쪽 끝이 수평선에서 만나는 곳이 보이는 경우가 있는데 바로 그 지점이 바람의 시발점이다. 하지만 그날 저녁에는 바람이 여러 곳에서 일어났고 따라서 바람의 방향을 종잡기 어려웠다. 선장은 배가 착각을 일으킬까 봐 조심스럽게 운전했다.

그는 조심스럽지만 과감하게 키를 잡았다. 바람을 향해 활대를 돌리고, 급작스러운 항로 이탈을 조심하며, 침로 이탈을 경계했다. 뱃머리가 바람이 부는 쪽으로 돌아가지 않도록 했고, 편류를 관찰하고, 키로 전달되는 작은 충격도 놓치지 않았다. 배의 움직임에 따르는 온갖 상황, 가령 고르지 않은 항진 속도나 질풍에 대해서도 신경을 썼다. 해안을 끼고 항해하던 것을 뜻하지 않은 일이 생길까 봐 두려워 각거리를 약 1포인트로 유지했다. 특히 풍향기가 용골과 이루는 각이, 윷이 용골과 이루는 각보다 항상 더 넓게끔 유지했는데 항해용 컴퍼스가 너무 작아서 나침이 가리키는 풍향을 믿을 수 없었기 때문이다. 침착하게 아래쪽으로 향한 그의 눈동자는 시시각각 변하는 물의 모든 형태를 관찰했다.

어느 순간 그는 고개를 쳐들고 오리온좌에 있는 별 셋을 찾으려 애를 썼다. 그 별들을 세 동방박사라고도 하는데, 스페인의 옛 항해사들 사이에는 '세 동방박사를 발견한 사람은 곧 구원된다'는 속담이 있다.

선장이 그렇게 하늘을 살피는 동안 공교롭게도 배의 다른 쪽 끝에서 노인이 웅얼거리는 소리가 들렸다.

"북극성도 안 보이고, 그 붉은 안타레스*조차 볼 수 없군. 선명히 보이는 별이 하나도 없어."

나머지 다른 도망자들은 태평한 얼굴이었다. 하지만 탈출했

* 작은곰자리 중 가장 큰 별, 선원들에게 이정표 역할을 한다.

다는 최초의 기쁨이 가라앉자 자신들이 1월의 바다 위에 떠 있으며 삭풍이 얼음장 같다는 사실을 알아차렸다. 선실에 자리를 잡을 수는 없었다. 너무 좁기도 했지만 보따리와 봇짐이 가득 들어차 있었다. 보따리는 승객의 것이었고, 봇짐은 선원의 것이었는데 우르카는 유람선이 아니었기 때문에 밀수를 했고 당연히 배 안에는 밀수품이 있었다. 그래서 승객들은 갑판에 자리를 잡아야만 했다. 유랑민들에게는 그런 정도의 체념은 쉬웠다. 바깥에서 지내던 습관으로 밤을 그럭저럭 보내는 일에 익숙했다. 아름다운 별은 그들의 친구였고 그들이 잠드는 것을 돕는 추위는 때로 죽는 것도 도와주었다.

그날 밤에는 아름다운 별이 나타나지 않았다.

랑그독 출신 사내와 제노바 출신 사내는 선원들이 던져 준 방수포를 뒤집어쓰고 몸을 공처럼 움츠린 채 저녁 식사를 기다리며 돛대 밑부분에서 여인들 곁에 앉아 있었다.

대머리 노인은 꼼짝도 하지 않고 추위를 별로 신경 쓰지 않는 듯 뱃머리 쪽에 서 있었다.

우르카 선장이 키를 잡고 서서 목청을 높여 누군가를 불렀다. 그 소리는 아메리카에서 흔히 '탄성꾼'이라 부르는 새가 내는 감탄사와 비슷했다. 그 소리를 듣고 무리의 우두머리가 다가왔고 선장이 그에게 다시 소리쳤다.

"산속의 농부!"

그 두 바스크 단어는 옛 칸타브리아 사람들 사이에서는 엄숙한 이야기의 시작을 의미했으며 주의 깊게 들으라는 명령이기도 했다.

선장이 무리의 우두머리에게 노인을 손가락으로 가리킨 후 산악 지방의 언어라 부정확한 스페인어로 대화를 계속했다. 그들이 나눈 대화는 다음과 같다.

"산속의 농부여, 저 사람은 어떤 사람인가?"

"그저 사람이오."

"어떤 나라 말을 할 줄 아는가?"

"모든 나라 말을 하지."

"뭘 아나?"

"모든 걸."

"고향은?"

"딱히 없소. 모든 곳이 고향이지."

"어떤 신을 모시는가?"

"신!"

"당신은 그를 어떻게 부르오?"

"미치광이."

"그를 왜 그렇게 부르나?"

"현자야."

"당신네 집단에서 그는 뭔가?"

"그는 그지."

"우두머리인가?"

"아니."

"그러면?"

"영혼!"

무리 우두머리와 선장은 각자 생각에 잠겨 헤어졌고 잠시 후에 마투티나 호는 만을 벗어나 난바다의 커다란 흔들림 속으로 들어갔다.

거품이 밀려 잠시 벌어진 틈새로 바다가 끈적끈적해 보였다. 황혼이 질 무렵 어슴푸레함 속에서 물결을 보니 담즙 웅덩이 모습처럼 보였다. 여기저기에 물결이 납작하게 떠다니며 돌팔매질당한 유리창처럼 별 모양의 균열을 보여 주었다. 그 별들 한가운데에 빙글빙글 도는 구멍 속에 인광 한 가닥이 파르르 떨렸다. 그것은 올빼미 눈동자 속에 남아 있는, 빛이 사라진 음흉한 반사광과 매우 비슷했다.

마투티나 호는 챔버스 모래톱 위의 무시무시한 물결을 꿋꿋하게 용감한 수영꾼처럼 건너갔다. 챔버스 모래톱은 포틀랜드 정박지 출구에 감춰져 있는 장애물로 둑이 아니라 오히려 야외 원형 극장과 비슷했다. 물속에 있는 모래원형 경기장, 둥글게

도는 물결이 조각해 놓은 계단식 관람석, 균형 잡히고 둥글며, 융프라우처럼 높지만 물속에 잠긴 투기장이다. 환상적인 투명함 속에서 잠수부가 언뜻 본 물속 콜로세움이 바로 챔버스 모래톱이다. 히드라들이 그곳에서 싸움을 벌이고 레비아단들이 그곳에서 모임을 갖는다. 전설에 따르면 거대한 깔때기 밑에는 사람들이 산 같은 물고기라고 부르는 거대한 거미 크라켄*에게 잡혀 난파된 배들의 잔해가 있다고 한다. 이것이 바로 바다의 어둠이다.

인간에게 알려지지 않은 그런 유령 같은 실체들은 약간의 떨림으로 자신들을 수면에 드러낸다.

19세기에 이르자 챔버스 모래톱은 폐허가 되었다. 최근에 쌓은 방파제로 인해 생긴 암류가 해저의 그 높은 건축물의 윗부분을 자르고 무너뜨려 버렸다. 또한 1760년, 크로아지에 건설한 부두 때문에 조수가 드나드는 시각이 15분 정도 바뀌었다. 조수는 영원하지만 흔히 생각하는 것과는 다르게 영원은 인간에게 복종한다.

---

* 북유럽 전설 속에 나오는 문어다.

4. 예사롭지 않은 구름의 출현

무리의 우두머리가 처음에 미치광이라고 했다가 현자라고 얘기한 노인은 더는 뱃머리를 떠나지 않았다. 챔버스 모래톱을 지난 후로 그의 관심은 하늘과 대양 두 군데로 나뉘었다. 그는 한동안 내려다보다가는 다시 올려다보곤 했다. 특히 그는 북동쪽을 세심하게 살폈다.

선장은 키를 선원에게 맡기고 밧줄 보관함을 건너뛰어 중갑판을 지나 앞 갑판에 있는 노인에게로 다가갔다. 하지만 정면으로 접근하지 않은 채 노인 뒤쪽에 조금 물러서서 두 팔꿈치를 허리에 대고 두 손은 옆으로 뻗은 채 머리를 한쪽 어깨 위로 기울였으며, 눈을 크게 뜨고 눈썹을 치켜 올린 채 살짝 미소를 지었다. 빈정거림과 존경심 사이에서 호기심이 오락가락할 때 보이는 태도였다.

노인은 가끔 혼자 중얼거리는 습관이 있어서 그런 건지, 아니면 누가 자기 뒤에 있어서 말할 의욕이 생긴 건지 모르지만 광활한 공간을 바라보면서 혼잣말을 시작했다.

"금세기에는 적경(赤經)을 측정하는 기점이 되는 자오면을 북극성과 카시오페이아의 의자, 안드로메다의 머리, 페가수스 좌에 있는 알게니브 별 등 네 개의 별이 표시하지. 하지만 그중 어느 것도 보이지 않는구먼."

그가 하는 말은 자동 기계 소리처럼 이어졌지만 서로 섞여 겨우 말인가 싶을 정도였고 어떻게 들으면 아예 발음조차 하려 하지 않은 것 같았다. 그의 말들은 입 밖으로 나와 둥둥 떠다니다 흩어져서 사라졌다. 독백은 정신세계의 내면적인 불길에서 피어오르는 연기인 것이다.

"어르신."

선장이 불렀다. 귀도 좀 어둡고 무슨 생각에 골몰해 있었는지 노인은 독백을 계속했다.

"별은 충분하지 않은데 바람이 너무 많군. 바람은 항상 자기 길을 버리고 육지로 몸을 던져. 자신을 아예 수직으로 처박는 거야. 육지가 바다보다 더 덥거든. 육지의 공기가 더 가벼워. 차갑고 무거운 바다 바람이 대기 자리를 차지하려고 육지로 서둘러 달려드는 거야. 그렇게 해서 넓은 하늘에서는 모든 방향에서 육지를 향해 바람이 불어 대는 거야. 실제 위선과 추정된 위선 사이를 갈지자형으로 항해하되 진로를 바꾸지 않고 항진 거리를 늘리는 게 중요해. 100리를 항해했는데 실제 위도와 추정된 위도 간의 차이가 3분도를 넘지 않거나, 200리를 항해했는데 4분도를 넘지 않으면 항로를 벗어나지 않은 거지."

선장이 다가가서 인사를 했지만 노인은 그를 못 보았다. 옥스퍼드나 괴팅겐 대학 교수의 긴 옷과 비슷한 옷을 입은 노인은 거만하고 무뚝뚝한 자세로 서서 꼼짝도 하지 않았다. 그는 파도와 인간에 대한 감정가처럼 바다를 유심히 관찰했다. 그는 물결을 관찰하고 있었지만, 시끄러운 물결에 발언권을 요구하고 무언가를 가르치려고 하는 것 같았다. 그는 점쟁이답기도 하고 현학자답기도 했다. 그에게는 심연의 현학자* 같은 분위기가 있었다.

그는 독백을 계속했지만 아무리 독백이라도 누군가가 들어주기를 바랐을 것이다.

"키 대신 엔진이 있으면 싸울 수 있을 텐데. 시속 40리로 항진할 경우 엔진에 가해진 힘 30리브르가 조타 작용에 끼치는 힘은 30만 리브르 정도거든. 또한 그 이상이야. 엔진에다 릴 둘을 더 만들어 다는 경우도 있으니 말이야."

선장이 다시 인사하며 그를 불렀다.

"어르신."

노인의 시선이 그에게 꽂혔다. 몸은 움직이지 않고 머리만 그에게로 돌렸다.

"나를 박사라고 부르시오."

"박사님, 저는 이 배의 선장입니다."

"좋소."

박사는—이제부터 노인을 이렇게 부르도록 하자—대화에

* 연금술이나 비술에 통한 사람이다.

응할 기색이었다.

"선장, 영국 팔분의(八分儀)는 가지고 계시오?"

"없습니다."

"영국 팔분의가 없으면 앞이든 뒤든 위도를 측정하기 어려울 것이야."

"바스크인들은 영국 팔분의가 만들어지기 전부터 이미 위도를 측정했는데요."

선장이 반박했다.

"바람 불어오는 쪽으로 배의 앞부분을 함부로 돌리지 말아야 할 게요."

"저는 필요할 때는 밧줄을 늦춰 줍니다."

"선박의 빠르기는 측정해 보았는가?"

"예."

"언제?"

"조금 전에요."

"어떻게?"

"속력 측정기로 했습니다."

"측정기 나무판을 지켜보았는가?"

"예."

"모래시계는 정확히 30초를 나타내겠지?"

"예."

"모래가 두 유리 공 사이의 구멍에서 주춤댄 건 아닌지 확신할 수 있겠나?"

"예."

"화승총 탄환 하나를 매달아, 그것의 떨림을 이용하는 점검도 했겠지?"

"대마 껍질에서 뽑은 납작한 줄 끝에 매단 탄환을 말씀하시는 겁니까?"

"줄이 늘어나지 않게 그것에 밀랍을 발랐나?"

"예."

"측정기도 시험해 보고?"

"모래시계는 화승총 탄환으로 점검했고, 측정기는 둥근 포탄으로 점검했습니다."

"사용한 포탄의 지름은 얼마인가?"

"1피에입니다."

"알맞은 중량이구만."

"우리의 옛 전함인 라 카스 드 파르그랑에서 사용하던 포탄이지요."

"아르마다에 속해 있던 전함이로군?"

"예."

"병사 600명과 선원 50명을 태우고, 대포 25문을 싣고 다녔던 전함이지?"

"하지만 난파되었지요."

"포탄에 가해지는 물의 충격 측정은 어찌했는가?"

"독일 저울을 사용했습니다."

"포탄을 매단 밧줄에 가해지는 물결의 충격도 감안했겠지?"

"예."

"결과는?"

"물의 충격은 170리브르였습니다."

"다시 말해서 배의 시속이 4프랑스 리외*로군."

"그리고 3네덜란드 리외를 갈 수 있다는 말이기도 합니다."

"하지만 그것은 조류의 유속을 고려하지 않은 배의 항속일 뿐이지."

"물론 그렇습니다."

"이 배는 어디로 가는 건가?"

"로올라와 산세바스티안 사이에 있는 작은 만인데 제가 잘 아는 곳입니다."

"곧바로 도착지 위선을 확인하게."

"예, 편차를 최대한 줄이겠습니다."

"바람과 조류를 조심하게. 바람이 조류를 건드리고 있어."

"배신자들!"

---

* 약 4킬로미터다.

“욕설은 삼가시게. 바다가 듣지. 그 무엇도 모욕하지 말게나. 그저 관찰하는 것으로 만족하게.”

“살폈고 또 살피고 있습니다. 지금은 바람의 반대 방향으로 조류가 흐르지만 잠시 후 그 둘이 같은 방향으로 움직이게 되면 우리에게 크게 이로울 것입니다.”

“해로도는 가지고 있나?”

“없습니다. 이 바닷길은 없습니다.”

“그럼 대충 찾아가는 건가?”

“그럴 리가 있습니까. 나침반으로 합니다.”

“나침반이 한쪽 눈이라면 항해도는 다른 눈일세.”

“애꾸눈도 사물을 볼 수 있습니다.”

“배와 항해로가 만드는 각은 어찌 측정할 수 있나?”

“컴퍼스도 있고 제가 짐작을 하기도 하지요.”

“짐작하는 것도 괜찮지만 아는 게 훨씬 더 낫지.”

“콜럼버스도 짐작을 했답니다.”

“안개가 너무 심하거나 나침반의 방위 표시를 볼 수 없을 때는 바람이 불어오는 방향을 알 수 없게 되지. 그러면 추산도 수정도 불가하게 되고 그때는 신탁을 가진 점쟁이보다도 지도를 가진 멍청이가 나은 법일세.”

“북풍 속에는 아직 안개도 없고 왜 잔뜩 경계해야 하는지 이유를 못 찾겠습니다.”

"배는 바다의 거미줄에 걸린 파리일세."

"지금은 파도나 바람이나 모두 좋은 상태입니다."

"물결 위에서 파르르 떨고 있는 검은 점들, 그것이 바로 바다 위 인간들의 모습일세."

"오늘 밤에는 아무 일도 일어나지 않을 겁니다."

"분간할 수 없는 일이 닥칠 수도 있지. 그럼 자네는 거기에서 벗어나려고 고역을 치를 수도 있어."

"지금까지는 모든 일이 순조롭습니다."

박사의 눈이 북동쪽으로 머물렀다. 선장은 계속 이야기했다.

"가스코뉴만에 도착하기만 한다면 제가 모든 것을 알아서 하겠습니다. 아! 거기는 제 집이나 매한가지입니다. 제가 잘 압니다. 거기는 자주 성을 내는 대양이긴 하지만 그곳의 수위나 해저변의 특색을 잘 알거든요. 산 시프리아노 앞 바다 밑은 개흙이고, 시사르케 앞은 조개껍질, 페냐스 갑 근처 바닥은 모래, 보우카우트 데 미미산에는 작은 자갈들이 깔려 있습니다. 저는 그 자갈들의 색깔까지 알고 있답니다."

박사가 더는 자신의 말을 듣고 있지 않다는 걸 깨닫고 선장이 이야기를 그쳤다. 박사는 북동쪽을 뚫어져라 바라보고 있었다. 얼음장처럼 차가운 그의 얼굴 위로 무엇인가 심상치 않은 기운이 스쳤다. 모든 두려움이 돌 가면 위에 떠올랐다.

"좋군그래!"

그의 입에서 한마디가 튀어나왔다. 부엉이처럼 동그랗게 된 그의 눈동자가 드넓은 공간 속 한 지점을 응시하면서 놀라움으로 더욱 커졌다.

그가 덧붙였다.

"당연한 일이야. 맡기지."

선장이 그를 물끄러미 바라보았다.

박사는 다른 누구에게 하는 말인지 자신에게 하는 말인지 모를 말을 덧붙였다.

"나는 찬성일세."

그런 뒤에 입을 다물고 자기가 보고 있던 것에 잔뜩 주의를 쏟으며 눈을 더욱 크게 떴다. 그리고 또다시 한마디를 했다.

"저것이 아주 멀리에서 오네. 하지만 자신이 하는 일을 잘 알고 있다네."

박사의 시선과 생각이 닿아 있던 곳은 해 지는 쪽의 정반대편이라 황혼의 거대한 반사광으로 인해 대낮처럼 밝았다. 매우 조그맣고 회색빛 안개 조각들로 둘러싸인 그 공간은 푸른빛이었는데, 하늘보다는 납의 빛깔에 더 가까운 푸른색을 띠었다.

이제는 더는 선장을 쳐다보지도 않고 바다를 향해 완전히 돌아선 박사가 집게손가락으로 그곳을 가리키며 말했다.

"선장, 저것이 보이는가?"

"뭘 말씀하시는 겁니까?"

"저기 저거."

"뭐가요?"

"저 멀리에."

"파란 거 말씀이십니까?"

"뭐라고 생각하는가?"

"하늘이네요."

"하늘로 가는 사람들한테는 그럴 테지. 다른 곳으로 가는 이들에게는 전혀 다른 것이라네."

그는 어둠 속에 고정된 시선으로 수수께끼 같은 자신의 말을 강조했다.

잠시 침묵이 흘렀다.

선장은 무리의 우두머리가 노인을 칭했던 두 가지를 머리에 떠올리며 자신에게 질문을 던졌다.

'한낱 미치광이에 불과할까? 아니면 현자일까?'

뼈마디가 드러나고 빳빳한 박사의 집게손가락은 수평선의 희미하고 푸른 구석을 가리킨 채 멈춰 있었다.

선장은 그 푸른 구석을 유심히 살펴보고 혼자 중얼거렸다.

"정말 하늘이 아니라 구름이야."

"파란 구름이 검은 구름보다 더 나쁜 법이지."

박사가 말했다.

"눈구름일세."

박사가 덧붙였다.

"라 뉘브 드 라 니에브."

선장은 바꾸어 말하면 이해가 더 잘 된다는 듯이 말했다.

"눈구름이 뭔지 아나?"

박사가 그에게 물었다.

"모릅니다."

"곧 알게 될걸세."

선장이 다시 수평선을 살펴보았다.

구름을 관찰하면서 선장은 낮게 중얼거렸다.

"한 달 동안의 광풍과 한 달 동안의 비, 기침하는 1월과 우는 2월, 그게 우리 아스투리아스 지방 사람들의 겨울이야. 우리 고장 비는 따뜻하고 산에만 눈이 내리지. 물론 눈사태는 조심해야 해! 눈사태는 막무가내거든. 그것은 짐승이야."

"그리고 물기둥은 괴물이라네."

박사가 대꾸했다. 박사가 잠시 침묵했다가 덧붙였다.

"저기 오네. 여러 바람이 동시에 일을 시작했군. 서쪽에서 부는 큰 바람 하나와 동쪽에서 부는 몹시 느린 바람 하나야."

"그것은 위선적입니다."

선장이 대답했다. 푸른 구름 덩어리가 점점 커지고 있었다.

"눈이 산에서 내려올 때 무섭다면, 북극에서 무너져 내려올 때는 어떨지를 한번 생각해 보게나."

박사가 선장의 말을 받았다. 박사의 눈은 흐릿했는데 수평선처럼 그의 얼굴에도 구름이 쌓이는 것 같았다.

그가 몽상에 잠긴 말투로 다시 중얼댔다.

"운명의 시간이 다가오는군. 저 높은 곳의 뜻이 살짝 열릴 거야."

선장은 자신에게 다시 질문을 던졌다.

'미치광이인가?'

그 순간 박사가 여전히 구름을 바라보며 그에게 물었다.

"선장, 영국 해협을 자주 항해해 봤나?"

"오늘이 처음입니다."

푸른 구름에 온통 정신을 빼앗긴 박사는 해면동물이 정해진 양의 물만 몸속에 간직할 수 있듯이 두려움 또한 그 정도밖에 가지고 있지 않은지라 선장의 대답에도 어깨를 움찔하는 것이 전부였다.

"어떻게 그럴 수 있는 건가?"

"박사님, 저는 평소에 아일랜드 항로로만 다닙니다. 폰타라비아를 출발해 블랙하버 혹은 섬 두 개로 이루어진 아킬까지 가곤 합니다. 때로는 웨일스 지방 끝에 있는 브레치풀트에도 갑니다. 그럴 때도 항상 실리 군도를 지나 항해하기 때문에 이 바다에 대해서 전혀 모릅니다."

"심각하군. 바다를 더듬더듬 읽는 사람은 불운을 피할 수 없지! 영국 해협은 유창하게 읽어야 할 바다라네. 영국 해협은 스핑크스야. 특히 그 밑바닥을 조심해야 하네."

"우리가 있는 이곳 수심이 25브라스입니다."

"55브라스 정도가 되는 서쪽 지점에 이르러야 하고 동쪽의 20브라스 지점은 피해야 해."

"도중에 수심을 잴 겁니다."

"영국 해협은 여느 바다와는 다르다네. 한사리 때는 조수가 50피에나 높아지고 조금일 때도 25피에가 될 지경이지. 이곳에서는 썰물이라 해도 그것이 간조가 아닐세. 아! 자네 정말 당황했나보군."

"오늘 밤에 수심을 재겠습니다."

"수심을 측정하려면 배가 서야 하는데, 그건 불가능할 거야."

"왜 그런가요?"

"바람 때문이지."

"그래도 해 보겠습니다."

"질풍은 옆구리를 파고드는 칼과 같지."

"그래도 측정하겠습니다, 박사님."

"배를 측면으로 돌려 멈추기도 힘들 거야."

"젠장!"

"말조심하게. 자극하는 이름은 가볍게 꺼내지도 말게."

"박사님께 장담하는데 제가 꼭 잴 겁니다."

"겸손하라니까. 조금만 있으면 바람이 자네의 따귀를 때릴 거야."

"그래도 측정을 해 볼 겁니다."

"물이 주는 충격이 추가 내려갈 수 없게 만들 거야. 아예 줄을 끊어 버릴걸세. 아! 이곳이 처음이라니!"

"처음이에요."

"좋아, 그러면 내 말 잘 듣게, 선장!"

잘 들으라는 말의 억양이 얼마나 강압적이었는지 선장은 허리까지 굽실거렸다.

"박사님, 말씀하시지요."

"아딧줄을 당겨서 침로를 좌현으로 돌리고, 우현 쪽 돛을 팽팽하게 당겨야 하네."

"그게 무슨 말입니까?"

"뱃머리를 서쪽으로 돌리란 말일세."

"제기랄! 빌어먹을!"

"뱃머리를 서쪽으로 돌려!"

"그렇게는 안 됩니다."

"자네 뜻대로 하시게. 내가 이러는 건 다른 사람들을 위해서라네. 나는 괜찮아."

"하지만 박사님, 뱃머리를 서쪽으로 돌리면……."

"그래, 선장."

"그건 바람을 거스르게 됩니다."

"맞아, 선장."

"마귀가 키질*하는 것처럼 불어닥칠 것입니다."

"말조심하라니까. 그렇다네, 선장."

"배를 고문용 목마 위에 올려놓는 신세가 될 겁니다."

"그렇지, 선장."

"아마 돛대가 부러질 것입니다!"

"그럴지도 몰라."

"서쪽으로 뱃머리를 돌려야겠습니까?"

"그렇다니까."

"못하겠습니다."

"그럼 자네 뜻대로 바다와 한바탕 싸워 보게."

"바람 방향이 바뀔 겁니다."

"밤새도록 바뀌지 않을 거야."

"왜요?"

"이건 길이가 1만 2,000리나 되는 긴 바람이거든."

"그런 바람을 거슬러 항해한다는 건 불가능해요."

"거듭 말하네만 뱃머리를 서쪽으로 돌려야 하네."

"해 보겠습니다. 하지만 무슨 짓을 해도 항로 이탈을 하고 말

---

* 배가 앞뒤로 요동하는 현상을 뜻한다.

겁니다."

"그게 위험한 거지."

"삭풍이 우리를 동쪽으로 내몰 겁니다."

"동쪽으로 가지 말게."

"왜 그렇습니까?"

"선장, 오늘 우리에게 딱 맞는 죽음의 이름이 뭔지 아나?"

"모릅니다."

"죽음의 이름은 바로 동쪽이지."

"배를 서쪽으로 몰도록 하겠습니다."

박사가 이번에는 선장을 쳐다보았다. 마치 뇌수에 생각 하나를 깊숙이 밀어 넣으려는 듯 지그시 누르는 시선으로 바라보았다. 그가 선장을 향해 완전히 돌아서서 한 음절씩 천천히 말했다.

"만약 오늘 밤 우리가 바다 한가운데에 도착했을 때 종소리가 들려온다면 이 배는 끝장일세."

선장은 어이가 없다는 표정으로 박사를 물끄러미 보았다.

"그게 무슨 말씀이십니까?"

박사는 대답하지 않았다. 잠시 밖을 향했던 그의 시선이 이제 다시 내면으로 들어가 멍해졌다. 그는 놀란 선장의 질문을 못 들은 것 같았다. 오직 자기 내면에서 들려오는 소리에만 집중하고 있었다. 그의 입술이 기계적으로 몇 마디를 중얼거리는 것처럼 흘려보냈다.

“어두운 영혼들이 자신을 정화할 순간이 왔도다!”

선장은 화가 난 얼굴로 입술을 삐죽거렸다.

“현자가 아니라 미치광이로군!”

그렇게 중얼거리며 멀어져 갔지만 뱃머리는 서쪽으로 돌렸다. 바람과 바다는 점점 더 거칠어지고 있었다.

5. 하드콰논

다양한 팽창이 안개의 형태를 흉측하게 만들고 있었다. 보이지 않는 입들이 폭풍 주머니들을 열심히 불기라도 하는 것처럼 수평선 모든 지점에서 한꺼번에 부풀어 오르고 있었다. 구름 덩어리가 변하는 모습이 걱정스러울 지경이었다.

하늘은 온통 푸른 구름투성이였다. 그것들이 이제는 동쪽만큼 서쪽에도 있었다. 구름은 바람을 거슬러 나아가고 있었다. 그런 모순도 바람의 속성이다.

조금 전까지 비늘로 덮여 있던 바다가 이제는 가죽을 뒤집어써서 용이 되었다. 더는 악어가 아닌 보아였다. 더럽고 두꺼운 그 가죽은 납빛인 데다가 주름이 졌다. 표면에서는 농포 같은 파도 거품이 여기저기 흩어져 구르다가 터졌다. 거품은 나병과 비슷했다.

버려진 아이가 신호등을 밝힌 우르카를 본 것이 바로 그때였다.

15분이 흘렀다.

선장은 갑판 위로 눈을 돌려 박사를 찾았지만 박사는 더는 그곳에 없었다. 선장이 떠나자마자 그는 불편하고 기다란 몸뚱이를 구부려 뚜껑 문을 열고 선실로 들어가 버렸다. 그러고는 화덕 옆 나무판 위에 걸터앉아 호주머니에서 오돌토돌한 가죽으로 만든 잉크병과 코르도바산 가죽으로 만든 지갑을 꺼냈다. 그러고 나서 지갑에서 낡고 얼룩졌으며 노랗게 찌들어 네 조각으로 접힌 양피지를 꺼냈다. 잉크병 케이스에서 펜을 들어 지갑을 무릎 위에 펼치고 그 위에 양피지를 펴 놓았다. 그리고 요리사를 비춰 주던 등불에 의지해, 양피지 뒷면에 뭔가를 쓰기 시작했다. 파도가 요동을 쳐 그를 방해했다. 박사는 오랫동안 글을 썼다.

글을 쓰면서도 박사는 프로방스 출신 남자가 푸체로에 고추 하나씩을 넣을 때마다 간을 보듯 홀짝거리던 아구아르디엔테가 담긴 호리병을 눈여겨보았다.

박사가 호리병을 유심히 바라본 것은, 그 속에 있던 술보다는 호리병 버들 테두리 안 흰 골풀 가운데에 붉은 골풀로 엮어서 써 놓은 이름 때문이었다. 선실 안이 밝아서 그 이름이 보였다.

박사는 쓰던 것을 멈추고 작은 소리로 그 이름을 읽었다.

"하드콰논."

그는 요리사에게 말을 걸었다.

"그동안은 이 병을 유심히 보지 않았는데 그게 하드콰논의 것이오?"

"우리의 가여운 친구 말씀이십니까? 그렇습니다."

"플랑드르의 하드콰논?"

"예."

"감옥에 있는 사람 말이오?"

"예."

"샤탐의 탑에 갇혔다지?"

"그의 호리병입니다."

요리사가 대답했다.

"그는 내 친구였답니다. 기억하려고 간직하고 있는 겁니다. 언제 우리가 그를 다시 볼 수 있을까요? 맞아요, 그의 호리병이랍니다."

박사는 다시 펜을 들고 양피지에 구불구불 힘겹게 써 내려갔다. 자신이 쓰는 것을 잘 알아보게 하려고 신경을 쓰고 있는 것 같았다. 요동치는 배와 고령으로 인한 손 떨림을 이겨 내고 그는 자신이 기록하려 하던 것을 완성했다.

박사는 제때에 마쳤다. 그가 일을 끝내자마자 갑자기 바다가 요동을 쳤다. 맹렬한 파도가 우르카를 덮쳤고 보통 배들이 폭풍을 만났을 때처럼 무시무시한 춤을 추기 시작했다. 박사는 자리에서 일어나 무릎을 이용해 중심을 잡으면서 거대한 요동을 헤치고 화덕 가까이에 다가가 방금 쓴 글을 정성껏 말린 뒤 지갑 속에 양피지를 집어넣고 지갑과 잉크병을 챙겨 주머니에 넣었다. 화덕은 우르카의 내부 비품 중 다른 어느 것보다 기발했다. 아주 훌륭하게 분리되어 있었지만 솥이 흔들거렸다. 프로방스 사내가 솥을 지켜보았다.

"생선 수프예요."

"생선들이 먹겠군."

박사가 대꾸하고는 갑판으로 돌아갔다.

6. 그들은 도움을 믿는다

점점 더 걱정이 커지자 박사는 일종의 상황 점검을 시작했다. 누군가 그의 곁에 있었다면 그가 하는 말을 들을 수 있었을 것이다.

"옆질은 심하지만 키질은 충분하지 않군."

그리고 어두운 일을 생각하게 된 박사는 광산 안에 있는 광부처럼 자신의 생각 속으로 빠져들었다.

그 생각은 바다에 대한 관찰을 하게 만들었다. 관찰된 바다는 하나의 꿈이다.

영원히 요동치는 물의 어두운 형벌이 시작되려고 하는 참이었다. 파도마다 비탄의 소리가 흘러나왔다. 아직은 희미하지만 슬픈 준비가 무한의 공간에서 진행되고 있었다. 박사는 그의 눈앞에서 펼쳐지는 것을 주시하며 어느 것 하나도 놓치지 않았다. 지옥은 명상 따위는 하지 않는 법이라 그의 시선에도 명상 같은 것은 전혀 없었다.

아직은 반쯤 잠재적이지만 망망대해의 조금씩 일렁이는 수면은 바람과 안개와 파도를 점점 더 강하고 심각한 상황으로 만들고 있었다. 바다처럼 논리적인 것도 없고 바다처럼 비논리적인 것도 없다. 그런 자신의 분산은 자기 존엄성에 있으며 그것이 또한 자신의 풍족함을 구성하는 요인이 된다. 파도는 찬성하고 반대하기를 끊임없이 반복했다. 매듭을 짓다가 풀어 버린다. 파도 한쪽 경사면이 공격을 하면 다른 쪽 경사면은 해방을 시키는 식이다. 이보다 더한 환영은 없다. 번갈아 이어지며 현실 같지 않은 일렁임, 골짜기, 그물침대, 튼튼한 말의 가슴팍이 무너지는 모습, 희미한 윤곽 그런 것들을 묘사하는 것은 쉽지 않다. 표현하기 어려운 그것은 모든 곳에, 찢김, 찌푸림, 불안, 끊이지 않는 배신, 모호함, 구름으로 만든 매달이나 항상 망가진 채 있는 궁창 받침대, 공백이나 중단 따위는 모르는 풍화 작용 그리고 그 모든 정신 착란이 만들어 내는 소음 속에 있다.

북쪽에서 바람이 자신이 왔음을 알렸다. 바람이 몹시 거칠어 잉글랜드에서 멀어지는 데 굉장히 호의적이고 유익했기 때문에 마투티나 호 선장은 배의 돛을 몽땅 펴기로 결심했다. 우르카는 포말 속에서 모든 돛을 활짝 펴고 이 물결에서 저 물결로 미친 것 같은 모습으로 즐거운 듯 겅중겅중 달려 탈출하고 있었다. 도망자들도 신이 나서 크게 웃어 댔다. 손뼉을 치면서 거대한 파도와 물결, 바람, 돛, 속도, 도망, 알 수 없는 미래에 박수를 보냈다. 박사는 그들이 안 보이는 것처럼 깊은 생각에 잠겼다.

낮의 흔적은 모두 사라져 버렸다. 멀리 절벽 위에서 바라보던 아이의 시선에서 우르카가 사라졌다. 그때까지 아이의 눈은 우르카에 고정이 되어 선박에 의지하는 것이나 다름없었다. 그 시선은 운명에서 무슨 역할을 했을까? 거리가 멀어 우르카가 지워지고 더는 아무것도 안 보이자 아이는 북쪽으로, 우르카는 남쪽으로 떠났다.

7. 신성한 공포

우르카에 실려 가고 있던 사람들은 환희와 명랑함 속에서 차츰 뒤쪽으로 멀어져 작아지는 적대적인 땅을 바라보고 있었다.

포틀랜드와 퍼벡, 티네함, 킴메리지, 매트레버스, 긴 띠 모양의 안개 낀 절벽, 등대가 점점이 박혀 있는 해안 등이 황혼 속에 작아지면서 대양의 검고 동그란 모양이 조금씩 형태를 잡아 갔다.

드디어 영국이 완전히 없어지고 이제 도망자들 주위는 온통 바다였다.

갑자기 밤이 공포감을 불러왔다.

더는 면적이나 공간 개념이 없었다. 어두운 하늘이 배를 움켜쥐었다. 눈이 천천히 내리기 시작했다. 커다란 눈송이 몇 개가 마치 영혼들처럼 보였다.

바람의 장(場)에서는 이제 아무것도 보이지 않았다. 모두들 바다 한가운데 던져진 것 같은 느낌에 사로잡혔다. 무슨 일이 닥칠지 모르는 덫이었다. 북극의 사이클론은 그러한 동굴 속 어둠으로 시작된다.

히드라 아래에 있는 것처럼 거대하고 뿌연 구름 덩어리가 대양을 짓누르고 군데군데 그 창백한 복부가 파도와 맞닿아 있었다. 몇몇은 터진 주머니 같았는데 그것이 바다에 펌프질을 해서 자신이 가지고 있던 안개를 내보내고 물로 자신을 채우고 있었다. 그러한 빨아들이기 때문에 물결 위 여기저기에서 포말 원추가 불쑥불쑥 솟아올랐다. 북풍이 우르카에게 달려들었고 우르카는 그 속으로 달려갔다. 광풍과 배가 앞다퉈 다가가 서로를 모욕하는 모양새였다. 그처럼 미치광이 같은 첫 만남이 이루어지는 동안, 돛 한 폭도 줄이지 않았고, 이물의 삼각돛을 하나도 내리지 않았으며, 축범부도 전혀 건드리지 않았다. 탈출이라는 것은 그토록 광증이 따라다닌다. 돛대는 마치 겁을 먹은 것처럼 뒤로 휘어지며 우지끈거렸다.

북반구에서는 사이클론이 왼쪽에서 오른쪽으로, 즉 시곗바늘과 같은 방향으로 움직이는데 이동 속도가 때로는 시속 95킬로미터 정도에 이른다. 비록 난폭하게 도는 발작 증세 속에 있었지만 우르카는 마치 조용한 반원 속에 있는 것처럼 굴었다. 파도를 정면으로 받으면서 뒤에서 비스듬히 전해지는 충격을 피하려고 우현으로 강풍을 받아들이고, 뱃머리를 바람 쪽을 향하도록 하는 게 고작이었다. 하지만 이런 어설픈 조치는 풍향이 갑자기 바뀌면 아무 도움도 주지 못할 것이다. 인간이 접근할 수 없는 깊은 곳에서는 신비한 소리가 들려왔다.

심연의 울부짖음에 견줄 만한 것은 없다. 그것은 이 세계의 짐승 같은 광포한 음성이다. 우리가 질료라고 부르는 것, 도저히 그 신비를 밝힐 수 없는 유기체, 때로는 전율의 소이연(所以然)이 되는 미세한 의도가 그 속에서 감지되는 무한한 에너지들의 혼합물, 눈먼 밤의 코스모스, 이해할 수 없는 물체의 일면은 그만의 울부짖음을 가지고 있는데 기이하고, 길게 이어지며 집요하고 지속적이고, 언어보다 덜하고 천둥보다 더하다. 그 울부짖음이 바로 폭풍이다. 노래나 멜로디, 아우성, 말소리 같은 다른 음성은 둥지나 가족, 짝짓기, 결혼, 집 같은 곳에서 나온다. 하지만 폭풍은 전부이면서 아무것도 아닌 소용돌이였다. 다른 음성은 세계의 영혼을 표현하지만, 폭풍은 괴물을 표현한다. 폭풍은 형태가 없으며 으르렁거린다. 규정되지 않은 것이 쏟아 놓은 분명하지 않은 발음이다. 비장하고 무시무시하다. 그것의 몽몽한 소음은 인간을 넘어서 인간 이상과 대화한다. 그 소음은 스스로 높아지거나 낮아지고 일렁거리고, 물결치고 영혼에게 뜻밖에 사나운 짓을 저지르기도 하는데 우리 귀 가까이에서 브라스 밴드처럼 터지며 귀찮게 굴다가 목쉰 것처럼 멀리서 들려오는 소리를 내기도 한다. 언어를 닮은 어지러운 소리, 아니 그것은 정말 하나의 언어이다. 그것은 세상이 말하게 하려는 노력이고 비범함의 말더듬이다. 캄캄하고 거대한 꿈틀거림이, 견디고 용서하고, 받아들이고, 거부하는 모든 것이, 강보 속 아기 울음소리 같은 그 소음 속에서 자신을 보여 준다. 보통 그것은 헛소리를 한다. 만성적인 병과 흡사하다. 그리고 동원된 힘이 아니라, 굳이 솟아났다가 흩어진 간질이다. 간질 발작을 보는 것 같다. 이따금씩 질료가 자신의 권리를 요구하는 것이 슬쩍 보이기도 하는데 어떤 생각이 창조의 세계를 다시 혼돈의 세계로 만드는지도 모른다. 때때로 그 소음은 불평으로 광활한 공간이 탄식하며 자신의 무죄를 입증한다. 세계의 입장을 변호하는 소리와 비슷하다. 우리는 우주가 소송이라고 생각한다.

우리는 주장들과 찬반 의견에 대해 귀 기울여 듣고 사실 여부를 파악하려고 노력한다. 어떤 망령의 탄식은 삼단논법에 집착하기도 한다. 사고를 위한 혼란이다. 그것 때문에 신화와 다신교가 존재한다. 거대한 웅얼거림이 가져오는 공포 말고도 제법 선명한 에우메니데스, 구름 속에 그려진 푸리아의 젖가슴, 거의 확인된 플루톤의 키메라 등 언뜻 보이다 사라지는 초인적인 윤곽들도 있다. 어떤 공포도 그 흐느낌과 웃음소리, 그 날렵한 소음, 그 이해할 수 없는 질문과 답변들, 그 미지의 보조자들을 부르는 소리 등에는 견주기 어렵다. 그 무시무시한 주문 앞에서 인간이 어떻게 될 것인지 알 방도가 없다. 그 준엄한 억양의 수수께끼 밑에서 인간은 한없이 작아질 수밖에 없다. 어떤 암시가 존재할까? 그 주문들은 무슨 뜻일까? 그것들은 누구를 위협하는 것일까? 어떤 이에게 하소연하는 걸까? 낭떠러지로부터 낭떠러지로, 대기로부터 물로, 바람에서 파도로, 비에서 바위로, 천정점에서 천저로, 별들에서 물거품으로 쏟아지는 고함, 심연의 부리망이 대혼란이다. 꺼림칙한 마음과의 이유를 알 수 없는 신비한 다툼으로 소동은 더욱 복잡해진다.

수다가 밤의 침묵보다 덜 음산하지는 않다. 밤의 수다에서는 잊힌 자의 노여움이 느껴진다.

밤은 하나의 존재이며 밤과 암흑은 구별해야 한다.

밤 속에는 절대가 있으나, 암흑 속에는 다양성이 있다. 문법

논리는 암흑에게 단수(單數)를 인정하지 않는다. 밤은 하나이며 암흑은 여럿이다.

밤의 신비를 간직한 안개는 그 자체가 산만하고 덧없으며 무너짐과 불길함을 가진다. 그 속에서는 더는 육지를 느끼지 못하고 다른 현실만을 느낀다. 무한하고 규정할 수 없는 어둠 속에는 살아 있는 무엇, 혹은 누군가가 있다. 하지만 살아 있는 것은 우리 죽음의 일부이다. 우리가 이 지상에서 삶의 여정이 끝날 때, 그러한 어둠이 우리에게 빛이 될 때, 우리의 삶 저 너머에 있는 생명이 우리를 가져갈 것이다. 그때를 기다리며 생명은 우리를 더듬는 것 같다. 어둠은 압박이다. 밤은 우리의 영혼에 대한 일종의 지배다. 어떨 때는 묘석 뒤에 있는 무언가가 우리를 잠식하는 것을 느낀다.

그런 미지의 존재가 우리와 가까이 있다는 사실이 생생하게 느껴지는 때는 바로 바다의 폭풍 속에 있을 때이다. 그 속에서는 공포가 기이함을 먹이로 삼아 더욱 커진다. 인간 활동을 중단시킬 수 있는 제우스는 자신의 마음에 들도록 사건을 만들기 위해 변화무쌍한 질료, 일관성 없는 사건, 그지없는 무질서, 편견 없는 확산력 같은 것을 마음대로 사용한다. 폭풍이라는 신비는 매 순간 우리가 알 수 없는 의지의 변화를 표면적이건 혹은 실질적이건 간에 받아들이고 실행한다.

시인들은 그것을 파도의 변덕이라 불렀지만 그러나 변덕은 존재하지 않는다. 우리는 자연에서 뜻하지 않은 일들이 일어날 때 그것을 변덕이라 부르고, 운명에서 일어날 때는 우연이라고 부르지만 그것은 모두 우리가 희미하게 포착할 수 있는 법칙의 일부이다.

8. 닉스와 녹스

눈 폭풍은 검정색이라는 특징을 갖고 있다. 일반 폭풍우 속에서는 땅과 바다가 어둡고 하늘이 하얗게 변하지만 눈 폭풍은 자연의 일상적 모습이 정반대로 뒤바뀌어 하늘이 까맣게 되고 바다가 하얗게 된다. 아래에는 포말 위에는 암흑, 수평선에는 연기로 담이 쌓이고, 하늘에는 검은 크레이프 천장이 만들어진다. 눈 폭풍은 장의용 검은 장막을 드리운 교회당과 모습이 비슷하지만 조명등은 하나도 없다. 파도 위에 성 엘모의 불도 없고, 불꽃도 인(燐)도 없이 그저 광막한 어둠뿐이다. 북극의 사이클론과 적도의 사이클론의 다른 점은 하나는 모든 빛을 밝히고 다른 하나는 그것들을 모두 꺼 버린다는 것이다. 세상은 갑작스럽게 지하의 천장으로 변한다. 그런 어둠 속에서 창백한 반점들이 하늘과 바다 사이에서 머뭇거리며 먼지처럼 떨어진다. 반점인 눈송이는 미끄러지고, 방황하며 둥둥 떠다니기도 한다.

그것들은 하얀 수의를 입은 유령의 눈물과 비슷하고, 그 눈물들이 다시 생명을 얻어 움직일 것만 같다. 그렇게 씨를 뿌리는 중에 미치광이 같은 삭풍이 끼어든다. 하얗게 변하는 칠흑 덩어리, 어둠 속 미치광이, 무덤이 될 수 있는 야단법석인 혼란, 영구대(靈柩臺) 아래 태풍, 그런 것이 바다의 눈 폭풍이다.

그 아래에서 깊이를 알 수 없는 미지의 대양이 떨고 있다.

전기를 일으키는 북극의 바람 속에서는 눈송이가 바로 우박이 된다. 세상은 탄환들로 가득 채워지고 물은 산탄 세례를 받고 톡톡 튄다.

천둥은 없다. 북극의 폭풍과 함께 오는 번개는 조용하다. 가끔 사람들이 고양이를 가리키며 “놈이 맹세를 하는군”이라고 하는 말을 번개에 대해서도 할 수 있을 것이다. 그 번개는 반쯤 아가리를 벌린 짐승의 냉혹한 주둥이의 위협이다. 눈 폭풍은 눈먼 벙어리 폭풍이다. 그것이 지나간 다음에 배들은 눈이 멀고 선원들은 벙어리가 되는 경우가 허다하다.

그 구렁텅이에서 빠져나오는 일은 쉽지 않다.

하지만 난파를 절대로 피할 수 없다고 하는 것은 잘못이다. 디스코와 발레신의 덴마크 어부들이나 검은 고래를 찾아 나섰던 사람들, 구리 광산에서 발원한 강의 하구를 확인하기 위해 베링 해협 쪽으로 갔던 헌, 허드슨, 매켄지, 밴쿠버, 로스, 뒤몽 뒤르빌 등은 북극에서 가장 사나운 눈 폭풍을 만났지만 이겨

내고 무사히 탈출했다.

우르카가 모든 돛을 활짝 펴고 호기롭게 들어선 곳은 그런 눈 폭풍 한가운데였다. 광란 대 광란인 것이다.

몽고메리가 루앙을 탈출하며 전속력으로 전함을 몰아 부이유 인근 센강에 매어 놓은 쇠사슬에 처박았을 때도 그런 광기에 힘입었을 것이다. 마투티나 호는 계속 달렸다. 항해 중 선체가 잔뜩 기울어져 가끔씩 수면과의 각이 15도에 불과해 아슬아슬할 때도 있었지만 불룩한 용골은 끈끈이에 붙은 것처럼 파도에 찰싹 들러붙어 있었다. 폭풍이 떼어 내려 애썼지만 용골은 잘 버텼다. 초롱불이 앞을 밝혔다. 바람 가득한 구름이 자신의 종처를 대양 위로 끌고 다니며 우르카 주변 바다를 좁히면서 조금씩 갉아먹고 있었다. 갈매기 한 마리, 심지어 절벽의 제비 한 마리도 없었다. 눈 말고는 아무것도 없었다. 물결들의 투기장은 작고 무시무시했는데 거대한 물결 서너 개만이 밀려들 뿐이었다.

가끔씩 하늘과 수평선이 어둡게 겹쳐진 곳 뒤에서 커다란 구릿빛 번개가 나타났다. 새빨갛고 넓게 퍼진 번개는 먹구름의 끔찍함을 드러내 주었다. 그렇게 심연 위로 갑작스러운 조명이 비추자 그 위로 잠깐 구름들의 모습과 천상의 대혼란이 멀리 떨어져 가는 모습이 선명히 드러났고 심연이 한눈에 들어왔다. 그 깊은 불 위에서 눈송이는 검게 변해 갔다. 그 때문에 용광로 속에서 날아다니는 검은 나비처럼 보였다. 그리고 모든 것이 한꺼번에 꺼졌다.

그와 같은 첫 번째 폭발이 끝나자 질풍은 여전히 우르카를 급히 몰아대면서 끊임없이 낮은 소리로 울부짖기 시작했다. 그것은 으르렁거리기 단계였고 두려워해야 할 소리의 감소였다. 폭풍의 독백처럼 불안한 것은 없다. 그 음울한 서창부는 서로 싸우던 신비한 힘들이 잠시 싸움을 멈추는 시간과 비슷했으며 미지의 감시자가 엿보고 있다는 표시이기도 하다.

우르카는 미친 듯 계속 질주했다. 주 돛 두 개가 특히 엄청난 기능을 발휘했다. 하늘과 바다는 먹물 같았는데, 게거품 같은 포말이 돛대보다 더 높이 뛰어올랐다. 그때마다 물 보따리들이 홍수라도 난 것처럼 갑판 위를 굴렀다. 그리하여 배가 좌우로 흔들릴 때마다 좌현과 우현의 밧줄 구멍은 모두 거품을 바다로 쏟아 내려고 입을 벌린 것처럼 보였다. 여인들은 모두 선실로 대피했고 사내들은 갑판 위에 머물러 있었다. 눈이 회오리 같아서 앞을 볼 수 없었다. 거대한 파도가 토해 내는 거품이 회오리에 가세했다. 모든 것이 미친 듯 격렬했다.

그 순간, 선미 늑골재 위에 서 있던 선장이 한 손으로는 돛대 버팀줄을 잡고 다른 한 손으로 머리에 둘렀던 천 조각을 풀러 신호등 불빛 아래에서 의기양양하게 흔들어 대며 만족한 얼굴로 헝클어진 머리를 하고 어둠에 취한 듯 고함을 질렀다.

"자유다!"

"자유다! 자유다! 자유다!"

도망자들이 계속 외쳤다. 그런 다음 무리가 모두 선구를 잡고 갑판에서 일어섰다.

"만세!"

우두머리가 소리치자 모두들 폭풍 속에서 외쳤다.

"만세!"

함성이 질풍 속으로 잦아들었을 때 엄숙한 목소리가 배 반대쪽에서 들려왔다.

"조용히들 하시오!"

모두들 고개를 돌렸다.

그들은 박사의 목소리를 알아차렸다. 박사는 짙은 어둠 속에서 돛대에 등을 기대 서 있었는데 너무 여위어서 어떤 게 돛대인지 분간이 안 될 지경이었다. 모습은 선명히 보이지 않았는데 목소리가 다시 들려왔다.

"잘 들으시오!"

모두들 잠잠해졌다.

그때 암흑 속에서 종소리가 분명하게 들려왔다.

9. 격노한 바다에 맡기다

키를 잡고 있던 선장이 웃음을 터뜨렸다.

"종소리라! 잘됐군. 우리는 좌현 쪽으로 밀리고 있는데 이 종소리는 무슨 뜻이겠소? 우현 쪽에 육지가 있다는 뜻이군."

단호하고 느린 목소리로 박사가 대꾸했다.

"우현에는 육지가 없소."

"틀림없다니까요!"

선장이 소리쳤다.

"없소."

"종소리는 육지에서 들려오는 겁니다."

"바다에서 들려오는 거라네."

자신만만하던 사람들 사이로 오싹한 전율이 흘렀다. 놀라고 짜증 난 것 같은 두 여인의 얼굴이 유령처럼 선실의 네모진 뚜껑 사이로 나타났다. 박사가 한 걸음 내딛자 그의 길쭉한 몸이 돛대에서 분리되었다. 어둠 속에서 종소리가 선명하게 들려왔고 박사는 다시 이야기를 했다.

"포틀랜드와 영국 해협의 군도 중간 바다 한가운데에 경고용 부표가 하나 떠 있소. 그 부표는 수심이 얕은 해저 바닥에 쇠사슬로 묶여 수면에 보일 듯 말 듯 떠 있소. 부표 위에 철제 사각대가 설치되어 있고 거기에 종을 하나 비스듬히 걸어 놓았지.

날씨가 험할 때 파도가 치면서 부표를 흔들면 종이 울리는 거라오. 바로 지금 당신들이 듣고 있는 저 종소리지."

박사는 바람이 더 불어 종소리가 바람 소리보다 더 커지기를 기다렸다가 다시 말을 이었다.

"북서풍이 불 때 폭풍 속에서 저 종소리를 들었다는 건 살아날 가망이 없다는 뜻이오. 왜냐고 묻고 싶소? 종소리가 들리는 것은 바람에 실려 오기 때문이오. 헌데 바람은 서쪽에서 불고 오리니 암초는 동쪽에 있소. 당신들이 종소리를 들을 수 있는 건 우리가 부표와 암초 사이에 있기 때문이지. 바람이 배를 암초 쪽으로 밀고 있는 중이오. 당신들은 부표가 금지하는 구역에 와 있는 거요. 만약 옳은 곳에 있었다면 넓은 난바다의 안전한 항로로 들어섰을 테고, 지금 저 종소리는 들리지 않았을 테지. 바람이 저 소리를 실어다 주지 못하기 때문이오. 만약 부표 곁을 지난다 해도 부표가 있다는 것조차 알지 못할 것이오. 우리는 항로에서 벗어났소. 저 종소리는 난파를 알려 주는 신호라오. 자, 이제 대책을 찾아보시오!"

박사가 말하는 동안 조금 약해진 바람에 평온해진 종이 천천히 띄엄띄엄 울렸고 그 간헐적인 종소리가 노인의 말을 행동으로 보여 주는 것 같았다. 종말을 고하는 듯한 종소리였다.

모두들 숨죽이고 때로는 박사의 목소리에, 때로는 종소리에 귀를 기울였다.

10. 거대한 야생, 그것은 폭풍이다

선장은 메가폰을 손에 들었다.

"모두들 돛을 내리시오! 시트를 풀고 돛을 내리는 밧줄을 당기시오! 서쪽으로 키를 돌려라! 뱃머리를 종 있는 쪽으로 돌려! 넓은 바다가 바로 앞에 있소. 절망하지 맙시다!"

"해 보시오."

박사가 말했다.

일종의 해상 종각(鐘閣)인 그 소리 나는 부표는 1802년에 없어졌다는 사실을 말해 두기로 하자. 고령인 항해사들은 아직도 그 종소리를 기억하고 있는데 종소리가 보내는 경고를 들었지만 항상 조금 늦는다는 게 문제라고 했다.

선장의 명령은 바로 실행에 옮겨졌다. 랑그독 출신 남자가 세 번째 선원 역할을 맡았다. 모두들 거들어 돛을 돛대나 활대에 졸라매고 아예 말아 올렸다. 가로 돛 하단을 활대 중앙부로 끌어올리는 줄과, 가로 돛자락을 추켜올리는 줄, 돛 가장자리 밧줄 등 모든 줄을 꼼꼼하게 묶었다. 보조 장색(匠色)을 띠줄에 묶어, 가로로 당긴 돛대 고정 밧줄 역할을 하게 했다. 돛대에 덧나무를 붙이고 문짝에 못질을 했는데 이것은 배에 벽을 두르는 방법이었다. 새그물에 갇힌 듯한 어수선함 속에서도 작업은 정확하게 진행되었다. 우르카는 조난에 대비해서 간소하게 정리

되었지만 모든 걸 묶어 저항할 것이 없어지자 공기와 물의 혼란이 더욱 거세졌다. 파도의 높이가 거의 극지방의 그것과 같아졌다.

폭풍은 성질 급한 망나니처럼 배를 후려치기 시작했다. 눈 깜짝할 사이에 무시무시한 힘으로 찢어 댔다. 중간 돛들이 망가졌고, 외피판이 난도질을 당한 것처럼 뜯어졌고 아딧줄 고리는 뽑히고 돛대가 부러져 부서지고 찢어지는 소리가 파편처럼 날아다녔다. 굵은 밧줄도 견디지 못했는데 눈 폭풍 특유의 자력이 밧줄을 끊는 데 일조했다. 밧줄은 바람의 영향에 자기류의 영향을 받아 끊어졌다. 사슬들이 도르래에서 벗어나 더는 역할을 기대할 수 없었다. 선수 쪽 현측, 뒤쪽에서는 후반부 선측이 지나친 압력에 휘었다. 파도가 덮쳐 나침함과 나침반을 쓸어갔다. 다른 파도는 아스투리아스의 기이한 관습에 따라 선박용 크레인에 묶어 놓은 보트를 가져가 버렸다. 또 다른 파도는 제1 기움 돛대의 활대를 가져갔다. 그리고 다른 파도 하나가 달려들어 이물에 있던 마리아 조각상과 신호등을 휩쓸어 버려 키만 남았다.

없어진 신호등 대신 불이 잘 붙는 삼 부스러기와 역청으로 꽉 찬 횃불 하나를 이물에 걸어 놓았다. 바람에 펄럭이는 누더기, 밧줄, 도르래 장치, 활대 등을 삐죽삐죽 걸린 채 둘로 꺾여 버린 돛대가 갑판 위를 어지럽게 뒹굴었고 그것이 쓰러지면서 우현 쪽 현창을 부숴 버렸다.

선장이 키를 잡은 채 소리쳤다.

"키를 잡고 있으니 희망은 있어요. 빼대는 잘 버티고 있습니다. 도끼! 도끼를 잡아요! 돛을 바다로 처박아 버려요! 갑판을 치워요!"

선원과 승객들은 신들린 것처럼 최후의 싸움에 열성적으로 달려들었다. 도끼질 몇 번으로 돛대를 뱃전 위로 밀어 버리고 갑판이 드디어 깨끗해졌다. 그러자 선장이 다시 말했다.

"이제 돛을 올리는 줄을 이용해서 나를 키에 묶어요!"

사람들이 그를 묶는 동안 그는 웃음을 터뜨리며 바다를 향해 소리를 질렀다.

"울어라, 이 늙은이야! 울어 보라고! 나는 마치차코곶에서 더한 것도 봤어."

몸이 꽉 묶이자 그는 위험한 상황이 가져다주는 기이한 즐거움에 사로잡혀 두 손으로 키를 움켜잡고 다시 소리쳤다.

"친구들이여, 모든 것이 좋아요. 뷔글로즈의 성모 마리아 만세! 뱃머리를 서쪽으로!"

그 순간 배 측면에서 거대한 파도가 밀려와 고물을 때렸다. 폭풍이 불 때는 항상 파도가 호랑이처럼 덤비는데 그것은 때맞춰 나타나는 사납고 결정적인 파도로 한동안은 바다 위로 납작 엎드려 기어 다니다가 높이 뛰어올라 으르렁거리고 이를 갈며 조난당한 배를 덮쳐 갈가리 잘라 낸다. 포말이 마투티나 호의 고물 전체를 뒤덮었고 물과 어둠이 싸우는 가운데 뭔가 부서지는 소리가 들렸다. 포말이 사라지면서 배의 뒷부분이 다시 모습을 드러냈을 때 선장도 키도 찾아볼 수 없었다.

모든 것이 뽑혀 나가 키와 묶어 놓은 사람이 어수선한 폭풍의 혼란 속으로 사라져 버렸다. 무리의 우두머리가 어둠을 뚫어지게 바라보다가 소리쳤다.

"우리를 조롱하는 거냐?"

그 소리를 뒤이어 다른 고함이 터져 나왔다.

"닻을 내립시다. 선장을 구출해요!"

사람들이 캡스턴으로 달려가 닻을 내렸다. 이런 배들은 닻이 하나밖에 없었기 때문에 만약 닻을 내릴 경우 남는 닻이 없었다. 바닥은 거친 바위인 데다 짐승처럼 날뛰는 파도도 있었다. 밧줄이 한 가닥 머리카락 잘리듯 끊어졌다.

닻은 바다 밑바닥으로 가라앉았고 망원경을 들여다보고 있는 천사상만 남았다. 그 순간부터 우르카는 표류하는 잔해에 불과했다. 마투티나 호는 더는 손을 쓸 수 없는 운행 불능 상태가 되었다. 조금 전까지만 해도 날개를 단 것처럼 무섭게 내달리던 배가 수족조차 움직일 수 없는 불구 신세가 되었다. 멀쩡한 밧줄은 하나도 없었다. 마비되어 수동적으로 변한 배는 파도의 기괴한 격랑에 고분고분하게 복종했다. 단 몇 분 사이에 독수리가 앉은뱅이로 둔갑하는 것은 오직 바다에서만 볼 수 있는 일이다. 허공에서 점점 더 끔찍한 소리가 들렸다. 폭풍은 무시무시한 허파이다. 그것은 색깔이 없는 어두움을 계속해서 더 음산하게 만든다. 바다 한가운데에 있던 종은 사나운 손이 마구 흔들기라도 한 듯 절망적으로 울렸다.

마투티나 호는 파도가 변덕을 부리는 대로 이끌려 다녔다. 항해가 아니라 코르크 마개가 둥둥 떠다니는 것같이 표류했다. 자꾸만 죽은 물고기처럼 뒤집혀 수면에 복부를 보여 줄 것만 같았다. 그런 파멸로부터 배를 구해 준 것은 완벽하게 방수된 선체였다. 흘수선(吃水線) 아래 내현에 둘러친 널빤지 중 어느 것 하나도 압력 때문에 떨어지는 불상사는 없었다. 금도 틈새도 하나 생기지 않으니 단 한 방울의 물도 화물창 안으로 들어오지 않았다. 배수용 펌프는 고장이 나서 더는 사용이 불가능했기에 다행스러운 일이었다.

우르카는 불안한 파도 속에서 흉하게 춤을 추었다. 갑판은 토하려 하는 사람의 횡격막처럼 경련을 일으켰는데 조난자들을 토해 내려 애를 쓰고 있는 듯 보였다. 조난자들은 무기력해져 밧줄 끝 고정부, 판자, 가로장, 닻줄, 돛대 잡아매는 밧줄, 매듭처럼 불룩한 평판에 박힌 못이 손을 찢는 깨진 부분, 구부러진 늑골 보강재 등 비참하게 부서진 잔해물에 들러붙어 가끔 귀를 기울이곤 했다. 종소리가 점점 약해지고 있었는데 종소리 역시 임종을 맞고 있는 것처럼 간헐적으로 헐떡거리다가 잠시 뒤에는 그 헐떡거림마저 멈추었다. 그들이 있는 곳은 어디쯤이었을까? 부표에서 거리가 얼마나 떨어진 곳일까? 그들은 종소리로 겁을 먹었지만 막상 종이 침묵하니 또다시 극도의 공포 속으로 빠져들었다. 북서풍이 그들을 다시는 돌아올 수 없을지도 모르는 길로 몰아갔다. 그들은 다시 시작된 미친 듯한 입김 속에 자신들이 휩쓸려 들어간다는 것을 느꼈다. 떠돌아다니는 배는 암흑 속에서 질주하고 있었다. 앞을 보지 못하며 뛰는 것보다 더 끔찍한 일은 없다. 사방으로 낭떠러지가 있는 것 같았다. 더는 질주가 아닌 추락이었다.

갑자기 거대한 눈안개 속에서 붉은 기운이 드러났다.

"등대다!"

조난자들이 함성을 질렀다.

11. 캐스키츠 군도

그것은 정말 캐스키츠 군도의 등대였다.

19세기의 등대는 그 위에 아주 과학적인 조명 기계를 올려놓은 큰 석재 원추체이다. 특히 캐스키츠 군도 등대는 하얀색 삼중탑으로 되어 있으며, 세 개의 옥탑 조명실을 갖추고 있다. 세 조명실이 시계의 톱니바퀴 위에서 매우 정확하게 방향을 전환하고 회전하기 때문에 난바다에 있는 선박의 당직자는 등대를 관찰하며, 빛을 발하는 동안에는 갑판 위에서 열 걸음을, 빛이 가려지는 동안에는 스물다섯 걸음을 옮길 수 있다. 초점, 팔각 원통의 회전 운동을 중심으로 모든 것이 정확히 계산되어 만들어졌으며, 팔각 원통은 넓은 반사렌즈 여덟 개로 구성되었다. 1밀리미터 두께의 유리는 바람과 바닷물을 차단하는 역할을 했으며, 수학처럼 정확하게 맞물린 장치이다. 다만, 마치 거대한 불빛을 향해 날아드는 큰 자벌레나방처럼, 가끔씩 유리를 향해 날아드는 물수리 때문에 그것이 깨질 때도 있다. 그 기계 장치를 둘러싸고, 지탱하며, 고정시켜 주는 건물 역시 수학적이다. 그곳에서는 모든 것이 간소하고, 정확하고, 군더더기가 없고, 간명하고, 엄정하다.

17세기의 등대는 해변의 땅 위에 세운 일종의 장식용 깃털이었다. 등대 탑의 건축 양식은 화려할 뿐만 아니라 사치스러웠다. 그곳에는 발코니, 난간, 망루, 작은 방, 정자, 바람개비가 설치되었다. 보이는 것이라곤 장식용 괴인면(怪人面), 조각상, 덩굴무늬, 소용돌이꼴 귀퉁이 장식, 환조, 크고 작은 조각상, 글귀를 새겨 넣은 타원형 액자 모형들뿐이었다.

에디스톤 등대에 새겨진 글귀다. 그러나 그러한 평화 선언이 언제나 바다의 마음을 잠재우지는 못했음을 지나는 길에 지적해 두자. 윈스턴리는 플리머스 앞 지형이 험한 곳에 자비로 등대를 세우며 그러한 선언문을 새겼다. 등대 탑이 준공되고 나서 그는 탑 안에 들어가 그것이 폭풍을 잘 견뎌 내는지 직접 관찰하려고 했다. 폭풍이 밀려오더니 등대와 윈스턴리를 함께 휩쓸어 갔다. 게다가 지나치게 장식한 그 건축물은 화려하게 치장한 장군들이 전쟁터에서 적의 눈에 잘 띄듯이, 모든 방향에서 질풍에 실마리를 제공한다. 석조 장식품 이외에도 철과 구리와 나무로 만들어진 장식품이 있었다. 금속 장식품은 요철을 만들었고, 목조 장식품은 돌출부를 만들었다. 등대의 윤곽에는 어느 쪽에서 바라보아도, 온갖 종류의 연장이, 벽면의 아라베스크 문양에 들러붙은 채 불거져 나와 있었는데, 권양기, 도르래, 평형추, 사다리, 적재용 기중기, 인명 구조용 갈고리 등 유용한 물건과 쓸데없는 물건이 뒤섞여 있었다. 용마루 위 조명실 둘레에는, 섬세하게 다듬은 철물에 철제 등이 매달려 있고, 각 등에는 수지(樹脂)에 흠뻑 담가 두었던 밧줄 토막을 끼워 놓았다. 오래도록 타오르며, 어떤 바람에도 꺼지지 않는 심지였다. 그리고 등대는 위로부터 밑에 이르기까지 해양기, 길쭉한 작은 기, 네모꼴 기, 국기, 삼각기, 신호용 깃발 등으로 어수선했으며, 그것들이 이 깃대에서 저 깃대로, 한 층에서 그 위층으로, 모든 색깔과 형태와 가문(家紋)과 신호와 온갖 소란을 뒤섞으며, 등대의 조명실까지 올라가, 폭풍 속에서 그 횃불 둘레에 누더기들의 즐거운 소동을 일으키곤 했다. 심연 언저리에 있는 그러한 빛의 뻔뻔스러움은 도발과 유사했고, 또한 조난자들에게 호방한 기백을 불어넣어 주었다.

그러나 캐스키츠 군도의 등대는 그러한 유행과는 전혀 상관이 없었다. 그 시절에는, 앙리 1세가 블랑슈네프의 파선 이후 만들었던, 단순하고 유치한 등대밖에 없었다. 그것은 바위 꼭대기에 설치한 격자 철망 밑에서 타는 모닥불, 철책 속에서 이글이글 피어오르는 숯불, 혹은 머리채처럼 바람에 날리는 불길에 불과했다.

12세기 이후 그 등대에 보완한 것은 1610년에 만능 갈고리를 이용해서 대장간에서 사용하는 풀무를 화덕에 설치한 것뿐이었다.

그 시대에 뒤떨어진 등대에서 바닷새들이 당하는 사고는, 오늘날의 등대에서 일어나는 사고보다 더 비극적이었다. 불빛에 이끌려 급하게 날아온 새들이 등대로 뛰어들어 화덕 속으로 떨어지곤 했는데, 새들이 그 속에서 강동대는 게 보였다. 새들은 지옥에서 죽음을 맞이하는 검은 영혼들이었다. 또한 때로는, 이글거리는 화덕 밖으로 탈출해 바위 위로 다시 떨어지기도 했는데, 몸에서 연기가 피어오르고 절룩거리며 앞을 보지 못했기 때문에 이미 반쯤 타 버린 채 램프의 불꽃에서 탈출한 파리와 같았다. 모든 선구가 갖추어져 있어 조종이 가능하고, 또 선원의 뜻대로 움직일 수 있는 선박에게는 캐스키츠의 등대가 유용하다. 등대는 선박에게 소리친다.

"조심해!"

그렇게 등대는 암초가 있음을 알린다. 그러나 파손되어 망가져 버린 배는 등대가 오히려 두렵기만 하다. 마비되어 무기력해진 선체는 무심한 물결에 저항조차 못하고 바람의 압력에 속수무책일 수밖에 없어서 지느러미 없는 물고기처럼, 날개 없는 새처럼, 바람이 미는 대로만 갈 수 없다. 등대는 선체에 마지막으로 가야 할 장소를 보여 주고, 사라지는 곳을 알려 주며, 매장 작업을 밝혀 준다. 그것은 무덤의 횃불이다.

불을 밝혀서 냉혹한 구덩이를 보여 주고, 불가피한 것을 미리 알려 주는 것보다 더 비극적인 운명의 장난은 없다.

12. 암초와의 직면

마투티나 호의 불쌍한 조난자들은 그들에게 던져진 이 신비한 조롱을 즉시 깨달았다. 그들이 처음 등대를 발견했을 때는 고무되었지만, 곧 절망 속에 빠지고 말았다. 속수무책이었다.

아무것도 할 수 없었다. 왕에 대해 왈가왈부하며 이야기하는 것은 파도에 대해서도 마찬가지일 것이다. 우리가 왕의 백성이듯, 우리는 파도의 먹이다. 우리는 그들의 모든 폭정을 감수할 수밖에 없다. 북서풍이 배를 캐스키츠 군도 쪽으로 표류시키고 있었다. 모두 그쪽으로 가고 있었다. 거스를 방법은 아무것도 없이 암초 쪽으로 빠르게 밀려가고 있었다. 바다 밑바닥이 높아지고 있음을 느꼈다. 측심연을 용도에 맞게 투하할 수 있을 경우의 이야기지만, 그것으로 수심을 측정했다면 서너 브라스를 넘지 못했을 것이다. 조난자들은 해저 암석의 깊은 구멍으로 물결이 빨려 들어가는 둔탁한 소리에 귀를 기울였다. 그들은 등대 아래에 칼날 같은 두 화강암 사이로 자연이 만든 눈뜨고 볼 수 없는 작은 항구의 좁은 수로를 발견했다. 그곳에는 인간의 유해와 난파선의 잔여물이 가득했다. 항구 입구라기보다는 짐승이나 해적이 사용하는 동굴 입구 같았다. 그들은 높이 솟은 화덕에서 탁탁 튀는 소리를 내며 무언가가 타는 소리를 들었다. 험상궂은 붉은빛이 폭풍을 밝혀 주고 있었다. 화염과 싸락눈이 만나 안개에 파문을 일으키고 있었다. 검은 연기와 붉은 연기가 두 마리의 뱀처럼 맹렬히 싸우고 있었다. 화덕에서 튀어나온 숯덩이 하나가 바람에 날렸고, 그러자 갑작스러운 불꽃의 공격에 눈송이들이 도망을 치는 것처럼 보였다. 처음에 흐릿하게 보이던 암초가 이제 분명하게 모습을 드러냈다.

뾰족한 봉우리와 기타 돌기부 척추 등을 가진 바위의 퇴적물이었다. 암초의 각은 진홍빛의 힘찬 선으로 이루어졌고, 경사면은 불빛을 받아 핏빛으로 번들거리고 있었다. 암초에 다가갈수록 부풀어 올라 높아졌고, 소름 끼치게 했다.

그때 아일랜드 여인 한 명이 가지고 있던 로사리오의 묵주알을 하나하나 미친 듯이 손가락으로 당기고 있었다.

항해사였던 선장이 사라졌기 때문에 무리의 우두머리가 선장 역할을 했다. 바스크인들은 모두 산과 바다에 대해 잘 알고 있었다. 그들은 낭떠러지에서도 대담함을 보이며, 커다란 재앙 속에서도 뛰어난 창의력을 발휘한다.

암초에 점점 가까워졌고 곧 닿을 것 같았다. 순식간에 캐스키츠 군도의 북쪽 암석에 매우 가까이 이르러 암석이 등대를 가려 버렸다. 보이는 것은 이제 암석과 그 뒤에 어른거리는 불빛뿐이었다. 안개 속의 바위는 마치 불로 머리를 단장한 검고 거대한 여인 같았다.

사람들은 그 악명 높은 암석을 비블레라고 부른다. 그것은 남쪽에 있는 또 다른 암초인 에타크오기메보다 북쪽에 버티고 서 있다.

우두머리가 비블레를 바라보며 큰 소리로 물었다.

"밧줄을 저 암석에 묶어 줄 지원자가 필요합니다. 수영할 줄 아는 사람 있습니까?"

아무 대답이 없었다.

배에 탄 사람들 중에는 수영할 줄 아는 사람이 없었다. 선원들도 마찬가지였다. 바닷사람이라고 모두 수영을 잘하는 것은 아니다.

연결 부위가 거의 떨어진 뱃전판 하나가 흔들리고 있었다. 우두머리가 그것을 꽉 잡으며 말했다.

"나 좀 도와주십쇼."

뱃전판을 떼어 냈다. 그들은 그것으로 원하는 것을 할 수 있게 되었다. 뱃전판은 방어용에서 공격용으로 용도가 바뀌었다.

뱃전판은 떡갈나무 심으로 깎아 매우 튼튼했는데, 상당히 길어서 공격용 무기나 지지대로 사용할 수 있었다. 무거운 짐을 들 때는 지지대로, 방어 탑을 상대로 해서는 파괴용 대형 망치 용도로 사용할 수 있었다.

"준비!"

우두머리가 소리쳤다.

여섯 명의 남자가 돛대 밑에 힘주어 기대서서 뱃전판을 수평으로 들어 올려 그 끝을 뱃전 밖으로 내민 다음, 그것이 한 자루의 창처럼 암초의 엉덩이 부분을 향하게 했다.

이것은 위험한 시도였다. 암초를 떼민다는 것은, 그야말로 미련한 짓이다. 여섯 남자가 반사 충격을 받아 물속으로 내동댕이쳐질 수도 있었다.

폭풍과 싸울 때는 이렇게 뜻밖의 일이 많이 벌어진다. 질풍 다음에는 암초, 바람 다음에는 화강암, 때로는 잡을 수 없는 것 그리고 꿈쩍도 하지 않는 것과 싸워야 한다.

머리를 하얗게 세게 만드는 몇몇 순간이 흘렀다.

암석과 선박이 서로를 끌어당기고 있었다.

바위는 바람을 기다리고 있었다.

거대한 물결이 무질서하게 달려들었다. 그것이 소강상태의 종지부를 찍었다. 마치 투석기가 발사체를 흔들 듯 물결은 선박을 밑에서 들어 올리더니 흔들어 댔다.

"꽉 잡으시오! 고작 바위에 불과하오. 우리는 인간이오."

우두머리가 소리쳤다.

들보를 정지시켰다. 여섯 사람은 들보와 하나가 되었다. 뱃전판의 날카로운 고리가 그들의 겨드랑이를 파고들었다. 하지만 그들은 그것을 느끼지도 못했다. 물결이 우르카를 바위에게로 던졌다.

그런 다음 충격이 일어났다.

그것은 항상 뜻밖의 일들을 감추는 포말의 구름 밑에서 일어났다.

구름이 바다로 떨어졌을 때, 파도와 바위 사이의 간격이 다시 벌어졌을 때, 여섯 남자는 갑판 위에 나뒹굴고 있었다. 그러나 마투티나 호는 암초의 둑을 따라 도망치고 있었다. 들보가 훌륭히 버틴 덕분에 방향 전환이 가능해졌다. 물결의 활주가 빨라져 캐스키츠의 암초는 순식간에 우르카의 뒤쪽으로 위치하게 되었다. 마투티나 호는 일단은 당장의 위험에서 벗어났다.

이런 일은 종종 일어난다. 테이강 하구에서 우드 데 라르고가 목숨을 구할 수 있었던 것은, 기움 돛대가 절벽에 수직으로 꽂혔기 때문이다. 해밀턴 함장의 지휘하에 있던 로열메리 호가, 스코틀랜드식의 프리게이트 함에 불과했지만, 윈터턴곶의 험한 해역에서 난파를 피할 수 있었던 이유는 브레너듐 암석을 상대로 지렛대를 그렇게 사용한 덕분이었다. 파도의 힘은 순식간에 분해되기 때문에 그 힘의 전이가 쉬웠다. 강한 충돌에서도 그것은 가능했다. 폭풍 속에는 짐승이 있는데, 특히 회오리성 돌풍은 한 마리 황소와 같아서 그것을 속여 엉뚱한 쪽으로 가게 할 수 있다.

분할선에서 접선으로 이동하려는 노력은 난파를 피하는 모든 방법이다.

뱃전판이 우르카에게 해 주었던 것은 바로 그 역할이었다. 그것이 노를 대신했고, 키의 역할을 했다. 하지만 그러한 묘책은 단 한 번으로 그칠 뿐 반복할 수는 없었다. 들보가 바다에 있었기 때문이다. 강한 충격으로 남자들이 들보를 놓쳤고, 다시 뱃전 밖으로 밀려 물결 속으로 사라졌다. 다른 재목 하나를 더 뜯어낸다는 것은 배의 골격을 몽땅 분해하는 것과 같았다.

질풍이 마투티나 호를 이끌었다. 오래 지나지 않아 캐스키츠 군도는 수평선 위의 쓸모없는 방해꾼 같았다. 그러한 경우에 암초처럼 당혹한 표정을 드러내는 것은 아무것도 없다. 자연 속에는, 특히 보이는 것이 보이지 않는 것과 뒤섞인 미지의 경개(景槪)에는, 놓쳐 버린 먹이 때문에 화가 치밀어 오른 것처럼 보이는 움직이지 않는 모습들이 있다.

마투티나 호가 도망치는 동안 캐스키츠 군도의 모습이 그러했다.

등대는 점점 뒤로 멀어지며 창백해지고 흐려지더니 어느 순간 보이지 않았다.

그렇게 불빛이 사라지는 모습은 침울했다. 짙은 안개가 흩어진 불길 위에 포개졌다. 불빛의 반짝임은 축축한 거대함 속에서 녹아 없어져 버렸다. 불꽃이 떠다니며 싸우다 가라앉더니 형태를 잃어버렸다. 익사했다고 할 만하다. 등대의 화덕은 작은 심지로 변해, 창백하고 모호한 떨림뿐이었다. 스며 나온 빛으로 이루어진 원(圓)이 둘레로 점점 커지고 있었다. 밤의 깊은 곳으로 빛이 일그러져 들어가는 것 같았다.

위협적이던 종소리도 잠잠해졌다. 또 다른 위협이었던 등대도 꺼졌다. 그러나 두 위협이 사라지자 더 끔찍해졌다. 하나는 소리였고, 다른 하나는 불이었다. 그것들은 인간적인 무엇을 가지고 있었다. 그것들이 자취를 감추자 오직 심연만 남았다.

13. 밤과의 대면

우르카는 끝없는 암흑 속에서 다시 어둠에 맡겨졌다.

캐스키츠 군도에서 도망쳐 온 마투티나 호는 파도에서 파도로 처박히듯 흘러가고 있었다. 휴식이었지만 혼돈 속에서의 휴식이었다. 바람에 선측이 밀리고, 파도에 수많은 형태로 이끌려 농락당하며, 물결의 미친 듯한 요동을 몸으로 반사하고 있었다. 키질도 거의 하지 않았다. 배의 임종을 알리는 무서운 징후이다. 부유물은 좌우로만 흔들릴 뿐이다. 키질은 싸우는 동안에 나타나는 경련이다. 오로지 키만이 역풍을 떳떳이 맞을 수 있다.

폭풍 속에서는, 특히 눈의 유성 속에서는, 바다와 밤이 서로 뒤섞여 혼합물로 변하며, 한 덩어리의 연기가 된다. 우르카는 안개, 회오리바람, 질풍, 사방으로의 활주, 받침점의 부재, 지표 상실, 멈추지 않는 질주, 계속해서 반복되는 시작, 연속되는 협로, 암흑의 수평선, 깊고 검은 공간 속에서 떠돌고 있었다. 캐스키츠 군도에서 빠져나온 것, 암초를 피한 것, 그것이 배에 타고 있는 사람들에게는 하나의 승리이자 커다란 놀라움이었다. 하지만 그들은 "우라!" 하며 환호성을 지르지 않았다.

바다에서 사람들은 경솔한 짓을 두 번 저지르지 않는다. 측심연을 투하할 수 없는 곳에서 도발적 환호성을 외치는 것은,

매우 큰 실수이다. 암초에서 도망친다는 것은 불가능한 일을 해냈다는 뜻이다. 그들은 그 사실 앞에서 돌처럼 경직되었다. 그러나 조금씩 다시 희망을 품기 시작했다. 결코 물속에 잠길 수 없는 영혼의 신기루이다. 아무리 위험한 순간에도 내면 깊숙한 곳에서, 말로 표현할 수 없는 희망의 움직임이 빛을 잃지 않을 경우, 그 사람은 조난자가 아니다. 그 가엾은 사람들은 자신들이 구조되었다고 서둘러 자신에게 고백했다. 그들은 속으로 더듬거리며 그것을 인정했다.

그러나 어둠 속에서 뭔가 거대한 것이 갑자기 모습을 드러냈다. 좌현 쪽 안개 속에, 높고 희미하고 수직이며, 귀퉁이가 모두 직각인 어마어마하게 큰 덩어리 하나가 불쑥 솟아올랐다. 심연에서 솟아오른 사각형 탑이었다. 그들은 놀라서 입을 다물지 못하고 쳐다보았다. 질풍이 그들을 그쪽으로 밀고 있었다. 그들은 그것이 무엇인지 알지 못했다. 그것은 암석 오태치였다.

14. 오태치

암초가 다시 시작되었다. 캐스키츠 군도 다음에 오태치가 나타났다. 폭풍은 예술가가 아니다. 난폭하고, 전능하며, 수단에 변화를 주지 않는다.

어둠은 고갈되는 게 아니다. 함정이나 배신은 결코 끝이 없다. 인간은 쉽게 그 능력의 한계에 이른다. 인간은 스스로를 소진하지만, 심연은 그렇지 않다.

조난자들은 자신들의 희망인 우두머리를 향하여 몸을 돌렸다. 우두머리가 할 수 있는 일은 고작 어깨를 들썩하는 것뿐이었다. 아무것도 할 수 없는 자신에 대한 침울한 경멸이었다.

바다 가운데에 있는 포석(鋪石)은 오태치 암석이다. 오태치 암석은 전체가 한 조각으로 이루어져 있는데, 높은 파도들에 방해에도 불구하고, 80피에 높이까지 솟아 있다. 파도도 배도, 모두 그것에 부딪혀 부서진다. 불변의 입방체인 암석은, 직선으로 이루어진 면을, 바다의 구불구불한 수많은 곡선 속에 수직으로 담그고 있다.

밤이면 그것은 검은 천의 주름 위에 놓인 거대한 통나무 형상을 한다. 그리고 폭풍우가 일면 천둥이라는 도끼의 일격을 기다린다.

그러나 눈 폭풍 속에서 천둥의 공격은 없다. 또한 사실이지만, 선박의 눈에는 띠가 둘러 있다. 모든 어둠이 배를 둘둘 감고 있기 때문이다. 배는 사형수처럼 준비가 되어 있다. 그러나 신속히 끝맺음해 줄 번개는 기대하지 말아야 한다.

마투티나 호는 이제 부유하는 좌초선이었을 뿐이므로, 다른 쪽으로 끌려갔던 것처럼 다시 이 암석 쪽으로 떠내려 왔다. 한 순간 위험에서 벗어났다고 믿었던 불쌍한 사람들은, 다시 극도의 불안에 사로잡혔다. 그들이 뒤에 남겨 두고 왔던 조난이 그들 앞에 다시 나타났다. 암초가 바다의 밑바닥에서 다시 나타나고 있었다. 끝난 것은 아무것도 없었다.

캐스키츠 군도가 수천 개의 칸이 있는 와플 굽는 틀이라면, 오태치는 하나의 장벽이다. 캐스키츠에서 조난당한다는 것은 갈기갈기 찢김을 의미하고, 오태치에서 조난당한다는 것은 으깨짐을 뜻한다.

하지만 한 가지 행운은 있었다.

오태치의 암석처럼 수직으로 솟은 암석에 부딪히는 파도는, 철환(鐵丸)이 그렇듯이, 여기저기로 튀며 날지 않는다. 아주 단순한 움직임에 한정되어 있다. 그저 밀물과 썰물이 전부이다. 바람이 일으키는 수면 위의 물결이 달려들고, 깊숙한 곳에서 일어나는 파도가 그 물결을 수행한다.

이와 같은 경우 삶과 죽음은 이렇게 결정된다. 만일 잔잔한 물결이 암석까지 선박을 몰고 오면, 선박이 암벽에 부딪혀 부서지고, 죽음을 맞이하게 된다. 반면에 선박이 암벽에 부딪히기 전에 물결이 되돌아와 선박을 다시 이끌어 가면, 살아남는 것이다.

고통스러운 불안감이 그들을 사로잡았다. 조난자들은 어둠 속에서 거대한 파도가 자신들을 향해 다가오는 것을 발견했다.

그 파도가 자기들을 어디까지 끌고 갈 것인가? 만약 파도가 배에 와서 부딪히면, 그들은 바위에 굴러 으스러지고 말 것이다. 하지만 파도가 선박 밑으로 지나가면…….

파도가 선박 밑으로 지나갔다.

그들은 한숨 돌렸다.

하지만 파도가 어떤 길로 되돌아갈까?? 암류가 그들을 어떻게 할까?

암류가 그들을 다시 실어 갔다.

잠시 후 우르카는 암초의 수역을 벗어나 있었다. 캐스키츠처럼 오태치 또한 그들의 시야에서 사라졌다.

두 번째 승리였다. 우르카는 두 번째로 난파될 위기에 처했지만 적시에 뒤로 물러섰다.

15. 경이로운 바다

그러는 동안 표류 중인 불쌍한 사람들 위로 갑자기 두꺼운 안개가 뒤덮였다. 주위를 둘러보아도 그들의 시야가 닿는 거리는 고작 몇 연*밖에 되지 않았다. 마치 죄인이 날아오는 돌에 맞

* 1연은 약 185.2미터다.

듯이 싸라기눈이 그들을 사정없이 두드려 모두 고개를 숙였지만, 여인들은 선실로 들어가지 않겠다고 버텼다. 아무리 절망에 빠진 사람이라도 하늘이 열린 상태에서 난파를 맞으려 한다. 죽음에 가까이 다가가 있기 때문에, 머리 위에 있는 천장이 관(棺)을 연상시키는 모양처럼 보였기 때문이다.

파도가 점점 더 부풀어 오르며 짧아지고 있었다. 물결의 팽창은 길목이 좁아졌음을 뜻한다. 안개 속에서 물결이 부풀어 오르는 것은 해협이 있다는 의미이다. 그들은 자신들도 모르는 사이에 오리니섬*의 해안을 따라가고 있었다. 서쪽의 오태치 암석과 캐스키츠 군도, 동쪽의 오리니섬. 그 사이의 바다는 좁아지고 갑갑해진다. 이러한 바다의 불편한 상태는 국부적으로 물결의 거침 정도를 결정한다. 바다 역시 다른 것과 마찬가지로 괴로워하며, 괴로우면 역정을 낸다. 그리하여 모두 그러한 항로를 두려워한다.

마투티나 호가 그 항로에 있었다.

하이드파크나 샹젤리제만큼 큰 거북의 등딱지가 물밑에 있다고 상상해 보자. 등딱지의 각 줄무늬는 여울이고, 각 돌출부는 암초이다. 오리니섬의 서쪽 근해가 그러하다. 바다가 난파기구를 덮어 감추고 있다. 바다와 암초 둑의 등딱지 위에 갈가

---

* 노르망디의 코텅탕 해안에서 약 15킬로미터 떨어진 섬이다.

리 찢긴 파도가 뛰어오르고 거품을 내뿜는다. 평온할 때는 찰랑거리지만, 폭풍우가 칠 때면 혼돈으로 변한다.

조난자들은 이해하지 못한 채로 새롭게 악화되는 바다를 주시하고 있었다. 그러다가 그들은 곧 그것이 난관임을 깨달았다. 하늘이 일시적으로 창백하게 개이면서, 희미하게 바다 위에 흩어졌다. 그러한 창백함이 좌현 쪽, 즉 동쪽에 가로로 놓인 둑을 드러냈다. 바람은 선박을 그 앞으로 몰고 가며 그것을 향해 달려들고 있었다. 그 둑이 오리니섬이었다.

저 둑이 무엇이란 말인가? 이러한 의문 속에서 그들은 두려움에 떨었다. 하지만 만약 누군가가 그 둑이 오리니섬이라고 말했다면, 아마 그들은 더욱 두려워했을 것이다.

오리니섬만큼 인간의 방문을 금지하는 섬은 없을 것이다. 그 섬의 물속과 물 밖을 사나운 수비대가 지키고 있는데, 오태치 암석이 그 수비대의 보초이다. 서쪽에는 뷔르후, 소트리오, 앙프록크, 니엉글, 퐁뒤크록, 쥐멜, 그로스, 클랑크, 에기용, 브라크, 포스말리에르 등이 있고, 동쪽에는 소케, 오모, 플로로, 브린블레, 켈랭그, 크로클리우, 푸르슈, 소, 누아르 퓌트, 쿠피, 오르뷔 등이 있다. 그 괴물들은 무엇일까? 히드라들일까? 그렇다. 암초라고 하는 것들이다.

레 벳*이라고 불리는 암초는 모든 여행이 그곳에서 끝난다는 사실을 의미하는 듯하다.

물과 어둠으로 인해 형태가 단순해진 암초들이 조난자들에게는 단순하고 희미한 무리의 형태, 수평선에 남은 검게 삭제된 흔적처럼 보였다.

난파는 무능의 이상(理想)이다. 육지 가까이에 있으나 닿을 수 없는 것, 물에 떠 있으나 항해할 수 없는 것, 단단해 보이나 부서지기 쉬운 연약한 것 위에 서 있는 것, 삶과 죽음이 동시에 가득 차 있는 것, 광막한 공간 속에 갇혀 있는 것, 하늘과 대양 사이에서 옴짝달싹 못하는 것, 지하 감옥의 천장 같은 무한한 공간을 머리 위에 두는 것, 바람과 물로부터 자신을 둘러싼 거대한 영역으로 도피하게 되는 것, 붙잡혀 포박되고 마비되는 것, 견딜 수 없는 압박이 아연케 하고 울화를 돋운다. 다가갈 수 없는 적의 비웃는 모습이 언뜻 보이는 듯하다. 사람들을 잡고 있는 것은 새들을 놓아 주고 물고기들을 해방시키는 바로 그것이다. 그것은 아무것도 아닌 듯하면서 또한 전부이다. 우리는 입으로 숨을 쉬어 탁하게 만드는 공기와, 우리의 손으로 떠 마시는 물에 의존한다. 험한 물결에서 한 모금 떠 마셔 보라. 그것은 약간의 쓴맛에 불과하다. 물 한 모금은 구토를, 거대한 물결은 절멸을 의미한다. 사막의 모래 알갱이와 대양의 물거품은 어지러운 감정의 표시이다. 전지전능함은 티끌을 숨기는 수고

---

* 목표 · 목적지 · 표적 등을 의미한다.

를 하지 않는다. 연약함을 강하게 만들고, 자기의 전부로 허무를 가득 채운다. 한없이 큰 것이 한없이 작은 것으로 사람을 짓누른다. 대양은 물방울로 우리를 으깨어 부순다. 누구든 놀림감이 된 느낌에 사로잡힌다.

놀림감, 얼마나 끔찍한 말인가!

마투티나 호는 오리니섬 조금 위쪽에 있었다. 그곳은 유리한 지점이었다. 그러나 섬의 북쪽 돌출부 쪽으로 표류하고 있었다. 치명적인 일이었다. 북서풍은, 시위를 당긴 활이 화살을 쏘듯 배를 북쪽 돌출부로 급히 몰아가고 있었다. 그 돌출부에는 코르블레 항구의 조금 안쪽으로, 노르망디 군도*의 선원들이 '원숭이'라고 부르는 것이 있다.

원숭이(생쥬라고도 한다)는 매우 격렬한 축에 속하는 급류이다. 바다 밑바닥 움푹 팬 곳의 묵주 알 같은 것들이 파도 속에서 소용돌이를 만들어 낸다. 그리하여 하나의 소용돌이에서 빠져나오자마자 다른 소용돌이 속으로 휩쓸려 간다. 어떠한 선박이든 그 원숭이에게 붙잡히기만 하면, 그렇게 나선형으로 굴러가다가, 날카로운 바위 끝에 선체가 갈라진다. 그러면 구멍이 난 선박은 항해를 멈추고, 선미가 물결 밖으로 나오며 뱃머리가 물속으로 잠기는데, 그때 심연의 소용돌이는 멈추고 선미가 물

---

* 앵글로 노르만 군도다.

속에 잠기며 모든 것이 닫힌다. 뒤이어 거품 구덩이가 점점 넓어지며 둥둥 떠다니고, 물결 위에는 여기저기에 거품 몇 방울만 보일 뿐이다. 물속에서 질식한 마지막 숨결이 올라오는 것이다.

영국 해협에서 가장 위험한 세 원숭이는, 거들러 샌즈의 그 유명한 모래톱 인근에 있는 것, 피뇨네와 누아르몽곶 중간의 저지섬에 있는 것, 오리니섬에 있는 것이다.

이 지역의 선원이 마투티나 호에 승선하고 있었다면, 조난자들에게 새로운 위험에 대해 알렸을 것이다. 그러한 선원은 없었지만 그들에게는 본능이 있었다. 극한의 상황에서는 제2의 눈이 움직인다. 바람이 미친 듯이 약탈을 자행하는 동안, 해안을 따라 높은 물거품 회오리가 날아오르고 있었다. 원숭이가 뱉은 침이었다. 무수한 소형 선박들이 그 함정 속에서 뒤집혔다. 그곳에서 어떤 일이 일어났는지를 모르는 조난자들은 두려워하며 접근하고 있었다.

그 돌출부 곁을 어떻게 지나갈 것인가? 그들에겐 아무 대책도 없었다.

캐스키츠 군도가, 그다음에는 오태치 암석이 불쑥 나타나는 것과 마찬가지로 그들은 이번에도 온통 바위로 이루어진 오리니섬의 돌출부가 우뚝 솟아오르는 것을 보았다. 그것은 줄지어 서 있는 거인들 같았다. 일련의 끔찍한 결투였다.

카리브디스와 스킬라*는 겨우 둘이었으나, 캐스키츠와 오태치와 오리니는 셋이었다.

암초가 수평선을 침범하는 것과 같은 현상이, 심연의 거대한 단조로움과 함께 다시 일어났다. 대양의 전투는 호메로스의 전투처럼 숭고한 이야기를 가지고 있다.

각 물결은 그들이 다가갈수록 안개 속에서 이미 끔찍한 암석의 높이를 20여 쿠데** 더 높아 보이게 했다. 암석과의 거리가 가까워질수록 돌이킬 수 없었다. 그들은 '원숭이'의 끄트머리에 이르고 있었다. 첫 번째 주름이 그들을 끌고 갈 것이었다. 파도가 한 번 더 치면 끝장날 판이었다.

그러다가 갑자기 거인의 주먹에 맞은 듯, 우르카가 뒤로 밀려났다. 물결이 배의 밑에서 박차고 일어나더니 뒤로 넘어지면서, 물거품의 갈기를 통해 그 부유물을 밀어 버린 것이다. 마투티나 호는 그 충격으로 오리니섬에서 멀리 밀려났다.

배는 다시 난바다에 떠 있었다.

그들은 어떻게 위기에서 빠져나올 수 있었던 것일까? 바람이 그들을 구한 것이다.

조금 전에는 파도가 그들을 가지고 놀더니 이제는 바람이 그

---

* 이탈리아 반도와 시칠리아섬 사이의 메시나 해협 양안에 있던 두 괴물이다.

** 1쿠데는 약 50센티미터다.

들을 가지고 놀았다. 캐스키츠 군도에서는 스스로 위험에서 벗어났는데, 오태치 암석 앞에서는 거대한 파도가 그들의 운명의 급변시켰다. 오리니섬 앞에서는 바람이 불었다. 갑자기 북쪽에서 남쪽으로 급변하는 바람이 있었던 것이다.

북서풍이 남서풍으로 바뀌었다.

조류란 물의 바람이다. 바람이란 공기의 조류이다. 그 두 힘이 서로 대립하고 있었고, 바람이 먹이에서 조류를 끌어내는 변덕을 부렸던 것이다.

대양의 변덕은 도무지 종잡을 수 없다. 그러한 변덕은 영원한 불확실성이다. 누구든 그것에 빠져들면 희망도 절망도 없다. 그것은 무엇을 행하다가 곧 그만두기도 한다. 대양은 스스로 즐긴다. 야수적 사나움의 온갖 색조가 그 넓고 음흉한 바닷속에 있다.

장 바르*는 이를 '거대한 짐승'이라 했다. 바다는 벨벳 같은 발로 정성껏 다루다가 발톱으로 공격을 가한다. 때때로 폭풍은 선박들의 조난을 재촉하고, 때로는 보호하여 잘 풀리게 한다. 부드럽게 어루만진다고까지 말할 수 있다. 바다에게는 시간이 있다. 조난자들은 그 사실을 깨닫는다.

가끔 그러한 처형이 늦춰지는 것은 해방을 의미하는 경우도

---

* 루이 14세에게 충성을 바친 프랑스의 해적이다.

있다. 그러한 경우는 매우 드물지만 조난자들은 구원의 가능성을 빨리 믿어 버린다. 폭풍의 위협이 조금만 감소해도 그들에게는 충분하다. 그들은 자신들이 위기에서 벗어났다고 확신하고, 심지어 이미 매장되었다가 부활했다고 증언하고 싶어 한다. 또한 열광적으로 그들이 아직 갖지 못한 것을 받아들인다. 불운을 담고 있던 것은 모두 고갈되었다. 명백한 사실이다. 그들은 자신들이 구조되었다는 것이 만족스럽다고 선언한다. 더는 신에게 구원을 요청할 필요가 없다. 하지만 미지에서는 너무 서둘러 확신해서는 안 된다.

남서풍은 회오리바람으로 시작되었다. 조난자들에게는 항상 거친 보조자들밖에 없게 마련이다. 마투티나 호는 죽은 여인이 머리채를 잡혀 끌려가듯, 격렬히 난바다로 끌려갔다. 성폭행의 대가를 치르고서야 티베리우스에게서 얻어 낸 사면과 흡사했다. 바람은 그들을 난폭하게 다루었다. 바람은 격노하며 그들을 도왔다. 무자비한 도움이었다.

부유물은 자신을 해방시킨 그러한 학대 속에서 결국 분해되었다.

나팔총의 탄환으로 사용할 수 있을 것 같은 굵고 단단한 우박이 선박에 체처럼 촘촘한 구멍을 낼 기세로 떨어졌다. 파도가 일렁일 때마다 우박 알갱이들이 구슬처럼 갑판 위로 굴렀다. 우르카는 파도의 부서짐과 포말의 무너짐이 반복되는 속에서, 그 형체를 알아볼 수 없게 되었다. 선박 안에 있던 사람들은 저마다 자신에 대해 생각했다.

그들은 각자 최선을 다해 꼭 매달려 있었다. 물 한 바가지가 선박을 후려치고 지나간 다음에 모든 사람들은 다 그곳에 남아 있음을 보고 서로 놀랐다. 몇몇 사람은 나무 파편에 의해 얼굴이 찢겨 있었다.

다행히 절망은 주먹을 불끈 쥐게 만든다. 공포에 빠진 아이의 손은 거인의 포옹만큼 강하다. 극도의 불안은 여인의 손가락으로 바이스를 만든다. 두려움에 사로잡힌 소녀의 발그레한 손톱은 능히 쇠를 파고든다. 조난자들은 무엇이든 잡고 매달렸으며, 서로 의지하고, 자신을 추슬렀다. 하지만 파도는 그들을 휩쓸어 갈 듯한 공포를 가져왔다.

그들은 다시 위험한 상황에서 벗어났다.

16. 불가사의한 존재의 급작스러운 부드러움

폭풍이 뚝 그쳤다. 대기에는 더는 남서풍도 북서풍도 없었다. 허공에서 들려오던 격렬한 소리도 멈추었다. 거대한 회오리바람이, 미리 약해지는 중간 과정도 없이, 스스로 심연 속으로 미끄러져 처박히듯, 하늘에서 빠져나왔다. 그것이 어디에 있는지조차 알 수 없었다. 눈송이가 우박을 대신했다. 눈이 다시 천천히 내리기 시작했다.

물결도 더는 일지 않았다. 바다가 잔잔해졌다.

이러한 급작스러운 멈춤은 눈 폭풍의 고유한 성질이다. 전류가 고갈되어 모든 것이 고요해진다. 평범한 폭풍 속에서 오래 지속되는 동요를 멈추지 않는 파도조차 그러하다. 눈 폭풍이 멈춘 후에는 성난 물결의 연장도 없다. 피로에 지친 노동자처럼, 물결은 즉시 잠든다. 물론 정역학의 법칙에 거의 위배되는 현상이다. 하지만 늙은 항해사들은 그러한 현상에 놀라지 않는다. 그들은 전혀 예측할 수 없는 온갖 일들이 바다에 있음을 알기 때문이다.

매우 드물기는 하지만, 그러한 현상은 일반 폭풍 속에서도 생기는 경우가 있다. 가령 1867년 7월 27일, 저지섬에 일어났던 그 잊지 못할 폭풍은 열네 시간 동안 맹위를 떨친 후에 문득 멈추었고, 바다 또한 즉시 잠들었다.

몇 분 후, 우르카의 주위에는 잠자는 바닷물뿐이었다.

마지막 단계는 첫 번째 단계와 닮는다. 그 순간에는 아무것도 분간할 수 없게 된다. 대기 현상으로 형성되었던 구름들이 발작하는 동안에는 보이던 것들이 모두 희미해졌다. 창백한 윤곽들이 희미한 안개 녹아 들어갔고, 끝없는 어둠이 사방에서 선박을 향해 다가오고 있었다. 그러한 어둠으로 쌓은 벽, 원형의 폐쇄, 시간이 지날수록 지름이 점점 줄어드는 원통이 마투티나 호를 감싸고 있었다. 그 모습은 거대한 부빙(浮氷)들이 서서히 모여서 다시 합쳐지는 것만큼이나 음산했다. 하늘에는 아무것도 없었고, 안개 뚜껑 하나뿐이었다. 우르카는 심연의 우물 밑바닥에 있는 것 같았다.

그 우물에는 액화된 납 웅덩이가 있었는데 그것은 바로 바다였다. 물은 더는 움직이지 않았다. 침울한 부동성이었다. 대양이 연못보다 더 사나운 적은 없다.

모든 것이 고요했고, 평온했으며, 암흑이었다. 사물의 고요는 아마 과묵함에서 비롯될 것이다.

마지막 찰랑거림이 선체를 따라 미끄러지고 있었다. 갑판은 경사를 감지할 수 없을 정도로 수평을 이루었다. 몇몇 탈구된 부분이 미약하게 건들거리고 있었다. 제1 기움 돛대에서 삼 부스러기와 역청을 태워 신호등을 대신하던 석류 모양의 초롱도 더는 흔들리지 않았고, 따라서 바다 위로 떨어지는 불티도 더는 없었다. 구름 속에 남은 바람은 더는 아무 소리도 내지 않고 있었다. 눈은 촘촘하고 부드럽게, 약간 비스듬히 내리고 있었다. 암초나 방파제로 인한 물거품 소리가 전혀 들리지 않았다. 암흑 속의 평화였다.

격노와 절정 끝에 찾아온 휴식은 오랫동안 뒤흔들린 불쌍한 사람들에게 형언할 수 없는 안락함을 느끼게 했다. 그들은 끊임없이 고문을 받고 있는 것처럼 느꼈었다. 자기들 주위와 위에서 자기들을 구해 주겠다는 승인이 이루어진 것 같았다. 그들은 다시 신념을 갖기 시작했다. 맹렬히 분노를 내뿜던 것들이 이제 모두 평온함으로 바뀌었기 때문이다. 그들에게는 평화협정이 이루어진 것처럼 보였다. 그들의 가엾은 가슴이 후련해졌다. 그들은 이제야 잡고 있던 밧줄이나 널빤지 끝을 놓고, 허리를 반듯이 펴고 서서 걷거나 조금씩 움직일 수 있었다. 그들은 자신들이 형언할 수 없을 만큼 평온해졌음을 느꼈다. 낙원 같은 그 모호한 심연 속에서는 또 다른 일이 벌써 준비되고 있었다. 그들은 확실히 질풍과 물거품과 온갖 바람과 격노에서 해방되었다.

그들은 이제 자신을 위한 여러 가능성을 염두에 두고 있었다. 서너 시간 후면 해가 뜰 것이고, 근처를 지나던 배가 그들을 발견하면 구조될 것이다. 가장 어려운 고비는 넘겼다. 다시 삶으로 돌아가고 있었다. 중요한 것은 폭풍이 끝날 때까지 물 위에서 견디었다는 사실이다. 모두 속으로 중얼거렸다.

"이제 끝났어."

갑자기 그들은 정말 끝났다는 것을 알게 되었다.

피레네산맥 북쪽 바스크 지역 출신인, 갈데아순이라는 선원이 밧줄을 찾으러 화물창으로 내려가더니, 이내 다시 올라와 말했다.

"화물창이 가득 찼습니다."

"무엇으로?"

우두머리가 물었다.

"물로 가득 찼습니다."

선원이 대답했다. 우두머리가 언성을 높였다.

"그게 무슨 뜻이야?"

"그러니까……, 30분 후에 우리가 모두 가라앉는다는 뜻입니다."

갈데아순이 대답했다.

17. 마지막 수단

용골에는 틈이 있었다. 물길이 생긴 것이다. 언제였을까? 이에 대해 아는 사람은 아무도 없었다. 캐스키츠 군도에 이르면서였을까? 오태치 암석 앞에서였을까? 오리니섬 서쪽 여울에서였을까? 아마도 그들이 '원숭이'에 닿았을 때일 가능성이 가장 크다. 그들은 심한 충격을 받았는데, 경련적인 바람이 거세지며 그들을 뒤흔들었기 때문에 물길을 전혀 알아차릴 수 없었다. 경련이 일어났을 때는 물린 자국을 느끼지 못하기 마련이다.

피레네산맥 남쪽에 있는 바스크 지역 출신인 다른 선원 아베

마리아가, 화물창으로 내려갔다가 올라오더니, 사람들에게 말했다.

"용골에 있는 물의 깊이가 두 바라쯤 됩니다."

약 6피에였다.

아베마리아가 덧붙였다.

"40분 안에 침몰할 겁니다."

침수로가 어디에 있단 말인가? 그것이 보이지 않았다. 물에 잠겨 있었다. 화물창에 고인 물의 양이 틈을 가리고 있었다. 선박의 복부 어딘가에, 배가 물에 잠기는 부분에, 구멍이 생겼을 것이 틀림없었다. 그것을 살펴보는 것도, 틀어막는 것도 불가능했다. 상처를 치료할 수 없었다. 그렇지만 물이 빠른 속도로 들어오는 것은 아니었다.

우두머리가 큰 소리로 말했다.

"펌프로 퍼내야겠어."

갈데아순이 말했다.

"펌프도 사라져서 없습니다."

"그럼 상륙합시다."

우두머리의 말이었다.

"육지가 어디에 있습니까?"

"몰라요."

"저도 모르겠습니다."

"어디엔가는 있겠지."

"그렇겠죠."

"누군가 우리를 데려가 주시오."

우두머리가 다시 말했다.

"항해사가 없습니다."

갈데아순이 대답했다.

"당신이 키 손잡이를 잡게."

"키 손잡이가 없습니다."

"아무 막대라도 좋으니 그것으로 키 손잡이를 만듭시다. 못, 망치, 모든 연장들을 가져오시오."

"연장통은 물속에 있어서 남은 것이 하나도 없습니다."

"하지만 어느 쪽으로든 가야죠."

"키도 없습니다."

"보트는 어디에 있소? 그것을 타고 노를 저읍시다."

"보트도 사라졌습니다."

"부유물을 타고 노를 저읍시다."

"노도 없습니다."

"그러면 돛은 어떻소?"

"돛도, 돛대도, 모두 사라졌습니다."

"뱃전판 하나를 떼어 돛대를 만들고, 방수포로 돛을 만듭시다. 여기에서 빠져나가야 하지 않소. 바람에 우리를 맡깁시다."

"바람이 불지 않습니다."

바람은 정말 그들을 떠나 버렸다. 폭풍이 떠났는데, 구원이라고 여겼던 그 떠남이 곧 그들을 파멸시키고 있었다. 남서풍이 계속 불고 있었다면, 그들을 미친 듯이 어느 해안으로든 밀고 갔을 테고, 물이 차는 속도보다 빨랐을 테고, 아마도 그들이 물에 잠기기 전에 어느 모래사장까지 그들을 휩쓸어 가서 표착하게 했을 것이다. 격노하는 폭풍이 그들을 육지에 닿게 할 수도 있었을 것이다. 그러나 이제는 바람이 없으니 그러한 희망도 없었다. 폭풍이 없어 그들은 죽어 가고 있었다.

최후의 상황이 나타나고 있었다.

바람, 우박, 돌풍, 회오리바람 등은 싸워서 이길 수 없는 적이다. 폭풍은 갑옷을 입지 않고 있기 때문에 잡힐 수도 있다. 계속해서 모습을 노출시키고, 멋대로 움직이며, 자주 헛손질을 하는 폭력에 대해서는 방책을 가지고 있다. 그러나 고요함에 대해서는 속수무책이다. 움켜잡을 수 있는 하나도 없기 때문이다.

바람이란 난폭한 러시아 기병의 공격과도 같다. 잘 버티기만 하면 스스로 와해된다. 반면에 고요함은 사형 집행관의 집게이다.

물은 빠르지 않고, 멈추지도 않으며, 육중하게 그리고 항거할 수 없는 기세로, 화물창 안으로 들어오고 있었다. 수위가 오를수록 그만큼 배는 내려가고 있었다. 매우 느린 속도였다.

마투티나 호의 조난자들은 자신들 아래에서 가장 큰 절망적인 재앙, 무기력한 재앙이 시작되고 있음을 조금씩, 절실히 느끼고 있었다. 무의식적인 현상에 대한 조용하고 불길한 확신이 그들을 사로잡고 있었다. 대기는 조금도 움직이지 않았고, 바다 또한 잠잠했다. 부동(不動)은 냉혹하다. 끌어당기는 힘이 그들을 조용히 잡아당기고 있었다. 말없이, 노여움과 열정과 의지와 지식이 없는 물의 두터운 저편에서, 지구 운명의 중심부가 그들을 조용히 끌어당기고 있었다. 쉬고 있던 공포가 그들을 자신과 혼합시키고 있었다. 그것은 더는 파도의 크게 벌린 아가리도, 바람과 바다로 이루어진 위협적이고 사나운 이중 턱뼈도, 물기둥의 비웃음도, 거품을 머금은 파도의 식욕도 아니었다. 알 수 없는, 무한의 검은 하품이 그 가엾은 사람들 아래에 있었다. 그들은 죽음이라는 평화로운 심연 속으로 빠져 들어가고 있음을 느꼈다. 물 위에 떠 있던 선박의 표면이 점점 줄고 있다는 것이 전부였다. 남은 부분이 언제 완전히 사라질지 예측할 수 있었다. 높아지는 조수에 의해 잠기는 것과는 정반대였다. 물이 그들을 향해 올라오는 것이 아니라 그들이 물을 향해 내려가고 있었다. 그들의 무덤이 저절로 파이고 있었다. 그들의 체중이 곧 무덤을 파는 일꾼이었다.

그들은 인간의 법이 아니라 자연의 법에 의해서 처형되고 있었다.

눈이 내리고 부유물이 움직이지 않았기 때문에 하얀 붕대가 갑판 위에 깐 천처럼 보였다. 배는 수의로 덮이고 있었다.

화물창은 점점 무거워지고 있었다. 새어 들어오는 물을 막을 방법이 없었다. 물론 불가능한 일이었겠지만 물을 퍼낼 삽조차 없었다. 그들은 불을 밝히고 횃불 서너 개를 만들어 그럭저럭 각 구멍에 꽂아 세워 놓았다. 그리고 갈데아순이 오래된 가죽 물통 몇 개를 가져왔다. 그들은 화물창의 물을 퍼내기 위해 일렬로 줄지어 섰다. 그러나 물통들은 더는 사용할 수 없는 상태였다. 어떤 것은 가죽의 꿰맨 부분이 뜯겨 나갔고, 다른 것은 밑창에 구멍이 나 있었다. 그래서 물이 퍼내는 중간에 다 새어 버렸다. 받는 것과 돌려주는 것 사이의 불균형이 실소를 자아내게 할 지경이었다. 한 톤이 들어오면 한잔이 나가는 식이었다. 다른 결과는 얻을 수가 없는 상황이었다. 백만금을 한 푼씩 지출해 다 쓰겠다는 구두쇠의 씀씀이와 다름없었다.

갑자기 우두머리가 말했다.

"짐을 버립시다."

폭풍이 몰아치는 동안 갑판에 있던 고리짝 몇 개를 묶어 두었던 것이다. 그 고리짝들은 여전히 토막 난 돛대에 묶여 있었다. 일제히 달려들어 묶인 것을 풀고, 고리짝들을 깨진 뱃전을 통해 물속으로 던져 버렸다. 그 짐 중의 하나는 바스크 여인의 것이었는데, 그녀는 한숨을 지으며 탄식했다.

"오! 빨간색 안감의 내 외투! 오! 자작나무 껍질로 만든 레이스가 달린 내 가여운 양말! 오! 마리아 축일 미사에 갈 때 달려고 했던 나의 은 귀걸이!"

갑판은 깨끗이 비워졌다. 선실만 그대로였다. 선실은 짐으로 가득 차 있었다. 앞에서 말한 것처럼 그 속에는, 승객들의 짐과 선원들의 보따리로 차 있었다. 승객들의 짐을 꺼내어 전부 깨진 뱃전을 통해 던져 버렸다.

선원들의 보따리도 모두 바닷속으로 던졌다.

선실도 깨끗이 비워졌다. 등과, 나무토막, 통, 자루, 들통, 육류 저장통, 수프가 들어 있는 냄비 등 모든 것이 물속으로 사라졌다.

이미 오래전에 불이 꺼진 철제 화덕의 나사를 풀고, 그것을 떼어 낸 다음 갑판 위로 끌어 올려, 뱃전으로 끌고 가서 배 밖으로 내던졌다.

선박 내현에 둘러친 널빤지나 늑골 보강재, 켕김줄, 부서진 선구에서 떼어 낼 수 있는 것은 모두 떼어 물속으로 던졌다.

때때로 우두머리가, 횃불 하나를 들고서 선박 앞부분에 표시된 수준 계측기를 살피며, 배가 어느 정도로 침몰했는지 확인하곤 했다.

18. 절대적 수단

가벼워진 부유물은 조금 덜 가라앉았으나 여전히 가라앉고 있었다.

이처럼 절망적인 상황에서는 더는 해결책도 없었고, 일시적 완화제도 없었다. 마지막 수단도 이미 써 버린 상황이었다.

"혹시 아직도 바다에 던져 버릴 것이 남아 있소?"

우두머리가 소리쳤다.

그때까지 아무도 신경 쓰지 않았던 박사가 선실 뚜껑 문 한 구석에서 불쑥 나오며 말했다.

"있소."

"그게 뭐요?"

우두머리가 물었다.

박사가 이렇게 대답했다.

"우리의 죄."

순간 전율이 흘렀고 일제히 소리쳤다.

"아멘."

박사는 창백한 얼굴로 서서 손가락 하나를 들어 올려 하늘을 가리키며 말했다.

"무릎을 꿇으시오."

모두들 비틀거렸다. 무릎을 꿇는 첫 동작이었다.

박사가 다시 말했다.

"바다에 우리가 지은 죄를 던집시다. 죄가 우리를 무겁게 짓누르고 있소. 그것이 이 배를 바닷속으로 가라앉게 하고 있소. 구출될 것이라는 생각을 버리고 이제 구원받을 생각을 합시다. 특히 우리가 저지른 마지막 죄가, 아니 우리가 조금 전에 저지른 죄가, 제 말을 듣고 계신 가엾은 분들이시여, 그것이 우리를 짓누르고 있소이다. 뒤에 살인 의도를 몰래 품은 채 심연의 뜻을 시험하는 것은 불경스럽고 오만불손한 짓이오. 어린아이에게 저지른 짓은 곧 신에게 저지른 짓과 같다오. 배를 탈 수밖에 없었소. 나도 그 사실은 알고 있다오. 그러나 출항은 곧 불가피한 파멸을 불러왔소. 우리의 죄가 저지른 어둠으로 인해 예고된 폭풍이 결국 일어나고 말았소. 잘된 일이라고 생각하오. 또한 그 무엇도 아쉬워하지 마시오. 이곳에서 그리 멀지 않은 곳, 저 어둠 속에, 보빌의 모래톱과 우그의 갑이 있소. 그곳은 프랑스요. 우리가 피신할 수 있었던 곳은 오직 스페인뿐이었소. 우리에게 프랑스가 영국보다 덜 위험한 것은 아니오. 우리가 바다를 무사히 벗어났다면, 아마 교수대에 도착했을 것이오. 목이 매달리거나 익사하거나, 둘 중 하나밖에, 다른 선택이 우리에게는 없소. 우리를 위해 신께서 선택해 주셨소. 신의 은혜에 감사를 드립시다. 그분께서 우리에게 정화를 위한 무덤을 허락하시는 것이오. 형제들이여, 피할 수 없는 일이었소. 조금 전에 우리가 저 높은 곳으로 어떤 이를, 그 아이를, 보낼 수 있는 일을 저질렀고, 지금 이 순간에는, 내가 말하고 있는 바로 이 순간에, 우리의 머리 위에서, 우리를 바라보고 있는 심판관 앞에서, 우리를 규탄하는 영혼이 있을지도 모른다는 사실을 생각하시오. 이 절대적인 집행 유예의 순간을 의미 있게 보냅시다. 만약 그것이 아직도 가능하다면, 우리의 능력이 닿는 한, 우리가 저지른 악을 속죄하려고 힘써 노력합시다. 만약 그 애가 우리보다 오래 산다면, 그를 도웁시다. 그가 죽는다면, 그의 용서를 얻을 수 있도록 노력합시다. 우리가 저지른 가증할 죄악을 벗어 던집시다. 우리의 의식을 짓누르는 이 무거운 짐을 내려놓읍시다. 우리의 영혼이 신 앞에서 심연 속으로 처박히지 않도록 최선을 다해 노력합시다. 그것이 진정 무서운 조난이기 때문이오. 몸뚱이는 물고기들에게로 가고, 영혼은 악마들에게 갈 수밖에 없기 때문이오. 여러분 스스로를 가엾게 여기시오. 다시 말씀드리지만, 무릎을 꿇으셔야 하오, 회개는 물속에 가라앉지 않는 배와 같습니다. 나침반이 없습니까? 틀린 말씀입니다. 여러분에게는 기도가 있습니다."

늑대들이 갑자기 양으로 변했다. 그러한 변화는 극심한 고뇌에 사로잡혔을 때 일어난다. 어두운 문이 조금 열리면, 믿는 것이 어려울지 모르지만, 믿지 않는 것은 불가능해진다. 인간이 애써 그린 종교의 다양한 초벌 그림이 아무리 불완전하다고 할

지라도, 신앙의 형태가 아무리 조잡하더라도, 교리의 윤곽이 언뜻 본 영원의 윤곽과 일치하지 않더라도, 절대의 순간에 영혼은 전율을 일으킨다. 삶 이후에 무엇인가가 시작된다. 그와 같은 압박이 임종을 고통스럽게 한다.

임종은 계약 기간의 만기이다. 그 운명적인 순간에는, 누구든 작게라도 책임감을 느낀다. 과거에 있었던 일이 미래에 일어날 일을 복잡하게 만든다. 과거가 돌아와 다시 미래 속으로 들어간다. 알고 있던 것이 미지의 세계와 마찬가지로 심연이 되는데, 그 두 심연의 한쪽에는 저지른 잘못이 있고 다른 한쪽에는 기대가 있어, 그것들의 반향을 뒤섞는다. 죽어 가는 사람을 공포에 떨게 하는 것은 이러한 두 심연의 뒤섞임이다.

그들은 삶에 대한 마지막 희망을 모두 써 버렸다. 그들이 다른 편으로 돌아선 것은 그러한 이유 때문이다. 마치 어둠처럼 그들에게는 아무런 희망도 남아 있지 않았다. 그들은 그러한 사실을 깨달았다. 그것은 음산한 눈부심이었다. 그러나 공포감이 뒤를 이었다. 죽어 가며 깨닫는 것은 번개 속에서 목격하는 사물과 비슷하다. 전부가 보이는가 싶다가 이내 아무것도 보이지 않는다. 보다가는 이내 더는 보지 못한다. 죽음 후에 눈이 다시 뜨일 것이고, 번개였던 것이 태양으로 변할 것이다.

그들은 박사에게 일제히 외쳤다.

"당신! 당신! 오직 당신밖에 없어요. 우리는 당신을 따르겠어요. 이제 무엇을 해야 하나요? 말씀해 주세요."

박사가 대답했다.

"미지의 심연을 건너, 무덤 저 너머, 즉 삶의 저편에 도달하는 일이 남았소. 내가 세상을 더 많이 아는 자이니, 내가 감당해야 할 위험이 가장 크오. 가장 무거운 짐을 진 사람에게 건너갈 다리를 선택하라 한 것은 잘한 일이오."

그가 뒤이어 덧붙였다.

"지식이 양심을 짓누른다."

그리고 다시 말했다.

"우리에게 남은 시간이 얼마나 있소?"

갈데이순이 뱃머리의 눈금을 들여다보고 나서 대답했다.

"15분 정도입니다."

"좋소."

박사가 대답했다.

그가 팔꿈치를 괴고 있던 선실의 뚜껑문이 일종의 탁자 역할을 했다. 박사는 호주머니에서 잉크병과 펜 그리고 지갑을 꺼낸 다음, 지갑에서 양피지 한 장도 꺼냈다. 몇 시간 전에, 그가 이면에 무엇인가를, 구불구불하고 촘촘하게 스무 줄쯤 써 내려간, 바로 그 양피지였다.

"불을 좀 비춰 주시오."

그가 말했다.

폭포의 포말처럼 떨어지던 눈발이 횃불을 하나씩 꺼뜨리고, 이제 남아 있는 것은 하나뿐이었다. 아베마리아가 그것을 뽑아 들고, 박사의 곁에 와서 섰다.

박사가 지갑을 호주머니에 다시 넣은 다음 펜과 잉크병을 뚜껑문 위에 놓고, 접어 두었던 양피지를 펴면서 말했다.

"잘 들으시오."

그러고 나서 바다 한가운데에 떠 있는, 흔들거리는 무덤의 판자와 같은 점점 작아지는 배다리 위에서, 박사의 엄숙한 낭독이 시작되었고, 모든 어둠조차 그 소리에 귀를 기울이는 듯했다. 그의 주위에 둘러선 죄인들은 모두 고개를 숙이고 있었다. 횃불의 타오르는 불길이 그들의 창백함을 더욱 돋보이게 했다. 박사가 읽고 있던 것은 영어로 쓰여 있었다. 가끔 처량한 시선 중 하나가 설명을 바라는 눈길을 보내면, 박사는 낭독을 중단하고, 방금 읽은 부분을 프랑스어나 스페인어, 혹은 바스크어나 이탈리아어로 옮겨서 다시 읽어 주었다. 억눌린 흐느낌 소리와 가슴팍을 둔탁하게 치는 소리가 들렸다. 선박은 계속해서 가라앉고 있었다.

박사는 낭독을 끝내고 양피지를 뚜껑문 위에 펼쳐 놓은 다음, 펜을 집어 들고 자신이 쓴 글 아래쪽에 남겨 둔 여백에 서명했다.

"닥터 게르아르두스 게에스트문드."

그리고 다른 사람들을 돌아보며 말했다.

"와서 여기에 서명하시오."

바스크 여인이 다가와 펜을 집어 들고 서명했다.

"아순시온."

바스크 여인이 펜을 아일랜드 여인에게 건넸다. 아일랜드 여인은 글을 쓸 줄 몰랐기 때문에 십자가 하나를 대신 그렸다.

박사가 십자가 옆에 이렇게 썼다.

"에뷔드 지방 티리프섬 출신의 바라바라 페르모이."

그런 다음 펜을 무리의 우두머리에게 넘겼다.

우두머리가 서명했다.

"가이스도라, 캅탈."

제노바 출신 남자는 "지안지라테"라고 서명했다.

랑그독 출신 남자는 이렇게 서명했다.

"자크 카투르즈, 일명 나르본 사람."

프로방스 출신 남자가 서명했다.

"마옹 도형장에서 온 뤽 피에르 캅가루프."

그 서명들 밑에 박사가 간략하게 덧붙여 기록했다.

"선원 세 사람 중 선장은 파도에 휩쓸려 갔고, 남은 두 사람만 서명한다."

두 선원은 그 내용 아래쪽에 서명했다. 북쪽 바스크인은 "갈데아순"이라고 서명했다. 남쪽 바스크인의 서명은 이러했다.

"도둑놈 아베마리아."
그런 다음 박사가 말했다.
"캅가루프."
"예."
프로방스 사내가 대답했다.
"자네, 하드콰논의 호리병을 가지고 있는가?"
"예."
"그것을 나에게 주게."

캅가루프는 마지막 남은 화주 한 모금을 비운 다음, 호리병을 박사에게 건넸다. 선박 내부의 물이 점점 차오르고 있었다. 부유물은 더욱 깊숙이 바다로 침몰하고 있었다.

갑판의 사면(斜面)은, 점점 커지며 잠식해 오는 얇은 물결들로 덮여 가고 있었다.

모두 선박의 현호 위에 모였다.

박사는 횃불에 쪼여서 서명의 잉크를 말렸다. 그러고는 양피지를 호리병의 지름보다 더 작게 접은 다음, 그것을 호리병 속으로 밀어 넣었다. 그리고 다시 소리쳤다.

"마개."
"어디에 있는지 모르겠습니다."
캅가루프가 대답했다.
"여기 역청을 칠하지 않은 밧줄의 끄트머리 한 토막을 드릴 게요."

자크 카투르즈가 말했다.

박사가 밧줄 끄트머리로 호리병을 봉했다. 그리고 다시 소리쳤다.

"역청."

갈데아순이 뱃머리로 가서, 막 꺼져 가고 있던 석류 모양의 신호등을 숯불 끄는 단지로 누른 다음, 그것을 선수재에서 내려 박사에게 가져왔다. 거기에는 끓는 역청이 반쯤 채워져 있었다.

박사가 호리병의 가는 목을 역청에 담갔다가 다시 꺼냈다.

모든 사람들이 서명한 양피지를 담은 호리병은 이제 봉해지고 역청 칠까지 끝냈다.

"다 됐군."

박사가 말했다.

그러자 둥글게 서 있던 사람들의 입에서, 온갖 언어로 불분명하게 웅얼거리는, 납골당의 음침한 소음이 들리기 시작했다.

"그렇게 이루어지리다."

"저의 죄이옵니다."

"그렇게 이루어지리다."

"마침 잘됐어."

"아멘."

그들의 말을 듣지 않겠다는 하늘의 무시무시한 거부 앞에서, 바벨의 어두운 음성들이 암흑 속으로 흩어지는 소리를 듣는 것 같았다.

박사는 죄악과 절망을 함께 나눈 동료들에게 등을 돌린 다음, 뱃전으로 몇 걸음 다가갔다. 뱃전에 이르러 그는 무한을 한동안 뚫어지게 바라보더니, 가슴속 깊은 곳에서 울려 나오는 소리로 말했다.

"그대 내 곁에 있는가?"

그는 아마 어느 환영에게 말하고 있었을 것이다.

부유물은 계속 밑으로 처박히고 있었다.

박사의 등 뒤에 있는 사람들도 모두 생각에 잠겨 있었다. 기도는 불가항력적인 힘이다. 그들은 스스로 고개를 숙인 것이 아니었다. 그들의 고개는 억지로 꺾이고 있었다. 그들의 회개에는 본의 아닌 것이 있었다. 그들은 바람이 없어 축 처지는 돛처럼 휘고 있었다. 그리고 그 흉측한 무리는, 두 손을 모으고 이마를 숙여, 신에 대한 절망적인 신뢰의 자세를 조금씩, 다양하게 그러나 억눌린 듯, 취하고 있었다. 심연에서 올라온 듯한 존경스러운 빛이 악당들의 얼굴에 어렴풋이 어른거리고 있었다.

박사가 그들에게로 돌아왔다. 그의 과거가 어떠했다 할지라도, 종말에 임한 그 노인은 위대했다. 그를 둘러싸고 있던 광대한 망설임이 그의 사념을 붙잡고 있었으나, 그를 당황케 하지는 않았다. 그는 불시에 일을 당한 사람이 아니었다. 그에게는 태연한 잔혹함이 있었다. 신의 위엄이 그의 얼굴에 감돌고 있었다.

늙고 깊은 사념에 잠긴 그 도적은, 자신도 모르게 교황의 거조를 보였다.

그가 말했다.

"정신들 차리시오."

그러고는 잠시 바다를 유심히 살피더니 한마디 더 했다.

"이제 우리는 곧 죽을 거요."

그런 다음 아베마리아의 손에서 횃불을 빼앗아 들고 그것을 흔들었다.

불꽃 한 가닥이 횃불에서 떨어져 나와 어둠 속으로 날아올랐다.

박사가 횃불을 바다로 던졌다.

횃불이 꺼졌다. 모든 빛이 사라졌다. 남은 것은 미지의 광막한 어둠뿐이었다. 저절로 닫히는 무덤과 흡사한 그 무엇이었다.

급작스러운 암흑 속에서 박사의 목소리가 들려왔다.

"기도합시다."

모두 무릎을 꿇었다.

그들이 무릎을 꿇은 곳은 이미 더는 눈 위가 아니라, 물속에서였다.

그들에게 남은 시간은 단 몇 분뿐이었다.

오직 박사만이 서 있었다. 눈송이가 그의 몸뚱이 위에 멈추며, 그 위에 하얀 눈물을 별처럼 뿌려 놓았고, 어두운 배경에 그의 모습을 드러나게 해 주었다. 암흑 속에서 말을 하는 조각상 같았다.

그의 발밑에서는, 부유물이 완전히 잠길 순간을 알리는 거의 분간할 수 없는 흔들림이 시작되었는데, 박사가 성호를 그으며 목소리를 높였다.

"하늘에 계신 우리 아버지."

프로방스인이 프랑스어로 주기도문을 따라 읊었다.

"Notre Pre qui tes aux cieux."

아일랜드 여인이 웨일스어로 받아서 말했다. 바스크 여인도 이해했다.

"Ar nathair ata ar neamh."

박사가 계속했다.

"Sanctificetur nomen tuum(온 세상이 아버지를 하느님으로 받들게 하시며)."

"Que votre nom soit sanctifi."

프로방스 남자가 따라 읊었다.

"Naomthar hainm."

아일랜드 여인이 중얼거렸다.

"Adveniat regnum tuum(아버지의 군림이 오게 하시며)."

박사가 계속했다.

"Que votre rgne arrive."

프로방스 남자가 받았다.

"Tigeadh do rioghachd."

아일랜드 여인의 음성이었다. 물은 무릎을 꿇고 있는 사람들의 어깨까지 차올랐다. 박사가 기도를 계속했다.

"Fiat voluntas tua(아버지의 뜻이 이루어지게 하소서)."

"Que votre volont soit faite."

프로방스 남자가 겨우 웅얼거렸다. 그리고 아일랜드 여인과 바스크 여인이 동시에 외쳤다.

"Deuntar do thoil ar an Hhalmb(하늘에서와 같이 땅에서도)!"

"Sicut in coelo, et in terra."

박사의 말이었다. 그의 말에 답하는 음성이 없었다.

그가 아래를 내려다보았다. 모든 이들의 머리가 이미 물속에 잠겨 있었다. 단 한 사람도 일어서지 않았다. 그들은 모두 무릎을 꿇은 채 물속에 잠겼다.

박사는 뚜껑문 위에 놓아두었던 호리병을 오른손에 들고, 그것을 머리 위로 추켜올렸다.

부유물은 계속 침몰하고 있었다.

물속으로 빠져 들어가면서도 박사는 주기도문의 나머지 구절을 중얼중얼 말했다.

그의 가슴팍까지 잠시 물 위에 보이더니, 이내 머리만 보였고, 그 다음에는, 호리병을 들고 있는 팔만 보였다. 그의 팔이 호리병을 무한한 세상에게 보여 주려는 것 같았다.

그의 팔도 사라졌다. 깊은 바다에는 기름 한 통에 이는 주름만큼도 물결이 일지 않았다. 눈이 계속 내리고 있었다.

무엇인가가 물 위로 떠올라, 조류를 타고 어둠 속으로 사라졌다. 엮은 버들로 감싼, 마개에 역청을 먹인 호리병이었다.

제3부
어둠 속의 아이

1. 체스힐

육지에서도 폭풍의 강렬함은 바다 못지않았다.

버려진 아이 주위에도 어김없이 광풍이 매섭게 몰아쳤다. 눈먼 힘들이 쏟아 내는 무의식적인 노기 속에서, 약하고 순진한 존재들이 어떻게 되든 신경 쓰는 이는 없다. 어둠은 약자를 가리는 법이 없고, 사물에게는 기대하던 자비로움이 없다.

문득 육지에서도 바람은 거의 불지 않았다. 추위 속에는 알 수 없는 부동의 무엇이 있었다. 우박은 단 한 알갱이도 떨어지지 않았다. 내리는 눈의 많은 양이 공포를 불러일으켰다.

우박은 때리고, 들볶고, 상처를 내고, 귀를 아프게 하고, 부순다. 그러나 눈송이는 더욱 치명적이다. 냉혹하고 부드러운 눈송이는, 조용히 자신의 일을 할뿐이다. 눈송이를 탐욕스런 눈빛으로 바라보면 즉시 녹아 버린다. 위선자가 천진해 보이는 것처럼 눈송이는 순결해 보인다. 순백이 천천히 쌓이고 쌓인 눈송이는 눈사태에 이르고, 위선자는 범행에 도달한다.

아이는 안개 속을 계속해서 걸어 나갔다. 안개는 부드러운 장애물이다. 그런 특성 때문에 위험이 비롯된다. 그것은 물러서는 동시에 버티기도 한다. 안개 또한 눈과 같이 배신을 잔뜩 품고 있다. 그 모든 위험 한가운데로 뛰어들게 된 기이한 투사였던 아이는, 어느덧 내리막길 아래에 도달해 이미 체스힐로 들어서 있었다. 그는 아무 영문도 모르는 채로, 양쪽에 대양이 있는 지협 위를 걸어가고 있었다. 안개 속에서, 눈 속에서 그리고 암흑 속에 있었기 때문에 자칫 길을 잘못 들어서면, 오른쪽으로는 깊은 포구로, 왼쪽으로는 난바다의 거친 파도 속으로 떨어질 수밖에 없었다. 그는 그러한 사실을 알지 못한 채 두 심연 사이를 걸어가고 있었다.

그 시절 포틀랜드의 지협은 독특할 만큼 거칠고 험난했다. 지금은 더는 그 시절의 지형을 찾아볼 수 없다. 포틀랜드의 암석을 이용해 로마 시멘트를 만들 생각을 하게 된 이후, 그곳의 모든 암석에 손질을 가했고, 그러한 손질로 인해 암석은 원래와는 다른 모습이 되었다. 아직도 그곳에서는 석회암, 편암, 반암 등의 층이, 잇몸에서 치아가 솟아나는 것처럼, 역암층에서 솟아나 있는 것을 발견할 수 있다. 그러나 오시푸라주들이 날아와 흉측하게 앉아 있곤 하던, 삐죽삐죽하고 거친 그 모든 산봉우리들을, 곡괭이가 잘라내고 평평하게 만들어 버렸다. 시샘을 일삼는 사람들처럼 정상만을 어지럽히기 좋아하는 랍들과 스테르코레르들*이 만남을 가질 수 있는 봉우리들은 이제 더는 없다. 옛 웨일스어에서 흰 독수리를 뜻하던, 고돌핀이라는 이름을 가진 거대한 돌도 더는 볼 수 없게 되었다. 아직도 여름이면, 해면처럼 구멍이 뚫려 버린 그 땅에서, 로즈메리와 플레이움, 야생히소푸스, 달여 먹으면 효능이 뛰어난 강심제를 얻을 수 있는 바다 회향풀, 모래에서 자라며 돗자리를 엮는데 유용한, 마디투성이 풀 등을 채취한다. 그러나 용연향이나 흑주석, 초록색과 푸른색과 샐비어 잎 색 등 세 가지 종류가 있는 판암 등은, 그곳에서 더는 발견할 수 없다. 여우들과 오소리, 수달, 담비들도 더는 그곳에 살지 않는다. 포틀랜드의 절벽에도 콘월 곶처럼 영양이 있었다. 그러나 지금은 더는 그들을 볼 수 없다. 움푹 파여들어간 몇몇 해안에서는 아직도 가자미나 밴댕이류가 잡히기도 한다. 그러나 질겁한 연어들은, 미카엘 축일과 크리스마스 사이의 기간에도, 알을 낳기 위해 웨이강을 거슬러 오르지 않는다. 크기는 새매와 비슷하고, 사과를 두 조각으로 잘라서 씨만을 발라 먹었으며 엘리자베스 여왕의 치세에도 볼 수 있었

* 둘 다 갈매기의 일종이다.

다는, 그 신비스러운 새도 더는 없다. 영어로는 코니시 처프라 칭하고 라틴어로는 피로카락스라 칭하며, 불이 붙은 포도 덩굴 햇가지를 지붕에 떨어뜨리는 나쁜 짓을 일삼는다는 작은 까마귀 또한 그곳에서 더는 만날 수 없다. 스코틀랜드 군도에서 섬사람들이 등유로 사용하는 기름을, 그곳에서 물고 날아와서 부리로 뿌린다는, 신비한 마법의 새 풀머도 더는 볼 수 없다. 해질 무렵, 썰물이 나간 반짝거리는 해변에서도, 발은 돼지처럼 생겼고 송아지처럼 우는 소리를 낸다는, 전설적인 짐승 네츠를 더는 만날 수 없다. 귀는 돌돌 말려 있고 어금니가 뾰족하며, 발톱이 없는 발로 몸을 끌고 다니는, 수염 난 물개들도, 이제는 그곳 해변 모래에 밀려오지 않는다. 이제는 옛 모습이 남아 있지 않은 포틀랜드에는 숲이 없어 원래 밤꾀꼬리가 없었다. 그러나 그곳에 둥지를 틀었던 매와, 백조, 바다 거위들은 영영 날아가 버렸다. 오늘날의 포틀랜드 양들은 살집이 좋고 털이 가늘다. 그러나 두 세기 전 그곳에서, 소금기가 묻은 풀을 뜯던 많지 않던 암양들은, 몸집이 작고 육질은 가죽처럼 질겼으며, 털도 몹시 거칠었다. 마늘을 수시로 먹고, 일백 세의 장수를 누리며, 800미터쯤 떨어진 곳에서 길이 1온의 화살로 갑옷을 뚫던 옛 목동들이 몰고 다니던, 켈트인들이 기르는 가축다운 양이었다. 척박한 땅이 양털을 거칠게 만들었다. 오늘날의 체스힐은 예전의 체스힐과 전혀 닮은 구석이 없다. 돌까지 갉아먹는다는, 솔랭그스 군도의 미친 듯한 바람과 인간이, 그만큼 훼손했기 때문이다.

오늘날에는 혀처럼 생긴 땅에 철로가 놓였으며, 그것이 장기판처럼 새로 지은 집들이 들어선 체실턴까지 이어지고, '포틀랜드 역'도 하나 생겼다. 옛날 물개들이 기어 다니던 곳에 열차가 지나다닌다. 200년 전의 포틀랜드의 지협은, 암석 척추를 가지고 있는 하나의 모래 등성이었다.

어린아이를 노리던 위험은 다른 방식으로 다가왔다. 내리막길에서 아이에게 위험스러운 것은, 절벽 밑으로 굴러떨어지는 것이었다. 반면 지협에서의 위험은, 수많은 구덩이 속으로 빠지는 것이었다. 낭떠러지를 지나고 나니 웅덩이가 기다리고 있었다. 해변에서 만나는 모든 것들이 함정이다. 바위는 미끄러웠고, 모래톱은 끊임없이 움직인다. 의지할 만한 곳으로 보이는 것은 모두 덫이다. 마치 유리판 위를 걷는 격이다. 모든 것이 발밑에서 갑자기 갈라질 수 있다. 그러면 갈라진 틈으로 영영 사라져 버리는 것이다. 대양은 잘 만들어진 극장처럼 제3의 무대 밑 가동 무대(可動 舞臺)를 숨기고 있다.

지협의 두 경사면이 등을 맞대고 있는 긴 화강석 뼈대는 접근하기 곤란하다. 그곳에서는 연출 용어로 '실물'이라고 부르는 것을 만나기가 어렵다. 인간은 대양에게서 환대를 기대할 수 없다. 물결로부터는 물론이고 암석에게도 환대받지 못한다. 바다가 환대하려고 기다리는 대상은 새와 물고기뿐이다. 특히 지협은 벌거벗겨져 있고 까다롭다. 양쪽에서 그것을 마모시키고 파고드는 파도가, 지협의 모습을 가장 엉망인 상태로 만들어 놓았다. 어디를 보더라도 날카롭게 생긴 돌출부, 닭의 볏이나 톱처럼 찢어진 돌의 넝마, 날카로운 어금니투성이인 상어의 턱뼈처럼 돌 레이스를 늘어뜨린 동굴들, 밟아서 미끄러지면 목이 부러질 수도 있는 위험천만한 젖은 이끼 그리고 급히 굴러가서 즉시 바닷물에 도착르는 바위들뿐이다. 하나의 지협을 건너가려 하는 사람은, 한 걸음씩 발을 옮길 때마다, 집채만큼 크고 모양이 기이한 덩어리들을 만난다. 경골 모양, 견갑골 모양, 대퇴골 모양 등 껍질 벗긴 암석들의 흉측하게 생긴 해부 현장을 목도하게 된다. 바닷가의 가느다란 선을 아무 이유없이 "코트, 프랑스어로 갈비뼈. 늑골이란 뜻도 있음"이라 부르는 것은 아니다. 그곳을 지나치는 사람은 엉망으로 널려 있는 잔해를 헤쳐나가야 한다. 지협을 통과하는 수고는 거대한 해골을 뚫고 길을 스스로 만드는 것과 비슷하다.

어린아이에게 헤라클레스의 노역을 맡기는 격이다.

밝은 대낮이었다면 좀 나았을 수 있지만, 밤이었다. 안내자가 필요했겠으나, 그는 여전히 혼자였다. 어른의 강건함도 아직 갖추지 못했으련만, 그에게는 아이의 가녀린 힘밖에 없었다. 안내자가 없으면 오솔길이나마 그에게 도움이 되었을 텐데, 오솔길조차 없었다.

그는 본능적으로 암석들의 날카로운 사슬을 피해 최대한 해변을 따라갔다. 그가 웅덩이를 만난 곳은 그곳이었다. 웅덩이는 그가 가는 길에 계속 많이 나타났는데 웅덩이의 종류는 물웅덩이, 눈 웅덩이, 모래 웅덩이 등 세 가지였다. 그중 모래 웅덩이가 가장 무서운 웅덩이이다. 모래 웅덩이에 빠지는 것은 곧 매몰됨을 뜻한다.

맞닥뜨린 것이 무엇인지 알면 놀라 두려움에 빠진다. 하지만 그것이 무엇인지조차 모른다는 것은 더 끔찍하고 무서운 일이다. 아이는 알 수 없는 위험을 상대로 싸우고 있었다. 그는 무덤일지도 모를 그 어딘가에서 길을 찾으려고 더듬고 있었다.

그는 조금도 망설이지 않았다. 바위들을 만나면 돌아서 걷고, 위험한 틈바구니들은 피하려고 했다. 본능적으로 함정을 알아챘으며, 장애물로 인한 수많은 굴곡도 마다하지 않았다. 그는 앞으로 나갔다. 곧게 갈 수는 없었지만 꿋꿋하게 걸었다.

필요한 경우에는 과감히 물러서기도 했다. 유사(流砂)의 흉측한 끈끈이로부터 적시에 모면했다. 윗몸을 흔들어서 자신에게 내려앉은 눈을 털기도 했다. 무릎까지 올라오는 물속에 들어간 것이 한두 번이 아니었다. 물에서 나오자마자 그의 젖은 누더기가 끝없는 밤의 추위에 즉시 얼어붙었다. 얼어서 뻣뻣해진 옷을 입고도 그는 빨리 걸었다. 하지만 그의 상체를 감싸고 있던 선원 작업복만은, 물에 젖지 않고 따뜻하게 보존하려고 노력했다. 그는 여전히 극심한 배고픔을 느끼고 있었다.

심연에서의 모험은 어느 면에서든 한계가 없는 것이다. 어떤 일이든 일어날 수 있다. 심지어 구원도. 탈출구가 보이지 않으나 발견할 수도 있다. 숨 막히는 눈의 소용돌이에 둘러싸인 채, 헤아릴 수 없는 두 아가리 사이에 있는 좁은 제방 위에서 길을 잃은 아이가, 앞도 보이지 않는 그 속에서, 어떻게 지협을 건넜는지는, 아이 자신도 설명할 수 없었을 것이다. 그가 미끄러졌고, 기어올랐고, 굴렀고, 더듬어 찾았고, 걸었고, 견뎠다는 것, 그것이 전부이다. 이것이 모든 승리의 비결이다. 한 시간이 채 되지 않았을 무렵, 그는 땅이 다시 높아짐을 느꼈다. 그는 다른 쪽 가장자리에 이르러 체스힐을 벗어나고 있었다. 진정한 육지에 도착해 있었다.

오늘날 샌드퍼드 캐슬을 스몰마우스 샌드로 이어 주는 다리가 그 시절에는 존재하지 않았다. 그렇게 더듬어 나가면서 아이는 아마 와이크 레지스 근처까지 거슬러 올라갔을 것이다. 그곳에는 당시 혀 모양과 비슷하게 생긴 모래톱 하나가 있었는데, 이스트 플릿을 통과하는, 자연스럽게 형성된 두렁길이었다.

지협을 무사히 빠져나오긴 했지만, 그는 폭풍과 겨울 그리고 밤과 맞닥뜨렸다.

그의 앞에는 다시 평원의 끝없는 암흑이 펼쳐지고 있었다.

그가 오솔길을 찾으려고 땅을 내려다보았다. 문득 그가 몸을 굽혔다.

눈 속에서 어떤 흔적 같아 보이는 것을 언뜻 보았기 때문이다. 정말 하나의 흔적, 발자국이었다. 하얀 눈이, 찍힌 자국을 선명하게 드러내 주었고, 또 잘 보이게 해 주었다. 그는 자국을 골똘히 들여다보았다. 맨발 자국이었다. 어른의 발보다는 작고, 아이의 발보다는 컸다.

아마 여인의 발이었을 것이다. 그 발자국 다음에 다른 자국 하나가 있었고, 그 너머에 또 하나가 보였다. 발자국은 한 걸음 거리로 이어져 있었고, 평원의 오른쪽으로 향하고 있었다. 발자국은 찍힌 지 얼마 안 되었고, 그 위에 눈이 거의 덮이지 않았다. 여인 하나가 그곳으로 지나간 것이 틀림없었다.

아이의 눈에 연기가 있는 것처럼 보였던 방향으로 어떤 여인이 걸어갔음이 틀림없었다. 발자국에서 눈을 떼지 못한 채 아이는 그 자국을 따라가기 시작했다.

2. 눈의 효과

그는 한동안 발자국을 따라서 걸었다. 불행하게도 발자국은 점점 희미해지고 있었다. 눈발은 촘촘하고 무시무시하게 내렸다. 우르카가 그 눈을 맞으며 난바다에서 파국을 맞은 것도 바로 그 순간이었다.

선박처럼, 그러나 그것과는 다르게, 곤경에 빠져 있던 아이는 앞을 가로막고 있던 풀리지 않는 암흑의 교차점 속에서, 눈 위에 찍힌 발자국 이외에는 다른 방법이 없었던지라 그것이 미로의 실이라도 되는 양 발자국에 집착했다.

문득 뒤에 내린 눈이 결국 발자국을 지워 버렸는지, 또는 전혀 다른 어떤 이유 때문이었는지, 발자국은 사라져 버렸다. 모든 것이, 반점 하나 없이, 형체도 없이, 평평하고 하나로 연결되어, 깨끗이 밀어내 버린 듯했다. 땅 위에는 하얀 천 한 조각, 하늘에는 검은 천 한 조각뿐, 더는 아무것도 없었다. 그곳으로 지나간 여인이 마치 하늘로 날아가 버린 것 같았다.

당황한 아이는 몸을 굽혀 열심히 찾았지만 헛일이었다.

그가 다시 몸을 일으키는데, 어렴풋하게 어떤 소리가 들리는 듯했다. 그러나 소리를 들었는지 확신할 수가 없었다. 그것은 하나의 목소리, 하나의 숨결, 어둠 같기도 했다. 짐승보다는 인간 같았고, 살아 있는 인간보다는 무덤 속의 인간 같았다. 그것은 분명 소리였지만 꿈속의 소리였다.

아이는 유심히 살폈지만 아무것도 보이는 것이 없었다.

적나라하고 창백한 적막만이 그의 눈앞에 끝없이 펼쳐져 있었다.

그는 귀를 기울였다. 들었다고 믿었던 것은 이제 들리지 않았다. 어쩌면 아무것도 듣지 못했는지도 모른다. 다시 귀를 기울였다. 모든 것이 고요했다. 안개가 주는 막연함 때문에 아마 환청에 사로잡혔던 모양이다. 그는 다시 걸어가기 시작했다. 그를 이끌어 줄 발자국이 더는 없었기 때문에, 무작정 앞으로 걸었다.

그곳을 채 떠나기도 전에 다시 소리가 들려왔다. 이번에는 의심할 여지가 없이 분명하게 들렸다. 그것은 흐느낌에 가까운 신음 소리였다.

그는 돌아섰다. 천천히 여기저기 바라보며 어두운 공간을 살폈다. 그러나 아무것도 보이지 않았다.

그때 다시 소리가 들려왔다.

고성소(古聖所)가 비명을 지를 수 있다면 아마 그런 소리를 낼 것이다.

그 음성보다 더 폐부를 찌르고 비통하게 느껴지고 약한 것은 없을 것이다. 그것이 진정한 목소리였기 때문이다. 그것은 하나의 영혼에서 울려 나왔다. 그 가냘픈 음성이 심장을 두근거리게 했다. 하지만 거의 무의식적으로 내는 소리인 것처럼 들렸다. 도움을 청하는 괴로움 비슷한 그 무엇, 하지만 자신이 고통이라는 사실도, 도움을 청하고 있다는 사실도 모르는, 그 무엇이었다. 최초의 숨결일 수도 있고 마지막 한숨일 수도 있는 그 비명은, 생명이 스러지기 직전에 하는 헐떡거림 및 그것을 여는 고고 지성(呱呱之聲)과 등거리에 있었다. 그것은 호흡하기도 하고, 질식하는 것처럼 들리기도 하고, 울기도 했다. 보이지 않는 곳에서 들려오는 가련한 애원의 소리였다.

아이는 먼 곳, 가까운 곳, 깊은 곳, 높은 곳, 낮은 곳 등 모든 곳을 차례로 주의를 기울였다. 그러나 아무도 없었다. 아무것도 없었다.

귀를 기울였다. 다시 목소리가 들렸다. 아이는 분명히 그 소리를 들었다. 그 음성은 새끼 양의 울음 소리처럼 느껴졌다.

아이에겐 두려움이 덮쳐왔고, 도망쳐야겠다고 생각했다.

신음 소리가 다시 들려오기 시작했다. 네 번째였다. 그 소리는 이상하리만큼 가엾고 호소력을 가지고 있었다. 의도한 것이라기보다는 기계적인 절박한 몸부림을 한 끝에, 신음 소리도 곧 사그라질 것 같았다. 그것은, 광막함 속에 유보 상태로 있는 많은 도움의 손길을 향한, 절체절명의 그리고 본능의 간청과 같았다. 혹시 그곳에 있을지도 모를 절대자에게로 향한, 죽어가는 자의 알아들을 수 없는 속삭임이었다. 아이는 소리가 들려오는 쪽으로 다가갔다.

여전히 아무것도 보이지 않았다.

그는 주위를 살피며 더 다가갔다.

신음 소리는 계속되고 있었다. 발음이 분명치 않아 알아들을 수 없었지만, 음성은 맑았고 떨리는 것이 느껴졌다. 아이는 그 소리에 아주 가까이 다가가 있었다. 하지만 도대체 어디에 있단 말인가?

그는 탄식의 주변에 있었다. 그 탄식의 떨림이 그의 곁에서 울려 퍼지고 있었다. 보이지 않는 것 속에서 떠다니는 인간의 신음 소리, 그것이 바로 아이가 만난 것이었다. 아니, 적어도 그것이 그가 받은 인상이었다. 그가 빠져들어 길을 잃어버린, 그 깊은 안개처럼 희미한 느낌이었다.

어서 도망쳐야 한다고 그를 등 떠미는 본능과, 그 자리에 머물러야 한다고 설득하는 본능 사이에서 한참 망설이고 있는데, 몇 발자국 앞의 눈 속에서 인간의 몸뚱이만 한 물결 같은 기복이 그의 눈에 띄었다. 구덩이의 불룩한 부분과 유사한, 길고 좁은 나지막한 돌출부였는데, 하얀색 묘지에 있을 것 같은 무덤처럼 생긴 모습이었다.

동시에 다시 소리가 들렸다. 그 밑에서 들려오는 것이었다. 아이는 몸을 굽히고 기복을 이룬 부분 앞에 웅크리고 앉아서, 두 손으로 그곳을 파헤치기 시작했다.

치워 버린 눈 밑에서 형체 하나가 천천히 나타나는 듯하더니 문득 그의 손 아래, 그가 만든 움푹 파인 공간에 창백한 얼굴 하나가 불쑥 나타났다.

소리를 낸 것은 그 얼굴이 아니었다. 눈은 감겨져 있고 입은 벌린 상태였는데, 입에는 눈이 가득 차 있었다.

얼굴은 꼼짝도 하지 않았다. 아이가 손으로 만져도 움직이지 않았다. 아이는, 추위 때문에 손가락 끝이 저렸지만, 그 얼굴의 차가움에 손끝이 닿는 순간 온몸에 섬뜩함을 느꼈다. 그것은 어느 여인의 얼굴이었다. 헝클어진 머리카락이 눈과 뒤섞여 있었다. 여인은 이미 죽어 있었다.

아이는 다시 눈을 파헤치기 시작했다. 여인의 목이 드러났다. 그다음 상반신의 윗부분이 드러났는데, 누더기 아래로 살결이 보였다. 문득, 더듬고 있던 그의 손끝에 어떤 움직임이 느껴졌다. 눈 속에 파묻혀 꿈틀거리는 작은 무언가가 움직이고 있었다. 아이는 서둘러서 눈을 치웠다. 그리고 미숙아의 가엾은 몸뚱이 하나를 찾아냈다. 가냘프고, 추위에 파랗게 질렸지만 아직 살아서, 알몸으로, 죽은 여인의 헐벗은 젖가슴에 매달려 있는 아기였다.

작은 여자 아기였다.

아기는 애초 천에 감싸여 있었으나, 그 누더기조차 충분하지 못했고, 게다가 몸부림을 치는 바람에 몸이 넝마 조각 밖으로 나와 있었다. 아기의 밑에 있던 눈은 비쩍 말라버린 불쌍한 팔과 다리에, 위에 있던 눈은 아이의 숨결에, 조금 녹아 있었다. 유모들이 본다면 아기가 태어난 지 다섯 달이나 여섯 달쯤 되었다고 할 수 있었을 것이다. 하지만 아기는 태어난 지 일 년쯤 되었을지도 모른다. 가난함 속에서 아이가 자라다 보면 가슴

아픈 감축을 피할 수 없기 때문에 때로는 구루병에 걸리기도 하기 때문이다. 얼굴이 공기에 닿자 아기는 울음을 터뜨렸다. 절망적인 흐느낌의 이어짐이었다. 아기의 흐느낌을 듣지 못하는 것으로 볼 때, 아기의 엄마는 정말 깊게 죽음에 들었음이 분명했다. 아이는 아기를 품에 안았다.

뻣뻣하게 굳어 버린 아기 엄마의 모습은 음산한 기운이 감돌았다. 유령 같은 빛이 그녀의 얼굴에서 새어 나오고 있었다. 휑하게 벌어진 숨결이 끊긴 입은, 암흑세계의 분명하지 않은 언어로, 눈에 보이지 않는 세계에서 사자(死者)들에게 던지는 질문에 답변을 시작하는 것 같았다. 얼어버린 평원의 창백한 반사광이 그 얼굴 위로 비추고 있었다. 갈색 머리카락 밑에 있는 아직 젊은 이마와, 화가 난 듯한 눈썹의 찡그림, 좁은 콧구멍, 굳게 감긴 눈꺼풀, 서리에 얼어붙은 속눈썹 그리고 눈 귀퉁이에서 입 귀퉁이로 이어지는 깊은 눈물 주름 등이 선명하게 보였다. 죽은 여인을 눈이 비춰 주고 있었다. 겨울과 무덤은 서로에게 해를 끼치지 않는 사이다. 시신이란 인간으로 만든 얼음덩이이다. 벌거벗은 젖가슴은 비장하게 보였다. 그 젖가슴은 이미 제 할 일을 다 했다. 그리고 삶이 결여된 존재가 준 숭고한 생명의 낙인을 간직하고 있었다. 그 위에는 처녀의 순결함 대신 모성의 위엄이 자리하고 있었다. 한쪽 젖꼭지 끝에 하얀 진주 하나가 얹혀 있었다. 꽁꽁 언 젖 한 방울이었다.

먼저 이 사실부터 짚고 넘어 가자. 아이가 길을 잃고 헤매던 평원에서, 구걸하는 여인 하나가, 젖먹이 아기에게 젖을 먹이며 쉴 곳을 찾아 헤매다가, 몇 시간 전에 길을 잃고 말았다. 그녀는 몸이 얼어서 마비된 채 눈보라 속에 쓰러져, 다시 일어서지 못했다. 무섭게 내리는 눈이 그녀를 뒤덮었다. 그녀는 아기를 자신의 몸에 최대한 밀착시켜 껴안았다. 그리고 끝내 숨을 거두었다.

어린것은 그 대리석처럼 굳은 젖을 빨려고 애를 썼다. 본능적으로 갖게 되는 불가사의한 신뢰이다. 마지막 숨을 거둔 후에도 어미는 아기에게 젖을 줄 수 있는 모양이다.

그러나 아기의 입은 젖꼭지를 제대로 찾지 못했다. 죽음이 빼앗아간 젖방울이 그곳에 얼어붙었으며, 그래서 눈 밑에서, 무덤보다는 요람에 더 익숙했던 아기가 울음소리를 냈던 것이다.

버려진 아이가 죽어 가는 아기의 소리를 들은 것이다.

그가 묻혀 있던 어린것을 찾아냈다.

그리고 자신의 품에 거둔 것이다.

아기는 아이의 품을 느끼자 울음을 멈추었다. 두 아이의 두 얼굴이 서로 맞닿았다. 그러자 젖먹이의 파리해진 입술이 젖꼭지를 찾듯 소년의 볼에 닿았다.

어린 여자아이는, 피가 얼어붙어서 심장이 멎기 직전이었다. 아기의 어머니가 이미 죽음의 일부를 아기에게 주었다. 시체는 전염되는데, 그때 제일 먼저 옮는 것이 냉각 현상이다. 아기의 두 발과 두 손, 두 팔, 두 무릎은, 얼음에 마비된 듯 차가웠다. 아이는 그 차가움이 끔찍하게 느껴졌다.

그에게는 아직 젖지 않아서 따뜻한 옷, 즉 선원 작업복이 있었다. 그는 아기를 죽은 여인의 가슴 위에 내려놓은 다음 옷을 벗었다. 벗은 옷으로 아기를 감싼 후 다시 품에 안았다. 그리고 삭풍이 몰고 온 눈보라 속에서 거의 벌거숭이가 됐음에도 불구하고 어린것을 안고 다시 길을 떠났다.

아기는 아이의 볼을 다시 찾는데 성공해 입술을 밀착시켰다. 그리고 다시 온기를 느꼈는지, 잠이 들었다. 어둠 속에 버려진 두 영혼이 나눈 첫 입맞춤이었다.

아기의 엄마는, 여전히 눈 위에 등을 대고 얼굴은 밤의 하늘을 향한 채 누워 있었다. 그러나 어린 소년이 어린 여자 아기를 감싸려고 옷을 벗었을 때, 끝없이 깊은 곳에 있던 그녀는 아마 소년을 보았을지도 모른다.

3. 괴로운 길은 짐으로 인해 더욱 어려워진다

우르카가 해변에 아이를 내버려 두고 포틀랜드의 정박지를 떠난 지 네 시간이 지났다. 그가 버려진 이후, 그가 걸었던 그

긴 시간 동안, 이제 어쩌면 그가 들어가게 될 인간 세상에서, 그는 아직 세 사람밖에 만나지 못했다. 남자 한 명, 여인 한 명 그리고 아이 한 명과의 만남이었다. 남자란 둔덕 위에 있던 그 남자였고, 여인이란 눈 속에 있던 여인이었으며, 아이란 그의 품에 안고 있는 어린 여자아이였다.

그는 피로와 배고픔으로 지칠 대로 지친 상태였다. 힘은 점점 줄어들고 짐은 늘어났지만, 그는 전보다 더욱 꿋꿋하게 앞으로 걸어갔다.

이제 그는 거의 맨몸이나 마찬가지였다. 그에게 남아 있던 얼마 안 되는 누더기들이 서리에 얼어붙어, 유리 조각처럼 날카로워졌고, 그의 살갗에 상처를 냈다. 그의 몸은 점점 얼고 있었다. 그러나 다른 아이의 몸은 뜨거워지고 있었다. 그가 잃고 있던 것이 사라지는 것은 아니었다. 그녀가 그가 잃어버린 것을 다시 받아들이고 있었다. 그는 그 열기를 느꼈다. 그것이, 가엾은 어린 여자아이에게는 생명의 부활이었다. 그는 계속해서 앞으로 걸었다.

때때로, 아기를 꼭 끌어안은 채, 그는 몸을 굽혀 눈을 한 줌 집어서, 그것으로 발을 문질렀다. 발이 얼지 않도록 하는 것이었다.

또한 어떤 때는, 타는 듯한 목마름 때문에, 눈을 조금 입에 넣고 빨았다. 갈증이 잠시 사그라드는 듯했으나, 그것이 곧 신열로 바뀌었다. 완화된다고 생각했지만 실은 악화되는 것이었다. 눈 폭풍이 어찌나 맹렬한지 아예 형체가 없어질 정도였다. 눈 홍수라는 것도 있을 수 있는 일이다. 그날이 다름 아닌 눈 홍수였다. 그 발작 증세가 대양을 뒤집어엎으며 동시에 연안 지역에 혹독하게 불어오고 있었다. 아마 그 순간, 우르카가 암초와의 싸움에서 산산조각이 난 채 분해되고 있었을 것이다.

매섭게 불어오는 찬바람 속에서, 계속 동쪽을 향해 걸으며, 그는 넓은 설원을 가로질러 건넜다. 몇 시나 되었는지조차 알 수 없었다. 오래전부터 연기도 보이지 않았다. 암흑 속에서는 그러한 표시가 금세 지워진다. 게다가 불이 꺼질 시각이 훨씬 지난 것 같았다. 또한 그가 잘못 본 것일 수도 있었다. 그가 향하고 있는 쪽에는 도시도 마을도 없을 수도 있었다.

이러한 여러 가지 의혹 속에서도 그는 굽히지 않고 걸었다.

어린것이 두세 차례 울음을 터뜨렸다. 그럴 때마다 그는 달래며 걸었다. 그러면 아기가 금세 평온을 되찾고 울음을 그쳤다. 결국 아기는 잠이 들어 깊게 잤다. 그는 추위에 오들오들 떨면서도, 아기의 체온이 따뜻한지 확인하곤 했다.

그는 아기를 감싼 작업복 자락으로 어린것의 목 주변을 여며주었다. 벌어진 옷깃 틈 사이로 서리가 들어가 녹으면서 옷과 아기 사이로 스며들지 않을까 걱정스러워서였다.

평원은 물결처럼 굴곡져 있었다. 경사면 아래 낮은 곳에 바람이 불어서 쌓인 눈더미가, 어린 그에게는 너무 깊었기 때문에, 그는 몸이 거의 반쯤 파묻힌 채 걸어야 했다. 그는 눈을 무릎으로 밀어내면서 걸었다.

움푹 파인 지점을 지나자, 매서운 바람이 쓸고 가서 눈이 적게 쌓인 평지가 나타났다. 그곳에서 빙판을 발견했다.

아기의 미지근한 숨결이 그의 볼에 닿으면 잠시 따뜻하게 느껴지다가, 그의 머리카락 사이에 멈춰서 얼음이 되었다.

그는 경계해야 할 일이 있음을 깨달았다. 결코 넘어져서는 안 된다는 것이었다. 넘어지고 나면 영영 다시 일어날 수 없을 것 같았다. 극도로 지친 상태였기 때문에, 납덩이 같은 암흑이, 이미 죽은 여인처럼, 그를 땅바닥에 넘어뜨리면, 얼음이 살아 있는 그를 땅바닥에 접합시켜 버릴 것 같았다. 그는 경사가 급하게 진 곳을 내려오면서도 무사했다. 수많은 웅덩이 사이에서 비틀거리긴 했지만 무사히 빠져나왔다. 단순한 넘어짐은 곧 죽음이었다. 잘못 헛디딘 한 걸음이 무덤의 뚜껑을 열지도 몰랐다. 그렇기 때문에 결코 미끄러지지 말아야 했다. 더는 무릎으로 버티고 다시 일어설 기운이 남아 있지 않았다. 그런데 온통 미끄러운 것들이 그의 주위를 감싸고 있었다. 보이는 것은 서리와 언 눈뿐이었다.

그가 안고 있는 어린것이 걷는 것을 극도로 복잡하게 만들었다. 그의 피로감과 지친 상태를 감안할 때, 그에게는 아기의 무게가 너무나 버거웠다. 아기가 그에게 커다란 장애물이었다. 아기는 그의 두 팔을 점거하고 있었다. 빙판 위를 걷는 사람에게는, 두 팔이 균형을 잡는데 필요한 자연적인 평형추였다.

그는 이를 포기할 수밖에 없었다.

평형추를 포기하고 그저 걸었다. 자기의 짐 때문에 자신이 어떻게 될지 까맣게 모른 채로 말이다.

어린 여자아이는 고뇌의 물그릇을 넘치게 하는 결정적인 한 방울의 물이었다.

그는 평균대 위에 올라가 있는 듯, 한 걸음 옮길 때마다 좌우로 흔들리며, 또한 어느 시선을 위한 것도 아닌 균형의 기적을 일으키며, 앞으로 걸었다. 다시 말하건대, 어쩌면 너무나 고통스러운 길에 나선 그를, 먼 암흑 속에 열려 있는 눈들이 지켜보고 있었을 것이니, 그것은 아기 어머니의 눈과 신의 눈이었을 것이다.

그는 비틀거리고, 넘어지고, 다시 중심을 잡기도 하고, 아기를 살펴보고, 옷자락으로 아기를 여며 주고, 머리를 감싸 주고, 다시 비틀거리며 앞으로 걸어가다가, 미끄러지면 즉시 몸을 일으키곤 했다. 바람은 비겁하게 그를 밀었다.

그가 필요 이상으로 멀리 가고 있었던 것이 분명하다. 정황을 살펴보면 그는, 훗날 빈클리브스 농장이 들어선 곳, 오늘날 사람들이 스프링 가든과 퍼슨네이지 하우스라고 부르는 두 지점 사이에 있는, 벌판에 있었던 것이 확실하다. 오늘날에는 소작지 농가들과 작은 별장들이 들어섰지만, 당시에는 황무지였다. 한 세기가 채 흐르기 전에 초원과 도시가 서로 갈리는 경우는 종종 있는 일이다.

그의 시야를 흐리게 만들던 얼음장 같은 광풍이 멈추는 순간, 문득 그의 앞쪽 조금 떨어진 곳에, 눈 때문에 더욱 도드라져 보이는 일단의 합각머리와 굴뚝이 보였다. 하나의 윤곽과는 반대되는 것이며, 오늘날 사람들이 사진의 원판이라고 부를 수도 있을 그 무언가, 암흑의 지평선에 하얗게 그린 하나의 도시였다.

지붕들과 집들과 하나의 숙소! 그는 이제 어딘가에 도착했다! 그는 희망적이면서 형언할 수 없는 용기가 솟아오르는 것을 느꼈다. 표류하는 선박에서 바다를 살피던 사람이 "육지다"라고 외칠 때, 이러한 감정을 느낄 것이다. 그는 발걸음을 재촉했다.

그는 드디어 사람들에게 접근하고 있었다. 생물체에 닿으려고 하고 있었다. 더는 무서워할 것이 없었다. 그의 내면에 갑자기 열기가 생겼다. 그것은 안도감이었다. 지금까지 있다가 드디어 빠져나온 그곳, 그 모든 것은 막을 내렸다. 이제부터는 어둠도, 겨울도, 폭풍도 없을 것이다. 모든 좋지 않은 것은 이제 모두 그의 뒤로 사라진 것 같았다. 아기도 더는 무겁게 느껴지지 않았다. 그는 달리다시피 하고 있었다.

그는 눈을 지붕들 위에 고정시켰다. 삶이 그곳에 있었다. 그는 지붕들로부터 시선을 떼지 않았다. 죽어서 땅속에 묻힌 사람이, 살짝 열린 무덤의 뚜껑 사이로 세상을 바라본다면 그렇게 바라볼 것이다. 그가 바라보던 것은, 연기를 내뿜는 것처럼 보였던 굴뚝이었다.

그러나 굴뚝에서는 연기가 단 한 가닥도 피어오르지 않았다.

그는 순식간에 사람들이 사는 곳에 도착했다. 도시의 외곽에 도착했는데, 그곳은 활짝 열린 거리였다. 그 시절, 통행을 막는 울타리는 이미 없어졌다.

거리가 시작되는 곳에 집 두 채가 있었다. 그 두 집에는 촛불도 램프의 불빛도 새어 나오지 않았다. 그곳뿐만 아니라 거리 전체가, 도시가, 눈에 보이는 모든 곳이 그러했다.

오른쪽에 있는 집은 집이라기보다는 하나의 지붕에 불과했다. 보잘것없이 허술한 집이었다. 벽은 짚을 잘라서 섞은 흙으로 발랐고, 지붕은 짚으로 이은 집이었다. 짚이 벽보다 많았다. 담벼락의 발치에 난 키 큰 쐐기풀이 처마 끝에 닿아 있었다. 그 오막살이에는, 고양이가 다니는 통로처럼 보이는 출입문 하나와 천장의 채광창에 불과한 창문 하나밖에 없었다. 그것들이 모두 닫혀 있었다. 그 옆에 있는 돼지우리에 짐승이 있는 것으로 보아, 사람이 사는 집임에 분명했다. 왼쪽에 있는 집은, 널찍하고, 높고, 온통 석재로 지었고, 지붕은 판암으로 덮었다. 그 집 또한 닫혀 있었다. 부자가 사는 집과 가난한 사람이 사는 집이 그렇게 마주하고 있었다.

아이는 주저하지 않았다. 그는 큰 집 앞으로 다가갔다. 굵은 못을 박아서, 장대한 떡갈나무 체커 놀이판처럼 보이는 그 두 쪽 출입문은, 안쪽에 실한 빗장과 자물쇠가 있을 것 같은 대문 중 하나였다. 대문에는 철로 된 노커 하나가 걸려 있었다.

그가 노커를 추켜올렸다. 그에게는 그것도 힘들었다. 마비된 그의 손이, 손이라기보다는 잘려 나간 손의 기부(基部)에 더 흡사했기 때문이다. 아이는 문을 한 번 두드렸다.

아무 대답이 없었다.

한 번을 더 치고 나서 다시 두 번을 쳤다.

집 안에서는 아무 기척도 느껴지지 않았다.

그가 다시 두드렸다. 역시 아무 대답이 없었다.

아이는 사람들이 모두 잠들었거나, 혹은 일어날 마음이 없는 것이라고 생각했다.

그렇게 생각하며 그는 가난한 집으로 향했다. 땅바닥의 쌓인 눈 속에 있던 조약돌 하나를 집어들어 나지막하게 문을 두드렸다.

대답이 없었다.

그는 발뒤꿈치를 들고 발끝으로 서서 창문을 두드렸다. 유리가 깨지지 않도록 조심스럽게, 그러나 충분히 소리가 들리도록 힘을 주어 두드렸다.

아무런 소리도 들리지 않았고, 발걸음을 떼는 기척도 없었으며, 불빛 하나도 생기지 않았다.

아이는, 그 집 사람들도 역시, 잠자리에서 일어나고 싶지 않은 모양이라고 생각했다.

돌로 지은 저택과 오막살이 속에는, 가엾은 사람들이 내는 소리를 듣지 못하는 난청이 있었다.

아이는 더 멀리 가 보기로 결심했다. 그러고는 그의 앞에 연이어 서 있는 집들이 이루고 있던 해협 속으로 걸어 들어갔다. 그곳은 무척 어두웠기 때문에, 도시의 입구라기보다는, 두 절벽 사이에 있는 협곡 같았다.

4. 황무지의 다른 모습

그가 들어간 곳은 웨이머스였다.

그 당시에 웨이머스는 웅장하고 화려한 오늘날의 웨이머스가 아니었다. 옛날의 웨이머스에는, 지금의 웨이머스처럼 직선으로 이루어진 부두나, 조지 3세를 기리는 동상과 여인숙이 없었다. 그 시절에는 조지 3세가 아직 태어나지 않았을 때였기 때문이다. 또한 그와 같은 이유로, 동쪽의 푸른 동산 경사진 곳에, 잔디를 마치 머리 가죽 벗기듯 도려내어, 그곳에 드러난 석회암 선을 이용해 지면에 그린, 아르팡* 면적을 차지하는 백마 그림 화이트 호스, 즉 등에 왕 한 명을 태우고, 조지 3세를 기념해 꼬리를 도시 쪽으로 향하고 있는 그 백마도 없었다. 그러한 예우는 물론 당연하다. 조지 3세는 젊었던 시절에도 결코 가져 본 적이 없던 기지를 노년에 잃어버렸던지라, 그의 치세 중에 일어난 모든 불운은 그의 책임이 아니었다. 그는 순진한 사람이었다. 그러니 그를 기리는 동상을 세우지 않을 이유가 어디 있겠는가?

180년 전의 웨이머스는 뒤섞인 어린이용 장난감처럼 균형이 잡혀 있지 않았다. 전설에 따르면, 아스타로트**가 가끔 배낭을 짊어지고 이곳을 거닐었는데, 그 배낭 속에는 모든 것들이 들어 있어서, 심지어 집 안에 있는 여인들도 있었다고 한다. 그 마귀의 배낭에서 떨어진 엉망진창의 허술한 집 무더기를 상상해 보면, 정돈되지 않은 웨이머스의 모습을 상상할 수 있을 것이다. 게다가 집 안에는 여인들이 있다. 그러한 집들의 견본으로 아직도 '음악가들의 집'이 남아 있다. 사람이 조각한 것에 벌레

---

* 프랑스 토속의 경작지 면적 단위다.

** 악마학에 등장하는 지옥의 제후다.

가 다시 조각해 놓은 목재로 지은 소굴들과, 바닷바람에 쓰러지지 않기 위해 서로 기댄 몇몇 기둥들이 형성한 구불구불하고 자연스럽지 않은 좁디좁은 골목과 도로, 춘분이나 추분 조류에 자주 잠기는 교차로만을 남겨 놓은, 건들거리는 남루한 건물들의 혼합물, 혹은 오래된 교회당 주위에 몰려 있는 노파 같은 낡은 집들의 더미, 그것이 바로 웨이머스였다. 웨이머스는, 영국 해안으로 흘러와 좌초한 옛 노르망디 마을의 모습이었다.

오늘날엔 호텔로 변한 웨이머스의 선술집에 들어간 여행객은, 튀긴 도다리와 포도주 한 병을 25프랑에 즐기는 대신, 몇 푼 하지 않는 생선 수프로 만족해야 하는 수모를 겪어야 했다. 물론 수프는 매우 맛있었다. 그러나 비참했다.

버려진 아이가 주운 아이를 안고 첫 번째 길을 따라 걸었고, 계속해서 두 번째 길과 세 번째 길을 차례로 살펴보았다. 그러면서 건물들의 모든 층과 지붕을 자세히 훑었다. 그러나 모두 닫혀 있었고 불이 꺼져 있었다. 가끔씩 대문을 두드려 보았지만 아무도 응답하지 않았다. 따스한 이불 속에 들어가 있는 것만큼 인간의 심장을 딱딱하게 만드는 것은 없다. 문을 두드리는 소리와 움직임에, 아기가 잠에서 깨어났다. 아기가 그의 볼을 젖꼭지 빨듯 빠는 바람에 그는 아기가 깨어난 사실을 깨달았다. 아기는 울지 않았다. 그를 엄마로 알고 있는 것 같았다.

그는 하마터면 집보다는 조각상이, 거처보다는 울타리가 더 많던 스크램브리지의 수많은 갈림길 사이에서 배회할 뻔하다가 오늘날까지도 트리니티 스쿨 근처에 존재하는, 좁은 통로로 때마침 들어서게 됐다. 그 좁은 통로가 그를 어느 해변으로 이끌어 주었는데, 그 해변은 난간 등을 갖춘 초기 단계의 부두였고, 오른쪽에는 다리 하나가 있었다.

그것은 웨이머스를 멜콤레지스로 연결시켜 주던 웨이 교였고, 그 다리의 아치 아래로 부두가 백 워터와 통한다.

그 시절에는 웨이머스가, 항구 도시였던 멜콤레지스의 외곽 지대였다. 그러나 오늘날에는 멜콤레지스가 웨이머스 지역에 포함된 행정 지역이다. 작은 마을이 큰 도시를 흡수한 것이다. 그 모든 것이 그 다리를 통해서 이루어졌다. 다리란 사람들을 빨아들이는 특별한 흡착기여서, 때로는 건너편 마을을 희생시켜 한쪽 강가 마을을 성장하게 만들기도 한다.

아이는 그 다리로 갔다. 그 시대에는 지붕을 얹어 짠 목조 인도교였다. 그는 인도교를 건넜다.

다리에 지붕이 있었기 때문에 바닥 나무판에는 눈의 흔적이 없었다. 그의 벗은 발들은, 마른 나무 위를 걸으며, 잠시 동안 편안함을 느낄 수 있었다.

다리를 건너자, 그는 멜콤레지스에 이르렀다.

그곳에는 석조 가옥보다 목조 가옥의 수가 더 적었다. 그곳은 마을이라기보다는 도시에 가까웠다. 다리와 이어진 거리는 상당히 아름다웠는데, 당시 그곳을 세인트토머스 가라고 했다. 소년은 그 길로 접어들었다. 그곳에는 높은 석재 합각머리들이 많았고, 여기저기에 상점 진열대들도 보였다. 그는 다시 문을 두드리기 시작했다. 이제는 누구를 부르고 소리칠 여력조차 남아 있지 않았다.

웨이머스에서처럼 멜콤레지스에서도, 아무도 대답하지 않았다. 자물쇠들은 모두 단단히 잠겨 있었다. 창문들 또한, 그들의 눈이 눈꺼풀에 덮여 있듯, 덧창으로 닫혀 있었다. 갑자기 잠에서 깨어나는 기분 나쁜 일을 피하기 위해, 할 수 있는 모든 대비책을 마련한 것이다.

어린 방랑자는 말로 정의할 수 없는 잠든 도시의 압력을 견뎌내고 있었다. 마비된 개미집의 침묵이 현기증을 불러일으킨다. 모든 마비 상태가 그들의 악몽을 뒤섞으며, 깊은 잠들이 하나의 거대한 군중을 이루고, 널브러져 있는 인간의 몸뚱이들로부터 무수한 꿈들로 만들어진 연기가 피어오른다. 잠은 생명 바깥의 어두운 접경지대를 지니고 있다. 그리하여 잠든 사람들의 분해된 생각들은 그들 위에서 둥둥 떠다니는데, 그것은 살아 있으며 동시에 죽은 연기와 안개이며, 허공에서 역시 사유하고 있을지도 모를 개연성과 섞인다. 그로 인해 복잡하게 뒤얽히게 된다. 이 구름과 같은 꿈은 자신의 짙은 농도와 투명성을 오성이라는 별 위에 더한다. 그렇게 되면 명확한 시각을 환영이 대신하게 되고, 감은 눈꺼풀 위에서는, 무덤 속에서 파괴 작용이 일어나듯, 실루엣들과 모습들이, 촉진할 수 없는 것 속에서, 풍화되기 시작한다. 그다음에는 신비한 존재들이 흩어져서, 잠이라는 죽음의 외곽에서 우리의 생명과 섞이게 된다. 망령과 영혼의 그러한 교착이 허공에서 이루어진다. 깨어 있는 사람조차도, 음울한 생명으로 가득한 공간이 자신을 짓누르고 있음을 느낀다. 주변의 환영이, 짐작되는 그러한 실체가, 그를 거북하게 만든다. 다른 사람들의 잠에서 발산된 유령들 사이로 지나가는 깨어 있는 사람은, 곁으로 지나가는 형체들로부터 자신도 모르는 사이에 물러서고, 보이지 않는 존재와의 적대적인 접촉에 대한 막연한 두려움을 느끼거나 느낀다고 믿으며, 매 순간, 곧 사라져 버릴 형언할 수 없는 만남이, 갑작스럽고 모호하게 이루어진다고 느낀다. 꿈들이 밤에 확산되는 것이 한창 이루어지는 한가운데를 걸어가노라면, 숲 한가운데에 서 있는 것과 같은 효과가 있다.

이러한 현상을 원인을 알 수 없는 두려움이라고 일컫는다.

어른이 느끼는 그러한 감정을 아이는 더 강하게 느낀다.

밤이 주는 그러한 공포감이, 유령과 같은 집들로 인해 더욱 커지고, 홀로 투쟁하고 있던 아이를 짓누르는 모든 음산한 것에 힘을 더해 주고 있었다.

그는 콘이어 레인으로 들어섰고, 그 길 끝에 있는 백 워터를 보고는, 그것이 대양이라고 생각했다. 그는 바다가 어느 쪽에 있는지 더는 알 수 없었다. 그는 발걸음을 돌려, 왼쪽에 있는 메이든 가로 접어들었고, 다시 세인트앨번스 로까지 거슬러 올라갔다.

그곳에서, 굳이 고를 것도 없이 되는 대로 처음 만나는 집들부터 문을 두드렸다. 마지막 남은 기운을 쥐어짜서 두드리는 소리는, 급박하고 고르지 못했으며, 잠시 멈추었다가 다시 시작할 때는 거의 신경질적이었다. 그의 신열에 뒤따르는 맥박이 문을 두드리는 것 같았다.

소리 하나가 들려왔다.

시간을 알리는 종소리였다.

그의 뒤편에서, 느릿느릿 새벽 3시를 알리는 종소리가, 세인트니콜라스 성당의 낡은 종각에서 울려 퍼졌다.

그런 다음 곧 모든 것이 다시 고요 속에 잠겼다.

단 한 사람도 창문을 열지 않았다는 사실이 놀라운 일처럼 생각할 수도 있다. 하지만 그러한 침묵을 어느 정도는 설명할 수 있다. 1690년 1월은, 꽤 전염성 강한 흑사병이 런던을 휩쓴 직후였기 때문에 병든 떠돌이를 대하는 것이 두려워, 어디에 가든 그들이 환영받기 힘든 시절이었다는 사실은 말해 두어야겠다. 사람들이 창문조차 살짝 열어 보지 않은 것은, 환자들의 독기(毒氣)를 호흡하게 될까 봐 무서웠기 때문이었다.

아이에게는 밤의 추위보다 인간의 싸늘함이 더 냉혹하게 와 닿았다. 그것은 의도적인 차가움이었다. 그는 고독할 때도 느껴 보지 못한 상심과 비통함에 사로잡혔다. 모든 사람들의 삶 속으로 돌아왔지만, 지금도 그는 여전히 혼자였다. 그가 느끼는 건 불안함의 극치였다. 무자비한 황무지는 무엇인지 이미 알고 있었지만 냉혹한 도시는 그가 감당하기에 너무 지나친 것이었다.

그가 조금 전에 헤아리면서 들은, 시각을 알리는 종소리는, 그의 절망감을 더 크게 만들었다. 어떤 특수한 경우에는, 시각을 알리는 종소리처럼 가혹한 것이 없다. 무관심의 선언과도 같다. 그것은 영원의 다음과 같은 말이다.

"나와 무슨 상관이야!"

아이는 걸음을 멈추었다. 그 비참한 순간에 아이가 차라리 그곳에 누워 죽어 버리는 것이 더 낫겠다고 자문하지 않았을지, 단언하기 어려운 일이다. 그러는 동안, 아기는 머리를 그의 어깨에 기댄 채, 다시 잠이 들었다. 아기의 그를 향한 맹목적인 신뢰가 그를 다시 걷게 만들었다.

오직 무너지는 것들로만 둘러싸인 그였건만, 그는 스스로 받침대라고 어렴풋하게 생각했다. 의무에 대한 신비스러운 요구였다.

그러한 생각들과 그가 처해 있던 상황은 그의 나이에는 어울리지 않았다. 아마 다 이해하지는 못했을 것이다. 하지만 그는 본능에 따라 행동했다. 그저 자신이 할 수 있는 것을 했던 것이다.

그는 존스턴 로 쪽을 향해 걸었다.

그러나 그의 걸음은 더는 걷는 것이 아니었다. 기어가다시피 하고 있었다.

그는 왼쪽으로 세인트메리가를 끼고, 좁은 골목길을 따라서 갈지자로 걸었다. 그리고 두 오막살이 사이의 구불구불한 길을 지나, 상당히 넓은 공터에 도달했다. 건물이 없는 휑한 빈터였는데, 오늘날의 체스터필드 광장이 있는 자리일 것이다. 이어진 집들은 거기까지였다. 오른쪽에는 바다가 보였고, 왼쪽에는 도시라고 생각할 만한 것이 거의 없었다.

그는 어떻게 해야 했을까? 들판이 다시 펼쳐지고 있었다. 동쪽에, 비스듬한 넓은 눈밭이 레디폴의 넓은 경사지를 두드러지게 보여 주고 있었다. 계속 걸어갈 것인가? 앞으로 나가 다시 황무지로 들어설 것인가? 뒤로 물러서서 다시 거리로 되돌아가야 하나? 입 다문 평원과 귀머거리 도시 사이에서, 두 침묵 사이에서, 어떻게 할 것인가? 두 가지의 거부 중 어느 것을 선택할 것인가?

그때 갑자기 위협하는 소리가 들려왔다.

5. 인간 혐오증이 가족을 만들다

어둠 속에서 정체를 알 수 없고, 불안감을 주는, 기이한 이빨 가는 소리가 아이에게까지 들려왔다.

사람이 깜짝 놀라 물러서게 할 만한 소리였지만 아이는 오히려 앞으로 나아갔다.

침묵 때문에 두려움에 떨고 있는 사람들에게는 위협하는 소리마저 반갑게 느껴지는 법이다.

이빨을 가는 소리가 오히려 아이를 안심시켰다. 그 위협이 그에게는 하나의 약속이었다. 그것이 비록 한 마리 맹수일지라도, 그곳에 살아서 깨어 있는 어떤 존재였기 때문이다. 그는 이빨 가는 소리가 들려오는 쪽을 향해 걸어갔다.

어느 모퉁이 하나를 돌아가자, 모퉁이 뒤에, 무덤을 비추는 거대한 조명등 같은 눈과 바다의 반사광 아래에, 마치 그곳에 피신해 온 듯한 은신처가 보였다. 오두막이 아니라면 짐수레임이 분명했다. 바퀴가 달려 있었으니 짐수레였다. 지붕이 있었다. 지붕이 있는 것을 보면 사람이 거처하는 곳이 틀림없었다.

지붕 위로 도관(導管) 하나가 솟아 있고, 도관을 통해 연기 한 가닥이 피어오르고 있었다. 연기는 주홍빛을 띠었다. 안에 따뜻한 불이 있음을 알려 주는 징후였다. 뒤에 돌쩌귀가 불룩 나와 있는 것으로 보아 문이 있음에 틀림없었고, 문 한가운데에 뚫린 정사각형 창을 통해 오두막 안의 불빛이 보였다. 아이가 다가갔다.

이빨을 갈던 것이 그가 다가오는 것을 알아차렸다. 그가 오두막 가까이 다다르자, 위협은 한층 더 맹렬해졌다. 이제는 단순한 으르렁거림이 아니었다. 위협적인 울부짖음이었다. 쇠사슬을 난폭하게 당기는 듯한 날카로운 소리가 들리더니, 문득 출입문 밑 두 뒷바퀴 사이에서, 날카롭고 하얀 이빨이 모습을 드러냈다.

두 바퀴 사이에서 무시무시한 주둥이가 나타나던 바로 그 순간에, 사람의 머리 하나가 거의 동시에 창문 밖으로 불쑥 나왔다.

"조용히 해."

머리가 한 말이었다.

주둥이는 조용해졌다.

머리가 다시 말했다.

"누가 있나?"

아이가 대답했다.

"예."

"누구?"

"저요."

"너? 네가 누군데? 어디서 왔는데?"

"힘들어요."

아이가 대답했다.

"몇 시지?"

"추워요."

"거기서 뭐하는 거니?"

"배가 고파요."

그 말에 머리가 대답했다.

"모든 사람이 귀족처럼 행복할 수 있는 건 아니지. 이제 가거라."

머리는 창문 안으로 다시 사라졌고, 창도 닫혔다.

아이는 고개를 숙여 내려다보며 잠든 어린것을 품에 다시 고쳐 안은 다음, 다시 길을 떠나기 위해 남아 있지 않은 힘을 모았다. 그가 몇 걸음 걸었고 점점 그곳에서 멀어지기 시작했다.

한편, 창이 닫힘과 거의 동시에, 출입문이 열렸다. 그러고는 디딤대 하나가 내려졌다. 조금 전 아이에게 말을 하던 목소리가, 오두막 안에서 화내며 소리쳤다.

"안 들어오고 뭐하는 거야?"

아이가 뒤돌아봤다.

"들어오라니까. 배고프고 춥다면서 들어오지 않는 저런 녀석을, 도대체 누가 나에게 보낸 거야!"

거부당했다가 안으로 들어오라고 하자, 아이는 움직이지 못하고 그 자리에 가만히 서 있었다. 다시 목소리가 들려왔다.

"들어오라니까, 녀석아!"

아이는 마음을 굳게 먹은 다음 디딤대의 첫 계단에 발을 내디뎠다.

그러나 수레 아래에서 으르렁거리는 소리가 들렸다.

아이가 멈칫 물러섰다. 벌린 주둥이가 다시 나타났다.

"조용히 해!"

남자의 목소리가 높아졌다. 주둥이가 다시 들어갔고 이내 으르렁거림도 멈추었다.

"올라와라."

남자가 다시 말했다.

아이는 몹시 힘겹게 세 계단을 올라갔다. 그는 안고 있는 아기 때문에 움직임이 불편했다. 어린것은 잠들어 있었던 데다 남서풍이 몰아치던 순간에 작업복으로 둘둘 말아 서둘러 싸안았기 때문에 전혀 보이지 않았다. 게다가 실제로 형태가 불분명한 작은 덩어리에 지나지 않았다.

아이는 세 계단을 지나 문턱에 이르렀다. 그리고 멈춰 섰다.

오두막 안에는 촛불도 밝혀져 있지 않았다. 아마 절약하기 위해서일 거라고 아이는 생각했다. 가건축물 내부는 무쇠 난로의 공기구멍을 통해 새어 나온 붉은빛으로 밝히고 있었고, 난로 속에서는 이탄이 탁탁 소리를 내며 타고 있었다. 난로 위에는 넓고 가운데가 움푹 파인 그릇 하나와, 어느 모로 보아도 먹을 것이 들어 있는 것으로 보이는 냄비 하나가 놓여 있었다. 냄비에서 좋은 냄새가 나고 있었다. 오두막의 물건으로는, 고리짝 한 개, 걸상 한 개, 불을 켜지 않고 천장에 매달아 둔 등 한 개가 눈에 띄었다. 그리고 판자벽에는, 시렁받이 위에 선반 몇 개를 얹었고, 잡다한 것들이 걸려 있는 막대 하나가 있었다. 선반과 막대 못에는 유리 제품과 구리 제품, 증류기 하나, 흔히 그를루라고 부르는, 밀랍을 잔 알로 만드는 데 쓰이는 그릇 비슷하게 생긴 식기 하나 그리고 아이는 도무지 무엇인지 예측조차 못할 기이한 물건들, 즉 화학자의 조리 기구들이 쌓여 있고 걸려 있었다. 오두막은 난로가 앞쪽에 자리한 장방형이었다. 그것은 작은 방이라고 부르지 못할 만큼 작았다. 기껏 커다란 상자라고 부를 만했다. 난로가 빛을 밝혀 주고 있던 오두막 내부보다는, 눈의 반사광을 받은 바깥이 더 밝았다. 그 가건축물 속에 있던 모든 것은 불분명하고 뿌옇게 보였다. 하지만 난로에서 새어 나온 불빛이 천장을 비추어, 그곳에 굵은 글씨로 써 놓은 것만은 분명히 읽을 수 있었다.

철학자, 우르수스

아이가 들어온 곳은 호모와 우르수스의 집이었다. 조금 전에 으르렁거리고 말을 한 주인공이 바로 그들이었다.

문턱에 도달한 아이가 발견한 것은, 키가 크고, 얼굴에 털이 없으며, 야위고 늙은 사람이었다. 쑥색 옷을 입고 난로 곁에 서 있던 그의 벗겨진 머리는 천장에 맞닿아 있었다. 그 남자가 발돋움한다는 것은 불가능해 보였다. 오두막의 높이는 그의 키와 비슷했다.

"들어와라."

남자가 말했다. 그는 우르수스였다.

아이는 집 안으로 들어섰다.

"보따리는 내려놔라."

아이는 자신이 들고 온 무거운 짐을 조심스럽게 고리짝 위에 내려놓았다. 아기가 놀라서 깨어날까 두려웠기 때문이다.

남자가 아이에게 다시 말했다.

"그 물건을 참으로 조심스럽게 내려놓는구나! 그것이 성골함이라 할지라도 더 조심할 수는 없을 것 같다. 너의 그 넝마 덩어리에 금이라도 생길까 봐 두려우냐? 아! 고약한 건달 녀석! 이 시각에 거리를 돌아다니다니! 너 누구냐? 말해 봐. 아, 참, 아니다, 대답하지 마라. 급한 일부터 해결하자. 춥다고 했지. 그러니 우선 이 불부터 쬐거라."

그러면서 남자는 아이의 양어깨를 잡고 난로 앞으로 밀었다. 그러면서 말을 계속 이어 나갔다.

“몸이 다 젖었구나! 거기다 꽁꽁 얼었어! 이 꼴로 어느 집으로 들어갈 수 있었겠느냐! 이 악당 녀석아, 이 썩은 누더기부터 우선 벗어 버려라!”

그러더니, 한 손으로는, 몹시 흥분해서 거칠게 아이의 누더기를 잡아채서 벗기고, 다른 한 손으로는 못에 걸려 있던 남자용 셔츠 하나와, 오늘날에도 사람들이 키스마이퀵이라고 부르는, 뜨개질 한 재킷 하나를 당겨 내렸다.

“자, 받아라, 별로 좋지는 않은 옷이다.”

남자는 보따리 속에서 양모로 된 헌 옷을 꺼내더니, 그것으로 불 앞에서 아이의 팔과 다리를 문질러 주었다. 황홀해 기절할 지경이 된 아이는, 벌거숭이가 되었건만 따뜻한 그 순간, 천국을 직접 보고 만지는 것 같았다. 팔과 다리를 문질러 준 다음, 남자는 아이의 발을 닦아 주었다. 그러면서 한마디 했다.

“송장 녀석, 다행히 동상은 걸리지 않았구나. 앞발이나 뒷발이 얼어붙지는 않았을까 걱정했는데, 내가 멍청했군! 불수가 되지는 않겠구나. 이제 옷을 입어라.”

아이는 셔츠를 입었고, 남자가 그 위에 뜨개질한 재킷을 입혀 주었다.

“자, 이제…….”

남자는 그러면서 등받이가 없는 나무 걸상을 아이의 발 근처로 민 다음, 그의 양어깨를 다시 잡아서 걸상 위에 앉혔다. 그러고는 난로 위에서 김을 모락모락 피우고 있던 그릇을 집게손가락으로 가리켰다. 아이가 그릇 속에서 얼핏 발견한 것 또한 천국이었다. 그것은 감자와 비계였다.

"배가 고플 테니 어서 먹어라."

그러면서 남자는 선반에서 단단한 빵 한 덩이와 철제 포크 하나를 집어 아이에게 건넸다. 아이는 망설였다.

"내가 상까지 차려 줘야 하냐?"

남자가 말했다.

그러고는 아이의 무릎 위에 음식 그릇을 놓아주었다.

"전부 먹어라!"

아이는 극심히 배가 고픈 상태였기 때문에 당황할 겨를도 없었다. 아이는 음식을 먹기 시작했다. 이 가엾은 존재는 먹는다기보다 삼키는 것에 더 가까워 보였다. 빵 깨무는 기분 좋은 소리가 오두막을 가득 채웠다. 남자가 투덜대며 말했다.

"천천히 먹어라, 식충이 같은 녀석! 탐식가군, 불량배 녀석! 배고픈 불량배 녀석들은 처먹는 방법도 불쾌하기 짝이 없단 말이야. 귀족들의 식사가 어떻게 이루어지는지 한번 보아야 해. 나는 공작들이 식사하는 것을 여러 번 보았지. 그들은 아예 먹지를 않지. 그런 게 고상한 거야. 그들은 마실 뿐이야. 자, 새끼 멧돼지 녀석, 잔뜩 먹어라!"

기갈이 심한 배는 듣지 못하는 것이 특징이다. 아이는 남자가 심한 욕설을 내뱉어도 신경 쓰지 않았다. 게다가 욕설은 남자가 베풀어 준 자비로움으로 인해 완화되었다. 그는 우선 두 가지 급한 일과 두 가지 즐거움에만 집중했다. 그것은 언 몸을 녹이고 배고픔을 면하는 일이었다.

우르수스는 은밀하게 소리를 죽여, 작은 소리로 주문을 외우는 것처럼 중얼거리는 것을 이어 나갔다.

“나는 유명한 루벤스의 그림들이 전시되어 있는 밴퀴팅 하우스에서 제임스 국왕이 식사하는 것을 직접 본 적이 있지. 전하께서는 음식에 손을 대지 않았어. 그런데 이 거렁뱅이 녀석은 음식을 아예 뜯어먹고 있어! 뜯어 먹는다는 말은 짐승이라는 말에서 유래했지. 난 대체 무슨 생각으로 지옥의 신들에게 일곱 번이나 바쳐진 이 웨이머스에 왔는지! 오늘 아침부터 아무것도 팔지 못했어. 쌓인 눈에 대고 떠들어 대고, 폭풍우를 위해서 플루트를 연주한 셈이야. 단 1파딩도 벌지 못했는데, 저녁에는 가난뱅이까지 몰려들다니! 정말 흉악한 동네야! 멍청한 행인들과 싸움질을 벌이고, 주먹다짐을 하고, 경쟁을 해야 하다니! 그들은 동전 몇 푼만 내놓으려 해서, 나 역시 그들에게 싸구려 약만 건네지! 오늘은 그것마저 벌지 못했어! 사거리에 멍청이가 단 한 명도도 나타나지 않으니, 내 금고에도 단 1페니도 들어오지 않는군! 어서 먹어라, 지옥에서 온 녀석아! 비틀고 우적우적 깨물어라! 우리는, 식객들의 파렴치에는 대적할 만한 것이 아무것도 없는 세상에 살고 있어. 내 돈으로 부지런히 살이나 찌워라, 기생충아! 이 녀석은 굶주림에만 시달린 것이 아니라 아예 돌아버렸군. 저건 식욕이 아니라 난폭함이야. 녀석은 광견병 바이러스에 심하게 감염되었어. 누가 알겠어? 아마 흑사병에 걸렸을지도 모르지. 강도 녀석아, 너 흑사병에 걸린 거냐? 이 녀석이 흑사병을 호모에게 옮기면 어떡해야 하나! 아! 그건 절대 안 돼! 천박한 백성들이 떼거리로 죽어 간다고 해도 난 신경 쓰지 않아. 하지만 내 늑대를 죽게 하고 싶지는 않아. 이런, 나까지 배가 고프네. 분명히 말해 두는데, 이건 기분 나쁜 사건이야. 오늘 나는 밤늦도록 일해야 했어. 살다 보면 무언가를 급하게 해야 할 때가 있는 법이지. 오늘 밤 나는 무척 배가 고팠지. 나는 혼자라서, 내가 불을 지폈고 감자 한 알과, 빵 한 덩이, 비계 한 점, 우유 한 방울을 따뜻하게 데우며 난 생각했지. '좋아! 식사를 즐길 수 있겠군.' 그런데 덜컥! 바로 그 순간에 저 악어 녀석이 날벼락처럼 떨어지다니! 녀석이 내 음식과 나 사이로 당당하게 끼어들어 버렸어. 내 식당은 이제 완전히 초토화 되었어. 먹어라, 곤들매기야, 실컷 먹어라, 상어 녀석아. 도대체 너의 목구멍 속에는 이빨이 몇 개나 있는 거냐? 게걸스럽게 처먹어라, 늑대 새끼야. 아니야, 그 말은 취소한다. 나는 늑대를 존중한다. 내 먹이를 몽땅 삼켜라, 보아뱀 같은 녀석아! 나는 오늘 밤 늦게까지, 위장이 텅 비고, 목구멍은 메말랐고, 췌장은 비탄에 잠기고, 내장이 파열되도록 일을 했어. 그런데 그 보답이라는 것이 겨우 다른 녀석이 먹는 것을 구경이나 하는 거라니. 어쩔 수 없지. 두 사람이 나눠 먹어야지. 빵과 감자와 비계는 녀석에게 주었지만, 내게는 남은 우유가 있어."

그 순간, 몹시 가엾고 계속되는 울음소리가 오두막 속에서 터져 나왔다. 남자가 귀를 기울였다.

"이제는 울기까지 하는구나, 밀고자 녀석! 왜 울어?"

아이가 고개를 돌렸다. 하지만 그가 울지 않는 것은 확실했다. 그는 입안 가득 음식을 물고 있었다.

울음소리가 계속해서 들렸다.

남자가 고리짝으로 다가갔다.

"이제 보니 이 보따리가 떠들어 대고 있군! 요사파드의 계곡이로군! 보따리가 울부짖다니! 네 보따리가 왜 저토록 우는 것이냐?"

그가 선원 작업복을 풀어 헤쳤다. 그 속에서 아기의 머리가 모습을 드러냈는데, 입을 크게 벌리고 울고 있었다.

"아니, 이게 누구야? 도대체 어떻게 된 일이야? 또 하나가 있잖아. 아직 끝난 게 아니었단 말이야? 누구야! 전투 개시! 하사, 보초를 세워! 두 번째 쾅! 도대체 내게 무엇을 가져온 것이야, 이 강도 녀석아? 애가 몹시 목이 마른 모양이군. 자, 서둘러, 마실 것을 주어야겠어. 젠장! 이제 나는 우유조차 마실 수가 없게 되었잖아."

그는 선반 위에 있던 잡동사니 무더기 속에서, 붕대 두루마리 하나와, 타월 하나, 작은 유리병 하나를 집어 들면서 미친 사람처럼 중얼거렸다.

"빌어먹을 마을이군!"

그러고는 어린것을 골똘히 살피며 말했다.

"계집아이군. 날카로운 울음소리를 들으면 알 수 있지. 이 아이도 완전히 젖었군."

그러고는 아이에게 한 것처럼, 입혔다기보다는 감겨져 있던 넝마 조각들을 잡아당겨서 찢었다. 그런 뒤에, 거칠고 초라하긴 했지만 깨끗하고 잘 마른 천으로 그녀를 감싸 주었다.

재빠르고 거칠게 옷을 입히는 바람에, 어린것이 마구 울음을 터트렸다.

"고양이처럼 우는 소리를 내는군."

우르수스가 중얼거렸다.

그는 늘어진 타월 한 조각을 이빨로 자른 다음, 붕대 두루마리에서 천 한 조각을 정방형으로 찢어 내고, 그것에서 실 한 가닥을 뽑아냈다. 그리고 다시, 우유가 담겨 있던 냄비를 난로에서 들어 내리더니, 유리병에 우유를 가득 부은 다음, 타월로 병을 막고 그 위에 천을 씌운 후, 그렇게 만든 병마개에 실을 감았다. 그러고는 유리병을 자신의 뺨에 대보았다. 아기에게 너무

뜨겁지 않은지 확인하기 위해서였다. 그런 다음, 여전히 울면서 필사적으로 날뛰는 젖먹이를 왼팔로 안았다.

"어서, 먹어라, 아가! 제발 이 젖꼭지를 물어라."

그러면서 병마개를 어린것의 입에 대주었다.

어린것은 게걸스럽게 우유를 마셔 댔다.

우르수스는 어린것에게 우유병을 기울여 대주면서 으르렁거리듯 중얼거렸다.

"모두들 마찬가지야, 겁쟁이들! 원하던 것을 손에 넣으면 모두들 조용해지지."

어린것은, 무뚝뚝한 구원자가 마련해 준 젖꼭지를 얼마나 온 힘을 다해서 빨며 낚아챘던지, 발작적으로 기침을 해 대기 시작했다.

"그러다가 숨이 막혀 죽겠다. 요것이 만만찮은 먹보군!"

우르수스가 화를 내며 말했다.

그는 아기가 빨고 있던 타월을 입에서 떼어 낸 다음, 기침이 멈추기를 기다렸다가, 입술에 젖병을 갖다 대며 중얼거렸다.

"빨아라, 이 바람둥이 계집아."

그러는 동안 아이가 포크를 내려놓았다. 어린것이 우유를 마시는 모습을 보며 먹는 것조차 잊어버렸던 것이다. 조금 전, 그가 먹는 것에 열중하고 있는 동안, 그의 시선에 어려 있던 것은 만족감이었다. 그러나 이제는 감사하는 눈빛으로 바뀌었다. 그는 아기가 되살아나는 것을 물끄러미 지켜보고 있었다. 자신이 시작한 그 부활의 완성이, 그의 눈동자를 형언할 수 없는 빛으로 가득 채우고 있었다. 우르수스는 화를 토하는 듯한 말을 잇몸 사이로 계속 중얼거리고 있었다. 어린 소년은 가끔, 설명할 수 없는 감동으로 축축해진 눈을 쳐들어 우르수스를 바라보았다. 항상 학대만 받다가 모처럼 따스함을 느낀 아이에게 전해지는, 표현할 수 없는 감동이었다.

우르수스가 문득 화를 내듯 무뚝뚝하게 말했다.

"젠장, 어서 먹으라니까!"

"그러면 아저씨는요? 아저씨는 잡수실 것이 없잖아요?"

아이가 눈물을 글썽이며 떨리는 목소리로 말했다.

"너나 다 먹어라, 불한당 같은 녀석! 너에겐 그렇게 많은 음식이 아니야. 나에게도 넉넉하지 못한 양이니까."

아이는 포크를 다시 집어 들었다. 그러나 더는 먹으려고 하지 않았다. 우르수스가 부르짖듯 고함을 질렀다.

"어서 먹으라니까! 나 때문이냐? 누가 너에게 날 걱정해 달라더냐? 이봐, 가난뱅이 교구의 맨발 벗은 못된 새끼 사제 녀석아, 어서 다 먹어. 너는 먹고 마시고 잠자러 이곳에 온 거야. 그러니까 먹어, 그러지 않으면, 너와 너의 우스꽝스러운 꼬마 년을 쫓아내겠어!"

우르수스가 위협하자 아이는 다시 먹기 시작했다. 접시에 남아 있던 것을 모두 먹는 건 어려운 일이 아니었다.

우르수스가 혼자 중얼거렸다.

"이 건물은 너무 엉성하게 지어졌어. 창문으로 바람이 들어오잖아."

실제로도 앞쪽 유리창 하나가 깨져 있었다. 수레가 심하게 덜컹거렸기 때문이거나, 혹은 어느 말썽꾸러기가 던진 돌멩이에 맞았기 때문에 그렇게 된 것 같았다. 우르수스가 깨진 부분에 별 모양으로 오린 종이 한 장을 붙였으나, 그것조차 전부 붙어 있지 않았고 일부가 들떠 있었다. 매서운 바람이 그 틈으로 들어오고 있었다.

우르수스는 고리짝 위에 엉거주춤한 자세로 앉아 있었다. 어린것은 그의 팔과 무릎에 기대어, 신 앞에 모인 게루빔들처럼 혹은 젖꼭지 앞에 있는 어린아이들처럼, 기쁨에 들뜬 반쯤 잠든 상태로 병의 꼭지를 기분 좋게 빨아 대고 있었다.

"아예 취했군!"

우르수스가 중얼거렸다. 그러더니 다시 한마디를 했다.

"그러니 절제해야 한다고 어디 설교를 해 보시지!"

바람이 불어서 이번에는 유리창에 붙어 있던 종잇조각을 아예 떼어 냈고, 그것이 오두막 안을 한 번 빙글빙글 돌며 날았다. 그러나 한창 다시 태어나는 데 집중하고 있던 두 아이는 그것을 전혀 신경 쓰지 않았다.

어린 여자아이가 마시고 어린 소년이 먹는 동안, 우르수스는 계속 투덜거렸다.

"음주벽은 젖먹이 시절부터 시작되는 거야. 틸롯슨 주교가 되어 도를 넘은 음주를 나무라며 천둥처럼 호통을 쳐도 헛수고야. 지긋지긋한 외풍이군! 그런데 내 난로는 너무 낡았어. 연기가 마구 새어 나와 도첩권모증에 걸린 것 같은 지경이 되었어. 추워서 불편하고 연기도 불편하군. 도무지 앞이 잘 보이질 않아. 어린것이 나의 환대를 맘껏 이용하는군. 그런데 나는 아직 이 얼굴조차 자세히 들여다보지 않았어. 이곳에는 편안함이 부족해. 주피터를 두고 단언하건대, 나는 아늑한 방에서의 맛있는 식사를 소중하게 여기지. 나는 선천적으로는 감각적인 사람인데, 그런 사명을 잃어버린 상태야. 현인 중 가장 위대한 현인은, 식탁에서의 즐거움을 오랫동안 간직하기 위해, 두루미의 목을 가졌으면 좋겠다고 한 필록세네스였어. 오늘은 돈을 한 푼도 벌지 못했어! 하루 종일 아무것도 못 팔았어! 이건 재앙이야. '주민들이시여, 하인들이시여, 평민들이시여, 여기 의사가 왔습니다, 약이 있습니다.' '이 늙은이야, 헛수고하고 있어. 너의 약보따리를 어서 다시 묶어. 이곳에서는 모든 사람이 건강하게 지내.' 아픈 사람이 한 명도 없다니, 이곳이야 말로 저주받은 도시야! 오직 하늘만이 설사를 하는군. 무슨 눈이 이렇게 많이 오는 거야! 아나크사고라스는 눈이 검다고 가르쳤어. 추위는 곧 우울함을 불러오니, 맞는 말이지. 얼음, 그것은 밤이야. 바람은 왜 이리 세게 부는 건지! 지금 바다 위에 떠 있는 사람들의 즐거움이 어떠할지 알 것 같군. 폭풍은 우리의 이 볼품없는 상자 위로 지나가는 악마들의 소리, 무리를 만들어 무너지듯 달리는 몰이꾼들의 사냥개 부르는 외침 소리야. 구름 속에서 어떤 삭풍은 꼬리를 한 개 가지고 있고, 어떤 녀석은 뿔을 가지고 있고, 어떤 녀석은 혀에 불꽃을 달고 있고, 어떤 녀석은 날개에 발톱을 가지고 있고, 어떤 녀석은 대법관처럼 뚱뚱한 배를, 어떤 녀석은 아카데미 회원의 큰 머리를 가지고 있는데, 소리를 통해 이런 형태를 구분할 수 있지. 바람이 부는 것에 따라서 악마들도 달라져. 귀로 듣고 눈으로 보는데, 폭풍의 요란스런 소음은 그것이 곧 하나의 형태야. 참 그렇군, 바다 위에도 사람들이 있지, 이건 분명해. 친구들이여, 폭풍우에서 빠져나오시오. 삶에서 벗어나기 위해 나도 해야 할 일이 많소. 아, 젠장, 내가 여인숙을 하고 있었나? 왜 나그네들이 나에게 찾아오는 거지? 온 세상의 고뇌가 구차한 나에게까지 구정물을 튀기는군. 거대한 인간 진흙탕의 징그러운 물방울이 내 오두막에까지 튀어 들어오는군. 나는 행인들의 맹렬한 탐욕 앞에 내던져졌어. 나는 그들 앞에서 한 덩이 먹이일 뿐이야. 굶어 죽게 된 자들의 먹이야. 겨울, 밤, 판자로 만든 오두막, 그 밑에 있는 가엾은 친구 하나, 폭풍, 감자 한 알, 한 줌밖에 안 되는 난롯불, 기생충들, 모든 틈

바구니로 들어오는 바람, 돈은 땡전 한 푼도 없고, 울부짖기 시작하는 보따리들! 그것들을 풀어 보면 거렁뱅이들뿐이야. 이것이 나의 운명이란 말인가! 게다가 법조차 지켜지지 않잖아! 아! 짝까지 함께 데려온 부랑자, 간악한 소매치기, 못된 의도를 품고 있는 미숙아, 아! 너는 통금 시간이 지났는데도 거리를 배회하지! 만약 우리의 착하신 왕께서 그 사실을 아신다면, 너를 지하 감옥에 냅다 던져서, 네가 절실히 깨닫게 교육을 좀 하시련만! 신사께서 이렇게 늦은 시간에 아가씨와 함께 산책을 하다니! 영하 15도의 추위에, 모자도 쓰지 않고, 신발도 없이! 그런 짓은 금지되었다는 걸 알아야지. 규칙과 법령이 있다고, 이 반역자들아! 떠돌이는 처벌받고, 자기 소유의 집을 가지고 있는 정직한 사람들은 법의 보호를 받을 수 있지. 왕들은 백성의 아버지니까. 난 내 집을 가지고 있어! 누가 너를 보았다면, 너는 광장 한가운데서 채찍질을 당했을 것이고, 그것은 그래야만 마땅한 일이야. 국가를 잘 다스리기 위해서는 질서가 필요한 법이니까. 너를 경찰관에게 데려가지 않은 것은 내 잘못이야. 하지만 나는 이렇게 생겨 먹은 사람이야. 나는 옳은 게 무엇인지 알지만 반대로 행동하거든. 아! 난봉꾼 녀석! 저런 몰골로 나를 찾아오다니! 저것들이 처음 내 집에 들어올 때는, 눈이 묻어 있는 것을 미처 발견하지 못했어. 너희들이 묻혀 온 눈이 녹으니, 내 집이 온통 젖었어. 내 집에 홍수가 났어. 이 호수를 말리려면

12파딩 정도의 석탄을 태워야겠군. 이 가건축물 속에서 셋이 살기 위해서는 어떻게 해야 하지? 이제 모든 것이 끝났어. 이제 나는 보육원을 연 거나 다름없어. 미래의 영국 거지들이 내 집에 와서 젖을 떼고 나갈 판이야. 가난이라는 위대한 쓰레기가 잘못 낳아 놓은 태아들을 거둬들이고, 교수대의 사냥감들이 더욱 추하게 완벽해지도록 나이 어릴 때부터 훈련시키며, 젊은 사기꾼들을 철학자로 만드는 것이, 나의 직업이며 사명이고 역할이 된 거야! 곰*의 혀는 신의 도구야. 다시 말하면, 만약 내가 지난 30년 동안 저런 부류들에게 속아서 이용당하지 않았다면, 나는 지금 부자가 됐을 거고, 호모도 살이 통통하게 올랐을 거야. 또한, 헨리 8세의 주치의였던 리나크르 박사 못지않게 많은 의료 기구를 갖추고, 온갖 종류의 다양한 짐승과 이집트의 미라, 다른 유사한 것 등 희귀한 것들로 가득한 진찰실도 하나 가질 수 있었겠지! 나도 의과대학의 일원이 되었을 것이고, 그 유명한 하비가 1652년에 세웠다는 도서관을 자유롭게 출입하며, 런던이 전부 내려다보이는 그 건물의 옥상 누각에서 연구할 수 있는 권리도 얻었겠지! 그리고 태양의 흑점에 대해서 연구를 하면서, 안개와 같은 성질을 가진 수증기가 그 천체에서 분출된다는 것을 증명할 수도 있겠지. 그것은, 성 바르텔로메오 축

* 우르수스 자신을 가리킨다.

일에 일어난 학살 사건 한 해 전에 시작된 황제의 보호를 받던 요하네스 케플러라는 사람의 견해야. 태양은 가끔씩 연기를 뿜어내는 굴뚝이야. 내 난로도 마찬가지지. 그래, 나는 재산을 모았어야 해. 그럼 지금과는 다른 인물이 되었을 텐데. 이렇게 말도 저속하게 하지 않았을 것이고, 네거리에서 과학의 품격을 떨어뜨리지도 않았을 거야. 민중은 배움이 필요 없어. 민중이란 지각없는 덩어리에 불과해. 온갖 연령층과 성향과 계급과 성별이 섞여 있는, 질서가 없는 혼합물일 뿐이야. 그리하여 시대를 막론하고, 현인들은 그들을 경멸하는 것을 망설이지 않았고, 가장 정상적인 현인들조차도, 민중의 염치없는 행동과 광란을 당연히 혐오하게 되었지. 아! 존재하는 것은 무엇이든 나에게 지루함만 안겨 주지. 이런 기분을 느끼면 오래 살지 못한다고들 하던데. 인생이란 순식간에 지나가 버려. 아니, 그렇지 않아. 아주 길어. 우리가 용기를 잃지 않도록, 우리가 존재하는 것에 만족하는 멍청함을 간직할 수 있도록, 온갖 밧줄과 못을 이용해서 목을 매 자살할 멋진 기회들을 우리가 이용하지 못하도록, 자연은 가끔씩 인간을 보살피는 척하지. 오늘 밤에는 그것조차 하지 않았어. 음험한 자연은, 밀을 성장하게 하고 포도를 무르익게 하며, 꾀꼬리에게 노래를 부르도록 하지. 이따금씩 비추는 서광 한 줄기, 혹은 진을 한 잔 마시는 게 사람들이 행복이라고 부르는 것들이야. 고통의 거대한 수의 둘레를 장식하는 얇은 천 조각에 불과하지. 우리 앞에 펼쳐진 운명은, 악마가 그 천을 짜고, 신께서는 그것으로 가장자리 장식만 만드셨어. 어쨌든 네가 나의 저녁거리를 먹어 버렸어, 도둑놈 같으니라고!"

그러는 동안, 화가 났음에도 불구하고 부드럽게 그가 품에 안고 있던 젖먹이는, 슬그머니 다시 눈을 감았다. 배가 부르다는 표시였다. 우르수스가 유리병을 들여다보더니, 으르렁거리듯 중얼거렸다.

"다 마셨구나, 염치도 없는 것!"

그가 일어났다. 그러고는 왼쪽 팔로 어린것을 안아 들고, 오른손으로 고리짝 뚜껑을 열더니 그 속에서 곰의 모피를 한 장 꺼내 들었다. 그가 자신의 '진정한 가죽'이라고 부르던 그것이었다.

그러는 동안에도 그는 다른 아이가 먹는 소리를 들었고, 아이를 옆으로 쳐다보며 중얼거렸다.

"이제부터 내가, 한창 크는 저 식충이를 먹이고 길러야 한다면, 만만찮은 힘든 일이겠군! 아무리 일을 해도 늘 배고픔에 시달리겠어."

그러면서도, 여전히 팔 하나만으로, 최선을 다해 곰의 모피를 고리짝 위에 펼쳤다. 잠든 어린 것을 깨우지 않기 위해, 팔꿈치를 이용하며 조심스럽게 행동했다. 그런 다음 어린것을 모피 위에 놓고 난롯가 가까운 쪽에 눕혔다.

그 일을 마치고 나서 그는 빈 유리병을 난로 위에 놓으며 불평했다.

"이제 목이 마른 건 나야!"

그가 냄비 속을 들여다보았는데 거기에는 우유가 몇 모금 남아 있었다. 그는 냄비를 입술에 가져다 댔다. 마시려고 하는 순간 그의 눈이 아기의 얼굴과 마주쳤다. 그는 우유를 마시려던 냄비를 난로 위에 다시 내려놓았다. 그리고 유리병을 집어 들고 마개를 열더니 남은 우유를 몽땅 냄비 속에 부었다. 우유가 병을 채울 만큼만 남아 있었다. 다시 타월로 병 주둥이를 막은 후, 천을 씌우고 실로 묶었다.

"여전히 배가 고프고 갈증이 나는군."

그가 다시 중얼거렸다.

그러고는 다시 한마디 했다.

"빵이 없을 때는 물을 마시면 돼."

난로 뒤에 주둥이가 깨진 단지 하나가 보였다.

그가 그 단지를 아이에게 내밀며 말했다.

"마실 테냐?"

아이는 물을 마시고 나서 다시 먹기 시작했다.

우르수스는 단지를 다시 집어 들고 그것을 입에 대었다. 난로 근처에 있었던 단지 속의 물은, 온도가 고르지 않게 변해 있었다. 그가 몇 모금 마시더니 얼굴을 찌푸렸다.

"맑다고 하는 물아, 너는 거짓말하는 친구를 닮았구나. 겉은 미지근하고, 속은 차가워."

그러는 동안에 아이가 식사를 마쳤다. 접시는 텅 빈 것 이상으로, 깨끗하게 닦여 있었다. 그는 재킷 사이와 무릎 위에 떨어진 빵가루를 모아서 입에 넣고 우물거리며 생각에 잠겨 있었다.

우르수스가 그를 바라보며 말했다.

"아직 끝난 게 아니다. 이제 우리 두 사람만 남았어. 입이란 먹는 데만 쓰이는 것이 아니야. 말을 하는 데도 사용하는 것이지. 이제 몸도 따뜻해졌고, 배도 부를 테니, 주의하고 내 질문에 대답해 봐. 우선, 넌 어디에서 왔지?"

"모르겠어요."

"뭐라고, 모르겠다고?"

"오늘 저녁에 바닷가에 버려졌어요."

"아! 부랑배 녀석! 이름이 뭐지? 부모가 버리고 갈 정도로 고약한 녀석이로군."

"저는 부모님이 안 계세요."

"내 성격을 조금이라도 알아 두도록 해라. 나는 누구든지 나에게 헛소리에 불과한 노래를 하는 것을 딱 싫어한다. 너에게는 부모님이 계신다. 누이가 있다는 게 그 증거지."

"내 누이가 아니에요."

"네 누이가 아니라고?"

"아니에요."

"그럼 누구야?"

"주운 아기에요."

"주웠다고!"

"예."

"도대체 어떻게 그랬지! 네가 저것을 주웠다고?"

"예."

"어디에서 주운 거냐? 만약 거짓말하면 가만두지 않겠다."

"눈 속에서 죽은 어느 여자 위에서 주웠어요."

"언제?"

"한 시간 전에요."

"어디에서?"

"이곳에서 10리쯤 떨어진 곳에서."

우르수스의 아치 모양 이마에 주름이 잡혔는데, 철학자의 감정을 표시하는 날카로운 눈썹의 형태였다.

"죽은 여자라고! 행복한 여자군! 아기를 그곳에, 그 눈 속에, 내버려 두었어야지. 그곳이 편했을 거야. 어느 쪽이었지?"

"바다 쪽이에요."

"다리를 건너서 온 거냐?"

"예."

우르수스는 뒤쪽의 창을 열고 밖을 살폈다. 날씨는 조금도 나아지지 않았다. 눈이 촘촘히 그리고 우울하게 내리고 있었다.

그가 창을 다시 닫았다.

그는 깨진 유리창에 넝마 한 조각을 덧대어 구멍을 막았다. 그런 다음 난로에 이탄을 조금 더 넣었다. 그러고는 곰의 모피를 고리짝 위에 가능한 넓게 펴고, 한구석에 있던 두꺼운 책 한 권을 베개로 사용하기 위해 머리맡에 놓은 다음, 잠든 아기의 머리를 그 위에 올려놓았다.

그가 아이를 돌아보며 말했다.

"여기에 누워서 자거라."

아이는 시키는 대로 순종적으로 아기 옆에 몸을 쭉 펴고 누웠다.

우르수스는 곰의 모피로 두 아이를 함께 감싼 다음, 남는 자락을 그들의 발밑으로 접어서 넣었다.

그는 선반 위로 손을 뻗더니, 외과용 의료 기구와 묘약이 들어 있는 주머니가 달린 띠 하나를 꺼내 허리에 둘렀다.

그런 다음 천장에 걸려 있던 귀머거리 초롱을 내려서 불을 붙였다. 불이 붙었지만 아이들은 여전히 어둠 속에 있었다.

우르수스가 조용히 문을 열면서 말했다.

"밖에 나갔다 오마. 무서워하지 마라. 곧 돌아올 테니. 어서 자거라."

그러고는 디딤대를 내리면서 외쳤다.

"호모!"

부드러운 으르렁거림이 그의 부름에 대답했다.

우르수스가 손에 초롱을 들고 내려간 뒤, 디딤대는 다시 올려지고, 출입문이 다시 닫혔다. 아이들만 남은 것이다.

밖에서 목소리 하나가 들려왔다. 우르수스의 목소리였다.

"내 저녁거리를 다 먹어 치운 녀석! 아직 안 자냐?"

"예."

아이가 대답했다.

"좋아! 혹시 아기가 칭얼대면 남은 우유를 먹여라."

쇠사슬이 풀린 소리와 사람이 걸어가는 소리, 짐승의 발걸음 소리가 섞여서 들리더니 그 소리도 점점 멀어졌다.

잠시 후 두 아이는 깊게 잠들어 있었다.

설명할 수 없는 두 숨결의 뒤섞임이었다. 그것은 순결 이상의 무지였다. 성에 눈뜨기 전의 혼례 후 초야였다. 어린 소년과 여자 아기가, 벌거벗은 채로 나란히 누워, 그 어둠 속에서 조용한 시간에 천사의 동침을 이루고 있었다. 그 나이에 꿀 수 있는 다양한 꿈들이 둘 사이를 날아서 오갔다. 그들의 꼭 감은 두 눈 밑에는 아마 별빛이 빛나고 있었을 것이다. 여기에서 결혼이란 말이 어울리지 않는다면, 그들은 천사들의 세계에서 온 신랑과 신부였다. 어둠 속의 순진무구함, 포옹의 순결함, 그러한 천국의 예견은, 오직 아이들이기에 가능하며, 어느 거대함도 아이들의 이러한 위대함에는 미치지 못한다. 모든 심연 중에서 가장 으뜸인 심연이 바로 이것이다. 삶의 영역 밖에서 사슬에 묶인 사자(死者)의 무시무시한 영속성도, 난파선에 들러붙는 대양의 거대한 가차 없음도, 매장된 형체를 모두 뒤덮어 버리는 눈의 광막한 백색도, 비장함에서는 깊이 잠들어서 신성하게 맞닿아 있지만 그 만남이 아직 입맞춤이 아닌, 아이들의 두 입술에는 비교조차 할 수 없다. 그것은 약혼일 수도 있고, 또한 대재앙일 수도 있다. 그 둘의 사이를 알 수 없는 존재가 짓누르고 있다. 그들의 모습은 매혹적이지만 그것이 무시무시한 것이 아닐지 누가 알 수 있으랴? 그저 심장이 죄어들 정도로 조마조마할 뿐이다. 순수함은 미덕보다 더 숭고한 것이다. 순수함은 신성한 미망(迷妄)으로 이루어졌다. 그들은 잠들어 있었다. 그들은 평화로웠고 그들의 품은 따뜻했다. 뒤엉킨 두 육체의 벌거벗은 상태가 두 영혼을 결합되게 했다. 그들은 마치 심연의 보금자리에 있는 것 같았다.

6. 깨어남

아침은 음산하게 시작된다. 슬픈 하얀 빛이 오두막 안을 비추었다. 얼음처럼 찬 새벽이었다. 밤에 의해 유령처럼 새겨진 사물의 부조를 음울한 현실로 그려내는 미명도 깊이 잠든 아이들을 깨우지는 못했다. 오두막 안은 따뜻했다. 교차되는 두 아이들의 두 숨결이, 평화로운 두 물결 소리처럼 들렸다. 밖에는 더는 매서운 바람이 불지 않았다. 새벽녘의 선명함이 서서히 수평선을 물들이고 있었다. 별들도, 하나하나 차례로 꺼지는 촛불들처럼 사라지고 있었다. 몇몇 굵은 별들의 저항만이 있을 뿐이었다. 무한의 깊이 있는 노래가 바다로부터 흘러나오고 있었다.

난로의 불은 아직 조금 남아 있었다. 어렴풋함이 점점 환한 빛으로 변하고 있었다. 어린 소년은 어린 계집아이보다 잠이 적었다. 그의 내면에는 무의식적으로 숙직자와 보호자가 자리 잡고 있었다. 유난히 밝은 햇살 한줄기가 유리창을 통과했고, 그 바람에 아이가 눈을 떴다. 어린아이의 잠은 망각으로 귀결된다. 그는 반쯤 깬 상태에서, 자신이 어디에 있는지, 자신의 곁에 무엇이 있는지조차 몰랐다. 천장을 바라보며, '철학자, 우르수스'라고 쓰여진 글자들로 애매한 꿈들을 구성하면서도, 기억을 되살리려 애쓰지 않았다. 글자들을 곰곰히 살펴보았지만 무슨 뜻인지 알 수 없었다. 읽을 줄을 몰랐기 때문이다.

열쇠를 자물쇠에 꽂는 소리가 들리자 아이가 목을 벌떡 세웠다.

출입문이 열리고 디딤대가 내려졌다. 우르수스가 돌아온 것이었다. 꺼진 초롱을 손에 들고 그가 디딤대 세 계단을 올라왔다. 동시에 네 개의 발이 디딤대를 마구 짓밟는 소리를 내며, 잽싸게 올라왔다. 우르수스를 따르던 호모도 함께 집으로 돌아왔다.

아이는 잠이 깨어 소스라치게 놀랐다.

시장기를 느꼈을 늑대가 아침 하품을 했고, 그 바람에 이빨이 몽땅 드러났다. 늑대의 이빨은 매우 희었다.

그는 반쯤 올라와서 두 앞발은 오두막 안으로 들여놓고, 두 앞다리 무릎은 설교사가 팔꿈치를 강단 끝에 걸치는 것처럼 문턱 위에 올려놓았다. 그는 평소와는 다른 방식으로 고리짝에 다른 사람이 있는 것을 발견하고, 멀리 떨어져서 열심히 냄새를 맡았다. 문의 틀 속에 자리 잡은 늑대의 흉상이, 밝은 아침 햇살 위에서 까맣게 부각되고 있었다. 늑대는 드디어 결심을 한 듯, 집 안으로 들어왔다.

아이는, 늑대가 오두막 안으로 들어오는 것을 보자 곰의 모피에서 빠져나와 벌떡 일어서더니 아무것도 모르고 잠들어 있는 아기 앞을 막아섰다.

우르수스는 초롱을 천장의 못에 다시 걸었다. 그러고는 의료기기 주머니가 달려 있는 띠의 고리를 조용히 그리고 기계적으로 느릿느릿 풀어, 그것을 선반에 다시 올려놓았다. 그는 어디도 바라보지 않았고, 또 아무것도 보이지 않는 것 같았다. 그의 눈동자는 유리에 가려져 있는 듯했다. 무엇인지 모를 심오한 것이 그의 뇌리에서 움직이고 있었다. 이윽고 평소처럼 그의 생각이, 갑자기 튀어나온 그의 말에 실려 모습을 드러냈다. 그가 소리 높여 말했다.

"정말 운이 좋은 여자야! 죽었어, 완벽하게 죽었어."

그는 몸을 굽힌 채 이탄 한 삽을 퍼서 난로에 넣고, 부지깽이로 불을 쑤시면서 다시 소리쳤다.

"겨우 그녀를 찾을 수 있었어. 미지의 심술이 그녀를 2피에 깊이의 눈 속에 숨겨 놓았지. 지성으로 보는 크리스토퍼 콜럼버스에 못지않게 코로 잘 보는 호모가 없었다면, 나는 아직도 그곳의 눈 더미 속을 헤매며, 죽은 여인과 숨바꼭질을 하고 있을 거야. 디오게네스는 손에 등을 들고 남자를 찾아다녔다지만, 나는 등을 든 채 한 여인을 찾아다녔어. 그는 비아냥거림을 만났지만, 나는 슬픔을 만났어. 몸뚱이가 얼음장 같았지! 그녀의 손을 만져 보니 돌덩이였어. 눈 속에 있는 그녀의 그 고요함! 뒤에 아이를 남겨 놓고 죽다니, 어찌 그리도 멍청할 수 있을까! 이제 이 상자 속에서 셋이 지내려면 불편할 거야. 이 무슨 기왓장이란 말인가! 이제 나에게도 가족이 생겼어! 딸과 아들이."

우르수스가 그렇게 말하는 동안, 호모가 난로 가까이로 미끄러지듯 다가왔다. 잠든 아기의 손 하나가 난로와 고리짝 사이로 늘어져 있었다. 늑대는 아기의 손을 핥았다.

굉장히 부드럽게 핥았기 때문에, 어린것은 잠에서 깨어나지 않았다.

우르수스가 호모를 돌아보며 말했다.

"그래, 호모. 나는 아버지, 너는 삼촌이 된다."

그러고는 혼잣말을 계속하면서, 불을 돋우는 일을 이어 갔다.

"입양은 결정됐어. 게다가 호모도 원한다고."

그가 다시 몸을 일으켰다.

"나는 과연 누가 이 죽음에 책임이 있는지 알고 싶어. 인간들일까? 혹은……."

그의 눈이 천장 너머의 허공으로 향했다. 그의 입이 우물거렸다.

"당신입니까?"

그의 이마는 어떤 무게에 짓눌린 것처럼 숙여졌고, 그는 다시 중얼거렸다.

"밤이 그 여자를 죽이는 수고를 했군."

다시 그의 시선이 위를 향하면서, 그의 말을 듣고 있던 깨어 있는 아이와 마주쳤다. 그는 아이에게 무뚝뚝하게 물었다.

"왜 웃는 거지?"

아이가 즉각 대답했다.

"웃지 않았어요."

우르수스가 흠칫 하더니, 한동안 그를 조용히 뚫어지게 바라보다가 말했다.

"그렇다면 너는 무서운 놈이구나."

밤에는 오두막 안이 너무나 어두웠기 때문에, 우르수스는 아직 아이의 얼굴을 자세히 보지 못했다. 날이 환하게 밝아 와서야 비로소 아이의 얼굴이 그에게 보였던 것이다.

그는 두 손바닥을 아이의 양어깨 위에 얹고, 점점 더 비탕한 표정으로 얼굴을 들여다보다가 다시 말했다.

"웃지 말라니까!"

"전 안 웃었어요."

아이의 대답이었다.

우르수스는 머리끝부터 발끝까지, 온몸에 극심한 전율을 느꼈다.

"너는 웃고 있어, 확실해."

그러더니 비록 연민 때문은 아니었을지라도 아이를 껴안으며 격렬한 어조로 물었다.

"누가 너에게 이런 짓을 했어?"

아이가 대답했다.

"무슨 말씀인지, 저는 잘 모르겠어요."

우르수스가 다시 물었다.

"언제부터 그렇게 웃었느냐?"

"항상 이랬어요."

아이가 대답했다. 우르수스는 고리짝 쪽으로 돌아서며 중얼거렸다.

"저런 일은 이제 더는 하지 않는다고 생각했는데."

그는 베개 삼아 아기의 머리 밑에 놓아 주었던 책을, 아기가 깨지 않도록 조심하면서 가만히 집어 들었다.

"어디 '콘퀘스트'를 좀 보자."

그가 중얼거렸다.

그가 집어 든 것은, 부드러운 양피지로 표지를 만든 2절판 책이었다. 그는 책자를 뒤적이다가 어느 한곳에서 멈추더니, 난로 위에서 책을 활짝 폈다. 그리고 소리 내어 읽기 시작했다.

"…… De Denasatis(코 제거술에 관해), 여기군."

그는 계속해서 읽었다.

"Bucca fissa usque ad aures, genzivis denudatis, nasoque murdridato, masca eris, et ridebis semper(귀까지 찢어진 입, 드러난 잇몸과 으깨어진 코, 너는 이제 가면을 쓸 것이며, 영원히 웃으리라). 바로 이거야."

그러고는 중얼거리면서 책을 선반 위에 다시 올려놓았다.

"너무 깊이 파고들면 위험해져. 여기에서 멈추자. 웃어라, 아들아."

아기가 잠에서 깨어났다. 아기는 우는 것으로 아침 인사를 대신했다.

"어서, 유모, 젖을 물려."

우르수스가 말했다.

어린것이 누운 자리에서 몹시 칭얼거렸다. 우르수스가 난로 위에 있던 유리병을 집어 아기의 입에 물렸다.

그 순간 태양이 떠오르고 있었다. 태양은 수평선 표면에 있었다. 붉은 햇살이 유리창 안으로 들어와, 태양 쪽을 향해 있는 아기의 얼굴을 정면으로 비추었다. 태양을 향해 고정된 아기의 눈동자는, 마치 두 개의 거울처럼, 그 붉은빛을 반사하고 있었다. 눈동자는 움직임이 없었다. 눈꺼풀 역시 마찬가지였다.

"저런, 앞을 보지 못하는군."

우르수스가 중얼거렸다.

제2편
왕의 명령에 의해서

제1부
인류의 영원한 과거가 인간을 보여 준다

1. 클랜찰리 경

*

그 시절에 아주 오래된 이야기 하나가 전해졌다.

그것은 린네우스 클랜찰리 경에 관한 내용이었다.

린네우스 클랜찰리 남작은 크롬웰과 동시대인이었는데, 당시 공화제를 받아들인 몇 안 되는 영국의 중신이었다. 엄밀하게 말해 그것을 받아들일 이유가 있었으니, 당시 공화제가 일시적으로 성공했기 때문이다. 공화파가 우위를 차지하고 있는 한 클랜찰리 경이 공화파의 편에 있을 것이라는 논리는 매우 단순했다. 그러나 혁명이 끝나고 의회 정부*가 몰락한 후에도 클랜찰리 경은 끝끝내 자신의 입장을 바꾸지 않았다. 왕정복고

* 찰스 1세 처형 후 1649~1660년 사이 지속된 크롬웰 주도 하의 공화정이다.

하에서 언제나 참회는 받아들여졌고, 찰스 2세는 그에게 다시 돌아오는 이들에게 매우 관대했기에, 귀족들이 재구성된 상원에 돌아가기는 수월했다. 그러나 클랜찰리 경은 그런 상황에서 일반적인 선택을 따르지 않았다. 영국이 다시 군주의 손아귀로 넘어가는 것에 온 나라가 박수갈채를 보낼 때, 모든 이들이 왕을 만장일치로 인정할 때, 백성들이 군주제에 경의를 표명하는 동안, 지난날을 부인하는 영광스럽고 당당한 정치적 변절을 기반으로 왕조가 다시 일어날 때, 과거가 미래가 되고 미래가 과거가 된 그 순간에도 클랜찰리 경은 끝까지 뜻을 굽히지 않았다. 그는 이러한 모든 환희에서 고개를 돌렸고 기꺼이 유배 길에 올랐다. 대귀족이 될 수도 있었지만 자진해 추방을 선택했다. 그렇게 몇 해가 흘렀고 그는 이미 죽어 버린 공화제에 대한 충절 속에서 노년을 맞이했다. 또한 이러한 어린애 같은 고집에 자연스레 따라붙는 조롱에도 의연했다.

그는 스위스로 피신해 제네바 호숫가에 있는 산비탈 오두막에서 살았다. 호숫가에서 가장 험한 구석에 위치한 곳으로 보니바르*의 감옥과 러들로**의 무덤이 이웃해 있었다. 황혼과 바람과 먹구름으로 가득한 알프스산맥이 그의 은신처를 감싸고

* 제네바의 독립투사로 잔인한 포로 생활을 한 것으로 유명하다.

** 찰스 1세를 사형에 처한 67명의 판사 중 한 명이다. 왕정복고 후 스위스로 탈출한다.

있었다. 산악 지방에서 쏟아져 내리는 거대한 어둠 속에 갈 곳을 잃어버린 듯 살고 있었다. 주위를 지나가는 행인도 그와 마주치기는 매우 어려웠다. 그는 국외자였으며, 자신이 살고 있는 세기 밖에 있는 것과 마찬가지였다. 그 당시 세상의 사건들에 빠삭하고 또 내막을 꿰뚫고 있던 사람들의 눈에는, 그 당시 상황에 대한 어떤 저항도 정당화될 수 없었다. 그때 영국은 행복했다. 왕정복고는 부부 간의 화해와 같았다. 왕과 백성이 더 이상 서로 다른 침대를 쓰지 않았다. 그보다 더 명랑하고 유쾌한 일은 없었다. 그레이트브리튼은 찬란히 빛나고 있었다. 왕이 있다는 것만으로도 기쁜 일인데, 왕은 매력적이기까지 했다. 찰스 2세는, 호탕한 성격으로 통치에 능했으며, 루이 14세에 비교할 만한 뛰어난 군주였다. 그는 신사면서 귀족적이었다. 찰스 2세는 자신의 행동으로 신하들에게 찬미를 받았다. 그는 하노버 전쟁을 벌였다. 왜 그것이 필요한지 스스로는 잘 알고 있었지만, 그 외에는 이유를 짐작하지 못했다. 그는 됭케르크를 프랑스에 팔았는데, 그것 또한 고도의 외교적 결단이었다. 영국 중신들은 이미 시대의 일부가 되어 귀족원에서 자신의 자리를 차지하는 양식을 갖추고 있었기에 명백한 사실 앞에 무릎을 꿇었고, 결국 상원에서 자리를 되찾았다. 그것을 위해 그들은 왕에게 충성 서약을 하기만 하면 되었다. 찬연한 통치, 훌륭한 국왕, 국민들의 사랑에 대한 신성한 용서에 의해 돌아온 위엄 있는 왕족들에 대한 현실을 고려할 때, 몽크와 그 후에 출현한 제프리스 같은 중요 인물이 왕위에 찬성했던 것, 그들이 가장 큰 공무와 가장 이익을 보는 임무를 맡음으로써 그들의 충성과 열성에 대해 정당하게 보상받았던 것, 클랜찰리 경이 그러한 사실을 몰랐을 리 없었다. 명예로운 그들의 앞에 영광스럽게 앉는 것이 전적으로 그의 선택에 달려 있었다는 것, 영국이 국왕 덕분에 번영의 정점에 다시 올라섰고, 런던은 온통 축제와 기마 곡예로 넘쳐났다. 모든 사람이 부유하고 열광에 들떠 있고, 궁정은 품위 있고 명랑하고 당당하다는 것에 대해 이야기할 때, 만약 이러한 찬란한 세상에서 멀리 떨어진 곳, 땅거미가 질 무렵 음산한 빛 속에서 평민과 같은 옷차림을 한, 창백하고 멍한 표정의 구부정한 늙은이가 호숫가 무덤 옆에 서 있다가, 겨울의 추위를 의식하고는 어두운 바람에 백발을 흩날리며, 묵묵히, 외롭게, 생각에 잠겨, 발길 가는 대로 배회하는 모습을 보았다면 누구라도 웃음을 참기가 어려울 것이다.

어느 미치광이의 실루엣.

클랜찰리 경에 대해 이야기할 때, 그가 될 수도 있었던 것과 실제 모습을 듣고, 미소 짓는 것은 너그러운 반응에 불과했다. 어떤 이들은 소리 높여 웃었고, 어떤 이는 분개했다. 사람들은 클랜찰리 경의 오만방자한 성격 때문에 고통받곤 했었는데 이는 그가 사람들과 교류가 없었기 때문이라고 여겼다.

그 뒤로 클랜찰리 경의 정신이 성치 못해 그렇다는 소문이 돌기 시작했고 얼마 지나지 않아 모두가 고개를 끄덕이게 되었다.

*

고집을 부리는 사람들을 보는 것은 불쾌한 일이다. 레굴루스*와 같은 모습은 어디서건 냉대를 받으며, 그런 이유로 여론에는 어느 정도 빈정거림이 생기기도 한다.

그러한 고집은 잔소리와 유사하니, 조롱당하는 것도 어쩌면 당연하다.

게다가, 결국 이러한 고집, 배수진이 과연 미덕일까? 희생과 명예로움을 지나치게 내세우는 것에 허풍은 없는 것일까? 그것은 오히려 겉치레에 불과하다. 왜 고독과 도피를 그토록 과장하는 것일까? 아무것도 내세우지 말라는 것은 현자의 좌우명이다. 원한다면 반대해도 좋다. 그러나 예의 바르게, 또한 국왕 폐하 만세를 외치면서 그렇게 하라. 진정한 미덕이란 사리를 분별하며 이뤄지는 것이다. 실패하는 것은 실패하게 되어 있었던 것이고, 성공하는 것은 성공할 만했다. 신의 섭리는 나름의 근거를 가지고 있어서, 합당한 자에게만 왕관을 씌워 준다. 누가 신의 섭리보다도 그 내막을 더 잘 안다고 자신할 것인가? 결과

* 충절과 헌신으로 유명한 로마의 장군이다.

로 인해 판결이 내려지고, 한 체제에서 다른 체제로 바뀌었을 때, 성공한 자의 입장에서 진실과 거짓이 만들어져, 한쪽은 파멸로 향하고 다른 한쪽은 개선 행진에 나서게 되는 것이다. 어떠한 의혹을 품는 것도 가능하지 않다. 양식 있는 이들은 우세한 쪽과 손을 잡는다. 그리고 그것이 자신의 재산과 가족에게 유용하다 할지라도 그러한 사실에 한 치의 망설임 없이, 오로지 공적인 것만을 생각하면서 승리자에게 강력한 힘을 빌려 준다.

만약 아무도 나라에 봉사하는 데 참여하지 않는다면 어찌될 것인가? 그때는 모든 것이 멈추게 될까? 제자리를 지키는 것이 좋은 시민이 해야 할 일이다. 개인의 사적인 취향은 희생할 줄 알아야 한다. 모든 임무는 지켜지기를 원한다. 누군가가 헌신해야 한다. 공공의 기능을 최대한 따르는 것이 진정한 충절이다. 공무를 맡은 자가 은거해 버리면 그 나라가 마비에 이르고 만다. 망명하는 행위는 가증스러운 짓이다. 그것이 본보기가 될 수 있을까? 허영심에 불과하다. 그러면 반항일까? 그 무슨 무례함인가. 당신의 가치는 무엇이라 생각하는가? 스스로의 가치에 대해 배워라. 우리는 떠나 버리지 않는다. 우리도 또한 원한다면 당신보다 더 완고하며 다루기 힘들게 굴 수도 있고 당신보다 더 못된 짓을 감행할 수도 있다. 하지만 사람들은 합리적인 이들을 더 좋아한다. 그러므로 가자.

*

그동안 1660년의 상황만큼 더 분명하고 결정적인 때는 없었다. 멀쩡한 정신의 사람에게는, 행동 강령이 그보다 더 분명했던 적은 없었다.

영국은 크롬웰의 영역에서 벗어나 있었다. 많은 이례적인 일들이 공화 체제하에서 생겨났다. 우선 영국의 패권이 탄생했다. 30년 전쟁의 도움으로 독일은 압도당했으며, 프롱드 반란 덕분에 프랑스의 체면이 꺾였으며, 브라간사 공작*의 도움으로 스페인의 힘이 축소되었다. 크롬웰은 마자랭을 제압했다. 프랑스와 협정을 체결할 경우에는 영국의 호민관이 프랑스왕 서명 위쪽에 서명했다. 네덜란드 연합은 벌금 800만을 부과해야 했고, 튀니스와 알제리는 탄압받았으며, 자메이카는 정복되고, 리스본을 굴복시켰고, 바르셀로나에서는 프랑스의 적대 관계를 유발했으며 포르투갈을 영국에 정박시켰다. 지브롤터에서 헤라클리온에 이르는 지역에서 바르바리아인들을 깨끗이 소탕했다. 전승과 교역이라는 두 가지 형태로 바다를 지배했다. 33회의 전투에서 연승했으며, 스페인 함대를 격파한 적이 있는, 뱃사람들의 할아버지를 자처하던 늙은 제독 마틴 하페르츠 트롬프가, 1653년 8월 10일 영국 함대에 괴멸되었다. 스페인 해군으

---

* 포르투갈의 도시 이름이다. 브라간사 공작의 후예가 1640년 포르투갈왕으로 등극해 왕조를 열었다.

로부터 대서양을, 네덜란드 해군으로부터 태평양을, 베네치아 해군으로부터 지중해를 되찾았다. 또한 항해 약정서를 통해 전 세계의 연안을 소유하게 되었다. 대양을 통해 세계를 손아귀에 넣었다. 네덜란드의 선박이 항해 중에 영국의 선박에 공손하게 인사했다. 프랑스는 만치니 대사를 보내, 올리버 크롬웰 앞에서 무릎을 꿇었다. 크롬웰이, 하나의 라켓으로 공 두 개를 휘두르듯 칼레와 됭케르크를 가지고 놀았다. 유럽 대륙을 뒤흔들었으며, 평화를 강요하고, 전쟁을 명령하며, 모든 용마루에 영국 국기를 달았다. 호민관의 철기병만이 유럽에 공포감을 안겨 주는 군대로서 의미를 지녔다.

"나는 옛날 사람들이 로마 공화국 존경했듯이 영국 공화국을 존경하길 원한다."

크롬웰이 자주 하던 말이다. 그 말보다 더 신성한 것은 없었다. 언론도 출판도 자유로웠다. 누구나 자유롭게 자신이 생각하는 바를 한 길에서 말할 수 있었다. 원하는 것을 제제나 검열 없이 인쇄할 수 있었다. 왕권의 균형이 깨졌다. 스튜어트 왕조를 비롯한 유럽의 모든 군주제의 질서가 무너졌다. 마침내 그 추악한 정치 체제에서 벗어나, 영국은 사죄를 받아 냈다.

관대한 찰스 2세는 브레다 선언*을 하였다. 그는 영국이 루

---

* 찰스 2세가 의회의 요구를 대부분 수용하고, 공화파에 대한 관용을 약속한 선언이다.

이 14세의 머리에 헌팅던의 일개 맥주 양조업자의 아들*이 발을 올려놓았던 그 시절을 잊을 수 있도록 허락했다. 영국은 회개하고 숨통을 텄다. 이미 말했듯 마음의 편안한 상태는 활짝 개화했다. 찰스 1세를 처형한 시역자들의 교수대가 범세계적인 기쁨에 가미되었다. 왕정복고는 하나의 미소이다. 그러나 교수대는 미소에 어울리지 않는다. 대중의 마음을 만족시켜야 한다. 불순종의 정신은 사라졌고 충절이 다시 재건되고 있었다. 그때부터는 충직한 종이 되는 것이 모두의 야망이었다. 정치적 광기는 사라져 버렸다. 이제 혁명을 우롱했고 공화제에 찬성했으며 언제나 입에는 권리, 자유, 진보라는 거창한 말들을 입에 달고 다녔던 시절은 비웃음을 샀다. 상식으로의 회귀는 훌륭했다. 그때까지 영국은 꿈을 꾸고 있었다. 광란의 상태에서 벗어났으니 얼마나 다행스러운가! 그보다 더 미친 짓이 또 있겠는가? 누구나 권리를 갖는다면 우리는 어디로 갈 것인가? 모두가 지배에 나선다는 것을 상상할 수 있는가? 국민들이 이끌고 가는 도시 국가는 존재할 수 없다. 국민이란, 짝을 이루어 수레를 끄는 말일 뿐, 마부는 아니다. 투표에 부친다는 것, 그것은 나라를 바람에 떠다니게 하는 것이다. 국가를 구름처럼 이곳저곳 떠다니게 할 작정인가? 무질서가 질서를 만들 수는 없다. 만약 카오스

* 크롬웰을 지칭한다.

가 건축가라면, 그는 바벨탑을 건축할 수밖에 없다. 또 소위 말하는 자유는 얼마나 독재적인가! 나는 즐기고 싶지 통치하고 싶지는 않다. 투표하는 것은 귀찮고 나는 춤이나 추고 싶다. 모든 짐을 도맡아 짊어지는 군주란 얼마나 감사한 구세주란 말인가! 우리를 위해서 고역을 감수하는 자비로운 왕이 분명하다! 그리고 그는 그 안에서 자라고 그것이 무엇인지를 잘 안다. 그것이 그의 역할이다. 평화, 전쟁, 입법, 재정, 그런 것들은 국민들과는 상관이 없는 일이다. 아마 사람들은 돈을 내야 할 것이며 일을 해야 하지만, 그 두 가지로 충분하다. 백성도 정치에 한몫을 하고 있다. 국가의 두 힘인 군대와 예산은 국민에게서 나온다. 납세자가 되고 군인으로 복무하는, 그것이면 족하지 않은가? 또 다른 것이 필요한가? 그는 군대의 팔이며 재정의 팔이다. 놀라운 역할이다. 왕실이 통치를 하는 것은 국민을 위해서이다. 그러니 보상을 해 주어야 한다. 조세와 왕실비(王室費)는 국민이 지불하고 왕이 버는 보수이다. 백성은 그들을 이끌어갈 것을 조건으로 그들의 피와 금전을 내놓는다. 직접 이끌어나가려는 생각이란 얼마나 우스꽝스러운가? 이들에게는 안내자가 필요하다. 무지하기 때문에 이들은 앞을 보지 못한다. 장님에게는 안내견이 필요하지 않은가? 다만 백성에게는 안내견이 되기를 기꺼이 수락한 사자, 왕이 있는 것뿐이다. 얼마나 친절한가! 그런데 왜 백성은 무지할까? 그들은 그래야 하기 때문이다. 무지는 덕의 수호 여신이다. 통찰력이 없는 곳에는 야심이 없다. 무지한 이들은 필요한 어둠 속에 있고, 그러한 어둠이 시야를 없애는 동시에 욕심도 없앤다. 그것에서 순수함이 생겨난다. 읽는 사람은 생각하고, 생각하는 사람은 사리를 분별한다. 사리를 분별하지 않는 것, 그것이 의무이자 또한 행복이다. 이론의 여지가 없는 전혀 없는 진리이다. 사회는 그러한 진리 위에 있다.

그렇게 영국에서는 신성한 사회 이론들이 회복되었다. 또한 그렇게 국가가 명예를 회복했다. 동시에 그들은 아름다운 문학으로 다시 눈을 돌리게 되었다. 셰익스피어를 업신여기고 드라이든을 찬양했다.

"드라이든은 영국의 그리고 금세기의 가장 위대한 시인이다."

《아히도벨》의 번역자인 애터베리가 말했다. 일찍이 《실낙원》의 저자에게 욕을 퍼붓고 반박한 바 있는 소메즈에게, 아브랑슈의 주교 위에 씨가 다음과 같은 편지를 보내 논박하고 욕설하던 시절이었다.

"당신은 어떻게 그 밀턴보다도 더 보잘것없는 것에 관심을 가질 수가 있습니까?"

모든 것이 다시 태어나고, 다시 모든 것이 자리를 잡고 있었다. 드라이든은 높은 자리에 셰익스피어는 낮은 자리에, 찰스 2세는 왕좌로 향하고 크롬웰은 교수대로 보내졌다. 영국은 과

거의 수치스럽고 비정상적인 모습을 떨쳐 버리고 다시 일어났다. 군주제에 의해 국가적 차원에서 정연한 질서를 회복하고 문예가 좋은 양식으로 돌아간 것은, 국민들에게 커다란 행복이다.

그러한 호의가 진가를 인정받지 못했다는 것은 믿기 어려운 일이다. 찰스 2세에게 등을 돌린다는 것, 다시 왕좌에 오른 그의 관대함을 배은망덕으로 갚는다는 것은 가증스러운 일이 아닌가? 린네우스 클랜찰리 경은 신사들에게 그러한 괴로움을 안겨 주었다. 조국의 행복에 등을 돌리고 뿌루퉁해지다니, 얼마나 빗나간 짓이란 말인가!

1650년, 의회가 '나는, 국왕도, 지배자도, 귀족도 없는 공화제에 충실할 것을 약속한다'라는 기안을 공포했던 것을 우리는 알고 있다. 이 끔찍한 서약을 했다는 구실로, 클랜찰리 경은 왕국 밖에서 살면서, 모든 사람이 누리는 큰 행복의 면전에서, 자신이 슬퍼할 권리가 있다고 믿었다. 음울함 속에서 그는, 이제는 사라진 것을 추종하고 있었다. 더는 존재하지 않는 것에 대한 괴팍한 집착이었다.

그를 용서하는 것은 불가능했다. 가장 관대한 이들조차 그에게 등을 돌렸다. 그의 친구들은, 그가 공화제라는 갑옷에 있는 허술한 점을 가까이에서 알아내어, 언젠가 때가 오면 국왕의 신성한 목적에 도움이 되도록 확실한 일격을 가하기 위해서였다고 오랫동안 생각했다. 바로 뒤에서 적을 무찌를 수 있는 유용한 기다림의 시간은 충성의 일부가 될 수 있다. 그를 호의적으로 판단하는 이들 모두가 그것을 기대했다. 그러나 공화제에 대한 그의 오랜 집요함 앞에서는 모두 그 호의적인 견해를 버릴 수밖에 없었다. 그들이 보기에 클랜찰리 경의 본질은 얼간이임에 틀림없었다.

관대한 이들의 설명도, 어린애 같은 고집이라는 견해와 노망든 늙은이의 완고함일 뿐이라는 견해로 갈라졌다.

엄격한 성향의 이들이나 의로운 이들은 더 멀리 갔다. 그들은 다시금 이교(異教)에 빠진 사람들을 낙인찍어 죽음에 이르게 했다. 어리석음도 제 나름의 권리가 있지만 한계도 있다. 짐승 같은 사람이 될 수는 있으나 반역자가 돼서는 안 된다. 게다가, 결국 클랜찰리 경이라는 사람은 무엇이 된 것인가? 변절자이다. 그는 자신이 속했던 귀족의 진영을 떠나, 반대편 진영인 평민 계급으로 갔다. 그것은 하나의 배신 행위였다. 그가 강한 이들에게는 '배신자'였고 약한 이들에게는 충신이 된 것이다. 그가 버린 진영이 승리자였고 그가 받아들인 진영이 패배자들의 것이라는 사실이다. 그 '반역 행위'로 인해 그는 정치적 특권과, 가정, 귀족의 신분과 조국을 잃었다. 그는 오로지 조롱만을 얻었을 뿐이다. 그에게 돌아온 것은 유배 생활뿐이었다. 그러나 그것이 무엇을 증명하는가? 그가 멍청이라는 것이다. 모두 동의했다.

배신자이자 동시에 속기도 잘하는 사람이라는 것이 드러났다.

못된 선례로 남지 않는다는 조건에 한에서 얼마든지 멍청이 짓을 할 수 있다. 군주제의 토대라고 자신할 수 있다는 조건으로 멍청이들에게 요구되는 것은 솔직함뿐이다. 그런데 클랜찰리의 정신세계의 간결함은 상상할 수 없었다. 그는 혁명의 찬란한 환상 속에 현혹되어 있었다. 그는 공화제에 의해 자신이 속는다는 것을 방치했다. 그는 조국을 모욕하고 있었다. 그의 행동은 전형적인 배신자의 것이었다. 자리를 비운다는 것은 무례한 행동이다. 그는 흑사병을 피하듯 공동의 행복에서 멀리 떨어져 있으려 하는 것 같았다. 그가 자처한 망명에는 국민적 만족을 거부하는 그 무엇이 존재하고 있었다. 그는 왕권을 전염병 대하듯이 피했다. 그는, 그가 전염병동이라고 규탄한, 군주제 치하의 대대적 환희 위에 꽂힌 무정부주의자의 깃발이었다. 새롭게 정립된 질서 위에서, 재건된 국가 위에서, 복권된 종교 위에, 그토록 기분 나쁜 표정을 짓다니! 이렇게 잔잔한 곳 위에 그늘을 드리우다니! 만족스러워하는 영국에 못마땅한 눈길을 던지다니! 드넓은 푸른 하늘에 어두운 점으로 등장하다니! 위협적인 존재가 되다니! 국민의 염원을 면전에서 부정하다니! 만장일치로 동의하는데 혼자만 찬성을 거부하다니! 광대가 아닌 이상 그것은 가증스러운 짓이 아닐 수 없다. 클랜찰리는, 크롬웰과 함께였기에 길을 잃을지도 모르니, 몽크와 함께 발길을 돌려 되돌아와야 한다는 것을 납득할 수 없었다. 몽크를 보라. 그는 공화국 군대를 지휘한다. 망명 중인 찰스 2세는 그에게 편지를 쓴다. 교활한 처신으로 덕과 양립할 수 있는 몽크는 처음에는 모르는 체하다가 군대의 대장이 되어, 모반자인 의회를 쳐부수고 왕을 복위시킨다. 그리하여 몽크는 앨버말 공작이 되고, 왕국을 구했다는 이유로 추앙 받으며, 매우 부유해지고, 당대 누구보다도 이름을 빛내고, 앞으로 웨스트민스터에 묻힐 가능성을 연다. 이런 것이 영국의 충신이 누리는 영광이다. 클랜찰리 경은 그렇게 실리적인 임무를 이해할 수준에 이르지 못했다. 그에게는 유배 생활에서 오는 오만과 침체성에 빠져 있었다. 그는 무의미한 말들로 만족했다. 그는 오만으로 인해 관절이 경직되었다. 의식 있고 품위 있는 말들도 결국 말일 뿐이다. 그 안의 깊은 뜻을 보아야 하는 것이다.

깊은 뜻, 클랜찰리는 이를 외면했다. 어떠한 행동을 개시하기 전에, 그 행동의 냄새를 맡아 보려고, 그것을 상당히 가까이에서 들여다보는 것은 근시안적 행동이다. 그러한 행동에서 원인을 모르는 구역질이 난다. 그렇게 섬세해서는 정치인이 될 수 없다. 지나친 양심은 퇴화되어 장애가 될 수 있다. 거머쥐어야 할 왕홀 앞에서의 죄책감은 팔 없는 불구, 받아들여야 할 부유함 앞에서의 죄책감은 거세된 남자다. 양심의 가책을 경계하라. 그것이 달갑지 않은 결과를 초래한다. 분별 잃은 충성은 지하로 향하는 계단처럼 내려간다. 한 발, 한 발 내딛다 보면 어느새 캄캄한 어둠 속에 서 있게 된다. 약삭빠른 자들은 다시 올라오지만, 어수룩한 이들은 거기에 남는다. 양심이 비사교적인 상태가 되도록 경솔히 내버려 두어서는 안 된다. 그러면 정치적 정숙함이라는 어둠침침한 색깔에 살그머니 젖어들게 된다. 그때는 길을 찾을 수가 없다. 그것이 클랜찰리 경이 겪은 일이었다.

원칙이 마침내 깊은 구렁이 되고 만다.

클랜찰리 경은 뒷짐을 지고 제네바 호숫가를 따라 산책하곤 했다. 수고만 했군!

가끔씩 런던 사람들은 그에 대해 이야기를 나누곤 했다. 그들의 공론 앞에서 그는 피고인과 다름없었다. 그를 두고 찬반 의견이 분분했다. 양측의 주장이 오간 뒤에 그의 어리석음을 이유로 사면이라는 특전이 내려졌다.

지난날 열성적인 공화파 중 많은 사람들이 스튜어트 왕가에 찬성했다. 칭찬해 줄 만한 일이다. 자연히 그들은 클랜찰리를 조금 비방했다. 완강하게 버티는 이들은 추종자들에게는 성가시게 보일 뿐이다. 재치가 있어서 눈에 들고 조정에서 좋은 자리를 차지한 사람들은, 그의 고집스러움에 불쾌해져 스스럼없이 말하곤 했다.

"그가 왕의 손을 잡지 않은 이유는 그에게 충분한 대가를 제시하지 않았기 때문이야."

"그는 국왕 폐하께서 하이드 경에게 내리신 것과 같은 대법관 자리를 원했던 거요."

그의 '옛 친구' 중에 하나는 심지어 이렇게 덧붙이기도 했다.

"그가 내게 그렇게 말해 주었어."

린네우스 클랜찰리는 비록 동떨어져 살고 있었지만, 가끔은 로잔에 살고 있던 앤드루 브로턴과 같은 늙은 시역 죄인처럼 그가 알고 지내던 추방자들에 의해, 런던에서 떠도는 말들을 전해 듣는 때도 있었다. 그럴 때마다 클랜찰리는, 보일 듯 말 듯 어깨를 으쓱할 뿐이었다. 극심한 우둔화의 증거였다.

한번은 그렇게 어깨를 으쓱하면서 매우 작은 음성으로 "그런 말을 믿는 사람들이 불쌍하군"이라고 말했다.

*

성격 좋은 찰스 2세는 그를 무시하는 편을 택했다. 찰스 2세 치하에서 영국이 누리던 것은 행복 그 이상이었다. 환희에 가까웠다. 왕정복고는 까맣게 변한 옛 그림에 새롭게 칠을 하는 것이다. 오래된 과거의 풍습이 다시 돌아와 아름다운 여인들이 군림하고 통치했다. 이블린*이 그러한 모습을 간단히 기록했는데, 그의 일기에서 다음과 같은 내용을 읽을 수 있다.

---

* 영국의 문인으로 스튜어트 왕조 후기의 영국 사회를 생생히 묘사했다.

음란, 타락, 신에 대한 모독. 나는 어느 일요일 저녁, 국왕께서 매춘부들과 함께 어울리는 것을 보았다. 포츠머스, 클리블랜드, 마자랭, 그리고 두세 명이 더 있었다. 오락실에서 그들은 거의 알몸인 상태였다.

이 묘사에 약간의 노한 분위기가 숨어 있다. 하지만 이블린은 공화주의의 꿈으로 물들어 있는 불평 많은 청교도였다. 그는 왕들이 호사스러운 바빌론적 쾌락을 누리던 당시의 모범을 좋아하지 않았다. 그러한 쾌락은 결국 사치 풍조를 키워 주게 된다. 그는 악덕의 유용성을 알지 못했다. 변함없는 법칙이 하나 있으니, 매력적인 여인을 얻고 싶으면 악덕을 근절하지 마라. 만약 그렇지 않으면 나비를 끔찍이 좋아하면서 그 애벌레를 박멸하는 얼간이와 다름없을 것이다.

앞에서 말한 것과 같이 찰스 2세는, 클랜찰리라고 하는 반항자가 있다는 사실을 어렴풋이 알고 있었지만 제임스 2세는 좀 더 주의를 기울였다. 찰스 2세의 통치는 우유부단했다. 그것이 그의 방식이었다. 그렇다고 해서 그가 가장 통치를 어리석게 했다는 말은 아니다. 때때로 선원들은 바람을 통제하기 위해 동여맨 밧줄의 매듭을 느슨하게 하여 바람이 그것을 죄도록 만들 때가 있다. 그것이 바람과 백성의 어리석음이다.

찰스 2세의 느슨한 통치는 신속히 단단하게 조여졌다.

제임스 2세 치하에서 억압이 시작되었다. 마지막 남은 혁명의 잔재를 쓸어버리기 위한 불가결한 선택이었다. 제임스 2세는 능력 있는 왕이 되고자 하는 칭찬할 만한 야심을 가지고 있었다. 그의 눈에는 찰스 2세의 통치가 왕정복고의 초벌 그림에 지나지 않았다. 그는 보다 더 완벽한 질서로 돌아가기를 원했다. 1660년, 그는 시역 죄인 열 명만이 교수형에 처해진 것에 대해 한탄했다. 그는 보다 더 실질적으로 권위를 복구한 왕이었다. 그는 무엇보다 심각한 법령을 강력하게 집행시켰다.

수사(修辭)에 그칠 뿐일 감상적인 미문을 멸시하고, 무엇보다 사회의 이익에 몰두하는, 진정한 정의가 군림하게 했다. 사람들은 수호자와 같은 그의 엄격함에서 국가의 아버지를 발견했다. 그는 제프리스에게 정의의 손을, 커크*에게는 검(劍)을 맡겼다. 커크는 여러 번 본때를 보여 주었다. 이 유용한 장군은 공화파 남자 하나를 연달아 세 번 교수대에 매달았다가 다시 내려놓기를 반복했다. 그때마다 그에게 질문했다.

"공화제를 포기하겠나?"

사악한 죄인은 싫다고 말했고 결국 처형당했다.

"내가 녀석을 네 번이나 매달았어."

커크가 만족스러운 듯 말했다. 다시 시작되는 처형은 막강한

* 찰스 1세의 아들로, 몬머스의 난을 무자비하게 진압한 사건으로 유명하다.

권력의 표시이다. 레이디 라일은 몬머스의 반란군 토벌 작전에 아들을 내보내고도 두 명의 반역자를 집에 숨겨 준 죄로 처형당했다. 반면, 어떤 반역자는 솔직하게 재세례파 여인이 자기를 숨겨 주었다고 밝혀 사면을 받았으나 그 부인은 산 채로 불더미에 던져졌다. 후에 커크는 한 도시를 공화파의 집결지라고 생각해 한꺼번에 열아홉 명을 교수형에 처하기도 했다. 이전 크롬웰 치하에서 사람들이 교회당에 있는 성자들의 석상에서 코와 귀를 잘라 낸 것을 생각할 때 매우 합법적인 보복임이 분명했다. 제프리스와 커크를 능히 택할 줄 알았던 제임스 2세는 진정 종교에 심취한 왕이었다. 제프리스와 커크라는 두 명의 흉악한 정부(情婦)들을 두어 금욕 생활을 자초한 그는, 항상 콜롱비에르 신부의 말을 따르고자 했다. 거의 슈미네 신부만큼 번지르르한 설교자였으나 그보다 더 열정적이었던 그 신부는, 자신의 인생 전반기에는 제임스 2세의 조언자로, 후반기에는 마리 알라코크*에게 영감을 주는 존재로 영광을 누렸다. 후에 제임스 2세가 망명 생활을 의연하게 대처하고, 생제르맹의 은둔처에서도, 태연히 연주창**을 견뎌 내고 예수회 사제들과 교류

* 성모방문회 소속 수녀로, 특히 성심으로부터 계시를 받았다고 선언한 것으로 유명하다.

** 유럽에서는 국왕이 연주창에 손을 대면, 그 난치병이 즉각 낫는다고 믿었다고 한다.

하며 역경을 이겨 내는 진정한 군주의 모습을 지켜 낼 수 있었던 것은 모두 이 종교적 양식 덕분이었다.

그러한 왕이었으니, 린네우스 클랜찰리와 같은 반역자에 대해 근심할 수밖에 없었을 것임은 이해할 수 있는 일이다. 귀족들의 권리가 상속권에 의하여 다음 세대까지 유지되는 상황에서 클랜찰리 경에 관련해 대책을 마련해야 할 것이 있었다면, 제임스 2세는 분명 주저하지 않았을 것이다.

2. 데이비드 더리모이어 경

*

처음부터 린네우스 클랜찰리 경이 항상 늙은이였고 망명자였던 것은 아니다. 젊음과 열정의 세월이 그에게도 존재했다. 우리는 해리슨과 프라이드를 통해, 크롬웰이 젊었을 때 여인들과 유희를 좋아했으며 그로 인해 여성이란 존재가 또 다른 문제를 예고했다는 것을 알고 있다. 잘 채워지지 않은 허리띠를 경계하시오. Male proecinctum juvenem cavete.*

클랜찰리 경 역시 크롬웰처럼 방정치 못한 난잡한 행동을 취

---

* 고대 로마의 학자 수에토니우스의 말이다.

한 바 있다. 사람들은 그에게 사생아인 아들 하나가 있음을 알고 있었다. 그 아들은, 공화제가 종말을 고하던 무렵에 부친이 유배를 떠날 때 영국에서 태어났다. 그래서 그는 한 번도 아버지의 모습을 본 적이 없었다. 클랜찰리 경의 이 사생아는 찰스 2세의 궁정에서 시동(侍童)으로 자랐다. 사람들은 그를 데이비드 더리모이어 경이라고 칭했다. 귀족인 그의 어머니 덕분에 그는 궁정의 기사가 되었다. 용모가 아름다웠던 그의 어머니는 클랜찰리 경이 스위스에서 부엉이가 되어 가고 있는 동안에, 슬픔에만 빠져 있지 않기로 마음먹고, 두 번째 애인으로 하여금 비사교적인 그 첫 번째 애인과 관련된 일을 용서받았다. 그녀의 두 번째 애인은 확실하게 길들여진 왕당파, 바로 국왕이었다. 그녀는 잠시 동안 찰스 2세의 정부였으나, 국왕께서는 공화국으로부터 그처럼 아름다운 여자를 빼앗은 것에 매혹되어, 노획물의 아들에게, 근위병직을 하사할 정도의 위세를 부렸다. 이 사생아 출신 장교는 그러한 호의에 의해 만들어졌다. 데이비드 경은, 한동안 커다란 검을 찬 170명의 근위병 중 하나로 봉직했다. 그 후 국왕의 의장대에 들어가 도금한 미늘창을 지니는 사십 명의 일원이 되었다. 그는 헨리 8세가 자신의 신변을 지키기 위해 세운 고귀한 집단의 일원인지라, 왕의 식탁에 그릇을 놓는 특전도 가지고 있었다. 그리하여 그의 아버지는 유배지에서 백발로 늙어 가는 반면 데이비드 경은 찰스 2세의 치하에서 날로 번영을 누리고 있었다.

그 이후, 제임스 2세 치하에서도 그는 여전히 번창하였다.

왕은 죽었지만 '국왕 폐하 만세!'를 외친다. non deficit alter, aureus[다른 황금(가지)이 없지 않으리니]라고 말을 한 것과 다름이 없다.*

그는 요크 공작의 작위 계승식과 함께 데이비드 더리모이어 경으로 호칭될 수 있는 공식적인 허락을 받았다. 더리모이어는 세상을 떠난 지 얼마 안 된 그의 어머니가 남겨준 영지인데, 떡갈나무를 부리로 쪼아서 둥지를 만드는 크래그 새의 서식지인 스코틀랜드의 광막한 숲속에 위치해 있었다.

*

제임스 2세는 국왕이었으나 장군이 되려고 했다. 그는 젊은 장교들에게 둘러싸여 있기를 좋아했다. 그는 투구를 쓰고 갑옷을 입은 채, 투구 밑에서 풍성한 가발을 날리며 사람들 앞에서 자랑스레 말에 올랐다. 얼빠진 전투의 기마상 같은 형색이었다. 그는 젊은 데이비드 경의 우아함을 좋아했다. 그는 그 왕당파 젊은이가 공화주의자의 아들이라는 것을 고맙게 여겼다. 자식

---

* 아이네이아스가 저승에 들어가는 방편으로 제시된 방법. 저승의 여왕에게 선물로 바쳐야 하는 황금 나뭇가지를 망설이지 말고 꺾어야 하며, 그 자리에 다른 가지가 돋을 것이라는 뜻. 〈아이네이스〉 제4권 143~144절을 인용했다.

을 버린 공화주의자 아비는 막 시작된 궁전의 행복에 방해되지 않았다. 제임스 2세는 그에게 천 파운드의 급료를 지불하고 침실 담당 궁내관(宮內官)으로 임명했다.

멋진 진급이었다. 그 직책은 매일 밤 왕의 지척에서 잠을 잔다. 그의 침대는 다른 이들이 만들어 준다. 모두 열두 명으로 이뤄진 궁내관은 서로 교대하며 왕의 시중을 들었다.

그 직무를 수행하면서 데이비드 경은 왕의 말들에게 귀리를 먹이고 보살피는 책임까지 맡았는데, 급료는 260파운드에 달했다. 그의 휘하에는 마차꾼 다섯 명, 보조 마부 다섯 명, 마구간지기 다섯 명, 심부름꾼 열두 명, 왕의 가마꾼 네 명이 있었다. 그는 왕이 헤이마켓에서 기르고 있는 경주마 여섯 필을 관리했는데 매년 600파운드의 경비가 들었다. 그는 왕의 의상실에서도 막대한 권력을 가지고 있었는데, 가터 기사들의 예복은 그가 관리하는 곳에서 제공되었다. 왕의 궁내관인 어전 안내인도 땅에 엎드려 그에게 예를 표했다. 제임스 2세 때의 어전 안내인은 듀파 기사였다. 데이비드 경은 왕실 서기였던 베이커 씨와, 의회 서기인 브라운 씨에게도 존경을 받았다. 으리으리한 영국의 왕실은 극진한 대접에서 월등한 모습을 보였다. 그는 열두 궁내관의 하나로 연회나 환영회를 집전했다. 국왕이 '비잔티움'이라는 브장 금화*를 교회에 주는 봉헌의 날이라든가, 혹은 국왕이 품계를 나타내는 목걸이를 착용하는 목걸이 착용일,

혹은 성체 배령의 날에는 데이비드 경이 왕의 뒤에 서 있는 영광을 누렸다. 성(聖) 목요일에는, 가난한 사람들 열두 명을 국왕께 인도해, 폐하께서 그들에게 나이만큼의 페니 주화와 왕의 통치 기간만큼의 실링 주화를 하사하게 하는 것도 그의 직무였다. 또한 국왕의 몸이 편치 않을 때 간호를 위해 궁중 사제를 불러 국왕의 수발을 들게 하고, 의사들이 참사원의 허락 없이 왕에게 접근하지 못하게 막는 일도 그의 업무였다. 게다가 그는 스코틀랜드 행진곡을 연주하는 스코틀랜드 황실 근위대의 중령이기도 했다.

용감한 전사였던 그는 여러 차례 전투에 참전해 영광스런 공훈을 세웠다. 그는 용맹스럽고 잘 다듬어진, 수려한 용모에 아량이 넓은, 한 마디로 외모와 거동이 뛰어난 귀족이었다. 그의 인품은 그의 신분에 어울렸으며 지체가 높은 만큼 체구도 뛰어났다.

그리고 한때, 그는 왕에게 옷을 건네 드리는 특권을 누리는 시종 직에 거의 임명될 뻔하기도 했다. 하지만 그 일은 중신이거나 왕족이어야 할 수 있는 것이었다.

새로운 중신을 만든다는 것은 대단한 일이다. 새로운 작위를 하나 만들어야 하는데, 그러면 동시에 시기하는 사람들도 생겨

---

* 십자군 전쟁 이전부터 서유럽에서 사용되던 비잔틴 금화이다.

난다. 그것은 크나큰 총애인데, 그러한 총애로 한 명의 친구와 백 명의 적이 생겨난다. 게다가 그 친구는 왕에게 배은망덕한 존재로 변할 수도 있었다. 제임스 2세는 그러한 정치적 이유 때문에 새로운 작위는 좀처럼 만들지 않았지만 그것들을 바꾸는 데는 적극적이었다. 이전된 작위는 동요를 유발하지 않는다. 단지 하나의 이름이 이어지는 것이기 때문이다. 그로 인해 귀족 사회가 영향을 받지는 않는다.

데이비드 더리모이어 경에게 호의를 품고 있었던 왕은, 그가 작위의 대승상속인(代承相續人)으로 상원에 입성하는 것을 거부하지 않았다. 왕은 데이비드 더리모이어를 의례적 귀족에서 합법적 귀족으로 만들어 줄 기회를 찾고 있던 중이었다.

*

문득 그런 기회가 찾아왔다.

어느 날 늙은 망명자 린네우스 클랜찰리에게 여러 가지 사태가 발생했음을 알리는 소식을 접했는데, 그중 가장 핵심적인 것은 그가 죽었다는 것이었다. 죽음의 장점은, 그로 인해 사람들이 조금이나마 망자의 이야기를 한다는 것이다. 사람들은 린네우스 경의 말년에 대해 자신들이 알고 있던 것을, 혹은 안다고 믿는 것을 털어놓게 되었다. 아마도 억측이나 떠도는 이야기였을 것이다. 터무니없어 보이는 이야기들이지만 이에 따르면 클랜찰리 경은 말년에 공화제에 대한 신념이 더욱 뜨거워져서, 한 시역 죄인의 딸인 앤 브래드쇼와 결혼했는데, 그녀 또한 아이를 분만하다 죽었고 태어난 아이는 아들이라는 것이다. 만약 그것이 사실이라면 그 아들이 클랜찰리 경의 적자였고 합법적인 상속자가 되는 것이다. 하지만 그 이야기는 너무나 불분명해서 사실이라기보다 소문에 가까웠다. 그 당시 영국에서 볼 때 스위스에서 일어난 일은 요즘으로 치면 중국에서 일어나는 일만큼이나 먼 나라의 이야기였다. 그가 결혼했을 때의 나이가 쉰아홉이고 아들이 태어났을 때는 환갑이었는데, 얼마 지나지 않아 타계한지라, 핏덩이 아이를 부모 없는 고아 신세로 세상에 남겨 두고 죽었을 것이다. 가능성은 있지만 있음 직하지 않은 일이기도 했다. 사람들은 이에 덧붙여, 그 아이가 '태양처럼 잘생겼다'라고 했다. 동화에나 나올 법한 이야기들이다. 어느 날 문득, 제임스왕은 아무런 근거도 없는 이 소문에 종지부를 찍었다. '적자가 없고 또한 다른 직계 존속도 없는 것으로 확인된지라' 국왕의 권한으로 데이비드 더리모이어가 클랜찰리 경의 유일한 확정적 상속자임을 공포한 것이다. 이러한 내용을 담은 국왕의 공문서가 귀족의회에 전달되었다. 이를 통해 왕은 고(故) 린네우스 클랜찰리 경의 작위, 권리 및 여러 특권을, 데이비드 더리모이어 경에게 상속했다. 여기에 한 가지 조건이 있었으니, 태어난 지 몇 개월밖에 안 되었으나 여공작의 작위를 내린 소녀가 자라 혼기에 달했을 때, 데이비드 경이 그녀와 혼인해야 한다는 조건이었다. 사람들은, 국왕께서 그 아이에게 왜 공작 작위를 내렸는지 모르겠다고 했다. 그러나 사실은 그 이유를 잘 알고 있었다. 모두들 그 어린 소녀를 여공작 조시안이라고 불렀다.

그때 영국에서는 스페인식 이름을 짓는 것이 유행했다. 찰스 2세의 사생아 중 하나인 플리머스 백작의 이름은 카를로스였다. 조시안(Josiane)은 아마 Josefa-y-Ana의 축약형일 것이다. 그러나 또한 조시아스라는 이름이 있었듯이, 조시안이라는 이름도 원래부터 있었을지 모른다. 헨리 3세 집권 중에, 조시아스 뒤 패시지라는 이름을 가진 귀족이 있었다.

왕은 그 어린 여공작에게 클랜찰리 경의 작위를 준 것이다. 남편이 생길 때까지는 그녀가 여 귀족으로 작위의 실질적 소유자였다. 혼인 후에는 그녀의 남편이 중신의 지위에 오르게 되어 있었다. 그녀가 상속한 작위는 두 개의 영지 지배권에 근거하고 있었는데, 하나는 클랜찰리 남작령이었고, 다른 하나는 헌커빌 남작령이었다. 게다가 역대 클랜찰리 가문의 귀족들은, 옛날에 세운 무공에 대한 보상으로 왕의 허락하에, 시칠리아에 코를레오네 후작령도 가지고 있었다.

영국의 중신은 다른 나라의 작위를 가질 수 없다. 그러나 예외도 있었다. 워더의 애런들 남작인 헨리 애런들은, 클리퍼드 경처럼, 신성 로마 제국의 백작이었으며, 쿠퍼 경은 대공이었다. 해밀턴 공작은 프랑스에서 샤텔르로 공작이며, 덴비 백작인 바질 필딩은 독일에서 합스부르크와 라우펜부르크 및 라인펠덴의 백작이었다. 말버러 공작은 슈바벤에서 민델하임 대공이었으며, 웰링턴 공작은 벨기에에서는 워털루 대공이었고 스페인에서는 시우다드 로드리고 공작이었으며, 포르투갈에서는 비메이라 백작이었다.

예전부터 지금까지 영국에는 귀족의 땅과 평민의 땅이 구분되어 있었는데, 클랜찰리 가문의 땅은 모두 귀족의 땅이었다. 토지와 성, 시장, 대법관의 관할구, 봉토, 임대 수입, 자유지, 클랜찰리와 헌커빌 작위의 세습 영역은 임시로 레이디 조시안에게 속해 있었고 그녀가 혼인을 하면 왕의 공표대로, 데이비드 더리모이어 경이 클랜찰리 남작으로 봉해질 것이었다.

레이디 조시안에게는 클랜찰리 가문의 상속유산 외에도 개인적인 재산이 있었다. 그녀는 막대한 재산의 소유자였는데, 그 중 대부분은 요크 공작에게 주는 마담 성 끄의 선물에서 온 것이었다. 마담 성 끄는 '꼬리 없는 마담'*이란 뜻으로 아무 수식어가 붙지 않는 그냥 마담이라는 의미다. 오를레앙 공작 부인이

* 국왕의 혼인한 누이들이나 형수, 숙모 등 구태여 이름을 밝히지 않아도 누구인지 알 수 있을 경우, 아무 수식어 없이 마담이라 칭했다.

자, 프랑스에서는 왕비 다음으로 지체 높은, 영국의 앙리에트*
를 그렇게 불렀다.

*

찰스왕과 제임스왕의 치하에서 번창한 것에 뒤이어, 데이비
드 경은, 윌리엄왕의 치하에서도 계속 번영을 구가했다. 그는
제임스 2세를 지지했으나 망명지까지 왕을 따라갈 정도로 추
종하지는 않았다. 자신의 합법적인 왕을 경애하면서도 그는 분
별력 있게 왕위 찬탈자에게도 봉사했던 것이다. 그는 종종 규
율을 어길 때도 있었지만, 뛰어난 대장이었다. 육군에서 해군으
로 옮겨간 후에도 해군함대에서 두각을 나타냈다. 그는 그곳에
서 '경(輕) 프리게이트 함의 함장'이라 불리었다. 그것이 계기
가 되어 그는, 모든 악덕의 멋을 극대화하면서도 품위를 잃지
않는 젊은이가 되었다. 다른 이들처럼 약간은 시인 행세를 하
고, 국가의 훌륭한 봉사자이자 군주의 착한 신하로서, 축제와
연회와 국왕이 주관하는 온갖 의식과 전쟁에 열심히 참여하는
한 명의 신사가 되었다. 대상에 따라 시력이 약하기도 하고 꿰
뚫는 듯도 하기 때문에, 성실한 신하 같으면서도 또한 몹시 오
만불손하기도 하고, 청렴하고 예의 바르면서도 시기 적절히 거

* 찰스 2세의 여동생이다.

만해질 수도 있는, 왕의 좋고 나쁜 기분을 매우 잘 읽을 수 있는, 칼날 앞에서도 아랑곳하지 않는, 영웅심 때문에 목숨을 위험에 내던질 준비가 되어 있고, 정중함과 예의를 갖춘, 왕실의 특별한 행사에서는 무릎 꿇는 것을 기꺼이 마다하지 않는, 쾌활한 용기를 지닌 겉모습은 조신하지만 마음은 중세의 방랑 기사와 같은, 나이 마흔다섯의 매우 젊은 남자, 그것이 데이비드 경이었다.

데이비드는 종종 프랑스의 가요를 부르곤 했다. 찰스 2세는 그 우아한 명랑함에 호감을 가졌다.

그는 웅변술과 멋있는 언사를 좋아했다. 보쉬에*의 추도사와 같은 구변 좋은 사설 따위를 무척이나 찬미했다.

그는 어머니로부터 물려받은 것으로 생활비를 충당했다. 임대 수입이 해마다 1만 파운드, 즉 25프랑쯤 되었다. 빚을 지면서 그럭저럭 살아갔다. 사치와 무절제와 새로운 유행에 있어서는 그를 따라올 자가 없었다. 혹시 누가 자기를 모방하기 시작하면, 그는 즉시 방식을 바꾸었다. 말을 탈 때도, 암소 가죽을 뒤집어 만든 장화에 박차를 달아 신었다. 그는 아무도 가지지 못한 모자들을 가지고 있었으며, 전대미문의 레이스, 그에게만 유일하게 있는 가슴팍 장식 등을 달고 다녔다.

---

* 사제이자 신학자, 문필가이다.

3. 여공작 조시안

*

1705년경, 레이디 조시안의 나이가 스물셋, 데이비드 경의 나이가 마흔넷에 달했지만, 두 사람의 결혼은 아직 이루어지지 않았다. 이 세상에서 가장 좋은 구실이 있었다. 두 사람이 서로를 미워했을까? 전혀 아니다. 그러나 우리를 피해 달아날 수 없는 것에 대해서는 추호도 서두를 마음을 갖지 않게 된다. 조시안은 자유로이 지내고 싶었고, 데이비드는 젊음을 더 누리기를 원했다. 가능한 한 가장 늦게 인연을 맺는 것, 그것이 그에게는 젊음의 연장술로 여겨졌다. 남녀 간의 사랑이 구애받지 않았던 그 시절에는, 그처럼 늑장을 부리는 젊은 남자들이 많았다. 귀부인들 주위를 어슬렁거리는 어린 구애꾼으로 그들은 늙어 갔다. 가발이 공모자 역할을 했고, 더 나이가 들어서는 분(粉)이 보조자 행세를 했다. 나이 쉰다섯에 이르렀음에도, 브롬리의 제러드 가문의 남작 샤를 제러드에게는 여전히 행운을 안겨 줄 여인들이 런던에 그득했다. 코번트리 백작 부인이기도 한, 귀엽고 젊은 버킹엄 공작 부인은, 포콘버그 자작인 예순일곱의 토머스 벨러지스를 열렬히 애모했다. 나이 칠십에 이른 코르네유가 남긴 다음과 같은 유명한 구절을 스무 살 여인 앞에서 인용하기도 했다.

"후작 부인이시여, 만약 내 얼굴이."

여인들 또한 인생의 가을에 성공을 거두는 경우가 있었다. 니농과 마리옹 같은 여인들이 그 증인이라 할 수 있다. 이상 예로 든 사람들이 그 당시를 나타내는 전형이었다.

조시안과 데이비드는 특이한 모습으로 연애했다. 그들은 서로를 사랑하지 않았다. 서로에게 호감을 가지고 있었을 뿐이다. 그들은 같이 어울리는 것에 만족했다. 그러한 관계를 왜 서둘러 끝내야 한단 말인가? 당시의 소설은, 애인들과 약혼자들을, 가장 아름다운 분위기인 이런 종류의 기간을 가지도록 부추겼다. 게다가 조시안의 경우, 그녀는 자신이 사생아임을 알고 있었지만 자신이 공주라 여겼고, 따라서 어떠한 방법을 동원해서라도 그를 우위에서 대했다. 그녀는 데이비드 경에게 흥미를 보였다. 데이비드 경의 외모가 뛰어났으나, 그것은 부수적인 것일 뿐이었다. 그녀는 그가 우아하다고 생각했다.

우아한 것, 그것은 전부다. 우아하고 멋진 캘리반이 가엾은 아리엘을 앞서 간다.* 데이비드 경의 용모는 뛰어났다. 좋은 일이다. 그러나 잘생긴 용모만으로는 매력이 없다. 그런데 데이비드 경은 달랐다. 그는 도박을 하고, 치고받고, 빚을 졌다. 조시안은 그의 말들과, 개들과, 내기에서 돈을 잃는 모습, 특히 그의

---

* 셰익스피어의 작품에 등장하는 캘리반은 사납고 흉측한 하인이고, 아리엘은 대기의 정령 중 하나이다.

정부들을 독특하게 여겼다. 데이비드 경 또한 여공작 조시안에게 매혹되어 있었다. 어떠한 흠도 가책감도 없으며, 거만해 함부로 범접할 수 없고 동시에 자유분방했기 때문이다. 그가 소네트를 지어 바치곤 했고, 조시안은 종종 그것들을 읽었다. 그는 소네트를 통해 자신이 조시안을 소유한다는 것이 천상의 나라에 오르는 것과 다름없지만, 그렇다 해서 그러한 승천을 다음 해로 연기하지 않을 이유가 없다고 했다. 그는 조시안의 마음으로 들어가는 문 앞에서 그녀를 기다리겠노라 했고, 그것은 모두에게 적절한 합의였다. 궁정에서는 모두들 그러한 지체가 고상한 취향의 절정이라고 감탄했다. 그럴 때마다 조시안은 이야기했다.

"제가 데이비드 경과 결혼해야 한다는 것이 안타까워요. 저는 그 사람과 사랑에 빠지는 것만으로도 바랄 게 없는데!"

조시안은 몸집이 큰 편이었다. 그처럼 웅장한 여자는 드물었다. 그녀의 키는 매우 컸다. 과할 정도로 거대했다. 그녀의 머리카락은, 자줏빛 금발이라고 부를 수 있는 색채를 띠고 있었다. 살집 좋고, 싱싱하고, 건장하고, 주홍빛이 감도는 몸집을 지닌 그녀는, 대단한 과감성과 뛰어난 기지도 함께 갖췄다. 그녀의 눈은 지나칠 정도로 투명했다. 연인은 전혀 없었으나 정숙함 또한 없었다. 그녀는 자신을 자존심의 성벽 속에 가두어 두고 있었다. 남자는 모두 하찮은 존재였다. 신이나 괴물이라면 혹시 그녀와 어울릴 수 있겠다. 조시안은 정조 그 자체였다. 하지만 순진함 없는 정조였다. 그녀는 멸시하듯 남자와 인연을 맺지 않았다. 하지만 그녀처럼 독특하고 괴이한 염문이 퍼지는 것에 대해 화를 내지는 않았다. 자신에 대한 평판 따위를 그녀는 별로 중시하지 않았다. 오직 명예에만 집착했다. 쉬워 보이지만 얻을 수 없는 것, 바로 그것이 대단한 것이다. 조시안은 스스로 위엄 있으면서도 감각적이라고 여겼다. 그녀의 아름다움은 평범하지 않았다. 매혹하기보다는 파고드는 아름다움이었다. 그녀는 다른 이들의 가슴을 밟고 지나갔다. 그녀는 세속적이었다. 누군가 그녀 가슴속에 영혼이 있다고 하며 그녀에게 증명하려 했다면, 그녀의 등에 날개가 돋아나 있다고 말하는 것만큼이나 당황했을 것이다. 그녀는 로크에 대해 논했다. 그녀는 예절을 지켰다. 사람들은 그녀가 아랍어를 안다고 추측했다.

몸집이 크다는 것과 여자라는 것은 별개의 문제다. 예를 들어 쉽게 사랑으로 변하는 연민의 정에 여자들은 흔들리기 쉬운데, 조시안은 이와 달랐다. 그녀가 둔감해서라는 말은 아니다. 고대에는 살을 대리석에 비유하곤 했는데, 그것은 전혀 옳지 않다. 살의 아름다움은 대리석이 아니라는 데 있는 것이다. 숨을 헐떡이고, 얼굴을 붉히고, 피를 흘리는 것이다. 그것은 또한 단단하지 않으면서 굳건하고, 차갑지 않되 깨끗하며, 설렘과 흔들림을 가지고 있다. 살은 살아 있음을 뜻하지만 대리석은 죽음이다. 살은, 그 아름다움이 어느 수준에 올랐을 때, 나체를 드러낼 권리가 있다. 그녀는 마치 베일에 덮인 듯이 눈부심을 발한다. 조시안의 나신을 보았을지도 모르는 사람은, 누구든 빛을 발산하는 가운데에서만 그 조각상을 보았을 것이다. 그녀는 자신의 벗은 몸을 사티로스*나 내시에게는 기꺼이 보여 주었을 것이다. 그녀에게는 신화적인 태연함이 있었다. 그녀의 나신이 고문이었으며, 탄탈로스**를 속아 넘기는 것을 그녀는 매우 즐거워했을 것이다. 왕은 그녀를 여공작으로 만들었으며, 주피터는 그녀를 네레이스***로 만들어 놓았다. 그 이중의 발광체가 그 여인의 비범한 밝은 빛을 구성하고 있었다. 그녀를 찬미하고 있노라면 자신이 이교도나 하인이 되는 것 같은 느낌에 사로잡혔다. 그녀의 기원은 사생(私生)이고 바다였다. 그녀는 물거품에서 생겨난 것 같았다. 그녀의 운명은 처음 물결에 맡겨졌으나, 이후에는 왕실 한가운데로 들어갔다. 그녀는 자신 속에 파도와 우연과 귀족의 신분과 폭풍우를 가지고 있었다. 그녀는 문예에 정통하고 학식도 뛰어났다. 정염(情炎)이 단 한 번도 그녀

---

* 사람의 몸뚱이에 염소의 뿔과 굽을 가진 신으로, 음탕한 사람 혹은 변태 성욕자를 상징한다.

** 올림포스 신들에게 죄를 짓고 목까지 물에 잠겨 있으면서도 영원히 물을 마시지 못하는 벌을 받았다.

*** 바다의 요정, 욕정의 대상으로 몽상되는 존재이다.

에게 다가온 적은 없지만, 그녀는 모든 정염의 밑바닥을 샅샅이 탐구했다. 감정의 실행에 대한 혐오와 관심을 동시에 갖고 있었다. 만약 그녀가 마치 루크레티아*처럼 단검으로 자신을 찌른다면 그것은 죽은 후에나 가능할 것이다. 모든 형태의 타락이 그 처녀 속에 환상의 상태로 머물렀다. 그것은 현실에 존재하는 디아나** 속에 있던 내재적인 아스다롯***이었다. 그녀는 고귀한 신분이라 매우 도도했으며, 아무도 다가갈 수 없는 난공불락이었다. 하지만 자신을 위해 스스로 타락의 계기를 만드는 것을 재미있게 여겼을지 모른다. 그녀는 영광에 휩싸여 님부스**** 속에 살면서도, 그곳에서 내려가고 싶은 유혹을 느끼고 있었다. 또한 추락하는 것이 어떤 것인지에 호기심을 가졌을지도 모른다. 또한 그녀는 그녀가 타던 구름에 비해 좀 무거운 편이었다. 타락이 호감을 산다. 왕족의 제한 없는 권한이, 시험 삼아 해 볼 수 있는 특전을 허락한다. 그리하여 평민 여자가 신세를 망치는 사건에서, 왕실의 여인은 유흥거리를 찾는다. 출신이나 외모, 거만함, 예지 등 모든 면에서, 조시안은 왕비와 차이가 없었

---

* 고대 로마의 여인으로, 미모와 정절로 유명했다. 강간을 당하자, 남편에게 복수를 부탁하고 스스로 자살했다.

** 순결을 지키는 처녀의 전형이다.

*** 사랑과 전쟁의 여신이다.

**** 황제나 신들의 그림에서 볼 수 있는 배광이다.

다. 그녀는 한때, 말굽쇠를 손가락으로 부러뜨리던 루이 드 부플레르에게 열정을 가졌다. 그녀는 그 헤라클레스의 죽음을 애도했다. 그녀는 뭐라 형언할 수 없는 선정적이고도 음탕한 이상형을 기다리며 살고 있었다.

조시안은 '피소에게 보내는 편지'의 다음과 같은 구절, Desinit in piscem을 생각하게 했다.

여인의 아름다운 흉상이 히드라의 모습으로 완성된다.

그것은 귀족의 가슴, 왕실의 품격에 의해 조화를 이룬 젖가슴과, 생생하고 맑은 시선, 균형 잡힌 도도한 얼굴 모습, 마치 물속에 있는 듯 뿌옇고 희미하게 들여다보이는, 아마 용과 같은 기형적인 꼬리를 물결처럼 일렁이며 감춘 흉상과 같았다. 몽상의 심연 속에서 악덕으로 마무리된 오만한 미덕이다.

*

뿐만 아니라 그녀는 재치를 뽐내는 '프레시외즈'*이었다.

그것이 유행이었다.

엘리자베스 여왕을 상기해 보자.

---

* 17세기 전반 프랑스 사교계를 풍미했던 잘난 체하는 취미와 경향을 가진 여성이다.

엘리자베스는 16세기부터 18세기까지, 세 시대에 걸쳐 영국을 지배했던 전형적인 인물이다. 엘리자베스는 단순한 영국 여성이 아니라 영국의 국교(國教)였다. 여왕에 대한 영국 감독교회*의 깊은 경의는 그러한 사실에서 유래한다. 그러한 존경심에 가톨릭교회가 불편해졌고, 결국 그녀를 적당히 파문했던 것이다. 엘리자베스를 맹렬히 비난하던 교황 식스토 5세의 입에서는 어느새 달콤한 말이 쏟아져 나왔다.

'Un gran cervello di principessa(그 여왕의 뛰어난 지성)…….'

교회 문제보다는 여자에 대한 문제에 더 관심을 보였던 메리 스튜어트는, 언니인 엘리자베스에게 거의 존경을 표하지 않았다. 그녀는 여왕이 여왕에게, 교태부리는 여자가 정숙한 여자에게 쓴 편지를 엘리자베스에게 보냈다.

"당신이 결혼을 기피하는 것은, 항상 사랑할 자유를 잃지 않기 위해서예요."

메리 스튜어트는 부채질을 했고, 엘리자베스는 도끼질을 했다. 아예 서로에게 적수가 될 수 없었다. 또한 두 여인은 문학에서도 경쟁적이었다. 메리 스튜어트는 프랑스어로 시를 지었고, 엘리자베스는 호라티우스를 번역해 냈다. 스스로 아름답다는 포고령을 내렸던 엘리자베스는 4행시와 이합체(離合體) 시를

---

* 가톨릭처럼 교직자들 사이에 위계가 존재하는 교파로, 영국의 정교이다.

좋아했고, 미소년들에게는 투항하였으며, 옷장 속에는 3,000벌의 의상과 장신구를 가졌다. 어깨가 넓다는 이유로 아일랜드인들을 칭찬했고, 치마 밑단에 금박(金箔)을 입혔고, 장미를 좋아했고, 욕설을 퍼부었고, 화가 났을 때는 발을 굴렀고, 하녀들을 주먹으로 쳤고, 더들리*를 저주했고, 대법관 벌레이에게 매질을 가했고, 매튜에게 침을 뱉고, 해턴의 멱살을 잡았고, 에식스의 따귀를 때렸고, 바송피에르에게 자신의 허벅지를 보여 주었는데, 그녀는 처녀였다.

그녀가 바송피에르에게 한 일은, 시바의 여왕이 솔로몬을 위해 했던 것이었다. 성서가 이미 전례(前例)를 남겼으니, 그것은 옳은 행동이었다. 성서에 합당한 것은 영국의 국교가 될 수 있다. 성서가 전하는 옛 이야기에서는 심지어 아이도 하나 태어났는데, 아이의 이름은 에브네하쿠엠 혹은 멜릴레켓이라 하며, 솔로몬의 아들이라는 뜻이다.

이러한 풍습을 왜 거부해야 하는가? 견유주의가 위선보다는 낫다.

오늘날, 웨슬리라고 하는 로욜라**를 가지고 있는 영국은, 그러한 과거에 눈을 떨궜다. 언짢기는 했지만 자랑스러워했다.

---

* 엘리자베스 1세의 총신이다.

** 예수회의 창시자, 웨슬리는 개신교 목사로 야외 설교로 교세를 넓혔다.

그러한 인식이 만연했던지라 기이한 것에 대한 취향이 존재했다. 특히 여인들이 그러한 취향을 드러냈는데, 특히 아름다운 여인들에게서 그러한 경향이 드러났다. 마카코 원숭이* 하나 없으면서 아름다우면 뭘 해? 뚱뚱한 땅딸보와 편하게 이야기도 할 수 없다면 여왕이 무슨 소용인가? 메리 스튜어트는 리치오라는 기형 남자에게 특별한 호의를 베풀었다. 스페인의 마리아 테레사는 어느 검둥이와 '약간 친하게' 지냈다. 그리하여 검둥이 수녀원장이라는 이름을 얻었다. 그 위대한 시대의 규방에서는 곱사등이 환대를 받았는데, 대표적인 증거로 룩셈부르크의 대원수를 꼽을 수 있다.

룩셈부르크 공에 앞서, 콩데 공은 '유난히 귀여운 작은 남자'라는 찬사를 받았다.

아름다운 여인들도 아무 불편없이 스스로를 기형으로 만들 수 있었다. 그것이 수용되었다. 앤 볼린의 경우, 한쪽 젖가슴이 다른 쪽보다 컸으며, 한 손에는 손가락이 여섯이었으며, 덧니가 있었다. 라 발리에르의 다리는 휘어 있었다. 그것이 헨리 8세가 미치광이고, 루이 14세가 광적이라는 것을 막지는 못했다.

정신 상태 역시 같은 차원의 탈선 현상을 보였다. 상류층 여인 중 기형적으로 생기지 않은 사람이 거의 없었다. 아그네스

---

* 몹시 추한 외모의 남자이다.

가 멜뤼진을 감추고 있는 격*이었다. 낮에는 여인이다가 밤이 되면 마녀로 바뀌었다. 어떤 여인은 처형장에서, 막 잘려 창끝에 꿰어져 있는 머리에 입 맞추러 가기도 했다. 수많은 겉멋쟁이 여인들의 대표 격이라 할 수 있는 마르그리트 드 발루아는, 죽은 연인들의 심장을 넣은 작은 양철 함들을 허리띠 밑에 꿰매어 달고 다녔다. 헨리 4세는 그 치마폭 아래에 숨기도 했다.

18세기, 섭정공**의 딸인 베리 공작 부인은 그 모든 여인들의 특성을 한 몸에 요약해, 하나의 전형을 제공했다.

더불어 아름다운 귀부인들은 라틴어도 알고 있었다. 16세기 이후부터는 그것이 여성적 우아함이라고 평가받았다. 제인 그레이***는 그러한 우아함을 한껏 부풀려 히브리어까지 익혔다.

여공작 조시안은 라틴어를 사용했고 게다가 가톨릭이었다. 따라서 아버지인 제임스 2세보다는 숙부 찰스 2세에 가까웠지만 비밀로 했다. 제임스는 가톨릭 사상 때문에 왕국을 잃었지만, 조시안은 귀족 작위를 위태롭게 하고 싶지 않았던 것이다. 그러한 이유로 절친한 사람들이나 세련된 남녀 인사들과 어울릴 때만 가톨릭 신자로 행동하고, 겉으로는 프로테스탄트를 표

---

* 아그네스는 동정으로 순교한 성녀이고, 멜뤼진은 토요일마다 다리가 뱀으로 변했다는 켈트 신화 속 인물이다.

** 루이 15세 유년기에 섭정을 맡았던 오를레앙 공이다.

*** 헨리 8세의 조카이다.

방했다. 하층 계급을 위해서였다.

그런 식으로 종교를 이해하는 법은 유쾌하다. 국교인 감독 교회에 포함된 모든 이권을 맘껏 누린 다음, 훗날 죽을 때 그로티우스*처럼 가톨릭의 향기를 풍기면, 당신을 위해 프토 신부가 미사를 집전해 주는 영광을 얻게 된다. 살집 좋고 건강했지만 조시안은 완벽한 겉멋 부리는 여자였다.

종종 말끝을 길게 끄는 그녀의 관능적인 태도는 정글 속에서 암호랑이가 걸으며 다리를 길게 뻗는 움직임과 흡사했다.

겉멋쟁이 여인의 유용성은, 그러한 사실이 인류의 지위를 떨어뜨린다는 데 있다. 더 이상 인류에 속한다는 사실이 명예스럽지 않게 된다.

인간이라는 종자를 멀리한다는 것이 중요하다.

올림포스를 소유할 수 없다면 랑부이에 저택**을 가지면 된다.

그곳에서는 유노가 아라맹트***로 변한다. 자신에 대한 신성이 인정되지 않으면 여자는 새침데기가 된다. 천둥이 없는 대신 건방짐을 갖고 있다. 사원이 규방으로 오그라든다. 여신이 될 수 없기 때문에 우상이 된다.

---

* 네덜란드의 법률가이자 외교관이다.

** 사교계 인사들과 문인들만 모이던 저택이다.

*** 마리보의 '솔직한 여인들'에 등장하는 아름답고 기지 있되 겸손한 여인을 암시한다.

또한 그들의 세련됨 속에는 여자들이 좋아하는 현학적인 태도가 있다.

교태를 부리는 여인과 현학자는 가까운 두 이웃이다. 그들의 유착(癒着)은 건방짐 속에서 선명해진다.

섬세함은 관능에서 시작된다. 갈망은 섬세함에 영향을 미친다. 진저리 치는 찡그린 얼굴은 욕심에 어울린다.

그리고 겉멋쟁이 여인들에 대한 극도의 조심성을 대신하는 여인의 약한 측면은, 듣기 좋은 온갖 사탕발림에, 자신이 보호받고 있음을 느낀다. 구덩이가 있는 참호와도 같다. 모든 겉멋쟁이 여인은 싫어하는 표정을 한다. 그것이 그들을 보호해 주기 때문이다.

결국은 허락할 것이지만, 당장은 경멸한다.

조시안은 깊은 내면 한구석에 불안을 가지고 있었다. 그녀는 자신의 그러한 성향을 느꼈기 때문에 숙녀인 척했다. 단정하고자 하는 지나친 노력이 그녀를 오히려 반대쪽으로 이끌어 겉치레하게 만들었다. 지나친 방어, 그것은 공격에 대한 내밀한 욕구의 표현이다. 사나운 사람은 엄격한 모습을 보이지 않는다.

그녀는 어떤 돌발적인 일탈을 사전에 준비하면서, 자신의 신분과 가문이 확보해 준 오만한 예외 속에 틀어박혀 있었다.

18세기의 여명이 밝아 오고 있었다. 영국은 프랑스의 섭정시대 풍정을 초안으로 하고 있다. 월폴과 뒤부아가 서로를 지지하고 있었다. 일찍이 선왕 제임스 2세에게 누이 처칠을 팔았던 말버러는 그 왕을 상대로 전쟁을 벌이고 있었다. 볼링브룩이 광채를 내고 리슐리외가 떠오르고 있었다. 남녀 간의 수작이 여러 신분의 결합을 편하게 만들었다. 악습을 통해 대등한 관계가 이루어졌다. 천한 신분과의 교제, 그 귀족적 서곡이, 혁명을 통해 마무리되어야 할 것이 시작되고 있었다. 젤리오트*가 백주대낮에 에피네 후작 부인**의 침대에 앉아 있을 때가 머지않았다. 미풍양속은 먼 지역까지 영향을 미치기 때문에, 16세기에, 앤 볼린의 잠자리에서 스미턴***의 나이트캡을 볼 수 있었던 것은 사실이다. 어느 종교회의에서 그것을 천명했는지는 모르지만, 만일 여인이 잘못을 나타낸다면, 그 시대만큼 여인이 여인다웠던 때는 이전에는 없었을 것이다. 자신의 약점을 매력과 전지전능함으로 가리고, 나약함을 절대적 힘으로 감싸며, 그 시절처럼 여인이 용서를 받은 적은 없었다. 금지된 과일을 허락된 것으로 만든 것은 이브의 타락이지만 허락된 과일을 금지된 것으로 만든 것은 승리였다. 그녀는 그렇게 했다. 18세기에는 여인이 남편을 밖에 둔 채 대문의 빗장을 지른다. 그녀는 사탄과 함께 에덴동산에 칩거한다. 아담은 밖에 있다.

---

* 대중가수이다.

** 여류 문인이다. 루소의 후견인으로 많은 문인이 모이는 살롱을 소유했다.

*** 잉글랜드의 사제이다.

*

조시안의 모든 충동은 합법적으로 항복하기보다 정중하고 흔쾌히 내던지는 쪽으로 기울고 있었다. 자신을 우아하게 내려놓는 자세는, 문학을 상징하고, 메날카와 아마랄리스*를 연상시키며, 그것 자체가 거의 현학적인 행위이다.

마드모아젤 드 스퀴데리는, 추한 얼굴 자체에 대해 느끼는 매력은 별개이지만, 자신을 펠리송**에게 허락할 때, 다른 동기를 가지고 있지 않았다.

최고의 여성에서 예속된 아내로 변하는 것, 그것이 영국의 오래된 풍습이었다. 조시안은 자신의 능력이 허락하는 한 속박의 순간을 뒤로 미루었다. 데이비드 경과의 결혼을 요구하는 왕실의 뜻을 기꺼이 따라야만 했다. 불가피한 필연이지만 얼마나 유감스러운 일인가! 조시안은 데이비드 경이 좋다고 하면서도 거부하고 있었다. 두 사람 사이에는, 매듭을 짓지는 않되 끊어 버리지도 말자는 암묵적 양해가 이루어져 있었다. 그들은 서로를 피하고 있었다. 한 걸음 앞으로 내딛고 두 걸음 뒤로 물러서는 방식의 연애는, 당시에 유행하던 미뉴에트나 가보트 등 춤으로 드러나 있었다. 결혼한 사람이라는 것은 안색을 퇴색시

---

* 두 사람 모두 얼간이의 전형이다.

** 소설 속 등장인물로, 천연두로 얼굴이 심하게 망가졌다.

키고, 달고 다니는 리본을 시들게 하고, 늙는다. 혼인은 명확하되 절망적인 해결책이다. 공증인의 손을 빌려 한 여인을 넘겨주다니, 그 얼마나 미친한 짓인가! 혼인의 포악성은, 결정적인 상황을 만들어 내고, 개인의 의지를 없애 버리며, 선택을 죽이고, 문법같이 통사론을 가지고 있으며, 영감을 철자법으로 바꿔 버리고, 사랑을 받아쓰기로 전락시킨다. 삶의 신비를 혼란스럽게 만들고, 주기적이며 운명적인 기능에 투명성을 강제로 부과하고, 구름에서 슈미즈를 입은 여인의 모습을 없애 버리고, 권리자나 수혜자 모두에게 한정된 권리만 주고, 힘을 한쪽으로만 잔뜩 기울여, 굳건한 성(性)과 강력한 성 간의, 혹은 힘과 아름다움 간의, 매력적인 균형을 없애 버리고, 결국 주인 하나와 하녀 하나를 만들어 낸다. 반면, 결혼 이전에는 남자 노예 하나와 여왕 하나가 있다. 침대가 예의 바른 물건으로 간주될 만큼 그것을 무미건조하게 변질시키다니, 그보다 더 지나친 일을 상상할 수 있겠는가? 서로 사랑하는 것이 이제 더 이상 악이 아니라니, 지독히 어리석은 짓이다!

데이비드 경은 원숙하였다. 나이 마흔, 적지 않은 나이였다. 하지만 그는 그러한 사실을 알지 못했다. 또한 실제로 용모는 여전히 삼십대 같아 보였다. 그는 조시안을 손에 넣는 것보다 갈망하는 것이 더 흥미롭다고 생각하고 있었다. 그가 손에 넣을 다른 여인들도 있었다. 한편 조시안 또한 자기만의 몽상이 있었다.

여공작 조시안에게는, 두 눈 중 하나는 푸르고 다른 하나는 검다는 특징이 있었다. 물론 사람들이 생각하듯 그렇게 놀라운 일은 아니다. 그녀의 눈동자는 사랑과 증오, 행복과 불행으로 이루어져 있었다. 낮과 밤이 그녀의 시선 속에 뒤섞여 있었다.

그녀의 야심은 불가능한 일을 할 수 있음을 입증해 보이는 것이었다.

어느 날, 그녀가 스위프트에게 말했다.

"당신들은 당신들의 경멸이 존재한다고 상상하십니다."

'당신들'은 인간을 가리키는 말이었다.

그녀는 겉보기에는 교황 예찬자였다. 그녀의 가톨릭주의는 멋을 부리는데 필요한 양을 넘지 않았다. 오늘날의 퓨지주의*와 비슷할 것이다. 그녀는 벨벳이나 새틴 혹은 모헤어 등으로 지은 넓은 폭의 드레스를 입곤 했는데, 어떤 것은 치수가 15 내지 16온느 가량이었고, 천위에 금박과 은박 무늬를 덧붙였다. 또한 허리띠에는 많은 진주와 보석 장식 매듭이 교차해 달려 있었다. 그녀는 장식 끈을 남용했다. 때로는 기사 후보자와 같이, 장식끈을 꿰매어 붙인 천으로 지은 재킷을 입기도 했다. 이미 14세기에, 리처드 2세의 왕비 앤이 영국에 소개한, 여자용 안장

* 영국 국교의 한 종파로, 국교와 가톨릭을 조화시키려 했다.

이 있었음에도 불구하고, 그녀는 남자용 안장을 놓고 말을 탔다. 또한 카스티야식으로, 계란 흰자 위에 녹인 얼음사탕으로, 얼굴과 팔과 어깨와 목을 씻었다. 혹시 누가 그녀 앞에서 재치 넘치는 말을 하고 나면, 그녀는 기이한 우아함이 감도는 웃음을 짓곤 했다.

게다가, 전혀 악의도 없었다. 오히려 그녀는 착한 편이었다.

4. 마기스테르 엘레간티아룸*

조시안은 권태에 사로잡혀 있었고, 당연한 일이었다.

데이비드 더리모이어 경은 런던의 방탕한 생활 무대에서 상당한 위치를 차지하고 있었다. 노빌리티와 젠트리**가 모두 그를 숭배했다.

데이비드 경이 얻은 영광 하나를 기록해 두자. 그는 과감히 머리카락을 드러내고 다녔다. 가발에 대한 반발이 시작되고 있었다. 1821년에, 유진 드베리아가 처음으로 수염을 기른 것처럼 1702년에 프라이스 데버루는 머리카락을 교묘하게 컬하여

* 예법이나 취미에 밝은 사람이란 뜻이다.

** 귀족 바로 밑의 계급이다.

숨기고, 처음으로 위험을 무릅쓰고 대중 앞에 나타났다. 머리카락을 드러낸다는 것은, 목숨을 거는 짓과 마찬가지였다. 모든 사람이 분개했다. 프라이스 데버루가 헤리퍼드 자작이며 영국의 중신임에도 그러했다. 그는 심한 모욕을 당했고, 당시로서는 납득이 갈 만한 일이었다. 그에 대한 야유가 최고조에 이르렀을 때, 데이비드 경이 문득, 가발을 쓰지 않고 모습을 드러냈다. 그러한 일들은 일반적으로 사회의 종말을 알리는 것이다. 데이비드 경은 헤리퍼드 자작보다 더 심한 치욕을 당했다. 그는 끄떡도 하지 않고 저항했다. 프라이스 데버루가 처음 시작했고, 그는 두 번째 도전자였다. 그러나 때로는 최초로 시작하기보다 두 번째로 따라 하기가 더 힘든 법이다. 천재성은 덜 필요하지만 용기가 더 필요하기 때문이다. 첫 번째 사람은 처음으로 시작한다는 도취감 때문에 위험을 무릅쓸 수 있다. 반면에 두 번째 사람은 나락이 뻔히 보이건만 그 속으로 치닫는다. 더 이상 가발을 쓰지 않겠다는 심연으로 데이비드 더리모이어가 몸을 내던졌다. 훗날 사람들은 그들을 모방했고, 두 혁명가의 등장 이후, 사람들은 대담성을 발휘해 자신들의 모발로 머리를 치장했고, 분(粉)을 사용해 충격을 줄이려 했다.

말이 나온 김에 이 중요한 역사적 쟁점을 분명히 해 두기 위해, 가발을 상대로 벌인 전쟁에서의 진정한 우선권이 스웨덴 여왕 크리스티나에게 있음을 말해 두자. 그녀는 평소에 남장을 했고 1680년에는 밤색 머리털을 사람들 앞에 드러냈는데, 머리 장식도 하지 않아, 분을 뿌린 머리카락들이 삐죽이 솟구쳐 있었다고 한다. 뿐만 아니라 그녀에게는 '수염도 몇 가닥' 있었다고 미손이 전했다.

한편 교황은, 1691년 3월에 교서를 내려, 주교들과 사제들의 머리에서 가발을 벗김으로써 가발의 신용을 무너지게 했으며, 성직자들에게 그들의 머리를 기르도록 명령을 내렸다.

그리하여 데이비드 경은 가발을 쓰지 않았고, 암소 가죽 장화를 신었던 것이다.

그처럼 대단한 일들로 인해, 그는 많은 사람들의 찬양을 받았다. 그가 리더 아닌 클럽이 없었고, 모든 권투 경기장은 그를 심판으로 모시고자 했다.

그는 여러 하이 라이프 서클의 규율을 초안했다. 그는 멋쟁이 협회 여럿을 만들었는데, 그중 하나인 레이디 기니는 팔멜에 1772년까지도 여전히 존재했다. 레이디 기니는 젊은 귀족들이 모이던 곳이었다. 그들은 그곳에서 도박을 했는데 최하 내깃돈이 50기니 꾸러미 하나였다. 또한 테이블 위에 놓인 돈 액수가 2만 기니 이하인 적은 없었다. 각 노름꾼 곁에는 작은 원탁이 있어, 찻잔이나 기니 꾸러미를 넣어 두는 황금빛 나무통을 놓았다. 노름꾼들은, 하인들이 칼을 갈 때 사용하는 것과 같은 가죽 토시를 착용하고 있었는데. 그것은 손목 레이스를 보호해 주었고, 또한 가죽 가슴 받이는 둥근 주름 장식을 보호해 주었다. 또한 환하게 밝힌 램프 빛으로부터 눈을 보호하고, 컬한 머리를 가지런히 유지하기 위해, 챙이 넓고 꽃으로 뒤덮인 밀짚모자 하나씩을 쓰고 있었다. 그들은 모두 표정을 감추기 위해 가면을 쓰고 있었는데, 특히 '피프틴 게임'*을 즐길 때는 더욱 그러했다. 모두들 행운을 끌어오기 위해서 상의를 뒤집어서 등에 두르고 있었다.

데이비드 경은 비프스테이크 클럽과 슈얼리 클럽, 스플릿 파딩 클럽, 클럽 데 부뤄, 클럽 드 그라트수, 왕당파들의 클럽인 클럽 드 느 셀레, 즉 실드 넛 클럽, 그리고 밀턴이 만든 로타 클럽을 대체하기 위해 스위프트가 만든 마티너스 스크리블러스 클럽 등의 일원이었다.

비록 그는 잘생긴 미남이었으나 클럽 데 레**에도 가입되어 있었다. 그 클럽은 추한 용모에 헌납된 모임이었다. 그곳에서는 사람들은 아름다운 여인을 위해서가 아닌, 추한 남자를 위한 결투를 약속했다. 클럽에는 테르시테스, 트리불레, 던스, 휴디브러스, 스카롱 등 흉측하게 생긴 사람들의 초상화를 걸어 놓았다. 벽난로 위에는 두 애꾸눈인 코클레스와 카모엔스 사이에

* 1부터 9 사이에 있는 카드 세 장으로 수의 합이 15가 되도록 하는 게임이다.

** 못생긴 자들의 모임을 일컫는다.

아이소포스의 조각상이 놓여 있었다. 코클레스는 왼쪽 눈이 애꾸였고 카모엔스는 오른쪽 눈이 애꾸였는데, 두 사람 모두 애꾸인 쪽만을 조각해, 눈 없는 옆모습이 서로 마주보고 있었다. 아름다운 비자르 부인이 천연두에 걸린 날, 레 클럽에서는 그녀를 위해 축배를 올렸다. 그 클럽은 19세기 초까지도 번창했으며, 미라보에게 명예회원 증서를 보내기도 했다.

찰스 2세의 왕정복고 이후, 혁명적 클럽은 모두 폐지되었다. 특히, 무어필즈 근처의 어느 뒷골목에 있던 선술집은 완전히 철거되었는데, 캘프스 헤드 클럽, 즉 송아지 머리 클럽이 있었던 곳이었다. 클럽이 그러한 명칭을 갖게 된 것은, 1649년 1월 30일, 찰스 1세의 피가 단두대 위에 흐르던 날, 그 선술집에 모여서 크롬웰의 건강을 빌며, 송아지 두개골에 붉은 포도주를 마셨기 때문이다.

공화파 클럽에 뒤이어 군주파(왕당파) 클럽들이 생겨났다.

그들은 모두 점잖게 즐겼다.

시 롬스* 클럽이라는 것이 있었다. 그들은 길에서 가능한 덜 늙고 덜 추한 여자를 골라, 클럽 안으로 강제로 밀어 넣고, 물구나무를 선 채 두 손으로 걷게 했다. 거꾸로 내려온 치마를 베일처럼 쓰고 손으로 걷게 했다.

* 요란하게 떠들며 논다는 뜻이다.

만일 그녀가 고분고분하게 그 일을 제대로 해내지 못했을 때는 승마용 채찍으로 그녀의 몸 중 드러난 부분을 후려쳤다. 그녀가 잘못을 범했기 때문이다. 그런 짓을 하는 젊은 귀족을 '뛰뛰기 곡예사'라 불렀다.

에클레르 드 샬뢰르라는 클럽이 있었는데, 메리댄스 클럽을 은유적으로 표현한 것이다. 그곳에서는 흑인과 백인 여자들로 하여금 페루의 피칸테스 및 팀티림바스 춤을 추게 했는데, 그중에 '못된 아가씨'라는 뜻을 가진 모사말라 춤은, 밀겨 위에 앉았다가 일어서며, 아름다운 엉덩이 자국을 남기는 무희를 승리자로 삼는 춤이었다. 그곳에서는 루크레티우스의 책에 나오는 다음과 같은 구절이 묘사한 정경을 상연했다.

Tunc Venus in sylvis jungebat corpora amantum.
그때 숲속에서 베누스가 연인들의 육체를 서로 밀착시켜
주었다.

헬파이어 클럽, 즉 '지옥불 클럽'도 있었다. 그곳에서는 불경한 자가 되는 놀이에 내기를 걸었다. 그것은 신성 모독 경쟁이었다. 그곳에서는 지옥이 경매에 부쳐져, 가장 신을 심하게 모독하는 언사에게 낙찰되었다.

쿠 드 테트 클럽도 있었다. 그곳의 유래는 클럽에서 사람들에게 머리로 박치기를 했기 때문이다. 그들은 가슴팍 떡 벌어진 바보처럼 보이는 짐꾼이나 하역부를 찾아냈다. 그들에게 흑맥주 한 단지를 주거나 경우에 따라서는 강제로 마시게 한 다음, 그 대가로 가슴팍에 네 번에 걸쳐 박치기를 했다. 언젠가, 몸이 비대하고 짐승처럼 생긴 고겐저드라는 웨일스 사람이, 박치기 세 번 만에 죽고 말았다. 일이 심각하게 돌아가는 것 같았다. 수사가 이루어졌으나 검시(檢屍) 배심원의 최종 평론은 다음과 같았다.

'과음으로 인한 심장 팽창사.'

실제로 고겐저드는 흑맥주 한 단지를 마시기는 했다.

펀 클럽이라고 불리던 것도 있었다. 펀(fun)은 캔트(cant)나 유머(humor)처럼, 번역할 수 없는 특수한 낱말이다. 펀과 익살극과의 관계는 고추와 소금과의 관계라 할 수 있다. 어떤 집에 몰래 침입해, 그 가족의 초상화에 칼자국을 내고, 그 집 개를 독살하고, 고양이를 붙잡아 큰 새장에 가두는 등의 행위를 가리켜, '펀의 작품 한 편 만들기'라고 한다. 거짓된 흉보를 전해 사람들로 하여금 공연히 상복을 입도록 하는 것, 그것이 펀이다. 햄프턴 코트에 걸려 있는 홀바인의 그림에 네모난 구멍을 뚫은 자도 펀이다. 밀로의 비너스 석상의 팔을 자른 장본인이 펀이었다면, 그 사실을 자랑스러워할 것이다. 제임스 2세 치세에, 백만장자인 어느 젊은 귀족이 한밤중에 어느 초가집에 불을 지르자, 런던 전체가 웃음을 터뜨렸고, 그 젊은 귀족은 펀의 제왕으로 공포되었다. 초가에 살던 가엾은 이들은 내복 차림으로 대피했다. 모두 고위층 귀족들로 구성된 펀 클럽의 회원들은, 일반 시민들이 잠자리에 든 시각에 런던을 헤집고 다니며, 덧문의 경첩을 뽑고, 펌프의 도관을 잘라 버리고, 저수통에 구멍을 내고, 간판들을 떼어 내고, 농작물을 짓밟고, 가로등을 꺼 버리고, 집들의 대들보를 톱으로 자르고, 창문의 유리를 깨뜨렸다. 특히 가난한 사람들의 주거 지역에서 더욱 심했다. 가난한 이들에게 그러한 짓을 자행한 사람들은 부자들이라 어떠한 고소도 불가능했다. 그것이 그들에게는 한낱 희극에 불과했던 것이다. 이러한 풍습은 지금도 완전히 사라지지 않았다. 예를 들어 건지 섬의 여러 잉글랜드 구역에서는, 이따금 캄캄해지면, 누군가가 울타리를 부러뜨리거나, 문에 달린 노커를 떼어 버리는 등 주택에 손상을 입힌다. 만약 가난한 이들이 그러한 짓을 저질렀다면 그들을 도형장으로 보낼 테지만 그런 짓을 한 이들은 사랑스러운 젊은 귀족들이었다.

여러 클럽 중 가장 두각을 드러냈던 것은, 이마에 초승달 무늬를 그리고 스스로 '위대한 모호크'라 칭하던 황제가 주재하던 클럽이었다. 모호크 클럽은 펀 클럽을 뛰어넘었다. 악을 위한 악을 행하는 것이 그들의 강령이었다. 모호크 클럽의 웅대한 목표는 '해를 끼치는 것'이었다. 그러한 기능을 수행하기 위해서는 어떤 방법이든 가능했다. 모호크 클럽의 일원이 된 모두가, 해로운 사람이 되겠다는 선서를 했다. 어떠한 대가를 치르든, 언제든, 누구에게든, 어떻게든, 해를 끼치는 것이 그들의 의무였다. 모호크 클럽의 회원은 누구나 한 가지 재능이 있어야 했다. 어떤 자는 '춤의 고수'였다. 그는 농민들의 장딴지를 칼로 찌르면서 그들이 깡충깡충 뛰게 하는 자였다. 다른 자들은 '진땀을 흘리게 하는' 일에 능숙했다. 우선, 손에 결투용 장검을 들고 여섯 내지 여덟 명의 귀족들이 한 부랑자의 주위를 둘러싸고 원을 만든다. 사방팔방 가로막혀 있으므로 그는 어느 한 사람에게서도 도망하는 것이 불가능했다. 부랑자의 등이 향하는 귀족은 검으로 그를 찌르니, 그는 팽이처럼 돌며 도망 다니지 않을 수 없었다. 다시 그의 옆구리에 칼끝 공격이 가해지면, 그의 뒤에 또 다른 귀족 하나가 나타났다. 그렇게 계속해 각자들 찔러 댄다. 그렇게 칼로 된 원 안에 갇혀 온통 피투성이가 된 채 충분히 돌고 춤을 추고 나면, 하인들로 하여금 몽둥이질을 퍼붓게 해 그의 생각을 바꿔 주었다. 또 다른 자들은 '사자 때려잡기'를 즐겼다. 그들은 웃으며 지나는 행인을 불러 세운 다음, 주먹으로 코를 부서뜨린 후, 두 엄지손가락을 두 눈에 쑤셔 넣었다. 혹시 눈이 멀면 돈으로 배상해 주었다.

18세기 초 런던의 부유하고 한가한 사람들의 오락이 이러했다. 파리의 한가한 부자들에게는 다른 파격이 존재했다. 예를 들어 샤롤레 씨는 자기 집 대문턱에서 길 가는 이들에게 총을 쏘았다. 언제나 젊은이들은 즐기는 법이니까.

데이비드 더리모이어 경은, 그처럼 다양한 오락 클럽에서, 자신의 후하고 관대한 기질로 활약했다. 물론 그 역시, 다른 모든 사람처럼, 짚과 목재로 지은 오막살이를 즐겁게 태우고, 그 속에 있던 사람들을 조금 불에 그슬리게 했다. 하지만 그는 즉시 그들에게 돌로 새로 집을 지어 주었다. 그가 시 롬스 클럽에서, 어느 두 여자로 하여금, 두 손으로 걸으며 춤을 추게 한 일이 있다. 한 여자는 처녀였는데, 그녀에게는 결혼 지참금을 두둑하게 주었다. 다른 여자는 이미 유부녀였던 터라, 그녀의 남편을 한 성당의 사제로 임명되도록 주선해 주었다.

닭싸움은 데이비드 경 덕분에 괄목한 만한 향상을 이룩했다. 데이비드 경이 싸움닭을 무장시키는 것을 보고 있노라면 경탄할 만하였다. 닭들은 사람들이 싸울 때 머리채에 들러붙듯, 적의 털을 잡아 뜯는다. 따라서 데이비드 경은 자기의 닭의 털을 가능한 짧게 만들어 놓았다. 그는 가위로 모든 꼬리 깃을 잘라 버렸고, 머리에서 어깨에 이르는 목털을 잘라 냈다.

"그만큼 적의 부리에 걸려들 것이 없어지지."

그가 하던 말이다. 그런 다음 날개를 편 후, 각 날개깃 끝을 하나하나 뾰족하게 다듬었다. 두 날개에 많은 투창을 달아 주는 것과 같았다.

"적의 눈을 공격하는 무기야."

그의 말이었다. 그러고는 주머니칼로 발을 긁어냈고, 며느리 발톱을 뾰족하게 다듬었으며, 머리와 목에 침을 뱉었다. 투사들이 몸에 기름을 문지르듯이 마사지를 해 주는 격이었다. 그런 다음, 무시무시하게 변한 닭을 놓아주며 큰 소리로 떠들었다.

"닭을 이렇게 독수리로 변화시키는 것을 보아라! 닭장의 동물이 어떻게 산 위의 동물로 변화하는지!"

데이비드 경은 권투 시합을 관전했는데, 그가 바로 살아 있는 규칙이었다. 큰 시합이 열릴 때는 그가 손수 말뚝을 박고, 밧줄을 치며, 링의 길이를 정했다. 그가 입회자일 경우에는, 한손에 병을 들고 다른 손에는 수건을 든 채, 자신의 선수를 필사적으로 따라다녔다.

"모질게 내려쳐!"

그는 선수에게 온갖 술책을 귀띔해 주고, 조언을 하고, 피를 닦아 주고, 쓰러지면 일으켜 주고, 일으켜서 무릎 위에 앉히고, 치열 사이까지 물병의 목을 밀어 넣어 주고, 직접 입에 물을 가득 붓고 선수의 눈과 귀에 비처럼 뿜어 주기도 했다. 그럴 때마다 거의 죽어 가던 선수가 다시 살아나곤 했다. 그가 심판을 담당하면, 정정당당히 싸우는지를 감독하고, 조력자만이 선수를 돕도록 하고, 선수들을 잘 지켜보아 상대 선수에게 등을 돌리면 즉시 패배를 선언하고, 한 라운드가 단 30초도 초과하지 못하도록 시간을 지키고, 머리로 치는 것을 금지했으며, 머리로 받는 공격을 한 선수에게는 반칙을 선언했고, 쓰러져 있는 선수에게 주먹질을 가하는 것을 막았다. 그 모든 것을 잘 알았으나 그는 추호도 유식한 척하지 않았고, 사교계 사람들과 어울릴 때도 여유를 잃지 않았다.

그가 복싱 경기의 심판일 때는, 약해 보이는 자기 편 선수를 돕는다든가, 내기의 균형을 깨뜨리기 위해서, 울타리를 성큼 넘어 들어가고, 링 안으로 뛰어 들어가고, 링의 밧줄을 끊고 말뚝들을 뽑아 버린 후, 경기에 거칠게 끼어들던 털북숭이 파트너들도 어쩔 수가 없었다. 데이비드 경은 누구도 함부로 대할 수 없는, 몇 안 되는 심판 중 하나였다.

어느 누구도 그처럼 선수를 훈련시키지 못했다. 그가 일단 '트레이너'가 되기로 작정하면, 어느 권투 선수든 승리를 장담할 수 있었다. 데이비드 경은, 바위처럼 다부지고 탑처럼 신장이 큰 헤라클레스를 선택해서 그를 자식처럼 다루었다. 그러한 인간 암초를 공격 상태로 변화시키는 것이 관건이었다. 그는 그런 일에 탁월한 능력을 보였다. 한번은 키클롭스* 같은 이를 선택하여 그의 곁을 떠나지 않고 아예 유모 노릇을 했다. 그가 마시는 술, 고기와, 잠을 엄격히 조절했다. 훗날 몰리가 더욱

* 그리스 신화에 나오는 외눈박이 거인이다.

발전시킨 놀라울 만한 운동선수 식단은 그가 고안한 것이었다. 조반으로는 날계란 하나와 셰리주(酒) 한 잔, 점심에는 살짝 익힌 양의 넓적다리 고기와 차, 오후 4시에는 석쇠에 구운 빵과 차, 저녁에는 흰 맥주와 석쇠에 구운 빵을 먹였다. 그런 다음 선수의 옷을 벗기고 온몸을 안마해 준 다음 잠자리에 들게 했다. 거리에 나서면 그에게서 잠시도 눈을 떼지 않고, 우리를 뛰쳐나온 말들이나, 지나가는 마차의 바퀴, 술에 취한 군인들, 예쁜 여자들 등 모든 위험들로부터 그를 보호했다. 그는 선수의 품행도 감시했다. 그러한 어머니와 같은 정성이 양자의 교육에 끊임없이 새로운 개선책을 가져왔다. 그는 또한 상대방의 이를 부러뜨리거나 눈이 튀어나오게 하는 등의 권법도 가르쳤다. 이보다 더 감동적인 일은 없었다.

그는 그렇게, 얼마 후면 소명을 받게 될 정치적인 삶을 준비하고 있었다. 완벽한 귀족으로 성숙하는 것이 쉬운 일은 아니다.

데이비드 더리모이어 경은, 거리 박람회, 순회 극단의 익살광대질, 기묘한 짐승들의 서커스, 곡예사들의 막사 공연장, 익살광대들, 말더듬이 익살꾼, 야외 익살극, 장터 묘기 등을 열렬히 좋아했다. 서민들의 삶을 체험한 자가 진정한 통치자인 것이다. 그러한 이유로 데이비드 경은, 런던 및 다섯 항구의 선술집과 기적의 궁전*에 빈번히 모습을 드러냈다. 그러나 돛대 담당 선원들이나 선박의 널판 틈 메우는 직공들과 서로 멱살을 잡고 싸움질을 벌여야 할 경우에 대비해, 그러한 하층민들의 소굴로 들어갈 때는, 일반 선원의 재킷을 입었다. 함대 내에서 자기가 점하고 있던 명예를 실추시키지 않기 위함이었다. 그렇게 변장을 하기 위해서는 가발을 쓰지 않는 것이 편했다. 왜냐하면 이미 루이 14세 치세에도 평민들은 사자가 갈기를 달고 다니듯, 자신들의 머리털을 간수했기 때문이다.

그는 그것이 자유로웠다. 데이비드 경이 만나고 함께 어울리던 평범한 백성들은, 그를 크게 존경하면서도 그가 높은 신분에 속한 줄은 전혀 몰랐다. 모두들 그를 톰짐잭(Tom-Jim-Jack)이라 불렀다. 그는 그러한 이름으로 인기를 얻었고, 그 방탕아들 사이에서 매우 유명했다. 수완 좋은 그는 신분 낮은 사람들의 우두머리가 되어 가고 있었다. 경우에 따라서는 주먹을 쓰기도 했다. 그의 그런 멋쟁이 생활을 조시안도 알고 있었으며 매우 높이 평가해 주었다.

* 불구로 위장하고 구걸, 절도를 행하던 걸인들이 모여 있는 구역을 말한다.

5. 여왕 앤

*

그 한 쌍의 남녀보다 먼저 영국의 여왕 앤이 있었다.

평범하기 그지없는 여자, 그것이 바로 여왕 앤이었다. 그녀는 쾌활하고 관대하고 약간의 위엄이 있었다. 그녀의 장점 중 어느 것도 덕에 미치지 못했고, 그녀의 단점 중에 어느 것도 악에 이르지 못했다. 그녀의 비만은 심각했고, 농담은 둔했으며, 친절은 어리석었다. 그녀는 끈질기면서 연약했다. 총신들에게 마음을 주었지만 부군만을 위해 침대를 지켰으니, 그녀는 아내로서 부정(不貞)하기도 했고 정숙하기도 했다. 기독교도로서 그녀는 이단이면서 위선자였다. 그녀에게 한 가지 아름다움을 꼽을 수 있는데, 그것은 니오베와 같은 튼튼한 목이었다. 그녀의 몸 나머지 부분은 성공하지 못했다. 그녀의 교태는 서툴렀기에 정숙했다. 피부가 희고 고왔기에, 그녀는 피부를 많이 노출했다. 목에 꼭 조이는 굵은 진주 목걸이의 유행이 그녀에게서 비롯되었다. 그녀는 좁은 이마, 육감적 입술, 살찐 볼, 큰 눈을 가지고 있었는데 근시이기도 했다. 그 근시안이 그녀의 기지에까지 연결되어 있었다. 분노만큼이나 무거운 쾌활함이 표출될 때를 제외하고는 유머가 없는 질책과 불평 속에서 살았다. 그녀가 무심코 내뱉는 말의 뜻은 수수께끼와 같아서 뜻을 열심히 찾아야 했다. 그녀는 착한 여자와 심술궂은 악마의 혼합체였다. 그녀는 지극히 여성스럽게도 뜻밖의 것을 좋아했다. 앤은 다듬어지지 않은 보편적 이브의 견본이었다. 그 초벌 작품의 손에 왕위가 우연히 굴러들어 온 것이다. 그녀는 술을 마시는 습관이 있었다. 그녀의 남편은 정통 덴마크 사람이었다.

그녀는 토리 당 편이면서 휘그 당원들을 통해 통치했다. 여성으로서, 분별없는 여자처럼 처신했다. 그녀는 격노하곤 했다. 국가의 일을 처리하는 데 그녀보다 더 어설픈 사람은 없었다. 그녀는 모든 사건을 땅바닥에 곤두박질치게 내버려 두었다. 그녀의 모든 정책은 빗금이 가 있었다. 그녀는 대수롭지 않은 이유를 가지고도 큰 재앙을 만들어 내는 탁월한 솜씨를 가지고 있었다. 종종 권력에 대한 환상에 사로잡히면, 그녀는 그러한 상태를 담대한 기도(祈禱)라고 말했다.

그녀는 깊은 몽상에 잠긴 모습으로 다음과 같은 말을 하기도 했다.

"아일랜드의 중신이며 킹세일의 남작인 쿠르시 이외에는 그 누구도 국왕 앞에서 모자를 쓰고 있을 수 없노라."

또한 이러한 말도 했다.

"나의 아버님도 해군 제독이셨으니까, 내 남편이 해군 제독이 되지 않는다면 이는 옳지 못한 일이야."

그리고 그녀는 부군인 덴마크의 조지 공을, 영국 및 '모든 식민지국'의 해군 제독으로 삼았다. 그녀는 끊임없이 성이 난 채로 땀에 젖어 있었다. 그녀는 자신의 생각을 표현하지 않고 겉으로 배어 나오게 했다. 그녀의 분별없는 모습에는 스핑크스와 같은 점이 있었다.

그녀는 짓궂고 도전적인 장난을 싫어하지 않았다. 만약 아폴론을 꼽추로 만들 수 있었다면, 그것은 즐거움이었을 것이다. 하지만 앤은 그것을 신에게 맡겨 두었을 것이다. 착한 성품을 지닌 그녀는 아무도 절망에 빠뜨리지 않되 모든 사람을 초조하게 하는 것을 이상으로 삼았다. 자주 거친 말을 쓰던 그녀는, 조금 더 자주 엘리자베스처럼 욕설을 했을 것이다. 그녀는 가끔, 돋을무늬 세공을 한 작고 동그란 은제함 하나를 치마에 달린 남자 호주머니 속에 넣고 다니곤 했는데, 상자 표면에는 Q와 A(Queen Ann) 두 글자 사이에 그녀의 옆모습이 세공돼 있었다. 그녀는 그 상자를 연 다음, 손가락 끝으로 포마드를 조금 찍어 입술을 빨갛게 칠하곤 했다. 그렇게 입술을 매만진 다음에야 웃었다. 그녀는 질랜드 지방 음식인 생강 과자빵을 무척 좋아했다. 그녀는 자신의 몸이 통통하다는 사실을 자랑스러워했다.

그녀는 청교도적이었으나, 기꺼이 남의 이목을 끄는 것을 즐겨했다. 그녀는 프랑스와 마찬가지로 음악 아카데미를 세울 생각을 품었다. 1700년, 포르크로슈라는 이름의 프랑스 사람이 40만 리브르의 비용을 들여 파리에다 '왕립 서커스'를 세우고자 했는데, 아르장송이 반대했다. 그러자 포르크로슈는 영국으로 건너가, 프랑스왕의 극장보다 더 멋있는 극장을 여왕 앤에게 제안했다. 기계로 조작하는 무대 장치와 무대면 밑에 네 번째 가동무대(可動舞臺)까지 갖추어진 극장이었다. 여왕은 그러한 생각에 한순간 매료되었다. 루이 14세처럼 그녀 역시 마차로 달리는 것을 좋아했다. 때때로 그녀의 마차는 윈저 궁에서 런던까지 오는 데 1시간 15분밖에 걸리지 않았다.

*

앤 여왕의 시대에는, 치안판사 두 명 이상의 허락이 없이는, 어떠한 모임도 가질 수 없었다. 열두 사람이 모이면, 그것이 비록 흑맥주를 곁들여 굴을 좀 먹기 위해서라 할지라도 반역 행위로 간주되었다.

상대적으로 약하긴 했지만, 해군을 위한 강제 소집은 매우 강력히 시행되었다. 영국인이 시민보다는 통치 대상이라는 것이 우울한 증거이다. 수 세기 전부터 잉글랜드의 왕은 자유에 관한 모든 헌정을 무시하고 폭군의 방식을 취했는데, 특히 프랑스는 의기양양해하면서 분개하기도 했다. 하지만 프랑스의 의기양양함을 다소 퇴색시키는 것이, 영국의 강제 선원 모집제와 마찬가지로, 프랑스에는 육군 강제 모집 제도가 있었다는 사실이다. 프랑스의 모든 큰 도시에서는, 건장한 남자가 일을 보기 위해 거리에 나설 경우, 가마라고 불리던 집으로 끌려갈 위험에 항상 처해 있었다. 끌려온 사람들을 그 속에 무질서하게 가두어 두었다가, 적합한 사람들만을 추려 내어 장교들에게 팔아 넘겼다. 1695년에만 해도 파리에는 서른 개의 가마가 존재했다.

앤 여왕 치세에 생겨난 아일랜드에 관한 법령은 매우 잔인했다.

앤은 1664년에 런던 화재가 일어나기 두 해 앞서서 태어났다. 그러자 점성술사들이 예언하기를, 그녀가 '불의 맏이인지라' 여왕이 될 것이라 예언했다.* 앤은 점성술과 1688년의 혁명 덕분에 왕위에 올랐다. 그녀는 자신의 대부(代父)가 기껏 캔터베리 대주교에 불과한 길버트라는 사실에 수치심을 느꼈다. 영국에서는 교황의 영세 대녀가 되는 것이 더 이상 가능하지 않았다. 평범한 수석 주교는 빈약한 대부이다. 앤은 그것으로 만족해야 했다. 그것이 그녀의 실수였다. 그녀는 왜 프로테스탄트였던 것일까?

덴마크는 그녀의 순결을 사는 대가로(고문서에 따르면 Virginitas empta를 지불) 매년 6,250파운드를 지불하게 되어 있었는데, 그 돈은 워딘버그 재판 관할구 및 페마른섬에서 나오는 수

---

* 루이 14세 또한 점성술가와 예언에 둘러싸여 태어났다.

입이었다.

앤은 신념과 습관에 따라 윌리엄의 통치 관행을 답습했다. 하나의 혁명에서 탄생한 왕권 치하에서 영국 사람들이 자유와 닮은 것이라고 볼 수 있었던 것은, 정치가들을 가두는 런던탑과 문필가들을 묶어 두는 형틀 사이에 한정되어 있었다. 앤은 남편과의 밀담을 위해 덴마크어를 조금 구사할 줄 알았고, 볼링브룩과 밀담을 나누기 위해 프랑스어도 조금 할 줄 알았다. 거의 알아들을 수 없는 말이었지만 특히 궁정에서는 프랑스어로 말하는 것이 큰 유행이었다. 재치 있는 말은 프랑스어로만 가능하다고 생각했다. 앤은 주화에 대해, 특히 소액 주화이며 백성들이 사용하는 청동으로 된 동전에 몰두했다. 그녀는 동전을 통해 자신이 위대해지길 원했다. 그녀의 치세 중 여섯 종류의 1파딩짜리 동전이 주조되었다. 처음 주조한 세 가지 동전 뒷면에는 옥좌 문양만을, 네 번째 동전에는 개선 마차를 새겨 넣기를 원했다. 그리고 여섯 번째 동전 뒷면에는, 한 손에 검을 다른 한 손에 올리브 가지를 든 여신상을 함께 새기도록 했다. 어수룩하고 무자비했던 제임스 2세의 딸인 그녀는 난폭했다.

동시에 그녀의 내면은 온순했다. 외면적으로만 그 반대로 보일 뿐이었다. 일종의 노여움이 그녀를 변하게 했다. 설탕을 가열해 보라. 부글부글 끓어오를 것이다.

앤은 백성에게 인기가 있었다. 영국은 통치하는 여성들을 좋아한다. 왜? 프랑스는 여인들을 권력에서 배제하기 때문이다. 그것만으로도 충분한 이유가 된다. 아마 다른 이유는 전혀 없을 수도 있다. 영국의 역사가들이 보기에, 엘리자베스는 위대함이고, 앤은 선함이다. 각자 보고 좋을 대로 할 일이다.

여하튼 그렇다 치자. 하지만 그 여성들의 통치에 섬세한 것은 하나도 없다. 그 선이 매우 둔탁하다. 무거운 위대함이며 무거운 착함이다. 그녀들의 순결한 미덕에 관해 영국은 완강하고 우리는 그것에 맞지 않는다. 엘리자베스는 에식스*에 의해 완화된 처녀이고, 앤은 볼링브룩 때문에 착잡해진 신부이다.

*

백성이 가지고 있는 바보스러운 습관은, 자신들이 하는 일의 공을 왕에게로 돌린다는 사실이다. 그들이 전쟁에 나서면 영광은 누구에게 돌아가는가? 왕이다. 그들이 모든 세금을 지불한다. 누가 윤택해지는가? 왕이다. 그리고 백성은 부자인 왕을 좋아한다. 왕은 가난한 사람들로부터 금화를 받고 그들에게 동전푼을 돌려준다. 얼마나 후한 행동인가! 거대한 조각상의 받침대가 피그미족 같은 조각상에 대해 감격해한다. 난쟁이가 크기도 하지! 그는 내 등 위에 올라와 있어. 난쟁이가 거인보다 더

---

* 엘리자베스 1세의 총애를 받았으나, 결혼 후 궁정에서 쫓겨난다.

크게 보일 수 있는 훌륭한 방법이 있다. 그것은 거인의 어깨 위에 올라타는 것이다. 그런데 거인이 그 짓을 그대로 두는 것, 참으로 신기한 일이다. 또한 그가 난쟁이의 큰 키를 찬미하다니, 진정 어리석다. 인간 특유의 순박함이여!

왕들에게만 허용된 기마상은 왕권을 상징적으로 나타낸다. 말은 곧 백성이다. 다만 차이가 있다면, 이 말이 서서히 변형된다는 것이다. 처음에는 당나귀였다가 결국에는 사자로 변한다. 그리하여 마침내 자기의 등 위에 있던 기사를 땅바닥으로 떨어뜨리게 되는 것이다. 그러한 일이 영국에서는 1642년, 프랑스에서는 1789년에 벌어졌다. 또한 때로는 사자가 기사를 삼켜버리는데, 영국에서는 1649년에, 프랑스에서는 1793년에 그러한 사건이 있었다.

그러한 사자가 다시금 당나귀로 변한다고 하면 참으로 놀라겠지만, 그러한 일이 실제로 가능하다. 그러한 일이 영국에서 벌어졌다. 왕권 숭배라는 안장을 다시금 짊어진 것이다. 이미 말한 바대로 여왕 앤은 인기가 많았다. 그것을 위해 그녀가 무슨 일을 했을까? 아무것도 없다. 아무것도 하지 않는 것이 영국 사람들이 왕에게 요구하는 것이다. 영국왕은 해마다 3,000만 파운드 이상을 받는다. 엘리자베스 치세에 13척, 제임스 1세 치세에 36척에 불과하던 영국의 전함이 1705년에는 150척에 이르렀다. 영국은 5,000명으로 이루어진 카탈루냐 주둔군, 1만 명에 달하는 포르투갈 주둔군, 5만의 병력을 갖춘 플랑드르 주둔군을 가지고 있었다. 또한 그들은 유럽의 군주제와 외교를 위해 해마다 4,000만 파운드를 지출했다. 유럽은 영국 백성이 돌보는 일종의 창녀와 같았다. 의회가 3,400만 파운드의 애국 공채안을 승인하자, 돈을 내겠다고 하는 사람들이 재무성으로 빽빽이 몰려들었다. 영국은 동인도로 함대 하나를 보냈고, 리크 제독이 지휘하는 다른 함대 하나와, 쇼웰 제독의 지휘하에 있는 예비 전함 400척을 스페인 해안 수역으로 보냈다. 영국은 스코틀랜드를 병탄(倂呑)했다. 그들은 오크스테트와 라밀리 사이에 있었는데, 그 두 곳 중 한 곳에서의 승리가 나머지 다른 곳에서의 승리도 예견하게 해 주었다. 영국은 오크스테트에서의 소탕작전으로, 보병 스물일곱 대대와 용기병 세 연대를 포로로 잡았고, 다뉴브강에서 라인강까지 어쩔 줄 모르고 후퇴하는 프랑스로부터, 강역(疆域) 1,000리를 앗아 갔다. 영국은 사르데냐와 발레아레스까지 손을 뻗었다. 스페인의 전함 십여 척을, 혹은 금을 잔뜩 싣고 오던 수많은 갈리온 선들을 항구로 의기양양하게 끌고 오곤 했다. 허드슨 만과 해협은 이미 루이 14세의 영향에서 반쯤 벗어나 있었다. 그가 아카디아, 생크리스토프 및 테르뇌브 등을 놓아 버리려 하는 것을 느낄 수 있었고, 영국이 그 프랑스왕에게 브르타뉴 연안 해역에서 대구를 잡을 수 있도록 허락만 해 주어도 매우 행복해할 것 같아 보였다. 영국은 또한 뒹케르크의 요새를 루이 14세가 스스로 파괴하게 만드는 치욕을 안겨 주려 하고 있었다. 그동안 영국은 지브롤터와 바르셀로나를 수중에 넣었다. 위대한 일이 얼마나 많이 이루어졌는지! 그 시대를 살아가는 노고를 감당한 여왕 앤을 어찌 찬미하지 않을 것인가?

어떤 점에서 보면, 앤의 치세는 루이 14세의 치세의 반향이다. 흔히 역사라고 부르는 이러한 만남 속에서 이 왕과 한 순간 평행을 이루었던 앤은, 루이 14세와 모호한 반영의 유사성을 가지고 있다. 그 왕처럼 그녀 역시 큰 왕국을 통치했다. 그녀는 자신만의 기념 건조물들과 예술, 승리들, 장군들, 문인들, 명성을 주는 재산, 걸작품으로 진열된 갤러리를 소유한다. 그녀의 궁정인들 역시 행렬을 지어 다니는데, 그 행렬에는 위풍당당한 면모와 질서 그리고 행진이 있다. 베르사유 궁에 있는 위대한 사람들의 축소판이다. 거기에는 눈속임도 있다. "신이여 여왕을 구하소서(God save the Queen)"를 가미해 보라. 그 순간부터 그 곡이 륄리의 손에서 나왔다고 여길 것이고, 그 모든 것이 환상을 만들어 낸다. 단 한 사람도 빠지지 않는다. 크리스토퍼 렌은 상당히 그럴듯한 산비둘기고, 소머스는 라모아뇽 값을 한다. 앤에게도 드라이든이라는 라신이 있었으며, 포프라는 보알로였고, 고돌핀이라는 콜베르가, 펨브룩이라는 루부아가, 말버러라는 튀렌이 있었다. 하지만 그들은 가발들을 좀 더 부풀리고, 이마들을 가려야 할 것이다. 모든 것이 엄숙하고 화려하고, 윈저는 마를리의 허울뿐인 분위기를 만들어 낸다. 그러나 여성성이 강했고 앤의 텔리에 신부는 사라 제닝스이다. 뿐만 아니라 50년 후에는 철학이 될 빈정거림이 문예 속에서 대충 윤곽을 잡기 시작했고, 가짜 가톨릭 독신자가 몰리에르에 의해 고발 당했듯이, 가짜 프로테스탄트 독신자도 스위프트에 의해 가면을 벗었다. 그 시대에 영국은 비록 프랑스와 경쟁하고 싸우기는 했지만, 한편으로는 프랑스를 모방하며 스스로를 계몽했다. 그리하여 영국의 얼굴에는 프랑스의 빛이 드리워져 있었다. 앤의 치세가 열두 해밖에 지속되지 못한 것은 유감스러운 일이다. 만약 그렇지 않았다면, 우리가 루이 14세의 세기라고 말하듯, 영국인들도 자랑스럽게 앤의 세기라고 서슴지 않고 말했을 것이다. 앤은 루이 14세가 쇠퇴하던 1702년에 옥좌에 올랐다. 창백한 별의 출현이 주홍빛 별이 지는 것과 일치한다는 사실과, 프랑스에 태양왕이 있을 때, 영국에는 달의 여왕이 있었다는 사실은, 역사의 진기함 중에 하나다.

꼭 언급해 두어야 할 세목이 있다. 비록 루이 14세와 전쟁을 했지만, 영국에서는 많은 사람들이 그를 찬미했다.

"프랑스에 꼭 필요한 왕은 루이 14세이다."

영국인들은 자주 말하곤 했다. 자신들의 자유에 대한 영국인들의 사랑은, 타인의 구속을 어느 정도 용인하는 병으로 악화된다. 이웃을 속박하는 쇠사슬에 대한 이러한 관대함은, 가끔 이웃집 폭군이 되고자 하는 열정으로까지 발전하기도 한다.

한마디로 말하면 비버럴의 프랑스어 번역 머리말 3페이지와, 헌사 6페이지와 9페이지에서, 세 번에 걸쳐 우아하게 주장한 것과 마찬가지로, 앤은 자신의 백성을 '행복하게' 만들었다.

*

앤 여왕은 두 가지 이유로 여공작 조시안에게 원한이 있었다.

첫째는, 여공작 조시안이 예뻤기 때문이다.

두 번째는, 조시안의 약혼자가 잘생겼기 때문이다.

한 여인이 질투를 하기에 이 두 가지 이유면 충분하다. 여왕에게는 이유가 한 가지만 있어도 족하다.

이 사실도 추가로 밝혀 두자. 여왕은 조시안이 자신과 자매라는 것을 원망했다.

앤은 예쁜 여인들을 좋아하지 않았으며, 그것이 미풍양속에 반한다고 여겼다.

그녀의 용모에 대해 말하자면, 그녀는 추녀였다.

물론 그녀가 선택한 것은 아니었지만.

그녀의 종교 중 일부는 그 못생긴 용모에서 비롯되었다.

조시안은 아름답고 자유분방해 여왕의 눈을 찌푸리게 만들었다. 못생긴 여왕에게는 아름다운 여공작이 기분 좋은 자매일 수 없다.

또 다른 불만거리는 조시안의 '부적절한' 출생과 관련되어 있었다.

앤은, 요크 공작이던 제임스 2세가 합법적으로 그러나 유감스럽게 맞아들인 평범한 레이디, 앤 하이드의 딸이었다. 그녀는 자신의 혈관에 열등한 피가 흐르고 있음을 아는지라, 자신이 반쪽 왕족이라는 생각을 떨쳐 버리지 못했는데, 비정상적으로 태어난 조시안이, 여왕의 출생에 대한 오류를 현실적으로 부각시켜 주었다. 신분이 어울리지 않은 혼인으로 태어난 딸이, 곁에 서출(庶出)인 또 다른 딸을 두고 보는 일은 유쾌하지 않았다. 두 딸 사이에 매우 불쾌감을 주는 유사성이 있었기 때문이다. 조시안은 여왕에게 이렇게 말할 수 있는 권리가 있었다.

"언니 어머니도 내 어머니보다 나을 것이 없어."

물론 궁정에서는 아무도 그렇게 말하지는 않았지만 모두들 그러한 생각을 가지고 있었다. 왕권의 존엄성에 성가신 일이었다. 도대체 왜 조시안일까? 그녀는 무슨 생각으로 태어났을까? 조시안이 왕실에 무슨 도움이 된단 말인가? 일부 혈족 관계는 신분을 떨어뜨리기도 한다.

그러나 앤은 조시안을 좋은 낯으로 대하고 있었다.

만약 조시안이 자신의 자매만 아니었다면, 아마 여왕은 그녀를 좋아했을지도 모른다.

6. 바킬페드로

사람들의 행동을 아는 것은 유용하고, 약간의 감시는 현명한 조치이다.

조시안은 부리는 사람 하나를 시켜 데이비드 경의 일상을 조금 뒷조사했는데, 그녀가 신뢰하고 있던 그 사람의 이름은 바킬페드로였다.

데이비드 경 역시 자신이 전적으로 신임하는 남자 하나로 하여금 조시안을 은밀히 지켜보도록 했는데, 그 사람의 이름도 바킬페드로였다.

한편, 앤 여왕 역시, 전적으로 신임하는 수하 하나에게 비밀스럽게, 사생아 여동생인 조시안과 그녀의 남편이 될 데이비드 경의 일상 및 그들 주위에서 일어나는 일을, 은밀히 알아 두도록 했다. 그녀의 밀지를 받은 사람의 이름도 바킬페드로였다.

바킬페드로는 조시안과 데이비드 경 및 여왕으로 구성된 건반에 자신의 두 손을 올려놓고 있었다. 두 여인 사이에 있는 한 남자. 얼마나 훌륭한 변조가 가능하겠는가! 얼마나 대단한 영혼들의 혼합인가!

바킬페드로가 처음부터 세 사람의 귀에다 나지막이 말할 수 있는 기막힌 행운을 누렸던 것은 아니었다.

그는 본래 요크 공작의 옛 하인이었다. 일찍이 그는 성직자가 되고자 했으나, 뜻을 이루지 못했다. 왕당파인 가톨릭교와 공화파인 영국 교회주의가 뒤섞인, 즉 로마적이면서도 영국적인 왕족이었던 요크 공작은, 휘하에 가톨릭교회와 프로테스탄트의 교회를 모두 소유하고 있었다. 따라서 바킬페드로를 두 교파 중 하나에 밀어 넣을 수도 있었지만 바킬페드로는 주임 사제직에 어울릴 만큼 가톨릭적이지도 못했고, 전속 목사가 될 만큼 프로테스탄트적이지도 못했다. 즉, 바킬페드로는 두 종파 사이에서, 영혼을 땅에 내려놓고 있는 상태였다.

파충류 같은 특수 영혼을 가진 이에게는 그리 나쁜 상황은 아니었다.

어떤 길은 배를 깔고 기어서밖에 지나갈 수 없는 법이다.

보잘것없지만 영양가 높은 하인의 처지가 바킬페드로가 오랫동안 지속해 온 생존 형태였다. 하인의 처지도 괜찮았지만, 그는 거기에 덧붙여 권력을 갖기를 원했다. 그러한 야망이 성공하려는 때에 제임스 2세가 실각했다. 모든 것을 처음부터 다시 시작해야 할 상황에 이르렀다. 그러나 성품이 침울할 뿐만 아니라 통치 방법에 있어서도, 단지 근엄한 척할 뿐이면서 그것이 엄정함이라고 믿었던 윌리엄 3세 치하에서는 어찌해 볼 도리가 없었다. 바킬페드로는 지신의 보호자였던 제임스 2세가 폐위된 후에도 즉시 누더기를 걸치는 처지로 전락하지는 않았다. 군주들이 추락한 후에도, 무엇인지 모를 것이 살아남아,

한동안은 그 군주들에게 기생하던 식객들을 지탱시켜 준다. 곧 고갈될 나머지 수액이, 뽑힌 나무의 가지 끝에 달린 잎을 며칠 더 살아남게 해 준다. 그러다가 문득 잎들이 노랗게 되고 말라 버린다. 궁정인 또한 마찬가지이다.

흔히 정통 왕위 계승권자라고 말하는 일종의 방부제 덕분에, 왕은 비록 실추당해 멀찌감치 던져지더라도, 끝끝내 살아남는다. 그러나 왕보다 더 많이 죽은 궁정인의 경우는 그렇지 않다. 저 아래에 던져진 왕은 미라이며, 이곳에 남은 궁정인은 유령이다. 유령의 유령이 되는 것은 파리함의 극치이다. 그렇게 해서 바킬페드로는 굶주리게 되었다. 그래서 그는 문인으로 변신했다.

하지만 사람들은 그를 부엌 구석에서조차 쫓아내곤 했다. 잠잘 곳을 찾지 못하는 경우도 종종 있었다.

"누가 나를 쉬게 해 줄까?"

그가 말했다. 그러면서 그는 삶과 투쟁했다. 절망 속에서 인내심이 발휘되는 장점들이 그에게 있었다. 뿐만 아니라 그에게는 흰개미의 재주, 즉 낮은 곳에서 높은 곳까지 구멍을 뚫는 재능이 있었다. 그는 제임스 2세의 이름과 그의 추억, 자신의 충성심, 동정심 등을 사용해, 여공작 조시안까지 뚫고 올라갔다.

조시안은 사람의 마음을 움직일 수 있는 두 가지, 즉 가난과 기지를 갖춘 그를 기꺼이 받아들였다. 또한 더리모이어 경에게 소개하는 한편, 하인들이 머무는 거처를 마련해 주고, 그를 식솔로 대접하며, 그에게 친절했고, 때때로 그와 말을 섞기도 했다. 바킬페드로는 더 이상 배고프지도 추위에 시달리지도 않게 되었다. 조시안은 그와 말을 놓았다. 그때는 문인들에게 하게체를 사용하는 것이 지체 높은 귀부인들 사이에서 일종의 유행이었다. 문인들은 이를 받아들였다. 마이 공작 부인은 한 번도 본 적이 없는 가극 각본 작가인 로이를 맞이하며 이렇게 말했다.

"네가 '정중한 한 해'를 썼지? 반가워."

이후 문인들도 하게체를 사용했다. 어느 날 파브르 데갈랑틴이 로앙 공작 부인에게 말했다.

"너는 샤보 가문의 일원인가?"

바킬페드로에게 하게체는 곧 성공이었다. 그는 기뻐했다. 그가 꿈꾸던 친근함이었다.

"레이디 조시안이 나에게 하게체를 사용하다니!"

그는 몇 번이고 혼자 중얼거리며, 만족스러운 듯 두 손을 비볐다.

그는 그렇게 하게체를 사용하는 관계를 이용해 자신의 영역을 넓혀 나갔다. 그는 조시안의 거처를 거리낌 없이 드나들 수 있는 측근이 되었고, 그녀에게 조금도 거북하지 않으며 은밀히 그녀를 방문할 수 있는, 일종의 단골손님이 되었다. 그녀는 그가 있는 자리에서 슈미즈를 갈아입을 정도였다. 하지만 그 모든 것이 불안정했다. 바킬페드로는 불변의 지위를 목표로 삼고 있었다. 그에게 여공작은 절반의 성공에 불과했다. 여왕에게까지 이르지 못한 지하의 갱도는 실패작에게나 어울리는 것이었다.

어느 날 바킬페드로가 조시안에게 말했다.

"여공님께서는 저의 행복을 원하십니까?"

"무엇을 원하는가?"

조시안이 물었다.

"일자리를 원합니다."

"일자리라고!"

"예, 마담."

"무슨 생각으로 일자리를 달라고 하는가? 자네는 쓸모 있는 자가 아닌데."

"바로 그렇기 때문입니다."

조시안이 웃기 시작했다.

"자네는 공직에 맞지 않는데, 어떤 것을 원하는가?"

"대양에서 수집한 병들의 마개를 여는 일입니다."

조시안의 웃음소리가 더욱 커졌다.

"그것이 도대체 무엇인가? 자네가 지금 농담을 하는군."

"그렇지 않습니다, 마담."

"자네의 말에 진지하게 대꾸하는 즐거움을 누려 보지. 자네가 되고 싶은 것이 뭐라고? 다시 한 번 설명해 보게."

"대양에서 수집한 병의 마개를 뽑는 직책입니다."

"궁정에서는 모든 것이 가능하지. 그러한 직책이 거기에 있다는 말인가?"

"예, 마담."

"그 새로운 것들을 내게 알려 주게. 계속해 보게."

"실제로 있는 직책입니다."

"자네에겐 없는 것이지만, 그 영혼이라도 걸고 나에게 맹세하게."

"맹세합니다."

"자네를 믿지 못하겠군."

"감사합니다, 마담."

"그래, 무얼 원한다고? 다시 말해 보게나."

"바다에서 가져온 병들의 마개를 여는 것입니다."

"별로 힘든 직책이 아니겠군. 말하자면 청동 마상(馬像)의 털을 빗기는 일*이겠군."

"말하자면 그렇습니다."

"결국 아무 일도 하지 않는 것이군. 정말 자네에게 꼭 걸 맞는 자리야. 자네는 그런 일에 쓸모가 있어."

"보시다시피 저도 어떤 일엔가 쓸모가 있습니다."

---

* 여우 이야기라는 희극에서 광대가 맡은 임무이다.

"아, 참! 자네가 익살을 떠는군. 그런 자리가 실제로 존재하는가?"

바킬페드로가 황송해하면서도 점잖게 자세를 바꾸었다.

"마담, 마담의 부친은 존귀하신 제임스 2세이시고, 형부는 컴벌랜드 공작이자 덴마크의 조지 공이십니다. 당신의 부친께서는 영국의 해군 사령관이셨고, 형부께서는 현재 그 자리에 계십니다."

"그게 뭐 새삼스러운 것이란 말인가? 자네 못지않게 나도 잘 알고 있네."

"그러나 마담께서 모르시는 것이 있습니다. 바다에는 세 가지 종류의 것이 있습니다. 바다 깊은 곳에 있는 물건과, 물 위로 떠다니는 것, 그리고 물결이 육지로 떠밀어 오는 것이 있는데, 그 세 가지는 각각 래건, 플럿슨, 그리고 젯슨이라 칭합니다."

"그래서?"

"그 세 물건은 모두 영국의 해군 사령관에게 귀속됩니다."

"그래서?"

"마담께서는 이제 아시겠습니까?"

"아니, 전혀."

"바다 밑으로 삼켜지는 것과 떠다니는 것, 그리고 해안에 도착하는 것 등 바다에 있는 모든 것은 영국 해군 사령관의 소유입니다."

"모두. 그렇다 치지. 그런데?"

"철갑상어만 예외인데, 그것은 영국 국왕의 것입니다."

"나는 그 모든 것이 넵투누스의 소유라 생각하는데."

"넵투누스는 어리석어요. 그는 모든 것을 포기했죠. 그는 영국인들이 모든 것을 소유하도록 내버려 두었습니다."

"결론은?"

"해양 취득물, 그것이 뜻밖에 발견된 물건에 우리가 부여한 명칭입니다."

"그렇다 치고."

"그러한 물건들이 무궁무진합니다. 바다에는 항상 물위로 떠다니거나 해안으로 다가오는 것들이 있습니다. 그것들은 바다의 기여라 할 수 있지요. 바다가 영국에 내는 세금입니다."

"물론이지, 어서 결론을 말해 보게."

"그런 식으로 바다가 관청을 하나 설치한다는 사실을 부인께서도 이해하실 겁니다."

"어디에다?"

"해군성입니다."

"어떤 관청?"

"해양 취득물 사무국입니다."

"그래?"

"사무국은 다시 세 부서로 나뉘어져, 각 부서 이름이 래건과 풀럿슨, 그리고 젯슨입니다. 그리고 각 부서에 관리가 한 사람씩 있습니다."

"그래서?"

"바다 한가운데 항해중인 선박은 어떤 소식이든 육지로 보내고자 합니다. 어느 위도에 있는지, 어떤 바다 괴물을 만났다든지, 어떤 해안이 보인다든지, 조난을 당했는지, 침몰하는 중이라든지, 길을 잃었다든지 하는 것이 그것입니다. 그럴 때, 선장은 내용을 종이 조각에 적어 병 속에 넣은 다음, 병마개로 봉인한 후, 바다에 던집니다. 만약 그 병이 바다 밑으로 가라앉으면, 그것은 래건의 소관 업무가 됩니다. 또한 그 병이 물 위로 떠다니면, 그것은 풀럿슨 관리가 알아서 처리합니다. 그리고 그 병이 파도에 실려 육지에 밀려온다면 그것은 젯슨 관리의 소관입니다."

"그래서 자네가 젯슨의 관리가 되고 싶다는 말인가?"

"정확히 그 말씀입니다."

"자네가 바다에서 온 병의 마개 여는 사람이라고 부른 바로 그것인가?"

"그러한 자리가 존재하니까 드리는 말씀입니다."

"나머지 둘이 아닌 그 자리를 원하는 이유는 무엇인가?"

"그 자리가 현재 비어있기 때문입니다."

"그 일이 구체적으로 무엇으로 이루어지지?"

“마담. 1598년, 에피디움 프로몬토리움의 해변 백사장에서, 어느 붕장어잡이 어부가 역청으로 주둥이를 봉인한 병 하나를 주워 엘리자베스 여왕 폐하께 올렸습니다. 그 병 속에서 꺼낸 양피지 한 장 덕분에 잉글랜드는 몇 가지 사실을 알게 되었습니다. 네덜란드가 아무 말 없이 노바 젬블라를 점령했고, 그것이 1596년 6월에 이루어졌으며, 그 나라에서는 모든 사람들이 곰에게 잡아먹혔고, 그곳에서 겨울을 나는 방법은, 죽은 네덜란드인들이 머물다 방치된 그 섬의 나무집 벽난로 위에 걸려 있던 화승총 보관함 속에서 발견된 종이에 설명되어 있고, 그 벽난로는 부서진 통 하나를 지붕에 끼워 만들어졌다는 등의 사실을 알게 해 주었습니다.”

“나는 자네가 하는 말을 도통 알아듣지 못하겠네.”

“그러실 수도 있지만 엘리자베스 여왕 폐하께서는 이해하셨습니다. 네덜란드에게 도움이 되는 나라가 하나 늘어나면 영국이 차지할 나라 하나가 줄게 됩니다. 그러한 소식을 전해 온 병은 중요한 물건으로 여겨졌습니다. 그날부터 누구든 바닷가에서 봉인된 병을 발견할 경우, 그것을 즉각 영국의 해군 사령관에게 바치지 않으면 교수형에 처한다는 명령이 포고되었습니다. 사령관은 그 병의 마개 여는 일을 한 관리에게 맡겼고, 그는 필요한 경우 병 속에서 발견된 내용을 폐하께 알려 드리게 되어 있습니다.”

"그런 병이 해군성에 자주 들어오나?"

"아주 드문 편입니다. 하지만 저에겐 마찬가지입니다. 그 자리는 엄연히 존재합니다. 해군성은 그 직책을 위해 사무실과 숙소를 확보해 두고 있습니다."

"그렇게 아무 일도 하지 않는 대가로 얼마나 받게 되나?"

"일 년에 100기니입니다."

"기껏 그것을 얻으려 나를 성가시게 하는가?"

"먹고살기 위해서이지요."

"비렁뱅이처럼."

"저와 같은 부류에게는 잘 어울립니다."

"100기니는 연기처럼 날아가 버리는 액수야."

"부인께서 1분에 써 버리는 금액으로, 저와 같은 부류는 1년을 먹고살 수 있습니다."

"자네가 그 직책을 차지하게 해 주겠네."

8일 뒤, 조시안의 열의와 데이비드 더리모이어 경의 신용장 덕분에, 바킬페드로는 임시적인 신분에서 벗어나 이제는 잠잘 곳과 비용이 제공되고 연봉 100기니가 지원되는, 해군성에 편안히 자리 잡게 되었다.

7. 바킬페드로, 굴착 작업을 시작하다

우선 가장 시급한 일 하나가 있으니, 그것은 은혜를 배신으로 갚는 것이다.

바킬페드로는 틀림없이 그 일을 잊지 않았다.

조시안에게서 그토록 많은 호위를 얻은 터라, 자연스럽게 그에게는 오직 한 가지 생각밖에 없었다. 그 은혜에 대한 복수를 하는 일이었다.

또한 조시안은 아름답고 훤칠하고, 젊고 부유하고 능력 있고 유명한 반면에, 바킬페드로는 못생기고 왜소하고 늙고 가난하고 보호받는 입장이었으며, 태생이 미천했다는 것을 말해 두자. 그 모든 것에 그는 분풀이를 할 수밖에 없었다.

오직 어둠만으로 빚어진 사람이 그토록 밝은 빛을 너그러이 보아줄 수 있겠는가?

바킬페드로는 아일랜드를 버린 아일랜드인이었다. 다시 말해 못된 부류였다.

바킬페드로가 자신에게 유리할 만한 것을 한 가지 가지고 있었으니, 그것은 매우 불룩하게 튀어나온 배였다.

불룩한 배는 선량함의 상징으로 통한다. 하지만 그의 배는, 바킬페드로의 위선을 증대시켜 줄 뿐이었다. 그가 몹시 악한 사람이었기 때문이다.

바킬페드로는 몇 살이었을까?

그에게는 정해진 나이가 없었다. 순간순간 그가 품고 있던 계획 달성에 필요한 나이만이 존재했다. 그는 자신의 주름살과 흰 머리카락만큼 늙어 보였고, 민첩한 기지만큼 젊어 보이기도 했다. 그는 재빠르면서도 둔했다. 원숭이 같은 하마 종류와 다름없었다. 틀림없이 왕당파였으나 공화파였는지 누가 알랴! 분명히 가톨릭 교도였으나 프로테스탄트였을 수도 있다. 스튜어트 왕가 편에서 일했지만, 브런즈윅 왕가 편이었을 수도 있다.

위한다는 것은 동시에 반대한다는 조건이 있을 때에만 힘으로 작용한다. 바킬페드로는 그러한 지혜를 행동으로 옮기고 있었다.

'대양에서 온 병들의 마개를 여는' 자리는, 바킬페드로가 은근히 강조하려 했던 것처럼, 그토록 우스운 것은 아니었다. 오늘날에는 수사학적 허식이라 칭할 만한, 가르시아 페르난데스의 탄원서, 즉 난파선 약탈 행위 및 해안 주민들의 표류물 강탈 행위에 반하여 제기한 이것이, 당시 영국에서 커다란 주목을 얻었고, 그 덕분에 난파당한 사람들의 재산 및 기타 소유물은 다른 사람들에게 약탈되는 대신 해군 사령관에게 압류되는 진보를 가져왔다.

여러 가지 상품, 선박의 뼈대, 자그마한 보따리, 상자 등 영국 해안으로 밀려온 모든 표류물은 해군 사령관의 것이 되었다. 그러나 바킬페드로가 그토록 간청한 임무의 중요성이 말해 주듯 온갖 전언과 보고문을 담은 채 떠다니는 병이 특히 해군성의 주목을 끌게 했다. 난파선은 당시 영국의 가장 심각한 근심거리 중 하나였다. 항해는 영국의 삶이었고, 난파는 근심이었다. 영국은 바다 때문에 끊임없는 걱정에 사로잡혀 있었다. 침몰하는 선박이 물결에 맡기는 유리병 속에는, 절대적으로 중요한 정보가 들어 있었다. 선박, 승무원, 해역, 난파된 시기와 양상에 관한 정보, 선박을 파괴한 바람, 떠다니던 유리병을 영국 해안까지 실어 온 조류 등에 관한 정보였다. 바킬페드로가 맡았던 직책은 한 세기 전에 사라졌지만 그 직책은 대단히 유용한 것이었다. 마지막 담당관은 링컨셔의 도딩턴 출신인 윌리엄 허시라는 사람이었다. 그 직책을 맡는 사람은 바다에서 일어나는 모든 일을 윗선에 알리는 일종의 보고자였다. 봉인된 모든 항아리, 단지, 큰 병, 작은 유리병 등 조류에 밀려 잉글랜드 해안에 표착한 모든 것이 그에게 넘겨졌다. 그만이 오직 그것들을 열 수 있는 권한을 가지고 있었다. 그 속에 있는 내용물의 비밀을 최초로 접하게 되어 있었다. 그는 비밀을 분류하고 꼬리표를 붙여 기록 보관소에 정리했다. 아직도 영국 해협의 여러 섬에서 사용되는, 문서를 서류 보관함에 재운다는 표현은, 거기에서 유래한 것이다. 실제로 그 일에 매우 신중을 기하였다. 비밀을 지키겠다고 선서한 해군성 소속 심사원들이 입회하지 않고는, 그 물건들의 봉인을 깨뜨리거나 마개를 열 수 없었다. 또한 그들은 젯슨 담당관과 함께 봉인 해체 보고서에 서명했다. 하지만 이 심사원들이 비밀을 지키기로 되어 있었기에 바킬페드로는 상당한 재량권을 행사했다. 따라서 어느 정도까지는 어떤 사실을 묻어 버리거나 혹은 세상에 내놓는 것이 가능했다. 바킬페드로가 조시안에게 말한 것처럼, 그 깨지기 쉬운 표류물들은, 희귀하고 하찮은 것들은 아니었다. 어떤 경우에는 표류물들이 상당히 빨리 해안에 도달하고, 어떤 경우에는 여러 해 후에 육지에 닿았다. 그것은 전적으로 바람과 조류에 달린 일이었다. 물결에 맡겨지도록 유리병을 던지던 풍습은, 기도하며 바치던 봉납물(奉納物)처럼, 이미 퇴색된 구습이 되었다. 그러나 신앙이 우세하던 시절에는, 죽음을 앞둔 사람들이, 그러한 방법으로 자신의 마지막 생각을 신이나 다른 이들에게 기꺼이 전하고자 했다. 그리하여 때로는, 바다에서 보낸 서신들이 해군성에 넘쳐나는 때도 있었다. 당시 제임스 1세 치하에서 영국 재무관을 지낸 서퍽 백작이 주석을 달았던, 양피지 기록에 따르면 1615년 한 해 동안에, 침몰하는 선박에 관한 언급이 담긴 대형 병과 호리병 52개가 해군성에 들어와, 분류되어 문서 보관소에 등록되었다고 한다.

왕궁에서의 관직이란 기름방울과 같아서 무한정 확장된다. 그리하여 문지기가 고관이 되기도 하고, 일개 마부가 총사령관으로 승진하기도 한다. 바킬페드로가 간청해 얻은 그 직무를 맡는 특별 담당관은, 보통 신뢰할 수 있는 사람이었다. 그것은 엘리자베스의 의도였다. 궁정에서는, 신뢰가 바로 음모와 연계되며, 음모는 성장을 의미한다. 따라서 그 관리 역시 결국에는 상당한 인물이 되곤 했다. 그의 직책은 서기에 불과해, 궁정 사제장 예하의 두 마부 바로 다음 직급에 해당했다. 하지만 그는 궁궐을 자유롭게 출입할 수 있었다. 물론 흔히들 말하듯 '몸을 낮춘 출입', 즉 humilis introitus이긴 하지만, 국왕의 침실에까지 들어갈 수 있었다. 경우에 따라서는, 발견된 사실을 국왕에게 직접 고해야 했기 때문인데, 절망적인 유언장이라든가 고국에 고하는 마지막 인사, 바다에서 일어난 범죄 행위나 기타 범죄, 왕위의 유증(遺贈) 등 매우 호기심을 끄는 물건들이 있었다. 또한 궁궐과 긴밀히 연락하며 문서를 보관하고, 그 음산한 유리병들의 개봉에 관해 국왕에게 수시로 보고해야 하기 때문에, 궁궐 출입이 자유로웠다. 그 사무실은 바다에서 들어오는 사신(私信) 검열소였다.

평소 라틴어로 말하기를 즐기는 엘리자베스는, 당시 젯슨 담당관이었던 버크셔주 출신 턴필드 드 콜리가, 바다에서 나온 쪽지들을 가져올 때마다, 이렇게 말하곤 했다. "Quid mihi scribit Neptunus(넵투누스가 나에게 무엇이라 썼는가)?"

위로 향하는 통로는 완성되었다. 흰개미가 성공한 것이다. 바킬페드로가 여왕에게 다가갈 수 있게 되었다. 그것이 그가 원하던 모든 것이었다.

돈을 벌기 위해서였을까?

아니다.

다른 사람들의 돈을 없애기 위해서였다.

더 큰 행복.

해를 끼치는 것이 즐거운 것이다.

막연하지만 집요한, 해를 끼치려는 욕망을 내면 속에 지니고, 그것으로부터 한 번도 시선을 떼지 않는 것, 그것은 모든 이에게 주어지지는 않는다. 바킬페드로는 그런 확고부동함을 가슴 속에 품고 있었다.

한번 물면 놓지 않는 불도그의 집착과 유사한, 그의 생각에는 그것이 있었다.

스스로 냉혹하다는 생각, 그것이 그에게 어두운 만족감의 깊이를 제공했다. 이빨 아래에 희생물이 들어와 있거나, 악을 행하는 것에 대한 확신이 영혼 속에 자리 잡기만 하면, 그에게는 아무것도 부족한 것이 없었다.

다른 이들이 추위 속에서 고통스러워 할 것이라는 희망 속에서, 그는 만족스러워하며 덜덜 떨었다. 심술궂다는 것은 일종의 부유함과 같다. 우리가 가난하다고 믿는 실제로 가난한 사람도, 스스로의 행복을 악의에서 찾으며, 그것을 선호한다. 세상 모든 일이 각자 느끼는 행복에 있다. 못된 장난을 하는 것은 좋은 일을 하는 것과 같기에 그것은 돈보다 더한 만족감을 준다. 그것으로 피해 입는 자들에게는 나쁘지만, 그 짓을 행하는 이들에게는 좋은 것이다. 교황파들이 화약 음모 사건을 저질렀을 때 가이 포크스에게 협조했던 케이츠비는 이렇게 말했다. "의회가 사지를 뻗으며 하늘로 날아가는 것을 보라. 나는 그 장면을 백만 파운드와도 바꾸지 않겠다."

바킬페드로는 어떤 사람이었는가? 그는 가장 보잘것없으나 가장 무서운 자였다. 바로 질투하는 자였던 것이다.

질투는 왕궁에서 언제나 할 일이 있다.

궁정은, 질투하는 자와의 대화가 필요한, 건방지고 무례한 자들, 할 일 없는 자들, 쑥덕공론에 굶주린 부오한 게으름뱅이, 건초 다발 속에서 바늘 찾는 자들, 재난을 만드는 자들, 조롱당한 조롱꾼들, 멍청이들로 넘쳐난다.

사람들이 또 다른 이에게 이야기하는 악이란 얼마나 기분 좋은 일이란 말인가!

질투는 남의 일을 정탐하는 사람을 만들어 내는 아주 좋은 재료이다.

질투라는 자연스러운 열정과, 염탐질이라는 사회적 기능 사이에는, 매우 깊은 유사성이 있다. 정탐꾼은 마치 사냥개와 같이 다른 이를 위해 사냥을 하고, 질투꾼은 고양이처럼 스스로를 위해 사냥을 한다.

하나의 강렬한 자아, 그것이 질투꾼의 진면목이다.

다른 특징이 있다면, 바킬페드로는 신중했고, 비밀스러웠고, 구체적이었다. 그는 모든 것을 내면에 간직하며, 증오로 자신 속에 깊숙한 구멍을 만들어 냈다. 거대한 야비함은 거대한 허영심과 연관되어 있다. 그는 농간을 부려 관심을 끈 사람들에게 사랑을 받았고, 다른 사람들에게는 미움을 받았다. 하지만 그는 자신을 증오하는 사람들에게는 멸시를 받았고, 자신을 좋아하는 사람들에게는 무시당했다고 느꼈다. 그는 스스로를 억제했다. 그의 모든 심정적 상처는 적의를 품은 그의 체념 속에서 소리 없이 끓어 넘쳤다. 그는 마치 악당에게도 그럴 권리가 있기라도 한 듯, 분개했다. 그는 뜨거운 노기에 소리 없이 시달리고 있었다. 모든 것을 삼켜 버리는 것, 그것이 그의 재능이었다. 그에게는 소리 없는 마음 속 노여움, 지하에 엎드린 분노의 광증, 그리고 사람들의 눈길에 닿지 않는 곳 깊숙이 품은 검은 화염이 있었다. 그는 모욕을 꿀꺽 삼켜 버리는 재주를 지닌 자였다. 그의 얼굴에는 미소가 감돌았다. 그는 겉으로는 싹싹하고, 사람을 잘 받들고, 유순하고, 상냥하고, 관대했다. 그는 누가 되었건 언제 어디에서건 먼저 인사를 했다. 바람 한 가닥만 스쳐도 이마가 땅에 닿도록 머리를 조아렸다. 갈대와 같은 척추를 지녔다는 것은 얼마나 탁월한 행운의 근원인가!

이처럼 감춰진 독을 품은 존재가, 흔히들 생각하는 것만큼 드물지는 않다. 우리는 음흉한 산사태에 둘러싸여 산다. 왜 해로운 자들이 존재하느냐고? 가슴을 찌르는 질문이다. 몽상가는 끊임없이 자신에게 이와 같은 질문을 던지고, 사상가는 영영 그 해답을 풀지 못한다. 그러한 이유로, 철학자들의 슬픈 눈이 운명이라는 암흑의 산을 향해 항상 고정되어 있는데, 그 산꼭대기에서는, 거대한 악의 망령이 사악한 뱀을 한 줌씩 집어 땅 위로 떨어뜨린다.

바킬페드로는 뚱뚱한 몸과 야윈 얼굴을 가지고 있었다. 살이 찐 상반신에다 뼈마디가 튀어나온 얼굴. 그는 골이 지고 짤막한 손톱, 뼈마디가 불거진 손톱, 납작한 엄지와 굵은 머리카락을 가졌는데, 양쪽 관자놀이의 간격이 넓었으며, 크고 낮은 이마는 살인자와 같이 위협적이었다. 헝클어진 눈썹이 찢어진 작은 눈을 가리고 있었으며 길고, 뾰족하고, 울퉁불퉁하고, 물컹거리는 코는, 거의 입에까지 붙을 지경으로 늘어져 있었다. 바킬페드로에게 황제의 옷을 그럴듯하게 입혀 놓으면 도미티아누스를 조금 닮았을지도 모른다. 오래된 버터처럼 노란 그의 얼굴은 끈적끈적한 밀가루 반죽으로 빚은 것 같았다. 미동도 하지 않는 그의 두 볼은 시멘트를 붙여 놓을 것 같았다. 그는 보기 흉한 온갖 종류의 끔찍한 주름과 커다랗고 각이 진 턱뼈, 무거워 보이는 턱, 개처럼 작은 귀를 가지고 있었다. 멈추어 있는 옆모습을 보면, 날카로운 각으로 드러나는 그의 윗입술이 이빨 두 대를 드러내고 있었다. 마치 이빨이 쳐다보고 있는 것 같았다. 눈이 깨물듯, 이빨도 쳐다본다.

인내와 절제, 금욕, 겸손, 신중, 친절, 공손함, 부드러움, 예절, 검소함, 의리 등이 더해져 바킬페드로를 보완하고 완성시켰다. 그는 그러한 미덕을 가지고 있으면서 그것들을 비방했다. 아주 빠른 시간 안에 바킬페드로는 궁정에 확실히 뿌리를 내렸다.

8. 사자(死者)

궁정에서 기반을 굳힐 수 있는 두 가지 방법이 있다. 구름 속에서는 위엄을 지니게 되고, 진흙 속에서는 힘을 얻는다.

첫 번째 경우 올림포스 소속이 된다. 두 번째 경우에는 의상실 소속이 된다.

올림포스에 올라간 사람은 삼지창을 갖게될 뿐이지만 의상실에 있는 사람은 경찰을 수중에 넣고 있다.

의상실에는 왕국의 모든 것이 구비되어 있기 때문에, 그곳에 속한 자가 반역을 하는 경우 형벌이 가해진다. 엘라가발루스도 그곳에 와서 죽었다. 그래서 의상실은 간이 변소라고도 불린다.

평상시에는 의상실이 그렇게 비극적이지는 않다. 알베로니가 방돔 공작을 찬양*한 것도 거기에서이다. 의상실이 자연스럽게 왕실 측근들의 알현실 기능도 수행한다. 그곳은 왕좌의 기능도 가지고 있다. 루이 14세는 그곳에서 부르고뉴 공작 부인을 맞이했고, 필리프 5세 역시 그곳에서 왕비와 팔꿈치를 맞대곤 했다. 사제도 그곳에 숨어든다. 따라서 의상실은 가끔씩 고해소 지점(支店)이 되기도 한다.

왕궁의 밑바닥에 행운이 있는 것은 그 때문이다. 그 행운이 어마어마하다.

루이 11세 치세에 위대한 인물이 되고자 하는 사람은 프랑스 대원수 피에르 드 로앙이 되었겠지만, 영향력 있는 사람이 되고자 하는 이들은, 이발사 올리비에 르 당이 되었을 것이다. 만약 마리 드 메디시스의 통치 시절에, 영광스러운 인물이 되고 싶다면 대법관 시예리가 되었겠으나, 매우 중요한 인물이 되기를 원하는 사람은 침실 시녀 라 아농이 되었을 것이다. 루이 15세 치세에서 유명한 인물이 되고 싶다면 재상 슈아죌의 길을 택했겠지만, 모든 사람들이 몹시 두려워하는 인물이 되기를 원한다면 시종 르벨이 되려 했을 것이다. 루이 14세 시절에도, 왕의 군대를 유럽 최정예 군대로 개편한 루부아나, 숱한 승리를 왕에게 안겨 준 튀렌보다 왕의 잠자리를 정리해 주던 봉텅이 더욱 막

* 알베로니가 방돔 공작의 후광으로 추기경의 자리에 앉게 된 것을 뜻한다.

강한 세도를 누렸다. 조제프 사제가 없는 리슐리외는 거의 껍데기에 불과하다. 그를 감싸고 있던 신비감도 줄어들 것이다. 추기경이 당당하다면, 막후 추기경은 무시무시했다. 벌레 한 마리가 되는 것, 그 얼마나 무서운 힘인가! 모든 나르바에스들과 모든 오도넬*들이 뭉쳐도 일개 수녀인 파트로시니오 한 사람을 당해 내지 못했다.

정말이지, 이와 같은 막강한 힘의 조건은 비루함이다. 누구든 강력함을 원한다면 보잘것없는 존재로 남아 있어야 한다. 아예 없는 사람처럼 처신해야 한다. 둥글게 똬리를 틀고 앉아 휴식을 취하고 있는 뱀이 무한과 제로의 형태를 동시에 표상한다.

그러한 독사 모양의 행운 중 하나가 바킬페드로의 수중으로 들어온 것이다.

그는 원하던 곳으로 슬그머니 들어갔다.

납작한 동물들은 어디든 들어갈 수 있다. 루이 14세의 경우, 침대에는 빈대를, 정치에는 예수회 사제들을 가지고 있었다.

부조화는 전혀 아니다.

이 세계에서는 모든 것이 추이다. 인력에 따라 기우는 것은 곧 추의 흔들거림이다. 하나의 극(極)은 또 다른 극을 원한다.

프랑소아 1세는 트리불레를 필요로 하고, 루이 15세는 르벨

---

* 에스파냐의 이사벨 2세 때의 장군이자 정치가이다.

을 원한다. 지극히 높은 것과 지극히 낮은 것 사이에는 깊은 친화력이 존재한다.

매사를 지휘해 나가는 주체는 지극히 낮은 것이다. 그 무엇보다도 이해하기 쉬운 현상이다. 아래에 있는 것이 모든 주도권을 잡고 있다.

그보다 더 편리한 자리가 없다.

자신이 눈이고 귀를 가지고 있다.

자신이 곧 통치 기구의 눈이다.

왕의 귀까지 가지고 있다.

왕의 귀를 가지고 있다는 것은, 왕의 의식 속으로 들어가는 문의 빗장을, 멋대로 당겼다 밀었다 할 수 있음을 말한다. 또한 그 의식 속에 무엇이든 원하는 것을 마구 채워 넣을 수 있음을 뜻한다. 왕의 뇌리는 옷장일 뿐이다. 만약 왕의 귀를 가지고 있는 자가 넝마주이일 경우, 왕의 의식은 채롱인 것이다. 왕들의 귀는 사실상 왕들의 귀가 아니다. 따라서 왕이라는 가엾은 악마들에게는 거의 아무 책임도 없다. 자신의 사고를 소유하지 않는 사람에게는 그의 것이라고 할 만한 행위도 없다. 왕은 복종하는 물건일 뿐이다.

무엇에?

밖에서 그의 귀에다 대고 파리처럼 붕붕거리는, 하찮고 못된 영혼에게 복종한다. 파멸의 시커먼 파리이다.

그 파리의 붕붕거리는 소리가 명령을 내린다. 통치란 그것을 받아쓰는 행위에 불과하다. 높은 목소리, 그것은 군주이다. 그러나 나지막한 음성은 지상권이다.

하나의 통치 속에서 그와 같은 낮은 목소리를 분별해 내고, 또 그것이 높은 목소리에게 슬쩍 속삭이는 소리를 들을 수 있는 사람들, 그들이 참된 역사가들이다.

9. 증오하는 것은 사랑하는 것만큼 강하다

앤 여왕은 그녀 주변에 이런 나지막한 음성 여럿을 주위에 두고 있었다. 바킬페드로 역시 그중 하나였다.

여왕 이외에 그는 조시안과 데이비드 경에게도, 은밀히 공을 들이고, 영향을 끼치며, 자주 접촉했다. 이미 말한 바와 같이, 그는 세 귀에다 대고 낮은 소리로 말했던 것이다. 당조보다 하나의 귀가 더 많았다. 당조는 두 귀에다가만 낮게 속삭였다. 처제 앙리에트에게 마음이 동한 루이 14세와 시숙 루이 14세에게 반한 앙리에트 사이에서, 머리를 이쪽저쪽으로 돌리며 속삭였다. 앙리에트 모르게 루이의 시종이 되고, 루이 모르게 앙리에트의 일을 도맡아 했던 시절이었다. 두 꼭두각시의 사랑 한가운데에 자리 잡고 앉아서, 그가 질문과 대답을 만들어 냈다.

바킬페드로는 그 근본을 살펴보면 충성스러운 것과는 거리가 멀고, 추하고 고약하기 짝이 없었으나 겉으로 보면 너무나 고분고분하고 모든 것을 받아들이며 누군가를 상대한다는 것이 불가능해 보였으므로, 왕실의 어떤 사람도 그가 없이는 지낼 수 없게 된 것이 지극히 당연한 일이었다. 앤은 바킬페드로 외에 다른 아첨꾼을 원하지 않았다. 그는 루이 14세에게 사용했던 방식처럼 다른 사람들을 마구 헐뜯으면서 앤에게 아첨했다. 몽슈브뢰이 부인은 말했다.

"국왕께서 아무 것도 모르시기 때문에, 모두들 학자들을 우롱할 수밖에 없다."

가끔씩 헐뜯은 자리에 독을 바르는 작업이 예술의 경지이다. 네로는 로쿠스타가 일하는 것을 구경하기 좋아한다.

왕궁에 침투해 들어가기는 매우 쉽다. 궁정이라고 하는 일종의 산호석은 흔히 궁정인이라고 부르는 설치류에 의해 즉시 발견되고, 쉴 새 없이 사용하며, 필요에 따라 깊이 파헤쳐지고 경우에 따라 텅 빈 구멍을 내기도 한다.

그곳에 침투하기 위해서는 명분 하나면 충분하다. 바킬페드로는 새로 얻은 임무 덕분에 명분을 갖게 되었고, 얼마 지나지 않아, 조시안 곁에서 그러했듯이 여왕에게 불가결한 하인이 되는 데 시간이 조금밖에 걸리지 않았다. 어느 날 그는 위험을 무릅쓰고 감히 내뱉은 말 한마디로 즉시 여왕의 진면목을 파악했고, 어떻게 해야 여왕 폐하의 호의를 살 수 있는지를 즉시 알게 되었다. 여왕은 매우 아둔한 스튜어트 경, 데번셔 공작인 윌리엄 캐번디시를, 매우 좋아했다. 옥스퍼드의 모든 학위를 다 가지고 있으면서도 글을 알지 못했던 그 나리가, 어느 날 아침 문득, 세상을 떠났다. 궁정에서는 죽은 사람에 대해 아무도 말을 삼가는 이가 없기 때문에 죽는다는 것은 매우 경솔한 짓이다. 여왕은 바킬페드로가 앞에 있건만, 한동안 탄식하더니, 한숨을 지면서 소리쳤다.

"그토록 빈약한 지능이 그토록 많은 미덕들을 짊어지고 다녔다니, 참 안된 일이로다!"

그러자 바킬페드로가 나지막하게 프랑스어로 중얼거렸다.

"Dieu veuille avoir son âne(하나님께서 그의 당나귀를 거두어 주시기를)!"

여왕이 미소를 지었다. 그리고 바킬페드로는 그 미소를 마음속에 담아 두었다.

그리고 결론을 내렸다.

'헐뜯어야 즐거워한다.'

그의 악의에 허가가 난 것이나 다름없었다.

그날 이후 그는 자신의 호기심과 악의에 찬 언행을 사방에 찔러 넣고 다녔다. 모두들 그를 두려워했으므로 그가 하는 대로 내버려 두었다. 왕을 웃게 하려는 자는 나머지 사람들을 덜

덜 떨게 만든다.

우스꽝스러운 세도가로 변신한 것이다.

그는 매일 지하에서, 한 걸음씩 앞으로 나갔다. 사람들은 바킬페드로를 필요로 했다. 몇몇 귀족은 그에게 수치스러운 심부름을 맡길 정도로 신뢰했다.

궁정이란 하나의 동력 전달 장치이다. 바킬페드로는 그 속에서 모터가 되었다. 어떤 기계 장치 속에는 동력이 되는 바퀴가 매우 작다는 것을 아는가?

앞에서 잠시 언급했듯이, 바킬페드로의 염탐꾼 재능을 이용하고 있던 조시안은, 그를 특히 신뢰하여 주저하지 않고 자신의 집 비밀 열쇠를 주어 언제든지 그녀의 거처에 드나들 수 있도록 하였다. 자신의 은밀한 사생활을 남에게 지나칠 만큼 드러내는 것이, 17세기의 유행이었다. 그것을 일컬어 '열쇠를 준다'라고 한다. 조시안은 신뢰의 열쇠 두 개를 주었다. 한 개는 데이비드 경에게, 다른 한 개는 바킬페드로에게였다.

게다가 단숨에 침실까지 숨어들어가는 것이 옛 풍습에서는 전혀 놀랄 만한 일이 아니었다. 그리하여 자주 말썽이 생겼다. 라 페르테가 라퐁 아씨의 침대 커튼을 예고없이 열어젖히자, 그 속에 흑인 근위병 생송이 있었다는 이야기가 그 예이다.

바킬페드로는 음흉하게 캐낸 많은 비밀들을 이용해 지체 높은 이들을 낮은 사람들 아래 두고 복속시키는 일에 탁월한 재능이 있었다. 어둠 속에서 그의 걸음걸이는 음흉하고 부드러웠으며 능수능란했다. 노련한 염탐꾼이 그러하듯, 그는 사형수와 같은 무자비함과 현미경으로 미생물을 관찰하는 사람과 같은 인내심을 함께 구비했다. 그는 궁정인의 자질을 타고났다. 모든 궁정인들은 야행성 인간이다. 궁정인은, 흔히들 절대 권력이라고 부르는, 밤에 배회한다. 그는 소리 없는 전등 하나를 손에 들고 있다. 그것으로 자신이 원하는 부분만을 비추면서도 자신의 모습은 암흑 속에 숨기고 있다. 그가 그 등불을 이용해 찾는 것은 사람이 아니라 한 마리 짐승이다. 그리고 그가 발견하는 것은 왕이다.

대부분의 왕들은 자기 주위에 있는 자들이 위대해지는 것을 좋아하지 않는다. 빈정거림이라도 자기들에게로 향하지 않는다면 즐거워한다. 바킬페드로의 재능은, 귀족과 종친을 끊임없이 왜소하게 만들고 그만큼 여왕의 위엄을 드높이는 데 있었다.

바킬페드로가 지니고 있던 그 은밀한 열쇠는, 조시안이 특히 좋아하는 두 거처, 즉 런던에 있는 헌커빌 하우스와 윈저에 있는 코를레오네 로지의, 작은 아파트 비밀 출입문을 열 수 있도록 양쪽 끝이 서로 다른 두 기능을 갖도록 만들어졌다. 두 저택은 클랜찰리 경의 유산의 일부분이었다. 헌커빌 하우스는 올드게이트와 인접해 있었다. 런던의 올드게이트는 하윅에서 오는 사람들이 통과하게 되어 있는 문이었다. 그곳에는 찰스 2세의 조각상 하나가 있는데, 조각상 머리 위에는 채색한 천사 하나, 발밑에는 사자 한 마리와 일각수 한 마리가 조각되어 있었다. 헌커빌 하우스에서는 동풍을 통해, 세인트메릴본의 종소리를 들을 수 있었다. 윈저에 있는 코를레오네 로지는, 벽돌과 돌을 자재로 삼았고, 대리석 주랑을 갖춘, 피렌체 양식 궁궐인데, 목조 다리 끝에다 말뚝 기초(基礎) 공법을 사용해 지었으며, 영국에서 가장 아름다운 정원 중 하나가 있었다.

윈저궁과 인접해 있는 그 궁궐에서 조시안은 여왕의 영향력이 미치는 거리에 있었다. 하지만 조시안은 그곳에 머무는 것을 즐겼다.

바킬페드로가 여왕에게 끼치는 영향은 거의 밖으로 드러나지 않았고, 모두 뿌리의 형태로만 존재하고 있었다. 그러한 궁정의 몹쓸 잡초를 뽑아 버리기보다 더 힘든 일은 없다. 그 뿌리는 깊이 파고들 뿐, 손끝에 잡힐 만한 꼬투리를 밖으로 내놓지 않기 때문이다. 루이 14세 때, 트리불레 혹은 브러멀 같은 잡초를 뽑아 버리기는 거의 불가능했다.

날이 갈수록 점점 더 여왕은 바킬페드로에게 호의를 갖게 되었다.

사라 제닝스는 유명하다. 반면 바킬페드로는 전혀 유명하지 않았고, 그가 받은 총애도 어둠 속에 묻혔다. 바킬페드로라는 이름은 역사에까지 기록되지 못했다. 모든 두더지들이 두더지잡이에게 잡히는 것은 아니다.

지난날 사제 지망생이었던 바킬페드로는, 모든 것을 조금씩은 공부했었다. 모든 것을 가볍게 스치기만 한 결과, 아무런 성과물도 남지 않았다. 사람은 알 수 있을 것 같은 모든 것의 희생물이 될 수 있는 것이다. 두개골 밑에 다나이데스 자매들의 물통을 갖는다는 사실은, 불모의 지식인이라 불리는 모든 현학자 집단의 불행이다. 자신의 두뇌 속에 무엇이든 열심히 쌓아 두려 했던 바킬페드로였지만, 그로 인해 그의 두뇌는 텅 비게 되었다.

정신은 자연처럼 공백을 두려워한다. 자연은 공백을 사랑으로 메우지만, 정신은 자주 그것을 증오로 메우고 결국 증오가 빈 공간을 점령하는 속성을 가지고 있다.

증오를 위한 증오라는 것이 존재한다. 자연 속에는 예술을 위한 예술이 존재한다. 사람들이 생각하는 것보다 훨씬 더 빈번하다.

사람들은 무엇인가는 해야 하기 때문에, 흔히 증오한다.

이유 없는 증오. 기막힌 말이다. 그것은 증오 자체에 적당한 보상을 지불하는 경우를 가리킨다.

곰은 자신의 발톱을 핥아 살아간다.

끝없이 그러는 것은 물론 아니다. 그 발톱에 식량을 보충해야 한다. 무엇인가가 발톱 아래로 들어와야 한다.

무차별적으로 증오하는 것은 때로는 즐겁고 또 한동안은 그것으로 만족스럽기도 하다. 그러나 결국에는 대상을 찾아야 한다. 삼라만상으로 분산된 증오는 자위행위처럼 결국 녹초가 된다. 대상 없는 증오는 표적 없는 사격과 유사하다. 이 놀이에서 중요한 것은 꿰뚫어야 할 심장이다.

오로지 명예만을 위해 증오할 수는 없다. 한 남자이든 한 여자이든, 파멸시킬 그 누군가가 있어야 묘미를 돋울 수 있다.

그런 놀이를 재미있게 만들고, 표적을 제공하고, 증오를 한 곳에 고정시킴으로써 열광하도록 해 주고, 살아 있는 먹이를 보고 사냥꾼이 즐거워하도록 해 주고, 감시꾼으로 하여금, 미지근하고 김이 나는 피가 용출해 흐르는 장면을 볼 수 있으리라는 희망을 갖게 하고, 날개가 있어도 소용없는 종달새의 고지식함으로 새잡이의 얼굴을 즐거움에 떨게 하고, 기지 있는 자의 살해 행위를 위해 정성스럽게 사육된 짐승이 되는 등의 공헌, 그러한 공헌을 하면서도 당사자는 그 감미롭고 소름끼치는 봉사 활동을 의식조차 못하는데, 조시안은 바킬페드로에게 그러한 봉사를 했다.

사고는 일종의 탄환이다. 바킬페드로는 첫날부터 마음속으로 품었던 못된 의도를 가지고 조시안을 겨누기 시작했다. 하나의 의도와 나팔총은 서로 닮은 점이 있다. 바킬페드로는, 사냥개가 짐승을 발견하고 멈추어 서듯, 자신의 비밀스러운 모든 악의를 그녀에게 몽땅 쏟으며 우뚝 멈추어 섰다. 그것이 놀라운 일이라고? 당신이 총으로 쏘는 그 새가 당신에게 무슨 짓을 했는가? 당신은 단지 그 새를 먹기 위해서라고 할 것이다. 바킬페드로 역시 마찬가지였다.

조시안이 심장에 타격을 입을 가능성은 조금도 없었다. 수수께끼가 있는 부분은 여간해서 상처를 받지 않는다. 하지만 그녀는 머리에, 즉 거만함에 치명상을 입을 수 있었다.

그것이 바로 스스로 강하다고 믿었던 그녀의 약점이었다.

바킬페드로는 그 사실을 이미 알고 있었다.

만약 조시안이 바킬페드로의 시커먼 속을 꿰뚫어 볼 수 있었다면, 또한 만약 그녀가 그 미소 뒤에 숨겨진 것을 식별해 낼 수 있었다면, 그토록 높은 곳에 있었던 이 자부심 강한 여인도 분명히 두려움에 전율했을 것이다. 그녀의 고요한 수면을 위해 다행스러운 일이었지만, 그녀는 그 남자의 내면에 있는 것을 전혀 모르고 있었다.

뜻하지 않은 일이 어딘지 예측할 수 없는 곳으로 번져 나간다. 생명의 깊숙한 바닥은 몹시도 위험하다. 작은 증오란 것은 존재하지 않는다. 증오는 언제나 거대하다. 증오는 가장 작은 것 안에 세력을 숨긴 채 괴물로 남아 있다. 하나의 증오란 증오 전체이다. 그리하여 한 마리 개미가 증오하는 코끼리는 이미 위험에 처하게 되는 것이다.

일격을 가하기도 전에, 바킬페드로는 자신이 저지르려는 악한 행동의 묘미가 시작되는 것을 예감하며 즐거워했다. 그는 그때까지도 조시안에게 무슨 짓을 해야 할지조차 모르고 있었다. 그러나 무언가 일을 저지르고자 결심했다. 그것만으로도 이미 커다란 진전이라 할 수 있었다.

조시안을 없애 버리는 것은 너무나 과분한 성공이었을 것이다. 그는 그러한 성공을 조금도 원하지 않았다. 그녀를 모욕하고 비참하게 만들고, 그녀에게 절망감을 맛보게 해 주고, 그 눈부시게 아름다운 눈을 미칠 듯한 분노의 눈물로 붉게 만드는 것, 그것이 바로 성공이다. 그는 그럴 작정이었다. 아무런 이유 없이 타인의 고통에 집착하며 그것에 몰두한, 충실할 정도로 뗄 수 없는 모습은 자연에서는 볼 수 없는 것이다. 그는 조시안의 황금 갑옷에 있는 결함을 잘 알았으므로, 그 올림포스 여신의 피를 줄줄 흐르도록 할 줄도 알았다. 해 주고 싶었다. 다시 강조하지만, 그렇게 하는 것이 그에게 무슨 이익을 주었을까? 엄청난 이득. 자신에게 선을 베푼 사람에게 악을 행하는 것이었다.

남을 질투하는 사람이란 무엇인가? 배은망덕한 자이다. 그는 자신을 비춰주고 따뜻하게 덥혀 주는 빛을 싫어한다. 조일로스는 호메로스라는 빛을 증오한다.

오늘날 생체 해부라고 부르는 것을 조시안에게 겪게 하는 것, 자신의 해부용 테이블에 경련을 일으키며 꿈틀거리는 그녀를 올려놓고, 한가한 외과 수술실에서 그녀를 산 채로 해부하는 것, 그녀가 울부짖는 동안 아마추어의 서투른 솜씨로 그녀를 가닥가닥 해체하는 것, 이러한 꿈이 바킬페드로를 매혹시켰다.

그러한 결과에 도달하기 위해 고통을 조금 감수해야 했더라도, 그는 그 고통을 달갑게 받았을 것이다. 자신의 살을 자신의 집게로 꼬집을 수도 있는 것이다. 주머니칼을 다시 접다가 자신의 손가락을 벨 수도 있다. 하지만 상관없었다. 조시안의 고통에 자신이 조금 이끌려 든다 할지라도 그는 개의치 않았을 것이다. 벌겋게 달군 쇠를 다루는 사형 집행인은 사형을 집행할 순간이 가까워지면 자신이 조금 데인다 해도 그것에 별로 신경 쓰지 않는다. 아무 것도 느끼지 못할 정도로 타인의 더 큰, 또 다른 고통이 있기 때문이다. 사형 당하는 사람의 몸부림을 보고 있노라면 그의 통증은 저절로 사라진다.

무슨 일이 일어나든 유해한 일을 하라.

다른 이에게 고통을 주는 일을 꾸민다는 것은, 어두운 책임감을 수용함으로써 더욱 악해진다. 다른 사람들을 처박으려 했던 그 위험 속에 스스로가 빠져들 수도 있다. 많은 일이 얽히다 보면, 예측치 못한 붕괴 사고가 일어날 수 있다. 하지만 그러한 사실도, 진정한 악한의 비행을 막지 못한다. 그는 형벌 받는 사람이 고통스럽게 느끼는 것으로 쾌감을 얻는다. 찢기는 몸을 보면서 간지럼을 느낀다. 못된 사람은 소름끼치는 미소만을 짓는다. 고문이 그의 표면에서는 편안함으로 반사된다. 알바 공작은 화형대에서 손을 덥히곤 했다고 한다. 화형대의 불은 고통인데, 그 불빛이 쾌락의 형태로 반사되었다. 그러한 치환이 가능하다니, 몸서리가 쳐진다. 우리의 어두운 측면은 깊이를 알 수 없다. 감미로운 고문! 고통의 탐구와 고통 받는 이의 괴로움, 그리고 고통을 가하는 이의 쾌감, 이 세 가지 끔찍한 의미를 가진 보댕*의 저서에 있는 표현이다. 야망이니 식욕이니 하는 말은, 만족감을 맛본 사람에게 희생물로 바쳐진 어떤 사람이 있다는 것을 의미한다. 희망이란 것이 악랄할 수 있다는 것이 슬픈 일이다. 어떤 사람에게 원한을 품는다는 것은, 그에게 악행을 행하고자 하는 것이다. 왜 선행을 베푸는 것을 바라지 못할까? 우리의 빗나간 의욕은 주로 악의 쪽으로 기울어 있다는 말인가? 의로운 사람의 가장 거친 노고 중 하나는, 좀처럼 고갈시키기 어려운 악의를 영혼에서 제거해 버리는 일이다. 우리의 욕망 중 대부분은, 그 본질을 세밀히 관찰해 보면, 고백할 수 없는 것들이 숨어 있다. 완벽한 악인에게는, 그 흉측한 완벽함이 실재하여, 다른 이들에게 안된 일이 나에게는 곧 잘된 일을 뜻한다. 인간의 어두운 그늘이여. 깊은 지하 동굴이여.

* 1530~1596년, 프랑스 법학자이자 사상가이다.

조시안은 모든 것에 대한 멸시로 만들어진 천진스러운 자부심이 가져다주는, 충만한 신뢰를 가지고 있었다. 여성 특유의 업신여기는 재능은 참으로 놀랄 만하다. 무의식적이고 본의 아니게, 그녀는 낙천적인 마음으로 무시했다. 그녀에게는 바킬페드로가 하나의 사물과 거의 다름없었다. 혹시 누군가 그녀에게 바킬페드로의 존재를 환기시켜 주는 말을 했다면, 그녀는 매우 놀랐을 것이다.

그녀는 자신을 음험하게 주시하고 있는 그 남자 앞에서, 자연스럽게 오고 가며 웃었다.

반면 그는, 생각에 잠겨, 기회를 살폈다.

그가 기다리면 기다릴수록, 그 여인의 삶에 어떠한 형태의 절망이든 처넣어야겠다는 결심은 점점 굳어만 갔다.

냉혹한 잠복 장소…….

또한 그는 스스로에게 훌륭한 명분을 마련해 두었다. 조악한 악당이라 해서, 그가 스스로를 높이 평가하지 않는다고 믿으면 안 된다. 그들은 오만한 독백을 늘어놓으며 거만해진다. 아니! 어떻게! 조시안 따위가 그에게 적선을 한단 말인가! 마치 거지에게 하듯, 거대한 재산에서 몇 푼 집어, 그에게 동전 몇 푼을 던져 주다니! 그를 어울리지도 않는 직책에 고정시켜, 꼼짝 못하도록 못대가리를 구부리다니! 거의 성직자와 같은 다양하고 심오한 능력을 구비한 박식한 인물 바킬페드로 그가, 기껏 욥의 농포를 긁어내기에 적합한 깨진 유리 조각을 일일이 장부에 기록하는 일을 갖게 되어, 누추한 다락방 같은 문서 보관소 구석에서, 바다의 온갖 오물이 덕지덕지 낀 멍청한 병들의 마개를 근엄하게 열고, 곰팡이로 뒤덮인 양피지들, 그 썩어 버린 마법서 쪽지들, 쓰레기 같은 유언서들, 도무지 알아들을 수 없는 헛소리들을 판독하며 한평생을 보내게 된 것은, 조시안의 잘못이 아니고 누구의 잘못이란 말인가! 무엇이라고! 감히 그 계집이 그에게 하게체를 쓰다니!

그는 당장은 복수를 하지 않았어!

처벌하지 않을 수도 있어!

아, 그걸 묵인하다니! 이 땅에는 정의라는 것이 없도다!

10. 인간이 투명하다면 보일 타오르는 불꽃

뭐라고! 그 여자, 정상을 벗어난 엉뚱한 것, 음탕한 몽상가 계집, 아직 주인에게 배달되지 않은 살덩이, 공주의 왕관을 쓴 그 뻔뻔스러운 것, 우연한 기회가 없어서, 모두들 그렇게 말하고 나도 동감이지만, 아마, 그래서 아무 놈팡이의 수중에도 들어가지 못한 그 오만한 디아나가, 기지가 모자라 자리를 지키지 못한 뜨내기 같은 왕의 사생아 계집이, 지체 높아지니까 여신 흉내를 내지만 가난했다면 창녀가 되었을, 요행수로 공작 작위를 꿰어 찬 계집이, 그 얼치기 레이디가, 추방당한 자의 재산을 훔친 계집이, 그 오만한 거지 년이, 어느 날 먹을 것이 없고 쉴 곳이 없는 바킬페드로를, 파렴치하게도 자기 집 식탁 끝에 앉히고, 비위에 거슬리는 궁궐 한 구멍 속에, 어디인지는 모르되, 하기야 그것이 무슨 상관이 있으랴만, 헛간이건 지하실이건, 아무 구석에나, 몸종들보다는 조금 낫게, 그리고 말보다는 조금 못하게, 그를 처박다니! 그녀는, 바킬페드로가 곤궁한 처지에 놓인 것을 이용해, 또한 그가 방심한 틈을 타서, 그에게 서둘러 도움의 손길을 뻗쳤는데, 그것은 가진 자들이 못 가진 자들의 기를 꺾어, 마음대로 부리는 사냥개처럼 예속시키기 위해, 흔히 하는 짓이다! 게다가 그따위 도움에 무슨 비용이 들겠는가? 도움이란 딱 그 때문에 지출되는 경비만큼의 가치만 있다. 그녀의 집에는 남는 방이 널려 있다. 바킬페드로를 돕다니! 정말 칭송할 만큼 애를 쓰셨군! 그래서 그녀가 했던 것이 아름다운 수고라니! 그녀가 수프 한 숟가락이라도 덜 먹었나? 가증스럽게 넘쳐나는 풍요로움 속에서 무언가 희생한 것이 있나? 아무것도 없다. 그녀는 그 풍요 속에다, 하나의 허영, 하나의 사치품, 한가한 선행 하나, 도움 받은 지성인 하나, 후원받은 사제 하나를 추가했을 뿐이다! 그녀는 점잖게 이렇게 말할 수 있게 되었지.

"나는 호의를 아끼지 않아. 나는 문인들에게 맛있는 먹이를 주지. 나는 그의 후견인이야! 그 가엾은 사람, 나를 만나 얼마나 큰 행복이야! 나는 얼마나 좋은 예술의 친구인가!"

지붕 밑 다락방에 간이침대 하나 놓아 준 것을 가지고 그 난리법석이다! 해군성의 그 직책, 바킬페드로가 그 허드렛일을 조시안 덕에 얻었지. 제기랄! 그 멋진 직책! 조시안이 바킬페드로를 만들었다고 하지만, 그는 예전 그대로야. 그녀가 그를 만들었다고들 하지. 좋아. 그래. 아무것도 아닌 것을 만들었어. 아무 것도 아닌 것보다 더 하찮은 것을. 그는 그 우스꽝스러운 직책을 수행하며, 자신이 휘어지고, 마비되고, 허울뿐인 임무에 종사하고 있다고 느꼈다. 그가 조시안에게 무엇을 빚졌는가? 자신을 불구로 낳아 준 어머니에 대한 꼽추의 감사. 저 특권을 누리는 자들, 저 배부른 자들, 졸지에 벼락출세한 자들, 행운이라는 흉측한 계모의 선택을 받은 자들, 그들의 실상이야! 그런데 바킬페드로와 기타 재능 있는 사람들은 복도에서 옆으로 비켜서야 하고, 정복 입은 시종들에게 공손히 인사해야 하고, 저녁마다 수많은 계단을 기어 올라가야 하고, 정중하며 친절하며 상냥하며 공손하며 유쾌하게 굴어야 하고, 항상 입에는 경의를 표하도록 강요당했다. 격분으로 이를 갈 만하지 않은가! 또한 그가 격분하는 동안에도 그녀는 목에 진주 목걸이를 걸고, 그 멍청한 데이비드 더리모이어 경과 사랑의 포즈를 취하고 있었다니!

누가 그대에게 봉사하는 것을 결코 허락하지 마시라. 사람들은 그 도움을 빌미 삼아 그대를 악용할 것이로다. 그대가 영양실조로 죽어 가는 현장이 발각되지 않도록 하라. 사람들이 그대를 구해 줄 것이로다. 그에게 먹을 것이 없었기 때문에, 그 여인은 그에게 빵을 줄 충분한 핑계를 발견한 것이다! 그때부터 그는 그녀의 하인이 된 것이다! 위장이 한 번 실수를 저지르면, 그대는 평생 쇠사슬에 묶인다! 은혜를 입는다는 것, 그것은 착취당함을 뜻한다. 행운아들, 그 힘 있는 자들은, 그대가 손을 내미는 순간을 놓치지 않고, 그대의 손에 동전을 쥐어 준다. 또한 그대가 비겁해지는 순간을 이용해, 그대를 노예로 만들되, 가장 비참한 노예, 자선의 노예, 사랑하기를 강요받는 노예로 만들어 버린다! 그 얼마나 치욕스러운가! 얼마나 부정직한가! 우리의 자존심에는 얼마나 치욕스러운 일인가! 또한 그렇게 되면 끝장이다. 그대는 종신토록, 그 남자가 선하다고 생각해야 하고, 그 여자가 아름답다고 여겨야 하고, 항상 하인이라는 뒷자리에 머물러야 하고, 동의해야 하고, 칭찬해야 하고, 찬미하고, 아첨하고, 엎드리고, 빈번한 무릎 꿇기로 무릎에 피멍이 들어야 하는 형벌에 처해진다. 노여움이 그대를 찢듯이 고통스럽게 할 때라도, 그대가 맹렬한 노여움의 절규를 씹어 넘길 때라도, 사나운 굽이침과 쓰디쓴 거품이 대양에서보다 더 심하게 그대의 가슴 속에서 몸부림칠 때라도, 그대의 말에 설탕을 가미해야 한다는 선고를 받은 것이다!

부자들은 가난한 사람을 그런 식으로 포로로 만드는 것이다.

당신에게 저질러진 선행이라는 끈끈이가, 당신을 영원히 조롱거리로 만들고 진흙탕 속에 처박는다.

하나의 선행은 돌이킬 수 없는 것이다. 감사란 곧 마비증이다. 은혜는 그대의 자유로운 움직임을 박탈하는, 불쾌하고 끈적거리는 접착력을 가지고 있다. 풍족하고 또 꾸역꾸역 처먹어, 더 이상 아무것도 먹을 수 없이 배부른 가증스러운 자들은, 그러한 사실을 잘 안다. 이미 약속된 바이다. 그대는 그들의 물건이다. 그들이 그대를 산 것이다. 얼마에? 그대에게 값을 치르려고 자기들의 개에게서 빼앗은 뼈다귀 하나가 그대의 가격이다. 그들은 그 뼈다귀를 그대의 머리에 던져 주었다. 그대는 구원을 받은 것에 못지않게, 돌로 쳐 죽이는 형벌도 받았다. 그나저나 마찬가지이다. 당신은 뼈다귀를 물었는가? 그랬나? 아니 그랬나? 그대는 그대 몫의 개집도 얻었지. 그러니 감사하라. 영원히 감사하라. 그대의 주인들을 찬미하라. 끝없이 무릎을 꿇어라. 선행은 은연중에 당신이 시인한 열등성을 함축한다. 그들은, 당신 스스로가 자신을 불쌍히 여기며 그들을 신이라고 생각하기를 강요한다. 그대가 보잘것없어질수록 그들의 위상은 높아진다. 그대가 몸을 굽히면 굽힐수록 그들은 몸을 곧게 일으켜 세운다. 그들의 음성에는 부드럽되 건방진 침이 있다. 결혼, 세례, 임신, 출산 등의 모든 집안일이 그대의 소관이다. 아기가 하나 태어나면 그대는 소네트 하나를 짓는다. 그대는 굽실거리기 위해 존재하는 시인이다. 이 정도면 별들이 무너져 내리게 하는 일 아닌가! 조금 더 심한 경우, 그대로 하여금 자기들의 낡은 신발들을 닳아 없애도록 한다.

"당신 집에다 도대체 무엇을 가져다 놓으신 거예요. 아가씨? 못생기기도 했군! 저 남자는 뭐예요?"

"나도 잘 몰라요. 제가 먹여 살리는 사람이에요."

암컷 칠면조들은 목소리도 낮추지 않고 이런 대화를 나눈다. 그 소리를 들었지만 당신은 자동적으로 싹싹하다. 또한 그대가 아프면, 그대의 주인들은 의사를 보내 준다. 그대와 같은 부류가 아니기 때문에 자기들을 돌보는 의사는 물론 아니다. 때로는 그대의 안부를 묻기도 한다. 그대와는 같은 부류가 아니기 때문에, 그들의 곁에 가까이 둘 수 없기 때문에, 그들은 정중하고 친절하게 행동한다. 그들의 깎아지른 듯한 오만함이 그들을 가까이 갈 수 있는 것처럼 보이게 만든다. 그대가 그들과 대등함을 이루기가 불가능하다는 것을 그들은 안다. 멸시하기 때문에 그들은 공손한 것이다. 식탁에서도 그들은 고갯짓을 한다. 때때로 그들은 그대 이름의 철자도 안다. 그들은 오직 그대의 가장 민감하고 섬세한 것들을 천진스럽게 짓밟아, 그대로 하여금 자신들이 그대의 보호자임을 느끼게 한다. 그들이 참으로 어질게 당신을 대한다!

이만하면 충분히 가증스럽지 않은가?

분명, 조시안을 벌하는 것이 급선무였다. 그녀가 누구와 볼일이 있는지 그녀에게 알려 주어야만 했다! 아! 부자 양반들, 당신들이 모두 먹을 수 없기 때문에, 결국 당신들의 위장도 우리의 것처럼 작기에, 당신들의 호사스러움이 소화불량으로 귀착될 것이기 때문에, 남는 것을 결국 버리는 것보다는 나눠 주는 것이 낫기 때문에, 당신들은 가난한 이들에게 던져 주는 사료를 웅장한 처사로 승격시키고 있어! 당신들은 우리에게 빵을 준다. 안식처를 준다. 옷을 준다. 일자리를 준다. 그리고는 당신은 더욱 과감해지고, 더욱 미치고, 더욱 잔인해지고, 더욱 어리석어지고, 더욱 어처구니없어져서, 결국에는 우리들이 당신들의 채무를 입었다고 믿기에 이르지! 그 빵, 그것은 예속의 빵이고, 그 거처, 그것은 심부름꾼의 방이고, 그 옷들, 그것은 하인들의 옷이고, 그 일자리, 그것은 보수를 지불하지만 바보로 만드는 조롱에 불과해! 아! 당신들은 거처와 식량을 무기로 우리를 말라 죽게 할 권리가 있다고 믿으며, 우리가 당신들에게 빚을 지고 있다는 엉뚱한 생각을 하고, 따라서 우리가 고마워하리라 기대하겠지! 좋아, 우리가 당신들의 배를 먹을 것이야. 좋아! 아름다운 부인이시여, 우리가 당신의 창자를 몽땅 뽑아내고, 당신을 산 채로 파먹을 것이며, 당신 심장의 연결 부분을 우리의 이빨로 끊어 버릴 것이야!

조시안! 고것이야말로 진정 괴물이 아닌가? 그녀에게 무슨 가치가 있어? 자기 아비의 멍청이 짓과 자기 어미의 부끄러운 행실을 증언하기 위해 이 세상에 태어나 작품을 만들었을 뿐이야. 그녀는 우리에게 존재라는 은총을 베풀었지. 온 세상이 다 아는 스캔들의 당사자가 된 그러한 친절의 대가로 그녀에게 수백만 금을 지불했지. 그녀에게는 토지와 성과 토끼 사육장과 사냥터와 호수와 숲이 있지. 그리고 또, 어찌 다 알 수 있으랴? 그 모든 것을 가지고 그녀는 바보짓을 저질렀어! 그랬다고 그녀에게 시를 지어 바쳤지! 그런데 공부를 하고, 연구를 하고, 엄청난 노고를 감수하고, 두꺼운 책들을 몽땅 눈과 뇌수 속에 잔뜩 쑤셔 넣고, 서적과 학문 속에서 풍화된, 거대한 기지를 지녔고, 많은 군대를 능숙하게 지휘할 수도 있고, 원하기만 하면 오트웨이나 드라이든처럼 비극 작품도 쓸 수 있으며, 황제의 자질을 가지고 태어난 그가, 바킬페드로가, 그 아무것도 아닌 것으로 인해, 배고픔으로 죽을 지경조차 방해를 받는 신세로 전락하다니! 부자들의, 우연의 선택을 받은 그 가증스러운 자들의, 찬탈 행위는 더욱 심해질 수 있어! 우리에게 관대한 척하고, 우리를 보호하고, 우리에게 미소를 보내지만, 우리는 그들의 피를 마신 다음 우리의 입술을 핥을 것이야! 궁정의 천한 여인이 자선가라는 가증스러운 힘을 휘두르고, 훌륭한 사나이가 그따위 계집의 손에서 떨어지는 빵 부스러기나 주워 먹을 운명에 처하다니. 그보다 더 무시무시한 불공평이 있을 수 있겠는가! 이 지경까지 불균형하고 부정한 기반을 이루고 있는 사회란 도대체 어떤 사회란 말인가? 네 귀퉁이를 잡고 몽땅 들어 올려, 식탁보와, 연회와, 통음난무와, 취기와, 음주벽과, 회식자들, 식탁 위에 두 팔꿈치를 괴고 있는 자들과, 식탁 밑에서 네 발로 기고 있는 자들과, 베푼답시고 오만방자한 자들과, 그것을 받는 백치들을, 모두 뒤죽박죽 섞어 천장으로 던져 버리고, 신의 코 밑에다 모든 것을 가래침 뱉듯 다시 쏟고, 지구를 몽땅 하늘로 던져 버려야 하지 않겠는가! 그러기 전에 우선 우리의 발톱을 조시안의 몸뚱이에 깊숙이 꽂자.

바킬페드로는 그렇게 꿈꾸었다. 그가 영혼 속에 갖고 있었던 것은 맹수의 울부짖음이었다. 자신의 개인적인 불만거리에다 공공의 악을 혼합시켜 스스로에게 자유로워지는 행위, 그것이 질투꾼의 습성이다. 증오 어린 열정의 온갖 야수와 같은 행태가, 그 사나운 지능 속에서 오락가락했다. 15세기에 제작된 옛 지구전도 한 귀퉁이에는, 형태도 이름도 없는 모호한 지역이 그려져 있는데, 그 지역 위에는 다음 세 단어가 적혀 있다. Hinc sunt leones. 그 모호한 구석이 인간 속에도 있다. 우리의 내면 어디에선가는, 여러 열정이 떠돌며 으르렁거린다. 우리의 영혼 속에 있는 어두운 구석에 대하여 사자들이 있다고 말할 수 있을 것이다.

그 사나운 사변적 발판이 절대적으로 터무니없었을까? 어떤 판단력을 상실하고 있었을까? 분명히 말해 두거니와, 결코 그렇지는 않다.

우리 각자가 내면에 간직하고 있는 것은 정의가 아니라 판단이라는 생각이 들 때마다 소름이 끼친다. 판단력은 상대적인 것이다. 정의는 절대적인 것이다. 판사와 의인의 차이에 대해 깊이 숙고해 보라.

악인들은 양심을 권위적으로 난폭하게 다룬다. 허위를 훈련시키는 경우도 있다. 궤변가란 진실을 왜곡하는 자이며, 때로는 그러한 이들이 양식(良識)을 학대한다. 매우 유연하고 몹시 집요하며 지극히 날렵한 어떤 논리는, 악에 봉사하며, 암흑 속에서 진실을 해치는 데 탁월한 재주를 발휘한다. 사탄이 신에게 가하는 음흉한 주먹질처럼.

세상 물정 모르는 자들의 찬사를 받는 궤변가에게 돌아가는 영광이란, 인간의 양심에 '푸른 멍'이 들게 했다는 사실 뿐이다.

비통하게도 바킬페드로는 실패를 예감하고 있었다. 그리 변변치 않은 악을 행하기 위해 너무나 대대적인 일을 착수하고 있었기 때문이다. 지독한 인간이 되어, 자신 속에 강철 같은 의지와 금강석 같은 증오, 재앙에 대한 뜨거운 호기심을 가지고 있으면서, 아무것도 태우지 못하고, 아무것도 참수하지 못하고,

아무것도 박멸하지 못한대서야! 자신이 곧 파괴력이고, 게걸스러운 증오이고, 다른 이의 행복을 갉아먹기 위해 창조된 바퀼페드로가, 하찮게 손가락이나 튀기며 장난한다는 것이 있을 수 있는 일인가! 자신이 육중한 바위를 옮길 수 있는 용수철인데, 방아쇠를 한껏 당겨서 고작 태깔 부리는 계집의 이마에 혹 하나 만들어 주는 것으로 그친대서야! 노포(弩砲)를 가지고 손가락으로 튀긴 것만큼의 피해만 입힌대서야! 시시포스의 일을 하고서 개미가 거두는 결과만을 일군대서야! 맹렬하게 증오를 발산하고서도 거의 아무것도 얻지 못한대서야! 이 세상을 으깨어 가루로 만들어 버릴 만한 적대감으로 이루어진 기계 같은 인간에게는 몹시 모욕적인 일 아닌가! 모든 연동 장치를 가동해, 어둠 속에서, 마를리에 있는 양수기처럼 요란한 굉음을 내고서, 겨우 발그레한 새끼손가락 끝을 꼬집는 것으로 그친대서야! 그는 궁정의 평평한 표면에 혹시 조금이나마 습곡(褶曲)이 생기도록 할 수 없을까 해서, 무수한 덩어리를 뒤집고 또 뒤집으며 돌아다녔다! 신은 힘을 대대적으로 허비하는 이상한 버릇을 가지고 있다. 산을 옮길 듯한 법석이 두더지 흙 둔덕 하나 옮기는 것으로 귀착된다.

뿐만 아니라 궁정이란 곳이 매우 기괴한 사격장인지라, 적을 조준했다가 혹시 놓치게 되면, 그것보다 더 위험한 일이 없다. 그러면 우선 적에게 얼굴이 드러나고, 적을 화나게 만든다.

특히 그러한 실패는 윗사람에게 불쾌감을 준다. 왕들은 어설픈 이들을 별로 달가워하지 않는다. 타박상을 입히지 못하면 싸움은 없었던 것이나 마찬가지이다. 모든 사람의 목숨을 끊어 놓되, 그 누구에게도 코피를 흘리게 해서는 안 된다. 죽이는 자는 능숙하며, 상처만 입히는 자는 무능력하다. 왕들은 누가 자신들의 종에게 흠집을 내는 것을 좋아하지 않는다. 그들은 누가 자신들의 벽난로 위에 놓인 도자기나 수행원 중 하나에 금이 가게 하면 원한을 품는다.

궁정은 항상 깨끗해야 한다. 그러니 차라리 부수어 버리고, 대신 다른 것을 가져다 놓으라. 그것이 잘하는 짓이다.

또한 그것이 군주들의 비방 취향과도 완벽히 조화가 된다. 비방은 하되 악은 행하지 마라. 혹시 악을 행하려면 커다란 악을 행하라.

단도로 찔러라. 그러나 침에 독을 바른 경우를 제외하고는 생채기를 내지는 마라. 정상 참작. 다시 말하지만 그것이 바킬페드로의 경우였다.

증오심을 품은 모든 소인족은 솔로몬의 용이 갇혀 있는 작은 유리병이다. 유리병은 극히 작지만 용은 터무니없이 크다. 거대한 팽창의 순간을 기다리고 있는 엄청난 응결이다. 폭발을 모의하며 그것으로 위안을 삼는 권태이다. 내용물이 포장보다 더 크다. 잠재된 거인, 그 얼마나 희한한 일인가! 안에 히드라를 감추고 있는 옴벌레다! 자신이 소름끼치는 도깨비 상자이며, 자신 속에 레비아단이 있다는 사실이, 그 난쟁이에게는 고문이며 동시에 관능적 향락이었다.

또한 어떠한 일이 있어도 바킬페드로는 포기하지 않았을 것이다. 그는 때를 기다리고 있었다. 그때가 올 것인가? 아무래도 상관없었다. 그는 무작정 기다렸다. 성품이 몹시 고약할 경우, 자존심이 개입된다. 자신보다 높은 궁정의 행운에 구멍을 내고, 그것을 무너뜨리려 그 밑에 구덩이를 파며, 온갖 위험과 생명의 위협을 무릅쓰고 굴착 작업을 해도, 그리고 비록 위험이 숨어 있어도, 다시 강조하는 바이지만, 그것이 흥미로운 것이다. 사람들은 그러한 놀이에 몰두하기 마련이다. 자신이 지은 서사시처럼 그것에 열중한다. 매우 작으면서 매우 큰 누군가에게 공격을 가하는 것은 찬란한 수훈이다. 사자의 몸에 붙은 벼룩이 되는 것은 멋진 일이다.

거만한 사자는 자신이 찔렸음을 느끼고 그 미미한 존재에게 부질없이 펄펄 화를 낸다. 우연히 호랑이 한 마리를 만났어도 그토록 괴롭지는 않을 것이다. 그리하여 역할이 뒤바뀐다. 굴복한 사자는 살 속에 그 벌레의 침(針)을 간직하게 되고, 벼룩은 드디어 이렇게 말할 수 있다.

"내 안에는 사자의 피가 흐른다."

하지만 그것은 바킬페드로의 오만을 반쯤밖에 진정시켜 주지 못했다. 위안일 뿐이었다. 일시적 완화제였다고 약 올리는 것은 하찮은 일이다. 그보다는 고문을 가하는 것이 훨씬 낫다. 끊임없이 그의 뇌리에 떠오르던 생각인데, 바킬페드로는 조시안의 표피에 미미한 상처밖에 낼 수 없을 것 같았다. 너무나 찬란한 그녀를 상대로, 그처럼 보잘것없는 존재가 무엇을 더 바랄 수 있겠는가? 산 채로 껍질을 벗겨 온통 새빨개진 몸뚱이와, 피부라는 슈미즈도 없어, 나체 이상으로 벗은 여인의 울부짖음을 원하는 사람에게, 생채기 하나는 얼마나 하찮은가! 그러한 욕구만 있고 힘이 없다는 사실, 얼마나 안타까운 일인가! 애석하도다! 완전한 것은 없도다!

결국 그는 체념하고 있었다. 궁여지책으로, 그는 자신이 꿈꾸던 것의 절반만 실행에 옮길 생각에 잠겼다. 못된 장난을 치는 것이 하나의 목표가 될 수 있다.

은혜를 복수로 갚는 자는 대단하다! 바킬페드로는 그러한 거물이었다. 일반적으로 배은망덕이란 망각을 가리킨다. 그러나 악으로부터 특전을 받은 사람의 경우, 배은망덕은 곧 격분을 뜻한다. 은혜를 모르는 야비한 자는 타고 남은 재로 가득 차 있다. 바킬페드로는 무엇으로 가득 차 있었을까? 그의 속에는 이글거리는 화덕이 하나 있었다. 증오와 노기와 침묵과 원한으로 벽을 바른, 그리고 조시안이라는 연료를 기다리는 화덕이었다. 일찍이 어떤 남자도, 한 여인을 아무 이유 없이 그토록 미워하지는 않았을 것이다. 참으로 끔찍한 일이다! 그에게는 그녀가 곧 불면증이었고, 편집증이었고, 괴로움이었고, 치통이었다.

아니면 그는 그녀를 조금쯤 연모하고 있었을 수도 있다.

11. 바킬페드로, 매복하다

조시안의 급소를 찾아서 그곳에 일침을 가하는 것, 그것이 우리가 말한 모든 동기로 인한, 바킬페드로의 침착한 의지였다. 원하는 것만으로는 충분치 못하다. 할 수 있어야만 한다.

어떻게 착수할 것인가?

그것이 문제였다.

상스러운 불량배들은 자신들이 저지를 악랄한 짓의 시나리오를 세심하게 만든다. 그들은, 어떤 사건이 불쑥 생겨 자신들 앞을 지나갈 때, 그것을 덮쳐 어떻게든 수중에 넣고, 그것이 자신들에게 도움이 되도록 말썽을 진압할 만큼, 자신들이 강하다고 생각하지 않는다. 그러한 이유 때문에, 달관한 악당들은 멸시하는 예비 음모를 꾸미게 된다. 극악한 이들은 전부가 선험적으로 악함을 지니고 있다. 게다가 그들은 온갖 각본으로 무장을 하고, 다양한 비상용 각본을 준비해, 바킬페드로처럼 실제로 기회를 염탐한다. 그들은, 미리 짜 놓은 계획이, 장차 일어날 일에 잘 들어맞지 않을 위험이 있음을 알고 있다. 미리 계획을 세우는 따위의 방법으로는, 장차 일어날 일을 주도하지 못하며, 그 일을 원하는 방향으로 이끌어 가지 못한다. 운명과는 예비 협상이라는 것이 없다. 내일은 우리에게 복종하지 않는다. 우연에게는 확실히 불복종의 경향이 있다.

따라서 달관한 악당들은 우연을 엿보다가, 거두절미하고 단호하게 또 즉각, 행동에 옮기기 위해 먹이를 감시할 뿐이다. 계획도, 설계도도, 모형도. 불시에 닥치는 것에 맞지 않는 완제품 신발도 없다. 그들은 흉악함에 수직으로 잠겨 든다. 자기에게 도움이 될 만한 것이라면 무엇이든 즉각적으로 빠르게 이용하는 것, 그것이 곧 유능한 악당을 특정 짓는 능란함이며, 그것이 또한 악당을 악마의 존엄한 지위로 끌어올린다. 우연을 급습하는 것, 그것이 천재적인 악한이다.

진정한 악당은, 처음 손에 잡히는 아무 조약돌이나 집어서, 마치 투석기를 사용한 듯, 정확하게 일격을 가한다.

몹시 놀라운 수많은 범죄의 보조자인 능숙한 악당은 예측하지 못한 일을 기대한다.

뜻밖의 일을 포착해 급습하는 것, 그것만큼 시적인 예술도 없다.

그리고 기다리면서 그들의 상대가 누구인지 알아야 한다. 그리고 상황을 면밀히 탐조해야 한다.

바킬페드로에게는 앤 여왕이 상황이었다.

바킬페드로는 여왕에게 다가갔다.

어찌나 가까이 다가갔던지, 때로는 폐하의 독백을 듣는 상상을 했다.

가끔 그 두 자매가 대화하는 자리에 무시당한 채 있었다. 그들은 그가 한마디씩 끼어드는 것을 금하지 않았다. 그는 그러한 기회를 놓치지 않고 스스로를 더욱 작게 만드는 데 이용했다. 신뢰감을 불러일으키는 방식이었다.

어느 날, 햄프턴 코트의 정원에서, 여왕 뒤에 있던 여공작을 따라가다가, 유행에 둔감한 앤 여왕이 이야기하는 것을 들었다.

"짐승들은 행복하지. 지옥에 갈 위험이 없으니 말이야."

여왕의 말에 조시안이 대꾸했다.

"있어요."

종교를 문득 철학으로 응수한 대답이 여왕의 마음에 불쾌감을 주었다. 대꾸가 오묘한 만큼 앤은 마음 한구석이 불편했다. 그녀가 다시 조시안에게 말했다.

"우리가 지금 두 바보처럼 지옥 이야기를 하고 있군. 그곳에 관련된 것을 바킬페드로에게 물어보자꾸나. 그는 그런 것을 잘 알고 있을 거야."

"악마처럼 말인가요?"

조시안이 물었다.

"짐승처럼 말입니다."

바킬페드로가 얼른 대답했다. 그러고는 즉시 고개를 숙였다.

"그가 우리들보다 기지가 있구나."

여왕이 조시안에게 말했다.

바킬페드로와 같은 사람에게는, 여왕에게 접근한다는 것은 곧 여왕을 잡는 것을 의미했다. 그는 벌써 이렇게 말할 수 있었다.

"그녀는 내 수중에 들어왔어."

이제 그는 여왕을 이용할 방법이 필요했다.

그의 발이 궁정의 바닥에 닿아 있었다. 보초가 되는 것은 정말 멋진 일이다. 그는 어떠한 기회도 놓치지 않게 되었다. 그는 여러 번에 걸쳐 여왕을 심술궂게 웃게 만들었다. 그것은 곧 사냥 허가를 얻은 것과 다름없었다.

그러나 아무런 예정된 사냥감도 없을까? 그 사냥 허가증이, 여왕의 친자매와 같은 사람의 날개나 다리를 부러뜨리는 것에까지 이르렀을까?

가장 시급히 밝혀야 할 사항이었다. 여왕이 여동생을 진실로 좋아할까?

한 발만 잘못 내디디면 파멸에 이를 수도 있었다. 바킬페드로는 우선 지켜보았다.

게임을 시작하기 전에, 노름꾼은 먼저 자기 손에 있는 카드들을 살핀다. 자기에게 어떤 최상의 패가 있을까? 바킬페드로는 우선 두 여인의 나이를 꼽아 보는 것으로 시작했다.

조시안의 나이는 스물셋, 여왕의 나이는 마흔하나였다. 그것은 좋았다. 그가 으뜸 패를 가지고 있었다.

여인이 자신의 나이를 더 이상 봄으로 헤아리지 않고 겨울로 헤아리기 시작하는 때가 되면 공연히 신경이 날카롭다. 마음속에 시간에 대한 말없는 원한이 생긴다. 그러면 활짝 피어나는 아름다운 젊음이, 다른 이들에게는 향기롭지만, 그러한 여인에게는 가시처럼 보이고, 모든 장미꽃 냄새가 따갑게 느껴진다. 그 모든 신선함이 자기에게서 빼앗아 간 것처럼 보이고, 자기의 아름다움이 줄어드는 것은 다른 여인들의 아름다움이 늘어나기 때문이라고 여긴다.

이 나쁜 비밀스러운 기분을 이용하고, 여왕이라는 마흔 줄에 접어든 여인의 주름살을 깊게 하는 것, 그것이 바킬페드로가 깨달은 방책이었다.

쥐가 악어를 물 밖으로 튀어 나가게 하듯, 부러움은 질투를 유발하는 데 탁월한 재능을 가지고 있다.

바킬페드로는 앤에게 단호한 시선을 고정시켰다.

그는, 사람들이 괴어 있는 물속을 들여다보듯, 여왕의 내면을 훤히 꿰뚫어 보고 있었다. 늪지대에도 나름대로의 투명함이 서려 있다. 더러운 물속에는 못된 버릇이 있고, 탁한 물속에는 어리석음이 있다. 앤은 탁한 물에 불과했다.

감정의 배아(胚芽)들과 생각의 유충들이 그 혼탁한 뇌수 속에서 움직이고 있었다.

그것은 거의 구별되지 않았다. 겨우 윤곽을 가지고 있었다. 그것은 실체였으나 형체가 정해지지 않았다. 여왕은 이런 생각을 하기도 하고, 저런 것을 원하기도 했다. 어떤 단정을 내리기가 매우 어려웠다. 괴어 썩고 있는 물속에서 혼잡스럽게 이루어지는 변화를 알아보기란 어려운 일이었다.

보통 때는 이해하기 어려운 여왕은, 가끔 멍청하고 돌발적인 이탈을 시도하는 경우가 있었다. 그러한 기회를 포착해야 했다. 그녀를 현장에서 잡아야만 했다.

앤 여왕이 여공작 조시안에 대해 원했던 것은 무엇일까? 그녀에 대해 호의를 품고 있을까, 아니면 악의를 품고 있을까?

바킬페드로는 자신에게 그 문제를 제기하고 있었다.

그 문제만 해결되면 앞으로 더 멀리 전진할 수 있을 듯했다.

갖가지 우연이 바킬페드로를 도왔다. 그러나 특히 그의 집요한 감시가 가장 큰 도움이었다.

앤은 남편 쪽을 통해, 프로이센의 새로운 왕비와 먼 친척 관계였다. 그 왕비는 시종 100명을 둔 왕의 아내였는데, 앤은 그녀의 초상화를 가지고 있었다. 그 초상화는, 튀르케 드 마이에른의 초상화처럼, 에나멜 도료 위에 그려진 것이었다. 그 프로

이센 왕비에게도 사생아인 손아래 자매 하나가 있었는데, 남작 작위를 가진 드리카였다.

어느 날, 바킬페드로가 곁에 있을 때, 앤이 프로이센 대사에게 드리카에 대해 몇 가지를 물었다.

"그녀가 부자라고들 하는데?"

"매우 부자라고 합니다." 대사가 답변했다.

"궁전도 가지고 있나?"

"언니인 왕비의 것보다 더 화려한 것들을 가지고 계십니다."

"누가 그녀와 혼인하게 되어 있나요?"

"매우 훌륭한 영주, 고르모 백작이십니다."

"백작은 잘생겼나?"

"매력적이십니다."

"그녀는 젊은가?"

"매우 젊사옵니다."

"여왕만큼 아름다운가?"

대사가 음성을 낮추고 대답했다.

"더 아름답사옵니다."

"무례하군."

바킬페드로가 중얼거렸다.

여왕은 잠자코 있다가 내뱉듯이 소리쳤다.

"사생아들 같으니!"

바킬페드로는 그녀가 복수형 어미를 사용한 것에 주목했다.

또 한번은, 예배당 출구에서, 바킬페드로는 여왕을 가까이 모시고 궁중 사제장의 두 마부 뒤에 서 있었다. 마침, 데이비드 더리모이어 경이, 도열해 있던 여인들 앞을 지나갔는데, 그의 호남형 얼굴이 여인들에게 큰 주목을 받은 일이 있었다. 여기저기에서 여인들의 탄성이 터져 나왔다.

“어쩌면 저렇게 우아할까!”

“품위가 넘치는군!”

“저 당당한 풍채를 좀 봐!”

“참 잘도 생겼지!”

그러자 여왕이 혼잣말처럼 투덜거렸다.

“기분이 몹시 언짢군.”

바킬페드로가 그 말을 들었다.

방향이 설정되었다.

그는 확실히 알게 되었다. 여공작에게 피해를 입혀도 여왕의 심기를 손상시키지 않을 것이다.

첫 문제는 해결되었다.

이제 두 번째 문제가 대두되었다.

어떤 방법을 이용해 여공작에게 해를 입힌단 말인가?

그토록 까다로운 목적을 달성하는 데, 그의 하찮은 직책이 어떤 묘책을 제공할 수 있겠는가? 아직, 묘책은 없었다.

12. 스코틀랜드, 아일랜드 그리고 영국

정황을 살펴보자. 조시안은 '투르*를 가지고 있었다.'

비록 사생아이기는 했으나, 그녀가 여왕의 자매, 즉 왕실의 핏줄이라는 것을 감안한다면, 이해할 수 있는 일이다.

투르를 가지고 있다는 것이란 무슨 뜻일까?

세인트 존 자작이 볼링브룩이라 해 두자. 서식스 백작 토머스 레너드에게 보낸 편지에 다음과 같은 구절이 있다.

> 고귀한 신분을 나타내는 것 두 가지가 있다. 영국에서는 '투르를 갖는 것'이고, 프랑스에서는 '푸르를 갖는 것'이다.

푸르라는 것이 프랑스에서는 이러했다. 왕이 여행길에 나설 경우, 저녁때가 되면, 궁내관이 숙박지에 먼저 도착한 다음, 도착 즉시 수행원들의 숙소부터 일일이 지정해 주었다. 그 수행원 나리 중 몇몇은 커다란 특전을 누렸다. 그러한 특전에 대해 1694년도 《역사 일지》 제6페이지에는 다음과 같이 기록되어 있다.

* 회전식 수납대의 일종이다.

그들에게는 '푸르(~을 위해라는 의미)'가 주어진다. 다시 말해, 각 수행원에게 숙소를 지정해 주는 궁내관이, 그중 몇 사람의 이름에 '푸르'라는 말을 덧붙인다. 예를 들면 '수비즈 대공을 위해'라고 적는다. 반면, 왕족이 아닌 사람의 숙소에 이름을 표시할 때는, 그냥 이름만 적는데, 예를 들면 제브르 공작, 마자랭 공작 등이다.

숙소 출입문에 적힌 푸르가 왕족이거나 총신(寵臣)임을 알려 주었다. 그것을 총신에게 부여하는 경우, 왕족에게 부여하는 것보다 더 큰 폐해를 낳았다. 왕이 그것을, 성령 기사단 휘장이나 중신 직위 나누어 주듯, 총신들에게 마구 나누어 주었다.

영국에서 사용되던 '투르를 갖는다'는 말에는 허세가 적지만, 훨씬 현실적이었다. 그것은 통치자의 진정한 측근이라는 상징이었다. 혈통 덕분이건 특별한 호의 덕분이건, 국왕 폐하께 직접 분부를 받을 위치에 있던 사람의 침실 벽에는, 투르 하나가 설치되어 있었고, 그 위에 초인종을 설치해 두었다. 초인종이 울리고 투르가 열리면, 황금 접시나 벨벳 방석 위에 놓인 국왕의 친서가 나타났고, 그다음 투르가 다시 닫혔다. 매우 친근하면서도 엄숙한 것이었다. 친근함 속에 있는 신비함이었다. 투르가 다른 용도로는 사용되지 않았다. 그것에 설치되어 있던 초인종 소리는 국왕의 친서가 도착했음을 알리는 소리였다. 그것을 가져온 사람은 눈에 띄지 않았다. 대개 여왕이나 왕의 시동이 그 심부름을 했다. 레스터는 엘리자베스 치세에, 그리고 버킹엄은 제임스 1세 시절에 그것을 가졌다. 조시안은 비록 총애를 받지 못했어도 앤 여왕 시절에 그것을 가졌다. 투르를 가진 사람은 하늘에 있는 작은 우체국과 직접 관계를 갖고 있는 누군가와도 같았다. 그리하여 신께서 가끔 당신의 우체부 손에 편지를 들려서 그에게 보내는 셈이었다. 그것보다 더 부러운 특권은 없었다. 그러한 특전이 더욱 심한 비굴함을 부추겼다. 사람들은 조금 더 비굴하게 아부했다. 궁정에서는 높아지게 해 주는 것이 낮아지게 해 주기도 한다. '투르를 갖는다'는 말을 할 때는 프랑스어를 사용했다. 그 예절은 아마 옛 프랑스인의 진부한 장난에서 유래했기 때문인 듯하다.

엘리자베스가 처녀 여왕이었듯이, 처녀 귀족이었던 조시안은, 계절에 따라 도시, 또는 시골 지역으로 옮겨 다니며 거의 왕족과 같은 생활을 했다. 또한 궁정을 방불케 하는 무리를 몰고 다녔는데, 데이비드 경을 비롯한 여러 남자들이 그 궁정의 신하들이었다. 아직 결혼을 하지 않았던지라, 데이비드 경과 레이디 조시안은 자연스럽게 대중 앞에 함께 모습을 드러낼 수 있었으며, 또 기꺼이 그렇게 했다. 그들은 자주 극장이나 경마장에 같은 마차를 타고 가서 같은 특별석에 앉기도 했다. 그들에게 허락되었고 또 강요된 결혼이, 두 사람의 열정을 식게 만들었다. 그들의 매력은 서로를 지켜보는 것이었다. 약혼한 사람들에게 허용된 친근한 행동에는 넘기 쉬운 경계선을 가지고 있다. 그들은 그 한계를 넘지 않았다. 고약한 취향을 가지고 있었던지라, 금욕을 하는 것이 쉬운 일이었다.

그 당시 가장 멋있는 권투 시합이 램배스에서 열리곤 했다. 그곳 공기가 건강에 좋지 않지만, 캔터베리 대주교가 궁궐 하나와, 귀족들에게만 특정 시간대에 개방하는 장서 풍부한 도서관 하나가 있던 소교구였다. 어느 겨울날, 그곳에 있는, 사방이 닫힌 초원에서, 두 남자가 권투 시합을 벌였는데, 데이비드가 조시안을 데리고 갔다. 그녀가 물었다.

"여자들도 들어갈 수 있나요?"

그러자 데이비드가 대답했다.

"Sunt femine magnates(귀족 부인들은 어디든 가능하다)."

그리하여 조시안은 권투 시합을 구경했다.

다만 여공작 조시안이 조금 양보해, 남장을 해야 한다는 조건을 따랐다. 당시에는 흔한 일이었다. 여인들이 남장 이외의 복장으로 여행하는 일이 드물었다. 원저 시의 합승 마차에 탄 여섯 사람 중 남장한 여자 한둘이 섞여 있지 않은 경우는 매우 드문 편이었다. 그것이 또한 신사 계급의 유행이었다.

데이비드 경은, 여인과 동행하고 있었으므로 경기에 관여하지 못하고, 단지 구경꾼으로 남아 있을 수밖에 없었다.

레이디 조시안은 오페라용 쌍안경을 사용해 경기를 관전해 자신의 신분을 노출했다. 그것은 귀족이라는 표시였다.

그 '고상한 만남'은 저메인 경에 의해 주재되었다. 이 저메인 경의 증조부는 18세기 말에 연대장으로 임명되어 어느 전투에서 도망친 다음 육군성의 장관이 되었다가, 정작 적의 화승총보다 더 무서운 기관총 세례, 즉 셰리든의 혹독한 풍자에 시달린 바 있었다. 많은 귀족들이 내기를 걸었다. 상속자가 없어진 벨라아쿠아 영지의 상속권을 주장하던 칼턴의 해리 벨로우는, 던히비드 읍을 대표하는 상원 의원 하이드 경, 일명 론스턴이라고도 불리는 헨리를 상대로 내기를 했다. 트루로 읍을 대표하는 존경스러운 상원 의원 페러그런 버티는, 메이드스톤 읍을 대표하는 상원 의원 토머스 콜페퍼 경을 상대로 승부를 걸었다. 로시언 변경 지역 출신인 영주 레미르바우는, 펜린 읍을 대표하는 새뮤얼 트레퓨시스를 대적했다. 세인트이비스 읍을 대표하는 바솔러뮤 그레이스디유 경은, 콘월주의 영주이자 로바츠라고도 불리는, 지극히 고귀한 찰스 보드빌을 대상으로 했다. 그들 이외에도 다른 귀족들이 북적거렸다.

두 권투 선수 중 하나는 아일랜드의 티퍼레리 출신이었는데, 고향에 있는 산의 이름을 따서 본인을 펠름기매돈이라 불렀다. 나머지 다른 선수는 스코틀랜드 출신으로, 이름은 헬름스게일이라 했다.

그들은 두 나라의 자존심을 걸고 있었다. 아일랜드와 스코틀랜드가 격렬하게 대결에 나설 참이었다. 에린이 가이오슬에게 주먹으로 공격을 가하려 하고 있었다. 내기 돈의 액수 또한, 상금을 셈하지 않고도, 4만 기니를 넘을 정도였다.

두 선수는 엉덩이에 걸친 짧은 반바지 차림으로 거의 벌거숭이였고, 발목을 끈으로 단단히 조인, 밑창에 못을 박은 편상화(編上靴)를 신고 있었다.

스코틀랜드의 헬름스게일은 나이가 열아홉이나 되었을까 싶은 어린 청년이었지만, 벌써 이마에는 꿰맨 상처가 있었다. 그래서 대부분의 사람들이 그에게 돈을 걸었다. 지난달에는, 그가 식스마일스워터라는 선수의 갈비뼈 하나를 내려앉게 하고, 동시에 눈을 파열시켰다. 이 모두가 그의 열정을 설명해 주는 것이었다. 그는 자신을 후원하는 사람들에게 1만 2,000파운드의 벌이를 가져다주었다. 이마의 꿰맨 상처 이외에도, 헬름스게일은 턱에도 깊은 상흔을 가지고 있었다. 그는 민첩하고 예리했다. 그의 신장은 작은 여인 정도였으나, 잔뜩 웅크리고 땅딸막해, 작지만 강하고 위협적이었다. 또한 그의 몸뚱이를 만들고 있는 반죽덩이에, 군더더기라고는 전혀 찾아볼 수 없었다. 주먹다짐에 필요하지 않은 근육은 단 한 가닥도 보이지 않았다. 그의 탄탄한 상반신은 간결함 그 자체였고, 마치 청동처럼 번쩍이며 갈색을 띠었다. 그가 미소를 지으면, 치아 세 대가 빠져나간 자리로 인해 미소가 더욱 눈에 들어왔다.

그와 상대할 선수의 몸매는 지나치게 거대했다. 즉 약했다. 나이 마흔 살쯤의 남자였다. 그의 신장은 1미터 80센티미터쯤 되었고, 가슴팍은 하마와 같았으며, 표정은 부드러웠다. 그의 주먹은 배의 갑판을 가를 만큼 강했으나, 그는 그 주먹을 어떻게 사용해야 할지 몰랐다. 아일랜드 출신 펠름기매돈은 이를테면 허울뿐인 존재여서, 권투 시합에 임하면 반격하기보다는 공격을 받기 위해서 있는 것 같았다. 다만 사람들은 그가 오래 버텨 주기만을 바랄 뿐이었다. 제대로 구워지지 않아, 씹기 어렵고 먹기 불편한 쇠고기 같았다. 그는 옛말로 날고기, 로 플레시와 같았다. 그는 자주 곁눈질을 했다. 사실상 체념한 모양이었다.

그 두 남자는 전날 밤을 한 침대에서 나란히 누워 보냈고, 잠도 그렇게 잤다. 또한 같은 잔을 사용해 포르토산 포도주를 조금씩 부어 나눠 마셨다.

그들에게는 각각 지지자 그룹이 있었는데, 모두들 거친 외모를 가지고, 필요에 따라 심판을 위협하기도 하는 사람들이었다.

헬름스게일을 응원하는 사람들 중 특히 주목받는 사람은, 황소 한 마리를 등에 짊어진 것으로 인해 유명해진 존 그로먼과, 밀가루로 가득 채운 15갤런들이 통 열 개와 방앗간 주인을 한 번에 짊어지고 200보 이상을 걸었다는 존 브레이였다.

펠름기매돈의 응원꾼들 중에는, 하이드 경이 렌스턴에서 데려온 킬터라는 사람이 있었는데, 그는 샤토 베르에 살며, 무게 20리브르의 돌을 그 성에서 가장 높은 망루보다도 높이 던질 수 있었다. 킬터, 브레이, 그로먼, 이 세 사람은 모두 콘월주 출신이어서, 그 지방의 자랑거리이기도 했다.

다른 지지자들은 짐승 같은 불량배들이었다. 허리가 단단하고, 다리가 활처럼 휘었고, 짐승의 앞발 같은 손의 뼈마디가 옹이처럼 불거지고, 어리석은 표정, 누더기를 걸쳤고, 거의 모두 감옥 신세를 진 적이 있었으므로 아무것도 두려울 것이 없었다.

많은 자들이 경찰을 취하게 만드는 일에 경탄을 자아낼 만큼 정통해 있었다. 어느 직업이건 나름대로의 특이한 재능을 가지고 있는 모양이다.

권투 시합 장소로 정해진 초원은, 지난날 곰이나 황소, 개들의 싸움장이었던, 건축 중인 허름한 집들보다 더 멀리에 있는, 헨리 8세에 의해 붕괴된 세인트 메리 오버 라이 수도원의 오막살이 옆, 곰들의 정원보다 더 멀리에 위치해 있었다. 가는 빗방울이 떨어져 금세 얼음 꽃이 나뭇가지에 응결되는 날씨였다. 이슬비는 내리자마자 미끄러운 빙판을 이루었다. 그곳에 있는 신사 중에는 우산을 쓰고 있는 것으로 보아 한 가정의 가장(家長)인 듯한 사람도 있었다.

펠름기매돈 곁에는, 심판을 맡은 몬크리프 대령이 있었으며, 선수 보조자로는 킬터가 자리를 잡았다.

헬름스게일 측에는, 명망 높은 심판 퓨 보마리스와, 선수 보조를 자청한 킬캐리의 데저텀 경이 있었다.

두 권투 선수는, 시계가 준비되는 동안, 링 안에서 잠시 동안 움직이지 않고 서 있었다. 잠시 후 그들은 서로에게 다가가 악수를 나누었다.

펠름기매돈이 헬름스게일에게 말했다.

“나는 모든 걸 뒤로하고 집에 돌아가고 싶네.”

헬름스게일이 신중하게 대답했다.

“신사분들께서 먼저 움직여야 가능한 일이겠지.”

둘 다 옷을 입지 않은 탓에 몹시 추워했다. 펠름기매돈은 아예 덜덜 떨고 있었다. 그의 위아래 턱뼈가 부딪혀 딱딱 소리를 냈다.

요크 대주교의 조카인 엘리너 샤프 박사가 두 선수에게 소리쳤다.

“자, 내 건달들, 서로 마음껏 때려 봐! 그러면 몸이 금방 더워질 거야.”

그 친절한 말이 그들의 몸을 녹여 주었다.

두 사람이 공격을 시작했다.

그러나 그 두 사람 중 어느 누구도 화가 난 상태는 아니었다. 3회전이 끝나도록 경기는 맥없이 지속되었다. 올 소울스 컬리지의 마흔 명의 회원 중 하나인 검드레이스 박사가 소리쳤다.

"진을 먹여서 활기를 돋워라!"

하지만 두 심판과 두 선수의 대부들은 경기 규칙을 지켰다. 그러나 날씨는 계속 추워지고 있었다.

외치는 소리가 들려왔다.

"First blood(퍼스트 블러드)!"

첫 번째 피를 요구하는 소리였다. 두 선수를 다시 마주 세워 정면을 보게 하였다.

두 사람은 서로 마주 보고, 다가서고, 두 팔을 뻗어 주먹으로 상대방의 주먹을 친 후, 다시 뒤로 물러섰다. 별안간 키 작은 헬름스게일이 덤벼들었다.

진정한 전투가 시작되었다.

펠름기매돈이 눈썹 사이의 이마 정 가운데에 일격을 당했다. 그의 얼굴 전체가 온통 피투성이가 되었다. 군중이 동시에 소리쳤다.

"Helmsgail has tapped his claret(헬름스게일이 보르도 적포도주를 터지게 했다)!"

모두들 박수를 쳤다. 펠름기매돈은, 두 팔을 풍차의 날개처럼 돌리며, 두 주먹을 아무렇게나 휘두르며 날뛰기 시작했다. 존경스러운 페러그린 버티가 말했다.

"눈이 멀었군. 하지만 아직 장님은 아니야."

그러자 헬름스게일은 사방에서 자신을 격려하는 소리를 들었다.

"Bung his peepers(눈깔을 뽑아라)!"

요컨대 두 선수는 정말로 잘 싸웠다. 따라서 날씨가 별로 좋지 않았음에도, 시합이 성공적일 것임을 예상할 수 있었다. 거인과 다름없는 펠름기매돈에게는 장점들이 오히려 불리한 역할을 했다. 그의 움직임이 몹시 둔했다. 그의 팔은 몽둥이 같았으나, 몸은 거대한 덩어리에 불과했다. 작은 선수는 뛰고, 치고, 뛰어오르고, 괴성을 지르고, 속도를 이용해 주먹의 힘을 배로 늘리는 등 온갖 꾀를 알고 있었다. 한 쪽의 주먹질이 원시적이고, 미개하고, 다듬어지지 않고, 무지한 상태에 있었던 반면 다른 한쪽은 문명의 주먹을 가지고 있었다. 헬름스게일은 신경과 근육을 동시에, 그리고 사나운 심성과 힘을, 잘 조화시키며 싸웠다. 반면, 펠름기매돈은 혹사당한 무기력한 도살자와 같았다. 시작하기도 전에 상대편의 기세에 조금 눌린 듯했다. 그것은 기술과 자연의 싸움이었으며 맹수와 야만인의 대결이었다. 야만인이 패할 것은 자명한 일이었다. 그러나 금세 끝날 일은 아니었다. 그래서 시합이 재미있는 것이다.

작은 사람 대 큰 사람의 대결. 행운은 작은 사람에게 있다. 고양이가 불도그를 눌러 이긴다. 골리앗이 항상 다윗에게 지는 것이다.

관객들의 환호가 두 선수들 위로 우박처럼 쏟아졌다.

"Bravo, Helmsgail! Good! Well done, highlander! Now, Phelem(브라보, 헬름스게일! 좋아! 잘했어, 산속 사나이! 이제 네 차례야, 펠름)!"

헬름스게일의 지지자들은 거듭 외치며 그를 격려했다.

"눈깔을 뽑아내!"

헬름스게일은 더욱 더 잽싸졌다. 그는 몸을 낮추었다가, 파충류가 움직이듯이 다시 솟구치며, 펠름기매돈의 흉골(胸骨)을 공격했다. 거구의 몸이 동요하기 시작했다.

"반칙!"

바너드 자작이 소리쳤다.

펠름기매돈이 킬터의 무릎 위에 털썩 엎어지며 중얼거렸다.

"이제 열이 나기 시작하는군."

데저텀 경이 심판들과 상의한 후에 말했다.

"5분 동안 시합을 유예하기로 했습니다."

펠름기매돈은 기절한 상태에 가까웠다. 킬터가 그의 눈을 뒤덮고 있는 피와 몸의 땀을 플란넬로 닦아 주며, 그의 입에 물병을 물려 주었다. 열한 번째 휴식 시간이었다. 펠름기매돈은, 이마의 상처 이외에도, 두정부(頭頂部)가 변형되고, 복부가 부어올랐으며 흉근이 찢겨 있었다. 반면 헬름스게일은 아무런 부상도 입지 않았다.

신사들 사이에서 동요의 탄성 소리가 더욱 커졌다.

바너드 자작이 다시 소리쳤다.

"반칙이야!"

"내기는 무효야."

레미르바우 영주의 말이었다.

"내 돈을 돌려받아야겠어."

토머스 콜페퍼 경도 덩달아 말했다. 그러자 세인트이비스 읍을 대표하는 존경스러운 상원 의원 바솔러뮤 그레이스디유 경도 덩달아 한마디 했다.

"내 500기니 돌려줘, 나는 그만 가겠어."

"이 시합을 중단시키시오!"

관람석에서도 고함이 터져 나왔다. 그러나 펠름기매돈이 거의 동시에 술 취한 사람처럼 건들거리며 일어섰다. 그리고 관중을 향해 말했다.

"경기를 계속합시다. 다만 조건이 하나 있어요. 저 역시 반칙을 한 번 할 수 있는 권한을 주십시오."

"옳소!"

사방에서 한꺼번에 고함이 터져 나왔다. 헬름스게일은 비웃듯이 어깨를 한 번 으쓱했다.

5분이 지나 그들은 다시 싸웠다.

펠름기매돈에게는 임종의 고통이었던 경기가 헬름스게일에게는 가벼운 놀이에 불과했다. 기막힌 싸움 솜씨였다! 키 작은 사나이가 거한을 궁지에 몰아넣을 방법을 찾았다. 헬름스게일이 순식간에, 펠름기매돈의 커다란 머리를, 강철 고리처럼 둥글게 구부린 왼쪽 팔로 휘감아 잡아서, 목을 꺾어 목덜미를 누르며 왼쪽 겨드랑이에 꼈다. 그러고는 오른쪽 주먹으로, 망치가 못을 치듯, 그러나 밑에서, 아래로부터 위로, 그의 안면을 자유자재로 짓이기고 있었다. 펠름기매돈이 마침내 풀려나 머리를 다시 쳐들었을 때는, 얼굴이라고 할 만한 것이 더 이상 없었다.

코와 눈과 입이었던 부분은, 피에 담갔다가 꺼낸 검은 스펀지 조각에 불과해 보였다. 그가 침을 뱉었다. 땅바닥 위로 치아 네 대가 떨어지는 것이 보였다.

그러고 그가 쓰러졌다. 킬터가 그를 무릎으로 받았다. 헬름스게일은 거의 맞지 않았다. 그는 대수롭지 않은 멍 몇 개와 쇄골에 가벼운 생채기를 얻었을 뿐이다.

모두들 추위를 잊고 앞다퉈 헬름스게일에게 16과 4분의 1배를 걸었다. 칼턴의 해리가 큰 소리로 외쳤다.

"펠름기매돈은 더 이상 존재하지 않습니다. 캔터베리 대주교의 낡은 가발을 상대로, 저는 헬름스게일에게 저의 벨라아쿠아 영지와 벨로우 경이라는 권리를 걸겠습니다."

"얼굴을 이쪽으로 돌려 봐."

킬터가 펠름기매돈에게 말했다. 그러고는 피에 젖은 플란넬천 조각을 병 속에 쑤셔 넣었다가 다시 꺼내어, 진으로 그의 얼굴을 닦았다. 그의 입이 다시 모습을 나타냈다. 그가 한쪽 눈꺼풀을 간신히 열어 올렸다. 양쪽 관자놀이에 금이 간 것 같았다.

"친구여, 아직도 하나가 더 남았어."

킬터가 그렇게 말하고 나서 다시 한마디 덧붙였다.

"평지 사람들의 명예를 위해."

웨일스 사람들과 아일랜드 사람들은 서로 뜻이 잘 통한다. 그렇건만 펠름기매돈은 아직 그의 정신 속에 무엇인가가 남아 있다고 할 만한 아무런 징후도 보이지 않았다.

펠름기매돈이 다시 일어섰다. 킬터가 그를 받쳐 주고 있었다. 제25라운드가 시작되고 있었다. 마치 그리스 신화에 나오는 키클롭스처럼(그에게 눈이 하나밖에 없었으니 말이다) 싸울 태세를 갖추는 모습만을 보고도, 사람들은 경기가 마지막이라는 것을 짐작했고, 그가 질 것을 의심하는 사람은 아무도 없었다. 그는 아래턱 위로 손을 올려 수비 자세를 취했다. 반죽음 상태에서 나오는 서툰 몸짓이었다. 땀조차 거의 흘리지 않은 헬름스게일이 크게 소리쳤다.

"나도 나에게 걸겠습니다."

팔을 쳐든 헬름스게일이 일격을 가했다. 그런데 정말 이상하게도 둘이 동시에 나가떨어졌다. 즐겁게 으르렁거리는 소리가 들렸다.

만족스러워한 사람은 펠름기매돈이었다.

그는 헬름스게일이 자신의 두개골에 무시무시한 기세로 공격을 가하는 틈을 타서, 헬름스게일의 복부에 반칙 타격을 가했다. 헬름스게일은 바닥에 널브러진 채 숨을 거둘 듯 헐떡거렸다.

관객들이 바닥에 쓰러진 헬름스게일을 바라보다가 한마디 했다.

"빚을 갚았군."

모두들 박수를 쳤다. 내기에서 진 사람들까지.

펠름기매돈은 상대방의 반칙을 반칙으로 응수했고, 그것은 정당한 권리였다.

헬름스게일을 들것에 실려 다른 곳으로 옮겨졌다. 그가 다시는 회복할 수 없으리라는 것이 대부분의 중론이었다. 로바츠 경이 큰 소리로 외쳤다.

"나는 1,200기니를 벌었어."

펠름기매돈은 평생 불구로 살아갈 것이 틀림없었다.

경기장에서 나오면서 조시안이 데이비드 경의 팔을 잡았다. 그 역시 약혼자들에게는 허락된 행동이었다. 그녀는 그에게 말했다.

"매우 인상적이었어요. 하지만……."

"하지만 뭐요?"

"경기가 저의 지루함을 달래 줄 거라고 믿었는데 아니에요."

데이비드 경이 멈춰 서서 조시안을 뚫어지게 쳐다보더니, 입을 다물고 고개를 좌우로 저으며 볼을 불룩하게 부풀렸다. 주의하라는 의미였다. 그러고는 여공작에게 말했다.

"우울함을 치유할 약은 오직 한 가지뿐이오."

"그게 무엇이죠?"

"그윈플렌."

여공작이 물었다.

"그윈플렌이 대체 뭔데요?"

제2부
그윈플렌과 데아

1. 우리가 아직까지 그 행위밖에 보지 못한 자의 얼굴

자연은 그윈플렌에게 대단히 관대했다. 귀밑까지 찢어지도록 벌어지는 입술과, 저절로 접혀 눈까지 닿는 귀, 인상을 쓸 때 안경이 그려질 만큼 기형인 코, 아무튼 바라보면 그 누구라도 웃지 않고는 못 배기는 얼굴을 그에게 선사했다.

우리는, 자연이 그윈플렌에게 많은 선물을 주었다고 했다. 하지만 그것을 자연이 가져다주었을까?

혹시 누군가 자연을 도운 것은 아니었을까?

고통스럽게 길게 찢어진 것 같은 두 눈, 해부하기 위해 뚫어놓은 듯한 누더기 입술, 납작하면서도 돌출된 혹 하나와 두 개의 구멍으로 구성된 코, 완전히 으스러진 얼굴, 그리고 그 모든 것이 합쳐져 얻은 결과는 웃음인데, 자연이 홀로 그러한 예술

작품을 만들어 내지 않은 것임은 자명하다.

그런데, 웃음이 기쁨과 같은 의미일까?

만약 이 곡예사를 앞에 두고 처음의 즐거운 인상이 흩어져 사라지게 한 다음, 좀 더 주의 깊게 살핀다면, 거기에서 예술의 흔적을 즉시 알아차릴 수 있다. 이러한 얼굴은 우연의 산물이 아니라 의도적으로 만들어지는 것이다. 자연이 이토록 완벽할 수는 없다. 인간은 자신의 아름다움을 위해서 보탤 수 있는 것은 아무것도 없지만, 자신을 추하게 만드는 것에 있어서는 무엇이든 할 수 있다. 호댄토트족*의 얼굴을 다듬어서 로마인의 얼굴윤곽으로 만들 수는 없다. 그러나 그리스인의 코를 칼무크족의 코로 바꾸는 것은 가능한 일이다. 코의 뿌리를 제거해 콧구멍을 납작하게 누르면 그뿐이다. 중세의 후기 라틴어에서 denasare(코를 떼어 버린다)라는 동사가 이유 없이 만들어진 것은 아니다. 그윈플렌이 아직 아이였을 때, 사람들이 그의 모습을 변형시키는 데 신경 쓸 만큼, 그가 중요한 신분이었을까? 그랬을 수도 있었을 것이다. 그저 단지 구경거리, 사람들에게 보여 주고 돈벌이를 하기 위한 목적으로 그랬던 것이었을까? 어느 면을 보더라도, 아이들을 솜씨 좋게 다룰 줄 아는 사람들이 이 얼굴에 모든 기술을 퍼부은 것 같다. 오늘날의 화학이 옛날

* 아프리카 서남부 지역의 유목민이다.

의 연금술이었듯이, 오늘날의 외과 수술에 해당하는 어느 신비하고 불가사의한 과학이, 매우 어렸을 때, 그의 육신을 조각하고, 계획에 따라서 그러한 얼굴을 만들어 냈음이 틀림없어 보인다. 부분별로 절단과 폐색과 동여매기에 능했던 이 과학은, 입술 테두리를 절개해 잇몸을 드러내고, 귀를 당겨 부풀리고, 연골을 없애 버리고, 눈썹과 뺨을 어질러 놓고, 광대뼈를 확장시키고, 꿰맨 자국과 흉터들은 흐릿하게 뭉개 놓고, 그 상처 위로 다시 표피를 이끌어다 덮어놓아서, 이제 얼굴은 놀라운 상태가 되었다. 바로 이 강력하고 오묘한 조각 기술을 통해 그윈플렌이라는 가면이 탄생한 것이다.

인간은 결코 이러한 모습으로 태어나지 않는다.

사연이 어떻건 그윈플렌은 경탄할 만한 성공작이었다. 그는 인간의 슬픔에 대한 신의 가호가 내린 하늘의 선물과 같았다. 어떤 가호일까? 신의 가호가 있듯 악마의 가호도 있던가? 질문만 제기하고 그 답은 하지 않겠다.

그윈플렌은 곡예사였다. 그는 많은 사람 앞에서 공연을 했다. 그만큼 영향력을 지닌 사람은 이전에 없었다. 그를 보는 것만으로도 우울증이 치료되었다. 상중에 있는 사람들은 그를 피해야 했다. 만약 그를 보게 되면, 아무리 머릿속이 어수선하고 억지로라도 슬퍼해야 하는 상황에서도, 참지 못하고 웃음이 터져 나올 것이기 때문이었다. 어느 날 사형수가 그윈플렌 앞에 나타났는데, 그 역시 웃음을 참지 못했다. 누구든 그윈플렌을 보면 허리를 움켜잡았고, 그가 말을 시작하면 바닥을 데굴데굴 굴러다닐 지경이 되었다. 그는 슬픔의 반대점에 있었다. 우울이라는 것이 한쪽 끝에 있다면, 그는 그 반대쪽 끝에 서 있었다.

그리하여 그는 순식간에 장터와 광장에서 추악한 남자라는 만족스러운 칭송을 받았다.

그윈플렌이 사람들을 웃게 만드는 것은, 그가 웃을 때였다. 그런데 사실 그는 웃지 않았다. 그의 얼굴은 웃고 있었지만, 그의 머릿속은 그렇지 않았다. 우연 혹은 기이하고 특수한 어떤 작업이 만들어 낸 그 믿어지지 않는 얼굴만이 혼자 웃고 있었다. 그윈플렌은 그 웃음에 전혀 섞여 들지 않았다. 외면이 내면을 따르지 않았다. 그는 자신의 이마와 뺨과 눈썹과 입술 어디에서나 지은 적이 없는 웃음을, 없앨 수가 없었다. 그 웃음은 언제나 그의 얼굴에 남아 있었다. 그것은 다른 사람이 그의 얼굴에 자동적이고 영원히 고착시켜 놓은 웃음이었다. 누구도 이 웃음을 피해 가지 못했다. 얼굴에서 일어나는 경련 중 의사소통 능력을 나타내는 것이 두 가지 있으니, 그것은 웃음과 하품이다. 그윈플렌이 어렸을 때 받았을 미지의 수술로 인해, 얼굴의 모든 부위가, 이 강박적인 웃음을 만드는 데 일제히 참여했다. 그의 외모 전체가 그 웃음을 중심으로 형성되었다. 마치 수레바퀴의 모든 살이 바퀴 축에 모이는 것처럼 그의 모든 감정들이, 그것이 어떤 것이든, 그 희한한 기쁨의 얼굴을 부각시켰다. 좀 더 정확한 표현으로 말하자면, 웃음을 더욱 도드라지게 만들었다. 그가 얼마나 놀랐든, 그가 어떤 고통을 느끼고 있든, 얼마나 분노에 사로잡혔든, 누군가에게 연민을 느꼈든, 이 모든 감정들은 그저 근육들의 폭소를 더 증대시킬 뿐이었다. 그는 눈물을 흘릴 때조차도 웃고 있었다. 그윈플렌이 무슨 행동을 하든, 그가 무슨 생각을 하든, 그가 무엇을 원하든, 그가 고개를 쳐드는 순간, 그 앞에 있는 군중들은 자신들의 눈앞에 나타난 항거할 수 없는 폭소의 도가니를 보게 되었던 것이다.

그것은 메두사의 머리, 기뻐하는 메두사의 머리와도 같았다.

그 예상 밖의 출현에, 그 순간까지 뇌리에 있던 것은 산산이 사라지고, 모두 웃을 수밖에 없었다.

고대 건축가들은, 옛 그리스의 극장 정면 박공에, 청동으로, 즐거워하는 얼굴의 조형물을 붙여 놓았다. 그리고 그 얼굴을 코모디아*라 칭했다. 그 청동 조각물은 웃는 것처럼 보이면서 사람들의 웃음을 유발했지만, 또한 그 속에는 생각에 잠긴 듯한 모습도 더불어 존재했다. 광기로 귀결되는 모든 우스꽝스러운 패러디들과, 지혜로 귀결되는 모든 아이러니들이 이 청동 얼굴에 혼융되고 결합되어 있었다. 근심과 환멸, 혐오감과 슬픔

* 희극이라는 말의 어원이다.

의 짐이 이 태연한 이마 위에 응축되어서, 결국은 이러한 음울함과 명랑함의 총체가 되었다. 입의 양쪽 끝이 위쪽으로 치켜올라가 있었는데, 한쪽 끝은 인류를 조롱하기 위해서, 다른 한 끝은 신을 모독하기 위해서였다. 그리하여 사람들은 이 이상적인 풍자의 견본 앞에서 누구나 저마다 가지고 있는 빈정거림을 대조해 보곤 했다. 그리고 군중은, 무덤처럼 끔찍하지 않는 음산한 웃음 앞에 끊임없이 몰려와, 포복절도할 정도로 즐거워했다. 고대 극장의 정면에 있던 조형물에 살아 있는 남자의 얼굴을 씌워 준다면 그거야말로 그윈플렌의 모습이었을 것이다. 무자비한 폭소를 담은 끔찍한 얼굴을, 그는 자신의 목으로 떠받치고 있었다. 영원한 웃음이란 인간의 어깨가 짊어지기에 얼마나 무거운 짐인가! 영원한 웃음. 이것을 잘 이해하고 의미를 제대로 따져 보자. 마니교도들은 절대적인 것도 어느 순간 스스로 물러서고, 절대 신조차 휴식을 취하는 순간이 있다고 믿었다. 또한 의지에 관해서도 분명히 살펴보자. 우리는 의지가 완전히 무력해질 수 있다는 사실을 인정하려 하지 않는다. 모든 존재는 추신으로 내용을 바꿔 버릴 수 있는 한 통의 편지와도 같다. 그윈플렌의 경우, 그 추신이 이와 같았다. 의지 때문에, 자신의 의지 안에 모든 주의력을 쏟아 넣은 덕분에, 어떤 상황이나 감정도 그가 기울인 단호한 노력을 분산시키거나 이완시키지 않을 경우, 그는 자신의 얼굴에 있는 그 강박적 웃음을 굳혀 버리고 거기에 일종의 비극적인 베일을 드리울 수 있었다. 그리하여 아무도 더 이상 그의 앞에서 웃지 못하고, 대신 몸서리를 치기에 이르렀다.

그윈플렌은 그러한 노력을 거의 하지 않았다. 고통스러우리만큼 힘들었고, 견딜 수 없는 긴장을 필요로 했기 때문이다. 게다가 조금만 주의력이 흐트러져도 약간의 감정만 스쳐 가도, 잠시 물러났던, 썰물처럼 항거할 수 없는 그 웃음이, 그의 얼굴에 다시 등장했고, 감정이 어떤 것이든, 그것이 강하면 강할수록, 웃음은 그만큼 더 격렬했다.

그런 예외적인 경우를 제외하면, 그윈플렌의 웃음은 영원했다.

그윈플렌을 보기만 하면 누구든 웃음을 터뜨렸다. 그들은 웃고 난 다음에는 고개를 돌렸다. 특히 여인들은 공포에 질려 전율을 느꼈다. 이 사내는 너무나 끔찍했다. 배꼽을 잡으며 웃는 웃음은, 마치 바친 세금 같았다. 그것을 즐겁게 감수했지만, 거의 자동적인 동작이었다. 그다음에는, 즉 웃음이 멎게 되면, 그윈플렌은 한 여인의 눈에는 감당할 수 없는 존재였고, 도저히 바라보는 것이 불가능한 존재였다.

그는 키가 컸고, 균형 잡힌 몸매에 날렵하여, 얼굴을 제외하면 전혀 잘못된 부분이 없었다. 바로 이런 사실 또한, 그윈플렌이 자연의 작품이 아니라 예술 창작의 결과물일거라는 추측을 더욱 강하게 했다. 그윈플렌은, 아름다운 몸매로 미루어 보아,

아마 얼굴 역시 수려했을 것이다. 태어날 때는 그 역시 다른 아이들과 비슷했을 것이다. 누군가 그의 몸은 온전히 보존하고, 오직 얼굴에만 손을 댄 것이 분명했다. 누군가 고의로 그렇게 만들었을 것이다.

적어도 있음 직한 일이었다.

그에게는 아직 치아가 남아 있었다. 치아는 웃음에 필수적이었다. 해골에도 치아는 남아 있다.

그의 얼굴에 가해진 수술은 끔찍했을 것이다. 그가 그 사실을 기억하지 못한다고 해서 그가 그런 수술을 받은 적이 없다고 할 수는 없을 것이다. 그러한 외과적 조각은, 어린지라 자신에게 어떤 일이 닥쳤는지 거의 의식하지 못하고, 상처를 단순한 질병으로 여길 수 있는, 오직 매우 어린 아이를 상대로 해서만 가능했을 것이다. 그리고 그 시대에도, 환자를 잠들게 해 통증을 줄이는 방법이 알려져 있었다. 다만 오늘날에는 그것을 마취라 부르지만 그 시절에는 마법이라 불렀다.

그를 키운 사람들은, 얼굴을 그렇게 만든 것 이외에, 그에게 체조 및 각종 운동의 원천을 주었던 것 같다. 그의 관절들은 편리하게 분절되어 있는지, 반대 방향으로 꺾이는 데도 적합했고, 문의 돌쩌귀처럼 모든 방향으로 움직일 수 있었다. 그래서 광대가 되는 훈련을 받을 수 있었다. 광대라는 직업에 있어 그는 어느 것 하나 부족함이 없었다.

그의 머리카락은 황토로 물들였는데, 한 번 물이 들면 평생 탈색되지 않는 염료였다. 이건 오늘날에 다시 발견된 비법으로 이제는 어여쁜 여인들이 그 염료를 사용하고 있다. 옛날에는 사람을 추하게 만들던 것이 오늘날에는 아름답게 만드는 데 쓰이기도 한다. 그윈플렌의 머리 색깔은 노란색이었다. 이 부식성 강한 염료 때문에 그의 머릿결은 양털처럼 뻣뻣하고 거칠게 되었다. 사람의 모발이라기보다는 짐승의 갈기에 더 가까운 이 노랗고 뻣뻣한 털은, 생각을 담아 두기 위해 만들어진 두뇌 깊은 곳을 덮어 감추고 있었다. 어찌됐든 간에 그의 안면부를 박탈하고 그곳의 살을 온통 흩트린 그 끔찍한 수술도, 뼈로 이루어진 그 상자에는 영향을 끼치지 못했다. 그윈플렌의 안면 골격은 힘차고 인상적이었다. 그의 웃음 뒤에는, 우리처럼, 뭔가를 꿈꾸고 있는 하나의 영혼이 깃들어 있었던 것이다.

그럼에도 불구하고, 그 웃음이 그윈플렌에게는 하나의 커다란 재주였다. 자신도 그 웃음에 대해서는 어찌 할 수가 없었고, 따라서 그것을 이용해 득을 보기로 했다. 그 웃음 덕분에 그는 생계를 이어 갈 수 있었다.

이미 짐작했겠지만, 그윈플렌은, 어느 겨울날 포틀랜드 해변에 버려졌다가 웨이머스에서 다 쓰러져 가는 포장마차에 받아들여진, 그 아이였다.

2. 데아

그 아이가 이제 어엿한 사내가 되어 있었다. 그동안 15년의 세월이 흘렀다. 때는 1705년이었다. 그윈플렌은 거의 스물다섯이 되어 가고 있었다. 우르수스가 두 아이를 키워 냈다. 그렇게 방랑자 무리가 만들어졌다. 우르수스와 호모는 이미 늙어 버렸다. 우르수스는 완전히 대머리가 되었다. 늑대의 털은 회색빛이 되었다. 늑대의 나이는 개의 나이처럼 일정하지가 않다. 몰랭의 말에 따르면, 여든 살까지 사는 늑대들이 있다고 하는데, 몸집 작은 쿠파라 늑대, 즉 카비오이 보루스와 향기 풍기는 카니스 누빌루스 등이 그 예다.

죽은 여인의 시체에서 발견된 어린 계집아이가, 이제 나이 열여섯 살의 다 큰 처녀가 되었다. 안색이 창백하고 머리카락은 갈색인데, 날씬하고 가냘픈 몸매는 아주 작은 움직임에도 몸을 떨었고, 조금만 건드려도 부서질까 두려울 지경이었다. 얼굴은 경탄을 자아낼 만큼 아름답고, 두 눈에는 빛이 가득하건만, 앞을 보지 못했다.

거지 여인과 아기를 눈 속에 쓰러트린 그 숙명적인 밤은, 두 가지 짓을 저지른 것이다. 그 밤이 어미를 죽이고 딸의 눈을 멀게 했다.

밤이슬이 소녀의 눈동자를 영영 못 쓰게 만들었고, 이제 그 소녀는 여인으로 성장했다. 그녀의 얼굴에는 전혀 태양빛이 어리지 못했고, 서글프게 처진 양쪽 입술 끝이 씁쓸한 고난을 드러내고 있었다. 그녀의 크고 맑은 두 눈은 참으로 기이하게도, 본인에게는 영원히 빛을 잃고 꺼져 있었지만 다른 사람이 보기에는 영롱하게 빛났다. 신비하게 켜진 그 불꽃은 오직 바깥세상만 비추는 신비한 횃불이었다. 그녀는 자신의 빛을 남에게 주고 자신은 빛을 갖지 못했다. 이 앞을 보지 못하는 눈은 어두운 공간을 반짝이며 밝혔다. 그녀의 치유할 수 없는 암흑 저 끝에서, 그리고 보이지 않는 검은 장벽 뒤에서, 사람들은 그녀 내부에서 그녀의 영혼을 보았다. 그녀의 죽은 시선에는 무언지 형언할 수 없는 천상의 진심 같은 것이 보였다. 그녀는 밤이었다. 그리고 그녀 자신과 혼융된 이 돌이킬 수 없는 어둠에서 그녀는 별들을 꺼냈다.

라틴어 이름을 좋아했던 우르수스가 그녀에게 데아라는 이름을 붙여 주었다. 그는 그의 늑대와 약간의 논의를 했다. 그가 늑대에게 말했다.

"너는 인간을 대변하고 나는 짐승을 대변하지. 우리는 밑바닥 세계에 있어. 이 어린 것은 저 높은 세계를 대표할 거야. 이런 연약함은 곧 절대적인 힘이지. 이런 식으로 완결된 우주가, 인간과 짐승과 신이, 우리 포장마차 안에 있게 되는 거야."

늑대는 그 말에 굳이 반대를 표하지 않았다.

그렇게 업둥이는 데아라는 이름을 갖게 되었다.

그윈플렌은 우르수스가 이름을 지을 필요도 없었다. 그날 아침, 남자아이가 기형이라는 사실과 여자아이가 장님이라는 사실을 알게 되었을 때, 그가 물었다.

"얘야, 네 이름이 뭐니?"

그러자 남자아이가 말했다.

"사람들이 그윈플렌이라고 불러요."

"그렇다면 그윈플렌이라고 하자."

우르수스가 말했다.

데아는 그윈플렌의 훈련을 지켜보았다.

인류의 비참함을 요약본으로 구성할 수 있다면, 그것이 바로 그윈플렌과 데아일 것이다. 그들은 각자 무덤의 구획에서 태어난 것 같았다. 그윈플렌은 소름 끼치는 공포 속에서, 데아는 암흑 속에서. 그들은 존재는, 어둠의 무시무시한 두 측면에서 가져온, 서로 다른 두 종류의 어두움으로 이루어져 있었다. 그 암흑을, 데아는 자신 속에 담고 있었고, 그윈플렌은 자신의 얼굴 위에 얹고 있었다. 데아에게는 유령이 있었고, 그윈플렌에게는 무시무시한 망령이 들어 있었다. 데아는 침울함 속에 있었고, 그윈플렌은 그보다 더 나쁜 것에 있었다. 앞을 보는 그윈플렌에게는, 소경인 데아에게는 없는, 가슴을 에는 비통한 하나의 가능성이 있었다. 그것은 바로 남들과 자신을 비교하는 일이었다. 그런데 그윈플렌이 처한 상황에서는, 그가 납득하려 애를 쓴다고 가정하더라도, 자신을 다른 이들과 비교한다는 것이, 곧 자신을 더 이상 이해하지 못하게 됨을 의미했다. 데아처럼, 세계가 부재하는 텅 빈 시야를 갖는다는 것은 물론 극도의 절망이다. 그러나 자신이 스스로에게조차 수수께끼라는 것보다는 덜한 아픔이다. 또한 부재함 자체가 자기 자신이라 느끼고, 세상은 보되 자신만을 보지 못하는 것보다는 덜한 것이다. 데아에게는 어둠이라는 베일이 하나 있었고, 그윈플렌에게는 자신의 얼굴이라는 가면이 하나 있었다. 형언할 수 없는 일이었다. 그윈플렌의 가면은 자신의 얼굴로 만들어진 것이었다. 그의 얼굴이 예전에는 어떤 모습이었는지, 그는 전혀 알 수 없었다. 그의 본래 얼굴은 완전히 사라졌다. 누군가가 그에게 위조된 가면을 씌워 놓았다. 그의 얼굴은 행방불명 상태였다. 그에게는 그 얼굴을 본 기억이 존재하지 않았다. 그의 머리는 살아 있지만, 그의 얼굴은 숨 쉬지 않았다. 데아나 그윈플렌에게는, 인류라는 것이 자신들과 상관없는 바깥의 일이었다. 두 사람 모두 세상과 멀리 떨어져 있었다. 데아는 혼자였고 그윈플렌 역시 혼자였다. 데아의 고립은 장례식과 같았다. 그녀에게는 아무것도 보이지 않았다. 그윈플렌의 고립은 재난이었다. 그는 모든 것을 보았다. 데아에게 세상은 청각과 촉각의 테두리를 벗어나지 못했다. 그녀에게는 현실이라는 것이, 비좁고, 제한되고, 짧고, 즉시 없어져 버리는 것 같았다. 그녀에게 있어 어둠 말고 영원한 것은 없었다. 그윈플렌에게 있어 산다는 것은 영원히 그의 앞에, 그의 바깥에 군중들이 있다는 것을 의미했다. 데아는 빛을 박탈당했고 그윈플렌은 삶을 금지당했다. 분명 이 두 사람은 존재할 수 있는 모든 고난의 바닥을 이미 겪었던, 절망한 이들이었다. 그들 둘 다, 그 바닥에 잠겨 있었다. 혹시 누가 두 사람을 면밀히 관찰했다면, 그의 몽상이 무한한 연민으로 녹아드는 것을 느꼈을 것이다. 그들이 겪지 않은 고통이 무엇이겠는가? 그 두 인간 피조물을 불행의 선고가 짓누르고 있음이 역력했다. 또한 숙명은, 무고한 두 사람을, 일찍이 전례가 없을 만큼 완벽하게, 고통과 지옥 같은 삶으로 에워쌌다.

그들은 천국에 있었다.

그들은 서로 사랑했다.

그윈플렌은 데아를 사랑했다.

데아는 그윈플렌을 우상으로 여겼다.

"넌 어쩜 이리도 멋있는지!"

그녀는 그에게 말하곤 했다.

3. 오쿨로스 논 하베트, 에트 비데트*

지구상에서 단 한 명의 여자만이 그윈플렌을 볼 수 있었다. 그것은 바로 장님 소녀였다. 그녀는 우르수스를 통해서 그윈플렌이 자신에게 무엇을 해 주었는지 알게 되었다. 그윈플렌은 우르수스에게 포틀랜드 해안에서 웨이머스까지의 혹독했던 여정과, 버림받았을 때의 고통에 대해 이미 이야기했기 때문이다. 그녀는 알고 있었다. 죽은 시신의 젖을 빨며 죽어 갈 때, 자신보다 조금 큰 아이가 와서 그녀를 안아 올렸던 것을. 그 누군가, 세상의 음침한 거부 속에 묻혀 있던 어린아이가 아기의 울음소리를 들었고, 모두들 그 부름에 귀를 막았건만 그는 그녀의 소리에 귀를 막지 않았고, 고립되었으며, 약하며, 버림받아, 아무 의지할 곳 없이, 피곤에 탈진해 낙심한 채 황무지를 헤매면서도 밤의 손에서 그 짐을, 즉 다른 아기를 넘겨받았고, 흔히들 운수라고 부르는 그 모호한 배급에 기대할 자신의 몫이 전혀 없었건만, 그는 또 다른 하나의 운명을 스스로 짊어졌고, 그리하여 그 어린것을 헐벗음과, 고통과, 절망에서 구원했고, 하늘이 문을 닫았을 때 그는 가슴을 열었고, 죽은 것이나 다름없던 그가 다른 생명을 구출했고, 지붕도 피신처도 없으면서 그는 스

* '그녀는 눈이 없되 본다'는 뜻이다.

스로 보호소가 되어 주었고, 어머니이자 유모 노릇을 했고, 이 세상에서 혈혈단신이었던 그가, 저버림에 대해 받아들임으로 응답했고, 그러한 수범(垂範)을 깊은 어둠 속에서 보였고, 아직 충분히 시달리지 않았다고 생각했음인지, 다른 이의 비참함을 기꺼이 덤으로 떠안았고, 그를 위해 만들어진 것이라곤 아무것도 없는 이 세상에서, 그가 자신의 의무를 발견했고, 모두들 멈칫거렸을 곳에서 선뜻 나섰고, 모두들 물러섰을 곳에서 흔쾌히 수락했고, 무덤 구멍으로 손을 들이밀어 그녀를 꺼내 주었고, 자신은 반 벌거숭이가 되면서도 그녀가 추울까 봐 그녀에게 자신의 넝마를 주었고, 자신이 굶어 죽을 지경이면서도 그녀에게 먹이고 마시게 할 궁리를 했고, 어린 계집아이를 위해 어린것이 죽음을 상대로 싸움을 벌였고, 겨울과 눈과 고독과 두려움과 추위와 배고픔과 갈증과 폭풍 등의 형상으로 달려드는 죽음을 상대로 싸우며, 그녀를 위해, 데아를 위해, 그 열 살짜리가, 밤의 광막함을 상대로 싸움을 벌였다는 사실을 그녀는 잘 알고 있었다. 그녀는 어린 아이 그윈플렌이 이것을 해냈다는 것을 알았다. 이제 성인이 된 그윈플렌은 허약한 그녀에게 힘이며, 가난한 그녀에게 풍요로움이었고, 아픈 그녀에게 약이며, 눈먼 그녀에게는 눈이라는 사실을 잘 알고 있었다. 그에게서 그녀가 멀리 떨어져 있다고 느끼게 한 알 수 없는 두꺼운 장벽을 넘어서, 이제 그녀는 그러한 헌신과 희생과 용기를 선명히 분별할 수 있었다. 비물질적인 영역에서는 영웅적 행위가 일종의 윤곽을 가지고 있다. 그녀는 그 숭고한 윤곽을 알고 있었다. 태양 빛이 비추지 않는, 하나의 사념이 기거하는 그 형언할 수 없는 희미함 속에서, 그녀는 미덕의 신비한 윤곽을 감지하고 있었다. 현실이 그녀에게 주는 유일한 인상이라 할 수 있는, 그녀를 둘러싸고 있는 모호한 것들의 움직임에 둘러싸여 살면서, 항상 어떤 위험이 닥치지 않을까 감시하는 수동적인 사람의 불안한 침체 속에서, 눈먼 자의 삶이 항상 그러하듯, 아무 방어 수단이 없다는 느낌 속에서, 그녀는 자신보다 위에 있는 그윈플렌의 존재를 확인했다. 절대로 차갑지 않고, 절대로 그녀를 떠나지 않고, 절대로 막연하지 않은 그윈플렌. 친절하고, 그녀에게 도움을 주며, 다정한 이가 있음을.

데아는 그의 존재로 인해 안도하면서, 또 그에 대한 고마움으로 감동하여, 그녀에게 잦아든 불안은 황홀감으로 변했다. 암흑으로 가득 찬 눈으로, 그녀는 암흑의 정점에 있는 이러한 선의를, 깊은 빛을 응시하곤 했다.

이상 속에서, 선함이란, 곧 태양이다. 그리하여 그윈플렌은 데아를 그의 빛으로 눈부시게 했다.

하나의 생각을 가지기에는 머리의 수가 너무 많고, 하나의 관점을 가지기에는 눈의 수가 너무 많은, 스스로가 표면이고, 표면에서 멈추고 마는 군중들에게는, 그윈플렌이 일개 광대, 약

장수, 곡예사, 우스꽝스럽고, 짐승보다 나을까 말까한 기괴한 사람일 뿐이었다. 군중은 그의 얼굴밖에 알지 못했다.

데아에게는 그윈플렌이 그녀를 무덤 밖으로 꺼낸 구원자이자, 그녀의 삶을 가능하게 해 주는 위안이자, 눈먼 미로 속에서 손을 잡고 이끌어 주는 해방자였다. 그녀에게 그윈플렌은 형제이자, 친구요, 안내자요, 버팀목이었다. 그는 저 높은 곳의 존재이자, 찬연히 빛나는 날개 달린 어깨였다. 다른 이들은 그 괴물을 보았지만, 그녀는 거기에서 천사를 보았다.

데아는, 눈이 멀었기에, 영혼을 알아볼 수 있었던 것이다.

4. 어울리는 연인들

우르수스는 철학자였기에 이해했다. 그는 데아의 현혹에 동의했다.

"장님은 보이지 않는 것을 볼 수 있다."

그는 말했다.

"의식이 곧 시력이다."

그는 그윈플렌을 보며 중얼거렸다.

"반은 괴물이로되, 반은 신이로다."

그윈플렌도 데아를 열렬히 사랑하고 있었다. 보지 못하는 눈인 정신과, 보이는 눈인 눈동자가 있다면, 그가 그녀를 보는 것은 보이는 눈이다. 데아는 이상적인 찬란함을 지니고 있었고, 그윈플렌은 사실적인 눈부심을 느끼고 있었다. 그윈플렌의 외모는 추한 것이 아니라 끔찍했다. 그와 대조를 이루는 사람이 데아였다. 그의 외모가 무시무시한 만큼, 데아의 모습은 감미로웠다. 그가 공포라면, 그녀는 은총이었다. 데아는 바로 그의 꿈과 같은 존재였다. 그녀는 거의 형태를 갖추지 않은 하나의 환상과도 같았다. 그녀의 몸 전체에, 그 바람 같은 구조 속에, 갈대처럼 불안한 가늘고 유연한 허리 속에, 아마 보이지 않는 날개가 돋아나 있을지도 모를 어깨 속에, 그녀가 여성임을 알려주는 조심스러운 몸의 곡선에, 거의 투명에 가까운 하얀 피부 속에, 이 지상을 향해서 신성하게 닫혀 있는 것 같은 그 당당하고 말없는 눈빛의 고요함에, 그녀가 짓는 미소의 신성한 순진함 속에는, 천사의 매혹적인 그 무엇이 깃들여 있었으며, 따라서 그녀는 모자람 없이 여인다웠다.

그윈플렌은, 이미 말한 바와 같이, 자신과 데아를 비교했다.

그의 삶과 그녀의 존재는, 놀라운 두 가지 선택의 결과였다. 그것은 지상과 천상의 빛이 교차하는 지점이었고, 흑색의 빛과 백색의 빛이 만나는 점이었다. 같은 빵 부스러기라도, 악의 부리와 선의 부리라는 두 부리에 동시에 쪼아질 수 있다. 전자는 상처를 남기고 후자는 입맞춤을 남길 것이다. 그윈플렌은 그러한 부스러기, 상처받은 동시에 애무도 받는 작은 존재였다. 그윈플렌은, 신의 가호가 개입해 복잡해진 숙명의 산물이었다. 불행이 그에게 손을 댔지만, 행운 역시 그렇게 했다. 극단적으로 서로 다른 두 숙명이 동시에 그의 기이한 운명을 만들어 내고 있었다. 그에게는 저주와 축복이 공존하고 있었다. 그는 저주받은 신의 선택을 받은 자였다. 그는 누구일까? 그는 알지 못했다. 그가 자신을 바라볼 때, 보이는 것은 낯선 얼굴 하나였다. 하지만 그 낯선 얼굴은 괴물 같았다. 그윈플렌은 자신의 것이 아닌 얼굴 때문에, 목을 베는 참수형을 당한 것처럼 살고 있었다. 그 얼굴이 공포감을 유발했고, 어찌나 무시무시했던지 부조리할 정도였다. 이 얼굴은 웃기는 만큼이나 무서웠다. 어찌나 두려움을 주었던지 결국 사람들을 웃겼다. 그는 지옥에서 온 익살광대였다. 인간의 얼굴이 기괴한 짐승의 안면상 안에서 난파되어 있는 것 같았다. 인간의 얼굴에서 이렇게 인간성의 소멸을 완벽히 이뤄낸 적은 없었다. 어떤 우스꽝스러운 익살도 이처럼 완전하진 못했다. 어떠한 악몽 속에서도 이처럼 무시무시한 얼굴이 이빨을 드러내며 웃은 적은 없었다. 여성들에게 위협적인 것들이 이처럼 한 남자 안에 추하게 융합되어 있던 적도 없었다. 이 얼굴 때문에 그 아래에 있는 불행한 마음은 항상 가려지고 왜곡된 채로, 평생을, 마치 묘비 아래에서처럼, 고독하게 남아 있어야 할 운명이었다. 그런데 그렇지 않았던 것이다! 알 수 없는 불행이 다 소진된 곳에서는, 보이지 않는 선의가 차례를 맞이해 나타나기 마련이다. 선의는 무너져 내렸다 갑자기 다시 일어선 이 불쌍한 낙오자 안에서, 혐오감을 일으키는 것 옆에 매력적인 것을 놓아두고, 암초에 자석을 놓는 한편, 그의 영혼이 민첩한 날개로 다른 황폐한 이를 향해 날아가도록 했다. 선의는 천둥번개가 찌그러뜨려 놓은 사람을 위로하도록 비둘기를 한 마리 날려 보냈고, 아름다움이 흉한 모습을 사랑하도록 만들었다.

그런 것이 가능하게 하려면, 그 아름다운 여인이 흉하게 망가진 얼굴을 보지 못하도록 해야 했다. 이 행복을 위해서는 다른 불행이 필요했다. 그래서 신은 데아를 눈멀게 만들었던 것이다.

그윈플렌은 자신이 구원받은 존재임을 희미하게 느꼈다. 왜 박해받았어야 했을까? 알 수 없었다. 왜 구원받은 것이었을까? 그는 그 이유 또한 몰랐다. 그가 아는 것은 그저 한 줄기 찬연한 빛이 그의 낙인찍힌 상처 위에 내려앉았다는 것뿐이었다. 우르수스는 그윈플렌이 이해할 수 있는 나이가 되자, 콘퀘스트 박사의 책에 나오는 '코 제거'에 대한 내용과, 위고 플라공의 책에 있는 '콧구멍이 잘려 나간 이들'에 관한 구절을 읽고 설명해 주었다. 그러나 우르수스는 신중하게도 어떠한 '가설'은 삼갔고, 그것이 무엇을 의미하는지에 대해 어떠한 결론도 내리지 않았다. 여러 추측이 가능했다. 아기였던 그윈플렌에게 폭력을 가했을 가능성이 컸으나, 그윈플렌에게는 오직 그 폭력의 결과만이 남아 있을 뿐이었다. 그는 상처의 흔적을 뒤집어쓴 채 살아야 할 운명이었다. 왜 그런 상처 자국이 생겼을까? 대답은 없었다. 침묵과 고독이 그윈플렌 주위에 머물러 있었다. 그러한 비극적 현실을 정당화해 줄 어떤 추측도 희미했다. 잔인한 현실을 제외하고는, 확실한 것이 전혀 없었다. 그러한 낙담 속에서 데아가 나타나 그윈플렌과 절망 사이로 마치 천상의 중재자처럼 끼어든 것이다. 그는 감동하고 마음이 따뜻해져서, 그를 향해 선 이 아름다운 소녀의 다정함을 알아채게 되었다. 낙원과 같은 기적이 그의 괴물 같은 얼굴을 어루만져 주었다. 사람들에게 두려움을 주기 위해 만들어진 존재였지만, 그는 이상 속에서 빛에 의해 감탄받고 사랑받는 특권을 누리게 되었다. 그는 그의 위에서 별 하나가 자신을 그윽이 내려다보고 있다고 느꼈다.

그윈플렌과 데아는 연인이었고, 두 비장한 가슴은 서로를 열렬히 사랑했다. 하나의 둥지 안에 두 마리의 새가 있는 것, 이것이 바로 그들의 이야기였다. 그들은, 서로를 기쁘게 하고, 서로를 찾아 나서며, 서로 만나는, 우주의 법칙을 알기 시작했다.

결국 증오가 실수를 한 것이다. 그윈플렌을 박해하려던 이들은, 그들이 어떠한 사람들이건, 그 불가사의한 악착스러움이 어디에서 왔건, 그들의 목표를 달성하지 못했다. 그들은 그윈플렌을 절망으로 몰아넣으려고 했지만, 결국 그를 황홀경으로 이끌어 준 셈이었다. 그들은 그윈플렌을 치유 효능을 가진 상처와 결합해 주었다. 그윈플렌이 불행으로 위안을 받도록 미리 운명 지어 놓았으나 망나니의 고문 도구가 부드러운 여인의 손으로 변한 것이다. 그윈플렌의 몰골은 흉측했다. 인위적인 끔찍함, 사람들의 손으로 만들어진 흉측함이었다. 그들은 그를 영영 고립시킬 계획이었다. 그에게 가족이 있다면 먼저 가족으로부터, 그다음에는 인류로부터 영원히 고립시킬 생각이었다. 그가 아직 어린아이였을 때, 사람들은 그를 폐허로 만들었다. 그러나 자연은, 모든 폐허에게 그렇게 하듯, 그 폐허도 회복시켰고 모든 고독에게 그렇듯, 그의 고독도 자연이 위로해 주었다. 자연은 모든 버려진 것들을 돕는다. 모든 것이 결여된 곳에 자연은 자신 전체를 돌려준다. 붕괴된 모든 곳에, 자연은 꽃을 피우고 초록빛을 키워 낸다. 돌을 위해서는 담쟁이를, 인간을 위해서는 사랑을 지니고 있다. 어둠의 심오한 관대함이여.

5. 어둠 속의 푸른빛

이렇게 불운한 두 생명은 서로 의지하며 함께 살아가고 있었다. 데아는 기대고, 그윈플렌은 받아 주었다. 고아 소녀에게 고아 소년이 있었다.

불구자에게 기형아가 있었다.

홀아비와 과부의 결혼이었다.

그 두 슬픔으로부터 형언할 수 없는 감사의 행위가 나왔다. 그들은 감사를 드리고 있었다.

누구에게?

모호한 광대함에게.

그저 자기 자신에게 감사하는 것으로 충분하다. 감사의 기도에는 날개가 달려 있어, 그것이 가야할 곳으로 스스로 찾아가기 마련이다. 그곳에 대해서는 우리의 기도가 우리보다 더 잘 알고 있다.

얼마나 많은 사람들이 주피터에게 기도한다고 믿으면서, 여호와에게 기도를 올렸는가! 부적을 신봉하는 사람 중 얼마나 많은 이들이 무한으로부터 응답을 얻었던가! 착하고 슬퍼한다는 사실만으로도 이미 자신이 절대신에게 기도하고 있다는 것을 알지 못하는 무신론자는 또 얼마나 많은가!

그윈플렌과 데아는 감사하고 있었다.

기형이란 곧 추방이다. 실명은 곧 절벽이다. 그런데 추방된 자가 받아들여지고, 절벽이 살 수 있는 곳으로 변했다. 그윈플렌은, 하나의 꿈을 투영시켜 놓은 것 같은 운명의 배열 속에서, 여인의 형태를 가진 아름다운 새하얀 구름덩이 하나가, 한껏 빛을 발산하며 자신에게로 내려오는 것 보았다. 찬연한 빛을 발산하는 환영이었는데, 그 속에는 심장이 하나 있었고, 거의 구름처럼 흐릿한 여인의 환영이, 그를 끌어안고, 입 맞추었고, 그 심장은 그의 행복을 빌었다. 그윈플렌은 더 이상 흉측한 기형아가 아니라 사랑받는 남자였다. 한 송이 장미가 애벌레에게 청혼했다. 그리고 애벌레 속에서 신성한 나비를 느끼는 것이다. 버림받았던 그가 선택받았다.

자신이 욕망하는 것을 가지는 것, 그것이 전부다. 그윈플렌은 욕망을 얻었다. 데아 역시 자신의 욕망을 가졌다.

기형아의 비천함은 가벼워지고 심지어 숭고해진 듯, 도취와 환희와 믿음 속에서 팽창되고 있었다. 그리고 밤 속에 묻힌 장님의 침울한 주저함 앞으로 마중 나온 손 하나를 내밀었다.

두 슬픔이 서로를 흡수하는 투과였다. 추방된 두 존재가 서로를 받아들이고 있었다. 두 결함이 서로를 완성시키기 위해 합쳐졌다. 두 사람은 각자 자신에게 없는 것으로 상대방에게 힘을 주었다. 한 사람의 가난으로 다른 사람이 부유해졌다. 한 사람의 불행이 다른 사람의 보물을 찾게 해 주었다. 만약 데아가 장님이 아니었다면, 그녀가 그윈플렌을 선택했을까? 만약 그윈플렌의 얼굴이 끔찍한 기형이 아니었다면, 그가 데아를 사랑했을까? 그가 불구인 그녀를 원하지 않았을 것처럼, 아마 그녀 또한 기형인 그를 원치 않았을 것이다. 그윈플렌이 추하다는 것이 데아에게는 얼마나 다행인가! 데아가 장님이라는 것이 그윈플렌에게는 크나큰 행운이었다! 이러한 천만다행의 궁합이 없다면 그들은 존재할 수조차 없었다. 서로에 대한 경탄할 만한 욕구가 그들의 사랑 깊은 곳에 있었다. 그윈플렌이 데아를 구해 주었고, 데아가 그윈플렌을 구해 주었다. 비참함끼리 만나 서로 결합하는 현상이었다. 심연으로 빠져 들어가는 이들의 입맞춤. 그러한 입맞춤보다 더 강렬하고 절망적이며 감미로운 것은 없다.

그윈플렌은 이런 생각을 한 적이 있었다.

그녀 없이 나는 무엇이란 말인가!

데아의 뇌리에도 항상 생각 하나가 자리 잡고 있었다.

그가 없다면 나는 어찌 될까!

이 두 추방자는 하나의 조국에 도달했다. 그윈플렌의 얼굴과 데아의 실명이라는 치유될 수 없는 숙명적 불행이, 행복 속에서 그들의 결합을 이뤄 냈다. 그들은 서로 존재하는 것만으로 흡족했다. 그들은 자신들 이외의 것은 아무것도 상상조차 하지 않았다. 함께 이야기하는 것이 환희였고, 서로 가까이 다가가는 것이 완전한 기쁨이었다. 상호적인 직관 덕분으로 그들은 같은 꿈을 꾸기에 이르렀다. 그들은 둘이서 생각했지만 그것은 하나였다. 그윈플렌이 걸을 때면, 데아는 신의 발걸음 소리가 들린다고 여겼다. 그들은 향기와 섬광과 음악과 반짝거리는 건축물과 꿈들로 가득한 별빛의 미광(微光) 속에서 서로가 서로를 꼭 끌어안고 있었다. 그들은 서로의 것이었다. 그들은 자신들이 영원히 함께하는 즐거움과 황홀경 속에 있음을 알고 있었다. 저주받은 두 사람이 에덴을 꾸려 나가는 것보다 더 기이한 일은 없을 것이다.

그들은 말로 표현할 수 없을 만큼 행복했다.

그들은 자신들의 지옥으로 천국을 만들었다. 그것이야말로 당신의 힘이오. 사랑이여!

데아는 그윈플렌의 웃음소리를 들었다. 그리고 그윈플렌은 데아가 미소 짓는 것을 보았다.

그렇게 이상적인 축복이 생겨나고, 생의 완벽한 기쁨이 실현되었으며, 행복의 신비로운 문제가 가엾은 두 사람에 의해 해결되었다.

그윈플렌에게는 데아가 찬란함이었다. 데아에게는 그윈플렌이 곧 존재 자체였다.

존재 그 자체, 보이지 않는 것을 신성하게 만드는 오묘한 미스터리, 또 다른 미스터리인 믿음 역시 여기에서 생겨나는 것이다. 종교에서 이것만큼 요지부동인 것은 없다. 그러나 불변인 것으로 충분하다. 사람들은 불가결의 광막한 존재를 보지 못하고 오직 그 존재를 느낄 뿐이다.

그윈플렌은 데아에게 있어 종교였다.

때로는 그녀가, 사랑하는 마음을 주체하지 못해, 그윈플렌 앞에서 무릎을 꿇었다.

그럴 때면, 그녀의 모습은 아름다운 여사제 같았다.

어떤 심연을 상상해 보자. 그 심연 한가운데에 밝게 빛나는 오아시스가 있고, 삶의 영역에서 쫓겨난 두 사람이 서로에게 현혹되어 있는 모습을.

그들 사랑에 비교할 만한 순수함은 없었다. 데아는 그녀 자신이 갈망하고 있었을지도 모름에도 불구하고 입맞춤이라는 것이 무엇인지 몰랐다. 특히 한 여인이 장님일 경우, 눈먼 상태 특유의 꿈이 있어, 미지의 존재가 다가오면 비록 두려워 떨더라도, 접근 자체를 싫어하지는 않는다. 그윈플렌의 경우, 떨리는 젊음이 그로 하여금 자주 생각에 잠기게 했다. 자신이 도취되었다고 느끼면 느낄수록, 그는 더욱 소심해지는 것이었다. 그는 모든 것을 감히 저질러 볼 수도 있었다. 어린 시절부터의 동반자인, 빛을 모르듯 잘못이라는 것을 모르는 이 순진한 여인을 상대로, 그리고 그를 열렬히 숭배하는 것 이외에는 아무것도 보지 못하는 장님인 여인을 상대로 말이다. 그러나 그는 그녀가 자신에게 준 것을 강탈했다고 믿었던 것 같다. 결국 그는, 천사처럼 사랑하는 것으로 만족하며 약간의 우울을 체념해 넘겼다. 그리고 자신이 기형이라는 사실조차 오히려 떳떳한 순수함으로 느껴졌다.

이 두 행복한 연인은 이상의 경지에서 머물러 있었다. 그들은 거기서 천구의 양극처럼 떨어져 있는 부부와 같이 살았다. 그들은 창천(蒼天) 속에서 오묘한 영기(靈氣)를 주고받았는데, 그것은 무한 공간 속에서는 곧 인력(引力)을 뜻하고, 지상에서는 성욕을 뜻한다. 두 사람은 영혼의 입맞춤을 나누고 있었다.

그들은 늘 함께 생활했다. 함께하는 것 이외의 다른 삶은 알지 못했다. 데아의 유년기는 그윈플렌의 청소년기와 일치했다.

그들은 나란히 자랐다. 포장마차가 널찍한 침실이 아니었던지라, 그들은 상당히 오랫동안 같은 침대에서 잤다. 둘은 궤짝 위에서, 우르수스는 마룻바닥에서 잤다. 그것이 해결책이었다. 그런데 어느 날 문득, 데아는 아직 어린데, 그윈플렌은 자신이 꽤나 자랐음을 느꼈고, 거기서 일종의 수치심이 발동하기 시작했다. 그는 우르수스에게 말했다.

"저도 마룻바닥에서 자고 싶어요."

그리고 저녁이 되자, 그는 노인 옆 곰 가죽 위에 누웠다. 그러자 데아가 울기 시작했다. 그녀는 자신의 침대 친구를 요구했다. 그러나 사랑하기 시작해 불안해진 그윈플렌은 잘 버텨 냈다. 그 순간 이후, 그는 우르수스와 함께 마룻바닥에서 잤다. 아름다운 여름밤이면, 호모와 함께 오두막 밖에서 잤다. 데아는 나이 열세 살이 되도록 포기하지 못했다. 그리고 종종 밤이 되면 그에게 말했다.

"그윈플렌, 내 곁으로 와. 그래야 잘 수 있을 것 같아."

한 남자가 옆에 있는 것, 그것은 순진무구한 소녀가 잠드는 데 필요한 조건이었다. 나신이라는 것, 그것은 자신의 벌거벗은 몸을 본다는 뜻이다. 따라서 그녀는 나신이라는 것이 무엇인지도 알지 못했다. 아르차디아나 오타히티의 순진무구함이었다. 세상에 길들여지지 않은 데아가 그윈플렌을 거칠게 만들고 있었다. 때로는, 이미 다 큰 처녀로 성장한 데아가, 침대 위에 앉아서 긴 머리를 빗는데, 블라우스는 단추가 풀려서 반쯤 밑으로 떨어질 듯한 채로, 그녀의 여성스러운 몸의 곡선을 드러내면서, 그윈플렌을 부르는 경우가 있었다. 그럴 때마다 그윈플렌은 그 천진난만한 육체 앞에서, 얼굴을 붉히고 눈을 내리뜬 채 어찌 할 바를 모르며 우물쭈물 대다가 결국은 두려워져서 고개를 돌리고 자리를 뜨곤 했다. 이 암흑의 다프네는 어둠의 클로에 앞에서 도망쳤다.

비극 안에서 피어난 목가였다.

우르수스가 그들에게 말했다.

"늙은 짐승들이여, 서로 사랑하라!"

6. 교사 우르수스, 그리고 보호자 우르수스

우르수스는 덧붙였다.

“언젠가 내가 그들에게 못된 장난을 할 테다. 두 사람을 결혼시켜야지.”

우르수스는 그윈플렌에게 연애론에 대해 알려 주었다. 우르수스가 말했다.

“사랑이라, 너는 어떻게 신이 이 사랑이라는 불을 붙이는 줄 아느냐? 그는 여자를 아래에, 악마를 중간에, 남자를 그 악마 위에 놓으신다. 성냥 한 개비면, 즉 시선 한 번이면, 모든 것이 활활 타오르며 불이 붙는 거지.”

“꼭 시선이 필요한 것은 아니에요.”

그윈플렌이 데아를 생각하며 말했다.

우르수스가 반박했다.

“이 멍청한 녀석! 서로의 영혼을 보는데, 꼭 눈이 있어야 되느냐?”

가끔 우르수스는 착한 악마 노릇을 했다. 그윈플렌은, 때로, 침울해질 만큼 데아를 향한 사랑에 푹 빠져서, 혼자 우르수스의 존재를 자신을 감시하는 사람으로 여기기까지 했다. 어느 날, 우르수스가 말했다.

“이 녀석아! 신경 쓰지 말거라. 수탉도 사랑하고 있는 건 남들한테 다 보인단다."

"하지만 독수리는 잘 숨기는걸요."

그윈플렌이 대답했다.

다른 때, 우르수스가 혼잣말을 중얼거렸다.

"키테라*의 수레바퀴에 막대기를 찔러 넣는 것이 낫겠어. 저것들이 서로 정말정말 좋아해. 좋지 않은 일이 생길 수도 있겠는걸. 저 두 마음을 다스려서 화재를 예방해야겠어."

우르수스는 경고를 주기로 작정하고, 데아가 잠들었을 때는 그윈플렌에게, 그윈플렌이 등을 돌리고 있는 사이 데아에게, 각각 이렇게 말했다.

"데아, 그윈플렌에게 너무 애착을 가져서는 안 된다. 다른 사람 안에서 산다는 것은 위험해. 이기주의는 행복의 좋은 뿌리야. 남자란 항상 여인에게서 도망쳐 버리곤 한단다. 결국 그윈플렌이 너에게만 평생 빠져 있지 않을 수도 있어. 그가 얼마나 커다란 성공을 거두었니! 그가 얼마나 큰 성공을 이뤘는지 한번 생각해 보아라!"

"그윈플렌, 부조화에는 아무런 가치도 없다. 한쪽이 너무 못생기고 다른 쪽이 너무 아름다우면, 곰곰이 한번 따져 봐야 해. 얘야, 그러니 너의 열정을 조금만 절제해라. 데아에게 지나치게

* 이오니아해 남쪽에 위치한 섬으로, 문학과 예술에서 사랑과 쾌락의 이상향으로 등장한다.

열을 올리지 마라. 진정 네가 그 애의 배우자가 될 수 있다고 믿느냐? 그렇다면 너의 기형과 그 애의 완벽한 아름다움을 놓고 잘 따져 보아라. 그 애와 너의 차이를 올바로 보아야 해. 데아는 모든 것을 타고났어! 하얀 피부, 풍성한 머리카락, 딸기 같은 입술, 그 발! 또 손은 어떠냐! 그 애의 어깨 곡선은 진정 우아하지! 그 숭고한 얼굴하며. 그 애가 걸을 때면 빛이 나온단 말이다. 그리고 진지한 어조로 말할 때의 목소리는 얼마나 매력적인지! 그런 것들은 제쳐 두고라도, 그 애 역시 여자라는 점을 기억해 두어야 해! 그 애는 천사가 될 만큼 멍청하지는 않지. 그 애는 절대적인 아름다움, 그 자체야. 내가 한 말을 곰곰이 되씹어 보고 마음을 진정시켜 보렴."

오히려 이렇게 함으로써 데아와 그윈플렌 간의 사랑은 배로 늘어나게 되었다. 우르수스는 자신의 계획이 뜻대로 되지 않음을 깨닫고 놀라워했다. 하지만 그 놀라움은, 다음과 같은 소리를 지껄이는 사람과도 같았다.

"참 이상하군, 불에다 기름을 부어도 꺼지지 않는군. 도무지 불을 끌 방도가 없어."

그는 진정 그들의 화염을 끄기를, 아니 그 열기를 최소한 식히는 것이나마 바랐던 것일까? 물론 그렇지 않았다. 만약에 그의 계획이 성공했다면, 그는 스스로 속아 넘어간 꼴이 되었을 것이다. 두 남녀를 불태우는 이 사랑은, 그에게는 따스한 열기였고 그를 황홀하게 했다.

그러나 한번쯤은 우리를 매혹하는 것에 조금 짓궂게 장난을 쳐 볼 필요가 있는 법이다.

그리고 그 장난을 사람들은 절제라고 부르는 것이기도 하다.

우르수스는 두 사람에게 있어 아버지이자 어머니나 마찬가지였다. 그는 불평을 하면서도 그들을 길렀고, 꾸지람을 하면서도 이 둘을 먹여 살렸다. 두 아이를 받아들임으로써 바퀴 달린 오두막이 더 무거워졌고, 그리하여 호모와 함께 그것을 끌기 위해 멍에를 메는 일이 더 잦아졌다.

그러다가 몇 해가 지나, 그윈플렌이 거의 다 자라고 우르수스가 완전히 늙어 이번에는 그윈플렌이 우르수스를 태우고 마차를 끌 순번이 되었다.

우르수스는 그윈플렌이 커 가는 것을 보면서, 점성술로 그의 기형에 대한 점을 쳐 보았다. 그리고 그에게 말했다.

"넌 복을 타고났구나."

노인 하나와 두 아이, 그리고 늑대 한 마리로 구성된 가족은, 계속해서 떠도는 동안, 더욱 두터운 관계를 형성해 나갔다.

방랑하는 생활이라고 해서 교육에 방해가 되지는 않았다. 방랑한다는 것은 자라난다는 뜻이지. 우르수스의 말이었다. 그윈플렌은 분명 '장날 보여 주기 위해' 만들어졌던지라, 우르수스는 그에게 곡예사의 재주를 가르쳤다. 그리고 그 안에 그가 가진 최고의 지식과 지혜를 심어 주었다. 그는 그윈플렌의 그 터무니없는 기형적 얼굴을 보면서 중얼거리곤 했다.

"잘 시작했어."

그래서 우르수스는 그윈플렌을 온갖 철학과 지식으로 가득 채워 완벽 무장시켰던 것이다.

그는 끊임없이 그윈플렌에게 말했다.

"철학자가 되어라. 지혜로워야 한다, 그래야 세상으로부터 상처를 입지 않는단다. 네가 나를 보았듯이, 나는 한 번도 눈물을 흘려 본 적이 없어. 그건 나의 지혜 덕분이야. 만약 내가 울고 싶었다면 그럴 기회가 없었다고 생각하느냐?"

우르수스는 한번 늑대 앞에서 혼잣말을 했다.

"나는 그윈플렌에게 모든 것을 가르쳤어. 라틴어까지도. 하지만 데아에게는 필요 없는 것만 가르쳤지. 음악을 포함해서 말이야."

그는 두 아이에게 노래하는 법을 알려 주었다. 그는 보리피리라고 하는 악기를 연주하는 데 탁월했다. 그는 또한 베르트랑 뒤게클랭의 연대기에서, '방랑자의 악기'라고 부르는, 후에 교향악의 근간이 된, 걸인들이 구걸하는 데 쓰는 악기도 잘 다루었다. 그러한 음악이 군중들을 끌어모았다. 우르수스는 사람들에게 악기를 보여 주고는 말했다.

"라틴어로는 오르가니스트룸이라고 부르는 악기입니다."

그는 데아와 그윈플렌에게 오르페우스와 에지드 빈슈아*의 방법에 따라, 노래를 가르쳤다. 가끔 열광적인 외침으로 수업이 중단되기도 했다.

"오르페우스, 그리스의 음악가여! 빈슈아, 피카르디의 음악가여!"

이렇게 정성을 들인 교육이 아무리 복잡하다 하여도, 두 사람이 서로 열렬히 사랑에 빠져드는 것을 막지는 못했다. 마치 가까이에 심어 놓은 두 그루의 묘목이, 서로의 가지를 뒤섞으며 큰 나무로 자라듯이, 그들은 서로의 마음을 섞으며 성장했다.

"어찌되었건 저것들을 혼인시켜야겠어."

우르수스가 중얼거렸다.

그러더니 조금 떨어진 곳에서 다시 투덜거렸다.

"저것들이 사랑이라는 걸 가지고 나를 지치게 하는구나."

그들에게 남았던 약간의 과거도, 그윈플렌과 데아에게는, 더 이상 존재하지 않았다. 그들이 자신들의 과거에 대해 아는 것은, 우르수스가 말해 준 것들 뿐이었다. 그들은 우르수스를 '아버지'라고 불렀다. 그윈플렌은 유년에 대해, 마귀들이 요람 위를 짓밟고 지나간 것과 같은 추억밖에 가지고 있지 않았다. 그것이 일부러 그랬던 것일까 아니면 원치 않는데 일어난 것일

---

* 벨기에의 작곡가이다.

까? 그는 그것조차 알 수가 없었다. 그가 아주 세세하게 기억하는 것은 그가 버려지던 날의 비극적인 모험이었다. 데아를 발견했던 것은 그에게 그 끔찍했던 밤을 찬란히 빛나는 날로 기억하게 해 주었다.

데아의 기억은 그윈플렌의 기억보다도 더욱 희미했다. 너무나 어려서 다 사라져 버렸다. 그녀는 자신의 어머니를 차가운 무언가로 기억했다. 그녀가 태양을 본 적이 있었을까? 아마 그랬을지도 모른다. 그녀는 자신의 뒤에 있던 소멸된 것으로 영혼을 다시 담가 보려고 애를 써 보았다. 태양이라고? 그것이 뭐였지? 그녀는 뭔지 모를 빛나고 따뜻한 것을 그윈플렌이 대신한 것으로 기억하고 있었다.

그들은 항상 낮은 목소리로 이야기를 나누었다. 지상에서 가장 중요한 것은 비둘기들이 구구거리듯 사랑을 속삭이는 것임에 틀림없다. 데아가 그윈플렌에게 말했다.

"빛이란, 바로 네가 말할 때야."

언젠가는, 그윈플렌이 모슬린 소매를 통해 비치는 데아의 팔을 보고는, 더 이상 참지 못하고, 입술로 그 투명함을 쓰다듬고 말았다. 기형의 입술로 이상적인 입맞춤을 한 셈이다. 데아는 깊은 희열을 느꼈다. 그녀의 얼굴은 온통 붉게 물들었다. 이 괴물의 입맞춤이, 어둠으로 가득한 아름다운 이마 위에 오로라를 떠올려 놓았다. 그윈플렌은 일종의 공포심에 시달리며 한숨을 짓는데, 데아의 목도리가 벌어지자, 그는 그 낙원의 창문을 통해 보이는 순백색을 바라보지 않을 수 없었다.

그 순간 데아가 소매를 다시 걷어 팔을 드러내고 그윈플렌에게 말했다.

"다시 한 번 해 줘!"

그윈플렌은 도망치듯 자리를 피했다.

다음 날에도 그 놀이는 약간의 변형을 더해서 다시 시작되었다. 사랑이라는 달콤한 심연 속으로, 천상의 희열을 느끼며 미끄러져 들어갔다.

바로 그런 모습에서 늙은 철학자의 모습을 한 착한 신께서 미소를 지었다.

7. 실명이 통찰력을 일깨워 준다

가끔 그윈플렌은 스스로를 질책했다. 그는 자신의 행복이 선인지 악인지 결정 내리지 못해 고심했다. 그는 자신을 보지 못하는 여인이 자기를 사랑하도록 내버려 두는 것이, 그녀를 기만하는 것이라 생각했다. 문득 그녀의 눈이 떠진다면, 그녀는 무슨 말을 할까? 그녀를 매혹하던 것이 그녀에게 얼마나 큰 끔찍함을 불러오겠는가! 자기의 무시무시한 연인 앞에서 얼마나 놀라겠는가! 그 비명! 두 손으로 얼굴을 가릴 테지! 그리고 뒷걸음질 치겠지! 고통스러운 양심의 가책이 그를 괴롭혔다. 그는 자신에게 거듭 말했다.

'괴물은 사랑할 권리가 없어.'

그는 별이 우상으로 숭배하는 히드라였다. 그 눈먼 별에게 진실을 알려 주는 것이 자신의 의무라고 생각했다.

하루는 그가 데아에게 말했다.

"넌 내가 무척이나 못생겼다는 것을 알고 있지."

"난 네가 숭고하다는 것을 알아."

그녀가 답했다.

그가 다시 이야기했다.

"만일 주변 사람들의 웃음소리가 들리면, 그건 날 보고 웃는 거야. 내가 너무 소름 끼쳐서."

"사랑해."

데아는 그에게 말했다. 잠시 침묵을 지키다가, 그녀가 덧붙였다.

"나는 죽었었어. 네가 나를 다시 깨어나게 했어. 여기 있는 너는, 내 옆에 있는 천국이야. 손을 이리 줘, 나는 신을 만지고 싶어."

그들은 서로의 손을 찾아 꼭 맞잡았다. 그리고 더 이상 아무 말도 하지 않았고, 서로 사랑하는 충만함으로 침묵이 계속되었다.

무뚝뚝한 우르수스가 그들의 대화를 우연히 들었다. 그다음 날, 세 사람이 함께 있을 때, 그가 말했다.

"데아도 못생기긴 마찬가지다."

이 말은 아무런 반응도 불러오지 못했다. 데아와 그윈플렌은 그의 말을 듣지 않았다. 그들은 서로에게 흡수되어서, 우르수스의 감탄적 종결어를 거의 알아채지 못했다. 우르수스의 말은 심오했으나 완전한 헛수고였다.

그러나 "데아도 못생겼다"라고 한 경계의 말은, 그 해박한 사람이 여인에 대해 상당한 지식을 가지고 있다는 표식이었다. 그윈플렌이 그의 충실한 사랑 때문에 경솔한 말을 한 것은 분명했다. 다른 어떤 여자에게나 데아처럼 눈먼 여자에게도 "나는 못생겼다"라는 말은 위험할 수도 있었다. 소경인 동시에 사랑에 빠진다면, 그것은 두 번이나 눈이 멀었음을 의미한다. 그러한 상황에서는 여자들은 몽상에 잠기는데, 환상은 꿈의 양식이다. 따라서 사랑으로부터 환상을 빼앗는다는 것은 사랑으로부터 양식을 빼앗는 것이나 다름없다. 사랑의 형성에는 모든 형태의 열광이 유용하게 참여한다. 물리적 열광이나 심리적 열광 모두 마찬가지이다. 게다가 여인에게는 이해하기 어려운 말을 결코 해서는 안 된다. 여자는 항상 그 이상을 꿈꾸기 때문이다. 게다가 자주 잘못 꿈꾸기도 한다. 몽상 중에 생기는 수수께끼는 그 몽상에 괜한 타격을 입힌다. 무심히 흘린 말 한마디의 충격이, 어떻게 일어나는지도 모르게, 접착되어 있던 마음을 서서히 떨어져 나가게 하기도 한다. 하찮은 한 마디 말에 충격을 받아, 하나의 가슴이 부지불식간에 텅 비어 버리는 경우가 가끔 있다. 그 순간, 사랑하는 사람은, 행복의 수위가 한 단계 낮아짐을 감지한다. 금이 간 꽃병에서 조금씩 천천히 흘러나오는 물처럼 무서운 것은 없다.

다행히 데아는 그러한 진흙으로 빚어진 꽃병은 아니었다. 다른 모든 여인을 빚는 데 쓰였던 반죽이 데아에게는 전혀 쓰이지 않았다. 데아는 매우 흔치 않은 본성을 가지고 있었다. 데아의 육체는 부서지기 쉬웠으나, 마음만은 그렇지 않았다. 그녀의 존재 깊숙한 곳에는, 사랑의 신성한 인내가 있었다.

그윈플렌의 말이 데아의 안에 파헤쳐 놓은 상처 때문이었는지, 어느 날 그녀는 이렇게 말했다.

"추하다는 게 뭘까? 그것은 나쁜 짓을 한다는 뜻이야. 그윈플렌은 오직 착한 일만 해. 그래서 그는 잘생겼어."

그리고 항상 아이들이나 장님들이 자주 하는 것 같은 질문을 했다.

"본다고? 뭘 가지고 본다고 말하는 거야? 나는 보지 못해. 대신 알지. 본다는 것은 무엇을 숨기는 것과 같아."

"무슨 뜻이야?"

그윈플렌이 물었다.

그 말에 데아가 대답했다.

"본다는 것은 뭔가 진실을 감춘다는 거야."

"아니야."

그윈플렌이 말했다.

"맞아!"

데아가 물러서지 않았다.

"너는 네가 추하다고 했으니까."

그녀는 잠시 생각하더니 한마디 덧붙였다.

"거짓말쟁이!"

덕분에 그윈플렌은, 사실을 고백하긴 했지만 그녀가 그 고백을 믿어 주지 않은 셈이 되어 두 배로 기뻤다. 그의 양심과 사랑 모두가 긴장을 풀었다.

그렇게 그녀는 나이 열여섯에, 그는 스물다섯 즈음에 이르렀다.

하지만 그들은, 요즘 사람들이 말하는 것처럼, 조금도 '진도를 나가지' 않았다. 왜냐하면, 그들은 이미 데아가 생후 9개월, 그리고 그는 열 살 때, 첫날밤을 함께 치렀기 때문이다. 그들의 사랑에는 일종의 신성한 유년기가 남아 있었다. 그래서 가끔 늑장꾸러기 꾀꼬리가 새벽녘까지 노래를 부르기도 했다.

그들의 애무는 서로 손을 꼭 잡는 것 이상으로 발전하는 일이 거의 없었고, 가끔 드러난 팔이 가볍게 스치는 것 정도가 전부였다. 그들에게는 아직 말을 더듬듯 조심스러워하는, 그러나 부드러운 쾌감이면 충분했다. 스물네 살과 열여섯 살이라. 어느 날 아침, 우르수스는 자신의 '짓궂은 장난'에서 시선을 놓지 않으며 그들에게 말했다.

"언젠가 너희들도 종교 하나를 선택해야 할 것이다."

"왜요?"

그윈플렌이 물었다.

"결혼하기 위해서."

"우리는 벌써 결혼했는걸요."

데아의 대답이었다.

데아는 지금 자기들과 같은 관계 이상으로, 남편과 부인이라는 관계가 될 수 있다는 것을 이해하지 못했다.

사실, 이 환상적이고 순결한 만족감과, 영혼을 통한 결합, 그 순진무구한 행복감, 그리고 결혼으로 간주된 그러한 금욕적 독신 생활은, 우르수스를 조금도 언짢게 하지 않았다. 그가 결혼에 대해 거론한 것은, 그것을 분명히 해야 했기 때문이다. 하지만 그가 갖고 있던 의학적 지식으로 볼 때, 그가 말하는 '살과 뼈로 이뤄진 혼인'을 하기에는, 데아의 나이가 너무 어리다고 할 수는 없어도, 몸이 너무 예민하고 허약했다.

그러한 일은 생각보다 일찍 성사될 것이었다.

게다가 그들은 이미 결혼한 것이 아니던가? 만약 이 세상에 절대로 끊을 수 없는 것이 어딘가에 존재한다면 그것이 그윈플렌과 데아의 결합 속에 있지 않겠는가! 경탄할 만한 일이다. 그들은 불운을 통해 서로의 품속으로 지극히 아름답게 던져졌다. 그런데 마치 그렇게 한 번 연결시켜 준 것으로 모자랐던지, 사랑이 그것에 매달리고, 그것으로 자신을 휘감고, 서로를 꼭 밀착시켰다. 과연 어떠한 힘이, 꽃 매듭으로 조인 쇠사슬을 끊어낼 수 있단 말인가?

진정, 그들은 영영 헤어질 수 없었다.

데아에게는 아름다움이 있었다. 그윈플렌에게는 빛이 있었다. 각자 자기의 지참금을 가지고 있었다. 그들은 부부 이상의 것이자, 진정한 천생연분이었다. 신성한 매개체인 순수함에 의해서만 떨어뜨려 놓을 수 있는…….

그럼에도 불구하고 그윈플렌이 아무리 몽상에 잠기고, 데아에 대한 명상과 사랑의 가장 깊숙한 곳에 몰두했다 할지라도, 그는 어쩔 수 없는 남자였다. 치명적인 법칙은 스스로를 속이지 않는다. 그는, 광대한 자연과 마찬가지로, 조물주가 원하는 모호한 동요를 겪어 내야 했다. 그래서 가끔 그가 관객들 앞에 나타날 때, 때로는 군중 속에 있는 여인에게 시선을 빼앗길 때가 있었다. 하지만 그는 곧바로 자신이 죄를 지었다고 생각하며, 스스로 뉘우치면서 서둘러 자신의 영혼으로 되돌아가곤 했다.

아무도 그를 격려해 주지 않았다는 점도 덧붙여 두자. 그가 본 모든 여인의 얼굴에서, 그는 혐오, 적대감, 반감과 거부를 읽어 냈다. 그에게 데아 이외에는 어떤 여인도 접근할 수 없었다. 그러한 현실이 그의 뉘우침을 도왔다.

8. 행복뿐만 아니라, 번영도

옛날이야기 속에는 얼마나 진실한 것이 많은지! 보이지 않는 악마의 화상 흉터가 그대에게 손을 댄다, 그것은 못된 생각의 원한이었다.

그윈플렌에게 있어서 못된 생각이 한 번도 생겨난 적이 없었고, 그래서 그는 원한이라는 것을 알지 못했다. 그러나 가끔 회한은 있었다.

의식의 모호한 안개이다.

그것은 무엇이었을까? 아무것도 아니었다.

그들의 행복은 완전무결했다. 너무나 완벽해 더 이상 가난하지 않을 정도였다.

1689년부터 1704년 사이에 어떤 변모가 생겼다.

1704년에는, 가끔 해 질 녘에, 튼튼한 말 두 필이 끄는 거대하고 육중한 유개 마차 한 대가, 연안 지대에 그렇고 그런 작은 도시 중 하나로 들어서곤 했다. 그것은 마치 뒤집힌 배의 선체와 같았다. 용골이 지붕 역할을, 갑판이 마루 역할을 하며, 네 바퀴 위에 높이 달려 있었다. 바퀴의 크기는 넷이 모두 같았는데, 목재나 석재를 운반하는 마차의 바퀴만큼 컸다. 바퀴와 수레의 채 및 몸통 모두가 녹색 칠이 되어 있었는데, 그것도 색조가 리드미컬하게 점진적으로 밝아져서, 마치 바퀴는 초록색 병처럼, 지붕은 푸른 사과처럼 보였다. 이 외관 덕분에 사람들에게 쉽게 눈에 띄었고, 이것은 시장마다 널리 유명세를 떨쳤다. 사람들은 그것은 '그린박스', 그러니까 '초록 상자'라고 불렀다. 그린박스에는 창문이 둘밖에 없었는데 차 양쪽 끝에 붙어 있었고, 뒤에는 발판 달린 출입문이 있었다. 지붕 위에는, 마차의 다른 부분처럼 초록색으로 칠한 굴뚝에서 연기가 뿜어져 나왔다. 그 걸어 다니는 가옥은 항상 칠이 새로 되어 있고 깨끗이 닦여 있었다. 마차 앞쪽, 말들의 엉덩이보다 조금 높이, 그리고 창문을 출입문처럼 사용할 수 있는 위치에, 긴 보조의자 하나가 부착되어 있었다. 그 위에는, 고삐를 잡고 말들을 모는 노인 하나와, 여신의 차림을 한 보헤미아의 집시 여인 둘이 앉았는데 그녀들은 트럼펫을 불고 있었다. 사람들은 경악하며 자랑스럽게 요동치는 마차에 대해 각자 한마디씩 했다.

이것은 우르수스의 옛 거처였다. 큰 성공을 거둔 뒤 얻어낸 결과로, 장터의 간이 극장이 무대로 탈바꿈한 셈이었다.

개인지 늑대인지 분간하기 어려운 짐승 한 마리가 차체 아래에 묶여 있었다. 호모였다.

말을 몰고 가는 늙은 마부는 바로 철학자 우르수스였다.

그 초라한 오두막이 이렇게 멋들어진 사륜마차로 바뀌게 된 번영의 원천은 도대체 무엇인가?

바로 이러한 사실 덕분이었다. 그윈플렌이 매우 유명했기 때문이었다.

우르수스는, 사람들 사이에서 성공을 거둘 수 있는 것에 대한 예리한 통찰력을 가지고, 그윈플렌에게 말한 바 있었다.

"넌 돈을 벌 팔자로다."

우리가 기억하다시피 그는 그윈플렌을 제자로 길러 냈다. 누군지 모를 이들이 그의 얼굴을 만들었고, 우르수스는 완벽하게 만들어진 가면 뒤에다, 최대한의 생각을 가져다 넣었다. 그리고 아이가 자라, 사람들 앞에 세울 수 있는 적합한 시기가 오자, 그를 무대 위에, 다시 말해, 오두막 앞 연예대 위에 세웠다. 그의 출현에 대한 세상의 반응은 상상을 초월했다. 지나가던 사람들도 즉각 놀라서 멈춰 섰다. 그토록 놀라운 웃음 흉내에 비할 만한 것을 사람들은 일찍이 본 적이 없었다. 사람들은, 다른 이들에게 전이되는 그 기적적인 웃음이 어떻게 유래된 것인지 알지 못했다. 어떤 사람들은 그것이 원래부터 그런 것이라 했고, 또 어떤 사람들은 일부러 그렇게 만든 것이라고 주장했다. 그리하여 무수한 추측이 사실에 덧붙여졌고, 광장이건 장터건, 장이 서고 축제가 열리는 곳이면 어디에서든, 군중이 그윈플렌에게 몰려들었다. 그 '엄청난 매력' 덕분에, 떠돌이들의 돈주머니 속에는 처음에는 잔돈푼만 몇 개 들어오더니, 나중에는 차츰 더 큰 액수로 바뀌어, 결국에는 지폐까지 들어오게 되었다. 어느 지방 사람들의 호기심이 소진된 듯하면 다른 곳으로 이동했다. 돌은 굴러도 부유해지지 않지만, 바퀴 달린 오두막은 부유해졌다. 그리하여 한 해 한 해 흐를수록, 이 도시 저 도시로 떠도는 동안, 그윈플렌의 몸집과 추함은 커져 갔고, 우르수스가 예견했던 재산이 들어왔다.

"사람들이 너에게 큰 공헌을 했구나!"

우르수스는 자주 그렇게 말했다.

그 행운이, 그윈플렌의 성공을 일구어 낸 우르수스로 하여금, 그가 항상 꿈에 그리던 수레를 만드는 것을 가능케 해 주었다. 그것은, 연극 무대를 통째로 싣고 다니며 지식과 예술을 광장에 전파하기에 충분한, 커다란 유개(有蓋) 화물 운송용 마차였다. 뿐만 아니라 우르수스는, 자신과 호모, 그윈플렌, 데아로 이루어진 그룹에 두 마리의 말과, 두 집시 여인을 추가할 수 있었다. 그들은 앞에서 언급했듯 여신처럼 차려입은 예술 단원이었으며 동시에 하녀들이었다. 광대들의 천막에는 일종의 신화적인 그림 같은 것이 유용했다.

"우리는 떠돌아다니는 신전이야."

우르수스가 종종 하던 말이다.

두 집시 여인은 성 안과 그리고 그 변두리의 너저분한 곳에서 방랑하던 무리들에게서 데려왔는데, 둘 다 못생기고 젊었다. 그리고 우르수스의 뜻에 따라 하나는 포이베, 다른 하나는 베누스라고 불렀다. 피비와 비노스. 영어식으로 발음하기에 편리한 이름들이었다.

피비는 요리를 담당했고, 비노스는 신전의 청소를 도맡아 했다. 그리고 공연이 있는 날에는 그녀들이 데아의 의상을 입혀주었다.

곡예사들도 왕족과 마찬가지로 '공식 일정'이 있었다. 그것이 마무리 되면, 데아와 피비 그리고 비노스의 경우, 꽃무늬 천으로 만든 피렌체식 치마와 여자용 카핀고를 입었는데, 카핀고에는 소매가 없어 팔을 자유자재로 움직일 수 있었다. 우르수스와 그윈플렌은 남자용 카핀고를 걸치고, 전함의 선원들처럼 통이 크고 짧은 해군용 바지를 입었다. 그윈플렌은 그 외에도, 일을 할 때나 운동을 할 때, 목 주위와 어깨를 덮어 주는 혁제 망토 하나를 가지고 있었다. 그가 말을 관리했다. 우르수스와 호모는 서로를 돌보았다.

데아는 그린박스에 익숙한지라, 마치 그 속에서는 사물을 볼 수 있는 듯, 굴러다니는 집 안을 이리저리 어려움 없이 이동해

다녔다.

이동식 건물의 은밀한 내부와 배열을 누가 살펴보았다면, 그 한구석 벽에 기대어 놓은, 그리고 네 바퀴 위에서 움직이지 않는, 우르수스의 낡은 오두막을 발견했을 것이다. 이제는 은퇴해, 녹슬어 버렸고, 호모가 그것을 끌지 않아도 되듯, 이제는 구르지 않아도 괜찮았다.

뒤쪽 출입문 오른편 구석에 처박힌 오두막은, 우르수스와 그윈플렌의 침실 겸 탈의실로 사용되었다. 그 속에는 이제 침대 둘이 있었다. 맞은편 구석에는 주방이 있었다.

어떤 선박의 내부도 그린박스의 내부처럼 간결하고 정확하게 정돈되지는 않았을 것이다. 모든 것이 상자들 속에 계획된 대로 정리되어 있었다.

그 화려한 사륜마차의 내부는 세 칸으로 나누어 분리되어 있었다. 각 칸막이에는 문을 달지 않은 출입구를 내어, 자유롭게 지날 수 있도록 했다. 천 한 조각을 늘어뜨려 출입구를 간편하게 가려 두었다.

뒤쪽 칸은 남자들이 사용했고, 앞쪽 칸은 여자들이 지내고 있었다. 중간에 위치한 칸은 남녀를 구분함과 동시에 무대로 사용되었다. 연주에 필요한 물건들과 장치들은 주방에 놓여 있었다. 지붕의 곡선 부분 밑에 있는 벽장 속에는 장식품을 넣어 두었는데, 벽장의 뚜껑 문 하나를 들면 조명 마술에 사용되는 램프들이 모습을 나타냈다.

우르수스는 그 마술의 대사를 지었고 모든 각본 또한 그가 작성했다.

그는 다양한 재능을 갖고 있었고, 매우 특이한 요술도 부렸다. 그가 들려주는 다양한 목소리 이외에도, 그는 아무도 예측하지 못하던 온갖 것들을 창조해 냈다. 빛과 어둠을 충돌시키고, 칸막이 표면에 그의 뜻대로 숫자와 단어가 솟아나도록 하며, 미광 속에 형상들이 나타났다가 사라지게 했는데, 그는 그 많은 야릇한 묘기 한가운데서, 경탄하는 군중은 아예 염두에도 두지 않고 자신만의 명상에 잠겨 있는 듯했다.

어느 날 그윈플렌이 그에게 말했다.

"아버지, 당신은 마법사를 닮았어요."

그 말에 우르수스가 대답했다.

"그건 내가 진짜 마법사니까 그럴 테지."

우르수스의 세련된 설계도를 바탕으로 만들어진 그린박스는 독창적인 교묘함도 갖추고 있었다. 즉, 앞바퀴와 뒷바퀴 사이에 있는 왼쪽 중앙 벽면 판지에 경첩을 박아 쇠사슬과 도르래를 연결해, 도개교(跳開橋)처럼 자유롭게 움직이게 했다. 판자가 내려지는 순간, 도리깨처럼 경첩으로 달아 두었던 받침목 셋이 수직을 이루며 탁자의 다리처럼 땅바닥 위에 곧게 서고, 문득 저울판으로 변한 벽면을 연단인 양 지탱해 주었다. 동시에 극장이 나타났고, 연단만큼 넓은 극장이 위용을 과시했다. 야외에서 설교하는 청교도들의 말을 빌리자면, 그렇게 열린 극장은 지옥의 입과 같았다. 설교사들은 그것을 보기가 무섭게 몸서리를 치며 얼굴을 돌려버렸다. 솔론*이 테스피스**에게 몽둥이세례를 퍼부은 것은, 아마 불경스러운 발명품 때문이었을 것이다.

테스피스는 생각보다 오래 갔다. 이 수레 극장은 아직도 존재한다. 16세기부터 17세기에 걸쳐, 이러한 형식의 굴러다니는 수레 극장 위에서, 영국에서는 엠너와 필킹턴의 발레와 춤이, 프랑스에서는 질베르 콜랭의 전원극들이, 플랑드르에서는 정기적으로 열리는 시장에서 '농 파파'라고도 불리던 클레망의 이중 합창이, 독일에서는 타일리스의 '아담과 이브'가, 이탈리아에서는 아니무치아와 카포시스의 베네치아 행진들이 상연되었던 것이다. 천문학자 갈릴레오의 아버지인 빈첸조 갈릴레이는, 본인이 작곡한 음악을 비올라 다 감바로 연주하며 직접 노래했는데, 이 역시 이러한 수레 극장에서 공연한 작품이다. 사실 이러한 이탈리아 오페라의 초기 실험작들이 1580년 이후부터 마드리갈풍의 작품들을 자유로운 감성들로 대체해 나갔던 것이다.

* 아테네의 일곱 현인 중 하나로 알려진 사람으로 입법자이자 문인이다.

** 그리스의 전설적 비극 작가로 수레에 유랑 극단을 태우고 다녔다.

희망의 색깔로 칠해진 짐수레가, 우르수스와 그윈플렌과 그들의 재산과 유명인이나 된 것처럼 트럼펫을 불고 있는 피비와 비노스를 앞머리에 싣고 이동하고 있었다. 수레도 집시와 문학으로 구성된 이 집단의 당당한 일원이었다.

마을이나 도시의 공터에 도착해, 피비와 비노스가 번갈아 연주하는 화려한 트럼펫 소리에 맞춰서 소개 인사가 시작되었다. 우르수스는 트럼펫 취주에 대해 논평하며, 아주 유익한 정보를 청중에게 고지했다. 그가 큰 소리로 외쳤다.

"심포니는 그레고리오 성가입니다. 시민 여러분, 그레고리오의 위대한 발전이, 이탈리아에서는 암브로시우스의 제식에 부딪혔고, 스페인에서는 모사라베 의식에 부딪혀, 간신히 살아남았습니다."

우르수스가 선택한 장소에 멈춘 그린박스는 밤이 되면 무대를 열어 공연을 시작했다.

그린박스 극장은 그림을 그릴 줄 모르는 우르수스가 칠한 배경을 보여 주기도 했다. 그리하여 그 그림들은 배경이라기보다는 지하 세계 같아 보였다.

흔히 막이라고 부르는 커튼은, 대조가 되는 색깔의 사각형 체크무늬 비단으로 만들어진 것이었다.

관중은 거리나 광장, 길에서, 무대를 앞에 두고 반원형으로 모여 앉았고, 햇볕이건 폭우건 피할 길이 없었다. 따라서 그 시절의 극장들은 지금의 극장보다 비를 더 싫어했다. 할 수 있는 날은 여인숙의 안뜰에서 공연을 하는 경우도 있었다. 이런 경우에는, 건물의 창문 낸 층의 수만큼 칸막이 좌석층을 만들 수 있었다. 이렇게 관람할 때는 극장의 관람석이 한정된지라, 관중들은 더 많은 돈을 내야 했다.

작품을 만드는 것도, 극단을 운영하는 것도, 요리도, 음악 연주도, 모두 우르수스가 도맡았다. 비노스는 작은 북채를 신기하게 움직여 카르카보를 두드렸고, 피비는 기테른의 일종인 모라슈를 뜯었다. 늑대도 쓸모가 있었다. 그도 분명 극단의 일원이었고, 기회 있을 때마다 제 역할을 했다. 우르수스와 호모가 함께 무대에 오르는 경우가 종종 있었는데, 우르수스는 자신의 곰 모피를 단단히 붙여 입었고, 호모는 자신의 모피를 더욱 몸에 잘 맞게 입어, 둘 중 누가 더 짐승다운지 선뜻 알아차리기 힘들었다. 그러한 사실을 우르수스는 매우 자랑스러워했다.

9. 센스 없는 사람들이 시(詩)라고 부르는 기괴한 언동

우르수스의 작품들은 요즈음에는 유행에 뒤떨어진, 막간극이었다. 그의 작품 중 우리들에게까지 알려지지는 않은 작품 하나가 있는데, 그 제목은 '우르수스 루르수스'*였다. 우르수스는 아마 그 작품의 주인공 역을 맡았을 것이다. 출구인 줄 알았는데 다시 되돌아오게 되는 가짜 출구, 이것이 이 작품의 소박하되 경탄할 만한 주제였다.

우르수스가 쓴 막간극의 제목은 가끔 라틴어로 되어 있었고, 시는 가끔 스페인어로 쓰였다. 우르수스가 지은 스페인어 운문은 거의 모두 그 시절 카스티야 지방의 소네트와 같이 운율이 맞춰져 있었다. 이런 것들이 일반 사람들의 귀에 거슬리지는 않았다. 당시 스페인어는 통용되는 언어였다. 특히 영국의 선원들은, 로마의 병사들이 카르타고어를 구사했듯이, 카스티야 지방 말을 할 줄 알았다. 관객이 알아듣지 못하는 라틴어나 다른 언어들처럼 알아듣지 못하는 언어가 나와도 별 불편을 주지 않았다. 사람들은 알아듣지 못하는 언어 속에서 각자 자기가 아는 말들을 발견해 내며 기뻐했다.

우르수스는 특별히 그윈플렌을 위해 스스로도 만족해하는 막간극 한 편을 지었다. 이것이 그의 주요 작품이었다. 그는 자신의 전부를 그 작품 속에 집어넣었다. 자신의 전부를 작품 속에 용해시켜 넣는 것이, 모든 창조자의 진정한 승리이다. 암 두꺼비가 낳은 새끼 두꺼비는 걸작이다. 설마 그렇겠느냐고? 한번 몸소 실천해 보시라.

---

* 돌아온 우르수스라는 뜻이다.

우르수스는 그 막간극을 여러 번에 걸쳐 다듬었다. 제목은 '정복된 카오스'였다.

배경은 밤이었다. 막이 올라가면 그린박스 앞에 모여 있던 관객의 눈에 보이는 것은 어둠뿐이었다. 어둠 속에서 모호한 형체 셋이 파충류처럼 꿈틀거리고 있는데, 늑대, 곰, 인간의 혼합된 형태였다. 늑대는 호모였고, 곰은 우르수스였으며, 인간은 그윈플렌이었다. 늑대와 곰은 자연의 사나운 힘과 배고픔, 무의식, 야만적인 어두움을 상징했다. 그 둘이 그윈플렌을 향해 달려들고 있었다. 대혼돈이 인간과 맞서 싸우는 것이었다. 그 누구의 형상도 식별할 수가 없었다. 하얀 천으로 덮인 그윈플렌이 발버둥을 쳤고, 그의 얼굴은 흩어져 내린 실한 머리카락에 숨겨져 있었다. 모든 것이 어두웠다. 곰이 으르렁거리고 늑대는 그르렁대고 인간은 소리를 지른다. 인간이 수세에 몰리고 두 짐승이 그를 짓누른다. 인간은 도움과 구원을 요청하지만, 그는 미지의 인간에게 하나의 절규를 던질 뿐이다. 그는 헐떡거리고 있었다. 아직 짐승과 구별되지 않는 이 불완전한 인간이 숨을 거두려 하고 있었다. 음산한 장면이었다. 관객들도 숨을 죽이며 보았다. 한순간만 더 지나면 야수들이 승리해 대혼돈이 인간을 다시 삼켜 버릴 것 같았다. 격렬한 싸움과 고함과 울부짖음이 계속되더니, 갑자기 정적. 어둠속에서 한줄기 노랫소리가 들려왔다. 바람이 지나가고 목소리 하나가 들렸다. 보이지 않는 사람의 노래와 어우러진 신비한 음악이 떠다니더니, 문득, 어디에서 어떻게 왔는지 모를 한 점의 흰색 빛이 등장했다. 그 흰빛은 한줄기 광채였고, 그 광채는 한 여인이었으며, 그 여인은 정신이었다. 고요하고 천진하며 아름다운, 그리고 지극히 평온하며 감미로운 데아가, 후광의 한가운데서 나타났다. 그 후광 안의 밝은 실루엣, 목소리. 그녀였다. 가벼우면서도 오묘한, 형언할 수 없는 목소리. 여명 속에서 그녀의 모습이 점차 선명해지며, 노래를 부르고 있었다. 사람들은 천사의 노래나 새들의 노래가 들리는 거라고 착각했다. 그녀의 출현에, 인간은 그 찬란한 빛에 놀라 벌떡 몸을 일으켜, 주먹 두 방으로 두 짐승을 때려눕혀 버렸다. 그러자 어떻게 미끄러져 나타났는지 모를, 그리하여 더욱 경탄한 방식으로 나타난 그 환영이, 영국 선원들도 알아들을 만큼 순수한 스페인어로, 시구를 노래했다.

Ora! Hora!

Depalabra

Nace razon,

Da luz el son.

기도하라! 울어라!

언어에서 이성이 태어나니

노래가 광명을 만드노라.

그러더니 그녀는, 마치 심연을 본 듯 눈을 내리깔고 노래를 다시 시작했다.

Noche quita te de alli
El alba canta hallali.
밤이여! 물러가라!
새벽이 알랄리를 노래하도다.

그녀가 노래를 하면 할수록, 쓰러져 있던 인간이 조금씩 몸을 일으키더니, 손을 그 환영 쪽으로 쳐들고, 벼락을 맞은 듯 꼼짝도 하지 않는 두 짐승의 몸뚱이 위로 무릎을 꿇고 앉아 있었다. 그녀는 그 쪽으로 돌아서서 노래를 이어 갔다.

Es menester a cielos ir,
Y tu que llorabas reir.
하늘로 가야 하리라,
그리고 울던 그대, 웃어야 하리라.

그리고 무수한 별빛들과 함께 그의 곁으로 다가가며, 그녀는 덧붙였다.

Gebra barzon!

Dexa, monstro,

A tu negro

Caparazon.

멍에를 부수라!

괴물의 모습을 벗으라,

그대의 검은 너울을.

그리고 그녀는 그의 이마 위에 손을 얹었다. 그러더니 다른 목소리, 더 깊고 그래서 더 부드러운, 애틋하면서도 즐거운, 부드러우면서도 강인한 무게감을 띤 목소리가 하나 등장했다. 그것은 별의 노래에 화답하는 인간의 노래였다. 어둠 속에서 자신이 정복한 곰과 늑대 위에서 계속 무릎 꿇고 있던 그윈플렌이, 데아의 손 아래에 머리를 둔 채 다음 구절을 노래했다.

o ven! ama!

Eres alma,

Soy corazon.

오! 오라! 사랑하라!

그대는 영혼,

나는 심장이로다.

그리고 갑자기, 어둠 속에서 빛 한 줄기가 방사되어, 그윈플렌의 얼굴을 정면으로 비추었다.

암흑 속에 있는 찬란한 괴물이 관객의 눈에 들어왔다.

관객이 받은 충격을 형언하기란 어려웠다. 웃음의 태양이 떠올랐다. 웃음이란 폭발적인 의외성에서 비롯된다. 그런데 그 막간극의 대단원 같은 뜻밖의 일은 존재할 수 없는 것이다. 익살스러운 동시에 끔찍한 가면을 빛이 후려치는 순간에 비할 만한 충격은 없을 것이다. 그 웃음을 둘러싸고 사람들이 웃었다. 여기저기에서, 위에서도 아래에서도, 앞에서도 뒤에서도, 남자고 여자고 할 것 없이, 머리가 벗겨진 늙은이의 얼굴도, 아이들의 장밋빛 얼굴들도, 착한 사람도, 심보 나쁜 이들도, 즐거운 사람들도, 슬픈 사람들도, 모두 웃었다. 심지어 거리를 지나가던 사람들, 그 광경을 보지 못한 이들도, 웃음소리를 듣고 웃어 댔다. 그리고 그 웃음소리는 결국 손뼉과 발 구르는 소리로 잦아들었다. 막이 내려지자 사람들이 광란적으로 그윈플렌을 다시 불러냈다. 그렇게 엄청난 성공을 거두었다. '정복된 카오스'를 보셨나요? 그러면서 모두들 그윈플렌을 향해 달려갔다. 무사태평한 사람들도 웃으러 왔다. 우울한 사람들도 웃으러 왔다. 나쁜 마음을 가진 사람들도 웃으러 왔다. 웃음이 어찌나 걷잡을 수 없었던지, 때로는 그것이 병적으로 보일 수도 있을 정도였다. 그러나 혹시 인간이 피할 수 없는 흑사병 같은 것이 있다면, 그것은 기쁨의 감염 현상일 것이다. 게다가 그 성공은 하층민의 한계를 전혀 넘어서지 않았다. 엄청난 군중이란 곧 얼마 안 되는 백성이었다. 사람들은 동전 한 닢을 주고 '정복된 카오스'을 보았다. 고상한 상류층 사람들은 동전 한 닢 주고 가는 곳에는 출입하지 않는다.

우르수스는 자신이 오랫동안 품어서 탄생시킨 그 작품을 싫어하지 않았다.

"이 막간극은 셰익스피어라고 하는 사람의 작품과 비슷한 양식이야."

그가 가끔 겸손하게 말했다.

데아를 나란히 놓음으로써 그윈플렌이 자아내는 형언할 수 없는 효과가 증폭되었다. 그 추남 곁에 하얀 얼굴은, 사람들에게 일종의 신비한 불안감을 선사했다. 그녀는, 인간은 모르고 신만을 아는 여사제와 성녀와도 같은 뭔지 알 수 없는 숭고한 어떤 것을 가지고 있었다. 사람들은 그녀가 장님인 줄 알면서도 그녀가 앞을 본다고 느꼈다. 그녀는 초자연적인 세계의 문턱에 서 있는 듯 보였다. 그녀의 반은 우리네 속에, 나머지 반은 다른 광명 속에 있는 것처럼 여겨졌다. 그녀가 오로라와 함께 이 땅위에 천상의 일을 하러 온 것처럼 보였다. 그녀가 히드라 하나를 발견해서 영혼 하나를 만들어낸다고 생각했다. 그녀에게는 창조주의 권능이 있어서, 자신이 빚어낸 창조물들에 대해 만족하여 멍해진 듯 보였다. 사람들은 그녀의 사랑스러우면서도 겁을 먹은 듯한 얼굴에서, 원인의 의지와 결과의 놀라움을 발견했다. 모든 이들은 그녀가 자기의 괴물을 사랑한다고 느꼈다. 그녀는 그가 괴물임을 알았을까? 물론 가능한 일이다. 그녀도 그를 만지고 있었으니까. 또한 모를 수도 있었다. 그를 받아들였으니까. 그 모든 밤과 낮이 뒤섞인 채로 무한한 광경이 나타나는 명암 속에서 관중들의 정신 속에 녹아들었다. 어떻게 신성(神性)이 불완전한 존재에 연결될까? 영혼의 질료 속으로의 침투는 어떻게 이루어질까? 태양의 광선이 어떻게 탯줄 역할을 할까? 어떻게 기형의 얼굴이 변신하는가? 끔찍한 얼굴이 어떻게 천상의 얼굴로 변할까? 어렴풋이 엿보인 그 모든 신비가, 거의 범우주적 감정을 일으키며, 그윈플렌이 야기한 웃음의 전복을 더욱 이해할 수 없게 만들었다. 사람들은 끝까지 생각해 보지 않았다. 그들은 피곤하게 깊이 파고드는 노고를 전혀 바라지 않았기 때문이다. 사람들은 그들의 눈에 보이는 것을 넘어선 어떤 것을 감지해 냈다. 그리고 이 기묘한 연극에는 명백한 변신이 있었다.

데아에 대해 이야기하자면, 그녀가 느낀 것은 인간의 말로 표현할 수 없는 것이었다. 그녀는 군중 한가운데에 있음을 느끼면서도 군중이 무엇인지는 몰랐다. 그녀의 귀에는 웅성거리는 소리들만 들어온 게 전부였다. 그녀에게는 군중이라는 것이 하나의 숨결로 여겨졌다. 또한 실상은 그것에 불과하다. 세대가 이어진다는 것은 숨결이 전해짐을 뜻한다. 인간은 숨을 쉰다. 들이마시고 내쉰다. 이 군중 한가운데에서 데아는 자신이 혼자라고 느꼈다. 그리고 깊은 수렁 위에 매달려 있는 듯한 전율을 느꼈다. 그러다 문득, 절망에 빠져 미지의 존재를 나무라려던 순진무구한 불안함 속에서, 혹시 떨어질지도 모른다는 두려움 속에서, 그러나 위험에 대한 막연한 불안을 억누르며 평정을 잃지 않던 데아가, 고립이 두려워 속으로 떨면서, 확신과 버팀목을 다시 되찾았다. 그녀는 암흑세계 속에서 구원의 끈을 다시 움켜잡았고, 손을 그윈플렌의 힘찬 머리 위에 올려놓았다. 믿을 수 없을 만큼의 환희! 그녀는 발그레한 손가락으로 헝클어진 머리카락의 숲을 짚었다. 손에 만져진 털이 부드러움이라는 생각을 깨운다. 데아는 그녀가 사자라고 알고 있던 양을 만지고 있었다. 그녀의 마음이 형언할 수 없는 사랑으로 몽땅 녹아내렸다. 그녀는 위험에서 벗어났음을 느꼈고, 구원자를 되찾았다. 관중들은 그 반대라고 생각했다. 그들에게는, 구원받은 사람이 그윈플렌이었고, 구세주는 데아였다. 무슨 상관이란 말인가! 데아의 마음을 훤히 들여다보고 있던 우르수스의 생각이었다.

관객은, 괴물을 응시하며, 그러나 진실과는 반대의 의미로 매혹당해서 그 괴물, 프로메테우스적 웃음을 감내하는 동안 데아는, 안심하고 위로받고 황홀경에 빠진 채 그 천사를 찬미했다.

진정한 사랑은 싫증나지 않는 것이다. 온통 영혼으로 하는 사랑은 미지근해질 수가 없다. 한 덩이 잉걸불은 재 속에 감추어지지만, 별은 그렇지 않다. 그 매혹적인 인상이 매일 밤 데아에게 새록새록 반복되었다. 그리하여 사람들이 포복절도하는 동안, 그녀는 이 포근함이 떠올라 눈물을 흘리기 직전에 이르렀다. 그녀 주위에 있던 관객은 기껏 즐겁기만 했다. 그녀는, 그녀는 행복했다.

게다가 예상치 않았던, 그윈플렌의 이빨을 드러내는 웃음에서 기인한 즐거움이, 절대로 우르수스가 원하던 효과는 아니었다. 그는 이러한 웃음보다 잔잔한 미소가 더 많기를, 좀 더 문학적인 경탄을 바랐다. 그러나 성공을 했으니 괜찮았다. 그는 매일 밤마다, 얼마나 많은 파딩 동전이 모여 몇 실링에 이르는지, 또한 실링 무더기들이 몇 파운드에 이르는지를 헤아리며, 과도한 성공으로 스스로를 위로했다. 그러고 나서 그는 혼잣말을 하곤 했다. 어쨌든 그 웃음이 지나가면, '정복된 카오스'가 그들 뇌리 밑바닥에 무언가를 남겼음을 알게 될 거야.

그의 말이 전적으로 잘못된 것은 아니었다. 이 작품의 함축성이 대중들 속에 되살아난 것이다. 작품의 누적 현상은 하층민들 사이에서 일어나기 때문이다. 처음에는 늑대와 곰과 인간에 매료되었다가, 그다음에는 음악에, 그 음악을 통해 제어된 울부짖음과, 새벽이 밝아 옴에 따라 사라지는 밤과, 빛을 발산하는 노래 등에 매료되어서, 일종의 혼란스럽고도 깊숙한 공감을 느끼며, 그리고 심지어 어떤 감동적인 존경심까지 느끼며, 이 '정복된 카오스'라는 시극을 물질에 대한 정신의 승리를, 인간의 기쁨으로 결말지어진 승리를 기꺼이 받아들이고 있었다.

일반 백성의 거친 즐거움은 이것으로 족했다.

이것이면 우르수스에게는 충분했다. 이 사람들은 상류 사회의 '고상한 시합'을 보러 갈 형편이 못 되었으며, 영주들이나 일반 귀족들처럼, 펠름기매돈을 상대로 싸우는 헬름스게일에게 1,000기니 내기를 걸 수도 없는 사람들이었다.

10. 모든 사물과 모든 인간들에서 벗어난 자의 시선

인간에게는 누가 자신을 즐겁게 해 준 것에 대해 복수하려는 생각이 있다. 그래서 사람들은 희극 배우를 멸시하는 것이다.

"이 존재가 나를 즐겁게 하고, 내 기분을 전환시켜 주고, 무료함을 달래 주고, 내게 교훈을 주고, 나를 매혹하고, 나를 위로하고, 나에게 이상을 불어넣고, 그래서 내게 편안하고 유익한데, 내가 그것에 어떤 악을 끼칠 수 있단 말인가?" 그를 모욕하면 된다. 건방 떠는 것, 멀리서 모욕을 한번 주면 되는 것이다.

그의 따귀를 때려라. 그는 나를 즐겁게 해 주니, 그러므로 그는 비천하다. 그는 나를 받든다, 그러므로 나는 그를 증오해. 내가 그에게 던질 돌이 어디에 있을까? 사제 양반, 당신의 돌을 나에게 주시오. 철학자 양반, 당신의 돌도 나에게 주시오. 보쉬에, 그를 파문하라. 루소여, 그를 욕하게. 웅변가, 자네의 입에서 나오는 조약돌로 그에게 침 뱉으라. 곰이여, 그에게 네 고깃덩어리를 던져 주어라. 나무를 돌로 치고, 그 열매에 상처를 내고 나무를 몽땅 먹어 치우자. 브라보! 타도하자! 문인들의 시구(詩句)를 입에 담는 것은 전염병에 걸린 것과 같아. 익살광대라고! 그를 끝장내 버리자. 그는 군중들을 모아들이고, 그 속에 고독을 만들어 냈다. 이런 식으로 부유한 계층, 그러니까 상류층들은 희극 배우에게 이런 형태의 고립, 즉 박수갈채를 하사한 것이다.

하층민은 좀 덜 사납다. 그들은 그윈플렌을 조금도 증오하지 않았다. 그를 경멸하지도 않았다. 다만, 영국의 모든 항구 중 가장 최악의 항구에 정박해 있는, 가장 최악의 화물선의 최말단 선원 중, 가장 보잘것없는 선원, 즉 갑판의 틈 메우는 일을 하는 선원만이 스스로가 이 '얼간이' 배우보다 무한히 우월하다고 여겼고, 군주가 갑판 때우는 직공보다 우월하듯, 갑판 때우는 선원이 광대보다 우월하다고 여겼다.

그윈플렌 역시, 다른 희극 배우들과 마찬가지로, 박수갈채를 받고 고립되었다. 게다가 지상에서의 모든 성공은 곧 범죄이며,

그에 따른 벌을 받게 된다. 메달을 얻은 자는 그 이면을 받기 마련이다.

그윈플렌에게는 이면이 없었다. 그의 성공이 가지고 있는 양면이 모두 만족스러웠다. 그는 박수갈채에도, 그리고 고립에도, 만족했다. 사람들의 환호를 통해 그는 부유해졌고, 고립으로 말미암아 그는 행복했다.

그 밑바닥 계층에게 부유하다는 것은, 더 이상 찢어지게 가난하지 않음을 의미했다. 그것은 더 이상 옷에 구멍이 나지 않고, 난로가 더 이상 차갑게 식어 있지 않으며, 위장이 더 이상 텅 비어 있지 않음을 뜻한다. 배고프면 먹고, 목마르면 마실 수 있다는 것을 뜻한다. 가난한 이에게 줄 동전 한 푼을 포함해, 필요한 것을 모두 가지고 있음을 뜻한다. 그저 자유롭기에 충분한 보잘것없는 부귀영화, 그윈플렌에게 그것이 있었다.

그의 영혼도 역시 풍족했다. 그에게는 사랑이 있었다. 그가 무엇을 더 욕망할 수 있겠는가?

그는 아무것도 바라지 않았다. 조금 덜 끔찍한 모습, 그것이 그에게 제시할 수 있었던 선물이었을지 모른다. 하지만 그는 그것을 완강히 받지 않으려 했을 것이다! 가면을 벗어 던지고, 아마 잘생기고 매력적이었을 얼굴을 되찾아, 본래의 모습으로 되돌아가는 것, 그것만은 원하지 않았을 것이다! 그렇다면 무엇으로 데아를 먹여 살린단 말인가? 자기를 사랑하는 가난하고 그 불쌍하고 달콤한 그녀는 어찌 되겠는가? 그를 개성적인 익살광대로 만들어 준 그 이빨을 드러내고 웃는 모습이 없다면, 그 역시 다른 평범한 곡예사, 흔히 볼 수 있는, 포석 틈에 굴러가 박힌 동전이나 주워 모으는 곡예사가 되었을 것이고, 데아는 아마 매일 먹을 빵조차 없을 것이다! 그는 자신이 하늘에서 내려온 불구 소녀의 보호자라는, 일종의 감미롭고 심오한 자긍심에 휩싸였다. 밤, 고독, 헐벗음, 무능력, 무지, 배고픔과 목마름, 가난 이 일곱 개의 비참함이 사나운 주둥이를 벌리고 그녀를 에워싸고 있었는데, 그는 그 용과 싸우는 성 게오르기우스였다. 그리고 가난을 상대로 승리를 거두고 있었다. 어떻게? 그의 기형으로 인해서였다. 기형 덕분에, 그는 쓸모 있고, 사람들을 도울 수 있고, 승리자이자 위대한 인간이 되었다. 자신의 모습을 군중에게 보여 주기만 하면 그만이었다. 그러면 돈이 들어왔다. 그는 군중의 주인이었다. 그는 자신이 하층민의 절대자가 된 것을 확실히 깨달았다. 그는 데아를 위해서는 모든 것을 해 줄 수 있었다. 그녀에게 필요한 것이 있으면 즉시 마련해 주었다. 그녀의 욕망과, 환상, 장님이라는 한정된 상황에서 가능한 모든 소망들을 모두 이루어 주었다. 이미 입증된 바이지만, 그윈플렌과 데아는 서로에게 구원이었다. 그는 자신이 그녀의 날개 위에 올라타 있다고 느꼈고, 그녀는 그의 팔에 안겨 있다고 느꼈다. 당신을 사랑하는 사람을 보호하고, 당신에게 별을 주는 사람의 욕망을 충족시켜 주는 것, 이것보다 더 달콤한 일은 없다. 그윈플렌은 그러한 최고의 축복을 얻었다. 그리고 축복을 얻는 대신 자신의 기형 또한 얻었다. 이 기형은 그를 모든 것보다 우월하게 만들어 주었다. 기형 덕분에 자신은 물론 다른 이들까지 부양할 수 있었다. 이 기형의 얼굴 속에 있는 한, 아무도 그에게 접근할 수 없었다. 이 기형 덕분에 그는 독립, 자유, 명성, 내면의 만족, 자신감까지 얻었다. 그에게 타격을 가했던 숙명은 아무것도 이루지 못한 채 소진되어 갔고, 그 타격은 오히려 그에게 승리로 영향을 미쳤다. 이 불행의 밑바닥은 천국의 언덕이 되었다. 그윈플렌은 자신의 기형 속에 갇혀 있었지만, 데아와 함께였다. 이미 말한 것처럼, 천국의 지하 독방에 갇혀 있는 격이었다. 두 사람과 이승 사이에는 장벽 하나가 있었다. 차라리 다행스러운 일이었다. 장벽이 두 사람을 가둬 놓았지만, 그들을 보호하고 있었다. 그들의 삶을 둘러싼 이런 방어벽이 철저히 차단하고 있는데, 데아에게, 그윈플렌에게, 그 무엇이 위협을 줄 수 있겠는가? 그윈플렌의 성공을 빼앗는다고? 불가능한 일이었다. 그러려면 그의 얼굴을 빼앗아야 했기 때문이다. 그의 사랑을 빼앗는 것? 역시 불가능한 일이었다. 데아는 그의 얼굴을 보지 못했다. 데아의 눈은 영원히 치유될 수 없는 것이었다. 자신의 기형이 그윈플렌에게 어떤 불편을 주었을까? 없었다. 그러면 기형으로 얻는 이점이 무엇인가? 전부가 그러하다. 그는 그의 얼굴이 주는 공포에도, 아니 어쩌면 그 흉측함 덕분에, 사랑받고 있었다. 불구와 기형이 본능적으로 서로에게 다가가서 서로를 품어주고 있었다. 사랑받는다는 것. 그것이 전부 아닌가? 그윈플렌은 자신의 기형에 대해 감사하는 마음뿐이었다. 그는 얼굴에 남은 그 상흔으로 인해 축복을 받았다. 그는 자신이 결코 사라질 수 없고 영원하다는 사실을 느끼며 기쁨을 느꼈다. 그 축복이 돌이킬 수 없는 것이라니, 얼마나 큰 행운인가! 사거리들과, 시장들과, 떠돌아다닐 길과, 저 아래에 사람들과, 저 위에 높은 하늘이 있는 한, 살아갈 방도가 분명했고, 데아에게 아무것도 부족한 것이 없었다. 그들은 사랑을 향유할 수 있었다! 그윈플렌은 자신의 얼굴을 아폴론의 얼굴과도 바꾸지 않았을 것이다. 괴물로 살아간다는 것은, 그에게는 행복의 형태였다.

운명은 그에게 모든 것을 베풀었다. 그는 거부를 당하던 사람이었으나 이제는 사랑받는 사람이 되었다.

그는 행복했던지라 자신 주위에 있는 사람들을 딱하게 여기는 경우도 있었다. 그는 세상의 다른 사람들에게 동정을 느끼고 있었다. 게다가 밖을 내다보는 것은 그의 본성이었다. 어떤 사람도 완결된 존재이지 않으며, 자연이라는 것은 추상적 개념이 아니기 때문이다. 그는 자신이 격리되어 살아가는 것에 황홀해했다. 그러나 가끔 장벽 위로 머리를 쳐들어 보곤 했다. 그러나 벽 안과 바깥을 비교해 본 뒤에는 결국 데아와 함께 고립되어 있다는 것에 더 큰 기쁨을 느끼며 고립된 세계로 돌아갔다.

그가 자기 주위에서 무엇을 본 것일까? 유랑하는 삶이 그에게 보여 준, 날마다 다른 것으로 달라지는, 살아있는 것의 견본은 무엇일까?

항상 새로운 관객이었지만, 항상 똑같은 군중이었다. 항상 새로운 얼굴들이었는데, 한결같이 불행한 이들이었다. 하나의 난잡한 폐허 더미. 매일 밤 모든 사회적 숙명이 몰려와 그의 축복 주위에 둥글게 원을 만들었다.

그린박스는 인기가 좋았다.

낮은 가격이 낮은 계급을 불러 모았다. 그에게 오는 이들은 약하고, 가난하고, 낮은 신분의 사람들이었다. 사람들은 진 한 잔 마시러 가듯 그윈플렌에게 갔다. 무대 높은 곳에서 그윈플렌은 그 불쌍한 사람들을 살펴보곤 했다. 그의 뇌수는 이 거대한 비참함이 연속적으로 솟아오르는 것으로 채워졌다. 사람들의 인상은 의식과 일상으로 만들어진다. 그리고 그 인상은 신비하게 깎아 낸 무수한 삶의 결과이다. 그윈플렌이 본 얼굴 주름 중 고통, 노여움, 모욕감, 절망감으로 파이지 않은 것은 없었다. 어떤 아이들의 입은 한동안 먹지 못한 흔적이 역력했다. 어떤 남자는 아버지였고, 어떤 여자는 어머니였으며, 그들 뒤에는 파멸해 가는 가족들의 모습이 보였다. 그런 얼굴은 못된 습관에서 나와서 범죄로 들어서고 있는 얼굴이었다. 굳이 왜 그렇게 된 것인지 알아야 한다면 그것은 무지와 가난 때문이었다. 그들은 얼굴에는 사회적 압박에 의해 삭제되어 증오로 변해 버린 선의의 흔적이 남아 있었다. 한 노파의 이마에서는 굶주림이 선명하고, 어느 처녀의 이마 위에서는 매춘이 음산하게 드러났다. 어린 시절의 얼굴을 고스란히 가지고 있는 소녀에게도 역시 음울함 뿐이었다. 이 무리들 속에는 무수한 팔만 있을 뿐 연장은 존재하지 않았다. 일꾼들은 더 나은 것을 요구하지도 않았지만, 일거리가 없었다. 가끔은 군인 하나가 노동자 곁에 와 앉았다. 가끔은 부상당한 병사였다. 그리하여 그윈플렌은 이 광경, 전쟁이라는 유령을 보았다. 한쪽에서는 실업, 다른 쪽에서는 착취, 그리고 또 다른 쪽에서는 노예를 보았다. 몇몇 얼굴에서는 무엇인지 형언하기 어려운 인간이 짐승으로 돌아가는 퇴행 현상을 보았다. 인간이 짐승으로 퇴행하는 것은 높은 사람들의 행복이 만들어 내는 막연한 무게의 압박으로 인해 아래에서 생겨나는 것이었다. 이 암흑 속에서, 그윈플렌에게는 빛이 들어오는 환기창 하나가 있었다. 그와 데아 두 사람은 고통의 날 속에서도 얼마간의 행복을 누렸다. 그것 말고는 모든 것이 저주였다. 그윈플렌은 자신의 위에서 권력자와, 부자들과, 멋있고, 위대한 사람들, 우연의 선택을 받은 자들이 무의식적으로 짓밟고 있는 것을 느꼈다. 그는 가진 것 없는 불우한 사람들의 창백한 얼굴 한 무더기를 구별해 냈다. 그는 자신과 데아의 너무나 자그마한 행복으로, 두 세계 사이에서 스스로가 어마어마하게 거대하다고 느꼈다. 저 위에는 세상에 오가며 자유롭게, 즐겁게, 춤을 추고, 짓밟는 사람들이 있었고, 그의 아래쪽에는 그 짓밟는 발 아래에 놓인 사람들이 있었다. 숙명적인 것이었다. 또한 깊은 사회적 악을 드러내는 징후였다. 빛이 어둠을 무자비하게 짓밟고 있었다. 그윈플렌은 깊은 슬픔을 확인했다. 아! 운명은 이토록 파충류와 같단 말인가! 인간은 그토록 기어 다니는 존재란 말인가! 이런 먼지와 진흙탕 속에서, 이런 혐오감과 포기와 비천함을 짓밟고 싶단 말인가! 어떤 나비를 탄생시킬 지상에서의 끔찍한 애벌레와 같은 삶이란 말인가? 뭐라고! 배고프고 아무것도 모르는 군중 속에, 어디에나, 모든 사람 앞에, 범죄와 수치스러운 것을 캐내려는 의심뿐이란 말인가! 법의 가변성이 양심을 무디게 한다! 아이는 성장하면서 더욱 왜소해진다. 처녀는 결국 자라나서 몸을 버리게 된다! 장미는 결국 피어나서 벌레들의 점액질로 더럽혀진다. 그의 눈은 가끔 호기심에 차서 그 무수한 부질없는 노력들이 죽어 가고, 또한 사회에 뜯어 먹힌 가정들, 법에 고문당한 풍습들, 형벌로 인해 회저(壞疽) 증세로 변한 상처들, 세금에 먹혀 들어간 가난, 물결 따라 무지의 탕진 속으로 흘러가는 지성, 기아에 시달리는 사람들로 뒤덮인 표류하는 뗏목과, 전쟁과, 가난과, 숨넘어가는 소리, 외침 소리들과 소멸들이 싸우는 것을 지켜보았다. 그리고 그는 이 우주적인 한 줌의 근심에서 모호한 전율을 느꼈다. 그는 인간의 어두운 난잡함에 대한 우울한 시선을 던지고 있었다. 그는 부둣가에서, 배의 난파를 지켜보고 있었다. 그럴 때면, 그는 기형인 자신의 얼굴을 손으로 감싸 쥐고 생각에 잠겼다. "이 불쌍한 사람들을 위해 무엇을 할 수 있을까?" 그는 가끔 생각에 깊이 빠져서 그것을 입 밖에 내버리기도 했다. 그러면 우르수스가 어이없다는 듯 어깨를 으쓱하고 그를 똑바로 쳐다보았다. 그러나 그윈플렌은 다시 몽상을 이어 나갔다. "오! 나에게 힘이 있다면 불행한 사람들을 도울 수 있을 텐데! 하지만 나는 뭔가? 한낱 원소 알갱이야. 내가 무엇을 할 수 있지? 아무것도 없구나."

틀린 생각이었다. 그는 불행한 사람들을 위해 많은 것을 할 수 있었다. 그가 그들을 웃게 할 수 있었다.

웃게 한다는 것은 잊게 한다는 것이다.

망각을 나누어 주는 자여, 그대는 이 지상에서 얼마나 고마운 일을 베풀고 있는 것인가!

11. 그윈플렌은 정의를, 우르수스는 진실을

철학자는 일종의 스파이였다. 다른 이들의 꿈을 염탐하는 우르수스는 제자를 유심히 살펴보았다. 우리의 혼잣말은 우리의 이마 위에 희미한 반향을 일으키는데, 그것이 관상가의 눈에는 선명히 들여다보인다. 그러한 이유 때문에, 그윈플렌의 내면에서 일어나는 것들이 우르수스를 피해 가지 못했다. 그윈플렌이 깊은 생각에 잠겨 있는 어느 날, 우르수스가 그의 카핀고 자락을 잡아당기며 소리쳐 말했다.

"내가 보기에는 넌 꼭 관찰자 같구나. 바보 녀석아! 조심해, 그냥 내버려 두거라. 너와는 상관없는 일이야. 네가 해야 할 일은 데아를 사랑하는 것이야. 너는 두 가지 행복을 누리고 있어. 하나는 군중이 네 흉한 얼굴을 봐준다는 것이고, 다른 하나는 데아가 그것을 보지 못한다는 것이다. 네가 누리고 있는 행복에 대해 너는 어떤 권리도 주장할 수 없다. 어떤 여인도, 너의 입술을 보면, 너와 입 맞추고 싶지 않을 거야. 너에게 행운을 안겨 준 그 입과, 너에게 부를 안겨 주는 그 얼굴, 그건 너의 것이 아니야. 네가 그 얼굴을 가지고 태어난 것은 아니야. 너는 네 얼굴을 무한의 밑바닥에 있던 찡그린 얼굴에서 가져온 것이지. 네가 마귀의 가면을 훔쳐 온 거야. 너의 얼굴은 흉측하나 그것에 만족해하며 살아라. 세상이란 참 잘 만들어진 물건이지.

세상에는 당당하게 행복을 누리는 사람들이 있고 또 요행으로 행복을 얻은 이들이 있어. 너는 바로 요행으로 행복해진 놈이란 말이다. 너는 별이 잡혀 있는 동굴 속에 있어. 그 불쌍한 별은 바로 너의 것이야. 너의 동굴에서 나가려고 하지 말고, 네 별을 잘 지켜 줘야지, 이 거미 녀석아! 네가 짜고 있는 거미줄에는 찬란하게 빛나는 비너스가 걸려 있어. 네가 만족을 좀 해서 나를 기쁘게 해 주려무나. 난 네가 망상에 사로 잡혀 있는 것을 보았다. 그건 어리석은 짓이야. 잘 들어 둬라. 내가 너에게 진정한 시의 언어를 들려주마. 데아가 얇게 썬 쇠고기 조각과 양갈비를 먹으면, 여섯 달이 되지 않아 그 아이는 매우 튼튼해질 거야. 그러면 곧 그 애와 결혼해서 그녀에게 아이를 하나, 둘, 셋, 아주 한 꾸러미의 아이들을 갖게 해 주어라. 이게 바로 내가 철학이라 부르는 거다. 행복하지 않느냐. 아이를 갖는 게 바로 현명한 일이야. 애들을 낳아, 똥을 닦아 주고, 코를 풀어 주고, 눕혀 재우고, 얼굴이 지저분해지면 세수를 시켜라. 이 모든 행복이 네 주위에서 우글거리도록 해. 그것들이 웃으면 좋고, 떠들면 더 좋고, 소리 지르면 그게 곧 사는 것이야. 그 애들이 6개월 때 젖을 빨고, 한 살 때 마구 기어 다니고, 두 살이 되면 걸어 다니고, 열다섯 살에 쑥쑥 자라서, 스무 살에 사랑하는 것을 지켜보면 알게 될 거야. 그런 기쁨을 가진 자는 세상을 다 가진 자인데, 나는 그게 없었지. 그래서 내가 이렇게 짐승인 게다. 아름다운 시를 만드시는, 그리고 문인 중에 문인이신 착한 신께서는, 자신이 아끼는 협력자 모세에게 말씀하셨다.

'번성하라!'

이게 책에 기록된 전부이다. 동물들을 번성시켜라. 이 세상은 생겨 먹은 대로 존재하는 거야. 이 세상이 더 나빠지기 위해서 굳이 너까지 필요로 하지는 않아. 이 세상일은 그대로 둬라. 바깥의 일에는 신경 쓰지 마라. 네 앞에 펼쳐진 지평선은 있는 그대로 두어라. 희극 배우란 보이라고 만들어진 것이지, 구경하라고 만들어진 게 아니야. 밖에 뭐가 있는지 네가 아느냐? 당당하게 행복을 누리는 사람들이 있지. 너는, 다시 말하지만, 요행으로 행복해진 놈이야. 너는 원래 그 사람들이 소유주인 행복을 소매치기한 것이나 다름없다. 그들이야말로 합법적인 주인인데, 넌 그 행복을 가로챈 불청객이야. 너는 행운과 함께 살아가고 있는 거지. 넌 네가 가진 것 말고 또 무얼 욕심내느냐? 데아와 함께 번성해라, 그게 편하단다. 이런 축복은 거의 속임수와 같지. 높은 곳의 특권에 의해 이 낮은 곳에서 행복을 가진 사람들은, 그들 아래에서 그만한 행복을 누리는 것을 달갑게 여기지 않는다. 그들이 만일 네게, 너는 도대체 무슨 권리로 그토록 행복해하느냐고 물으면, 너는 대답할 수가 없을 것이다. 그들은 내보일 게 하나라도 있지만 너는 그런 면허장이 없어. 주피터, 알라, 비슈누, 사바오트 어떤 신이건 간에, 아무튼 그중 누군가가 저들에게 행복해도 된다는 허가를 내리셨다. 그러한 사람들을 두려워해라. 그들의 일에 섞이지 않게 너 스스로 그들과 섞이지 말아야 한다. 너는 비참함이 무엇인지, 당당한 행복이 무엇인지 알지 못해. 그것은 무시무시한 존재야. 바로 귀족이지. 아! 귀족, 그는 세상에 존재하기도 전에, 귀족이라는 그 문을 통해 생명을 얻기 위해, 미지의 지옥에서 음모를 꾸몄음에 틀림없어! 탄생하기가 쉽지는 않았겠지! 그에게는 오로지 태어나는 고통 밖에 주어지지 않았어. 하지만 젠장! 그것도 수고는 수고지! 요람에서부터 사람들의 주인 행세할 허락을, 그 눈멀고 어리석은 자, 즉 운명에서 얻었으니 극장에서 가장 좋은 자리를 얻기 위해, 창구 직원을 매수하는 것과 같다! 내가 은퇴시킨 저 오두막 안에 있는 비망록을 읽어 보아라. 내 지혜의 요약본을 읽어 보면, 귀족이 무엇인지 알게 될 것이다. 귀족이란 모든 것을 소유하고 있으며 동시에 그 자체로 모든 것인 자이다. 귀족이란 자기 고유의 본성 너머로 존재하는 사람이다. 즉, 젊으면서도 늙은이의 권리를 누리고, 늙으면서도 젊은이의 좋을 만한 것을 누리며, 방탕하면서도 선한 사람들의 존경을 받고, 겁쟁이라도 용기 있는 사람들을 지휘하고, 게으르면서도 노동의 산물을 얻고, 무지하면서도 케임브리지와 옥스퍼드의 학위를 얻고, 멍청하면서도 시인들의 찬탄을 받고, 못생겼어도 여인들이 그에게 미소를 보내고, 테르시테스 같으면서도 아킬레우스의 투구를 가지며, 산토끼인 주제에 사자의 모피를 뒤집어쓰는 사람이다. 내 말을 넘겨듣지는 마라. 모든 귀족이 죄다 무지하고, 비겁하고, 추하고, 멍청하며 늙었다는 의미는 아니다. 내 말은 그저, 군주는 그가 모든 단점을 가지고 있다고 해도 그것이 전혀 해가 되지 않는다는 뜻이다. 반대로 귀족은 모두 왕족이다. 영국의 국왕도 하나의 귀족에 불과한데, 다만 귀족 사회의 으뜸인 귀족일 뿐이다. 그것이 전부이다. 그거면 대단하다. 옛날에는 왕들을 경이라 불렀는데, 덴마크의 경, 아일랜드의 경, 서인도 제도의 경 등이 그 예이다. 노르웨이의 경이 왕으로 호칭되기 시작한 것은 불과 300년 전부터이다. 귀족들은 중신들이다. 그러니까 다 똑같다는 이야기이다. 그들 모두 왕과 동등하다는 뜻이다. 내가 귀족들을 의회와 혼동하는 것이 실수는 아니다. 백성들의 의회를, 노르망디인들이 정복 후에 '파를리아멘툼'이라 부르게 되었다. 그러고는 조금씩 백성들을 그곳에서 몰아내었다. 그들도 동의할 권리가 있다. 동의하는 것은 그들의 자유다. 반면 중신들은 반대할 권리가 있다. 그리고 결론은 그들이 말하는 것이다. 중신들은 왕의 목을 칠 수 있되, 백성들은 전혀 그렇지 않다. 찰스 1세의 목을 도끼로 내려친 것은, 왕권이 아니라 중신들에 대한 유린 행위이다. 그리고 크롬웰의 시신을 갈기갈기 찢어 놓은 것도 마찬가지 일이다. 귀족들에게는 권력이 있다. 왜? 그들이 부자이기 때문이다. 누가 '둠즈데이 북'을 훑어보았는가? 그것은 귀족들이 영국을 장악하고 있다는 증거인데, 정복왕 윌리엄 하에 허가된 개인의 재산 등록으로, 정치판의 수호자의 보호하에 있다는 뜻이다. 여기에 뭔가를 기록하려면, 한 줄에 네 푼씩을 지불해야 한다. 정말 대단한 책이다. 너는 내가 한해 임대 수입이 프랑스화폐로 90만 프랑에 이르는, 마머듀크라는 어느 귀족의 집에서, 집사장으로 일했던 것을 아느냐? 그런 곳은 멀찌감치 피해 다녀라. 이 끔찍한 멍청이 녀석아. 너는 린지 백작의 토끼 사육장에 있는 토끼만으로도 다섯 항구에 거주하는 모든 얼간이들을 먹여 살릴 수 있음을 아느냐? 거기 가서 잘 비벼 보아라. 줄을 잘 서야 한다. 모든 밀렵꾼들이 길을 잃었다. 망태기 밖으로 나온, 길고 털 난 두 귀 때문에, 나는 여섯 아이의 아버지가 교수대에 목 매달리는 것을 보았다. 귀족의 권한이란 그런 거다. 군주의 토끼는 선한 신이 만든 인간보다 더 소중한 거야. 우리는 그 사실을 좋다고 여겨야만 해. 알아듣겠니? 이 악당 녀석아. 그리고 혹시 우리가 그것을 나쁘게 여긴다고 해도, 그 따위 생각이 그들에게 무슨 상관이 있겠니. 백성이 이의를 제기한다! 플라우투스의 작품조차도 가까이 가지 않은 희극이지! 철학자는 그저 이 지옥이나 마찬가지로 가난한 이들에게 군주들의 과중함에 대해 탄원하라고 충고하는 농담꾼에 불과해. 애벌레 한 마리를 시켜 코끼리 다리를 물게 시키는 짓이나 다름없지. 나는 언젠가 하마 한 마리가 두더지 굴 위를 걸어가는 것을 보았다. 하마 녀석이 모든 것을 망가뜨려 버렸지. 하지만 녀석에게는 죄가 없어. 하마, 이 순진하고 우직한 그 녀석은 심지어 그곳에 두더지 굴이 있다는 사실조차 알지 못했던 거야. 그윈플렌, 그렇게 짓밟힌 두더지 굴이 바로 인류란 말이다. 파괴는 하나의 법칙이란다. 두더지는 아무것도 파괴하지 않는다고 믿느냐? 두더지는 진드기들에게 마스토돈스이고, 식물들에게는 진드기가 그런 존재야. 하지만 이것저것 따지지는 말자. 이 녀석아. 화려한 사륜마차들은 세상에 존재한다. 군주는 그 안에 있고 백성들은 바퀴 아래에 깔려 있고, 현자는 그곳에서 비켜선다. 너는 그 옆에 서서 군주들이 지나가게 내버려 둬. 나로 말할 것 같으면 귀족들을 좋아하지만, 그들을 피하고 있다. 나는 한 군주의 집에서 살아본 적이 있었지. 아름다운 기억 속 영광으로 남겨 두는 것으로 족하지. 나는 그의 성, 구름 속의 영광과도 같았던 시절을 회상한다. 나의 몽상은 뒤에 있단다. 그 거대함이나 아름다운 조화, 풍요로운 수입, 장식물들, 부속물들로 치면 마머듀크 성처럼 대단한 것은 없지. 게다가 귀족의 별장이나 저택, 궁전은, 이 화려한 왕국 내에서 가장 위대하고 장엄한 것들의 집합체나 마찬가지란다. 나는 우리의 귀족들을 좋아한다. 나는 그들이 부유하고 세력 있으며 윤택하기에 감사한다. 나는 어둠에 둘러싸여 있지만, 나름대로 흥미롭고 즐겁게 귀족이라고 부르는 그 천상계의 견본을 보고 있단다. 마머듀크 성에 들어가려면 엄청나게 넓은 앞마당을 통해야 했는데, 긴 직사각형인 마당은 여덟 개의 정사각형으로 나뉘어 각각 난간이 둘러져 있고, 그 옆에는 전부 넓은 도로가 개방되어 있어. 마당 한가운데에는 거대한 육각형 분수대가 있는데, 그 양쪽은 채광창이 있는 둥근 돔으로 덮여 있었다. 바로 거기서 내가 박식한 프랑스 학자 크로스 사제를 만났지. 그는 생자크 가의 도미니크파 수도원에서 온 사람이었어. 마머듀크 저택 서재에는 에르페니우스의 전집 절반 가량이 있었는데, 나머지 반은 케임브리지의 신학 강론실에 있었지. 나는 예쁘게 장식한 그 댁 정원 입구에서 그 많은 책을 읽었어. 그런 것들은 보통 극소수의 호기심 많은 여행객들만이 볼 수 있는 것이었지. 너는 아느냐, 이 어리석은 녀석아. 롤스톤의 그레이 경이시며, 제후 회의에서, 열네 번째 자리에 앉으시는 윌리암 노스 전하께서는, 자신의 산에 있는 숲속 나무 수가, 네 흉측한 대가리 위에 난 머리털 수보다 많았단 말이다. 리콧의 노리스 경, 어빙던 백작이라고도 부르는 그는 200피트 높이의 탑을 소유하고 계셨다. 그 탑에는 'virtus ariete fortior'라는 문구가 새겨져 있었지. 아마도 '덕은 숫양보다 강하다'는 뜻을 가지고 있는 것처럼 보이지만, 그것은 사실 '용기가 전쟁 무기보다 강하다'라는 뜻이라는 것을 아느냐. 이 멍청한 녀석아! 그래, 나는 우리의 귀족들을 인정하고, 존중하고, 그들에게 충성한다. 그들은 국왕의 위엄과 함께 국가의 이익을 창출하고 보존시키지. 그들이 사용하는 원숙한 지혜가, 몹시 까다로운 기회에서 빛을 발하지. 모든 사람들에 대한 우선권이라는 것이 있는데, 나는 그들이 그 우선권을 갖지 않았으면 좋겠다. 하지만 그들은 그것을 가지고 있어. 독일과 스페인에서 주권이라고 불리는 것이, 영국과 프랑스에서는 작위라고 불린다. 이 세상이 상당히 가엾다고 여길 권리가 누구에게나 있었던지라, 신께서도 이 세상의 그 고민을 알고 계시다. 신은 그가 사람들을 행복하게 해 주실 능력을 가지고 계심을 증명하고 싶으셨지. 그리하여 철학자들을 만족시키기 위해 귀족들을 창조하신 게다. 그러한 창조가, 먼저 이루어졌던 창조를 수정하고, 신께서 하실 일들을 대신하고 있다. 그것이 신에게는 복잡한 처지로부터의 깔끔한 탈출이지. 지체 높은 사람들은 모두 거대하단다. 그리하여 한 사람의 중신이 자신을 가리키면서도 우리라고 하는 것이다. 한 명의 중신은 단수가 아니라 복수라는 거야. 왕은 중신을 가리켜 consanguinei nostri(우리들의 혈족)라고 하지. 중신들은 무수히 많은 현명한 법률을 만들었다, 그중 3년 된 포플러(미루나무)를 자른 사람을 사형에 처하는 법도 있단다. 그들의 권력이 어찌나 지엄한지, 그들에게는 그들만의 언어가 있다. 심지어 높으신 나리들 사이에서도 서로 간에 미묘한 차이가 있단다. 예를 들어 남작은 자작의 허락 없이는 그와 함께 씻을 수 없다. 그 모든 것들이 아주 훌륭한 것들이고 국가를 유지시키는 것들이지. 백성들이 공작 25명, 후작 5명, 백작 76명, 자작 9명, 남작 61명, 그러니까 모두 176명의, 중신을 갖는다는 것이 얼마나 좋은 일이란 말이냐! 그들 중 어떤 이들은 각하이고, 어떤 이들은 상원의원이란다! 그 외에 여기저기에 누더기를 입은 폐인들이 있다! 모든 게 황금일 수는 없다. 누더기면 어떠냐. 권위를 상징하는 주홍빛 옷감으로 만든 것이 아니겠느냐? 하나가 다른 하나를 매입한다. 어떤 것은 다른 어떤 것으로 만들어지는 것이 당연하니까. 그런데, 아주 잘되었지, 극빈자들이 존재하니까. 얼마나 멋진 거래인지! 그 극빈자들이 부유한 사람들의 행복을 부풀리고 있는 셈이지. 젠장! 우리의 귀족들이 우리의 영광이시다. 모헌 남작인 찰스 모헌의 사냥개들에게 들어가는 경비가, 무어 게이트에 있는 나병 치료 병원과, 에드워드 6세가 1553년에 세운 보육원인 예수 자혜원에 들어가는 경비와 맞먹는다. 리즈의 공작인 토머스 오스본은, 하인들의 제복 구입비로만 한 해에 금화 5,000기니를 쓰고 있단다. 스페인의 세력가들에게는 국왕이 임명한 관리자 하나씩이 있어, 그들이 스스로 망하지 않도록 해 주지. 겁쟁이들. 우리 군주들은 우리에게는 멋지고 웅장하지. 나는 그 점을 높이 생각해. 그러니 시샘꾼들처럼 그들을 비난하지는 말자. 나는 아름다운 광경이 지나가면 감사하는 마음이 든단다. 나에게 빛은 없지만 그 반사광은 있다. 내 궤양 위로 스치는 반사광이라고 너는 말하겠지. 그 따위 소리를 하려면 지옥에나 가거라! 나는 트리말키오를 바라보면서 기뻐하는 고지식한 사람이란다. 오! 저 높은 곳에서 찬연한 광채를 발산하는 아름다운 행성이여! 그 달빛을 향유한다는 것은 상당한 일이지. 귀족들을 없애 버리자는 주장은 아무리 미친 오레스테스라 해도 감히 지지하지 못했을 것이니라. 귀족들이 해롭고 무용하다고 주장하는 것은, 곧 국가를 전복시키자는 뜻이 되고, 또한 인간이, 풀이나 뜯어 먹으며 개들에게 물리는 가축 떼처럼 살도록 만들어진 것은 아니라는 주장이 된다. 초원의 풀은 양들이 뜯어 벗기고, 양은 목동에게 털을 깎인다. 무엇이 더 정의로운 일이겠느냐? 풀 뜯는 놈 위에 털을 깎는 놈. 나에게는 둘 다 똑같다. 나는 철학자이고, 따라서 나는 삶을 한 마리 파리처럼 생각한다. 삶은 매일매일 요금을 지불하며 빌린 방 하나에 불과해. 버크셔 백작인 헨리 바우스 하워드가, 마구간에, 화려한 의장마차 스물네 개를 가지고 있으며, 모두 금이나 은으로 만들었다는 사실을 생각해 봐라! 모든 사람들이 스물네 개의 마차를 가지고 있는 것은 아니라는 사실을 나는 잘 알고 있어. 하지만 그걸 결코 비난해서는 안 된다. 왜냐하면 너는 어느 날 밤 추위에 시달렸지, 하지만 그게 그한테 무슨 상관이냐! 그건 그저 네 일일 뿐이야. 다른 사람들도 역시 춥고 시장하다. 그날의 추위가 없었다면 데아의 눈이 멀지 않았을 것이고 그녀가 장님이 되지 않았다면 너를 사랑하지 않았을 거라는 걸 너는 아느냐! 잘 생각해 봐! 이 얼간이야! 그리고 사방에 흩어져 있는 가난한 자들이 모두 불평을 해 댄다면, 그것 참 보기 좋은 난리법석이겠구나. 침묵이 곧 규율이다. 나는 착하신 신께서는 저주받은 자들에게 침묵을 명령하셨다고 확신했다. 만약 그렇지 않다면 신이야말로 그 영원한 아우성을 들어야 하는 저주를 받은 셈이 되지. 올림포스의 행복은 코키토스강의 침묵을 전제로 가능한 것이지. 그러니, 백성들이여, 침묵하라. 나는 그보다 더 잘하지. 동의하고 찬미한다. 조금 전에 내가 귀족들을 열거했는데, 거기에다 대주교 둘과, 주교 스물넷을 더해야겠구나! 사실, 내가 돌이켜 생각해 볼 때마다 화가 나는 일이 하나 있다. 지금도 눈에 선한 일인데, 언젠가, 래포 승원의 존귀하신 승원장께서 부리시는 십일조 징수관의 집에서, 인근 지역의 농민들에게서 거두어들인 가장 질 좋은 밀이 산더미처럼 쌓인 것을 보았다. 수고스럽게 직접 그 밀을 재배하지 않아도 됐어. 덕분에, 그분이 신께 기도할 시간이 생겼던 것이다. 나의 주인이셨던 마머듀크 경께서 아일랜드의 재무관이셨고, 요크주의 크나레스버러 자치령의 총괄 집사이셨던 사실을 아느냐? 앵커스터 공작 가문의 세습직인 시종장 직을 받은 나리는, 국왕의 즉위식이 있던 날 국왕의 의복을 입혀 드리고, 그 수고의 대가로 진주홍빛 벨벳 40온느와 국왕이 사용하시던 침대를 하사받았으며, 검은 권장을 든 어전 문지기가 그의 대변자 노릇을 하게 되었다는 사실을 아느냐? 나는 네가 다음 이야기들을 듣고 잘 버티는 모습을 보고 싶다. 영국에서 가장 오래된 자작은, 헨리 5세가 자작으로 봉한 로버트 브렌트 경이다. 자기 가문의 이름만을 간직한 리버스 백작을 제외한 모든 귀족의 직함은, 그들이 하나의 영지에 대해 행사하는 절대권을 의미한다. 다른 사람들에게 세금을 부과하고, 징수할 수 있다니 얼마나 멋진 권리냐. 예를 들면, 1파운드당 4실링의 세금을 부과하는 것이 바로 1년 전까지만 해도 계속되어 왔다. 정제된 주류, 포도주 및 맥주의 소비세, 톤이나 파운드로 계산한 선적분, 사과주, 배즙, 엿기름과 보리, 석탄, 그리고 수백 가지 비슷한 것들에 매겨지는 세금들을 좀 보거라. 얼마나 멋있느냐. 있는 그대로 존중하자. 성직자 또한 귀족들에게 의지하고 있다. 맨섬의 주교는 더비 백작에게 종속되어 있다. 귀족들은 사나운 짐승들을 가문의 문장에 그려 넣는다. 신께서 그러한 짐승을 충분히 만들지 않으셨음인지, 그들은 새로운 짐승을 만들어 내기도 한다. 그들은 가문에 그려 넣을 멧돼지를 창안했는데, 예수가 사제보다 우월하듯 일반 돼지보다 더 우월한 멧돼지를 창안했다. 그들은 또한 그리핀도 만들어 냈는데, 그것은 사자를 닮은 독수리이자 독수리를 닮은 사자로, 사자들에게는 날개로 겁을 주고, 독수리들에게는 갈기로 위협한다. 그들은 박쥐 날개를 단 뱀, 일각수,

용 모양의 이무기, 용, 말의 몸에 독수리 머리와 날개를 가진 괴물들도 만들어 냈다. 그들에게는 장식이자 치장물인 것들이 우리에게는 공포감을 준다. 그들은 미지의 괴물들이 울부짖는, 문장이라는, 동물 집단을 가지고 있지. 그들의 거만함과 비교할 수 있는 숲은 없다. 그들의 허영심에는 숭고한 밤에 무장을 하고 투구를 쓰고 갑옷을 입고 칼을 차고 손에는 황제의 홀을 들고 진지한 목소리로 '우리가 조상들이니라!'라고 외치고 다니는 유령들이 가득하다. 풍뎅이들은 풀뿌리를 먹고, 무기는 백성들을 갉아먹는다. 그러지 말라는 법이 있나? 우리가 그러한 법칙을 바꾸겠느냐? 스코틀랜드에는, 자신의 집에서 나오지도 않고, 말을 타고 300리를 달린다는 공작도 있다. 캔터베리 대주교 나리께서는 자기의 봉급으로 100만 프랑을 받고 있음을 아느냐? 폐하께서는 그의 성들과 숲들과 봉토, 소작지, 자유 경작지, 직책 수당, 십일조, 각종 부과금, 압류품, 벌금 등을 통해 들어오는 100만 파운드 이외에도, 매년 나라로부터 70만 파운드를 받는다는 것을 아느냐? 만족할 줄 모르는 사람은 고달프니라."

"그래요."

그윈플렌이 생각을 하더니, 중얼거렸다.

"가난한 이들의 지옥이 부자들의 천국을 만드는군."

12. 시인 우르수스가 철학자 우르수스를 인도하다

그때 데아가 들어왔다. 그윈플렌이 그녀를 쳐다보았다. 그 순간부터 그의 눈에는 그녀만이 들어왔다. 사랑이란 그런 것이다. 한순간 어떤 생각에 사로잡혀 있다가도 사랑하는 여인이 나타나면, 그녀 이외의 다른 것들은 모두 안개처럼 사라진다. 또한 그녀는 짐작하지 못하겠지만 그녀가 우리 안의 세계를 몽땅 지워 버리는 것일 수도 있다.

여기서 한 가지 알고 넘어가야 할 것이 있다. '정복된 카오스'를 공연할 때마다, 그윈플렌을 가르치는 'monstre(괴물)'이라는 말이 데아의 마음에 들지 않았다. 그리하여 가끔, 순간적 격정에 이끌려, 당시 모든 사람이 알고 있던 서툰 스페인어로, 괴물 대신 'quiero(나는 당신을 원해요)'라고 바꿔 말하기도 했다. 우르수스는 물론 마음은 편치 않았지만 이러한 대사의 변용을 눈감아 주었다. 그는 기꺼이 데아에게, 오늘날의 모에사르가 비소에게 말하듯 이렇게 말하고 싶었을 것이다.

"너는 대사를 존중하는 마음이 부족하구나."

'웃는 남자', 그윈플렌은 그러한 호칭으로 유명세를 얻었다. 그의 얼굴이 웃음 밑에 감추어져 있었듯이, 그윈플렌이란 이름은 그 별명 밑으로 사라져 버렸다. 그의 명성 또한 그의 얼굴처럼 하나의 가면과도 같았다.

하지만 그린박스의 전면에 붙인 커다란 현수막에서 그의 이름을 읽을 수 있었으니, 우르수스가 관객을 위해 써 놓은 글귀는 다음과 같았다.

우리는 이곳에서 그윈플렌을 볼 수 있습니다. 그는 나이 열 살이 되던 1690년 1월 29일, 악랄한 콤프라치코스 일당에 의해 포틀랜드 해안에 버려졌습니다. 그 어린아이가 장성해서, 오늘날은 '웃는 남자'라고 불리고 있습니다.

이 광대들의 존재는 나병 수용소 속에 있는 나병 환자들의 삶이나 아틀란티스에서 지극한 행복을 누리는 사람들의 존재와도 같았다. 매일 가장 소란스러운 시장의 공연장에 자신을 몽땅 내놓았다가는, 문득 가장 완전무결한 은신처로 이동이 이루어졌다. 그들은 매일 저녁 이 세상으로부터 도피했다. 그것은 마치 그다음 날 다시 부활하기 위해 도망가 버리는 죽은 자들 같았다. 배우는 깜박거리는 등대와도 같다. 나타났다가는 곧 사라진다. 관객에게는 겨우 환영처럼 밖에 보이지 않고, 등대 불빛처럼 빙글빙글 도는 이 세상에서는 잠시 어른거리는 유령이나 미광에 불과하다.

사거리는 감금의 연속이었다. 공연 직후, 관객들이 흩어지고 군중들의 만족스러워하는 웅성거림이 길을 따라 사라지는 동안, 그린박스는 요새의 도개교를 거두듯 간판을 내렸고, 그러면 인간 세계와의 소통이 단절되었다. 한쪽에는 널따란 세상이, 다른 쪽에는 막사가 있었다. 막사 안에는 자유와, 양심과, 용기와, 헌신과, 순진함과, 행복과, 사랑 등 모든 성좌가 있었다.

앞을 보는 장님과 사랑받는 기형이 나란히 앉아, 서로 손을 마주 잡고, 서로의 이마를 맞대고, 도취되어서, 낮은 목소리로 이야기를 속삭였다.

마차의 가운데 칸은 두 가지 용도로 사용되었다. 관중들에게는 무대, 배우들에게는 식당이었다.

우르수스는, 그린박스 가운데 칸의 용도가 다양하다는 점에서, 그것을 아비시니아 오두막의 아라다쉬와 동일시하고 비교하면서 만족스러워했다.

우르수스가 그날 수입을 계산하고 난 후에 저녁 식사를 했다. 사랑하는 이들에게는 모든 것이 이상적이어서, 사랑할 때 같이 먹고 마시는 것조차 온갖 종류의 은밀한 동거 생활처럼 느끼며, 한 입 음식을 먹는 것이 입맞춤이 된다. 같은 잔에 맥주나 포도주를 마시면서, 둘은 백합꽃에 맺힌 이슬을 마시는 것처럼 여겼다. 두 영혼, 두 아가페는 두 마리 새와 같은 은총을 누렸다. 그윈플렌은 데아의 식사를 도왔다. 그녀에게 빵이나 고기를 먹기 좋게 잘라 주며, 마실 것을 따라 주면서, 그녀에게 너무 가까이 붙어 있곤 했다.

"흠!"

우르수스는 미소를 지으면서 괜히 나무라는 헛기침 소리로 그들을 떨어뜨려 놓았다.

늑대는 식탁 아래에서 식사를 하며, 자기에게 주어진 뼈다귀가 아닌 것에는 아무 관심이 없었다.

비노스와 피비도 함께 식사를 했는데, 별로 성가신 문제를 일으키지 않았다. 여전히 반쯤은 야생적이고 놀란 듯한 기색을 간직하고 있던 두 방랑자들은, 자기들끼리 집시 언어로 이야기를 나누었다.

그리고 나서 데아는 피비와 비노스와 함께 여자 방으로 들어갔다. 우르수스는 호모를 그린박스 아래에 있는 사슬에 매어두러 갔고 그윈플렌은 말들을 돌보았다. 연인에서 마부로 돌변하는 모습은, 호메로스의 작품에 등장하는 영웅이나, 카롤루스 대제 휘하의 기사 같았다. 자정이면 늑대만 빼고는 모두들 잠이 들었다. 늑대는 책임감 때문에 가끔 한쪽 눈을 뜨곤 했다.

다음 날, 깨어나는 즉시 모두 한 자리에 다시 모였다. 다 같이 조반을 먹는데, 늘 햄과 차가 식탁에 올랐다.

영국에 차가 수입된 것은 1678년부터이다. 그런 다음 데아는, 그녀가 너무 허약하다고 생각하던 우르수스의 충고와 스페인 사람들의 관습에 따라 몇 시간을 더 잤다. 그동안 그윈플렌과 우르수스는, 방랑 생활에 필요한 안팎의 자질구레한 공사들을 치르곤 했다.

그윈플렌이 황량한 길이나 인적이 없는 곳에 있을 경우를 제외하고는 그린박스 밖에서 서성거릴 일은 거의 없었다. 도시에 들어가는 경우, 오직 밤에만 넓은 차양 달린 모자를 쓰고 밖으로 나왔다. 자신의 얼굴을 거리에서 노출하지 않기 위해서였다.

사람들은 그의 얼굴을 연극 무대에서밖에 볼 수 없었다.

게다가 그린박스는 아직 도시에는 별로 드나들지 않았다. 그윈플렌은 나이 스물넷이나 되었지만 다섯 항구보다 더 큰 도시들은 거의 본 적이 없었다. 하지만 그의 유명세는 점점 더 커져만 갔다. 그 명성은 하층민들을 넘어서 높으신 분들에게도 닿았다. 뭔가 요상하게 특이하고 기이한 것들을 좋아하거나 그런 것들을 찾아다니는 사람들 사이에서, 아주 굉장한 가면 하나가 유랑하면서, 저기도 나타났다가 여기도 나타났다가 하며 어딘가에 산다는 소문이 떠돌았다. 사람들은 그에 관해 이야기를 하고, 그를 찾아 다녔고 어디에 있을지 궁금해했다. '웃는 남자'는 정말이지 유명해지고 있었다. '정복된 카오스'에 한 줄기 빛이 비추고 있었다.

그리하여 어느 날 문득 우르수스는 들뜬 마음으로 이렇게 말했다.

"런던으로 가자."

제3부
균열의 시작

1. 태드캐스터 여인숙

그 당시 런던에는 다리가 하나밖에 없었다. 그 다리를 런던교라고 했는데, 다리 위에는 집들이 있었다. 이 다리는 서더크와 런던을 잇고 있었다. 서더크의 길은 템스강의 자갈로 포장되어 있었고 여기저기 좁은 도로와 골목길이 복잡하게 얽혀 있었다.

어디를 보나 여느 도시처럼 많은 건물과 주택, 숙박 업체, 목제 포장마차가 뒤죽박죽 섞여 있어서 화재가 나기 쉬운 외곽 지역이었다. 실제로 1666년에는 큰 화재가 났다.

당시에는 서더크를 '사우드릭'이라고 읽었다. 오늘날에는 대략 '사우소우워크'라고 한다. 어찌 되었든 영국의 명칭들을 읽는 가장 좋은 방법은 발음을 제대로 하지 않는 것이다. 예를 들어, 사우샘프턴을 발음하고자 한다면 '스트픈튼'이라고 읽는 식이다.

이 당시는 주템므(Je t'aime)를 채텀(Chatham)이라고 발음하던 시절이었다. 그때의 서더크는 지금의 서더크와 유사했다. 마치 보지라르가 마르세유를 닮은 것처럼. 이곳은 큰 마을, 거의 도시였다. 그때도 그곳에 항해의 큰 움직임이 있었다. 템스강변의 길고 거대한 축대 벽에는 커다란 강배들의 닻을 걸어 놓는 무수한 고리들이 붙어 있었다. 이 벽을 가리켜 에프록 또는 에프록 스톤이라고 불렀다. 색슨족이 요크주를 지배하고 있을 때는 에프록이라고 불렀다. 전설에 의하면 에프록이라는 한 공작이 이 벽 아래에서 물에 빠져 죽었다고 한다. 실제로 그곳은 수심이 깊어서 공작 한 사람 정도는 익사하기 충분했다. 낮은 곳의 수심도 8미터 정도나 되었다. 이 작은 정박지가 매우 편리했기에 바닷가를 오가는 배들도 그곳으로 이끌려 왔다. 네덜란드의 유서 깊은 해양 화물선 포그라트 역시 에프록 스톤에 와서 정박하곤 했는데, 일주일에 한 번씩 직항으로 런던과 로테르담을 왕복 운행했다. 다른 강배들은 하루에 두 번씩 썰물을 타고 데프트퍼드나 그리니치, 그레이브센드 등지로 떠났다가 다음 조류를 타고 올라오는 식이었다. 그레이브센드까지의 항해하는 거리를 따져 보면 20해리쯤이었고, 대략 여섯 시간 정도 소요됐다.

포그라트는 오늘날 해양 박물관 같은 곳에서 밖에 볼 수 없는 모습의 배였다. 그 배는 가운데가 불룩한 극동 중국 쪽의 돛단배와 조금 유사했다. 프랑스가 그리스의 선박을 따라 하고 있을 그때, 네덜란드는 중국 것을 베끼고 있었다. 투박하고 무거운 선체에 수직으로 설치되어 있는 방수벽이 칸막이 역할을 했다. 선체의 중간 부위에는 매우 깊고 넓은 선실이 있고, 그 위를 두 개의 상갑판이 나란히 덮고 있었다. 그 갑판 하나는 선수 쪽으로, 다른 하나는 선미 쪽으로 이어져서 갑판 위가 판판했다. 이는 포탑을 갖춘 오늘날의 철로 된 군함과 같았다. 이것은 날씨가 사나워 큰 파도로 인한 물살이 안으로 들어오는 것을 줄일 수 있다는 장점이 있었지만, 난간이 없어서 바다의 물살로부터 선원들을 보호해 주지 못한다는 단점도 있었다. 갑판에서 선원이 외부로 떨어지는 것을 막을 만한 그 어떤 장치도 갖추고 있지 않았다. 그 탓에 추락 사고로 인한 인명 피해가 잦아서 결국 포기하게 되었다. 뚱뚱한 포그라트 배는 곧장 네덜란드로 향했고, 그레이브센드에서 잠깐 쉬는 일도 없었다.

오래되고 뾰족한 바위 돌출부가 에프록 스톤의 하단부를 따라 늘어서 있었다. 이것이 배들이 어느 바다로 나가는 것을 쉽게 하고 밀려온 배들의 접안을 용이하게 했다. 석벽은 일정한 간격의 계단으로 나뉘어져 있었다. 그 암벽은 마치 해변에 나 있는 둑처럼 흙더미가 하나 있어서 에프록 스톤 위를 지나가는 사람들이 팔꿈치를 괼 수 있게 했다. 거기에서는 템스강이 보였다. 그다음부터는 들판만이 펼쳐져 있었다.

에프록 스톤의 상류 부근, 템스강의 굴곡 지점에는 세인트제임스 성이 있었다. 뒤쪽으로는 램버스 하우스가 있었으며 이것은 폭스홀*이라 불리는 산책로와 멀지 않은 곳에 있었다. 사기그릇을 굽던 도기 공장과 병을 채색하는 유리 공장 사이에는 풀들이 자라나는 넓은 공터가 있었는데, 이것이 옛날 프랑스에서는 경작지나 또는 산책장으로 불리고 영국에서는 볼링그린이라 불리는 것이었다. 공을 굴리는 데 쓰이는 잔디밭인 볼링그린에서는 공놀이를 한다. 오늘날에는 이 그 풀밭을 집 안에 가지고 있다. 다만 그 풀밭을 테이블 위에 올려놓고 잔디 대신에 천을 깔면 우리가 지금 당구라고 부르는 게임이 되는 것이다.

그리고 왜인지는 모르겠지만 프랑스어에는 'boulevard(초록색 공)'이라는, bowling-green과 같은 뜻의 단어가 있음에도 불구하고 'bolingrin(나무공 놀이터)'라는 단어를 만들어 냈다. 사전처럼 진지한 사람들이 이처럼 쓸데없는 사치를 부렸다는 것이 놀라울 따름이다.

서더크의 볼링그린은 타린조 필드라고 불렸다. 왜냐하면 예전에 이것은 헤이스팅 남작 집안의 소유였는데, 이 집안에는

---

* 평상시에는 일반인들이 산책하거나 놀이를 하는 장소로 이용되고, 축제가 있을 때 음악회나 무도회 장소로 사용되던 공터이다.

타린조와 모슬린 남작이 있었기 때문이다. 타린조 필드의 소유권은 헤이스팅 가문에서 태드캐스터 군주들의 손으로 넘어갔는데, 이들이 그 공간을 대중들이 모이는 공공 장소로 개방했다. 훗날 오를레앙 공작이 팔레루아얄 왕궁*을 공공장소로 개방한 것과 마찬가지로 말이다. 그 후 타린조 필드는 주인 없는 빈 목초지가 되었고 소교구의 소유가 되었다.

타린조 필드는 일종의 정기 시장이었는데, 이곳의 간이 무대 위에서는 요술사, 곡예사, 익살스러운 광대, 음악 등의 공연이 펼쳐졌고, 샤프 대주교의 말을 빌리자면, 늘 '악마를 구경하러 온' 멍청한 이들로 항상 득실댔다. 악마를 본다는 것은 공연을 관람한다는 뜻이다.

몇몇 여관들이, 사람들을 숙박시켰다가 시장 공연으로 보내기도 했다. 일 년 내내 축제가 벌어지는 이곳은 항상 열려 있었고, 날로 번창해 갔다. 이런 여관들은 사람들이 낮에만 머무는 가건물에 가까웠고, 저녁이 되면 주인들이 가게 열쇠를 주머니에 넣고 어디론가 사라져 버렸다. 이 여관들 가운데 하나만이 주거용 건물이었다. 볼링그린을 샅샅이 뒤져 봐도 다른 숙박 시설은 없었다. 광대들은 한곳에 머무르지 않고 떠돌아다니는 습성을 가졌으므로, 장터에 자리한 가건물들도 모두 사라져 버

* 1633년, 추기경 리슐리외를 위해 지은 궁전이다.

렸다. 광대들의 삶은 뿌리 뽑힌 삶이다.

이곳은 옛 군주들의 이름을 따서 '태드캐스터 여인숙'이라고 불렸다. 여관이라기보다는 선술집이었고, 여관보다는 호텔에 더 가까웠던 그 집에는 마차가 드나들 수 있는 대문과 꽤 넓은 정원도 있었다.

안마당에서 광장으로 통하는 대문이 태드캐스터 여인숙의 정문이었고, 그 옆에 쪽문 하나가 있었다. 사람들은 쪽문을 더 좋아했다. 그 낮은 문이 사람들의 유일한 통로였다. 좋게 말해서 선술집, 정확히 말하면 연기가 뿌옇게 차 있고 테이블이 몇 개 놓여 있고 천장이 낮은 넓은 방을 향해 있었다. 여인숙의 간판이 걸린 문 위에는 2층 창문이 있었다. 대문은 항상 빗장이 걸려 폐쇄된 채로, 영영 닫아 놓은 것 같았다.

여인숙 뜰 안으로 들어가려면 이 선술집을 가로질러야만 했다. 태드캐스터 여인숙에는 주인과 소년이 있었다. 주인의 이름은 나이슬리스였고, 소년의 이름은 고비컴이었다. 주인 나이슬리스는 구두쇠 홀아비였고, 법을 존중하여 법 앞에서 벌벌 떠는 사람이었다. 그는 또한 눈썹과 손등에 털이 북슬북슬 나 있었다. 손님들에게 마실 것을 따라 주고 고비컴이라고 부르면 대답하는 열네 살짜리 소년은 앞치마를 두르고 재미있게 생긴 얼굴을 하고 있었다. 그는 머리가 빡빡 깎여 있었는데 이것은 그가 예속되어 있다는 표시였다.

그는 일층에서, 옛날에 개집으로 사용하던 한구석을 침실로 사용하고 있었다. 그 개집에는 창문 대신 볼링그린으로 통하는 환기구가 있었다.

2. 야외에서의 웅변

바람이 무척 많이 불고 상당히 추워 길을 가는 사람이라면 모두들 서두를 법했던 어느 날 저녁, 태드캐스터 여인숙의 담장을 따라 걷던 남자가 갑자기 멈춰 섰다. 때는 1704년에서 1705년으로 넘어가는 겨울 끝 무렵이었다. 이 남자는 옷차림으로 보아서는 수병이었던 것 같은데, 외모가 준수하고 체격도 좋았다. 궁정 사람 같았지만 백성들에게 반감을 살 것 같지는 않았다. 왜 그는 걸음을 멈추었을까? 듣기 위해서였다. 무엇을 들었는가? 아마 벽 반대쪽 뜰 안에서 말하고 있는 누군가의 목소리였을 것이다. 비록 약간 나이 들기는 했어도 지나가는 행인들에게까지 들리는 큰 소리였다. 또 그 음성이 열변을 토하고 있는 안마당에서는 군중의 소음도 들려왔는데 그 목소리는 이렇게 말하고 있었다.

런던의 신사 숙녀 여러분, 제가 왔습니다. 저는 당신들이 영국인이라는 사실이 축복받은 것이라 생각합니다. 당신들은 위대한 민족입니다. 아니 그 이상입니다. 당신들은 위대한 하층민입니다. 당신들의 주먹은 당신들의 칼보다 더 강합니다. 당신들은 왕성한 식욕을 가지고 있습니다. 당신들은 다른 민족들도 잡아먹는 민족입니다. 대단한 능력입니다. 이 세계를 빨아들이는 능력 덕에 영국은 따로 구별됩니다. 정치, 철학, 식민지와 인구, 그리고 산업, 자신에게는 이로운 남에게 해를 끼치려는 의지, 이것을 보면 당신들은 정말 위대하고 놀라운 사람들입니다. 이 지구상에 두 게시판이 내걸릴 순간이 다가오고 있습니다. 그중 하나에는 '인간의 편', 다른 하나에는 '영국인의 편'이라고 써있을 겁니다. 저는 영국인도 아니고, 인간도 아니며, 그저 영광스럽게도 박사로 살아가는 존재입니다. 신사 여러분, 저는 여러분을 가르치려고 합니다. 제가 아는 것과 모르는 것에 대해서 말입니다. 저는 약을 팔고 사상을 덤으로 줍니다. 다가오세요. 제 말씀을 귀담아 들으십시오. 귀가 작으면 진리를 포착하지 못할 것이고, 너무 크면 수많은 바보스러움이 꾸역꾸역 그 속으로 들어갈 것입니다. 그러니 주목하십시오. 제가 가짜 학문을 가려내는 법을 알려 드립니다. 제게는 사람들을 웃게 만드는 동료 하나가 있는데, 저는 사람들이 생각하도록 만듭니다. 우리는 같은 집에서 삽니다. 웃음은 지식만큼이나 좋은 식구입니다. 누군가 데모크

리토스에게 '당신은 어찌 아십니까?'라고 묻자, 그는 이렇게 대답했습니다. '나는 웃습니다.' 만일 사람들이 나에게 왜 웃냐고 물으면, 저는 이렇게 답할 것입니다. '나는 알고 있습니다.' 그런데 저는 웃지 않습니다. 저는 대중의 지성을 청소하는 일을 하는 사람입니다. 당신들의 지성은 지저분합니다. 신께서는 백성이 스스로 틀리고 속도록 만드셨습니다. 바보 같은 수치심을 느껴서는 안 됩니다. 솔직히 고백하건대, 저는 신을 믿습니다. 심지어 그가 틀렸는데도 말입니다. 단지 저의 눈에 잘못 만들어진 쓰레기가 보이면 깨끗이 쓸어버릴 뿐입니다. 제가 어떻게 아느냐고요? 그것은 오직 저만이 아는 일입니다. 누구나 자신에게 허락된 곳에서 배움을 얻는 것이니까요. 락탄티우스는 청동으로 만든 베르길리우스의 두상(頭像) 앞에서 질문을 했는데 베르길리우스는 대답을 했습니다. 실베스테르 2세는 새들과 대화했다고 합니다. 새들이 말을 했을까요? 교황이 지저귀었을까요? 의문입니다. 랍비 엘레아자르의 죽은 아이는 아우구스티누스 성자와 이야기를 나누었다고 합니다. 우리끼리니 말씀 드립니다만, 저는 그 모든 이야기를 의심합니다. 오직 마지막 것만 예외입니다. 죽은 아이가 말을 했답니다. 그렇다고 칩시다. 하지만 아이의 혀 밑에는 여러 성좌(星座)가 새겨진 황금 한 조각이 있었다고 합니다. 그러니 속임수를 쓴 셈입니다. 사실은 저절로 밝혀집니다. 저는 진실과 거짓을 구분할 수 있습니다. 잘 들으십시오, 가엾은 양반들. 당신들이 분명 믿고 계실 오류가 또 있습니다. 제가 당신들에게 진실을 알려 드리고 싶습니다. 디오스코리데스는 사리풀 안에 신이 있다고 믿었습니다. 또한 크리시포스는 시노파스트 속에, 요셉은 바우라스 속에, 그리고 호메로스는 몰리 식물 속에 신이 있다고 믿었습니다. 하지만 사실 그 풀들 안에 있었던 것은 신이 아니라 괴물입니다. 제가 그것을 확인했습니다. 이브를 꾀인 독사가 카드모스처럼 인간의 얼굴을 가지고 있었다는 말은 거짓입니다. 가르시아 다오르타, 차다모스토, 그리고 트리어의 대주교 장 위고 역시, 나무 한 그루를 톱으로 자르면 코끼리 한 마리를 잡을 수 있다는 주장을 인정하지 않았습니다. 나도 이 의견에 동의하였습니다. 시민 여러분, 루시퍼의 노력이 그릇된 의견들의 원인입니다. 그러한 왕의 통치 아래에서는 파멸과 잘못된 혜성들이 틀림없이 생기게 마련입니다. 백성들이여, 클라우디우스 풀케르가 죽은 것은 닭들이 닭장에서 나가기를 거부해서가 아닙니다. 진실은 루시퍼가 클라우디우스 풀케르의 죽음을 계획하여, 그 짐승들이 모이를 먹지 못하도록 주의를 기울였기 때문입니다. 베엘제불이 베스파시아누스 황제에게 절름발이와 소경을 만지기만 해도 고칠 수 있는 능력을 주었다는 이야기는 그 자체만 보면 칭찬할 일이지만 그 동기는 잘못된 것이었습니다. 신사 여러분, 부리오니아의 뿌리와 흰 뱀 새끼를 퍼뜨리고 다니고, 꿀과 닭 피로 안약을 만드는 가짜 학자들에게 도전하시오! 거짓말을 꿰뚫어 볼 줄 알아야 합니다. 오리온이 주피터의 자연적 필요에 의해서 태어났다는 것은 전혀 사실이 아닙니다. 사실 이런 식으로 별자리를 만든 것은 메르쿠리우스입니다. 아담에게 배꼽이 있었다는 말은 전혀 사실이 아닙니다. 성 게오르기우스가 용을 죽였을 때, 그 근처에 성녀는 없었습니다. 성 히에로니무스의 집무실 벽난로 위에는 벽시계가 없었습니다. 첫째, 동굴 속에 있었던 지라 집무실을 가지고 있지 않았습니다. 둘째, 그에게는 벽난로가 없었습니다. 셋째, 그 당시에는 벽시계가 존재하지도 않았습니다. 정정합시다. 오류를 바로 잡읍시다. 오! 제 말씀을 듣고 계신 친절하신 분들이여, 쥐오줌풀의 냄새를 맡으면 뇌에서 도마뱀이 생긴다고, 시체가 부패하면 쇠고기는 꿀벌이 되고 말이 죽어 말벌로 변한다고, 인간은 살았을 때보다 죽었을 때 무게가 더 무겁다고, 숫염소의 피가 에메랄드를 녹인다고, 같은 나무에서 애벌레 한 마리와 파리 한 마리와 거미 한 마리가 보이면 그것은 기아와 전쟁, 흑사병이 닥칠 징조라고, 노루 뇌의 구더기를 먹으면 노화를 치료할 수 있다고 말한다면, 믿지 마십시오. 다 거짓말입니다. 여기에 진실이 있습니다. 물소 가죽은 벼락을 피하게 합니다. 예리코의 장미는 크리스마스 전날 밤에 핍니다. 독사들은 물푸레나무의 그림자를 견뎌낼 수 없어요. 두꺼비는 흙을 먹고 살며, 그것 때문에 두꺼비 머리 속에 돌이 하나 생깁니다. 코끼리 몸에는 관절이 없어서 나무에 기댄 채 서서 잠을 잘 수밖에 없는 것입니다. 두꺼비더러 수탉이 낳은 알을 품게 해 보십시오. 그러면 나중에 독사가 될 전갈 한 마리를 얻게 될 것입니다. 장님이 한 손으로 교회당의 주제단 왼쪽 귀퉁이를 만지면서 다른 손을 눈에다 가져다 대면 앞을 볼 수 있게 됩니다. 처녀라고 아이를 못 낳는 것은 아닙니다. 아량이 넓으신 분들이여, 이 자명한 진실들을 깊이 새겨 두십시오. 그러면 두 가지 방법으로 신을 믿을 수 있습니다, 갈증이 오렌지를 믿듯, 아니면 당나귀가 채찍을 믿듯 말입니다. 이제 제 식구들을 소개하겠습니다.

문득 거센 바람이 불어 고립된 여인숙의 창틀과 덧문을 뒤흔들었다. 이것은 일종의 천상의 긴 웅얼거림 같았다. 웅변가는 잠깐 기다렸다가 하던 말을 이어 갔다.

바람이 훼방을 놓는군요. 괜찮습니다. 북풍아, 어서 말해라. 신사 여러분, 저는 화가 나지 않습니다. 바람 또한 모든 고독한 사람들처럼 수다스럽습니다. 저 높은 곳에서는 아무도 그와 친구해 주지 않기 때문에 수다를 떠는 것입니다. 이야기를 다시 이어 가도록 하겠습니다. 여러분은 지금 단결한 예술가들을 보고 계십니다. 우리는 넷입니다. 제 친구 늑대부터 소개하겠습니다. 그는 절대 숨지 않습니다. 그는 교육을 받았고 정중하며 총명합니다. 조물주께서는 아마 한순간 그를 대학의 박사로 만들 생각을 하셨던 것 같습니다. 하지만 박사로 만들려면 조금 짐승이어야 하는데, 그는 그렇지가 않습니다. 그는 아무 편견도 없고 귀족적이지도 않다고 덧붙이겠습니다. 그는 암캐하고 한번 정분이 났던 적이 있었는데, 그에게는 암컷 늑대로 보였나 봅니다. 그의 자손들은, 만일 있었더라면, 아마 지들 어미의 낑낑대는 소리와 지들 아비의 울부짖는 소리를 섞어 놓은 소리를 낼 것입니다. 그는 울기도, 문명에 대한 관용에 이끌려 짖기도 합니다. 호모는 완벽의 경지에 이른 개입니다. 개를 숭배합시다. 개는 혀에 땀이 나고 꼬리로 미소를 짓는 참으로 재미있는 짐승입니다. 신사 여러분. 호모는 지혜로움에 있어, 멕시코의 털 없는 늑대, 그 찬탄할 만한 크솔로이체니스키와 유사하며, 친근하기로는 늑대보다 낫습니다. 뿐만 아니라 겸손하기까지 합니다. 그는 인간에게 유익한 늑대만의 겸손함을 갖췄습니다. 그는 소리 없이 도움을 줍니다. 그의 왼쪽 발은 그의 오른쪽 발이 하는 일을 모를 정도입니다. 이런 것들이 늑대의 장점입니다. 그리고 여기에 있는 저의 두 번째 친구에 대해서는 단 한 마디만 하겠습니다. 그는 괴물입니다. 놀라시는군요. 옛날에 잔인한 악당들이 그를 인적 없는 해변에 버렸습니다. 그리고 이 소녀는 장님입니다. 특별하냐고요? 그렇지 않습니다. 우리는 모두가 장님들입니다. 구두쇠는 장님입니다. 그는 금은 보고 부유함은 보지 못하기 때문입니다. 선구자 역시 장님과 같습니다. 시작은 보되 끝을 보지 못하기 때문입니다. 교태부리는 여인도 장님입니다. 자기 얼굴의 주름살은 보지 못하기 때문입니다. 학자 역시 장님입니다. 자신의 무지를 모르기 때문입니다. 점잖은 신사도 장님입니다. 못된 건달을 알아보지 못하기 때문입니다. 못된 건달도 장님입니다. 그는 신을 보지 못하기 때문입니다. 신도 장님입니다. 그가 이 세상을 창조하던 날, 마귀가 그 안으로 들어가는 것을 보지 못했기 때문입니다. 저 또한 장님입니다. 이렇게 말을 하면서도 당신들이 귀머거리임을 보지 못하고 있지 않습니까. 우리가 데리고 다니는 이 눈먼 소녀는 신비한 여사제입니다. 베스타 여신이 자기의 불씨를 이 소녀에게 맡긴 듯합니다. 그녀의 인격 안에는 부드러운 어두움이 있습니다. 나는 그녀가 인정받지 못한 어느 왕의 딸이라고 믿고 있습니다. 엄청난 불신이야말로 현자의 특성입니다. 저로 말씀 드릴 것 같으면, 저는 추론을 하고 사람들에게 약을 지어 줍니다. 또한 생각하며 치료를 한답니다. 의사인 저는 모든 열병과 독한 기운 및 흑사병을 치료합니다. 염증과 통증의 대부분은 인적법이기 때문에, 그것들을 잘 다스리기만 하면 더 나쁠 수 있는 다른 병으로부터 우리를 보호해 준답니다. 하지만 충고 드리거니와, 탄저병에는 걸리지 마십시오. 그 어떤 약도 소용이 없는 지독한 병입니다. 그 병에 걸리면 죽는 것 밖에는 방법이 없습니다. 저는 교양머리가 없거나 촌스러운 사람이 아닙니다. 저는 달변과 시(詩)를 예찬하며 순진무구한 친근함 속에서 어울려 삽니다. 저의 견해 하나만 제시하면서 연설을 마치겠습니다. 신사 그리고 숙녀 여러분. 당신들의 내면에, 특히 빛이 시작되는 쪽에 미덕과 겸손과 청렴과 정의와 사랑을 기르십시오. 그러면 이 지상에 사는 모든 이들이 각자의 창가에 작은 화분 하나씩을 놓을 수 있을 것입니다. 나리들과 선생 여러분, 이상입니다. 공연을 시작하겠습니다.

아마도 수병인, 밖에서 유심히 듣고 있던 남자가, 여인숙의 천장 낮은 실내로 들어서더니 그것을 가로질러 건너가, 부르는 대로 동전 몇 푼을 지불한 다음 관객들로 가득한 뜰 안으로 들어갔다. 그곳에는 바퀴 달린 오두막 하나가 활짝 열려 있고, 무대 위에는 곰의 가죽을 입은 늙은이, 가면을 쓴 듯한 젊은 남자와 장님 소녀, 그리고 늑대 한 마리가 있었다.

"오, 신이시여!"

그가 감탄을 토해 냈다.

"대단한 이들을 여기서 찾았군!"

3. 행인이 다시 나타나는 곳

방금 확인했듯이, 그린박스가 런던에 도착했다. 그리고 서더크에 정착했다. 우르수스는 볼링그린에 매료되어서 그곳으로 왔다. 그곳은 겨울에도 시장이 쉬는 일이 없다는 훌륭한 이점을 가지고 있었다.

세인트폴 성당의 둥근 지붕을 바라보는 것도 우르수스에게는 기분 좋은 일이었다.

모든 것을 따져 보았을 때 런던은 좋은 점이 많은 도시다. 성당 하나를 성자 바울로에게 헌정한 것은 매우 용감한 일이다. 진정 성스러운 교황은 성자 베드로이다. 바울로 성자의 주장에는 공상의 혐의가 있고, 성직자로서 공상은 곧 이단을 의미한다. 바울로 성자는 정상이 참작할 만한 상황에서만 성자이다. 그는 예술가의 문을 통해서만 간신히 천국에 들어간 것이다.

성당은 하나의 간판과도 같다. 산피에트로 성당은 정통 교조의 도시인 로마를 의미하고, 세인트폴 성당은 이교의 도시인 런던을 의미한다.

모든 것을 다 포용할 만한 철학의 소유자였던 우르수스는 그 미묘한 차이점을 감지해 낼 줄 아는 사람이었고 런던에 매력을 느낀 것은 아마 바울로 성자에 대한 자신의 취향 때문이었을지도 모른다.

태드캐스터 여인숙의 넓은 안뜰이 우르수스의 선택을 굳혔다. 그린박스는 마치 그 뜰에 맞추어 제작된 것 같았다. 완벽한 극장이었다. 마당은 네모난 모양에 여인숙 본채가 있는 쪽을 제외한 나머지 세 방향으로는 담장이 세워져 있었고, 본채 맞은편 담벼락을 등지고 그린박스를 세워 놓았다. 드나드는 대문의 폭이 넓은 덕분에 그린박스가 안으로 들어갈 수 있었다.

처마가 차양처럼 덮여 있고 기둥들 위에는 커다란 발코니 하나가 있었는데 그것은 2층 방들로 연결되었다. 그렇게 본채에 부착된 발코니는 직각으로 돌출한 두 칸막이로 삼등분 되어 있었다. 본채 아래층의 창문들은 곧 극장의 1층 칸막이 관람석이었고, 마당의 포석은 극장의 바닥 관람석이었으며 발코니는 극장의 2층 정면 관람석이었다. 벽에 기대어 정비되어서, 그 앞에 이러한 공연의 방이 생긴 것이다. 이것은 '오셀로', '리어왕', '폭풍우'가 공연되었던 극장 글로브를 떠올리게 했다.

후미진 구석, 그린박스 뒤쪽에는 마구간이 있었다.

우르수스는 여인숙 주인 나이슬리스와 타협을 했는데, 법을 준수해야 한다고 하면서 웃돈을 받고서야 늑대를 받아 주었다.

'그윈플렌—웃는 남자'라고 써 있는 현수막은 그린박스에서 떼어 내어 여인숙 간판 옆에 걸어 놓았다. 우리가 알다시피, 선술집으로 사용하는 방에는 안마당으로 통하는 문이 하나 있었다. 이 문 옆에 가운데를 넓게 가른 통으로, 입장료를 받는 자리를 만들었다. 수납원은 어떤 때는 피비였고 어떤 때는 비노스였다. 마치 오늘날 매표소 같았다. '웃는 남자'라는 간판 바로 밑에 흰색 페인트를 칠한 널판 하나를 걸고, 그 위에 우르수스의 대표작인 '정복된 카오스'를 흑색 굵은 글씨로 써 놓았다.

발코니 중앙에는, 즉 그린박스 정면에는 건물의 창을 출입문으로 사용하는 칸이 두 칸막이 사이에 있었는데, 그곳은 '귀족들을 위해' 예약된 자리였다.

이 칸은 두 줄에 열 명의 관중을 앉힐 수 있을 정도로 넓었다.

"우리는 런던에 있는 거야"라고 우르수스가 말했다.

"그러니 귀족층 관람객이 올 경우에도 대비해야지."

그는 이 특별 칸막이 좌석에다 여인숙에서 가장 좋은 의자들을 모아다 놓고 혹시 어느 행정관 부인이 오실 경우에 대비해 가운데에는 벨벳 소파도 가져다 놓았다.

공연이 시작되자 곧, 군중이 몰려들었다.

그러나 귀족들을 위해 마련해 둔 칸은 비어 있었다.

곡예단 역사에서 이렇게 성공적인 공연은 존재한 적이 없었다. 서더크 지역 사람들 전체가 몰려와 웃는 남자를 보고 감탄했다. 타린조필드의 익살광대들과 곡예사들은 그윈플렌을 보고 기겁했다. 참매 한 마리가 방울새들의 둥지를 덮쳐 그들의 먹이통을 빼앗는 것과 같았다. 그윈플렌은 그들의 관중을 몽땅 삼키고 있었다.

칼을 먹는 묘기를 보이는 곡예사나 인상 쓰는 얼굴로 웃기려 드는 평범한 공연 이외에도 볼링그린에서는 다양한 공연이 펼쳐졌다. 많은 여자들이 등장하는 서커스 단도 있었는데, 그곳에서는 아침부터 저녁까지 프살테리움, 드럼, 레벡, 미카몽, 툼파논, 칼라멜루스, 둘세멜레 징, 아코디온, 백파이프, 코르네타, 에샤케유, 퉁소, 피스툴라, 플라조스, 플라베올룸 등 온갖 악기들로 엄청난 울림소리를 내는 공연이었다. 널찍하고 둥근 천막 아래에는 뜀뛰기 곡예사들도 있었는데, 오늘날 유명한 피레네 산악 경주자들, 예를 들어 뒬마, 보르드나브, 메일롱가 등도 비교할 수 없는 실력이었다. 그곳에는 떠돌이 동물원도 하나 있었는데 조련사한테 하도 맞아서, 채찍을 덥석 물어 그 끝까지 삼켜 버리도록 훈련을 받은 광대 호랑이가 한 마리 있었다. 이 입과 발톱으로 하는 희극마저도 사라져 버렸다.

호기심, 박수갈채, 입장료, 관중 모두를 웃는 남자가 장악했다. 눈 한 번 깜빡할 새 일어난 일이었다. 이제 그린박스만 존재했다.

번 돈의 반을 그윈플렌에게 나눠 주면서 우르수스가 말했다.

"정복된 카오스가 정복하는 카오스로 변했구나."

그러고는 허세를 부리는 태도로, 식탁보를 끌어당겼다.

그윈플렌의 성공은 엄청났다. 하지만 그는 한곳에만 머물러 있었다. 명성이 물을 건너기는 어려운 일이다. 셰익스피어의 이름도 영국에서 프랑스까지 도달하는 데 130년이나 걸렸다. 물은 벽이다. 그리하여 나중에 몹시 후회한 일이긴 하지만 볼테르가 셰익스피어를 위해 다리를 만들어 주지 않았다면 셰익스피어는 아마 오늘날까지도 영국에, 섬나라의 영광 속에 갇혀 있을지도 모른다.

그윈플렌의 영광은 런던 다리를 건너지 못했다. 그의 명성은 대도시에서는 아주 작은 반향도 없었다. 최소한 초기에는 그랬다. 하지만 서더크는 일개 익살광대의 야심을 채워 주기에 충분했다. 우르수스는 이렇게 말하곤 했다.

"돈주머니가, 실수를 저지른 처녀의 배처럼, 눈 한 번 깜박할 때마다 불룩해지는군."

'우르수스 루르수스'를 공연한 다음에 '정복된 카오스'를 공연했다. 막간을 이용해 우르수스는 탁월한 복화술을 선보이기도 했다. 그는 노랫소리, 고함 등 공연장에서 들리는 모든 관객들의 소리를 흉내 냈고, 너무 비슷한 나머지 가수나 고함을 지른 사람도 놀랐다. 게다가 그는 가끔 관중의 왁자지껄하는 소리까지 혼자서 따라 했다. 엄청난 재능이었다.

앞에서 보았듯이 그는 키케로처럼 연설을 했고 약을 팔았으며, 처방을 내리는가 하면 심지어 병을 치료하기도 했다.

서더크 전 지역이 그의 포로가 되어 버렸다.

우르수스는 서더크 사람들로부터 박수갈채를 받았지만 전혀 놀라지 않았다.

"이들은 옛 트리노반테스*야"라고 중얼거릴 뿐이었다.

"그들의 취향을 잘 맞추려면 버크셔에 살던 아트로바트들이나 서머싯에 살던 벨기에 인들, 그리고 요크를 세운 파리지앵들과 혼동하면 안 돼."

공연이 있을 때마다 여인숙의 뜰은 공연장으로 변해서 누더기를 걸치고 열광하는 관객들로 꽉 찼다. 그들은 대개 뱃사공, 선박 수리공, 거룻배 끄는 말을 돌보는 마부, 입항하기가 무섭게 먹을 것에 돈을 쓰고 계집 품느라고 봉급을 날려 버리는 신참 수병들이었다.

또한 포주와 뚜쟁이, 그리고 검은 경비 대원도 있었다. 검은 경비 대원이란 규칙을 어겨 그 벌로 붉은 제복을 뒤집어 입고 다녀야 하는 병사들을 가리키는데, 군복의 안감이 검은색이기 때문에 그러한 별명이 붙었다. 그래서 이 경비병들에게는 '블랙가드'라는 명칭이 붙었고, 여기서 프랑스어의 'blagueur(허풍

* 브리타니아 동쪽 지방에 살던 부족이다.

쟁이)'라는 단어가 나온 것이다. 그 모든 것이 길에서 극장 안으로 밀려들었다가, 다시 극장에서 술집으로 밀려들어 갔다. 사람들이 비워 버린 술잔이 공연의 성공에 방해가 되지는 않았다.

'술 찌꺼기'라고 부를 법한 이런 최하층민들 사이에, 다른 이들보다 키가 훨씬 크고, 체구 건장하고, 덜 가엾게 생겼고, 어깨가 더욱 반듯하고, 평범한 옷을 입었으나 덜 찢겼고, 장내가 떠나가도록 갈채를 보내고, 주먹을 휘둘러서라도 자리를 차지하고, 마귀 모양의 가발을 썼고, 욕설을 서슴지 않고, 야유하고, 몸이 지저분하지 않고, 필요에 따라서는 다른 사람의 눈에 시퍼렇게 멍이 들게 하고 술값을 지불하기도 하는 남자 하나가 있었다.

그 단골손님이 방금 열광적인 소리를 지르던 그 행인이었다. 그는 '웃는 남자'에게 반해 버렸다. 물론 그가 매 공연 때마다 온 것은 아니지만 그가 나타나기만 하면, 그는 관중들의 '트레이너'였다. 박수갈채는 요란한 환호 소리로 바뀌었고, 공연의 성공은, 천장이 없었기 때문에 천장까지 닿는 것이 아니라 구름 끝까지 닿았다.

결국 우르수스는 이 남자의 존재를 알아챘고 그윈플렌도 그를 주시했다.

면식은 없지만 그는 자랑스러운 친구였다!

우르수스와 그윈플렌은 그와 알고 지내고 싶었다. 아니면 최소한 그가 누구인지만이라도 알고 싶었다.

어느 날 저녁 우르수스는 마침 여인숙 주인 나이슬리가 가까이 있었으므로, 그에게 군중 속에 섞여 있던 그 남자를 가리키며 물었다.

"저 남자를 아시오?"

"알지."

"누구요?"

"수병 중 하나지."

"그의 이름이 무엇입니까?" 그윈플렌이 끼어들며 물었다.

"톰짐잭."

여인숙 주인이 대답했다.

그러고는 여인숙 안으로 다시 들어가기 위해 그린박스 뒤편에 있는 계단 발판을 밟고 내려가며 무슨 뜻인지 모를 심오한 말을 한마디 흘렸다.

"그가 귀족이 아니라니 얼마나 불행한 일이오! 정말 유명한 불한당이 되었을 텐데."

비록 여인숙에 자리를 잡았지만 그린박스의 식구들은 자신들의 습관을 전혀 바꾸지 않고 그들의 고립 생활을 유지했다. 가끔 여인숙 주인과 지나가는 말 몇 마디를 섞는 것을 제외하고는 여인숙에 상주하는 사람들이나 잠시 머무는 사람 중 그 누구와도 어울리지 않았고, 오직 자기들끼리만 살기를 고집했다.

그들이 서더크에 온 이래로, 그윈플렌은 공연이 끝나고 사람들과 말들이 저녁을 먹은 후, 우르수스와 데아가 각자 잠을 자는 동안, 밤 11시에서 자정 사이에 볼링그린으로 나가 바람을 쐬곤 하는 습관이 생겼다. 머릿속에 있는 무언가에 이끌려, 별빛 아래로 산책을 나가지 않고는 못 배기게 된 것이다. 젊음이란 신비한 기다림이다. 그래서 사람들은 아무 목적도 없으면서 기꺼이 밤길을 걷는 것이다.

그 시각이면 장터는 텅 비어 있었다. 가끔 술에 취해 비틀거리는 몇몇 주정뱅이의 희미한 실루엣이 어른거릴 뿐이었다. 선술집들은 문을 닫았고, 태드캐스터 여인숙의 천장 낮은 홀의 불은 꺼져 있었다. 다만 구석에 앉아 있는 한 술꾼을 비춰 주는 마지막 촛불로부터 희미한 불빛이 여인숙의 창틀 틈으로 새어 나오고 있었다.

그러면 그윈플렌은 생각에 잠긴 채 만족스러워 몽상을 펼치며 가슴 두근거리게 하는 행복에 겨워 살짝 열린 출입문 앞을 왔다 갔다 하곤 했다.

그는 무엇을 생각하고 있었을까? 데아를 생각하기도, 아무것도 생각하지 않기도, 모든 것에 대해 생각하기도, 아주 깊이 생각하기도 했을 것이다. 그는 여인숙 근처를 벗어나지 않았고, 마치 어떤 줄에 묶여 데아 근처에 잡혀 있는 것처럼, 몇 발자국 집 밖으로 나오는 것이면 만족했다.

곧 그는 돌아왔다. 그린박스 전체가 잠들어 있는 것을 확인하고, 그도 잠 속으로 빠져들었다.

4. 증오 속에서 적들은 형제가 된다

성공하는 것이 항상 사랑받는 것은 아니다. 특히 그 성공으로 인해 몰락하는 사람들에게 더욱 그러하다. 먹히는 자가 먹는 자를 좋아하는 일은 극히 드물다. '웃는 남자'는 확실한 일대 사건이었다. 인근의 곡예사들과 익살광대들은 크게 분노했다. 공연의 성공은 일종의 흡수기와 같아서 그린박스의 관중은 늘어났지만, 그 주변은 텅 비어 버렸다. 그러면 맞은편 점포는 광분하게 된다. 다시 말해 그린박스의 높은 수익은 곧, 주변의 낮은 수익으로 이어졌다. 순식간에, 다른 공연들은, 축제날까지도, 문을 닫아 버렸다. 이것은 마치 반대 의미를 나타내는 갈수기 같았다. 모든 극장은 이러한 현상을 겪는다. 한쪽이 만조이면 다른 쪽은 간조일 수밖에 없다. 인근의 무대에서 묘기를 부리던 무리들은 '웃는 남자' 때문에 자신의 밥벌이가 줄자 절망에 빠져들었지만, 동시에 '웃는 남자'에 넋을 잃었다. 모든 배우들, 광대들, 곡예사들이 모두 그윈플렌을 부러워했다.

"사나운 짐승의 얼굴을 하고도 복 받은 녀석이군!"

무용수들이나 외줄타기 곡예사들의 어머니들은, 자신의 어여쁜 아이를 못마땅한 듯 바라보았다. 그리고 그윈플렌을 가리키며 화가 나서 말했다.

"네가 저런 면상을 갖지 못하다니, 얼마나 불행한 일이냐!"

몇몇 여자들은 자기네 어린것들이 잘생겼다고 분을 참지 못하며 어린것들을 때리기까지 했다. 방법만 알았다면 그녀의 아이들을 그윈플렌의 얼굴처럼 만들었을 것이다. 아무 느낌도 주지 못하는 천사의 얼굴은 벌이가 잘되는 악마 같은 얼굴만도 못하다고 생각했다. 하루는 어떤 어머니가 귀여운 어린 천사처럼 생겨서 미소년 역할을 맡는 아들에게 화를 내며 소리를 지르기도 했다.

"우리 애들은 망했어. 성공하는 건 그윈플렌뿐이야."

그러고는 아들에게 자기 주먹을 내보이며 덧붙였다.

"네 아비가 누구인지 알 수 있는 방법만 있다면 그 인간과 한바탕하련만!"

그윈플렌은 황금 알을 낳는 닭이었다. 얼마나 놀라운 현상인가! 모든 천막 안에서 놀라움의 외침이 들려왔다. 이를 지켜보는 광대들은 흥분과 짜증에 차서, 이를 갈면서 그윈플렌을 바라보았다. 진정한 부러움은 바로 이러한 경탄과 분노가 동시에 일어나는 것을 말한다. 그들은 '정복된 카오스'를 방해하려고 했다. 패거리로 몰려다니며 욕하고 야유를 퍼부었다. 그것이 우르수스에게는 하층민을 향해 연설할 좋은 동기가 되었고, 친구 톰짐잭에게는 질서를 세우기 위해 주먹을 몇 번 휘둘러 볼 좋은 계기가 되었다. 톰짐잭이 날린 주먹 덕분에 그윈플렌은 그를 유심히 바라보게 되었고, 우르수스는 그에게 호감을 갖게 되었다. 그러나 멀찌감치에서였다. 그린박스 무리는 그 자체만으로 충분했고, 모든 것과 일정한 거리를 두고 있었기 때문에, 부랑자들의 리더였던 톰짐잭은 일종의 경호원 같은 효과를 냈다. 아무 연고도 없고 친한 사이도 아닌데, 그는 유리창을 깨뜨리고 사람들을 선동하는가 하면 나타났다가도 자취를 감추는 모든 사람들의 동료이자 친구가 되었다.

그윈플렌에 대한 부러움과 격노는 톰짐잭이 몇 대 후려친 따귀로 끝나지 않았다. 야유가 실패로 돌아가자 타린조필드의 광대들은 청원서를 작성했다. 그리고 권위자에게 호소했다. 일반적인 과정이었다. 우리는 방해가 되는 성공에 대항하여 군중들을 불러 모으고, 그래도 여의치 않으면 고위 관리에게 간청하는 법이다.

존귀하신 사제들이 우스꽝스러운 광대들과 손을 잡았다. '웃는 남자'가 교회에도 타격을 주었다. 익살광대들의 천막뿐만 아니라 교회도 텅 비었던 것이다. 서더크의 다섯 교구에 있는 예배당에 더 이상 사람이 모이지 않았다. 사람들은 그윈플렌을 보러 가기 위해 강론 따위를 듣는 것은 때려치웠다. '정복된 카오스'와 그린박스, '웃는 남자', 이 모든 바알*의 가증스러운 산물이 설교를 넘어선 것이다. 황량한 곳에서 연설하는 목소리가 만족스럽지 않자 자발적으로 정부에 탄원했다. 다섯 교구의 목자들이 런던의 주교에게 청원했고, 주교는 국왕에게 청원했다.

광대들의 청원은 종교에 기반하고 있었다. 그들은 종교가 모욕당했다고 주장했다. 그윈플렌은 마법사이고 우르수스는 불경하다고 소문을 퍼뜨렸다. 그러자 성직자들은 사회의 질서를 들먹였다. 그들은 정통 교리는 옆으로 제쳐두고 의회가 결의한 법령들이 유린되었다며 의회의 편을 들었다. 더욱 간사한 짓이었다. 왜냐하면 당시는 로크가 타계한 1704년 10월 28일로부터 겨우 여섯 달밖에 되지 않았고, 장차 볼링브룩이 볼테르에게 불어넣기 시작한, 회의주의가 시작하던 시기였으니 말이다. 마치 로욜라가 로마 가톨릭교를 부흥시킨 것처럼 얼마 후면 웨슬리가 경건을 회복시킬 것이었다.

그런 식으로 그린박스는 양쪽에서 맹렬한 공격을 받고 있었다. 한쪽은 모세 5경을 내세운 광대들이었고 한쪽은 경찰 권력을 내세운 성직자들의 무리였다. 한 쪽은 하늘의 힘에, 다른 한쪽은 행정적 도로 정리의 힘에 기대고 있었다. 사제들은 도로 정리 쪽을 지지하고, 광대들은 하늘의 힘을 지지했다. 그린박스는

---

* 중동에서 말하는 도시의 수호신이다.

사제들에게 통행 방해 혐의로 고발당했고, 광대들에게는 마녀 집단으로 고발당했다.

그럴듯한 명분이 있었을까? 그린박스가 뭔가 그럴만한 꼬투리를 제공했는가? 그렇다. 과연 그린박스가 저지른 죄목이 무엇이었을까? 늑대 한 마리가 있다는 것이었다. 영국에서는 늑대 소유가 금지되어 있었다. 짖는 개는 괜찮지만 울부짖는 개는 받아들이지 않았다. 가축 사육장과 숲의 차이였다. 서더크의 다섯 개 교구 사제들과 신부들은 탄원서에서 늑대 소유를 법으로 금지시킨 국왕의 칙령과 의회의 법령들을 상기시켰다. 그러고는 그윈플렌을 가두고 늑대는 동물 감금소로 넣든가, 아니면 최소한 추방해야 한다는 결론까지 제시했다. 공공의 이익과 행인들의 위험 등을 문제 삼으면서 말이다. 그리고 더 나아가서 그들은 의과 대학의 도움도 청했다. 그들은 런던 80인 의사회의 판례를 인용했는데, 그 박식한 단체는 헨리 8세 때 구성된 것으로 그들에게는 국왕에 버금가는 권위가 있었다. 그들 고유의 관인(官印)이 있고 모든 환자로 하여금 자신들이 제정한 치료 규칙을 따르게 하며, 자신들이 정한 규칙이나 처방전을 어기는 사람들을 감옥에 넣을 권리도 가지고 있었다. 그들은 또한 시민의 건강과 관련된 사실을 입증했는데 그중에는 과학의 도움으로 밝힌 다음과 같은 이야기도 있다. "만약 사람이 늑대를 발견하기 전에 먼저 늑대의 눈에 띄면 그 사람은 평생 목이 쉬게 된다. 게다가 물릴 수도 있다."

그러니까 호모가 고발의 구실이었던 것이다.

우르수스는 여인숙 주인을 통해서 이 소문을 전해 들었다. 그는 걱정스러웠다. 그는 경찰과 정의가 모두 두려웠다. 법 집행관을 두려워하려면 그냥 두려워하면 된다. 꼭 죄를 지을 필요는 없다. 그는 재판관이나 경찰들과의 접촉을 원치 않았다. 그들의 얼굴을 가까이에서 보고 싶은 생각도 없었다. 그는 법관들을 볼 때, 마치 산토끼가 묶여 있는 개를 볼 때와 같은 호기심으로 쳐다보곤 했다.

그는 런던에 온 것을 후회하기 시작했다.

"지나치면 아니한 것만 못하군."

그는 혼자 중얼거렸다.

"나는 이 말이 틀린 것이라 믿었는데, 내가 틀렸군, 바보 같은 진리가 진짜로군."

그윈플렌은 주술사로 의심받고 호모는 광견병을 의심받는 상황에서 불쌍한 그린박스에게 믿을 수 있는 것은 오직 한 가지밖에 없었다. 그런데 그 하나가 영국에서 막강한 힘을 발휘하고 있었는데, 그것은 바로 행정 관청의 무기력함이었다. 영국의 자유가 발현된 것은 각 지역의 '될 대로 되라' 식의 방임주의에서 나왔다. 영국은 자유라는 바다에 둘러싸여 있는데, 이것은 마치 조수(潮水)와도 같다. 조금씩 관습이 법 위를 덮는다.

치명적인 법제가 하나 무너지면, 관습이 그 위로 기어 올라와 광대한 자유의 밑에 사나운 법률 조항들이 깔려있는데 그곳이 바로 영국이다.

광대들과 설교사들, 주교들, 하원, 상원, 국왕 폐하, 런던, 영국 전체가 웃는 남자와 '정복된 카오스'와 호모의 적이라 할지라도, 서더크가 그들에게 그런 것처럼 그들 역시 조용히 머물러 있었다. 그린박스는 교외 사람들이 가장 좋아하는 구경거리였고, 지방 권력자들은 그것에 대해 무심했다. 영국에서는 무관심이 곧 보호막이다. 서더크가 속해 있는 서리주 집정관이 움직이지 않는 한 우르수스는 편안히 지낼 수 있었고, 호모 또한 잠을 잘 수가 있었다.

이러한 상황에도 그린박스는 꿈쩍도 하지 않았다. 오히려 반대로 성공을 부추겼다. 음모가 있다는 소문이 사람들 사이로 퍼져 나가 '웃는 남자'는 더욱 유명해졌다. 사람들은 고발당했다는 사실에 민감했지만 오히려 더 많은 관심을 가졌다. 알려진 혼돈은, 아껴왔던 열매의 시작이었다. 사람들은 그것을 서둘러 베어 먹고 싶어 한다. 누군가를 조롱하는 것은, 게다가 그 누군가가 권위자일 경우 그 열매는 더욱 달다. 편안한 하루 저녁을 보내면서, 억압받는 사람에게 찬성하고 억압자에게 맞서는 행위를 하는 것은 즐거운 일이다. 사람들은 즐기면서 누군가를 보호하고 있는 것이다. 볼링그린의 곡예사 천막 안에서는 계속해서 웃는 남자에게 야유를 퍼붓고 그를 적대시하는 패거리를 만들고 있었음을 덧붙여 두자. 성공을 위해 이보다 더 좋은 방법은 없었다. 적군은 소음을 퍼부어 댔지만 그것은 오히려 승리를 명백하게 할 뿐이었다. 비난보다는 칭찬에 먼저 질리게 되어 있다. 아무리 심한 욕설이라도 직접 해를 끼치지 못한다. 적들은 이것을 모르고 있다. 그들은 적을 모욕하지 않고는 못 배겼다. 바로 그래서 그들은 오히려 쓸모가 있다. 그들은 입을 다물 줄 몰랐고, 그것은 계속 대중이 깨어 있게 했다. '정복된 카오스'를 보러 오는 군중들은 점점 더 늘어만 갔다.

우르수스는 여인숙 주인 나이슬리가 알려준 높은 사람들끼리의 음모와 불만들은 자기 혼자만 알고, 그윈플렌에게는 말하지 않았다. 그윈플렌에게 괜한 걱정을 주어 공연에서의 평정심을 동요시키고 싶지 않았기 때문이다. 혹시 무슨 일이 생기더라도 그때 걱정하면 될 일이었다.

5. 와펀테이크

그러던 어느 날, 우르수스는 한번 정도는 그러한 신중함을 버릴 필요가 있다고 생각했다. 그는 그윈플렌에게 주의를 주는 것이 좋겠다고 판단했다. 우르수스는 이것이 장터나 교회가 꾸미는 음모보다 훨씬 더 심각하다고 생각했다. 공연이 끝난 후 그날의 매상을 계산하는 동안 그윈플렌이 땅바닥에 떨어진 동전을 줍다가 동전에 새겨진 것들의 다른 점을 살피기 시작했다. 동전에는 웅장한 왕좌에 앉아 있는 앤 여왕의 모습과 대조된, 백성의 가난함이 나타나 있었다. 이 대조를 보고 그윈플렌은 여관 주인이 있는 앞에서 듣기 좋지 않은 말을 했던 것이다. 이 말을 들은 여인숙 주인 나이슬리스가 피비와 비노스에게 전했고, 또 그들은 다시 우르수스에게 전했다. 그 일 때문에 우르수스는 열병이 날 지경이었다. 그윈플렌이 한 말은 국가를 모독하는 엄연한 대역죄였기 때문이다. 그는 그윈플렌을 엄하게 꾸짖었다.

"너의 가증스러운 주둥이를 조심해라. 높은 사람에게는 아무것도 하지 말라는, 그리고 미천한 사람들에게는 아무 말도 해서는 안 된다는 규칙이 있다. 가난한 자에게는 단 하나의 친구가 있는데, 그건 바로 침묵이다. 한 마디도 입 밖에 내어서는 안 된다. 고백하고, 동의하는 것은 모두 재판관, 왕의 권리지. 높으신 분들은 그들이 마음 내키는 대로, 우리에게 몽둥이질을 가하는데 나도 맞아 본 적이 있다. 그것은 그들의 특권이기 때문에 우리의 뼈를 으스러뜨린다고 해도 그들의 권위는 조금도 손상되지 않는다. 오시프라주*는 일종의 독수리다. 그러니 몽둥이 중 으뜸인 왕의 지휘봉에 경배하자꾸나. 존경은 신중함이고 비굴함은 이기주의다. 왕을 모욕하는 자는 사자 발톱 아래에 있는 어린 소녀와 같은 위험에 처하게 되지. 사람들이 내게 알려주기를, 네가 파딩 동전을 줍다가 실없는 소리를 했다더구나. 시장에서 소금에 절인 청어 8분의 1을 살 수 있는 그 존엄한 동전에 대해 험담을 늘어놓았다고 말이다. 조심해라. 그리고 더욱 진지해져라. 처벌이라는 것이 있다는 사실을 기억해라. 적법한 생각을 좀 하란 말이다.

너는 3년 된 나무를 베었다가는 찍소리 못하고 교수대로 끌려가는 나라에 있다. 왕을 모독하는 사람은 발에 쇠고랑을 차게 된다. 술주정뱅이는 구멍을 뚫은 술통을 뒤집어쓰고 살아야 한다. 그 통 옆에는 팔을 넣을 수 있는 구멍이 양쪽으로 나 있지. 이렇게 해서 평생 잠을 못 자게 한단다. 웨스트민스터 성당에서 남을 때린 자는 평생 감옥에 갇히게 돼. 그가 가진 재산도 모두 몰수되고 말지. 왕궁에서 남을 때린 자는 오른손이 잘리는 벌을 받는다. 코피를 흘리고 있는 사람의 코를 손가락으로 건들기만 해도 그자의 두 손을 자른다. 주교 앞에서 이단의 말을 하는 사람은 산 채로 불에 태운다. 쿠스버트 심슨이 사지가 절단된 것은 큰일도 아니다. 불과 3년 전, 그러니까 1702년에 대니얼 드 포에라고 하는 범죄자가 공시대 위에 매달렸다.

---

* 뼈를 부러뜨리는 새로, 고위층을 뜻한다.

그는 무모하게도 그 전날 의회에서 이야기한 하원 의원 명단을 인쇄했었지. 국왕 폐하의 권위에 반역하는 자는 산 채로 배를 갈라 심장을 꺼내어 그 자의 뺨을 때린단다. 이러한 법과 정의의 관념들에 대해 주지해라. 단 한마디도 꺼내지 말 것이며 작은 문제라도 생기면 즉각 도망쳐라. 이것이 내가 실천해 왔고, 또 너에게 권하는 처신이다. 경솔함은 새를 본받고, 수다스러움은 물고기를 본받아라. 그러면 영국은 법제가 아주 너그러운 나라가 될 것이다."

이렇게 꾸지람을 하고 난 후에도 우르수스는 걱정이 가시지 않았지만 그윈플렌은 전혀 그렇지 않았다. 젊을 때 용감한 것은 경험의 부족에서 나온다고 하지만 그윈플렌은 조용히 입을 다물고 있는 것처럼 보였다. 그 이후 몇 주가 평화롭게 흘러갔고 여왕에 대해 그가 한 말도 흐지부지 된 것 같았다.

우르수스는 모두가 알다시피 망보는 노루처럼 여전히 모든 것에 긴장을 늦추지 않고 있었다.

그러고 나서 얼마 지나지 않아 창문으로 밖을 바라보던 우르수스의 얼굴이 창백해졌다.

"그윈플렌?"

"왜요?"

"저기 좀 봐라."

"어디요?"

"광장 안."

"그런데요?"

"너 저기 지나가는 사람 보이느냐?"

"검은 옷 입은 사람이요?"

"그래."

"손에 철퇴 같은 것을 든 사람 말씀이세요?"

"그래."

"그런데요?"

"잘 들어라, 그윈플렌, 저 사람이 와펀테이크다."

"와펀테이크가 뭔데요?"

"100명의 대법관이나 마찬가지야."

"100명의 대법관이 뭔데요?"

"잔인한 장교."

"그가 손에 들고 있는 건 뭔가요?"

"철제 무기란다."

"철제 무기가 뭔데요?"

"뭔가 철로 만든 것이지."

"그걸로 뭘 하는 건가요?"

"일단 저걸 놓고 맹세를 한단다. 그래서 우리가 그 사람을 와펀테이크라고 부르는 거다."

"그다음에는요?"

"그러고는 저것으로 사람들을 건드리지."

"무엇으로요?"

"철제 무기."

"와펀테이크가 철제 무기로 사람을 건드린다고요?"

"그래."

"그게 무슨 뜻이에요?"

"따라오라는 뜻이지."

"그러면 그를 따라가야 하나요?"

"그래."

"어디로요?"

"낸들 어떻게 알겠니?"

"그럼 그가 사람들에게 어디로 데려가는지 알려 주나요?"

"아니."

"그에게 물어볼 수는 있지 않아요?"

"묻지 못한다."

"어째서요?"

"그가 아무 말도 하지 않듯 따라가는 사람도 아무 말도 하면 안 된다."

"하지만."

"그가 철제 무기로 건드리면 말이 필요 없는 거야. 그저 따라 걸어가면 돼."

"그런데 어디로요?"

"그를 따라서 걷지."

"어디로 가느냐고요?"

"그의 마음에 드는 곳으로, 그윈플렌."

"만일 따르지 않으면 어찌 되나요?"

"교수형에 처해진단다."

우르수스는 다시 시선을 창밖으로 돌렸고 긴 한숨을 내쉬며 말했다.

"신이시여, 감사합니다! 그가 그냥 지나갔구나! 우리에게 온 것이 아니었어."

우르수스는 아마 그윈플렌이 뱉은 말의 경솔함이 와펀테이크의 출연과 관계가 있는 게 아닌가 싶어 더욱 놀란 듯했다.

여인숙 주인 나이슬리스가 그린박스의 가난한 사람들을 곤경에 빠뜨려서 얻을 이익은 아무것도 없었다. 그는 오히려 '웃는 남자'와 동시에 짭짤한 수익을 보고 있었기 때문이다. '정복된 카오스'는 두 가지 방식으로 성공을 거두었다. 무대에서는 예술적인 승리를 이루었고 선술집에는 취객이 넘쳐 나도록 했던 것이다.

6. 고양이들에게 심문받는 생쥐

우르수스는 또 다른 불안함이 생겼다. 이번에는 자신에 대한 문제였다. 그는 소환장을 받고 비숍스게이트*로 가서 몹시 불쾌한 얼굴의 위원회 앞으로 소환되었다. 세 인물은 모두 박사였는데 대리인으로 불렸으며 그중 한 명은 신학 박사로 웨스트민스터 승원장의 위임을 받은 사람이었고 다른 한 명은 의학박사로 80인 의사회의 대표, 그리고 마지막은 역사학 및 민법학 박사로 그레섬 칼리지의 대표였다. 모든 것을 알고 있다고 자부하는 세 사람은 런던의 130개의 소교구와 미들섹스의 73개 소교구, 그리고 범위를 확장해 서더크의 다섯 개 소교구 등 모든 지역에서 공적 언행들에 대한 재판권을 가지고 있었다.

여하튼 우르수스는 어느 날, 그 박사 대표들로부터 출두 명령을 받았는데 다행히 그것이 직접 그에게 전달되어, 비밀을 지킬 수 있었다. 어떠한 기준에서 의심받을 만큼 경솔했다는 생각에 소스라치게 놀라면서 그는 아무 말도 하지 않고 명령에 따랐다. 다른 사람들에게는 그토록 침묵을 권하던 그가 오히려 쓰디쓴 교훈을 얻게 되었다.

세 박사는 비숍스게이트에 있는 건물 1층 방에 자리를 잡고

* 런던의 동쪽, 옛 성문 근처에 있는 거리이다.

있었다. 그들은 팔걸이가 있는 검은 가죽 의자에 앉아 있었고 그들 머리 위 벽에는 미노스와 아이아코스 및 라다만토스의 세 흉상을 두었으며, 앞에는 탁자 하나가 놓여 있고 발치에는 피고용 의자가 있었다.

우르수스는 조용하고 엄격해 보이는 호위인에 의해 실내로 들어갔다. 그를 보는 순간 그들 머리 위의 세 흉상의 이름이 마치 그 지옥판사들의 이름처럼 여겨졌다.

세 사람 중 첫 번째인 미노스는 신학의 대표자였다. 그는 우르수스에 손짓을 하며 피고용 간이 의자에 앉으라고 신호를 보냈다.

우르수스는 이마가 땅에 닿도록 정중히 인사를 올렸다. 그러고는 곰을 꿀로 유혹하듯 박사들은 라틴어로 마음을 사로잡는다는 사실을 잘 아는지라 그는 존경의 표시로 허리를 반쯤 구부린 채 라틴어로 말했다.

"Tres faciunt capitulum(세 분이 참사회 하나를 이루셨습니다)."

그리고 겸손함은 적의 무장도 해제시키기에, 머리를 숙인 채 의자에 앉았다. 세 박사는 각자 서류를 앞에 놓고 뒤적이고 있었다.

미노스가 먼저 시작했다.

"당신은 사람들 앞에서 연설을 하시오?"

"예."

우르수스가 대답했다.

"어떤 권리로?"

"저는 철학자입니다."

"그것은 권리가 아니지."

"저는 또한 광대이기도 합니다."

우르수스가 덧붙였다.

"그렇다면 문제가 다르지."

우르수스는 한숨을 내쉬었지만, 공손한 모습이었다. 미노스가 계속했다.

"광대처럼 말을 할 수는 있소. 그러나 철학자처럼 침묵해야만 한다오."

"노력하겠습니다."

우르수스가 대답했다. 그러고는 속으로 생각했다.

'말할 수 있지만 동시에 입을 다물어야 해. 복잡하군.'

그는 몹시 두려웠다.

신학의 대표자가 말을 계속했다.

"당신은 이상한 것들을 말하고 있소. 또한 종교를 모욕하였으며 가장 명백한 진실마저 부인하고 있소. 그리고 당신은 불쾌하기 짝이 없는 오류를 퍼뜨리지. 예를 들면 당신은 사람들에게 처녀는 아이를 낳을 수 없다고 했소."

우르수스는 천천히 눈을 들어 그를 바라보며 말했다.

"저는 그렇게 말하지 않았습니다. 아이를 낳으면 더 이상 처녀가 아니라고 했습니다."

미노스는 잠시 생각에 잠기더니 중얼거렸다.

"사실은 정반대였군."

사실은 같은 것이었다. 아무튼 우르수스는 그의 첫 공격을 잘 피해 냈다.

미노스는 우르수스의 말을 심사숙고하면서 자신의 우둔함의 심연 속으로 빠져들어 한동안 침묵이 흘렀다.

라다만토스처럼 보이는 역사학의 대변자가 힐문조로 다른 질문을 던져 미노스의 당황하는 모습을 덮으려 했다.

"용의자여, 당신의 대담함과 오류는 가지각색이군. 당신은 브루투스와 카시우스가 흑인을 만났기 때문에 파르살루스 전투에서 패했다는 사실을 부인했소."

"저는 카이사르가 뛰어난 사령관이기 때문이라고 말했습니다." 우르수스가 우물거렸다.

역사 전문가가 이번에는 신화학으로 대번에 건너뛰었다.

"당신은 악타이온의 비열함을 변호했소."

"저는 남자가 벌거벗은 여인의 몸을 보았다고 해서 불명예를 입지는 않는다고 생각합니다."

우르수스가 넌지시 대꾸했다.

"그러니까 당신이 틀렸다는 것이오."

재판관이 엄격한 어조로 말했다.

라다만토스가 다시 역사로 돌아왔다.

"미트리다테스*의 기병대에 닥친 사고에 대해서 당신은 풀과 여러 초목의 효능을 부정했더군. 당신은 세쿠리두카와 같은 풀이 말발굽 쇠를 떨어뜨릴 수 있다는 사실을 부인했소."

"용서하십시오, 저는 그것이 스페라카발로와 같은 풀로만 가능하다고 했습니다. 저는 모든 풀의 효능을 부인하지 않습니다."

그러고는 낮은 목소리로 덧붙였다.

"모든 여인의 힘을 부정하지도 않습니다."

그가 덧붙인 대답에 의해 우르수스는 자신이 비록 불안에 휩싸였지만 당황하지 않았음을 증명했다. 우르수스의 내면에는 공포감과 재치가 혼재돼 있었다.

라다만토스가 계속했다.

"내가 강조해 말하지만, 당신은 스키피오가 카르타고의 성문을 열려고 하면서 아이티오피스 풀을 열쇠로 사용하려 했던 것이 어리석은 짓이라며 아이티오피스 풀은 자물쇠를 부수기에 적절하지 않기 때문이라고 하였소."

"저는 단지 그가 루나리아 풀을 사용했더라면 더 좋았을 것이라 말했습니다."

---

* 태양신이 준 아들이다.

"그것도 하나의 견해로군."

라다만토스가 타격을 입은 듯 중얼거렸다. 그리고 역사 전문가는 입을 다물었다.

신학 전문가 미노스가 정신을 차리고 우르수스에게 다시 물었다. 그동안 서류를 뒤적일 시간이 있었다.

"당신은 비소 합성물에서 석웅황을 분류해 냈고 석웅황으로 독살도 가능하다고 말했소. 그러나 성경은 그것을 부인하고 있소."

"성경은 부정하고 있으나 비소는 확신합니다."

잠자코 있던 의학 대표자 아이아코스가 끼어들었다. 그러고는 두 눈을 반쯤 감은 채 큰 소리로 우르수스의 편을 들었다.

"부적합한 대답은 아닙니다."

우르수스는 가장 비굴한 웃음으로 고마움을 표했다. 미노스가 끔찍할 만큼 흉하게 입을 삐쭉거리며 말을 이었다.

"계속 묻겠소. 대답하시오. 당신은 바실리코스가 코카트릭스라는 이름으로 불리며 또한 뱀들의 왕이라는 주장이 틀리다고 말했소."

"존경하는 사제님. 저는 바실리코스에게 해를 끼치지 않기 위해서 그가 인간의 머리를 가졌음에 틀림없다고 말했습니다."

우르수스가 말했다. 그러자 미노스가 엄숙하게 반박했다.

"좋소. 하지만 당신은 또한 포에리우스가 매의 머리를 가진 바실리코스를 보았다고 했소. 그것을 증명할 수 있소?"

"어렵군요."

우르수스가 대답했다. 이제 그는 우월한 위치를 조금 상실했다. 미노스는 기회를 놓치지 않고 밀어붙였다.

"당신은 기독교로 개종한 유대인의 몸에서 좋지 않은 냄새가 난다고 말했소."

"하지만 저는 유대인이 된 기독교인 역시 체취가 고약하다고 덧붙였습니다."

미노스는 고발장에 시선을 던지고 말했다.

"당신은 도저히 사실 같지 않은 것들을 확실한 이야기인 양 단언하고 퍼뜨렸소. 당신은 엘리앙이 글을 쓰는 코끼리를 보았다고도 했소."

"아닙니다. 존귀하신 사제님. 저는 다만 오피아니쿠스가 하마 한 마리가 철학을 논하는 것을 들었다고 했습니다."

"당신은 사람들에게 너도밤나무를 깎아 만든 접시 앞에서 무슨 음식이든 먹고 싶다는 생각만 하면 그 음식이 접시에 저절로 가득 담긴다는 말은 사실이 아니라고 했소."

"저는 접시가 정말 그러한 능력을 가졌다면 악마가 당신에게 주어야만 한다고 했습니다."

"나에게 주었다고!"

"아닙니다. 저에게 말입니다. 사제님! 아무에게도 아닙니다.

그 누구에게도 아닙니다."

우르수스는 마음 속으로만 생각했다. '이제 내가 무슨 말을 하고 있는지 나 자신도 모르겠군.' 그의 마음속은 복잡했으나 외형상으로는 드러나지는 않았다. 우르수스는 혼자 싸우고 있었다.

"이 모든 것이 어느 정도는 악마에 대한 어떠한 믿음을 함축하고 있소."

미노스가 말했다.

우르수스는 견뎌 냈다.

"존경하는 사제님. 저는 악마를 믿는 불경한 자가 아닙니다. 악마에 대한 신앙은 신에 대한 신앙의 이면입니다. 하나가 다른 하나를 증명합니다. 악마를 조금이라도 믿지 않는 사람은 신도 믿지 않습니다. 태양을 믿는 사람은 그림자도 믿습니다. 악마는 신의 밤과 같습니다. 밤이란 낮을 증명하는 것이니까요."

우르수스는 철학과 종교의 신비한 조합을 즉석에서 만들어 내고 있었다. 미노스는 다시 생각에 잠겨 침묵 속으로 도피했다.

우르수스는 다시 한숨을 돌렸다. 갑자기 공격이 시작되었다. 신학 대표와 맞서고 있던 우르수스를 건방지게 변호하던 의학 대표인 아이아코스가 공격의 보조자가 되었다. 그는 두툼한 고발장 서류 위에 두 주먹을 쥔 채 올려놓았다. 그는 정면으로 우르수스를 공격했다.

"크리스탈은 정화된 얼음이고, 다이아몬드는 정화된 크리스탈이라는 것은 사실로 입증되었다. 얼음은 천 년이 지나면 크리스탈이 되고 크리스탈은 1,000세기가 지나면 다이아몬드가 된다는 것도 진실로 입증되었다. 당신은 그것을 부정했지."

"저는 결코 그런 적이 없습니다."

우르수스가 우울하게 말했다.

"저는 다만 1,000년이면 얼음이 녹고 말 것이며, 1,000세기는 헤아리기 어렵다고 했습니다."

심문은 계속되었고 질문과 대답은 검이 부딪치는 소리와 같았다.

"당신은 식물도 말을 할 수 있다는 사실을 부정했소."

"아닙니다. 저는 다만 식물이 말을 하려면 교수대 밑에서 자라야 한다고 덧붙였을 뿐입니다."

"만드라고라스가 소리를 지른다는 사실은 시인하시오?"

"아닙니다. 노래를 부르는 것입니다."

"당신은 왼손 넷째 손가락에 심장 기능을 강화하는 기능이 있다는 사실을 부정했소."

"저는 다만 왼쪽을 향해 재채기를 하는 것은 불행의 표시라고 말했을 뿐입니다."

"당신은 불사조에 대해 경솔하고 모욕적인 말을 했소."

"박식한 판사님. 저는 다만 플루타르코스가 불사조의 뇌수는 매우 여리며, 그것으로 인해 두통이 생긴다고 쓴 글이 몹시 터무니없다고 했을 뿐입니다. 불사조라는 것이 존재한 적조차 없기 때문입니다."

"가증스러운 말이로다. 자신의 둥지를 계수나무 가지로 만드는 불새나 파리사티스가 독약을 조제할 때 쓰던 린타쿠스, 천국의 새인 극락조, 그리고 부리가 삼중으로 되어 있는 세멘다 등이 불사조인 것처럼 오인되고 있지만, 불사조는 정말 존재했소."

"저도 그것에 반대하지 않습니다."

"당신은 당나귀 같군."

"그 이상 바라지 않습니다."

"당신은 딱총나무가 인후염을 치료하는 데 효험이 있다 했소. 그러면서 덧붙여 말하기를 하지만 그것의 뿌리에 있는 마법의 혹 때문은 아니라고 했소."

"저는 유다가 딱총나무에 스스로 목을 매어 자살했기 때문이라고 했습니다."

"훌륭한 의견이네."

신학자 미노스는 의사 아이아코스의 자존심을 건든 것에 만족해하며 중얼거렸다.

부서진 오만함은 즉시 분노가 되었다. 아이아코스는 증오심을 품었다.

"방황하는 인간이여, 당신은 발뿐만 아니라 영혼도 떠돌고 있소. 당신에게는 매우 의심스럽고 경악스러운 성향이 있지. 당신은 요술을 따라가고 있어. 당신은 미지의 동물들과도 관계되어 있어. 당신은 오직 당신의 망상 속에서 존재하며 아무것도 모르는 하층민들에게 마음대로 떠들어 대지. 예를 들면 하이모로이스 같은 것 말이오."

우르스수가 반격했다.

"하이모로이스는 트레멜리우스가 직접 본 독사입니다."

당황한 아이아코스 박사를 향해 덧붙였다.

"하이모로이스는 향기 나는 하이에나나 카스텔루스가 묘사한 사향 고양이처럼 실존하는 짐승입니다."

아이아코스는 증거를 통해 위기를 모면했다.

"여기에 당신이 한 말이 고스란히 기록되어 있소. 참 악랄하군. 한번 들어 보라."

아이아코스는 서류에서 눈을 떼지 않고 읽었다.

"두 개의 식물, 탈라그시글르와 아글라포티스라는 식물들은 밤에 빛을 낸다. 낮에는 꽃이고 밤에는 별이다."

그러고 나서 우르수스에게 시선을 고정한 채 물었다.

"이 구절에 대해 무슨 할 말이 있나?"

우르수스가 대답했다.

"모든 식물은 램프입니다. 향기가 곧 빛입니다."

아이아코스가 다른 페이지를 뒤적이며 말했다.

"당신은 수달의 담낭이 카스토레움과 같은 효능을 가지고 있다는 사실을 부인했소."

"저는 그저 아에티우스를 의심해 봐야만 한다는 것에서 그쳤습니다."

아이아코스가 더욱 거칠어졌다.

"당신이 의술을 시행하는가?"

"저는 의술 연습을 하고 있습니다."

우르수스가 소심하게 한숨을 지었다.

"살아 있는 사람들을 상대로 말인가?"

"죽은 사람들에게 보다는요."

우르수스는 확고하지만 비굴하게 응수했는데 부드러움이 지배적인 훌륭한 혼합이었다. 그를 모욕하고 싶어질 정도로 답변이 부드러웠다.

"당신 거기서 우리에게 뭐라고 속삭이는 건가?"

그가 거칠게 물었다.

우르수스는 깜짝 놀라서 대꾸하는 것으로 그쳤다.

"달콤한 속삼임은 젊은이들의 몫이고 신음 소리는 늙은이들의 몫입니다. 아아! 저는 신음하고 있습니다."

그러자 아이아코스가 대꾸했다.

"이 점은 꼭 알아 두시오. 만약 당신의 치료를 받은 환자가 죽는다면 당신은 사형을 당할 것이오."

우르수스가 감히 질문을 던졌다.

"만약 병이 치유되면요?"

"그 경우, 당신을 사형에 처할 것이오."

박사가 부드럽게 대답했다.

"별로 다를 바가 없군요."

우르수스가 말했다.

"사람이 죽으면 당신의 어리석음을 처벌하고, 사람이 치유되면 당신의 오만함을 처벌하는 것이오. 두 경우 모두 교수형이 마땅하오."

"저는 자세한 사항은 모르고 있었습니다. 알려 주셔서 감사합니다. 법률의 모든 아름다움을 완전히 알고 있지 못해서요."

우르수스가 중얼거렸다.

"조심하시오."

"명심하겠습니다."

"우리는 당신이 하는 짓을 다 알고 있소."

'나 자신도 다 알지 못하는데…….'

우르수스가 속으로 생각했다.

"우리는 당신을 감옥으로 보낼 수도 있소."

"저도 알고 있습니다. 나리."

"당신은 당신의 각종 위반 행위와 침해 행위를 부인하지는 못할 것이오."

"저의 철학이 용서를 빕니다."

"당신은 대담한 사람이군."

"그건 터무니없는 소리입니다."

"사람들 말로는 당신이 환자를 치료한다고 했소."

"저는 중상모략의 희생자일 뿐입니다."

우르수스에게로 향하고 있던 세 쌍의 눈썹이 소름끼치도록 찌푸려졌다. 세 유식한 낯짝이 서로 다가가 속삭였다. 우르수스는 권위 높은 세 머리통 위에서 희미한 바보 모자의 윤곽이 그려지는 것을 상상했다. 세 사람의 은밀하고 전문적인 불평들이 몇 분 동안 이어졌는데 그 동안 우르수스는 온갖 불안감을 느꼈다. 마침내 의장인 미노스가 그를 향해 돌아서더니 화난 목소리로 말했다.

"나가시오."

우르수스는 고래 배 속에서 나가는 요나의 기분을 느꼈다.

미노스가 계속 말을 이었다.

"당신은 무죄 석방이오."

우르수스가 생각했다.

'다시는 이 일로 잡히지 않으리라! 안녕, 의학이여!'

그리고 마음 깊숙이 생각했다.

"이제부터는 사람들이 죽어도 상관 않겠어."

그는 몸뚱이를 반으로 접듯 허리를 굽힌 채, 박사들과 흉상들, 탁자, 벽들, 모두에게 굽실거리며 인사한 뒤에 뒷걸음질 치며 문으로 사라졌다. 그는 죄 없는 사람처럼 느긋하게 취조실을 나와, 죄인처럼 재빨리 길에서 사라졌다. 사법 당국 사람들은 이상하고 모호하게 접근해서, 사람들은 무죄 방면인 경우에도 탈출하듯 도망친다. 그가 달아나면서 중얼거렸다.

"잘 빠져나왔어. 난 길들여지지 않은 야생 학자이고 그들은 온순한 학자들이야. 박사들이 학자들을 괴롭히지. 거짓 과학은 진실의 배설물이고, 그 배설물은 철학자들을 파멸시키는 데 사용되지. 또 철학자들은 궤변가들을 생산해 내면서 그들 자신의 불행을 만들어. 개똥지빠귀의 똥에서 겨우살이가 자라고, 그 겨우살이로 끈끈이를 만들고, 우리는 그 끈끈이로 개똥지빠귀를 잡지. 개똥지빠귀는 자신의 불행을 스스로 만든다."

우리는 우르수스를 우아한 사람이라고 여기지는 않는다. 그는 자신의 생각을 표현하는 데 독특한 단어를 사용하는 뻔뻔함을 갖고 있었다. 그의 취향은 볼테르보다 더 까다롭지는 않았다.

우르수스는 그린박스로 돌아와 나이슬리스 영감에게 어떤 예쁜 여자의 꽁무니를 따라가다 늦었다고 말했으며 자신이 겪은 모험에 대해서는 전혀 입 밖에 내지 않았다. 단지 그날 저녁 호모에게 아주 낮게 속삭였다.

"이 사실은 잘 알아 둬라. 내가 케르베로스의 세 머리를 물리쳤단다."

7. 동전들에 금화가 섞인 까닭

뜻하지 않은 사건이 하나 일어났다.

태드캐스터 여인숙은 점점 기쁨과 웃음의 용광로가 되어 가고 있었다. 그 이상의 더 즐거운 법석은 없었다. 손님들에게 에일, 스타우트, 포터를 따라 주는 데에는 여인숙 주인과 소년만으로는 충분하지 않았다. 매일 저녁이면, 천장 낮은 홀의 창문이 환하게 밝혀지고 빈 테이블은 하나도 없었다. 사람들은 노래를 부르는가 하면 고함을 치곤했다. 앞에 쇠창살을 두른 거대한 벽난로 속에서는 석탄이 활활 타고 있었다. 마치 불과 소음으로 만들어진 집 같았다.

안뜰, 즉 극장에는 더 많은 군중이 몰려 있었다.

서더크에서 쏟아져 나온 변두리 지역 사람들이 '정복된 카오스'를 보려고 어찌나 몰려들었던지, 막이 오르기가 무섭게, 즉 그린박스의 간판이 내려지기 무섭게, 관람석은 단 하나도 남지 않았다. 창문들은 구경꾼들로 미어터질 지경이었고, 발코니까지 구경꾼들이 난입했다.

안뜰의 포석은 모두 사람들의 얼굴로 덮여 한 장도 눈에 띄지 않았다.

오직 귀족을 위한 전용칸만이 항상 빈 채로 남아 있었다.

그 장소는 발코니의 중앙부여서 검은 구멍처럼 보였고, 사람들은 그것을 속된 표현으로 '검은 가마'*라고 불렀다.

어느 날 저녁, 그곳에 사람 하나가 있었다. 토요일이었는데 곧 권태로운 일요일이었기에 영국인들은 서둘러 즐기러 갔다. 극장은 꽉 차 있었다. 여인숙 안뜰을 사용하며 그것을 극장, 즉 홀이라 불렀다.

'정복된 카오스'의 서막의 커튼이 벌어지는 순간, 우르수스, 호모, 그윈플렌이 무대 위에 나타났고, 우르수스는 습관처럼 청중을 둘러보다가 큰 충격을 받았다.

'귀족을 위한 전용칸'에 누군가가 있었다.

한 여성이 홀로 칸막이 좌석 한가운데에 놓인 위트레흐트산 벨벳으로 만든 안락의자에 앉아 있었다.

그녀는 혼자였지만 칸막이 좌석을 가득 채우고 있었다.

어떤 사람들은 고유의 광채를 발산한다. 그 여인 역시, 데아처럼, 고유의 광채를 발산하고 있었는데, 데아의 것과는 전혀 달랐다. 데아는 창백했고 이 여인은 진홍빛이었다. 데아가 밝아 오는 하얀 동쪽 하늘이라면, 이 여인은 해 뜨기 직전의 불그레한 하늘이었다. 데아는 아름다웠고 여인은 화려했다. 데아는 순수, 순진, 순결, 순백이었고 이 여인은 자줏빛이어서 홍조를 걱정하지 않을 기색이었다. 그녀에게서 발산되는 광채가 좌석 밖으로 넘쳐

* 실패한 연극을 일컫는다.

흐르는데, 그녀는 중앙에 꼼짝도 하지 않고 앉은 채 숭배받는 우상처럼 군림하고 있었다.

불결한 천민들 한가운데에서, 그녀는 석류석의 우월한 빛을 발산하며 그 빛으로 덮어 그들을 그림자 속으로 사라지게 했으며, 그녀가 있는 자리의 어두운 면 전체가 일식을 일으켰다. 그녀의 광휘로움이 모든 것을 소멸시켰다.

모든 눈이 그녀에게로 향해 있었다.

톰짐책도 혼잡한 군중 속에 섞여 있었다. 그 역시 다른 사람들처럼 이 빛나는 여인의 광채 뒤에 가려 있었다.

여인이 먼저 관객들의 관심을 흡수해, 무대와 경쟁을 벌이듯 '정복된 카오스'의 시작 효과를 망쳤다.

그들은 꿈꾸는 듯한 표정이었지만 그녀 가까이에 있었던 사람들에게는, 그녀가 분명 현실 속 존재였다. 그녀는 분명 한 사람의 여인이었다. 아마 지나치게 여인다웠을지도 모른다. 그녀는 키가 크고 풍만했으며, 최대한 화려하게 치장하고 있었다.

그녀는 커다란 진주 귀걸이를 하고 있었는데, 귀걸이에는 영국의 열쇠라고 하는 괴이한 보석이 섞여 있었다. 그녀의 겉치마는 매우 비싼 금으로 수가 놓인 시암산 모슬린 천으로 지어졌는데 이런 옷의 가격은 600에퀴에 달했다. 슈미즈는 다이아몬드 브로치로 가슴 위치에서 여며져 있는데, 유행 중인 속이 훤히 들여다보이는, 안 도트리슈 왕비가 가지고 있던 매우 얇은 천으로 만들어져 있었다. 이 여인은 일종의 루비로 만든 갑옷을 두르고 있었는데, 온갖 보석이 여인의 몸뚱이 구석구석에 꿰매져 있었다. 게다가 두 눈썹은 중국 잉크로 까맣게, 두 팔, 팔꿈치, 어깨, 턱, 콧구멍 아랫부분, 눈꺼풀 바로 윗부분, 손바닥, 손가락 끝은 붉고 선정적인 화장을 하고 있었다. 그리고 무엇보다도 그 여인은 아름답고자 하는 집요한 의지를 가지고 있었다. 그녀는 야수적으로 아름다웠다. 그녀는 표범이기도 했고 쓰다듬어 줄 수 있는 한 마리 고양이이기도 했다. 두 눈 중 하나는 푸르고, 다른 하나는 검었다.

그윈플렌 역시 우르수스처럼 그 여인을 주시하고 있었다.

그린박스는 약간 몽환적인 무대였고 '정복된 카오스'는 극작품이라기보다 하나의 환영이었다. 그들은 관객에게 환상적인 시각적 효과를 주는 데 익숙해져 있었는데, 이번에는 시각적 효과가 그들에게 되돌아왔고, 이번에는 무대 위의 그들이 놀랄 차례가 되었다. 그들에게도 그 매혹의 파급효과가 발생되었다.

여인이 그들을 유심히 바라보았고, 그들도 그녀에게 눈길을 떼지 못했다.

그들이 있는 거리에서는, 극장의 미광이 만들어내는 반짝이는 안개 때문에, 세세한 부분은 보이지 않아 그녀가 마치 환각처럼 보였다. 분명 한 여인이었지만 또한 환상과도 같았다. 그들의 어둠 속으로 들어선 이 빛은 그들을 놀라게 했다. 그것은 마치 미지의 행성이 나타난 것 같았다. 지극한 행복을 누리는 세계로부터 온 것이었다. 그녀가 뿜어내는 광채가 그 형상을 더 잘 보여 주고 있었다. 그녀는 마치 은하수 같은 밤의 반짝임을 갖고 있었다. 그 보석들이 별과 같았다. 다이아몬드 브로치는 아마 북두칠성일지도 모른다. 그녀의 살갗의 빛나는 원형은 초자연적인 것 같았다. 사람들은 이 별의 창조물을 보면서 지극한 유열의 경지가 순간적이고 차갑게 접근해 온다고 느꼈다. 냉혹할 정도로 차분한 얼굴이 허름하고 보잘것없는 그린박스와 불쌍한 관객들을 관찰하고 있는 것 같았다. 그녀는 자신의 호기심을 만족시키고 아울러 백성들의 호기심을 충족시켜 주었다. 지극히 높은 사람이 낮은 곳에게 자신을 볼 수 있도록 허락한 셈이었다.

우르수스, 그윈플렌, 비노스, 피비, 군중들 모두는 이 찬연함에 동요되었는데 암흑 속에 잠겨 아무것도 모르는 데아만이 예외였다.

이 존재는 환영과도 같았지만 그렇게 부를 만한 모습은 전혀 없었다. 얼굴은 반투명하지도 않았고 윤곽이 흐릿하거나 둥둥 떠다니지도 않았고 안개도 없었다. 진홍빛의 싱싱하며 아주 건강한 유령이었다. 그렇지만 우르수스와 그윈플렌의 시각적 조건에서는, 환영을 보는 것 같았다. 우리가 흡혈귀라고 칭하는 살찌고 통통한 유령들이 실제로 존재한다. 이 아름다운 여왕은 대중에게는 하나의 유령이며, 일 년에 가난한 사람들 3,000만 명을 먹기에 이렇게 건강을 누릴 수 있었다.

이 여인의 뒤 어둑한 곳에 심부름꾼인 시종이 보였는데 그는 어린아이의 기색을 띤, 얼굴이 희며 잘생긴, 매우 진지한 표정의 키 작은 남자였다. 매우 어리되 정중한 시종을 거느리는 것이 그 당시 최신 유행이었다. 시종은 붉은 벨벳으로 지은 옷을 입고 양말과 모자를 착용하고 있었으며, 금으로 장식된 줄이 달린 작은 모자 위에는 한 묶음의 깃털을 얹었는데, 이는 계급이 높은 하인이라는 표시였고 아주 지체 높은 부인의 하인임을 뜻했다.

따라서 여인의 뒤쪽 그늘에 있던 시동을 알아차리지 못하는 것은 불가능했다. 우리의 기억력이 때로는 우리 자신도 모르는 사이에 메모를 하는 경우가 있다. 그리하여 그윈플렌은 미처 깨닫지도 못하는 사이, 시종의 둥근 뺨과 심각한 안색, 황금 장식 줄 달린 모자, 깃털 묶음은 그 영혼에 어떤 흔적을 남겼다. 물론 시종은 시선을 끌려는 동작을 전혀 하지 않았다. 자기가 사람들의 시선을 끈다는 것은 상전에 대한 예의에 어긋난다. 그는 칸막이 좌석 안쪽 가장 멀리에서, 즉 닫힌 문이 허락하는 한 멀리 물러나서, 수동적인 자세로 서 있었다.

비록 시종이 그곳에 있었다 하더라도, 여인은 칸막이 좌석에서 혼자 있는 것과 다름없었다.

극중 인물 못지않게 효과를 발휘한 그 여인으로 인해, 새로운 관심이 강력하게 야기되었지만 '정복된 카오스'의 대단원이 더욱 강력했다. 그 인상은 언제나처럼 저항할 수 없는 마력을 지녔다. 때로는 관객이 공연을 강화시켜 주는 법, 찬연한 구경꾼 여인으로 인해, 극장 안의 전류가 증폭되었을지도 모른다. 그윈플렌이 퍼뜨리는 웃음의 감염 현상은 그 언제보다도 성공적이었다. 모든 사람이 폭소를 터뜨리며 형언할 수 없는 간질 속에서 까무러칠 지경이었는데, 그 속에서 톰짐잭의 당당하게 울리는 웃음소리를 구분해 낼 수 있었다.

오직 입상처럼 움직이지 않고 유령의 눈으로 공연을 관람하던 미지의 여인만은 웃지 않았다.

유령이지만 태양의 유령이라는 이름이 어울리는 모습이었다.

공연이 끝나 판자가 다시 올라가고, 그린박스 속의 아늑함을 되찾았을 때, 우르수스는 입장료 주머니를 저녁 식탁 위에다 쏟아 냈다. 동전들이 수북한데, 돈 더미 속에서 갑자기 스페인 금화 1온스가 반짝 빛을 냈다.

"그녀다!"

우르수스가 외쳤다.

회녹색 동전들 한가운데의 이 금화는 곧 백성들 한가운데 있는 그 여인의 존재와 같았다.

"그녀가 좌석 값으로 금화를 지불했군!"

우르수스는 들떠서 다시 말을 이었다. 그 순간 여인숙 주인이 그린박스 안으로 들어와, 뒤쪽 창문을 통해 팔을 뻗어, 그린박스가 등지고 있는 벽에 뚫린 구멍창을 열었다. 이미 말한 바처럼, 그 구멍창을 통해 광장을 내다볼 수 있었다. 그러고는 우르수스에게 조용히 손짓을 하며 밖을 보라는 신호를 했다. 횃불을 들고 깃털 장식을 한 하인이 탄, 화려한 사륜마차가 빠른 속도로 멀어지고 있었다. 우르수스는 공손하게 엄지와 인지로 금화를 들어 나이슬리스에게 보여 주며 말했다.

"여신이오."

그의 눈은 광장의 모퉁이로 돌아가려 하는 사륜마차를 다시 바라보았는데, 마차의 지붕에 있는 왕관의 꽃무늬 가지가 여덟인 것을 시종들의 횃불 덕분에 알게 되었다. 그가 다시 소리쳤다.

"여신보다 대단하군. 그녀는 여공작이야."

사륜마차가 사라졌다. 마차의 바퀴 소리도 차츰 잦아들었다.

우르수스는 성체의 빵을 들어올리듯 두 손가락 사이의 금화를 받들어 높이 쳐들면서, 잠시 황홀한 채 있었다.

그런 다음 그것을 탁자 위에 올려놓고는 그것을 계속 주시하면서, 그 '귀부인'에 대해 말하기 시작했다. 여인숙 주인이 그에게 대꾸했다. 여공작이었다. 그래. 작위는 알 수 있었다. 하지만 이름은? 그것은 몰랐다. 나이슬리스는 온통 가문으로 장식한 사륜마차와, 황금 줄로 치장한 시종들을 가까이에서 봤다고 했다. 마부들은 대법관 정도의 높은 나리들이 쓸 것 같은 가발을 쓰고 있었다. 사륜마차는 스페인에서 쾌툼본*이라고 부르는 드문 형태였는데, 무덤의 뚜껑과 같은 닫집을 가진 멋진 마차로 왕좌에 어울리는 것이었다. 시종은 아주 작아서 사륜마차의 출입문 바깥쪽 받침대에 앉을 수 있었다고 했다. 귀부인들은 그 귀여운 소년들에게 긴 옷자락을 쳐들게 할 뿐만 아니라, 메시지도 전하게 한다고 했다. 시종의 모자에 있던 깃털 묶음은? 그것은 굉장한 것이었는데, 자격 없는 자가 그 깃털을 달고 다니면, 벌금을 물게 된다. 나이슬리스는 그 여공작도 가까이에서 보았는데, 여왕이나 다름없다고 했다. 엄청난 부유함은 아름다움을 가져다준다. 부유하기 때문에 살갗은 더욱 하얗고, 눈빛에는 오만함이 넘치고, 걸음걸이 또한 더욱 고상하며, 우아함은 더욱 오만 방자하다고 했다. 그 무엇보다 일하지 않는 두 손의 거만한 우아함에 비할 만한 것은 없다. 나이슬리스는 푸른 혈관이 선명히 보이는 흰 살갗과 목, 어깨, 팔, 온몸에 바른 분, 귀걸이에 매달린 진주, 황금 가루 뿌린 머리, 풍성한 보석들, 루비, 다이아몬드 등의 훌륭함을 설명했다.

"눈동자보다 빛나지는 않지."

---

* 지붕이 장방형 상자 모양인 마차이다.

우르수스가 중얼거렸다. 그윈플렌은 아무 말도 하지 않았다. 데아는 듣고만 있었다.

“그런데 더욱 놀라운 것이 뭔지 아시오?”

여인숙 주인이 말했다.

“무엇 말씀이오?”

우르수스가 물었다.

“그녀가 사륜마차에 오르는 것을 내가 보았소.”

“그다음에는요?”

“그녀는 홀로 오르지 않았소.”

“이런!”

“누군가 그녀와 함께 탔소.”

“누가?”

“맞춰들 보시오.”

“왕!” 우르수스가 대꾸했다.

“왕은 아니지. 누가 여공작과 함께 마차에 올랐는지 맞춰 보시오.”

“주피터.”

우르수스가 답했다. 그러자 여인숙 주인이 말했다.

“톰짐잭.”

한마디도 하지 않고 있던 그윈플렌이 침묵을 깨뜨렸다.

“톰짐잭이라고요!”

잠시 놀라움에 모두 할 말을 잃었을 때 데아의 나지막한 목소리가 들려왔다.

"그 여인이 이곳에 오는 걸 막을 수는 없을까요?"

8. 중독의 징후

'유령'은 다시 오지 않았다.

극장에는 그녀가 다시 나타나지 않았지만 그윈플렌의 기억 속에는 다시 나타났다.

그윈플렌은 상당히 동요되어 있었다.

그의 인생에서 처음으로 한 여자를 본 것 같았다.

그는 처음에는 반쯤의 좌절을 기이하게 여겼다. 강요되는 몽상을 경계해야 한다. 몽상은 향기와 같은 신비와 미묘함을 가지고 있다. 몽상과 생각의 관계는 향기와 월하향과의 관계와 같다. 몽상은 때로는 유독한 생각의 확장이며 수증기처럼 침투하는 속성을 가지고 있다. 향기 짙은 꽃에 중독될 수 있듯이 몽상에도 중독될 수 있다. 황홀하고 감미로우며 동시에 음산한 자살이다.

정신의 자살이란 그릇되게 생각하는 것을 뜻한다. 그것이 바로 중독이다. 몽상은 우리를 매혹하고, 농락하고, 낚고, 얼싸안고는 공모자로 만든다. 몽상은 자기가 양심에게 저지르는 속임수에 우리를 반쯤 끌어들인다. 그렇게 우리의 넋을 빼앗은 다음 우리를 망가뜨린다. 도박의 진리를 몽상에도 적용할 수 있을 것이다. 처음에는 어수룩하게 시작하지만 결국에는 교활하게 마무리 된다.

그윈플렌은 몽상에 빠져들기 시작했다.

그는 일찍이 진정한 여인을 본 적이 없었다.

서민 여자들에게서는 오직 그 그림자를, 데아에게서는 그 영혼만을 보았다. 그러나 이제 막 실체를 보았다.

열정적인 피가 흐르는 것이 느껴지는 포근하고 생생한 피부, 대리석상의 정교함과 물결의 일렁임으로 표현되는 몸매, 고결하고 유혹에 대한 거부 의지를 섞은 냉정한 얼굴, 거대한 큰 불의 반사광으로 물들인 듯한 머리카락, 쾌락의 전율을 간직한 화장의 세련됨, 군중에게 멀리서 소유당하고 싶은 거만한 욕구를 드러낸 약간의 노출, 침투할 수 없는 난공불락의 우아함, 불가해한 매력, 언뜻 예감되는 파멸이 엿보이는 유혹, 감각에 던져진 약속과 영혼의 협박, 하나는 욕망이고 다른 하나는 두려움인 이중의 불안. 그는 그것을 막 보았다. 그는 한 여인을 본 것이다.

그는 한 여인보다 위이며 동시에 아래인 한 암컷을 본 것이다.

그리고 동시에 올림포스의 여신 하나를 보았다.

신의 암컷.

이 신비, 성이 막 그에게 나타났다.

그러나 어디에서? 도달할 수 없는 곳이었다.

무한히 먼 거리에.

그러나 그는 이미 아이러니한 운명을 타고난 영혼, 천상의 존재를 이미 손에 쥐고 있었다. 그것은 데아였다. 데아의 여성성은 지상의 것이었고, 하늘 가장 깊숙한 곳에서 본 것이 바로 그 여인이었다.

여공작.

우르수스는 여신 이상이라고 말했다.

깎아지른 듯한 벼랑!

몽상조차 그 앞에서는 물러났다.

그는 미지의 여인을 생각하는 격정에 빠질 것인가? 그는 자신과 싸웠다.

우르수스가 왕과 같은 고귀한 존재에 대해 들려준 모든 것을 뇌리에 상기했다. 그에게는 쓸모없어 보이던 철학자의 여담은 그에게 문득 명상의 표지가 되었다. 그는 이 존엄한 세계, 냉혹하게도 맨 아래의 세계 위에 포개진 이 여인은 백성이라는 최하층 세계를 냉혹하게 짓누르고 있는데, 그는 최하층 세계에 속해 있었다. 게다가 과연 그가 백성의 계층에나 속하기나 한단 말인가? 어릿광대인 그는 짓눌려 있는 계층 밑에 다시 짓눌려 있지 않았던가? 그는 깊이 생각하기 시작한 이후 처음으로, 자신의 비천함에 통탄스러움을 느꼈다. 오늘날 우리가 굴욕이라 칭하는 비참함이었다. 우르수스가 묘사하고 열거했던 것들, 그의 시적인 목록, 성과 공원, 분수, 기둥에 대한 찬사, 부와 권력에 대한 과시가, 그윈플렌의 뇌리에 되살아나면서 구름 속 현실로 되살아났다. 그는 그 절정에 있었다. 하나의 인간이 귀족일 수 있다는 것이 그에게는 공상으로 보였다. 그러나 그런 세계가 분명히 있었다. 믿을 수 없는 일이다. 귀족들이 존재하다니! 하지만 그들도 우리처럼 살과 뼈로 이루어진 존재일까? 의심스러운 일이었다. 그는 자신이 온통 장벽으로 둘러싸인 어둠의 밑바닥에 있음을 느꼈고, 그의 머리 위 까마득히 먼 곳에 있는, 창공과 여러 가지 형상과 빛으로 눈부신 올림포스를 보았다. 그 영광 속에서 여공작이 찬란히 빛나고 있었다. 그는 그 여인에게서 복잡하고 낯선 욕구를 느꼈다. 이 통렬한 모순은 자신의 의지와 상관없이 끊임없이 그의 영혼으로 되돌아왔다. 그의 주위, 그의 한계, 좁고 명백한 현실 속의 영혼이, 잡을 수 없는 이상 세계의 육체를 보려고 했기 때문이다. 이러한 생각 중 그 어느 것도 명확하지 않았다. 그의 내부에 존재하는 것은 안개의 세계였다. 그것은 매 순간 모양이 바뀌고 흔들렸다. 깊은 어둠이었다.

게다가 그가 거기에 대해 갖고 있는 생각은 그것이 아무리 하기 쉬운 것이라도 그의 영혼을 파고들지는 않았다. 그는 생각 속에서조차 여공작을 향해 올라가려는 시도는 구상하지 않았다. 다행이었다.

이 사다리에 한 번 발을 올려놓으면 그 떨림이 평생 당신의 뇌리 속에 남을 수도 있다. 올림포스산에 올라간다고 믿지만 실제 도착하는 곳은 베들램 정신병원이다. 그의 안에 형성된 뚜렷한 욕심이 그를 두렵게 했다. 그는 이러한 감정을 이전에는 한 번도 경험하지 못했다.

게다가 그는 이 여인을 다시 보지 못할 수도 있었다. 아마 영원히 보지 못할 것이었다. 지평선을 지나가는 한 줄기 빛과 사랑에 빠지게 되는 것, 어떠한 정신 착란도 그 지경까지 나아가지 않는다. 하나의 별에 부드러운 시선을 두는 것은 가능하다. 그 별은 자리가 정해져 있으니 다시 보이고 나타나 고정된다. 하지만 한 줄기 번개와 사랑에 빠질 수 있단 말인가?

그의 내면에서는 꿈들이 오고 가고 있었다. 위엄 있고 빛나는 칸막이 좌석에 앉아 있던 우상은 흩어지는 사념 속에서 희미해지다가 사라졌다. 그는 거기에 대해 생각하다 멈추고 다른 일에 몰두하다가, 다시 그 생각으로 돌아갔다. 그는 위로를 느꼈고 그 이상은 없었다.

이것이 여러 날 동안 그가 밤잠을 이루는 것을 방해했다. 불면증은 수면만큼이나 꿈으로 가득하다.

그의 생각 속에서 이루어지는 알 수 없는 변화를 표현하는 것은 거의 불가능했다. 단어의 부자유스러움은 사고보다 윤곽이 선명하기 때문이었다. 모든 생각들이 사고와 단어의 경계선에서 뒤섞였다. 그러나 단어로 떠오르는 것은 아니었다. 영혼의 흩어진 어떤 측면은 항상 단어의 틀을 피한다. 표현에는 경계가 있지만 사상은 그렇지 않다.

그윈플렌의 내면에서 일어난 것은 일종의 거대한 광막함이었는데, 그것은 그의 생각 속에 있는 데아를 건드리지는 않았다. 데아는 그의 정신 한가운데에서 성스러운 영역으로 존재했다. 무엇도 그녀에게 접근할 수 없었다.

그러나 이런 모순은 곧 인간의 영혼 자체이며, 그 안에서 갈등이 생겨나고 있었다. 하나는 이성적이고 하나는 성적인 두 개의 본능이 그의 내부에서 다툼을 벌이고 있었다. 심연 위에 놓인 다리에서 하얀 천사와 검은 천사가 벌이는 싸움이었다.

결국 검은 천사가 절벽 아래로 떨어졌다.

어느 날 갑자기, 그윈플렌은 그 미지의 여인에 대해 더 이상 생각하지 않게 되었다.

두 근원 간의 싸움, 지상 세계와 천상 세계의 결투가 그의 가장 깊숙한 곳으로 자리를 옮겼기 때문에 그는 아주 혼란스럽게 감지할 뿐이었다.

분명한 것은, 그가 한순간도 데아를 사랑하기를 멈추지 않았다는 것이다.

그의 내면 아주 깊숙한 곳에 무질서가 있었고 그의 피가 열병에 시달렸으나 결국은 모든 현상이 사라졌다. 그리고 오직 데아만이 홀로 남았다.

혹시 누군가 그윈플렌에게, 데아가 한 순간 위험에 처할 수도 있었다고 말했다면, 그는 몹시 놀라기까지 했을 것이다.

두 영혼을 위협하는 듯했던 환영은 한두 주 사이에 사라졌다.

그리고 이제 그윈플렌의 안에는 따스한 마음과, 사랑의 불꽃만이 존재했다.

게다가 여공작은 다시 나타나지 않았다.

우르수스는 이를 당연하다고 생각했다. '금화의 여인'은 하나의 현상이다. 그것은 들어오고 입장료를 지불하고 사라져 버렸다. 그런 일이 다시 생길 가능성은 희박하다고 결론지었다.

데아의 경우 그렇게 지나간 여인에 대해 암시조차 하지 않았다. 그녀는 우르수스의 탄식에 의해, '매일 금화가 생기는 것이 아니야!' 같은 외침에 의해, 충분히 알고 있었다. 그녀는 더 이상 '그 여인'을 입에 담지 않았다. 그것은 심오한 본능이다. 어떤 사람에 대해 침묵을 지키는 것은 그것으로부터 멀어지기 위한 방책으로 보인다. 알면서도 기억하기를 두려워하게 된다. 마치 문을 닫는 것처럼 그 옆에서 침묵을 지킨다.

그 사건은 기억 속에서 잊혀졌다.

그것이 대단한 일이기나 했던가? 그것이 존재하기는 했었던가? 그윈플렌과 데아 사이에 그림자 하나가 어른거렸다고나 말할 수 있을까? 데아는 그것을 알지 못했고, 그윈플렌 또한 더 이상 모르게 되었다. 아니다. 아무 일도 존재하지 않았다, 여공작은 멀리에서 하나의 신기루처럼 지워졌다. 그윈플렌이 통과한 것은 한순간의 꿈에 불과했고, 그는 이제 밖에 있었다. 몽상의 소산은 안개의 소산과 마찬가지로 흔적이 남지 않는다. 구름이 지나간 다음에도 하늘의 태양빛이 약해지지 않듯, 그들의 사랑도 줄어들지 않았다.

9. 아비수스 아비숨 보카트*

사라진 또 다른 인물은 톰짐잭이었다. 그는 갑자기 태드캐스터 여인숙에 오는 것을 멈추었다.

런던에 사는 지체 높은 나리들의 우아한 일상생활을 두 측면에서 볼 수 있는 위치에 있던 사람들은, 그 무렵 주간지에 나온 각 교구의 간추린 소식란 사이에서 다음과 같은 기사를 찾을 수 있었을 것이다.

* Abyssus abyssum vocat, 심연이 심연을 부른다는 뜻이다.

데이비드 더리모이어 경이 국왕 폐하의 명령에 따라, 네덜란드 연안을 순항 중인 백색 함대 소속 프리게이트 함을 지휘하기 위하여 떠났다.

우르수스는 톰짐잭이 더 이상 오지 않는 것을 깨닫고 몹시 염려하였다. 금화를 남긴 귀부인과 함께 사륜마차를 타고 떠난 이후, 톰짐잭이 다시는 돌아오지 않았다. 여공작의 팔을 받쳐 들어 올려 준 톰짐잭은 확실히 수수께끼가 아닐 수 없었다. 얼마나 흥미로운 탐구인가! 그에게 던질 질문과 할 말은 얼마나 많은가! 그리하여 우르수스는 다른 사람들 앞에서 그에 대해서는 한 마디도 하지 않았다.

산전수전 다 겪은 우르수스는 경솔한 호기심이 어떤 쓰라림을 가져다주는지 잘 알고 있었다. 호기심이란 항상, 그 호기심을 갖고 있는 사람과 균형을 이뤄야 한다. 함부로 들으려 하면 귀가 위험에 처하고, 함부로 감시를 하면 눈이 위험에 처한다. 아무것도 듣지 못하고 아무것도 보지 못하는 것이 신중한 처사이다. 톰짐잭은 왕족의 마차에 올랐고, 여인숙 주인은 그 목격자이다. 귀부인의 옆에 앉던 선원의 모습에는 우르수스를 경계하게 만드는 기적 같은 측면이 있었다. 저 높은 곳에 있는 사람들의 변덕을, 미천한 사람들은 그저 신성한 것으로 여겨야 한다. 가난한 이들로 일컬어지는 이 비굴한 파충류는, 특이한 일이 눈에 띄더라도, 입을 다물고 각자 자기의 구멍 속에 납작 엎드려 있는 것이 최선이다. 침묵이 하나의 힘이다. 만약 눈이 머는 행운을 갖고 있지 않다면 눈을 감고 귀를 막아라. 당신이 침묵하는 완벽함을 가지고 있지 못하면 당신의 혀를 마비시켜라. 가장 세력 있는 이들은 자신들이 원하는 대로 하는 자들이고, 가장 비천한 이들은 그들이 할 수 있는 것을 하는 자들이다. 모르는 것을 그냥 내버려 두자. 신화를 거론하지 말자. 눈에 보이는 것을 궁금해 말자. 우상에 깊은 존경심을 표하자. 저 높은 곳에서 일어나는 사건의 확대나 축소에 비방을 하지 말자. 이것들은 대부분의 경우, 우리 초라한 존재들에게 일어나는 시각의 환상일 뿐이다. 형이상학적인 것들은 신들의 사건이다. 우리 위에 떠 있는 위대하고 불확실한 인물들의 변형과 풍화 작용은, 이해하기 어렵고 위험한 구름이다. 너무 많은 관심은, 엉뚱한 짓을 하며 즐기는 올림포스 신들을 못 참게 만들 수 있다. 그 무시무시한 세력가들의 외투자락을 들추지 말자. 무관심, 그것이 명석함이다. 죽은 체하면 당신을 죽이지 않을 것이다. 그것이 벌레들의 지혜이다. 우르수스는 그러한 지혜를 실천하고 있었다.

여인숙 주인 역시 궁금한 듯, 어느 날 우르수스에게 물었다.

"톰짐잭이 더 이상 오지 않는 걸 알고 계시오?"

"아, 그래요. 나는 미처 몰랐는데." 우르수스의 대답이었다.

나이슬리스는 음성을 낮춰 비난조의 지적을 했다. 톰짐잭이 왕족의 마차에 올랐다는 사실을 지적한 것이다. 불손하고 위험한 지적임에 틀림없는지라, 우르수스는 아예 귀를 기울이지 않았다.

그러나 우르수스는 톰짐잭을 아쉬워하지 않기에는 너무도 예술가다웠다. 그는 일종의 실망감도 느꼈다. 그는 자신의 감정을 호모에게만 말했는데, 그가 확실한 비밀 이야기를 할 수 있는 유일한 대상이었다. 그는 늑대의 귀에다 대고 아주 작은 목소리로 말했다.

"톰짐잭이 더 이상 오지 않게 된 이후부터, 나는 인간처럼 공허를 느끼고 시인처럼 추위를 느낀단다."

친구에게 마음을 쏟아 놓고 나니 우르수스의 마음이 한결 가벼워졌다.

그윈플렌 쪽으로는 아예 담벼락을 쌓았고, 그윈플렌 또한 톰짐잭에 대해서는 아무 암시조차 하지 않았다.

사실 톰짐잭은 데아에게 골몰해 있던 그윈플렌에게는 별로 중요하지 않았다.

그윈플렌의 내면에서는 점차 망각 현상이 깊어졌다. 데아는 모호한 동요의 존재가 있었다는 사실조차 짐작하지 못했다. 또한 그 무렵에는, '웃는 남자'에 대한 음모나 불평이 있다는 말도 들려오지 않았다. 증오는 풀어진 듯했다. 그린박스 안에서도 그 주위에서도, 모든 것이 잠잠해졌다. 더 이상의 허세 부리는 짓도, 허세꾼들도, 신부들도 없었다. 외부로부터의 불평도 없었다. 아무 위협 없이 성공을 거두고 있었다. 그들의 운명은 갑작스레 평온을 찾았다. 그윈플렌과 데아의 찬란한 행복에는 단 한 점의 적대적인 그늘도 없었다. 그것은 무엇도 증가할 수 없는 수준에까지 올라갔다. 그러한 상황을 표현하는 단어 하나가 있는데, 절정(絶頂)이 바로 그것이다. 행복도 바다처럼 가득 차게 된다. 걱정은 그 바다가 다시 낮아진다는 사실이다.

아무도 접근할 수 없게 하는 데에는 두 가지 방법이 있다. 아주 높거나 아주 낮아지는 것이다. 첫 번째 못지 않게 두 번째도 바람직하다. 독수리가 화살을 피하는 것 못지않게, 적충(滴蟲)도 으깨지는 것을 피한다. 이미 앞에서 말했듯이, 그렇게 작은 것으로 누리는 안전을 확보한 이들이 혹시 지상에 존재한다면, 그들은 바로 그윈플렌과 데아라는 두 존재였다. 하지만 그들의 안전도 결코 완벽하지는 않았다. 그들은 점점 더 서로에게 의존하며 살았고, 서로의 안에서 황홀경에 사로잡혔다. 심장은 자신을 보존해 주는 신성한 소금에 의해 절여진 듯, 사랑을 흡수해 자신을 가득 채운다. 인생의 여명기부터 서로 사랑해 온 사람들의 변질될 수 없는 애착과, 노년까지 연장된 사랑의 풋풋함은, 바로 그러한 현상에서 비롯된다. 사랑을 보존시켜 주는 방부제도 존재하지만 아직까지 그들은 젊었다.

우르수스는 그들의 사랑을 의사가 환자를 보듯 유심히 살펴보았다. 게다가 그는 당시 사람들이 '히포크라테스의 시선'이라고 부르던 것을 가지고 있었다.

그는 가냘프고 창백한 데아를 명민한 눈으로 살피다가, 홀로 중얼거리곤 했다.

"그녀가 행복하다는 건 참으로 다행이군!"

또 언젠가는 이렇게 말하기도 했다.

"그녀는 건강 덕분에 행복하군."

그는 못마땅하다는 듯 머리를 설레설레 흔들며 가끔 보피스쿠스 포르투나투스가 번역하고, 루뱅에서 1650년에 출판된 아비센나*의 책을 펴 들고 '심장의 동요' 부분을 상세히 읽곤 했다.

데아는 쉽게 피로해지고, 식은땀을 흘리며 반수 상태에 자주 잠겨 드는지라, 이미 이야기한 대로, 낮에는 잠을 자곤 했다. 언젠가는 데아가 그렇게 곰 모피 위에 누워서 잠이 들었고, 마침 그윈플렌이 자리를 비웠을 때, 우르수스는 부드럽게 상체를 숙이고 데아의 가슴, 심장 부근에 귀를 댔다. 한동안 유심히 듣다가 그는 상체를 일으키며 중얼거렸다. "어떠한 충격도 받아서는 안 되겠군. 상처가 급속도로 커지겠어."

군중은 계속해서 '정복된 카오스'공연에 몰려들었다. 웃는 남자의 성공은 영영 잦아들지 않을 듯 보였다. 모두가 달려왔

---

* 페르시아의 의사이자 철학자이다.

다. 서더크뿐만 아니라 이미 런던의 일부 지역까지 퍼졌다. 관객의 층도 점점 다양해지는 듯했다. 이제는 선원이나 마부들뿐이 아니었다. 하층 계급 전문가인 나이슬리스의 의견으로는, 이제 천민 계급으로 변장한 귀족들도 섞여 있다고 했다. 변장은 오만함이 누리는 행복 중 하나로, 당시에는 그것이 대유행이었다. 이렇게 귀족이 평민 속에 섞인다는 것은 좋은 신호였고 공연의 성공이 런던 전 지역으로 퍼져 나가고 있음을 의미했다. 그윈플렌의 유명세는 확실히 대중 속으로 파고 들어갔다. 그것은 현실이었다. 런던에서는 웃는 남자 이외에 이야깃거리가 없었다. 귀족들만이 들락거리는 모호크 클럽에서까지 그에 대해 이야기를 했다.

그린박스 속에서는 그런 상황을 짐작하는 사람은 없었다. 그들은 행복한 것으로 만족했다. 데아는 매일 밤, 그윈플렌의 곱슬거리는 앞머리를 만지는 데 열광하고 있었다. 사랑에 있어서는 습관만 한 것이 없다. 모든 삶이 그것에 집중된다. 천체의 재출현은 우주의 습관이다. 우주는 사랑에 빠진 여인과 다를 바가 없고 태양은 곧 연인이다.

빛이란 이 세상을 떠받치고 있는 눈부신 카리아티데스*이다. 날마다, 매일의 숭고한 한순간 동안, 어둠으로 뒤덮인 밤은 떠

---

* 고대 그리스 건축물에서 벽의 상단부를 떠받치고 있는 여인상을 조각한 돌기둥이다.

오르는 태양에 자신의 몸을 기댄다. 마찬가지로 앞을 못 보는 데아 역시, 그윈플렌의 머리 위에 자신의 손을 올려놓는 순간, 그녀 안에 열기와 희망이 다시 들어옴을 느끼곤 했다.

서로 열렬히 사랑하는 두 암흑이 되어, 충만한 침묵 속에서 서로 사랑할 수 있다면, 그렇게 수만 년의 세월도 보낼 수 있을 것이다.

어느 날 밤, 그윈플렌은 향수에 취하는 것과 유사한 일종의 신성한 거북함을 일으키는 기쁨의 과잉 상태가 자신의 안에 있음을 느끼며, 평소 공연을 마친 후 그랬듯이, 그린박스에서 몇 백 걸음 떨어진 초원을 산책했다. 사람들은 팽창해 가슴이 터질 듯하면, 그 잉여분을 토해 내는 해방감의 시간을 갖고 싶은 법이다. 그날 밤은 검고 투명했다. 별들이 밝게 반짝이고 있었다. 장터에는 인적이 끊겼고 타린조필드 근처에 흩어져 있는 가건물들 속에는 깊은 잠과 망각뿐이었다.

오직 한줄기 불빛만이 꺼지지 않고 있었다. 문을 살짝 열어 놓고 그윈플렌이 돌아오기를 기다리는 태드캐스터 여인숙의 등불이었다. 서더크의 다섯 교구에서, 각 종각마다 제각기 다른 음색으로, 또 간헐적으로, 자정을 알리는 종소리가 들려왔다.

그윈플렌은 데아에 대한 생각에 잠겨 있었다. 그가 누구에 대해 생각을 하겠는가. 그런데 그날 저녁에는, 한 남자가 한 여인을 생각하듯, 데아를 생각하고 있었다. 그는 그러한 자신을 꾸짖었다. 하지만 그 나무람은 더 강렬한 뜻을 포함한 곡언법(曲言法)에 불과했다. 그의 내면에서 남편의 희미한 공격이 시작되고 있었다. 달콤하고 항거할 수 없는 조바심. 그는 보이지 않는 경계선을 넘었다. 이쪽에는 처녀가 있었고 경계선 너머에는 여인이 있었다. 그는 불안감에 휩싸여 자신에게 거듭 질문을 던졌다. 그는 몸이 달아오르는 것을 느끼고 있었다. 몇 해 동안 그윈플렌이 조금씩 신비로운 성장의 무의식 속에서 변모한 것이다. 오래전의 수줍은 소년이 이제 혼란스럽고 불안해진 자신을 느끼고 있었다. 우리에게는 이성을 말하는 빛의 귀가 있고, 본능을 말하는 어둠의 귀가 있다. 소리를 증폭시켜 주는 그 귀를 통해, 미지의 음성이 그에게 많은 제안을 내놓았다. 사랑을 꿈꾸는 젊은이가 아무리 순수하다 할지라도, 본능에 의해 불러일으켜진 수치스러운 욕망이 그의 의식 사이로 끼어들기 마련이다. 그러면 모든 의도가 투명성을 상실한다. 자연이 원하는, 고백할 수 없는 것이 의식 속으로 들어선다. 그윈플렌은 모든 유혹의 손길이 있는, 거의 데아를 잊어버린 이 물질적인 욕망을 경험했다. 그는 해롭게 느껴지는 열기 속에서, 아마도 위험한 측면에서, 데아를 변형시키고 이 고결한 형태를 여성의 형태로까지 과장해 상상하기도 했다.

우리가 갈망하는 것은, 지나친 신성함이 아니라 여인이니라. 사랑에는 열에 들뜬 피부, 감동하는 생명, 전류가 흐르며 돌이킬 수 없는 키스, 묶지 않고 흘러내린 머리카락, 목적을 가진 힘찬 포옹이 필요하다. 사랑에서 하늘의 과잉은, 불에서의 연료의 과잉과 같다. 불꽃은 그것으로 인해 위축된다. 손으로 잡을 수 있고 또 손에 잡힌 데아, 두 존재에 창조의 신비를 섞어 주는 현기증 나는 접촉, 그윈플렌은 이성을 잃은 채 이 매혹적인 악몽을 꿈꾸고 있었다. '여인이 필요해!' 그는 자신의 내면에서 올라오는 본능의 고함 소리를 들었다. 천상의 갈라테이아를 주물러 빚어낸 꿈속의 피그말리온처럼, 그는 무모하게도 영혼 깊숙한 곳에서 데아의 정숙한 윤곽을 다시 손질하고 있었다. 그녀의 몸매는 지나치게 천상적이고 충분히 낙원적이지 못했기 때문이다. 왜냐하면 에덴은 곧 이브이다. 이브는 암컷이고, 육체적 어머니이고, 대(代)를 이어 주는 신성한 배이며, 지상의 유모이고, 젖이 고갈되지 않는 유방, 새로 태어난 생명의 요람이다. 그리고 여인의 젖가슴은 천사의 날개를 배제한다. 처녀성이라는 것은 모성의 희망일 뿐이다. 그렇지만 그윈플렌의 환상 속에서, 데아는 이제까지 육체보다 더 높은 그 무엇이었다. 그런데 이 순간, 방황하며 그는 생각 속에서 그녀를 육체로 다시 내려오게 하려 애쓰고 있었다. 그는 어떠한 여자이건 이 땅에 매어두는 줄, 성(性)이라는 줄을 당기고 있었다. 그는 데아를 인간으로 상상했다. 그는 그로부터 놀라운 생각을 인식했다. 데아는 황홀경의 창조물일 뿐 아니라 쾌락의 창조물이었다. 그는 이런 상상의 확장에 부끄러움을 느꼈다. 이것은 신성 모독과도 같은 것이었다. 그는 이런 집착에 저항하려 했고 그를 피해 다시 제자리로 돌아왔다. 데아는 그에게 있어 구름이었는데 부끄럽게도 범죄를 저지른 것 같았다.

그는 고독 속에서 아무렇게나 발길이 가는 대로 배회했다. 그의 주변에는 아무도 없었고, 그것이 그가 정처 없이 걸어 다니는 데 도움을 주었다. 그의 생각은 어디로 향하고 있을까? 그는 감히 그것을 자신에게도 말할 수 없었다. 하늘 속으로 향하고 있었을까? 아니다. 침대 속으로 들어서고 있었다.

사람들은 왜 사랑하는 사람이라는 말을 할까? 정신을 빼앗긴 사람이라고 해야 할 것이다. 악마에게 사로잡히는 것은 예외적인 일이지만, 여인에게 사로잡히는 것은 거의 규칙이나 매한가지이다. 모든 남자는 이런 정신 착란을 경험한다. 아름다운 여인이란 강력한 마녀이다. 사랑의 진짜 이름은 속박이다.

남자는 한 여자의 영혼에 의해 포로가 된다. 그의 육체에 의해서도 그렇다. 때로는 영혼보다 육체를 통해 더욱 예속이 이뤄진다. 영혼은 애인이라면 육체는 안주인이다.

사람들은 흔히 악마를 비방한다. 하지만 이브를 유혹한 것은 그가 아니다. 이브가 시작한 일이다.

루시퍼는 조용한 세월을 보내고 있었다. 그는 여자를 보고 사탄이 되었다.

육체, 그것보다 더 큰 혼란을 유발하는 것은 없다. 그것은 부끄러워하면서 욕정을 이끌어 낸다. 그보다 더 관능적인 것은 없다. 그 뻔뻔한 것이 수치스러워한다.

이 순간, 그윈플렌을 흔들며 붙잡고 있는 것은 이 육체적인 사랑이었다. 우리가 나신을 원하는 위험한 순간 죄악으로 미끄러져 들어가는 위험이 도사리고 있었다. 비너스의 흰 피부 속에 얼마나 깊은 어둠이 숨어 있는지! 그윈플렌의 속에 있던 그 무엇인가가 큰 소리로, 데아를, 소녀 데아를, 한 남자의 절반인 데아를, 육체이자 불꽃인 데아를, 젖가슴을 드러낸 데아를 불렀다. 그는 천사를 아예 내쫓아 버렸다. 모든 사랑이 예외 없이 통과하고 이상이 위험에 처하는 신비로운 위기. 그것은 창조의 계획이었다.

천상의 세계가 붕괴하는 순간이다.

그윈플렌의 데아를 향한 사랑은 결혼으로 변하고 있었다. 순결한 사랑이란 하나의 중간 과정일 뿐이니 그 순간이 도래한 것이다. 그윈플렌에게는 그녀가 필요했다.

그에게는 진정한 여인이 필요했다.

그 첫 번째 사면 밖에 보이지 않는 급한 언덕.

자연의 모호한 부름은 준엄하다.

기쁘게도 그윈플렌에게는 데아 이외의 다른 여인은 없었다. 그가 원하는 유일한 여인. 그를 원할 수 있는 유일한 여인.

그윈플렌은 무한한 생명의 모호하고 거대한 전율을 느꼈다.

무르익는 봄이라는 계절이 상태를 악화시켰다. 그는 까마득한 별들로부터 오는 이름 없는 향기를 마시고 있었다. 그는 감미롭게 얼이 빠진 채 앞으로 갔다. 한창 솟아나는 수액의 떠도는 향기, 어둠 속에 둥둥 떠다니는 매혹적인 발산체들, 멀리서 열리고 있는 야간의 꽃들, 숨겨져 있는 작은 새둥지들 속에서 이루어지는 암묵적인 동조, 물과 나뭇잎들이 바스락대는 소리, 사물들로부터 나오는 한숨소리, 신선함, 미지근함, 4월과 5월의 신비스러운 악마, 이것이 작은 소리로 쾌락을 제안하는 거대하고 어수선한 도발이다.

혹시 누군가 걷고 있던 그윈플렌을 보았다면, 이렇게 생각했을 것이다. '저런! 취객이로군!'

사실 그는 심장과 봄과 밤의 무게 때문에 거의 휘청거리고 있었다.

볼링그린의 고독은 어찌나 평온하던지, 그는 이따금씩, 큰 소리로 지껄이곤 했다.

자신의 말을 아무도 듣지 못한다고 느낄 때, 우리는 말하고 싶은 욕구를 느낀다.

그는 느린 걸음으로 머리를 숙이고, 두 손을 등 뒤로 돌려, 왼손을 오른손 위에 놓은 다음, 모든 손가락을 활짝 편 채, 천천히 산책하고 있었다.

문득 그는 무기력하게 벌린 손가락 틈 사이로 무엇인가 미끄러져 들어오는 것을 느꼈다.

그는 황급히 돌아섰다.

그의 손에 종이 하나가 들려 있고, 그의 앞에는 한 남자 하나가 서 있었다.

고양이처럼 조용히 그의 뒤로 다가와서, 손가락 사이에 종이를 밀어 넣은 것은 그 남자였다.

종이는 편지였다.

희미한 별빛에 비친 남자는, 작고 볼이 통통하고, 젊고 정중했는데, 붉은빛 제복을 입고 있었다. 스페인어로 밤의 망토라는 뜻의 카페노체라고 부르던 위에서 아래까지 길게 수직으로 열린 회색빛 외투에 진홍빛 모자를 쓰고 있었는데 작은 모자 위에서 풍부한 새 깃털 묶음을 볼 수 있었다.

그는 그윈플렌 앞에서 움직이지 않고 서 있었다. 마치 꿈속에 나타난 실루엣 같았다.

그윈플렌은 그가 여공작의 시종임을 알아보았다.

그윈플렌이 놀라 외치기 전에 시종이 여성스럽고 아이같은 가느다란 목소리로 말했다.

"내일 이 시각에 런던 다리 입구로 오십시오. 제가 그곳에서 당신을 모시겠습니다."

"어디로요?"

그윈플렌이 물었다.

"당신을 기다리는 분이 계신 곳으로."

그윈플렌은 그가 손안에 기계적으로 잡고 있던 편지를 내려다보았다.

그가 다시 눈을 들어 올렸을 때, 시종은 더 이상 거기에 없었다.

장터 저쪽에서 빠른 속도로 작아져 가는 희미한 형체 하나만이 구분되었다. 작은 시종이 돌아가는 중이었다. 그가 길모퉁이를 돌아서자 더 이상 아무도 보이지 않았다.

시종이 사라지는 모습을 바라보던 그윈플렌은 다시 편지를 보았다. 삶 속에는 당신에게 일어나는 것이 마치 당신에게 일어나지 않는 순간들처럼 느껴질 때가 있다. 마비 상태는 한동안 현실로부터 당신을 떼어 놓기 때문이다. 그윈플렌은 편지를 읽고 싶어 하는 사람처럼 그것을 눈 가까이로 가져갔다. 그제야 그것을 읽을 수 없음을 깨달았다. 두 가지 이유가 있었다. 우선 편지의 봉인을 깨뜨리지 않았기 때문이고, 둘째로 어두웠기 때문이다. 여인숙 안에 램프 하나가 빛나고 있다는 것을 깨닫는 데도 몇 분이 걸렸다. 그는 몇 걸음을 옮겼지만 어디로 갈지 모르는 사람처럼 움직였다. 유령에게서 편지를 전해 받은 몽유병자는 그렇게 걷는다.

결국 그는 결심을 한 듯, 여인숙 쪽으로 서둘러 걸었다. 반쯤 열린 문 앞에서 자리를 잡고 닫힌 편지를 한 번 더 살펴보았다. 봉인에는 아무 자국도 없었고 다만 겉봉투에 '그윈플렌에게'라고 쓰여 있었을 뿐이다. 그는 봉인을 열고, 봉투를 찢고, 접혀 있던 편지를 펼치고, 불빛 아래에 그것을 비추어 보았다. 그가 읽은 내용은 다음과 같았다.

> 너는 혐오스럽고 나는 아름다워. 너는 어릿광대이고 나는 여공작이야. 나는 최상류인데, 너는 최하류지. 나는 너를 원해. 나는 너를 사랑해. 내게로 와.

제4부
지하 고문실

1. 그윈플렌 성자에게 다가온 유혹

어떤 불꽃은 어둠을 찌르는 바늘 같지만, 또 다른 불꽃은 불을 붙여 화산을 만들기도 한다.

거대한 불꽃이 되기도 하는 것이다.

그윈플렌은 계속해서 편지를 읽었다. 편지에는 이렇게 적혀 있었다.

'너를 사랑해!'

갑자기 그윈플렌은 공포에 휩싸였다.

첫 번째 공포는 자신이 제정신이 아니라는 것이었다.

그는 미친 것이 틀림없었다. 그러니 그가 본 것들은 모두 허상인 것이다. 암흑 속 환상들이 가엾은 그에게 장난을 건 것이다. 키가 작고 붉은색 복장을 한 남자는 환상의 그림자였음에 틀림없다. 가끔 밤이면 한줄기 불꽃으로 응축된 헛것이 사람들을 조롱하는 경우가 있다. 그 환상적인 존재가 그윈플렌을 한바탕 놀리고는, 미쳐 버린 그를 내버려 두고 사라졌음에 틀림없었다. 가끔 유령이 그런 짓을 한다.

두 번째 공포는 자신의 정신이 멀쩡하다는 사실을 확인하는 순간에 일어났다.

이 모든 것들이 환영이라고? 아니다. 환영이라면! 이 편지는 무엇이란 말인가? 지금 손에 분명히 한 장의 편지가 있지 않은가? 한 장의 봉투, 하나의 봉인, 편지, 문장들이 있지 않은가? 더구나 편지를 누가 보낸 것인지 모른다는 말인가? 모호한 점은 하나도 없었다. 어떤 사람이 펜과 잉크로 편지를 썼다. 초에 불을 붙이고 밀랍으로 봉인했다. 그의 이름이 편지에 쓰여 있지 않은가?

'그윈플렌에게.'

종이에서 나는 향기도 좋았다. 모든 것이 선명했다. 그윈플렌은 그 키 작은 남자를 알고 있었다. 그는 시종이었다. 번쩍거리는 것은 시종의 제복이었다. 시종은 그윈플렌에게 내일 같은 시간에 런던교 입구에서 만나자고 했다. 런던교가 환상인가? 아니, 그렇지 않다. 모두가 확실했다. 그것들은 망상이 아니었다. 모든 것은 현실이었다. 그윈플렌의 정신은 더할 나위 없이 맑았다. 순식간에 흩어져 머리 위에서 연기처럼 사라지는 환각이 아니었다. 실제로 그에게 일어난 일이었다. 아니다. 그윈플렌은 미치지 않았고 꿈을 꾸는 것도 아니었다. 그는 편지를 한 번 더 읽어보았다. 정말 그랬다. 그래서?

대단한 일이었다.

그를 원하는 한 여인이 있었다.

누구나 믿을 수 없는 일이라는 말밖에 할 수 없을 것이다. 여인이 그를 원하다니! 그의 얼굴을 보았던 여인! 장님이 아닌 여인! 이 여인은 어떤 여인인가? 못생긴 여인인가? 그렇지 않다. 아름다운 여인이다. 집시 여인인가? 그렇지 않다. 여공작이다.

이 사건의 내막은 무엇이며, 이 사건은 무엇을 뜻하는 것일까? 이와 같은 승리감은 무척 위태롭다! 하지만 어떻게 정신을 잃고 뛰어들지 않을 수 있다는 말인가?

그 여인! 인어, 유령, 환상적인 관람석의 숙녀, 어둠 속의 빛! 모두 그녀였다! 그렇다. 정말 그녀였다!

불이 타오를 때 탁탁 튀는 소리가 그의 마음속에서 들렸다. 기이하고 신비로운 여인이었다. 그의 사고를 뒤흔들어 놓은 여인! 처음에 여인에게 품었던 떠들썩했던 감정들이 사악한 불길에 휩싸여 되살아났다. 망각은 썼던 글자를 지우고 그 위에 다시 글자를 쓰는 양피지와 같다. 예상하지 못한 사건이 일어나면, 놀란 기억의 공백 안에 사라졌던 모든 것들이 되살아난다. 그윈플렌은 그 모습을 머릿속에서 없애 버렸다고 생각했다. 하지만 그의 기억 속에서 그녀의 모습을 다시 발견했다. 무의식적으로 꿈을 꾼 그의 머리에 그녀는 자신의 흔적을 남겼다. 그가 알아채지 못한 사이에 몽상 세계의 깊은 흔적이 새겨진 것이다. 벌써 상처는 상당했다. 치유가 불가능할 수도 있는 그 몽상 속으로, 그는 홀린 듯이 빠져들었다.

뭐라고! 그를 원한다고! 뭐라고! 공주가 왕좌에서, 우상이 제단에서, 동상이 받침대에서, 환영이 구름에서 내려온다고! 뭐라고! 불가능의 깊은 곳에서 몽상이 온다고! 하늘의 신성함! 빛의 찬란함! 보석으로 반짝이는 바다의 요정! 까마득히 높은 찬란한 왕좌에 있어 가까이 다가기도 어려운 미인, 그녀가 그윈플렌에게 관심을 보이다니! 멧비둘기들과 용들이 함께 끄는 아우로라*의 마차를 그윈플렌의 머리 위에 세우고, 그에게 "오라!"라고 하다니! 무엇이라고! 하늘 위의 존재가 몸을 낮추어 찾는 대상이 그윈플렌이라니! 그에게 이처럼 끔찍한 영광이 다가오다니! 그 여인, 별들로부터 온 것 같고 거룩한 그 대상을 여인이라 부르는 것이 맞는지 잘 모르겠지만, 그 여인이, 직접 나서서 그에게 자신을 주겠다고, 자신을 전하겠다고 하다니! 정신이 혼미해질 것 같은 일이다! 올림포스가 매춘을 한다! 누구에게 말인가? 바로 그윈플렌에게 말이다! 여신의 젖가슴에 그를

---

* 그리스 신화의 새벽의 여신으로 영어의 오로라에 해당한다.

포옹하기 위해, 유녀(遊女)가 구름 속에서 팔을 벌렸다! 그러나 조금도 더럽혀지지는 않는다. 고귀한 존재는 더럽혀지지 않는 것이다. 빛이 신들을 깨끗하게 씻어 준다. 그리고 그에게 다가오는 여신은 자신이 어떤 행동을 하는지 잘 알고 있다. 그 여신은 그윈플렌의 얼굴에 깊게 새겨진 기괴함을 모르지 않았다. 그녀 역시 그윈플렌의 얼굴인 가면을 보았다! 그녀는 가면을 보고서도 도망치지 않았다. 그윈플렌은 그녀의 사랑을 받고 있었다!

흉한 모습 때문에 사랑을 받는 것! 그 어떤 환상도 넘어서는 일이다! 가면은 여신을 도망치게 만들지 않았고, 그녀를 매혹시켰다! 그윈플렌은 사랑받는 것을 넘어 욕망의 대상이었다. 그는 단지 받아들여지기만 한 것이 아니었고 선택된 것이었다. 그는 선택되었다!

뭐라고! 여인이 있는 그곳, 어떤 책임도 필요 없는 아름다움과 그들 마음대로 할 수 있는 권력을 소유한 제왕의 세상에서, 여인은 많은 왕자들 중 하나를 선택할 수 있었다. 귀족들 중 하나를 선택할 수도 있었다. 수려한 외모에 매력 있고 위엄 있는 남자들 가운데 아도니스를 선택할 수 있었다. 하지만 그녀는 어떤 남자를 선택했는가? 그나프롱을 선택했다! 그녀는 유성과 벼락과 함께 날 수 있는 여섯 개의 날개를 가진 세라핀을 고를 수도 있었지만, 항아리 속을 기어 다니는 유충을 골랐다. 한

쪽에는 왕과 귀족, 커다란 권력, 풍요로움, 모든 영광이 존재하는데, 다른 한쪽에는 우스꽝스러운 광대 하나가 있을 뿐이었다. 그런데 우스꽝스러운 광대가 승리를 얻었다. 도대체 저 여인의 마음속에는 어떤 저울이 있는 것일까? 그녀는 자신의 사랑을 어떤 눈금으로 재는 것일까? 그 여인은 머리에 쓰고 있던 공작의 모자를 벗어서, 우스꽝스러운 광대의 무대 위로 던진 것이다! 그녀는 올림포스의 후광을 떼어서, 난쟁이의 삐죽삐죽하게 자란 머리 위에 씌워 준 것이다! 세상이 뒤집히고, 높은 곳에서는 벌레들이 기어 다니고, 빛나는 별자리들이 낮은 곳으로 내려와 무너져 내리는 찬란한 빛 속에 이성을 잃은 그윈플렌이 파묻혔고, 지저분한 도랑창 속에 있던 그의 머리 뒤로 후광(後光)이 빛나게 했다. 강한 여신 하나가, 아름다움과 화려함에 저항하며, 안티노오스*가 아니라 그윈플렌을 선택해, 암흑 속에서 재앙을 입은 사람에게 자신을 바치고, 암흑 앞에서 갑자기 생긴 호기심 때문에 그 안으로 들어갔다. 또한 이러한 여신의 희생에서 초라한 왕권이 월계관을 쓰고 문득 특별하게 모습을 보이기도 했다.

'너의 외모는 끔찍해. 나는 너를 사랑해.'

이 말은 그윈플렌을, 그리고 그가 가지고 있는 교만의 제일

* 수려한 외모의 그리스 청년이다.

흉측한 곳을 정확히 공격했다. 교만, 이것은 많은 영웅들의 발뒤꿈치처럼 가장 큰 약점이다. 그윈플렌은 괴물 같은 오만에 휩싸였다. 그는 흉측한 외모 때문에 사랑을 받게 되었다. 그 또한, 주피터나 아폴론, 아니 아마 그들 이상으로 예외적인 존재였을 것이다. 그는 자기 자신을 초인으로 느꼈고, 너무나 괴물 같았기 때문에, 신이라고까지 생각했다. 무시무시한 유혹이었다.

그렇다면 그 여인은 어떤 사람이었을까? 그가 그녀에 대해 알고 있는 것은 무엇인가? 모든 것을 알고 있기도 했고 아무것도 모르기도 했다. 그녀가 여공작이라는 사실은 알고 있었다. 또한 그녀가 미인이며 부자이고, 특별한 복장을 갖춘 하인과 시종, 시동, 그리고 횃불을 들고 왕관 무늬가 있는 사륜마차를 지키는 사람들까지 소유하고 있다는 것도 알고 있었다. 그녀가 자신을 사랑하고 있다거나 또는 그렇게 말했다는 것을 알고 있었다. 그러나 다른 것들은 알지 못했다. 그녀가 여공작이라는 것은 알았지만 그녀의 이름은 몰랐다. 그녀의 생각은 알고 있었지만 그녀의 삶에 대해서는 전혀 몰랐다. 결혼을 했을까? 미망인일까? 처녀일까? 자유로운 상황일까? 어떤 의무를 지고 있을까? 어느 가문일까? 그녀 주위에 함정이나 덫 같은 장애물은 없을까? 높은 세상에서 육체적 관계를 좇는 유희가 무엇인지, 꼭대기의 동굴 속에서 포악한 마녀들이 벌써 먹어 버린 애인들의 뼈에 둘러싸여서 헛된 생각 속에 빠져 있다는 사실, 자신이 남자들보다 위라고 생각하는 여인의 권태로움이 얼마나 비참하고 음탕한 시도를 불러올지 따위를 그윈플렌은 추측도 하지 못했다. 그의 머릿속에는 추측의 실마리가 될 만한 것이 조금도 없었다. 그윈플렌이 살아온 사회적 밀실에서는 보고 들을 수 있는 것이 없었기 때문이다. 그는 자신에게 명쾌하게 보였던 것이 모두 흐릿하다는 것을 알았다. 그가 깨달았을까? 그렇지 않다. 어떤 것을 추측했을까? 전혀 아니다. 여공작의 편지 이면에 있는 것은 무엇이었을까? 열려 있는 것과 불안한 느낌을 주며 단단히 막혀져 있는 것이 있었다. 열려 있는 것은 사랑의 고백이었고, 또 다른 하나는 수수께끼였다.

고백과 수수께끼, 두 개의 입에서, 하나는 음란하게 다른 하나는 위협적으로 똑같은 이야기를 하고 있었다.

"실행해!"

우연이라는 간사한 꾀가 이토록 완벽하게 행해진 적은 일찍이 없었고, 유혹이 이토록 성숙되고 충분히 익었던 적도 없었다. 봄에 한창 오르고 있는 만물의 수액(樹液)으로 몽롱해진 그윈플렌은, 육체에 대한 욕망에 휩싸였다. 인간 가운데 아무도 자제할 수 없는 가장 오래된 본능이, 늦된 남자, 스물다섯까지 소년처럼 순수했던, 그 남자 속에서 깨어나고 있었다. 그때, 가장 위험한 그 순간에 유혹의 손길이 다가왔다. 그에게 젖가슴을 드러낸 스핑크스가 눈부신 모습을 드러낸 것이다. 청춘이란 하나의 비탈이다. 기울어져 있는 그를 어떤 힘이 밀었다. 무엇이? 계절이다. 무엇이? 어두운 밤이다. 무엇이? 바로 그 여인이다. 4월이 없었다면 사람들은 더욱 순결했을 것이다. 활짝 핀 꽃들과 우거진 숲은 모두 공모자다! 사랑은 도둑이고 봄은 은닉자다.

그윈플렌은 무척 혼란스러워졌다.

실수보다 먼저 느낄 수 있는 독특한 악의 연기가 있다. 의식은 그 연기를 받아들이지 못한다. 순수함은 유혹을 받으면 희미하게 지옥의 구토증을 느낀다. 살며시 내뿜어진 기운은 강한 사람들에게는 경고를 전하지만, 약한 사람들에게서는 그들의 정신을 빼앗아 버린다. 이렇게 그윈플렌은 신비로운 병을 앓고 있었다.

헛되면서도 집요한 진퇴유곡 같은 궁지가 그의 앞에 떠다니고 있었다. 단단하게 굳어진 잘못이 그 모습을 갖추어 가고 있었다. 다음 날 자정, 런던교, 그리고 시동? 가야 할까? 육체는 가야 한다고 소리쳤다! 하지만 영혼은 가면 안 된다고 소리쳤다!

그러나 이 말은 해 두어야 한다. 무척 이상한 사실이지만 그는 "갈 것인가?"라는 질문을 단 한 번도 정확하게 하지 않았다. 비난받을 행동에는 미루게 되는 공간이 존재한다. 독한 화주*는

---

* 알코올 도수가 높은 술로 보드카, 위스키 등을 말한다.

한 번에 마시지 않는다. 잔을 놓은 뒤에 다음 순간으로 미룬다. 처음 마셨을 때의 맛이 무척 기묘했기 때문이다.

확실한 것은 알 수 없는 힘이 자신을 밀고 있다는 사실이었다.

그는 무서움에 전율했다. 끝없이 떨어지게 될 절벽의 끝이 희미하게 보였다. 그윈플렌은 뒷걸음질 치며 공포에 사로잡혀 허우적댔다. 그는 눈을 감았다. 어떤 일도 일어나지 않았다고 부인했고, 자신의 이성을 의심하기 위해 노력했다. 확실히 잘한 일이었다. 그는 자신이 미쳤다고 믿음으로써 그가 할 수 있는 현명한 행동을 취했다.

치명적인 열병. 예상하지 못한 대상에게 공격을 당한 사람은 누구나 비극적인 맥박을 갖게 된다. 이러한 맥박을 유심히 관찰한 사람은, 거세하지 않은 운명의 숫양이 자신의 뿔로 도덕적 양심을 들이받을 때 나는 소리를 걱정스럽게 듣고 있다.

슬픈 일이다! 그윈플렌은 스스로에게 묻고 있었다. 무엇이 의무인지 확실한데 다시금 묻는다는 것, 그 자체가 패배다.

그리고 이 점을 명확히 해 두자. 타락한 남자에게 볼 수 있는 뻔뻔스러운 모습을 그에게서는 찾을 수 없었다. 그윈플렌은 파렴치가 무엇인지 전혀 몰랐다. 이미 이야기했던 매춘이라는 개념은 그의 주변에 가까이 갈 수조차 없었다. 그는 그런 개념을 받아들일 만한 능력을 갖고 있지 않았다. 그런 생각을 하기에는 너무 순수했기 때문이었다. 그가 그 여인에게서 알 수 있었던 것은 단지 그녀의 고결한 신분뿐이었다. 슬픈 일이다! 그는 교만해졌다. 허영심은 그에게 오직 승리만을 바라보게 했다. 사랑이 아닌 파렴치의 대상이 되었다는 사실을 알아채기 위해서는 그의 순수함에서는 부족했던 기지가 있어야 했다. '너를 사랑해'라는 말이 품고 있는 끔찍한 진짜 의미, 다시 말해 '너를 원해'라는 말의 의도를 꿰뚫어 보지 못했다.

여신의 동물적인 모습이 그에게는 보이지 않았다.

영혼은 공격당할 수 있다. 우리의 영혼에는 반달족과 같은 사악한 생각이 존재해 그것들이 떼를 지어 밀려와 영혼의 고결함을 무너뜨린다. 수많은 사악한 생각들이 몰려와 그윈플렌을 공격했다. 가끔은 한꺼번에 달려들기도 했다. 문득 그의 마음속에 적막이 찾아왔다. 그는 밤풍경을 바라볼 때처럼 음산한 분위기 속에서 머리를 감싸 쥐었다.

문득 자신이 아무것도 생각하지 않는다는 사실을 깨달았다. 암흑의 순간에 헛된 망상들이, 모든 것이 사라지는 순간에 이르렀던 것이다.

자신이 아직 안으로 들어가지 않았다는 사실도 깨달았다. 새벽 두 시쯤이나 되었을까.

그는 시동이 가져온 편지를 주머니에 넣었다. 하지만 그 주머니가 자신의 심장 위에 있음을 알아차리고, 편지를 꺼내 바지 주머니에 쑤셔 넣었다. 그리고 조용히 여인숙으로 들어갔다.

그는 두 팔을 베게로 삼아 곤히 잠든 고비컴을 깨우지 않고, 출입문을 닫았다. 등불 하나를 밝혀 들고, 빗장을 지르고 자물쇠를 채웠다. 늦게 돌아온 사람들이 으레 그러하듯이, 그 역시도 기계적으로 조심스럽게 행동했다. 그린박스의 계단으로 올라가 침실인 옛날의 오두막 속으로 미끄러지듯이 들어갔다. 이미 잠든 우르수스를 한 번 바라보고 나서 등불을 껐다. 하지만 잠이 들지는 않았다.

그렇게 한 시간 정도가 흐르자, 고단했던 그는 침대가 곧 잠이라고 여기면서, 옷도 벗지 않고 베개 위에 머리를 올려놓았다. 암흑에 양보하는 것처럼 눈을 감았다. 하지만 그를 폭풍우처럼 덮치는 격렬한 감정은 한시도 멈추지 않았다. 불면증은 인간이 밤에게 당하는 학대이다. 그윈플렌은 극심하게 괴로워했다. 태어나서 처음으로 자신에게 불만을 가졌다. 만족스러운 허영심과 뒤섞여버린 내면의 고통이었다. 어떻게 해야 할까? 아침이 왔다. 우르수스가 일어나는 소리가 들렸지만 눈을 뜨지 않았다. 하지만 그는 조금도 쉬지 못했다. 그윈플렌은 여전히 편지에 대해 생각하고 있었다. 모든 낱말들이 커다란 혼돈이 되어 그의 머릿속을 떠다녔다. 그의 영혼 속에서 고개를 드는 거센 폭풍 같은 그릇된 생각들은 액체와 같았다. 그 액체가 경련을 일으키며 솟아오르자, 파도의 희미한 울부짖음이 들렸다. 밀물과 썰물, 흔들림, 소용돌이, 암초 앞에 다다른 물결의 망설임, 우박과 비, 빛이 번쩍이는 틈새에서 갈라진 구름들, 계속해서 끓어오르는 물거품, 미친 듯이 솟아오른 후의 무너짐, 덧없는 커다란 노력, 여기저기에서 일어나는 파선(波線), 암흑과 분산 등 심연 속에 있는 모든 것들이 인간 속에도 존재했다. 이처럼 그윈플렌은 폭풍우와 같은 고통을 겪고 있었다.

고통이 정점에 이르렀을 때, 여전히 눈을 감고 있는 그에게 깊고 아늑한 목소리가 들려왔다.

"아직 자는 거야? 그윈플렌?"

깜짝 놀란 그는 눈을 떴고 바로 몸을 일으켰다. 조용히 문이 열리고, 그 문틈으로 데아가 보였다. 그녀의 눈과 입술에는, 설명하기 어려운 그녀만의 미소가 흐르고 있었다. 그녀는, 그녀에게서 흘러나오는 빛이 주는 무의식적인 평화로움 속에, 매혹적으로 서 있었다. 성스러운 순간이었다. 그윈플렌은 소스라치게 놀라며 데아를 쳐다보았다. 그리고 눈이 부신 것을 느끼며 깨어났다. 무엇에서 깨어났는가? 잠일까? 아니, 불면증에서였다. 그녀다. 데아다. 그 사실을 깨달은 순간 그의 가장 깊은 내면에서 폭풍우가 끝나고 선(善)의 고결한 강림이 이루어져 악(惡)을 사라지게 하는 것을 느꼈다. 저 위에서 내려온 시선의 기적이 행해졌다. 찬란한 빛을 내는 부드러운 맹인 소녀가, 모습을 드러낸 것 말고는 다른 노력을 하지 않고, 그의 내면에 있던 고통을 사라지게 했다. 그의 영혼을 덮고 있던 구름의 장막을, 보이지 않는 손이 걷어 냈다. 그윈플렌은 하늘 위의 마법에 빠진 것처럼, 그의 의식 속에 하늘이 되돌아왔음을 느꼈다. 그 천사의 힘으로 아주 짧은 동안에 위대하고 선한, 그리고 순수한 그윈플렌으로 되돌아왔다. 영혼도 창조와 같이 신비한 대비를 보인다. 둘은 아무 말도 하지 않았다. 그녀는 밝음이지만 그는 어둠이었고, 그녀의 신성함으로 그는 평화로움을 되찾았다. 폭풍우가 몰아쳤던 그윈플렌의 마음 위에서, 데아는 바다의 별처럼 찬란하게 빛나고 있었다.

2. 즐거움에서 심각함까지

기적은 얼마나 단순한가! 그윈플렌이 그들의 아침 식사 테이블에 나타나지 않자, 데아는 단순히 무슨 일이 있나 궁금해서 그를 찾아온 것이었다.

"너였구나!"

그윈플렌의 외침은 모든 말을 대신했다. 그때 그의 눈에는, 데아가 있는 천국 외에는 어떤 지평선도 광경도 생각할 수 없었다.

폭풍우가 휩쓸고 간 바다 위에 흐르는 미소를 보지 못한 사람들은, 바다가 어떻게 고요해지는지 상상도 할 수 없을 것이다. 깊은 바다보다 더 빠르게 안정되는 것은 없다. 깊은 바다는 어떤 것이든 삼켜 버리기 때문에 빠르게 안정될 수 있다. 인간의 마음도 그렇다. 그러나 항상 그렇지는 않다.

데아의 모습을 보여 준 것으로 만족스러웠다. 그윈플렌 안에 있는 모든 빛이 나와 그녀에게 향했고, 황홀경에 빠진 그윈플렌의 뒤에는 도망가는 유령들만 있었다. 열정적인 사랑, 어찌나 훌륭한 평화의 사도인지!

두 사람은 마주 보고 앉았고, 우르수스는 그 둘 사이에, 호모는 이들의 발이 있는 쪽에 자리했다. 식탁 위에는 작은 램프로 끓이는 찻주전자가 있었다. 밖에서는 피비와 비노스가 일을 하고 있었다.

저녁 식사처럼 아침 식사도 가운데 칸에서 먹었다. 좁은 식탁이 놓인 자리에 맞춰서 앉다 보니, 데아는 그린박스의 출입문으로 연결된 칸막이 출구 쪽에 등을 돌려야 했다.

두 사람의 무릎은 서로 닿아 있었다. 그윈플렌은 데아에게 차를 따라 주었다.

데아는 우아한 태도로 찻잔을 식히기 위해 입김을 불었다. 갑자기 그녀가 재채기를 했다. 램프의 불꽃에 쪽지처럼 보이는 것이 타 버려 재로 변해 떨어졌다. 데아는 그 연기 때문에 재채기를 한 것이다.

"무엇이야?"

그녀가 물었다.

"아무것도 아니야."

그윈플렌이 대답했다.

그리고 미소를 지었다.

여공작의 편지를 태워 버린 것이었다.

사랑하는 남자의 양심은 곧 사랑받는 여인의 수호천사이다.

편지를 태워 버리자 신기하게도 몸이 가벼워진 것처럼 느껴졌고, 그윈플렌이 느끼는 자신의 순수함은 독수리가 느끼는 날개와 같았다.

연기와 더불어 유혹도 사라진 것 같았고, 불에 탄 쪽지와 더불어 여공작도 재로 변해 떨어진 것처럼 느껴졌다.

자신들의 찻잔을 섞어서 한 모금씩 마시며, 둘은 이야기를 나누었다. 연인들의 평범한 대화는 참새들의 재잘댐이다. 《거위 아주머니 이야기》나 호메로스의 작품에 나올 것 같은 아이다운 순수함이다. 서로 사랑하는 두 마음이 있는데 시(詩)를 찾으러 멀리 갈 필요가 있을까! 서로 노래하는 두 입맞춤이 있는데, 음악을 찾으러 멀리 갈 필요가 있을까!

"그거 알아?"

"아니."

"그윈플렌, 나… 있지… 우리가 짐승이 되고 날개가 돋는 꿈을 꾸었어."

"날개, 우리가 새로 변했다는 뜻이군."

그윈플렌이 혼잣말을 했다.

"짐승으로 변했다는 것은 천사가 되었다는 말이지."

우르수스가 투덜대며 한마디를 던졌다.

그들은 계속 이야기했다.

"만약에 네가 세상에 없다면, 그윈플렌……."

"그러면?"

"착한 신이 없는 거야."

"차가 너무 뜨거워, 데겠어, 데아."

"찻잔에 입김을 불어 줘."

"오늘 아침 너는 얼마나 예쁜지!"

"모든 이야기들을 너에게 하고 싶어."

"해 봐."

"나는 너를 사랑해!"

"나도 너를 좋아해!"

그러자 우르수스가 옆에서 혼잣말을 했다.

"저 둘은 정말 솔직한 사람들이야."

서로 사랑할 때 매혹적인 것은 침묵이다. 사랑의 무더기 같은 것이 만들어져, 다음 순간 달콤하게 빛난다.

잠시 동안 침묵이 흘렀다. 그리고 데아가 열정적으로 외쳤다.

"만약 네가 안다면! 저녁에, 우리가 함께 공연을 할 때, 내 손이 네 이마에 닿을 때, 오! 네 머리가 얼마나 고결한지, 그윈플렌! ……너의 머리카락이 내 손가락에 닿을 때, 내 몸이 얼마나 떨리는지. 천상의 기쁨을 느끼며 속으로 이렇게 말하곤 해. '나를 둘러싼 이 어두운 세계에서, 이 고요한 우주에서, 내가 놓여 있는 이 캄캄하고 붕괴된 이 광막함 속에서, 나와 모든 것이 끔찍하게 흔들리는 이 세계 속에서, 내가 의지할 곳은 바로 하나, 그건 너야.' 네가 나의 버팀목이야."

"오! 너는 나를 사랑하는구나! 나 역시도 이 지구 위에서 오직 너 하나뿐이야. 너는 나의 모든 것이야. 데아, 너에게 무엇을 해 주면 좋을까? 바라는 것이 있어? 무엇이 필요해?"

"잘 모르겠어. 이대로 행복해."

"오! 맞아, 우리는 행복해!"

그윈플렌이 대답했다. 우르수스가 엄한 목소리로 말했다.

"아! 너희들이 행복하다고! 그것은 위반이지. 나는 벌써 너희에게 경고했어. 아! 너희들이 행복하다고! 그렇다면 다른 사람 눈에 띄지 않도록 노력해. 아주 작은 자리만 차지하도록 해. 행복은 구멍 속에 숨어 있어야 해. 가능하다면 너희 둘을 지금보다 더 작게 만들렴. 신께서는 행복을 느끼는 사람이 작을수록 더욱 커다란 행복을 주신단다. 행복해 하는 사람들은 악당들처럼 숨어 있어야 해. 아! 너희가 찬란한 빛을 발하다니, 반짝이는 비참한 벌레들 같구나! 제기랄, 사람들이 벌레들을 짓밟겠지!

그건 당연하지. 보기에 부끄러운 너희의 애정 표현은 다 무엇이냐? 나는, 사랑에 취해 서로 부리질을 하는 연인들을 보살펴야 하는 노인이 아니란 말이다. 너희는 나를 지치게 하는구나! 지옥에나 가 버려라!"

그는 자신의 무뚝뚝한 말투가 조금씩 부드러워져 다정해진 것을 느꼈다. 이런 감정을 드러내기 싫어 씩씩거리며 투덜대는 것처럼 말했다.

"아버지, 너무 엄하게 말씀하세요!"

데아의 말을 듣고 우르수스가 대답했다.

"우리가 지나치게 행복해지는 것을 좋아하지 않기 때문이지."

호모가 우르수스의 말에 맞추어 답했다. 두 연인의 발치에서 으르렁대는 소리를 낸 것이다.

우르수스가 몸을 숙여 호모의 머리 위에 손을 올렸다.

"그래, 너도 기분이 좋지 않다는 뜻이지. 으르렁대면서 늑대 머리의 털을 세우는구나. 너는 경박한 사랑놀이를 좋아하지 않지. 네가 지혜롭기 때문이야. 신경 쓰지 말고 그만 조용히 해라. 너의 생각을 충분히 이야기했으니 이제 침묵해."

늑대가 다시 으르렁댔다.

우르수스는 식탁 아래로 고개를 숙여 그를 바라보며 다시 한 마디를 던졌다.

"조용히 해, 호모! 자, 너무 고집 부리지 말거라, 철학자여!"

하지만 늑대는 몸을 벌떡 일으켜, 출입문을 바라보며 이빨을 드러냈다.

"무슨 일이 있니?"

우르수스가 말했다.

그리고 호모의 목덜미를 움켜잡았다.

데아는 늑대의 으르렁 소리에 조금도 신경을 쓰지 않고, 오직 그윈플렌의 목소리를 음미하며, 입을 다물고 장님 특유의 황홀경에 빠져 있었다. 이러한 황홀경은 때때로 그들 영혼에 귀 기울여 들을 만한 노래를 주고, 그것을 말로 표현할 수 없는 이상적인 음악으로 바꾸는 것 같았다. 실명은 깊고 영원한 음악을 들을 수 있는 지하이다.

우르수스가 식탁 아래로 고개를 숙여 호모를 꾸짖는 동안, 그윈플렌은 눈을 치켜떴다.

그가 차 한 잔을 마시려던 때였다. 그러나 마시지 않았다. 느슨해진 용수철처럼 느리게 식탁 위에 찻잔을 놓고 손가락을 편 채로 시선을 한곳에 두고, 숨조차 멈춘 뒤, 움직이지 않았다. 한 남자가, 데아의 뒤쪽 문틀 가운데 서 있었던 것이다.

그 남자는 사법관의 망토와 검은 옷을 입고 있었다. 그의 가발이 눈썹까지 내려와 있었고, 양 끝에 왕관 무늬가 새겨진 쇠막대를 손에 들고 있었다.

쇠막대는 짧고 굵직했다.

낙원의 두 나뭇가지 사이로 메두사가 얼굴을 내밀고 있는 광경을 떠올려 보라.

낯선 남자의 출현에 동요된 우르수스는 호모를 놓아주지 않은 채, 고개를 쳐들고 무시무시한 인물을 바로 알아보았다.

머리부터 발끝까지, 그의 온몸에 전율이 일었다.

그는 그윈플렌의 귀에 대고 나지막한 목소리로 말했다.

"와펀테이크다."

그윈플렌은 예전에 들었던 이야기를 떠올렸다.

그는 놀라서 큰 소리를 낼 뻔했다. 그러나 꾹 참았다.

양 끝에 왕관 무늬가 새겨진 쇠막대는 아이언웨펀이었다. 직무를 맡은 사법 관리들이 아이언웨펀을 앞에 놓고 선서를 하던 때가 있었다. 영국 경찰의 와펀테이크라는 이름은, 아이언웨펀에서 유래된 것이다.

가발을 쓴 남자 너머로, 아직 어두운 그곳에, 크게 놀란 여인숙 주인의 모습이 보였다.

옛 법률집에 나오는 muta Themis*의 화신이 된 그 남자는, 아무 말도 하지 않고 빛나는 데아 위로 오른팔을 뻗어 쇠막대로 그윈플렌의 어깨를 한 번 스쳤다. 그리고 왼쪽 엄지손가락으로 그의 뒤에 있는 그린박스의 출입문을 가리켰다. 아무 말

---

* 벙어리 테미스, 테미스는 그리스 신화에 나오는 정의의 여신이다.

이 없어 더욱 강압적인 이 두 행동은 '나를 따라오시오'라는 의미였다.

'Pro signo exeundi, sursum trahe(출발하라는 명령의 표시, 위쪽으로 쳐든다)', 노르망디 지역 교회, 수도원의 증서대장에 나오는 말이다.

아이언웨펀이 닿은 사람에게는 오로지 복종할 권리만 있고, 다른 권리는 없다. 침묵의 명령은 어떠한 저항도 받아들이지 않는다. 이러한 법을 어기는 사람에게는 영국의 잔혹한 형벌이 기다리고 있었다.

법의 엄격함을 느낀 그윈플렌은 처음에는 동요했고, 그 다음에는 경직됐다.

아이언웨펀이 가볍게 어깨를 스치지 않고 강하게 머리를 내려쳤더라도 이렇게 얼떨떨하지는 않았을 것이다. 그는 경찰관을 따라가야 한다는 명령을 받았다는 사실을 명료하게 알아차렸다. 그런데 무슨 이유일까? 알 수가 없었다.

크게 놀란 우르수스는 몇 가지 사실들을 상당히 분명하게 추측할 수 있었다. 경쟁자인 익살광대와 설교사, 고발된 그린박스, 경범죄인으로 몰린 늑대, 세 신문관과 비숍스게이트에서 겨루었던 일 등이 머리에 떠올랐다. 누가 알 것인가? 훨씬 겁나지만, 국왕의 권위를 떨어뜨린 그윈플렌의 무례하고 선동적인 잡담 때문일 수도 있었다. 그는 두려움에 떨었다.

데아는 전과 다름없이 미소를 띠고 있었다.

그윈플렌이나 우르수스 둘 모두, 어떤 말도 입 밖으로 내지 않았다. 두 사람은 똑같은 생각을 하고 있었는데, 데아가 불안에 떨지 않게 하려는 것이었다. 늑대도 똑같은 생각을 했는지 으르렁대는 소리를 멈추었다. 우르수스는 늑대를 놓아주지 않고 있었다.

또한 이러한 상황에서 호모 역시 자신만의 신중함을 보여 주었다. 짐승들의 그 영리한 불안을 누구나 단 한 번쯤은 목격하지 않았겠는가?

늑대가 인간을 이해하는 범위만 보더라도, 호모는 자신이 금지된 짐승이라는 것을 느꼈을 것이다.

그윈플렌이 자리에서 일어났다.

어떠한 저항도 할 수 없었다. 그는 그 사실을 잘 알고 있었다. 우르수스가 했던 말을 상기하고 있었다. 어떤 질문도 할 수 없었다.

그는 와펀테이크 앞에 말없이 섰다.

와펀테이크는 그의 어깨 위로 뻗쳤던 쇠막대를 자신에게 가져와 명령할 자세를 취하며 똑바로 세웠다. 당시의 모든 사람들이 알고 있는 경찰의 태도였고, 다음과 같은 암묵적 명령을 담고 있었다.

'이 사람은 나를 따라와야 하며 어떤 누구도 동행하지 말 것.

다른 사람들은 각자의 자리에서 움직이지 말고, 소동 피우지 말 것.'

호기심은 용납되지 않았다. 경찰은 항상 그러한 폐쇄적 성향을 가지고 있다.

사람들은 이러한 유형의 체포를 '인신 기탁'이라고 불렀다.

와펀테이크는 단 한 번의 움직임으로, 회전하는 기계 부품처럼 등을 돌려 엄숙하고 절도 있는 발걸음으로 그린박스의 출구로 갔다.

그윈플렌은 우르수스를 바라보았다.

우르수스는 어깨를 약간 들어 올렸고, 양 손을 편 채, 두 팔꿈치를 엉덩이에 대고 눈썹을 뒤집어 놓은 V자 모양로 찡그렸다. 낯선 남자에게 복종하라는 의미였다.

그윈플렌이 이번에는 데아를 바라보았다. 그녀는 여전히 몽상에 빠져 미소를 띠고 있었다.

그는 손가락 끝을 입술에 올려놓고 그녀에게 형언하기 어려운 입맞춤을 보냈다.

와펀테이크가 등을 돌렸을 때, 우르수스는 조금이나마 공포감에서 해방된 듯, 그 순간을 놓치지 않고 그윈플렌의 귀에 대고 이렇게 속삭였다.

"묻기 전에는 네 인생에 대해 어떤 말도 해서는 안 된다!"

그윈플렌은 병자가 있는 방에서 소음을 내지 않기 위해 조심하는 사람처럼, 칸막이벽에 걸려 있던 모자와 외투를 내렸다. 외투로 얼굴을 눈높이까지 덮고, 모자는 이마까지 깊이 눌러 썼다. 옷을 벗지 않고 침대에 누웠었기 때문에, 그는 여전히 작업복을 입고 있었고, 목에는 가죽조끼가 걸려 있었다.

그는 또 한 번 데아를 쳐다보았다. 그린박스의 출입문 앞에 도착한 와펀테이크는, 아이언웨펀을 위로 올려 잡은 다음, 계단을 밟고 내려갔다. 그러자 그윈플렌 역시 그가 보이지 않는 사슬로 묶어 끌고 가는 것처럼 따라 걸었다. 우르수스는 묵묵히 그윈플렌이 그린박스에서 나가는 것을 보았다. 늑대가 구슬프게 울부짖으려고 했다. 우르수스는 늑대를 달래며 조용히 속삭였다.

"금세 돌아올 거란다."

안마당에 있던 비노스와 피비는 끌려가는 그윈플렌과 와펀테이크의 상복 같은 옷과 아이언웨펀을 보고 무시무시한 비명을 지르려고 했다. 나이슬리스가 비굴한 동시에 빠른 몸짓으로, 그녀들의 비명을 막았다.

두 여자는 두 개의 화석이었다. 마치 종유석(鐘乳石) 같은 모습이었다.

깜짝 놀란 고비컴은 조금 열린 창문 사이로 눈만 크게 뜨고 그를 보고 있었다.

와펀테이크는 그윈플렌보다 몇 걸음 앞에서 걸었고, 돌아보지도 그를 쳐다보지도 않았다. 자신이 곧 법이라는 확신에서 나오는 얼음장 같은 태연한 태도였다.

두 사람은 무덤과 같은 고요 속에서 안마당과 술집으로 사용하는 어두운 홀을 지나서 광장으로 나갔다. 여인숙 문 앞에 몇 명의 행인들이 모여 있었고, 한 명의 사법관이 경찰 분대를 이끌고 있었다. 행인들은 깜짝 놀라서 한 마디도 하지 않고 길을 열어, 영국식으로 가지런하게 경찰관의 쇠막대 앞에 줄을 맞춰 섰다. 와펀테이크는 리틀 스트랜드라고 불렀던 템스강변을 따라 난 골목길로 향했다. 그윈플렌은 좌우로 사법관이 거느리고 온 사람들에게 이중으로 보호받으며 하얗게 질린 얼굴로 걷는 것 말고는 어떤 행동도 하지 못하고, 수의 같은 외투로 몸을 감싸고 유령을 따라가는 동상처럼, 과묵한 남자의 뒤에서 말없이 걸으며 여인숙에서 서서히 멀어져 갔다.

3. 렉스, 렉스, 펙스*

사람을 아무 설명 없이 체포하는 행동이 오늘날의 영국인들에게는 놀라운 사건이겠지만, 당시 그레이트브리튼에서는 흔

* LEX, REX, FEX로 법, 왕, 분뇨라는 뜻이다.

한 경찰의 행동이었다. 특히 예민한 문제와 연관되는 경우에 이러한 행동을 많이 취했고 비슷한 문제를 처리할 때 프랑스에서는 국왕의 투옥 명령서를 사용했다. 또한 '하베아스 코르푸스'* 법령이 있었음에도, 이러한 관행은 조지 2세 때까지 계속되었다. 그렇기 때문에 월폴이 이러한 방법으로 노이호프를 감금 또는 감금하도록 명령했다는 의심을 받고, 스스로 변호해야 했던 일도 있었다. 물론 월폴이 받은 혐의를 뒷받침하는 근거는 매우 불충분했다. 사실 코르시카왕 노이호프는 채권자들에 의해 감금되었기 때문이다.

독일 베엠게리히트의 은밀한 인신 구속 관행은 옛 영국 법률의 절반을 다스렸던 게르만적 관습에 의해 용납되었고, 경우에 따라 나머지 절반을 다스렸던 노르망디 관습에 의해 장려되기도 했다. 유스티니아누스 황제의 궁정 경찰의 우두머리를, 실랑티에르 앵페리알, 즉 실렌티아리우스 임페리얄리스라고 불렀다. 인신 구속을 행하던 영국 관리들은 노르망디인의 많은 법령들을 바탕으로 했는데, 예를 들어 'Canes latrant, sergentes silent(개는 짖어 대고, 관헌은 침묵한다)'와 'Sergenter agere, id esttacere(관헌의 움직임은 곧 침묵이다)' 등이 있다. 이들은 룬둘푸스 사각스 제16절을 인용했다. 'Facit imperatorsilentium(황

* 상대의 신체적 자유를 존중한다는 뜻이다.

제[지휘관]가 고요함을 만들어 낸다).' 필리프왕이 1307년에 반포한 헌장 역시 인용했다. 'Multos tenebimus bastonerios qui, obmutescentes, sergentare valeant(손에 몽둥이를 든 그 많은 사람들이 벙어리가 될 수 있다면, 모두 관헌이 될 자격이 있다)' 영국의 헨리 1세가 반포한 법령 제53장도 인용했다. 'Surge signo jussus. Taciturnioresto. Hoc est esse in captione regis(질서를 세우려는 자, 그 일을 침묵으로 행하라. 그것이 왕의 뜻이로다).' 특히 영국의 아득히 오래된 봉건적 자치권의 부분을 이루는, 아래와 같은 규칙을 귀중하게 여겨 적용했다.

자작의 아래에는 검을 든 관헌들이 있으니, 관헌들은 사악한 무리에 속하는 자들과, 범죄를 저질러 명예를 잃어버린 자들, 탈출범들과 (사회에서) 쫓겨난 자들을, 모두 검으로 엄하게 통치해야 하며 [……] 또한 그들을 철저한 동시에 은밀하게 체포해야 하니 그 이유는 악을 끼치는 자들에게는 공포를 주고, 평화롭게 살아가는 선한 자들의 평화는 보호되어야 하기 때문이다.

이러한 방식으로 체포되는 것은 '정의로운 검'에 의해 체포되는 것이었다. 이외에도 법률가들은 노르망디인들을 위해 만든 루도비키 후티니 헌장 가운데 세르비엔테스 스파토이 장

(章)을 근거로 내세웠다. 세르비엔테스 스파토이는, 중세 라틴어가 점차 우리가 쓰는 말에 가까워지면서, 세르겐테스 스파도이로 변했다.

여기에는 조용한 체포는 범인을 잡으라고 고함을 지르는 행동과는 반대되며, 의심스러운 점들이 명확해질 때까지는 침묵을 지키는 것이 타당하다는 의미가 들어 있다.

즉 이러한 체포 행위는 보류된다는 것을 뜻했다.

경찰이 누군가를 그런 식으로 체포한다는 것은, 국가적 사안이라는 의미였다.

비공개를 뜻하는 프라이빗 법률은 그러한 종류의 체포 행위에 포함된다.

어떤 연대기 편집자들은 에드워드 3세가, 그의 어머니 이자벨 드 프랑스의 침대 속에 있던 모티머를 체포할 때도 이런 방법을 사용했다고 한다. 이 이야기에도 의심스러운 점이 있는데, 체포되기 직전, 그는 자신의 도시를 지키는 데 온 힘을 쏟고 있었기 때문이다.

워릭은 '국왕 제조인'이라는 별명을 가지고 있었는데 그는 '백성을 유혹하는' 방법을 즐겨 사용했다.

크롬웰은 특히 코노트에서 이 방법을 자주 썼다. 그래서 오먼드 백작의 친척 트레일리 아클로는 킬머코에서 이 신중한 침묵에 의해 체포되었다.

사법이 이렇게 간단한 행동으로 어떤 사람을 끌어가는 것은, 체포 영장보다는 오히려 소환장의 역할을 했다.

때로는 단순한 증거를 조사하는 데서 끝나기도 했다. 그렇기 때문에 모든 자들에게 침묵을 강요한 것은, 붙잡힌 사람에 대한 배려의 뜻도 내포했다. 그러나 그 미묘한 의미를 잘 모르는 백성에게는, 그러한 형태의 체포는 공포스럽게 보였다.

영국은, 1705년, 그리고 훨씬 훗날이 되어서도 지금과 같지는 않았다. 그 사실을 잊지 말아야 한다. 사회 전반이 혼란스러웠기 때문에 때때로 매우 강압적인 상황이 벌어지기도 했다. 일찍이 죄인의 공시대를 맛봤던 대니얼 디포는, 어떤 글에서 '법의 강철 손'으로 영국 사회를 규정지었다. 법만이 아니라 독단도 존재했다. 스틸이 의회에서 쫓겨나고 로크가 강단에서 내몰린 사실, 홉스와 기번이 도망갈 수밖에 없었던 사실, 찰스 처칠과 흄과 프리스틀리 등이 괴롭힘을 당했던 사실, 존 윌크스가 런던탑에 감금당했던 사실 등을 떠올려 보라. 그들을 하나하나 떠올리다 보면, 세디티우스 리벨이라는 법령의 희생자 명단은 끝없이 이어질 것이다. 거의 유럽 전역에 종교 재판처럼 엄한 심문의 관행이 번졌고 철저한 통제와 감찰이 유행했다.

영국에서는 모든 권리에 대한 괴물 같은 침탈이 가능했다. 《갑옷 입은 소문꾼》이라는 책을 보라. 18세기에 이르러서도 루이 15세는, 마음에 들지 않는 작가들을 피카딜리에서 납치해 데려오게 했다. 또한 조지 3세가 프랑스의 오페라 극장 한가운데서, 왕위 계승권을 요구한 왕족을 납치한 것 역시 진짜다. 매우 긴 두 개의 팔들이었다. 프랑스 국왕의 팔은 런던까지, 영국 국왕의 팔은 파리까지 닿았다. 이러한 것들이 그 시절의 자유였다.

감옥 안에서도 망설이지 않고 사람들을 처형했던 일도 추가하자. 형벌에 속임수가 혼합되었다. 아직도 영국에서는 이 흉측한 술책을 사용한다. 그래서 좋아지기를 바라면서 최악의 것을 고르는, 위대한 국민의 이상한 모습을 세상에 보여 준다. 또한 자기의 앞 한쪽에는 과거를, 다른 한쪽에는 진보를 놓고, 그것들을 구별하지 못해, 밤을 낮으로 혼동한다.

4. 우르수스, 경찰을 염탐하다

이미 말했던 것처럼, 당시 아주 엄격한 경찰법에 의해 와펀테이크를 따르라는 최고(催告)에는, 그 자리에 있던 다른 모든 사람에게 조금도 움직이지 말라는 명령도 함께 들어 있었다.

하지만 호기심 많은 어떤 사람들은 자신의 고집대로 그윈플렌을 압송해 가는 행렬을 멀찌감치 거리를 두고 따라갔다.

그런 사람들 가운데 우르수스도 있었다.

당연히 우르수스는 화석처럼 경직되어 있었다. 그러나 방랑 생활을 하면서 예상하지 못한 일과 고난을 많이 겪었기 때문에 그에게는, 전투함(艦)의 군인들을 각자의 위치로 달려가게 하는 비상 신호가 있는 것처럼, 자신만의 비상 신호, 즉 지성이 있었다.

그는 더 이상 경직되어 있지 않으려고 노력했고, 깊은 생각에 잠겼다. 놀랄 것이 아니라 대응 방법을 찾아야 할 일이었으니 말이다.

뜻밖의 일을 당했을 때 대응 방법부터 찾는 것은, 바보가 아닌 자들의 의무이다. 사연을 이해하려 하지 말고 행동할 순간이었다. 신속한 행동이 필요했다. 우르수스는 다음과 같은 물음부터 스스로에게 던졌다.

'무슨 일부터 해야 할까?'

그윈플렌이 떠난 후 우르수스는 두 가지 걱정 사이에 놓였다. 그윈플렌에 대한 걱정은 그의 뒤를 따라갈 것을 요구했고, 자신에 대한 걱정은 그 자리에 그대로 있으라고 청했다.

우르수스에게는 파리의 용감함과 미모사의 무심함이 있었다. 그의 두려움은 말로 표현하기 어려울 정도였다. 하지만 그는 영웅처럼 결심을 하고, 법을 거역하더라도 와펀테이크의 뒤를 쫓기로 결정했다. 그만큼 그윈플렌에게 닥칠 일이 걱정스러웠다.

대단한 용기를 내다니, 그는 그만큼 큰 두려움을 느낀 것이다.

극심한 두려움은 산토끼를 어찌나 용맹스럽게 만드는지!

제 정신을 잃은 영양은 머뭇거리지 않고 절벽 아래로 뛰어내린다. 분별력을 잃을 정도로 무서워하는 것은 여러 형태의 공포감 중 하나이다.

그윈플렌은 체포당한 것이 아니라 납치되었다. 경찰의 행동이 얼마나 재빨리 이루어졌던지, 물론 그 이른 아침에 행인들이 많지는 않았지만, 장터에는 거의 소란이 일어나지 않았다. 타린조필드의 가건물들 안에 있던 사람들 대부분은 와펀테이크가 웃는 남자를 압송하러 왔다는 사실을 알아채지 못했다. 그 때문에 구경꾼도 별로 없었다.

그윈플렌은, 외투와 모자로 얼굴을 가리고 있어서 행인들의 눈에 띄지 않았다.

그윈플렌을 따라 나서기 전에 우르수스는 신중한 대책을 세워 두었다. 그는 여인숙 주인 나이슬리스와 고비컴, 피비, 그리고 비노스 등을 한쪽으로 불러, 아무 것도 모르고 있는 데아 앞에서는 침묵을 지킬 것을 일러두었다. 일어난 사건에 대해 그녀가 추측하게 할 말은 입 밖에도 내지 말라고 했다. 그윈플렌과 우르수스는 그린박스의 살림살이를 장만하러 자리를 비웠다고 둘러대라고 했다. 곧 그녀가 낮잠을 잘 시간이니, 자신과 그윈플렌은 데아가 일어나기 전에 돌아오겠다고 했다. 그 일은 오해, 즉 영국에서 가리키는 미스테이크 때문이라고 말했다. 자기와 그윈플렌이, 사법관과 경찰에게 진상을 확실하게 설명하는 것은 어렵지 않은 일이며, 그들의 오해를 손가락으로 만져보는 것처럼 명료히 깨닫게 해 준 후에, 두 사람이 함께 돌아오겠다고 했다. 그러니 그 누구도 데아에게 아무 말도 하지 말라고 여러 번 당부한 후에 그는 길을 떠났다.

우르수스는 사람들의 눈에 띄지 않고 그윈플렌을 뒤쫓을 수 있었다. 가능한 먼 거리를 유지했지만, 그를 자신의 시야에서 놓치지 않았다. 망볼 때의 대담함, 그것은 겁쟁이의 용맹이다.

결국, 절차가 아무리 엄숙했다 하더라도, 아마 그윈플렌은 사소한 위반을 해서 경찰관 앞에 호출되었을 것이라 생각했다.

그렇기 때문에 우르수스는, 금세 문제가 해결될 것이라고 믿었다.

그윈플렌을 압송해 가는 경찰 분대가 타린조필드의 경계 부근을 지나서 리틀 스트랜드의 골목길 입구에 도달한 뒤에, 그곳에서 어느 쪽으로 가는가를 보면 사건의 내막이 명확하게 밝혀질 것 같았다. 경찰 분대가 왼쪽으로 간다면, 그윈플렌을 서더크 시청으로 데리고 가는 것이었다. 그렇다면 크게 걱정할 일이 아니었다. 사법관에게 위반한 사항 때문에 경고를 받은 후에, 2~3실링 정도의 벌금을 내면 풀려날 것이다. '정복된 카오스'를 평소처럼 저녁에 공연할 수 있을 것이다. 그러면 아무도 이런 사건이 있었는지 눈치도 채지 못할 것이다.

만약 경찰 분대가 오른쪽으로 간다면, 심각한 상황이 된다.

그곳에는 혹독한 장소들이 있었다.

그윈플렌은 와펀테이크가 두 줄로 세운 경찰 대열 사이에 호송을 받으며 골목길 입구에 도착했다. 우르수스는 숨을 가쁘게 몰아쉬며 그들을 바라보았다. 한 사람의 모든 것이 눈으로 집중되는 때가 있다.

과연 어느 방향으로 돌까?

그들은 오른쪽으로 돌아섰다.

우르수스는 공포로 비틀거리며 쓰러지지 않기 위해 벽에 기댔다.

흔히 사람들이 자기 자신에게 던지는 이 말처럼 위선적인 것은 없다. '내가 어떻게 해야 하는지 알고 싶다.' 사실 우리는 그것을 전혀 알고 싶어 하지 않는 것이다. 깊은 두려움을 느끼기 때문이다. 그 순간의 괴로움은, 어떤 결론도 짓지 않으려는 모호한 노력 때문에 더욱 복잡해진다. 그러한 사실을 인정하지는 않지만, 기꺼이 물러서고 싶어 하며 혹시 앞으로 나갔다면 후회를 한다.

이러한 현상들이 우르수스의 내면에서 폭발했다. 그는 두려움에 덜덜 떨며 생각했다.

'일이 안 좋게 돌아가는구나. 더 빨리 알았어야 했는데. 그윈

플렌을 따라간다고 해도 무엇을 할 수 있을까?'

하지만 인간은 모순의 집합체라, 이런 생각을 하면서도, 우르수스는 발걸음을 두 배는 빨리 옮겼다. 그러고는 두려움을 억누르며, 경찰 분대에 더 가까이 다가서기 위해 서둘렀다. 그와 그윈플렌을 연결해 주는 실이, 서더크의 미로에서 끊어지지 않도록 하기 위해서였다.

경찰 행렬은 엄숙함 때문에 빠르게 전진하지 못했다.

와펀테이크가 행렬을 이끌었고 사법관이 행렬의 마지막이었다.

그러한 질서가 전진 속도를 늦추었다.

경찰관이 갖출 수 있는 온갖 엄숙함이 사법관에게 가득 차 있었다. 그의 복장은, 옥스퍼드 음악 박사의 화려한 옷차림과, 케임브리지 신학 박사의 소박하고 검은 옷차림의 중간 정도였다. 그는 귀족의 정장 차림을 하고 있었고 모피로 안을 댄 기다란 외투를 입고 있었다. 그의 옷차림이 반은 중세식이었고, 반은 현대식이었기 때문에 가발은 라모아뇽*의 것과 같았고, 어깨부터 팔꿈치까지 소매 모양은 트리스탕 레르미트**의 옷과 같았다. 그의 둥글고 커다란 눈은 마치 부엉이 눈처럼 그윈플렌을

* 17세기 프랑스의 법관이다.

** 15세기 정치인이다.

감싸듯이 자세히 살피고 있었다. 그도 보조를 맞추며 걸었다. 그보다 더 험하게 생긴 사람은 없을 것이다.

우르수스는, 좁은 골목이 복잡하게 얽힌 곳에서 잠깐 길을 잃었다가 세인트 메리 오버 라이 소수도원 근처에서 행렬을 다시 찾았다. 다행스럽게도 행렬은 교회당 앞마당에서, 아이들과 개들의 싸움으로 인해 지체되었던 듯했다. 이런 일을 런던 거리에서는 자주 볼 수 있었는데, 옛 경찰 보고서에는 아이들보다 개들을 먼저 언급하며 'dogs and boys'라고 기록했다.

경찰관들이 한 남자를 사법관에게 끌고 가는 것은 매우 평범한 사건이었고, 누구든 자신이 할 일이 있기 때문에, 구경꾼들은 흩어졌다. 이제 그윈플렌의 뒤를 쫓는 사람은 우르수스 한 명뿐이었다.

그들은 서로 마주 보게 위치한 두 예배당, 다시 말해 재창조 신봉자들의 예배당과 할렐루야 동맹의 예배당 앞을 지나갔다. 현재에도 이 두 종파는 존속되고 있다.

행렬은 구불거리는 좁은 길을 따라갔는데 특히 미완성 도로나, 무성한 풀이 자란 길, 인적이 거의 없는 오솔길로 지나갔고, 자주 방향을 바꾸었다.

드디어 행렬이 멈췄다.

매우 좁은 골목이었다. 입구에 있는 오막살이 두세 채를 빼고는 집이 하나도 없었다. 그 골목은 두 개의 담장으로 구성되어 있었는데, 왼쪽 담장은 낮았고, 오른쪽 담장은 높았다. 높은 벽은 검은색이었고, 색슨 양식으로 쌓여 있었는데, 총안과 쇠뇌, 네모난 굵은 철책을 씌운 좁은 채광 환기창이 보였다. 창문은 하나도 없었다. 단지 여기저기 틈새가 보였는데, 예전에 투석기나 창을 사용하기 위해 뚫었던 것들이었다. 그 높은 벽 아래에는, 쥐덫 아래에 있는 구멍처럼, 매우 작은 협문이 보였다. 협문을 무거운 석제 홍예틀*이 둘러싸고 있었고, 철망이 씌워진 구멍창 하나, 무거운 망치 하나, 커다란 자물쇠 하나, 굵고 단단한 돌쩌귀, 여기저기 박힌 못들, 갑옷 같은 금속판들이 보였고, 문은 나무가 아닌 쇠로 만들어져 있었다.

골목에는 아무도 없었다. 상점도, 지나가는 사람도 없었다. 그러나 급류와 나란히 있는 듯 아주 가까이에서 소음이 계속 들려왔다. 사람들의 목소리와 마차 소리가 혼합된 요란스러운 소음이었다. 검은 벽 저 쪽에 큰길이 있을 수도 있었다. 분명히 서더크의 중심 도로로, 캔터베리로 가는 도로와 런던교를 연결할 것이다.

그 골목길을 이 끝과 저 끝 모두 엿보았다면, 그윈플렌을 호송하는 행렬 말고도 벽 한쪽에서 위험을 무릅쓰고 어둠 속으로 몸을 반쯤 들이민, 또한 자세히 관찰하면서도 보기를 두려워하

* centering, 무지개 모양을 하고 아치를 받쳐 주는 틀이다.

는, 창백한 얼굴의 우르수스 외에 다른 어떤 인간의 얼굴도 발견하지 못했을 것이다. 그는 지그재그로 된 길 굽이에 몸을 숨기고 있었다.

경찰 분대가 협문 앞에 다시 모였다.

중앙에는 그윈플렌이 서 있었다. 그러나 이번에는 그의 뒤에 와펀테이크와 아이언웨펀이 있었다.

사법관이 망치를 위로 올려 들고 세 번을 쳤다.

구멍창이 열리자 사법관이 말했다.

"폐하의 명령입니다."

떡갈나무와 쇠붙이로 만든 무거운 협문이 돌쩌귀 위에서 회전하면서 열렸다. 그러자 회색빛을 띤 차가운 입구가 모습을 보였는데, 동굴과 비슷했다. 흉측한 반원형 천장이 어둠 속으로 길게 이어져 있었다.

우르수스는 그 속으로 그윈플렌이 사라져 가는 것을 지켜보았다.

5. 위험한 장소

그윈플렌의 뒤를 와펀테이크가 따라갔다.

그 다음에는 사법관이 들어갔다.

그리고 경찰 분대 모두가 그 뒤를 따라 들어갔다.

협문은 다시 닫혔다.

무거운 문짝이 석제 문틀을 밀폐시키는 것처럼 들러붙었다. 문을 열고 닫는 사람은 보이지 않았다. 빗장이 스스로 질러지는 것 같았다. 이처럼 예전에 협박 수단으로 발명된 기술의 일부는 아직도 오래된 수용소에 존재했다. 열고 닫는 사람이 보이지 않는 문. 그 때문에 감옥의 문은 무덤의 구멍 같았다.

그 협문은 서더크 감옥으로 들어가는 비밀 입구였다. 케케묵고 거친 건물은 무례한 감옥의 이미지를 부인하지는 못했다.

옛 영국의 신, 모건을 위해 캐티유 클런족들이 세운 이 신전은 에덜프의 궁전으로 사용되었고, 다시 세인트 에드워드의 요새로 쓰이더니, 1199년에 장 성 테르가 감옥으로 승격시켰는데, 이것이 바로 서더크 감옥이었다. 슈농소 성 가운데로 냇물이 가로질러 흘렀던 것처럼, 처음에는 도로 하나가 감옥을 가로질렀기 때문에, 한두 세기 동안은 변두리 문 또는 게이트라고 불렸다. 그 후에 다시 담벼락으로 도로를 막았다.

영국에는 이런 유형의 감옥 몇 개가 남아 있다. 그 예로 런던의 뉴게이트, 캔터베리의 웨스트게이트, 에든버러의 캐넌게이트 등이 있다. 프랑스에서는 바스티유가 그러한 예이다.

대체로 영국의 감옥들은 거의 유사한 구조를 갖고 있는데, 외부는 거대한 담장으로 둘러싸여 있고, 그 내부는 감방이 벌집처럼 촘촘히 있다. 존 하워드*라는 햇살이 침투하기 전에는 거미와 사법이 거미줄을 쳐놓고 있던 중세의 감옥처럼 스산한 곳은 없었다. 브뤼셀의 오래된 게헨나처럼 그러한 감옥 모두를 트로이렌베르크, 즉 눈물의 집이라고 불러도 어울릴 것 같았다.

그 차갑고 포악한 건축물들 앞에 서 있으면, 플라우투스가 말했던 노예들의 지옥, 쇳소리가 철컥대는 섬, 즉 페리크레피디토이 인술로이가 떠오르고, 그 섬 주변을 지날 때면 아득한 옛날, 항해사들이 쇠사슬 소리를 들으며 느꼈다는 큰 슬픔을 다시 느끼게 된다.

마귀를 쫓는 의식을 치르고 고문을 행했던 서더크 감옥은, 애초에 대개 마법사들을 수용했던 듯했다. 그 협문 쪽의 마모된 돌 위에 새겨진 다음 두 문장이 그 사실을 알려 주고 있었다.

Sunt arreptitii vexati daemone multo.

Est energumenus quem daemon possidet unus.

악마 같은 사람 안에서는 지옥 하나가 소동을 피우고,

보잘것없는 녀석은 마귀에 유혹당했을 뿐이다.

악마 같은 사람과 마귀에 유혹당한 자 간의 미묘한 차이를

---

* 영국의 박애주의자이다.

명확히 알려 준다.

그 문구 위에는, 고위 사법을 나타내는 돌사다리가, 못으로 고정되어 벽에 붙어 있었다. 옛날에는 나무 사다리였는데, 워번 수도원 근처 에스플리 가우스라는 곳의 석화(石化)를 촉진하는 토양에 묻혀있어서, 돌사다리로 변했다고 전해진다.

오늘날에는 허물어진 서더크 감옥이, 옛날에는 두 도로에 접해 있어서, 진짜 게이트처럼 통로의 역할을 했고, 두 개의 출입문이 있었다. 큰 도로 쪽으로 난 문은 무척 호화로워, 높은 관리들이 이용했고, 골목길 쪽으로 난 것은 고통의 문으로, 나머지 살아 있는 사람들, 또는 죽은 사람들도 이용했다. 감옥에서 사람이 죽을 경우, 그 문을 통해 시체가 밖으로 나왔다. 그것은 또 다른 형태의 석방이었다.

죽음은 무한으로 놓아주는 석방이다.

그윈플렌은 고통의 문을 통과해 감옥으로 들어갔다.

이미 말한 것처럼, 골목길은 서로 마주 보고 있는 두 벽 사이로 뚫린 자갈투성이의 오솔길 같았다. 이와 비슷한 길이 브뤼셀에 있는데 한 사람의 길이라고 불렸다. 두 담벼락은 높이가 달랐다. 높은 쪽은 감옥의 벽이었고, 낮은 쪽은 묘지의 담장이었다. 감옥에서 나온 시체를 썩히는 곳을 둘러싼 담장의 높이는 성인 남자의 키와 비슷했다. 협문 맞은편에 출입구가 있었다. 죽은 사람들은 좁은 골목을 가로지르는 수고만 하면 됐다.

담장을 따라서 약 스무 걸음 정도 걸으면 묘지로 들어갔다. 높은 담장에는 교수대에서 쓰는 사다리 하나가 걸려 있었고, 맞은편 낮은 담장에는 죽은 사람의 얼굴이 새겨져 있었다. 두 담벼락 모두 상대에게 기쁨을 주지는 못했다.

6. 옛 가발 아래에는 어떤 사법관들이 있었나

그즈음 누군가가 감옥의 다른 쪽, 즉 정면을 바라보았다면 서더크 대로를 보았을 것이고, 감옥의 커다란 정문 앞에 여행용 마차 한 대가 서 있는 것도 발견했을 것이다. 여행용 마차라는 사실은 '사륜마차의 칸막이 좌석'이라고 하는 마부석을 보면 짐작할 수 있었을 것이다. 오늘날 그 마부석을 모방해 만든 소형 마차를 카브리올레라고 부른다. 호기심 많은 사람들이 마차를 둘러싸고 있었다. 그들은 가문으로 장식된 마차에서 남자 한 명이 내려 감옥으로 들어가는 것을 보았다. 구경꾼들은 그가 아마 사법관일 것이라고 짐작했다. 영국에서는 사법관은 귀족인 경우가 많았고, 그래서 '가문으로 장식할 권리'를 누리고 있었다. 프랑스에서는 가문 장식과 법복(法服)의 양립이 어려웠다. 생시몽 공작은 사법관들에 관해 이야기를 할 때, '그런 신분의 사람들'이라는 표현을 썼다. 반면에 영국에서는, 어느 귀족이 재판관 직을 맡는다고 하더라도 그것이 불명예스러운 일로 여겨지지 않았다.

영국에는 이동하는 사법관, 즉 순회 판사가 존재했다. 사람들이 그곳에 서 있던 마차를 순회 중인 사법관의 마차로 여긴 것은 매우 당연한 것이었다. 그런데 사람들이 더욱 궁금하게 여긴 것은 사법관으로 보이는 인사께서 마차의 좌석이 아니라 앞자리, 즉 마부의 자리에서 내렸다는 것이었다. 그 자리는 관례적으로 상전이 앉는 곳이 아니었다. 또 다른 특이한 점이 있었다. 그 당시 영국에서는 여행을 할 때 8킬로미터 정도 거리마다 1실링을 지불하는 사륜 승합마차를 타든가, 전속력으로 달리는 역마차를 빌려 1.6킬로미터 정도 거리마다 3펜스를 내든가, 전열(前列) 기수에게는 역참 하나를 지날 때마다 4펜스를 지불하는 방법이 있었다. 그러나 사륜마차를 가지고 있는 사람이 호사를 누리려고 역참의 말을 빌려서 여행할 경우, 역참 하나를 지날 때마다 전열 기수에게 지불하는 4펜스 말고도, 말 한 마리당 1.6킬로미터 정도 거리마다 4실링을 지불해야 했다. 그런데 서더크 감옥 앞에 세워져 있던 마차에는 말이 네 필이나 달려 있고, 전열 기수도 둘이나 되었다. 이것은 그야말로 왕족의 사치였다. 구경꾼들을 더욱 어리둥절하게 한 것은, 이 마차가 틈새 하나 없이 막혀 있었다는 것이다. 승강용 디딤판도 올려져 있었다. 유리창도 모두 덧문으로 가려져 있었다. 안을 들여다볼 수 있는 구멍을 모두 막아 놓아서 외부에서 안을 들여다볼 수도 없었고 안에서 밖을 내다볼 수도 없을 것 같았다. 게다가 마차 안에 누가 타고 있는 것 같지도 않았다.

서더크가 서리주 안에 위치했기 때문에, 서더크 감옥은 서리주 집정관의 관할이었다. 이런 방식으로 분리된 사법권을 영국에서는 자주 볼 수 있었다. 예를 들어 런던탑은 어느 주에도 속하지 않는 것으로 정해졌다. 다시 말해, 법적으로는 공중에 떠 있었던 것이다. 그 탑에 대한 사법적 권위는 쿠스토스 투리스라는 직함을 가진 담당 경찰관 이외의 다른 누구에게도 주어지지 않았다. 런던탑은 고유의 사법권과, 교회당, 재판소, 그리고 별도의 행정 기구를 소유하고 있었다. 쿠스토스, 즉 경찰관의 권한은 런던 주변으로도 확장되어, 21개의 햄릿(hamlet), 즉 마을에 대한 관할권을 행사할 수 있었다. 그레이트브리튼에서는 사법적 기묘함의 거듭된 접목을 통해 영국의 우두머리 포수 직이 런던탑의 관할에 속하기도 했다. 다른 사법적 관행은 훨씬 기이해 보인다. 예를 들어 영국의 해군 군법 회의는 로데스섬과 올레롱섬의 법률을 참고하여 적용한다.*

한 지방의 집정관은 무척 중대한 직책이었다. 그 직책을 맡는 사람은 적어도 예비 기사였고, 가끔은 기사도 있었다. 옛 법

---

* 올레롱섬은 영국의 영토였으나 나중에 프랑스령이 되었다.

령에서는 그를 스펙타빌리스라고 불렀다. '중요시해야 할 사람'이라는 뜻이다. 일루스트리스와 클라리시무스의 중간 직함으로, 전자보다는 낮고 후자보다는 높다. 옛날에는 각 주의 집정관을 백성들이 뽑았다. 그러나 에드워드 2세와 그 뒤를 이어 헨리 6세가 임명권을 회수했기 때문에 모든 집정관 직은 왕실에서 뽑게 되었다. 모두들 국왕 폐하께 그들의 권한을 받았다. 그 직을 대대로 세습하는 웨스트멀랜드의 집정관과, 코먼 홀에서 리버리가 선출하는 런던과 미들섹스의 집정관들은 예외였다. 웨일스와 체스터 지방의 집정관들은 징세 특권까지 소유하고 있었다. 그 모든 직책이 아직도 영국에 유지되고 있으나, 풍습과 이념에 괴롭힘을 당하며 차츰차츰 닳아 없어져, 이제는 더 이상 옛날의 모습이 남아 있지 않다. 주 집정관은 '순회 판사'를 수행하고 보호하는 역할을 했다. 사람에게 팔이 두 개인 것처럼 그에게도 관공리 둘이 있었다. 부집정관은 오른팔이었고, 사법관은 왼팔이었다. 사법관은 와펀테이크 100여 명의 도움을 받아 절도범, 살인자, 선동꾼, 부랑자 및 기타 모든 반역자들을 체포하고 심문하며 집정관 책임 아래에 그들을 투옥시켰다가 순회 판사들에게 재판을 받도록 했다. 집정관을 돕는 역할에 있어, 부집정관과 사법관 사이의 계급적 차이는 부집정관이 집정관을 수행하지만 사법관은 집정관을 보조한다는 데 있었다. 집정관은 두 유형의 재판정을 주재했다. 하나는 중앙에 고정된 주 재판정이었고, 다른 하나는 셰리프턴이라고 하는 이동 재판정이었다. 이를 통해 단일성(單一性)과 편재성(遍在性)을 실현할 수 있었다. 그는 소송 사건을 다룰 때 판사 자격으로, 세르겐스 코이포이라고 불렀던 수건 쓴 관리에게 보충 설명을 듣고 또 다른 도움도 받을 수 있었다.

그 관리는 법률 담당 관리로, 캉브레산(産) 백색 수건 위에 검은 모자를 썼다. 집정관은 주로 감옥들을 깨끗하게 청소하는 일을 했다. 자신이 관할하는 도시에 도착하면, 간단한 절차를 밟아 수감자들을 내보내는 권리를 행사했다. 이 수감자들은 석방되거나 또는 교수대로 보내졌다. 그러한 일을 '감옥의 석방' 혹은 제일 딜리버리라고 불렀다. 집정관은 24인으로 구성된 배심원단에게 기소장을 제시하는 일을 했다. 그들은 기소 내용에 동의하면 기소장 위에 빌라 베라*라고 썼고, 동의하지 않는다면 이그노라무스**라고 썼다. 배심원이 동의하지 않으면 기소는 무효가 되고, 집정관은 자신의 직권으로 그 자리에서 즉시 기소장을 찢어 버릴 수 있었다. 만약 심의가 진행되는 동안 배심원 중 하나가 사망할 경우, 그 사실 자체로 인해 피고는 모든 혐의를 벗게 되고 집정관은 직권으로 피고를 체포했던 것처럼 직권

* 진실한 기소장이라는 뜻이다.

** 기소 사유가 불충분하다는 뜻이다.

으로 피고를 석방했다. 무엇보다 집정관을 존경하면서도 두려워하게 한 것은, 그가 '폐하의 모든 명령을' 수행하는 직책을 맡고 있었기 때문이다. 이 직책은 즉 무시무시한 자율권을 의미한다. 그러한 명령에는 임의권이 함께 있기 마련이다. 베르데오르라고 칭하는 관리들과 검시관들이 집정관을 보좌했고, 장터 서기들이 그에게 협조했으며, 말을 탄 사람들과 시종의 정복을 입은 사람들이 뒤를 따랐다. 체임벌린은 집정관을 '정의와 법과 백작령의 생명'이라고 했다.

영국에서는 법과 관습을 끊임없이 분쇄하고 풍화시켰는데 이는 법과 관습 자체가 파악이 어려울 정도로 서서히 무너지고 있기 때문이었다. 다시 한 번 말하지만 지금은 집정관도, 와펀테이크도, 사법관도 그 시절처럼 직무를 수행하지 않는다. 옛 영국에서는 권력들 간에 다소의 혼란스러움이 있었고, 따라서 잘못 배당된 권력이 인권 유린이라는 결과를 낳기도 했지만 그러한 일은 오늘날에는 불가능하다. 경찰과 사법 간의 혼합 현상도 그쳤다. 명칭은 유지되었지만 기능은 수정되었다. 심지어 우리들은 와펀테이크라는 말의 뜻이 바뀐 것으로 믿게 되었다. 그 말이 전에는 한 명의 관리를 가리켰지만 지금은 지역적 구분을 의미한다. 전에는 백부장을 명시했었지만, 지금은 작은 지역을 가리킨다.

당시에는 주 집정관이 어떤 것은 첨가하고 어떤 것은 제하면서, 왕권과 자치권을 바탕으로 한 자신의 권한 속에 옛 프랑스의 두 관리인 '파리 시장 민사 대리관'과 '파리 경찰 감독관'의 권한을 묘하게 배합하여 응축시켰다. 옛 경찰 기록부의 다음 구절을 보면 파리 시장 민사 대리관의 성격을 정확히 알 수 있다.

민사 대리관께서는 개인들 간의 다툼을 싫어하시지 않는다. 그들의 재산 탕진은 언제나 그분을 위한 것이니까 말이다.

1704년 7월 22일

두려움을 일으키고, 헤아릴 수 없고, 언제나 모호한 경찰 감독관의 전형을 대표하는 인물로는 르네 다르장송이 있다. 생시몽은 그의 얼굴에는 저승의 세 심판관이 섞여 있었다고 한다.

이미 본 것처럼 런던의 비숍스게이트에는 저승의 세 심판관이 있었다.

7. 전율

그윈플렌은 협문이 삐걱거리며 다시 닫히는 소리를 듣고 몸을 떨었다. 이제 막 닫힌 문이, 한쪽은 북적거리는 세계를 향하고 다른 한쪽은 죽음의 세계를 향하는, 빛과 어둠 사이의 통행

문처럼 느껴졌다. 이제는 태양이 밝혀 주는 모든 사물들을 뒤로 하고 삶의 경계선을 넘었기 때문에, 마치 자신이 삶의 밖에 놓여 있는 것만 같았다. 그의 마음은 한없이 조여들었다. 자신을 어떻게 할 작정일까? 그 모든 것이 무슨 의미일까?

지금 와 있는 곳은 또 어디란 말인가?

그의 주변에는 아무것도 보이지 않았다. 그는 암흑 속에 있었다. 협문이 다시 닫히면서 그를 잠시 장님으로 만들었다. 구멍창도 닫혀 있었다. 환기 채광창도, 등불도 없었다. 그것은 예전 시대의 주의 사항 같은 것이다. 당시에는 감옥 내부 초입에 불을 밝히는 것을 엄격히 금지했다. 새로 온 사람들이 아무것도 알 수 없도록 하기 위해서였다.

그윈플렌은 손을 뻗었다. 오른쪽에도 왼쪽에도 벽이 있었다. 그는 좁은 복도 안에 있었다. 어디에서 스며들어 왔는지 모르지만 어둠 속에서도 떠다니는, 동공이 팽창해 금세 적응한 지하실의 빛이 여기저기에서 희미하게나마 형체를 분별하게 해 주었다. 그의 앞에서 복도가 어렴풋이 드러났다.

우르수스가 과장해서 들려 준 이야기를 통해서만 형벌의 잔혹함을 짐작해 보았던 그윈플렌은, 거대한 미지의 손이 자신을 움켜잡고 있는 것처럼 느꼈다. 법이라는 알 수 없는 존재에 조종당한다는 것은 몹시 무서운 일이다. 모든 것 앞에서 용맹할 수 있지만, 사법 앞에서는 두려워진다. 왜 그럴까? 인간의 정의는 땅거미 질 무렵처럼 어둑하고, 판사는 그 속에서 소경처럼 더듬거리고 있기 때문이다. 그윈플렌은 입을 다물고 있으라는 우르수스의 말을 상기했다. 그러나 데아를 다시 보고 싶었다. 하지만 그 상황에서는 무엇인지 알 수 없는 재량권이 있는 것 같았고, 그것을 거역하고 싶지 않았다. 때로는 명확하게 밝히려고 하다가 상황을 악화시키기도 한다. 하지만 한편으로는 자신에게 닥친 사건의 중압감을 버티지 못하고 무너져 내렸다. 결국 튀어나온 하나의 질문을 막지 못했다.

"저를 어디로 데려가십니까?"

아무 대답이 없었다.

침묵 속에서 인신을 구속하는 것이 법이었고, 노르망디인들의 기록에는 그것이 명확하게 나타나 있다.

'A silentiariisostio prpositis introducti sunt(침묵을 지키는 문지기들이 그들을 안내했다).'

이 침묵은 그윈플렌을 얼어붙게 했다. 그때까지 그는 자신이 강인하다고 생각했다. 그는 자족했다. 자족한다는 것은 강하다는 의미이다. 그는 고립되어 살았으며, 고립은 아무도 쳐들어올 수 없는 장소라고 생각했다. 그런데 갑자기 추악한 집단적 힘에 짓눌리고 있는 자신을 보게 된 것이다. 법이라는 얼굴 없는 대상과 어떤 방법으로 맞설 수 있단 말인가? 그는 그 수수께끼 앞에서 기운을 잃었다. 미지의 두려움 한 줄기가 그의 갑옷에 있는 약점을 찾아낸 것이다. 게다가 전날 밤 한숨도 자지 못했고, 식사도 걸렀다. 고작 차 한 잔으로 입술을 적신 정도였다. 밤새도록 일종의 광증에 휩싸여 있었고, 그로 인해 아직도 몸에 열이 남아 있었다. 목이 말랐고 배도 고팠다. 텅 빈 위장은 모든 것을 흩어지게 한다. 전날 밤부터 그는 뜻하지 않은 사건들 때문에 괴로웠다. 우습게도 그를 고통스럽게 하는 감정들이 그를 버티게 해 주었다. 질풍이 없다면 돛의 깃도 넝마에 불과할 뿐이다. 그러나 그의 내면에서는 찢어질 때까지 바람에 날리는 그 넝마의 본질적인 나약함이 느껴졌다. 그는 점점 약해지고 있었다. 의식을 잃고 바닥에 쓰러질 것인가? 기절한다는 것은 여인에게는 비상 수단이나, 남자에게는 수치이다. 그는 자신을 꼿꼿이 세웠다. 하지만 온몸이 전율하고 있었다. 균형을 잃은 느낌이 그를 뒤덮었다.

8. 통탄

걷기 시작했다.

복도를 나아갔다.

서기 한 사람도, 기록부를 갖춘 사무실 하나도 없었다. 이 시대의 감옥은 서류 절차를 좋아하지 않았다. 감옥에 사람이 들어가면 문을 잠그는 것으로 만족했고, 심지어 끌려온 이유조차 모르는 경우도 잦았다. 감옥은 죄수를 감금하면 그만이었다.

행렬이 길어서 복도의 형태를 취해야 했다. 거의 한 사람씩 걸어가야 했다. 와펀테이크가 앞장을 섰으며 그 뒤를 그윈플렌이 따랐고, 그의 뒤에서 사법관이 걸었다. 경찰관들은 한 덩어리처럼 복도를 가득 채웠고, 마개처럼 그윈플렌의 뒤쪽을 막았다. 복도는 더욱 좁아졌다. 이제 그윈플렌의 두 팔꿈치는 벽에 닿을 정도였다. 시멘트와 자갈로 이루어진 천장 아래 있는 데다가 일정한 간격마다 설치된 화강석 아치 때문에 더욱 좁았다. 그곳을 지나가려면 고개를 숙여야 했다. 그 복도 속에서 뛴다는 것은 불가능했다. 탈옥수라 하더라도 천천히 걸어야만 할 것이었다. 그 창자는 무척 구불구불했다. 감옥의 창자와 사람의 창자 둘 다 심하게 구불거린다. 이곳저곳에, 때로는 오른쪽에 때로는 왼쪽에, 벽에 뚫린 네모 모양의 구멍을 굵은 철책으로 막았다. 철책 사이로 보이는 층계들은, 어떤 것은 올라가고, 어떤 것은 아래로 곤두박질치는 모양새였다. 그들은 닫힌 문 앞에 도착했다. 문이 저절로 열렸고, 사람들이 지나가자 다시 닫혔다. 잠시 후 두 번째 문에 도착하자, 역시 저절로 열려 그들을 지나가게 했다. 세 번째 문이 돌쩌귀 위에서 저절로 회전했다. 모든 문이 저절로 열리고 닫히는 것처럼 보였다. 사람은 한 명도 보이지 않았다. 복도의 폭이 좁아지자 천장도 더 낮아져 고개를 숙여야만 걸을 수 있었다. 벽에서는 땀처럼 물기가 배어 나왔고, 천장에서 물방울이 떨어지고 있었다. 복도에 깔린 포석은 창자처럼 끈적거렸다. 그곳을 밝혀 주는 창백함은 차츰 불투명해졌다. 공기도 부족해졌다. 또한 복도가 계속 아래로 내려가고 있다는 사실이 기묘하게 음산한 느낌을 주었다.

주의를 기울여야만 내려가고 있다는 사실을 알아챌 수 있었다. 어둠 속의 완만한 경사는, 더욱 스산하게 느껴진다. 거의 알아챌 수 없을 정도의 완만한 경사를 따라서 도달하는 암흑의 공간, 그보다 더 무서운 곳은 없다.

내려간다는 것, 그것은 공포감을 주는 미지의 장소로 들어감을 의미한다.

그렇게 얼마나 오래 걸었을까? 그윈플렌은 짐작도 할 수 없었다.

압연기(壓延機)* 속을 지나는 듯 극심한 불안을 통과하는 순간은 무척 길게 느껴진다.

갑자기 모두 걸음을 멈추었다.

어둠은 더욱 짙어졌다.

복도가 약간 넓어졌다.

그윈플렌의 귀에 아주 가까운 곳에서의 소리가 들려왔다. 중

---

* 금속 재료를 여러 형태로 바꾸는 기계이다.

국의 바라(哱囉)* 소리와 유사할 것 같았다. 심연의 가로막을 치는 소리 같기도 했다.

와펀테이크가 아이언웨펀으로 철판을 치는 소리였다.

그 철판은 문이었다.

회전하는 것이 아니라, 올렸다 내릴 수 있는 문이었다. 요새의 내리닫이 살문과 거의 비슷했다.

가늘게 파인 홈 속에서 무엇이 구겨지는 듯한 날카로운 소음이 들리는 순간, 그윈플렌의 눈앞에 사각형의 빛 한 조각이 홀연히 나타났다.

들어 올려진 철판이 천장에 파놓은 틈으로 들어간 것이다. 쥐덫의 가로막 판이 들려 올라간 것 같았다.

통로가 열렸다.

빛은 낮의 햇빛이 아니라 어슴푸레한 불빛이었다. 그러나 크게 팽창되어 있던 그윈플렌의 동공에는 갑자기 나타난 창백한 빛이 번개만큼이나 충격적으로 다가왔다.

잠시 동안 아무것도 볼 수 없었다. 어둠 속에서처럼 눈부심 속에서도 사물을 구분하기는 어렵다. 그리고 차츰 어둠에 적응할 때처럼 이내 그의 눈동자는 빛에 적응하기 시작했다. 드디어 사물을 구분할 수 있게 되었다. 처음에는 매우 강렬하게 보

* 작은 심벌즈 모양의 악기이다.

였던 빛이 그의 동공 속에서 차분해져 다시 창백하게 보였다. 그의 앞에 열려진 공간으로 시선을 던진 순간, 그의 눈에 띈 것은 무시무시한 것이었다.

그의 발 아래에는 스무 개쯤의 계단이 보였는데 높고 좁으며 낡은, 거의 수직이고 좌우 어느 쪽에도 난간이 없었다. 벽 한 자락을 비스듬히 잘라 계단으로 만든 듯한, 닭의 볏 모양처럼 깎은 층계가 아래 지하실까지 이어져 있었다. 층계는 바닥까지 닿아 있었다.

지하실은 둥글고, 천장은 첨두홍예(尖頭虹蜺)* 모양이고 홍예 받침대의 높이는 제각기 달랐다. 무척 무거운 건축물이 누르고 있는 지하 공간의 전형적인, 완전히 무너지기 직전의 상태였다.

철판을 치우자 그 모습이 드러났다. 층계가 걸려 있던, 출입문 역할을 대신하는 절개부(切開部)는 지하실 천장을 뚫어 놓은 구멍이었다. 그곳에서 지하실을 내려다보면 깊은 우물 속을 들여다보는 음침한 느낌을 주었다.

지하실은 매우 넓어, 그곳이 만약 우물 바닥이라고 가정한다면 아마도 거인들이 사용하던 우물의 바닥이었을 것이다. 그곳을 보고 '습한 지하 감옥'이라는 옛날 단어를 머릿속에 떠올릴 수도 있을 텐데, 그렇다면 사자나 호랑이를 가두었던 지하 감

* 꼭대기가 뾰족한 아치를 말한다.

옥이라고 생각해야 적절할 것이다.

지하실 바닥에는 타일도 포석도 깔려 있지 않았다. 깊은 땅 속에서 흔히 볼 수 있는 축축하고 차가운 흙이 바닥에 깔려 있었다.

지하실 중앙에서는 낮고 보기 흉한 네 개의 기둥이 무겁게 첨두식 현관 지붕 하나를 떠받치고 있었는데, 지붕의 늑골재(肋骨材)가 안쪽에서 서로 만나서, 주교의 뾰족한 삼각모 형태를 이루었다. 옛날 사람들이 그 밑에 석관(石棺)을 놓곤 했던 첨탑처럼 지붕은 천장까지 올라갔으며, 지하실 가운데에 방을 하나 만들었다. 물론 사방이 뚫려 있고, 벽 대신 네 개의 기둥만 있는 것을 방이라 부를 수 있을지는 잘 모르겠다.

한 개의 구리 등이 지붕의 홍예 머릿돌에 걸려 있었다. 감옥의 창문처럼 철망으로 둘러싸인, 둥근 형태의 등이었다. 그 등이 기둥과 천장, 기둥 뒤에 희미하게 보이는 둥근 모양의 벽 위를 희미한 빛으로 밝히고 있었으며, 그 빛은 막대 그림자들 때문에 잘려 있었다.

처음에 그윈플렌의 눈을 부시게 했던 것도 그 빛이었다. 그러나 이제는 매우 희미한 붉은 빛일 뿐이었다.

지하실에는 이 등불 외에는 다른 빛이 없었다. 창문도 문도 채광 환기창도 없었던 것이다. 네 기둥 중앙에, 다시 말해 등 바로 밑에, 빛이 가장 환하게 비치는 곳에, 하얗고 두려운 모습 하나가 바닥에 납작하게 붙어 있었다.

등을 땅에 대고 누운 채로 있었다. 얼굴이 보였지만 두 눈은 모두 감겨 있었고, 상반신은 무엇인지 모를 수북한 더미에 파묻혀 있었다. 성 안드레아의 십자가 모양으로 사지가 몸통에 붙어 있었다. 손과 발이 모두 쇠사슬에 묶여 각각 네 기둥 쪽에 당겨져 있었다. 각 쇠사슬의 끝은 네 기둥 아래에 있던 쇠고리에 걸려 있었다. 능지처참을 당하는 잔혹한 자세로 꼼짝 못하게 묶여 있는 그 형체는, 시체의 창백한 빛을 띠고 있었다. 게다가 그는 발가벗고 있었다. 남자였다.

그윈플렌은 돌처럼 굳어져서, 층계 위에서 바라보기만 했다.

문득 헐떡거리는 소리가 들렸다.

시체는 아직 살아 있었다.

그 살아 있는 시체 가까이에, 팔걸이가 있는 안락의자 하나가 납작하고 거대한 돌 위에 꽤 높게 놓여 있고, 양쪽에는 검은색 옷을 입은 남자 둘이 반듯하게 서 있었다. 안락의자에는 붉은색 법복을 입은 노인 하나가 앉아 있었는데 안색이 창백했고, 움직임이 없었고 스산함이 느껴졌으며 손에 한 다발의 장미꽃을 들고 있었다.

그윈플렌보다 세상 물정에 밝은 사람이었다면 장미꽃 다발이 의미하는 바를 알았을 것이다. 손에 꽃다발을 들고 판결을 내릴 수 있는 권리는 왕권과 지역 자치권을 모두 대행하는 관리의 특권이었다. 런던 시장은 아직까지도 이런 방식으로 판결을 내린다. 재판관들이 내리는 판결을 돕는 것, 그것이 이 계절의 첫 번째 장미들이 할 일이었다.

안락의자에 앉아 있는 이 노인은 서리주의 집정관이었다.

그에게서 로마 황제의 권위를 위임받은 사람의 장중한 위엄이 흘렀다.

안락의자는 지하실에 있을 듯한 유일한 의자였다.

안락의자 옆에는 서류들과 책들로 가득한 탁자가 있고, 그 위에 집정관의 하얗고 긴 막대기가 놓여 있었다.

집정관의 좌우에 정중히 서 있는 두 사람 중 한 명은 의학 담당 박사였고, 다른 한 명은 법률 담당 박사였다. 법률 담당 박사는, 가발 위에 있는 머리쓰개로 사법관임을 쉽게 알 수 있었다. 두 사람 모두 검은색 가운을 입고 있었는데, 하나는 판사의 것이었고 또 다른 하나는 의사의 것이었다. 이 두 범주의 사람들은 자신들이 죽게 만든 사람들을 문상하는 옷을 입는다.

집정관 뒤의 납작한 돌 근처에는 동그란 가발을 쓰고 펜을 든 서기가 있었다. 그의 앞에 있는 돌 위에 잉크병 하나가 있었고, 무릎 위에는 판지 한 장을 펼쳐 놓았다. 그는 즉시 필기할 채비가 되어 있는 사람의 자세로 웅크린 채 앉아 있었다.

이 서기는 흔히 '가방 담당 서기'라고 칭하던 사람이었다. 그의 발 옆에 놓인 가방이 그 사실을 증명해 주고 있었다. 옛날에는 그 연장주머니 같은 가방이 재판에 쓸모가 있었기 때문에 '정의의 가방'으로 불린 적도 있었다.

기둥 하나에는, 온몸을 가죽옷으로 감싼 사람 하나가, 팔짱을 낀 채로 등을 기대고 서 있었다. 망나니의 조수였다. 그들은 쇠사슬에 묶여 있는 남자의 주변에서, 마(魔)에 홀린 것처럼 침울한 자세로 서 있었다. 아무도 움직이거나 말을 하지 않았다.

그 모든 것 위로 괴물 같은 침묵이 흘렀다.

그윈플렌이 보고 있는 것은 지하 고문실이었다. 영국에는 그러한 지하실이 여기저기에 널려 있었다. 비첨 타워의 지하실이 오랜 세월 동안 그런 용도로 사용되었고, 롤러드 감옥의 지하실도 마찬가지였다. 지금도 런던에 가면 볼 수 있는 그 비슷한 장소로 '레이디 플레이스 지하 무덤'이라는 곳도 있었다. 그곳은 쇠를 달궈야 할 경우를 대비해 벽난로까지 만들어 놓았다.

서더크 감옥 또한 이 가운데 하나로, 존왕 시대의 모든 감옥에는 지하고문실이 있었다.

다음에 설명되는 이야기들이 당시 영국에서는 자주 일어났고, 정확히 말해 형사 사건을 다루는 과정에서는 사실 오늘날에도 이러한 일이 일어날 수 있을 것이다. 왜냐하면 모든 법률이 여전히 존속하기 때문이다. 영국은 미개한 법령과 자유가 함께 조화롭게 지내는 매우 기이한 풍경을 보여 준다. 다시 말해 그 둘은 무척 사이가 좋다.

그러나 조금의 의심도 필요 없다는 것은 아니다. 혹시 그 둘의 사이에 위기가 닥친다면 잔혹한 형벌이 다시 눈을 뜰 수 있다. 영국의 법제는 길들여진 호랑이와 같다. 그 법제는 벨벳 같은 고운 발을 내보이지만 그 발에는 여전히 발톱이 있다.

모든 법률의 발톱을 깎아 주는 것이 지혜로운 행동이다.

법이란 권리가 무엇인지 잘 모른다. 법에는 처벌과 인정이라는 두 측면만 있다. 그래서 철학자들이 항변하는 것이다. 하지만 인간의 정의가 정의의 본질과 합쳐지려면 오랜 시간이 흘러야 할 것이다.

법에 대한 존경은 영국에서 자주 사용하는 말이다. 영국에서는 법률을 얼마나 숭배하는지, 그것을 폐기하는 경우가 결코 없다. 단지 법률을 적용하지 않는 것으로 숭배하는 것을 멈춘다. 효력을 잃은 오래된 법률은 늙은 여인과 비슷하다. 그러나 늙은 여인을 죽이지 않는 것처럼, 낡은 법률도 폐기하지 않는다. 실행을 멈추는 것이 전부이다. 자신이 예전처럼 아름답고 젊다고 믿는 것은 개인의 자유이다. 자신이 아직도 여전하다고 몽상하도록 내버려 두는 것이다. 그러한 예절을 존경이라고 칭한다.

노르망디의 관습에는 많은 주름이 생겼건만 여전히 다정한 시선을 보내는 영국의 재판관은 적지 않다. 노르망디의 것이라면, 그것이 아무리 낡았더라도, 사랑을 가지고 유지시킨다. 교수형보다 더 사나운 것이 어디 있을까! 1867년에는, 한 남자를 네 토막 내어 여왕이라는 한 여인에게 바치게 한 판결이 있었다.

하지만 영국에는 고문이란 것이 존재한 적이 없었다고, 역사가 그렇게 말한다. 역사의 뻔뻔스러움이란 실로 장관이다.

웨스트민스터의 매튜는, '색슨의 법률이 온화하고 자비로워' 범인들을 절대 사형에 처하지 않았다고 적은 다음, 이렇게 덧붙였다.

'그들의 코를 자르고, 눈을 파내며, 성을 식별해 주는 부분을 뽑아내는 것으로 끝났다.'

죽이지는 않고 단지 그런 행동만을 했다는 것이다!

그윈플렌은 층계 꼭대기에서 넋이 나간 채 온몸을 덜덜 떨었다. 전신에 소름이 끼쳤다. 그는 자신이 지은 죄가 무엇인지 생각해 보려 애를 썼다. 와펀테이크의 침묵에 형벌의 참담한 광경이 떠오른 것이다. 한 걸음 더 나아갔는데 그것은 비참한 깨달음을 얻은 것이었다. 그는 모호한 사법의 수수께끼가 점점 더 불분명해지는 것을 보았고, 자신이 걸려들었음을 느꼈다.

땅에 누워 있는 인간의 형체가 다시 신음했다. 그윈플렌은 누군가 어깨를 살짝 앞으로 민다는 느낌을 받았다.

바로 와펀테이크였다.

그는 지하실로 내려가야 한다는 신호를 알아차렸다.

그 신호에 따랐다.

한 계단 한 계단 층계 아래로 들어갔다. 계단의 발판은 아주 좁았고, 계단 사이의 높이는 20센티미터 정도 되었다. 그런데 난간은 없었다. 아주 조심스럽게 내려가야 했다. 그윈플렌의 뒤에서는 와펀테이크가 아이언웨펀을 똑바로 세워 들고 두 계단의 거리를 두고 따랐고, 그 뒤의 사법관 역시 같은 거리를 두고 따랐다.

그윈플렌은 계단을 내려가며 희망이 사라짐을 느꼈다. 한 걸음씩 죽음 앞으로 나아가고 있었다. 계단 하나를 밟고 지나갈 때마다, 그의 내면에서 빛이 사라졌다. 점점 더 창백해진 얼굴로 층계 끝에 도착했다.

땅바닥 네 기둥에 쇠사슬로 묶여 애벌레처럼 보이는 사람은 계속 헐떡였다.

희미한 빛 속에서 음성이 들려왔다.

"다가오시오."

집정관이 하는 말이었다. 그윈플렌이 한 걸음 가까이 갔다.

"더 가까이."

같은 목소리가 말했다.

그윈플렌은 다시 한 걸음 다가갔다.

"아주 가까이."

집정관이 다시 말했다.

사법관이 그윈플렌의 귀에 대고 나지막한 음성으로 말했다.

"앞에 계신 분은 서리주의 집정관이시오."

그의 말투가 어찌나 엄숙했던지, 속삭임도 위엄 있게 들렸다.

그윈플렌은 지하실 중앙에서 고문 받는 사람 가까이까지 다가갔다. 와펜테이크와 사법관은 그대로 멈추어 서서, 그윈플렌이 혼자서 앞으로 나가도록 했다.

지붕 밑에 이르러, 꽤 먼 거리에서만 보던 비참한 것을 가까운 거리에서 확인하고, 그것이 살아 있는 사람이라는 사실을 알았을 때, 그윈플렌의 두려움은 격렬한 공포로 변했다.

묶인 채 땅바닥에 누워 있던 남자는 아예 발가벗고 있었다. 형벌의 포도잎이라고 부를 법한 고대 로마인들의 수킨굴룸*이나 고트인들의 크리스티판누스**에 해당하는, 국부를 흉측하게 가려 주는 넝마 조각 하나만 걸치고 있었다. 그것을 가리켜, 우리의 옛날 천박한 갈리아어로는 크리파뉴라고 부른다. 예수도 십자가 위에서 그러한 천 조각만 걸치고 있었다.

그윈플렌이 공포에 질려 보고 있는 이 무시무시한 수난자는, 쉰에서 예순 사이의 나이인 듯했다. 그는 대머리였다. 턱에는 하얀 수염이 삐죽하게 솟아 있었다. 눈은 감았지만 입은 벌린 상태였다. 치아가 전부 보였다. 야위어 뼈만 남은 얼굴은 죽은

* 어깨끈 또는 멜빵이다.

** 국부를 가렸던 천 조각이다.

사람의 얼굴처럼 보였다. 네 돌기둥에 쇠사슬로 묶여 움직일 수 없는 팔과 다리는 X자 모양이었다. 가슴과 복부 위에는 철판 하나씩을 올려놓고, 그 위에 다시 커다란 돌 대여섯 개씩을 쌓아 놓았다. 그의 헐떡임은 가쁜 숨소리이자 비명이기도 했다. 집정관은 장미꽃 다발을 놓지 않고, 다른 손으로, 탁자 위에 있던 하얀 막대기를 집어 들어 똑바로 세우며 맹세하듯 말했다.

"국왕 폐하께 복종을."

그리고 탁자 위에 막대기를 다시 내려놓았다. 그러고는 조종처럼 느릿하게, 어떤 몸짓도 없이, 수난자처럼 미동도 하지 않으며, 목소리를 높였다.

"여기 쇠사슬에 묶여 있는 사람은, 최후로 정의의 목소리를 들으시오. 당신은 지하 감방에서 꺼내어져서 이곳으로 끌려왔소. 정식으로 또 적법하게 신문했건만, 당신에게 이미 했고 앞으로 또다시 반복할 질문과 통지를 무시하고, 악의적이고 비뚤어진 집요함에 취해, 당신은 스스로를 침묵 속에 가두었고 재판관의 질문에 대답하기를 거부하였소. 그것은 가증스러운 방종인 동시에 앞서 나열한 범행 이외에 법원에 대한 항거죄를 추가로 성립시키는 행동이오."

집정관의 오른편에 서 있던 법률학자가 그 순간, 집정관의 말을 끊는 것처럼, 무심하게 한마디 했는데, 그 무심함에는 기묘한 음산함이 있었다.

"Overhemessa(항거죄). 앨프레드와 가드런의 법률. 제6장."
집정관이 다시 말했다.
"암사슴들이 새끼를 낳는 숲에 나타나는 강도들을 제외하고는, 모든 사람들이 법을 존중해야 하오."
그러자 뒤이어 법률학자가 종소리가 울리는 것처럼 읊었다.
"Qui faciunt vastum in foresta ubi dam solent founinare(암사슴들이 새끼를 낳는 숲에 나타나는 악인들)."
집정관이 말을 이었다.
"사법관의 질문에 대답하기를 거부하는 사람은 모든 못된 짓을 할 수 있다는 의심을 받소. 그러한 사람은 무슨 악이든 행할 수 있다고 널리 알려져 있소."
법률학자가 또다시 끼어들었다.
"prodigus, devorator, profusus, salax, ruffianus, ebriosus, luxuriosus, simulator, consumptor patrimonii, elluo, ambro, et gluto(낭비꾼, 식탐꾼, 무절제한 자, 음탕한 자, 뚜쟁이, 술주정뱅이, 방탕아, 위선자, 유산을 탕진하는 자, 절취꾼, 분별없이 돈을 뿌리는 자, 맛있는 음식을 탐하는 자)."
집정관의 말이 계속되었다.
"모든 못된 습관은 범죄 혐의를 증명해 주오. 아무것도 자백하지 않는 자는 모든 것을 자백하는 자요. 재판관의 질문 앞에 입을 다무는 자는, 곧 거짓말쟁이며 친부(親父) 살해범이오."

"Mendax et parricida(거짓말쟁이 그리고 친부 살해범)."

법률학자가 읊었다.

집정관이 다시 말을 이었다.

"이보시오, 침묵 속에 자신을 유폐시켜 결석 재판이 되게 하는 짓은 결코 용납되지 않소. 거짓 결석은 법에 상처를 입히오. 여신에게 상처를 입히는 디오메데스와 유사하오. 사법 앞에서 고집스러운 침묵은 일종의 반역이오. 사법에 상처를 입힘은 대역죄를 짓는 것과 같소. 그보다 더 가증스럽고 무모한 행위는 없단 말이오. 심문을 피하는 것은 진실을 도둑질하는 짓이오. 그러한 행위에 법이 대비해 둔 것이 있소. 비슷한 경우, 영국인들은 예로부터 지하 감옥이나 교수대, 그리고 쇠사슬을 즐길 권리를 가져왔소."

"Anglica Chatra(영국 헌장), 1088년."

법률학자가 덧붙였다. 그러고는 여전히 익숙한 엄숙함을 더해 몇 마디 말을 더 했다.

"Ferrum, et fossam, et furcas, cum aliis libertatibus(검, 그리고 감옥, 그리고 교수대 및 기타 자유)."

집정관이 말을 이었다.

"그러한 까닭으로, 이보시오, 멀쩡한 정신으로 또한 사법이 당신에게 묻는 사항을 잘 알고 있으면서도 침묵을 깨려고 하지 않기 때문에, 그리고 당신이 악마처럼 거역하는지라 고통을 당할 수밖에 없었으며, 형사 처벌법에 따라 '강렬하고 혹독한 고통'이라 부르는 고난을 겪었던 것이오. 다음은 여기에서 당신에게 취한 사항이오. 내가 당신에게 이것들을 사실 그대로 인지시키기를 법이 요구하고 있소. 당신은 이 지하 감옥으로 옮겨져, 옷이 벗겨진 후, 알몸으로 땅바닥에 눕게 되었고, 당신의 사지는 심하게 당겨져 법의 네 기둥에 묶여졌고, 당신의 배 위에 철판 하나를 올려놓았소. 그리고 당신의 몸뚱이가 감당할 만큼의 돌을 그 위에 쌓았소. '그리고 더'라고 법에는 나와 있소."

"Plusque(그리고 더)."

법률학자가 확인했다.

집정관이 계속 말했다.

"그러한 상황에서, 당신의 시련을 늘리기 전에, 나 서리주의 집정관이 질문에 답하고 진술할 것을 반복하여 당신에게 전했소. 하지만 당신은 심한 고통과 쇠사슬과 수갑과 족가(足枷), 기타 철제 속박 기구들의 지배를 받으면서도 악마처럼 침묵을 지키고 있소."

"Attachiamenta legalia(법률로 정해진 형구들이오)."

법률학자가 말했다.

"당신의 그러한 거부와 고집에 따라 법의 집요함과 범인의 집요함이 대등해야 공정하므로, 법령과 법조문이 요구하는 대로 시련이 이어졌소. 첫날, 당신에게 먹을 것도 마실 것도 제공하지 않았소."

"Hoc est superjejunare(그것은 극도의 절식이오)."

법률학자가 말했다. 잠시 동안 고요해졌다. 돌무더기 밑에 있는 남자의 휘파람소리가 섞인 무시무시한 숨소리가 들렸다. 법률 보좌관이 자신의 말을 보충했다.

"Adde augmentum abstinenti ciborum diminutione. Consuetudo britannica(절제를 강화하니 그에 따라 음식을 축소하는 것이 마땅하도다. 브리타니아의 관습법), 제504조."

두 사나이, 즉 집정관과 법률학자가 계속 말을 주고받았다. 그 일관된 단조로움보다 더 암울한 것은 없었다. 스산한 목소리가 불길한 음성에 답하고 있었다. 형별의 사제와 부제(副察)가 법의 사나운 미사를 집행하고 있는 것 같았다.

집정관이 다시 말을 시작했다.

"첫날에는 당신에게 마실 것도 먹을 것도 제공하지 않았소. 둘째 날에는 먹을 것만 주고 마실 것은 주지 않았지. 당신의 입에 보리 빵 세 조각을 물려주었소. 셋째 날에는 당신에게 마실 것만 주고 먹을 것은 주지 않았소. 이 감옥의 하수구에서 흘러나온 물 한 파인트를 유리컵 세 개에 담아, 당신의 입 속에 세 번에 나누어 부었소. 넷째 날이 되었소. 그것이 바로 오늘이오. 만약 당신이 계속해서 답변을 거부한다면, 당신은 죽는 날까지 여기에 내버려 질 것이오. 그것이 사법의 뜻이란 말이오."

법률학자가 계속 화답하며 동의를 표했다.

"'Mors rei homagium est bon legi(죽음은 지혜로운 법에 대한 존경의 표시이다)."

"또한 당신이 비참하게 죽어 가는 자신을 느끼는 순간에도, 또한 비록 당신의 목구멍과 수염, 겨드랑이 등 당신의 입에서 옆구리까지, 모든 구멍에서 피가 흘러내리더라도, 당신을 도와줄 사람은 아무도 없소."

"A throtebolla, et pobu et subhircis, et a grugno usquead crupponum(당신의 목구멍과 수염, 겨드랑이 등 당신의 입에서 옆구리까지)."

집정관이 계속 말을 이었다.

"이보시오, 조심해야 하오. 모든 행위의 결과는 당신이 책임져야 하기 때문이오. 만약 당신이 침묵을 버리고 고백한다면 당신이 받을 처벌은 단지 교수형일 뿐이오. 더욱이 당신은 일정액의 금전, 즉 멜데페오를 사용할 권리를 얻을 수 있소."

"Damnum coηfitens habeat le meldefeoh. Leges Inæ(자신의 죄를 고백하는 자는 멜데페오를 누릴 자격을 갖느니라. 이노의 법), 제20장."

법률학자가 응답했다. 그러자 집정관이 다시 이야기했다.

"그 돈은, 도이트킨스, 수스킨스, 그리고 갈리할펜스 명목 아래 당신에게 주어질 것이며 헨리 5세 즉위 3년에 반포된 형

(刑) 면제에 관한 법령에 근거해 그 명목에 맞아 떨어지는 일에 만 써야 하오. 따라서 당신은 그 돈으로 스코르튬 안테 모르템을 향유할 권리가 있고, 그 후에, 말뚝에 매달려 목이 졸리게 될 것이오. 고백함으로써 얻는 이익이 그렇단 말이오. 이제 기꺼이 사법의 질문에 답하겠소?"

집정관이 말을 멈추고 기다렸다. 수난자는 어떤 미동도 하지 않았다. 그러자 집정관이 다시 시작했다.

"이보시오. 침묵은 편안함보다 위험이 더 많은 곳으로 도망가는 행동이오. 고집은 처벌 받아야 할 범죄라오. 사법 앞에서 침묵하는 자는 왕권에 저항하는 대역 죄인이오. 자식의 도리에 어긋나는 불복종을 고수하지 마시오. 폐하를 좀 생각해 보시오. 우리의 자비로우신 여왕 폐하께 저항하지 마시오. 내가 당신에게 물으면, 당신은 폐하께 답변을 올리면 되오. 충성스러운 신하가 되시오."

수난자가 다시 헐떡거리기 시작했다.

집정관이 말을 이었다.

"마침내 고난의 72시간을 보내고 이제 넷째 날이 되었소. 이보시오, 이제 결판의 날이 되었소. 넷째 날에는 법으로 대질(對質)을 하도록 정해져 있소."

"Quarta die, frontem ad frontem adduce(제4일에는 대질을 진행시킨다)."

법률학자가 중얼거렸다. 집정관이 말을 이었다.

“법의 현명함이 이와 같이 극단적 시각을 택한 것은, 우리의 선조들께서 ‘죽음의 찬 공기로 판단한다’고 하시던 방법을 적용하기 위함이었소. 사람이 죽음의 순간에 임해 한 말은, 그것이 시인이든 부인이든 믿을 수 있기 때문이오.”

법률보좌관이 그 말을 뒷받침했다.

“Judicium pro frodmortell, quod homines credendi sint per suum ya et per suum na(죽음의 찬 공기로 판단한다. 시인이든 부인이든). 애들스탠 국왕헌장, 제1권, 173페이지.”

집정관은 잠시 기다리다가, 수난자 옆으로 자신의 엄한 얼굴을 가까이 기울이며 말했다.

“땅바닥에 누워 있는 사람…….”

그리고 잠시 멈추더니 목소리를 높였다.

“내 말 들리시오?”

수난자는 미동도 하지 않았다.

“법의 이름으로 명하노니, 눈을 뜨시오.”

남자의 눈꺼풀은 여전히 닫혀 있었다. 집정관이 자신의 왼편에 서 있던 의사를 돌아보며 말했다.

“의사, 진찰해 보시오.”

“Probe, da diagnosticum(정직한 이여, 진단을 해 보시오).”

법률학자가 말했다.

의사가 석판 위에서 거만하고 뻣뻣한 태도로 내려와, 남자에게 갔다. 그리고 상체를 숙여 수난자의 입 가까이에 귀를 가져다 대고, 손목과 겨드랑이와 허벅지의 맥을 짚어 보고 몸을 다시 꼿꼿하게 세웠다.

"괜찮소?"

집정관이 물었다.

"아직 다른 사람의 말을 듣습니다."

"볼 수도 있소?"

집정관이 또다시 물었다.

의사가 답했다.

"사물을 보는 것이 가능합니다."

집정관이 신호를 보내자 사법관과 와펀테이크가 앞에 나섰다. 와펀테이크는 수난자의 머리 근처에 섰고, 사법관은 그윈플렌의 등 뒤로 갔다.

의사가 기둥들 사이로 한 발자국 물러났다. 그러자 집정관은, 사제가 성수살포기(聖水撒布機)를 쳐들듯이 장미꽃 다발을 들어 올리며, 수난자를 향해 큰 소리로 명령하기 시작했는데 그 기세가 몹시 사나웠다.

"오! 불쌍한 이여, 빨리 말을 하거라! 너를 없애기 전에 법이 너에게 간곡히 요청한다. 너는 벙어리처럼 보이고 싶어 하나, 영원한 벙어리가 되는 무덤을 생각해 보라. 네가 귀머거리처럼 보이고 싶어 하나, 귀머거리가 되는 영원한 형벌을 생각해 보라. 너보다 더 사악한 죽음을 생각해 보라. 깊이 생각해 보라. 너는 이 지하에 방치될 것이다. 잘 들어라, 나의 동류(同類)여, 나도 인간이니 말이다! 잘 들어라, 나의 형제여, 나도 기독교도이니 말이다! 잘 들어라, 나의 아들이여, 나는 늙은이이니 말이다! 나를 조심하라. 내가 너의 고통을 관리하는 절대권자이며, 잠시 후에 나는 험악해질 것이기 때문이니라. 법의 냉혹함에서 재판관의 위엄이 생기느니라. 나 역시 나 자신 앞에서 두려움에 전율한다는 사실을 생각해 보라. 나의 권능은 나 자신도 몹시 놀라게 하노라. 나를 극단으로 밀지 마라. 나는 나 자신 속에 처벌의 신성한 악의가 가득함을 느끼고 있노라. 그러나 오! 불운한 자여, 사법에 대한 유익하고 고귀한 두려움을 갖고 내 말에 따르라. 이제 대질의 순간이 찾아왔으니 너는 대답해야 하느니라. 저항을 지키지 마라. 되돌아올 수 없는 길로 들어서지 마라. 너의 삶을 끝내는 것이 나의 권리임을 생각하라. 벌써 시작된 시체여, 잘 들어라! 너의 머리 바로 위 길에서는 행인들이 오고 가고 물건을 사고팔며 마차들이 다니는데, 너는 이 지하에서 무거운 돌에 짓눌린 채 방치되고 잊혀지고 흔적마저 사라질 것이다. 쥐들과 족제비들에게 먹히고 암흑 속 벌레들에게 뜯기면서, 극심한 시장기와 인분에 휩싸여 단말마의 고통을 참아내며 긴 시간을 두고 죽어가는 것, 여러 시간, 여러 날, 여러

주일 동안 천천히 숨을 거두는 것이 네 마음에 기쁘지 않다면, 너의 상처를 치료해 줄 의사 하나 없이, 너의 영혼에 성스러운 물 한 잔 줄 사제 하나 없이, 절망의 구렁텅이에서 이를 갈고 눈물을 흘리고 신을 모욕하는 말들을 쏟으며 끊임없이 헐떡거리는 것이 너의 뜻에 부합하지 않다면, 오! 무덤의 고통스러운 거품이 너의 입술에 서서히 생겨나는 것을 느끼고 싶지 않다면, 오! 신의 이름으로 네게 요청하고 간청하노니, 나의 말을 주의 깊게 들어라! 나는 너를 돕기 위해 재촉하노니, 네 자신을 가엾게 여기고, 너에게 요구된 것을 온순히 행하고, 사법에 머리를 숙이고 복종해, 너의 머리를 돌려 눈을 뜨고, 여기 온 이 남자를 알아보는지 말하라!"

수난자는 머리를 돌리지도 눈을 뜨지도 않았다.

집정관이 사법관과 와펀테이크에게 차례로 눈짓했다.

사법관이 그윈플렌의 모자와 외투를 벗긴 후 그의 어깨를 잡고 묶여 있는 남자 쪽을 향해 돌려 세워, 그의 얼굴이 불빛 아래에 환하게 드러나도록 했다. 그윈플렌의 얼굴이 불빛을 받아, 그 기괴한 윤곽과 더불어 암흑 속에서 떠올랐다.

이와 동시에, 와펀테이크는 몸을 숙여 두 손으로 수난자의 양쪽 관자놀이를 잡고, 그 무기력한 얼굴을 그윈플렌에게로 향하도록 돌리고, 두 엄지손가락과 두 인지로 닫혀 있는 눈꺼풀을 올렸다. 남자의 사나운 눈이 보였다.

수난자는 그윈플렌의 얼굴을 보았다. 그러더니 직접 머리를 들고 눈을 크게 뜨면서 그윈플렌을 유심히 쳐다보았다.

그는 산 하나가 가슴을 짓누른 듯 크게 놀라며 소리쳤다.

"그 아이다! 그래! 그 아이야!"

그리고 무시무시하게 웃었다.

"그 아이야!"

그가 반복해서 소리쳤다.

그런 뒤 바닥으로 머리를 떨어뜨리고 눈을 감았다.

"서기, 본 대로 기록하시오."

집정관이 명령했다.

그윈플렌은 두려움에 휩싸였어도 그때까지는 상당히 침착했었다. 하지만 수난자가 '그 아이야!'라고 한 말을 듣고 몹시 놀랐고, '서기, 그대로 기록하시오'라는 말에서는 전율이 일었다. 어떤 악당이, 그윈플렌은 영문도 모르는데, 그를 자신의 운명 속에 끌어들인 것 같았고 그 남자의 이해되지 않는 고백이 그윈플렌의 목을 죄고 있는 쇠고리의 돌쩌귀처럼 맞물린 듯했다. 그윈플렌은 자신과 그 남자가 같은 죄인 공시대 위의 두 말뚝에 함께 묶여 있는 모습을 떠올리고는 두려움에 침착함을 잃고 몸부림쳤다. 그리고 엄청난 혼란에 빠져 조리에 맞지 않는 말을 더듬거리더니, 온몸을 떨면서, 겁에 질려 이성을 잃은 듯, 혀끝에 떠오르는 대로, 마구 쏘아 대는 포탄과 비슷한, 무서움에 떠는 말들을 아무렇게나 쏟아 냈다.

"사실이 아닙니다. 제가 아닙니다. 저는 저 남자를 알지 못합니다. 제가 그를 모르는데 그가 저를 알 리가 없습니다. 오늘 저녁의 공연이 저를 기다리고 있습니다. 저에게 무엇을 원하십니까? 저를 풀어줄 것을 요구합니다. 모든 것이 잘못되어 있습니다. 무슨 이유로 저를 이 지하실로 압송해 왔습니까? 이것은 불법입니다. 차라리 법이 없다고 말씀하십시오. 재판관님, 거듭 말씀드리지만, 저는 아닙니다. 절대적으로 저는 결백합니다. 그것만은 제가 잘 알고 있습니다. 저는 이곳을 떠나기를 원합니다. 이것은 그릇된 일입니다. 저 사람과 저는 아무 상관도 없습니다. 즉시 확인하실 수 있습니다. 저의 생활은 감춰져 있지 않습니다. 그런데 도둑놈처럼 와서 저를 이리로 끌고 왔습니다. 왜 그런 식으로 저를 끌고 왔습니까? 저 남자가 무엇 하는 사람인지, 제가 어떻게 압니까? 저는 장터를 다니며 익살극을 벌이는 유랑 소년입니다. 저는 웃는 남자입니다. 무척 많은 사람들이 저를 보러 왔습니다. 저희는 지금 타린조필드에서 지내고 있습니다. 정직하게 이 일을 해 온 지 15년이 되었습니다. 제 나이는 스물다섯입니다. 저는 태드캐스터 여인숙에서 머물고 있습니다. 저의 이름은 그윈플렌입니다. 재판관님, 제발 저를 이곳에서 풀어 주십시오. 불쌍한 사람들의 처지를 악용하시면 안 됩니다. 어떤 죄도 짓지 않았고, 보호받지 못하며, 방어막도 갖지 못한 남자를 가엾게 생각해 주십시오. 재판관님 앞에 있는 사람은 애처로운 광대일 뿐이랍니다."

"제 앞에 서 계신 분은, 클랜찰리 및 헌커빌 남작인 동시에 시칠리아의 코를레오네 후작이시자 영국의 중신이신 퍼메인 클랜찰리 경이십니다."

집정관이 말했다. 그리고 자신이 앉았던 안락의자에서 일어나며 덧붙였다.

"각하의 자리이옵니다. 앉으시옵소서."

제5부

바다와 운명은 같은 숨결에 따라 움직인다

1. 연약한 것의 단단함

운명은 간혹 우리에게 광기 한 잔을 주며 마실 것을 권한다. 손 하나가 구름 속에서 나와서 알 수 없는 취기로 가득 찬 잔을 우리에게 불쑥 건네는 것이다.

그윈플렌은 그 말의 뜻을 이해할 수 없었다.

누구에게 하는 말인지 확인해 보기 위해 자신의 뒤를 돌아보았다.

우리의 귀는 한계를 넘어선 날카로운 소리를 듣지 못한다. 지나치게 강렬한 격정은 지성이 인지하거나 이해하지 못한다. 이해하는 것은 듣는 것처럼 그 한계가 있다.

와펀테이크와 사법관은 그윈플렌에게 다가와서 걷는 것을 도왔다. 그는 어렴풋하게 누군가가 집정관이 앉았던 안락의자에 자신을 앉힌다는 것을 느꼈다.

그윈플렌은 물 흐르듯이 그들이 하는 대로 내버려 두었고, 그것이 어찌 된 일인지 이해해 보려고도 하지 않았다.

사법관과 와펀테이크는 그윈플렌을 앉히고 나서, 몇 발자국 물러나 안락의자 뒤에 꼿꼿한 자세로 섰다.

집정관은 손에 든 장미꽃 다발을 석판에 내려놓았다. 그 다음 서기가 건넨 안경을 쓴 후 탁자 위에 쌓여 있는 서류 아래에서 노랗게 혹은 초록빛으로 얼룩져 있고, 부식되고 찢겨 있으며, 아주 좁게 접혀졌던 흔적이 보이는 한 장의 양피지를 꺼냈는데 그 한 면은 글씨로 가득했다. 집정관은 등불 밑에 양피지를 펴들고 눈 가까이에 댄 후, 더할 나위 없이 엄숙한 목소리로 낭독했다.

성부와 성자와 성신의 이름으로.

오늘, 우리 주님의 1690년 1월 29일.

인적 없는 포틀랜드의 해안에 열 살 된 아이 한 명이 냉혹하게 버려졌던 까닭은 아이가 배고픔과 추위, 고독에 의해 죽음에 이르도록 하기 위함이었다.

아이는 두 살의 나이에, 지극히 자비로우신 제임스 2세 폐하의 명에 의해 팔렸다.

아이는 퍼메인 클랜찰리 경으로, 클랜찰리이며 헌커빌 남작이고 이탈리아의 코를레오네 후작 및 영국의 중신이자, 고인이 된 린네우스 클랜찰리 경과 역시 고인이 된 그의 부인 앤 브래드쇼의 아들로, 단 하나뿐인 적자(嫡子)이다.
이 아이는 부친의 재산과 작위를 상속받을 자격이 있는 후계자이다. 이러한 이유로 지극히 자비로우신 국왕 폐하의 명령에 따라 팔린 후, 얼굴이 심하게 훼손된 나머지 지워졌고 종적이 묘연해졌다.
아이는 시장에서 광대 노릇을 하도록 길러지고 훈련되었다.
아이는 친부가 세상을 떠나자 두 살 때 팔렸는데, 이 아이를 산 사람은 아이의 몸값을 포함해 매수한 자에게 허락될 면책 특권 등 각종 이권에 대한 대가로서 10파운드를 국왕에게 지불했다.
퍼메인 클랜찰리 경은 두 살의 나이에, 이 글을 쓰고 있으며 아래에 서명한 나에게 팔렸다. 플랑드르 출신 하드쿼논이 아이의 얼굴을 훼손하고 흉측하게 만들었는데 그는 콘퀘스트 박사의 비술(秘術)과 여러 가지 방법을 알고 있는 유일한 자이다.
우리들은 아이를 웃는 가면, 즉 '마스카 리덴스'로 만들겠다고 결정했다.
이러한 의도를 갖고 하드쿼논이 영원한 웃음을 얼굴에 남기는 '부카 피사 우스쿠에 아드 아우레스' 수술을 아이에게 감행했다.

수술이 행해지는 동안 아이는, 유일하게 하드콰논만이 아는 방법으로 잠들어 있었고 또 느낄 수도 없어서 자신이 수술 받았다는 사실을 전혀 눈치채지 못했다.

그는 자신이 클랜찰리 경임을 모른다.

그는 그윈플렌이라는 이름에 대해 대답한다.

그가 너무 어렸을 때 팔려 기억을 잘 못하기 때문인데 당시 그는 겨우 두 살이었다.

하드콰논은 부카 피사 수술을 할 수 있는 유일한 자이며, 그 수술을 받은 사람 가운데 유일한 생존자가 이 아이다.

전례가 없고 매우 특별한 이 수술을 받으면 오랜 세월이 흘러도, 아이가 나이가 들어 검은 머리가 백발이 된다 해도 하드콰논은 한눈에 아이를 알아볼 수 있다.

이 글을 쓰는 지금, 사건의 속사정을 모두 알고 있고 이 일을 주도한 하드콰논은 흔히 윌리엄 3세로 불리는 오렌지 대공 전하의 감옥에 수감되어 있다. 하드콰논은 콤프라치코스 또는 체일러스라고 부르는 무리라는 혐의를 받아 체포되었다. 현재 그는 채텀탑에 감금되어 있다.

국왕 폐하의 명령에 따라, 작고한 린네우스 경의 마지막 시종이 우리에게 아이를 넘긴 곳은 스위스의 제네바 호수 주변, 로잔과 베베 중간에 위치한, 아이의 아버지와 어머니가 임종한 집이었다. 마지막 시종 또한 얼마 안 되어 주인들의 뒤를 따라 죽었기 때문에 매우 예민하고 극비리에 이루어졌던 이 사건의 속사정을 아는 사람은 채텀 감옥에 수감된 하드콰논과, 머지않아 곧 죽음을 맞이할 우리 말고는 이 세상에 아무도 없다.
아래에 서명을 한 우리는, 국왕 폐하께 사들인 어린 귀족을 사업에 이용할 목적을 갖고 8년 동안 양육해 왔다.
오늘 우리는 하드콰논과 같은 불운한 상황을 피하기 위해 영국에서 탈출을 꾀하다가 의회가 공포한 금지령 및 처벌법이 두려워서 앞에서 말했던 아이 그윈플렌, 즉 퍼메인 클랜찰리 경을 해가 질 즈음에 포틀랜드 해안에 유기했다.
우리는 국왕 폐하께 비밀을 지키겠다고 맹세했으나, 신께는 맹세하지 않았다.
오늘 밤, 절대자의 뜻으로 바다 한가운데에서 냉혹한 폭풍우 속에서 절망을 맛보았고, 우리의 목숨을 살려줄 수도 있고 혹은 우리의 영혼을 구원해 줄 수도 있는 이 앞에 우리는 무릎을 꿇었다. 인간들에게 더는 기대할 것이 없어 신을 경외할 수밖에 없고, 우리가 행한 악행을 회개하는 것 말고는 다른 닻도 방법도 남아 있지 않다. 저 높은 곳에서 이루어지는 판결에 만족하고 죽기로 체념했으므로 겸허히 속죄하는 마음으로 가슴을 치면서 이 진술서를 작성해 성난 물결에 맡겼으니, 물결이 신의 뜻대로 이것을 처분해 줄 것을 바란다. 더불어

지극하게 성스러운 처녀께서 우리를 도와주시기를. 아멘. 우리 모두는 다음처럼 서명한다.

집정관이 읽기를 멈추고 말했다.
"여기에 서명들이 있습니다. 필체는 모두 다릅니다."
말을 마치고 다시 읽기 시작했다.

닥터 게르아르두스 게에스트문드. 아순시온.

"십자형 서명 하나가 있고, 바로 그 옆에는 다음처럼 쓰여 있습니다."

에뷔드 지방 티리프섬 태생 바르바라 페르모이. 가이스도라, 캅탈. 지안지라테. 나르본 사람이라 불리우는 자크 카투르즈. 마옹 도형장에서 온 뤽 피에르 카프가루프.

집정관은 다시 낭독을 멈추고 말했다.
"본문을 쓰고 맨 위에 서명한 사람의 필체로 짧게 덧붙여 놓은 것이 있습니다."
그리고 그것도 읽었다.

세 사람의 선원 중 선장은 물결에 휩쓸려 종적을 감췄고, 이
제 둘만 남았다. 그 두 명이 서명한다. 갈데아순. 도둑놈 아베
마리아.

집정관은 읽는 것을 자주 멈추고 말을 계속했다.

"양피지 아래에는 '파사헤스만 비스카야로부터 온 우르카 마투티나 호 위에서'라고 쓰여 있습니다."

그리고 집정관이 덧붙여 말했다.

"이것은 제임스 2세 폐하의 문양이 찍혀 있는 관청용 양피지입니다. 진술서의 빈 곳에 동일한 필체로 '이 진술서는, 아이를 사들인 우리를 무죄로 풀어 준다는 왕의 명령서 뒷면에 썼다. 양피지 앞면에 왕명이 보일 것이다'라고 적혀 있습니다."

집정관은 오른손으로 양피지를 들고 불빛에 비추어 보았다. 곰팡이가 잔뜩 피어 있어 백지라고 부를 수 있을지 모르겠지만, 어쨌든 백지가 보였고, 그 가운데에는 세 개의 단어가 적혀 있었다. 두 단어는 라틴어인 유수 레기스였고, 나머지 한 단어는 제프리스라는 서명이었다.

"유수 레기스. 제프리스."

차분했던 집정관의 목소리가 갑자기 높아졌다.

꿈의 궁전 지붕에서 기와 한 장이 떨어져 누군가의 머리를 때린 상황, 바로 그윈플렌이 그런 처지에 놓인 사람이었다.

그는 마치 정신을 잃은 사람처럼 중얼거리기 시작했다.

"게르아르두스, 맞아요. 그는 박사였어요. 늙고 항상 슬퍼 보였던 사람이었어요. 나는 그 사람을 무서워했어요. 가이스도라, 캅탈, 대장이라는 뜻이에요. 여자들도 있었어요. 아순시온, 그리고 또 한 명의 여자가 있었지요. 또 프로방스 사람, 카프가루프. 그는 납작하게 생긴 병에 술을 담아 마셨고, 그 병에는 붉은색의 글씨로 이름 하나가 적혀 있었어요."

"여기에 그것이 있습니다."

집정관은 말을 마치고 서기가 가방에서 꺼낸 물건을 탁자 위에 놓았다.

고리버들로 둘러싸여 있고 손잡이가 투구의 귀 덮개 모양인 호리병이었다. 호리병에는 고난을 겪은 흔적들이 뚜렷하게 보였다. 오랜 세월을 물속에 잠겨 있었던 듯했다. 조개껍데기와 수초가 여기저기 들러붙어 있었다. 바다의 모든 찌꺼기들이 녹처럼 붙어 있었다. 호리병 주둥이에 칠해진 역청으로 보아 병은 완벽하게 밀폐되었던 것으로 보였다. 호리병의 역청 봉인은 뜯어져 있었다. 하지만 병의 주둥이에, 마개로 썼던 역청을 먹인 밧줄은 그대로였다.

"지금 읽은 진술서는 죽음을 앞둔 사람들이 이 호리병 속에 넣고 밀봉했던 것입니다. 사법 당국으로 보낸 이 서신을 바다의 물결이 전달했습니다."

집정관이 설명했다.

집정관이 더욱 엄숙한 목소리로 설명을 이어 갔다.

"해로 동산이 우수한 품질의 밀을 생산해 고운 밀가루를 제공하고 그것으로 왕의 식탁에 올릴 빵을 만드는 것처럼, 바다도 최선을 다하여 영국에 봉사하는구나. 귀족 한 분이 자취를 감추시자 그분을 찾아서 모셔다 주었습니다."

그리고 말을 계속했다.

"이 호리병에는 붉은색의 글씨로 이름이 적혀 있습니다."

그는 움직임 없는 수난자를 돌아보며 목소리를 높였다.

"지금 여기 있는 악인, 바로 당신의 이름이네. 인간이 저지른 행위의 심연 아래로 침잠했던 진실이 그 심연에서 표면으로 떠오르는 것은, 이렇듯 예측도 못한 경로를 통해서야."

집정관은 호리병을 들고 깨끗하게 닦인 부분을 불빛에 비추어 보았다. 이는 사법적 요청에 의해 닦여진 것이었다. 고리버들 틈새로, 가늘고 긴 리본처럼 보이는 붉은색 버들이 보였다. 군데군데 검은색으로 변한 것은 물과 세월이 남긴 흔적이었다. 그 붉은색 버들은, 비록 형태가 변형되기는 했지만, 고리버들 위에 선명하게 열두 글자를 보여 주었다.

'Hardquanonne.'

집정관은 수난자에게 돌아서서, 그 무엇도 닮지 않은, 사법의 억양이라고 정의할 수밖에 없는 독특한 목소리로 말을 계속했다.

"하드콰논! 당신의 이름이 적혀 있는 이 호리병을, 집정관인 내가 처음 당신에게 보여 주었을 때 당신은 단번에 그리고 기꺼이 이것이 당신의 소유물임을 인정했소. 그리고 호리병 속의 내용물, 접혀져서 보관되어 있던 양피지에 기록된 내용을 읽어 주자 당신은 침묵했소. 사라진 아이를 다시 찾지 못한다면 처벌을 피할 수 있으리라는 희망 때문이었지. 당신의 거부 때문에 강렬하고 가혹한 고통이 행해졌고, 그 이후에 당신의 공모자들이 양피지에 적어 놓은 진술과 고백을 두 번 되풀이해 읽어 주었지. 그러나 덧없는 일이었소. 넷째 날이자 관련 법에 따라 대질하게 된 오늘, 1690년 1월 29일, 포틀랜드에 유기되었던 이가 나타나시자, 당신의 내면에 존재했던 악마 같은 희망이 사라졌고, 당신은 침묵을 깨고 당신에게 희생당한 이를 인정했소……."

수난자가 눈을 뜨고 고개를 들었다. 그리고 죽어 가는 사람의 단말마적 울림이 있는 목소리로, 또한 평온함과 헐떡임이 뒤섞인 괴기스럽고 침착한 어조로, 돌에 짓눌린 채 괴롭게 한 마디 한 마디 내뱉었는데 하나의 단어를 말할 때마다 자신을 덮고 있는 묘석 하나를 쳐드는 것만큼이나 고통스러워했다.

"나는 비밀을 지킬 것을 맹세했고, 이에 따라 내 능력을 다해 비밀을 지켰소. 가여운 이들은 신의가 두텁고, 지옥에서도 정직함이 존재하오. 그러나 오늘에 이르러 침묵은 허사가 되었소. 그래서 이제 말하려고 하오. 그렇소. 저 사람이 바로 그 아이요. 저 사람을 만든 것은 국왕과 나, 우리 두 사람이오. 국왕은 의지를 표했고, 나는 기술을 제공했소."

그는 그윈플렌을 보며 덧붙여 말했다.

"자, 영원히 웃어라."

그리고 갑자기 자신이 웃기 시작했다.

그윈플렌의 웃음보다 더 난폭한 그의 웃음소리는, 마치 흐느끼는 소리로 들리기도 했다.

웃음소리가 그치고 남자는 다시 드러누워 눈을 감았다. 수난자가 말을 하도록 허락했던 집정관이 말했다.

"이제 법적으로 모든 것이 인정되었다."

그는 서기에게 기록할 시간을 잠시 준 후, 다시 말을 이었다.

"하드콰논, 사실을 확인한 대질, 당신의 공모자들이 쓴 진술서를 세 번에 걸쳐 읽은 끝에, 당신의 시인과 고백과 반복된 자백을 통해 진술 내용이 확인된 바, 당신은 법에 따라 모든 족쇄에서 해방되어 폐하의 처분에 따라, 플라기아리우스로서 마땅히 교수형을 당할 것이오."

"플라기아리우스."

법률학자가 설명했다.

"아이들을 사고파는 사람. 서고트 법, 제7권, 제3절, 우수르파

베리트 항(項). 또한 살리쿠스 법전 제41절, 제2항. 프리슬랜드 법전 제21절. 데 플라기오. 또한 알렉산더 네쿠암은 다음과 같이 말했음. 'Qui pueros vendis, plagiarius est tibi nomen(아이들을 파는 너, 너의 이름은 플라기아리우스).'"

집정관이 양피지를 탁자 위에 놓고 안경을 벗은 후, 장미 꽃다발을 다시 들고 말했다.

"강렬하고 가혹한 고통은 이제 끝났소. 하드콰논, 폐하께 감사드리도록 하시오."

사법관이 보낸 신호에 따라 가죽옷을 입은 남자가 행동하기 시작했다.

망나니의 조수이며, 옛 법령집에서는 '교수대의 조수'라고 불리던 그 남자는 수난자에게 다가가 복부 위에 쌓여 있던 돌을 하나씩 하나씩 들어내고 철판을 들어 올렸다. 가련한 남자의 크게 훼손된 옆구리가 드러났다. 그런 후에, 그의 손목과 발목을 묶은 쇠사슬을 풀어 주었다.

돌과 쇠사슬에서 벗어난 수난자는 눈을 감고 팔과 다리를 뻗은 채로, 십자가에 못 박혔던 사람처럼, 바닥에 누워 있었다.

"하드콰논, 일어서시오."

집정관이 지시했다.

수난자는 조금도 움직이지 않았다.

교수대의 조수가 그의 손을 들었다가 놓았다. 힘없이 손이

툭 떨어졌다. 다른 손을 들어 보았지만 마찬가지였다. 망나니의 조수가 두 발을 차례대로 들어 보았지만, 발뒤꿈치가 땅을 향한 채 떨어졌다. 손가락은 무기력했고 발가락도 움직이지 않았다. 널브러져 있는 몸에 있는 발은 더욱 굳어 있는 것처럼 보였다.

의사가 다가가 가운 주머니에서 강철 거울을 꺼내, 하드콰논의 벌어진 입 안에 가져다 대었다. 그 다음에는 손가락으로 눈꺼풀을 들쳐보았다. 눈꺼풀은 다시 감기지 않았다. 생기 없는 눈동자는 고정된 채로 있었다.

의사는 일어서면서 말했다.

"그는 죽었습니다."

그리고 덧붙여 말했다.

"그가 웃은 것이, 그를 죽였습니다."

"상관없는 일이오."

집정관이 말했다.

"자백을 했으니 살거나 죽거나 하는 것은 형식적 절차일 뿐이오."

그런 다음, 장미꽃 다발을 들어 올려 하드콰논을 가리키면서, 와펀테이크에게 명령했다.

"오늘 밤에 시체를 치우시오."

와펀테이크가 고개를 숙여 명령에 따르겠다는 몸짓을 했다.

집정관이 덧붙여 말했다.

"맞은편에 감옥의 묘지가 있소."

와펀테이크는 다시 한 번 고개를 끄덕였다.

서기는 계속 적고 있었다.

집정관은 왼손에 장미꽃 다발을 들고 있었기 때문에, 오른손으로 하얀 막대기를 들고서 여전히 앉아 있는 그윈플렌 앞에 꼿꼿하게 서서, 머리를 숙이고 존경을 표시했다. 그리고 다시 정중하게 머리를 뒤로 젖히고 그윈플렌을 정면에서 바라보며 말했다.

"서리주 집정관이자 기사인 미관(微官) 필립 덴질 파슨스는, 서기이며 문서 담당관인 예비 기사 오브리 도미니크, 그리고 미관 아래 관공리들의 보좌를 받아, 국왕 폐하께서 직접 내리신 특명 및 미관의 임무, 직무상 권리 및 의무, 영국 대법관의 위임 등에 의거하여 해군성에서 넘겨받은 증거물을 바탕으로, 증언과 서명의 확인, 진술서의 공개, 대질의 모든 법적 검증과 증거 조사를 마친 후 조서를 작성하고 기록을 끝냈으니, 당연히 권리가 제자리를 다시 찾아가도록 이곳에 계신 각하께 보고하고 공포하였으니, 각하는 클랜찰리 및 헌커빌의 남작이시자, 시칠리아의 코를레오네 후작이시며, 영국의 중신이신 퍼메인 클랜찰리 경이십니다. 신의 가호가 함께 하시기를."

말을 마치고 다시 고개를 숙여 예의를 표했다.

법률 보좌관, 의사, 사법관, 와펀테이크, 서기 등 망나니를 제외한 모든 사람들이 집정관을 따라서, 그윈플렌 앞에 머리가 땅바닥에 닿을 만큼 깊숙이 허리를 숙여 예를 표했다.

"아! 제발, 나를 깨워 주시오!"

그윈플렌이 크게 소리쳤다. 그리고 몹시 창백한 얼굴로 벌떡 일어났다.

"제가 각하를 깨워 드리려고 왔습니다."

이제까지 들어본 적 없는 목소리가 들렸다.

한 남자가 기둥 뒤에서 나왔다. 경찰 행렬이 들어온 이후로 아무도 지하실로 들어오지 않았다는 사실로 추측했을 때, 그 남자는 그윈플렌이 오기 전부터 어둠 속에 있었던 것이 틀림없었다. 그는 감시자로서 정식으로 그 자리를 지키는 사명과 직무를 띠고 있는 것처럼 보였다. 남자는 뚱뚱하고 살집이 좋아 보였으며 궁정 가발을 쓰고 있었고 여행용 외투를 걸쳤으며, 젊다기보다 늙어 보였는데 몸가짐이 단정했다.

그가 그윈플렌에게 정중하면서도 부드럽게 예의를 표시했다. 그 행동이 가신(家臣)처럼 고상했으며 사법관들에게서 볼 수 있는 어색함도 없었다. 그가 계속 말했다.

"그렇습니다. 저는 각하를 깨워 드리기 위해 왔습니다. 25년 전부터 각하께서는 긴 잠에 빠져 계십니다. 오랫동안 꿈을 꾸고 계셨지만 이제 꿈에서 깨셔야 하옵니다. 각하께서는 자신을 그윈플렌이라 믿고 계시지만, 사실 클랜찰리십니다. 각하께서는 자신을 백성의 한 명이라 여기시지만 사실 귀족에 속하십니다. 각하께서는 자신을 최하층민이라 믿으시지만 사실은 최상층이시옵니다. 각하께서는 자신을 광대라 여기시지만 실은 상원의원이십니다. 자신을 가난하다고 여기시지만 사실은 부유하십니다. 자신을 하찮다고 여기시지만 각하께서는 위대한 인물이십니다. 이제 부디 꿈에서 깨어나시옵소서, 각하!"

그윈플렌은 두려움이 묻어나는 작은 목소리로 중얼거리듯이 물었다.

"이 모든 것이 도대체 무슨 일이란 말인가?"

"일의 전말은 이러하옵니다."

뚱뚱한 남자가 즉시 대답했다.

"제 이름은 바킬페드로이며 해군성의 관리이옵니다. 해변에서 발견된 저 습득물, 즉 하드콰논의 호리병이 저에게 전해졌고 그것의 봉인을 제거하는 것이 제 직책의 의무이며 특권이므로 젯슨 사무국에 선서한 두 명의 배심원이 참관한 가운데 제가 호리병을 열었습니다. 두 입회자 모두 의회 의원으로, 한 사람은 바스시를 대표하는 윌리엄 블래스웨이스이고, 다른 한 명은 사우샘프턴을 대표하는 토머스 저보이스입니다. 그들은 저와 함께 호리병의 내용물을 낱낱이 확인하고 기록한 후에, 공동 서명을 하여 제가 폐하께 모든 사실을 보고하였습니다. 여왕 폐하의 명을 받들어, 그토록 민감한 사안에 필수적인 신중함을 다해 필요한 모든 절차를 거쳤고 마지막 절차인 대질까지 조금 전에 마쳤습니다. 이제 각하께서는 정기적으로 100만 파운드의 급여를 받으실 것이옵니다. 각하께서는 그레이트브리튼 왕국의 귀족으로서, 입법관이자 판관이시며 절대적인 재판관이신 동시에 지상권을 소유하신 입법자이시옵니다. 각하께서는 자줏빛 천과 담비 모피로 만든 옷을 입으시고, 왕족과 동등하시며 황제와 동류이시므로 머리에 중신의 관을 쓰시며, 국왕의 따님이신 여공작을 아내로 맞아들이실 수 있사옵니다."

천둥처럼 그를 덮친 변화에 압도된 그윈플렌은 그 자리에서 기절하고 말았다.

2. 방랑하는 것은 가야 할 길을 안다

모든 사건은 해변에서 병 하나를 주운 어느 병사로부터 시작되었다.

그 이야기부터 살펴보자.

마치 톱니바퀴가 맞물리는 것처럼 모든 일에는 우여곡절이 있다. 네 명의 칼서성 수비대 포수(抱手) 중 한 명은 우연히 밀물에 의해 모래 위로 휩쓸려온 고리버들 호리병을 주웠다. 호리병은 곰팡이투성이였고, 주둥이는 역청을 먹인 마개로 밀폐되어 있었다.

병사는 주운 부유물을 수비 대장에게 전했고, 수비 대장은 영국의 해군 사령관에게 그것을 보냈다. 해군 사령관은 해군성을 의미했고, 해군성의 부유물 담당자는 바킬페드로를 의미했다.

바킬페드로는 호리병 마개를 연 채로 여왕에게 가져갔다. 여왕은 즉시 결정을 내렸다. 그리고 영향력 있는 두 사람에게 이 사실을 알리고 조언을 구했다. 둘 중 한 명은 대법관이었다. 그는 법적으로 '영국 국왕의 양심을 수호하는 자'였고, 다른 한 명은 '귀족의 가문(家紋)과 혈통'을 담당하고 있는 장교였다. 노퍽 공작이고 가톨릭 중신이며 고위 장교의 후손인 토머스 하워드는, 대법관의 대변인이며 빈던의 백작인 헨리 하워드를 통해 대법관의 의견을 따르겠다고 했다. 대법관은 윌리엄 쿠퍼였다. 동시대를 살았고 똑같은 이름을 가졌다고 해도, 비들로의 책을 풀이한 해부학자 윌리엄 쿠퍼와 혼동해서는 안 된다. 해부학자 쿠퍼는, 프랑스에서 에티엔 아베이가 《뼈의 역사》를 출판했던 즈음에 영국에서 《근육론》을 출판했다. 의사와 귀족은 확실히 다른 것이다. 윌리엄 쿠퍼 경은, 롱그빌 자작 탤벗 옐버턴의 사건과 관련해 언급한 다음의 말로 유명했다.

영국의 헌정 체제에 의거하면, 한 명의 중신을 복권시키는 것이 한 명의 국왕을 복권시키는 것보다 훨씬 의미가 있다.

칼서 해안에서 발견된 호리병, 그것은 그의 관심을 끌어당겼다. 원칙을 만든 자는 그것을 적용할 수 있는 기회가 오면 매우 기뻐한다. 한 명의 중신을 복권시킬 기회가 찾아온 것이다. 그는 즉시 수색을 개시했다. 그윈플렌은 거리에 게시판을 걸어 놓은 것 같은 처지라서, 그를 찾는 것은 매우 수월했다. 하드콰논의 형편도 마찬가지였다. 그는 죽지 않고 살아 있었다. 감옥이 사람을 썩히기는 하지만 적어도 보존하기는 한다. 보관하는 것과 보존한다는 것이 동일한 의미인지는 모르겠다. 바스티유 감옥에 수감된 사람들을 귀찮게 굴 때는 거의 없었다. 무덤 속의 관을 바꾸어 주지 않는 것처럼 감방도 바꾸어 주지 않았다. 여전히 하드콰논은 채텀의 탑에 갇혀 있었다. 그곳에 손만 뻗치면 되는 것이다. 그는 채텀에서 런던으로 이송되었다. 스위스에서도 정보를 구했다. 모든 사실이 틀림없는 것으로 밝혀졌다. 베베 및 로잔의 지역 재판소 서기과에서, 유배 당시 린네우스 경의 결혼 증명서 및 아이의 출생 증명서, 아이 부모의 사망 증명서를 발급받았고, 혹시 '필요한 경우에 쓰기 위해' 정식으로 인증된 사본도 가져왔다. 그 모든 일이 극비리에, 그리고 베이컨이 권하고 또 행동으로 옮긴 '두더지의 침묵' 속에서 진행되었다. 훗날 이러한 침묵의 원칙에 의거하여 블랙스톤은 법을 제정하기도 했는데 특히 법무성과 정부, 그리고 상원과 관련되었다고 판단되는 일에는 그 원칙을 엄격하게 적용하였다.

유수 레기스와 제프리스의 서명도 사실로 인정되었다. 흔히 들 '자의(恣意)'라고 칭해지는 여러 유형의 변덕을 병리학적 관점에서 연구한 사람은, 그 유수 레기스를 매우 단순한 현상으로 본다. 그러한 행위를 은폐했어야 할 제임스 2세가 일이 잘못될 위험에도 불구하고 흔적을 남긴 까닭은 무엇일까? 그것은 파렴치함 때문이다. 거만한 무관심이다. 아! 여러분은 여자들 중에만 음란한 자들이 있다고 믿고 있는가! 국시(國是) 역시 그렇다. Et se cupit ante videri(그러나 우선 그녀는 자신이 눈에 띌 것을 갈구한다). 범죄를 저지르고 나서 그 사연을 가문의 문장에 그려 넣는 것, 그것이 역사의 모든 것이다. 도형수처럼 국왕 역시 문신을 그려 넣는다. 경찰이나 역사는 피하는 것이 도움이 된다. 그렇지만 또한 그 경우를 유감스럽게 느낀다. 널리 알려져서 누구든 자신을 알아봐 주기를 원하기 때문이다.

'내 팔을 보시오. 이 문양을, 사랑의 전당과, 화살이 꿰뚫어 불타오르는 이 심장의 문양을 잘 보시오. 바로 나요, 나 라스네르요.'

'유수 레기스. 이것은 곧 짐(朕)이오, 제임스 2세.'

흔히 못된 짓을 저지른 다음 그 위에 자신의 표시(標示)를 남긴다. 뻔뻔스러움으로 자신을 채우고 자신을 공공연하게 고발하며 자신의 악행이 승리의 기치를 올리도록 하는 일, 그것이 악인의 염치없는 허세이다. 크리스티나가 모날데스키를 잡아

들여 자백을 받고 나서 그를 무자비하게 죽인 후에 이런 말을 남겼다.

"나는 프랑스왕의 궁궐에 와 있는 스웨덴의 여왕이다."

티베리우스처럼 자신을 은폐하는 폭군이 있는가 하면, 펠리페 2세처럼 허세 섞인 행동을 하는 폭군도 있다. 하나가 전갈과 비슷하다면 나머지 하나는 표범과 비슷하다. 후자에 가까운 변종이 제임스 2세였다. 잘 알려진 것처럼 그의 표정은 밝았고 명랑했다. 그 면에서는 펠리페 2세와 달랐다. 펠리페 2세는 음산했지만, 제임스 2세는 유쾌했다. 하지만 악독했다. 제임스 2세는 마음 좋은 호랑이였기 때문에 펠리페 2세처럼 태연하게 잔혹한 범죄를 저질렀다. 그는 신의 은총을 받은 흉측한 괴물이었다. 따라서 그는 감추거나 완화할 필요가 없었고, 그가 저지른 암살 행위는 신성한 권리를 바탕으로 한 것이었다. 그는 자신이 저지른 모든 범행에 일련번호를 매기고 날짜별로 분류하고 꼬리표를 붙여서 약제사의 약제 창고 안에 있는 독약처럼 각 칸에 기록을 정리해 둔 고문서 보관소를, 시만카스에 있는 것에 필적할 수 있는 고문서 보관소 하나 정도는 남기고 싶었을 것이다. 자신이 저지른 범죄 기록에 서명하는 것, 진정 왕다운 태도이다.

비밀을 잘 지킨다는 면에서 여자답지 않았던 앤 여왕은 그 중대한 사건에 대한 비밀 보고서, '국왕의 귀에 바치는 보고서'

라고 부르던 것을 제출하라고 대법관에게 명령을 내렸다. 그러한 보고는 많은 군주 국가에서 통용되고 있었다. 빈에는 궁정인 중에서 귓속말 조언자가 있었는데 그것은 카롤링거 왕조 시대 고위직이었다. 카롤루스 대제의 헌장에서는 황제에게 나지막한 소리로 아뢰는 사람을 아우리쿨라리우스라고 불렀다.

여왕처럼, 아니 여왕보다 훨씬 지독한 근시여서 여왕이 신뢰하던 영국의 대법관 쿠퍼 남작 윌리엄은 다음처럼 시작되는 보고서를 작성했다.

솔로몬에게 두 마리의 새가 있었습니다. 하나는 우푸파*였는데 모든 나라 언어를 사용할 줄 알았고, 또 다른 하나는 독수리였는데 날개의 그림자로 약 2만 명의 대상(隊商)을 덮었습니다. 이처럼 다른 모습으로, 절대자께서…….

대법관은 어느 귀족의 상속자가 납치되어 신체에 심한 훼손을 당했고, 그를 다시 찾았다는 것도 보고서에 적었다. 그는 제임스 2세를 꾸짖는 듯한 문장은 쓰지 않았다. 어쨌든 그는 여왕의 아버지였기 때문이다. 오히려 그를 감싸기까지 했다. 첫째는 예로부터 전해내려 오는 군주들의 원칙이 있었기 때문이다.

* 갈색 털을 가진 새로, 프랑스에서는 야생 수탉이라고 부른다.

'E senioratu eripimus. In roturagiocadat(우리가 그를 귀족에서 뽑아내니, 그는 천민 속으로 추락할 것이니라).'

둘째는 사람의 수족을 절단할 수 있는 군주의 권한이 여전히 계속되었기 때문이다. 체임벌린이 명예스럽고 촘촘한 기억력을 바탕으로 다음처럼 적고 있다.

'Corpora et bona nostrorum sub ectorum nostrasunt(시민의 목숨과 수족은 왕의 지배 아래 있다).'

제임스 1세의 말씀이다. 왕국의 이익을 위해 왕족의 눈을 뽑을 때도 있었다. 왕좌에 가까이 있던 왕족은 유익하게 매트 두 장 사이에서 질식사했지만, 뇌일혈로 사망한 것으로 발표되었다. 그런데 질식사시키는 것은 몸을 훼손하는 것보다 훨씬 심한 일이다. 튀니스의 왕은 부친인 물레이아셈의 두 눈을 뽑기도 했다. 그러나 그 일을 이유로 그의 사신들이 황제의 박대를 받지는 않았다. 즉, 국왕은 어떤 사람의 신분을 빼앗듯이 수족의 절단을 명령할 수 있으며 그 명령은 합법적인 것이었다. 하지만 국왕에게 허락된 그 합법성이 다른 합법성들을 파괴할 수는 없었다.

수장되었던 사람이 죽지 않고 다시 수면으로 올라온다면, 그것은 신께서 왕의 명령을 바로잡았다는 의미입니다. 만약 상속자가 다시 발견됐다면, 그의 작위를 그에게 되돌려주도록 해야 합니다. 일찍이 광대였던 노섬브리아의 왕 알라도 그러했습니다. 이와 마찬가지로, 귀족인 그윈플렌에게도 그러한 조치가 취해져야 합니다. 불가항력적으로 겪었던 직업의 미천함이 타고난 신분을 퇴색시키는 것은 불가능합니다. 일찍이 정원사였다가 왕이 된 압돌로님므가 그 예입니다. 일찍이 목수였다가 성인의 지위에 오른 요셉 또한 그 예입니다. 목동의 형상을 했지만 실제로는 신이었던 아폴론 역시 훌륭한 예입니다.

학식이 뛰어난 대법관은, 그윈플렌이라고 잘못 불리고 있는 퍼메인 클랜찰리 경에게 모든 재산 및 작위에 대한 권리를 되돌려 주어야겠다고 결정하고 다만 '이미 확인된 가해자 하드콰논과의 대질이 있어야 한다'고 추가했다. 대법관은 영국 국왕의 양심 수호자였으며, 그렇게 해서 여왕의 양심을 보호했다.

대법관은 보고서 끝에 덧붙이기를, 하드콰논이 심문에도 답변을 끝까지 거부할 경우 그에게 '강렬하고 잔혹한 고통'을 가할 것이며, 그것은 그를 애들스탠 국왕 헌장에 명시된 프로드 모르텔*에 이르게 하려는 의도이며, 대질은 고통이 가해진 지 나흘째 되는 날에 이루어져야 한다고 했다. 다만 조금 우려가

* 죽음의 찬 기운을 느끼는 순간이라는 뜻이다.

되는 점은 수난자가 이틀 또는 사흘째 되는 날에 사망한다면 대질을 할 수가 없다는 점인데, 그럼에도 법은 행해져야 한다고 했다. 법의 불리한 점 역시도 법의 일부분이라고 했다.

게다가 대법관은 하드콰논이 확인한 그윈플렌에 대해 조금도 의심하지 않았다.

이미 그윈플렌의 흉측한 외모에 대한 사실을 알고 있던 앤 여왕은, 클랜찰리의 재산을 대리로 물려받은 여동생에게 잘못을 저지르지 않기 위해서 여공작 조시안이 새로 등장한 귀족 그윈플렌과 결혼할 것을 기꺼이 결정했다.

게다가 퍼메인 클랜찰리 경의 소유권 회복은 무척 단순한 경우였다. 상속자가 합법적인 직계 후손이었기 때문이다. 혈통이 불확실하거나, 방계(傍系) 후손들의 항의 때문에 영지가 유보 상태에 있다면 상원의 심의를 통해 해결해야 했다. 그 예는 굳이 옛날로 거슬러 올라가지 않더라도 매우 많다. 1782년 엘리자베스 페리의 요청에 따른 시드니 남작령과 1798년 토머스 스테이플턴이 요청한 보몬트 남작령, 1803년 타임웰 브리지스 사제가 요청한 챈도스 남작령, 1813년 육군 중장 놀리스가 요청한 밴버리 백작령에 대한 심의가 이루어졌다. 그러나 그윈플렌의 경우는 이와 크게 달랐다. 어떠한 계쟁(係爭)도 생기지 않았다. 정당성도 확실했고 명명백백한 권리였다. 상원에 심의를 요구할 어떤 이유도 없었다. 따라서 여왕이 대법관의 보좌를 받아 새 귀족을 인정하고 허용하면 그것으로 끝나는 것이었다.

그 모든 일들을 바킬페드로가 진행했다.

그의 덕분으로 사건은 얼마나 지하에 숨어 있었던지, 얼마나 완벽하게 비밀에 싸여 있었던지, 조시안도 데이비드 경도 자신들 발밑에서 깊이 파헤쳐지고 있었던 엄청난 사건을 조금도 알아채지 못했다. 조시안은 지나치게 우뚝 솟아 그녀를 손쉽게 유폐시킨 절벽에 둘러싸여 있었다. 그녀는 스스로를 고립시켰다. 데이비드 경은 플랑드르 연안으로 보내졌다. 그는 곧 영주의 지위를 잃을 상황에 처했지만 그 사실을 상상도 하지 못했다. 이쯤에서 한 가지 사실을 알아 두자. 그 무렵, 데이비드 경이 지휘하는 함대의 정박지에서 10해리 떨어진 곳에서 할리버턴이라고 하는 함장이 프랑스 함대를 물리친 사건이 있었다. 군사 위원회 의장 펨브룩 백작은 그 함장을 해군 소장 진급자 후보로 추천했다. 앤 여왕은 할리버턴의 이름을 지우고 데이비드 더리모이어의 이름을 대신 적어 넣었다. 데이비드 경이 자신이 더 이상 중신이 아니라는 소식을 알았을 때 해군 소장이라는 위안거리라도 주기 위해서였다.

앤은 만족감을 느꼈다. 여동생에게 흉측하게 생긴 남편을 정해 주고 데이비드 경에게는 썩 괜찮은 계급을 안겨 주었기 때문이다. 악의적인 동시에 선하다.

여왕 폐하께서는 연극을 연출하려고 했다. 뿐만 아니라 그녀는 스스로에게 말하기를, '고귀하신 선친의 권력 남용에서 비롯된 그릇됨을 바로잡아 영지의 구성원 한 명을 복권시켜 주며, 훌륭한 여왕의 도리를 다해 신의 뜻대로 결백한 사람을 지켜 주면 절대자께서는 성스럽고 예측할 수 없는 방법으로……' 라고 했다. 옳은 일을 행한다는 것은 매우 달콤한 일이다. 특히 그 일이 우리가 싫어하는 사람에게 불쾌한 일이 된다면 더욱 그렇다.

여왕은 여동생의 남편감이 기이하게 생겼다는 사실만으로도 만족스러워졌다. 그윈플렌이라는 자는 어떤 유형의 기형일까? 어떤 유형의 흉함일까? 바킬페드로는 그것에 대해 상세하게 보고할 필요성을 느끼지 못했고, 앤 여왕도 마찬가지로 그런 것을 하나하나 물을 만큼 관심을 나타내지 않았다. 군주다운 깊은 무시의 표현이었다. 게다가 그가 어떤 모습을 했든 무슨 상관인가? 상원은 마냥 고맙게 여길 수밖에 없다. 예언가처럼 확실한 대법관이 다음과 같이 말했다. 한 명의 중신을 복권시키는 것은 영지 전체를 복권시킴을 뜻하는 것이라고 말이다. 이 기회에 왕실은 선한 면모뿐만 아니라 영지의 특권을 성심껏 지켜 주는 수호자임도 과시할 수 있었다. 새 귀족의 얼굴이 어떻게 생겼든, 얼굴이 권리를 막을 수는 없다. 앤은 대충 그런 생각들을 하면서 막힘 없이 목표를 향해 나아갔다. 여성적인 동시에 군주적인 목표였으니, 그것은 만족감을 성취하는 것이었다.

당시 여왕은 윈저궁에 머물고 있었다. 그래서 궁궐 속 음모가 많은 사람들과 일정한 간격을 유지할 수 있었다.

꼭 필요한 소수만이 앞으로 일어날 일을 알고 있었다.

이것은 바킬페드로에게는 커다란 즐거움이었다. 그래서 그는 더욱 음산한 표정을 지었다.

이 세상에서 제일 흉측스러울 수 있는 것은 즐거움이다.

그는 하드콰논의 호리병을 최초로 맛보는 즐거움을 누렸다. 사실 별로 놀라지도 않았다. 허약한 분별력에서 경악이 나온다. 그렇지 않은가? 그것이 그의 몫이라는 것은 당연한 일이었다. 우연의 문가에 서서 그처럼 오랫동안 기다렸으니 그의 수중에 들어오는 것이 마땅했다. 그가 기다렸기 때문에 무엇이든 그에게 도착하게 되어 있었다.

그 닐 닐 미라리*도 그가 일부러 꾸민 태도였다. 이 말은 해두도록 하자. 그는 경이에 사로잡혀 있었다. 신 앞에서도 스스로의 양심을 가리고 있던 그의 가면을 누군가가 벗긴다면 진실을 발견할 수 있었을 것이다. 바로 그 즈음 바킬페드로는 여공작 조시안의 고결한 삶에 흠집을 내는 것이, 가깝고도 미미한 적인 자신과 같은 사람에게는 불가능하다는 사실을 받아들이기 시작하고 있었다. 이 때문에 야만스러운 원한이 잠재적으로

* 무엇에도 놀라지 않는다는 뜻이다.

마음에 쌓이기 시작했다. 흔히 실의(失意)라고 불리는 정점에 도달해 있었던 것이다. 절망이 깊어질수록 원한의 광기도 커졌다. 이를 악물고 인내한다는 것, 매우 비극적이며 참된 표현이다! 그것은 악인이 재갈 같은 자신의 무력함을 물고 있다는 의미이다. 바킬페드로는 아마 포기하기 직전이었을 것이다. 조시안에게 고통이 닥치기를 바라는 마음을 놓은 것이 아니라, 자신이 직접 그녀에게 고통을 안겨 주겠다는 바람을 포기할 단계에 와 있었을 것이다. 미칠 것 같은 분노를 놓은 것이 아니라 깨물기를 체념한 단계에 도달했을 것이다. 이 얼마나 비극적인 추락인가! 발톱에 힘을 빼고 풀어 주어야 하다니! 박물관에 전시된 단검처럼 증오를 칼집 속에 넣어야 하다니! 쓰디쓴 굴욕이었다.

그러나 때마침 광대한 사건이 그러한 우연의 일치를 선호하여, 하드콰논의 호리병이 수많은 물결을 거쳐 그의 손안에 들어온 것이다. 미지의 세계에는 악의 지시에 충성하도록 길들여진 그 무언가가 있는 듯하다. 바킬페드로는 해군성에 선서한 증인 두 명의 도움으로, 호리병을 열고 양피지를 발견하여 그것을 펼쳐 읽어 갔는데…… 그 악마적인 환희가 얼마나 컸을지 상상해 보라!

바다와 바람, 아득한 공간, 밀물과 썰물, 폭풍우, 잔잔함, 산들바람 등 모든 것이 한 악인에게 만족을 주기 위해 감당했을 수고를 떠올리면 기묘한 느낌에 사로잡히게 된다. 그 복잡한 작업이 15년 동안이나 이루어졌다. 경이로운 작업이다. 15년이라는 세월 동안 바다는 단 1분도 쉬지 않았다. 물결들은 서로 떠다니는 호리병을 계속해서 주고받았으며, 암초들이 유리와의 충돌을 피한 덕분에 호리병에는 금이 간 흔적이 전혀 없었고, 그 어떠한 마찰도 마개를 망가뜨리지 않았으며, 해초는 고리버들을 썩게 하지 않았다. 조개들이 하드콰논이라는 글씨를 물어뜯지 않았고, 물이 부유물 속으로 들어오지 않았으며, 곰팡이가 양피지를 분해하지 않았으며, 물기가 글자를 지우지 않았다. 깊은 바다가 얼마나 큰 공을 들였으랴! 그것을 게르나르두스가 어둠 속에 던졌고, 어둠이 바킬페드로에게 전했다. 신에게 보낸 전언이 악마에게 전해졌다. 이 엄청난 사건 속에는 배신이 들어섰고, 그리하여 온갖 사물에 섞여 있어 감춰진 운명의 장난, 신의 깊숙한 승리, 즉 유기된 아이 그윈플렌이 다시 클랜찰리 경이 된다는 승리를 독이 들어 있는 승리와 마구 섞어 놓았고, 정의가 증오에 이바지하도록 해 악의적으로 선을 실천한 것이다. 희생물을 제임스 2세로부터 도로 찾아온다는 것은 바킬페드로에게 먹이를 준다는 의미였다. 그윈플렌을 다시 위에 세우는 것은 곧 조시안을 내던지는 것이었다. 바킬페드로는 성공한 것이다. 고작 그 정도의 성공을 위해 그렇게 여러 해 동안 파도와 물결과 질풍, 수많은 사람들의 삶이 혼재되어 있는 유리 합(盒)을 여기저기로 끌고 다니며 흔들고, 밀고, 던지고, 괴롭히고 배려했단 말인가! 고작 그러한 승리를 위해서 바람과 조수와 폭풍 사이의 협조가 이루어졌던 것인가! 가여운 한 사람을 위한 기적 같은 광범위한 소통이었다! 무한한 존재가 지렁이에게 협조한 양상이었다! 운명은 그토록 애매한 의지를 가지고 있다.

바킬페드로는 거대한 거만함에 빠져 있었다. 그는 그 모든 사건이 자신을 위해 행해졌다고 여겼다. 그는 스스로가 모든 것의 중심이자 목표라고 생각했다.

하지만 그것은 오해였다. 바킬페드로의 내면 깊숙이 자리잡고 있었던 증오심으로 잃어버린 명예를 되찾아 주자는 그 경이로운 사건의 진정한 뜻은 그런 것이 아니었다. 한 고아를 죽이려던 악인들에게 폭풍우를 보냈으며, 그 아이를 해변에 유기한 선박을 부쉈고, 조난당해 손을 꽉 쥔 채로 기도하는 사람들을 삼켰다. 그들의 간절한 소망은 거부했으나 그들의 회개만을 받아들여 스스로 아이의 부모 역할을 자처한 바다, 죽음의 손아귀에 맡긴 물건, 즉 회개가 들어 있는 깨지기 쉬운 유리병으로 바뀐 범죄가 타고 있던 견고한 선박을 넘겨받은 폭풍우, 마치 표범이 유모로 변신한 것처럼 자신의 역할을 바꾸어 아이가 아무것도 모르고 커가는 동안 그 아이가 아니라 그 운명을 요람 같은 물결로 흔들어 다독여 준 바다, 던져진 호리병을 받아서 미래를 담고 있는 과거에 주의를 기울이며 보살피던 물결들, 호리병 위로 뜻을 다해 회오리바람을 보내던 폭풍, 측정할 수 없는 물속 여정을 따라 연약한 부유물의 길잡이가 된 조류(潮流), 세심한 배려를 하는 해초와 물결과 암초들, 순수한 존재를 보호하려는 심해의 광대한 물거품, 양심처럼 차분한 물결의 흐름, 질서를 되찾는 대혼돈, 밝음으로 되돌아가는 어둠의 세상, 진실이라는 별을 가져오기 위해 모인 모든 암흑, 또한 이뿐 아니라 무덤 안에서 위안을 받은 망명자, 상속권을 회복한 상속권자, 깨져 버린 국왕의 범죄적인 명령, 예정된 신성한 계획의 이루어짐, 어리고 연약하며 유기되었던 아이가 무한을 후견자로 두게 된 일 등 바킬페드로가 자신의 승리라고 생각했던 사건에서, 이러한 것을 보는 것도 가능했다. 하지만 그는 즉시 그것을 알아차리지 못했다. 그는 모든 일이 바로 그윈플렌을 위해 실현되었다고 생각하지 못한 것이다. 그는 모든 일이 자신을 위해 실현되었다고 여겼다. 그럴 만한 중요성이 있다고도 생각했다. 그런 것이 바로 사탄들이었다.

깨지기 쉬운 부유물이 훼손되지 않고 15년 동안 떠다닌 것을 보고 놀란다면, 바다의 한없는 부드러움을 잘 모른다고밖에 말할 수 없다. 1867년 10월 4일, 모르비앙 지역의 그루아섬과, 가브르반도의 끝인 가브르곶, 그리고 에랑 암초, 그 세 지점의 중간에서, 루이 항구에 사는 어부들이 4세기쯤에 만들어진 로마

시대의 암포라* 하나를 건졌는데 바다의 상감(象嵌) 작용 때문에 아라베스크 문양이 표면을 뒤덮고 있었다. 그 암포라는 바다 위를 1,500년 동안 흘러 다닌 것이다.

바킬페드로는 침착함을 잃지 않으려 애를 썼지만 그의 놀라움은 기쁨에 못지않았다. 모든 것이 스스로 그의 앞으로 온 것이다. 마치 미리 예정되었던 것 같았다. 그의 증오심을 만족시켜 줄 사건들이 그의 손이 닿는 곳에 있었다. 그것들을 모아 맞추기만 하면 되는 것이었다. 흥미로운 조립 작업이었다. 그리고 약간의 끌질을 해 주면 충분했다.

그윈플렌! 그는 이미 그 이름을 알고 있었다. 마스카 리덴스! 다른 사람들처럼 그도 웃는 남자를 보러 갔었다. 눈길을 끄는 공연 광고 벽보 앞에 사람들이 몰려들어 그것을 읽은 것처럼, 그 역시도 태드캐스터 여인숙에 걸린 광고 간판을 읽은 적이 있었다. 광고문을 꼼꼼히 보았기 때문에 그는 상세한 부분까지 기억해 냈고 또 직접 가서 확인할 수도 있었다. 광고문은 문득 그의 안에서 전기 작용처럼 다시 떠올라 눈앞에서 어른거리다가 조난자들의 양피지 옆으로 와서 나란히 자리했다. 문제 옆에 있는 정답, 또는 수수께끼 옆에 있는 답 같았다. 그때 그가 기억해낸 구절이 갑자기 그의 눈 아래에서 계시처럼 떠올랐다.

---

* 그리스와 로마 시대의 항아리다.

'1690년 1월 29일 밤, 열 살의 나이로 포틀랜드 해안에 유기되었던 그윈플렌을 이곳에서 볼 수 있습니다.' 장터에서 언변 좋게 늘어놓는 광대의 이야기 속에서 '마네 테셀 파레스(Mane Thecel Phares)'가 활활 타오르는 듯했다. 조시안의 삶이었던 모든 것이 이제 파멸을 맞이했다. 별안간에 무너진 것이다. 사라진 아이를 찾았다. 클랜찰리 경이 있었다. 데이비드 더리모이어는 이제 무일푼이 되었다. 영지, 재산, 권력, 지위, 이 모든 것이 데이비드 경에게서 흘러나와 그윈플렌에게로 들어가게 된 것이다. 성이며 사냥터, 숲, 성, 궁전, 영토, 조시안까지 모든 것이 그윈플렌의 소유였다. 그리고 조시안, 얼마나 훌륭한 해결 방법인가! 이제 그녀 앞에 누가 있는가? 찬란하고 오만한 그녀 앞에 있는 것은 보잘것없는 광대이고, 그처럼 아름답고 고귀한 여인 앞에 서 있는 것은 괴물이었다. 그러한 일을 상상이나 할 수 있었겠는가? 바킬페드로는 미칠 듯한 열광에 휩싸였다. 아무리 증오심이 가득한 계략이라도 지옥에서 베푼 듯한 그 뜻하지 않은 선량함에는 미치지 못했을 것이다. 현실은 스스로 원할 때 걸작을 만든다. 바킬페드로는 이제껏 자신이 꿈꾸어 오던 것들이 어리석었음을 느꼈다. 그의 손안에 들어온 것은 그 이상이었다.

자신으로 인해 앞으로 발생할 변화가 비록 그에게 불리하다고 해도 그는 조금도 상관하지 않았을 것이다. 상대를 쏘면 자신도 죽으리라는 것을 알면서도 쏘는 독살스러운 곤충들이 있다. 바킬페드로는 그런 벌레와 비슷했다.

하지만 이번에는 그가 공정하고 욕심이 없었다는 말은 들을 수 없을 것이다. 데이비드 더리모이어 경은 그에게 신세진 것이 없으나, 퍼메인 클랜찰리 경은 모든 것을 그로 인해 되찾게 되어 있었다. 바킬페드로는 피보호자에서 보호자로 신분이 바뀌게 되었다. 그것도 어떤 사람의 보호자인가? 영국의 중신을 돌보는 보호자인 것이다. 그는 자신의 손안에 귀족 하나를 갖게 되었다! 자신의 손에 의해 창조될 귀족 하나를! 바킬페드로는 그 귀족에게 최초의 흔적을 선사하리라 생각했다. 게다가 그 귀족이, 귀천상혼(貴賤相婚)으로 여왕의 제랑(弟郎)이 될 상황이었다! 그 제랑은 용모가 추악해 조시안의 마음에 안 드는 것만큼이나 여왕의 마음에 들 것이다. 그러면 여왕의 호감을 얻어 정중하고 소박한 옷으로 몸을 감싸고, 바킬페드로는 유명 인사가 될 것 같았다. 그는 언제나 교회 쪽으로 시선을 돌리고 있으면서 주교가 되고 싶은 막연한 갈망을 간직하고 있었다.

그 모든 기대가 그를 행복하게 만들어 주었다.

얼마나 빛나는 성공이란 말인가! 우연히 해낸 그 대단한 일은 또한 얼마나 완벽한가! 그의 복수를—그는 그 사건을 복수라 여겼다—물결이 순순히 그에게 전해 주었다. 그의 잠복이 허사가 아니었다.

암초는 그였다. 부유물은 조시안이었다. 조시안이 바킬페드로에게 부딪혀 좌초되었다! 마음 깊은 곳에서 악독한 희열이 솟아올랐다.

그는 흔히 암시라고 일컫는 기술에 능숙했다. 그 기술은 다른 사람의 의식에 작은 상처를 내서 그 속에 자신의 생각을 끼워 넣는 것이다. 그는 멀찌감치 거리를 유지하며, 또한 전혀 개입하는 기색 없이 조시안이 그린박스에 가서 그윈플렌을 보도록 조정했다. 일을 진행하는 데 해로울 것이 없었다. 천한 처지에서 목격된 광대, 그것이 배합에 훌륭한 재료가 될 것이다. 그리고 나중에는 좋은 양념이 될 것이다.

그는 사전에 모든 것을 준비해 놓았다. 그가 원했던 것은 갑작스러움이었다. 그가 하던 일은 '첫눈에 반하도록 만드는 것'이란 기묘한 말로밖에 설명할 수 없었다.

전초 작업이 완료되고, 그는 모든 절차가 합법적인 형태로 만들어지도록 세심하게 주의를 기울였다. 비밀은 조금도 누설되지 않았다. 침묵 역시 법의 한 부분이기 때문이다. 하드콰논과 그윈플렌의 대질이 있었고, 바킬페드로가 그 자리에 참석했다. 그리고 그 결과는 방금 전에 본 바와 같다.

같은 날에, 여왕이 보낸 사륜마차가 런던에 있는 레이디 조시안에게 보내졌다. 앤 여왕이 머물고 있던 윈저궁으로 데려가기 위해서였다. 조시안은 머릿속에 있던 어떤 것 때문에 여왕의 명을 거역하거나, 적어도 하루쯤 연기해 다음 날로 출발을 미루고 싶었으나 궁정 생활은 그러한 저항을 허용하지 않는다. 그녀는 런던에 있는 자신의 집 헌커빌 하우스를 떠나 윈저에 있는 집 코를레오네 로지로 가기 위해 바로 출발했다.

여공작 조시안이 런던을 떠난 때는 와펀테이크가 태드캐스터 여인숙을 찾아가 그윈플렌을 납치해 서더크 형무소 지하실로 호송하던 그 무렵이었다.

그녀가 윈저궁에 도착했을 때 알현실 출입문을 지키는, 검은색의 권장을 쥐고 있는 문지기가 그녀에게 전하기를, 폐하께서는 대법관과 중대사를 논의 중이시라 다음 날 아침에 그녀를 만나실 수 있노라고 했다. 그녀는 코를레오네 로지에 머물며 폐하의 명령을 기다릴 것이며, 다음날 아침 폐하께서 기침하는 즉시 명령을 내리실 것이라 했다. 조시안은 불쾌해하며 거처로 돌아갔다. 그녀는 몹시 언짢은 기분으로 저녁 식사를 한 다음 두통이 심하다며 시동 하나만 남겨 두고 모든 사람들을 나가도록 했다. 그리고 잠시 후 시동마저도 나가게 한 다음 아직 날이 지지 않았는데도 잠자리에 들었다.

그녀는 윈저에 도착해 데이비드 더리모이어 경이 즉시 귀환해 청령하라는 명을 받고서, 다음 날 윈저에 오기로 했다는 사실도 알게 되었다.

3. 깨어남

기절하지 않고 시베리아에서 세네갈로 옮겨가는 사람은
없다. _훔볼트

아무리 단단하고 기력이 왕성한 사람이라도 갑작스러운 운명의 결정타에 기절하지 않을 수 없는 법이며, 이는 결코 놀랄 일이 아니다. 도끼에 쓰러지는 소처럼 사람은 의외라는 것의 충격에 쓰러진다. 터키의 항구에서 쇠사슬을 뜯어내던 프랑수아 알베스콜라는 교황으로 지명되었다는 소식을 전해 듣고, 하루 동안 기절해 있었다. 그런데 추기경부터 교황까지의 거리는 광대부터 영국의 중신까지 이르는 거리에 비하면 훨씬 가깝다.

균형의 파열처럼 격렬한 것은 없다.

그윈플렌이 의식을 찾아 다시 눈을 떴을 때는 벌써 어둠이 드리워져 있었다. 그는 커다란 방 가운데에 놓인 안락의자에 있었는데, 방의 벽과 천장 및 바닥이 모두 자주색 벨벳으로 감싸져 있었고 바닥의 벨벳은 밟고 다니도록 되어 있었다. 그의 곁에는 서더크의 지하실 기둥 뒤에서 갑자기 나타났던, 배가 나오고 여행용 외투를 걸친 남자가 모자를 벗어든 채 서 있었다. 방 안에는 그윈플렌과 그 사람 말고는 아무도 없었다. 안락의자에 앉은 채 손을 뻗기만 하면 두 개의 탁자에 닿을 수 있었는데 각 탁자 위에는 여섯 개의 가지가 달린 촛대에 불이 켜져 있었다. 또한 한 탁자에는 종이와 작은 상자가 놓여 있었고, 다른 탁자 위에는 붉은빛이 도는 황금으로 도금된 은쟁반 위에 가금류 고기와 포도주, 브랜디와 같은 간단한 음식이 차려져 있었다.

바닥에서 천장까지 이어지는 긴 창문의 유리를 통해 보이는 4월의 맑은 밤하늘에는 의전(儀典)용 앞뜰 주변에 반원을 그리며 둘러서 있는 기둥들이 희미하게 보였고, 뜰 정면에는 세 개의 문이 보였다. 문 하나는 매우 컸고 나머지 둘은 작았다. 중앙의 커다란 문은 마차가 드나드는 문이었고 조금 작은 오른쪽 문은 말 탄 사람들을 위한 문이었으며 왼쪽의 아주 작은 문은 보행자용이었다. 이 문들은 화려한 철책으로 닫혀 있었고 중앙 문의 윗부분은 조각품으로 장식되어 있었다. 기둥은 뜰의 바닥에 깔려 있는 포석들처럼 하얀 대리석으로 깎은 듯했다. 포석들 때문에 뜰에는 눈이 내려 쌓인 것처럼 보였고, 평평한 돌 조각들로 짜인 그 흰 자락은 어둠 때문에 문양이 희미하게 보이는 모자이크 하나를 둘러싸고 있었다. 환한 날에 모자이크를 보았다면 그것이 피렌체 양식으로 온갖 보석과 색으로 만들어진 거대한 가문(家紋)임이 보였을 것이다. 구불구불한 난간들이 위아래 방향으로 있었는데 테라스의 층계인 것 같았다. 앞뜰 위쪽 멀리에 웅장한 건축물이 우뚝 솟아 있는데 어둠 때문에 안개 속의 희미한 물건처럼 보였다. 별이 가득한 하늘에 궁전의 윤곽이 드러났다.

거대한 지붕, 소용돌이 모양의 합각머리들, 투구처럼 면갑(面甲)이 있는 다락방들, 탑을 무색하게 하는 굴뚝들, 고정된 신들과 여신들로 덮여 있는 갓돌들도 보였다. 주랑 사이로 비치는 어렴풋한 빛 속에서 요정 이야기에 나올 듯한 샘이 부드러운 소리를 내며 솟구치고 있었다. 샘물은 이 수반(水盤)에서 저 수반으로 옮겨 가다가 빗줄기와 폭포를 뒤섞어, 보석 상자를 열고 흩뿌리는 것처럼 바람에 다이아몬드와 진주를 마구 나누어 주고 있었는데 마치 자신을 둘러싸고 있는 석상들의 지루함을 달래 주려는 것처럼 보였다. 창문들이 길게 배열되어 옆모습을 보이고 있었는데 창문 사이사이로 무구(武具) 장식과 흉상들이 놓여 있었다. 그리고 아크로테리온(露盤) 위에 전승 기념물과 깃털 장식이 있는 투구 모형 조각품이 신들의 석상과 번갈아가며 배치되어 있었다.

그윈플렌이 있던 방의 창가 반대편에는 천장에 닿을 만큼 높은 벽난로가 한쪽에 설치되어 있었다. 다른 한쪽에는 사다리를 타고 올라가 가로로 누울 정도로 거대한 침대 하나가 놓여 있었다. 침대를 오르내리는 데 사용하는 사닥다리 발판은 침대 옆에 있었다. 벽의 하단을 따라서 안락의자들이 한 줄로 배치되어 있고, 그 앞쪽에 다시 의자들이 한 줄로 놓여 있었다. 천장은 툼바(무덤) 모양이었다. 벽난로 속에서는 프랑스식으로 붙인 불이 활활 타오르고 있었다. 감식안이 있는 사람이 타오르는 불꽃과 분홍빛에 섞인 초록색 불 무늬를 보았다면, 타고 있는 것이 물푸레나무임을 즉시 알아챘을 것이다. 그 나무를 땔감으로 사용한다는 것은 하나의 사치였다. 방이 얼마나 큰지, 두 개의 촛대에 불이 켜져 있는데도 방안은 어두침침했다. 여기저기에 늘어져 휘날리는 휘장이 보였는데 휘장에 가려진 곳들은 다른 방으로 연결되는 통로 같았다. 방의 전체적인 모습은 고풍스럽고 성대한 제임스 1세 시대의 유행을 따르고 있었다. 바닥이나 벽처럼, 침대 및 침대의 닫집, 안락의자, 보통 의자 등 이 모든 것들은 자줏빛 도는 진홍색 벨벳으로 되어 있었다. 천장 말고는 황금빛이 보이지 않았다. 네 모서리가 동일한 간격을 두고 있는 천장 중앙에 돋을무늬 세공으로 만든 커다란 원형 방패가 매끈하게 붙어 빛을 내고 있었고, 그 가운데에는 여러 문양이 어우러져 있어 특히 눈부신 빛을 발산하고 있었다. 거기에는 두 가문이 나란히 배치되어 있었는데 하나에는 남작관(冠)이, 다른 하나에는 후작관이 조각되어 있었다. 구리에 황금을 입혔을까? 아니면 은에 황금을 입힌 것일까? 알 수 없었다. 어쨌든 황금처럼 보였다. 침침하지만 웅장한 봉건적 천장 가운데에서 번쩍이는 방패는, 어둠 속에 묻힌 태양처럼 침침한 광채를 내뿜고 있었다.

자유로운 인간과 뒤섞여진 야생의 인간은, 궁궐 안에 있을 때, 감옥에 들어간 것처럼 불안을 느낀다. 웅장한 장소가 그윈플렌을 흔들어 놓았다. 지나친 화려함은 어느 정도의 공포감을 갖게 한다. 이 위풍당당한 곳의 주인이 누구인가? 그 모든 거대함은 어떤 거인의 것일까? 이 궁전은 어떤 사자의 굴일까? 미처 잠에서 다 깨지 못한 그윈플렌의 가슴이 조여왔다.

"내가 있는 곳이 어디요?"

그가 물어보았다.

"각하의 댁에 계십니다, 각하."

4. 매혹

표면으로 다시 올라가려면 꽤 많은 시간이 필요하다.

그윈플렌은 놀라움의 깊은 구덩이에 던져졌다. 미지에서 바로 균형을 잡고 일어서는 것은 어렵다. 군대가 궤주(潰走)하듯, 사념의 궤주도 가능하다. 재집결은 즉각적으로 이루어지지 않는 것이다.

무슨 이유에서인지 자신이 흩어졌음을 느낀다. 자신의 기묘한 흩어짐을 목격하게 된다.

신은 팔, 우연은 투석기, 그리고 인간은 자갈이다. 이미 공중으로 던져진 후, 어디 대항해 보라.

그윈플렌은 물수제비 뜬 자갈이 수면에 부딪치듯 연달아 경악에 마주쳤다. 여공작의 연서를 받은 후에 서더크 지하실에서 뜻밖의 사실이 밝혀졌다. 운명의 길에서 뜻밖의 일이 생기면 그것이 잇달아 일어날 것에 대비해야 한다. 그 사나운 문이 일단 열렸다면 뜻밖의 일들이 앞다투어 그곳으로 뛰어든다. 벽에 틈 하나가 생기면 여러 사건이 마구 그 틈으로 몰려온다. 이상한 일은 단 한번만 생기고 끝나는 것이 아니다.

기묘함, 그것은 애매함이다. 그윈플렌을 억누르는 것은 그런 모호함이었다. 그가 마주친 일들은 도무지 이해할 수 없는 것들처럼 보였다. 커다란 동요가 자신의 이성에 남긴 큰 자국들을 먼지 같은 안개를 통해 희미하게 알아차렸다. 격정적인 동요는 지진처럼 그를 통째로 흔들었다. 그의 앞에 주어진 것 중 명확한 것은 단 하나도 없었다. 그러나 항상 선명함이 조금씩 자리를 차지하는 법이다. 먼지는 가라앉는 것이 당연하다. 한 순간 한 순간이 지나면서 경악은 점점 묽어진다. 그윈플렌은 꿈속에서 눈을 뜨고 시선을 고정한 상태로 그 속에서 일어나는 사건을 지켜보려고 애쓰는 사람 같았다. 그는 그 구름을 나누었다가 다시 결합시키고 있었다. 순간순간 방황하기도 했다. 그는 뜻밖의 일들에 휩쓸려 격렬하게 흔들렸고, 그 진동은 그를 이해 가능한 영역으로 밀었다가도 다시 이해 불가능한 영역으로 데려다 놓았다. 그러한 추가 뇌리에 생기는 경험을 모두 한 번쯤 겪지 않았는가?

서더크 감옥 지하실의 암흑 속에서 동공이 팽창했던 현상이, 의외의 일이라는 암흑에 휩싸인 그의 머릿속에서 차례대로 일어났다. 누적된 온갖 느낌들의 적당한 거리를 유지해 주는 것은 힘든 일이었다. 복잡하게 얽혀있는 생각을 연소시키려면, 즉 이해하기 위해서는 그 격정적인 느낌들 사이에 공기가 들어가야 했다. 하지만 공기가 부족했다. 그래서 사건이 호흡을 불가능하게 한 것이다. 서더크의 무시무시한 지하 동굴 속으로 들어가며 그윈플렌은 도형수들의 목에 걸리는 쇠고리를 받아들이려고 했다. 그런데 그는 머리에 중신의 관을 쓰게 됐다. 어떻게 이런 일이 가능할 수 있을까? 그윈플렌이 두려워하던 것과 실제로 맞닥뜨린 것 사이에는 납득할 수 있는 넉넉한 간격이 없었다. 그 일이 너무나 신속히 발생했기 때문에, 그의 공포감이 매우 갑자기 다른 것으로 바뀌었기 때문에, 그것이 결코 명확할 수 없었다. 지극히 대조적인 것이 강력하게 밀착되어 있었다. 그윈플렌은 곤경에 빠진 의식을 빼내기 위해 노력했다.

그는 침묵했다. 그것이 큰 충격을 받은 사람들의 본능적 행동이다. 그들은 사람들이 짐작하는 것 이상으로 방어적인 자세를 취한다. 아무 말도 하지 않는 사람은 모든 일을 감당할 수 있다. 미지의 톱니바퀴에 무심히 튀어나온 말 한마디가 끼어들면,

말한 사람을 예측불허의 바퀴 속으로 끌고 들어갈 수 있다.

으스러지는 것, 그것이 미미한 사람들에게 겁을 준다. 하층민들은 누군가 자신들을 밟을까 봐 두려워한다. 그윈플렌은 오랜 세월 동안 하층민에 속해 있었다.

인간적 불안의 특이한 상태를 다음처럼 풀이할 수 있다. '관망하다.' 그윈플렌의 상태가 그러했다. 갑자기 솟아오른 상황과 아직 균형을 맞추지 못했다고 느끼는 상태이다. 그러면 이어질 그 무엇을 살피게 된다. 또한 막연하게 관심을 기울인다. 그리고 오는 것을 감시한다. 무엇을? 무엇인지는 모른다. 누구를? 그저 지켜볼 뿐이다.

배불뚝이 사나이가 똑같은 말을 거듭했다.

"각하의 댁에 계십니다, 각하."

그윈플렌은 자신의 몸을 만져 보았다. 몹시 놀랐을 때, 사람들은 우선 사방을 살펴본다. 예전처럼 사물이 존재하는지 확인하고 싶어서이다. 그런 다음 자신의 몸을 만져 보는데, 스스로가 존재하는지 확인하려고 하는 것이다. 남자가 자신을 향해 말하는 것은 확실한데 자신은 다른 사람이 되었다. 입고 있던 카핀고*도 가죽조끼도 모두 없어졌다. 대신 은색 천으로 된 조끼와, 만져 보니 수가 놓아져 있는 듯한 새틴으로 만든 상의를

* 소매가 없고 옷단 안에 대는 천이 적은 망토다.

입고 있었다. 조끼 주머니에는 두둑하게 채워진 돈주머니가 들어 있었다. 통 넓은 벨벳 반바지가 그가 입고 있던 광대의 좁고 몸에 밀착되는 반바지 위에 입혀져 있었다. 그리고 높은 뒤축의 붉은색 구두를 신고 있었다. 궁궐로 데려올 때, 옷도 함께 갈아입힌 것 같았다.

사나이가 말을 계속했다.

"각하께서는 지금 드리는 말씀들을 기억해 주옵소서. 저는 바킬페드로라고 합니다. 해군성의 서기 직을 맡고 있습니다. 제가 하드콰논의 호리병을 개봉하여 그 속에 있는 각하의 새로운 운명을 세상에 나오도록 했습니다. 아라비아의 옛이야기에 나오는 한 어부가 병 속에서 거인을 나오게 한 것처럼 말입니다."

그윈플렌은 미소를 띠며 자신에게 말을 하는 자의 얼굴을 뚫어져라 쳐다보았다.

바킬페드로가 계속 말했다.

"이 궁전 이외에 각하께서는 이보다 더 큰 헌커빌 하우스를 소유하고 계십니다. 또한 각하의 영지를 싹트게 한, 에드워드 전하 때부터 요새로 사용했던 클랜찰리성도 소유하고 계십니다. 각하의 휘하에 열아홉 명의 대리 집행관이 있는데 이들은 각 마을과 농민을 다스리고 있습니다. 각하의 깃발 아래 있는 신하 및 소작인의 숫자는 8만 명에 이릅니다. 클랜찰리의 모든 것은 각하의 것이며, 각하께서는 제후의 법정을 만드실 수 있습니다. 국왕 폐하가 각하보다 더 누리시는 것은 화폐 주조권 뿐입니다. 노르망디의 법률에서 영주의 우두머리라고 규정하는 국왕께서는, 사법과 조정(朝廷)과 주형(鑄型)을 가지고 계십니다. 주형은 곧 화폐를 뜻합니다. 이것만 제외한다면, 국왕께서 왕국의 군주이듯이 각하께서는 각하가 소유하신 영지의 군주이십니다. 또한 영국에서는 남작으로서 네 개의 기둥을 갖춘 교수대 운영권을, 시칠리아에서는 후작으로서 일곱 개의 말뚝을 갖춘 교수대를 운영하실 수 있습니다. 참고로 말씀드리자면 귀족 출신의 고위 사법관은 말뚝 두 개, 일반 영주는 세 개, 공작은 여덟 개를 갖춘 교수대 운영권을 갖습니다. 노섬브리아의 옛 헌장에 따르면 각하는 왕자로 명명되어 있습니다. 각하께서는 아일랜드의 밸런티아 자작들인 파워 가문 및 스코틀랜드의 엄프레빌 백작들인 앵거스 가문과 동맹 관계를 맺고 계십니다. 각하께서는 캠벨, 어드매넉, 매칼루모어 등 스코틀랜드 부족들의 우두머리이십니다. 각하께서는 리컬버, 벅스턴, 헬커터스, 험블, 모리캠브, 검드레이스, 트렌워드레이스 등을 모두 합쳐 여덟 곳에 영지를 소유하고 계십니다. 각하께서는 필리모어에 있는 이탄지(泥炭地)들과 트렌트에 있는 흰 대리석 채석장에 대한 권한을 갖고 계십니다. 더불어 페네스 체이스 전역과 정상에 옛 마을 하나가 있는 산 또한 각하의 것입니다. 그 마을은 비니컨턴이며, 산은 모일엔리라고 합니다. 이 모든 것들을 통해 각하께 들어오는 수입은 연간 4만 파운드입니다. 프랑스인이라면 흡족해할 2만 5천 프랑의 40배입니다."

바킬페드로가 그렇게 말하고 있는 동안 그윈플렌은 점점 커지는 놀라움 속에서도 옛 추억에 잠겨 있었다. 추억이란 말 한마디는 그 밑바닥까지도 뒤집을 수 있는 침전물과 같은 역할을 한다. 바킬페드로의 입에서 나온 모든 이름들을 그윈플렌은 익히 알고 있었다. 어린 시절을 보낸 오두막 안에 걸려 있던 두 판지에 그 이름들이 적혀 있었다. 그것들에 기계적으로 눈길을 주곤 했었기 때문에, 모두 외우게 되었다. 웨이머스의 버려진 고아는 그를 기다리고 있는 자신의 유산을 찾았던 것이다. 아침마다 그 가여운 어린아이가 잠에서 깰 때마다 무덤덤하고 무심한 눈으로 더듬으며 읽곤 하던 것이 사실은 자신의 영지와 지위였다. 그 엄청난 의외의 사건에 추가된 또 하나의 기이한 일은, 15년 동안 여기저기 방황하면서 무대 위의 광대짓을 하며 그날그날 몇 푼씩 모아 빵 부스러기로 연명한 사람이 알고 보니 가난 위에 자신의 엄청난 재산 목록을 걸어 둔 채로 유랑했다는 것이다.

바킬페드로가 탁자 위에 있는 보석 상자를 집게손가락으로 치며 말했다.

"각하, 이 보석 상자 속에는 2천 기니가 있습니다. 자비로우신 여왕 폐하께옵서 필요한 곳에 쓰라고 보내신 것입니다."

그윈플렌이 동요했다.

"아버지 우르수스께 드리겠네."

"그러시지요. 각하."

바킬페드로가 대답했다

"태드캐스터 여인숙에 있는 우르수스 말씀이시지요. 저희들과 동행한 사법관이 그곳으로 곧 돌아갈 터이니 그에게 보내도록 하겠습니다. 혹시 제가 런던으로 돌아갈 일이 생기면 제가 전하겠습니다. 저에게 맡겨 주십시오."

"내가 직접 가지고 가겠소."

그윈플렌이 말했다.

바킬페드로가 미소를 거두고 말했다.

"불가한 일입니다."

급작스럽게 억양이 꺾이며 힘을 주어 말했다. 바킬페드로는 그런 억양을 사용하는 법을 알고 있었다. 그는 자신이 한 말 끝에 마침표를 찍는 것처럼, 말을 멈췄다. 그리고 스스로 상전을 섬기는 하인만이 갖고 있는 공경스러운 말투로 말을 계속했다.

"각하, 각하께서는 런던에서 37킬로미터쯤 떨어져 있는 이곳, 바로 윈저 왕궁 옆에 있는 각하의 코를레오네궁에 계십니다. 각하께서 이곳에 오신 사실은 그 누구도 모릅니다. 각하께서는 서더크 감옥 정문 앞에서 대기하고 있던 마차로 이곳에 모셔졌습니다. 이 궁 안으로 각하를 모신 사람들조차 각하께서 누구이신지 모릅니다. 그들은 저를 알 뿐입니다. 지금으로서는 그것으로 충분합니다. 제가 가지고 있는 비밀 열쇠를 써서 각하를 이 방으로 모셔왔습니다. 사람들은 벌써 잠자리에 들었고 지금은 그들을 깨우기에는 너무 늦은 시각입니다. 그 이유로 이제 각하께 자세한 이야기를 드릴 시간을 갖게 되었습니다. 제가 드릴 이야기는 길지는 않습니다. 설명을 드리라는 것이 폐하께서 제게 내리신 사명입니다."

바킬페드로는 말하면서도 보석 상자 옆에 있는 서류뭉치를 계속 뒤적거렸다.

"각하, 이것이 중신 증명서입니다. 또, 이것은 각하의 시칠리아 후작 증명서입니다. 이것들은 각하의 여덟 개 남작령 증서이며, 켄트의 왕이셨던 볼드렛부터 영국과 스코틀랜드의 왕이셨던 제임스 6세부터 제임스 1세 시대까지, 국왕 열한 분의 옥새가 찍혀 있습니다. 이것은 각하의 특권을 나타내는 증서입니다. 이것은 임대차 계약서이고, 또 각하의 대여 영지, 자유 영지, 대여 영지에 종속된 영지, 마을 및 사유지를 자세하게 정리한 서류들입니다. 각하의 머리 위 천장에 보이는 가문에는 진주로 장식된 남작관과 꽃무늬가 원형으로 장식된 후작관이 있습니다. 이쪽에 있는 각하의 탈의실 안에 붉은색 벨벳으로 만들고 담비 모피 띠를 갖춘 각하의 중신 의상이 준비되어 있습니다. 불과 몇 시간 전에 대법관과 영국의 장교가 각하와 콤프라치코스 하드콰논의 대질 결과를 통보받은 다음 여왕 폐하의 명령을 따랐습니다. 폐하께서는 서명을 하셨고 그것은 법과 동일합니다. 모든 절차가 끝났습니다. 각하께서는 늦어도 내일이 지나기 전에 상원에 등원하실 것입니다. 그곳에서는 왕실에서 제출한 법안을 며칠 전부터 심의하고 있는데 그 내용은 여왕의 부군이신 컴벌랜드 공작의 세비를 10만 리브르, 즉 250만 프랑 리브르로 액수를 늘리자는 것입니다. 각하께서도 그 심의에 참가하시게 됩니다."

바킬페드로는 잠깐 동안 말을 멈췄다가 천천히 호흡을 가다듬었다. 그리고 말을 이었다.

"하지만 아직 확실하게 정해진 바는 아무것도 없습니다. 스스로가 바라지 않는데 영국의 중신이 되지는 않습니다. 각하께서 실상에 대한 이해가 어려우시다면 모든 것이 무효가 되어 없어질 수 있습니다. 꽃을 채 피우기도 전에 잠적해 버리는 일은 정치에서 쉽게 볼 수 있습니다. 각하, 지금 이 시각에도 각하는 거대한 침묵에 가려져 있습니다. 상원은 내일이 되어서야 실상을 인지하게 될 것입니다. 국가적 이익을 위해 각하의 일은 극비리에 진행되었고 그 결과 역시 지극히 엄청나서, 각하의 존재와 각하의 모든 권리를 알고 있는 몇몇 주요 인사들은 만약 국가적 이익이 요구한다면 자기들이 알고 있는 것을 즉시 잊을 것입니다. 암흑 속에 있는 것이 영원히 암흑 속에 남을 수 있습니다. 각하를 자취도 없이 사라지게 하는 것은 매우 쉽습니다. 각하의 형님이 계시기 때문에 더욱 쉽습니다. 그분은 각하의 선친께서 망명을 떠나신 후, 선친과 찰스 2세 폐하의 정부가 된 여인 사이에서 태어난 혼외자(婚外子)입니다. 그 이유 때문에 그분은 궁정에서 환대를 받습니다. 만약 각하에게 무슨 일이라도 일어난다면 비록 그분이 사생아라 할지라도 각하의 영지는 그분께 귀속됩니다. 그러한 일이 일어나기를 원하십니까? 그렇지 않으실 겁니다. 모든 것은 각하의 의지에 달려 있습니다. 여왕 폐하의 명령을 받아들이셔야 합니다. 내일이 올 때까지는 이곳을 떠나지 마십시오. 그리고 내일, 폐하께서 하사하신 마차를 타고 상원에 가셔야 합니다. 각하, 각하께서는 영국의 중신이 되기를 바라십니까? 아니면 바라지 않으십니까? 여왕께서는 각하의 미래를 위한 좋은 계획을 갖고 계십니다. 여왕께서는 각하와 어떤 왕녀와의 결혼을 생각하고 계십니다. 퍼메인 클랜찰리 경, 그 이름은 결정적인 순간을 의미합니다. 운명은 문을 하나 열지만 다른 문 하나는 닫습니다. 몇 걸음 나아간 다음에는 한 걸음도 물러날 수 없습니다. 변신 과정에 들어간 후에는 잠적만이 존재합니다. 각하, 이미 그윈플렌은 죽었습니다. 아시겠습니까?"

그윈플렌에게 한 차례 전율이 머리끝부터 발끝까지 흘렀다. 그는 정신을 바로잡으며 대답했다.

"알겠소."

바킬페드로는 미소를 띠며 예를 표한 후, 외투 자락에 보석 상자를 감싸서 밖으로 나갔다.

5. 기억한다고 생각하지만 잊는다

인간의 영혼 속에 뚜렷하게 발생하는 그 기묘한 변화란 과연 무엇인가?

그윈플렌은 높은 꼭대기로 납치됐으며 동시에 심연 속으로 곤두박질쳤다.

그는 현기증이 났다.

이 현기증은 두 가지 이유로 일어났다.

상승으로 인한 현기증과 추락으로 인한 것이었다.

이는 치명적인 혼합이었다.

그는 자신의 상승은 느꼈지만 추락은 느끼지 못했다.

새로운 지평선이 열리는 것을 보는 것, 그것은 매우 두려운 일이다.

전망은 조언을 준다. 그러나 언제나 좋은 조언만을 주는 것은 아니다.

그의 앞에는 스스로를 갈라서 창천(蒼天)을 보여 주는 구름의 선경 같은 틈새 풍경들이 모습을 드러냈다. 그것은 덫일지도 모른다.

매우 깊은 창천은 모호해 보이기도 했다.

그는 산 위에 있어서, 지상의 왕국들을 내려다볼 수 있었다.

실제로는 존재하지 않기 때문에 더 위험한 산이다. 그 정상에 있는 자들은 꿈속에 들어가 있는 것이다.

그곳에서 뻗쳐오는 유혹은 지옥의 심연이다. 강력한 유혹이기 때문에 그 지옥은 낙원을 멸망시킬 바람을 갖고, 악마는 신을 그곳에 데려온다.

영원을 유혹하려 하다니, 얼마나 기괴한 희망인가!

사탄이 예수를 유혹하는데 한 인간이 이를 어찌 거부할 수 있겠는가?

궁궐과 성, 권력, 부 등 인간의 모든 행복이 끝이 보이지 않을 만큼 펼쳐져 지평선 끝까지 쾌락의 지도가 그려지고 그 빛나는 지도의 중앙에 서 있음을 깨닫는 것, 그것은 매우 위험한 신기루다.

준비 과정을 거치지 않고, 조심성이나 중간 단계가 없이, 그리고 순서대로 과정을 밟지 않은 그러한 상황이 야기할 혼란스러움을 생각해 보라.

두더지 구멍에서 잤는데 스트라스부르의 종각 끝에서 일어난 사람이 바로 그윈플렌이었다.

현기증이란 일종의 강렬한 광채다. 밝음과 어둠 속으로 동시에 끌어들여, 반대 방향으로 도는 소용돌이를 일으키는 현기증이 그러하다.

과도하게 환히 보면서 동시에 잘 보지 못한다.

온갖 것을 보는 동시에 아무 것도 보지 못한다.

어디선가 이 책의 작가가 '눈부셔하는 장님'이라고 불렀던, 그런 사람이 된다.

홀로 남은 그윈플렌은 성큼성큼 이리저리 거닐었다. 폭발이 있기 전에는 부글거린다.

그러한 흔들림 속에서도, 도저히 한곳에 머물 수 없는 상태에서도 그는 생각에 빠졌다. 그러한 부글거림은 청산 작업에 가까웠다. 그는 기억의 도움을 받았다. 겨우 들린다고 믿으면서 그처럼 철저하게 귀 기울이다니, 매우 놀라운 일이다! 서더크 감옥의 지하실에서 집정관이 읽었던 조난자들의 진술이 또렷하게, 그리고 이해할 수 있는 형태로 그의 머릿속에 떠올랐다. 그는 진술서의 한 마디 한 마디를 기억해 냈으며, 그 아래 은폐되어 있던 유년 시절이 전부 또렷이 눈앞에 떠올랐다.

그가 갑자기 멈췄다. 뒷짐을 진 채 천장 또는 하늘을, 어쨌든 위를 바라보며 한마디를 내뱉었다.

"복수!"

그는 물속에 잠겼던 머리를 마침내 물 위로 쳐든 사람처럼 보였다. 그는 순간의 선명함에 갑작스럽게 빠져 과거와 현재와 미래 모두를 보는 듯했다.

"아!"

그가 한탄했다. 생각의 바닥에도 아우성은 존재했다.

'아! 그렇게 된 사연이었구나! 내가 귀족이었구나. 모든 것이 밝혀지는군. 아! 나에게서 모든 것을 훔쳐 갔고, 나를 배신했고, 나를 자취도 없이 소멸시켰고, 내 유산을 빼앗고, 나를 유기했고, 나를 살해했구나! 내 운명의 시체가 15년 동안 바다 위를 떠다니다가 우연히 육지에 닿아, 살아서 벌떡 일어선 것이군! 내가 부활한 거야. 내가 탄생한 거야! 나는 내 넝마 밑에서 불쌍한 자 외에 다른 무엇의 박동을 느꼈고, 군중을 둘러볼 때마다, 그들이 가축 떼이고 나는 개가 아니라 목동임을 확실히 느꼈었지! 백성의 목동들, 인간의 지도자들, 안내자들, 지배자들, 그런 분들이 나의 선조들이셨어. 그것은 나이기도 하지! 나는 귀족이며 그래서 검을 갖고 있어! 나는 남작이야, 그래서 투구를 갖고 있어! 나는 후작이야, 그래서 깃털 장식을 갖고 있어. 나는 중신이야, 그래서 내 고유의 관(冠)을 갖고 있어. 아! 나에게서 그 모든 것을 박탈했군! 나는 원래 빛 속에 살았는데, 나를 어둠 속에서 살게 했어! 아버지를 추방한 자들이 그 자식을 팔아 버린 거군! 아버님이 돌아가시자, 베개로 사용하시던 망명이라는 돌을 머리 밑에서 끌어내어 그것을 내 목덜미에 매달고 하수구에 밀어 넣었어! 오! 나의 어린 시절을 혹독하게 괴롭혔던 악인들, 그들이 지금 내 기억 가장 깊은 곳에서 꿈틀대며 고개를 들고 있어, 맞아, 그들이 다시 환히 보여. 나는 무덤 위에서 한 떼의 까마귀들에게 쪼아 먹힐 살덩이였어. 소름 끼치는 그림자 밑에서 나는 피를 흘리며 비명을 지르고 울부짖었지. 아! 나를 처박은 곳이 바로 그곳, 오가는 자들이 무엇이든 밟아서 부서뜨리는 곳, 모든 사람이 짓밟는 그 밑, 농노보다도, 하인보다도, 병사의 심부름꾼보다도, 노예보다도 낮은, 인류의 바닥에 있는 이들의 아래에, 카오스가 시궁창으로 바뀌는 곳, 모든 것이 사라지는 곳이었어! 그런데 그곳으로부터 빠져나오고 있어! 그곳에서 올라오고 있어! 그곳에서 부활하고 있어! 그래서 지금의 모습이 된 거야. 복수!'

그는 앉았다가 일어나 두 손으로 머리를 감싸 쥔 채 다시 걸었다. 폭풍우 같은 독백이 그의 내면에서 이어졌다.

'내가 있는 곳은 어디인가? 꼭대기이다! 내가 떨어진 곳은 어디인가? 봉우리 위! 이 용마루, 이 웅장함, 세계를 덮는 이 원형의 지붕, 절대 권력, 이것이 내 집이지. 공중에 지어진 이 신전, 나는 이곳의 신들 중 하나야! 아무도 들어올 수 없는 이곳에 내가 들어와 있어. 저 밑에서 쳐다보던 높은 곳, 지극히 강렬한 빛을 뿜어내 눈을 감아 버렸던 높은 곳, 난공불락의 봉건 성채, 행운아들이 사는 절대 함락시킬 수 없는 요새에 내가 머무르고 있어. 이곳에 와 있는 거야. 나는 이곳의 주인이지. 아! 중대한 윤회(輪回)여! 저 밑에 있었는데, 이 높은 곳에 올라와 있어. 이 높은 곳에서 영원히! 이제 나는 귀족, 진홍빛 외투를 걸치고 머리에는 꽃무늬 관을 쓰고 왕들의 즉위식에 참석하면 내 앞에서 그들이 선서를 할 것이며, 내가 재상과 왕족을 판결하게 될 거야. 나는 진실로 존재하게 되었지. 내가 처박혔던 심연에서 다시 떠올라 정점에 닿았어. 도시와 전원에 있는 궁궐과 저택, 정원, 사냥터, 숲, 사륜마차, 어마어마한 돈을 갖게 되었어. 나는 수없이 축제를 열고, 법을 만들며, 행복과 쾌락을 내 의지대로 선택하게 되었어. 잡초들 속에 핀 한 송이 꽃을 꺾을 권리도 누리지 못했던 부랑아 그윈플렌이, 하늘의 별을 딸 수 있게 되었어!'

한 영혼 속으로 들어온 불길한 음영이었다. 한 명의 영웅이었던 그윈플렌의 내면에서, 그리고 확실히 알려 두지만, 아직도 영웅이기를 포기하지 않았던 그의 내면에서 정서적 훌륭함이 물질적 훌륭함으로 대체되고 있었다. 음울한 변화였다. 지나가는 한 무리의 악마들에게 홀려서 일어난 덕행 도난 사건이었다. 인간의 나약함을 노린 불시의 공격이었다. 야망과 본능의 의심스러운 의지, 욕망, 탐욕 등 흔히들 우월한 것이라 불리는 저열한 것들, 불운이라는 정화 작용으로 인해 그윈플렌에게서 먼 곳으로 쫓겨났던 그것들이, 너그럽고 착한 심성을 요란하게 다시 지배했다. 그것이 무엇에서 비롯된 것일까? 바다가 가져온 부유물 속에 있었던 양피지 한 장 때문이었다. 우연이 양심을 겁탈한 행위였다.

그윈플렌은 오만을 벌컥거리며 마셨다. 그것이 그의 영혼을 어둡게 만들고 있었다. 그 비극적인 술의 본질이 그렇다.

그는 취기를 느꼈다. 그리고 그것에 순응하는 것 이상의 행동을 했다. 취기를 달게 감상하고 있었다. 오랫동안 갈증을 느껴왔기 때문이었다. 우리는 분별력을 빼앗아 가는 술잔의 단순한 공범일까? 그는 그것을 언제나 막연하게 갈구해 왔다. 힘 있는 사람들 쪽을 계속 바라보곤 했다. 바라본다는 것은 원한다는 의미이다. 그래서 독수리 둥지에서 태어나는 독수리 새끼도 위험에서 자유롭지 못하다.

이제 그는 자신이 귀족이라는 것이 매우 당연한 사실이라고 생각했다.

겨우 몇 시간밖에 흐르지 않았지만, 어제라는 과거 역시 아득히 멀게 느껴졌다!

그윈플렌은 선(善)의 적인 호전(好戰)의 매복 장소에 빠졌다. '운수가 좋군!' 이런 말을 듣는 사람은 불운을 피하기 어렵다.

사람은 번영보다 고난 앞에서 더 잘 버틴다. 행운보다는 불운을 겪으면서 자신을 더 온전하게 보호한다. 카리브디스는 가난, 스킬라는 부유함이다. 벼락 아래에서 일어선 사람들은 그 섬광으로 인해 쓰러졌다. 절벽 앞에서도 경악하지 않던 그대, 구름과 꿈의 많은 날개에 실려 사라질 것을 걱정하라. 상승이 그대를 높은 장소로 데려갈 것이며 그대를 작게 만들 것이다. 신격화된 것은 음산한 능력을 소유하고 있다.

행복한 처지에서 자기 자신을 아는 것은 어렵다. 우연은 하나의 변장에 지나지 않는다. 그 얼굴처럼 속임수에 뛰어난 것은 없다. 그것은 섭리일까? 그것은 숙명일까?

밝음은 밝음이 아닐 수도 있다. 빛은 진리이지만 섬광은 배반일 수 있기 때문이다. 섬광이 밝혀준다고 믿으나, 사실은 불길을 일으킨다.

밤이 되면 어떤 손 하나가 등불 하나를, 별로 바뀐 더러운 비계를 어둠 속 구멍 주변에 놓는다. 자벌레나방이 그곳에 가까이 간다.

어디까지 그에게 책임이 있는 것인가?

독사의 눈이 새를 홀리듯, 불의 눈이 자벌레나방을 홀린다.

자벌레나방이나 새가 거기에 홀리지 않는 것이 가능한 일일까? 나뭇잎이 바람에 복종하기를 거역하는 것이 가능할까? 돌이 중력에 복종하기를 거역하는 것이 가능할까?

물질적 문제인 동시에 정신적 문제인 것이다.

여공작의 연서를 받은 후 그윈플렌은 뒤로 몸을 젖히며 저항했다. 그의 내면 깊숙이 그를 잡아 두던 끈이 있었기 때문이다.

그러나 질풍은 한쪽 지평선에서 불어오는 바람이 끝나면 다른 쪽에서 오는 바람으로 다시 시작하며, 운명 역시 자연처럼 나름대로 억척을 부린다. 첫 공격으로 흔들고, 두 번째 공격으로 뽑는다.

슬프도다! 떡갈나무들이 어떻게 쓰러진단 말인가?

겨우 열 살의 나이로 포틀랜드의 절벽 위에서 자신도 다른 사람들과 함께 타고 떠날 것으로 믿었던 선박을 휩쓸어 간 폭풍우, 그에게서 구원의 널빤지를 가져간 심연, 훨씬 뒤로 물러서며 그를 협박하던 텅 빈 공중, 그에게 단 하나의 은신처마저 거부하던 대지, 그에게 단 하나의 별도 허락하지 않던 하늘, 무자비한 침묵, 한줄기 빛도 없는 암흑, 온통 난폭함으로 가득한 무한의 장소 바다, 온갖 수수께끼가 가득한 또 다른 무한의 장소 하늘 등 그가 맞서야 할 적들을 바라보며 싸울 태세를 하던 그가, 무척 어리지만 늙은 헤라클레스가 죽음에 맞서듯 밤에 맞서 싸우던 그가, 미지의 존재가 드러내던 커다란 적대감 앞에서 겁내거나 정신을 잃지 않던 그가, 어마어마한 싸움을 벌이며 자신 또한 아이임에도 아기 하나를 품에 안아, 지치고 여린 품에 무거운 짐을 떠안음으로써 자신의 연약함이 쉽게 상처받게 하고, 매복하여 그를 노리는 어둠의 괴물들에게 부리망(網)을 벗겨 주는 등 모든 불리함을 불러들이면서 전혀 신경 쓰지 않던 그가, 요람을 벗어나기가 무섭게 운명과 접전을 벌였던 어린 맹수 조련사였던 그가, 불공평한 전투라도 그것을 피하지 않던 그가, 자신의 주변에서 일어난 인간들의 무서운 잠적을 보고서도 그러한 잠적을 수긍하며 씩씩하게 걸음을 재촉하던 그가, 한기와 갈증과 기아를 용감하게 견디어 낸 그가, 몸집은 피그미족이지만 영혼은 거인이었던 그가, 폭풍우와 가난이라는 두 형태로 몰아쳤던 광막한 바람을 누른 그윈플렌이 허영이라는 한 줄기 바람에 균형을 잃고 있었다!

숙명이라는 거대한 힘이 모든 절망과 가난, 폭풍우, 포효성, 재앙, 극심한 괴로움 등을 한 사람에게 몽땅 퍼부어 소멸시켰음에도 그 사람이 여전히 우뚝 서 있으면, 숙명은 그에게 미소를 보내고 그 사람은 갑자기 술에 취한 것처럼 휘청거린다. 운명의 미소, 그것보다 더 무시무시한 것을 생각이나 할 수 있겠는가? 그것은 인간을 시험하는 무자비한 영혼 검사관들의 마지막 책략이다. 운명 속에 등장하는 호랑이는 간혹 보드라운 앞발을 보여 준다. 두려워하기 전의 준비 작업이다. 괴물의 무시무시한 보드라움이다.

자신의 강해짐과 약해짐의 우연한 일치를, 그 누구라도 자신 속에서 관찰할 수 있었을 것이다. 급작스러운 증대는 붕괴와 열병을 불러온다.

그윈플렌의 머릿속에서는 새로운 것들이 무수히 뒤섞여 소용돌이쳤다. 온통 모호한 변신, 정의할 수 없는 기묘한 대비, 과거와 미래의 충돌, 두 개의 그윈플렌, 두 명의 자신이 있었다. 뒤에는 어둠에서 나와서 방황하고, 추위에 떨고, 굶주리고, 사람들을 웃기는, 누더기를 걸친 아이 한 명이 있는데, 앞에는 찬연하고, 화려하고, 웅장하며, 런던 전체를 놀라움 속에 몰아넣는 귀족 하나가 있다. 그는 그 하나를 벗어 버리고 다른 것과 융화되려 하고 있었다. 광대로부터 나와서 귀족 안으로 들어가고 있었다. 가죽의 변화가 때로는 영혼의 변화를 의미한다. 이 상황은 순간순간 지나칠 정도로 꿈과 비슷했다. 악몽과 길몽이 혼재되어 있었다. 그는 아버지를 떠올렸다. 누구인지 모르는 아버지를 떠올린다는 것, 비통스러운 일이다. 그는 아버지의 모습을 상상해 보려 노력했다. 방금 전에 들은 형에 대해서도 생각해 보았다. 그러니까 그에게도 가족이 있다는 의미다! 무엇이라고! 가족이, 그윈플렌에게! 그는 환상적인 꿈속에서 넋을 잃었다. 여기저기에 장려함이 유령처럼 나타났고, 미지의 엄숙함이 구름의 형태로 그를 앞장섰으며, 호화로운 팡파르가 들렸다.

"그리고 나의 언사도 유창할 거야."

그가 혼잣말을 했다.

그리고 상원으로 찬란하게 입장하는 자신을 상상했다. 그는 새로운 것들로 잔뜩 꾸며져 상원에 들어서고 있었다. 그에게 말할 것이 없을까? 그동안 얼마나 많이 준비해 두었는가! 직접 눈으로 보고, 만져 보고, 경험하고, 고통을 당한 사람으로서, 그들 속에서 이렇게 소리칠 수 있다는 것이 얼마나 큰 장점이겠는가! '당신들이 멀리하는 그 모든 것 가까이에 나는 직접 다가갔었소!' 공상으로 배를 불린 한가로운 귀족들의 얼굴을 현실로 가격하면 그들은 벌벌 떨 것이다. 그의 말은 진실이니까. 그들은 또한 박수를 치며 열광할 것이다. 그가 훌륭하니까. 그는 절대 권력자들 한가운데에서 그들보다 더 힘센 모습으로 불쑥 모습을 나타낼 것이다. 그들에게는 그는 횃불을 든 사람처럼 보일 것이다. 그들에게 진실을 보여 줄 테니까. 또한 검을 든 사람처럼 보일 것이다. 그들에게 정의로움을 보여 줄 테니까. 얼마나 멋진 승리인가!

명확하면서도 혼돈스러운 뇌리에 그러한 상상들을 하며 그는 광기의 증세를 보였다. 아무 안락의자에나 보이는 대로 털썩 주저앉아 잠이 드는 것 같았다가 소스라치며 벌떡 일어섰다. 다시 왔다 갔다 하며 천장을 가만히 바라보다가는 그곳에 있는 작위 관들에 시선을 집중하고, 상형문자 같은 가문을 무덤덤하게 보다가 벽의 벨벳을 만지고, 의자들을 밀치고, 양피지 서류들을 뒤적이고, 벅스턴, 험블, 검드레이스, 헌커빌, 클랜찰리 등 이름과 작위들을 소리 내어 읽고, 밀랍과 인장을 비교하고, 많은 왕들의 손이 닿은 인감들의 비단 장식끈들을 쓰다듬고, 창문 옆으로 다가가서 샘물 소리에 귀를 기울이고, 석상들을 하나하나 뜯어보고, 몽유병 환자처럼 인내심을 갖고 대리석

원주들을 세면서 말했다.

"그래!"

그러고는 입고 있던 새틴 옷을 만지면서 스스로에게 물었다.

"이것이 나인가? 맞아."

그의 내면에서는 폭풍우가 몰아치고 있었다.

그 폭풍우 속에서, 기력 상실과 피로를 느끼고 있었을까? 마시고, 먹고, 잠을 잤을까? 혹시 그랬다 하더라도 그는 그 사실을 몰랐을 것이다. 몹시 격렬한 특정 상황에서는, 사념이 끼어들지 않아도 본능이 자기 마음대로 만족을 추구한다. 게다가 그의 사념이란 것은 한 가닥 연기보다도 못했다. 용암이 가득 찬 구멍에서 검은 불길이 토사물처럼 나올 때, 분화구가 산 아래에서 풀을 뜯고 있는 가축을 신경 쓰겠는가?

시간이 꽤 흘렀다. 새벽이 되었고, 하늘도 환해져 있었다. 새하얀 빛이 방안을 비추며 그윈플렌의 영혼 속으로 들어왔다.

"데아!"

빛이 속삭였다.

제6부
우르수스의 다양한 모습

1. 인간 혐오자의 말

그윈플렌이 서더크 감옥으로 끌려가 사라지는 모습을 본 우르수스는, 숨어서 살피고 있던 구석에서 넋을 잃은 채 우두커니 서 있었다. 자물쇠와 빗장의 삐걱대는 소리가 그의 귀에 오랫동안 남아 있었다. 그 소리는 불쌍한 녀석 하나를 삼키면서 감옥이 지르는 희열의 비명 같았다. 그는 기다리고 있었다. 무엇을? 그는 지켜보았다. 무엇을? 그 냉정한 문들은 한 번 닫히고 나면 여간해서는 다시 열리지 않는다. 그 문들은 어둠 속에서 침체성에 마비되었기 때문에 움직이기가 쉽지 않은데, 특히 석방할 때 더욱 그렇다. 들어갈 때와 나갈 때는 다르다.

우르수스는 그 사실을 알았다. 하지만 기다림이란 마음대로 자유롭게 멈추기는 어렵다. 자신도 어쩔 도리 없이 기다리는 것이다. 우리가 하는 행동은 이미 획득한 힘을 발산하게 하는데, 그 힘은 대상이 없어도 고집스럽게 유지되고 우리를 사로잡아 손안에 넣어 우리로 하여금 한동안 맹목적인 행동을 계속하도록 한다. 부질없는 감시, 우리 모두 한 번은 취해 보았을 어리석은 태도, 사라진 것에 관심을 기울이는 사람이라면 누구나 기계적으로 감내하는 시간 낭비이다. 아무도 그런 부동성에서 탈출할 수는 없다. 모두들 어떤 어리석은 악착스러움으로 고집을 부린다. 그곳에 남아 있는 까닭도 모른다. 그러나 남아 있다. 능동적으로 시작했고 수동적으로 계속한다. 기운을 없애는 집요함이며, 극도로 지친 후에야 그 집요함에서 벗어난다. 우르수스는 다른 사람들과 달랐음에도 불구하고 감시의 시선이 섞인 몽상에 빠져, 다른 보통 사람들과 마찬가지로 그 자리에 못 박힌 듯 고정되어 있었다. 우리를 전적으로 지배하지만 우리는 아무 거부도 할 수 없는, 그러한 사건이 발생시키는 몽상에 빠져 있었다. 그는 검은색의 두 담장을 번갈아 가며 주의 깊게 살폈다. 낮은 담장을 바라보다가 높은 담장을 바라보았고, 교수대용 사다리가 걸려 있는 문을 보다가 죽은 사람의 얼굴이 조각된 문을 보기도 했다. 그는 감옥과 묘지로 구성된 곤경에 빠져 꼼짝할 수 없었다. 사람들이 기피하고 싫어하는 좁은 길에는 행인이 거의 없어, 우르수스는 누구의 주의도 끌지는 않았다.

드디어 그가, 몸을 숨기고 있던 구석, 자신이 망을 보던 우연히 만들어진 파수막을 떠나 느리게 발걸음을 옮겼다. 뉘엿뉘엿 해가 지고 있었다. 그의 파수(把守) 시간이 꽤 길었던 것이다. 가끔씩 그는 고개를 돌려 그윈플렌이 들어간 낮고 무시무시한 협문을 바라보았다. 그의 눈동자는 흐릿하고 둔해 보였다. 그는 골목 끝에 도달하자 다른 길로 들어섰다. 그러고는 몇 시간 전에 지나간 길들을 어렴풋하게 떠올리며 또 다른 길로 갔다. 자신이 더 이상 감옥이 있는 길에 있지 않음을 알고 있으면서도 여전히 감옥의 문이 보이는 것처럼 가끔 뒤를 돌아보았다. 타린조필드가 조금씩 가까워졌다. 장터 근처의 좁은 길은 정원과 정원 사이로 난 인적 없는 오솔길이었다. 그는 울타리와 도랑을 따라서 구부정하게 걸었다. 갑자기 걸음을 멈추고 몸을 곧게 세워 소리쳤다.

"잘됐어!"

동시에 그는 주먹으로 머리를 두 번 치고, 다시 허벅지를 두 번 쳤다. 일을 적절하게 판단한 사람을 가리키는 동작이다.

다른 사람에게 잘 들리지 않을 만큼 조그만 소리로 중얼거리기 시작했는데, 간혹 음성이 높아졌다.

"잘됐어! 아! 거지 녀석! 악당 녀석! 부랑자! 건달! 반역자! 정부에 대해 녀석이 한 말 때문에 끌려갔군. 녀석은 반역자야. 나는 반역자를 돌보고 있었던 거야. 나는 이제 반역자에게서 풀려난 거야. 내가 운이 좋은 거지. 녀석이 우리를 위험으로 끌어들이고 있었어. 감옥에 갇혔으니! 아! 잘된 일이지! 법이란 위대한 것이야. 아! 은혜도 모르는 녀석! 내가 저를 길렀는데! 모두 허사였어! 무엇 때문에 녀석이 마구 지껄이고 따질 필요가 있었단 말인가? 녀석이 국가의 일에 간섭하다니! 대체 말이나 되는 일인가! 동전이나 만지는 주제에, 세금이니, 가난한 사람들이니, 백성이니, 자기와 상관없는 일을 가지고 목소리를 높여 수다를 떨었다니! 펜스를 놓고 감히 함부로 지껄이다니! 왕국의 화폐인 구리를 놓고 심술궂고 악의적인 의견을 내놓다니! 녀석이 폐하의 엽전을 모욕했어! 파딩 한 닢, 그것은 곧 여왕인데! 신성한 초상, 제길, 신성한 초상인데! 우리에게 여왕이 있는가? 없는가? 녹청색으로 산화된 초상을 존중할 뿐이지. 모든 것은 정부 안에서 이루어져. 그 사실을 알아야 하지. 나는 오래 살았어. 그러니까 이것저것 충분히 알지. 나에게 이렇게 물어보겠지. '하지만 그러면 정치를 포기하는 것이오?' 친애하는 이들이여, 나는 정치를 당나귀의 빳빳한 털 한 가닥만큼도 소중하게 여기지 않소. 나는 어느 준(準) 남작에게 지팡이로 한 대 얻어맞았던 적이 있지. 내가 나 자신에게 말했어. '이만하면 족해. 나는 정치를 이해해.' 백성에게는 한 푼밖에 없는데 백성이 그것을 내놓으면 여왕이 냉큼 집어 가고, 백성은 감사하다고 하지. 그것보다 더 단순한 일은 없어. 나머지는 모두 귀족들의 일이지. 정신적 귀족들과 세속적 귀족들의 영토만 남지. 아! 그윈플렌은 감금됐어! 아! 녀석은 이제 감옥에 있어! 올바른 일이야. 공정하고 훌륭하고 당연하고 적법한 일이야. 녀석의 잘못이야. 수다는 금해졌어. 멍청한 녀석아, 네가 귀족이냐? 와펀테이크가 녀석을 체포했고 사법관이 녀석을 호송했으며 집정관이 녀석을 감금하고 있어. 지금쯤이면 어떤 사법 보좌관이 녀석의 껍질을 하나하나 벗겨 내고 있을 거야. 그 익숙한 사람들은 범죄의 털을 그렇게 뽑아내지! 우스운 녀석, 이제 궤짝 속에 밀어 넣어졌군! 녀석에게는 나쁜 일이지만 사실 나에게는 좋은 일이야! 정말 흡족해. 솔직하게 고백하자면 나는 운이 좋지. 그 어린 녀석과 계집아이를 보살피다니, 내가 얼마나 미친 짓을 저질렀는지! 그 전에는 호모와 나, 둘이서 평화롭게 지냈는데! 그 못된 부랑아들이 내 오두막엔 대체 왜 온 거지? 그것들이 어렸을 때 내가 그토록 품어 주었는데! 어깨에 가죽 멜빵을 걸고 그것들을 끌고 다녔는데! 그것들을 구하더니 꼴좋게 돼버렸군! 기괴하게 추악한 그 녀석과, 두 눈이 먼 계집아이를! 모든 결핍을 감내하며 그것들을 위해 기근의 젖꼭지를 얼마나 주물렀는지! 그것들이 크더니 사랑 놀음을 해! 병신들의 사랑 놀음이었어. 두꺼비와 두더지가 나누는 목가적 사랑이었어. 그것들을 내 곁에 두고 지냈지. 그 모든 것이 결국 사법의 손에 끝장났군. 두꺼비가 정치에 대해 수다를 떨었어. 잘됐어. 이제 난 자유야. 와펀테이크가 왔을 때, 처음에 난 멍청이였어. 사람들은 항상 행복 앞에서 의구심을 갖지. 내 눈에 보이는 것이 현실이 아니라고, 불가능하다고, 악몽이라고, 꿈의 심술궂은 장난이라고 여겼지. 그런데 아니야. 이보다 더한 현실은 없어. 형태가 뚜렷해. 그윈플렌은 보기 좋게 감옥 속에 들어가 있어. 신이 지켜주었어. 감사합니다. 착하신 부인. 그 괴물이 소동을 일으켜 나의 사업장을 사람들이 지켜봤고, 그래서 내 가엾은 늑대가 고발당한 거야! 그윈플렌은 이제 떠났어! 이제 나는 그것들 둘을 모두 없애 버리게 되었군. 자갈 하나로 두 개의 혹을 불거지게 한 셈이지. 이 일 때문에 데아도 죽을 테니까. 데아가 그윈플렌을 보지 못하면—그년이 그를 본다네, 멍청한 년!—그년에게는 더 이상 살 이유가 없겠지. 그래서 이렇게 말하겠지. 내가 이 세상에서 할 일이 무엇이지? 그리고 떠나겠지. 잘들 가거라. 둘 다 악마에게나 가라. 나는 항상 그 둘을 몹시 싫어했어! 데아, 거꾸러져라! 아! 이제 매우 만족스럽다!"

2. 그가 한 일

그는 태드캐스터 여인숙으로 되돌아왔다.

6시 반이었다. 영국 사람들 식으로는 반 시간 지난 6시였다. 황혼이 되기 조금 전이었다.

여인숙 주인 나이슬리스는 대문 앞에 나와 있었다. 아침부터 침울했던 그의 얼굴은 아직까지 그대로였다. 얼굴에 질겁한 기색이 가득했다.

우르수스를 보자마자 멀리서부터 소리쳤다.

"어떻게 되었어요?"

"무엇이 말이오?"

"그윈플렌이 돌아오나요? 이제 와야 하는데. 곧 관객이 몰려들 것이오. 오늘 저녁에 〈웃는 남자〉 공연이 있나요?"

"오늘은 내가 '웃는 남자'요."

우르수스가 말했다. 그리고 껄껄 웃으며 여인숙 주인을 보았다. 그러더니 2층으로 올라가 여인숙 간판 옆 창문을 열고 몸을 숙여 손을 뻗어, '그윈플렌, 웃는 남자'라는 간판과 '정복된 카오스'라는 광고판을 떼어 겨드랑이에 낀 채로 내려왔다.

그를 보고만 있던 나이슬리스가 물었다.

"왜 그것들을 떼어 내시오?"

우르수스는 크게 웃었다.

"왜 웃는 것이오?"

여인숙 주인이 다시 질문했다.

"이제 나의 개인적인 삶으로 돌아갈 것이오."

우르수스의 답변이었다.

나이슬리스는 그 말의 뜻을 알아듣고 소년 고비컴에게, 관객이 오면 오늘 저녁은 공연이 없다고 말하라고 지시했다. 그리고 입장료 받을 때 쓰던 술통 좌석을 천장 낮은 홀 구석으로 치웠다.

잠시 후 우르수스는 그린박스로 올라갔다.

그는 두 간판을 구석에 놓고, 그가 '여인들의 별채'라고 부르는 곳으로 들어갔다. 데아는 잠들어 있었다. 그녀는 옷을 입은 채로 침대에 누워 있었다. 평소에 낮잠을 잘 때처럼 치맛자락이 펴져 있었다.

그녀 곁에 비노스와 피비가, 하나는 등받이 없는 의자에, 하나는 바닥에 앉아서 생각에 잠겨 있었다.

공연 시간이 다가왔지만 그녀들은 여신 분장용 옷을 입지 않았다. 몹시 걱정하는 기색이었다. 그녀들은 거친 모직 어깨걸이와 굵은 올의 직물로 지은 옷 속에 보따리처럼 감싸져 있었다.

우르수스가 데아를 바라보며 혼잣말을 했다.

"연습 삼아 더욱 긴 잠을 자는군."

그가 피비와 비노스를 돌아보며 불쑥 말을 걸었다.

"다들 아는 것처럼, 이제 음악은 끝났다. 각자 트럼펫은 서랍에 넣어 두어도 괜찮아. 여신으로 분장하지 않은 것은 잘했어. 지금 차림새는 꼴불견이지만, 잘했다. 그 걸레 같은 치마나 계속 입고 있어. 오늘 저녁에는 공연을 하지 않는다. 내일도, 모레도, 글피도, 공연은 없다. 이제 그윈플렌은 없어. 보다시피 그윈플렌은 깨끗이 사라졌다."

그리고 다시 데아를 내려다보며 중얼거렸다.

"얼마나 큰 충격을 받을까! 훅 불어 꺼진 촛불 같을 거야."

그는 두 볼을 한껏 부풀렸다.

"후! 그러면 마지막이야."

그는 짧고 마른 웃음을 터트렸다.

"그윈플렌이 없다는 것은 그러니까 모든 것이 없다는 뜻이야. 내가 호모를 잃는 것과 같겠지. 어쩌면 그 이상일 거야. 다른 어떤 여자보다도 외로울 거야. 장님들은 슬픔 속에서 보통 사람들보다 더 어찌해야 할 바를 모르지."

그는 안쪽에 있는 채광창 근방으로 갔다.

"해가 무척 길어졌군! 7시인데 아직까지도 밝아. 그러나 등불을 밝혀야겠어."

그가 부싯돌을 부딪쳐 그린박스의 천장 등에 불을 켰다. 그리고 다시 데아를 내려다보며 중얼거렸다.

"감기 들겠어. 여인들이여, 너희들이 그녀의 카핀고 끈을 너무 풀어놓았어. 프랑스에 이런 속담이 있지. '4월이다, 실오라기 하나도 벗지 말아라.'"

그의 눈에 바닥에 떨어진 반짝이는 핀 하나가 보였다. 그는 핀을 집어 소매에 꽂았다. 그리고 계속 중얼거리며 그린박스 안을 서성였다.

"나는 나의 모든 기능을 온전히 보존하고 있어. 나는 명석해. 지나칠 정도로 명석하지. 내 의견으로는 이 사건이 공정하고, 따라서 지금 일어나는 일에 동의해. 그녀가 잠에서 깨면 이 사건을 그녀에게 정확히 말해 주어야지. 금세 비극이 일어나겠지. 이제 더 이상 그윈플렌은 없어. 잘 자거라, 데아. 그러면 모든 것이 잘 정리되는 거야! 그윈플렌은 감옥에, 데아는 무덤에. 서로 마주 볼 수 있겠군. 죽음의 무도(舞蹈)군. 두 운명 모두 무대 뒤로 사라져야 하지. 이제 의상을 챙기자. 여행 가방을 채우자. 여행 가방은 관이야. 두 피조물은 실패작이었지. 데아는 눈이 없고, 그윈플렌은 얼굴이 없고. 저 높은 곳에 계시는 선한 신께서 데아에게는 광명(光明)을, 그윈플렌에게는 미(美)를 돌려주시겠지. 죽음은 정리 작업 중 하나야. 모든 것이 잘됐어. 피비, 비노스, 북들을 못에 걸어 놓아라. 나의 아름다운 여인들이여, 요란한 소음을 내는 그대들의 재능도 녹슬겠지. 앞으로 공연이 없을 테니, 더는 트럼펫을 불지 않겠지. '정복된 카오스'가 정복되었군. 웃는 남자는 불꽃과 함께 자취를 감추었어. 타라탄타라*는 죽었어. 데아는 여전히 잠들어 있군. 잘하는 짓이지. 만약 저 애라면 나는 영영 깨어나지 않을 거야. 제길! 깨어나더라도 금세 다시 잠들겠지. 저렇게 허약한 여자는 곧 죽어. 정치에

* 의성어로, 트럼펫 연주 소리를 흉내 낸 소리다.

간섭하면 이렇게 되는 거야. 좋은 교훈이지! 그리고 정부들이 옳아! 그윈플렌은 집정관에게, 데아는 무덤구덩이 파는 인부들에게, 균형을 맞추는군. 교훈적 대칭을 이루는군. 여인숙 주인이 출입문을 막으면 좋을 텐데. 오늘 저녁은 우리끼리, 가족처럼 죽을 거야. 그러나 나도 호모도 아니야. 하지만 데아는 죽는 것이 맞아. 나는 계속 나의 지저분한 마차가 굴러다니도록 할 거야. 부랑자의 구불구불한 길이 나의 길이지. 두 여자도 보낼 거야. 한 명의 여자도 같이 다니지 않겠어. 내게는 늙은 탕아가 되고 싶은 경향이 있어. 탕아의 집에 있는 가정부는 선반 위에 빵이 있는 것과 같아. 나는 유혹 받고 싶지 않아. 이제 그럴 나이도 아니야. Turpe senilis amor(노인의 수치스러운 사랑). 나는 호모를 데리고 나의 길을 홀로 떠날 거야. 호모가 깜짝 놀라겠지! 그윈플렌은 어디에 있을까? 데아는? 나의 늙은 동무여, 이제 드디어 우리만 있어. 흑사병을 두고 맹세하지만 나는 지금 정말 황홀해. 그것들의 낭만적 사랑이 나에게는 짐스러웠어. 아! 그윈플렌, 못된 녀석, 돌아오지도 않네! 녀석이 우리를 이곳에 말뚝처럼 박아 버리는군. 그래. 이번에는 데아 차례야. 오래 걸리지 않겠지. 나는 무엇이든 끝마치는 것을 좋아하지. 그 아이가 죽는 것을 막기 위해서는 마귀의 콧방울을 한 번도 튕기지 않겠어. 어서 죽어라, 알아들어? 아! 저것이 잠에서 깨어나는군!"

데아가 눈을 떴다. 많은 장님들은 잠을 잘 때 눈을 감는다. 아무것도 모르는 그녀의 부드러운 얼굴에는 평소의 밝은 기색이 넘쳤다.

"그녀는 미소 짓고, 나는 웃고. 좋아." 우르수스가 조그맣게 말했다.

"피비! 비노스! 공연 시간이 다 되었을 텐데. 내가 너무 오랫동안 잤나 봐. 빨리 내 의상을 입혀 줘요." 데아가 그녀들에게 부탁했다.

피비도 비노스도 움직일 기미가 없었다.

그동안 데아의 형언할 수 없는 눈동자와 우르수스의 눈동자가 마주쳤다. 우르수스가 전율을 느꼈다. 그가 갑자기 소리쳤다.

"자! 어서! 뭐 하고 있어? 비노스, 피비, 주인아씨가 하시는 말씀 안 들려? 모두들 귀머거리가 된 거야? 서둘러! 곧 공연을 시작할 거야."

두 여인은 어이가 없다는 듯 우르수스를 바라보았다.

우르수스가 다시 큰 소리쳤다.

"관객들이 들어오고 있잖아? 피비, 빨리 데아에게 의상을 입혀. 비노스, 빨리 북을 쳐."

피비는 순순히 따랐다. 비노스는 수동적이었다. 두 여자는 복종의 화신(化身) 같았다. 상전 우르수스는 그녀들에게 언제나 수수께끼 같은 인물이었다. 전혀 이해할 수 없다는 것이 복종하는 이유였다. 그녀들은 그가 미쳤다고 생각했고, 그래서 명령을 따랐다. 피비는 의상을, 비노스는 북을 벽에서 꺼냈다.

피비가 데아에게 의상을 입혔다. 우르수스가 규방 출입문의 커튼을 쳤다. 그리고 커튼 뒤에서 떠들었다.

"저기를 봐, 그윈플렌! 마당이 벌써 사람들로 반 이상이나 찼어. 출입구에서 서로 떠밀며 난리들이군. 많이도 몰려왔군! 피비와 비노스는 그들이 안 보이는 모양이지? 저 보헤미아 계집들, 어리석기도 하지! 이집트 것들은 정말 멍청이들이야! 커튼을 열지 마라. 좀 정숙하게 굴어, 데아가 의상을 갈아입는 중이니까."

그가 잠깐 멈추었다. 그런데 감탄하는 목소리가 들렸다.

"데아, 아름다워!"

그윈플렌의 목소리였다. 피비와 비노스가 깜짝 놀라며 돌아섰다. 그윈플렌의 음성이 틀림없었다. 그러나 그 음성은 우르수스의 입에서 나온 것이었다.

우르수스가 약간 열린 커튼 사이로 그녀들에게 신호를 보내 놀라움을 감추라고 했다.

그리고 그윈플렌의 음성으로 계속 말했다.

"천사야!"

이번에는 우르수스의 음성으로 이야기했다.

"데아가 천사라고! 그윈플렌, 미친 것이 틀림없구나. 날아다니는 포유류는 박쥐 말고는 없어."

그리고 한마디를 덧붙였다.

"아, 그윈플렌, 나가서 호모를 풀어 주거라. 그것이 더 좋겠어."

그런 다음 그린박스 뒤쪽에 있는 계단을 그윈플렌처럼 날쌔게, 또 재빠르게 내려갔다. 그러면서 데아에게 들릴 정도로 요란하게 계단 밟는 소리를 냈다.

그는 안마당에 도착해, 그날 사건 때문에 갑자기 한가해지긴 했는데 영문을 모르는 소년을 불러 조그맣게 말했다.

"두 손을 내밀어."

그러더니 그의 손에 동전을 쥐어 주었다.

고비컴은 그 넉넉함에 감동했다.

우르수스는 귀에 대고 소곤댔다.

"얘야, 마당 가운데에 서서, 제자리에서 뛰고, 춤을 추고, 두드리고, 소리치고, 떠들고, 휘파람 불고, 구구거리고, 힝힝대고, 박수를 치고, 발을 구르고, 크게 웃고, 아무거나 깨뜨려라."

웃는 남자를 보러 왔던 사람들이 발걸음을 돌려 장터의 다른 가건물로 몰려가는 것을 본 여인숙 주인은 모욕감이 들고 불쾌해져서 출입문을 닫았다. 또 사람들의 귀찮은 질문을 피하기 위해 술도 팔지 않았다. 그리고 공연의 취소로 인해 한가해져서 손에 등을 하나 들고, 발코니 위에서 마당을 내려다보았다. 우르수스는 입 양쪽을 괄호 모양으로 구부린 두 손바닥으로 감싸고 말했다.

"이보게 신사 양반, 소년처럼 하시오. 깩깩대고, 짖고, 아우성을 치시오."

그는 다시 그린박스로 올라가 늑대에게 말했다.

"가능한 많은 말을 해라."

그리고 다시 목소리를 높였다

"사람들이 너무 많이 몰려왔어. 시끄러운 공연이 되겠군."

그러는 동안 비노스가 북을 두드렸다.

우르수스는 계속 떠들었다.

"데아가 의상을 다 입었군. 이제 시작하면 되겠어. 저렇게 많은 관객을 입장시킨 것이 유감스럽군. 아예 쌓여 있어! 저것 좀 봐, 그윈플렌! 광증에 사로잡힌 무리들이야! 오늘 최고의 수입을 올리겠어. 어서, 귀여운 아가씨들, 두 사람 모두 음악을 시작하시지! 이리 와, 피비, 어서 트럼펫을 들어. 그래, 비노스, 네 북을 마구 두드려. 한바탕 연타를 먹여. 피비, 페메*의 포즈를 잡아. 아가씨들, 내가 보기에는 만족스럽게 노출시키지 않았어. 그 재킷들 벗어. 그 두꺼운 면직물 대신 얇은 천으로 된 옷을 입어. 관객은 여인들의 몸매를 감상하길 좋아하지. 도덕가들께서 호통을 치건 말건, 내버려 두세. 좀 더 야하게, 젠장. 더 선정적으로

---

* 그리스 신화의 여신이다.

말이야. 그리고 미친 듯한 멜로디 속으로 돌진하는 거야. 붕붕, 윙윙, 탁탁, 나팔을 불고 북을 두드려! 사람이 정말 많기도 해라, 나의 불쌍한 그윈플렌!"

갑자기 멈추더니 다시 한마디를 덧붙였다.

"그윈플렌, 좀 도와줘. 판자를 내리자."

그리고 손수건을 꺼냈다.

"하지만 먼저 이 누더기 조각에 포효하도록 놔둬."

그러고는 세차게 코를 한 번 풀었다. 복화술자들이 꼭 해야 하는 예비 작업이었다.

다시 손수건을 호주머니에 넣고 도르래를 고정시켰던 꺾쇠를 뽑았는데, 그것이 평소처럼 삐걱거렸다. 그리고 판자가 내려졌다.

"그윈플렌, 막을 열지 않아도 돼. 공연이 시작될 때까지는 장막을 그냥 두어라. 그렇게 하지 않으면 밖에서도 다 보일 테니까. 아가씨들, 어서 무대 앞으로 나가시지. 음악 시작, 아가씨들! 붐! 붐! 붐! 관객의 구성이 탁월하군! 백성의 찌꺼기군! 이런! 하층민 무더기일세!"

바보처럼 복종하는 데 익숙한 두 보헤미아 여인은 자신들의 악기를 가지고 평소의 자리에, 즉 판자의 양쪽 끝에 자리를 잡았다.

그러자 우르수스는 기묘하게 변했다. 그는 더 이상 한 명의 사람이 아니었다. 한 무리의 군중이 되었다. 빈 곳을 가득 찬 장소로 만들기 위해 놀라운 복화술이 동원됐다. 그의 안에서 여러 사람의 음성과 짐승의 울부짖음이 한꺼번에 오케스트라를 이루며 터졌다. 그는 하나의 군단이었다. 누구든 눈을 감고 들으면, 자신이 축제가 벌어졌거나 소란이 일어난 광장에 와 있다고 믿었을 것이다. 우르수스로부터 나오는 더듬대는 소리와 아우성이 소용돌이가 되어 노래하고, 욕설을 내뱉고, 지껄이고, 기침하고, 침을 뱉고, 재채기하고, 담배를 피우고, 대화하고, 질문을 주고받는 등 온갖 소리를 냈다. 대충 형태를 잡은 음절들이 서로에게 침투해 혼합되었다. 아무것도 없는 안마당에서 남자들, 여인들, 아이들의 목소리가 들렸다. 아우성 속에서 들리는 뚜렷한 소음이었다. 짙은 연기 같은 그 아우성 속에서, 새들의 구구거리는 소리, 고양이들의 가르릉 소리, 젖을 빠는 아이들의 투정 등 기묘한 불협화음이 구불거리며 솟았다. 술 취한 사람들의 쉰 목소리도 들렸다. 사람들의 발에 채여 불만을 터뜨리는 개들의 으르렁대는 소리도 들렸다. 소리들은 먼 곳과 가까운 곳, 위와 아래, 앞쪽과 안쪽 모두에서 한꺼번에 들려왔다. 그 모두는 하나의 몽몽한 소음이었지만, 하나하나는 고함이었다. 우르수스는 주먹으로 치고, 발로 구르며, 자신의 목소리를 마당 안쪽으로 던지다가 그것이 땅 밑에서 솟아 나오게도 했다. 소음은 격정적이면서도 친근했다. 그는 웅얼거림에서 소음으로, 소음에서 소요로, 소요에서 태풍의 소동으로 옮겨갔다. 그는 자신이면서 모든 사람이었다. 독백인 동시에 다중 음성이었다. 눈속임처럼 귀속임도 있다. 프로테우스가 눈을 속인 것처럼, 우르수스는 귀를 속였다. 이와 같은 군중의 모사(模寫)처럼 놀라운 것은 없다. 그는 가끔 규방 출입문의 커튼을 열고 데아를 보았다. 데아는 귀를 기울여 소리들을 듣고 있었다.

한편, 소년도 미친 사람처럼 날뛰고 있었다. 비노스와 피비는 열심히 숨이 턱에 차도록 트럼펫을 불고 북을 두드렸다. 유일한 관람객인 여인숙 주인 나이슬리스는, 두 여인처럼 우르수스가 미친 것이라고 생각했다. 물론 그러한 생각은 그의 우수에 덧붙여진 또 하나의 울적함일 뿐이었다. 착한 여인숙 주인이 중얼거렸다.

"이 무슨 난장판이란 말인가!"

그는 법이 있다는 것을 알기 때문에 그 광경을 진지하게 보았다.

이와 반대로 고비컴은 그 난장판에 자신이 도움이 된다는 것에 신이 나서, 거의 우르수스만큼이나 열심이었다. 그것이 재미있기도 했다. 게다가 푼돈도 벌 수 있었다.

호모는 생각에 잠겼다.

자신이 만들어 내는 소동에 우르수스는 몇 마디 말을 일부러 덧붙였다.

"그윈플렌, 평소처럼 음모가 있어. 경쟁자들이 우리의 성공을 망치려 하고 있어. 야유는 승리에 뿌려지는 양념이지. 그런데 사람들의 숫자가 너무 많군. 모두 불편해 보여. 옆에 앉은 사람의 팔꿈치가 무척 신경 쓰일 지경이야. 좌석을 부수지나 않으면 좋겠는데! 잘못하다가는 분별력을 잃은 떼거리에게 우리가 먹히겠는걸. 아! 우리의 친구 톰짐잭이 있었다면! 하지만 그는 영영 다시 오지 않겠지. 저 뒤죽박죽인 머리들 좀 봐. 서 있는 사람들은 흡족해하는 기색이 아니야. 서 있는 것은, 갈레노스에 따르면 하나의 움직임이고 또 그 위인께서 이르기를 '건강에 좋은 움직임'이라고 하셨지만 오늘 공연은 단축해야겠어. 광고판에 게시된 것은 〈정복된 카오스〉뿐이니, 〈우르수스 루르수스〉는 공연하지 말아야지. 그래도 수입은 두둑해. 이 무슨 난장판이람! 오! 무리들의 눈먼 광증! 저들이 아무래도 물건들을 부수겠군! 이렇게 계속할 수는 없어. 단 한마디의 대사도 알아듣지 못할 거야. 내가 연설을 해야겠어. 그윈플렌, 장막을 조금 열거라. 시민들이여……."

우르수스가 열에 들뜬 매서운 음성으로 말했다.

"늙은이, 당장 내려가지 못해!"

그런 다음 본래 목소리로 다시 말을 이었다.

"백성이 나에게 모욕을 주고 있구나. 키케로의 말이 지극히 옳다. 'Plebs, fex urbis(평민은 도시의 재강이다).' 하지만 무슨 상관이야. 저 떼거리에게는 훈계가 필요해. 내 말이 저것들의 귀로 들어가게 하려면 힘이 꽤 들겠어. 그렇더라도 연설은 해야지. 인간이여, 너의 의무를 다하라. 그윈플렌, 저쪽에 이를 갈고 있는 메가이라* 같은 여자를 좀 봐."

우르수스가 말을 끊고 이를 한 번 갈았다. 그 소리에 자극받은 호모가 두 번째 이빨 가는 소리를 보탰고, 고비컴이 세 번째 것을 더했다. 우르수스가 다시 말했다

"여자들이 남자들보다 더 심해. 시기가 나쁘군. 하지만 상관없어. 연설의 힘이 어떤지 시험해 보겠어. 구변을 펴는 데 때를 가려서는 안 되지. 그윈플렌, 한번 들어 보아라, 변죽을 울리는 서론일 테니. 여자분들 그리고 남자분들, 저는 곰입니다. 여러분께 말씀 올리기 위해 곰의 낯짝을 벗겠습니다. 조용히 해 주시기를 바라옵니다."

우르수스가 군중의 야유 소리를 흉내 냈다.

"그럼플!"**

그리고 다시 연설을 계속했다.

"저는 저의 청중을 존중합니다. 그럼플 역시 많은 감탄사 중 하나입니다. 우글대는 백성이여, 인사를 올립니다. 저는 당신

---

* 복수의 여신이다.

** 툴툴대는 것을 연상시키는 작가의 신조어다.

들이 천민 떼거리임을 조금도 의심치 않습니다. 하지만 그러한 사실이 저의 존경심을 조금도 훼손시키지 않습니다. 심사숙고해 내린 존경심입니다. 허세로 저에게 명예를 안겨 주는 허세꾼 신사들께 가장 깊은 존경심을 바칩니다. 여러분 중에는 기묘하게 생긴 분들도 계십니다. 저는 그러한 사실에 조금도 기분이 상하지 않습니다. 절름발이 신사들과 곱사등이 신사들도 자연의 하나입니다. 낙타에는 혹이 있고 들소의 등은 잔뜩 부풀어 있습니다. 오소리의 왼발은 오른발보다 짧습니다. 그러한 사실은 아리스토텔레스가 제시했는데, 그가 지은 짐승들의 걸음걸이론에 나와 있습니다. 여러분 중 두 벌의 셔츠를 가지신 분은 한 벌만 몸에 걸치시고, 또 다른 한 벌은 고리대금업자에게 맡기셨을 것입니다. 자주 있는 일임을 알고 있습니다. 알부쿠에르케는 자신의 수염을, 성 디오니시우스는 자신의 후광을 전당포에 맡겼습니다. 유대인들은 후광까지 담보로 잡고 돈을 빌려 주었습니다. 위대한 전범(典範)들입니다. 빚을 지고 있다는 것은 무엇을 소유하고 있다는 의미입니다. 저는 여러분의 거지 속성에 존경을 표합니다."

우르수스는 연설을 멈추고 저음의 목소리로 다음과 같이 소리쳤다.

"진짜 당나귀군!"

그리고 가장 점잖은 말투로 그 야유에 대꾸했다.

"동감입니다. 저는 학자입니다. 그 사실에 대해서는 최선을 다해서 사과드립니다. 저는 학문을 학문적으로 업신여깁니다. 무지로 인해 우리가 먹고살 수 있는 것이 현실이고, 학문으로 인해 우리가 굶는 것이 현실입니다. 일반적으로 사람들은 선택을 해야 합니다. 유식하면서 야위느냐, 또는 풀을 맛있게 뜯으며 당나귀가 되느냐 중 한쪽을 선택해야 합니다. 저는 소의 허리 윗부분 고기가 요근(腰筋)이라고 불린다는 사실을 알기보다 그것을 먹기를 선택하겠습니다. 저는 단 하나의 장점을 갖고 있습니다. 제 눈이 건조하다는 사실입니다. 보시다시피 저는 눈물을 흘린 적이 없습니다. 단 한 번도 만족을 못했다고 말씀드려야겠군요. 절대로 만족하지 못했습니다. 심지어 제 자신에 대해서도. 저는 제 자신을 멸시합니다. 그러나 저는 여기에 오신 반대파 회원님들께 다음 사실을 말씀드리고 싶습니다. 우르수스는 한낱 학자에 불과하지만, 그윈플렌은 예술가라는 것을 말입니다."

그가 콧방귀 소리를 냈다.

"그럼플!"

그러고는 연설을 계속했다.

"아직도 그럼플! 그 소리는 반대한다는 의미입니다. 그러나 다음으로 넘어가겠습니다. 그리고 그윈플렌은, 오! 신사 숙녀 여러분! 그의 곁에 또 하나의 예술가가 있습니다. 저희와 함께

하는 이 격조 높고 털 많은 인사, 호모 경이십니다. 옛날에는 들개였지만 이제는 개명된 늑대로 바뀌었고, 폐하의 충성스러운 신하입니다. 호모는 조화롭고 탁월한 재능이 있는 무언극 배우입니다. 집중하시고 조용히들 하십시오. 여러분께서는 이제 금세 그윈플렌처럼 호모가 공연하는 것을 보시게 될 것입니다. 또한 예술을 존중해야 합니다. 그것이 위대한 국민이 가져야 할 자세입니다. 여러분께서는 숲을 사랑하십니까? 저도 그렇습니다. 그렇다면, sylv sint consule dignα(숲들은 집정관 하나에 못지않으리니……). 예술가가 둘이면 집정관 하나에 능히 대적할 수 있습니다. 좋습니다. 저에게 지금 막 양배추 심을 던지신 분이 있지만 저를 맞히지는 못했습니다. 그것이 저의 입을 막을 수는 없습니다. 오히려 그 반대입니다. 위험을 피하고 나면 더 말이 많아집니다. Garrula pericula(수다스러운 위험). 유베날리스가 남긴 말입니다. 백성들이여, 당신들 중에는 남자 주정뱅이와 여자 주정뱅이 모두 있습니다. 아주 잘 되었습니다. 남자들은 고약하며 여자들은 흉합니다. 당신들은 이곳 선술집의 긴 의자에 무더기처럼 쌓여 있어야 할 온갖 유형의 뛰어난 이유를 갖고 계십니다. 한가함, 게으름, 절도 행각, 막간의 여가, 포터, 에일, 스타우트, 몰트, 브랜디, 진, 그리고 이성에 대한 끌림 등입니다. 훌륭합니다. 농담을 좋아하는 재사께서는 이곳에서 아주 좋은 농담거리를 찾을 수 있을 것입니다. 그러나 저는 자제하겠습니다. 음탕함, 그것도 좋습니다. 그러나 음탕함에도 품위가 있어야 합니다. 당신들은 명랑하십니다. 그러나 시끄럽습니다. 당신들은 짐승의 울부짖음을 멋있게 따라하십니다. 그러나 만약, 당신이 어느 레이디와 매음굴에서 사랑을 속삭일 때 제가 당신들을 보고 계속 짖어댄다면 당신들은 어떤 말을 하시겠습니까? 당신들은 몹시 불편해하실 것입니다. 맞습니다. 그것은 저희들에게도 불편합니다. 저는 당신들이 입 닥치는 것을 수락합니다. 예술 또한 음탕한 짓만큼 존경스럽습니다. 저는 당신들에게 점잖게 말씀드리고 있습니다."

그가 다시 갑작스럽게 목소리를 높여 소리쳤다.

"열병이 호밀 이삭 같은 너의 눈썹으로 네 목을 조르기를!"

그리고 그 말에 응답했다.

"존경하는 나리들, 호밀 이삭은 가만히 둡시다. 식물에서 난폭하게도 인간이나 짐승과의 유사점을 발견하는 짓은 매우 불경한 행동입니다. 게다가 열병은 누군가의 목을 조르지 않습니다. 틀린 비유입니다. 제발, 조용히 하십시오! 싫더라도 이 말씀만은 들어 주십시오. 당신들에게는 영국 신사의 특징인 엄숙함이 약간 결핍되어 있습니다. 제가 볍자니, 여러분 중 발가락이 빠져 나온 구두를 신으신 분들은 그것을 이용해 앞자리에 계신 관객들의 어깨에 발을 얹습니다. 그리하여 구두창은 항상 척골(蹠骨) 대가리가 있는 부분에서 뚫어진다는 것을 정숙한 부인들께서 알아차리시도록 합니다. 그러니 발은 좀 덜 내보이시고, 손을 좀 더 내보이십시오. 여기에서도 못된 장난꾼들이 재간 있는 앞발톱을 어리석은 이웃의 주머니 속에 밀어 넣는 것이 잘 보입니다. 친애하는 소매치기들, 부끄러워하십시오. 제발, 옆 사람에게 주먹질은 하더라도 그의 주머니를 털지는 마십시오. 당신들이 그의 눈언저리에 멍을 들게 하더라도 그의 돈 한 푼을 슬쩍할 때보다는 덜 화를 낼 것입니다. 차라리 이웃의 코를 다치게 하십시오. 그것이 좋습니다. 도시 평민들은 아름다운 외모보다 돈을 더 중요하게 여기니까요. 하지만 공감하는 저의 마음도 기억하십시오. 저는 소매치기들을 나무라며 유식한 척하지 않습니다. 악은 본래부터 있는 것입니다. 각 개인은 그것을 감당하고 또 실제로 행합니다. 자신의 죄로부터 생긴 그 벌레에게서 자유로운 사람은 없습니다. 저는 오로지 그 벌레 이야기를 할 뿐입니다. 우리 모두 가려운 곳이 있지 않습니까? 신께서도 마귀가 있는 부분을 긁적이십니다. 저 역시 많은 잘못을 행했습니다. Plaudite, cives(박수를 치시오, 시민들이여).”

우르수스는 군중이 으르렁대는 소리를 내다가, 맺음말로 그 소리를 통제했다.

“각하, 그리고 신사 여러분, 저의 연설이 다행스럽게도 여러분의 심기를 거스른 듯합니다. 이제 여러분께서 보내시는 야유에 이별을 고하려고 합니다. 그리고 다시 제 낯짝을 뒤집어쓰고 공연을 시작하겠습니다."

그는 연설조 억양을 개인적인 대화의 어조로 바꾸었다.

"장막을 다시 닫자. 잠깐 숨을 돌려야겠어. 내 연설은 달콤했지. 아주 능숙했어. 내가 그들을 각하들, 또 신사들이라 칭했어. 그 말은 벨벳에 싸여 있지만 아무짝에도 소용없는 것이야. 그윈플렌, 저 비열한 것들을 어떻게 생각하니? 저 거칠고 악의적인 것들이 날뛰는 바람에 40년 전부터 영국이 얼마나 고난을 당했는지 알 수 있을 거야! 옛날 영국인들은 호전적이었는데, 오늘날의 이것들은 청승맞고 터무니없는 망상에 빠져 있어. 게다가 법을 무시하고 왕의 권위를 거부하는 것을 자신들의 영광으로 여기지. 인간의 웅변으로 가능한 것들을 내가 다 쏟았어. 소년의 볼처럼 고상한 환유(換喩)들을 저것들에게 잔뜩 안겼지. 저것들이 조금 누그러졌을까? 나는 회의적이야. 그토록 게걸스럽게 처먹어대고, 담배를 꾸역꾸역 입안에 쑤셔 넣는, 그래서 문인들조차 파이프를 입에 물고 작품을 쓰는 일이 잦은 이 나라 이 백성들에게 무슨 기대를 하겠어! 어쨌든 괜찮아. 우리는 공연이나 시작하자."

장막의 고리들이 쇠막대 위에서 미끄러지는 소리가 났다. 집시 여인들의 북소리가 멈췄다. 우르수스가 걸려 있던 자신의 시포니를 들고 서곡을 연주하기 시작했다. 그러면서 나지막한 목소리로 지껄였다. "음! 그윈플렌, 무척 신비로워!" 그리고 늑대와 함께 소란을 떨었다.

그러는 동안, 시포니를 집어 든 것과 거의 동시에 못에 걸려 있던 가발을 집어 손이 닿을 수 있는 구석에 던졌다.

〈정복된 카오스〉의 공연이 거의 평소와 다름없이 시작되었다. 물론 파란 불빛이나 조명으로 꾸며진 선경은 없었다. 늑대도 자신의 역할을 잘 해냈다. 정해진 순간이 되자 데아가 출연해 신비하고 떨리는 목소리로 그윈플렌의 이름을 불렀다. 그녀는 팔을 뻗어 더듬어서 그의 머리를 찾았다…….

우르수스는 던져 놓았던 가발로 달려들어 그것을 헝클어뜨린 다음 잽싸게 머리에 쓰고 숨을 죽인 채 삐죽삐죽한 그 머리를 데아의 손 밑으로 들이댔다.

그 다음에 자기의 모든 능력을 쏟아 그윈플렌의 음성을 흉내내어, 영혼의 부름에 응답하는 괴물의 대답을 형언하기 어려운 극진한 사랑으로 불렀다.

그 모방이 너무나 완벽해서 두 집시 여인은 이번에도 두리번거리며 그윈플렌을 찾았는데, 목소리만 들리고 그의 모습이 보이지 않자 진저리를 치며 두려워했다.

고비컴은 놀라운 듯 발을 구르고 환호성을 지르며 박수를 쳐서 올림포스 산 위에서나 들릴 법한 소란을 피웠고, 그 혼자 웃는 소리가 신들에게서 들려오는 웃음소리 같았다. 그 소년은 보기 힘든 관객으로서의 재능을 보였다.

우르수스가 용수철을 잡고 있는 꼭두각시 같은 피비와 비노스는, 평소처럼 악기 소리를 뒤죽박죽으로 뒤섞었다. 예를 들어 구리와 당나귀 가죽을 뒤섞었는데, 공연의 마지막을 알리고 돌아가는 관객들을 환송하는 소리였다.

우르수스가 땀에 흠뻑 젖어 일어섰다.

그가 호모에게 조그맣게 속삭였다.

"시간을 벌자는 것뿐이었다는 것을 너도 알겠지. 성공한 것 같구나. 혼비백산했지만 그런대로 해냈어. 그윈플렌이 오늘이나 내일이면 돌아올 거야. 데아를 빨리 죽일 필요가 없었던 거지. 너에게만은 진실을 이야기해 준다."

그는 가발을 벗고 땀을 닦아냈다. 그리고 혼잣말을 했다.

"나는 복화술의 천재야. 재주가 괜찮아! 프랑스의 왕인 프랑수아 1세가 데리고 있던 복화술자 브라방에 비교할 만했어. 데아도 그윈플렌이 이곳에 있다고 믿었어."

바로 그때 데아가 물었다.

"우르수스, 그윈플렌은 어디 있나요?"

우르수스는 소스라치게 놀라서 뒤쪽을 돌아보았다.

데아는 극장 안쪽의 천장 등 아래 서 있었다. 그녀의 얼굴은 유령처럼 창백했다.

그녀는 말로 표현할 수 없는 절망적인 미소를 띠고 다시 말했다.

"알아요. 그가 우리를 버리고 떠났군요. 그가 날개를 가지고 있다는 사실을 저는 알고 있었어요."

그러고는 보이지 않는 눈을 무한한 공간으로 향하며 덧붙여 말했다.

"나는 언제 따라갈 수 있을까?"

3. 복잡함

우르수스는 당황하여 망연자실하였다.

속이는 데 실패한 것이다.

그의 복화술이 서툴렀기 때문일까? 그것은 분명히 아니었다. 두 눈이 멀쩡한 피비와 비노스를 속이는 것은 성공했지만, 장님인 데아는 속이지 못했다. 피비와 비노스는 눈동자만이 밝았지만, 데아는 가슴으로 보고 있었던 것이다.

그는 한마디 대답도 못하며 깊이 생각했다. Bos in lingua. 당황한 사람은 혀에 소 한 마리를 얹어 놓은 것과 같다. 복합적인 감정이 뒤섞일 때는 모멸감이 가장 먼저 고개를 쳐든다. 우르수스는 생각에 잠겼다.

"내 의성어들만 헛되게 썼군."

더 이상 묘안이 없어 궁지에 몰린 모든 몽상가들이 그렇듯이 그는 자신에게 화를 냈다.

"보기 흉하게 추락했군. 나의 모방 기술을 완전히 낭비했어. 그런데 이제 우리는 어떻게 되는 거지?"

그는 우두커니 서서 데아를 쳐다보았다. 그녀는 어떤 말도 하지 않았다. 더욱 창백해져갈 뿐, 미동도 하지 않았다. 넋을 잃은 그녀의 눈은 어떤 심연만을 바라보고 있는 것 같았다.

때를 맞춰, 다른 일 하나가 일어났다.

여인숙 주인 나이슬리스가 손에 등을 들고 마당에 서서 우르수스에게 손짓하는 것이 보였다.

나이슬리스는 우르수스가 공연하던 유령 희극의 마지막을 볼 수 없었다. 누군가 여인숙의 문을 두드렸기 때문이다. 나이슬리스가 문을 열러 갔다. 문을 두 번 두드렸기 때문에 나이슬리스는 두 번이나 공연장을 떠나야 했다. 우르수스는 100개의 서로 다른 목소리로 이어 가던 독백에 집중한 나머지 그 사실을 전혀 알지 못했다.

나이슬리스의 말 없는 부름에 따라 우르수스가 마당으로 내려갔다.

그는 여인숙 주인 옆으로 갔다.

우르수스는 손가락 하나를 입술에 가져갔다.

나이슬리스 또한 손가락 하나를 입술에 가져갔다.

그 상태로 두 사람은 서로를 바라보았다.

그들은 서로에게 이렇게 말하는 것 같았다. '이야기 좀 합시다. 하지만 입은 다뭅시다.'

여인숙 주인이 천장 낮은 홀의 출입문을 열었다. 나이슬리스가 들어가고 우르수스가 그 뒤를 따랐다. 그곳에는 그들 두 사람밖에 없었다. 길 쪽으로 난 문과 창문은 모두 닫혀 있었다.

호기심에 그들을 따라오던 고비컴을 안마당에 세워 두고, 여인숙 주인이 문을 닫았다. 나이슬리스가 탁자 위에 등을 놓고 대화를 시작했다. 마치 속삭이듯, 두 사람은 목소리를 낮추었다.

"우르수스 씨……."

"나이슬리스 씨?"

"이제야 알겠소."

"이런!"

"당신은 저 가여운 눈먼 소녀가, 모든 것이 평소와 같다고 믿게 하고 싶었던 것이죠."

"복화술을 금하는 법은 없소."

"재능이 정말 훌륭하오."

"그렇지 않소."

"무엇이든 뜻대로 흉내를 내시니 정말 놀랍소."

"분명하게 말씀드리지만 그렇지 않소."

"드릴 말씀이 있소."

"정치에 관한 것이오?"

"정치에 관해서는 아무것도 알지 못하오."

"정치 이야기라면 듣고 싶지 않소."

"당신이 혼자 공연을, 또한 관중 역할도 하고 있을 때 누군가가 여인숙 문을 두드렸소."

"문을 두드렸다고요?"

"맞소."

"그런 것을 나는 마음에 들어 하지 않소."

"나 역시 그렇소."

"그러고 나서는?"

"내가 문을 열었소."

"누가 문을 두드린 것이오?"

"누군가 내게 말을 건넸소."

"그가 무슨 말을 했나요?"

"나는 그의 말을 귀 기울여 들었소."

"당신은 어떤 대답을 했소?"

"아무 대답도 하지 않았소. 그러고는 당신의 공연을 보기 위해 되돌아왔소."

"그리고……?"

"누가 두 번째로 문을 두드렸소."

"누가? 같은 사람이?"

"아니요. 다른 사람이었소."

"이번에도 그 사람이 말을 건넸소?"
"아무 말도 하지 않았소."
"그 사람이 조금 더 낫군."
"나는 그렇게 생각하지 않소."
"더 자세하게 말씀해 보시오. 나이슬리스 씨."
"처음에 말을 건넨 사람이 누구인지 맞춰 보겠소?"
"오이디푸스 노릇을 할 시간은 없소."
"서커스단의 우두머리였소."
"저 옆에 있는?"
"저 옆에 있는."
"시끄러운 음악을 연주하는 곳 말이오?"
"그렇소."
"그래서?"
"우르수스 씨, 그는 당신에게 제안을 했소."
"제안?"
"제안."
"왜?"
"왜냐하면."
"나이슬리스 씨, 당신이 나보다 더 낫소. 방금 전에 당신은 나의 수수께끼를 풀었지만 나는 당신의 수수께끼를 풀지 못하겠소."

"서커스단 우두머리가 당신에게 전해달라는 말인데, 오늘 아침에 경찰 행렬이 이곳에 다녀가는 것을 보았고, 따라서 그 서커스단 우두머리가 당신의 친구임을 증명하고 싶다고 했소. 그리고 당신의 지저분한 마차 그린박스와 당신의 말 두 필, 당신의 트럼펫과 그것을 부는 두 여인, 당신의 작품과 공연 중에 노래를 부르는 눈먼 여인, 당신의 늑대 등을 모두 포함해 당신을 현금 50파운드에 사겠다고 했소."

우르수스가 아니꼽다는 듯이 웃으며 답했다.

"태드캐스터 여인숙 주인 나리, 그윈플렌이 곧 돌아온다고 서커스단 주인 나리께 전하시오."

여인숙 주인이 어두운 곳에 있던 의자 위에서 어떤 물건을 집어 들더니 두 팔을 쳐들어 우르수스를 보고 돌아섰는데, 한 손에는 축 처진 외투 하나가 들려 있었고 다른 한 손에는 가죽 조끼와 펠트 모자, 카핀고가 들려 있었다.

그리고 나이슬리스가 말했다.

"두 번째로 문을 두드린 사람은 경찰에서 보낸 자였는데, 그는 들어올 때도 나갈 때도 아무 말도 하지 않았고 이것들만 두고 갔소."

우르수스는 조끼와 카핀고와 모자와 외투가 그윈플렌의 것임을 바로 알아보았다.

4. 귀먹은 담벼락, 벙어리 종

우르수스는 펠트로 된 모자, 외투의 천, 카핀고의 서지, 조끼의 가죽 등을 만져 보고 더 이상 그 유품의 주인을 의심할 수 없었다. 그가 아무 말 없이 간결하고 강압적인 동작으로 여인숙 문을 가리켰다.

나이슬리스는 문을 열어 주었다.

우르수스는 곤두박질치듯 문밖으로 뛰쳐나갔다.

나이슬리스는 눈으로 그를 뒤따랐고 우르수스가 아침에 그 윈플렌을 호송해 와펀테이크가 사라진 쪽으로, 그의 늙은 다리가 허락하는 만큼 급하게 달려가는 것을 보았다. 15분 후, 우르수스는 서더크 감옥의 협문이 있고, 자신이 이미 동태를 살피며 오랜 시간을 보낸 골목길에 숨을 헐떡이며 도착했다.

그 골목길은 굳이 자정이 되지 않더라도 인적이 끊겨 있었다. 낮에는 처량할 뿐이지만 밤이면 불안을 느끼게 했다. 일정한 시각이 지나면 아무도 그곳에 얼씬도 하지 않았다. 두 담벼락이 혹시 서로에게 접근하지 않을까, 또는 감옥과 묘지가 갑자기 포옹하고 싶은 생각이 들어서 서로 껴안았을 때 그 틈에 끼어 으스러지지 않을까 모두들 걱정하는 것 같았다. 모든 것이 밤이 만들어 내는 공포였다. 파리의 보베르 거리에 가지 친 버드나무들이 늘어서 있었는데 그 나무들의 평판이 좋지 않았다. 밤이면 절단되고 남은 가지들이 굵고 억센 손으로 변해서 행인들을 붙잡는다고들 했다.

이미 말한 것처럼 서더크의 주민들은 감옥과 묘지 사이로 난 길을 본능적으로 피해 다녔다. 옛날에는 밤이 되면 그 길을 쇠사슬로 막아 놓았었다. 매우 무의미한 조치였다. 그 길을 차단하는 가장 좋은 쇠사슬은 사람들이 그 길을 보며 느끼는 공포였다.

우르수스는 굳게 결심하고 그 길로 들어섰다.

그에게 어떤 생각이 있었을까? 그 어떤 생각도 없었다.

그가 그 길에 들어선 것은 그저 알아보고 싶어서였다. 감옥의 문을 두드리려고 했을까? 당연히 아니었다. 그 무시무시하고 헛된 수단은 그의 뇌수에서 싹도 틔우지 않았다. 무엇을 좀 물어보기 위해 그곳에 들어가려 한다고? 얼마나 어리석은 짓인가! 감옥이란 그곳으로 들어가려는 사람에게도, 그곳에서 나오려고 하는 사람에게만큼이나 쉽게 열리지 않는다. 감옥의 문에 달린 돌쩌귀는 오직 법에 따라서만 회전한다. 우르수스는 그것을 잘 알고 있었다. 그렇다면 도대체 무엇 때문에 그 길에 왔는가? 단지 보기 위해서였다. 무엇을 보기 위해서였을까? 아무것도 없었다. 무엇인지 알 수도 없다. 다만 가능한 것을. 그윈플렌이 없어진 문 앞에 다시 선다는 것, 그것만으로도 우르수스에게는 이미 중요한 그 무엇이었다. 가끔은 제일 검고 제일 무뚝뚝한 벽이 말을 하는 때가 있고, 돌들 사이로 어렴풋한 불빛이 새어 나오기도 한다. 때로는 밀폐되고 어두운 퇴적물 속에서 밝음이 흘러나오기도 한다. 그래서 표면을 면밀히 살피는 것은 곧 효과적으로 귀를 기울임을 의미한다. 우리의 관심사와 우리 사이를 가로막고 있는 것의 두께를 최소한 얇게 하려는 본능, 그것은 모든 사람의 보편적 본능인 것이다. 우르수스가 감옥의 협문이 있는 골목으로 돌아간 것은 그러한 본능 때문이었다.

그가 골목으로 들어서는 순간 종소리가 한 번 들리더니 연달아 두 번째 소리가 들렸다.

'벌써 자정인가?' 잠깐 그가 생각했다.

그리고 기계적으로 숫자를 헤아리기 시작했다.

"셋, 넷, 다섯."

그가 생각에 잠겨 중얼거렸다.

"종소리가 참으로 드문드문 울리는구나! 참으로 느리군! 여섯, 일곱."

그는 이렇게도 중얼거렸다.

"처량한 소리군! 여덟, 아홉, 그래! 당연하지. 감옥에 있으면 시계도 슬픔에 잠기지. 열. 게다가 묘지도 곁에 있으니. 저 종이 살아 있는 사람들에게는 시각을 알리지만 죽은 자들에게는 영원을 알리지. 열하나. 가엾도다! 자유롭지 못한 사람에게 시각을 알림은 영원을 알리는 것과 같지! 열둘."

그가 걸음을 멈추었다.

"맞아, 자정이야."

열세 번째 종소리가 들렸다.

우르수스는 전율했다.

"열셋!"

열네 번째 종소리가 들리더니, 곧이어 열다섯 번째 종소리가 들렸다.

"이게 무슨 의미인가?"

종소리는 드문드문 계속해서 들렸다. 우르수스가 주의 깊게 귀를 기울였다.

"시각을 알리는 종소리가 아니야. 이건 무타 종소리야. 자정을 알리는데 시간이 오래 걸린다 했어! 이 종소리는 쳐서 나는 것이 아니고 땡그렁대는 거야. 얼마나 무서운 일이 벌어진 것일까?"

예전에는 수도원처럼, 감옥에도 무타라는 종이 있었다. 이 종은 슬픈 일이 있을 때만 울렸다. 무타, 즉 '벙어리 종'은 무척 낮게 울려서 마치 누구에게도 들리게 하지 않으려고 애쓰는 것 같았다.

우르수스는 망보기에 편리한 모퉁이에 다시 도착했다. 감옥을 엿보면서 거의 하루를 보낸 곳이었다.

종소리는 음산한 간격을 두고 느릿느릿 계속 울렸다.

조종(弔鐘) 소리는 허공에 흉한 구두점을 남긴다. 그것은 사람들의 부지런한 일상에 음산한 줄 바꿈 표시를 해 준다. 조종 소리는 죽어 가는 사람의 헐떡거림과 비슷하다. 그 소리는 임종을 알린다. 울리고 있는 종 주변 이곳저곳에 위치한 집들 속에 흩어져, 기다림 속에 펼쳐지는 몽상이 있다면, 조종 소리가 몽상을 뻣뻣한 토막으로 잘라 낸다.

아직 윤곽이 없는 몽상은 하나의 피신처이다. 고통 속에 있는 무엇인지 모를 막막한 것이, 괴로움을 이겨낼 수 있다는 희망을 준다. 그런데 조종은 희망을 사라지게 하며 구체적으로 명시(明示)한다. 조종은 막막함을 없애고, 불안이 유보 상태로 남기 위해 애를 쓰는 혼란 속에서, 버림받은 이들에게 결단을 재촉한다. 조종 소리는 듣는 사람의 괴로움이나 두려움에 따라 말을 건넨다. 그 비극적 종소리는 개인의 관심사다. 우리 각자에게 전하는 통보다. 그 규칙적으로 반복되는 소리가 내려치는 내면의 독백만큼 음산한 것은 없다. 규칙적인 반복은 특정한 의도의 징표이다. 모루 위의 망치처럼, 사념 위의 종은 무엇을 벼리려고 하는 것일까?

우르수스는 막연하게, 또 어떤 이유도 없었지만 조종 소리를 계속 헤아렸다. 자신이 미끄러져 기울어짐을 느낀 그는 어떠한 추측도 하지 않기 위해 애썼다. 추측이란 헛되이 사람들을 멀리 이끌어 가는 경사면이다. 하지만 그 종소리는 무엇을 의미하는 것인가?

그는 감옥의 협문이 있는 곳의 어둠에 집중했다.

갑자기 검은 구멍과 같은 그곳에서 붉은 빛이 보였다. 그 붉은 빛이 조금씩 커졌고 밝은 빛으로 바뀌었다. 붉은 빛은 전혀 흐릿하지 않았다. 금세 하나의 형태와 모서리들을 갖추었다. 감옥의 문이 돌쩌귀 위에서 이제 막 회전했다. 붉은 빛이 홍예틀과 문의 윤곽을 뚜렷하게 부각시켰다.

그러나 약간만 열렸을 뿐 활짝 열리지는 않았다. 어떤 감옥이든 활짝 열리지는 않는다. 하품을 하는 것처럼 보였다. 아마도 권태 때문일 것이다.

협문을 통해 횃불을 든 남자 한 명이 나왔다.

종소리는 계속 울렸다. 우르수스는 두 가지에 신경을 곤두세웠다. 귀는 조종 소리에, 눈은 횃불에 집중했다.

그 남자가 나온 다음 반쯤만 열려 있던 문이 활짝 열렸고 두 남자가 나온 뒤를 이어 네 번째 남자가 나왔다. 네 번째 남자는 와펀테이크였는데 횃불에 비쳐 그 모습이 뚜렷하게 보였다. 그는 손에 아이언웨펀을 들고 있었다.

와펀테이크의 뒤를 따라 침묵에 휩싸인 남자들이 둘씩 협문을 빠져나와 행렬을 이루었고 말뚝처럼 뻣뻣이 걸었다.

그 야간 행렬은 두 사람씩 짝을 짓고 있었는데, 마치 고행 회원들의 둘씩 짝지은 속죄 행렬처럼 단절되지 않고 어떠한 소리도 내지 않으려는 음산한 정성을 기울이며, 엄숙하고 조용하게 감옥의 협문을 나섰다. 굴에서 나오는 뱀이 그렇게 조심스럽다.

횃불이 그들의 옆모습과 행동을 부각시켰다. 옆모습은 거칠고 행동은 음울했다.

우르수스는 아침에 그윈플렌을 호송해 간 경찰들의 얼굴을 알아보았다. 의심할 여지가 없었다. 바로 그들이었다. 그들이 다시 나타났다.

따라서 그윈플렌도 다시 나타날 것이 분명했다.

그들이 그곳으로 그를 끌고 갔으니 그를 다시 집으로 데려다 줄 것은 당연한 일이었다.

우르수스의 눈동자는 더욱 커졌다. 그윈플렌을 풀어줄까?

두 줄의 경찰 행렬은 낮은 첨두형 문틀 밑으로 매우 느리게, 마치 방울방울이 떨어지듯 흘러나왔다. 그치지 않는 종소리가 그들의 발걸음을 조절하는 듯했다. 행렬이 감옥을 빠져나오자 우르수스 쪽으로 등을 돌려 그가 서 있던 반대편으로 우회했다.

협문 아래서 번쩍이는 두 번째 횃불이 행렬의 끝을 알렸다.

우르수스는 그들이 데리고 나오는 것을 볼 수 있으리라는 기대감을 가졌다. 죄수 한 명을. 남자 한 명을.

우르수스는 그것이 그윈플렌일 것이라는 희망을 가졌다.

마침내 그들이 데리고 나오는 것이 모습을 보였다.

그것은 관(棺)이었다.

네 남자가 검은 천으로 덮은 관 하나를 운반하고 있었다.

어깨에 삽을 멘 남자 한 명이 그들의 뒤를 따라갔다. 세 번째 횃불이 나타났는데, 전속사제처럼 보이는 사람이 그것을 들고 책을 소리 내어 읽으며 행렬의 끝에 섰다.

관은 오른쪽으로 돌아선 경찰의 행렬을 따라갔다.

이와 동시에 행렬의 선두가 걸음을 멈추었다.

삐걱거리는 열쇠 소리가 우르수스의 귀에 들렸다.

감옥 맞은편, 골목의 다른 쪽을 따라 쌓은 낮은 담장에서 두 번째 문이 열리고 통과하는 횃불이 그곳을 밝혔다.

죽은 자의 얼굴이 새겨진 그 문은 묘지의 출입문이었다.

먼저 와펀테이크가 열린 문으로 들어섰고 남자들이 그 뒤를 따랐으며, 첫 번째 횃불에 이어서 두 번째 횃불도 들어갔다. 문 앞에서는 굴속으로 다시 들어가는 뱀처럼 행렬이 좁아졌다. 문 저쪽에 있는 또 다른 암흑 속으로 경찰의 가느다란 행렬이 모두 사라지고 관이 그 뒤를 따랐고, 뒤에는 삽을 걸친 사람이 있었다. 그리고 횃불과 책을 든 사람이 사라지자 문이 닫혔다.

담 위로는 아른거리는 불빛 말고는 아무것도 보이지 않았다.

수군대는 소리가 들리더니 뒤이어 둔탁한 소리가 들렸다.

의심할 것도 없이 전속 사제와 무덤 파는 사람이 내는 소리일 것이다. 수군대는 소리는 전속 사제의 기도문 외우는 소리였고 둔탁한 소리는 삽으로 퍼서 던진 흙이 관 위로 떨어지는 소리일 것이다.

수군대는 소리도, 둔탁한 소리도 멈추었다.

다시 움직이는 기척이 들리더니 환한 횃불이 나타나고, 와편테이크가 아이언웨펀을 높이 든 채 다시 열린 묘지의 문을 나섰다. 전속 사제는 책을 들고, 무덤 파는 사람은 삽을 멘 채로 다시 나타났다. 행렬은 관 없이 다시 모습을 나타냈고, 두 줄로 이루어진 남자들의 행렬은 여전히 아무 말 없이 반대 방향으로 행진했다. 묘지의 문이 다시 닫혔다. 감옥의 문은 다시 열렸다. 협문의 음울한 첨두홍예가 불빛에 형태를 드러냈다. 복도의 어둠이 희미하게 보였다. 감옥의 두껍고 깊은 어둠이 눈앞에 나타났다. 그리고 다음 순간, 그 모든 광경은 암흑 속으로 사라졌다.

조종 소리도 들리지 않았다. 고요가 모든 것을 닫았다. 암흑의 불길한 자물쇠이다.

나타났다 사라진 유령이었다.

안개처럼 사라지는 유령들의 행렬이었다.

논리적으로 서로 꼭 들어맞는 사건들의 인접성이, 결국에는 자명함과 유사한 그 무엇을 이루어 놓는다. 그윈플렌의 체포, 그를 체포하던 순간의 침묵, 경찰에서 보낸 사람이 가져온 그의 옷들, 그가 끌려간 감옥에서 들리던 조종 소리, 그 모든 것에 땅속에 묻힌 관이, 그 비극적 일이 저절로 덧붙여진 것이다. 아니, 더욱 정확하게 말하자면 그것들과 정확히 일치했다.

"그 아이가 죽었어!"
우르수스가 울부짖었다.
그는 표석(標石) 위에 힘없이 주저앉았다.
"죽었어! 그들이 죽인 거야! 그윈플렌! 내 아들, 내 아이!"
그는 흐느끼기 시작했다.

5. 국가의 이익이라는 명분으로 작은 일도 큰일처럼 한다

우르수스는 단 한 번도 눈물을 흘린 적이 없음을 자부했다. 안타까운 일이다! 그의 눈물샘은 가득 차 있었던 것이다. 기나긴 삶 동안 온갖 슬픔을 참는 과정에서 방울방울 모여 포화 상태에 이른 눈물샘을 한순간에 비울 수는 없다. 우르수스는 오랫동안 흐느꼈다.

첫 눈물은 연체금을 거두어들이는 것과 같다. 그는 그윈플렌을 위해, 데아를 위해, 자신을 위해, 호모를 위해 눈물을 흘렸다. 그는 아이처럼 울었다. 그는 늙은이처럼 울었다. 그에게 웃음을 주던 모든 것 때문에 울었다. 그렇게 연체금을 지불한 것이다. 눈물을 흘릴 권한에는 유효 기간이 존재하지 않는다.

조금 전 매장한 사람은 하드콰논이었다. 그러나 우르수스는 그 사실을 알지 못했다.

시간이 꽤 흘렀고 동이 트기 시작했다. 아침의 창백함이 희미하게 그림자로 구겨져, 볼링그린 위에 펼쳐졌다. 태드캐스터 여인숙 건물의 정면을 하얀 새벽이 물들였다. 주인 나이슬리스도 잠을 이루지 못했다. 때로는 하나의 사건이 여러 사람을 불면증에 걸리게 하기 때문이다.

어떤 참극이든 모든 것에 영향을 미친다. 돌 하나를 수면에 던져 보라. 그리고 솟아오르는 물줄기의 수를 세어 보라. 나이슬리스는 자신에게도 불행이 온 것으로 느껴졌다. 누구든 자신의 집에서 사건이 일어나면 몹시 불쾌해진다. 나이슬리스는 도무지 안정이 되지 않았고, 또 복잡한 일들이 생길 것을 막연히 짐작하며 깊은 생각에 잠겼다. 그는 '그런 사람들'을 받아들인 일을 후회했다. 미리 알 수 있었다면! 결국 그들은 나쁜 일을 일으킬 거야! 이제 그들을 어떻게 내쫓아야 하나? 하지만 우르수스와 계약을 체결하지 않았던가. 그들을 떨쳐 버릴 수 있다면 얼마나 좋을까! 그들을 쫓아내려면 어떻게 해야 할까?

난데없이 여인숙 출입문을 요란하게 두드리는 소리가 들렸다. 이 소리는 영국에서 '어떤 사람'의 방문을 알렸다. 문 두드리는 소리의 음계는 방문자의 사회적 위치에 상응했다. 지체 높은 귀족이 두드리는 소리는 아니었지만, 어떤 관리가 두드리는 소리였다.

여인숙 주인은 두려움에 떨며 구멍창을 약간 열었다.

정말 관리들이 있었다. 나이슬리스는 집 앞에 한 무리의 경찰이 와 있음을, 새벽 속에서도 알 수 있었다. 무리에서 두 사람이 앞으로 나섰는데 그중 한 명은 사법관이었다.

나이슬리스는 어제 아침에 사법관을 이미 보았기 때문에, 그를 바로 알아보았다.

다른 남자는 누구인지 알 수 없었다.

살집이 좋았으며 안색은 밀랍 같았고, 멋을 부린 가발을 쓰고 여행용 외투를 걸친 신사였다. 나이슬리스는 그 두 사람 중 특히 사법관을 두려워했다. 만약 나이슬리스가 궁정인이었다면 그는 두 번째 남자를 훨씬 더 두려워했을 것이다. 그가 바킬페드로였기 때문이었다.

무리 속 남자 하나가 다시 문을 두드렸다. 사나운 기세였다.

여인숙 주인은 두려움 때문인지 이마에서 굵은 땀방울을 흘리며 문을 열었다.

사법관은 경찰을 이끌고, 부랑자들의 신상을 구체적으로 파악하고 있는 사람의 말투로 음성을 높여 엄격하게 질문했다.

"우르수스?"

"예, 이곳에 삽니다, 나리."

여인숙 주인이 공손하게 대답했다.

"그건 알고 있네."

사법관이 말했다.

"물론입지요, 나리."

"나오라고 하시오."

"나리, 그는 집에 없습니다."

"어디로 갔소?"

"저도 모릅니다."

"왜?"

"아직 돌아오지 않았습니다."

"일찍 나갔소?"

"아닙니다. 매우 늦게 나갔습니다."

"부랑자들이란!"

사법관이 낮게 중얼거렸다.

"나리, 저기 그가 옵니다."

나이슬리스가 작게 말했다.

우르수스가 모퉁이에 모습을 드러냈다. 여인숙으로 돌아오는 중이었다. 그는 정오에 그윈플렌이 들어간 감옥과 자정에 무덤을 덮는 소리가 들린 묘지 사이에서 거의 밤을 새웠다. 그는 두 가지 이유 때문에 창백했다. 슬픔과 하얀 새벽빛 때문이었다.

여명은 유충 상태의 빛으로 모든 형상을, 그것이 움직이는 것이더라도, 뿌려진 어둠 속에 섞어 놓는다. 창백하고 흐릿한 형태의 우르수스가 천천히 걷고 있었는데 마치 꿈속의 사람 같았다.

슬픔에서 오는 부주의로, 모자도 쓰는 것도 잊고 여인숙에서 나왔다. 우르수스는 자신이 모자를 쓰지 않았다는 것도 알아차리지 못했다. 몇 가닥의 회색 머리카락이 바람에 흔들렸다. 눈은 떴지만 아무것도 보지 않는 것 같았다. 잠들었지만 깨어 있는 경우가 있듯이, 깨어 있지만 잠든 경우도 빈번히 볼 수 있다. 우르수스는 정신 나간 사람의 기색을 하고 있었다.

"우르수스 씨, 빨리 오시오. 나리들께서 당신에게 전하실 말씀이 있다 하오."

여인숙 주인이 소리쳤다.

오로지 사건을 무마하는 데만 몰두해 있던 나이슬리스는 '나리들'이라는 복수형을 사용하고 싶지 않았다. 그것이 무리 모두에 대한 존칭일 수 있지만 우두머리의 기분을 나쁘게 만들 수도 있었기 때문이다. 그러나 얼떨결에 그렇게 말하고 말았다.

우르수스는 깊이 잠들었다가 침대에서 떨어진 사람처럼 놀랐다.

"무슨 일이오?"

그가 영문을 몰라 물었다.

그리고 경찰들과 그들을 이끌고 온 관리를 발견했다.

새롭고 강렬한 충격을 받았다.

조금 전에는 와펀테이크, 이번에는 사법관이었다. 그 둘이 그를 서로 던지는 것 같았다. 유사한, 그리고 옛날부터 내려오는 암초 이야기가 있다.

사법관이 그에게 여인숙 안에 들어가자는 신호를 보냈다.

우르수스가 그 신호에 따랐다.

이제 막 일어나 홀을 청소하던 고비컴은 손을 멈추고 탁자들 뒤로 물러나 빗자루를 세워 놓은 채 숨을 죽였다. 그는 머리를 긁적거렸다. 닥칠 일들에 잔뜩 신경을 곤두세우는 행동이었다.

사법관이 탁자 앞에 놓인 기다란 의자에 앉았다. 개인용 의자에는 바킬페드로가 앉았다. 우르수스와 나이슬리스는 서 있었다. 밖에 있는 경찰관들은 닫힌 출입문 앞에 있었다.

사법관이 우르수스를 똑바로 쳐다보며 말했다.

"당신은 늑대 한 마리를 데리고 있소."

우르수스가 답했다.

"늑대라고 할 수 없습니다."

"당신은 늑대를 데리고 있소."

사법관이 단호한 어조로 '늑대'에 힘을 주어 말했다.

우르수스는 말했다.

"그것은 말입니다……."

그러다가 입을 다물었다.

"위법이오."

사법관의 말이 떨어졌다.

우르수스가 얼떨떨해져 변명했다.

"제 하인입니다."

사법관이 손을 탁자 위에 올려놓고, 다섯 손가락 모두를 벌렸다. 권위를 과시하는 행동이었다.

"광대 양반, 내일 이 시간까지 늑대와 함께 영국을 떠나도록 하시오. 만약 떠나지 않는다면 늑대를 재판소 서기과로 데려가 죽일 것이오."

'모살(謀殺)이 계속되는군.'

우르수스의 머리를 스친 생각이었다. 그러나 단 한마디도 입 밖에 내지 않고, 사지를 부들대며 떠는 것에 그쳤다.

"알아듣겠소?"

사법관이 몰아붙였다.

우르수스는 머리를 끄덕였다.

사법관이 다시 한 번 강조했다.

"죽이겠소."

잠깐 동안 침묵이 흘렀다.

"목을 조르든가 물속에 처넣어 죽일 것이오."

사법관이 우르수스를 쳐다보며 덧붙였다.

"당신을 감옥에 잡아넣을 것이오."

우르수스가 우물댔다.

"판사님."

"내일 아침이 밝기 전에 출발하시오. 만약 따르지 않으면 명령대로 하겠소."

"판사님……."

"왜 그러오?"

"저희가 영국을 떠나야 합니까?"

"그렇소."

"오늘 말입니까?"

"오늘 말이오."

"어떻게 말입니까?"

나이슬리스는 흡족했다. 그가 그토록 두려워하던 사법관이 자신에게 도움을 주었기 때문이다. 경찰이 조력자로 바뀐 것이다. 경찰이 '그런 사람들'로부터 자신을 해방시켜 주었다. 그가 찾으려던 수단을 경찰이 가져왔다. 내보내고 싶던 우르수스를 경찰이 내쫓은 것이다. 거부할 수 없는 힘이다. 그 무엇도 맞서는 것은 불가능하다. 그는 황홀한 기분이 들었다.

그가 중간에 끼어들었다.

"나리, 이 남자가……."

그는 우르수스를 가리켰다.

"오늘 중으로 영국을 떠나려면 어떻게 해야 하느냐고 물었습니다. 매우 간단합니다. 런던 교의 양쪽에 있는 템스강 정박지에서 매일 낮과 밤에, 다른 나라로 향하는 배들이 출발합니다. 영국에서 덴마크, 네덜란드, 스페인 등 모든 나라로 가지만 전쟁으로 인해 프랑스로는 가지 않습니다. 오늘 밤 썰물 때인 새벽 1시 즈음 여러 척의 배가 떠납니다. 그중에는 로테르담으로 가는 포그라트 호가 있습니다."

사법관이 자신의 어깨를 우르수스 쪽으로 기웃하며 말했다.

"좋소. 첫 배편으로 출발하시오. 포그라트 호로."

"판사님."

우르수스가 말했다.

"무엇이요?"

"판사님, 예전에 가지고 있던 바퀴 달린 작은 오두막이었다면 그럴 수 있습니다. 그것은 배에 실을 수 있었을 것입니다. 그러나……."

"뭐요?"

"그러나 제가 가지고 있는 것은 두 마리 말이 끄는 커다란 기계, 그린박스입니다. 배가 아무리 넓다 해도, 그것이 들어갈 공간은 없을 것입니다."

"그것이 나와 무슨 상관인가? 늑대를 죽일 것이오."

사법관이 대꾸했다.

우르수스는 몸서리를 치며, 얼음 손이 자신을 만지는 느낌을 받았다. '흉측한 괴물들! 사람을 죽이다니! 이것은 놈들의 궁여지책일 뿐이야.' 그의 머리에 떠오른 생각이었다.

여인숙 주인이 미소를 지으며 우르수스에게 말했다.

"그린박스를 팔 방법이 있소."

우르수스가 나이슬리스를 쳐다보았다.

"당신에게 하나의 제안이 들어왔소."

"누구에게?"

"마차를 사겠다는 제안이오. 말 두 필과 두 집시 여인을 사겠다는 제안 말이오. 그리고……."

"누구에게서요?"

우르수스가 다시 질문했다.

"옆에 있는 서커스단 주인이오."

"그랬지."

우르수스는 기억이 되살아났다. 나이슬리스가 사법관 쪽으로 몸을 돌렸다.

"나리, 거래는 오늘 중으로 성사시킬 수 있습니다. 옆에 있는 서커스단 주인이 큰 마차와 말 두 필 등을 사고 싶다고 말했습니다."

"그 서커스단 주인이 좋은 생각을 했군."

사법관이 대꾸했다.

"그것이 유용할 테니까. 마차와 말들이 그에게 필요할 거요. 그도 오늘 안으로 떠나야 하오. 서더크 교구의 사제들께서 타린조필드에서 들려오는 난잡한 소음을 나무라셨소. 집정관께서 적절한 조치를 행하셨소. 오늘 저녁부터 이 광장에서 익살광대들의 가건물을 단 한 채도 볼 수 없을 것이오. 모든 추악한 짓은 이제 끝났소. 여기에 계신 점잖은 신사께서……."

사법관이 하던 말을 멈추고 바킬페드로에게 경의를 표했고, 바킬페드로도 그에게 답했다.

"이곳까지 직접 왕림하신 존경스러운 신사께서는 지난밤에 윈저를 떠나 이곳에 도착하셨소. 명을 받들고 오셨소. 폐하께서 이런 명을 내리셨소. '그것들을 깨끗이 치워 버리도록 하라.'"

우르수스는 밤이 새도록 생각에 잠겨 우연히 몇 가지 질문을 자신에게 던졌다. 그가 본 것은 관 하나였을 뿐이다. 그 안에 그윈플렌이 있었노라 확신할 수 있을까? 이 세상에는 그윈플렌 말고도 죽은 사람들은 얼마든지 있다. 지나간 관 하나가 죽은 자의 이름을 알려 주는 것은 아니다. 그윈플렌의 체포에 뒤이어, 시신 하나를 묻었다. 하지만 그것을 증명할 수 있는 것은 아무것도 없다. Post hoc, non propter hoc(그것에 뒤를 이어서이지, 그 때문은 아니다). 우르수스는 의심을 갖게 되었다. 물 위에 뜬 석유처럼, 희망은 큰 슬픔 위에서도 활활 타고 빛을 낸다. 표면에 떠오른 그 불꽃은 영원히 인간의 슬픔 위를 떠다닌다. 우르수스는 결국 이런 결론을 얻었다.

'땅에 묻힌 사람은 그윈플렌일 수 있어. 하지만 확신할 수는

없어. 누가 알까? 그윈플렌은 아직 살아있을지도 몰라.'

우르수스는 사법관에게 허리를 숙여 경의를 표하며 말했다.

"존경하는 판사님, 떠나겠습니다. 저희 모두가 떠나겠습니다. 포그라트 호를 타고 로테르담으로. 명령에 따르겠습니다. 그린 박스와 말들과 트럼펫들과 이집트 여인들을 전부 팔겠습니다. 그러나 저와 언제나 함께해 온 동료이기 때문에, 도저히 떼어 놓을 수 없는 자가 있습니다. 그윈플렌……."

"그윈플렌은 죽었소."

낯선 목소리가 들려왔다.

우르수스는 뱀이 피부에 와 닿은 것 같은 한기를 느꼈다. 말을 한 사람은 바킬페드로였다.

마지막 불빛은 사라졌다. 더 이상 의문은 없었다. 그윈플렌은 죽었다. 그 정도의 인물이라면 그 사실을 알 수 있었을 것이다. 그만큼 음울했다.

우르수스가 다시 한 번 예를 표했다.

나이슬리스는 비겁함만 뺀다면 무척 좋은 사람이었다. 하지만 공포를 겪으면, 놀라울 정도로 잔인했다. 지극한 표독스러움은 공포이다.

그가 중얼댔다.

"간단해졌군."

그리고 우르수스 뒤에 서서 이기주의자 특유의 동작으로, 또

본디오 빌라도가 대야 위에서 했을 만한 동작으로 손을 비볐다. 그 동작은 이제 근심에서 해방되었다는 의미였다.

우르수스는 괴로움에 압도당해 고개를 숙였다. 그윈플렌에게 선고가 내려져 사형이 행해졌고, 그에게는 추방령이 선고되었다. 이제 복종 말고는 다른 수가 없었다. 그는 골똘히 생각했다.

누가 그의 팔꿈치를 쳤다. 사법관이 아닌 다른 사람이었다. 그는 사법관의 시종이었다. 우르수스는 온몸을 떨었다.

'그윈플렌은 죽었소'라고 말한 바로 그 목소리가 그의 귓가에서 소곤댔다.

"당신에게 은혜를 내리고자 하시는 분이 하사하신 10파운드가 여기 있소."

바킬페드로는 조그마한 돈주머니를 우르수스 앞에 있던 탁자 위에 놓았다.

바킬페드로가 자신이 전해 주겠다며 들고 나간 보석 상자를 모두 기억하고 있을 것이다.

2천 기니 중 10기니, 그것이 바킬페드로의 한계였다. 솔직히 그 정도면 족하다고 여겼다. 만약 그 이상의 금액을 전해 주었다면 손해를 보았다고 생각했을 것이다. 자신이 귀족 하나를 찾아내는 수고를 했고, 이제 막 채굴을 시작했으며, 따라서 그 첫 생산물을 자신의 수중에 넣는 것이 합당하다고 생각했다. 그의 행동이 인색하다고 생각하는 사람들의 견해도 타당할 수 있다. 하지만 그 행동을 보고 경악하는 것은 잘못이다. 바킬페드로는 돈을, 특히나 훔친 돈을 좋아했다. 시샘꾼 안에는 구두쇠가 들어앉아 있다. 바킬페드로도 약점 없는 사람이 아니었다. 온갖 살인 범죄를 저지른다고 해서 자기의 약점을 덮지는 못한다. 호랑이들의 몸에도 이가 있듯이 말이다.

게다가 그것은 베이컨의 학설이기도 했다.

바킬페드로가 사법관을 돌아보며 말했다.

"이제 끝내도록 하지요. 제가 무척 바쁩니다. 파발마(擺撥馬)가 끄는 폐하의 마차가 기다리고 있습니다. 전속력으로 달려서 두 시간 안에 윈저에 도착해야 합니다. 보고 드려야 할 문제도 있고, 또 받들어야 할 명령도 있습니다."

사법관이 몸을 일으켰다.

그리고 겨우 닫혀 있던 출입문 쪽으로 가서 문을 열고 아무 말 없이 경찰관들을 바라보며 인지를 세웠는데, 그 끝에는 권위가 번갯불처럼 번쩍였다. 무리는 일제히 또 조용히 여인숙 안으로 들어왔다. 그들의 침묵은 혹독한 그 무엇인가가 다가오고 있음을 알려 주었다.

나이슬리스는 일이 복잡해지는 것을 막아 준 빠른 결말에 만족했고, 뒤엉킨 실타래에서 빠져나오게 된 것에 황홀해졌다. 그는 경찰관들이 안으로 들어오는 것을 보고 자신의 집에서 우르수스를 체포할까 봐 불안해졌다. 그윈플렌과 우르수스가 잇달아 자신의 집에서 체포된다면 그 두 사건은 선술집 영업에 피해를 줄 수도 있기 때문이다. 술꾼들은 경찰이 성가시게 구는 것을 싫어한다. 따라서 어느 정도 호소하듯이, 그리고 너그럽게 보이는 태도로 자신이 끼어들 때라고 생각했다. 나이슬리스가 얼굴에 미소를 띠고 사법관을 쳐다보았다. 그의 얼굴에 드러나는 신뢰감은 존경심 때문에 많이 절제되어 있었다. 그가 사법관에게 물었다.

"나리, 감히 한 말씀 여쭈옵니다. 이제 그 못된 늑대는 영국 밖으로 쫓겨나게 되었고 우르수스 역시 큰 저항을 하지 않으며 나리의 명령대로 모든 것이 행해질 것이니, 존경스러운 저 경찰관들께서는 더 이상 반드시 필요하다 여겨지지 않습니다. 나리께서는 경찰관들의 존경할 만한 행동이 국익에 필요하다 하더라도 그것이 사업장에 누가 될 수 있음을, 또한 저의 여인숙은 아무 죄가 없음을 숙고해 주시기 바랍니다. 여왕 폐하의 분부대로 그린박스의 광대들을 깨끗이 없애셨으니 이 집에는 범죄자가 더는 없을 듯합니다. 눈먼 소녀와 두 집시 여인은 작은 잘못도 저지르지 못할 것이옵니다. 따라서 나리께 간곡히 청하옵건대, 엄숙한 방문의 시간을 줄이시고 방금 집 안에 들어온 당당한 신사들을 돌려보내옵소서. 그들은 더 이상 이 집에서 할 일이 없기 때문이옵니다. 제가 드리는 말씀의 타당성을 나리께 소박한 질문 한 가지를 통해 입증하는 것을 허락하신다면, 저 존경스러운 신사들이 더 이상 이곳에 있을 필요가 없음을 확실히 보여 드리겠습니다. 저의 질문은 이러합니다. 우르수스라고 하는 사람이 명령에 따라 이곳을 떠나는데 저 신사들께서 이곳에서 누구를 체포할 수 있겠습니까?"

"당신이오." 사법관이 대답했다.

자기 몸뚱이를 꿰뚫는 검에게 어떤 군소리를 할 수 있을까. 나이슬리스는 크게 놀라 털썩 주저앉았다. 자신이 무슨 물건 위에 앉았는지, 탁자인지 의자인지 알아챌 정신도 없었다.

사법관이 언성을 높였는데, 광장에 사람들이 있었다면 모두에게 그의 음성이 들렸을 것이다.

"선술집 주인 나이슬리스 플럼프트, 이것이 마지막으로 처리해야 할 일이오. 저 광대와 늑대는 부랑자들이오. 그들은 모두 추방 명령을 받았소. 그러나 가장 큰 죄를 저지른 사람은 바로 당신이오. 당신의 집에서, 당신의 허락 아래 법이 유린당했소. 당신은 자격을 부여받았고 따라서 공적인 책임을 져야 하는데, 당신의 집에서 추문의 원천을 만들어냈소. 나이슬리스 씨, 당신의 영업 허가는 취소되었고 당신은 정해진 벌금을 내야 하며 또한 감옥에 가야 하오."

경찰관들이 여인숙 주인을 에워쌌다.

사법관이 고비컴을 가리키며 계속했다.

"공범자인 이 소년도 체포한다."

경찰관 하나가 고비컴의 목덜미를 움켜잡았다. 고비컴은 호기심 가득한 눈으로 경찰관을 쳐다보았다. 소년은 별로 무서워하지 않았고 영문을 전혀 몰랐다. 이미 이상한 일들을 너무 많이 보았기 때문에 어떤 코미디가 계속된다고만 생각했다. 모자를 푹 눌러쓴 사법관은 두 손을 내려서 배 위에 엇갈려 놓았다. 최상의 위엄을 나타내는 동작이었다. 그리고 한마디 더 추가했다.

"결론이 났소, 나이슬리스 씨. 당신은 금고형을 선고받아 바로 수감될 것이오. 당신과 소년 전부. 또한 이 집, 즉 태드캐스터 여인숙은 폐쇄 선고를 받아 문을 닫게 될 것이오. 본보기로 삼으려는 것이오. 그럼, 우리를 따라오시오."

제7부
타이탄 여신

1. 깨어남

'데아!'

태드캐스터 여인숙에서 그러한 사건이 벌어지고 있던 그 시각에 코를레오네궁에서 날이 밝는 것을 바라보고 있던 그윈플렌에게, 밖에서 그 절규가 들려오는 것 같았다. 하지만 그 절규는 밖이 아니라 그의 내면에 존재했다.

영혼의 깊은 아우성을 들어 보지 못한 사람이 있겠는가?

게다가 날이 밝고 있었다.

여명은 하나의 목소리이다.

태양이, 잠들어 있는 그늘, 즉 양심을 깨우는 것 말고 다른 어떤 일에 공을 세우겠는가?

빛과 미덕은 같은 종(種)이다.

신이 크리스트로 불리든 사랑으로 불리든, 제일 선한 사람도 그를 잊을 때가 있기 마련이다. 우리 모두, 성자들조차도, 우리로 하여금 잊었던 것을 다시 기억하게 해 주는 음성이 필요하다. 그런데 여명이 우리 내면에 존재하는 고귀한 예고자로 하여금 목소리를 내도록 한다. 여명이 오면 수탉이 노래하듯 의무 앞에서 양심은 절규하는 것이다.

인간의 마음, 그 카오스가 'Fiat lux(빛이 생겨라)'를 듣는다.

그윈플렌,—그를 이 이름으로 계속 부를 것이다. 클랜찰리는 한 명의 귀족, 그윈플렌은 한 명의 인간이기 때문이다—그는 부활한 듯한 느낌을 받았다.

이제 동맥을 연결해야 할 때였다.

그의 내면에서 정직성이 누출되고 있었다.

"데아!"

그가 소리쳤다.

다음 순간 그는, 자신의 혈관에 충분하게 수혈이 이루어짐을 느꼈다. 몸에 유익하고 격정적인 그 무엇이 그의 내면으로 급히 뛰어들고 있었다. 선한 생각의 세찬 분출은, 열쇠가 없어서 자기 집 벽을 망설임 없이 뚫고 들어가는 사람의 행동과 유사하다. 사다리를 타고 올라가야 하지만, 그것은 유용한 수고이다. 파손도 감내해야 한다. 그러나 이것은 악의 파손이다.

"데아! 데아! 데아!"

계속해서 외쳤다.

그는 자신에게 스스로의 마음을 확인시켜 주었다. 그리고 큰 소리로 물었다.

"어디 있어?"

그 누구도 대답을 하지 않는다는 사실이 놀라웠다. 그는 천장과 벽들을 보고, 다시 정신을 찾기 시작했지만 여전히 영문을 모른 채 다시 물었다.

"어디 있어? 또 나는 어디 있는 거야?"

그런 다음 그 방 안에서, 그 우리 속에서, 갇혀 버린 거친 야수의 부질없는 걸음을 다시 걸었다.

"내가 어디에 있는 거야? 윈저. 그리고 너는? 서더크. 아! 세상에! 우리 사이에 이렇게 거리가 있는 것은 처음이야. 누가 그 고랑을 팠을까? 나는 여기에, 너는 그곳에! 아! 그러한 일은 없어. 앞으로도 없을 거야. 도대체 나에게 무슨 일이 생긴 거야?"

그가 우뚝 멈추어 섰다.

"누가 여왕 이야기를 해 주었지? 내가 그것이 무엇인지 알기나 하는가? 달라졌다고! 내가 달라졌다고! 어째서? 나는 귀족이니까. 데아, 어떤 일이 일어났는지 알아? 이제 너는 레이디야. 마주치는 일들이 그저 놀라울 뿐이야. 오! 제길! 나의 길을 찾아야 해. 누가 나에게 길을 잃게 했단 말인가? 음산한 분위기로 나에게 말을 건 사람이 있어. 그가 한 말을 지금도 기억하고 있어. '각하, 하나의 문이 열리면 다른 문이 닫힙니다. 나리 뒤에 있는 것은 더 이상 없습니다.' 그가 한 말은 이런 의미겠지. '당신은 비겁자야!' 그 사람, 그 불쌍한 자! 아직 완전히 깨어나지도 않았던 나에게 그런 소리를 마구 해댔지. 어리둥절했던 첫 순간을 그 자가 악용한 거지. 그의 수중에 들어간 먹이가 된 것 같았어. 녀석은 지금 어디에 있을까? 그에게 욕을 해대야겠어! 녀석은 꿈에서나 볼 수 있는 음산한 웃음을 띠고 나에게 말했어. 아! 이제야 다시 나로 되돌아오는군! 정말 편안하군. 클랜찰리 경을 마음대로 주무를 수 있다고 생각한다면 그것은 오산이야. 여귀족과 함께, 즉 데아와 함께, 영국의 중신으로 사는 거야. 조건이 있다고! 내가 그따위 조건을 받아들일 것 같아? 여왕이라고? 여왕이 나와 무슨 상관이지! 나는 그녀를 단 한 번도 본 적이 없어. 노예가 되기 위해서 귀족이 된 것이 아니야. 나는 권력의 속으로 들어가지만 자유인이야. 혹시 나의 사슬을 풀어준 것이, 헛수고였다고 생각하고들 있을까? 그들은 단지 내 입에 물렸던 재갈을 벗겼을 뿐이야. 그것이 전부였지. 데아! 우르수스! 우리는 영원히 함께할 거예요. 당신들의 처지가 나의 처지였고, 지금 나의 처지가 당신들의 처지예요. 어서 이곳으로 와요. 아니, 내가 가겠어. 즉시. 지금 바로 가겠어! 나는 너무 기다렸어요. 내가 돌아오지 않는 것을 보고 모두 어떻게 생각하겠어? 그 돈! 다른 사람을 통해 그 돈을 보내다니! 마땅히 내가 갔어야 했는데. 똑똑히 기억해. 그 남자, 그가 나는 여기에서 나가면 안 된다고 했어. 어디 두고 보라지. 빨리 마차를! 마차 한 대를 준비시켜! 내가 그들을 찾으러 가겠어. 시종들은 어디에 있지? 주인이 있으니 시종들이 있어야지. 나는 이곳의 주인이야. 이곳은 내 집이야. 그러니까 내가 빗장을 비틀고, 자물쇠를 깨트리고, 발길질로 문을 부술 거야. 내 앞을 막는 자는 내 검으로 그 몸뚱이를 관통하겠어. 이제 나에게도 검이 있으니까 누가 감히 나에게 거역하는지 보겠어. 나에게 아내가 있어. 데아. 나에게 아버지가 있어. 우르수스. 나의 집은 궁전이지. 그것을 우르수스에게 드릴 거야. 나의 이름은 왕관이야. 그것을 데아에게 줄 거야. 서둘러야 해! 빨리! 데아, 나 여기에 있어! 아! 우리 둘 사이의 거리를 한걸음에 뛰어넘었으면! 가자!"

그러더니 가장 먼저 손에 잡히는 휘장을 젖히고, 세찬 기세로 방을 나섰다.

복도가 나타났다.

무작정 앞으로 나아갔다.

두 번째 복도가 보였다.

문이 모두 열려 있었다.

그는 이 방 저 방을 기웃거리다가 여러 복도를 지나서, 출구를 찾아서 무작정 걸었다.

2. 궁전과 숲의 유사함

이탈리아 양식으로 된 궁전에는 출입문이 별로 없다. 코를레오네궁이 그러한 유형이었다. 어디를 보아도 커튼과 휘장과 장식용 융단뿐이었다.

당시 사치품이 넘치는 무수한 방과 복도가 어지럽게 뒤섞여 있지 않은 궁전은 거의 없었다. 황금빛 물건들과 대리석, 목각 공예품, 동양의 비단 등으로 가득 차 있었다. 또한 은밀함과 침침함을 보장하는 구석이 있는가 하면, 밝은 빛으로 가득한 구석도 있었다. 그러한 구석은 화려하고 유쾌한 지붕 아래 다락방들, 네덜란드의 도기나 포르투갈의 아라비아식 청색 타일로 장식하고 니스를 칠해 번쩍거리는 작은 방들, 고미다락방*을 이루는 벽의 구멍들, 온통 유리로 장식된 작은 방들, 기거할 수 있는 예쁜 옥상 누각 등이었다. 또한 속이 텅 빈 두꺼운 벽의 내부에도 사람이 충분히 기거할 수 있었다. 그리고 여기저기에, 과자 그릇처럼 생긴 아담한 방도 있었는데, 그것은 모두 옷장으로 쓰이는 방이었다. 그 방을 가리켜 '작은 아파트'라고 했다. 대부분의 범죄는 그 안에서 일어났다.

기즈 공작을 죽이고, 실브칸 재판소 소장의 예쁜 부인의 정

---

* 지붕 바로 아래 있는 다락방이다.

절을 잃게 하고, 혹은 르벨이 데려온 처녀들의 비명을 막는 데 매우 적절한 장소였다. 처음 들어선 사람에게는 매우 복잡하고 종잡기 어려운 장소였다. 유괴하기에 적합한 곳이었다. 그 안은 알려지지 않았고, 모든 것은 그 속에서 사라졌다. 왕족들과 귀족들은 그 우아한 동굴 속에 자신들의 노획물을 숨겼다. 샤롤레 백작은 참사원 의원의 아내인 쿠르셩 부인을, 몽될레 씨는 크루아 생랑프루아 지방의 징세 청부인이었던 오드리의 딸을 그러한 곳에 숨겼다. 콩티 대공은 릴아당 지역의 아름다운 빵집 여주인 둘을, 그리고 버킹엄 공작은 가엾은 페니웰을 그러한 궁에 숨겼다.

예를 다 들자면 끝이 없다. 그러한 곳에서 이루어지는 일들은, 옛 로마의 법률이 Vi, clam et precario라고 했듯이 '강제적으로, 은밀하게, 신속하게' 이루어졌다. 그러한 장소에 들어간 사람은 주인이 원하는 만큼 그곳에 머물러야 했다. 그곳은 황금으로 장식된 지하 감옥이었으며 수도원 내지는 하렘과 유사한 곳이었다. 무수히 많은 층계가 구불구불 올라가기도 하고 내려가기도 했다. 나선형으로 배열된 방들이 서로 끼어 박혀 있어서, 방들을 따라가면 처음 자리로 되돌아오게 되어 있었다. 어떤 갤러리를 따라가다 보면 기도실이 나왔다. 고해실이 규방과 접해 있기도 했다. 산호의 분지(分枝) 현상과 해변의 구멍들이, 왕족과 귀족의 그 '작은 아파트'를 지은 건축가들에게 아마

모형을 제시했을 것이다. 무수한 갈래가 풀릴 수 없게 얽혀져 있었다. 벽에 난 틈새를 가로막고 회전하는 초상화들이 출입할 공간을 만들었다. 모두가 주도면밀하게 이루어놓은 것들이다. 그것이 필요했을 것이다. 그 속에서 온갖 비극이 연출되었으니. 그러한 벌집 층은 지하실에서 지붕 밑 방까지 연결됐다. 베르사유궁을 포함해 모든 궁들에 상감(象嵌)된 기이한 석산호였고, 거인들이 사는 곳에 있는 피그미족의 거처이기도 했다. 복도, 간이 휴게실, 둥지, 벌집 구멍, 숨는 장소 등 거인들의 옹졸함이 기어 들어가는 온갖 구멍이 있었다.

그처럼 굴곡이 있고 비밀스러운 곳들은, 눈을 띠로 가리고 손으로 더듬으며 웃음을 참고 즐기는 놀이, 즉 술래잡기를 떠올리게 했을 것이다. 또한 아트리데스, 플랜태저넷, 메디치 등의 가문 사람들, 엘츠의 난폭한 기사들 리치오 및 메날데스키와, 이 방 저 방으로 황망히 도망치는 사람들을 뒤쫓던 검들을 떠올리게도 했을 것이다.

고대에도 그러한 신비로운 거처들이 있어서, 그 속에서 사치와 비극이 공존했던 모양이다. 그러한 모형이 이집트의 몇몇 지하 무덤에 보존되어 있는데, 파살라쿠아가 발견한 프사메티쿠스왕의 지하 무덤이 적절한 예이다. 그러한 유형의 수상한 건축물들에게서 느끼던 두려움을 옛 문인들의 글에서 발견할 수 있다. Error circumflexus. locus implicitus gyris(원을 그리며 헤매니 수많은 굽이가 얽혀 있는 곳이구나).

그윈플렌은 코를레오네궁의 '작은 아파트'에 있었다. 그는 떠나고 싶고, 밖에 나가고 싶고, 데아를 다시 보고 싶어 마음이 들떴다. 그런데 숱한 복도와 작은 방들, 감춰진 문들, 예측하지 못한 문들이 얽혀져 그의 발길을 자꾸 붙잡고 더디 걷게 했다. 달음박질치고 싶었으나 여기저기 방황할 수밖에 없었다. 문 하나만 밀어 젖히면 될 것 같은 순간에, 풀어야 할 실타래가 가로막았다.

방 하나를 지나면 다른 방이 나왔고, 그 다음에는 응접실들이 교차하고 있었다. 살아 있는 것이라고는 하나도 보이지 않았다. 그는 귀 기울여 보았다. 아무 움직임도 느껴지지 않았다.

때때로 자신이 이미 갔던 길을 다시 가고 있는 것 같았다.

누군가 자신을 향해 걸어오고 있는 것 같기도 했다. 하지만 아무도 보이지 않았다. 거울 속에 비친, 귀족의 복장을 한 자기의 모습이었다.

분명 자신인데도 실감이 나지 않았다. 그는 자신임을 인식하고 있었지만 첫눈에 알아보지는 못했다.

닥치는 대로 모든 통로를 따라서 걸어갔다.

그는 건물의 은밀한 굴곡에 이르렀다. 요염한 색과 조각이 약간은 음탕한 듯하며 은은한 방이 하나 있었다. 그런가 하면 온통 자개와 에나멜로 뒤덮여, 돋보기를 통해서나 보일 만큼 얇게 쪼갠 상아를, 담뱃갑을 장식하듯 사이사이에 박아 장식한 수상한 제단도 있었다. 또 다른 곳에는 여인들의 우울증에 대비해 마련했다는 이유로 '부두아르'라고 불리는 피렌체식 은신처도 있었다. 천장과 벽과 바닥에는 새들과 나무들, 진주로 뒤덮인 괴이한 식물들, 흑옥(黑玉)으로 덮인 보자기, 전사들, 여왕들, 히드라의 복부 가죽으로 만든 갑옷을 입은 인어 등의 모양이 벨벳이나 금속판에 그려져 있었다. 크리스탈의 기울어진 단면이 반사된 빛에 프리즘 효과를 더하고 있었다. 유리 세공품이 보석처럼 빛났다. 어두운 구석들도 번쩍댔다. 에메랄드의 유리질이 떠오르는 태양의 금빛과 섞여 비둘기 목 근처의 털빛이 구름처럼 떠다니는 듯한 반짝이는 결정면들이, 숱한 미세 거울인지 또는 거대한 남옥(藍玉) 덩어리인지 쉽게 구별하기 어려웠다. 섬세하면서도 거대한 화려함이었다. 만약 그것이 제일 커다란 보석 상자가 아니라면, 제일 귀여운 궁전이었다. 매브를 위한 집 또는 가이아를 위한 보석 한 알이었다. 그윈플렌은 계속 출구를 찾고 있었다.

결국 출구를 찾지 못했다. 어느 쪽으로 가야 할지 알 수 없었다. 처음 본 화려함만큼 사람을 홀리는 것도 없다. 그러나 그것은 미로였다. 한 걸음을 옮길 때마다 화려함이 그의 앞을 가로막았다. 그가 가는 것을 막무가내로 반대하는 것 같았다. 그를 놓아 주고 싶지 않은 것처럼 보였다. 그는 경이라는 끈끈이에 붙어 있는 느낌이 들었다.

'무서운 궁전이군!'

그의 뇌리에 떠오른 생각이었다.

그는 불안해져서 그 이유를 스스로에게 물으며 혹시 갇힌 것이 아닌지 두려워하기도 하고, 탁 트인 공기를 호흡하고 싶어 화를 내면서 끊임없이 돌아다녔다.

'데아! 데아!'

그는 거듭해서 마음속으로 그녀의 이름을 불렀다. 밖으로 빠져나오게 해 줄 실인 것처럼, 그래서 끊어지게 두면 안될 실인 것처럼 그 이름에 집착했다.

가끔씩 큰 소리를 내어 사람을 불러 보았다.

"어이! 아무도 없소?"

아무 대답도 없었다.

방들만 끊임없이 이어질 뿐이었다. 황량하고, 적막하고, 화려하고, 스산했다.

흔히 마법에 걸린 성이라고 부르는 것이 그럴 것이다.

감춰진 열 공급구를 통해 들어온 뜨거운 공기가 복도와 방의 온도를 한여름처럼 만들고 있었다. 어느 마법사가 6월을 몽땅 끌어다가 그 미로 속에 가두어 둔 것 같았다. 가끔씩 좋은 향기도 났다. 마치 보이지 않는 꽃들이 있는 것처럼, 간헐적으로 향기가 났다. 더위를 느낄 정도로 따뜻했다. 어디를 보나 융단이 깔려 있었다. 알몸으로 서성대도 좋을 듯했다. 그윈플렌은 창 밖을 바라보았다. 바깥 풍경이 끊임없이 바뀌었다. 봄날 아침의 상쾌함으로 가득한 정원이 보이더니, 다른 석상들로 장식한 새로운 벽면들이 보이고, 건물들 사이로 스페인식 사각형 안뜰이 다양한 모습을 드러내는데 바닥에 깐 포석에는 이끼가 끼어 더욱 시원스러워 보였다. 가끔 템스강도 보였다. 또한 웅장한 탑들도 있었다. 바로 윈저궁이었다. 아직 이른 아침이었던 탓에 행인들이 보이지 않았다.

그는 다시 걸음을 멈추었다. 내면의 소리에 귀 기울였다.

'아! 이곳을 떠나겠어. 다시 데아에게 돌아가겠어. 나를 억지로 이곳에 잡아 두지는 못해. 내가 나가는 것을 막는 자에게는 불운이 닥칠 거야! 저 커다란 탑은 무엇이지? 만약 어떤 거인이나 지옥의 개 또는 타라스코 용이 마법에 걸린 이 궁전의 문을 막는다면 내 손으로 없애버리겠어. 군대가 일제히 덤비더라도 나는 그들을 삼켜 버릴 거야. 데아! 데아!'

갑자기 어떤 소리가, 아주 약한 소리가 들려왔다. 물 흐르는 소리 같았다.

그는 좁고 어두운 회랑 안에 들어와 있었는데, 몇 걸음 앞에 커튼이 드리워져 있었다.

그는 커튼을 젖히고 안으로 들어갔다.

그는 전혀 뜻밖의 곳으로 들어간 것이다.

3. 이브

그가 들어간 곳은 바구니 손잡이 모양의 궁륭형 천장이 있고 창문이 없는 팔각형 실내였고, 천장 위에 뚫린 채광창을 통해 들어오는 빛이 실내를 밝혀 주고 있었다. 벽과 바닥과 천장은 모두 복사꽃 색깔이 감도는 대리석으로 장식했다. 실내 중앙에는 검은 대리석으로 뾰족탑 모양의 닫집 하나가 있었으며 기둥은 나사형이었는데, 중후하고 매혹적인 엘리자베스 여왕 시대의 양식이었다. 그 닫집이, 역시 검은색 대리석으로 깎은 수반형 욕조 위에 그림자를 드리우고 있었다. 욕조 가운데에서 따뜻하고 향기로운 물줄기가 가늘게 솟아, 조용히 그리고 천천히 욕조를 채우고 있었다. 그의 눈앞에 처음으로 나타난 것이었다.

백색을 광채로 바꾸기 위한 검은 욕조였다.

그가 들은 것이 그 물소리였다. 일정 정도에서 욕조의 물이 새어나가게 해 욕조 밖으로 넘치지 않도록 설치되어 있었다. 수반에서는 모락모락 김이 피어올랐지만 그 양이 적어서 대리석에는 김이 거의 서리지 않았다. 물줄기는 매우 가늘어 강철 회초리 같았고, 가냘픈 숨결에도 휠 듯했다.

가구는 눈에 띄지 않았다. 욕조 옆에 있는 의자 겸용 침대가 전부였다. 쿠션이 있고 상당히 길어서, 한 여인이 그 위에 누워도 발치에 개나 정인(情人)의 자리가 넉넉하게 있었다. 이런 의자 겸용 침대를 가리키는 칸알피에라는 말에서 프랑스어의 카나페가 생겨났다.

아래쪽을 은으로 만든 것으로 보아 스페인식의 기다란 의자였다. 그 위에 놓인 방석들과 등받이 쿠션은 매끄러운 흰색 비단으로 되어있었다. 욕조의 다른 쪽에는 선반을 갖춘 높은 은제 화장대가 벽에 기대어 있었는데, 온갖 화장 도구가 있었고 그 중앙에는 은제 틀을 두른 베네치아 산 작은 거울 여덟 개가 창문 모양을 하고 있었다.

소파에서 가장 가까이에 위치한 벽에는 천창(天窓) 형태의 사각형 창틀 하나가 파여 있고, 그것을 붉은색의 은판으로 막아 놓았다. 은판에는 경첩이 덧문처럼 달려 있었다. 은판 중간에 검은색 에나멜로 황금색 왕관 문양을 상감(象嵌)했고, 그 문양이 빛났다. 은판 위쪽 벽에는 초인종 하나가 매달려 고정되어 있었다. 만약 초인종이 순금제가 아니라면, 도금을 했을 것이다.

입구 맞은편, 즉 그윈플렌이 서 있던 곳 정면에는 대리석 벽면 한 조각이 제거되어 있었다. 그 대신 제거된 대리석 크기만큼의 통로가 생겼고, 바닥부터 천장까지 커다랗고 높은 은빛 망(網) 한 폭이 그 통로를 막았다.

요정 이야기에 나올 것 같은 거미줄처럼 올이 매우 가느다란 망은 투명했다. 그것을 통해 모든 것을 볼 수 있었다.

망 중앙에, 보통 거미가 있어야 할 그 위치에 기막힌 것 하나가 보였다. 한 여인의 나체였다.

정확히 말하면 옷을 벗은 것은 아니었다. 여인은 확실히 옷을 입고 있었다. 머리끝부터 발끝까지 옷으로 감싸있었다. 그 옷은 슈미즈였고, 성화(聖畵) 속 천사들이 입고 있는 긴 옷 같았다. 하지만 지극히 얇아서 물에 젖은 듯 투명했다. 그래서 벗은 여인처럼 보였는데, 나체보다 그것이 더 뇌쇄적이고 위험했다. 왕족 처녀들과 귀부인들이 두 줄로 늘어선 수도사들 사이로 엄숙한 종교적 행진을 한 적이 있는데, 몽팡시에 공작 부인은 자신을 더욱 낮춘다는 의미로 맨발에 레이스로 된 슈미즈만을 입은 채 자기 모습을 파리 시민 모두에게 보였다는 이야기가 전해진다. 그녀가 들었던 촛불이 그나마 완화제 역할을 했다고 한다.

유리처럼 투명한 은빛 망은 커튼이었다. 그것은 위쪽만 고정되어 있어서, 아래에서 들어 올릴 수 있었다. 그 망이 대리석 욕실과 침실 사이의 경계를 표시했다. 매우 작은 침실은 거울의 동굴 같았다. 베네치아 산 거울들을 가느다란 황금색 막대로 이어 놓았고, 그렇게 만들어진 다면체 거울은 침실 중간에 있는 침대를 비추었다. 커튼으로 사용되는 망이나 소파처럼 침대도 은빛이었는데 그 위에는 한 여인이 누워 있었다. 그녀는 잠들어 있었다.

머리는 뒤로 젖혔고 발 하나로는 이불을 차 던졌는데 그 모습은 날갯짓 하는 꿈에 눌린 수쿠부스*처럼 보였다.

듬성듬성한 레이스로 만든 베개는 융단이 깔린 바닥에 떨어져 있었다. 그녀의 나체와 시선 사이에는 두 가지 장애물만 있었다. 그녀의 블라우스와 은빛 커튼뿐이었다. 두 투명한 물건뿐이었다. 방보다는 규방에 더 가까웠던 침실을, 욕실에서 들어오는 반사광이 은은하게 밝혔다. 여인이 혹시 수줍음을 몰랐을 수도 있으나 반사광은 매우 조심하는 듯했다.

침대에는 난간도 닫집도 천개(天蓋)도 없어서, 그녀가 잠에서 깨어나 눈을 뜨면 거울들 속에 비치는 숱한 자기 나신을 볼 수 있을 것이었다.

잠을 설쳤는지 침대의 시트가 몹시 혼란스럽게 흩어져 있었다. 아름다운 주름들은 천의 올이 매우 곱다는 것을 알려 주었다. 당시에는 한 여왕이 저주를 받아 지옥에 가게 되면 그러한 침대 시트에서 자야 한다고 믿었다.

그러나 그렇게 나체로 잠자리에 드는 풍습은 이탈리아에서 들어온 것으로, 옛 로마인들로부터 유래되었다. 'Sub clara nuda lucerna(램프의 빛 아래에 있는 나체의 여인)' 호라티우스가 한 말이다.

---

* 남자가 잠에 취한 틈을 타, 육체적 관계를 맺는 암마귀를 말한다.

비록 자락이 흩어졌어도, 뚜렷이 드러난 커다란 황금색 도마뱀 무늬로 보아 중국산임이 확실한 독특한 비단으로 지은 가운이 침대 발치에 떨어져 있었다.

침대 너머 규방 안쪽에 출입문 하나가 있을 법한데, 큰 거울 하나가 그것을 가리는 동시에 그것이 있음을 표시해 주었다. 거울에는 공작새들과 백조들 그림이 있었다. 희미함으로 만들어진 듯한 그 방 안에 있는 모든 것이 빛났다. 유리와 황금색 접합재 사이는, 베네치아에서 '유리의 담즙'이라고 부르는, 번쩍이는 재료로 칠해져 있었다.

침대 머리맡 촛대들이 있는 은제 탁자 위에는 책 한 권이 펼쳐져 있었다. 그리고 펼쳐진 페이지 상단에는 다음과 같은 제목이 굵고 붉은 글씨로 쓰여 있었다.

Alcoranus Mahumedis(마호메트의 코란)

당연히 그 모든 자질구레한 것이 그윈플렌의 눈에 들어왔을 리 없다. 그의 눈에는 여인만이 보였다.

그는 돌처럼 굳어 버린 동시에 혼란에 빠졌다. 양립이 불가능하나, 분명히 존재하는 양태이다.

그 여인이 누구인지 그는 바로 알아챘다. 그녀의 눈은 감겨 있었지만, 얼굴은 그가 있는 쪽을 향하고 있었다.

여공작이었다.

미지의 존재에게서 나오는 모든 광휘가 혼융된 신비로운 존재, 그로 하여금 차마 고백할 수 없는 숱한 몽상에 잠기게 했고, 그에게 그처럼 기이한 연서를 보냈던 바로 그 여인이었다! '그녀가 내 얼굴을 보았지만 나를 원했어!' 그가 그렇게 말할 수 있는 단 한 명의 여자였다. 그는 벌써 그녀에 대한 모든 몽상을 뇌리에서 내쫓았고, 편지를 불태웠다. 그녀를 몽상과 기억 밖으로 멀리 추방했다. 그녀를 더 이상 기억하지 않았고, 지웠었다…….

그런데 그녀를 다시 만나다니!

다시 본 그녀는 위험했다.

벗은 여인은 무장한 여인이다.

그는 더 이상 숨도 쉬기 어려웠다. 그는 님부스에 실려서 떠밀리는 것 같았다. 오로지 바라보기만 했다. 그녀가 자기 눈앞에 있다니! 도대체 가능한 일인가?

극장에서는 여공작이었다. 그런데 지금은 네레이데스, 나이아디스, 파타였다. 항상 유령처럼 출현하는 존재였다.

그는 도망치려고 했지만 그것이 불가능함을 깨달았다. 그의 두 눈이 두 줄의 쇠사슬이 되어 그를 환영에 꽁꽁 묶어 버렸다.

매춘부일까? 처녀일까? 둘 모두였다. 보이지 않는 메살리나*

---

* 클라우디우스 황제의 부인으로 음탕한 여인의 상징이다.

가 미소를 짓는 동시에 디아나*가 경계를 하고 있음이 확실했다. 그 아름다움 위에는 범접하기 어려운 빛이 있었다. 그 순결하며 고귀한 모습에 견줄 만한 순수함은 없을 것이다. 아무 것도 닿지 않은 특이한 눈(雪)은 바로 알 수 있다. 그녀는 융프라우**의 신성한 백색을 가지고 있었다. 잠이 들어 무방비하게 드러낸 이마, 헝클어진 주홍빛 머리카락, 감긴 눈꺼풀 아래 보이는 긴 속눈썹, 어렴풋이 보이는 푸르스름한 혈관, 조각한 듯한 동그란 젖가슴, 발그스름한 윤곽의 무릎과 엉덩이 등에서 흘러나오는 것은 엄숙하게 잠이 든 신성(神性)이었다. 그녀의 몸에서 나오는 음탕함이 광휘 속에 녹아들고 있었다. 그 여자는, 마치 자기에게도 신들처럼 파렴치하게 행동할 권리라도 있는 듯 태연하게 알몸을 드러내 놓았다. 깊은 바다의 딸임을 스스로 자처하고 바다를 향해서 '아버지!'라고 부를 수 있는, 태평스러운 올림포스의 여신 같았다. 비너스가 커다란 물거품 위에 누워 있는 것처럼 부두아르 속 침대 위에서 오만하게 누워 잠든 그녀는, 범접할 수 없고 눈부신 몸뚱이를 숱한 시선과 욕망, 광기, 몽상 등 그 앞을 지나가는 모든 것들에게 맡기고 있었다.

그녀는 밤에 잠들어 해가 뜬 후까지 자고 있었다. 어둠 속에

---

* 남성을 거부하는 여성의 상징이다.

** 알프스의 봉우리 이름으로 젊은 여인을 가리키는 말이다.

서 시작해 광명 속까지 유지되는 신뢰였다.

그윈플렌은 전율에 몸을 떨었다. 찬미하고 있었던 것이다.

해롭고, 지나친 관심을 유발하는 찬미였다.

그는 두려웠다.

운명의 도깨비 상자 속은 결코 고갈되지 않는다. 그윈플렌은 종착점에 왔다고 생각했다. 그러나 다시 시작이었다. 결국 그에게, 전율하는 한 남자에게 잠든 여신 하나를, 그처럼 엄청난 벼락을 치기 위해 그의 머리 위에서 소란스럽게 번쩍이던 숱한 번개는 대체 무엇이었는가? 욕정을 자극하면서 위험한 그의 꿈을 분만하기 위해, 잇달아 갈라지던 하늘의 틈새들은 대체 무엇이었는가? 그의 막연한 열망과 헛되고 희미한 생각, 꿈틀대는 살로 바뀐 몹쓸 사념을 하나하나 그에게 전해 주고 불가능에서 나온 취하게 만드는 일련의 현실들로 그를 괴롭힌, 미지의 유혹자가 그에게 베푸는 호의는 다 무엇이었는가? 어둠의 세계가 가여운 그를 상대로 적의에 찬 음모를 꾸미고 있었던 것인가? 그를 둘러싼 음산한 운명의 미소 앞에서 앞으로 그는 어찌 될 것인가? 의도적인 듯한, 현기증 나는 이 사건의 실상은 무엇인가? 그 여인이! 이곳에! 왜? 어떻게? 어떤 설명도 없다. 왜 그인가? 왜 그녀인가? 그를 영국의 중신으로 만든 것은 그 여공작을 위해서였는가? 누가 그 두 사람을 서로에게 데려왔는가? 속임수에 빠진 자는 누구인가? 누가 희생당하는 것인가? 누구의 선의가 악용당하는 것일까? 신을 저버리는 것일까? 그 모든 의문을 그는 명료하게 떠올리지 못하고, 자신의 뇌리에 있는 검은 구름 덩어리 사이로 얼핏 보았을 뿐이다. 마법에 걸려 있는 듯하고 악의가 있는 듯한 곳, 감옥처럼 집요한 이 궁전이 어떤 음모의 일부란 말인가? 그윈플렌은 어떤 것 속으로 다시 흡수되어 소멸되려는 듯한 느낌이 들었다. 정체 모를 힘들이 그를 신비하게 얽매고 있었다. 어떤 인력이 그를 고정시켰다. 그의 의지가 다른 그릇으로 옮겨지듯 그를 떠났다. 무엇을 잡고 버텨야 할까? 그는 넋을 잃고 무엇인가에 홀려 있었다. 이번에는 돌이킬 수 없을 만큼 미쳤다는 감정에 사로잡혀 있었다. 찬란한 절벽 아래로 내리꽂히는 추락이 계속되었다.

여인은 계속 잠에 빠져 있었다.

내면의 혼란이 가중되고 있던 그에게 그녀는 더 이상 레이디도, 여공작도, 귀부인도 아니었다. 단지 여자였다.

일탈은 인간 안에 잠재 상태로서 존재한다. 모든 악습은 우리의 생체 기관 속에서 준비되어 있고, 이미 보이지 않는 노선을 가지고 있다. 우리가 비록 순진무구하고 순결해 보일지라도 우리 안에는 그러한 노선이 만들어져 있다. 오점 없는 존재가 약점 없는 존재를 뜻하지는 않는다. 사랑은 하나의 법칙이다. 관능은 하나의 함정이다. 취기가 있고 또 주벽이 있다. 취기는 한 여인을, 주벽은 여자를 원하는 것이다.

그윈플렌은 넋을 잃은 채 그저 전율할 뿐이었다.

이처럼 뜻하지 않은 만남 앞에서 어떻게 버틸 수 있을까? 물결 같은 피륙도, 여유 있는 비단 옷도, 한껏 멋 부린 장식도, 숨기기도 하고 내보이기도 하는 엽색꾼 여인의 과시도, 구름도 없었다. 두려움을 갖게 할 만큼 간결한 나신만이 있었다. 파렴치할 만큼 에덴적인, 신비로운 경고였다. 남자의 어두운 측면 전체가 독촉을 당했다. 이브는 사탄보다 더하다. 인간적인 것과 초인적인 것이 섞여 있었다. 의무에 대한 본능의 사나운 승리로 이르는 걱정스러운 황홀감이었다. 아름다움의 오만한 윤곽은 강제적이다. 그것이 이상 속에서 현실로 빠져나올 경우, 인간에게는 치명적인 이웃이 될 수 있다.

여공작이 이따금 침대 위에서 나른하게 몸을 뒤척였다. 구름이 형상을 바꾸듯이, 그녀의 몸뚱이 형태가 바뀔 때마다, 공중에 희미한 수증기의 움직임이 생겼다. 매혹적인 굴곡을 만들었는가 하면 다시 펴서, 몸뚱이는 물결처럼 일렁댔다. 여인에게는 물의 온갖 유연함이 있었다. 물처럼 여공작도 무엇인지 모를, 포착할 수 없는 것을 소유하고 있었다. 형언할 수 없는 기괴한 것, 내보인 살, 즉 그녀가 그곳에 있었지만 여전히 환상 같았다. 촉지할 수 있는데 멀리 느껴졌다. 그윈플렌은 당황하고 창백해져서 가만히 바라볼 뿐이었다. 팔딱대는 젖가슴 소리에 귀 기울였고, 유령의 호흡이 들리는 듯했다. 강력하게 이끌렸으나 그는 필사적으로 거부했다. 그녀를 어찌 거역한단 말인가? 자신을 어찌 거역한단 말인가?

그는 모든 것을 각오했지만 그것만은 미처 짐작하지 못했다. 출입문을 막는 난폭한 경비원, 맞서 싸워야 할 사납고 괴물 같은 간수, 그가 맞서 싸워야 하리라 예상했던 것은 그러한 것이었다. 케르베로스*와 맞닥뜨릴 것이라 예상했는데, 헤베**와 마주친 것이다!

벗은 여인이 있었다. 잠들어 있는 여인이었다.

얼마나 어두운 싸움인가!

그는 눈을 감았다. 눈 속에 들어온 극심한 여명, 그것은 괴로움이다. 하지만 그는 감긴 눈꺼풀로 금세 그녀를 다시 보았다. 어둠 속에서도 여전히 아름다웠다. 도망을 친다는 것은 어렵다. 도망치려 애써 보았으나 허사였다. 꿈속에 가둬진 사람처럼, 그는 그 자리에 뿌리를 내린 듯 했다. 후퇴를 원하면 유혹이 우리의 발을 포석 위에 못 박는다. 전진하는 것은 가능하지만 뒷걸음질은 불가능하다. 보이지 않는 실절(失節)의 팔이 땅으로부터 나와, 우리를 미끄럼 속으로 끌어당긴다.

감동은 둔해진다는 것이 많은 사람들이 갖는 통념이다. 하지

---

* 그리스 신화에 나오는 지옥의 문을 지키는 개를 말한다.

** 그리스 신화에 나오는 청춘의 여신을 말한다.

만 이것은 큰 오류다. 상처 위에 질산을 떨어트리면, 차츰 통증이 가라앉다가 마침내 멈춘다든가, 다미앙*이 능지처참에 무감각해졌다고 하는 것과 같다.

그러나 진실은 거듭될수록 더욱 날카로움을 느끼게 된다는 것이다.

놀라움이 거듭되면서 그윈플렌은 그 정점에 이르러 있었다. 그의 이성이라는 항아리는 경이로 인해 넘치고 있었다. 그는 자신 안에서 위험한 깨어남이 진행되고 있음을 느꼈다. 그에게는 더 이상 나침반이 없었다. 오로지 하나의 확실함만이 있었다. 그 여인이었다. 정체를 알 수 없고 파선 같은, 되돌릴 수 없는 행복이 엿보였다. 방향을 잡는 것은 불가능한 일이었다. 대항할 수 없는 조류와 암초뿐이었다. 암초는 바위가 아닌 인어다. 심연의 아래에는 자석이 있었다. 그윈플렌은 그 인력에서 벗어나기를 바랐다. 그러나 어떻게 한단 말인가? 더 이상 부착점(附着點)이 존재하지 않았다. 인간의 유동(流動)은 끝없이 계속될 수 있다. 사람도 파손된 선박처럼 운행 불능의 상황에 처할 수 있다. 인간의 닻은 바로 의식이다. 슬픈 일은, 의식도 파괴할 수 있는 것이다.

그에게는 이제 다음과 같은 최후의 수단도 없었다.

---

* 루이 15세를 살해하려다 사지가 찢겨 처형된 인물이다.

'나의 얼굴은 흉하게 훼손돼서 무시무시해. 그녀가 나를 거부하겠지.'

그 여인은 그를 사랑한다는 편지를 보냈었다.

위기 속에는 불안정한 돌출부 같은 순간이 존재한다. 우리가 선(善)으로 기대려 하지만 악(惡)으로 기울 때, 악 위에 걸려 있는 우리의 일부인 돌출부가 결국에는 우리를 낭떠러지 아래로 내리꽂는다. 그 슬픈 순간이 그윈플렌에게 온 것일까?

어떻게 피할 것인가?

낭떠러지는 바로 그녀였다! 여공작! 그 여인! 그녀가 그의 앞에, 침실에, 아무도 없는 곳에, 잠든 채, 그에게 맡겨진 채, 혼자 있었다. 그녀를 그의 뜻대로 할 수 있는 그의 지배 아래에 있었다!

여공작이!

아득한 하늘 끝의 별 하나를 발견했다. 그 별을 찬양했다. 그 별은 매우 멀리 있다! 가만히 있는 별이 두려울 리 있겠는가? 어느 날, 어느 날 밤에 별이 움직였다. 별 주위에 떨리는 빛이 보인다. 고정되어 있는 것 같던 천체가 움직인다. 별이 아니라 혜성이었다. 그것은 하늘의 커다란 방화범이다. 천체가 움직이고, 커지고, 주홍빛 모발을 마구 흔들더니 거대해진다. 그리고 가까이 온다. 오! 무시무시함이여! 그것이 다가온다! 혜성이 우리를 알아보고, 우리를 갈구하며, 우리를 원한다. 몹시 무서운 천체의 접근이다. 우리에게 다가온 것은 감당하기 어려운 강렬한 빛, 즉 실명(失明)이다. 마찬가지로 과도한 생명은 죽음이다. 천정점이 주는 그것을 우리는 거부한다. 심연에서 오는 사랑의 제의를 거절한다. 우리는 손으로 눈꺼풀을 가리고 몸을 감추고 피한 후에 무사하다고 믿는다. 그리고 다시 눈을 뜬다……. 그런데 우리 앞에 두려워하던 별이 있다. 그것은 이제 별이 아니고 하나의 세계이다. 알지 못하는 세계이다. 용암과 이글이글 타오르는 불의 세계이다. 무한히 깊은 곳에서 솟아오른, 삼켜질 듯한 놀라움이다. 그녀는 하늘을 가득 채운다. 오로지 그녀밖에 없다. 무한의 바닥에 있던 석류석, 멀리서 볼 때는 금강석이던 것이 가까이 다가와서는 화덕으로 바뀐다. 우리는 그 불꽃에 휩싸인다.

그리고 낙원의 열기로 인해 우리가 연소되는 것을 느끼기 시작한다.

4. 사탄

잠자던 여인이 갑자기 깨어났다. 그녀는 침대 위에서 갑작스러우면서도 위엄 있게 상체를 일으켰다. 부드러운 비단 같은 주홍빛의 금발이 출렁이며 허리 위로 쏟아져 내렸다. 그녀가 입고 있는 슈미즈가 흘러내려 낮은 어깨가 드러났다. 그녀는 섬세한 손으로 자신의 분홍색 발톱을 만지며, 잠깐 동안 벗은 발을 바라보았다. 페리클레스의 찬미를 받고 페이디아스가 조각할 만한 발이었다. 그런 후에 떠오르는 태양을 바라보며 암호랑이가 기지개를 켜듯 하품을 했다.

숨소리도 안 내려고 애쓸 때 그러는 것처럼 그윈플렌이 무척 힘들여 호흡했던 모양이다. "거기에 누가 있어요?"

그녀가 물었다.

그녀는 하품을 하면서 물었는데 우아함으로 가득했다. 그윈플렌은 낯선 그녀의 음성을 처음 들었다. 사람을 유혹하는 여인의 목소리였다. 달콤하고 오만한 억양이었다. 애무하는 듯한 어조가 그녀의 습관적인 명령조의 말투를 완화시켜 주었다.

그 순간, 그녀가 무릎을 꿇고 상체를 세우자 수천 개의 투명한 주름 속에서 무릎을 꿇은 태고의 석상이 드러났다. 그녀는 가운을 끌어당기고 침대 아래로 가볍게 뛰어내려 벌거벗은 채로 섰다. 화살 한 대가 스쳐 지나갈 동안의 짧은 시간이었다. 다음 순간 그녀의 몸은 바로 숨겨졌다. 눈 깜짝할 사이에 비단 가운이 그녀를 덮었다. 기다란 소매가 그녀의 손을 감추었다. 오로지 발가락 끝만 보였다. 아이의 발처럼 하얗고, 발톱이 조그마했다.

그녀는 등 뒤에 눌려 있던 머리를 끌어내 가운 위로 던진 다음 침실 안쪽으로 달려가 무늬가 그려진 거울에 귀를 대보았다. 그 거울이 출입문을 숨기고 있음이 확실했다.

그녀가 집게손가락으로 거울을 가볍게 툭툭 두드리면서 말했다.

"그쪽에 누가 있어요? 데이비드 경! 벌써 오셨어요? 도대체 지금 몇 시나 되었나요? 아니면 자네인가, 바킬페드로?"

그녀가 돌아서며 중얼거렸다.

"아니야. 이쪽이 아니야. 욕실에 누가 있어요? 어서 대답해요! 아니야, 아무도 그쪽으로는 들어올 수가 없지."

그녀는 은빛 커튼이 있는 곳으로 와서 발과 어깨로 커튼을 젖히며 욕실 안으로 들어갔다.

그윈플렌은 숨이 끊어질 듯한 괴로움을 느꼈다. 피할 곳이 없었다. 도망치기에는 너무 늦었다. 게다가 그럴 힘도 없었다. 차라리 바닥이 갈라진다면 좋겠다고 생각했다. 그래서 땅속으로 가라앉아 버리고 싶었다. 들키지 않을 방법이 없었다.

그녀가 그를 발견했다.

그녀는 무척 놀란 듯 그를 바라보았다. 그러나 전혀 두려워하지 않았고, 오히려 행복과 경멸이 그녀의 얼굴에 나타났다.

"아니, 그윈플렌!"

그녀는 격렬하게 껑충 뛰어서 그의 목을 껴안았다. 그 암고양이는 표범이었다.

그처럼 격정적인 동작으로 인해 가운의 소매가 올라갔고, 드러난 맨팔로 그윈플렌의 머리를 열정적으로 감싸 안았다.

그러더니 갑자기 그를 밀어내고, 맹수의 발톱 같은 작은 두 손을 그윈플렌의 양 어깨 위에 얹었다. 그녀는 그의 앞에, 그는 그녀의 앞에, 그렇게 마주 보았고 그녀가 기묘한 표정으로 그를 살폈다.

운명적인 존재, 그녀가 알데바란*의 눈으로 그를 쳐다보았다. 그녀의 눈빛은 뒤섞여 있는 가시광선이었고, 형언할 수 없는 음흉함과 별빛을 함께 띠고 있었다. 그윈플렌은 푸른 눈동자와 검은 눈동자를 번갈아 보다가, 하늘의 시선과 지옥의 시선에 점차 정신을 잃었다. 여인과 남자는 서로 음침한 황홀경을 보냈다. 그들은 서로를 유혹했다. 그는 흉측함으로, 그녀는 아름다움으로, 즉 두 사람 다 전율할 두려움으로 서로를 유혹하고 있었다.

그는 떨칠 수 없는 무게에 짓눌려 아무 말도 못했다. 여자가 감동한 듯 소리쳤다.

"그대는 지혜로워. 그대가 왔어. 내가 런던을 떠나야 한다는 것을 알았던 거야. 그대가 나를 따라온 거야. 잘했어. 이곳에 오다니, 정말 대단해."

---

* 황소자리의 알파별을 뜻한다.

서로간의 소유가 이루어지면 번개가 생겨난다. 야수적이면서 동시에 정직한 정체 모를 두려움이 보내는 경고를 희미하게 알아차린 그윈플렌이 주춤거리며 물러섰다. 그러나 그의 어깨에 경련을 일으킨 분홍색 손톱이 그를 잡았다. 저항할 수 없는 그 무엇이 점차 모습을 나타내고 있었다. 야수와 같은 남자인 그는 야수와 같은 여인의 동굴 속에 들어온 것이다.

그녀의 목소리가 다시 들렸다.

"앤, 그 멍청한 것, 너도 알고 있지? 여왕 말이야. 그녀가 이유도 설명하지 않고 나를 윈저로 불렀어. 도착했더니 그녀는 얼간이 대법관과 함께 방구석으로 숨어버렸어. 그런데 어떻게 내가 있는 곳까지 들어왔지? 내가 남자라고 부르는 자는 너 같은 사람이야. 방해물 따위는 없어. 부름을 받자마자 달려오지. 나에 대해 알아본 것이 있나? 여공작 조시안이 내 이름이야. 너도 그것은 알고 있겠지. 누가 너에게 문을 열어 주었지? 물론 시종이겠지. 그 아이는 참으로 똑똑해. 그에게 상금 백 기니를 주도록 하겠어. 그런데 어떤 방법을 썼지? 한 번 말해 봐. 아니, 말하지 마. 설명하면 작아져. 놀라움을 주는 네가 더 좋아. 용모가 기괴한 만큼 그대는 경이로워. 너는 천상에서 왔어. 바로 그거야. 또는 에레보스*의 뚜껑 문을 통해 세 번째 지하 세계에서

* 지옥의 암흑을 가리키는 말이다.

올라왔어. 그대에게 그런 것은 아무것도 아니었겠지. 저절로 천장이 갈라지고 마루가 열렸을 거야. 구름을 타고 내려왔거나, 유황의 불길을 뚫고 올라왔어. 너는 그렇게 이곳으로 왔어. 신들처럼 너도 이곳에 들어올 자격이 있어. 그대는 나의 정인(情人)이야."

그윈플렌은 넋을 잃고 그녀의 말을 들었다. 그는 자신의 생각이 점점 더 비틀거림을 느꼈다. 이제 되돌릴 수 없었다. 또한 의심할 것도 없었다. 여인은 밤에 받은 편지 내용을 다시 확인시켜 주었다. 그가, 그윈플렌이, 여공작의 정인, 열정적인 사랑을 받는 정인이라니! 수천 개의 음산한 머리를 소유한 커다란 오만이 가엾은 가슴속에서 꿈틀댔다.

허영심이라는 것은 우리 내면에 있되, 우리에게 적대적인 거대한 힘이다.

여공작의 말은 계속되었다.

"그대가 여기에 왔으니 그것은 운명의 의지야. 내가 바라던 거지. 저 위에, 또는 저 아래에 누군가가 있어, 우리를 서로에게 던진 거야. 스틱스*와 에오스(여명)의 약혼이야! 모든 법률을 벗어난 광적인 약혼! 그대를 처음 본 날, 내 스스로에게 말했어. '저 사람이야. 바로 알아볼 수 있어. 내가 바라던 괴물이야.

* 저승에 있는 강으로 어둠의 세계다.

저 남자는 내 것이야.' 운명의 뜻을 도와야지. 그래서 너에게 편지를 썼어. 그윈플렌, 질문이 하나 있어. 그대는 예정설을 믿나? 나는 믿고 있어. 특히 키케로의 작품에서 '스키피오의 꿈'을 읽은 후에는 훨씬 굳게 믿지. 이런, 내가 미처 알아채지 못했군. 네가 귀족의 복장을 하고 있구나. 마치 영주처럼 차려 입었군. 그렇게 못할 이유도 없지 않아? 그대는 광대니까. 게다가 다른 이유가 더 있어. 광대는 귀족 못지않아. 도대체 귀족이 무엇이지? 그들도 웃기는 광대일 뿐이야. 그대의 체격은 고상하고 수려해. 그대가 이곳에 오다니, 경이로워! 언제 도착했지? 이곳에 도착한 지 얼마나 되었어? 나의 벗은 몸을 보았나? 나는 아름다워, 그렇지 않은가? 지금 목욕을 하려는 참이었어. 아! 그대를 사랑해! 편지를 읽었군! 당신이 읽었나? 누가 읽어 주었어? 글을 읽을 줄 알아? 너는 분명히 무식할 거야. 내가 물어보더라도 대답을 주지 마. 나는 그대의 목소리를 좋아하지 않아. 너무나 부드러워. 당신 같은 뛰어난 사람이 말을 하면 안 돼. 너처럼 누구와도 비교할 수 없는 자는 말하는 대신 이를 갈아야 해. 너의 노래는 조화로워. 나는 그것이 매우 싫어. 나를 거슬리게 하는 너의 유일한 단점이야. 나머지 모든 것은 훌륭하고 찬란해. 인도에서는 그대가 신으로 추앙받을 거야. 태어날 때부터 얼굴에 이 끔찍한 웃음이 있었어? 아니지? 분명히 형벌을 받았을 것이야. 네가 범행을 저질렀기를 바라. 빨리 내 품에 안겨."

그녀는 소파 위에 주저앉으며 그를 자기 옆에 앉도록 했다. 두 사람도 모르게 서로의 몸이 닿았다. 그녀의 말이 거센 바람처럼 그윈플렌을 스쳐갔다. 그는 미친 단어의 소용돌이가 만들어 내는 뜻을 겨우 알아들었다. 그녀의 눈에 감탄의 빛이 넘쳐흘렀다. 그녀는 광란하는 동시에 다정한 목소리로, 소란스럽게 말을 이었다. 그녀의 말은 음악이었지만 그윈플렌에게는 폭풍처럼 들렸다.

그녀가 그를 지그시 누르듯 고정된 시선으로 응시하다가 말을 계속했다.

"그대 곁에 있으니 나의 지위가 실추되는 것 같아. 얼마나 큰 행복인가! 왕족이라는 것, 그것이 어찌나 무미건조한지! 나는 고귀한 신분이야. 그보다 피곤한 것은 없어. 전락하면 휴식을 가질 수 있어. 나는 존경에 진력이 나서 멸시를 바라지. 비너스부터 클레오파트라, 슈브뢰즈 부인, 롱그빌 부인 등에서 나에게까지 이른 한 무리의 여인들은, 모두 정상을 벗어났어. 나는 당신을 자랑하기 위해 사람들 앞에 내보이겠어. 나의 정인임을 알리겠어. 내가 출생한 스튜어트 왕가에 타박상을 입힐 사랑 놀음이지. 오! 이제 숨을 약간 쉴 수 있겠군! 나는 출구를 발견했어. 나는 위엄에서 벗어났어. 지위를 잃는다는 것은 자유가 된다는 의미야. 모든 것을 끊고, 모든 것을 대수롭지 않게 여기고, 무슨 짓이건 망설이지 않고, 모든 것을 떨치는 것, 그것이 삶이지. 이봐, 내가 널 사랑해." 그녀가 잠깐 동안 멈추더니, 끔찍한 미소를 띠고 말을 이었다.

"내가 널 사랑하는 것은 흉측한 얼굴 때문만은 아니야. 네가 천한 신분이기 때문이기도 하지. 나는 괴물을 사랑하는 동시에 광대를 사랑하는 거야. 모욕당하고, 우롱당하고, 괴이하고, 흉하고, 극장이라고 하는 죄인 공시대 위에 전시되어 있는 정인, 그 정인에게는 아주 색다른 맛이 있어. 심연의 과일을 베어 먹는 맛이지. 부끄러운 정인, 그것이 참맛이야. 낙원의 사과가 아니라 지옥의 사과를 깨무는 행위가 나를 홀려. 나는 그런 행위에 대한 허기와 갈증을 느껴. 나는 바로 그러한 이브야. 심연 속의 이브. 너는 그러한 사실은 깨닫지 못했더라도, 악마일 거야. 나는 어떤 환상의 가면을 위해 스스로를 보존했어. 그대는 어떤 환상이 줄을 조정하고 있는 꼭두각시지. 당신은 지옥의 위대한 웃음을 보여주는 형상이야. 당신은 이제껏 내가 기다리던 주인이야. 나에게는 메데이아나 카니디아 같은 여인들처럼 사랑이 필요했어. 나에게도 그러한 어둠 속에서 이루어진 커다란 사랑이 닥치리라 믿고 있었어. 네가 바로 내가 원하던 것이야. 지금 그대에게 많은 이야기를 하고 있지만, 아마 무슨 뜻인지 이해하기 어려울 거야. 그윈플렌, 아직 아무도 내 몸을 소유하지 못했어. 나는 그대에게, 활활 타오르는 불처럼 순결한 내 몸을 바치겠어. 당신은 틀림없이 내 말을 믿지 못하겠지. 하지만 그것 역시 나에게는 중요하지 않아!"

그녀의 말은 마구 뒤섞여, 내뿜는 용암 같았다. 에트나 화산이 허리를 찔렀을 때 그러한 불꽃을 분출할 것이다.

그윈플렌이 더듬거리며 말했다.

"마담……."

그녀가 손으로 그의 입을 막았다.

"쉿! 내가 너를 바라보고 있어. 그윈플렌, 나는 타락한 숫처녀야. 나는 베스타 여신에게 몸을 바친 숫처녀이자 바쿠스의 여사제이지. 아직 어떤 남자도 나의 몸을 갖지 못했고, 따라서 나는 델포이 신전의 피티아(푸티아) 역할도 능히 맡을 수 있으며, 발뒤꿈치를 드러내고 청동제 삼각대를 밟을 수도 있어. 그 삼각대 위에서 사제들이 피톤의 가죽 위에 팔꿈치를 괸 채로, 보이지 않는 신에게 속삭이듯이 질문을 던져. 나의 심장은 돌로 되어 있어. 하지만 디스강 하구의 헌틀리 내브 암석 아래로 바다가 굴려다 놓는 신비로운 자갈을 닮았어. 그 자갈을 깨트리면 그 속에 독사가 있어. 그 독사가 바로 나의 사랑이야. 모든 일을 해낼 수 있는 사랑이지. 그것으로 인해 네가 여기에 왔으니까. 도저히 건너뛸 수 없는 아득히 먼 거리가 우리 두 사람 사이를 가로막고 있었어. 나는 천랑성(天狼星)에, 너는 알리오스에 있었어. 그대는 측정할 수조차 없는 무한의 공간을 건너 이곳에 도착했어. 훌륭해. 아무 말도 하지 마. 그리고 내 몸을 가져."

그녀가 잠시 말을 멈췄다. 그는 온몸을 떨고 있었다. 그녀의 얼굴에 다시 미소가 떠올랐다.

“그윈플렌, 꿈꾼다는 것은 창조함이야. 바람이란 부름이지. 망상을 축조하는 것은 현실을 이루기 위한 도발이야. 전지전능하고 끔찍한 어둠은 도전장을 받고 참지 못해. 우리를 흡족하게 해 주지. 그래서 네가 여기에 온 거야. 내가 나 스스로를 감히 파멸시킬 수 있겠느냐고? 당연하지. 내가 주제넘게 그대의 정인, 아니 그대의 첩, 그대의 시녀, 그대의 물건이 될 수 있냐고? 기꺼이. 그윈플렌, 나는 여자야. 여자란 개흙이 되기를 갈구하는 진흙이지. 나는 나 자신을 멸시하고 싶은 욕구를 느껴. 그것이 오만의 묘미를 돋우어 주지. 위대함과의 합금에 어울리는 것은 미천함이야. 그 둘보다 더 훌륭하게 조화되는 것은 없어. 사람들에게 멸시를 당하는 네가 나를 멸시해. 전락 아래로의 전락, 얼마나 큰 쾌락인가! 이중의 치욕으로부터 피어난 꽃, 내가 그 꽃을 꺾겠어. 나를 짓밟아. 그러면 나를 더 사랑하게 될 거야. 그 사실을 잘 알고 있어. 내가 왜 너를 열렬히 사랑하는지 알아? 너를 경멸하기 때문이야. 네가 나보다 훨씬 낮은 곳에 있기 때문에 너를 제단 위로 모시는 거야. 높은 것과 낮은 것을 혼합하는 것, 그것이 곧 카오스이고 나는 카오스를 좋아해. 모든 것은 카오스로 출발해 카오스로 끝나지. 카오스가 무엇이지? 하나의 거대한 더러움이야. 또한 신은 그 더러움으로 빛을 만들었고 그 하수구에서 세계를 창조했어. 그대는 내가 어디까지 전락했는지 몰라. 진흙으로 별 하나를 빚는다면, 그것이 나일 거야."

가운의 자락을 열어 젖혀 처녀의 상체를 드러내며 그렇게 말하던 이 놀라운 여인이 다시 말을 이었다.

"나는 다른 모든 사람에게 암늑대이지만, 네게는 암캐가 되겠어. 다들 몹시 놀라겠지! 얼간이들이 놀라는 꼴을 보는 것은 기분 좋은 일이야. 나는 스스로를 잘 알아. 내가 여신이라고? 암피트리테도 키클롭스에게 몸을 주었어. Fluctivoma Amphitrite(물결이 토해 낸 암피트리테). 내가 요정이라고? 위르겔도 물갈퀴 달린 손 여덟에 날개까지 달린 뷔그릭스에게 몸을 허락했어. 내가 공주라고? 메리 스튜어트에게는 리치오가 있었지. 세 미녀에게 세 괴물이 있었어. 나는 그녀들보다 더 훌륭해. 네가 그 세 괴물보다 더 괴이하니까. 그윈플렌, 우리 두 사람은 서로를 위해 태어났어. 그대는 외모가 괴물이라면 나는 내면이 그래. 그것에서 나의 사랑이 싹텄어. 잠깐의 변덕이라고 해도 괜찮아. 폭풍은 무엇인가? 변덕이야. 우리 두 사람 사이에는 별과 관련된 친화력이 있어. 우리 모두 밤으로부터 태어났어. 그대는 얼굴이, 나는 생각이 그래. 이제 그대가 나를 창조해. 그대가 도착하니 나의 영혼이 밖으로 나오고 있어. 나는 나의 영혼을 몰랐어. 그것은 무척 경악스러운 영혼이야. 그대가 가까이 오니 여신인 내 속에 있던 히드라가 밖으로 나오고 있어. 너는 나의 진정한 본질을 드러내게 만들어. 너로 하여금 나 자신을 찾게 해 주지. 내가 너를 얼마나 닮았는지 봐. 거울 속을 보듯 나를 들여다봐. 그대의 얼굴이 나의 영혼이야. 나 자신이 이토록 끔찍한 줄 이전에는 알지 못했어. 따라서 나도 괴물이야! 아! 그윈플렌, 그대가 나를 권태로부터 해방시켜 주는군."

그녀가 아이처럼 기묘하게 웃더니 그의 귀에 대고 속삭였다.

"미친 여자를 보고 싶어? 그게 바로 나야."

그녀의 시선이 그윈플렌을 파고들었다. 시선이란 사랑의 미약이다. 그녀의 옷이 두려움을 줄 정도로 흩어졌다. 눈멀고 본능적인 환희가 그윈플렌을 휩쌌다. 죽음이 섞여 있는 환희였다.

여인이 말을 하는 동안 그는 불꽃이 자신에게 튀는 것을 느꼈다. 그는 돌이킬 수 없는 일이 생기고 있음을 느꼈다. 한마디 말도 할 기운이 없었다. 그녀가 말을 멈추고 그를 응시하며 속삭였다.

"오! 괴물!"

그녀의 모습은 거칠어 보였다.

갑자기 그녀가 그의 두 손을 잡으며 말했다.

"그윈플렌, 나는 왕좌이고 그대는 장터의 무대야. 우리 둘을 대등하게 놓아. 아! 나는 행복해. 나는 이제 아래로 떨어졌어. 내가 얼마나 천한 년인지 모든 사람이 알 수 있기를 바라지. 그러면 모두들 내게 더욱 허리를 굽실거릴 거야. 누구를 싫어하면, 그만큼 더 설설 기는 법이니까. 인간이라는 종(種)은 그렇게 태어났어. 적의를 지니고도 파충류처럼 기어. 용이면서도 구더기처럼 행동해. 오! 나는 신들처럼 타락했어. 사람들은 내가 왕의 사생아라는 꼬리표를 영영 나에게서 떼어 내지 못해. 나는 여왕처럼 행동해. 로도프가 누구지? 악어 머리를 가진 남자 프테를 사랑한 여왕의 이름이야. 그녀는 그 남자를 기리려고 세 번째 피라미드를 짓도록 했어. 펜테실레이아는 사기타리우스라는 별자리의 이름을 가진 한 켄타우로스를 사랑했어. 그리고 안 도트리슈에 대해서는 어떻게 생각해? 마자랭은 상당히 흉측하게 생겼지! 하지만 너는 흉측하지 않아. 그대는 기형이야. 추한 남자는 미미하지만, 기형인 남자는 위대하지. 추한 남자는 잘생긴 외모 이면에 존재하는 마귀의 찡그림이야. 기형은 숭고함의 이면이지. 다른 한쪽이야. 올림포스에는 두 개의 경사면이 있어. 하나는 밝음 속에서 아폴론이 태어나게 하고, 또 다른 경사면은 어둠 속에서 폴리페모스*가 태어나도록 하지. 그대는 거인이야. 그대가 숲속에 있으면 베헤못**이고, 바닷속에 있으면 레비아단이며, 더러운 시궁창에 있으면 티폰***일 거야. 그

* 외눈박이 거인 키클로프스 중 하나다.

** 〈욥기〉에 나오는 거대한 괴물이다.

*** 그리스 신화에 나오는 반인반수다.

대는 지상(至上)의 존재야. 그대의 기형 안에는 벼락이 있어. 그대의 얼굴은 벼락으로 인해 헝클어졌어. 그대의 얼굴에는 거대한 불꽃 주먹의 성난 뒤틀림이 남아 있어. 그 주먹이 당신을 이렇게 빚어 놓고 가 버렸어. 거대하고 모호한 노여움이 광기에 휩싸여, 초인적이라 할 수 있는 무시무시한 이 얼굴 아래에 당신의 영혼을 끈끈이로 고정시켜 놓았어. 지옥이란 형벌의 풍로이고 그 속에서 벌겋게 쇠를 달구는데, 사람들이 그 쇠를 숙명이라고 말하지. 그렇게 달군 쇠로 그대에게 낙인을 찍었어. 그대를 사랑한다는 것은 위대함을 이해한다는 의미야. 내가 그 승리를 차지했어. 아폴론을 사모한다는 것은 그야말로 소소한 일이지! 영광은 경악에 비례해. 내가 너를 사랑해. 밤마다, 무수한 밤을 지새우며 그대에 대한 꿈에 사로잡혔어! 이곳은 나의 궁전이야. 네게 정원을 보여주지. 나뭇잎이 우거진 곳, 샘터, 마음 놓고 포옹할 수 있는 동굴, 베르니니의 훌륭한 대리석 조각품이 있어. 그리고 그 지나치게 많은 꽃들! 봄이 오면 장미꽃이 불길 같이 피어나. 여왕이 나의 언니라는 이야기를 내가 했던가? 내 몸을 네 마음대로 해. 주피터가 내 발에 입을 맞추고 사탄이 내 얼굴에 침을 뱉어도 내 몸은 상관없어. 종교가 있나? 나는 교황주의자야. 내 아버지인 제임스 2세는 프랑스에서 예수회 사제들에게 둘러싸여 돌아가셨어. 나는 당신 곁에서 느끼는 이러한 감정을 이제껏 느낀 적이 없어. 오! 저녁이 되면 황금으로 만든 배의 주홍빛 장막 아래서 너와 내가 같은 소파에 앉아, 음악이 연주되는 동안 바다의 한없는 부드러움 속으로 들어가고 싶어. 나를 모욕해. 나에게 매질을 해. 나를 매수해. 나를 미친한 계집처럼 대해. 나는 그대를 숭배할 거야."

애무도 포효를 할 수 있다. 못 믿겠다면 사자들이 있는 곳에 가보라. 그 여인 속에는 끔찍함이 있고 그것은 우아함과 결합되어 있었다. 그것보다 비극적인 것은 없다. 날카로운 발톱을 느끼는 동시에 벨벳의 감촉도 느낀다. 고양이과 짐승의 후퇴를 품은 공격이다. 그러한 전진과 후퇴에는 놀이와 살육이 공존했다. 그녀는 숭배하고 있었지만 오만했다. 그 결과가 광기의 전달이었다. 형언할 수 없을 만큼 사나운 동시에 감미로운 치명적인 언어였다. 모욕의 말이 모욕하지 않았다. 찬양의 말이 모독했다. 모욕을 신격화했다. 그녀의 억양과 말은 노여움 같았고 사랑에 들떠 있었다. 그리고 무엇인지 모를 프로메테우스의 위대함을 각인했다. 아이스킬로스가 노래한 위대한 여신의 축제가, 별빛 아래에서 사티로스들을 찾는 여인들에게 바로 그 거대하고 어두운 광기를 준다. 그러한 광기의 정점이 도도나의 나뭇가지들 아래에서 추는 모호한 춤들을 더욱 복합적으로 만든다. 하늘 정반대 쪽에 있는 사람으로 변신할 수 있을지 모르지만, 그 여인은 변신해 있는 것 같았다. 그녀의 머리카락이 맹수의 갈기처럼 파르르 흔들렸다. 그녀의 가운 자락이 여며지다가 다시 열렸다. 야수의 울부짖음이 가득한 젖가슴처럼 매혹적인 것은 없다. 그녀의 푸른 눈에서 발산되는 광선이, 그녀의 검은 눈에서 치솟는 불꽃과 뒤섞였다. 그녀의 모습은 초자연적이었다. 그윈플렌은 기력이 다해 그러한 접근에서 생겨난 깊숙한 침입에 자신이 정복당했음을 느꼈다.

"너를 사랑해!"

그녀가 비명을 지르듯 외쳤다.

그러고는 그에게 깨무는 것처럼 키스를 했다.

주피터와 유노에게처럼, 그윈플렌과 조시안에게도 아마 곧 필요하게 될 구름이 호메로스에게 있었다. 사물을 볼 수 있는, 따라서 그를 본 여인이 그를 사랑한다는 것, 그리고 자신의 흉측한 입에 신성한 입술이 밀착되는 것이 그윈플렌에게는 달콤하면서도 번개 같은 충격이었다. 그는 온통 수수께끼로 싸여있는 여인 앞에서 내면의 모든 것이 사그라지는 것을 느꼈다. 데아에 대한 기억은 어둠 속에서 약한 비명을 지르며 몸부림쳤다. 스핑크스가 큐피드를 먹는 장면이 새겨진 고대의 저부조가 있는데, 하늘에서 내려온 그 사랑스러운 존재의 날개가 잔인하게 웃는 이빨 사이에서 피를 흘린다.

그윈플렌은 그 여인을 사랑하고 있었을까? 인간도 지구처럼 두 개의 극을 갖고 있을까? 휘어지지 않는 축에 고정된 우리가, 멀리에는 별이 있고 가까이에는 진흙이 있고, 낮과 밤이 교차하는, 회전하는 천체일까? 인간의 가슴에도 두 방향이 존재해, 한 방향에서는 밝음 속에서 사랑하고 다른 방향에서는 어둠 속에서 사랑하는 것일까? 이쪽에 있는 여인은 빛, 저기에 있는 여인은 시궁창이다. 천사는 필요하다. 악마도 하나의 필요라는 것이 가능한가? 영혼을 위해 준비된 박쥐의 날개가 있단 말인가? 황혼의 시각이 모든 사람에게 숙명적으로 온다는 말인가? 실절도, 거역해서는 안 되는 우리 운명의 필요한 부분이란 말인가? 악도, 다른 것과 하나로 묶어서 숙고해야 할 우리 천성의 부분이란 말인가? 실절이, 반드시 지불해야 할 빚이란 말인가? 커다란 전율을 느꼈다.

하지만 어떤 음성이 우리에게 말한다. 나약해지는 것 역시도 범죄라고. 육체, 생명, 공포, 관능, 숨 막히는 취기, 그리고 오만 속 커다란 수치심 등 그윈플렌이 느끼고 있던 것들은 형언할 수 없는 것들이었다. 그가 추락할 것인가?

그녀가 거듭 말했다.

"너를 사랑해!"

그리고 광기에 휩싸인 듯 그를 가슴에 끌어안았다.

그윈플렌은 헐떡거릴 뿐이었다. 갑자기 그들 곁에 뚜렷하고 맑은 초인종 소리가 들렸다. 벽에 고정된 초인종이 울린 것이다. 여공작이 그쪽으로 고개를 돌리며 말했다.

"그녀가 내게 무슨 볼일이 있나?"

다음 순간, 왕관 문양이 새겨진 은판이 용수철 달린 뚜껑문의 소리와 함께 벌컥 열렸다. 왕실을 상징하는 푸른색 벨벳으로 장식된 선반의 내부가 보였고, 그 속의 황금 접시 위에 한 통의 편지가 놓여 있었다.

편지의 봉투는 사각형이었고 두툼했다. 주홍색 밀랍에 찍힌 봉인이 잘 보였다. 초인종이 계속 울렸다.

열린 은판은 두 사람이 앉아 있던 소파에 닿을 것 같았다. 여공작이 한 팔로 그윈플렌의 목을 감아 안고, 다른 한 팔로는 상체를 기울여 접시 위에 있는 편지를 집어 은판을 밀었다. 선반이 다시 닫혔고 초인종 소리가 그쳤다.

여공작은 두 손가락 사이에 밀랍을 넣어 깨뜨린 다음, 봉투를 뜯어 그 속에 들어 있던 편지 둘을 꺼내고 봉투는 그윈플렌의 발치에 던졌다.

깨진 밀랍에 찍힌 인장의 글씨는 형태를 보존하고 있었는데, 그윈플렌이 보니 선명한 왕관 문양 위에 A자가 보였다.

찢긴 봉투가 두 면이 다 보이도록 펼쳐져서 봉투에 쓴 것을 읽을 수 있었다.

'조시안 여공작 각하에게.'

봉투 속에 들어 있던 두 편지 가운데 하나는 양피지였고, 다른 하나는 송아지 피지였다. 양피지는 컸고 송아지 피지는 작았다. 양피지 위에는 흔히 귀족의 밀랍이라고 부르는 초록색 밀랍으로 커다란 대법관부 도장이 찍혀 있었다. 여공작은 여전히 팔딱거리고 눈에 환희가 감돌았다. 귀찮다는 듯 살짝 불만스러운 표정을 지었다.

"아! 나에게 무엇을 보낸 거야? 쓸데없는 휴지 조각을! 항상 흥을 깨는 여자군!"

그러고는 양피지를 옆으로 던져 버리고 송아지 피지를 살짝 펴 보았다.

"그녀의 글씨체야. 내 언니의 글씨체. 보기만 해도 피곤해. 그윈플렌, 조금 전에 혹시 글을 읽을 줄 아느냐고 내가 물었지. 읽을 줄 알아?"

그윈플렌은 고개를 끄덕였다.

그녀는 마치 누운 여자처럼 소파 위에 몸을 길게 펴고 가운 자락으로는 두 발을, 그리고 소매로는 두 손을 부드럽게 감쌌다. 기묘한 정숙함이었다. 두 젖가슴은 그대로 드러내 놓고는 열렬한 시선으로 그윈플렌을 감싸며, 그에게 송아지 피지를 내밀었다.

"자, 그윈플렌, 그대는 내 것이야. 이제 봉사를 시작해. 내 사랑, 여왕이 나에게 보낸 편지를 읽어줘."

그윈플렌이 편지를 받아 편 다음, 온갖 유형의 떨림이 뒤섞인 목소리로 읽기 시작했다.

마담, 과인은 과인의 신하이자 영국의 대법관 윌리엄 쿠퍼가 확인하고 서명한 조서의 사본을 정중히 동봉하오. 그 조서로 인해 다음과 같이 중대하고 특이한 일이 일어난 바, 린네우스 클랜찰리 경의 합법적인 적자가 광대들 속에서 그윈플렌이라는 이름으로 미천한 부랑자의 삶을 살고 있었음을 알게 되었고 그 당사자를 찾았소. 그의 신분이 인멸된 것은 아주 어린 시절이었소. 왕국의 법률과 그의 상속권에 따라, 린네우스 경의 적자 퍼메인 클랜찰리 경은 오늘부터 상원에 받아들여져 복권될 것이오. 이러한 연유로, 그대에게 호의를 보이고 클랜찰리 및 헌커빌 가문의 재산과 영지를 차질 없이 상속할 수 있도록 하기 위해 과인은 그대의 총애 대상을 데이비드 더리모이어 경 대신 그로 바꾸었소. 과인은 벌써 퍼메인 경을 그대의 거처인 코를레오네궁으로 모시라고 명했소. 과인은 여왕이자 언니로서 명하고 바라는 바, 오늘까지 그윈플렌이라고 불리던 우리의 퍼메인 클랜찰리 경이 그대의 부군이 되고 그대 역시 기꺼이 그와 혼인해야 할지니, 그것이 과인의 기쁨이 될 것이오.

그윈플렌이 거의 모든 단어를 비틀대는 어조로 읽는 동안, 여공작은 소파의 쿠션으로 자신의 몸을 받쳐 세우고, 시선을 못 박고 귀를 기울였다. 그윈플렌이 읽기를 마치자 그녀가 편지를 빼앗았다.

'앤, 여왕.'

그녀가 여왕의 서명을 꿈속에 잠긴 사람 같은 목소리로 읽었다.

그리고 바닥에 내던졌던 양피지를 다시 들어 읽었다. 마투티나 호에 탔다가 난파당한 사람들의 고백이었는데, 그것은 서더크 집정관과 대법관이 서명한 조서에 첨부되어 있는 사본이었다.

그 조서를 다 읽은 후, 그녀는 여왕의 서신을 또다시 읽었다. 그리고 작게 말했다.

"좋아."

그리고 조용히, 그윈플렌이 들어온 회랑의 출입문을 손가락으로 가리키며 말했다.

"나가세요."

그윈플렌은 돌처럼 굳어져 움직이지 못했다.

그녀가 얼음장처럼 차가운 목소리로 다시 말했다.

"당신이 나의 남편이니, 나가세요."

그윈플렌은 아무 말도 못하고, 죄인처럼 눈을 내리깐 채 그 자리에 서 있었다.

그녀가 말했다.

"당신은 이제 이곳에 계실 자격이 없어요. 여기는 내 정인의 자리니까요."

그윈플렌은 마치 그 자리에 못 박힌 것처럼 서 있었다.

"좋아요. 그러면 제가 나가지요. 아! 당신이 나의 남편이라니! 잘됐어요. 당신을 증오해요."

그녀는 벌떡 일어서더니, 누구에게 보내는지 모를 작별 인사의 동작을 공중에 그리며 밖으로 나갔다. 그녀 뒤로 회랑으로 통하는 문이 다시 닫혔다.

5. 서로를 알아보았지만 알지 못했다

그윈플렌 혼자 남았다.

미지근한 욕조와 흩어진 침대 앞에서.

그의 내면에서는 사념의 분산이 정점에 이르러 있었다. 그의 뇌리에서 오가는 것은 결코 사유(思惟)와 비슷하지 않았다. 그것은 살포와 흩어짐, 불가해 속에서의 고뇌였다. 그의 내면에는 꿈속의 혼란 비슷한 것이 있었다.

미지의 세계로 들어가는 것은 간단하지 않다.

시종에게 여공작의 편지를 받은 후, 그윈플렌에게는 일련의 경이로운 시간이 시작되었고 그것은 점차 이해하기 어려웠다. 그 순간까지도 꿈속에 있었지만 모든 것을 선명하게 보았다.

이제 그는 더듬거렸다.

그는 아무 생각도 없었다. 더 이상 몽상조차 하지 않았다. 오로지 감수할 뿐이었다. 여공작이 그를 버려두고 간 자리, 소파 위의 그 자리에 머물렀다. 문득 희미한 그 공간에서 발걸음 소리가 들렸다. 한 남자의 발걸음 소리였다. 그 소리는 여공작이 나간 회랑 반대쪽에서 들렸다. 소리가 점차 가까워졌다. 조용한 소리였으나 분명했다. 그윈플렌은 비록 생각에 골몰해 있었지만, 발걸음 소리에 귀를 기울였다.

갑자기, 여공작이 젖혀 놓은 은빛 커튼 너머로, 침대 뒤 그림이 그려진 거울 뒤쪽에 있다고 짐작했던 출입문이 활짝 열렸다. 쾌활한 남자의 음성이 온통 거울로 뒤덮인 침실 속으로, 옛 프랑스 노래의 후렴 한 구절을 던져 넣었다.

퇴비 위 어린 새끼 돼지 세 마리
가마꾼들 같이 맹세했네.

한 남자가 들어섰다.

남자의 허리에는 검이 있었고, 깃털 장식을 한 모자를 손에 들었는데 모자에는 장식용 끈과 모장(帽章)이 있었고 계급줄이 있는 화려한 해군복을 입고 있었다.

그윈플렌은 용수철이 튕기듯이 벌떡 일어섰다.

그는 남자를 즉시 알아보았고, 남자도 그를 즉시 알아보았다. 몹시 놀란 두 사람의 입에서 동시에 비명 같은 소리가 흘러나왔다.

"그윈플렌!"

"톰짐잭!"

깃털 장식을 한 모자를 쓴 남자가 그윈플렌에게 다가왔다. 그윈플렌은 팔짱을 낀 채 우뚝 서 있었다.

"그윈플렌, 어떻게 여기에 와 있나?"

"그런데, 톰짐잭, 자네는 이곳엔 왜 오셨는가?"

"아! 이제 알겠군. 조시안! 또 변덕이 생겼군. 괴물 같은 광대 앞에서는 버티기 힘들었겠지. 그윈플렌, 여기에 오려고 변장을 했군."

"자네 역시도, 톰짐잭."

"그윈플렌, 귀족 복장으로 차려 입었는데, 도대체 무슨 까닭인가?"

"톰짐잭, 자네의 장교 복장은 무엇인가?"

"그윈플렌, 그 질문에는 대답하지 않겠네."

"나도 마찬가지네. 톰짐잭."

"그윈플렌, 내 이름은 톰짐잭이 아니네."

"톰짐잭, 내 이름은 그윈플렌이 아니네."

"그윈플렌, 여기는 나의 집일세."

"나도 내 집에 와 있는 것이네, 톰짐잭."

"자네가 내 말을 따라하는 것을 금지하겠네. 자네에게는 빈정대는 재주가 있지만 나에게는 지팡이가 있어. 우스꽝스러운 흉내는 이제 그만두게, 불쌍한 건달 양반."

그윈플렌의 얼굴이 창백해졌다.

"자네야말로 건달일세! 지금 나에게 한 모욕적인 말에 대한 대가를 치러야 하네."

"그러길 바란다면 자네의 가건물에서 하지. 주먹으로."

"이곳에서 검으로 하세나."

"그윈플렌, 검은 귀족의 물품이네. 나는 나와 동등한 사람들만 상대로 결투를 한다네. 자네와 내가 주먹질을 한다면 평등하지만, 검 앞에서는 다르네. 태드캐스터 여인숙에서 톰짐잭은 그윈플렌을 상대로 주먹질을 하는 것이 가능하네. 하지만 윈저에서는 그렇지 않네. 이 사실을 잘 알아두게. 나는 해군 소장이네."

"나는 영국의 중신일세."

그윈플렌이 톰짐잭이라고 여겼던 남자가 폭소했다.

"국왕은 아닌가? 자네 말이 옳을 수 있네. 광대는 모든 역할을 다 하니까. 차라리 아테네의 사령관 테세우스라고 우겨보게."

"나는 영국의 중신일세. 그러니 우리 결투를 하세."

"그윈플렌, 시간을 길게 끄는군. 자네에게 채찍질을 할 수 있는 자에게 장난치지 말게. 나는 데이비드 더리모이어 경이라네."

"나는 클랜찰리 경일세."

데이비드 경이 또다시 폭소했다.

"아주 적절한 이름이야. 그윈플렌이 클랜찰리 경이라. 조시안을 갖기 위해서는 꼭 필요한 이름이지. 그래, 자네를 용서하네. 그 까닭을 아는가? 자네와 나는 그녀의 두 정인이라네."

바로 그때 회랑의 문이 열리더니 한 목소리가 들렸다.

"두 분은 남편들이십니다, 나리들."

두 사람은 똑같이 고개를 돌려 쳐다보았다.

"바킬페드로!"

데이비드 경이 놀라서 외쳤다. 진짜 바킬페드로였다.

그는 미소를 띠고 깊숙이 허리를 굽혀 두 귀족에게 예를 표했다.

그의 뒤 몇 걸음 떨어진 곳에는 점잖고 근엄한 신사 한 사람이 있었다. 그는 손에 검은색 막대 하나를 들고 있었다. 신사가 다가와서 그윈플렌에게 예를 세 번 표한 후에 말했다.

"각하, 저는 알현실 문지기이옵니다. 폐하의 명령에 따라 나리를 모시러 왔사옵니다."

제8부
의회와 그 주변

1. 장엄한 것의 분석

급상승 작용은 벌써 여러 시간 전부터 다채로운 형상으로 그 윈플렌에게 현기증을 일으키게 했다. 그것은 그를 윈저로 실어 갔었고, 다시 런던으로 데려왔다.

환상처럼 느껴지는 현실이 한순간도 멈추지 않고 그의 앞에서 이어졌다.

그 일련의 사건 속에서 빠져나올 방법이 없었다.

숨 쉴 틈도 없었다.

광대를 본 이는 운명의 실상을 본 것이다. 하강하다 상승하고 다시 하강하는 발사체들, 그것이 곧 운명의 수중에 사로잡힌 인간이다.

발사체인 동시에 장난감이다.

같은 날 저녁에 그윈플렌은 무척 기묘한 장소에 있었다.

그는 백합꽃 문양이 있는 긴 의자 위에 앉았다. 그는 비단 정장 위에 흰색 호박단으로 안감을 댄 진홍색 벨벳 가운과 흰담비 모피로 된 의례용 외투를 걸쳤고, 양쪽 어깨에는 황금빛 테두리를 한 흰담비 모피 띠를 드리웠다.

주변에는 젊은이들과 노인들, 온갖 연령대의 남자들이 백합꽃 문양이 그려진 의자 위에 앉아 있었는데 모두들 그와 같이 진홍색 옷과 흰담비 모피 띠를 걸쳤다.

그의 앞쪽에 무릎을 꿇고 앉아 있는 사람들이 보였다. 그들은 검은색 비단옷을 입었다. 무릎을 꿇고 있는 사람 중 몇 명은 무엇을 쓰고 있었다.

그와 약간 떨어진 맞은편에는 계단과, 연단, 닫집, 사자상과 유니콘 상 사이에 널찍하고 반짝이는 방패형 문장이 보였다. 계단 위쪽에 위치한 연단 위 닫집 안에는 찬란한 황금색 왕관 문양이 조각된 안락의자 하나가, 방패형 왕가 문장에 등을 맞댄 채 있었다. 왕좌였다.

그레이트브리튼의 왕좌였다.

그윈플렌 자신도 중신이므로 영국 중신의 방, 즉 상원에 온 것이다. 그윈플렌이 어떤 과정을 거쳐 상원에 들어오게 되었을까? 먼저 그 이야기를 알아보자.

아침부터 저녁까지, 윈저에서 런던까지, 코를레오네궁에서 웨스트민스터홀까지, 끊임없이 이어진 사닥다리를 올라가야 했다. 사다리를 하나씩 오를 때마다 새로운 현기증에 시달렸다.

그는 중신의 신분에 합당한 경호를 받으며, 여왕이 보낸 마차편으로 윈저에 왔다. 의전 경호대와 죄인 호송대는 서로 많이 닮았다.

그날 윈저부터 런던에 이르는 길가에서는, 백성들이 화려한 왕실 전용 역마차 두 대를 수행하는, 폐하의 연금을 받는 귀족들로 이루어진 기마대 행진을 구경했다. 첫 번째 마차에는 막대기를 손에 든 검은색 권장의 문지기가 탔다. 두 번째 마차에는 하얀 깃털을 꽂은 모자를 쓴 사람이 있었는데, 모자챙이 드리우는 그늘로 인해 얼굴을 볼 수 없었다. 누구일까? 왕자였을까? 죄수였을까?

그윈플렌이었다.

상원으로 모셔지는 사람이 아니라면, 런던탑으로 호송되는 사람일 것이라고들 여겼다.

여왕이 적절한 조치를 내렸다. 동생의 신랑감과 관계되는 일이므로 자기의 경호원 중 몇 명을 보낸 것이다.

검은 색 권장의 문지기 아래에 있는 장교가 행렬의 선두를 장식했다.

검은색 권장의 문지기가 탄 마차의 보조 의자 위에 은색 방석이 있었다. 방석 위에는 왕관 문양이 찍힌 검은 서류 가방 하나가 있었다.

런던에 도착하기 전 마지막 역참인 브렌트퍼드에 이르렀을 때 두 마차와 경호대가 잠깐 멈췄다.

네 필의 말이 끄는 거북 등 모양의 사륜마차 한 대가 기다리고 있었다. 사륜마차에는 네 명의 시종이 뒤에, 두 명의 전열 기수와 한 명의 마부가 앞에 탔다. 마차의 바퀴들과 디딤대, 채 등 모두가 황금색으로 되어 있었다. 마구는 전부 은으로 만들었다.

그 의전용 마차는 놀라울 만큼 용맹한 모양으로 만들어져서, 루보의 유명했던 50대의 사륜마차 중에 들 만했다.

알현실 문지기가 마차에서 내리자 그의 수하에 있는 장교도 말에서 내렸다.

그 장교가 역마차의 보조 의자에 있었던 은색 방석과 그 위에 놓였던 왕관 문양이 찍힌 서류 가방을 두 손으로 받들고 문지기 뒤에 가서 섰다.

알현실 문지기가 아무도 타고 있지 않은 사륜마차의 출입문을 연 다음, 그윈플렌이 타고 있던 역마차의 출입문을 열었다. 그리고 다소곳이 시선을 낮춰 그윈플렌에게 사륜마차에 오를 것을 예의를 갖춰 권했다.

그윈플렌이 역마차에서 내려 사륜마차에 올랐다.

알현실 문지기와 그의 수하 장교가 그 뒤를 따라 사륜마차 안으로 들어간 다음, 예전부터 의전용 마차 안에 마련해 놓았던 시동용의 낮고 등받이 없는 장의자 위에 앉았다.

사륜마차의 안은 온통 흰색 새틴으로 되어 있었고 그 위에 뱅슈산 레이스를 늘어뜨렸는데 레이스는 도토리 모양의 은제 장식으로 꾸며졌다. 천장에는 가문이 그려져 있었다.

그들을 태우고 온 두 역마차의 전열 기수들은 왕실 무사복을 입었다. 그런데 갈아탄 사륜마차의 마부나 전열 기수들은 매우 다른 제복을 입었고 무척 화려했다.

몽유병 환자처럼 정신을 차리지 못하고 있던 그윈플렌이 그 화려하게 차려입은 하인들을 보고 문지기에게 물었다.

"저 하인 제복은 무엇이오?"

알현실 문지기가 답했다.

"나리 댁 하인들의 정복이옵니다, 각하."

그날 저녁에 상원이 열리게 되어 있었다. Curia erat serena(회의가 저녁에 열리다). 옛 의사록(議事錄)에 나오는 문장이다. 영국에서는 의회가 주로 밤에 열린다. 셰리던*이 자정에 연설을 시작해 해가 뜰 즈음에야 끝난 일도 있었다.

역마차 두 대는 빈 상태로 윈저로 되돌아갔고, 그윈플렌이 탄 사륜마차는 런던으로 갔다.

네 필의 말이 끄는 거북 등 모양의 사륜마차는 브렌트퍼드에

* 아일랜드의 정치가다.

서 런던까지 보통 속도로 달렸다. 마부가 쓴 가발의 위엄이 흐트러지지 않도록 하기 위해서이다.

그 엄숙한 마부로 인해 그윈플렌 역시 의례적 분위기에 휩쓸렸다. 그러한 지체는 미리 계산된 것이었다. 그 개연성에 대해서는 후에 드러나게 된다.

사륜마차가 킹스게이트 앞에 도착했을 때는, 밤이 되기 직전이었다. 킹스게이트는 두 탑 사이에 위치한 반궁륭형 문으로 웨스트민스터의 화이트홀로 통한다.

귀족들로 이루어진 기마대가 사륜마차를 둘러쌌다.

사륜마차 뒤에 탔던 시종 중 하나가 포석 위로 뛰어내려서 마차의 문을 열었다. 알현실 문지기가 방석을 든 장교와 함께 먼저 내려서 그윈플렌에게 말했다.

"번거로우시겠으나 이제 내리소서. 모자는 언제나 쓰고 계시옵소서."

그윈플렌은 여행용 외투 밑에 비단 정장을 입고 있었는데, 어제 저녁부터 계속 입고 있던 옷이었다. 그는 검을 차고 있지 않았다.

외투는 사륜마차에 두었다.

킹스게이트의 반궁륭형 아치 밑에는, 몇 개의 계단을 올라가면 작은 협문이 있었다.

화려한 의전(儀典)에서는 우선적인 것이 존경을 표현하는 것이다.

알현실 문지기가 앞장을 섰고 장교를 뒤따르게 했다. 그윈플렌이 그 뒤를 따라갔다. 그들은 층계를 올라가 협문 안으로 들어갔다. 잠시 후 둥글고 넓은 실내에 들어왔다. 중앙에 지주(支柱)가 있는데 조망탑의 초석처럼 보였다. 맨 아래층 홀이었는데 그곳은 예배당 후진(後陣)에 있는 좁은 첨두홍예를 통해 빛이 들어왔다. 한낮에도 어두울 수밖에 없는 곳이었다. 엄숙함에 빛이 들어갈 때는 거의 없다. 어두침침함이 장엄하다.

그 곳에 열세 사람이 서 있었다. 세 사람이 맨 앞줄에, 여섯 사람이 두 번째 줄에, 나머지 네 사람은 마지막 줄에 섰다. 맨 앞줄의 세 사람 중 하나는 담홍색 벨벳 상의를 입었고 다른 둘 역시 붉은 상의를 입었지만 새틴으로 지어진 것이었다. 세 사람 모두 어깨 위에 영국의 문장을 달고 있었다.

두 번째 줄의 여섯 사람은 모두 물결무늬가 있는 흰색 상의를 입었고, 가슴에 있는 가문은 각각 달랐다.

마지막 줄의 네 사람은 모두 검은색 물결무늬 천으로 지은 상의를 입었고, 네 사람이 크게 달랐다. 그중 첫 번째 사람은 푸른색 망토를 걸쳤고, 두 번째 사람의 가슴에는 성 게오르기우스의 모습이 진홍색으로 그려져 있었으며, 세 번째 사람의 가슴과 등에는 진홍색 십자가가 수놓아져 있었다. 네 번째 사람은 목둘레에 사벨린이라고 부르는 검은색 모피로 만든 깃을 두르고 있었다. 모두들 가발은 썼지만 모자는 쓰지 않았고, 허리에는 검을 찼다.

실내가 어두워 그들의 얼굴은 알아볼 수가 없었다. 그들 또한 그윈플렌의 얼굴을 알아볼 수 없었다.

알현실 문지기가 검은색 권장을 높이 쳐들며 말했다.

"퍼메인 클랜찰리 경이시여, 클랜찰리 및 헌커빌 남작이시여, 알현실 담당인 저, 검은색 권장의 문지기는 영국의 수석 군사에게 각하를 인도하는 바입니다."

담홍색 벨벳 상의를 입은 사람이 앞으로 나서더니 땅에 이마가 닿도록 허리를 깊이 굽혀 예를 표시하면서 말했다.

"퍼메인 클랜찰리 각하, 저는 영국의 수석 군사인 자르티에르이옵니다. 저는 세습 장교인 노퍽 공작 각하께서 제게 하사하신 직을 수행하고 있나이다. 저는 국왕과 중신, 그리고 가터 기사들에게 복종을 맹세했사옵니다. 제가 관직을 받던 날, 영국의 장교께옵서 포도주 한 잔을 저의 머리에 부어 주시던 그 순간에 저는 귀족에게 헌신하고 평판이 나쁜 사람들과 어울리는 것을 피하며, 귀족들을 꾸짖기보다는 용서하고 과부들과 처녀들을 도울 것을 선서했습니다. 중신들의 장례식 절차를 주관하고 그들의 가문(家紋)을 보살피며 수호하는 일은 저의 책임입니다."

새틴 상의를 입은 두 사람 중 한 명이 그윈플렌에게 예를 표하고 말했다.

"각하, 저는 영국의 제2수석 군사인 클래런스입니다. 중신 아래 계급에 속하는 귀족의 장례는 저의 책임입니다. 명을 받들 준비가 되어 있사옵니다."

새틴 상의를 입은 다른 사람이 예를 표하고 나서 말했다.

"각하, 저는 영국의 제3수석 군사 노로이입니다. 명을 받들 준비가 되어 있나이다."

부동자세인 채로, 예도 표하지 않는 두 번째 줄의 여섯 명이 한 걸음 앞으로 움직였다.

그윈플렌의 오른쪽 첫 번째 사람이 말하기 시작했다.

"각하, 저희는 영국 여섯 공작의 전령병입니다. 저는 요크이옵니다."

다른 전령병들도 자신을 차례대로 소개했다.

"저는 랭커스터입니다."

"저는 리치먼드입니다."

"저는 체스터입니다."

"저는 서머싯입니다."

"저는 윈저입니다."

그들의 가슴팍에 있는 가문들은 그들의 이름이 가리키는 도시나 그곳의 문장이었다. 그들 뒤에 검은 옷을 입고 있던 사람들은 아무 말도 없었다. 수석 군사 자르티에르가 그들을 손가락으로 가리키며 그윈플렌에게 말했다.

"얼마 전에 임명된 전령병 네 명을 소개해 올리도록 하겠습니다, 각하."

그리고 호명하기 시작했다.

"푸른 망토."

푸른 망토를 입은 남자가 고개를 숙여 예를 표시했다.

"붉은 용."

성 게오르기우스가 그려진 옷을 입은 남자가 예를 표했다.

"붉은 십자가."

진홍색 십자가가 수놓아진 옷을 입은 사람이 예를 표했다.

"미달이."

사벨린 모피 깃을 단 남자가 예를 표했다.

수석 군사가 신호를 보내자, 전령병 '푸른 망토'가 앞으로 나서서 알현실 문지기 수하의 장교로부터 은색 방석과 왕관 문양이 그려진 서류 가방을 받아들었다. 그러자 수석 군사가 검은 권장을 든 문지기에게 엄숙하게 말했다.

"모든 것이 완료되었습니다. 각하를 모시는 임무를 완벽히 인수했습니다."

이러한 의전 절차와 앞으로 이야기하려는 것은, 헨리 8세 이전 시절에 따르던 옛 의례였다. 앤 여왕이 그것들을 한동안 복원시키려고 했었다.

오늘날에는 그중 그 무엇도 더 이상 지켜지지 않는다. 그렇지만 상원만은 흔들리지 않는다. 혹시 이 세상 어딘가에 태고의 것이 있다면, 상원일 것이다.

그러나 상원도 변한다. E pur si muove(그렇더라도 움직인다).

예를 들어 중신이 의회로 가는 길목에 세우던 메이폴, 즉 오월의 장대*는 어떻게 되었는가? 그 장대는 1713년에 마지막으로 세워졌다. 그 후로 '메이폴'은 영원히 모습을 감추었다. 즉 폐지되었다.

외양은 움직임이 없다. 그러나 현실은 바뀐다. 앨버말이라는 명의를 예로 들자. 그 명의는 영속적으로 보인다. 그 명의 아래로 여섯 개의 가문(家門)이 거쳐갔다. 그들은 오도, 맨더빌, 비턴, 플랜태저넷, 비첨, 몽크 등이다. 레스터라는 명의 아래로는 다섯이 지나갔다. 보몬트, 브리오즈, 더들리, 시드니, 코크 등이다. 링컨이라는 명의 아래로는 여섯 가문, 렘브룩이라는 명의 아래로 일곱 가문이 지나갔다. 영원한 명의 아래서 가문들은 끊임없이 변한다. 겉만 보는 역사가는 불변성을 신뢰한다. 실제로는 계속되는 것이 없다. 인간이란 물결이다. 물결은 인류인 것이다.

여인들과 귀족들은 스스로가 계속된다는 같은 환상을 가지

---

* 존경하는 사람의 집 앞에 나무를 심는 중세 유럽의 풍습을 말한다.

고 있다.

우리가 지금까지 읽어 온 것과 앞으로 읽을 것 모두에서 아마 영국의 상원은 자신의 모습을 찾지 못할 수도 있다. 그것은 젊은 시절 아름다웠던 여인이 자신의 주름살을 인정하지 않는 것과 비슷하다. 거울은 늙은 피고인, 꾸짖음을 운명으로 여기고 받아들인다.

유사한 것을 만들어 내는 것이 바로 역사가의 임무이다.

수석 군사가 그윈플렌에게 알렸다.

"저를 따르시옵소서, 각하."

그리고 한마디를 덧붙였다.

"이제 사람들이 인사를 드릴 것입니다. 각하께서는 모자의 챙을 살짝만 쳐드시면 됩니다." 그리고 둥근 홀 안쪽의 문을 향해 줄을 지어 갔다.

알현실 문지기가 앞장서 걸었다.

'푸른 망토'가 방석을 들고 뒤를 따랐고, 그 뒤에 수석 군사가 섰고, 그윈플렌은 모자를 쓰고 맨 뒤에 있었다.

나머지 두 수석 군사와 다른 전령병은 여전히 둥근 홀에 남아 있었다.

알현실 문지기가 앞서 수석 군사를 안내했다. 그윈플렌은 많은 홀들을 지나갔다. 지금은 그런 홀들을 다시 볼 수 없을 것이다. 영국 의회의 옛날 건물이 철거되었기 때문이다.

여러 방을 지나며 군주가 지내던 중세 느낌의 방도 보았다. 제임스 2세와 몬머스가 마지막으로 만난 방, 난폭한 숙부에게 비겁한 조카가 헛되이 무릎 꿇던 모습을 보던 방이었다. 그 방 주변에는 옛 중신들의 가문(家紋) 아홉 개가 시대 순서대로 배치되어 있었다. 낸슬래드론 경, 1305년. 베일리얼 경, 1306년. 베니스티드 경, 1314년. 캔틸럽 경, 1356년. 몬베곤 경, 1357년. 티보톳 경, 1372년. 코드너의 주치 경, 1615년. 벨라아쿠아 경, 연대 미상. 해런과 서리 경, 연대 미상. 블루아 백작, 연대 미상.

어느덧 밤이 되었고, 회랑마다 하나둘씩 등이 켜지기 시작했다. 모든 홀에는 천장에서 늘어뜨린 촛대에 불을 밝혔는데, 예배당 측랑의 밝기와 유사했다.

꼭 필요한 사람들 말고는 마주치는 사람도 없었다. 어느 홀을 지나가는데 서기들이 전부 일어서서 예를 표했다.

다른 홀에 들어서니 그곳에는 서머싯주 브림프턴 지방의 영주인 기령 기사, 경애하는 필립 시드넘이 있었다. 기령 기사는 전쟁 중에, 국왕의 군기가 펄럭이는 곳에서 기사 서품을 받은 사람을 뜻한다.

다른 홀에 들어가니 그곳에는 영국에서 가장 내력 있는 준(準) 남작, 서퍽의 에드먼드 베이컨 경이 있었다. 니콜라스 경의 상속권자이며, 프리무스 바로네토룸 안글리코이*라는 이름을 가진 사람이다. 에드먼드 경의 뒤에는 화승총을 든 그의 아르키페르(궁수)와 얼스터 지방의 문장을 받들고 있는 그의 예비 기사가 꼿꼿이 서 있었다. 준 남작들은 아일랜드의 얼스터 주를 방비하는 임무를 맡고 있었다.

다음 홀에는 회계 담당관 네 사람과 세금 책정을 담당하는 궁내대신의 대리관 두 사람과 재무대신이 이야기를 나누고 있었다. 그들 이외에도 조폐 담당관이 손바닥에 한 닢의 파운드화를 올려놓고 보여 주고 있었다. 당시 관습대로 압착기로 찍은 것이었다. 그 여덟 사람이 새로운 상원의원에게 존경을 담아 예를 표했다.

하원에서 상원으로 통하는, 양탄자가 바닥에 깔려 있는 복도 입구에 왔을 때 왕실 통제관 및 글러모건을 대표하는 마감의 토머스 맨셀 경이 그윈플렌에게 예의를 갖추어 인사했다. 또한 복도의 끝에서는 다섯 항구의 남작들의 사절단이 좌우로 네 사람씩 서서 그에게 예를 표시했다. 다섯 항구는 실제로 여덟 개 항구로 되어 있다. 윌리엄 애시버넘은 헤이스팅스를 대표해 그에게 예를 표했고, 매슈 엘머는 도버를, 조시아스 버셋은 샌드위치를, 필립 보틀러 경은 하이스를, 존 브루어는 뉴 럼니를, 에드워드 사우스웰은 라이 시를, 제임스 헤이는 윈첼시 시를, 그리고 조지 네일러는 시포드 시의 대표자로 예를 표했다.

---

* 영국 제일의 준 남작이다.

그윈플렌이 그들 모두에게 답례하려는데 수석 군사가 낮은 목소리로 의례 규칙을 상기시켰다.

"모자의 가장자리만 살짝 들어 올리소서, 각하."

그윈플렌은 그 말에 따랐다.

그는 '그림의 홀'에 도착했다. 하지만 그곳에는 몇몇 성자의 초상화 이외에 다른 그림이 없었다.

홀을 반으로 갈라놓은 살문 모양의 목책 이쪽에는 요직을 맡은 국무대신 셋이 있었다. 그 셋 중 하나는 영국 남부와 아일랜드 및 식민지, 프랑스, 스위스, 이탈리아, 스페인, 포르투갈, 터키 등을 관리하는 자였다. 두 번째 사람은 영국 북부와 네덜란드, 독일, 덴마크, 스웨덴, 폴란드, 모스코바 공국(公國) 등을 관리했다. 세 번째 사람은 스코틀랜드 태생으로, 스코틀랜드를 관리했다. 첫 두 사람은 영국 출신이었다. 그들 중 하나는 뉴 래드너 시를 대표하는 의원 로버트 할리였다. 스코틀랜드를 대표하는 뭉고 그레이엄, 즉 몬트로즈 공작의 친척도 함께 있었다. 모두들 조용히 그윈플렌에게 예를 표했다.

그윈플렌은 손으로 모자 끝을 가볍게 들어올렸다.

목책 관리자가 홀 안쪽 통로에 가로질러 있던 막대를 들었다. 안쪽에는 초록색 천이 덮인 긴 탁자가 있었는데 귀족들 전용이었다.

탁자 위에는 나뭇가지 모양의 커다란 촛대가 불을 밝혔다.

그윈플렌은 알현실 문지기와 '푸른 망토', 자르티에르 등을 앞세워 그 특별칸에 들어갔다.

홀은 무척 컸다.

안쪽 두 창문 사이에 걸려 있는 방패형 왕가의 문장 아래, 두 노인이 서 있었다. 어깨를 흰담비 모피 띠로 장식한 붉은 벨벳 가운을 입고 있었고, 흰담비 모피의 가장자리는 황금색 줄로 감쳐 있었다. 그리고 흰색 깃털을 꽂은 모자를 가발 위에 쓰고 있었다. 가운 사이로 그들의 비단 정장과 검의 손잡이가 드러났다.

두 노인 뒤에는 검은 물결무늬 천으로 지은 옷을 입은 남자 하나가 부동자세로 있었다. 그는 커다란 황금 권장을 높게 들고 있는데 막대 끝에 왕관을 쓴 사자상 하나가 보였다.

영국의 중신을 나타내는 권장 담당 의전관이었다.

사자는 중신을 상징한다.

'그리고 사자는 곧 남작이자 중신이다.'

베르트랑 뒤게클랭이 남긴 일지에 있는 구절이다.

수석 군사가 붉은 벨벳 가운을 걸친 두 노인을 가리키며 그윈플렌에게 다가가 속삭였다.

"각하, 저 두 분은 각하와 대등하신 분들입니다. 저분들이 인사하시는 방법대로 답례하셔야 합니다. 두 귀족께서는 남작이시며, 대법관께서 지정하신 각하의 두 보증인이십니다. 두 분 모두 매우 연로하시어 앞을 잘 보시지 못합니다. 저분들이 각하를 상원에 소개해 주실 것입니다. 한 분은 피츠월터 경 찰스 밀드메이십니다. 남작석의 여섯 번째 자리에 앉으십니다. 그리고 다른 한 분은 트레리스의 애런들 경 오거스터스 애런들이십니다. 남작석의 서른여덟 번째 자리에 앉으십니다."

수석 군사가 두 노인 앞으로 한 발자국 나서며 목소리를 높였다.

"두 각하께 클랜찰리 남작이시고, 헌커빌 남작이시며, 시칠리아의 코를레오네 후작이신 퍼메인 클랜찰리 경께서 인사드리십니다."

두 귀족은 모자를 벗어 팔 끝까지 들어 올린 후, 다시 썼다.

그윈플렌이 똑같이 인사했다.

알현실 문지기가 앞서고 그 뒤에 '푸른 망토'와 자르티에르가 차례로 섰다. 그러자 그윈플렌 앞에 중신의 권장을 든 의전관이 서고 두 귀족이 그의 양편에 섰다. 피츠월터 경은 그의 오른쪽에, 트레리스의 애런들 경은 그의 왼쪽에 서 있었다. 애런들 경은 몹시 쇠약했으며 두 사람 중 연장자였다. 그는 다음 해에 자신의 작위를 미성년자인 손자 존에게 물려준 후 세상을 떠났다. 그의 작위는 1768년에 영원히 소멸되었다.

행렬이 홀을 나선 후 회랑으로 접어들었는데 약간 돌출된 벽기둥이 벽면에 일정한 간격을 두고 서 있었다. 각 벽기둥 앞에는 삼각 미늘창을 든 영국 병사들과, 도끼 모양 미늘창을 든 스코틀랜드 병사들이 번갈아 가며 서 있었다.

도끼 미늘창을 든 스코틀랜드 병사들은 훗날 퐁트누아에서 프랑스 국왕 직속의 흉갑 기병대에 정강이를 드러낸 채 맞섰던 그 장엄한 부대원이 되었다. 당시 그들의 연대장이 부하들에게 이렇게 소리쳤다고 전해진다.

"신사들이여, 모자를 잘 고쳐 쓰시오. 돌진하는 영광이 우리에게 내려졌소."

삼각 미늘창을 든 병사들의 지휘관과 도끼 미늘창을 든 지휘관이, 그윈플렌과 두 귀족에게 검으로 예를 표했다. 병사들도 삼각 미늘창 또는 도끼 모양 미늘창으로 예를 표했다.

회랑 끝에 번쩍거리는 커다란 문이 있었다. 어찌나 그 빛이 찬란했는지 마치 두 장의 황금판 같았다.

문 양쪽에 두 사람이 움직이지 않고 서 있었다. 그들이 입은 제복을 통해 문지기임을 금방 알 수 있었다.

그 문에 조금 못 가서 회랑이 넓어졌고, 유리창으로 둘러싸인 원형 광장 같은 홀이 있었다.

그 속에서 등받이가 엄청나게 큰 안락의자에, 걸친 가운과 머리에 쓴 가발이 매우 커서 오히려 장엄하게 보이는 한 인물이 앉아 있었다. 영국의 대법관 윌리엄 쿠퍼 경이었다.

국왕보다 더 불구라는 것도 하나의 소질일 수 있다. 윌리엄 쿠퍼는 근시안이었고 앤 여왕도 그러했다. 하지만 그보다는 나쁘지 않았다. 윌리엄 쿠퍼의 나쁜 시력을 여왕의 근시안이 좋아했고, 그를 대법관 및 양심의 수호자 직위에 임명하는 이유가 되었다.

윌리엄 쿠퍼의 윗입술은 얇고 아랫입술은 두꺼웠다. 반쯤만 착한 사람이 갖는 특징이다.

천장에 매달린 등이 유리로 둘러싸인 홀을 밝히고 있었다.

대법관은 안락의자에 엄숙하게 앉아 있었고 그의 오른쪽에 있는 탁자에는 왕실 서기가 앉았다. 그의 왼쪽에 있는 탁자에는 의회 서기가 앉았다.

두 서기는 앞에 펼쳐진 장부 하나와 필기구를 마련해 두고 있었다.

대법관의 안락의자 뒤에는 왕관 장식을 한 권장을 든 의전관이 있었다. 그리고 옷자락을 드는 사람과 돈주머니를 들고 따라가는 사람도 모두 커다란 가발을 쓰고 있었다. 그 모든 직책은 아직도 존재한다.

안락의자 곁의 제기단 모양을 한 작은 탁자 위에는 검이 한 자루 놓여 있었다. 칼집과 불꽃 색깔의 벨벳으로 만든 허리띠도 갖추어져 있었다.

왕실 서기 뒤에는 의전관 한 사람이 가운 하나를 펼쳐서 두 손으로 받쳐 들고 있었다. 대관식 때 입는 가운이었다. 의회 서기의 뒤에도 가운을 두 손으로 받치고 있는 의전관이 있었다. 의회에 들어갈 때 입는 가운이었다.

두 가운 모두 흰색 호박단으로 안을 대고, 황금 줄로 가장자리를 두른 흰담비 모피 띠로 어깨를 장식한 진홍빛 벨벳으로 되어 있었다. 대관식 때는 가운의 담비 모피 띠가 조금 더 넓다는 것만이 달랐다.

세 번째 의전관은 '라이브러리언'이라고 했는데 그는 플랑드르산 가죽판 위에 붉은색 양가죽 표지가 있는 작은 책, 즉 신사록(紳士錄)을 받들고 있었다. 그 속에는 상원의원과 하원의원의 목록이 있었고, 아무것도 적지 않은 빈 페이지도 있었다. 또한 연필도 한 자루 붙어 있었다. 이것들을 의회에 첫 등원하는 사람에게 제공하는 것이 관례였다.

그윈플렌을 두 중신 사이에 두고 걸어가던 행렬이 대법관의 안락의자 앞에서 멈췄다.

보증인인 두 귀족들이 모자를 벗었다. 그윈플렌 역시 그들과 똑같이 했다.

수석 군사가 '푸른 망토'에게서 은색 천으로 만든 방석을 건네받고, 무릎을 꿇더니 방석 위에 있던 검은 서류 가방을 대법관에게 정중히 올렸다.

대법관은 그 서류 가방을 의회 서기에게 주었다. 서기는 형식을 갖춰 그것을 받아 들고 자기 자리로 돌아가 다시 앉았다.

의회 서기가 서류 가방을 열고 난 뒤에 자리에서 일어섰다.

서류 가방에는 두 장의 문서가 들어 있었다. 하나는 상원으로 보낸 국왕의 공문서였고, 다른 하나는 새로 중신이 된 사람에게 보낸 등원 명령서였다.

서기가 선 채로, 두 문서를 큰 소리로 또 공손하게, 천천히 낭독했다.

퍼메인 클랜찰리 경에게 보낸 등원 명령서는 상투적인 표현으로 마무리되었다.

> …… 짐이 경에게 엄숙하게 명하노니 짐에 대한 신의와 충성의 의무를 지키기 위해 웨스트민스터의 의회에 등원하여, 고위 관리들과 중신들 사이에서 왕국과 교회의 많은 문제들에 대해 명예와 양심에 근거한 견해를 거리낌 없이 펼쳐 주기를 바라는 바이다.

낭독이 끝나자 대법관이 목소리를 높였다.

"왕좌에 대한 맹세는 끝났습니다. 퍼메인 클랜찰리 경, 경께서는 화체설*에 대한 신뢰, 성자들에 대한 숭배, 그리고 미사를 포기하십니까?"

---

* 化體說, 성찬식 때 빵과 포도주가 예수의 살과 피로 바뀌었다는 교리다.

그윈플렌이 몸을 굽혀 동의를 나타냈다.

"신앙 맹세도 마치셨습니다."

대법관이 공표했다. 의회 서기가 다시 말했다.

"각하께서는 시험을 끝마치셨습니다."

대법관이 덧붙여 이야기했다.

"퍼메인 클랜찰리 경, 경께서는 이제 등원하는 것이 가능합니다."

"그렇게 될지어다."

두 보증인이 동시에 말했다.

'그렇게 모든 절차를 끝마친 후, 중신은 자신의 검을 차고 숭고한 자리에 올라 회의에 참석한다.'

노르망디의 옛 헌장에 나오는 문장이다. 그윈플렌의 뒤에서 누군가의 소리가 들렸다.

"각하, 의회 가운을 입혀 드리겠습니다."

말이 끝나자마자 가운을 들고 있던 의전관이 그것을 그윈플렌에게 입혀 주고, 담비 모피 띠를 목에 걸어 주었다.

진홍색 가운을 걸치고 황금 손잡이가 있는 검을 허리에 차자, 그윈플렌은 자신의 양쪽에 있던 두 중신들과 비슷해 보였다.

'라이브러리언'이 그에게 신사록을 바쳤다. 그것을 그윈플렌의 윗옷 주머니에 넣어 주었다.

수석 군사가 그의 귀에 대고 작은 목소리로 말했다.

“들어가시면서 국왕의 의자에 예를 표하십시오.”

국왕의 의자란 왕좌를 뜻한다.

그동안 두 서기는 탁자에 앉아서 각자 무엇을 기록하고 있었는데 한 사람은 왕실 장부에, 다른 한 사람은 의회 장부에 기록했다.

두 서기가 차례대로, 그러나 왕실 서기가 더 빨리 장부를 대법관에게 가져왔고 대법관이 서명을 했다.

두 장부에 서명을 하고 나서 대법관이 자리에서 일어섰다. 그리고 위엄 있게 말했다.

“클랜찰리 남작이시고, 헌커빌 남작이시며, 이탈리아의 코를레오네 후작이신 퍼메인 클랜찰리 경, 그레이트브리튼의 정신적이자 세속적 귀족들이신 경의 동료들에게 오신 것을 환영합니다.”

그윈플렌의 두 보증인이 그의 어깨를 건드렸다. 그가 뒤로 돌아섰다.

그러자 회랑 끝의 황금색 문이 활짝 열렸다. 바로 영국 상원으로 가는 정문이었다. 그윈플렌이 전혀 다른 행렬에 둘러싸여 서더크 감옥의 철문이 눈앞에서 열리는 것을 본 지 36시간이 채 흐르지 않았다.

그의 머리 위에 있던 구름 덩어리가 끔찍할 만큼 빨리 움직인 것이다. 구름 덩어리는 사건들이다. 급속함은 습격과 다름없다.

2. 공명정대

야만적인 시절에는 국왕과 대등한 대귀족 신분의 제정이 필요한 협정이었다. 하지만 그 초보적인 정치적 궁여지책은 프랑스와 영국에서 각각 상반된 결과를 가져왔다.

대귀족은 프랑스에서 싹텄다. 그 시기는 정확하지 않다. 전설에서는 카롤루스 대제 때라 하고, 또 역사에서는 현군(賢君) 로베르* 때라 한다. 하지만 역사도 전설만큼이나 자신의 말을 믿지 못한다. '프랑스왕은 세력가들에게 중신이라는 칭호를 주고, 왕과 대등하다고 믿게 만든 다음에 그들을 자기 곁으로 끌어들이려 했다.' 파뱅이 한 말이다.

대귀족은 두 갈래로 나누어졌는데 그 하나가 프랑스에서 영국으로 전해진 것이다.

영국 대귀족의 신분을 제정한 것은 큰 사건이었고, 위대하다고 할 만했다. 이보다 앞서 색슨족에게는 위트네즈멋이라는 것이 있었다. 덴마크의 귀족과 노르망디의 배신(陪臣)이 바롱이라는 말에 녹아들었다. 바롱은 vir와 같은 단어이며 스페인어로는 인간을 뜻하는 varon이라 번역한다. 근대에 이르러 '남작'이라고 번역하지만, 중세 봉건 시대에는 세력 있는 영주를 칭

* 앙주의 공작, 프로방스의 백작, 나폴리의 왕이다.

하는 말이었다. 1075년경부터 바롱들이 왕에게 영향력을 미쳤다. 게다가 어떤 왕이었는가! 정복자 기욤이었다. 1086년에는 그들이 봉건 제도의 초석을 만들었는데 둠즈데이 북이 그 초석이다. 이는 '최후의 심판에 쓸 장부'라는 뜻이다. 존왕(장 성 테르) 시절에는 갈등이 심화되어, 프랑스의 영주들이 그와 그레이트브리튼을 거만하게 대했다. 심지어는 프랑스의 중신이 영국의 왕을 불러 법정에 세우기도 했다. 영국의 바롱들이 분노할 수밖에 없었다. 필립 오귀스트의 대관식에서는 영국의 국왕이 노르망디 공작 신분으로 제1군기를 들었고, 기엔 공작이 제2군기를 들었다. 외국인의 신하 노릇이나 하는 왕에 대한 불만으로 인해 이른바 '영주들의 전쟁'이라는 것이 일어났다. 바롱들은 그 가엾은 왕 장에게 마그나 카르타*를 받아들이도록 했고, 그것에서 상원의 싹이 튼 것이다. 왕의 편이었던 교황이 귀족들을 파문했다. 당시는 1215년이었고, 인노켄티우스 3세가 교황이었다. 그 교황이 Veni Sancte Spiritus(오소서, 성령이시여)를 썼고, 존왕에게 사추덕의 상징으로 네 개의 금반지를 보낸 바 있다. 귀족들은 꿋꿋이 버티고자 했다. 여러 세대에 걸쳐 계속될 기나긴 싸움이었다. 펨브룩이 계속 투쟁했다. 1248년에는 '옥스퍼드 양보 협정'을 맺었다. 바롱 스물넷이 왕의 권한을

---

* 영국의 대헌장이다.

제한하고 국왕의 모든 조치를 심의하여, 논쟁이 커지면 각 주에서 기사 한 사람씩을 더 참가시켰다. 코뮌*의 여명기라 할 수 있다. 훗날 귀족들이 한 도시에서 시민 대표 두 사람과, 한 읍에서 부르주아 대표 두 사람씩을 협조자로 받아들일 수 있었다. 그리하여 엘리자베스 여왕 시절까지는 중신들이 코뮌들의 대표 선거가 유효한지를 판단하는 심판관 역할을 했다. 그들의 심판권(재판권)에서 속담처럼 퍼진 다음과 같은 원칙이 탄생했다.

> 코뮌의 대표는 다음과 같은 세 가지 P 없이 임명되어야 한다.
> Sine Prece, sine Pretio, sine Poculo
> 간청 없이, 돈 없이, 술 없이

하지만 부패 선거구가 생기는 것은 어쩔 수 없었다. 1293년에도 프랑스 중신의 법정에 영국의 왕이 소환되었다. 프랑스 국왕 필리프 4세가 에드워드 1세를 자기 앞에 세운 것이다. 에드워드 1세는 아들에게 자신이 죽으면 시신을 삶은 후 그 뼈를 보관했다가, 그것을 지니고 전쟁터에 나가라는 유언을 남긴 왕이다. 왕들의 잇따른 미치광이 행동을 크게 걱정하던 귀족들은 의회의 세력을 키워야겠다고 생각했다. 의회를 양원으로 나누

* 봉건 영주들에게 예속되지 않은 자유시다.

었는데 그렇게 해서 상원과 하원이 생긴 것이다. 그런데 귀족들은 지배권을 거만하게 행사했다.

> 코뮌의 대표 중 어떤 사람이 감히 상원에 대해 불리한 언급을 하면, 그를 심판대에 세워 버릇을 고치든가, 때로는 런던탑으로 보낼 수 있다.

표결이 이루어질 때도 차별이 있었다. 상원에서는 표결할 때 의원 한 명 한 명의 의견을 구하는데 지위가 가장 낮은 바롱, 즉 그들 사이에 '막내'라고 부르는 사람부터 의견을 제시하도록 했다. 반면 하원에서는 모두가 일제히 가축 떼처럼 '예' 또는 '아니요' 중 하나로 표결하게 했다.

코뮌의 대표자들은 의견을 고백하고 중신들은 심판했다. 중신들은 숫자를 무시하기 때문에 재무성 감사는 평민 의원들에게 맡겼고, 평민 의원들은 그러한 역할을 이용해 이익을 얻었다. 재무성을 장기판이라 하는데, 탁자를 덮는 융단이 격자무늬였기 때문이라고 하는 이들도 있고 또는 영국 국왕의 국고금을 넣어 두는 서랍들이 격자무늬 철창 뒤에 있었기 때문이라고 하는 이들도 있다.

13세기 말부터 《이어북(Year-book)》이라고 하는 연감이 나왔다. 두 장미 간의 전쟁*이 계속되는 동안 귀족들은 무게를 느꼈는데, 랭커스터 공작인 곤트의 존 쪽에서 오는 무게가 느껴지다가 요크 공작인 에드먼드 쪽에서 오는 무게가 느껴지기도 했다. 워트 타일러, 롤러드 교도들, 국왕 제조꾼 워릭 등으로 대표되며 또한 해방의 바탕이 된 무정부 상태 속에서는, 알려졌건 숨겨졌건 영국의 봉건 체제가 버팀목 역할을 했다. 귀족들은 왕좌를 매우 유용하게 시기했다. 시기는 곧 감시를 뜻한다. 그들은 국왕의 주도권을 통제하고, 대역죄의 범위를 극소수의 경우로 제한하고, 거짓 리처드들을 부추겨 헨리 4세에 반항하게 했다. 그리고 스스로 심판관이 되어 요크 공작과 앙주의 마르그리트 사이에서 세 왕관과 관련된 문제를 판결했으며 필요하면 직접 군대를 일으켜 슈루즈버리, 튜크스버리, 세인트앨번스 등에서 전투를 벌여 패배하기도 하고 승리하기도 했다. 벌써 13세기에 루이스에서 그들은 전승을 거두었고 국왕의 네 형제를 나라에서 추방했다. 그 네 형제는 이자벨과 마르슈 백작 사이에서 태어난 사생아들로 네 사람 모두 고리대금업자였고, 이들은 유대인들을 앞장세워 기독교도들을 수탈했다. 왕자들이지만 다른 한편으로는 사기꾼들이었다. 훗날에도 그러한 현상이 나타났지만, 당시에는 크게 존경받지 못했다. 15세기까지도 영국 국왕의 모습에는 노르망디 공작의 흔적이 남았고, 의회의

---

* 영국 왕좌를 두고 랭커스터와 요크 가문이 30년 동안 벌인 전쟁이다.

문서도 프랑스어로 작성되었으나 헨리 7세 때부터 귀족들의 뜻에 따라 영어로 작성되기 시작했다.

영국이 유서 펜드래건 때는 브르타뉴적이었고, 카이사르 때는 로마적이었고, 7왕국(七王國) 시절에는 색슨적이었고, 해럴드 치하에서는 덴마크적이었으며, 기욤 치하에서는 노르망디적이었고, 마침내 귀족들 덕분에 영국다운 모습을 찾게 되었다. 그 후에 다시 영국 국교회가 세워졌다. 그 나라 고유의 종교가 있다는 것 그 자체가 힘이다. 외부의 교황이 국민의 생명을 소진시켰다. 메카란 문어와 같다. 1534년에 런던은 로마를 내쫓았고, 대귀족이 개혁을 시작하여 루터를 받아들였다. 1215년에 당했던 파문에 대한 반격이었다. 그것이 헨리 8세의 마음에도 들었다. 하지만 다른 면에서 귀족들이 성가셨다. 곰 앞에 서 있는 불독 한 마리, 헨리 8세 앞에 있던 상원이 그랬다. 울지가 국민에게서 화이트홀을 훔치고, 헨리 8세가 울지에게서 화이트홀을 훔쳤을 때 누가 으르렁댔는가? 네 명의 귀족들이었다. 그들은 치치스터의 다르시, 블렛소의 세인트 존, 그리고 마운트조이와 마운트이글이었다. 왕은 침해받고 대귀족이 잠식한다. 세습이라는 것은 매수되기 어려운 속성을 가지고 있다. 이러한 속성 때문에 귀족들이 예속될 수 없다. 심지어 바롱들은 엘리자베스 앞에서도 꿈틀댄다. 더럼에게 가해진 벌도 그러한 이유였다. 그 폭군적 치마는 피로 물들어 있다. 넓게 펼쳐진 치마 밑에 감춰진 단두대, 그것이 엘리자베스였다. 엘리자베스는 의회 소집 횟수를 최소한으로 줄였고 상원의 의원 수도 65명으로 제한했는데 그중 후작은 단 한 명, 웨스트민스터 후작뿐이었으며 공작은 전혀 없었다.

프랑스의 왕들도 유사한 시기심이 발동하여 작위를 없앴다. 앙리 3세 시절에는 공작령이 여덟 개밖에 남지 않았다. 또한 망트 남작, 쿠시 남작, 쿨로미에 남작, 티므레의 샤토뇌프 남작, 타르드누아의 페르 남작, 모르타뉴 남작, 그리고 몇몇 다른 이들이 프랑스의 남작 페르로 남아 있는 것을 왕은 불쾌해 했다.

영국에서는 대귀족들이 줄어들도록 왕실이 아예 그들을 못 본 척했다. 예를 들어 12세기부터 앤 여왕 치세까지 사라진 대귀족의 수는 모두 565명에 이른다. 장미전쟁 당시에 공작들을 뿌리째 뽑아내기 시작하더니, 메리 튜더 치세에서는 아예 도끼질을 한 것이다. 귀족 사회를 참수형 시킨 것이다. 공작을 베어버린다는 것은 곧 머리를 자른다는 의미다. 좋은 정책임이 확실했다. 하지만 잘라 버리는 것보다는 부패시키는 것이 더 낫다. 그러한 점을 직감한 사람이 제임스 1세다. 그는 공작령을 부활시켰다. 그는 왕을 돼지로 만들었던, 총애하던 빌리어스를 공작으로 만들었다. 봉건적 공작이 궁정의 공작으로 변형되었다. 그리고 얼마 안 되어 그러한 것들이 바글대게 되었다. 찰스 2세는 두 정인에게 여공작 작위를 내렸는데 하나는 사우스

햄턴의 바버라였고, 다른 하나는 케루엘의 루이즈였다. 앤 여왕 때는 공작의 숫자가 스물다섯에 이르렀고 그중 세 명은 외국인이었다. 그들은 컴벌랜드, 케임브리지, 그리고 쇤베르크 공작이었다. 과연 제임스 1세가 고안한 이 방법이 성공했을까? 그렇지 않았다. 상원은 자신들이 농락당했다고 생각하며 화를 냈다. 제임스 1세와 찰스 1세에 대해 화를 냈는데, 지나가는 길에 한마디 하자면 마리 드 메디시스가 남편의 죽음에 다소라도 관련되었듯이 찰스 1세도 부친의 죽음에 일조를 했을 것이다. 찰스 1세와 대귀족은 결별했다. 제임스 1세 시절에 횡령과 독직 혐의로 베이컨을 심판대에 세웠던 귀족들이, 찰스 1세 치세에는 반역 혐의로 스태퍼드를 재판에 넘겼다. 한 사람은 명예를, 다른 한 사람은 목숨을 잃었다. 찰스 1세는 스태퍼드를 통해 벌써 한 번의 참수를 당한 것이다. 귀족들이 코뮌들에게 힘을 보탰다. 국왕은 옥스퍼드에서 의회를 소집했다. 혁명은 그것을 런던에서 소집했다. 중신 43인은 왕과 함께, 22인은 공화제와 함께 갔다. 귀족들이 평민을 받아들인 데서 권리 장전이 나왔고, 그것이 우리 인권 선언의 초안이었으며, 프랑스 혁명은 후미진 미래에서 영국의 혁명 위로 던진 흐릿한 그림자였다.

귀족들이 끼친 영향은 대략 그러했다. 물론 그들의 의도가 아니었다고 생각하자. 상관없다. 더욱이 비싼 대가를 지불해야 했다. 대귀족은 거대한 기생충이기 때문이다. 하지만 그들이 남긴 공적을 외면할 수 없다. 루이 11세와 리슐리외와 루이 14세의 전제적인 업적, 술탄의 등장, 평등이라는 이름으로 저지른 평준화, 홀(笏)을 이용한 몽둥이질, 대중을 고무래질로 천박하게 만드는 등 프랑스에서 저질러진 그 터키인들의 짓들을 영국에서는 귀족들이 방어했다. 그들은 귀족 정치를 일종의 장벽으로 삼고, 다른 한편 국왕에게 제방 역할을 했고, 또한 백성의 피신처가 되었다. 그들은 백성들에게 거만하게 행동하는 것을 국왕에 대한 불손함으로 사죄했다. 레스터 백작 시몽은 헨리 3세에게 이렇게 말했다. '왕이시여, 당신은 거짓말을 했소.' 귀족들은 왕실에 복종을 강요했고 때때로 수렵처럼 가장 예민한 부분에서 왕에게 타박상을 입혔다. 모든 귀족은 국왕의 수렵 구역을 지날 때 점박이 사슴 한 마리를 죽일 권리를 가지고 있었다. 귀족들에게는 왕의 집이 곧 자신들의 집이었다. 왕이 런던탑에 갇힐 경우와 중신이 갇힐 경우 모두 같은 금액의 비용이 지출되었다. 그 금액은 일주일에 12파운드였고 상원이 지출을 담당했다. 그보다 더 큰 권한도 가지고 있었다. 왕위를 박탈하는 것 역시 상원의 권한이었다. 귀족들은 존왕을 내쫓았고, 에드워드 2세의 왕권을 박탈했으며, 리처드 2세를 왕좌에서 끌어내렸고, 헨리 6세를 꺾어서 마침내 크롬웰의 출현을 가능하게 했다. 찰스 1세가 루이 14세와 유사한 점이 얼마나 많은가! 크롬웰 덕분에 그는 잠재적 상태로 남게 되었다. 한편 대부분의 역사가

들이 이 점에는 주목하지 않는데, 크롬웰도 대귀족에 속하기를 열망했다는 사실을 지나는 길에 알아 두자. 그는 그러한 열망 때문에 엘리자베스 바우처를 아내로 맞아들였다. 그녀는 옛 크롬웰 가문의 한 사람인 바우처 경의 후손이며 상속자였다. 바우처 경의 대귀족 신분은 1471년에 소멸되었고 바우처 가문의 다른 지파였던 로비저트 경의 신분 역시 1429년에 소멸되었다. 맹렬한 기세로 중첩되는 사건들을 인식한 그는 대귀족의 권리를 열망하기보다 제거된 왕을 이용해 지배하는 것이 더 단순하다고 판단했다. 때로는 음산한 귀족들의 의식이 왕에게 타격을 주었다. 재판정에 출두한 중신의 양쪽에는 런던탑에서 파견한 간수 두 사람이 어깨에 도끼를 걸치고 서 있곤 했는데, 그러한 조치는 중신뿐만 아니라 국왕에 대해서도 마찬가지였다. 5세기 동안, 태고의 모습을 간직한 영국의 상원은 정해진 일정에 따라 흔들림 없이 움직여 왔다. 느슨해져서 기분전환을 하는 날도 있었다. 그 예로 교황 율리우스 2세가 보낸 치즈와 햄, 그리스산 포도주를 가득 싣고 들어온 화물선 갈레아차에 홀리는 기묘한 순간도 있었다. 영국의 귀족 집단은 항상 불안해하고, 거만하고, 완강하고, 섬세하고, 애국적인 경계심이 많았다. 17세기 말에 1694년도 제10호 법령을 반포하여, 사우샘프턴주의 스톡브리지 읍에서 의회에 대표를 파견할 수 있는 권한을 빼앗고 하원에 압력을 가해 그곳의 선거 결과를 무효화시킨 것도 그들이었다. 교황파의 속임수가 선거를 더럽혔기 때문이다. 그들은 제임스가 요크 공작이던 시절, 그로 하여금 국교를 신봉한다는 맹세를 하도록 했다. 그가 거부하자 그들은 그의 왕위 계승권을 박탈하려 했다. 결국 그가 왕위를 계승했지만 귀족들은 그를 다시 마음대로 할 수 있었고, 마침내 그를 국외로 추방했다. 그러한 귀족 정치가 오랜 세월 지속되는 동안 본능적인 약간의 진보가 있었다. 귀족 정치로부터 칭찬할 만한 빛은 항상 어느 정도 나왔다. 그 말기, 그러니까 우리 시대는 속하지 않는다. 제임스 2세 시절, 귀족들은 기사 92명과 부르주아 346명의 하원의 비율을 유지시켰다. 타락시키는 경향이 크고 매우 이기적인 반면에 그러한 귀족 정치가 어떤 경우에는 특이한 공평성을 나타냈다. 보통 그 집단을 냉혹한 기준으로 평가한다. 역사가 호의로써 대접하는 것은 평민이다. 그러나 잘 따져보아야 한다. 우리는 귀족들의 역할이 매우 크다고 믿는다. 과두 체제는 야만적 단계의 자유 상태이다. 하지만 자유임에는 틀림없다. 폴란드를 생각해 보라. 명목상으로는 왕국이나 실상은 공화국이다. 영국의 중신은 국왕을 끝없이 의심하고 감시했다. 많은 경우에 평민보다 귀족들이 더 능수능란하게 국왕을 화나게 할 수 있었다. 그들은 일부러 왕을 궁지로 몰아넣기도 했다. 예를 들어 1694년에는 윌리엄 3세의 비위를 맞추기 위해, 3년 임기제 의회에 관한 법안을 하원에서 부결했으나 중신들은 가결했다. 윌리엄 3세는 바스 백작의 펜더니스성을 빼앗았고, 모돈트 자작의 모든 직책을 빼앗았다. 영국의 왕권 심장부에 있던 베네치아 공화국이 상원이었다. 국왕을 총독만큼이나 약하게 만드는 것이 상원의 목표였고, 왕에게서 감축한 것들을 모두 국민에게 돌려주었다.

왕권은 그러한 의도를 알아차렸고 대귀족에게 증오심을 가졌다. 쌍방이 서로를 약화시키기 위한 방법을 찾았다. 그렇게 찾아낸 축소 방안들이 백성에게는 이익의 증대를 안겨주었다. 군주제와 과두 체제라는 눈먼 세력들은 자신들이 제삼자, 즉 민주 체제를 위해 노력하고 있다는 사실을 알아채지 못했다. 지난 세기, 페러스 경이라는 중신의 목을 매달 수 있었다는 사실이 왕실에게 얼마나 큰 기쁨을 주었겠는가!

비단으로 그의 목을 매달았다. 정중한 행동이었다. 프랑스의 중신이었다면 목을 매달지 않았을 것이다. 리슐리외 공작의 거만한 지적이다. 공감한다. 아마 목을 내리쳤을 것이다. 그것이 더 정중한 예우라는 것이다. 몽모랑시 탕가르빌은 항상 이렇게 서명했다. '프랑스 및 영국의 중신.' 그렇게 영국의 대귀족을 두 번째 서열로 밀쳐냈다. 프랑스의 중신은 서열이 높았지만 힘이 약했다. 실권보다는 서열에, 그리고 지배력보다는 상석권에 더 집착했기 때문이다. 그들과 영국의 귀족 사이에는 자만심과 자부심 사이에서 볼 수 있는 미묘한 차이가 존재한다. 프랑스의 중신에게는 외국의 귀족보다 높은 위치를 차지하는 것, 스페인의 세력가보다 앞서는 것, 베네치아의 파트리키우스를 넘어서는 것, 프랑스의 원수(元帥), 총사령관, 해군 사령관 등을 그들이 비록 툴루즈 백작이나 루이 14세의 아들이더라도 제후 회의에서 말석에 앉게 하는 것, 공작령이 아들을 통해 세습되었는지 혹은 딸을 통해 세습되었는지를 구분하는 것, 아르마냑이나 알브레 같은 단순 백작령과 에브뢰 같은 페리 작위를 갖춘 백작령의 차이를 유지시키는 것, 특별한 경우 스물다섯에 성령 기사단의 휘장이나 황금 양털 기사단의 휘장을 당연권에 따라 부착하는 것, 왕실 쪽의 가장 유서 깊은 페르인 트레모아이 공작과 제후 측에서 가장 유서 깊은 페르인 위제스 공작 간에 균형을 잡도록 하는 것, 자기 사륜마차에도 선거 후(侯)의 마차와 동등한 숫자의 말과 시종을 갖춰야 한다고 주장하는 일, 최고법원장에게 자신을 각하라고 부르도록 하는 일, 멘 공작도와 백작처럼 1458년부터 중신의 반열에 올랐는지에 대해 말다툼하는 일, 커다란 홀을 건널 때 대각선으로 건너야 하는지 혹은 옆쪽을 따라 건너야 하는지를 규명하는 것 등이 매우 중요한 일이었다. 반면 영국의 귀족에게 중요했던 일은 항해 협정, 선서, 유럽이 영국에 봉사하도록 하는 것, 바다의 지배, 스튜어트 왕조의 축출, 프랑스와의 전쟁 등이었다. 이곳 프랑스에서는 꼬리표를, 바다 건너 저쪽에서는 제국을 그 무엇보다도 중요시했다. 영국의 중신은 먹이를 지니고 있었으나, 프랑스의 중신은 그림자를 지니고 있었다.

요약하면 영국의 상원은 하나의 출발점이었다. 문명사 속에서 보면 측정할 수 없을 만큼 위대하다. 국가를 탄생시킨 영광은 영국 상원의 차지이다. 영국의 상원은 한 백성의 통일을 실현한 최초의 구현체이다. 영국의 저항력, 아무도 대적할 수 없는 그 정체 모를 힘은 귀족의 방, 즉 상원으로부터 태동되었다.

귀족은 군주에 대한 일련의 폭력 행위로 결정적 왕권 박탈의 초안을 계획했다. 상원은 오늘날에 이르러 자신들이 원하지도 않으면서 자신도 모르는 사이에 이루어 놓은 것에 조금 놀라고 슬퍼한다. 그것은 돌이킬 수 없기 때문에 더욱 그렇다. 양보란 무엇인가? 반환하는 것이다. 또한 모든 국민은 그 진실을 알고 있다. '내가 베풀겠노라.' 왕의 그 말에 국민은 이렇게 대꾸한다. '내가 회수하겠노라.' 상원은 자신들이 중신의 특권을 창조하는 것으로 믿었지만, 결과적으로는 시민의 권리를 탄생시켰다. 귀족 정치라는 독수리가 자유라는 참수리의 알을 품은 것이다.

막 알을 깨고 나온 참수리가 하늘에서 빙글빙글 도는데 독수리는 죽어 가고 있다. 귀족 정치가 임종을 맞는데, 영국은 커 가고 있다.

그러나 귀족 정치를 대할 때 공정해지자. 귀족 정치는 왕권의 균형을 잡아 주는 평형추 노릇을 했다. 또한 독재 군주를 막아 주는 방어벽 노릇도 해 주었다. 귀족 정치에 감사를 표하자. 그리고 이제 그것을 땅에 묻도록 하자.

3. 오래된 홀

웨스트민스터 수도원 근처에 옛 노르망디풍 궁전이 있었는데, 헨리 8세 때 불태워져서 궁전의 두 날개만 남았다. 에드워드 6세가 그중 하나를 상원에게 주고 다른 하나는 하원이 차지하게 했다.

두 날개도, 두 홀도 이제 남아 있지 않다. 모든 것을 다시 지었다.

이미 말했고, 또 한 번 강조하지만 오늘날의 상원과 옛날의 상원 간에는 유사점이 전혀 없다. 옛날의 궁전을 허물었다는 것은 옛날의 관습도 조금은 허물었다는 의미이다. 건축물에 가해진 곡괭이질의 진동이 관습과 법률에도 전해진다. 낡은 돌덩이가 무너져 내릴 때는 낡은 법률 조항이 함께 떨어진다. 사각형 홀에 있던 상원을 원형 홀 안으로 옮겨 놓자. 상원은 전혀 다른 것으로 바뀔 것이다. 갑각(甲殼)의 모양이 변하면 연체동물의 모양이 변형된다.

인간의 일이건 신의 일이건, 즉 법률이건 교조건, 또는 귀족 제도건 사제직이건, 옛것을 보존하려면 새것을 만들지 말아야 한다. 그 껍질도 바꾸어서는 안 된다. 부품을 끼워 넣는 것으로 끝내야 한다. 예를 들면 예수회의 교리는 가톨릭 교리에 추가된 부품이다. 옛 건축물도 옛 제도를 다루듯 해야 한다.

그림자는 폐허에서 머물러야 한다. 소진된 세력은 새롭게 단장한 거처에 들어가면 오히려 불편함을 느낀다. 누더기 제도에는 오막살이 궁전이 어울린다.

옛 상원의 내부를 보여 주는 것은 낯선 사람을 보여 주는 것과 같다. 역사란 밤이다. 역사에는 후경(後景)이 존재하지 않는다. 무대 전면에 자리하지 못하는 것들 위로 일몰과 어둠이 동시에 덮친다. 무대의 장식을 떼어내면 즉시 지워지고 망각된다. '과거'라는 말의 동의어 중 하나는 '무시된 존재'이다.

중신들이 재판정을 구성할 때는 웨스트민스터의 큰 홀에 자리를 잡았고, 입법 기관으로서 상원을 구성할 때는 '귀족들의 집', 즉 House of the lords라고 부르는 특별실에 자리했다.

국왕이 소집할 때에만 구성되는 영국 중신들의 법정 외에, 그 법정보다는 하위이나 다른 모든 법원의 상위인 영국의 대법정 둘도 웨스트민스터홀에 자리 잡았다. 두 법정은 대체로 그 홀 끝에 있는 인접한 두 칸에 자리했다. 하나는 국왕의 의자가 있는, 즉 국왕이 처리하는 법정이었다. 그리고 다른 하나는 대법관이 처리하는 법무성 법정이었다. 첫 번째는 심판을 내리는 법정이었고, 두 번째는 자비를 베푸는 법정이었다. 대법관이 사안의 성격에 따라 왕의 자비를 청하기도 했다. 물론 이는 매우 드문 일이었다. 오늘날에도 존속되는 두 법정이 법률을 해석하고 그것을 조금 수정했다. 판사의 기술은 법률 조항을 다듬는 목공의 기술이다. 그러한 목공예로부터 형평(衡平)이 어렵게 모습을 나타낸다. 웨스트민스터홀에서 법률이 제정됐고 또한 적용되었다. 그 홀의 둥근 천장은 거미줄이 생기지 않도록 하기 위해 밤나무 목재로 만들어졌다고 한다. 그러나 법에는 거미줄이 많이 끼었다.

법원을 구성한다는 것과 의회를 구성한다는 것은 서로 다른 일이다. 그러한 이원성(二元性)에서 지상권(地上權)이 생겼다. 1640년 11월 3일에 시작된 장기 의회(Long Parliament)는 이원성이라는 양날의 검이 필요함을 느꼈는데, 이는 혁명적인 욕망이었다. 그래서 상원이 바로 사법권이자 입법권임을 공표했다. 이원적 권력은 아득히 먼 옛날부터 상원에게 있었다. 조금 전에 말한 것처럼, 중신들은 판사의 자격으로 웨스트민스터홀을 차지했고 입법자로는 다른 홀을 차지했다.

다른 홀, 즉 귀족 전용의 방은 좁고 길었다. 그 방을 밝히는 조명 시설은 천장에 깊숙이 뚫어 놓은 네 개의 창이 전부였는데 그곳을 통해 햇빛이 들어왔고, 왕의 상징인 닫집 위에 유리창 여섯 개와 커튼을 갖춘 타원형창 하나가 있었다. 밤에는 벽에 고정된 나뭇가지 모양의 촛대 열두 개에서 나오는 빛 말고 다른 조명이 없었다. 베네치아의 원로원의 조명은 그보다 더 약했다. 절대 권력을 소유한 부엉이들에게는 어느 정도의 어둠이 더 편하다.

귀족들의 회합이 있는 홀 위의 높은 궁륭형 천장은 황금색 널판으로 된 다면체로 되어 있었다. 평민의 회의장은 평평한 천장이었다. 군주제 아래서 세워진 건축물은 모든 것이 그 나름의 의미를 가졌다. 귀족의 홀 끝에 출입문이 있었고 그 맞은편 끝에 왕좌가 놓여 있었다. 출입문에서 몇 걸음을 안으로 옮기면 긴 막대기가 횡으로 있어 경계선을 만들었다. 백성의 세계는 끝나고, 귀족들의 세계가 시작되는 곳을 표시하는 경계였다. 왕좌 오른편에, 뾰족탑 모양의 상단부에 가문을 새긴 벽난로가 있었는데 그 벽난로가 대리석에 새긴 두 개의 저부조를 보여줬다. 하나는 572년에 브르타뉴를 상대로 커스울프에서 거둔 승리의 장면을 새긴 것이었고, 다른 하나에는 던스터블 읍의 지도가 있었다. 그 지도에는 도로가 넷 있었고, 그 도로들이 세계를 네 부분으로 나누는 위선(緯線)과 평행을 이루었다. 왕좌는 세 계단 높은 곳에 놓여 있었는데 '왕의 의자'라고 불렀다. 마주보고 있는 양 벽에 커다란 장식 융단이 이어졌고 융단에는 연속적인 그림이 수놓아져 있었다. 이는 엘리자베스가 귀족들에게 내린 것으로, 아르마다가 스페인을 떠나 영국 근처에서 난파하기까지 겪은 일을 그림으로 나타내었다. 선박들의 높은 선루(船樓)는 금실과 은실로 수를 놓았는데 세월이 흘러 모두 검게 변했다. 그 장식 융단을 등지고, 왕좌를 기준으로 오른쪽에는 주교들을 위한 벤치가 세 줄 있었고 왼쪽에는 공작과 후작과 백작의 벤치가 시렁 위에 세 줄로 있었다. 첫 번째 벤치 셋에는 공작들이, 두 번째 벤치 셋에는 후작들이, 마지막으로 세 번째 벤치 셋에는 백작들이 앉았다. 자작들의 벤치는 왕좌와 마주 보았으며 그 뒤에, 즉 입구 쪽의 가로막대와 자작의 벤치 사이에 남작의 벤치 둘이 놓여 있었다. 왕좌 오른편의 제일 높은 벤치에는 캔터베리와 요크의 두 대주교가 앉았고, 중간 벤치에는 런던과 더럼 및 윈체스터의 세 주교가 앉았으며, 아래쪽 벤치에는 다른 주교들이 앉았다. 캔터베리 대주교와 다른 주교들 간에는 무척 큰 차이가 있었다. 그가 주교가 된 것은 '신성한 섭리에' 따른 것이지만, 다른 주교들은 겨우 '신성한 허락에' 따라 주교가 되었다는 것이다. 왕좌 오른쪽에는 웨일스 대공을 위한 의자 하나가 있었고, 왕좌 왼쪽에는 왕실의 공작들을 위한 접이 의자들이 놓여 있었다. 그 뒤에는 아직 성인이 되지 않은 어린 중신, 즉 회의에 참가하지 못하는 어린 귀족을 위한 좌석 한 줄이 준비되어 있었다. 모든 곳에 백합꽃이 가득했다. 그리고 커다란 방패형의 영국 왕가의 문장이 네 벽에, 즉 중신 위에도 왕의 머리 위에도 똑같이 걸려 있었다. 대귀족의 신분을 물려받을 젊은이들은 왕좌 뒤의 닫집과 벽 사이에 서서 토론하는 광경을 구경했다. 안쪽에는 왕좌가 있고 나머지 세 면에는 중신의 벤치가 있고, 중앙에 널찍한 사각형 공간이 만들어졌다. 영국 왕가의 문장을 수놓은 융단이 바닥에 깔려 있고 그 위에는 양모 방석 넷이 놓여 있었다. 하나는 왕좌 앞에 놓였는데 좌우에 권표(權標)와 관인(官印)을 놓고 대법관이 그 위에 앉았다. 또 하나는 주교들 앞에 놓였는데 그 위에는 최고 법원 판사들이 앉았다. 그들에게는 참석권만 있고 발언권은 주어지지 않았다. 다른 하나는 공작들과 후작들, 백작들 앞에 놓였고 그 위에는 대신들이 앉았다. 그리고 마지막 하나는 자작들과 남작들 앞에 놓였다. 그 위에는 왕실 서기와 의회 서기가 앉았고 그들 아래의 서기 둘이 무릎을 꿇고 적는 일을 했다. 그 사각형 공간의 가운데에는 천에 덮인 넓은 탁자가 있었는데 그 위에 서류와 장부와 금전출납부가 쌓여져 있었고, 그 곁에는 귀금속으로 장식된 잉크병들이 놓여 있었으며 탁자 모서리마다 높은 촛대에 불을 켜 놓았다. 중신들은 자신의 영지가 최초로 탄생한 연도에 맞춰 차례대로 자리에 앉았다. 그리고 작위에 맞춰서 열에 앉게 되어 있었다. 입구 쪽 가로막대 앞에는 알현실 문지기가 서 있었다. 출입문 바로 안쪽에는 문지기의 수하 관리 한 명이 서 있었고, 출입문 밖에도 마찬가지로 문지기의 수하인 공고(公告) 담당자가 서 있었다. 그의 역할은 재판의 시작을 알리는 것이었는데, "Oyez(들으시오)!"라고 프랑스어로 외쳤다. 그렇게 세 번, 첫 음절에 위엄 있게 힘을 주며 외쳤다. 공고 담당자 곁에는 대법관의 권장을 들고 다니는 의장관(懷依官)도 함께 있었다. 국왕이 참석하는 의식에서 세속적 중신은 작위에 대응하는 관을 쓰고, 정신적 중신은 삼각형 주교모를 썼다. 대주교들은 공작관의 주교모를 쓰고, 자작 아래 서열인 주교들은 남작관의 주교모를 썼다.

기묘한 동시에 시사하는 바가 있는 특징은, 왕좌와 주교들과 바롱들이 사각형 공간을 만들고 그 공간에 고위관리들이 무릎을 꿇고 앉는 배치가 프랑스의 최초 두 왕조* 시절에 보았던 회의장의 모습이라는 것이다. 프랑스와 영국의 권력 서열이 같은 양태를 나타내고 있다. 힝크마르는 이미 853년에 'de ordinationesacri palatii(황실 회의에 대해)'라는 글에서, 18세기 웨스트민스터에서 열릴 상원의 회의 장면을 설명했다. 100년을 앞서 미리 작성된 기이한 의사록이다.

역사란 무엇인가? 미래로 울려 퍼지는 과거의 메아리이다. 또는 과거 위로 드리워진 미래의 그림자이다.

의회는 7년마다 소집하도록 정해져 있었다.

---

* 메로빙거와 카롤링거 왕조를 가리킨다.

귀족들은 문을 잠그고 비밀리에 토론했다. 평민 대표(코먼)의 회의는 공개적으로 열렸다. 대중성은 싸구려로 생각했다. 귀족의 수는 제한이 없었다. 귀족을 마구 임명하는 것은 왕권이 소유했던 협박 수단이었다. 통치 수단이기도 했다.

18세기 초, 귀족의 수가 크게 증가했다. 그 이후에는 더욱 늘어났다. 귀족 사회를 묽게 만드는 것은 정략의 하나였다. 엘리자베스가 대귀족을 로드 65명으로 농축시킨 것은 실책이었는지 모른다. 귀족 집단의 구성원이 적을수록 그 집단은 더욱 강력해진다. 어떠한 회의라도 참가하는 회원이 많을수록 유능한 두뇌는 적게 마련이다. 제임스 2세는 그러한 사실을 어렴풋하게라도 알고 있어 상원의 귀족을 188명까지 늘렸다. 국왕의 밀실을 드나드는 두 여공작을 대귀족에서 제외하면 186명이었다. 앤 여왕 시절에는 주교들을 포함한 귀족의 수가 모두 207명에 이르렀다.

여왕의 부군인 컴벌랜드 백작 말고도 스물다섯의 공작이 있었다. 첫 번째 서열인 노퍽 공작은 가톨릭 신자인지라 상원에 참석하지 않았고, 마지막 서열인 케임브리지 공작은 하노버 선거후의 장자로 외국인이건만 상원의 의석을 차지했다. 영국 최고의, 그리고 유일한 후작이라는 평가를 받은 윈체스터 후작은 제임스 2세 지지파였기 때문에 상원에 참석하지 않았다. 그리하여 후작은 다섯이었는데 그중 서열의 첫째가 린지였고, 마지막은 로시안이었다. 백작은 79명이었고, 서열의 첫째는 더비 백작이었고 마지막은 이슬리 백작이었다. 자작은 아홉 명이었다. 그 중 첫 번째 서열은 헤리퍼드였고, 마지막은 론스데일이었다. 그리고 남작은 62명이었으며, 서열의 첫째가 애버게브니였고 마지막은 허비였다. 허비 경은 서열 마지막의 남작이었기 때문에 상원의 '막내'가 되었다. 제임스 2세 시절 옥스퍼드, 슈루즈버리, 켄트 등의 백작들로 인해 네 번째 서열이었던 더비 경은, 앤 여왕에 이르러서는 첫 번째 서열이 되었다. 베룰럼과 웸이라는 두 대법관의 이름은 바롱의 명단에서 없어졌다. 역사는 베룰럼의 이름에서 베이컨을, 웸의 이름에서 제프리스를 다시 찾도록 해 준다. 베이컨과 제프리, 여러 이유로 인해 어두운 이름들이다. 1705년에는 주교의 수가 스물여섯에서 스물다섯으로 줄어들었다. 체스터 주교의 자리가 비워졌기 때문이다. 몇몇 주교들은 세도가 출신이었다. 예를 들어 옥스퍼드의 주교인 윌리엄 탤벗의 가문은 프로테스탄트파의 수장 역할을 했다. 또한 훌륭한 학자들도 있었다. 노위치 수도원장이었던 요크 대주교 존 샤프, 시인이었던 로체스터의 주교 토머스 스프레트, 보쉬에의 적이었으며 캔터베리 대주교로서 생을 마친 링컨의 주교 웨이크 등을 예로 들 수 있다.

중대한 일이 있을 때나 국왕이 상원에 보내는 어떤 전교를 받을 때, 가운을 입고 가발을 쓰고 그 위에 고위 사제의 모자나 깃털로 장식한 모자를 얹은 점잖은 집단이, 폭풍우가 아르마다를 파멸시키는 장면이 그려진 상원의 벽을 따라 자신들의 머리를 정렬시켰다. 벽면의 그림은 폭풍우가 영국의 명령에 복종했다는 의미를 내포하고 있었다.

4. 오래된 방

그윈플렌의 복권 절차는, 킹스게이트를 통해 입장한 순간부터 유리창으로 싸인 원형 홀에서 선서를 할 때까지 시종일관 희미함 속에서 이루어졌다.

윌리엄 쿠퍼 경은 영국의 대법관인 자신에게, 젊은 퍼메인 클랜찰리 경의 흉하게 훼손된 얼굴에 대해 자세한 보고를 하지 못하도록 했다. 어느 중신의 얼굴이 곱지 않다는 사실을 안다는 것 자체가 체면을 상하게 하는 일이라고 생각했고, 지체 낮은 자가 그러한 일을 주제넘게 보고하는 행위로 인해 자신이 초라해진다고 느꼈기 때문이다. 어떤 평민이건 '그 귀족은 꼽추야!'라는 말을 하면서 속으로는 즐거워할 것이다. 따라서 한 귀족이 흉하게 생겼다는 것은 그 자체만으로도 큰 치욕이다. 여왕이 그에 대해 귀띔해 주었을 때도 대법관은 한마디로 대꾸했다.

"귀족의 얼굴은 작위입니다."

아주 간단한 대답이었다. 또한 자신이 검토한 조사 보고서를 통해 모든 상황을 파악하고 있었다. 그리하여 모든 신중한 조치를 취하게 된 것이다.

새로운 귀족이 상원에 들어서는 순간, 그의 얼굴이 소란을 발생시킬 수도 있었다. 소란을 방지하는 것이 중요했다. 그리하여 대법관은 나름대로 대책을 세웠다. 문제를 최소화하는 것이 신중한 사람들의 고정관념이며 행동의 기준이다. 요란한 돌발 사태에 대한 혐오감도 엄숙함의 일부분이다. 영지를 물려받은 다른 상속자들의 등원처럼, 그윈플렌의 등원 또한 어떤 방해도 받지 않고 이루어져야 했다.

그런 까닭으로 대법관은, 퍼메인 클랜찰리 경의 영접 의식을 저녁 회의 시간으로 정했다. 대법관은 문지기이므로, 그리고 노르망디 법령에 따르면 quodammodo ostiarius(어떤 뜻에서는 문지기)인지라, 또한 테르툴리아누스에 의하면 januarum cancellorumque potestas(출입문과 가로막대 담당 책임자)라, 문지방에서도 의식을 치를 수 있다. 윌리엄 쿠퍼 경은 자신의 권한을 발동하여, 유리창으로 둘러싸인 홀에서 퍼메인 클랜찰리 경의 복권 절차를 완벽하게 마쳤다. 뿐만 아니라 복권된 중신이 회의 시작 전에 방 안으로 들어갈 수 있게 하기 위해 시간을 당겼다.

방 바깥에서, 즉 문지방 앞에서 중신이 서임되었던 전례가 있었다. 최초의 세습 남작인 홀트캐슬의 존 비첨스는 1387년 리처드 2세가 키더민스터 남작으로 삼았고, 그러한 방식으로 상원에서 받아들였다.

그러나 그러한 전례를 되살리는 것은 대법관 스스로를 난처한 입장에 놓이게 했다. 겨우 두 해 후에 뉴헤이븐 자작이 상원에 들어올 때 그는 그 단점을 알게 되었다.

이미 언급한 바처럼 윌리엄 쿠퍼 경은 근시안이었기 때문에, 그윈플렌의 얼굴이 흉하다는 것을 겨우 알아차렸다. 보증인인 두 귀족은 조금도 알지 못했다.

두 늙은이는 거의 장님에 가까웠기 때문이다.

대법관은 의도적으로 그들을 지명한 것이다.

대법관은 그윈플렌의 훤칠한 키와 당당한 체격만을 보았기 때문에, 오히려 그의 '외모가 수려하다'고 생각했다.

문지기들이 그윈플렌 앞의 출입문을 활짝 열었을 때, 회의실 안에는 귀족 몇 명만이 있었다. 그들은 대부분 늙은이였다. 늙은이는 모임이 있을 때 시간을 엄수한다. 또한 그들은 여인들 옆에 늘 붙어 있다. 공작의 벤치에는 공작 두 사람밖에 없었는데, 한 명은 머리가 온통 하얗게 세었고, 다른 한 명의 머리는 희끗희끗한 정도였다. 그들은 리즈 공작인 토머스 오스번과 숀베르크였다. 숀베르크는, 독일 태생이나 원수 지휘봉으로 프랑스인이 되었다가 영지로 인해 영국 사람이 되었고, 낭트 칙령 때문에 쫓겨나서 프랑스인으로 영국을 상대로 전쟁을 하다가 다시 영국인으로 프랑스에 맞섰던 그 쉰베르크의 아들이었다. 정신적 중심의 벤치에는 영국의 수석 주교 캔터베리의 대주교가 가장 높은 열에 앉았고, 맨 아래 열에는 엘리의 주교인 사이먼 패트릭 박사와 도체스터 후작 에벌린 피어폰트가 대화하고 있었다. 후작은 주교에게 방책과 와책의 차이에 대해 설명하고 있었다. 방책이란 숙영지를 방어하려고 텐트 주변에 박아 놓은 말뚝을 가리키지만, 와책은 성채의 흉벽 아래 날카롭게 깎은 말뚝을 설치해서 포위군이 기어오르는 것을 대비하고 농성군(籠城軍)의 탈출을 막는 장치라고 했다. 또한 각면보루(各面堡壘)에 와책을 설치할 시에는, 말뚝은 반쯤은 땅속에 박고 반쯤은 드러나게 해야 한다고 설명했다. 웨이머스 자작인 토머스 딘은 촛대 가까이에 앉아서 설계도를 자세히 확인했다. 그 설계도는 윌트셔주의 롱리트에, 황색 모래와 붉은 모래, 민물조개 껍질, 고운 석탄 가루 등을 배합해 만든 타일을 깔아서 '구획된 잔디밭'을 만들기 위한 것이었다. 자작의 벤치에는 늙은 귀족들이 마구 뒤섞여 있었는데, 에식스, 오술스톤, 페러그린, 오스번, 윌리엄 줄스타인, 록퍼드 백작 등이 있었고 그들 사이에서 가발을 쓰지 않는 무리에 속하는 몇몇 젊은이들이 헤리퍼드 자작 프라이스 데버루 주변에서, 애팔래치아산맥의 호랑가시나

무에서 차(茶)를 얻을 수 있는지에 대하여 토론을 벌이고 있었다. "거의 차라고 볼 수 있지." 오스번이 말했다. "완전한 차야." 에식스의 의견이었다. 볼링브룩의 사촌 세인트 존의 포렛이 귀기울여 듣고 있었다. 훗날 볼테르는 볼링브룩의 제자라 할 수 있었는데, 그 까닭은 볼테르가 처음에는 포레 신부에게 배웠지만 마지막 교육은 볼링브룩에게 받았기 때문이다. 후작의 벤치에는 여왕의 의전관이자 켄트의 후작인 토머스 그레이가 영국 의전 장관인 린지 후작 로버트 버티에게 1614년도 영국 대복권 추첨에서 일등을 한 사람은 영국으로 망명한 두 프랑스인, 파리최고법원 판사였던 르콕 씨와 브르타뉴 지방의 시골 귀족인 라브넬 씨였다고 주장하고 있었다. 와임스 백작은 《시빌라들의 기이한 예언 사례》라는 책을 읽고 있었다. 긴 턱과 명랑함, 그리고 나이 여든일곱의 고령으로 잘 알려진 그리니치 백작 존 캠벨은 정부(情婦)에게 편지를 쓰고 있었다. 챈도스 경은 손톱을 정리하고 있었다. 곧 시작될 회의에는 원칙적으로 국왕이 참석하게 되어 있었기 때문에 여왕의 대리관(代理官)들이 파견될 예정이었고, 따라서 문지기 보조원 두 사람이 왕좌 앞에 선홍색 벨벳을 씌운 벤치를 놓았다. 두 번째 양모 방석 위에는 기록 담당 판사, 즉 사크로룸 사크리니오룸 마기스테르도 앉아 있었는데, 그가 사는 관저는 개종한 유대인들이 소유하던 건물이었다. 네 번째 방석 위에서는 두 하위 서기가 무릎을 꿇고 앉아서 서류를 뒤적거리고 있었다.

그동안 대법관이 첫 번째 양모 방석 위에 앉고, 상원 소속 관리들이 앉거나 선 채로 각자의 자리를 잡자 캔터베리 대주교가 일어나 기도문을 외우는 것으로 회의를 시작했다. 그윈플렌은 입장한 지 한참 되었지만 아무도 알아채지 못했다. 그의 자리는 남작의 벤치 중 두 번째 것이었는데 가로막대와 매우 가까워서 몇 걸음만 걸어 그곳에 도착했다. 그의 보증인인 두 귀족이 그의 좌우에 앉아 있었기 때문에 사람들 눈에는 새로 등원한 중신의 모습이 잘 보이지 않았다. 아직 아무에게도 통보하지 않아서, 의회 서기는 새로운 귀족과 관련된 문서를 조그만 음성으로 속삭이는 것처럼 읽었고, 이어서 대법관이 '일반적인 무관심 속에' 새로운 중신의 등원을 선언했다. 그 동안에도 모두들 잡담하기 바빴다. 회의장은 웅성대는 소리로 가득했다. 그러한 틈에 의회가 온갖 으스름한 일들을 처리하여, 나중에 그 일들이 의원들에게 놀라움을 안겨주기도 했다.

그윈플렌은 조용하게 모자를 벗고, 두 연로한 중신인 피츠월터 경과 애런들 경 가운데 앉았다.

덧붙이자면 스파이답게 모든 정보를 수집했고 음모를 성공시키기로 마음먹은 바킬페드로는 대법관 앞에서 공식적으로 조사 결과를 진술할 때, 그윈플렌은 충분히 그의 훼손된 웃는 얼굴을 엄숙한 얼굴로 바꿀 수 있다는 점을 부각시켜 퍼메인 클랜찰리 경의 흉한 측면을 어느 정도 감싸려 했다. 심지어 그윈플렌의 그러한 능력을 과장하기도 했다. 하지만 귀족들의 입장에서 본다면, 그것이 무슨 상관이 있겠는가? 윌리엄 쿠퍼 경이 바로 다음의 금언을 이야기한 당사자가 아닌가? '영국에서는 중신 하나를 복권시키는 것이 국왕 하나를 복위시키는 것보다 더 중요하다.' 당연히 수려한 외모와 위엄이 겸비된다면 더 좋다. 어떤 귀족의 기형적 외모는 매우 유감스러운 일이며, 그것은 운명이 주는 치욕일 수도 있다. 하지만 다시 한 번 강조하자면, 외모가 기형이라서 권리가 줄어드는가? 대법관은 뭐든지 신중하게 조치했고 또한 그것이 타당했다. 하지만 결국, 신중한 조치를 했건 하지 않았건, 중신이 상원에 들어가는 것을 그 누가 방해할 수 있단 말인가? 기형과 불구보다 영주권이나 왕권이 더 위에 있지 않은가? 1347년에 절멸한 유서 깊은 커민 가문에서는, 버컨 백작들의 야수를 떠올리게 하는 포효가 영지처럼 세습되지 않았던가? 그리하여 누구든 호랑이의 포효를 들으면 그가 스코틀랜드의 중신임을 알 수 있지 않았던가? 체사레 보르자의 얼굴에 있는 흉한 핏자국이 그가 발렌티노 공작이 되는 것을 막았는가? 룩셈부르크의 대공인 장이 장님인 것이 보헤미아의 왕위에 오르는 데 방해가 되었는가? 리처드 3세가 혹이 있다 해서 영국의 왕좌에 앉지 못했던가? 지난 일들을 그 바닥까지 유심히 살펴보면, 도도한 무관심으로 허락된 불구와 용모의 추함은 높은 신분과 반대되는 것이 아니라 오히려 그것을 인정해 주고 증명해 준다. 영주권의 위엄은 매우 당당해 외모상의 기형 정도는 그것을 흔들지 못한다. 그것은 물론 다른 측면의 문제이며, 또 무시할 수 없기도 하다. 어쨌든 쉽게 이해할 수 있겠지만 그윈플렌의 등원에 장애가 되는 것은 아무것도 없었다. 따라서 대법관의 신중한 조치는 하위 전술로서는 쓸모 있었지만, 보다 상위 관점인 귀족적 원칙에서 보면 낭비였다.

안으로 들어서면서 그는 수석 군사가 알려 준 것처럼, 또한 보증인 중신들이 떠올려 준 것처럼, '국왕의 의자'에 예를 표했다. 이제 모든 것이 끝났다. 그는 귀족이 되어 있었다.

그 높은 곳에서 비치는 광휘 아래, 스승 우르수스가 두려워하며 허리를 굽히던 그 경이로운 봉우리가 이제 그의 발밑에 있었다.

그는 영국의 찬란하면서도 어두운 장소에 있었다.

6세기부터 유럽과 역사가 주목하던 봉건적 산(山)의 늙은 봉우리였다. 한 암흑세계 위에서 광채를 내뿜는 무서운 후광이었다. 그 후광 속으로 들어왔다.

되돌릴 수 없는 진입이었다.

그는 자신의 집에 들어와 있었다.

왕좌에 앉은 왕처럼, 그 역시 자신의 자리에 앉아 있었다.

그는 분명 그곳에 있었고 앞으로 그 무엇도 그가 그곳에 있는 것을 막을 수 없었다. 닫집 아래에 보이는 왕관은 그의 남작관과 자매 사이였다. 그는 그 왕좌의 동료였다. 그는 폐하와 마주보고 앉은 각하였다. 조금 낮기는 해도 거의 동배였다.

어제 그는 무엇이었나? 광대였다. 그런데 오늘은 무엇인가? 제후였다.

어제는 아무것도 아니었으나, 오늘은 전부였다.

미천함과 권세의 예상치 못한 대면이었다. 운명의 소용돌이에 휩싸인 영혼의 밑바닥에서 마주 보며 다가가, 갑자기 의식의 반씩을 소유했다.

불행과 행운이라는 두 유령이 영혼 하나를 손에 넣으려고 서로 끌어당겼다. 빈곤한 유령과 부유한 유령이라는 적대적 관계의 두 형제 사이에서 일어난 지성과 의지와 뇌수의 비장한 분할이었다. 한 사람 안에 존재하는 아벨과 카인이기도 했다.

5. 오만한 수다

상원의 벤치가 조금씩 채워졌다. 귀족들이 도착하기 시작했다. 그들이 처리해야 할 것은, 여왕의 부군이자 컴벌랜드 공작인 덴마크의 조지를 위해 책정한 세비를 10만 파운드 인상하는 사안이었다. 그 이외에 폐하께서 승인하신 여러 법안을 왕실 대리관들이 직접 상원에 상정하게 되어 있었기 때문에, 국왕이 참석하는 회의로 여겨졌다. 중신들은 모두 궁정 예복이나 일상복 위에 가운을 걸쳤다. 모든 사람의 가운이 그윈플렌의 것과 비슷했다. 약간의 차이가 있다면, 공작의 가운에는 가장자리를 금실로 감친 흰담비 모피 띠가 다섯 개, 후작의 것에는 네 개, 백작과 자작의 것에는 세 개, 그리고 남작의 것에는 두 개 달려 있다는 것 정도였다. 귀족들은 여러 무리를 이루며 들어왔다. 복도에서 서로 마주쳤지만, 벌써 시작된 대화를 자기들끼리 계속했다. 혼자 입장하는 이들도 있었다. 의복은 엄숙하고 장엄했지만 말과 행동은 전혀 그렇지 않았다. 들어서는 모든 사람들이 왕좌에 예를 표했다.

중신들은 파도처럼 밀려들었다. 엄숙한 이름들의 행렬이건만 의전례는 거의 없었다. 관중이 없었기 때문이다. 레스터가 입장하더니 리치필드와 악수를 했다. 그 다음 로크의 친구이자 피터버러와 몬머스의 백작인 찰스 모돈트가 들어왔다. 그는 로크의 충동질에 휘말려 주화의 재주조를 제안했다. 그 뒤를 이어 라우다운의 백작 찰스 캠벨이 풀크 그레빌, 즉 브룩 경의 말에 귀를 기울이며 들어섰다. 다음에는 카나르본의 백작 도엄이 들어왔다. 그 뒤를 렉싱턴 남작 로버트 서턴이 따랐다. 사료 편찬관에 불과하면서 역사가 행세를 하려 했던 그레고리오 레티를 파면할 것을 왕에게 조언했던, 그 렉싱턴의 아들이었다. 그 다음 펠콘버그 자작인, 수려한 노인 토머스 벨러지스가 입장했다. 하워드 집안의 세 사촌 형제, 즉 빈던 백작 하워드, 버크셔 백작 보우스 하워드, 스태퍼드 백작 스태퍼드 하워드가 같이 들어왔다. 러블레이스 남작 존 러블레이스가 그들의 뒤를 따랐다. 러블레이스의 작위는 1736년에 맥이 끊겨, 리처드슨이 자기의 작품에서 그 이름을 가진 인물 하나를 새롭게 만들었다. 정치적으로 또는 전쟁으로 서로 다르게 유명한 인물들이, 그리고 그중 몇몇은 영국에 영광을 안겨주었지만, 모두들 웃으며 잡담을 늘어놓고 있었다. 역사가 마치 잠옷을 입은 채로 모습을 나타낸 것 같았다.

반 시간도 지나지 않아 회의장이 거의 다 찼다. 국왕이 참석하는 회의이니 당연했다. 그러한 사실보다 자연스럽지 못했던 것은 대화의 열기였다. 조금 전까지만 해도 잠들어 있던 회의장이, 이제 벌집을 쑤셔 놓은 것처럼 웅성댔다. 잠든 회의장을 깨운 것은 늦게 도착한 귀족들이었다. 그들은 새로운 소식을 가져왔다. 참으로 기이한 일이다. 계속 회의장에 있던 귀족들은 그 안에서 일어난 일을 모르는데, 그곳에 있지 않던 이들이 알고 있었다.

윈저에서 도착한 귀족들이 몇 명 있었다.

몇 시간 전부터 그윈플렌에 대한 소문이 퍼지고 있었다. 비밀이란 그물과 비슷해서, 코 하나가 풀리면 몽땅 풀려버린다.

앞에서 이야기했던 사건들을 바탕으로, 무대 위에서 되찾은 영지와 귀족으로 입증된 광대에 관한 이야기가 윈저에 있는 왕실 사람들의 입을 통해 아침부터 퍼져 나갔다. 왕족들끼리 그 이야기를 했는데 금세 시종들 사이에 이야기가 퍼졌다. 그 소문은 궁궐을 빠져나와 시가지로 옮겨갔다. 소문이란 중력을 가지고 있어서 속도의 자승 법칙(自乘 法則)이 적용될 수 있다. 소문이 일단 군중에게 떨어지면 상상을 초월하는 속도로 그 안으로 침투해 간다. 저녁 7시까지도 그 이야기를 런던에서는 모르고 있었다. 그런데 8시가 되어서는 그윈플렌은 런던의 소음 그 자체가 되었다. 회의 시간에 늦지 않기 위해 먼저 회의장에 들어와 있던 몇몇 귀족들만이 소식을 전혀 모르고 있었다. 모든 것을 마구 지껄이는 시가지에 있지 않고, 아무것도 보이지 않는 회의장에 있었기 때문이다. 그리하여 각자의 벤치에 여유롭게 앉아 있는데 뒤늦게 도착한 사람들이 흥분된 목소리로 그들에게 외친 것이다.

"그래서 어찌 되었소?"

몬터큐트 자작 프랜시스 브라운이 도체스터 후작에게 질문했다.

"무엇이 말이오?"

"가능한 일입니까?"

"도대체 무엇이 말입니까?"

"웃는 남자!"

"도대체 웃는 남자가 무엇이오?"

"웃는 남자를 모르십니까?"

"모르오."

"광대입니다. 장터를 떠도는 유랑민입니다. 무시무시한 얼굴을 두어 푼 정도 내고 구경하지요. 곡예사예요."

"그런데요?"

"여러분께서 그 광대를 영국의 중신으로 받아들이셨습니다."

"바로 당신이 웃는 남자요, 몬터큐트 경!"

"저는 웃지 않았습니다, 도체스터 경."

그러고는 몬터큐트 자작이 의회 서기에게 신호를 주었다. 양모 방석 위에서 일어난 서기가 새로운 중신의 영입 사실을 여러 나리들에게 확인해 주었다. 자세한 정황까지 설명했다.

"이런, 나는 엘리의 주교와 잡담만 지껄여 대고 있었네."

도체스터 경이 말했다.

젊은 앤슬리 백작이 늙은 유러 경에게로 다가갔다. 유러 경은 1707년에 작고했으니, 살 날이 두 해밖에 남아 있지 않은 사람이었다.

"유러 경?"

"앤슬리 경?"

"린네우스 클랜찰리 경과 아십니까?"

"이미 고인이 되었지요. 압니다."

"스위스에서 돌아가신 그분이지요?"

"그렇습니다. 그와 나는 친척이었어요."

"크롬웰 시절에 공화파셨고, 찰스 2세 치하에도 계속 공화주의자로 남으셨던 분이죠?"

"공화주의자라고요? 천만의 말씀입니다. 화가 나 뒤틀렸던 것뿐입니다. 그와 국왕 사이에 있었던 개인적인 다툼이었을 뿐이오. 내가 확신하건대, 하이드 경이 차지한 대법관 자리를 주었다면 그도 국왕 편을 들었을 것이오."

"놀라운 사실이군요. 유러 경. 사람들은 클랜찰리 경을 청렴한 분이라고 했습니다."

"청렴한 사람이라고요! 그것이 존재하기는 하나요? 젊은이, 그런 사람은 없소."

"그러나 카토가 있지 않았습니까?"

"카토*에 대한 이야기들을 믿다니."

"그러면 아리스테이데스**는 어떤가요?"

"그를 추방한 것은 잘한 일이오."

"또한 토마스 모루스가 있지 않습니까?"

* 검박함을 중요시한 것으로 유명한 인물이다.

** 청렴함으로 잘 알려진 인물이다.

"그의 목을 자른 것도 잘한 일이지."

"클랜찰리 경은 어떤 분이라고 생각하십니까?"

"비슷한 부류였지요. 게다가 망명 생활을 고집하다니 우스꽝스럽지요."

"그분은 망명지에서 돌아가셨습니다."

"실망한 야심가 같으니. 아! 나는 그를 잘 알아요! 확신합니다. 내가 그의 가장 가까운 친구였으니까요."

"유러 경, 그분이 스위스에서 혼인하셨던 것을 아십니까?"

"대충 소문은 들었소."

"또한 그 혼인으로 합법적인 아드님 한 분을 얻으셨다는 것도 아십니까?"

"알고 있어요. 하지만 죽었소."

"살아 있습니다."

"살아 있다고요!"

"그렇습니다."

"믿기 어려운 일이군."

"사실입니다. 입증되었고 확인되었으며, 인정받아 벌써 목록에 등재되었습니다."

"그렇다면 그 아들이 클랜찰리의 작위를 상속받아야 하지 않겠소?"

"상속받아야 하는 것은 아닙니다."

"무슨 이유로 말이오?"

"이미 상속받았기 때문입니다. 이미 끝난 일입니다."

"끝났다고?"

"유러 경, 고개를 돌려 뒤를 보십시오. 그가 남작의 벤치에 앉아 있습니다."

유러 경이 고개를 돌렸다. 그러나 그윈플렌의 얼굴은 숲처럼 무성한 머리카락으로 덮여 있었다.

"저런! 저 사람은 벌써 새로운 유행을 받아들였나 보군. 가발을 쓰지도 않았어."

그의 머리카락만 보면서 노인이 중얼거렸다.

그랜섬이 콜페퍼에게 가까이 갔다.

"한 사람이 크게 맞았군!"

"누구 말인가?"

"데이비드 더리모이어 말이오."

"무슨 뜻이오?"

"그는 이제 중신이 아니오."

"어떤 이유로 말이오?"

그러자 그랜섬 백작 헨리 오버쿼크가 콜페퍼 남작 존에게, 바다 위를 떠돌다가 해군성에 표류해온 호리병, 콤프라치코스들의 양피지, 제프리스가 부서한 왕명 유수 레기스, 서더크 감옥 지하실에서 이루어진 대질, 이에 대한 대법관과 여왕의 승인, 유리창으로 둘러싸인 홀에서의 선서, 회의가 시작되는 순간 퍼메인 클랜찰리 경을 상원에 맞아들인 것 등 모든 일들을 이야기해 주었다. 그러고 나서 두 사람은 피츠월터 경과 애런들 경 사이에 앉아 있는, 소문의 주인공인 새 귀족의 얼굴을 보려고 애썼다. 그러나 유러 경이나 앤슬리 경보다 나은 결과를 갖지 못했다.

게다가 우연인지 또는 대법관의 조언으로 두 보증인이 그렇게 했는지는 알 수 없으나, 그윈플렌은 매우 어두침침한 곳에 자리를 잡아 사람들의 호기심 어린 눈길을 피할 수 있었다.

"어디요? 그가 어디에 있소?"

회의장에 들어서면서 누구나 고함치듯 말했다. 하지만 아무도 그를 제대로 볼 수 없었다. 그린박스에서 그윈플렌을 보았던 사람들은 특히 열에 들뜬 듯 궁금해했다. 그러나 허사였다. 젊은 아가씨 하나를 지체 높은 늙은 여자들 사이에 신중하게 감추는 일이 가끔 생기듯, 그윈플렌은 몸이 온전하지 않고 모든 일에 무심한 늙은 귀족들 여럿에 감춰져 있었다. 통풍에 시달리는 사람들은 타인의 일에 거의 무심하다.

사람들은 여공작 조시안이 썼다는 세 줄짜리 편지의 사본을 돌려가며 읽었다. 새로운 중신이자 클랜찰리 가문의 정당한 상속권자인 퍼메인 경과 결혼하라는 명령을 받고, 언니인 여왕에게 보낸 답장이었다. 편지의 내용은 대충 이랬다.

마담,

저는 그것도 괜찮습니다. 그렇다면 데이비드 경을 정인으로 삼도록 하겠습니다.

'조시안'이라는 서명도 있었다. 쪽지가 진짜인지 또는 위조된 것인지는 모르나, 어쨌든 그 반응은 열광적이었다. 가발을 쓰지 않은 무리에 속하는 젊은 귀족인 모헌 남작 찰스 오크햄프턴이 쪽지를 여러 번 읽으며 재미있어 했다. 영국인이지만 프랑스적 기지를 가진 페이버셤 백작 루이스 드 듀러스는 모훈을 보며 미소를 띠었다.

"나의 아내로 맞고 싶은 여자군!"

모헌 경이 탄성을 질렀다.

그런 다음, 듀러스와 모훈이 주고받는 대화가 들렸다.

"모헌 경, 여공작 조시안을 아내로 삼다니요!"

"안 되는 이유가 무엇이오?"

"저런!"

"무척 행복할 것 같소!"

"그럴 사람들이 여럿이오."

"언제나 우리는 여럿이 아니었나요?"

"모헌 경, 공의 말씀이 옳소. 여자에 있어서만은 우리 모두 서로의 찌꺼기를 가지고 살지요. 누가 처음이었을까요?"

"아마 아담이겠지요."

"아담조차도 그러지 못했소."

"그래, 사탄이겠군!"

"친애하는 친구여, 아담은 명의 대여인일 뿐이오. 사기를 당한 가여운 사람이지요. 그가 인류라는 이름을 덮어쓰고 책임을 떠맡은 것입니다. 여자에게 남자를 만들어 준 존재는 악마란 말이오."

루이스 드 듀러스가 결론지었다.

콜몬들리 백작인 휴 콜몬들리는 박식한 법률학자였다. 그는 사제들의 벤치에 앉아 있던 너대니얼 크루에게 질문을 받았다. 너대니얼은 이중으로 중신이었는데, 크루 남작으로 세속적 중신이면서 더럼의 주교로 정신적 중신이기도 했다.

"있을 수 있는 일인가요?"

크루가 물었다.

"합법적인가요?"

콜몬들리가 되물었다.

"새로 온 사람에 대한 서임은 상원 회의실 밖에서 이루어졌소. 이에 대한 전례가 있다 하오."

주교의 대답이었다.

"맞습니다. 리처드 2세 시절의 비첨 경과, 엘리자베스 시절의 체네이 경 등이 그 전례에 해당합니다."

"또한 크롬웰 시절에 브락힐의 경우도 그러했습니다."

"크롬웰 시절은 생각할 가치가 없습니다."

"그 모든 것에 대해 어떻게 생각하시오?"

"여러 가지 일들이 떠오릅니다."

"콜몬들리 백작님, 젊은 퍼메인 클랜찰리 경을 상원에서 어느 서열에 놓을까요?"

"주교님, 공화정을 거치는 동안 옛 서열이 많이 변동되었기 때문에 클랜찰리는 바너드와 소머스 사이의 신분이 될 것입니다. 의사 개진을 할 때 퍼메인 클랜찰리 경은 여덟 번째가 됩니다."

"정말로! 광장의 광대가!"

"사건 그 자체는 크게 놀랍지 않습니다, 주교님. 때때로 그런 일들이 일어납니다. 더욱 놀라운 사건들이 생기기도 합니다. 1399년 1월 1일에 베드퍼드에 있는 아우스강이 갑자기 말라버리며 두 장미의 전쟁을 경고하지 않았습니까? 강물이 말라버릴 수 있으니, 어느 영주이건 천한 신분으로 추락할 수 있는 것입니다. 이타카의 왕 오디세우스도 온갖 직업을 갖고 있었습니다. 퍼메인 클랜찰리 경 역시 광대라는 껍데기를 쓰고 있었던 것뿐입니다. 의복의 미천함은 혈통의 고귀함에 아무 영향을 주지 못합니다. 그러나 개회식 이전에 치른 선서식이나 서임식은 그것이 비록 합법적이라 할지라도, 많은 반론이 발생할 것입니다. 제 견해로는 후에 대법관에게 그 문제에 관해 질의할 수 있을지 그 여부를 명확히 해야 할 것입니다. 몇 주 안에 어찌 해야 될지는 확실해질 것입니다."

그러자 주교가 덧붙여 말했다.

"상관없습니다. 게스보더스 백작 사건 이후에는 본 적이 없는 일이지요."

그윈플렌, 웃는 남자, 태드캐스터 여인숙, 그린박스, 정복된 카오스, 스위스, 시용, 콤프라치코스, 망명, 얼굴의 훼손, 공화제, 제프리스, 제임스 2세, 유수 레기스, 해군성에서 마개를 딴 호리병, 아버지, 린네우스, 합법적 아들, 퍼메인 경, 사생아, 데이비드 경, 내재적 갈등, 여공작 조시안, 대법관, 여왕 등 그 모든 단어가 이 벤치에서 저 벤치로 달음박질치고 있었다. 길게 뿌린 도화용 화약, 그것은 수군거림이다. 사람들은 그 단어들을 되씹었다. 그 사연이 회의실 안의 거대한 웅성거림을 만들었다. 몽상의 우물 밑에 잠겨 있던 그윈플렌에게도 그 웅성거림이 어렴풋이 들려왔지만, 그것이 자신으로 인해 발생된 현상이라는 것은 모르고 있었다.

하지만 그는 그 수군거림에 기묘하게 몰두하고 있었다. 표면이 아닌 어떤 심층에 관심을 쏟아붓고 있었다. 지나친 몰두는 고립을 가져온다.

먼지가 군대의 행진을 막을 수 없듯이, 소음이 회의의 진행을 막을 수 없다. 상원에서는 질문을 받았을 경우 말고는 발언권이 없고 단순한 참석자에 불과한 문서 담당 판사들이 두 번째 양모 방석 위에, 국무대신 세 사람은 세 번째 방석 위에 앉았다. 영지의 상속권자들이 왕좌 뒤에 있는 자신들의 구역에 모여 있었다. 특별석에는 미성년 중신들이 앉아 있었다. 그 꼬마 중신들이 1705년에는 열두 명 정도였다. 그들은 헌팅던, 링컨, 도싯, 워릭, 바스, 벌링턴, 더웬트워터, 롱그빌, 론스데일, 더들리, 워드, 그리고 카터렛이었다. 그렇게 백작 여덟과 자작 둘 그리고 남작 둘이 장벽을 이루었다.

세 층으로 놓인 벤치에 지정된 각자의 자리로 모든 귀족들이 돌아가 앉았다. 주교들 대부분이 참석했다. 서머싯 공작인 찰스 시모어를 포함해, 서임 순서에 따라 끝에 앉아야 하는 케임브리지 공작이자 하노버 선거후의 장자인 조지 아우구스투스에 이르기까지 공작들의 수가 많았다. 모두들 서임된 순서대로 자리했다. 그 순서는 다음과 같다. 조부께서 92세 된 홉스를 하드위에 편안히 쉬게 해 주신 데번셔 공작 캐번디시, 리치먼드 공작 레녹스, 사우샘프턴 공작, 그래프트 공작, 노섬벌랜드 공작, 피츠로이 삼형제, 오몬드 공작 버틀러, 보퍼드 공작 서머싯, 세인트앨번스 공작 보클러크, 볼턴 공작 폴렛, 리즈 공작 오스번, 어떤 일이든 받아들이겠다는 말 즉 'che sara sara(케 세라 세라)'를 좌우명으로 삼는 베드퍼드 공작 로우트슬리 러셀, 버킹엄 공작 셰필드, 러틀랜드 공작 매너스와 다른 공작들의 순서였다. 노퍽 공작 하워드와 슈루즈버리 공작 탤벗은 가톨릭이기 때문에 참석하지 않았다. 우리가 흔히 말부르크라고 칭하는 말버러 공작 처칠은, 그 당시 전쟁터에서 프랑스를 공격하고 있었기 때문에 참석하지 않았다. 스코틀랜드에서 온 공작은 아무도 없었다. 퀸스베리와 몬트로즈, 록스버그 등을 상원에 받아들인 것은 1707년이 되어서였다.

6. 높은 곳과 낮은 곳

별안간 회의장에 강렬한 빛이 나타났다. 네 명의 문지기가 높고 크며 무수한 초를 꽂은 촛대 넷을 가지고 들어와, 왕좌 양쪽에 놓았다. 반짝거리는 진홍빛 속에서 왕좌가 모습을 드러냈다. 비어 있었지만 위엄이 넘쳐흘렀다. 여왕이 앉아 있어도 더 위엄 있지는 않았을 것이다.

알현실 문지기가 들어와 막대를 들고 크게 소리쳤다.

"폐하의 대리관들이십니다."

웅성거림이 일시에 멈췄다.

가발을 쓰고 장의(長衣)를 입은 서기가 백합꽃 문양의 수가 놓인 방석 하나를 들고 커다란 문을 통해 들어섰다. 방석 위에는 양피지들이 놓여 있었다. 그 양피지들은 법안이었다. 각 양피지는 명주실로 된 끈으로 꿰었고, 끈에는 bille(비) 혹은 bulle(벌)이라는 작은 공이 하나씩 달려있었고 어떤 것은 금으로 되어 있었다. 그리하여 법안을 가리켜 영국에서는 bills(빌)이라 하고, 로마에서는 bulles(벌)이라 부른다.

서기에 이어서, 중신의 가운을 걸치고 깃털 모자를 쓴 사람 셋이 들어섰다.

그 세 사람은 국왕의 대리관들이었다. 맨 앞에 선 사람은 왕실 회계국 장관 고돌핀이었고, 두 번째 사람은 추밀원 의장 펨브룩이었으며, 세 번째 사람은 옥새상서 뉴캐슬이었다.

그들은 상석권 순서로, 즉 작위가 아닌 직권 순서대로 입장했다. 그리하여 고돌핀이 선두에, 뉴캐슬은 공작이지만 맨 나중에 입장했다.

그들은 왕좌 앞에 있는 벤치로 와서 왕좌를 향해 먼저 예를 표한 후, 모자를 다시 쓰고 벤치에 앉았다.

대법관이 알현실 문지기를 향해 말했다.

"하원의원들을 앞으로 부르시오."

알현실 문지기가 바로 밖으로 나갔다.

상원 서기가 양모 방석들로 둘러싸인 사각형 공간 중앙에 있는 탁자 위에 법안들을 받쳤던 방석을 올려놓았다.

모든 일이 잠시 멈추었다. 그러는 동안 문지기 두 사람이 가로막대 앞에, 세 계단 높이의 발판 하나를 가져다 놓았다. 그 발판은 담홍색 벨벳으로 되어 있었고 그 위에 백합꽃 문양으로 황금빛 못들을 박았다.

출입문이 다시 열리며 크게 외치는 소리가 들렸다.

"영국의 충성스러운 하원의원들이십니다."

알현실 문지기가 의회의 다른 쪽에게 알리는 소리였다.

귀족들이 일제히 모자를 썼다.

하원의원들은 의장을 선두로 모자를 벗은 채 들어섰다.

그들은 가로막대 앞에서 멈추었다. 모두들 평상복 차림이었고 대부분 검은색 옷이었는데 허리에는 검을 차고 있었다.

앤도버 읍을 대표하는 예비 기사 하원 의장 존 스미스가 가로막대 가운데 지점에 놓인 발판 위로 올라섰다. 하원 의장은 검은색 새틴으로 만든 장의를 입고 있었는데, 소매가 매우 넓었고 앞자락과 뒷자락에는 황금색 장식끈이 있었고 그의 가발은 대법관의 것보다 숱이 적었다. 그는 당당한 풍모를 가지고 있었으나, 지위는 낮았다.

하원 의장과 의원들 모두, 모자를 쓴 채 앉아 있는 중신들 앞에서, 모자를 벗고 기다리는 것처럼 서 있었다.

하원의원 중에 체스터의 법원장 조세프 제킬과, 최고위 법정 변호사 세 사람, 즉 후퍼, 포이스, 파커, 그리고 이들과 함께 법무차관 제임스 몬터규, 법무장관 시몬 하커트 등도 있었다. 몇

몇 준 남작들과 기사들, 그리고 하팅턴, 윈저, 우드스톡, 모돈트, 그램비, 스큐드모어, 피츠하딩, 하이드, 버클리 등 명목상의 귀족 아홉 사람, 즉 중신의 아들이나 영지의 상속권자인 그들을 빼고는 모두 평민 출신이었다. 침묵을 지키는 일종의 음울한 군중이었다.

입장하는 사람들의 발걸음 소리가 끝나자 알현실 문지기 수하의 공고인이 크게 외쳤다.

"Oyez(들으시오)!"

왕실 서기가 일어섰다. 그러고는 방석 위에 놓여 있던 양피지 중 첫 번째 것을 집어서 읽었다. 법안 비준권을 위임 받아 의회에 출석할 세 명의 대리관을 임명하는 여왕의 교서였다. 왕실 서기의 음성이 갑자기 높아졌다.

"시드니, 고돌핀 백작."

서기가 고돌핀 경에게 예를 표했다. 고돌핀 백작이 모자를 살짝 들어 답했다. 서기가 계속 낭독했다.

"……토머스 허버트, 펨브룩과 몽고메리 백작."

서기가 펨브룩 경에게 예를 표했다. 펨브룩 경이 손가락으로 모자를 가볍게 쳤다. 서기가 다시 계속했다.

"……존 홀리스, 뉴캐슬 공작."

서기가 뉴캐슬 경에게 예를 표했다. 뉴캐슬 경이 고개를 숙였다.

왕실 서기가 자리에 앉았다. 의회의 서기가 일어섰다. 무릎을 꿇고 앉아 있던 그의 직속 수하 서기도 그의 뒤를 따라 일어섰다. 두 사람 모두 왕좌를 향해 서고, 등을 하원의원들 쪽으로 돌렸다. 방석 위에는 다섯 개의 법안이 있었다. 법안은 하원에서 가결되었고 귀족들에 의해서 동의되었다. 이제 왕의 비준을 기다리고 있었다.

의회의 서기가 첫 번째 법안을 낭독했다.

그것은 하원이 발의한 법령으로, 햄프턴 코트에 있는 여왕의 거처 미화 작업에 소요되는 경비 100만 파운드를 국가 재정으로 충당한다는 것이었다.

낭독을 끝낸 서기는 왕좌를 향해 고개를 깊이 숙여 예를 표했다. 그의 수하 서기는 머리를 더욱 깊이 숙여 예를 표했고, 하원의원들 쪽으로 고개를 반 정도 돌려 크게 말했다.

"여왕 폐하께옵서는 여러분의 호의를 받아들이시고 동의를 표하셨습니다."

서기가 두 번째 법안을 낭독했다.

그것은 트레인밴드에서 복무하기를 회피하는 사람은 그 누구든, 금고형 및 벌금형에 처한다는 법령이었다. 어디든 마음대로 끌고 가는 군대인 트레인밴드란 무보수로 복무하는 시민군(市民軍)으로, 엘리자베스 시절, 아르마다가 영국으로 접근해 왔을 때 보병 18만 5천 명과 기병 4만 명을 보유하고 있었다.

두 서기가 왕좌를 향해 다시 예를 표했다. 하급 서기는 하원 의원들을 보면서 크게 소리쳤다.

"여왕 폐하께서 동의하십니다."

세 번째 법안은 영국에서 가장 부유한 주교구 중 하나인 리치필드와 코번트리 통합 주교구의 교구 귀속분 세금과 고정 급여금을 올리고, 주보 성당에 연금을 지불하며, 성당 참사원 수를 늘리고, 승원장의 지위를 높여 그 직위의 세습 재산을 증가시킨다는 내용이었는데 '성스러운 종교에 필요한 것을 채우기 위한' 것이 그 취지라고 하였다. 네 번째 법안은 예산안에 새로운 조세 항목들을 추가했는데 신설된 과세 대상은 다음과 같다. 대리석 무늬 벽지, 런던 시내에서 운행하는, 그리고 그 수가 8백 대로 제한된 임대용 사륜마차, 법정 변호사, 대소인, 사무 변호사, 무두질한 피혁,* 비누,** 포도주, 밀가루, 보리, 그리고 호프. 톤세(脫) 세율을 새로 조정하고 적용 기간을 4년으로 제한하며, 서양 선박은 톤당 투르 주조화 6리브르를, 동방에서 오는 선박은 톤당 1,800리브르를 과세한다는 내용도 있었다. 그 이외에도 법안은 올해 징수한 인두세(人頭稅)가 충분치 못하다고 공표한 다음, 왕국 안 모든 사람들에게 두당 부가세 4실링***

---

* 취지문에는 피혁 세공인의 불만에도 '불구하고'라는 설명이 덧붙여 있다.

** 취지문에는 서지와 고급 직물을 많이 생산하는 지역의 항의에도 '불구하고'라는 설명이 덧붙여 있다.

을 과세한다고 했으며 정부에 새로운 선서를 하지 않는 사람들에게는 두 배의 세금을 매기겠다는 언급도 덧붙여 있었다. 다섯 번째 법안은, 사망에 대비해 장례비에 충당할 1파운드를 예치하지 않는 환자는 입원시키지 않는다는 것이었다. 마지막 법안 역시 처음의 두 법안처럼, 왕좌를 향해 예를 표하고 하급 서기가 하원의원들을 향해 어깨 너머로 '여왕 폐하께서 동의하십니다'라고 외치는 것으로 하나하나 비준되고 법률로 확정되었다.

하급 서기가 네 번째 양모 방석 앞에 다시 무릎을 꿇자, 대법관이 공표했다.

"뜻대로 이루어지기를 바라옵나이다."

국왕이 참석하는 회의는 그렇게 끝이 났다.

하원 의장은 대법관을 향해 몸을 반으로 접듯 굽히고, 장의 뒷자락을 두 손으로 추스르며 뒷걸음질 치며 발판에서 내려갔다. 하원의원들은 이마가 땅에 닿도록 허리를 굽혀 예를 표한 다음, 자기들의 의사 일정을 마쳤기 때문에 모두 퇴장했고 그동안 상원의원들은 그러한 예를 표시하는 데는 아무 관심도 없다는 듯 자신들의 일을 다시 시작했다.

*** 투르 주조화 48수를 말한다.

7. 바다의 폭풍보다 더 난폭한 인간의 폭풍

문들이 다시 닫혔다. 알현실 문지기가 다시 돌아왔다. 국왕 대리관들은 왕좌 앞의 벤치를 떠나 그들의 직분이 정한 좌석, 즉 공작의 벤치 상석에 앉았다. 대법관이 입을 열었다.

"상원은 얼마 전부터 부군 전하께 지급되는 세비를 10만 파운드 증액하는 법안에 대해 토론했습니다. 그동안 토론이 충분히 이루어졌으니 이제 표결을 시작하겠습니다. 표결은 관례에 따라 남작석에 앉아 계신 '막내' 귀족부터 시작하겠습니다. 경들께서는 호명에 응해 자리에서 일어서시어 '만족' 혹은 '불만'으로 대답해 주십시오. 또한 필요하다고 여기실 때는 자유롭게 의견을 개진해 주십시오. 서기, 표결을 시작하시오."

의회 서기가 일어서서, 황금색이고 악보대 모양을 한 작은 책상 위에 놓인 커다란 2절판 책을 펼쳤다. 중신 목록이었다.

이때, 상원의 막내는 존 허비 경이었는데 1703년에 남작 작위를 받아 중신이 되었다. 브리스톨의 여러 후작들이 그의 후손들이다. 서기가 호명했다.

"허비 남작, 존 경."

황금빛 가발을 쓴 노인이 일어섰다.

"만족."

대답을 마치고 다시 앉았다.

하급 서기가 표결 내용을 기록했다.

서기가 계속 호명했다.

"킬룰테이의 콘웨이 남작 프랜시스 시모어 경."

"만족."

시동 같은 모습을 한, 멋을 부린 젊은이 하나가 반쯤 일어서며 중얼댔다. 그는 아마 자신이 훗날 하트퍼드 후작의 조부가 되리라는 사실을 상상도 못했을 것이다.

"가우어 남작, 존 레비슨 경."

서기가 다시 호명했다.

뒷날 후손들이 서덜런드 공작이 될 그 남작은 일어섰다가 다시 앉으면서 대답했다.

"만족."

서기가 호명했다.

"건지 남작, 헤니지 핀치 경."

하트퍼드 후작들의 선조에 비해 그 젊음이나 우아함이 부족하지 않는, 에일스퍼드 백작들의 선조가 될 그는 자신의 좌우명 'aperto vivere voto(자기 욕망을 고백하며 살다)'를 보여 주려고 하는 듯 크게 소리쳤다.

"만족."

외침에 가까웠다.

그가 다시 자리에 앉는 동안 서기가 다섯 번째 남작을 호명했다.

“그랜빌 남작, 존 경.”

“만족.”

그랜빌 포트리지 경이 바로 일어섰다가 앉으며 대답했다. 그의 영지는 후사가 없어 1709년에 사라졌다. 서기가 여섯 번째 남작으로 넘어갔다.

“헬리팩스 남작, 찰스 몬터규 경.”

“만족.”

새빌이라는 이름이 소멸된 후, 그 작위를 계승한 헬리팩스 경이 대답했다. 몬터규라는 이름도 후에 소멸되었는데, 이 Mountague(몬터규)는 Montagu(몬터규)나 Mountacute(몬터큐트)와는 전혀 다르다.

헬리팩스 경이 말했다.

“조지 각하께서는 폐하의 부군 자격으로 세비를 받으십니다. 이 외에도 덴마크의 공후 자격과 컴벌랜드 공작 자격, 영국 및 아일랜드 해군 원수 자격으로 받으시는 세비가 있습니다. 하지만 대원수에게 지급해야 할 세비는 받지 못하고 계십니다. 매우 부당한 일입니다. 그러한 혼란을 끝내야 합니다. 영국 백성의 권리를 위해서입니다.”

헬리팩스 경은 그런 다음 구원의 종교를 찬양하고 교황주의를 힐난했다. 헬리팩스 경이 다시 자리에 앉자 서기가 계속했다.

"바너드 남작, 크리스토프 경."

클리블랜드 공작들의 시조가 될 바너드 경이 호명에 답했다.

"만족."

그런 다음 천천히 다시 앉았다. 레이스로 만들어 단 가슴 장식 때문이었는데, 사람들의 눈길을 끌었다. 그는 위엄을 갖춘 귀족이자 용감한 장교였다.

바너드 경이 자리에 앉는 동안에, 기계적으로 호명하던 서기가 잠시 지체했다. 안경을 고쳐 쓰고 명부 위로 상체를 숙이고 잔뜩 긴장한 듯 들여다본 후에 머리를 번쩍 쳐들며 호명했다.

"클랜찰리 및 헌커빌의 남작, 퍼메인 클랜찰리 경."

그윈플렌이 일어섰다.

"불만."

모두가 그를 바라보았다. 그윈플렌은 서 있었다. 왕좌 양쪽에 놓여 있던 커다란 이삭 같은 촛대들이 그의 얼굴을 환히 비추었고, 연기 위로 떠오르는 가면처럼, 넓고 침침한 회의장에 그의 얼굴이 뚜렷하게 보였다.

그윈플렌은 온 힘을 다해 스스로를 자제했다. 엄밀히 말해 그것은 가능했다. 호랑이를 길들이는 데 필요한 단호한 의지로, 그는 잠시 자신의 얼굴에 새겨진 그 이빨을 드러내는 운명적 웃음을 엄숙한 표정으로 바꾸는 데 성공했다. 잠시 동안이나마 그는 웃지 않은 것이다. 하지만 그것은 계속될 수 없었다. 우리를 지배하는 법칙 또는 우리의 운명에 대한 불복종은 오래 유지되지 않는다. 바닷물이 때로는 인력에 항거하여 물기둥 형태로 부풀어 올라 산을 만들기도 한다. 하지만 다시 떨어진다는 조건 하에서 가능한 것이다. 바닷물의 그러한 항거는 곧 그윈플렌의 항거였다. 자신의 얼굴에 엄숙한 기색이 드리울 한 순간을 위해, 그러나 번개가 번쩍이는 시간보다 별로 더 길지 않을 그 순간을 위해, 그는 놀라울 만큼 강인한 의지로 영혼의 음울한 베일을 이마 위에 던졌다. 그리고 치유될 수 없는 자신의 웃음을 그렇게 멈추게 했다. 타인이 조각한 그 얼굴에서 그는 즐거움을 그렇게 제거했다. 그의 얼굴에 남은 것은 무시무시함뿐이었다.

"저 사람은 누구야?"

고함소리가 들려왔다.

모든 벤치 위로 설명할 수 없는 떨림이 퍼져나갔다. 숲처럼 더부룩한 머리, 눈썹 밑에 검게 파인 구멍, 가려진 눈에서 발산되는 깊은 시선, 어둠과 빛이 흉하게 혼합된 얼굴의 사나운 부각, 그 모든 것이 깜짝 놀랄 만했다. 그 무엇과도 비교할 수가 없었다. 그윈플렌에 관해 들었던 이야기들이 무용지물이 되었다. 기가 막혔다. 미리 예상했던 사람들에게조차 예상하지 못한 모습이었다. 전능한 신들이 모두 모여 태평스러운 야연이 벌어지고 있는 신성한 산꼭대기에, 참수리 부리에 갈가리 찢긴 프로메테우스의 얼굴이, 유혈 낭자한 달이 지평선에 떠오르듯 갑자기 나타났다고 생각해 보라. 올림포스의 시야에 나타난 카프카스, 그 모습이 어떠했을까! 늙은이나 젊은이나 하나같이 넋을 잃고 멍하니 그윈플렌을 쳐다보았다.

경험이 많고 공작으로 지명되었으며 모든 상원의원에게 깊은 존경을 받는 노인, 워턴 백작 토머스가 기겁하며 벌떡 일어섰다.

"이게 무슨 일이오? 누가 저 사람을 회의장에 들여보냈소? 빨리 저 사람을 내쫓으시오."

고함을 치더니, 거만하게 그윈플렌을 쳐다보며 물었다.

"당신 누구요? 어디에서 왔소?"

즉시 그윈플렌이 답했다.

"심연이오."

그러고는 팔짱을 낀 채로 귀족들을 둘러보았다.

"제가 누구냐고요? 저는 비참함 그 자체입니다. 각하들이시여, 드릴 말씀이 있습니다."

전율이 회의장을 휩쓸다가 갑자기 조용해졌다. 그윈플렌이 말을 계속했다.

"경들이시여, 당신들은 매우 높은 곳에 계십니다. 그래요. 신께서 나름의 이유가 있어 그렇게 하셨으리라 믿어야 합니다. 경들께서는 권력과 풍요로움, 유희, 경들의 머리 위에 떠 있는 태양, 무한의 권위, 독점적 향유, 그리고 타인에 대한 커다란 망각 속에 둘러싸여 있습니다. 그래요. 그러나 여러분 아래에도 무엇인가가 있습니다. 어쩌면 위에 있을지도 모르지요. 경들이시여, 저는 여러분께 소식 하나를 전하려고 합니다. 그것은 인류가 존재한다는 사실입니다."

군중은 어린아이들과 같다. 그들 속에서 일어나지 않는 사건은 그들에게 도깨비 상자이다. 그래서 그것을 두려워하면서도 좋아한다. 때로는 용수철이 움직여 마귀 하나가 나오는 것 같다. 그렇게 프랑스에서는 미라보가 출현했다. 그 역시 용모가 흉했다.

그윈플렌은 그 순간 자신의 내면에 기묘한 팽창이 일어남을 느꼈다. 군중을 향해 이야기하는 사람은 그 순간, 델포이 신전에서 신탁을 전하는 여사제의 자리에 있다고 여긴다. 많은 영혼들이 보이는 정상에 있다고 생각하는 것이다. 자신의 발뒤꿈치 아래에서 인간들의 내장이 움직인다. 그윈플렌은 더 이상, 전날 밤 한순간 지극히 작아졌던 그 사람이 아니었다. 그를 혼란 속으로 몰아넣었던 급작스러운 상승의 취기가 걷혀 또렷해졌고, 자부심에 홀렸던 그윈플렌의 눈에 이제 하나의 임무가 보이기 시작했다. 처음에 그를 작게 만들던 것이 이제는 그를 고취시켰다. 그는 의무에서 나오는 강렬한 섬광으로 인해 드디어 눈을 뜨게 됐다.

여기저기에서 시끄럽게 외치는 소리가 들려왔다.

"들어보도록 합시다! 귀 기울여 봅시다!"

그러는 동안에도 그는 초인적인 힘으로 잔뜩 긴장하여 자신의 얼굴에 엄숙하고 음산한 긴장을 유지시켰으며, 그의 이빨에서 드러나는 웃음은 야생마처럼 뒷발질하며 탈출하려 했다. 그가 말을 계속했다.

"저는 깊은 심연에 빠졌다가 지금 막 빠져나왔습니다. 경들께서는 권위 있고 부유하십니다. 매우 위험한 일이지요. 경들은 어둠을 이용해 이득을 취하십니다. 그러나 조심하시길 바랍니다. 또 다른 커다란 세력이 있습니다. 그것은 여명입니다. 여명은 정복당하지 않습니다. 그것이 곧 돌아올 것입니다. 아니, 돌아오고 있습니다. 여명은 태양을 방출할 수 있습니다. 하늘로 태양을 쏘아 올리는 투석기를 누가 막겠습니까? 태양은 곧 권리입니다. 그리고 경들께서는 특권을 뜻합니다. 마땅히 경외하셔야 합니다. 진정한 집의 주인이 곧 대문을 두드릴 것입니다. 무엇이 특권의 아버지입니까? 우연입니다. 그리고 무엇이 특권의 아들입니까? 악용입니다. 그것들에게는 좋지 않은 내일만이 있습니다. 경들께 경들의 행복을 신고하기 위해 왔습니다. 경들의 행복은 타인의 불행을 바탕으로 만들어졌습니다. 경들께서는 모든 것을 소유하셨지만, 그 모든 것들은 다른 사람들의 가난으로 이루어진 것입니다. 경들이시여, 저는 절망한 변호사이며, 패소한 사건을 변호합니다. 이 소송을 신께서 다시 승소로 바꾸실 것입니다. 저는 아무것도 아니고 그저 목소리일 뿐입니다. 인류는 하나의 입이며, 저는 그 입에서 나오는 외침입니다. 경들에게도 그 외침이 들릴 것입니다. 영국의 중신들이시여, 저는 군주이자 피의자이며, 판관이자 단죄 받은 백성의 재판정을 경들 앞에서 열 것입니다. 저는 허리가 휠 정도로 제가 해야 할 말에 짓눌려 있습니다. 어떤 말부터 해야 할까요? 잘 모르겠습니다. 저는 광활하게 펼쳐진 고통 속에서 커다랗고 어수선한 저의 변론 글을 주워 모았습니다. 이제 그것들을 어찌 처리해야 할까요? 그것들이 저를 짓누르고 있어, 경들 앞에 그것을 뒤죽박죽 내던져야 합니다. 이런 일을 제가 예상했을까요? 아닙니다. 경들께서 놀라셨겠지만 저도 그렇습니다. 어제까지 저는 광대였는데, 오늘은 귀족입니다. 미묘한 장난입니다. 미지의 존재가 벌이는 짓입니다. 우리 모두 두려워해야 합니다. 경들이시여, 창공은 모두 경들 쪽에 있습니다. 이 광활한 세상에서 경들의 눈에는 오직 축제만 보입니다. 그러나 그늘이 있다는 것을 아셔야 합니다. 여러분 가운데 와 있는 저는 퍼메인 클랜찰리 경이라고 불립니다. 그러나 저의 진짜 이름은 한 가난뱅이의 이름인 그윈플렌입니다. 저는 세력가들의 손안에 들어가, 한 왕의 명령으로 얼굴이 훼손되었고 그것이 그 왕에게 즐거움을 주었습니다. 저에 대한 이야기를 마쳤습니다. 경들 중에서는 많은 분들이 저의 선친과 친분을 가지셨을 것입니다. 저는 그분을 모릅니다. 그분은 봉건 체제라는 테두리 속에서 여러분과 관계가 있으시고, 저는 추방자라는 점에서 그분 쪽에 있습니다. 신께서 하신 일, 잘된 것입니다. 저는 심연 속에 던져졌습니다. 무슨 의미였을까요? 저에게 그 밑바닥을 보도록 하기 위함이었습니다. 저는 잠수부였습니다. 그래서 제가 진주를, 진실을 발견했습니다. 저는 알기 때문에 말할 수 있습니다. 제 말을 이해할 수 있을 것입니다, 각하들. 저는 경험했습니다. 저는 보았습니다. 고통이냐고 물으시겠지만 그렇지 않습니다. 행복한 이들이시여, 그것을 한 단어만으로 표현할 수 없습니다. 가난, 저는 그 속에서 자랐습니다. 겨울, 저는 그 속에서 바들바들 떨었습니다. 기근, 저는 그 맛을 알고 있습니다. 멸시, 저는 그것을 감수했습니다. 흑사병, 저는 그 병에 걸린 적이 있습니다. 수치감, 저는 그것을 묵묵히 받아들였습니다. 그리고 이제 경들 앞에 그것을 다시 토해 놓겠습니다. 그러면 토해 낸 숱한 비참함이 여러분의 발을 더럽힐 것이며 또 불길처럼 활활 타오를 것입니다. 저는 지금 제가 서 있는 이 자리에 끌려오기 전에는 잠시 망설였습니다. 다른 곳에 저의 다른 의무가 있기 때문입니다. 그리고 이곳에 저의 마음이 있지 않기 때문입니다. 저의 내면에서 일어난 일은 여러분과는 상관이 없습니다. 여러분께서 검은색 권장의 문지기라고 부르시는 사람이, 여러분께서 여왕이라고 부르시는 여인의 명령에 따라 저를 데리러 왔을 때 저는 거절할 생각도 해 보았습니다. 그러나 신의 보이지 않는 손이 저를 그쪽으로 떼밀고 있었고, 그래서 복종했습니다. 저는 제가 경들 가운데로 와야 한다고 느꼈습니다. 왜냐고요? 제가 어제까지 걸치고 다니던 누더기 때문입니다. 신께서 저를 배고픈 사람들과 뒤섞어 놓으신 것은, 배부른 사람들 가운데에서 제가 말을 하도록 하기 위해서였습니다. 아! 연민을 느끼셔야 합니다! 경들께서 속해 있다고 믿으시는 이 운명적인 세계를, 경들께서는 전혀 모르십니다. 너무나 높은 곳에 계시기 때문에, 이 세상 밖에 계십니다. 이 세상이 어떤 것인지 제가 경들께 말씀드리겠습니다. 저는 많은 경험을 했습니다. 저는 엄청난 무게 밑에서 빠져나왔습니다. 저는 경들의 무게가 어떤지 말씀드릴 수 있습니다. 아! 주인이신 경들이시여, 경들께서 어떤 분들인지 알고나 계십니까? 무엇을 하고 계시는지 깨닫고나 계십니까? 전혀 모르고 계십니다. 모두가 끔찍합니다. 어느 날 밤, 폭풍우 몰아치던 날 밤, 버려진 어린 고아의 몸으로, 외로운 세계 속에서 홀로, 여러분들이 사회라고 칭하는 어둠 속으로 처음 발을 들여 놓았습니다. 그러면서 제가 첫 번째로 본 것은 법이었습니다. 그것은 교수대의 형태였습니다. 두 번째로 본 것은 부유함이었습니다. 추위와 배고픔으로 인해 죽은 한 여인을 통해서 본 경들의 부유함이었습니다. 세 번째 것은 죽어 가는 어린아이의 모습을 통해 본 미래였습니다. 네 번째 것은 늑대 한 마리 말고는 동료도 친구도 없는, 어느 부랑자의 모습 밑에 감추어져 있던 착함과 진실함과 공정함이었습니다."

그 순간, 고통스러운 감정에 사로잡힌 그윈플렌은 목구멍까지 흐느낌이 솟구치는 것을 느꼈다.

흐느낌 때문에, 얼굴의 웃음이 다시 모습을 보였다.

웃음의 감염은 즉시 일어났다. 회의장 위로 한 덩어리 구름이 떠돌고 있었다. 그것이 공포감으로 변할 수 있었는데, 즐거움을 퍼뜨렸다. 활짝 만개한 웃음이라는 발광 상태가 회의실을 전부 점령했다. 지극히 고귀한 사람들의 소모임에서는 익살꾼이 가장 큰 환영을 받는다. 그들은 그렇게 자신들의 엄숙함에 복수를 가한다.

왕의 웃음은 신들의 웃음과 유사해서 그 속에는 잔인한 송곳이 있다. 귀족들이 장난을 쳤다. 낄낄거리는 소리가 웃음을 날카롭게 갈았다. 그를 모욕하기 위해 그 주위에서 박수를 쳤다. 즐거워하는 감탄사들이 마구 뒤섞여 그에게 다가왔다. 쾌활하면서도 치명상을 입히는 우박 같았다.

"잘한다! 그윈플렌!" "좋아, 웃는 남자!" "브라보, 그린박스의 주둥이!" "그래, 타린조필드의 돼지 머리!" "공연을 하러 왔군. 좋아! 빨리 수다를 떨어!" "드디어 나를 즐겁게 해 주는 자가 나타났어!" "저 짐승, 정말 잘도 웃는군!" "잘 있었는가, 꼭두각시!" "광대 귀족께 문안드립니다!" "어서 열변을 토해 봐!" "저 자가 영국의 중신이라니!" "계속해 보게!" "그만! 그만!" "괜찮아! 괜찮아!"

대법관의 심기가 불편해졌다.

청력이 안 좋은 오먼드 공작 제임스 버틀러 경은 손을 나팔 모양으로 만들어 귀에 가져다 대고, 세인트앨번스 공작 찰스 보클러크에게 물었다.

"저 사람의 주장은 어떠했소?"

세인트앨번스 공작이 답했다.

"불만이라오."

"제길, 그럴 줄 알았어. 저따위 얼굴이니!"

도망치는 군중은 빨리 붙잡아야 한다. 의회 또한 군중이다. 웅변은 재갈이다. 만약 재갈이 풀리면 청중은 날뛰고, 뒷발질하며 연설자를 떨어뜨리기도 한다. 청중은 연사를 증오한다. 사람들은 그 사실을 충분히 알고 있지 못한다. 고삐를 당겨 버티는 것이 좋은 방법 같지만 사실은 그렇지 않다. 하지만 어느 연사든지 그 방법을 쓴다. 그것이 본능이다. 그윈플렌 또한 고삐를 당겼다.

그는 잠시, 웃고 있는 사람들을 뚫어지게 바라본 후 목소리를 높였다.

"경들께서는 비참함을 모욕하고 계십니다. 영국의 중신들이

시여, 조용히 해 주십시오. 판사님들이시여, 변론을 경청해 주십시오. 오! 간청하옵건대 가엾게 여기십시오! 누구를 말이냐고요? 경들 자신을 가엾게 여기십시오. 위험에 처해 있는 자가 누구인지 아십니까? 바로 경들입니다. 경들께서 저울에 올려졌고 저울의 한쪽에는 경들의 권력이, 다른 한쪽에는 경들의 책임이 놓여 있음을 알지 못하십니까? 신께서 경들을 저울에 재고 계십니다. 오! 웃지들 마십시오. 그리고 깊이 생각하십시오. 신의 저울추가 흔들거리는 것은 바로 양심의 전율입니다. 경들의 성품이 나쁜 것은 아닙니다. 경들께서도 다른 이들과 마찬가지로, 그리고 더 우월하거나 더 고결하지도 않은 인간일 뿐입니다. 혹시 경들께서 스스로를 신으로 여기신다면, 내일 병석에 누워 여러분의 신성이 열 속에서 떨고 있음을 살펴보십시오. 모든 사람들 사이에는 우열이 없습니다. 저는 정직한 분들에게 말씀드리겠습니다. 여기에도 그런 분들이 계십니다. 저는 고취된 지성들을 향해서 말씀드리겠습니다. 여기에도 그러한 지성들이 계십니다. 저는 자비로운 영혼들에게 말씀드리겠습니다. 여기에도 그러한 영혼들이 계십니다. 경들께서도 그 누구의 아버지이시며, 아들이시고, 형제이십니다. 따라서 측은한 마음에 눈시울을 적시는 경우도 때때로 있을 것입니다. 경들 중 오늘 아침에 어린 자식이 잠에서 깨어나는 것을 응시하신 분은 모두 선하십니다. 모든 가슴은 똑같습니다. 인간이란 하나의 가슴이라는 것 이외에 다른 그 무엇도 아닙니다. 억압하는 사람들과 억압당하는 사람들 사이에는, 그들이 처한 장소가 다르다는 차이만 있을 뿐입니다. 경들의 발이 사람들의 머리를 밟지만, 그것은 경들의 잘못은 아닙니다. 사회라는 바벨탑의 잘못입니다. 모든 것이 위에서 짓누르도록 되어 있으니, 실패한 건축물입니다. 한 층이 다른 층을 버티기 힘들 정도로 짓누릅니다. 제가 드리는 말씀을 잘 들어주십시오. 자세히 알려 드리겠습니다. 오! 경들께서는 강하시니 형제애를 발휘해 주십시오. 경들께서는 지배자들이시니 온후함을 바탕으로 삼으십시오. 제가 본 것을 경들께서 아신다면! 애처롭도다! 저 아래의 극심한 고통! 인류가 지하 감방 속에 처박혀 있습니다. 아무 죄를 짓지 않았건만 저주받은 이들이 얼마인가! 햇빛도 없고 공기도 없으며 용기도 없어, 아무것도 희망하지 못합니다. 그런데 무서운 일은, 그러면서도 모두들 기다린다는 사실입니다. 그 숱한 절망들이 어떨지 한번 생각해 보십시오. 죽음 속에서 살아가는 사람들이 헤아릴 수 없이 많습니다. 겨우 여덟 살에 매춘을 시작해, 스무 살이 되면 나이가 들어 그 짓조차 관두는 소녀들도 있습니다. 가혹한 형벌 역시 사람들을 공포에 떨게 합니다. 저는 지금 이것저것 따지지 않고 앞뒤 없이 말씀드리고 있습니다. 그저 머리에 떠오르는 대로 말할 뿐입니다. 바로 어제, 이곳에 와 있는 제가 알몸으로 쇠사슬에 묶인 채 복부를 돌로 짓누르는 고문을 견디지 못해 죽어 가는 사람을 보았습니다. 그러한 일이 일어나고 있다는 것을 아십니까? 모르실 겁니다. 세상에서 일어나는 일을 아신다면, 경들 중 어느 누구도 행복해하실 수 없을 것입니다. 혹시 뉴캐슬 온 타인에 가보신 분 계십니까? 그곳 탄광에는 석탄을 씹어먹는 사람들이 있습니다. 그것으로 허기를 잊기 위해서입니다. 랭커스터 백작령에 있는 리블체스터는 극심한 궁핍으로 인해 도시가 황량한 마을로 변했습니다. 저는 덴마크의 조지 대공이 10만 기니가 더 필요하다고는 생각하지 않습니다. 그 대신 가난한 환자를 병원에 받아들이고, 장례비를 미리 지불하지 않도록 하는 쪽을 선택하겠습니다. 카나르본 백작령의 트래스모어와 트래스비컨에서의 가난한 사람들의 빈곤함은 무시무시한 지경까지 이르렀습니다. 스트래퍼드에서는 돈이 없어 채소밭에 고인 물을 빼내지 못하고 있습니다. 랭커셔 전 지역의 직조 공장들은 모두 문을 닫았습니다. 도처에 실업 사태입니다. 할렉의 청어잡이 어부들이, 고기가 잘 잡히지 않을 때 풀을 뜯어먹는다는 것을 아십니까? 버턴 레이저스에서는 아직도 문둥병자들을 한 장소에 모아 놓고, 혹시 그 소굴을 벗어나는 사람이 있으면 총을 쏜다는 사실을 아십니까? 경들 중 한 분이 그 영주이신 에일즈베리에서는 계속되는 기근을 떨쳐 버리지 못하고 있습니다. 경들께서는 코번트리주에 있는 펜크리지의 주보 성당에 보조금을 내려 주어,

그곳 주교를 더욱 풍요롭게 해 주기로 결의하셨습니다. 그런데 그곳 주민들의 오두막집에는 침대도 없습니다. 그래서 땅바닥에 작은 구덩이를 파고 아기들을 그 안에 눕힙니다. 결국 그곳 사람들은 무덤 속에서 삶을 시작하는 것입니다. 그 모든 것을 저는 직접 제 눈으로 똑똑히 보았습니다. 경들이시여, 여러분께서 결정하신 세금을 누가 감당하는지 아십니까? 죽어 가는 사람들입니다. 슬픈 일입니다! 경들께서는 큰 잘못을 저지르고 계십니다. 잘못된 길로 가고 계십니다. 경들께서는 부자들의 부를 키워 주기 위해 가난한 사람들의 가난을 키워 주고 계십니다. 경들이 해야 할 일은 그 반대입니다. 여유로운 자에게 주기 위해 일하는 사람에게서 빼앗고, 배부른 자에게 주기 위해 거지에게서 빼앗으며, 왕에게 주기 위해 굶주린 자에게서 빼앗다니! 아! 맞습니다. 저의 피에는 오래된 공화주의의 피가 흐르고 있습니다. 그래서 그러한 현상을 극도로 싫어합니다. 이른바 왕이라고 불리는 자들, 저는 그들을 증오합니다! 또한 여인들의 파렴치함이란! 어떤 사람에게 슬픈 이야기를 들은 적이 있습니다. 오! 저는 찰스 2세를 증오합니다. 저의 선친께서 사랑하시던 여인이, 선친은 망명지에서 죽어 가고 계신데 그 왕에게 몸뚱이를 내주었습니다. 매춘부입니다! 찰스 2세와 제임스 2세, 하나는 빈둥거리는 건달이고 다른 하나는 간교한 범죄자입니다! 왕이라는 것 속에 무엇이 있는지 아십니까? 하나의 인간, 욕망과 불구 상태에 휘둘리는 여린 인간이 하나 있을 뿐입니다. 왕이 무엇에 필요합니까? 기생충 같은 왕권에게 경들께서는 사료를 마구 먹입니다. 경들께서 그 지렁이를 보아뱀으로 만듭니다. 그 촌충을 경들께서 용으로 키웁니다. 가난한 사람들에게 자비를 베풀어야 합니다! 경들께서는 왕좌를 살찌우기 위해 세금을 점점 더 무겁게 부과하십니다. 경들께서 반포하시는 법령을 조심하십시오. 경들께서 밟아 으스러뜨리는 고통스러운 굼실거림을 조심하십시오. 아래를 보십시오. 경들의 발을 한 번 내려다보십시오. 오! 힘 있는 분들이여, 여러분의 발밑에 힘없는 사람들이 있습니다. 애처롭게 여기십시오. 그렇습니다! 경들 자신을 애처롭게 여기십시오! 많은 사람이 죽어 가고 있는데, 낮은 곳이 죽으면 높은 곳이 죽기 마련입니다. 죽음이란 어느 구성원도 피할 수 없는 멈춤입니다. 밤이 오면 그 누구도 자기의 구석에 낮을 보관할 수 없습니다. 경들께서는 이기주의자들이신가요? 다른 사람들을 구하십시오. 선박의 침몰에 무심한 승객은 없습니다. 승객의 일부만 난파당하고 나머지 승객들은 난파당하지 않는 경우는 없으니까요. 오! 명심하십시오. 심연은 모든 사람 앞에 입을 벌리고 있습니다."

웃음소리가 더 커져서 걷잡을 수 없어졌다. 군중을 즐겁게 하는 데는 말에 터무니없는 점이 있는 것만으로 충분했다.

겉보기에는 희극적이지만 내면은 비극적인 것, 그보다 더 치욕적인 고통은 없으며 그보다 더 깊은 분노도 없다. 바로 그러한 것이 그윈플렌의 내면에 있었다. 그의 말이 지향하는 쪽이 있지만, 그의 안면은 엉뚱한 쪽으로 향했다. 끔찍한 상황이었다. 그의 목소리에 날이 섰다.

“그 사람들은 그런데도 즐거워합니다! 그렇습니다. 빈정거림이 단말마의 고통에 대항합니다. 냉소가 단말마의 헐떡거림에 모욕을 줍니다. 그들은 모든 일을 할 수 있습니다! 좋습니다. 두고 보도록 하지요. 아! 저도 그들 중 한 명입니다. 그리고, 오! 가난한 이들이여, 당신들 중 한 명이기도 합니다! 어느 왕이 저를 팔았습니다. 그런데 어느 가난한 사람이 저를 돌보았습니다. 누가 저의 얼굴을 훼손했습니까? 군주입니다. 누가 저를 치유하고 양육했습니까? 굶어 죽을 처지에 놓인 사람이었습니다. 저는 귀족 클랜찰리이지만 그윈플렌으로 남으려고 합니다. 제가 비록 세력가들 편에 있으나, 저는 미천한 사람들 편에 속합니다. 비록 즐기는 사람들 가운데 서 있지만, 저는 괴로워하는 사람들과 함께 있습니다. 아! 이 사회는 거짓투성이입니다. 언젠가 진실한 사회가 찾아올 것입니다. 그러면 더 이상 나리들은 없고, 오로지 자유를 누리는 이들만이 있을 것입니다. 상전들은 없고 부모들만 있을 것입니다. 그것이 우리의 미래입니다. 굽실거림도, 미천함도, 무지도, 마소 같은 사람들도, 궁정인들도, 시종들도, 군주도 없고 단지 광명만이 있을 것입니다!

그러는 동안 저는 여기에 있겠습니다. 저에게 권리 하나가 있으니 그것을 행사하겠습니다. 그것은 진정한 권리일까요? 만약 그것을 제 자신을 위해 행사한다면 그것은 권리가 아닙니다. 그러나 모든 사람을 위해 행사한다면 그것은 진정한 권리입니다. 제가 그들 중의 하나인지라 귀족들에게 말하겠습니다. 오! 밑바닥에 계신 나의 형제들이여! 그대들이 얼마나 빈곤한지를 그들에게 알리겠습니다. 저는 백성의 누더기를 한 줌 움켜쥐고 벌떡 일어서서, 상전들의 머리 위에 노예들의 참혹함을 마구 흔들겠습니다. 그러면 운명의 총애를 받은 건방진 자들이, 불운한 사람들의 추억을 영원히 떨쳐 버리지 못할 것입니다. 제후와 군주들은 가난한 사람들의 국물로부터 자유롭지 못할 것입니다. 그들 머리 위로 떨어지는 것이 벌레들의 즙이라면 그들에게는 안 된 일이지만, 그것이 사자들 위로 떨어진다면 다행스러운 일이지요!"

그윈플렌이 갑자기 연설을 멈추고, 네 번째 양모 방석 위에서 무릎을 꿇은 채 적고 있는 하급 서기들을 바라보며 외쳤다.

"무릎을 꿇고 있는 저 사람들은 누구입니까? 그곳에서 무엇을 하고 계십니까? 어서 일어서시오. 당신들은 인간입니다."

귀족이라면 본 척도 하지 말아야 할 하급 관리에게 불쑥 그렇게 말을 건네자, 사람들의 즐거움은 정점에 이르렀다. "브라보!" "우와!" 하는 고함소리가 터졌다. 박수를 치던 사람들이 이제는 발도 굴렀다. 마치 그린박스에 와 있는 것 같았다. 그린박스에서는 웃음이 그윈플렌을 환대했지만 여기에서는 그를 죽이고 있었다. 죽이는 행위, 그것은 우스꽝스러운 자가 행하는 노고이다. 사람들의 웃음은 종종 살해를 위해 최선을 다한다.

웃음이 폭력으로 바뀌었다. 마치 비 오듯이 야유가 쏟아져 내렸다. 군중이 기지를 뽐내면 그것은 얼간이 짓으로 변한다. 그들의 약삭빠르고 멍청한 냉소가, 사실을 고찰하지 않고 멀찌감치 던져 버리고, 의문을 푸는 대신 그것을 처단한다. 돌발 사건은 일종의 의문 부호이다. 웃음에 있어서는, 그것이 수수께끼를 내포한 웃음인 것이다. 웃지 않는 스핑크스가 그 웃음 뒤에 있다.

서로 반대되는 외침이 들려왔다.

"이제 그만! 그만!"

"더 해! 조금 더!"

림스터 남작 윌리엄 파머는, 릭 퀴니가 셰익스피어에게 한 모욕적인 언사를 그윈플렌에게 던졌다.

"Histrio! Mima!(익살광대! 희극배우년!)"

남작의 벤치에서 스물아홉 번째 자리에 앉으며, 격언식 언사를 구사하기 좋아하는 본 경이 목소리를 높였다.

"우리는 짐승들이 열변을 토하는 시절로 되돌아왔군요. 인간의 입들 사이에서 짐승의 턱뼈가 발언권을 얻었습니다."

"발라암의 당나귀가 하는 말을 들어봅시다."

야머스 경이 거들었다.

야머스 경은 코가 둥글고 입이 비스듬해 매우 예리한 인상을 주었다.

"반역자 린네우스가 무덤 속에서 벌을 받았소. 저 아들이 바로 아비에게 내려진 형벌이라오."

리치필드 및 코번트리의 주교 존 허프가 말했다. 그윈플렌이 그에게 지급될 직책 수당에 대해 언급했었다.

"거짓말입니다. 그가 고문이라고 하는 것은 강렬하고 엄격한 벌일 뿐이며, 또한 지극히 적법한 벌입니다. 영국에 고문은 존재하지 않습니다."

법률학자 의원인 콜몬리 경이 말했다.

래비 남작 토머스 웬트워스가 대법관을 바라보며 외쳤다.

"대법관님, 이제 그만 폐회하십시오!"

"안 돼! 안 돼! 계속해야 해! 우리를 이렇게 즐겁게 해 주잖아! 우와! 어이!"

젊은 귀족들이 고함을 쳤다. 그들이 즐거워하는 모습은 광기에 가까웠다. 특히 네 사람은 폭소와 증오심을 주체하지 못하고 있었다. 그들은 로체스터 백작인 로렌스 하이드, 태넷 백작인 토머스 터프턴, 해턴 자작, 몬터규 공작이었다.

"개집으로 들어가, 그윈플렌!"

로체스터가 말했다.

“내려와! 내려와!”

태넛의 고함이었다.

해턴 자작은 1페니 동전을 호주머니에서 꺼내서 그윈플렌에게 던졌다.

그리고 그리니치 백작 존 캠벨, 리버스 백작 새비지, 하버셤 남작 톰슨, 워링턴, 에스크릭, 롤스톤, 록킹햄, 카터렛, 랭데일, 베니스터, 메이너드, 헌스던, 카나르본, 캐번디시, 벌링턴, 홀더니스 백작 로버트 다르시, 플리머스 백작 아서 윈저 등은 박수를 쳤다. 팬더모우니엄 또는 팡테옹의 소란스러움이었고, 그윈플렌의 말은 그 소음 때문에 들리지 않았다.

“조심하시오!”

겨우 들리는 것은 그 한 마디뿐이었다.

옥스퍼드를 최근에 졸업했고, 이제 겨우 코밑에 수염이 나기 시작한 몬터규 공작 랠프가 자신의 자리인 열아홉 번째 좌석에서 내려와 그윈플렌에게로 가서 그의 얼굴을 응시하며 팔짱을 낀 채로 섰다. 하나의 칼날에도 특히 날카로운 부분이 있듯이, 하나의 음성에도 특히 모욕적인 어조가 있다. 몬터규는 그러한 어조로 그윈플렌의 코밑에서 낄낄대며 고함을 쳤다.

“너 지금 무슨 소리를 하는 거야?”

“예언이오.”

그윈플렌이 대꾸했다.

다시 폭소가 터졌다. 그리고 그 웃음 아래에는 분함이 계속되는 저음으로 으르렁댔다. 미성년 중신 중 하나인 도싯 및 미들섹스의 백작 라이오넬 크랜세일드 색빌이 벤치에서 일어서서 웃지도 않고 장래의 입법자답게 엄숙한 표정으로 아무 말 없이 어깨를 약간 으쓱하며, 열두 살 소년의 싱그러운 얼굴로 그윈플렌을 유심히 보았다. 그러자 세인트애서프의 주교가 곁에 있던 세인트데이비즈의 주교 쪽으로 고개를 돌려 그윈플렌을 가리키며 그의 귀에 대고 속삭였다. "저러한 사람을 현자라 하는 것이오!"

비웃음의 소용돌이를 시작으로 고함들이 터져 나왔다.

"고르고의 낯짝이야!" "도대체 무슨 일이지?" "상원에 대한 모욕이야!" "저따위 인간을 내세우다니!" "수치다! 수치야!" "폐회하시오!" "아니오! 할 말 다하도록 둡시다!" "익살광대, 어서 읊어라!"

루이스 드 듀러스 경은 두 손으로 허리를 짚고 서서 큰 소리로 외쳤다.

"아! 웃으니까 참 좋군! 나의 비장(脾臟)이 즐거워하는군. 저는 다음과 같은 투표를 제의합니다. '상원은 그린박스에게 진심으로 감사한다.'"

이미 앞에서도 말한 것처럼, 그윈플렌은 예전과는 전혀 다른 삶을 꿈꾼 적이 있다.

현기증이 날 만큼 까마득한 심연 위의 부서지기 쉽고 가파른 모래언덕을 기어오른 경험이 있는 사람, 손과 손톱, 팔꿈치, 무릎, 그리고 발밑에서 받침점이 계속 도망치는 것을 느껴 본 사람, 저항하는 절벽 표면에서 미끄러지지 않을까 하는 극심한 공포에 사로잡힌 채, 전진하기는커녕 자꾸만 뒤로 밀리고, 올라가는 대신 깊숙이 빠져들고, 정상을 향한 몸부림이 계속될수록 추락의 확신이 강해지고, 위험에서 벗어나려고 할 때마다 스스로를 더욱 위험에 처박으면서, 심연이 무시무시하게 다가옴을 느껴 본 사람, 그리고 밑에서 입을 벌리고 있는 심연 속으로 추락할 때 음산한 냉기를 느껴 본 사람, 그가 바로 그윈플렌이 느끼던 것을 느낀 사람이다.

그는 자신을 상승시키던 것이 발밑에서 무너져 내리는 것을 느꼈고, 청중석이 가파른 절벽으로 보였다.

모든 것을 집약해 말을 하는 사람이 항상 있기 마련이다.

스카스데일 경이 그곳에 모인 사람들의 감정을 대신했다.

"저 괴물, 여기에 뭐 하러 왔어?"

그윈플렌은 발작을 일으킬 만큼 크게 분노해 고개를 번쩍 쳐들었다. 그리고 모든 사람들을 뚫어지도록 응시하였다.

"이곳에 무엇 하러 왔느냐고 물으셨습니까? 끔찍한 모습을 보여 드리기 위해 왔습니다. 말씀하신 것처럼 저는 괴물입니다.

아니, 저는 백성입니다. 제가 다른 존재라고 생각하십니까? 아닙니다. 저는 모든 사람 중 하나일 뿐입니다. 다른 존재는 경들이십니다. 경들께서는 환상에 불과하지만 저는 실체입니다. 저는 인간입니다. 무시무시하게 웃는 남자입니다. 누구를 보고 웃는 것일까요? 경들을 보고 웃습니다. 스스로를 보고 웃습니다. 온갖 것을 보고 웃습니다. 웃음이 무엇을 의미하는지 아십니까? 경들이 저지른 죄이며 그가 당한 고통입니다. 이제 경들의 죄가 경들의 얼굴을 노리고 던지고, 그가 당한 고통을 경들의 낯짝에 토하고 있습니다. 저는 웃습니다. 이것은 제가 운다는 뜻입니다."

그가 잠시 말을 멈췄다. 청중석도 조용했다. 낮은 웃음소리만이 들렸다. 사람들이 다시 주의를 집중하는 것 같았다. 그는 심호흡을 크게 한 후 연설을 이어갔다.

"저의 얼굴에 있는 웃음을 만들어 준 사람은 어느 왕입니다. 이 웃음은 온 세상을 덮는 절망을 상징합니다. 이 웃음은 증오와 강제된 침묵, 강렬한 노기와 절망을 의미합니다. 이 웃음은 고문이 만들어 낸 산물입니다. 이 웃음은 세력의 웃음입니다. 사탄에게 이 웃음이 있다면 신을 단죄했을 것입니다. 그러나 영원한 것은 소멸되는 것들과 다릅니다. 절대적이므로 정의롭습니다. 그래서 신은 왕들의 행위를 증오합니다. 아! 경들께서는 저를 다른 존재로 생각합니다! 저는 상징입니다. 오! 전능한 멍청이들이시여, 눈을 크게 떠 보십시오! 제가 모든 것을 나타나게 하고 있습니다. 저는 상전들이 만들어 놓은 인류의 모습을 표현하고 있습니다. 인간은 훼손되어 있습니다. 저에게 한 행위를 인류에게도 저질렀습니다. 저의 눈과 콧구멍과 귀를 기형으로 만들어 놓은 것처럼 인류의 권리와 정의, 진리, 이성, 지성을 기형으로 왜곡시켰습니다. 저에게 했던 것처럼 인류의 가슴속에 분노와 슬픔의 수렁을 만들고, 얼굴에는 만족이라는 가면을 쓰게 했습니다. 신의 손가락이 닿았던 곳에 왕의 사나운 발톱이 파고들었습니다. 기괴하게 겹치는 작업이었습니다. 주교들이시여, 중신들이시여, 왕족들이시여, 백성은 마음 깊은 곳에서는 고통스러워하며 겉으로 웃는 사람들입니다. 경들이시여, 거듭 말씀드리지만 저는 백성입니다. 오늘 경들께서는 백성을 괴롭히시고, 제게 소리쳐 야유를 보내십니다. 그러나 미래는 어두운 해빙기입니다. 돌이 물결로 변할 것입니다. 견고한 것이 물속에 잠길 것입니다. 균열의 소리가 나면 모든 것이 끝날 것입니다. 단 한 번의 경련이 경들의 압박을 부수고, 단 한 번의 포효가 경들의 야유에 반격을 할 것입니다. 그때가 이미 찾아왔습니다. 오! 나의 아버님이시여, 당신께서 그때를 알려 주셨습니다! 신께서 임하시는 그때가 이미 찾아왔고 스스로를 공화국이라 일컬었습니다. 사람들이 그것을 쫓아냈으나 곧 돌아올 것입니다. 그때를 기다리며 우선 떠올리십시오. 검으로 무장한 왕들의 계보가 도끼로 무장한 크롬웰로 인해 멈춰졌다는 사실을. 무서워하십시오. 절대 부패하지 않는 해결책이 다가오고 있습니다. 잘린 손톱들이 자라고 있습니다. 뽑힌 혀들이 날아올라 어두운 바람에 흩날리는 불의 혀들이 되어, 무한 속에서 울부짖고 있습니다. 배고픈 자들이 이빨을 드러내고 있습니다. 지옥 위에 세워진 낙원이 동요하고 있습니다. 모두가 고통받고, 고통받고, 또 고통받습니다. 높은 곳에 있는 것은 기울고, 낮은 곳에 있는 것은 쪼개집니다. 어둠이 빛으로 변할 것을 요구합니다. 저주받은 자가 선택된 자에게 이의를 달고 있습니다. 경들께 분명히 말씀드리는데, 백성이 옵니다. 인간이 옵니다. 이제 종말이 시작되었습니다. 대재앙의 붉은 여명입니다. 경들께서 비웃는 웃음 속에 그것이 있습니다! 런던은 계속되는 축제입니다. 그렇습니다. 영국은 이 끝에서 저 끝까지 환호성 속에 있습니다. 네. 하지만 귀를 기울여 들어보십시오. 경들의 눈에 보이는 전부는 저입니다. 경들에게는 많은 축제가 있습니다. 그것이 저의 웃음입니다. 즐거운 행사가 있습니다. 그것이 저의 웃음입니다. 결혼식과 축성식(祝聖式)과 대관식이 있습니다. 그것들 또한 저의 웃음입니다. 왕자들이 태어납니다. 경들의 머리 위에서 천둥이 칩니다. 그것 역시 저의 웃음입니다."

그러한 소리를 듣고 버틸 재간이 있겠는가! 다시 웃음이 시작되었다. 이번에는 참을 수 없을 지경이었다. 인간의 입이라는 분화구가 쏟아져 나오는 용암 중 침식성이 가장 강한 것이 즐거움이다. 즐겁게 피해를 주는 짓, 어떠한 군중도 그 전염 앞에서는 견딜 수 없다. 처형이 사형대 위에서만 이루어지는 것은 아니다. 인간은 모이기만 하면, 그것이 군중이건 회의이건 언제나 그들 가운데 망나니 하나를 준비한다. 그 망나니는 바로 빈정댐이다. 가엾은 사람이 조롱을 감당해야 하는 형벌에 비할 만한 것은 없다. 그윈플렌이 그 형벌을 감수하고 있었다. 그를 휩싸고 도는 사람들의 희열이 곧 일제히 날아오는 돌이었으며, 기관총 탄환이었다. 그는 딸랑이, 인체 모형, 터키인의 머리, 즉 과녁이었다. 모두들 다시 한 번 하라고 외치면서 데굴데굴 굴렀다. 발을 구르기도 했다. 자신들의 가슴 장식을 움켜쥐기도 했다. 그 장소의 엄숙함도, 가운의 진홍색도, 흰담비 모피의 체면도, 커다란 가발도 전혀 쓸모가 없었다. 귀족들도, 주교들도, 판사들도 모두 웃었다. 늙은이들의 좌석에서는 주름살이 펴졌고 아이들의 좌석에서는 몸이 꼬였다. 캔터베리의 대주교가 요크의 대주교를 팔꿈치로 찔렀다. 노샘프턴 백작과 형제이며 런던의 주교인 콤프턴은 배를 잡고 웃었다. 대법관도 웃음을 감추기 위해 눈을 내리깔았다. 그리고 근엄한 석상 같은 가로막대 앞에 서 있던 검은 권장의 문지기 역시 웃었다.

그윈플렌은 창백해진 안색으로 팔짱을 낀 채 우두커니 서 있었다. 호메로스적 환희가 꽉 찬 젊고 늙은 얼굴들에 둘러싸여 손뼉 치는 소리와 발 구르는 소리와 고함 소리 중앙에 있었지만, 그를 에워싼 광대의 광기 속에 있었지만, 커다란 쾌활함의 중앙에, 즐거움이 화려하고 흥건하게 넘쳐흐르는 속에 있었지만 오로지 그만은 무덤을 품고 있었다. 모든 것이 끝장이었다. 그는 자신의 뜻에 거역하는 얼굴도, 그를 모독하는 청중도 통제할 수 없었다.

숭고함에 매달려 있는 우스꽝스러움, 울부짖음을 반사하는 웃음, 절망과 같은 말 위에 올라탄 풍자적 모조품, 사실과 보이는 것 간의 상반성 등 그 영원한 운명적 법칙이 이제껏 그윈플렌의 경우보다 더 무시무시하게 표면화된 적은 없었다. 인간의 깊은 밤에 그보다 더 스산한 빛이 어른거린 적은 없었다.

그윈플렌은 자신의 운명이 폭소에 파멸되는 것을 보았다. 돌이킬 수 없는 것이 있었다. 넘어지면 다시 일어설 수 있지만, 가루가 되면 영원히 일어설 수 없다. 이제는 모든 것이 불가능했다. 모든 것은 처해 있는 장소에 큰 영향을 받는다. 그린박스에서는 성공이던 것이, 상원에서는 실패였고 참사였다. 그곳에서는 환호였지만, 이곳에서는 저주였다. 그는 가면의 양면과 같은 그 무엇을 느꼈다. 그의 가면 한쪽에는 그윈플렌을 수용하는 백성의 공감이 있었지만, 다른 쪽에는 퍼메인 클랜찰리 경을 배척하는 세력가들이 있었다. 한쪽 면에서는 인력이 작용했고, 다른 쪽에서는 척력이 작용했다. 하지만 두 힘 모두는 그를 어둠 쪽으로 끌어갔다. 그는 뒤에서 공격을 당한 느낌이었다. 운명은 배신적 공격도 망설이지 않는다. 모든 것은 항상 후에 설명되지만, 어쨌든 운명은 덫이며 인간은 함정 속에 빠지게 된다. 그는 상승하는 것으로 믿었고, 웃음이 그를 맞아주었다. 그러나 절정의 끝에는 음산한 결말이 기다린다. 음울한 단어 하나가 있는데 바로 취기에서 깨어난다는 말이다. 취기에서 생겨난 지혜, 무척 비극적인 지혜이다. 그처럼 쾌활하면서 독살스러운 폭풍에 휩싸여 그윈플렌은 생각에 몰두하고 있었다.

물 흐르는 대로 가는 것, 그것이 미친 듯한 웃음이다. 즐거움에 빠진 듯한 군중은 망가진 나침반이다. 모두들 어디로 가는지 자신들이 무엇을 하고 있는지도 몰랐다. 폐회를 선언할 수밖에 없었다.

대법관은 '뜻하지 않은 사건' 때문에 표결은 다음 날에 계속하겠노라고 선언했고 의회는 바로 해산했다. 귀족들은 왕좌 앞에서 허리를 숙여 예를 표하며 회의장을 떠났다. 계속 들리던 웃음소리가 복도 속으로 사라졌다. 회의장에는 공식적인 출입문 이외에도 장식 융단 자락 뒤의 불거진 구석 또는 움푹 들어간 곳에 숨겨져 있는 많은 출구가 있어, 금이 간 항아리에서 물이 빠져나가듯 회의장은 순식간에 비었고 얼마 안 되어 황량해졌다. 매우 신속하게, 중간 과정 없이 그렇게 변했다. 소동의 장소가 즉시 적막에 잠겼다.

몽상에 빠져들기 시작하면 멀리 가는 법, 그래서 생각에 깊이 빠지면 결국 다른 별에 가 있는 사람처럼 달라진다. 문득 그윈플렌이 정신을 차려보니 홀로 있었다. 회의장은 비어 있었다. 그는 심지어 폐회된 것도 알지 못하고 있었다. 모든 중신들이 떠났고, 심지어 그의 두 보증인도 없었다. 여기저기 상원의 몇몇 하급 관리들만이 '나리께서' 떠나시면 좌석들을 다시 보자기로 덮고 촛불을 끄기 위해 기다렸다. 그는 기계적인 동작으로 모자를 다시 쓰고 자리를 떠나 정문 쪽으로 향했다. 그 정문은 회랑으로 통했다. 그가 가로막대를 넘어설 때 문지기 한 사람이 그가 걸치고 있는 중신의 가운을 벗겨 주었다. 그는 그 사실도 겨우 알아차렸다. 다음 순간, 그는 벌써 회랑 안에 와 있었다.

그곳에 있던 하급 관리들은, 귀족께서 왕좌에 예도 표하지 않고 나오셨다며 놀라서 자기들끼리 수군거렸다.

8. 좋은 아들은 아니나 좋은 형은 될 수 있으리라

회랑에는 아무도 보이지 않았다. 그윈플렌은 원형 홀을 가로질렀다. 그곳에 있던 안락의자와 탁자를 모두 치웠고, 그의 서임 의례식을 치렀던 흔적도 없었다. 적당한 간격을 두고 천장에 걸린 촛대들만이 출구 쪽으로 나가는 길을 가리켰다. 그 빛의 끈의 도움을 받아, 홀과 회랑이 복잡하게 뒤섞인 속에서도 그는 수석 군사와 알현실 문지기와 함께 왔던 길을 찾아낼 수 있었다. 무거운 발걸음으로 그에게 등을 돌린 채 느리게 걸어가는 귀족 몇 명을 제외하고는, 아무도 만나지 못했다.

인적 없는 거대한 홀의 정적 속에서 잘 알아들을 수 없는 열기를 띤 말소리가 들려왔다. 야심한 시각에 그러한 곳에서 들리다니 이상한 일이었다. 그는 소리가 들리는 쪽으로 발길을 돌렸다. 희미하게 불을 밝힌 큰 현관이 그의 앞에 나타났다. 상원 회의실의 출구 중 하나였다. 유리창을 끼운 커다란 출입문이 열려 있고 그 안에는 현관 앞 층계와 시종들, 그리고 횃불들이 보였다. 밖에는 광장 하나가 있었고 층계 아래에서는 몇 대의 사륜마차가 대기하고 있었다.

그가 들은 소리는 그곳에서 시작되었다.

출입문 안쪽, 현관의 벽걸이 등 아래에 소란스러운 사람들 무리가 있었고 손짓과 음성이 폭풍 같았다. 그윈플렌은 어둑한 구석을 찾으며 그들에게 가까이 갔다.

논쟁이 벌어지고 있었다. 젊은 귀족 열 두 명 정도는 밖으로 나가려 했으나 그들처럼 역시 모자를 쓰고 당당한 체구의 남자 하나가 그들을 가로막고 있었다.

그 사람이 누구였을까? 톰짐잭이었다.

귀족 중 몇 명은 아직 중신의 가운을 입고 있었다. 다른 사람들은 의회 예복을 벗고 평상복 차림을 하고 있었다.

톰짐잭은 장식용 깃털이 달린 모자를 쓰고 있었다. 그러나 깃털은 중신의 것처럼 흰색이 아니라, 오렌지색이 얼룩덜룩 섞인 초록색이었다. 그의 복장에는 머리부터 발끝까지 계급줄 투성이였고 소매와 목둘레에는 리본과 레이스가 물결처럼 흔들렸다. 또한 그는 비스듬히 찬 검의 손잡이를 열에 들뜬 사람처럼 왼손으로 만지작거렸는데, 검의 멜빵과 칼집에 해군 제독의 닻 문양 끈이 달려 있었다.

말을 하는 사람은 그였다. 그가 젊은 귀족들을 나무라고 있었다.

"당신들은 비겁자들이오. 당신들은 내게 그 말을 취소하라고 했소. 좋소. 당신들은 비겁자들이 아니라 멍청이들이오. 당신들은 떼를 지어 한 사람을 공격했소. 그러한 짓이 비겁한 행위가 아니라고 칩시다. 그것도 좋소. 그렇다면 그것은 바보 같은 짓이오. 한 사람이 당신들을 향해 연설을 했는데 당신들은 알아듣지 못했소. 늙은이들은 귀가 먹었고 젊은이들은 지혜가 부족했소. 나는 당신들의 무리에 낄 수 있는 자격을 충분히 갖추었으니, 당신들의 실책을 지적해도 괜찮소. 새로 등원한 그 사람이 기이하고, 미친 이야기도 상당히 많이 했소. 그 점에 대해서는 나도 동감하오. 하지만 그 미친 소리 속에는 진실이 있었소. 그의 연설은 수선스럽고 무질서했으며, 세련되지 못했소. '좋습니다' 또한 '아십니까?', '아십니까?' 하는 말을 너무 자주 했소. 그러나 어제까지 장터에서 광대 노릇을 하던 사람이, 아리스토텔레스나 새럼의 주교 길버트 버닛 박사처럼 말을 할 수는 없소. 지렁이니 사자니 하는 단어들과, 하급 서기들을 상대로 말을 한 것은 모두 저속했소. 젠장! 어떤 이의가 있겠소? 사리에 어긋나고 맥락이 없으며 오락가락하는 연설이었소. 그러나 연설 이곳저곳에서 많은 사실들이 폭로되었소. 직업이 아니면서, 그 정도로 말할 수 있다는 것은 대단한 것이오. 당신들은 어느 정도나 할 수 있을 것 같소! 버턴레이저스의 문둥병자들에 관한 이야기는 반박할 여지가 없는 확실한 사실이오. 또한 그 사람만 멍청한 소리를 하는 것은 아니오. 여하튼 경들, 나는 여럿이 한 사람을 악착같이 공격하는 것을 좋아하지 않소. 나의 기질이 그러하오. 내가 모욕을 당했다고 느끼는 것을 허락하길 바라오. 당신들이 내 마음에 거슬렸고 나는 화가 났소. 나는 신을 믿지 않소. 하지만 그가 좋은 일을 한다면 그를 믿을 수도 있을 것이오. 물론 그가 좋은 일을 하는 경우가 그다지 자주 있지는 않소. 하지만 여하튼 그러한 이유로, 그가 그 영국의 중신을 미천한 삶의 밑바닥에서 이끌어 냈다는 사실과 상속자에게 유산을 돌려주었다는 사실에 대해 착한 신께, 그가 정말 있다면, 나는 감사를 표하고 싶소. 또한 그것이 나와 상관이 있건 없건 간에 쥐며느리가 문득 참수리로 변하고 그윈플렌이 클랜찰리로 바뀌는 것을 보는 것 자체가 감격스럽소. 나는 경들이 나와 다른 의견을 갖는 것을 금지하오. 경들, 오늘 저녁 퍼메인 클랜찰리는 진정한 귀족이었고 당신들은 광대였소. 그의 얼굴에 있는 웃음은 그의 잘못으로부터 생긴 것이 아니오. 그렇지만 당신들은 그 웃음을 보고 마구 웃었소. 다른 이의 불행을 앞에 놓고 웃는 법이 아니오. 당신들 모두 얼간이들이오. 그것도 잔인한 얼간이들이오. 혹시 사람들이 당신들을 보고는 웃지 않을 거라고 생각한다면 그것은 착각이오. 당신들은 모두 용모가 추악하고, 옷도 제대로 차려 입을 줄 모르오. 하버섬 경, 내가 일전에 자네의 정부를 보았는데 흉한 외모를 가졌더군. 여공작인데 생김새는 암원숭이였소. 조롱하는 나리들, 반복해서 말하지만 당신들이 단어 넷이나 제대로 이어 갈 수 있을지 한번 보고 싶소. 많은 사람들이 재잘대지만, 말을 할 줄 아는 사람은 매우 적지. 당신들은 옥스퍼드나 케임브리지에서 나태한 바지나 좀 끌고 다녔다 해서, 그리고 웨스트민스터홀의 벤치에서 중신이 되기 전에, 곤빌이나 카이우스 칼리지의 벤치에서 당나귀였다 해서, 무엇인가를 좀 안다는 망상에 사로잡혀 있어! 나는 이제 여기서 당신들의 상판을 자세히 보아야겠소. 새로 등원하신 귀족께 당신들은 매우 가볍게 굴었어. 그가 괴물이라 해도 좋아. 그러나 사나운 짐승들에게 내몰린 괴물이었어. 나는 영지의 잠재적인 상속자 자격으로 회의에 참가했소. 그래서 내 자리에 앉아서 오가는 말을 다 들었지. 발언권은 없었지만, 이제 귀족답게 행동할 권리는 있소. 당신들의 즐거워하는 표정이 나를 몹시 불쾌하게 했소. 내가 이 불쾌감을 풀지 못하면, 펜들힐산으로 올라가 운무초(雲露草)를, 즉 클라우드베리를 뽑을 것이오. 그것을 뽑는 사람은 벼락을 맞는다고 하더군. 그래서 이 출구로 와서 당신들을 기다렸지. 우리 사이에 정리할 것들이 있으니 몇 마디 이야기를 나누어야 하오. 내가 당신들을 보고 싶어 했다는 사실을 짐작할 수 있겠소? 나리들, 나는 당신들 중 몇 명을 죽이겠다는 결심을 굳게 했소. 태넛 백작 터프턴, 리버스 백작 새비지, 선덜랜드 백작 찰스 스펜서, 로체스터 백작 로렌스 하이드, 그리고 당신들, 남작들, 롤스톤 그레이, 캐리 헌스던, 에스크릭, 로킹엄, 그리고 너 애숭이 카터렛, 홀더니스 백작인 너 로버트 다르시, 허턴 자작인 너 윌리엄, 몬터규 공작인 너 랠프, 그리고 다른 사람들을 포함한 여기에 있는 당신들에게, 해군 병사인 나 데이비드 더리모이어가 경고한다. 서둘러 결투의 입회자와 증인들을 확보해 두시오. 나는, 즉시 오늘 밤이건, 내일이건, 낮이든 밤이든, 태양 아래서든 횃불 아래서든, 언제 어디서 어떤 식으로든 당신들이 원하는 대로, 검 두 자루 길이의 장소만 있으면 당신들을 기다릴 테니, 당신들은 권총 보관실을 미리 점검하고 검의 날을 확인해 두는 것이 좋을 것이야. 내가 당신들의 작위를 없앨 의도를 가지고 있으니까.

오글 캐번디시, 너는 대비책을 마련하고 너의 좌우명 'Cavendo tutus(경계를 철저히 해 안전을 도모한다)'를 잘 생각해 보도록. 그리고 너 마머듀크 랭데일은, 너의 조상 건돌드가 그랬듯이 관 하나를 뒤따르게 하는 것이 좋을 거야. 워링턴 백작 조지 루스, 너는 궁중 백작령 체스터와, 크레타 섬의 미궁을 흉내 내어 만든 너의 궁궐, 그리고 던엄 매시의 높은 망루를 영원히 못 볼 거야. 본 경은 버릇없는 말을 할 만큼 젊지만, 그 말을 책임지고 자신을 보호하기에는 너무 늙었기 때문에 그의 언사에 대한 책임을 메리오너스 읍에서 뽑힌 하원의원 조카 리처드 본에게 묻겠어. 그리고 너, 그리니치 백작 존 캠벨, 아숑이 마타스를 죽였듯이 내가 너를 죽이겠어. 하지만 등 뒤에서가 아니라 정면에서 가격하겠어. 나는 상대방의 쌍날 대검에서 등을 내보이지 않고 가슴을 내미는 습관이 있기 때문이야. 경들, 이제 약속이 성사된 것이오. 이 일을 위해, 원한다면 마법을 동원하시오. 카드 점을 보는 여인에게 조언을 구하시오. 어떤 무기도 당신들의 몸에 상처를 내지 못하게 고약과 마약으로 피부를 도배하시오. 마귀의 약 주머니든 처녀의 약 주머니든 분간하지 말고 목숨을 구하기 위해 그 주머니에 매달리시오. 당신들이 축복을 받았든 저주를 받았든 나는 상관하지 않고 당신들을 가격할 것이며, 당신들 몸에 마법이 작용했는지 여부를 확인하기 위해 당신들이 자신의 몸을 더듬어 보는 일이 생기게 하지는 않을 것이오. 두 발로 서서 싸우든 말을 타고 싸우든 다 괜찮소. 원한다면 피커딜리 광장이든 체링크로스 광장이든 광장 한복판에서 싸워도 좋고, 기즈와 바송피에르의 결투를 위해 루브르궁 안뜰의 포석을 뜯어낸 것처럼 도로의 포석을 뜯어내도 좋소. 모두 덤비시오. 이해하겠소? 나는 당신들 모두와 싸우고 싶소. 카나르본 백작 도엄, 마롤이 릴 마리보에게 해 주었듯이, 나도 네가 내 검을 날 아래까지 삼키게 해 주겠어. 그러고도, 네가 계속 웃을 수 있는지 우리 함께 보자구. 너, 벌링턴, 나이 열일곱에 계집애 같은 꼴을 하고 있는 너는 미들섹스에 있는 너의 집 잔디밭과 요크셔에 있는 론데스버그 정원 중 하나를 너의 무덤으로 골라도 좋아. 당신들에게 경고하노니, 나는 누가 내 앞에서 건방지게 구는 것을 용납하지 못해. 만약 당신들이 그런다면 가혹한 벌을 내릴 것이야. 당신들이 퍼메인 클랜찰리 경을 조롱한 것은 매우 고약한 행동이었어. 그가 당신들보다 훨씬 훌륭해. 그는 클랜찰리로서 당신들처럼 귀족이고, 그윈플렌으로서는, 당신들에게 없는 기지를 가지고 있지. 그의 명분을 나의 명분으로 삼고, 그의 치욕을 나의 치욕으로 여기며, 당신들의 낄낄거림을 가지고 노여움을 빚겠어. 내가 극단적인 방법으로 도발하는데 이 일에서 누가 살아남을지는 두고 보아야겠지. 잘 알아들었소? 어떤 무기든 어떤 방법이든 모두 좋으니, 마음에 드는 죽음을 고르시오. 또한 당신들이 천한 시골뜨기임과 동시에 귀족이니, 결투의 신청을 당신들 신분에 알맞게 하겠소. 그리하여 왕족들의 방법인 검으로부터 상놈들의 방법인 주먹질까지, 인간들이 서로를 죽이는 데 동원하는 모든 방법을, 가리지 않고 제안하는 바이오!"

맹렬하게 쏟아 내진 그의 말을 듣고도, 거만한 젊은 귀족들은 미소로 답할 뿐이었다.

"좋소."

그들이 일제히 한 말이다.

"나는 권총으로 하겠소."

벌링턴이 말했다.

"나는 철퇴 하나와 단검 하나를 들고 시합장에서 하던 옛날의 방식을 선택하겠소."

에스크릭의 말이었다.

"나는 긴 칼과 짧은 칼 두 개를 들고, 상체를 벗은 채 백병전 방식으로 싸우겠소."

홀더니스가 말했다.

"데이비드 경, 당신은 스코틀랜드 출신이오. 따라서 나는 클레이모어 검을 쓰겠소."

태넷 경의 말이었다.

"나는 보통 검으로 싸우겠소."

로킹엄이 말했다.

"나는 주먹질을 택할 것이오. 그것이 더 고상하오."

공작 렐프가 말했다.

어두운 구석에 있던 그윈플렌이 앞으로 나섰다. 그때까지 톰 짐잭이라 부르던 사람, 이제는 어렴풋하게나마 다른 인물로 보이는 그 사람에게 가까이 갔다. 그리고 그에게 말했다.

"감사드립니다. 그러나 저의 일입니다."

모두 일제히 그가 있는 쪽을 보았다.

그윈플렌이 앞으로 걸어갔다.

그는 사람들이 데이비드 경이라고 부르며, 또 그를 변호해 준, 또는 그 이상으로 느꼈을지도 모를 그에게 자꾸 마음이 갔다. 데이비드 경이 그를 보고 깜짝 놀랐다.

"저런! 당신이었군! 잘 오셨소! 당신에게도 역시 할 말이 있소. 당신은 회의장에서, 린네우스 클랜찰리 경을 사랑하다가 찰스 2세 폐하를 사랑한 어느 여인을 언급하셨소."

"그건 사실입니다."

"공께서는 내 어머니를 모욕하셨소."

"공의 모친이라고요?"

그윈플렌이 깜짝 놀라며 외쳤다.

"그렇다면 짐작하건대, 우리는……."

"형제지간이오."

데이비드 경이 말했다.

그러고는 그윈플렌의 뺨을 때렸다. 그리고 말을 계속했다.

"우리는 형제요. 그러니 결투도 할 수 있소. 대등한 신분의 사람들끼리만 결투를 할 수 있소. 형제보다 더 동등한 사람이 누구겠소? 나의 보증인들을 보내도록 하겠소. 내일, 우리는 서로의 목숨을 두고 싸울 것이오."

제9부
붕괴

1. 고귀함의 극치를 거쳐 비참함의 극치로

세인트폴 대성당에서 자정을 알리는 종이 울렸을 때, 런던교를 건너온 한 사나이가 서더크 지역의 골목길로 들어섰다. 가로등에는 불이 밝혀져 있지 않았다. 런던에서도 파리에서처럼 밤 11시에 공공용 조명 시설의 불을 끄는 것이, 다시 말해 가장 필요한 시간에 가로등을 끄는 것이 당시의 관례였다. 어두운 거리에는 사람이 별로 없었다. 가로등이 꺼졌기 때문이다. 사나이는 성큼성큼 앞으로 걸어갔다. 그 시각에 거리에 나온 사람치고는 옷차림이 기묘했다. 수를 놓아 장식한 비단 정장을 입고, 검을 허리에 차고 흰색 깃털 모자를 썼지만 외투는 입지 않았다. 그를 쳐다보며 야경꾼들이 자기들끼리 수군댔다.

"놀음 한판 하신 나리군."

그들은 길을 물러서며 예를 표했다. 귀족과 도박에 대한 예의는 당연한 것이었다.

그 사나이는 그윈플렌이었다.

그가 도망을 친 것이다.

그의 마음이 어땠을까? 그 자신도 알 수 없었다. 이미 말한 것처럼, 개인의 영혼 모두에는 각자만의 회오리바람이 있다. 하늘과 바다, 낮과 밤, 삶과 죽음 등이 알 수 없는 전율을 일으켜 끔찍한 소용돌이를 만들어 낸다. 그 안에서는 현실이 숨을 멈춘다. 우리는 믿을 수 없는 사물에 으스러진다. 허공이 거센 바람으로 변한다. 푸르른 하늘이 창백해진다. 끝없는 세계가 텅 빈다. 우리는 부재(不在) 한가운데에 있게 된다. 스스로의 죽음을 느낀다. 까마득한 곳에 있는 별을 갈구한다. 그윈플렌은 무엇을 느꼈을까? 갈증이었다. 데아를 보고 싶은 갈증이었다.

그는 단지 그러한 갈증만을 느끼고 있었다. 그린박스에 다시 돌아가는 것, 소란스럽고, 빛나고, 친절하고 선한 웃음으로 가득한 태드캐스터 여인숙으로 되돌아가는 것, 우르수스와 호모와 데아를 다시 보는 것, 오로지 삶으로 되돌아가는 것! 환멸은 음울한 힘에 의해 활시위처럼 당겨져, 인간이라는 화살을 진실을 향해 쏜다. 그윈플렌의 마음이 한층 급해졌다. 그는 타린조필드에 가까이 왔다. 그는 더 이상 걷지 않았다. 달리고 있었다. 그의 두 눈은 앞에 펼쳐진 어둠 속으로 빠져들고 있었다. 자신의 시선을 앞세운 것이다. 수평선을 바라보며 가장 절박한 심정으로 항구를 찾는 셈이었다. 그가 태드캐스터 여인숙의 불 밝힌 창문들을 발견한 순간의 감격이 어떠했을까!

드디어 볼링그린에 도착했다. 그가 모퉁이 하나를 돌아서자 그의 정면, 풀밭 건너편에, 꽤 거리가 있는 여인숙과 마주했다. 그 장터에서 유일한 주거용 건물이었다.

그는 주의 깊게 바라보았다. 불빛이 보이지 않았다. 검은 덩어리만 보였다.

온몸이 떨렸다. 그러나 다음 순간, 너무 늦어서 선술집 문을 닫았고, 모든 사람이 잠자리에 든 것이라고 생각했다. 그러니 여인숙으로 가서 문을 두드려 나이슬리스나 고비컴을 깨우면 된다고 생각했다. 그는 여인숙을 향해 갔다. 더 이상 뛰지 않았다. 그는 돌진했다.

더 이상 숨도 제대로 쉬지 못하면서 여인숙에 도착했다. 심한 번뇌 속에 휩쓸리고, 영혼의 숨겨진 경련 속에서 몸부림치고, 자신이 죽었는지 살아 있는지조차 분별할 수 없는 상황에서도, 사랑하는 사람들에 대해서는 세심한 배려를 잃지 않는다. 그것이 따스한 마음의 정표이다. 모든 것이 깊은 구렁텅이 속으로 빠져들어도, 애정은 수면에서 유영(遊泳)한다. 데아를 급작스럽게 깨우지 말아야겠다는 생각이 즉시 그윈플렌의 머릿속을 차지했다.

그는 최대한 소리를 내지 않으며 여인숙으로 다가갔다. 고비컴이 침실로 사용하는, 옛날의 개집이 있었다. 천장 낮은 홀에 인접한 그 구석에는 광장 쪽으로 난 빛들이창 하나가 있었다. 그윈플렌은 그 창의 유리를 조심스럽게 긁었다. 그것으로 고비컴을 깨우기에 충분하다고 생각했다.

고비컴의 침실에서는 어떤 움직임의 기미도 보이지 않았다. 그는 '그 나이 때는 깊이 잠을 자지'라고 생각했다. 이번에는 손등으로 유리창을 조용히 두드렸다. 아무것도 움직이지 않았다. 더욱 강하게 두 번을 두드렸다. 아무도 움직이지 않았다. 그는 약간 몸을 떨며, 여인숙 정문을 두드렸다.

대꾸하는 사람이 아무도 없었다.

'나이슬리스 아저씨는 나이가 드셨어. 아이들은 고집스럽게 자고, 노인들은 무겁게 잠을 자곤 하지. 어디 한 번 더 세게 두드려 볼까!'

그렇게 생각하면서도 그는 냉기의 전조를 느꼈다. 그는 유리창을 조심스럽게 긁는 것으로 시작해, 손등으로 두드리고, 출입문을 두드렸으며, 결국 그것을 마구 뒤흔들었다. 그러다 보니 오래된 추억이 떠올랐다. 그가 어렸을 때 아기였던 데아를 품에 안고, 웨이머스에서 겪은 일이었다.

그는 귀족처럼, 안타깝게도 정말 귀족이었지만, 세차게 문을 뒤흔들었다.

집은 여전히 침묵했다. 그는 점점 광기에 사로잡혔다.

더 이상 조심하지 않았다.

"나이슬리스! 고비컴!"

큰 소리로 이름을 불렀다.

그러면서 창문을 바라보았다. 혹시 누군가 촛불을 켜는지 보기 위해서였다.

여인숙 안에는 아무것도 없었다. 사람의 목소리도 들리지 않았다. 바스락대는 소리조차도 들리지 않았다. 불빛 한 줄기도 어른거리지 않았다.

이번에는 마차가 드나드는 정문을 두드리고 밀어 보며 미친 듯이 흔들어 보았다. 이번에는 고함치듯 이름을 불렀다.

"우르수스! 호모!"

늑대의 울음소리도 들리지 않았다.

그의 이마에 식은땀이 맺혔다.

주위를 한번 둘러보았다. 어둠이 짙었지만, 별빛 덕분에 장터의 모습이 어느 정도 선명히 드러났다. 그가 본 한 가지 스산한 것은, 모든 것이 감쪽같이 없어졌다는 사실이었다. 볼링그린에는 단 한 채의 가건물도 볼 수 없었다. 서커스장도 없었다. 텐트도, 무대도, 수레도 사라졌다. 수천 가지 소음을 내며 그곳에서 굼실대던 떠돌이들이, 정체를 알 수 없는 표독스럽고 텅 빈 어둠에게 자리를 내주었다. 모두 떠났다.

광기에 가까운 불안에 휩싸였다. 그것이 도대체 무슨 의미일까? 무슨 일이 있었단 말인가? 더 이상 아무도 없다는 말인가? 그의 지난 삶이 모두 무너졌다는 말인가? 도대체 그들 모두에게 무슨 짓을 했단 말인가? 오! 맙소사! 그는 폭풍처럼 여인숙 건물로 달려 들어갔다. 협문과 정문, 창문, 덧문, 벽들을 닥치는 대로, 주먹과 발로, 두려움과 슬픔에 싸여서, 마구 두드렸다. 나이슬리스, 고비컴, 피비, 비노스, 우르수스, 호모 등을 큰 소리로 불렀다. 온갖 아우성과 소음을 그 벽에다 함부로 던졌다. 가끔 소동을 멈추고 귀를 기울였다. 여인숙 건물은 여전히 벙어리였고 죽은 것 같았다. 그는 격노한 듯 다시 시작했다. 부딪치고, 두드리며, 고함치고, 소란스러운 소리가 사방에서 반향이 되어 울렸다. 무덤을 깨우려는 천둥소리 같았다.

공포가 어느 정도를 지나면, 그것을 느끼던 사람이 끔찍하게 변한다. 모든 것을 두려워하다 보면, 마침내 아무것도 두려워하지 않게 된다. 스핑크스에게조차 발길질을 하게 된다. 낯선 사람을 함부로 다루기도 한다. 그는 가능한 모든 형상으로 난동을 부렸다. 그의 고함과 부르짖음은 영영 다하지 않을 듯, 비극적인 침묵을 향해 돌진하며 소동을 거듭했다.

그곳에 있을 법한 사람들을 백 번이고 부르며, 그들의 이름을 고함쳐 불렀다. 오직 데아의 이름만을 부르지 않았다. 정신을 잃을 지경이었지만 본능적으로 일어난 신중함 때문이었다.

물론 그 신중함은 그에게조차도 모호했다.

아무리 고함치고 불러도 소용이 없었으니, 남은 방법은 집 안으로 침입하는 것뿐이었다.

"집 안으로 들어가자."

그는 중얼거렸다. 하지만 어떻게 말인가? 그는 고비컴의 침실 빛들이창 유리를 깨트리고 살이 찢기는 것조차 느끼지 못한 채, 안으로 손을 밀어 넣어, 창틀의 빗장을 당겨 창문을 열었다. 그러나 차고 있던 검이 방해가 되었다. 그는 칼집과 검, 혁대 등을 성난 사람처럼 땅바닥에 던졌다. 그리고 불거져 나온 벽면을 잡고 뛰어올라, 좁은 창문을 통해 여인숙 안으로 들어갔다.

구석방에 있던 고비컴의 침대가 흐릿하게 보였다. 그러나 고비컴은 없었다. 고비컴이 없으니 나이슬리스도 없을 것이 당연했다. 집 안이 온통 캄캄했다. 누구든 그토록 어두운 건물 내부에서는 빈 공간의 부동성과 막연한 두려움을 느끼게 된다. 그러한 막연한 두려움은 그곳에 아무도 없다는 것을 의미한다. 그윈플렌은 발작 증세를 일으키며, 탁자에 몸을 부딪치고, 식기를 밟고, 긴 의자들을 넘어뜨리고, 물병을 쓰러트리고, 가구를 넘어 홀을 가로질러 안마당으로 통하는 출입문 쪽으로 가서, 무릎으로 문을 부서뜨렸다. 문의 걸쇠가 한 번에 날아가 버렸다. 문이 돌쩌귀 위에서 저절로 돌았다. 안마당을 유심히 보았다.

그린박스는 더 이상 그 곳에 없었다.

2. 잔재

그윈플렌은 집 밖으로 나와 오락가락하며 타린조필드를 구석구석 뒤졌다. 전날까지 무대나 텐트, 오두막 등이 있던 곳에 빠짐없이 가 보았다. 그러나 그곳에도 역시 아무것도 없었다. 원래 사람이 거주하지 않는다는 사실을 잘 알면서도 노점상의 가건물 문을 두들겨도 보았다. 창문이나 출입문처럼 생긴 것이면 모두 두들겨 보았다. 그 어둠에서는 작은 음성도 흘러나오지 않았다. 죽음 같은 무엇이 그곳에 와 있었다.

개미탑은 철저하게 짓밟혀 있었다. 경찰이 어떤 조치를 취했을 것이다. 오늘날의 표현을 빌리자면, 약탈이 진행되었음이 확실했다. 타린조필드는 사막보다도 더 삭막했다. 그곳에는 절망이 감돌았다. 게다가 구석구석에 사나운 발톱이 할퀴고 지나간 자취가 있었다. 다시 말해 어느 누군가가 그 가엾은 장터의 호주머니를 뒤집어서 깨끗이 털어 간 것 같았다. 그윈플렌은 모든 구석을 샅샅이 뒤지고 볼링그린을 떠나, 이스트 포인트라고 부르는 지역의 구부러진 골목길로 들어섰다. 그러고는 템스강 쪽으로 걸었다.

양쪽에 담벼락이나 울타리밖에 없는 골목길들이 뒤섞여 있는 곳을 건너갔다. 그러자 물의 시원함이 공기 중에 느껴지고, 강물이 미끄러지듯 흘러가는 둔탁한 소리가 들리더니 어느 순간 난간 앞에 있었다. 에프록 스톤의 난간이었다.

그 난간은 매우 짧고 좁은 강둑의 블록 위에 놓여 있었다. 난간 밑에는 에프록 스톤의 높은 절벽이 어두운 물속에 수직으로 박혀 있었다.

그윈플렌은 그 난간 앞에서 걸음을 멈추고, 팔꿈치를 난간에 얹고 두 손으로 머리를 감쌌다. 그러고는 자기의 밑으로 흘러가는 물을 보며 생각에 잠겼다.

그는 물을 보고 있었을까? 아니다. 그러면 무엇을 바라보았을까? 어둠이었다. 외부에 있는 어둠이 아니라 내면에 있는 어둠을 보고 있었다.

그가 전혀 관심을 갖지 않는 야경 속에, 그의 시선이 전혀 뚫고 들어가지 않는 그 외면적 심층 속에 활대들과 돛대들의 윤곽이 어른댔다. 에프록 스톤 바로 밑에는 물결들만 있었다. 그러나 하류 쪽으로는 강둑이 점차 낮아져서, 어느 지점에 이르러서는 배 여러 척이 강변에 잇대어 정박하고 있었다. 배들과 육지는 돌이나 목재로 만든 정박용 작은 갑(岬)이나 널빤지로 만든 인도교로 이어져 있었다. 밧줄로 매어 놓은 것과 닻을 내려놓은 것이 있는데, 선박들은 모두 고정되어 있었다. 그곳에서는 사람들의 걸음소리도, 말소리도 들리지 않았다. 최대한 많이 자고 일을 하기 위해서만 일어나는 것이 선원들의 좋은 습관이었다. 그 선박들 중 간조 때 맞춰서 밤에 떠나야 할 배가 있을지라도, 선원들이 아직 잠에서 일어나야 할 시각은 아니었다. 검고 커다란 병 모양의 선체와 사닥다리에 걸려 있는 여러 색구(索具)가 흐릿하게 보였다. 모든 것은 납빛이었고 희미했다. 여기저기에서 고물의 붉은 등불이 안개를 뚫고 있었다.

그 모든 것이 물론 그윈플렌의 눈에는 보이지 않았다. 그가 주의 깊게 살피고 있던 것은 운명이었다.

그는 몽상에 빠져 있었다. 그는 잔혹한 현실 앞에서 넋을 잃은 몽상가였다.

그의 뒤에서 지진 같은 소리가 들려오는 것 같았다. 바로 귀족들의 웃음소리였다.

조금 전에 그가 그 웃음소리로부터 풀려나왔다. 나오면서 따귀도 맞았다.

누가 때렸던가?

그의 형이었다.

그리고 그 웃음소리로부터 빠져나와 따귀 한 대를 맞고, 상처 입은 새가 자기 둥지로 돌아오듯이 증오로부터 도망쳐 사랑을 찾아서 피신했는데, 그가 찾은 것은 무엇이었던가?

어둠뿐이었다.

아무도 없었다.

모든 것이 없어졌다.

그는 그 어둠을 그가 일찍이 꾸었던 꿈과 비교하고 있었다.

이 무슨 붕괴란 말인가! 그윈플렌은 지금 막 그 불길한 가장자리, 즉 허무의 가장자리에 도착했다. 그린박스가 떠나 버린 것은 곧 세계가 없어진 것이었다.

그의 영혼은 폐쇄되었다.

그는 깊은 생각에 빠져 있었다.

무슨 일이 생겼던 것일까? 다들 어디로 간 것일까? 그들을 치워 버렸음에 틀림없었다. 영달이라는 운명은 그윈플렌에게 충격이었고, 그 충격의 남은 영향은 그들에게 괴멸이라는 형태로 들이닥쳤을 것이다. 그가 그들을 영영 다시 볼 수 없을 것임이 확실했다. 틀림없이 그렇게 처리했을 것이다. 또한 동시에 그가 어떠한 단서도 찾지 못하게 하기 위해, 나이슬리스와 고비컴을 비롯해 장터에 머물던 모든 사람을 사라지게 한 것이다. 되돌릴 수 없는 잔혹한 분산 작업이었을 것이다. 상원에서 그를 가루로 만들어 버린 끔찍한 사회적 힘이, 초라한 오두막 속의 그들을 함께 분쇄해 버린 것이다. 그들 모두는 파멸했다. 데아도 없어졌다. 그로부터 영영 사라졌다. 신의 권능이시여! 지금 그녀는 어디에 있나이까? 더욱이 그곳에 머물러 그녀를 지켜주지도 못했다!

사라진 연인에 대해 추측을 하는 것 자체가 곧 자신을 고문하는 것이다. 그는 자신에게 그러한 고문을 행하고 있었다. 어느 구석으로 뛰어들어도, 어떠한 추측을 해도 그때마다 그의 내면에서 음산한 절규가 터져 나왔다.

그를 괴롭히던 일련의 사념이 이어지면서, 스스로 바킬페드로라고 부르던, 불길한 사람임에 확실한 남자가 그의 머리에 떠올랐다. 그 사람이 그의 머리에 모호한 무엇인가를 적어 놓았는데, 그것이 다시 떠올랐다. 얼마나 무서운 잉크로 적었던지 글자들이 불로 이루어진 것 같았고, 그윈플렌은 자신의 사념 아래에서 수수께끼 같았지만 이제 그 뜻이 밝혀진 다음과 같은 말이 활활 타는 것을 보았다. '운명은 하나의 문을 열면, 다른 문은 닫습니다.' 모두가 이루어졌다. 그는 마지막 그림자들에게 뒤덮여 있었다. 모든 사람은 각자 자기 삶에서 자신만의 최후를 맞을 수 있다. 그것은 절망이다. 그 순간 영혼은 추락하는 별들로 가득 차 있다.

그는 그러한 지경에 이르러 있었다!

한 덩어리의 연기가 지나간 것이다. 그 연기 속에 그가 섞여 있었다. 연기는 그의 눈 위에서 짙어지고 있었다. 연기가 그의 뇌수에 들어갔다. 연기는 그를 외적으로 눈이 멀게 했고, 내적으로 취하게 했다. 그러한 상태가 연기 한 덩어리 지나가는 시간만큼 계속되었다. 그런 다음 모든 것이, 그의 삶의 흔적들이 연기와 함께 종적을 감추었다. 꿈에서 깨어난 후 그는 다시 홀로 남았다. 모든 것이 자취를 감추었다. 모든 것이 사라졌다. 모든 것이 죽었다. 밤이었다. 아무것도 없다. 그것이 그의 앞에 보이는 지평선이었다.

그는 혼자였다.

혼자라는 말의 동의어는 죽음이다.

절망은 계산하는 사람이다. 따라서 총계하는 것이 중요하다. 아무것도 그 계산에서 누락되지 않는다. 그는 모든 것을 합산하며, 단 몇 상팀*의 예외 역시 허용하지 않는다. 그는 벼락으로 쳤건 바늘로 찔렀건, 신이 행한 모든 짓을 꾸짖는다. 그는 운명의 선상에서 무엇으로 만족해야 할지를 알고 싶어 한다. 그는 추론하고 저울질을 하고 계산한다.

표면은 다시 음산하게 차가워지지만, 그 밑에는 이글대는 용암이 계속 흐른다.

그윈플렌은 자신을 검토한 후에, 운명을 검토했다. 뒤를 한 번 돌아보는 것은 끔찍한 요약이다. 산의 꼭대기에 올라가면 절벽을 바라보게 된다. 깊은 곳에 빠져 처박히면 하늘을 쳐다본다. 그러면서 중얼거린다. "내가 저곳에 있었는데!" 그윈플렌은 불행의 저 밑바닥에 와 있었다. 게다가 그 일이 어찌 그리도 빠르게 닥쳤는지! 불운의 흉악한 신속성이다. 불운은 어찌나 무거운지, 그것이 느리다고 믿을 수 있다. 그러나 전혀 그렇지 않다. 눈은 차가워서 겨울의 마비이며, 하얗기 때문에 수의

---

* 프랑스의 화폐 단위로 1상팀은 1프랑의 100분의 1이다.

의 부동성을 가지고 있을 듯해 보일 수도 있다. 하지만 그러한 생각은 눈사태를 통해 부정된다!

눈사태는 도가니로 바뀐 눈이다. 눈사태는 차갑지만 집어삼킨다. 눈사태가 그윈플렌을 덮쳤다. 그는 넝마처럼 찢겼고, 나무처럼 뽑혔고, 조약돌처럼 박혔다.

그는 자신이 추락한 과정을 하나하나 되짚어 보았다. 자신에게 질문을 던지고 그 질문에 답했다. 괴로움은 일종의 심문이다. 어떤 판사도 스스로를 심문하는 양심만큼은 치밀하지 않다.

그의 절망 속에 회한이 얼마만큼 있었을까?

그는 그것을 파악하기 위해서 양심을 해부했다. 그것은 큰 고통이 수반되는 생체 해부였다.

그가 자리를 비웠을 때 참사가 벌어졌다. 그 부재가 그의 의지였던가? 닥친 모든 일에 있어서 그에게 자유가 있었던가? 전혀 그렇지 않았다. 그는 시종일관 포로가 된 느낌이었다. 무엇이 그를 얽매고 억류했을까? 감옥? 아니다. 쇠사슬? 아니다. 그러면 무엇이었을까? 바로 끈끈이였다. 그는 권세라는 진창에 빠져 있었다.

겉으로 보기에는 자유롭지만, 지신의 날개가 꽁꽁 묶여 있음을 느껴 본 적 없는 사람이 있는가?

토끼를 잡는 덫과 비슷한 것이 놓여 있었다. 유혹을 느끼면 결국 포로가 된다.

하지만 그에게 내밀어졌던 것을 그는 그저 감내만 하였던가? 그의 양심이 그를 무겁게 짓눌렀다. 그가 감내하기만 했던 것은 아니었다. 그는 선선히 받아들였다.

어느 정도는 그에게 강제성과 의외성이 작용했다. 틀림없는 사실이다. 그러나 그도 어느 정도는 스스로를 되는대로 내버려 두었다. 자신이 끌려가게 내버려 둔 것, 그것은 그의 잘못이 아니었다. 하지만 자신이 도취되도록 내버려 둔 것은 분명한 과오였다. 그가 질문을 받은 순간이 있었다. 매우 중요한 순간이었다. 바킬페드로라는 이가 그를 진퇴유곡의 곤경으로 몰면서 그윈플렌에게 한마디를 통해 자신의 운명을 정할 수 있는 기회를 제공했다. 그윈플렌은 충분히 거부할 수 있었다. 하지만 받아들였다.

경악 속에서 표한 수락으로부터 모든 것이 발생되었다. 그윈플렌은 그 사실을 알고 있었다. 수락이 남긴 쓰라린 결과였다.

하지만 그는 마구 몸부림을 쳤다. 자기의 권리와, 재산, 작위를 찾고 귀족으로서 선조들의 반열에 서고, 고아로서 아버지의 집으로 가는 것이 그렇게 큰 잘못이란 말인가? 그가 수락한 것이 무엇인가? 복원이었다. 그것은 누구의 뜻이었던가? 섭리의 뜻이었다.

그 순간에 그의 안에서 반항심이 꿈틀댔다. 어리석은 수락이었다! 도대체 무슨 거래를 했던가! 얼마나 멍청한 교환인가! 그가 섭리를 상대로 손해 보는 계약을 맺었다. 도대체 말이나 되는가! 연금 200만 파운드를 가지려고, 일고여덟쯤의 영지를 가지려고, 열둘쯤의 궁궐을 수중에 넣으려고, 도시의 저택들과 지방의 성들을 소유하려고, 100명의 시종을 거느리려고, 사냥개들과 사륜마차와 가문을 가지려고, 판관이자 입법자가 되려고, 왕처럼 관을 쓰고 진홍빛 가운을 입으려고, 남작이자 후작이라는 이름으로 행세하려고, 영국의 중신이 되기 위해 우르수스의 오두막과 데아의 미소를 내팽개치다니! 끊임없이 유동적이어서 침강하게 되는 거대한 세계를 얻기 위해 행복을 내팽개치다니! 바다를 얻으려고 진주를 내던진 셈이었다. 오! 분별력 없는 놈! 얼간이! 어수룩한 놈!

그때 반론이 떠올랐다. 그 근거도 매우 탄탄했다. 즉, 그를 사로잡았던 엄청난 행운의 열기 안에는 해로운 것만이 있지는 않았다. 만약 그 행운을 포기했다면 그 행위에는 이기심이 영향을 주었을 것이다. 또한 그것을 수용할 때, 아마도 의무감이 관여했을 수 있다. 별안간 귀족으로 변한 그가 무엇을 해야 했을까? 여러 사건이 얽히면 정신적인 당황스러움을 초래한다. 그의 내면에 그러한 현상이 일어났다. 서로 반대되는 명령을 내리는 의무감, 동시에 여러 방향을 향하는 의무감, 복합적이면서 대체로 자가당착적인 의무감 등 그러한 당혹감이 그를 사로잡고 있었다. 특히 코를레오네궁에서 상원으로 가는 사이에 그러한 당혹감은 그를 마비시켰고, 그는 저항하지 못했다. 우리의 삶에서 흔히들 상승이라고 부르는 것은 평범한 여정에서 불안한 여정으로 이동함을 의미한다. 그런 다음에는 직선 여정이 어디에 있는가? 누구에게로 가는 것이 첫째 의무인가? 친근한 사람들일까? 작은 가족 안에 있다가 큰 가족으로 옮겨 가지 않았는가? 상승하기 시작하면, 더해지는 무게가 정직성을 억누르는 것을 느낀다. 높이 올라갈수록 더 많은 의무감을 느낀다. 권리의 확장이 의무를 증대시키는 것이다. 아마 환상일지는 모르겠으나, 여러 갈래의 길이 한 번에 나타난다는 강박증에 사로잡힌다. 그리고 각 길의 입구에서 방향을 가리키는 양심의 손가락을 보았다고 생각한다. 어디로 가야 할까? 나갈까? 그대로 있을까? 앞으로? 뒤로? 어떻게 해야 할까? 의무에도 교차로가 있다니 기묘하다. 책임은 일종의 미로일 수도 있다.

그리고 어떤 사람이 이념을 안고 있을 때, 그가 특정한 사실의 화신(化身)일 때, 그가 살과 뼈로 이루어진 인물이자 하나의 상징적인 인물일 때, 그의 책임은 더욱 당황스럽게 되는 것 아니겠는가? 그윈플렌의 근심에 찬 고분고분함과 말 없는 불안은 바로 그것에서 시작되었다. 그러한 이유로 등원하라는 명령에 복종한 것이었다. 생각에 빠진 사람은 대체로 수동적이다. 그는 의무의 명령을 들은 것처럼 생각했다. 압제에 관해 토론하고 또 그것을 비판할 수 있는 곳으로의 진입. 그의 가장 깊숙한 열망 중 하나가 이루어지는 것 아닌가? 6천 년 전부터 인류를 억눌러 그 아래에서 헐떡거리게 하는 절대적 자의(恣意)의 살아 있는 견본, 그것도 끔찍한 사회적 견본인 그에게 겨우 발언권이 생겼다. 그 발언권을 거부할 권리가 그에게 있었던가? 저 높은 곳에서 활활 불붙은 혀가 그에게 떨어졌는데 자기의 머리만 빼낼 권리가 있었던가?

양심의 모호하고 현기증 나는 논쟁이 벌어질 때 그는 자신에게 무슨 말을 했을까? 그것은 아래와 같다.

'백성은 일종의 침묵이다. 나는 그 침묵의 훌륭한 변호사가 되겠어. 벙어리들을 위해 내가 말하겠어. 작은 사람들에 대해서는 큰 사람들에게, 약자들에 대해서는 강자들에게, 내가 말하겠어. 그것이 내 운명의 종착점이야. 신은 모든 것을 원하며 또 원하는 것을 행하지. 그윈플렌의 클랜찰리 경으로의 변신을 간직한 하드콰논의 호리병이 숱한 물결과 암류, 질풍을 뚫고 15년 동안이나 바다 위를 떠돌았지만, 그 노기가 가득한 것들이 호리병을 전혀 훼손치 못했다는 사실은 정말 놀라워. 나는 그 이유를 알겠어. 비밀에 싸인 운명들이 있지. 나는 내 운명의 비밀을 열 수 있는 열쇠를 가지고 있고, 그것으로 나의 수수께끼를 풀 수 있어. 나는 운명을 타고난 사람이야! 나에게는 사명이 있어. 가난한 사람들의 귀족이 되겠어. 입을 다물고 절망에 빠져 있는 모든 사람들을 위해 내가 말을 하겠어. 잘 알아들을 수 없는 웅얼거림을 통역하겠어. 으르렁거림과, 울부짖음과, 투덜거림과, 군중의 웅성거림과, 발음이 불명확한 불평과, 잘 알아들을 수 없는 목소리와, 무지와 고통으로 인해 인간이 뱉어 낼 수밖에 없는 짐승의 비명 같은 절규를 내가 통역하겠어. 사람들이 내는 소음도 바람 소리처럼 발음이 분명치 않아. 그들도 비명을 질러대. 하지만 아무도 그 뜻을 이해하지 못하지. 그렇게 비명 지르는 것은 입을 다무는 것이고, 입을 다무는 것은 곧 그들의 무장 해제야. 그러나 그 무장 해제는 강요된 것이고, 그들은 구원을 간절히 요청하고 있어. 내가 그 구원의 손길이 되겠어. 내가 고발 그 자체가 되겠어. 내가 백성의 말씀이 되겠어. 내 덕분에 모두들 알 수 있게 될 거야. 재갈을 뽑아 버린 피 흘리는 입이 되겠어. 모든 것을 말하겠어. 위대한 일이야.'

벙어리들을 대신해 말을 한다는 것은 미덕이다. 그러나 귀머거리들에게 말을 하는 것은 서글픈 행동이다. 그가 겪은 사건의 두 번째가 바로 그것이었다.

애달픈 일이다! 그는 실패하고 말았다.

되돌릴 수 없는 실패였다.

그가 믿었던 상승, 그 놀라운 행운, 그 겉모습이, 그의 발밑으로 가차 없이 무너져 버렸다. 이 얼마나 처참한 추락인가! 웃음의 포말 속으로 떨어지다니!

여러 해 동안 광막한 고통의 바다 위를 경직된 영혼으로 떠돌던 그는, 또한 그 어두운 그늘에서 비통한 절규를 모아 온 그는 자신을 강한 자라고 여겼다. 하지만 행운아들의 경박함이라는 큰 암초에 부딪혀 좌초했다. 그는 자신이 복수의 대행자라 여겼는데 다만 광대일 뿐이었다. 벼락을 치는 줄 알았는데 고작해야 그들을 간지럽게 할 뿐이었다. 그가 거두어 온 것은 감동이 아니라 조소였다. 그가 흐느끼자 모두들 즐거워했다. 그는 그 즐거움 밑으로 침몰해 버렸다. 서글픈 침몰이다.

게다가 그들이 웃은 것은 무엇 때문이었는가? 그의 얼굴에 새겨진 웃음을 보고 웃었다. 그가 영영 그 흔적을 간직하게 된 가증스러운 폭력, 지워지지 않을 즐거움의 표시로 변한 훼손, 성흔(聖痕)과 같은 그 이빨 드러내는 웃음, 압제자들 밑에 짓눌린 백성들의 거짓 만족감의 영상, 고문을 가해 만든 기쁨의 가면, 그가 얼굴에 달고 다니는 냉소의 극치, 유수 레기스를 뜻하는 상흔, 국왕이 그에게 저지른 범죄 증명서, 백성 전체에게 왕권이 저지른 범죄의 상징, 그것이 그를 상대로 승리를 거두었고 그것이 그를 짓눌렀다. 그것은 분명 망나니를 나무라는 고발장이었건만, 희생자를 단죄하는 판결문으로 바뀌었다. 정의의 놀라운 거부이다. 왕권은 그의 아버지를 눌러 이긴 다음, 그마저도 눌러 이겼다. 이미 저지른 악이, 저지를 악의 명분과 동기로 이용되었다. 귀족들은 누구에게 분개했는가? 고문을 가한 사람에게? 아니다. 고문을 당한 사람에게 분개했다. 여기에는 왕좌가, 저기에는 백성이 있다. 여기에는 제임스 2세가 있고, 저기에는 그윈플렌이 있다. 그러한 대질이 물론 하나의 음모, 그리고 하나의 범죄를 세상에 드러냈다. 무엇이 음모냐고? 불평. 무엇이 범죄냐고? 고통스러워하는 것. 비참함은 스스로를 숨기고 입을 다물지니, 그러지 않는다면 비참하다는 사실 자체가 대역죄이다. 그렇다면 그윈플렌을 빈정거림이라는 사립짝 위에 실어 끌고 다니던 그 사람들은 못된 성품을 가졌을까? 아니다. 그러나 그들에게도 나름의 숙명이 있었다. 그 숙명은 그들이 행운아였다는 것이다. 그들은 망나니였지만 그러한 사실조차 몰랐다. 그들은 기분이 좋았을 뿐이다. 그들은 그윈플렌이 쓸모없다고 생각했다. 그가 배를 갈라 간과 심장을 뽑아내고 내장을 전부 그들에게 보였지만, 그에게 들려오는 소리는 이랬다. "코미디로군!" 슬픈 일은 그가 웃고 있었다는 사실이다. 무서운 쇠사슬이 그의 영혼을 묶고 있어서 그의 생각이 얼굴까지 올라오는 것을 막고 있었다. 안면의 왜곡이 그의 영혼까지 미쳤고, 그리하여 그의 양심이 분개하는 동안 그의 얼굴은 양심의 말을 부정하며 낄낄댔다. 모든 것이 끝장이었다. 그는 눈물 흘리는 세계를 떠받치고 서 있는 카리아티데스*였다. 그는 불행으로 가득한 세계의 무게를 견디며 웃음과 빈정댐과 다른 이

* 여인상으로 된 돌기둥이다.

들을 즐겁게 해 주는 역할에 영영 갇힌, 폭소의 모습으로 응고된 극도의 괴로움이었다. 그는 모든 압제 받는 이들의 화신이었고 단 한 번도 진지한 시선을 받지 못하는 가증스러운 숙명을 그들과 공유했다. 사람들은 그의 절망을 조롱거리로 삼았다. 그는 불운의 무시무시한 응축물에서 솟구쳐 나온, 지하 감옥에서 탈출한, 신의 앞을 지나온, 하층민의 바닥에서 올라와 왕좌 밑에 도착한, 그리고 별들과 섞여 저주받은 이들을 즐겁게 해 준 후에 선택 받은 이들을 즐겁게 해 주는, 정체 모를 거대한 익살광대였다! 관대함, 열광, 웅변, 따스한 심정, 영혼, 격분, 노여움, 사랑, 형언할 수 없는 슬픔 등 그의 내면에 있는 모든 것이 결국 폭소로 이르게 되었다! 그는, 그가 귀족들에게 말했듯이 자신이 예외가 아님을 확인했다. 또한 그것이 지극히 정상적이고 일상적이며 보편적인 현상이고, 광대하게 퍼진 가장 지배적인 현상이기 때문에 삶의 인습에 뒤섞여 사람들이 미처 눈치채지 못하는 것임을 확인했다. 굶어 죽어 가는 사람이 웃고, 거지가 웃고, 도형수가 웃고, 매춘부가 웃고, 고아가 끼니거리를 벌기 위해 웃고, 노예가 웃고, 병사가 웃고, 백성이 웃는다. 인간 사회는 하도 특이하게 만들어져서, 모든 파멸과 모든 가난, 모든 참사, 모든 열병, 모든 궤양, 모든 단말마의 고통이 심연 위에서 즐거움의 무시무시한 찡그림으로 이르게 된다. 그윈플렌이 바로 그러한 찡그림의 모든 것이었다. 찡그림이 곧 그였다.

세상을 다스리는 미지의 힘, 즉 저 높은 곳에 있는 법칙께서 가시적이고 촉지할 수 있는, 다시 말해 살과 뼈로 이루어진 유령 하나, 흔히 세계라고 부르는 흉물스럽고 우스꽝스러운 모조품을 단적으로 요약해 주기를 바랐는데 그윈플렌이 바로 그 유령이었다.

치유할 수 없는 운명이었다.

"고통에 시달리는 사람들에게 자비를 베푸시오!"

그렇게 외쳤건만 허사였다.

그는 자비심을 일깨우기를 원했다. 그러나 공포를 일깨우고 말았다. 그것이 유령들의 출현 법칙이다.

그는 유령이면서 또한 인간이었다. 그 복잡함이 그를 괴롭혔다. 겉보기에는 유령이지만 내면은 인간이었다. 아마 그 누구보다도 더 인간적이었을 것이다. 그의 이중적 운명이 인간 전체를 집약하고 있었으니 말이다. 또한 그는 자신 안에 인간을 간직하면서 자기 밖에 있는 인간도 느꼈다.

그의 삶에는 극복되기 어려운 대상이 있었다. 그는 누구인가? 아무것도 상속받지 못한 사람인가? 아니다. 그는 귀족이었다. 그러면 무엇인가? 귀족인가? 아니다. 반항아이다. 그는 빛을 가져오는 사람이었다. 흥취를 깨는 무서운 존재였다. 그가 사탄이 아니라는 것은 틀림없다. 그러나 루시퍼였다. 그는 횃불 하나를 손에 들고 음산하게 모습을 드러냈다.

누가 음산하게 보았을까? 음산한 자들이 그렇게 보았다. 누가 보기에 무서웠을까? 두려워하는 자들이 무섭게 보았다. 그들은 그러한 이유로 그를 배척했다. 그들 중 한 명이 되는 것? 받아들여지는 것? 그것은 영원히 불가능하다. 물론 그의 얼굴에 보이는 장애물은 무시무시하다. 하지만 그의 사상 속에 존재하는 장애물을 넘어서는 것은 더욱 힘들었다. 사람들에게는 그의 얼굴보다 그의 말이 더욱 흉악망측해 보였다. 숙명에 따라 강하고 힘센 자들의 세계에서 태어났다가, 또 다른 숙명에 의해 그 세계에서 벗어났던 그는 그 세계에서 사용하는 사유를 펼 수 없었다. 사람들과 그의 얼굴 사이에 가면이 있었다면, 사회와 그의 지성 사이는 벽으로 가로막혀 있었다. 어린 시절부터 떠돌이 광대로, 활기가 가득 차 있는 커다란 세계인 군중과 뒤섞여 자라면서 그 생기를 가득 받아들였다. 게다가 자신의 몸에 광대한 인간의 영혼을 스며들게 하면서, 모든 사람의 상식 속으로 섞여 들어가 지배 계급 특유의 감각을 상실했다. 저 높은 곳에서는 그를 수용할 수 없었다. 그가 진실의 물에 흠뻑 젖었기 때문이다. 그에게서 심연의 고약한 냄새가 났다. 그것이 거짓의 향수를 뿌린 귀족들에게 혐오감을 일으켰다. 허구로 살아가는 사람에게는 진실의 맛이 거슬린다. 어쩌다가 아부에 목마른 사람이 진실을 마신다면, 즉각적으로 토해 낸다. 사람들 앞에 그윈플렌이 가져온 것을 선뜻 내놓기는 어려웠다. 그것이 무엇이냐고? 그것은 이성과 지혜와 정의였다. 모든 사람들이 그것을 역겨운 표정으로 바라보며 거부했다.

그윈플렌은 주교들에게 신을 데려다 주었다. 주교들은 '이 침입자는 누구지?'라는 반응을 보였다.

극(極)은 서로 배척하므로 어떠한 융합도 이루어질 수 없다. 전이(轉移)는 없다. 우리는 벌써 격노한 고함이라는 결과만을 얻었던, 그 기막힌 대면 장면을 보았다. 그 대면은 한 사람 속에 응축된 비참함과 한 카스트에 응축된 오만이 서로 마주 본 것이었다.

규탄은 의미가 없다. 확인하는 것만으로도 족하다. 그윈플렌은 운명의 길가에서 생각에 잠겼다. 그리고 자기의 노력이 부질없었음을 확인하고 있었다. 저기 높은 곳의 난청증도 함께 확인했다. 특전을 누리는 사람들은 아무것도 없는 사람들에게 귀를 열어 놓지 않는다. 특전 받은 이들이 잘못한 것일까? 아니다. 슬프게도 그들의 법인 것이다! 그러므로 그들을 용서하자. 흥분하면 자기 자신을 포기하게 된다. 나리들과 군주들이 있는 곳에서는 어떤 기대도 해서는 안 된다. 만족감에 빠져 있는 사람은 냉혹한 사람과 같다. 포식한 사람은 배고픈 사람을 알지 못한다. 행운아들도 모르고 있으며, 그렇기 때문에 자신을 고립시킨다. 지옥의 문지방처럼 낙원 문지방에도 이런 글귀가 있어야 한다.

'모든 희망을 버려라.'

그윈플렌은 마치 신들이 있는 곳으로 들어간 유령 같았다.

그윈플렌은 그의 내면에 있던 모든 것들이 불끈 치밀어 오르는 것을 느꼈다. 그는 유령이 아니라 인간이었다. 그는 그 사실을 말했다. 그리고 자신은 인간이라고 부르짖었다.

그는 유령이 아니라 팔딱대며 살아 움직이는 살이었다. 그에게는 생각할 수 있는 뇌가 있고, 사랑할 수 있는 심장이 있고, 희망을 품을 수 있는 영혼이 있었다. 그의 잘못은 분에 넘치는 희망을 가졌다는 것, 그것이 전부였다.

슬픈 일이다! 그는 화려하면서도 음침한 것인 사회를 신뢰할 만큼 스스로의 희망을 과장했던 것이다. 그래서 바깥에 있던 그가 그 안으로 들어갔다.

사회는 즉시, 한 번에, 동시에 세 가지의 제안을 했고, 세 가지의 선물을 주었다. 바로 결혼과 가족과 카스트였다. 결혼? 그는 매춘의 문턱에서 결혼을 보았다. 가족? 그의 형은 뺨을 때렸고 다음 날 손에 검을 들고 기다린다고 했다. 카스트? 귀족인 그의 앞에서, 불쌍한 그의 앞에서, 그가 속한 카스트는 웃음을 터뜨렸다. 그는 받아들여지기도 전에 내쳐졌다. 그 깊숙한 사회적 암흑 속으로 디딘 첫 세 걸음이, 그의 발 아래에 심연의 입구 세 개를 열어 두었다.

배신적인 변신에서 그의 고난이 비로소 시작되었다. 신격화라는 가면을 쓰자마자 고난이 접근했다! '올라가!'는 '내려가!' 라는 뜻이었다.

이는 욥과는 정반대의 경우였다. 그의 역경은 번영에서 시작되었다.

아! 인간의 비극적인 수수께끼! 마침내 함정이 그 모습을 나타냈구나! 어린 시절 밤과 싸웠을 때 그가 밤을 이겨냈다. 어른이 돼서 숙명에 항거하며 싸워 숙명을 이겨냈다. 얼굴이 훼손되었으나 스스로 빛나게 만들었고, 불운했지만 행복한 사람이 되었다. 그는 유배지를 피신처로 바꾸었다. 부랑자로서 허공과 싸웠으며, 허공을 날아다니는 새들처럼 자기 몫의 빵 조각을 얻었다. 야생 동물처럼 외로운 형편에서 대중과 싸워, 그 대중을 연인처럼 다정한 벗으로 만들었다. 강인한 투사로서, 백성이라는 사자와 결투를 벌여 백성을 길들였다. 빈자로서 궁핍과 싸우며, 생존의 음울한 조건과 용감하게 겨루었고, 가난에 마음의 즐거움을 혼합하여 가난을 부로 바꾸어 놓았다. 그는 스스로를 인생의 승자라고 생각할 수 있었다. 갑자기 미지의 세계 저 밑에서 새로운 세력이 솟구쳐 올라왔다. 그것은 위협적이지도 않았고, 오히려 애무와 미소까지 동반하고 있었다. 그는 천사의 사랑에 젖어 있었다. 그런 그의 앞에, 드라콘*적이고 물

* 아테네의 입법가다. 드라콘 법전은 억압적인 법적 조치를 의미한다.

질적인 사랑이 모습을 드러냈다. 이상을 식량처럼 여기고 살아가던 그를 움켜잡은 것은 살이었다. 그리하여 광기의 비명 같은 관능의 말을 들었다. 그리고 마치 똬리 튼 뱀 같은 여인의 팔이 자신을 휘감는 것도 느꼈다. 거짓의 매혹이 진실의 광명 뒤에서 모습을 드러냈다. 살이 아니라 영혼이 진실이다. 살이 재라면 영혼은 불꽃이다. 그와 가난과 노동의 인연으로 단단하게 연결되어 있는 사람들, 진정한 자연 발생적 가족이었던 사람들은 사회적이고 순수하지 않은 혈연적 가족으로 대체되었다. 게다가 가족이 되기도 전에, 이미 싹텄던 형제 살해라는 행위와 마주했다. 안타까운 일이다! 그는 브랑톰의 '아들이 아버지에게 합법적으로 결투를 신청할 수 있다'라는 말이 가리키는 사회 속에 다시 분류되게 놔두었다. 당연히 그는 브랑톰의 책을 읽지 못했다. 운명적인 행운이 그에게 외쳤다. '너는 대중의 한 사람이 아니야. 너는 선택받은 자야.' 그리고 하늘의 뚜껑을 열듯이 사회의 천장을 열고, 그 사이로 그를 내던져서 왕족들과 상전들 가운데에 사나운 모습으로 나타나게 했다. 박수갈채로 환영하던 백성들 대신, 그를 저주하는 나리들이 그를 에워쌌다. 그의 변신은 서글픔이었다. 명예롭지 못한 입신(立身)이었다. 그의 모든 것이었던 유열(愉悅)은 일순간에 약탈당했다! 그의 삶은 야유의 함성에 모조리 털렸다! 그 독수리들의 부리는 그윈플렌을, 클랜찰리를, 귀족을, 광대를, 예전의 그의 운명을, 새로운 운명을, 갈가리 찢어버렸다!

장애를 극복하고 시작한 삶이 무슨 소용이 있단 말인가? 승리한 것에 무슨 유익함이 있단 말인가? 슬프고 안타까운 일이다! 절벽 아래로 다시 내리꽂혀지지 않는다면 운명의 여정은 끝나지 않는다.

반은 강압적으로, 반은 자의적으로* 그는 현실 대신 환상을, 진실 대신 거짓을, 데아 대신 조시안을, 사랑 대신 오만을, 자유 대신 권력을, 하찮지만 당당한 일 대신 불분명한 책임이 가득한 호화를 선택했다. 신이 있는 캄캄한 곳 대신 악마들이 모여 횃불이 이글이글 타는 곳을, 낙원 대신 올림포스에 손을 내밀었다!

그는 황금 과일을 깨문 후 바로 한 입의 재를 뱉었다.

그 결과는 비탄이었다. 도주, 파산, 폐허로의 추락, 태형을 당한 모든 희망의 소멸, 가늠하기도 어려운 환멸감이었다. 앞으로 무엇을 해야 하는가? 내일을 향할 때 그의 눈에 띄는 것은 무엇인가? 날카로운 검의 끝이 그의 가슴을 겨누고 있는데, 검의 손잡이는 형이 잡고 있다. 그에게는 무시무시한 검의 번쩍임만이 보였다. 그 뒤에는 조시안과 상원이 비극적 광경들로 가득 찬 흉측한 미광 속에 있었다.

---

* 와펀테이크에게 끌려간 후에 바킬페드로를 만났고, 자신의 유괴 상태에 대해 그는 동의한 적이 있다.

그리고 형, 그에게는 형이 위압적이고 용맹스러워 보였다! 그러나 그윈플렌을 보호해 주던 톰짐잭, 클랜찰리 경을 보호해 주던 데이비드 경을 얼핏 보았을 뿐이다. 그에게 뺨 한 대를 맞고, 그를 좋아하기 시작할 시간만이 있었다.

그 낙담을 어찌 말로 표현할 수 있을까!

이제 더 이상 멀리 갈 수 없었다. 사방을 둘러보아도 붕괴뿐이었다. 간다 한들 무슨 소용이 있겠는가? 절망의 밑바닥에는 온갖 고달픔이 있었다.

시험은 끝났다. 다시 시작할 필요가 없었다. 모든 패를 다 내놓은 도박사, 그가 바로 그윈플렌이었다. 그는 무시무시한 도박장으로 자신이 끌려갈 때 가만히 있었다. 기이한 환상의 중독 때문에 그는 자신이 하는 짓을 정확히 인식하지 못했다. 조시안을 얻기 위해 데아를 걸었고 그렇게 해서 딴 것은 괴물이었다. 가족을 얻기 위해 우르수스를 걸었다. 그렇게 해서 딴 것은 모욕이었다. 그는 귀족의 자리를 위해 광대의 무대를 걸었다. 그가 딴 것은 환호와 갈채가 아니라 저주였다. 인적 없는 볼링그린의 운명적인 초록색 융단 위에 그의 마지막 카드가 떨어졌다. 그윈플렌이 패배했다. 이제 지불할 시간이었다.

'어서 지불하게, 불쌍한 자여!'

벼락 맞은 사람은 꿈틀거리지 못한다. 그윈플렌은 미동 없이 서 있었다. 암흑 속에서, 움직이지 않고 꼿꼿하게 난간에 서 있던 그는 하나의 돌처럼 보였다. 지옥과 독사와 몽상, 이 모두는 스스로를 휘감는다. 그윈플렌은 무덤 속 나선계단 같은 사유의 깊은 곳으로 내려갔다.

자신이 일순간 스치듯이 본 차가운 세상을, 즉 결정적인 시선으로 다시금 찬찬히 살펴보았다. 사랑이 없는 결혼, 형제애가 없는 가족, 양심 없는 부, 정숙함 없는 아름다움, 공정성 없는 정의, 균형 없는 질서, 지성 없는 권력, 권리 없는 권위, 빛이 없는 화려함, 냉혹한 결산서였다. 그는 자신의 사유가 깊이 박혀 있는 절대적 시선으로 다시 한 번 살펴보았다. 운명과 상황과 사회와 자신을 하나하나 검토했다. 운명은 하나의 덫이었다. 상황은 하나의 절망이었다. 사회는 하나의 증오였다. 그윈플렌 자신은 정복당한 한 사람이었다. 그 순간에 그의 영혼 깊은 곳에서 절규가 터져 나왔다. 사회는 계모, 자연은 어머니이다. 사회는 육체의 세계, 자연은 영혼의 세계이다. 하나는 구덩이에 파묻힐 전나무 상자, 다시 말해 땅속 벌레들에게 이르러 사라질 관이다. 그러나 다른 하나는 날개를 활짝 펴고 여명 속에서 변신을 하고, 창공으로의 상승에 이르러 다시 시작한다.

절정에 오른 감회가 그윈플렌을 조금씩 엄습했다. 그것은 하나의 소용돌이였고 치명적이었다. 종말에 다다른 사물은 최후의 빛을 내뿜고 그 빛을 통해 모든 것을 다시 보게 된다. 판단하는 자는 으레 비교하기 마련이다. 사회가 그에게 해 준 것과 자연이 그에게 베풀어 준 것을 동시에 바라보았다. 자연은 얼마나 선의를 갖고 대해 주었던가! 영혼인 자연이 얼마나 많은 도움을 주었는가! 모든 것, 심지어 얼굴까지 빼앗겼던 그에게 영혼은 그것들을 다시 돌려주었다. 모든 것을, 심지어 얼굴까지도 돌려주었다. 오로지 그를 위해 창조된, 그의 추악함은 볼 수 없고 아름다움만을 볼 수 있는 천상의 눈먼 소녀 하나가 이 세상에 내려와 있었기 때문이다.

그런데 자신을 그녀에게서 떨어지도록 내버려 두었다! 그 사랑스러운 소녀에게서, 그 따뜻한 심장에게서, 그 다정함에게서, 그 앞 못 보는 성스러운 시선에게서, 이 세상에서 그를 볼 수 있는 단 하나의 시선에게서, 멀어져 갔다니! 데아, 그녀는 그의 누이였다. 맑고 푸른 하늘 같은 형제애가, 온 하늘을 담고 있는 신비가, 그녀로부터 그에게로 흘러 들어옴을 느꼈기 때문이다. 어린 시절, 데아는 그의 성처녀였다. 아이들 모두에게는 성처녀 하나가 있기 마련이다. 그리고 인생은 아무것도 모르는 어린 두 순결함 속에서, 순진무구 속에서 이루어지는 결혼으로부터 시작된다. 데아는 그의 아내이기도 했다. 두 사람에게는 후메나이오스의 우거진 나무 꼭대기의 가지에, 둘의 보금자리가 있었기 때문이다. 데아는 이상의 존재였다. 그녀는 그에게 있어 광명이었다. 그녀의 존재 없이는 모든 것이 허무했고 공허했다. 그는 햇살로 된 그녀의 머리카락들을 보았다. 데아 없이 그가 무엇이 될 수 있을까? 그가 무엇을 할 수 있을까? 그녀 없이 그의 어떤 부분도 살아남는 것은 불가능했다. 그런데 어떻게 그녀에게서 잠시라도 눈을 뗄 수 있었단 말인가? 오! 불행한 이로다! 그가 별과 자신 사이에 편차(偏差)가 생기도록 방치했고 끔찍한 미지의 인력이 편차를 바로 심연으로 변형했다. 그녀는, 그 별은 지금 어디에 있을까? 데아! 데아! 데아! 데아! 애달픈 일이다! 그는 자신의 빛을 잃어버렸다. 별이 사라진 하늘은 무엇인가? 그저 한 덩이의 암흑일 뿐이다. 왜 그 모든 것이 사라져 버렸는가? 오! 그는 얼마나 행복했었는지! 신께서 그를 위해 다시 만든, 애석하게도 너무나 완벽했던 에덴! 독사가 다시 돌아왔다! 그러나 이번에 유혹을 받은 것은 남자였다. 그는 유혹에 빠져 에덴 밖으로 나갔고, 그곳에서 무시무시한 덫에 걸려 검은 웃음의 카오스 같은 지옥에 떨어졌다! 불행이도다! 불행이도다! 얼마나 무시무시한 것들이 그를 홀렸는가! 조시안은 누구였나? 소름끼치는 여인, 짐승스러운, 거의 여신 같은 여인이었다! 그윈플렌은 이제 자신의 영광 저편에 건너가 있었고, 그래서 눈부심의 이면을 볼 수 있었다. 그것은 무척이나 음산했다. 영지는 기형이었고, 왕관은 흉악했고, 자주색 가운은 음울했으며, 궁전은 독을 지니고 있었고, 전리품과 조각상과 가문(家紋)은 모두 이상했으며, 그곳의 탁하고 수상한 공기는 사람들을 광인으로 만들었다! 광대 그윈플렌이 입던 넝마는 얼마나 찬란했던가! 그린박스와 가난, 즐거움, 제비들처럼 함께하던 그 달콤한 유랑 생활은 어디에 있단 말인가? 그 시절에는 서로의 곁을 떠나지 않았고, 저녁과 아침 모두 언제나 서로를 바라보았고, 식탁에서는 팔꿈치로 서로를 밀쳤고, 무릎을 맞댔고, 같은 잔으로 마셨으며, 작은 창문으로 햇살이 들어왔지만 그는 태양이었고 데아는 사랑이었다. 밤이면 서로가 멀리 떨어져서 잠들지 않았음을 느꼈으며, 그래서 그윈플렌 위로 데아의 꿈이 고요히 내려앉았고, 데아의 몸 위에 그윈플렌의 꿈이 신비롭게 피어오르곤 했다! 아침이 와서 잠에서 깨어나면 두 사람이 꿈속의 푸르른 운무(雲霧) 속에서 입맞춤을 하지 않았다고 자신 있게 말할 수 없었다. 순진무구 그 자체가 데아에게 있었고, 모든 지혜로움이 우르수스에게 있었다. 이 도시 저 도시를 유랑할 때, 백성들의 선하고 순수한 즐거움이 그들에게는 노자이며 강심제였다. 그들은 유랑하는 천사들이었지만, 인간을 닮아 있어 이 지상에 있었고 날개가 없어 날아오를 수 없었다. 그런데 지금, 그들은 모습을 감췄다! 그 모든 것이 어디에 있는가? 모든 것이 흔적도 없이 사라진다는 것이 가능한가? 어떤 무덤에서 바람이 불어닥친 것인가? 그것들은 흩어져서 자취도 없이 사라졌다! 영원히 사라졌다! 애석하도다! 어찌할 수 없는 전능함은 작은 것들을 억압하였다. 그 전능함은 온갖 어둠을 가지고 있어, 어떤 일이든 할 수 있다! 그들에게 무슨 짓을 했는가?

하지만 그는 그곳에 없었다. 작위와 지위, 검을 가진 귀족으로서, 또는 주먹과 손톱을 가진 광대로서 그들을 지키고, 그들 앞을 가로막고, 그들을 방어했어야 했는데! 그 순간 아마도 모든 상념 중 제일 고통스러운 상념이 불현듯 떠올랐다. 그는 그들을 지켜줄 수 없었다! 그들을 사라지도록 한 사람은 바로 그였으니까. 그들에게서 그를, 클랜찰리 경을 지키기 위해, 그들과의 접촉에서 그의 존엄함을 단절시키기 위해, 비정한 사회적 절대 권력은 그들을 압제하였다. 그들을 보호하기 위해 그가 할 수 있는 최선의 방법은 그 스스로가 사라지는 것이다. 그러면 그들을 괴롭힐 이유가 없을 것이다. 그가 사라지면 그들을 편안히 생활하도록 놔둘 것이다. 그가 상념에 빠져들면서 얼음같이 차가운 사유가 시작된 것이다. 아! 왜 데아의 곁을 떠나는 자신을 놔두었는가? 그의 첫 번째 의무는 데아에 대한 것이 아니었던가? 백성에게 봉사하고 그들을 보호하기 위해서? 그러나 데아가 바로 백성이었다! 데아는 고아인 동시에 장님이었다. 그녀가 바로 인류였다! 오! 그들에게 무슨 짓을 저지른 것일까? 삶아지는 것 같은 혹독한 회한의 괴로움! 그의 부재가 활개를 치는 참화를 불러온 것이다. 그가 그곳에 있었다면 그들과 같은 운명을 공유할 수 있었을 것이다. 또는 그들과 함께 다른 곳으로 갈 수도 있었을 것이다. 아니면 그들과 함께 심연 속으로 모습을 감출 수도 있었을 것이다. 이제 더 이상 그들이 없는데, 그가 무엇이 될 수 있을까? 데아 없는 그윈플렌, 가능한 일인가! 데아 없이는 그 어떤 것도 존재할 수 없다. 아! 이제 모든 것이 끝났다. 그토록 소중했던 이들은 자취를 감추고 사라졌다. 모든 것이 없어졌다. 게다가 그윈플렌은 벌을 받고 저주를 받았는데 더 싸우는 것이 무슨 소용이 있단 말인가? 인간들에게도 하늘에게도 더 이상 기대하지 않았다. 데아! 데아! 데아는 어디에 있을까? 없어지다니! 아니, 없어지다니! 잃어버린 자신의 영혼을 되찾을 수 있는 곳은 단 하나, 죽음뿐이다.

정신을 잃고 비통함에 빠져 있던 그윈플렌은 결단을 내렸다. 단호한 태도로 손을 난간 위에 올려놓고 강을 바라보았다.

잠을 못 이룬 지 사흘째 되는 날이었다. 열이 심하게 났다. 그가 가졌던 명료한 생각들이 혼란스러워졌다. 그는 거부할 수 없는 잠의 욕구를 느꼈다. 잠시 동안 강물 위에서 몸을 숙이고 있었다. 어둠이 커다랗고 편안한 침대를, 무한한 어둠을 제공하고 있었다. 그것은 일종의 음울한 유혹이었다.

그는 정장 상의를 벗고 개어서 난간 위에 놓았다. 그 다음에는 조끼의 단추를 끌렀다. 조끼를 벗으려다가 주머니에 어떤 물건이 들어있다는 것을 느꼈다. 라이브러리언에게서 받았던 신사록이었다. 그는 신사록을 꺼내어, 밤의 흩어지는 미광 속에서 살펴보았다. 한 자루의 연필도 있었다. 그는 연필로, 첫 번째 빈 페이지에 두 구절을 썼다.

저는 이제 떠납니다. 형님 데이비드께서 저의 자리를 대신해 주시고, 행복하시기를 바랍니다.

그리고 서명을 했다.

퍼메인 클랜찰리, 영국의 중신.

그윈플렌은 조끼를 벗어 상의 위에 놓았다. 그러고는 그 위에 모자를 벗어서 올려놓았다. 그는 자신이 쓴 두 구절이 보이게 신사록을 편 다음, 모자 속에 놓고 바닥에서 조약돌을 집어서 그 위에 놓았다.

모든 일을 마치고, 그는 자신의 이마 위에 놓인 끝없는 어둠을 바라보았다.

그리고 눈에 안 보이는 심연의 줄에 당겨진 것처럼, 그의 머리가 천천히 숙여져 갔다.

난간 받침돌 사이에 구멍이 있었는데, 그 구멍으로 그가 발 하나를 밀어 넣고 일어서자, 난간의 상단보다 무릎이 높아졌다. 그래서 손쉽게 난간을 뛰어넘을 수 있었다.

그는 등 뒤로 두 손을 돌려 맞잡고 몸을 구부렸다.

"그래."

그가 혼잣말을 했다.

그윈플렌은 깊은 물을 뚫어지게 쳐다보았다.

그때, 혓바닥이 그의 손을 핥는 것을 느꼈다.

그는 몸을 떨면서 뒤돌아보았다.

그의 뒤에 호모가 있었다.

결말
밤과 바다

1. 경비견은 수호천사일지도 모른다

그윈플렌이 크게 소리쳤다.

"너로구나, 호모!"

호모가 꼬리를 흔들었다. 어둠 속에서 눈이 빛났다. 호모는 그윈플렌을 응시하고 있었다.

그러고는 다시 그의 손을 핥았다. 그윈플렌은 취한 사람처럼 잠깐 서 있었다. 거대한 희망의 회귀, 그는 그 떨림을 느낄 수 있었다. 호모, 천사의 환영처럼 보였다! 지난 48시간 전부터 벼락이라 부를 수 있는 모든 일을 경험했다. 그런데 아직 기쁨의 벼락이 남아 있었던 것이다. 그 벼락이 지금 떨어진 것이다. 다시 붙잡은 확실성, 또는 운명 속 미지의 신비스러운 인자함의 개입을 갑작스럽게 초래한 광명, 모든 기대를 버린 순간 무덤의 제일 어두운 구석에서 갑자기 치유와 해방의 기색을 나타내며 '나 여기 있어!'라고 외치는 생명, 모든 것이 마구 붕괴되는 위급한 그 순간에 손끝에 잡힌 버팀목, 그런 존재가 호모였다. 그윈플렌에게는 호모가 광명 속에 서 있는 것처럼 보였다.

갑자기 호모가 돌아섰다. 그리고 몇 걸음 걷더니, 그윈플렌이 따라오는지 확인하려는 것처럼 돌아보았다.

그윈플렌은 호모를 따라 걷기 시작했다. 호모는 꼬리를 흔들며 계속 걸어갔다.

늑대는 에프록 스톤 부두의 비탈로 들어섰다. 그 비탈은 템스강의 물가로 이어졌다. 그는 호모의 안내를 받으며 비탈을 내려갔다.

호모는 가끔씩 뒤돌아보며, 그윈플렌이 잘 따라오고 있는지 확인하곤 했다.

위급하고 특수한 상황에서, 다정한 짐승의 단순한 본능은 모든 것을 이해하는 지능과 같다. 짐승은 똑똑한 몽유병자인 것이다.

개는 주인의 뒤를 따라야겠다고 느낄 때와, 주인을 앞서야겠다고 느낄 때가 있다. 그럴 때는 인간의 정신을 짐승이 지휘한다. 깜깜한 어둠 속에서도 흔들리지 않는 후각은 뚜렷하게 볼 수 있다. 스스로 안내자 역할을 한다는 것이 짐승에게는 하나의 의무처럼 보인다. 앞에 장애물이 있으면, 사람이 그것을 넘을 수 있게 도움을 주어야 한다는 것을 짐승이 알까? 아마도 잘 모를 것이다. 또는 알 수도 있다. 어쨌든 어떤 경우라도 누군가가 짐승을 대신해 알고 있다. 이미 말한 것처럼 우리의 삶에서, 저 아래에서 오는 것으로 생각했던 엄숙한 구원이 사실은 저 높은 곳에서 오는 경우가 매우 많다. 신이 취할 수 있는 모습들 모두를 알 수는 없다. 그 짐승은 무엇인가? 바로 섭리이다.

물가에 도착한 후, 늑대는 템스강을 따라 만들어진 좁다란 혀 모양의 둔덕을 따라 하류로 향했다. 늑대는 어떤 소리도 내지 않았고 짖지도 않았다. 벙어리처럼 그저 걸어가기만 했다. 호모는 언제나 본능을 따랐고 자신의 의무를 행했다. 하지만 금지된 자에게서 볼 수 있는 사려 깊은 조심성이 있었다.

50여 보쯤 가고 난 다음에, 호모는 멈춰섰다. 오른쪽에 방파책(防波柵)이 보였다. 말뚝 위에 있는 승선대인 방파책 끝에 검은 덩어리가 어렴풋하게 보였다. 그것은 매우 커다란 선박이었다. 갑판 위 뱃머리 쪽에는 거의 구분하기 어려운 빛 한 줄기가 보였다. 곧 꺼질 것 같은 야등처럼 보였다.

늑대는 마지막으로 그윈플렌이 뒤에 있는지 확인하고, 방파책 위로 뛰어올랐다. 방파책은 긴 복도로, 바닥에는 마루를 깔고 역청을 칠했고 양쪽에 살문 모양의 난간이 세워져 있었다. 그 아래로 강물이 흐르고 있었다. 잠시 후 호모와 그윈플렌은 그 끝에 이르렀다.

방파책 끝에 정박하고 있던 선박은 네덜란드의 뚱보 선박 중 하나였고 앞뒤로 두 개의 상갑판을 가지고 있었다. 두 상갑판 사이에는 대형 선실 하나가 있었고 이 선실은 일본 선박들처럼 위가 열리고 깊숙했다. 사닥다리를 통해 그 밑으로 내려갔고 모든 뱃짐들을 그곳에 쌓았다. 그래서 뱃머리 갑판과 선미 갑판이 있고 가운데가 움푹 들어갔던 옛날 하천용 잡역선(雜役船)과 유사했다. 그 우묵한 곳의 바닥부터 화물로 채웠다. 아이들이 만드는 원형 돛단배와 매우 비슷한 형태이다. 상갑판 아래에 선실이 있는데, 선실과 중앙 화물칸 사이에 문이 있고 선실에는 빛이 들어오게 하는 현창(舷窓)이 있었다. 뱃짐을 차곡차곡 쌓을 때 짐들 사이로 통로를 만들어 두었다. 그 뚱보 선박들의 앞뒤 상갑판에 돛대 하나씩이 있었다. 뱃머리 돛대를 바울로, 선미 돛대를 베드로라고 불렀다. 그 두 사도가 교회를 인도하듯 선박을 그 두 돛대가 조정했기 때문이다. 선교(船橋) 하나가 앞뒤 갑판 사이의 통로 노릇을 했는데, 중국인들의 교량처럼 중앙 화물칸 위로 두 갑판을 이어주었다. 사나운 날씨일 때 선교 양옆의 난간을 내려뜨려서 화물칸의 지붕 구실을 하도록 만들어져서, 폭풍우가 몰아치면 선박은 완벽하게 밀봉되도록 설계되어 있었다. 선체가 무척 큰 그 선박들의 키 손잡이는 들보만큼이나 굵었는데 키를 쥐는 힘이 선체의 무게에 비례하도록 하기 위해서였다. 어른 셋, 그러니까 선장과 선원 두 사람과 소년 선원 한 명만 있으면 충분히 그 무거운 해양 기계를 움직일 수 있었다. 이미 언급했던 것처럼 앞뒤 상갑판에는 난간이 없었다. 그윈플렌 앞에 모습을 보인 선박은 온통 검은색으로 선체의 복부가 불룩했다. 선박에 쓰인 흰색 글자들이 어둠 속에서도 선명하게 보였다. '포그라트', '로테르담'.

당시에는 바다에서 벌어진 사건들, 특히 카르네로갑 주변에서 푸앙티 남작의 선박 여덟 척이 겪은 참사 때문에 프랑스 선단이 지브롤터 근처로 물러났었다. 영국 해협의 런던과 로테르담 간의 항로는 어떤 전함도 얼씬대지 못할 정도로 깨끗하게 청소되었다. 그래서 상선들이 호위선 없이도 항로를 자유로이 오갈 수 있었다.

'포그라트'라는 글자가 보이는, 그윈플렌이 다가간 그 선박은 선미 상갑판의 좌현이 방파책에 닿아 있었다. 갑판과 방파책은 거의 수평 위치에 있었고 방파책은 계단처럼 내려갈 수 있게 되어 있었다. 호모는 도약해서, 그윈플렌은 걸어서 선박 안으로 들어갔다. 그들이 도착한 장소는 선미 상갑판 위였다. 갑판에는 아무도 없었고 어떤 움직임도 보이지 않았다. 중앙의 우묵한 선실이 뱃짐들로 가득한 것을 보니 선적 작업이 끝났고, 함께 떠나는 승객이 있다면 출항 준비가 끝났으니 벌써 승선해 있었을 것이다. 하지만 그들은 밤새도록 항해가 계속될 것이므로, 상갑판 밑의 침실에서 잠을 자고 있는 듯했다. 그러한 경우에서는 승객들은 다음 날 아침에 일어나 갑판에 모습을 드러내는 것이 일반적인 일이었다. 승무원들은 출항 시간을 기다리며 당시 '선원실'이라고 부르던 구석진 방에서 밤참을 먹고 있었을 것이다. 선교로 이어진 앞뒤 두 상갑판의 적막함은 그러한 상황에서 기인한 것이다.

방파책에서는 달음질치던 늑대가 선박 위로 올라와서는 천천히 조심스럽게 걷기 시작했다. 꼬리를 흔들 때도 즐거워 보이지 않았다. 불안해 보였고 꼬리의 흔들림은 힘없고 슬퍼 보였다. 늑대가 선미 상갑판을 지나 뱃머리 상갑판으로 연결되는 통로를 건너갔다.

그윈플렌이 선교로 접어들자 흐릿한 불빛이 보였다. 물가에서 본 바로 그 빛이었다. 등은 뱃머리 돛대 밑동 주변의 바닥에 놓여 있었다. 등에서 나오는 빛을 통해, 밤의 캄캄한 풍경 속에서도 네 개의 바퀴가 달린 검은 물체를 볼 수 있었다. 그윈플렌은 우르수스의 낡은 오두막을 바로 알아보았다.

그 오두막은 그의 어린 시절을 싣고 다녔던 수레이자 거처였다. 그것은 굵다란 밧줄로 돛대 밑동에 매여 있었고, 바퀴에는 묶은 밧줄의 매듭이 걸려 있었다. 아마도 오랜 세월 동안 사용하지 않아서인지 매우 낡아 있었다. 사람과 사물 모두, 한가함만큼 황폐하게 만드는 것은 없다. 수레는 비참하게 기울어져 있었다. 폐용(廢用)은 수레를 중풍 환자로 만들었고, 더욱이 불치병인 노화에 걸려 있었다. 떨어지고 벌레 먹은 수레의 형태는 바로 폐허의 모습이었다. 수레를 이루고 있는 모든 것이 붕괴의 양상을 보였다. 쇠붙이는 녹슬었고, 가죽 조각들은 표면이 찢어졌으며, 목재 부분은 부식되어 있었다. 앞쪽 창문 유리에는 무수한 금이 보였고 그 유리를 가느다란 등불의 빛이 통과하고 있었다. 수레의 바퀴 모두 휘어져 있었다. 벽이 되어주었던 판자, 바닥, 굴대 등도 피곤에 기운을 다한 듯했고 전체적으로 극심하게 쇠약해져 호소하고 있는 것 같았다. 세워 놓은 두 채는 하늘을 향해 두 팔을 올려든 것처럼 보였다. 탈구된 수레는 붕괴를 눈앞에 두고 있었다. 호모를 매어 두던 쇠사슬이 수레 아래에 있었다.

자신의 삶과 희열과 사랑을 되찾으면, 미친 듯이 돌진해 그것들에게 달려드는 것이 철칙일 것이다. 그것은 자연도 원하는 바일 것이다. 절박한 동요에 둘러싸인 경우를 제외한다면 그것이 사실이다. 하지만 배신에 근접한 일련의 재앙으로부터 커다란 동요와 방황을 겪은 사람은 기쁨 속에서도 신중해지고, 사랑하는 이들에게 자신의 불행을 가져다줄까 봐 걱정하고, 스스로에게 음울한 전염성이 있을 것이라는 어렴풋한 생각 때문에 행복 속에서도 매우 조심스럽게 걸어간다. 다시 낙원의 문이 열려도, 그 안에 들어서기 전에 주위를 살핀다.

그윈플렌은 격정에 휩싸여 비틀거리면서도 주의를 기울여

바라보았다.

늑대가 조용히 자신의 쇠사슬 곁으로 가 앉았다.

2. 바킬페드로, 독수리를 겨냥했으나 비둘기를 쏘았다

오두막의 디딤대가 내려져 있었다. 출입문도 약간 열려 있었다. 오두막 안에는 아무도 보이지 않았다. 앞쪽 유리창으로 들어오는 희미한 불빛을 통해 오두막 안의 흐릿한 형체를, 그 근심 어린 장소를 볼 수 있었다. 밖에서 보면 담이었고 안에서 보면 치장벽이었던 낡은 판자 위에, 귀족들의 훌륭함을 찬양하는 우르수스의 글이 아직도 뚜렷하게 보였다. 출입문 근처에 있는 못에, 자기의 망토와 카핀고가 시체 공시장(公示場)에 걸려 있는 죽은 사람의 옷들처럼 걸려 있는 것이 그의 눈에 띄었다.

그는 조끼도 정장 상의도 입지 않았다.

오두막은 갑판 위 돛대 발치에 뉘어 있고, 옆에 놓인 등불이 비추고 있는 무엇인가를 가리고 있었다. 매트의 한 귀퉁이가 보였다. 매트 위에 누군가가 누워 있었다. 움직이는 그림자가 보였다.

누군가 말을 하고 있었다. 그윈플렌은 오두막 뒤에 몸을 숨기고 귀를 기울였다.

우르수스의 목소리였다. 겉으로는 차갑지만 속으로는 그토록 부드러우며, 그윈플렌을 어린 시절부터 크게 꾸짖으며 바르게 훈육한 그의 목소리에서 더 이상 예민함도 생기도 느낄 수 없었다. 그의 음성은 흐릿했고 낮았으며 말을 한 마디 마칠 때마다 한숨 소리에 섞여 흩어졌다. 간결하고 단호했던 우르수스의 예전 음성과 희미하게 닮았을 뿐이다. 그 음성은 행복을 잃은 사람의 것이었다. 음성도 유령으로 변할 수 있다.

우르수스는 대화가 아니라 독백을 하고 있는 것처럼 보였다. 모두들 알고 있지만, 독백은 그의 버릇이기도 했다. 그래서 편집광으로 통하기도 했다.

그윈플렌은 우르수스의 말을 한마디도 놓치지 않기 위해 숨을 죽였다. 그의 말이 들렸다.

"이런 배는 무척 위험해. 뚜렷한 테두리가 없으니 말이야. 혹시 배가 심하게 흔들리면 아무것도 사람들을 붙잡아 줄 수 없어. 날씨가 사나워지면 저 아이를 갑판 아래로 옮겨야 하는데, 끔찍하군. 조금이라도 잘못 움직이거나 두려움에 휩싸이면 동맥류가 파열될 수도 있어. 그러한 경우를 여러 번 보았지. 아! 그러면 우리는 어떻게 되는 거지? 저 애가 자고 있을까? 맞아. 자고 있어. 틀림없이 자고 있어. 혹시 의식이 없는 걸까? 아니야. 맥박이 무척 힘차게 뛰고 있어. 분명히 자고 있는 거야. 잠이란 집행 유예지. 이로운 무분별이기도 하고. 여기에 사람들이 와서 마구 걸어 다니지 못하게 하려면 어떻게 해야 할까? 만약 갑판 위에 누가 계시다면, 신사분들, 간청하오니, 조용히 해주십시오. 특별한 볼일이 없다면, 이곳으로 오지 마십시오. 아시다시피, 몸이 허약한 사람은 매우 조심스럽게 대해야 합니다. 보시다시피 이 아이는 고열로 신음하고 있습니다. 아주 어린 소녀이지요. 어린 소녀가 열병에 시달리고 있습니다. 신선한 공기를 쐬라고 밖에 매트를 폈습니다. 사연을 설명 드리는 것은, 이 아이를 배려해 주시기를 바라는 뜻입니다. 이 아이는 매우 지쳐서 의식을 잃은 것처럼 매트 위에 쓰러져 있습니다. 그러나 자고 있습니다. 아무도 그녀를 깨우지 않았으면 좋겠습니다. 혹시 레이디들께서 계시면, 그분들께 말씀 드립니다. 어린 소녀는 보기만 해도 불쌍합니다. 저희는 가난한 광대일 뿐입니다. 간청하오니 조금만 호의를 베풀어 주십시오. 그리고 조용히 하는 것에 대가가 있어야 한다면 제가 대가를 치르겠습니다. 숙녀분들과 신사분들, 모두 감사드립니다. 혹시 거기 누가 계십니까? 아니야. 아무도 없어. 내가 말한 것은 완전하게 헛수고야. 잘된 일이지. 신사 여러분, 거기에 계신다면 감사드립니다. 그리고 거기에 계시지 않으시다면, 더욱 감사드립니다. 아이의 이마가 땀으로 흠뻑 젖었군. 자, 이제 감옥으로 돌아가 다시 굴레를 쓰자. 우리 곁으로 비참함이 다시 돌아왔어. 이제 다시 물결에 맡겨졌어. 어떤 손 하나, 보이지 않지만 우리 위에 있음을 항상 느낄 수 있는 그 무시무시한 손이, 우리를 운명의 어두운 곳으로 갑자기 돌려보냈어. 좋아, 그렇게 해보라고 해. 우리는 용기를 갖고 있어. 다만, 저 애가 병을 앓고 있으면 안 돼. 혼자 큰 소리로 중얼대고 있으니 멍청이 같군. 하지만 저 애가 깨어났을 때 곁에 누군가 있어야 하니까. 누가 저 애를 갑자기 깨우는 일만 일어나지 않았으면 좋겠어! 제발, 소음만 없었으면! 저 애가 놀라서 벌떡 일어나게 하는 소란은 절대 안 돼! 누가 이쪽으로 걸어오면 무척 난감한 일이야. 이 배에 탄 사람들 모두는 벌써 잠들었을 거야. 그러한 양보에 대해서 섭리께 감사해야지. 그런데! 호모는 어디 있지? 정신이 없어 매어 두는 것을 깜박했군. 내가 무엇을 하고 있는지조차 모르겠어. 안 보인 지 한 시간도 넘었어. 자기 저녁거리를 찾으러 간 걸 수도 있어. 불행한 일이나 닥치지 않으면 좋을 텐데! 호모! 호모!"

호모가 꼬리로 부드럽게 갑판을 쳤다.

"거기에 있구나! 아! 거기에 있었어! 찬양할지어다, 신이여! 호모를 잃는다면, 그건 견디기 힘든 일이야. 저 애가 팔을 움직였어. 곧 깨어날 것 같아. 조용히 해, 호모. 이제 썰물이다. 금방 떠날 거야. 오늘 밤 날씨가 좋을 거야. 북풍도 없고 깃발도 돛대와 나란히 늘어져 있으니, 순항이 될 거야. 달은 어디쯤 있는지 도대체 알 수가 없군. 구름은 간신히 꿈지럭댈 뿐이야. 풍랑도 거세지 않을 거야. 분명히 날씨가 좋을 거야. 아이의 안색이 창백해. 허약해서 그런 거야. 아니야, 안색이 붉어. 신열 때문이지. 아니야, 얼굴이 발그스름한데! 건강이 좋군. 전혀 모르겠어. 가여운 호모, 내 눈이 잘 안 보여. 다시 삶을 시작해야 해. 우리는 일을 다시 시작해야 해. 우리 둘밖에 없어, 너도 보다시피. 너와 나, 우리 둘이 저 애를 위해 일을 할 거야. 저 애는 우리의 자식이지. 아! 배가 움직이기 시작하는군. 이제 출발하는 거야. 잘 있어라, 런던아! 좋은 저녁과 좋은 밤을 보내고, 마귀에게나 물려가기를! 오! 소름 끼치는 런던!"

배가 미끄러지는 흔들림이 느껴졌다. 방파책과 선미 사이의 간격이 벌어지고 있었다. 배의 저쪽 끝, 즉 선미에 남자 한 명이 서 있는 것이 보였다. 선박 안에서 이제 막 나와서 정박용 밧줄을 풀고 키를 움직이고 있는 선장이 확실했다. 오로지 물길만을 주시하는 그 남자는 네덜란드인과 선원이라는 이중의 침착성을 갖고 있는 사람답게, 물과 바람 말고는 듣지도 보지도 못하는 듯 키의 손잡이 끝 아래에서 어둠과 뒤섞여 좌현과 우현 사이를 오가며 선미 상갑판 위를 천천히 걸어 다녔는데, 들보 하나를 어깨에 둘러맨 유령 같았다. 갑판 위에는 그 사람 한 명만 있었다. 배가 강에 있는 동안에는 다른 선원이 필요하지 않았다. 잠시 후 선박이 강의 흐름을 따라서 움직였다. 배는 키질도 옆질도 하지 않고 하류를 향해 갔다. 썰물 때, 템스강은 동요가 크게 없어, 물결이 잔잔했다. 조수에 끌려 배는 빠르게 멀어져 갔다. 배의 뒤로는, 런던의 검은 배경이 안개 속에서 점점 희미해져 가고 있었다. 우르수스가 계속 혼잣말을 했다.

"상관없어. 저 아이에게 디기탈리스*를 먹여야겠어. 혹시 착란 증세를 일으킬까 봐 두려워. 도대체 우리들이 그 착한 신에게 무슨 잘못을 저질렀지? 모든 불행이 이토록 갑자기 들이닥치다니! 흉악한 악의 신속성이야. 떨어진 돌에 발톱이 돋아 있어. 종달새를 덮친 새매와 같지. 그것이 운명이야. 그래서, 아! 착한 내 자식, 네가 이렇게 병석에 누운 거야! 런던에 오는 사람들은 말하지. '아름다운 기념물이 가득한 커다란 도시야.' 서더크도 멋있는 구역이지. 그곳에 자리를 잡지. 그런데 이제 증오스러운 고장이 되었어. 내가 그곳에서 무엇을 할 수 있을까? 그곳을 떠나는 것이 흡족해. 오늘은 4월 30일이야. 나는 언제나 4월을 조심했어. 4월에는 행복한 날이 이틀밖에 없어. 바로 5일과 27일이지. 그리고 불행한 날이 나흘 있어. 10일, 20일, 29일, 30일이야. 그것은 카르다노의 계산에 따라 의심할 여지가 없어. 오늘이 어서 지나갔으면 좋겠어. 떠나니 마음이 좀 편안해지는군. 새벽이면 그레이브센드를 통과할 것이고, 내일 저녁에는 로테르담에 도착할 거야. 제길, 오두막 속에서 예전의 삶을 다시 시작해야 해. 우리가 오두막을 함께 끌어야겠지. 그렇지

---

* 독약의 원료로 사용되는 식물이다.

않아, 호모?"

늑대는 꼬리로 갑판을 가볍게 두들겨 자신의 동의를 알렸다.

우르수스의 독백이 이어졌다.

"도시에서 떠나듯, 슬픔에서도 벗어날 수 있다면! 호모, 우리는 아직도 행복할 수 있을 거야. 아! 더 이상 이곳에 없는 사람이 계속 옆에 있는 것처럼 느껴져. 살아남은 사람들 곁에 유령이 함께 있어. 호모, 내가 누구 이야기를 있는지 잘 알고 있지. 우리는 넷이었는데, 이제는 셋만 남았어. 인생은 우리가 사랑하는 모든 것을 잃어 가는 긴 과정일 뿐이야. 모두들 혜성처럼 각자의 뒤에 슬픔의 기다란 꼬리를 남겨. 운명은 극심한 고통을 끊임없이 우리에게 안겨 주어 우리의 넋을 나가게 하지. 그런데도 사람들은 늙은이들이 같은 말을 자주 중얼대는 것을 보고 놀라지. 노망난 늙은이들을 만드는 것은 절망이야. 나의 착한 호모, 뒤에서 계속 바람이 부는구나. 이제 세인트폴의 둥근 지붕이 하나도 보이지 않는군. 잠시 후면 그리니치 앞을 지날 거야. 여기에서 10킬로미터쯤 되는 곳이야. 아! 나는 사제들과 관리들과 하층민 무리들로 가득한, 가증스러운 도시들에게 영원히 등을 돌릴 거야. 나는 숲속에서 흔들리는 나뭇잎을 바라보는 것이 더 좋아. 이마에 땀방울이 계속 맺혀 있군! 팔뚝에 내가 꺼려하는 자주색 굵은 혈관이 보여. 그 속에 열이 있어. 오! 모든 것이 나를 죽이고 있어. 잠을 자거라, 내 아가. 오! 그래, 저

애가 자는구나."

그때 음성 한 가닥이 날아올랐다. 말로 표현할 수 없고, 멀리서 들리는 듯하며, 천상에서 오는 것 같기도 하고, 심연에서 오는 것 같기도 한, 신성하면서도 음산한 데아의 목소리였다. 그 순간 그윈플렌이 겪은 모든 것들이 사라졌다. 그의 천사가 말을 하고 있었다. 삶의 영역 바깥에 서서, 하늘이 들어와 가득 채운, 실신한 상태에서 하는 말을 듣는 것 같았다. 데아가 한 말은 이러했다.

"그는 잘 떠났어요. 이 세상은 그에게 어울리지 않아요. 다만 저도 그와 같이 가고 싶어요. 아버지, 저는 아프지 않아요. 방금 전에 하신 이야기들 모두 들었어요. 기분도 상쾌하고 몸도 건강해요. 단지 자고 있었을 뿐이에요. 아버지, 이제 곧 저는 행복해질 거예요."

"아가, 그게 무슨 말이냐?"

우르수스가 슬픈 목소리로 물었다.

"아버지, 슬퍼하지 마세요."

숨을 고르려는 듯이 잠시 멈췄다가 천천히 꺼낸 몇 마디 말이 그윈플렌의 귀에 들렸다.

"이곳에 그윈플렌은 없어요. 그러니까 저는 이제 장님이에요. 저는 지금까지 어둠을 몰랐어요. 그가 없는 것이 바로 어둠이에요."

잠시 말이 끊겼다가 다시 들려왔다.

"그가 날아가지 않을까 항상 걱정했어요. 그가 하늘에서 내려왔다고 생각했으니까요. 그는 갑자기 날아갔어요. 당연한 일이었어요. 영혼은 새처럼 날아가요. 그러나 깊숙한 곳에 있는 영혼의 둥지에는 모든 것을 끌어당기는 자석이 있어요. 그래서 저는 어디로 가면 그윈플렌을 다시 만날 수 있을지 알 수 있어요. 또한 제가 갈 곳에 대해 걱정하지 않아요. 걱정하지 마세요. 아버지, 저 먼 곳이에요. 나중에는 아버지도 우리에게 오실 거예요. 호모도."

호모가 자기 이름을 듣고, 갑판을 꼬리로 살짝 두드렸다. 그녀의 목소리가 계속 이어졌다.

"아버지, 그윈플렌이 더 이상 이곳에 없으니, 이제 모두 끝났어요. 제가 여기에 머물고 싶어 해도, 그것은 불가능한 일이에요. 숨을 억지로 쉬어야 하기 때문이에요. 불가능한 일을 요구해서는 안 되겠지요. 그윈플렌과 함께할 때, 당연한 일이지만, 저는 살아 있었어요. 이제 그윈플렌이 없으니, 저는 죽은 거예요. 어차피 그가 돌아오거나, 제가 이곳을 떠나거나 모두 마찬가지예요. 그는 돌아올 수 없어요. 그러니 제가 떠나야 해요. 죽음은 정말 좋은 것이에요. 전혀 어렵지도 않고요. 아버지, 이곳에서 불이 꺼지면, 다른 곳에서 다시 불꽃이 일어나요. 우리가 지금 와 있는 이 땅에서의 삶은 상심의 연속이에요. 사람이 항상 불행하다는 것은 있을 수 없어요. 그래서 사람들은 아버지가 별들이라고 부르시는 그곳으로 가서, 결혼하고, 영영 헤어지지 않고, 서로 사랑하고, 사랑하고, 사랑해요. 그것이 착한 신의 뜻이에요."

"아가, 너를 괴롭히지 말거라."

우르수스가 말했다.

말은 계속되었다.

"이를테면, 그래요, 작년, 작년 봄에 우리는 함께했었고, 행복했어요. 지금은 그렇지 않아요. 도시의 이름은 잘 생각나지 않지만, 우리는 한 작은 도시에 머물렀어요. 나무들이 많았고, 꾀꼬리들의 노랫소리도 들리는 곳이었어요. 그런데 우리는 런던으로 왔어요. 그것은 모든 것들을 달라지게 했어요. 저는 책망하는 것이 아니에요. 낯선 고장에서는 어떤 일이 생길지 예측할 수 없어요. 아버지, 기억이 나세요? 어느 저녁, 큰 칸막이 좌석에 한 여인이 왔어요. 아버지께서는 그녀가 여공작이라고 말해 주셨어요. 그때 저는 슬펐어요. 작은 도시에 묵었다면 더 나았을 거예요. 그 일이 있은 다음 그윈플렌이 떠났으니 잘된 일이에요. 이제는 제 차례예요. 제가 아주 어렸을 때 어머니는 돌아가셨고, 눈이 쏟아지는 어느 날 밤에 저는 눈 덮인 땅바닥에 버려져 있었고, 역시 어렸던 그 또한 홀로 있었지만, 저를 주워서 품에 안았기 때문에 지금껏 제가 살 수 있었다고, 아버지께서는 자주 말씀해 주시곤 했죠. 그러니 오늘 제가 무덤 속으로 가서, 그윈플렌이 그곳에 있는지 확인하려는 절대적 욕구를 느껴도 아버지는 놀라지 않으실 거예요. 우리의 삶에 존재하는 유일한 것은 심장이고, 삶이 끝난 후에 존재하는 유일한 것은 영혼이니까요. 제 말을 이해하시지요? 그렇지 않나요, 아버지? 그런데 무엇이 움직이나요? 움직이는 집 안에 들어와 있는 것 같아요. 그런데 바퀴 소리는 들리지 않아요."

말을 잠시 멈추었다가 몇 마디를 덧붙였다.

"저는 어제와 오늘을 잘 구분하지 못하겠어요. 한탄하는 것은 아니에요. 무슨 일이 일어났는지 전혀 모르지만, 어쨌든 많은 일이 있었던 것만은 확실해요."

모든 말에는 비탄과 함께 깊은 애정이 담겨 있었고, 그윈플렌에게까지 들리는, 한 가닥 한숨 소리가 다음 말을 하면서 끝났다.

"그가 돌아오지 않으면, 저는 떠날 거예요."

우르수스가 우울하고 나지막한 목소리로 중얼댔다.

"돌아온다는 것은 믿지 않는다."

그가 말을 계속했다.

"이것은 배야. 왜 움직이느냐고 물었지? 우리가 배 안에 있기 때문이지. 이제 진정하려무나. 말을 너무 많이 하면 안 된다. 내 딸아, 조금이라도 내게 정이 있다면, 동요하지 말거라, 열을 내지 마라. 내가 많이 늙어서, 혹시라도 네가 아프면 감당 못할 것 같구나. 내 생각을 해서라도 아프지 말거라."

데아의 목소리가 다시 들려왔다.

"아무리 이 땅에서 찾은들 무슨 소용이 있을까요? 오직 하늘에서만 되찾을 수 있는데."

우르수스가 위엄을 섞은 목소리로 말했다.

"진정해라. 가끔은 네가 총명하지 못하게 보일 때가 있단다. 당부하는데, 제발 편안히 쉬도록 해. 그러면 네가 굳이 지하 유골 안치소 안의 광경을 알게 되는 일도 없을 거야. 네가 안정을 되찾아야, 나도 편안해질 것 같구나. 아가, 나를 위해서 조금이나마 노력을 해다오. 그가 너를 주웠다면, 나는 너를 보살폈다. 너는 스스로 네 몸을 상하게 하고 있어. 그것은 악행이란다. 마음을 가라앉히고, 잠을 자야 해. 모든 것이 잘될 거다. 내 명예를 걸고 단언컨대, 모든 일이 호전될 거다. 날씨도 매우 좋구나. 우리를 위해 특별히 마련된 밤 같구나. 내일이면 우리는 로테르담에 도착할 것이다. 뫼즈강 하구에 있는 네덜란드의 도시지."

"아버지, 알고 계시죠, 어린 시절부터 언제나 두 사람이 함께 있었으면, 그러한 삶이 망가져서는 안 돼요. 그러니까 죽을 수밖에 없어요. 다른 방법은 존재하지 않아요. 아버지를 사랑해요. 그러나 그에게 가지 않는다고 해도, 완전하게 아버지 곁에 있는 것 같지는 않아요."

"어서, 잠을 좀 청해 보거라."

우르수스가 억지로 권했다.

그 말에 대꾸하는 목소리가 들렸다.

"잠이 부족하지는 않아요."

우르수스가 매우 흥분하여 대꾸했다.

"우리는 네덜란드에 있는 로테르담이라는 도시로 간다."

"아버지, 저는 아프지 않아요. 걱정하시는 거라면, 안심하셔도 돼요. 열은 없지만 조금 더울 뿐이에요. 그게 전부예요."

우르수스가 중얼댔다.

"뫼즈강 하구로……."

"저는 괜찮아요. 아버지, 하지만 아시겠어요? 저는 제가 죽어 간다는 것을 느껴요."

"그따위 생각은 하지도 말거라."

우르수스가 말했다.

그리고 한마디를 덧붙였다.

"충격을 받아서는 안 되는데, 제발!"

잠깐 동안 침묵이 흘렀다.

우르수스의 목소리가 갑자기 높아졌다.

"무슨 짓이냐? 왜 일어나느냐? 제발, 제발 누워 있어라!"

그윈플렌의 온몸이 전율에 휩싸였다. 그가 머리를 내밀었다.

3. 낮은 곳에서 다시 찾은 낙원

데아가 보였다. 그녀는 매트 위에서 꼿꼿하게 서 있었다. 하얗고 긴 드레스를 입었는데, 옷자락을 주의 깊게 여미서 어깨 위와 가냘픈 목만 드러내고 있었다. 소매는 팔을 전부 감쌌고, 긴 자락은 발까지 내려왔다. 손에 보이는 나뭇가지처럼 얽힌 푸르스름한 혈관들은 열 때문에 부풀어 있었다. 그녀는 몸을 떨면서 비틀거리는 것이 아니라 갈대처럼 휘청거렸다. 바닥에 있는 등불이 그녀를 아래에서 비추었다. 그녀의 아름다운 얼굴은 말로 표현할 수 없을 정도였다. 머리는 풀어 헤쳐져 있었고, 마치 물결처럼 넘실거렸다. 볼 위에는 한 방울의 눈물도 흐르지 않았다. 그녀의 눈동자에는 열렬함과 어둠이 동시에 존재했다. 안색은 창백했는데 지상에 사는 자에게 깃든 신성한 생명의 투명성과 비슷한 창백함이었다. 우아하고 가냘픈 그녀의 몸이 드레스의 주름과 하나가 된 것처럼 보였다. 온몸이 불꽃처럼 크게 흔들렸다. 그녀가 그저 그림자에 불과한 존재로 변하기 시작하는 것처럼 느껴졌다. 그녀의 크게 뜬 두 눈이 반짝거렸다. 그녀는 무덤에서 금방 나온 여인이며, 여명 속에 있는 영혼과도 같았다.

우르수스가, 그윈플렌에게 등을 보이고 있었는데, 질겁하며 두 팔을 들어 올렸다.

"오, 내 딸아! 아! 맙소사, 착란에 빠졌구나! 분명 착란 상태야! 내가 걱정하던 것이지. 충격을 받지 말아야 하는데! 조금만 잘못해도 저 아이가 죽을 수 있어. 아니, 저 아이가 미치는 것을 막기 위해서는 충격을 한번 주어야 해. 죽지 않으면 미쳐야 한다니! 이게 무슨 처지란 말인가! 아, 어찌해야 하나? 내 딸아, 빨리 다시 누워라!"

그러는 동안에도 데아의 말은 계속되었다. 그녀의 목소리에서 몽롱함이 느껴졌다. 그녀와 이 세계 사이를 마치 천상의 어떤 농액(濃液)이 가로막고 있는 것 같았다.

"아버지, 아버지가 잘못 보셨어요. 저는 착란에 빠지지 않았어요. 저에게 하시는 모든 말씀이 뚜렷이 들려요. 많은 관객들이 와서 공연을 기다리고 있고, 오늘 저녁에 제가 공연해야 한다고 방금 말씀하셨어요. 저도 공연을 하고 싶어요. 그래서 이렇게 하는 거예요. 그런데 어떻게 해야 할지 모르겠어요. 저와 그윈플렌, 모두 죽었으니 말이에요. 하지만 저는 왔어요. 저는 공연을 할 거예요. 저는 이곳에 있어요. 하지만 그윈플렌은 이곳에 없어요."

우르수스가 또다시 말했다.

"아가야, 어서 내 말을 들어라. 빨리 자리에 누우렴."

"그윈플렌은 더 이상 여기에 없어요! 여기에 없어요! 아! 어두워요!"

"어두움! 저 아이가 그런 말을 하는 것은 처음이야!"

우르수스가 중얼거렸다.

그윈플렌은 미끄러지듯이 조용하게 수레의 디딤대로 올라가 안으로 들어갔다. 그리고 자기의 카핀고와 어깨걸이 망토를 꺼냈다. 카핀고는 등에 걸치고 어깨걸이 망토는 목에 걸고 나서, 다시 내려왔다. 그런 후에도 수레와 선구와 돛대 뒤에 숨었다. 데아는 계속 중얼거리며 입술을 움직였다. 그 중얼거림이 점차 멜로디로 바뀌었다. 그녀는 착란 증상이 가끔 그칠 때, 〈정복된 카오스〉 공연에서 그윈플렌을 향해 숱하게 외치던 대사들을 힘겹게 겨우 기억해 냈다. 그녀가 노래하기 시작했다. 그러나 노래는 윙윙대는 꿀벌 소리처럼 희미하게 들렸다.

Noche, quita te de alli,

EI alba canta…….

밤이여, 물러가거라, 여명이 노래하노니.

그녀가 노래를 멈췄다.

"아니야, 그렇지 않아, 난 죽지 않았어. 내가 무슨 말을 했던 거지? 마음 아프게도! 나는 살아 있어. 나는 살아 있고, 그는 죽었지. 나는 이 아래, 그는 저 높은 곳에 있어. 그는 떠났지만, 나는 남아 있어. 그의 말과 발자국 소리를 더 이상 들을 수 없겠지. 신께서 잠시 이 땅에 낙원을 내려주셨다가 거두어 가셨어. 그윈플렌! 그와의 인연은 끝난 거야. 이제 내 곁에서 영영 그를 느낄 수 없을 거야. 절대 그럴 수 없겠지. 그의 목소리도! 나는 그 목소리를 다시 들을 수 없을 거야."

그녀는 다시 노래했다.

Es menester a cielos ir…….

……Dexa, quiero

A tu negro

Caparazon!

하늘로 가야 하리…….

……떠나라,

내 바라노니,

그대의 까만 너울을!

그녀는 끝없는 허공 속에서 의지할 것을 찾는 듯이 손을 뻗었다.

그윈플렌은 돌처럼 굳어 있는 우르수스 곁에 나타나, 그녀의 앞에 무릎을 꿇었다.

"다시는!"

데아가 말했다.

"다시는! 그의 목소리를 결코 들을 수 없을 거야!"

그리고 넋이 나간 채로, 다시 노래를 시작했다.

떠나라,
내 바라노니,
그대의 까만 너울을!

그때 한 가닥의 목소리가, 그토록 사랑하는 목소리가 그녀의 귀에 들렸다.

O ven! ama!
Eres alma,
Soy corazon.
오! 오라! 사랑하라!
그대는 영혼, 나는 심장.

그와 동시에 데아는 손끝에서 그윈플렌의 머리를 느낄 수 있었다. 그녀는 설명하기 어려운 비명을 질렀다.

"그윈플렌!"

그녀의 창백한 얼굴에 별처럼 환한 빛이 어렸고, 그녀는 쓰러질 것처럼 비틀댔다. 그윈플렌이 두 팔로 그녀를 받았다.

"살아 있었어!"

우르수스가 외쳤다.

"그윈플렌!"

데아가 다시 소리쳤다.

그녀의 머리가 휘어져서 그의 볼에 닿았다. 그녀가 속삭이듯이 말했다.

"하늘로부터 다시 내려왔어! 고마워."

그리고 그윈플렌의 무릎 위에 앉아 그의 힘찬 두 팔에 안긴 채, 애정으로 가득한 얼굴로 그를 바라보듯이, 그윈플렌의 눈에 암흑과 빛이 함께하는 자신의 두 눈을 고정시켰다.

"정말 너야!"

그녀의 말이었다.

그윈플렌은 그녀의 드레스를 온통 입맞춤으로 뒤덮었다. 말이면서, 비명이면서, 흐느낌이기도 한 언어가 존재한다. 온갖 희열과 온갖 슬픔이 뒤섞여, 뒤죽박죽된 그러한 언어로 폭발한다. 그 언어는 아무런 의미도 없는 것 같지만, 모든 것을 이야기한다.

"맞아, 나야! 정말 나야! 나, 그윈플렌! 네가 영혼인 그 사람, 알겠어? 나야! 너는 나의 아기, 나의 신부, 나의 별, 나의 숨결이야! 내가 왔어! 이곳에서 너를 가슴에 안고 있어. 나는 살아 있어. 나는 너의 것이야. 아! 모든 것을 끝내려 했던 그 순간을 생각하면! 조금만 늦었다면! 호모가 없었으면! 너에게 그 이야기를 해 줄게. 이토록 환희와 절망이 가까이에 있다니! 데아, 이제 살아야 해! 데아, 나를 용서해 줘! 그래! 나는 너의 것이야. 영원히! 네가 맞았어. 내 이마를 만져 보고 나를 확인해. 네가 사실을 알게 된다면! 그러나 이제는 그 무엇도 우리를 갈라놓지 못해. 나는 지옥을 벗어나 다시 하늘로 올라왔어. 너는 내가 다시 내려왔다고 했지만, 나는 다시 올라온 거야. 그래서 다시 네 옆에 와 있어. 영원히 네 곁에. 너에게 약속할게! 우리 함께! 이제는 우리가 함께 있어! 누가 상상이나 했을까? 우리는 다시 만났어. 이제 모든 고통은 끝났어. 우리 앞에는 오직 환희만 있어. 우리는 삶을 행복하게 다시 시작할 것이고, 그 문을 굳게 닫아서 더 이상 불운이 들어오지 못할 거야. 너에게 모든 것을 들려줄게. 아마 놀랄 거야. 배는 이미 떠났어. 그 누구도 배를 되돌릴 수 없어. 우리는 여행길을 떠났고, 또한 자유야. 우리는 네덜란드에 가서 결혼도 할 거야. 내가 생계를 꾸리는 데 큰 어려움은 없을 거야. 그것을 누가 막겠어? 더 이상 두려워하지 않아도 돼. 열렬히 너를 사랑해."

"너무 서둘지 말거라!"

우르수스가 말했다.

데아는 온몸을 떨며, 천상의 감촉에 전율하면서, 그윈플렌의 얼굴을 어루만졌다. 그녀의 말이 들려왔다.

"신의 모습이 이럴 거야."

그러고는 그의 옷을 만졌다.

"어깨걸이 망토, 이것은 카핀고. 아무것도 달라지지 않았어. 모두가 전과 똑같아."

우르수스는 크게 놀랐지만 크게 기뻐하며, 한편으로 웃고 한편으로 눈물을 흘리며 그들을 그윽한 눈길로 바라보다가 작은 소리로 혼잣말을 했다.

"나는 아무것도 모르겠어. 어처구니없는 바보 같군. 분명히 그가 묘지로 들려 가는 것을 내 눈으로 보았는데! 이런, 울다가 웃는군. 그것이 내가 아는 전부지. 나 역시 사랑에 빠지기라도 한 듯 우둔하군! 그래, 나도 사랑에 빠졌어. 저 둘에 대한 사랑에. 제길, 늙은 멍청이 같으니라고! 과도한 감동이야. 지나친 격정이야. 내가 우려하던 것이야. 아냐, 내가 바라던 것이야. 그윈플렌, 그 아이를 조심스럽게 다루어라. 저것들이 포옹을 하는구나. 내가 상관할 바가 아니지. 나는 구경만 할 뿐이야. 참 기이한 느낌이군. 저것들의 행복에 기생해서 내 몫을 챙기고 있구나. 나와 아무 상관없는데, 내가 저것들과 무슨 상관이라도 있는 것처럼 느껴져. 내 아이들아, 너희에게 축복을 내리마."

그렇게 우르수스가 독백하는 동안, 그윈플렌의 목소리가 커졌다.

"데아, 무척 아름다워. 최근 며칠 동안 어디에 정신을 두고 다녔는지 모르겠어. 이 지상에는 오로지 너 하나뿐이야. 너를 이렇게 다시 보았는데도, 아직 꿈인지 현실인지 모르겠어. 이 배 위에 와 있다니! 나에게 말해줘. 무슨 일이 있었던 거야? 이 지경으로 만들어 놓다니! 도대체 그린박스는 어디에 있지? 그것을 빼앗고, 내쫓았군. 뻔뻔하고 비겁한 짓이야. 아! 내가 복수를 할 거야! 데아, 너를 위해서 복수하겠어! 어디 두고 보자. 난 영국의 중신이야."

우르수스는 가슴에 별 하나가 와 부딪힌 듯 흠칫 놀라며 그윈플렌을 자세히 살폈다.

"녀석이 죽지 않은 것은 분명해. 하지만 미친 것일까?"

그는 의혹을 품은 채, 귀를 기울였다.

그윈플렌의 목소리가 다시 들렸다.

"안심해, 데아. 이 일을 상원에 고발할 테니까."

우르수스는 그를 꽤 오랫동안 바라보다가, 손가락 끝으로 자신의 이마 가운데를 가볍게 쳤다. 그리고 단념한 듯이 중얼거렸다.

"무슨 상관이야. 어쨌든 잘될 거야. 원한다면 미쳐라, 나의 사랑하는 그윈플렌. 미치는 것도 인간의 권리니까. 지금 나는 행복해. 하지만 그게 다 무슨 소리일까?"

선박은 빠르고 부드럽게 도망치듯 계속 흘러갔다. 어둠은 점차 짙어지고, 바다에서 몰려온 안개가 하늘을 차지하는데 그것을 쓸어버릴 바람은 조금도 없다. 몇 개의 별들만 어렵게 모습을 보이다가 하나씩 자취를 감추었다. 잠시 후, 이제는 아무것도 보이지 않았다. 하늘은 온통 암흑이었고, 그 끝을 알 수 없었고, 또 부드러웠다. 강의 폭이 넓어졌다. 강변의 좌우는 밤과 뒤섞인 가느다란 두 선에 불과했다. 그 어둠에서 깊은 평온함이 흘러나왔다. 그윈플렌은 데아를 껴안고 움츠린 채로 앉아 있었다. 둘은 대화를 하다가 탄성을 지르고, 재잘대다가 소곤거리기도 했다. 격정에 휩싸인 대화였다. 그들의 희열을 어떻게 형언할 수 있겠는가?

"나의 삶!"

"나의 하늘!"

"내 사랑!"

"내 행복의 전부!"

"그윈플렌!"

"데아! 나는 취했어. 너의 발에 입 맞추게 해 줘."

"정말 너구나!"

"할 이야기가 너무 많아. 무엇부터 시작해야 할지 모르겠어."

"키스해 줘!"

"오! 나의 아내!"

"그윈플렌, 나에게 아름답다는 말은 하지 마. 정말 아름다운 사람은 너니까."

"드디어 너를 되찾았어. 너는 내 가슴 속에 있어. 이제 됐어. 너는 내 것이야. 나는 꿈속에 있지 않아. 정말 너야. 가능한 일인가? 물론이야. 나는 다시 생명을 얻은 거야. 얼마나 많은 사건이 있었는지 네가 안다면. 데아!"

"그윈플렌!"

"사랑해!"

우르수스는 중얼거렸다.

"내가 할아버지의 기쁨을 맛보고 있어."

호모가 수레 아래에서 나와 조심스럽게 이 사람 저 사람 사이를 오가며 그 누구의 시선도 끌지 않고 때로는 그윈플렌의 투박한 구두와 카핀고를, 때로는 데아의 드레스를, 때로는 매트를 마구 핥았다. 그것이 호모만의 축복하는 방법이었다.

어느덧 채텀과 메드웨이강 하구를 지나고 있었다. 바다에 가까워졌다. 수면의 칠흑 같은 잔잔함 덕분에, 템스강을 따라 내려가는 일에는 어떤 장애도 없었다. 배를 조종할 필요가 없었기 때문에 선원을 갑판 위로 부르지 않았다. 다른 쪽 끝에서는 선장이 혼자 키의 손잡이를 잡고 있었다. 선미 상갑판 위에는 그 남자밖에 없었다. 뱃머리 상갑판 위에서는 등불 하나가 이제 막 만들어진 행복한 작은 무리를 비추었다. 갑자기 불행의 밑바닥에서 희열로 바뀐, 예상하지 못했던 합류 덕분에 이루어진 무리였다.

4. 아니, 천국에

문득 데아가 그윈플렌의 품에서 빠져나와 몸을 벌떡 일으켜 세웠다. 그녀는 마치 따라 움직이려는 그를 말리듯이, 그의 가슴에 두 손을 올렸다. 그리고 말했다.

"나에게 무슨 일이 생긴 것이지? 나에게 어떤 일이 일어났어. 기쁨이 나를 숨차게 해. 별일 아니야. 무척 좋아. 오! 나의 그윈플렌, 네가 다시 나타나면서 나를 기습했어. 행복의 일격이지. 가슴속으로 몽땅 들어온 하늘, 그것은 황홀경이었어. 네가 없을 때는 내가 죽어 가는 것을 느꼈어. 떠나려는 진정한 삶을 네가 나에게 되찾아 주었어. 나는 내 안에서 분열 같은 것을, 즉 암흑이 찢기는 것을, 그리고 생명이, 격정적인 생명이, 열기와 달콤함으로 된 생명이 솟아오르는 것을 느꼈어. 방금 네가 나에게 준 생명은 매우 이상해. 얼마나 천국 같은지, 조금은 고통스러울 정도야. 점차 커져 가는 영혼을 몸 안에서 감당하기 어려울 것 같아. 세라핀들의 생명과 충만함이 머리까지 솟아올라, 내 속으로 스며들고 있어. 내 가슴속에서 심한 날갯짓을 하는 것 같아. 기이한 느낌이 들지만, 나는 무척 행복해. 그윈플렌, 네가 나를 다시 살게 했어."

그녀의 얼굴이 붉어졌다가 창백해졌고, 또다시 붉어졌다. 그리고 그녀가 쓰러졌다.

"아! 네가 그 아이를 죽였어!"

우르수스의 말이었다. 그윈플렌이 데아를 향해 두 팔을 내밀었다. 희열의 정점에 올라 있을 때 들이닥친 극도의 슬픔, 얼마나 큰 충격이었겠는가! 만약 데아를 부축하지 않아도 됐다면 그 자신이 쓰러졌을 것이다.

"데아! 무슨 일이야?"

그가 떨리는 목소리로 소리쳤다.

"아무 일도 없어, 사랑해!"

그윈플렌의 품에 안겨있는 그녀는 땅바닥에서 들어 올려진 천 조각 같았다. 그녀의 두 손이 축 늘어졌다.

그윈플렌과 우르수스는 매트 위에 데아를 눕혔다. 그녀가 희미한 목소리로 말했다.

"눕고 싶지 않아. 숨을 쉴 수가 없어."

그들은 그녀를 앉혔다. 우르수스가 급하게 말했다.

"베개!"

그 말에 데아가 먼저 대꾸했다.

"무엇에 쓰려고 하세요? 제게는 그윈플렌이 있는데요."

데아의 눈에는 음울한 착란 증세가 가득했다. 그녀를 뒤에서 받치고 있던 그윈플렌의 어깨에, 그녀가 머리를 기댔다.

"아! 얼마나 편안한지!"

그녀가 말했다.

우르수스가 그녀의 손목을 잡고 맥을 짚었다. 그는 머리를 양옆으로 흔들지도 않고, 그 어떤 말도 하지 않았다. 그리하여 흐르는 눈물을 참으려는 듯, 발작적으로 눈꺼풀을 급히 열고 닫는 빠른 움직임을 보고서야 그의 생각을 추측할 수 있었다.

"데아에게 무슨 일이 생긴 건가요?"

그윈플렌이 물었다.

우르수스는 데아의 왼쪽 옆구리에 귀를 가져다 댔다.

그윈플렌이 격정적인 기세로 다시 물었다. 우르수스는 아무 대답도 하지 않았다.

우르수스는 그윈플렌을 쳐다보고, 다시 데아를 보았다. 그의 안색은 납빛이 되어 있었다. 그가 드디어 입을 열었다.

"지금 캔터베리 주변을 지나가고 있을 것이다. 여기서 그레이브센드까지는 별로 멀지 않지. 밤새도록 날씨도 좋을 거야. 바다에서 공격받을 걱정은 없어. 모든 전함은 스페인 연안에 모여 있으니까 순조로운 항해가 될 것 같구나."

축 늘어진 채 점점 더 창백해지는 데아는, 드레스 자락을 경련이 일어난 손가락으로 꽉 쥐었다. 그녀는 깊은 생각에 빠진 듯, 설명하기 어려운 한숨을 쉬면서 중얼거렸다.

"무엇인지 알겠어. 나는 죽을 거야."

그윈플렌이 사나운 기세로 일어섰다. 그리고는 우르수스가 데아를 부축했다.

"죽는다고! 네가 죽는다고! 아니, 그런 일이 생겨서는 안 돼. 너는 죽을 수 없어. 지금 죽다니! 이렇게 금방 죽다니! 그럴 리가 없어. 그토록 신이 잔인하지는 않아. 너를 돌려준 그 순간에 다시 데려가다니! 아니, 그런 짓은 저지르지 않는 법이야. 만약 그런 일이 일어난다면, 신을 의심하라는 의미야. 만약 그런 일이 생긴다면 땅과, 하늘과, 아이들의 요람과, 아기에게 젖 먹이는 어머니들과, 인간의 마음과, 사랑과, 별들, 그 모든 것들은 덫일 뿐이야! 다시 말하면, 신은 배신자, 인간이 속기 잘하는 얼간이라는 거야! 아무것도 없다는 뜻이야! 신을 모독해야 한다는 뜻이야! 모든 것이 심연에 불과하다는 뜻이야! 데아, 너는 네가 하는 말의 뜻을 모르고 있어! 너는 살 거야. 나는 네가 살기를 강력히 원해. 내 말에 따라야 해. 나는 너의 남편이고 너의 주인이야. 네가 떠나는 것을 허락할 수 없어. 아! 이럴 수가! 아! 가여운 인간들이여! 아니, 있을 수 없는 일이야. 네가 떠나면 이 세상에는 나만 남게 돼! 그런 일은 너무나 괴기스러워. 더 이상은 태양도 없을 거야. 데아, 데아, 어서 정신을 차려. 금방 끝날 잠시 동안의 괴로움일 뿐이니까. 때로는 오한을 느낄 때가 있지만 지나고 나면 금방 잊어버리지. 네가 건강하고 아프지 않는 것이 나의 절대적인 희망이야. 네가 죽는다니! 내가 너에게 무슨 잘못을 한 걸까? 네가 죽는다는 생각만 해도 미칠 지경이야. 우리는 서로의 소유이며, 서로를 사랑해. 너에게는 떠날 이유가 없어. 만약 떠난다면 그것은 부당한 일이야. 내가 죄를 저질렀다고? 너는 벌써 나를 용서했어. 오! 너는 내가 절망한 자, 악한, 맹렬한 노여움을 품은 자, 저주받은 자가 되기를 바라지 않을 거야! 데아! 너에게 빌고, 간청하며, 두 손 모아 애원하고 있어. 제발 죽지 마!"

그는 두 손으로 머리카락을 움켜쥐고, 두려움 때문에 죽어가는 사람처럼, 북받쳐 오르는 슬픔에 숨이 막혀, 그녀의 발밑에 무릎을 꿇었다.

"나의 그윈플렌, 네 잘못이 아니야."

데아가 말했다.

그녀의 입술에 불그레한 거품이 약간 흘러나왔다. 엎드려 있던 그윈플렌은 보지 못했다. 우르수스는 그것을 드레스 자락으로 얼른 닦아 주었다. 그윈플렌은 데아의 두 발을 부둥켜안고, 온갖 말로 애원하고 있었다.

"너에게 다시 말하지만 나는 원하지 않아. 네가 죽다니! 나는 견딜 수 없어. 그래. 죽어도 좋아, 그러나 함께. 다른 방법으로는 안 돼. 데아, 네가 죽는다니! 절대 동의할 수 없어. 나의 여신! 나의 사랑! 제발 내가 있다는 것을 생각해 줘. 틀림없이, 너는 살 거야. 죽다니! 그렇다면 네가 죽은 후에 나는 어찌 될 것인지 상상도 안 해보았다는 말이지. 내가 너를 잃지 않으려는 절박한 열망에 휩싸여 있음을 조금이라도 생각한다면, 죽는 것이 불가능하다는 것을 깨달을 거야. 데아! 너도 알고 있는 것처럼 내게는 너밖에 없어. 나에게 닥친 사건들은 무척 기이했어. 단 몇 시간 만에 일생을 모두 겪었다는 사실을 짐작조차 못할 거야. 나는 한 가지를 확인했어. 아무것도 없다는 거였어. 오로지 너만 존재해. 네가 없다면 이 우주도 무의미해. 부디 이곳에 남아 줘. 나를 불쌍히 여겨 줘. 나를 사랑하니까, 너는 살아야 해. 이제 막 너를 되찾았으니, 내 곁에 두려는 것은 당연해. 조금 기다려. 겨우 얼마 전에 다시 만났는데 그렇게 가버려서는 안 돼. 조바심 내지 마. 아! 맙소사, 이 애통함! 너는 상관하지 않는 것 같아. 그렇지? 하지만 내가 어쩔 수 없었다는 것을 너도 이해할 거야. 와펀테이크까지 나를 데리러 왔으니까. 잠시 후면 숨쉬기가 한결 편해질 거야. 데아, 모든 일이 잘되었어. 우리는 행복해질 거야. 나를 절망에 떨어뜨리지 마. 데아! 나는 아무것도 해주지 못했어!"

그의 말은 또렷하지 않았다. 흐느낌 그 자체였다. 그의 말 속에서는 절망과 반항이 함께 있었다. 그윈플렌의 가슴에서는, 비둘기를 부를 수 있는 슬픈 한탄과 사자를 뒷걸음치게 할 수 있는 포효가 동시에 발산됐다.

데아가 점점 사라져 가는 음성으로, 한마디 말하고는 쉬면서, 그에게 대답했다.

"아! 부질없는 일이야. 내 사랑 그윈플렌, 나는 네가 최선을 다했다는 걸 알아. 한 시간 전만 해도 나는 죽기를 원했어. 그런데 이제 더 이상 그렇지 않아. 그윈플렌, 열렬히 사랑하는 나의 그윈플렌, 우리는 정말 행복했어! 신이 너를 나의 삶 속에 가져다 놓았는데, 이제는 나를 너의 삶에서 가져가는 거지. 그래서 내가 떠나게 되었어. 그린박스를 잊지 않을 거지, 그렇지? 그리고 너의 어리고 눈먼 가여운 데아도? 너는 내 노래를 기억할 거야. 내 목소리를 잊지 말아줘. 내가 너에게 사랑한다는 말을 할 때의 음성도. 밤마다, 네가 잠들면 네 곁에 와서 그 말을 해 줄게. '사랑해!' 우리의 재회는 지나친 기쁨이었어. 금방 끝나게 되어 있었던 것이었지. 내가 앞서 떠날 수밖에 없어. 나는 아버지 우르수스와 우리 형제 호모도 진심으로 좋아해. 모두들 선하지. 이곳은 너무 답답해. 창문을 열어줘. 나의 그윈플렌, 너에게 아직 하지 못한 말이 있어. 언젠가 어떤 여인이 왔을 때 질투심을 느낀 적이 있었어. 아마 누구에 대해 이야기하는지조차 모를 거야. 그렇지? 내 팔을 덮어 줘. 약간 추워. 그리고 피비는? 비노스는? 그녀들은 어디에 있어? 결국 모든 사람을 좋아하게 되었어. 우리가 행복할 때 가까이 있는 사람들에게 친밀감을 느끼게 돼. 우리가 행복할 때 그곳에 있어 주었다는 것 때문에 그들에게 고마워하게 되는 거야. 왜 그 모든 것은 지나가 버렸을까? 이틀 전부터 닥친 일들의 이유를 모르겠어. 이제 나는 죽을 거야. 죽은 후에도 이 드레스 속에 머물게 해 줘. 오늘

오후에 이것을 입으면서, 나의 수의라는 생각이 들었어. 이것을 간직하고 싶어. 이것에는 그윈플렌의 키스가 있어. 오! 더 살 수 있었으면! 우리의 굴러다니는 오두막 속에서의 삶은 정말 매혹적이었어! 우리는 노래를 불렀지. 나는 손뼉 치는 소리에 귀를 기울였지! 절대로 헤어지지 않아서 정말 좋았어! 모두들 함께 있을 때, 나는 구름 속에 있는 듯했어. 나는 장님이었지만 모든 것을 정확하게 짐작했어. 하루가 지나고 다음 날이 오는 것을 알았고, 그윈플렌의 목소리나 움직이는 소리를 들으면 아침이 되었음을 알아챘지. 그리고 꿈속에서 그윈플렌을 보면 밤이라는 것을 알 수 있었어. 어떤 덮개가 항상 나를 감싸고 있다고 느꼈는데, 그것은 그윈플렌의 영혼이었어. 우리는 다정하게 사랑했어. 그 모든 것이 떠나면 더 이상 노래는 없어. 아! 더 살 수는 없을까! 나를 생각해 줘. 사랑하는 이여."

그녀의 목소리가 점점 희미해졌다. 임종의 음산한 기운 때문에 호흡하기가 점차 힘들어졌다. 그녀는 엄지손가락을 구부려 다른 손가락들 밑에 넣었다. 마지막 순간이 닥칠 징후였다. 어린 천사의 더듬대는 말이, 처녀의 부드러운 헐떡임 속에서 모습을 드러내는 것 같았다. 그녀가 작게 중얼거렸다.

"모두들 저를 기억해 주겠지요, 그렇지요? 저를 기억해 주는 사람이 없다면, 죽는다는 것이 무척 슬플 거예요. 가끔 제가 못되게 굴었어요. 지금 모두에게 용서를 빌겠어요. 만약 착한 신께서 바라신다면, 나의 그윈플렌, 우리는 많은 자리가 필요 없으니, 우리의 생계를 우리 손으로 꾸리면서 다른 나라에 가서 함께 살 수 있다고 믿어요. 그러나 착한 신께서 그것을 바라지 않아요. 저는 제가 왜 죽는지 전혀 알 수 없어요. 제가 장님임을 단 한 번도 불평하지 않았고, 아무도 모독하지 않았어요. 그윈플렌, 영원히 장님일지라도 네 곁에 머무는 것을 빌었을 거야. 아! 떠나는 것이 얼마나 슬픈지!"

그녀의 말들은 헐떡대다가, 마치 바람이 불기라도 한 듯 하나하나 꺼졌다. 이제 목소리가 거의 들리지 않았다. 그녀의 말은 계속 되었다.

"그윈플렌, 그렇지? 내 생각을 할 거지? 죽은 후에 꼭 필요할 것 같아."

그리고 그녀는 덧붙여 말했다.

"오! 저를 붙잡아 주세요!"

잠시 침묵을 지키다가 다시 말했다.

"가능한 한 일찍 내게로 와야 해. 신과 함께 있더라도 네가 없으면 나는 불행할 거야. 나의 다정한 그윈플렌, 나를 너무 오랫동안 혼자 두지 마! 이곳이 바로 낙원이었어. 저 높은 곳은 그저 하늘일 뿐이지. 아! 숨이 막혀! 내 사랑, 내 사랑, 내 사랑!"

"제발!"

그윈플렌이 울부짖었다.

"잘 있어요!"

"제발!"

그윈플렌이 절규했다.

그러면서 데아의 차갑고 아름다운 손에 입을 댔다.

그녀는 숨을 쉬지 않는 것처럼 보였다. 갑자기 팔꿈치를 짚어서 몸을 일으키려 했다. 그윽한 광채가 그녀의 두 눈을 스쳐 지나갔다. 그리고 말로 표현할 수 없는 아름다운 미소가 어렸다. 그녀의 목소리가 폭발하듯 흘러나왔다.

"빛! 보여요."

그리고 그녀는 숨을 거두었다.

그녀의 몸이 매트 위로 떨어져 널브러졌고, 그 자세로 더 이상 움직이지 않았다.

"죽었구나."

우르수스가 말했다. 그러더니 그 불쌍한 늙은이는 절망 아래 무너지듯이 고개를 숙이고, 흐느끼는 얼굴을 데아의 드레스 자락에 묻었다. 그는 기절한 채 그렇게 있었다.

그때, 그윈플렌이 무섭게 변했다.

벌떡 일어서더니 이마를 쳐들고 머리 위로 펼쳐진 아득한 밤을 바라보았다. 그를 보는 이는 아무도 없었지만, 아니 어둠 때문에 보이지 않는 누가 있을지도 모르지만, 저 높은 곳을 향해 두 팔을 올리며 말했다.

"내가 갈게."

그러고는 어떤 환영에 끌려가듯이, 뱃전을 향해 걸었다.

몇 걸음만 더 가면 심연이 있었다. 그는 자기의 발은 쳐다보지도 않고, 천천히 걸었다. 방금 데아가 지었던 미소가 그의 얼굴에 드러났다. 그는 앞을 향해 똑바로 걸었다. 무엇이 보이는 것 같았다. 멀리서 본 영혼의 섬광 같은 빛이 그의 눈동자에 담겨 있었다. 그가 외쳤다.

"그래!"

한 걸음씩 내디딜 때마다, 그는 뱃전에 가까워졌다.

그는 두 팔을 쳐들고 머리를 뒤로 젖힌 채, 시선을 고정한 채 유령처럼 움직이며, 흐트러짐 없이 걸어갔다. 그는 가까이에서 입을 벌리고 있는 심연과 열려 있는 묘지가 있음을 신경 쓰지 않는 듯, 운명적인 정확한 동작으로, 서두르지도 망설이지도 않으며 앞으로 걸었다. 그는 중얼거렸다.

"걱정하지 마. 너에게 가고 있어. 네가 나에게 보내는 신호가 잘 보여."

그는 어둠의 가장 높은 곳, 하늘의 한 지점을 응시했다. 그리고 미소를 지었다.

하늘은 온통 어둠으로 덮여 있었고 별도 보이지 않았다. 그러나 그는 분명히 별 하나를 보고 있었다. 그가 상갑판을 가로질렀다. 뻣뻣하고 음산하게 몇 걸음을 걸은 후에, 그는 뱃전에 이르렀다.

"곧 갈게, 데아! 내가 여기 있어!"

그가 말했다.

그리고 계속 걸었다. 난간이 없었다. 허공이 그의 앞에 있었다. 그는 허공에 발을 내디뎠다. 그가 떨어졌다.

암흑은 짙고 탁했으며, 물은 깊었다. 그는 물속으로 가라앉았다. 적막하고 어두운 사라짐이었다. 본 사람도, 들은 사람도 없었다. 배는 계속 나아갔고 강물은 계속 흘렀다.

잠시 후에 배는 바다로 들어섰다.

우르수스가 정신을 차렸을 때, 그윈플렌은 보이지 않았다. 어두운 뱃전에서 바다를 바라보며 울부짖는 호모만이 보였다.

웃음과 고통이 공존하는 얼굴을 가진 한 영웅의 이야기,《웃는 남자》

빅토르 위고는 귀족, 군주, 혁명을 주제로 한 정치적인 3부작을 집필하고자 했다.

귀족에 해당하는 제1권은 프랑스의 저명한 회상록 저작자인 에드몽 장 프랑소아 바르비에(Edmond Jean François Barbier)의 기록 중 갤리선의 노예나 도형수들에게 행해지는 신체적인 훼손과 아이들을 사고파는 폐해에서 영감을 받아 완성했다. 이것이 바로 1866년부터 1868년까지 총 2년에 걸쳐 써진, 권력과 야망에 대한 인간의 탐욕을 표현한《웃는 남자》이다. 안타깝게도 군주를 주제로 한 제2권은 완성되지 못했으며 혁명에 해당하는 제3권은《93년(Quatrevingt-treize)》이란 제목으로《웃는 남자》에 뒤이어 발표되었다.

"《웃는 남자》의 진정한 제목은《귀족》이다." _빅토르 위고

귀까지 찢어진 새빨간 입과 강렬한 눈빛이 초래하는 극도의 공포와 미묘함……. 배트맨에 등장하는 희대의 악당 조커는 전 세계에 알려진 전설적인 캐릭터다. 하지만 이 조커가《웃는 남자》의 주인공 그윈플렌에게서 영감을 받아 탄생한 인물이라는 사실을 아는 이는 드물다. 그윈플렌은 영화, 연극, 소설 등 다양한 분야를 통해 수차례 재해석되고 있다. 유명한 범죄 소설가인 제임스 엘로이 또한《웃는 남자》에서 영감을 받았다. 브라이언 드 팔마 감독에 의해 영화로 탄생하기도 한 소설《블랙 달리아》에서는 그윈플렌처럼 신체의 일부를 손상 당한 한 여성이 사망한 채로 발견되는 내용이 그려졌다. 더불어《웃는 남자》 자체가 영화로 만들어지기도 했다. 1928년 폴 레니의 영화에 이어 2012년에는 제라르 드파르디유와 마크 앙드레 그롱당이 주연한 장 피에르 아메리 감독의《웃는 남자》가 개봉되어 많은 사랑을 받았다. 시대와 배경이 변해도 여전히 여러 작품과 캐릭터에 영향을 미치는《웃는 남자》는《레 미제라블》《파리의 노트르담》 등과 견줄 만한 빅토르 위고의 숨겨진 걸작이다.

〈정복된 카오스〉를 통해《웃는 남자》를 보다

《웃는 남자》에는 작품 속의 작품, 〈정복된 카오스〉가 등장한

다. 〈정복된 카오스〉는 우르수스가 심혈을 기울여 완성한 작품으로 그린박스 멤버들의 연기, 연주, 노래로 대중들 앞에서 공연된다. 생계유지를 위해 제작된 단순한 연극으로 받아들일 수도 있지만, 사실 〈정복된 카오스〉는 《웃는 남자》의 축소판이라고 할 수 있다. 인간을 상징하는 그윈플렌은 우르수스와 호모에 의해 표현되는 어둠을 상대로 사투를 벌인다. 치열한 저항 끝에 어둠 앞에서 굴복한 그윈플렌이 암흑으로 흡수되려는 순간, 천상의 빛을 상징하는 데아가 무대에 등장해 카오스를 물리칠 수 있도록 그를 돕는다. 그러나 그를 구원한 빛은 어둠에 휩싸여 흐릿했던 그윈플렌의 흉한 얼굴을 환하게 밝히고, 구경꾼들은 그의 괴이한 얼굴을 보며 웃음을 터뜨린다.

〈정복된 카오스〉에서 인간을 데려가려는 어둠은 그윈플렌에게 다가온 치명적인 유혹들을 상징한다. 첫 번째 유혹은 그윈플렌을 탐내는 여공작 조시안이다. 황홀한 여신과 타락한 매춘부의 이미지를 동시에 지니고 있는 조시안이 〈정복된 카오스〉를 관람하기 위해 여인숙 안뜰을 찾는 그 순간부터 순수했던 그윈플렌의 내면은 큰 혼란에 휩싸이기 시작한다. 천상의 피조물과도 같은 맑고 투명한 데아만을 보며 성장한 그는, 생애 처음으로 환상이 아닌 현실적인 여인에 대한 들끓는 남자의 욕망과 본능을 발견하고 흔들린다. 두 번째 유혹은 전혀 예상치 못했던 출생의 비밀이다. 이 사실은 잠자고 있던 신분 상승에 대한 인간의 야망을 깨운다. 누더기에 익숙했던 그윈플렌은 비단과 모피의 부드러움에 이끌려 찬란한 미래에 대한 허황된 꿈에 취한다.

카오스로부터 인간을 구원한 하늘의 빛은 《웃는 남자》에서도 등장한다. 그윈플렌에게 닥친 모든 혼돈은 빛, 즉 데아로 인해 차츰 사라진다. 유일한 가족이라고 믿었던 무리로부터 매몰차게 버림받고, 추위와 배고픔에 시달리며 정처 없이 헤매면서도 차가운 시체로 변해버린 어미를 대신해 자신을 품어 준 그윈플렌을 가족, 정인, 천사라고 여기며 눈이 아닌 영혼으로 그를 바라보는 데아는 어둠을 향해 한 발을 내디딘 그윈플렌을 붙잡는다. 데아는 그를 제자리로 돌아오게 해 주지만, 한편으로는 죽음을 통해서만 영원히 곁에 머물 수 있는, 인간의 손이 닿을 수 없는 존재이기도 하다.

빅토르 위고의 또 다른 작품 《바다의 노동자들(Les travailleurs de lamer)》의 주인공인 질리아와 마찬가지로, 군주제와 귀족제라는 카오스에 맞서는 그윈플렌은 민주주의를 향한 인간의 저항을 상징하기도 한다. 박장대소하는 구경꾼들, 그윈플렌의 연설에 대한 상원의 반응, 그리고 결말을 통해서 독자들은 인간과 어둠의 전쟁이 끝나지 않았음을 짐작할 수 있다.

인간의 본성에 대한 성찰을 통해 탄생한 영웅

그윈플렌이라는 비극적인 영웅을 만들기 위해 빅토르 위고는 '콤프라치코스'를 창작했다. 스페인어로 '사다'를 뜻하는 Comprar와 아이들을 뜻하는 Chicos를 조합하여 만든 '아이들을 사는 사람'이라는 의미의 콤프라치코스는 필요에 따라 혹은 은밀한 요구에 따라 아이들을 거래해 신체를 자유자재로 변형시켜 하나의 상품으로 퇴화시키는 집단이다. 빅토르 위고는 콤프라치코스에 의해 눈과 코와 입이 일그러진 그윈플렌을 법과 정의, 진실, 인식의 왜곡에 의해 부패한 인류에 비교한다. 이유도 모른 채 누군가에 의해 콤프라치코스에게 넘겨진 어린 그윈플렌에게 새겨진 것과 같은 분노와 슬픔은 사회에 의해 변형된 인류에게서도 발견할 수 있다. 벗어버릴 수 없는 자신의 얼굴로 만든 괴물의 가면을 쓰고 살아야 할 운명인 그를 통해 잘못된 세상을 질타하는 것이다. 인간의 본성과 신체적인 변형을 평행선에 놓은 빅토르 위고는 더불어 귀족들의 과도한 무위도식과 압박에 대한 방관, 상념보다는 웃음을, 반발보다는 복종을 선택하는 서민들의 무기력함 또한 신랄하게 비판한다. 작품 곳곳에 등장하는 여러 귀족들의 권위와 영지 또는 궁궐이나 저택에 대한 자세한 표현이 바로 이러한 작가의 의도가 드러나는 부분이라고 볼 수 있다.

빅토르 위고의 소설에는 흉한 인물들이 자주 등장한다. 괴물을 주인공으로 삼은 그의 대표작으로는《파리의 노트르담》《아이슬란드의 한》이 있으며《왕은 즐긴다》에서는 트리불레란 인물을 통해 기형과 권력을 그려내기도 했다. 끔찍하고 괴이한 캐릭터들에 대한 그의 각별한 애착은《웃는 남자》의 그윈플렌을 통해서 다시 한번 증명된다.

빅토르 위고의 작품세계는 그의 망명 전과 후로 나눌 수 있다. 망명 전에는 외면과 내면이 같아야 한다는 이념을 갖고 집필했다. 자신의 추한 외모에 갇혀 행복을 느끼지 못하는 콰지모도나, 추한 외모만큼 영혼도 어두웠던 트리불레를 예로 들 수 있다. 그러나 빅토르 위고는 망명 생활을 경험하며 작품과 인물에 대한 관점적인 변화를 겪었다. 그렇게 탄생한 인물이 바로《웃는 남자》의 그윈플렌이다. 외모와 마음 모두 침울했던 이전 작품의 주인공들과는 달리, 그윈플렌은 끔찍한 괴물의 가면을 쓰고 있지만 마음만큼은 따뜻하고 순수한 인물이다. 트리불레나 콰지모도는 자연에 의해 결정된 선천적인 추함을 가진 인물들이며 그윈플렌은 같은 인간에 의해 손상된 일종의 희생양이라는 점이 가장 큰 차이일 것이다.

끔찍한 그윈플렌의 얼굴과 웃음이 의미하는 바는 무엇일까? 답은 상원의 귀족들 앞에서 연설하는 그윈플렌의 모습에서 찾을 수 있을 것이다. 그윈플렌의 괴물 같은 얼굴과 소름 끼치는 웃음은 가난한 서민들의 고통이자 슬픔이다. 부유하고 교만한 귀족들의 압박과 잔인함에 짓눌려 겉으로는 억지로 웃고 있지만 속으로는 눈물을 흘리며 분노하는 빈민들의 현실을 나타내는 그윈플렌이란 영웅이 창조된 것이다.

백연주

작가 연보

1802년 빅토르 마리 위고, 2월 26일 브장송에서 대위 조제프 레오폴 시기베르 위고와 트레뷔셰의 셋째 아들로 태어났다.

1816년 이공과 대학 수험을 준비했다. 7월 10일, 시첩에 '샤토브리앙이 되는 것이 아니라면 아무것도 쓰고 싶지 않다'는 말을 남기고 첫 작품 비극 〈이르타멘느〉를 썼다.

1819년 〈르 콩세르바퇴르 리테레르〉지를 창간했다. 2월, 툴루즈 아카데미 프랑세즈 문학경시대회에서 수상했다. 이해 봄, 아델 푸셰에게 사랑을 고백했다. 12월에는 형제들과 함께 〈문학수호자〉지를 창간했다.

1820년 3월, 〈베리 공작의 죽음에 대한 오드〉로 루이 18세로부터 하사금을 받았다. 중편소설 〈뷔르 자르갈〉을 〈문학수호자〉지에 게재했다.

1821년 어머니가 사망했다. 아델 푸세와 약혼했다.

1822년 시집 《오드(Les Odes)》를 간행했다. 아델 푸세와 결혼했다.

1823년 소설 《아이슬란드의 한》을 간행했다. 〈라 뮤즈 프랑세즈〉지를 창간해 1년간 유지했다. 7월에 첫아들 레오폴이 태어나지만 10월에 죽었다.

1827년 위고를 중심으로 한 젊은 시인들의 모임 '세나클'을 발족했다. 희곡 《크롬웰 서문(Preface de Cromwell)》(낭만주의의 선언서)을 발표했다.

1828년 아버지 위고 장군이 사망했다.

1829년 《동방 시집》, 소설 《어느 사형수의 마지막 날》을 간행했다. 정부가 희곡 〈마리옹 들로름〉의 상연을 금지했다.

1830년 〈에르나니(Hernani)〉가 첫 상연되었다. 이는 고전파와 낭만파의 싸움을 야기해 '에르나니 싸움'이 일어났다.

1831년 시집《가을의 나뭇잎》, 소설《파리의 노트르담》을 간행했고, 희곡 〈마리옹 들로름〉을 상연했다. 이후 희곡 〈왕은 즐긴다〉 〈뤼크레스 보르지아〉 〈마리 튀도르〉가 상연되었다. 1834년에《문학과 철학 잡론집》과 소설《클로드 괴》를 간행했으며 이후 시집《황혼의 노래》, 희곡 〈앙젤로〉, 시집《내면의 목소리》, 희곡 〈뤼이 블라스〉 상연과《견문록》 집필, 시집《빛과 그림자》 등의 작품을 꾸준히 간행했고 상연했다. 1842년에 기행문인《라인 강》을 간행했다.

1843년 희곡 〈레 뷔르그라브〉가 실패한다. 장녀 레오폴딘이 자신의 남편과 함께 센강에서 익사했다. 이후 모든 집필을 중단했다.

1845년 정계에 진출해서 상원의원에 임명되었다. 훗날《레 미제라블》이 되는《레 미제르》 집필이 시작되었다.

1849년 민주주의자가 되어 입법의회 의원에 당선되었다.

1852년 브뤼셀에서 《소인 나폴레옹》을 간행했다. 영국해협 저지 섬으로 이주했다. 《징벌 시집》 《관조 시집》, 시집 《세기의 전설》을 1859년까지 간행했다.

1862년 《레 미제라블》을 간행했다.

1863년 6월, 위고의 아내와 오귀스트 바크리가 쓴 《그의 생애 목격자가 말하는 빅토르 위고(2권)》를 간행했다.

1864년 셰익스피어 탄생 300주년을 맞아 기념 평론집 《윌리엄 셰익스피어》를 간행했다.

1865년 10월에 아들 샤를르가 알리스 르아느와 결혼했다. 같은 달에 시집 《거리와 숲의 노래》를 간행했다.

1866년 소설 《바다의 일꾼들》이 간행되었고, 크게 성공했다.

1869년 소설 《웃는 남자》를 간행했다. 9월에 로잔느에서 평화회의 총재가 되었다.

1870년 제정이 전복되어 파리로 귀환했다. 19년간의 망명생활을 끝냈다.

1871년 파리에서 국회의원에 당선되었으나 곧 사직했다.

1872년 4월에 시집 《무서운 해》를 간행했다.

1874년 2월, 소설 《93년(3권)》을 간행했다. 4월에 위고 가족은 클리시 거리 21번지로 옮겼다. 자택에서 살롱을 열었다. 《내 아들들》을 출간했다.

1876년 파리에서 상원의원에 선출되었다. 7월, 《행동과 말(3권)》을 간행했다.

1877년 《세기의 전설(제2집 및 제3집)》, 시집 《할아버지 노릇하는 법》과 《어떤 범죄의 이야기》 제1부를 간행했다.

1878년 《어떤 범죄의 이야기》 제2부와 시집 《교황》을 간행했다.

1880년 시집 《종교들과 종교》와 《나귀》를 간행했다.

1881년 시집 《정신의 사방위》를 간행했다.

1883년 《제세기의 전설》 증보판을 간행했다.

1885년 폐출혈로 사망했다. 국장으로 팡테옹에 매장되었다.

옮긴이 **백연주**

프랑스에서 언론학을 전공하던 중 해외통신원 활동을 계기로 언론계에 입문했다. 현재 프랑스에 정착하여 정치, 문화, 스포츠 등을 전문으로 다루는 다수 언론사의 게스트 에디터 겸 방송번역가로 활동하고 있다.

웃는 남자

1869년 오리지널 초판본 금장에디션

초판 1쇄 펴낸 날 2023년 10월 30일
초판 2쇄 펴낸 날 2024년 12월 25일

지은이 빅토르 위고
옮긴이 백연주
펴낸이 장영재
펴낸곳 (주)미르북컴퍼니
자회사 더스토리
전 화 02)3141-4421
팩 스 0505-333-4428
등 록 2012년 3월 16일(제313-2012-81호)
주 소 서울시 마포구 성미산로32길 12, 2층 (우 03983)
E-mail sanhonjinju@naver.com
카 페 cafe.naver.com/mirbookcompany
S N S instagram.com/mirbooks

* (주)미르북컴퍼니는 독자 여러분의 의견에 항상 귀 기울이고 있습니다.
* 파본은 책을 구입하신 서점에서 교환해 드립니다.
* 책값은 뒤표지에 있습니다.

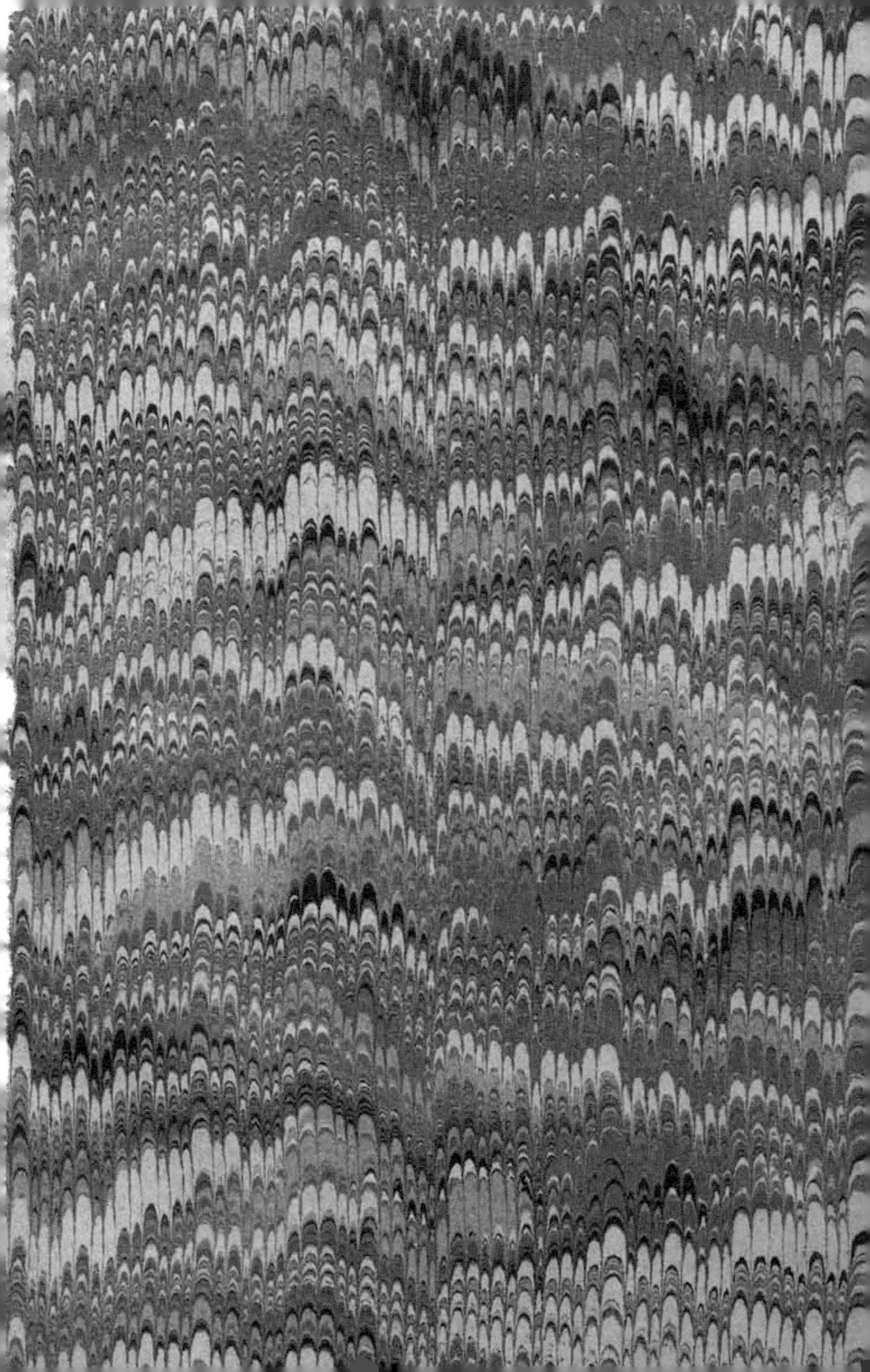

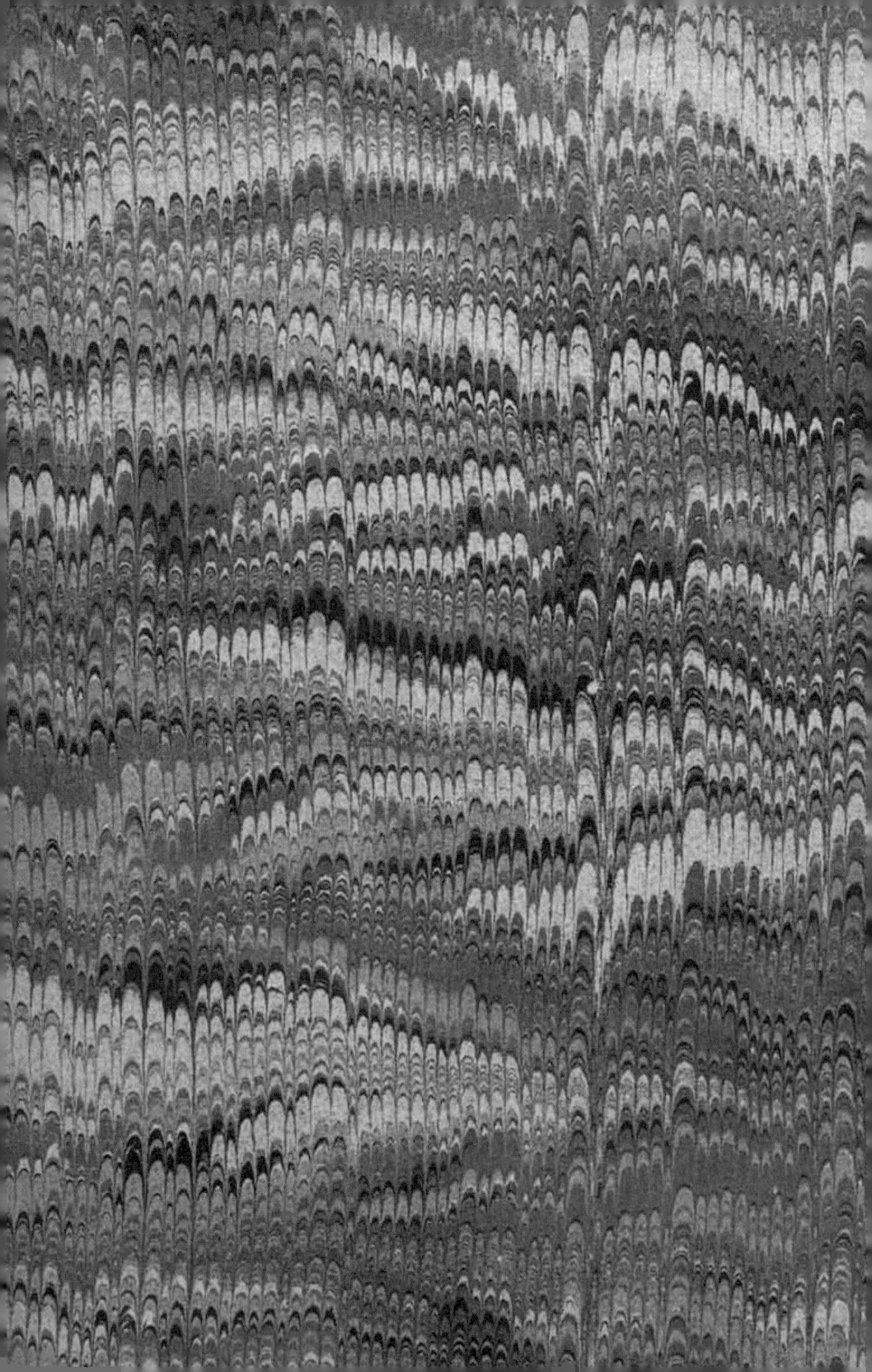